第二册

文苑英華

中華書局

文苑英華第二册目錄

卷一五一　詩一〔天部一〕

日

月

中秋月

對雨

苦雨

雜題雨

卷一五七　詩七〔天部七〕

元日

春

曲江

昆明池

溫湯

池

卷二一六　詩六六〔人事三〕

宴集

卷二四三　詩九三〔酬和四〕

卷二五九　詩一〇九〔寄贈一三〕

卷二八四　詩一三四〔送行一九〕

送人省觀

卷二九二　詩一四二（行邁四）

館驛

卷三〇八　詩一五八（悲悼八）

懷古

卷三二四　詩一七四〔花木四〕

松

文苑英華卷第一百五十一　詩一

天部一

日十六首　月二十一首

中秋月十九首　翫月四首

對月四首

日

詠朝日　梁簡文帝

團團出天外煜煜上層峯光隨浪高下影逐樹輕濃

日　李鏡遠

始臨東岳覩俄升若木枝萍實詎倚彩合扇且慙規北林耿初耀貝窓鑒早曦照庭餘雪盡映簷滴溜垂徘徊匝花樹煜爚滿春池抑陰纔歷歷(類聚作靡靡)簾(一作簷)影復離離魯泉(淮南子日至曾泉是謂早食)豈停舍桑榆忽在斯廻戈安得中長繩不可繫冲情愛景落清晏惜光馳溫暉徒巳荷深心竊自知

詠日應令　劉孝綽

弭節馳暘谷照檻出扶桑園葵一何幸傾葉奉離光

日華　陳徐陵

朝暉爛曲池夕照滿西陂徒有當晝景江上鑠光儀將從高浪歇乍逐細波移一在雕梁上詎比扶桑枝

詠日應趙王教　隋康孟

金烏升曉氣玉檻漾晨曦先洸扶桑海返照若華池(見淮南子)洛浦全開鏡衡山半隱規相歡承愛景共惜寸陰移

賦秋日懸清光賜房玄齡　唐太宗

秋露凝高掌朝光上翠微參差麗雙闕照耀滿重闈仙馭隨輪轉靈烏帶影飛臨波無定彩入隙有圓光(一作暉)還當葵藿志傾葉自相依

賦得白日半西山　前人

紅輪不暫駐烏飛豈復停岑霞漸漸落溪陰寸寸生藿葉隨光轉葵心逐照傾晚煙含樹色棲鳥雜流聲

詠日午奉和　虞世南

高天淨秋色長漢轉曦車玉樹陰初正桐圭影未斜翠蓋飛圓影明鏡發輕花再中良表瑞共仰璧暉賒

同前　褚亮

曦車日停午浮箭未移暉日光無落照樹影正中圓草萎看稍靡葉燥望凝(初學記作疑)稀晝寢慙經笥暫解入朝衣

日　董思恭

滄海十枝暉(山海經扶桑九日居下枝一日居上枝或作滄波十丈暉非)玄圃重輪慶蕣華發晨檻葵彩翻朝鏡忽遇驚風飄自有浮雲映更也人皆仰無待揮戈正

日　李嶠

旦出扶桑路遙升若木枝雲間五色滿霞際九光披東陸蒼龍駕南郊赤羽馳傾心比葵藿朝夕奉堯曦

秋日　王昌齡(文粹作耿緯)

反照入閭（文粹作窮）巷憂（一作愁）來與誰語古道無（詩選作少）人行秋風動禾黍

同前　耿湋（唐書作湋後同）

照耀天山外飛鴉幾共過微紅拂秋漢片白透長波影促寒汀薄光殘古木多金霞與雲氣散漫復相和

登天壇夜見海日　李益

朝遊碧峯三十六夜上天壇月邊宿仙人携我搴玉英壇上夜半東方明仙鍾撞撞迎（集作近）海日海中離離三山出霞梯赤城遥可分霓旌絳節倚彤雲八鸞玉鳳紛在御王母欲上朝元君群仙指此（集作我）爲我説幾見塵飛滄海竭竦身别我期再宫空山處處遺清風九州下視杳未旦一半浮生皆夢中始知武皇求不死去逐瀛洲羨門子

貧冬日　白居易

杲杲東（集作冬）日出照我屋南隅貧暄閉目坐和風（集作氣）生肌膚初似飲醇醪又如蟄者蘇外融百骸暢中適一念無曠然忘所在心與虚空俱

夕陽　鄭谷

夕陽秋更好瀲瀲（集作歛歛）蕙蘭中極浦明殘雨長天急遠鴻僧窻留半榻漁艇透踈蓬莫恨清光盡寒蟾即照空

月

詠月（文選作詠秋月）　梁沈約

月華臨靜夜夜靜滅氛埃方暉竟入户（文選作户入）圓影隙中來高樓切思婦西園遊上才網軒映珠綴應門照緑苔洞房殊未曉清光信悠哉

詠月篇（類聚作望秋月）　前人

望秋月秋月光如練照耀三爵臺徘徊九華殿九華瑇瑁梁華榱與璧璫以兹雕麗色持照明月光凝華入黼帳清暉懸洞房先過飛鷰户却映斑姬床桂宫裛裛落桂枝露寒凄凄凝白露上林曉葉颯颯鳴鴈門早鴻離離度堪秀質兮似規委清光兮如素照愁軒之蓬髪映金階之輕步居人臨此笑以歌别客對之傷且慕輕裏（類聚作囊）圖映寒叢凝清夜帶秋風隨庭雪以偕素與池荷而共紅臨玉墀之皎皎含霜靄之濛濛輔天衢而從度轢長漢而飛空隱嵓崖之半出（類聚作而半隱）隔（類聚作出）幃幌而纔通散朱庭之奕奕入青瑣而玲瓏寒階悲寡鵠沙洲怨别鴻昭姬泝胡殿明君思漢宫余亦何爲者淹留此山東

月　董思恭

北堂未安寢西園聊騁望玉户照羅幃珠軒明綺幌别客長安道思婦高樓上所願君莫遺（初學記作遣）清風時可訪

月（集作翫初月）　沈佺期（見駱賓王集）

忌滿光恒（集作先）缺乘昏影暫（集作漸）流既（集作自）能明似鏡何用曲如鉤

秋月　駱賓王

雲披玉繩净桂滿鏡光圓（集作月滿鏡輪圓）裛露朱花（集作珠輝）冷凌

霜紈扇(集作桂影)寒漏彩含晞薄浮波漾急淵西園徒自賞南
飛終未安

月　李嶠

桂生(一作滿)三五夕蓂開(一作分)二分時分輝度鵲鏡(一作清輝飛鵲鑑)流彩入蛾眉(一作新影學蛾眉)皎潔淩(一作臨)晞牖朦(一作朧)朧鑒
薄帷願陪北堂宴長賦西園詩(一作願言從愛客清夜幸同嬉一作皆單題詩)

同前二首　杜甫

天上秋期近人間月影清入河蟾不沒擣藥兔長生只益
丹心苦能添白髮明干戈知滿地休照國西營

二

四更山吐月殘夜水明樓塵匣元開鏡風簾自上鉤兔應

疑鶴髮蟾亦戀貂裘斟酌姮娥寡天寒奈九秋

新月　前人

光細弦豈(集作欲)上影斜輪未安微升古堞(集作塞)外已隱暮
雲端河漢不改色關山空自寒庭前有白露暗滿菊花欄(集作團)

初月　李白

玉蟾離海上白露濕花時雲畔風生爪沙頭水浸眉樂哉
絃管客愁殺戰征兒因絕(疑)西園賞臨風一詠詩

水月　僧皎然

夜夜池上觀禪身坐月邊虛無色可取皎潔意難傳若向
空心了長如影正圓

月(一字至七字)　張南史

月暫盈還缺上虛空生溟渤散彩無際移輪不歇桂殿入
西秦菱歌映南越正看雲霧秋卷莫待關山曉沒天涯地
角不可尋清光永夜何超忽

秋月　白居易

萬里清光不可思(一作私)添愁足(一作益)恨遠天涯誰人隴外
久征戍何處庭(一作亭)前新別離失寵故姬歸院夜沒蕃老
將上樓時照他幾許人腸斷玉兔金蟾(一作銀蟾)遠不知
此詩本卷中秋月門重出今已削去注異同爲一作

同前　李商隱

池上與橋邊(一作樓上與池邊)難忘復可憐簾開最明夜簟卷已

涼天流處水花急吐時雲葉鮮姮娥無粉黛只是逞(集作鬬)嬋娟

同前　方干

涼霄煙靄外三五玉蟾秋列野星辰正當空鬼魅愁泉澄
寒魄瑩露滴冷光浮未折青青桂吟看不忍休

月　前人

桂輪秋半出東方巢鵲驚飛夜未央海上風雲摇皓影空
中露氣濕流光斜臨戶牖通宵燭迥照階墀到曉霜庾亮
特才高更逸方聞墨翰已成章

初月　李群玉

艷艷(集作灩灩)流光浅娟娟泛霧(集作露)輕雲間龍爪落簾上玉

鈎明桂影枝猶小仙人影　未成欲爲千里别倚幌獨含情

月　羅隱

湖上風高動白蘋暫延清景此逡巡隔年爲别因（集作何成）
事半夜相逢（集作看）似故人（一作入）燈向靜中矜爪距兎偎（集作明限）
處弄精神姮娥老大應惆悵獨倚（集作倚泣）蒼蒼桂一輪

月　曹松

寥寥天地外夜魄爽何輕頻見此輪滿即應華髮生不圓
爭得破纔正又須傾人事還如此（一作相似）因知倚伏情

秋霽豈得寺與玄真師詠月　唐彦謙

露冷風輕霽魄圓高樓更在碧山巔四溟水合疑無地八
月槎通好上天黯黯晨辰環紫極喧喧朝市蔽蒼煙夜深

獨與巖僧語群動消聲舉世眠

月（雜詠作中秋夜翫月）　前人

一上（雜詠作夜）高樓萬景奇碧天無際水無涯空（雜詠作只）留皎月
當層漢並送浮雲出四維霧盡（雜詠作靜）不容玄豹隱水生秪
（雜詠作唯）恐夏蟲疑坐來離思憂生晚（雜詠作將曉）爭得姮娥子細
知

中秋月

賀崔中丞中秋月　張南史

秋夜月偏明西樓獨有情千家看露濕萬里覺天清映水
金波動銜山桂樹生不知飛鵲意何用此時驚

中秋夜與諸公錦樓望月得中字　武元衡

王輪初滿空迥出錦城東相向秦樓鏡分飛碣石鴻桂香
隨窈窕珠綴隔玲瓏不及前秋見圓光（集作輝雜詠作明）鳳沼中

酬劉裴（集作端）公中秋夜對月見懷　權得輿

凉夜清秋半空庭皓月圓動搖隨積水皎潔滿晴天多病
佳期阻深情麗曲傳偏懷賞心處同望庾樓前

中秋夜臨鏡湖望月　陳羽

鏡裏秋霄望湖（雜詠作潮）平月彩深圓光（一作明）珠入浦浮照鵲
驚林澹動光還翠嬋娟影不沉遠時生岸曲空處落波心
迥徹輪初滿孤明魄未侵桂枝如可折何惜夜登臨

八月十五夜翫月　劉禹錫

天將今夜月一遍洗寰瀛暑退九霄凈秋澄萬景清星辰

讓光彩風露發晶英能變人間世翛然是玉京

和中書崔舍人八月十五日夜翫月二十韻　前人

暮景中秋爽陰靈既望圓騰精浮碧海分照接虞泉（或作淵疑
諱）迥見孤輪出高從倚蓋旋二儀含皎潔（集作澈）萬象共澄
鮮整御當西陸舒光麗上玄從星變風雨順日助陶甄遠
近同時望晶瑩此夜偏運行調玉燭潔白應金天曲沼疑
瑶鏡通衢若象筵逢人盡冰雪遇景即神仙引素吞銀漢
凝清洗綠煙皐禽驚露下驛柝思風前水是還珠浦山成
種玉田斂沉三尺影燦罷九枝燃象外形無跡寰中影有
（雜詠作自）遷稍當雲闕正未映千城懸靜對揮宸翰閑臨襞彩

賤境同牛渚上宿在鳳池邊與掩尋安道詞勝命仲宣從今紙貴後不復詠陳篇

八月十五日夜湓亭望月　白居易

昔年八月十五夜曲江池畔杏園邊今年八月十五夜湓浦沙頭水館前西北望鄉何處是東南見月幾迴圓臨風一嘆無人會今夜清光似往年

答夢得八月十五夜翫月見寄　前人

南國碧雲客東京白首翁松江初上月伊水正無風遠思兩鄉斷清光千里同不知娃館上何以（疑作似）石樓中（其夜在龍門石樓望月）

八月十五夜禁中獨直對月寄（集作憶）元九　前人

銀臺金闕夕沉沉獨宿相思在翰林三五夜中新月色二千里外故人心渚宮東面煙波冷浴殿西頭鍾漏深猶恐清光不同見江陵卑濕足秋陰

中秋月　釋無可（見雜詠）

蟾宜天地靜三五對階蓂照耀超諸夜光芒掩衆星影寒池更澈露冷樹稍青枉值中秋半長乖宿洞庭

同前　劉得仁

塵裏蕪塵外皆期此夜明一年唯一夕（雜詠作度）長恐有雲生露洗微埃盡光濡是物清明吟看正好惆悵又西傾

同前　李頻

陰盛此宵中多爲雨與風坐無風雨至看與（雜詠共看）雪霜同

抱濕離遥海傾寒向遠（雜詠作逈）空年年不可值還似道難通

同前　李洞（見雜詠）

四十五秋宵月分千里毫冷沉中嶽短光溢大河高不寐清人眼移棲濕鶴毛露華臺上別愁望一年勞

同前　馬戴（見雜詠）

陰魄出海上望之增苦吟冷搜驪頷重寒徹蚌胎深浩氣籠諸夏清光射萬岑悠然天地內皎潔一般心

中秋越臺看月　李群玉

海雨洗塵埃月從空碧來水光籠草樹練影掛樓臺皓耀迷鯨目晶瑩失蚌胎宵分凭欄望應合見蓬萊

中秋月　張祜

碧落桂含姿清秋是素期一年逢好夜萬里見明時絶域行應久高城下更遲人間繫情事何處不相思

同前　釋棲白（見高僧詩）

尋常三五夜（一作夕）豈（一作不）是不嬋娟及（一作及至中秋滿）到中秋半還勝別夜圓清光凝（雜詠作光凝一作光凝唯）有露皓色爽（雜詠作皓色更一作爽徹更）無煙自古長如此（雜詠作人皆翫一作人皆望）年來復（雜詠作更一作又）一年

同前　司空圖

閑吟清景外萬事覺悠悠此際（雜詠作夜）若無月一年空（雜詠作虛）過秋

同前　裴說（見雜詠）

一歲幾盈虧當盈重此期幸無偏照處剛有不明時色淨
雲歸早光寒鶴睡遲相看吟未足皎皎下疎籬

翫月

同從弟銷南齋翫月憶山陰崔少府　王昌齡

高卧南齋時開帳月初吐清輝極木隙演漾在窻戶苒苒
幾盈虛澄澄變今古美人清江畔是夜越吟苦千里其何
如微風吹芳杜

裴廸書齋翫月　錢起

夜來詩酒興（集作意）月上（集作滿）謝公樓影閉重門静寒生獨
樹秋鵲驚隨葉散螢遠入煙流今夕遥天末清輝（集作光）幾
處愁

西掖翫月（令狐舍人說作夜西掖翫月戲贈）　李商隱

昨夜玉輪明傳聞近太清凉波衝碧瓦曉暈落金莖露索
秦宮井風絃漢殿箏幾時綿竹頌擬薦子虛名

泛江翫月十二韻（并序）　元稹

余以元和五年自監察御史貶授江陵士曹掾六月十四
日張季友李景儉二侍御王文仲司録王衆仲判官両昆
季爲餘載酒炙選聲音自府城之南橋乘月泛舟窮一夕
亏因賦詩以記之

楚色分形勢羊公壓大邦因依多士子參畫盡敦龐岳壁
閑相對荀龍自有雙共將舡載酒同泛月臨江遠樹懸金
鏡深潭倒玉幢委波添凈練洞照滅凝紅闤咽沙頭市玲
瓏竹岸牕巴童唱巫峽海客話神瀧巳困連飛盞猶催未
到釭飲荒情爛熳風棹樂琤摐勝事他年憶愁心此夜降
知君皆逸韻須爲應莚橦

對月

與盧明府別後南湖對月　僧皎然

五（集作南）湖生夜月千里滿寒流曠望煙霞盡淒清天地秋
相思路渺渺獨望水悠悠何處空江裏嬋娟伴客舟

廣陵秋夜對月即事　陳羽

霜落寒空上月樓月中飲（疑作歌）唱滿揚州相看醉舞倡樓
月不覺隋家陵樹秋

對月二首　張喬

盈缺青冥外東風萬古吹何人種冊桂不長出輪枝

二

圓魄上寒空皆言四海同安知千里外不有雨兼風

文苑英華卷第一百五十一

文苑英華卷第一百五十二　詩二

天部二

望月二十六首　雜題月三十五首

星十首

望月

望江中月　梁簡文帝一作梁孝元帝

澄江涵月影類聚作皓月水影若浮天風來如可汎流急不成圓秦鏡斷復接和璧碎還聯裂紈依岸草斜桂逐行舡即此清江上無俟百枝然

望月　前人

流輝入畫堂初照上梅梁形同七子鏡影類九秋霜桂花那不落團扇與誰粧空聞北窓彈未舉西園觴

舟中望月　梁朱超見初學記

大江闊千里孤舟無四鄰唯餘故樓月遠近必隨人入風先繞暈排霧急移輪若教長似扇堪拂豔歌塵

望月　庾肩吾

桂殿月偏來留光引上才圓隨漢東蚌暈逐淮南灰渡河光不濕移輪澈詎開此夜臨清景還承終宴杯

和徐主簿望月　前人

樓上徘徊月窓中愁思人照雪光偏冷臨花色轉春星流時入暈桂長欲侵輪願以重光曲承君歌扇塵

望月愁　蕭子範

漢河東西陰清光此夜出入帳華珠被斜筵照寶瑟霜悇庭上蘭風鳴簷下橘獨見傷心者孤燈坐幽室

望月有所思　劉孝綽

秋月始纖纖微光垂出類聚作步簷朧朧入牀簟髣髴鑑窓簾簾螢隱光息簾蟲映光織玉羊東北上金虎西南昃長門隔清夜高堂夢容色如何當此時懷情向類聚作蒲胷臆

江上望月　鮑泉

客行鉤始懸此夜月將弦川澄光尚動流駛影難圓蒼蒼隨遠色漾漾類聚作瀁瀁逐漪漣無因轉還帆廻首眷吾類聚作前賢

舟中望月二首　隋庾信

舟子夜離家開舲望月華山明疑有雪岸白不關沙天漢看珠蚌星橋視桂花灰飛重暈闕蓂落獨輪斜

二

夜光流未曙金波影上疑作尚賒照人非七子含風異九華蓂新半璧疑作壁上桂蒲獨輪斜乘舟聊可望無假逐靈槎

遼城望月　唐太宗

玄兔月初明澄輝照遼碣映雲光漸隱隔樹花如綴魄蒲桂枝圓輪虧鏡彩缺臨城郄影散帶暈重圍結駐蹕俯九都佇觀妖氛滅

臥痾喜霽開扇望月簡宮內知友　庾抱

秋雨移弦望疲痾倦苦辛忽對荆山璧委照越吟人高高

侵地鏡皎皎徹天津色麗班姬篋光潤洛川神輪輝池上
動桂影隙中新懷賢雖不見或似暫參春(疑作辰)

江中望月　盧照鄰

江水向涔陽澄澄寫月光鏡圓珠溜澈弦滿箭波長沉鉤
搖兔影浮桂動舟芳延照相思夕千里共霑裳

秋山望月酬李騎曹　李嶠

愁客坐山隈懷抱自悠哉沉復高秋夕明日正徘徊亭亭
出迥岫皎皎映層臺色帶銀河滿光含玉露開白雲籠影
度虛暈抱輪迴谷邃涼陰靜山空夜響哀寒催數鴈急風
送一螢來獨軫離君恨遙想故人盃

和康五望月有懷　杜審言

明月高秋迥愁人獨夜看暫將弓並曲翻與扇俱團霧濯
清輝苦風飄素影寒羅衣一此鑒頻使別情(集作雜)難

和洛州司士康士曹庭芝望月有懷　沈佺期

天使下西樓光含萬象(集作里)秋臺前疑掛鏡簾(集作簷)外似
懸鉤張尹將眉學班姬取扇儔佳期應借問爲報在南(集作刀)頭

秋夜望月　姚元崇

明月有餘鑒羇人殊未安桂寒秋樹影波入夜池寒灼灼
雲枝淨光光草露團所由迷所在長望獨長歎

望月　張九齡

清迥江城月流光萬里同所思如夢裏相望在庭中皎潔
青苔露蕭條黃葉風含情不得語頻使桂華空

望月懷遠　前人

海上生明月天涯共此時人情怨遙夜竟夕起相思滅燭
憐光滿披衣覺露滋不堪盈手贈還寢夢佳期

雨後望月　李白

四郊陰靄散開戶半蟾生萬里舒霜合一條江練橫出時
山眼白高後海心明爲惜如團扇長吟到五更

南樓望月　釋皎然

夜月家家望亭亭愛此樓纖雲溪上斷疎栁影中秋漸映
千峯出遙分萬泒流關山誰復見應獨起邊愁

龍池寺望月寄韋使君閻別駕(集作闕別駕)　司空曙

清光此夜中萬古望應同當野山沉霧低城樹有風花宮
粉共邃水府皓相空遙想高樓上唯君對庾公

登樓望月寄鳳翔李少尹　戴叔倫

陌上涼風槐葉凋夕陽清露濕寒條登樓望月楚山迥月
到南樓山獨遙心送情人趨鳳闕目隨陽鴈極煙霄軒轅
不重無名客此地還能訪寂寥

西樓望月(一作登城望月)　張籍

城西樓上月復是雪晴時寒食(集作夜)共來望思鄉獨下遲
幽光落水塹淨色在霜枝明日千里去北中還別離

望關山月(此詩見一百九十八卷)　陳陶

海昌望月　前人

何處無人夕豈期在海頭賈客不愛月嬋娟閑滄洲浩然
傷歲華獨望湖邊樓煙島青歷歷藍田白悠悠誰無破鏡
期繫我信虛舟誰無桂枝念繫我方摧輈始見學環春又
逢團圓秋莫厭綾扇夕百年多銀鉤金盤誰雕鑴玉扃難
寫（疑作冥）搜重輪運時節三五不自由疑抛雲上鍋欲摟（疑）
天邊毬孀居應寒冷擣藥青冥愁兎子樹下蹲蝦蟆池中
游如何名金波不共水東流天花辟膻腥野雲無邊陬蚌
蛤乘大運含珠相對酬夜鵲思南鄉露華清東廡百寶安
可覷老龍鑠深湫究究（詩自我人究究）如情人盜者即仇讎海涯
上皎絜九門更清幽亭亭勸金罇（疑）夜久喘吳牛夷俗皆
輕擲北山思金（疑）遊鴈聲故鄉來客淚墮南洲平生煙霞

志讀書覔封侯四海尚白身豈無故鄉羞壞坎何足歎壯
如水中虬獵獵谷底蘭搖搖波上鷗中逾（疑）喪資斧兩地
生繁憂一杯太陰君鵾鶴豈無求明日將片葉三山東南
浮

雜題月

視月　梁虞騫

清夜未云疲細（類聚作珠）簾聊可發冷冷玉殿外映見蛾眉月
靡靡露方垂暉暉光稍没佳人復千里餘影徒揮忽

縣中庭看月　劉瑗

移榻坐庭陰初弦時復臨侍兒能勸酒貴客解彈琴栢葉
生鬢内桃花出髻心月光移數尺方知夜已深

林下月影（集本類聚並作秋月）　劉孝綽

明明三五夜（集作月）垂影當高樹攢柯伴玉蟾裛葉映（集本類聚並作）
影金兎絃林有夜坐嘯歌無與晤側光聊可書含毫且
成賦

關山月（此詩見一百九十卷）　周王褒

詠月贈人　前人

月色當秋夜斜暉映薄帷上弦如半璧初魄似蛾眉渡雲
光忽駛中天影更遲高陽懷許掾對此憶相思

薄帷鑒明月　陳張正見

長河上月桂澄彩照高樓分簾疑碎璧隔幔侶垂鈎窓外
光恒蒲帷中影暫流豈及西園夜長隨飛蓋遊

賦得三五明月夜　江總

三五兎輝成浮陰冷復輕隻輪悲（類聚作非）戰反團扇少歌聲
雲前來往色水上動搖明况復高樓照何嗟攬不盈

明月引　盧照鄰

笙仕無中秩歸耕有外臣人歌小歲酒花舞大唐春草色
迷三徑風光動四鄰願得長如此年年物候新

朗月行　張漸

朗月照簾幌清夜有餘姿洞房怨孤枕挾瑟愛前墀萱草
已數葉梨花復遍枝去歲草始榮與君新相知今年花未
落誰分生別離代情難重論人事好乖移合比月華滿分
同月易虧虧月當再圓人別星隕天吾欲竟此曲意深不

可傳歎息孤鸞鳥傷心明鏡前

月下獨酌（此詩見一百九十五卷） 李白

金陵城西樓月下吟 前人

金陵夜寂涼風發獨上西樓望吳越白雲映水搖秋光（集作空城）白露如珠滴（集作垂珠濕）秋月月下長吟久不歸古今相接眼中稀絳道澄江淨如練令人却憶謝玄暉

把酒問月 前人

青天有月來幾時我今停杯一問之人攀明月不可得月行却與人相隨皎如飛鏡臨丹闕綠煙滅後（集作盡）青輝發但見宵從海上來寧知曉向雲間沒白兎擣藥秋復春姮娥孤棲與誰鄰今人不見古時月今月曾經照古人古人今人若流水共看明月皆如此所（集作唯）願當歌對清酒（集作酒）時月光長照金罇裏

月宮詞 楊巨源

宮中月明何所似如積如流蒲田地迴過前殿曾學眉迴照長門慣催淚昭陽昨夜秋風來綺閣金鋪情（疑）影關藻井浮花共陵亂玉階零露相徘徊稍映明河泛仙馭蒲窻猶在更衣處管弦迴燭無限情環佩憑欄不能去皎皎蒼蒼千里同穿煙飄葉九門通珠簾欲卷畏成水瑤席初陳驚似空復値君王事歡宴宮女三千一時見飛蓋愁看素暈低繡鷁願踏清輝遍江上無雲夜可憐胃沙披浪自嬋娟若共心賞風流夜那比高高太液前

溪上月 僧皎然

秋水月娟娟初生色界天蟾光散蒲溆素景動淪漣何事無心見虧盈向夜禪

月夜泛舟 僧法振

西塞長雲盡南湖片月斜漾舟人不見卧（高僧詩作俁）入武陵花

剡山夜月（六言） 朱放

月在沃州山上人歸剡縣溪邊漠漠黃花覆水時時白鷺驚舡

秋庭夜月有懷 李澄之

游客三江外單棲百慮違山川憶處近形影夢中歸夜月

明虛帳秋風入擣衣從來不慣別況屬鴈南飛

和元郎中從八月十一至十五夜翫月五首 王建

半秋初入中旬夜已向堦前守月明從未圓時看却好一分一見傍輪生

二

亂雲遮却臺東月不許教依次第看莫爲詩家先見境被他籠與作艱難

三

今夜月明勝昨夜新添桂樹近東枝立多地濕舁床坐看過墻西寸寸遲

四

月似圓來色漸凝玉盆生水欲侵稜夜深盡放家人睡（集作詠）

（作佳人醉）直到天明不炷燈

五

合望月時長望月分明不得似今年仰頭五夜風中立從

未圓時看到圓（一作從未圓直到圓）

月夜寄微之憶樂天　劉禹錫

今宵帝城月一望雪相似遥想洛陽城清光正如此知君

當此夕亦望臨（集作鏡）湖水展轉相憶心明月（集作月明）千萬里

江樓望月　白居易

嘉陵江曲曲江池明月誰同人別離一宵光景潛相憶兩

地陰晴遠不知誰料江邊懷我意正當池畔望君時今朝

共語方同悔不解多情先寄詩

山中問月　前人

爲問長安月誰教不暫離（集作相思必切離）昔隨飛蓋處今照入

山時借助秋懷曠留連夜卧遲如歸舊鄉國似對好親知

松下行爲伴谿頭坐有期千巖將萬壑無處不相隨

寒食夜月　前人

風香露重梨花濕草舍無煙（集作燈）愁未入南鄰十（集作井）里

歌吹時獨倚柴門月中立

宿藍橋題月　前人

昨夜鳳池頭今夜藍（一作溪）橋口明月本無心行人自回首

新秋松影下半夜鍾聲後清影不宜昏聊將茶代酒

宿陽城驛題月　前人

親故尋回駕妻孥未出關鳳凰池上月送我過南山

對琴待月　前人

竹院新晴夜松牕未卧時共琴爲老伴與月有愁期玉軫

臨風久金波出霧遲幽音待清景惟是好（集作我心）知

西樓月　前人

悄悄復悄悄城隅隱林杪山郭燈火稀峽天星漢少年光

東流水生計南枝鳥月没江沉沉西樓殊未曉

禁中月　前人

海上明月出禁中秋夜長東南樓殿白稍稍上宮墻爭落

金盤水明浮王砌霜不比人間見塵土汙清光

客中月　前人

客從江南來來時月上弦悠悠行旅中三見清光圓曉隨

殘月行夕與新月宿誰謂月無情千里遠相逐朝發渭水

流暮入長安陌不知今夜月又作誰家客

客中月　于武陵

離家凡幾宵一望一寂寥新魄又將蒲故鄉應漸遥猶臨

彭蠡水遠憶洛陽橋更有乘舟客悽然亦駐橈

霜月　李商隱

初聞征鴈已無蟬百尺樓臺水接天青女素娥俱耐冷月

中霜裏鬭嬋娟

月夕　前人
草下陰蟲葉下（集作上）霜朱欄迢遞壓湖光兎寒蟾冷桂花
白此夜姮娥應斷腸

星

月夜觀星　隋煬帝
團團素月淨翛翛夕景清谷泉驚暗石松風動夜聲披衣
出荊戶躡履步山楹欣覩明堂亮喜見太階平𥕛參猶可
識牛女（初學記作女牛）尚分明更移斗柄轉夜久天河橫徘徊不
能寐參差幾種情

奉和御製月夜觀星示百僚　諸葛穎
窅窱神居遠蕭條更漏深薄煙淨遙色高樹宿清陰星月

蒲茲夜粲爛還相臨連珠欲東上團扇漸西沉澄水含斜
漢脩樹隱橫參時聞送籌柝屢見繞枝禽聖情寄餘事振
玉復鳴金

同前　袁慶
六龍初匿影顧兎始馳光戒井（文選刻漏銘微宮戒井）傳宵漏山庭
引夕凉宸居多勝託閑步出琳堂爛爛星芒動耿耿清河
長清（初學記作情）道移天駟北極轉文昌喬枝猶隱畢絕嶺半
侵張仰觀留玉裕（文選陸士衡宣猷堂詩[illegible]安玉裕）睿作動金相無庸徒
扣寂何以繼連章

同前　蕭琮
陽精去南陸大（火疑作）耀[illegible]始西流夕風淒[illegible]暑夜氣應新秋

重門月已映嚴城漏漸脩臨風出累[illegible]衍度月蔽層樓靈河
隔神女仙轡動星牛玉衡指棟落瑤光對幌留徒知仰閶
闔乘槎未有由

同前　虞世南
旦秋炎景暮初弦月彩新清風滌暑氣文露淨囂塵藹霧
銷輕縠鮮雲卷夕鱗休光灼前耀瑞彩接重輪緣情摛聖
藻並作命徐陳宿草誠淪溢吹噓偶縉紳天文豈易述徒
知仰北辰

星名　辛德源
邊祲昏高柳爟火照離宮明堂發三令鉤陳集五戎素羽
麾全月牛（疑）旗引半虹虎落驚氛斂龍城宿霧通繫（疑作）擊

鍾張大樂置酒宴群公關山無復阻車書方大同

詠星　董思恭
歷歷東井舍昭昭右掖垣雲際龍文出池中鳥色翻流輝
下月露墜影入河源方知潁川集別有太丘門

同前　李嶠
蜀郡靈槎轉豐城寶劒（集作氣）新將軍臨北塞天子入西秦
未作三台輔寧爲五老臣今宵潁川曲誰識聚賢人

江邊星月二首　杜甫
驟雨清秋夜金波耿玉繩天河元自白江浦向來澄映物
連珠斷緣空一鏡昇餘光隱更漏況乃露華凝

江月辭風檻（集作纜）江星別霧船鷄鳴還曙色鷺浴自清川
歷歷竟誰種悠悠何處圓客愁殊未已他夕始相鮮

文苑英華卷第一百五十二

文苑英華卷第一百五十三　詩三

天部三

雨十七首　喜雨九首
對雨十二首　苦雨九首
雜題雨三十首

雨

詠細雨　梁孝元帝

風輕不動葉雨細未霑衣入樓如霧上拂馬似塵飛

詠雨　唐太宗

和風吹綠野梅雨灑芳田新流添舊澗宿霧足朝煙鴈濕行無次花霑色更鮮對此忻登歲披襟弄五絃

雨　李嶠

西北雲膚起東南雨足來靈童出海見神女向山迴斜影風前合圓文水上開十旬無破塊九土信康哉

微雨　僧皎然（見高僧詩）

片雨拂簷楹煩襟四座清霏微過麥隴灑（一作蕭）散傍蕪城靜愛和花落幽聞入竹聲朝觀趣無盡高詠寄閑情

山雨（雜言）　前人

一片雨半山晴長風吹落西山下蒲樹蕭蕭心耳清雲鶴驚亂下水香凝不然風迴雨定芭蕉濕一滴時時入畫禪

雨　孟郊

朝見一片雲暮成千里雨淒清濕高枝散漫霑荒土

陰雨二首　白居易
潤葉濡枝浹四方濃雲來去勢何長曠然寰宇清風滿救
旱功高暑氣涼
二
嵐霧今朝重江山此地深灘聲秋更急峽氣曉多陰望闕
雲遮眼思鄉淚集作雨滴心將何慰幽獨賴此北窓琴
雨　杜牧
連雲接塞添迢遞洒幕侵燈送寂寥一夜不眠孤客耳主
人窻外有芭蕉
細雨二首　溫庭筠
細雨濛濛入絳紗澧湖寒食孟珠家南朝漫自稱流品宮

體何曾爲杏花
二
憑軒望秋雨涼入暑衣清極目鳥頻沒片時雲復輕沼萍
開更斂山葉動還鳴楚客秋江上蕭蕭故國情
秋雨　前人
雲雨疑鳥行滅池涼龍氣腥斜飄看棊簟疎洒望山亭細
響鳴林葉圓文破沼萍秋陰杳無際平野但冥冥
春雨　薛能
電潤疑照潺潺驚流往復還遠聲如有洞迷色似巫集作無
山利物乾坤內并風竹樹間靜思來朔漠愁望滿柴關遊
濕消塵慮吹風觸病顏誰知草茅逕集作者沾此尚虛閑

夏雨　前人
何處發天涯風雷一道賒去聲隨地急殘勢傍樓斜透樹
重紅葉沾塵帶落花瀟湘無限思閑看下蒹葭
雨　韓琮
陰雲拂地散絲輕長得爲霖濟物名夜浦漲歸天塹闊春
風洒入御溝平軒車幾處歸頻濕羅綺何人去欲生疑不
及流他荷葉上似珠無數轉分明
雨　張蠙
半夜西亭雨離人獨啓關桑麻荒舊國雷電照前山細滴
高槐底繁聲疊漏間唯應孤鏡裏明月長愁顏
春雨　羅鄴

廉風颯颯洒皇州能滯春寒阻勝遊半夜五侯池館裏美
人驚起爲花愁
喜雨
從駕喜雨　庾肩吾
西嶽浮鑪桂東皇事溢類聚作浴蘭赦詔還京師類聚作兆歸神出
灌壇濕風含酒氣陰雲助麥寒典農欣受職治粟喜當官
復此隨車雨民人類聚作天知可安
喜雨　魏收
霞暉染刻棟礎潤上雕楹神山千葉照仙草百花榮瀉溜
高齋響添池曲岸平滴下如珠落波迴類璧成氣調登萬
里年和欣百靈定知冊氈出何須銅雀鳴

和李司録喜雨　庾信（見類聚）

純陽實久亢雲漢乃昭迴臨河沉璧玉夾道畫龍媒離光
礿繞電震氣始乘雷海童還碣石神女向陽臺雲逐魚鱗
起渠隨龍骨開崩沙雜水去卧樹擁槎來嘉禾雙合穎熟
稻再含胎屬此欣膏露逢君摛掞才愧之（之疑作）瓊將玖無
酬美且偲

晚秋喜雨（并序）　李嶠

咸亨元年自四月不雨至于秋九月王畿之内嘉穀不滋
君子小人惶惶如也天子慮深求瘼念在責躬避寢損膳
録冤弛役牲幣之禮遍於神祇鍾庾之貸周於窮乏至誠
斯盛感（感疑作）靈聰有融爰降甘澤太極（極疑作）炎亢朝廷公卿

相趨動色里閈晤庶謳吟成響年和俗阜於焉可致撫事
形言孰云能已乃詩曰
積陽經首夏隆旱届徂秋炎威振皇服歊景暴神州氣滌
朝川朗光澄夕照浮草木委林甸禾黍悴原疇國懼流金
眚人深懸磬憂紫宸兢履薄冊扆念惟（惟疑作推）溝望肅壇場
祀寃申囹圄囚御車遷玉殿薦菲撤瓊羞濟窘邦儲發蠲
窮井賦優服閑雲驥屏冗術土龍脩濬感通三極天誠貫
六幽夏祈良未擬商禱詎爲儔穴蟻禎符應山蛇毒影收
騰雲八際滿飛雨四溟周聚鵲籠仙闕連霏繞畫樓旱陂
仍積水涸沼更通流晚穗萎還結寒苗瘁復抽九農歡歲
阜萬寓慶時休野洽如坻詠途喧擊壤謳幸聞東李（疑）道

欣奉比場遊

西山祈雨（是日輒應因賦詩言事）　張九齡（見文粹）

茲山蘊靈異走望良有歸丘禱亦（一作雖）已久甿心難重違
遲明申藻薦先夕旅嵓扉獨宿雲峯下蕭條人吏稀我來
不外適幽抱自中微靜入風泉奏涼生松栝圍窮年滯遠
想寸晷閱清輝虛美悵無屬素情緘所依遭（一作讒）隨嬿弱
操羈東謝貞肥義濟亦吾道誠存爲物祈靈心欲以應甘
液幸而飛閑閣且無責隨車安敢希多慙德不感知復是
耶非

和崔尚書喜雨　前人

積陽雖有悔（集作晦）經月未爲災上念人天重先祈雲漢回

仁心及草木號令起風雷照爛陰霞上交紛瑞雨來三農
被（集作破）黍稷四遠（集作達）屏氛埃池溜因添滿林芳爲洒開
聽中聲滴瀝望處影徘徊恩澤成豐歲昌言發上才無論
驗石鼓不是御雲臺直頌皇恩浹崇朝遍九垓

喜雨　杜甫

南國旱無雨今朝江出雲入空纔漠漠洒迥已紛紛巢燕
高飛盡林花潤色分晚來聲不絶應是（集作得）夜深聞

同薛員外喜雨詩兼上楊使君　釋皎然

積旱思飛洒蒸民喜亦傾刻雲不待族雨色飛江城燋稼
濯又發敗荷滋更榮時隨霧穀重集作柳絲輕一宿恐魚
飛數朝微鶴（集作鵲）鳴毒暑澄爲冷高塵滌還清乃知陰騭

數制在理化情及此接歡賀臨風聞頌聲

喜雨　白居易

西北油然雲勢濃須臾霶沛雨飄空頻蘇萬物焦枯意定看秋郊稼穡豐

賀雨　前人

皇帝嗣寶歷元和三年冬自冬及春暮不雨旱爞爞上心念下民懼歲成災凶遂下罪己詔殷勤告萬邦帝曰予一人繼天承祖宗憂勤不遑寧夙夜心沖沖元年誅劉闢一舉清巴邛二年戮李錡不戰安江東顧惟眇眇德遽有巍巍功或者大(一作天)降沴無乃儆予躬上思荅天戒下思致時雝莫如率其身慈和與儉恭乃命罷進獻乃命賑饑窮

宥死降五刑已責(二字出左傳文　稡作責已非)寬三農宮女出宣徽廐馬減飛龍庶政無不舉皆出自宸衷奔騰道路人傴僂田野翁歡呼相告報感泣涕沾胸順人人心悅先天天意從詔下纔七日和氣生沖融凝爲悠悠(一作油油)雲散作習習風晝夜三日雨淒淒復濛濛萬心春熙熙百穀秋芃芃人變愁爲喜歲易儉爲豐乃知王者心憂樂與衆同皇天與后土所感無不通冠珮何鏘鏘將相及王公蹈舞呼萬歲列賀朝廷中小臣誠愚陋職忝金鑾宮稽首再三拜一言獻天聰君以明爲聖臣以貞爲忠敢賀有其始亦願有其終

對雨

對雨　梁朱超

當夏苦炎埃習靜對花臺落照依山盡浮涼帶雨來重雲出(類聚作吐)飛電高棟響行雷灑樹輕花發滴沼細萍開氿泳縈堦草奔流起砌苔無因假輕蓋徒然想上才

對雨有懷　北齊劉逖

重輪宵犯畢行雨旦浮空細落疑寒露(類聚作霧)斜飛覺帶風濕槐仍足綠沾蓮(類聚作桃)更上紅無由似玄豹縱意坐山中

閑居對雨　陳陰鏗

四冥(一作宾)飛早(一作旦)雨三徑絶來遊震位雷聲發離宮電影浮山雲遥似帶庭芥(一作葉)近成舟茅簷下亂滴石竇引溕流寄言一高士如何麥不收(一作皆藝文類聚)

單于川對雨　蘇味道(見集本)

飛雨欲迎旬浮丼已送春還從濯枝後來應洗兵辰氣合龍祠外聲過鯨海濱伐邢知有屬已見靜邊塵

對雨　李白(集無此詩)

卷簾聊舉目露濕草綿綿古岫披雲毳空庭織碎煙水紅(疑作紋)愁不起風線重難牽盡日扶犂叟往來江樹前

和段學士南亭春日對雨　喻凫

長飛晚未休蘭閣客吟愁蕭颯柳邊桂縈紆花底流聲繁乍雜(集疑作有)籟洒急不成漚經夕江湖思煙波一釣舟

春暮對雨　劉得仁

春暮雨微微翻疑墜葉時氣蒙楊柳重寒勒牡丹遲未夕鳥先宿然(疑)晴人有期何當廓陰閉新暑竹風吹

精舍對雨　戴叔倫

空門寂寂澹吾身谿雨微微洗客塵卧向白雲晴未盡任他黃鳥醉芳春

對雨愁悶寄錢大郎中　劉灣

積雨細紛紛饑寒命不分攬衣愁見肘窺鏡覓從（讀如從理入口之從）文九陌成泥海千山盡濕雲龍鍾驅款段到處倍思君

盧氏池上對雨　温庭筠

簟翻涼氣集溪上潤殘棊萍皺風來後荷喧雨到時寂寥閑望久飄洒獨歸遲無限松江恨煩君解釣絲

春杪對暮雨　前人

淅瀝生叢篠空（擬）濛泫網軒暝姿看遠樹春意入塵根

點細飄風急聲輕入夜繁雀喧爭欋樹人靜出蔬園尨濕光先起房深影易昏不應江上草相與滯王孫

夏日對雨　裴度

登樓逃盛夏萬象正埃塵對面雷嗔樹當街雨趁人簷疎蛛網重池濕鷺泥新吟罷清風起荷香滿四鄰

苦雨

苦雨寄房休（集作四）昆季　高適

獨坐見多雨況茲兼索居茫茫十月交（集作郊非）窮陰千里餘彌望無端倪北風繫林杪白月（集作日）耿難見（集作覿）黃雲爭卷舒安（集作焉）得造化功曠然一掃除滴瀝簷宇愁寂寥談笑疎泥塗擁城郭水潦盤丘墟惆悵憫田農徘徊傷里閭曾是力耕稅曷云無斗儲萬事切中懷十年思上書君門嗟緬邈身計念居諸沉吟顧草茅鬱怏任盈虛黃鶴（集作鵠）不可羨鳴雞時起予故人平臺側高館臨東渠兄弟方荀陳才華貫（集作冠）應徐彈琴自多暇飲酒復（集作更）何如知人想林宗直道慙史魚推（集作攜）手風流在開襟鄙悋祛寧能訪窮巷相與對家（一作嘉集作園）蔬

在滁苦雨歸桃花崦傷親友略盡　顧況

厖氣忝殘生後來亦先夭詩人感風雨長夜何時曉去國官情無近鄉歸夢少庇身絕中授甘靜忘外擾麗景變重陰洞山空木表靈潮若可通寄謝西飛鳥

苦雨　前人

朝與佳人期碧樹生紅萼暮與佳人期飛雨洒清閣佳人竟何許中夜心寂寞試憶花正開復驚葉初落行騎飛泉鹿卧聽雙海鶴嘉願有所從安得處其薄

南海苦雨寄贈王四侍御　楊衡

炎風雜海氣暑雨每成霖塗泥親杖屨苔蘚漬衣襟念近劇懷遠涉淺定知深暗滿夜滴滴荒庭晝霪霪折簡展離曠理逕俟招尋處陰誠多慘況乃觸隅禽

此詩二百五十七卷重出今已削去

雨中寄張博士籍侯主簿喜　韓愈

放朝還不報夜半（一作半路）蹋泥歸雨慣曾無節雷頻自失威見墻生菌徧憂麥作蛾飛歲晚偏蕭索誰當救晉饑

此詩二百五十卷重出今已削去注異同爲一作

苦雨行　劉禹錫

悠悠飛走情同樂在陽和歲中三百日常苦風雨多天人信遐遠時節易蹉跎洞房有明燭無乃酣且歌

和韓侍郎苦雨　白居易

潤氣凝柱礎繁聲注瓦溝闇流窻不曉涼引簟先秋葉濕蠶應病泥稀鷰亦愁仍聞放朝夜誤出到街頭

酬王(集作任)疇協律夏中苦雨見寄　姚合

銀漢波瀾溢經旬雨不(一作未)休細聽宜隔牖遠望憶高樓風急飄還斷雲低落更稠走童驚掣電饑鳥啄浮漚絲網張空際珠繩落瓦溝青蛙多入戶潢潦欲勝舟雷怒疑山破池渾似土流灰人漫禳獸水馬恣沉浮廣陌應翻浪貧家(集作居貧)恐作湫陽精藏不耀陰氣盛難收遠色重林暮繁聲四壁愁(集本無此四句)望晴思見日防冷欲披裘梳膩(集作潤)眠還嬾車羸出轉憂琴書涼簟靜燈燭夜窻幽樹暗蟬吟咽巢傾鷰語愁薄煙凝竈額荒草覆墻頭天上那能問龍邊本不求(集作豈易求此兩句仍在幽字韻下)下床先杖(一作仗)屐汲井抵瓢(集作恐)飄遠思成涯淡佳期念阻脩(集作酒思妻方罷詩情耿始抽此二句仍在頭字韻下)殷勤(集作勞君)寄新什清韻益難酬(集作終日不能酬)

苦雨

江昏山半晴(集作山昏天半晴)南阻絕人行葭菼連雲色杉松共雨聲早秋仍燕舞深夜更鼉鳴爲報迷津客訛言未可輕

雜題雨

賦得入堦雨　梁簡文帝

細雨堦前入洒砌復沾帷漬花枝覺重濕鳥羽(類聚作翻)飛遲儻令斜日照倂欲似蓬(類聚作遊)絲

和太子春林晚雨　梁劉孝威

雲樹交爲密雨日共成虹雷舒長男氣枝搖少女風葉珠垂滴水檐繩下溜空蝶濡飛不颺花沾色更紅朋離信養德能事畢春宮誰堪偶鳳吹唯有浮丘公

行還值雨又爲清道所駐　前人

齊楚盤石貴韓吳異姓王俱來早朝罷相隨出建章喧呼驚里閈叫咷駭康莊阜驄同隼擊青槖(細槖以盛印)似鷹揚掖門南北遠複道東西長幡旗爭絡繹官騎鬱相望微風生檾傳輕雨潤帷裳油衣紛競道小蓋列成行八舍便繁密五營輿服光迴車避司隸俄(側也)軒揖內即況余白屋士自依卑路傍日月雖臨照反陋難明敭早榮羞日及晚知慙豫章徒抱凌雲意終愧摩天翔安能久淪辱圖南會有方

望雨　前人

清陰蕩暄濁飛雨入堦廊瞻空亂無緒望霤耿成行交枝含曉潤雜葉帶新光浮芥離還聚沿漚滅復張浴禽飄落毳風荇散餘香瓔綃(疑)掛綃幕象簟列華床侍童拂羽扇厨人奉濫漿(初學記類聚並無此四句詳此詩象簟列華床乃夏日雨也按內則有漿有濫注濫涼也)寄言楚臺客雄風詎獨涼

擬雨　梁虞騫（見類聚）

清風送凉氣薄暮蕩炎氛虹照漣漪水電出嵯峩雲落暉
散長足細雨織斜文

秋雨卧疾　劉孝綽

賈君徭役少潘生氏務稀及此同多暇高卧掩重闈寂寞
桑榆（集作榆葉）晚滂沱曀不晞電隙時光帳風簾乍扣扉（集作如飛）

望夕雨　劉苞

崇朝遘行雨薄晚屯密雲緑階起素沫竟水散圓文河柳
低未舉山桃落已芬清罇乆不薦淹留遂待君

雨從箕山來　宋之問

雨從箕山來倏（集作倐）與飄風度精明西風（集作峯）日緑縟南

溪樹此時客精廬幸蒙真僧顧深入清淨理妙斷往來趣
意得兩契如言盡共忘喻觀花寂不動聞鳥懸可悟向夕
聞天香留戀不能去

春夜雨　杜甫

好雨知時節當春及（集作乃）發生隨風潛入夜潤物細無聲
野徑雲俱黑江舡火獨明曉看紅濕處花重錦官城

朝雨　前人

凉風曉蕭蕭江雲亂眼飄風鴛藏近渚雨燕集深條黃綺
終辭漢巢由不見堯草堂樽酒在幸得過清朝

雨　前人

萬木雲深隱連山雨未開風扇掩不定水鳥去（集作過）仍廻
蛟館如鳴杼樵舟豈伐枚清凉破炎毒衰意欲登臺

黃梅雨　前人

南京西（集作犀）浦市（集作道）四月熟黃梅湛湛長江去冥冥細
雨來茀茨蹂易濕雲霧密難開竟日蛟龍喜盤渦與岸廻

雨不絶　前人

鳴雨既過小雨微（集作漸細微）映空搖颺如絲飛階前短草泥
不亂院裏長條風乍稀舞石旋應將乳子行雲莫自濕仙
衣眼前江舸何忽促不得（集作未得）安流逆浪歸

江山阻風雨　岑參

江上風欲來泊舟未能發氣昏雨已過突兀山復出積浪
成高丘盤渦爲嵌窟雲低岸花掩水漲灘草沒老樹蛇退

皮崩崖龍退骨平生抱忠信灘險殊可忽

詠浮漚爲辛明府作　鄭縉

行潦散輕漚清規晚（一作吐）未妝雨來波際合風起浪中浮
晶晃明苔砌參差繞芥舟影疑星泛曉光似露涵（一作含）秋
皎皎珠同淨漂漂梗共流潔容無變染圓知有謙柔欲作
微消效先從淡水遊

此詩一百六十四卷重出今已削去注異同爲一作

酬劉員外雨中見寄　錢起

苦雨滴蘭砌凄風生葛衣潰汚三逕絶礁杵四鄰稀分與
玄豹隱不爲湘鸎飛慙君角巾折猶肯問衡闈

陸勝（一作瑛）宅秋暮雨中賦韻（一作探韻同作）　張南史（見間氣集）

同人來日自相將深竹閑園偶辟强已被秋風教憶鱠更
聞寒雨勸飛觴歸心莫問三江水旅服從沾九月霜醉裏
欲尋騎馬路蕭條幾處有垂楊
此詩二百十五卷重出今已削去

酬苗員外仲夏歸郊居遇雨見寄　盧綸

雷響風仍急人歸鳥亦還亂雲方至水驟雨已喧山田鼠
依林上池魚戲草間因玆(集作高)屏埃霧一詠一開顏

夜雨見投　司空曙

出戶繁星盡池塘暗不開動衣涼氣度遮樹遠聲來燈外
初行電城隅忽隱雷因知謝文學晚望比塵埃

酬韓祭酒雨中見寄　張籍

雨中愁不出陰黑盡連宵屋濕惟添漏泥深未放朝無芻
怜馬瘦少食信兒嬌聞道韓夫子還同此寂寥

知李僕射雨中寄盧嚴二給事　前人

郊原飛雨至城闕濕雲埋逆點時穿牖浮漚欲上堦偏滋
鮮蘚竹併洒落花槐晚潤生琴匣新涼滿藥齋從容朝務
退(一作後)放曠掖曹乖(一作備)盡日無來客閑吟感此懷

奉和門下相公雨中寄裴給事　姚合

懶起閑看雨垂簷自滴堦風清想林壑雲濕似江淮石信
浮漚重泥從積蘚埋氣消濃酒力心助獨吟懷颯颯通琴
韻蕭蕭靜竹齋綠毫無限思念與夕郎乖

江上雨寄崔碣　杜牧

春半平江雨圓文破蜀羅聲眠蓬底客寒濕釣來蓑暗灑
遮山遠空濛著柳多此時襄一恨相望意如何
此詩二百一十六卷重出今已削去

夜雨　前人

九月三十日雨聲如初秋無端滿階葉共白幾人頭點滴
侵寒夢蕭騷著淡愁漁歌聽不唱蓑濕棹廻舟

大雨行　前人

東垠黑風駕海水海底卷上天中央三吳六月忽悽慘晚
後點滴來蒼茫錚棧雷車軸轍壯矯躍(集作矍)蛟龍爪尾長
神鞭鬼馭載陰帝來往噴灑何顛狂四面崩騰玉京仗萬
里縱橫(集作横牙)羽林槍雲纏風束勢(集作亂)敵磕黃帝未勝蚩

尤强百川氣勢苦豪俊坤關密鎖愁開張太和六年亦如
此我時氣壯神洋洋東樓聳首看不足恨無羽翼高飛翔
盡召邑中豪健者闊展朱盤開酒場奔觥槌鼓助聲勢眼
底不顧纖腰娘今來(集作年)闒茸鬢已白奇遊壯觀唯深藏
景物不盡人自老誰知前事堪悲傷

雨夜贈元十八　白居易

卑濕沙頭宅連陰雨夜天共聽簷溜滴心事兩悠然把酒
循環飲移床曲尺眠莫言非故舊相識已三年

秋雨夜眠　前人

涼冷三秋夜安閑一老翁卧遲燈滅後睡美雨聲中灰宿
溫瓶火香添煖被籠曉晴寒未起霜葉滿堦紅

雨夜寄馬戴　賈島

芳林杏花樹花落子西東今夕曲江雨寒催朔北風鄉書滄海絕隱路翠微通寂寂相思際紅釭殘漏中

蜀中春雨　鄭谷

海棠風外獨霑巾襟袖無端惹蜀塵和暖又逢挑菜日寂寥未是探花人不嫌蟻酒衝愁肺却憶漁蓑覆病身何事晚來微雨後錦江春學曲江（一作池非）春

荆渚八月十五日夜值雨寄同年李嶼　前人

共待清光（集作暉光）夜翻成暗淡秋正宜清路望潛起滴堦愁棹倚袁公（集作宏）渚簾垂庾亮樓桂無香實落蘭有露花休玉漏添蕭索金樽阻獻酬明年佳景在相約向神州

文苑英華卷第一百五十三

文苑英華卷第一百五十四　詩四

天部四

詠雪三十三首　對雪十七首

喜雪七首

詠雪

同劉諮議詠春雪　梁簡文帝

晩霰飛銀礫浮雲暗未開入池消不積因風墮（類聚作隨）復來思婦流黃素（張載四愁詩何以報之流黃素）溫姬玉鏡臺看花言可插（類聚作折）定自非春梅

雪朝　同前

同雲凝暮序嚴陰屯廣隰落梅飛四注翻霙舞三襲實斷

望如連恒分似相及已觀池影亂復視簾珠濕

和謝朏花雪　任昉

土膏候年動積（類聚作積）雪表辰暮散藹似浮玉飛英若總素

花雪　庾肩吾

東序皆白珩西雍盡翔鷺山經陋客榮騷人貶瓊樹瑞雪墜堯年因風入綺錢飛花洒庭樹凝英結井泉寒光晦八極同雲暗九天已飄黃石（類聚作竹）路還（類聚作共）慶白渠田

詠雪　吴均

微風過（初學記作搖）庭樹細雪下簾隙縈空如霧轉凝階似花積不見楊柳春徒看桂枝白零淚無人道相思空何益

同前　前人

雪逐春風來過集巫山野瀾漫雖可愛飜揚詎堪把問君何所思一作知思昔一作昔日同心者坐須風雪霽相期洛城下

此詩一百五十六卷重出今已削去注異同爲一作

同前　裴子野

飄飄千里雪倏忽度龍沙從雲合且散因風捲復斜拂草如連蝶落樹似飛花若贈離居者折以代瑶華

同前　何遜

凝階夜似月拂樹曉疑春蕭散忽如盡徘徊已復新暫蔽卷紈質無漸施粉人此二句以集本添入若逐微風起誰言非玉塵

同前　徐陵

瓊林玄圃葉桂樹日南華豈若天庭瑞輕雪帶風斜三

農喜盈尺六出舞崇華明朝闕門外應見海神車

雪　董思恭

天山飛雪度言是落花朝惜哉不我與蕭索從風飄鮮潔凌紈素紛糅下枝條良書類聚作良詩竟何在坐見容花銷

同前　駱賓王

龍雲玉葉上鶴雪瑞華集作花新影亂銅烏吹光銷玉馬津含輝朗集作明素篆隱迹奉集作表祥輪幽蘭不可儷徒自繞陽春

同前　李嶠

瑞雪驚千里從風下一作同雲暗九霄地疑明月夜一作龍沙風正遠山似白雲朝一作玉馬地遲銷逐舞花光動臨歌扇影飄大周天闕路今日海神朝

同前　王烈

雪飛當夢蝶風度幾驚人半夜一窻曉平明千樹春花園應失路白屋忽爲隣散入仙厨裏還知雲母塵

同前一字至七字　張南史

雪雪花片玉屑陰風凝暮節高嶺虚晶平原廣潔初從雲集作雲外飄還向空中噎千門萬戶皆静獸炭皮裘自熱此時雙舞洛陽人誰悟郢中歌斷絶

雪中作　韋應物

空堂歲已晏密室獨成集作安眠壓條集作篠夜偏積覆閣曉愈集作逾妍連山暗古郡驚風散一川此時騎馬出忽憶集此

省京華年

雪夜下朝呈省中一絶　前人

南望青山滿禁闈曉陪鴛鷺正差池共愛來朝何處雪蓬萊宮裏拂松枝

春雪　前人

春雪滿空來觸處是花開不知園裏樹若箇是真梅

雪二首　司空曙

樂遊春苑望鵝毛宮殿如星樹似毫漫漫一川横渭水太陽初出五陵高

二

王屋南崖見洛城石龕松寺上方平半山槲葉當窻下一

夜曾聞雪打聲

春雪　韓愈

觀雪乗清旦無人坐獨謠拂花輕尚起落地暖初消已訝凌歌扇還來伴舞腰洒篁留密節着栁送長條入鏡鸞窺沼行天馬度橋徧堦憐可掬滿樹戲成搖江浪迎濤日風毛縱獵朝弄閑時細轉争急忽驚飄城險疑懸布砧寒未擣綃莫愁陰景促夜色自相饒

詠雪贈張籍　前人

秪見縱横落寧知遠近來飄颻還自弄歷亂竟誰催座暖銷那怪池清失可猜坳中初盖底垤處遂成堆慢有先居後輕多去却回度前鋪瓦壠奔發積墻隈穿細時雙透乗危忽半摧舞深逢坎井集早值層臺砧練終宜擣階紈未暇裁城寒粧睥睨樹凍裹莓苔片片匀如剪紛紛碎若挼定非燖鵠鷺真是屑瓊瑰綿纊觀朝蕚冥茫矚曉埃當窻恒凜凜出户即皚皚潤野榮芝菌傾都委貨財娥嬉華蕩漾胥怒浪崔嵬磧迥宜（集作疑）浮地雲平想輾雷隨車番縞帶逐馬散銀盃萬物漫汗合千株照耀開松篁遭挫抑糞壤獲饒培隔絶門庭遽擠排階級纔豈堪裨嶽鎮強欲効鹽梅隱匿瑕疵盡包羅委瑣該誤雞宵呃喔驚雀暗徘徊浩浩過三暮悠悠匝九垓鯨鯢陸死骨玉石火炎灰厚慮填溟壑高愁擻斗魁日輪埋欲側坤軸壓將頹堰似長蛇攖陵猶巨象豗水宫夸傑黠木氣怯胚胎着地無由卷連

天不易推龍魚冷蟄苦虎豹餓號哀巧借奢豪便專繩困約災威貪凌布被光肯離金罍賞玩捐他事歌謠放我才狂教詩硉矹興與酒陪鰓惟子誰（集作能）諳耳諸人得語哉助留風作黨勸坐火爲媒雕刻文刀利搜求智網恢莫煩相屬和傳示及提孩

春雪　前人

片片驅鴻急紛紛逐吹斜到江還作水着樹漸成花越喜非排瘴胡愁原（一作厚）蓋沙燕雲封洞口助月照天涯暝見迷巢鳥朝逢失轍車呈豐盡相賀寧止力耕家

同前　前人

新年都未有芳華二月初驚見草芽白雪却嫌春色晚故穿庭樹作飛花

雪夜對酒招客　白居易

帳小青氊暖杯香緑蟻新醉憐今夜雪歡憶去年人暗落燈花燼閑生草座塵殷勤報絃管明日有佳賓

江州雪　前人

新雪滿前山初晴好天氣日西騎馬出忽有京都意城栁方綴花簷冰纔結穗須臾風日暖處處皆飄墜行吟賞未足坐歎銷何易猶勝嶺南看雰雰不到地

小雪　釋無可

片片下玲瓏飛揚玉露中乍微全滿地漸密更無風集物圓方別連雲遠近同作膏凝瘠土呈瑞下深宮透漏推窻

隙紛紜失藥叢飄柰增舊嶺發漢攬長空廻冐巢松鶴孤
鳴穴島蟲過三知臘盡盈尺賀長（集作年）豐委積休閒竹稀
疎漸見鴻蓋沙資澧漫洒海助冲融草木潛加潤山河更
益雄因知天地力蕿育有全功

雪

松亞竹珊珊心知萬井歡山明迷舊逕溪滿漲新瀾客醉
瑤臺曙兵防玉塞寒紅樓知有酒誰肯學袁安

和賓客相國詠詩　前人（集無此詩）

近臈千巖白迎春四氣催雲陰連海起風急度山來盡日
隨堤絮經冬越嶺梅艷疑歌處散輕似舞時廻道蘊詩傳
麗相如賦騁才霽添松篠媚寒積蕙蘭猜暗漲宫池水平

封輦路埃燭龍初照耀巢鶴乍徘徊簷日瓊先挂墻風粉
旋摧五門環玉壘雙闕對瑤臺綺席陵寒坐珠簾遠曙開
靈芝霜下秀仙桂月中栽卷幌書千帙援琴酒百盃毋休
編太史呈瑞表中台皓夜迷三徑浮光徹九垓茲辰是豐
歲歌詠屬良哉

雪夜與友人同宿曉寄近　温庭筠

閉門群動息積雪透疎林有客寒方覺無聲曉已深正繁
聞近鴈併落起棲禽寂寞寒塘路憐君獨阻尋（集作履跡行當蒲依依欲阻尋）

此詩二百一十七卷及二百六十一卷重出今已削去

雪二首　温庭筠

硯水池先凍牕風酒易消雅（即鵶字）聲出山廓人跡過村橋
稍急方縈轉才深未寂寥細光穿暗隟輕白駐寒條草靜
封還新（疑）松欹墮復摇謝莊今病眼無意坐通宵

二

麤驂出更慵林寺已疎鍾踏緊寒聲澁飛交細點重圃斜
人過跡階靜鳥行蹤寂寥梁鴻病誰人代夜舂

同前　李洞

迢迢來極塞迴闕謝（疑）風吹禪客呵金錫征人擘凍旗細
填蟲穴滿重壓鶴巢欹有影晴飄野無聲夜落池正繁秦
甸暖漸厚楚宫饑凍把分泉澁光凝二閣凝踏遺蘭署跡
聽起石門思用表豐年瑞無令掃玉墀

同前　羅隱

細玉羅紋下碧霄杜門顏（集作傾）巷落偏饒巢居只恐高柯
折旅客愁聞去路遥撥凍野蔬和粉重掃庭松葉帶蘇燒
寒牕呵筆尋詩句一片飛來紙上銷

對雪

對雪　劉孝綽（見初學記）

桂華殊皎皎柳絮亦霏霏詎比咸池曲飄颻千里飛耻均
班女扇羞儷曹人衣浮光亂粉壁積照朗彤闈（此下集有全篇今並錄于此鵠鴿掋羽至鸛鷗拂翅歸相彼猶有得嗟余獨有遺終朝守玉署方夜勞金扉未能奏細帙何由辨國闈坐銷風霧質遊聯珠璧暉偶懐笨車是良知高蓋非奇言謝端本無爲陳巧機）

洛濵對雪憶二兄弟　駱賓王

旅思耿難裁衝飇憤(集作恨)易哀曠望洛川晚飄飄瑞雪來
積彩明書帳流韻響(集作繞)琴臺色奪迎仙羽花逾(集作避)犯
霜(集作雪)梅謝庭賞方逸袁扉掩未開高人儻有訪興盡詎
湏迴

立春日晨起對積雪　張九齡

忽對林庭雪瑶花處處開今年迎氣始昨夜伴春迴玉潤
牕前竹花繁院裏梅東郊齋祭所應見五神來

冬晚對雪憶胡處士　王卲

寒更傳唱晚清鏡覽衰顔隔牖風驚竹開簾雪滿山洒空
深巷靜積素廣庭閑借問袁安舍翛然尚閉關

和張丞相春朝對雪　孟浩然

迎氣當春至(集作立)承恩喜雪來潤從河漢下(集作落)花逼艶
陽開不覩豐年瑞焉(集作安)知燮理才散塩如可擬願糝和
羹梅

省中對雪寄判官拾遺昆季(集作省中對雪寄謝舍人昆季)　錢起

萬點瑶臺雪飛來錦帳前瓊枝應比净鶴髮敢争先散影
成華月流光透竹煙今朝謝家興幾處郢歌傳

淮海對雪贈傅靄　李白

朔雪落吳天從風渡溟渤海樹成陽春江山(集作沙)皓明月
興從剡溪起思繞梁山發寄君郢中歌曲罷心斷絶

對雪　杜甫

北雪犯長沙胡雲冷萬家隨風且開(集作間)葉帶雨不成花
金錯囊徒罄銀壺酒易賒無人竭浮蟻有待至昏鵶(何遜詩云城陰度塹黑昏鵶接翅歸)

同前　前人

戰國多新鬼愁吟獨老翁亂雲低薄暮急雪舞迴風飄棄
樽無緑爐存火似紅數州消息斷愁坐正書空

對雪贈徐秀才　常應物

霏霏寒欲收靄靄陰還結晨起望南端千林散春雪妍光
屬瑶階亂緒陵新節無為掩扉卧獨守袁生轍

滁州對雪　前人

晨起滿帳(集作闈)雪憶在(集作朝)閶闔時玉坐分曙早金爐上
煙遲飄散雲臺下陵亂桂樹姿厠跡鴛鷺末蹈舞豐年期

今朝覆山郡寂寞復何為

對雪　許渾

飛舞北風凉玉人歌玉堂簾帷增曙色珠翠發寒光柳重
絮微濕梅繁花未香兹辰賀豐歲簫鼓宴梁王

和段學士對雪　喻亮

盈尺知豐歲開牕對酒壺飄當大野匝洒到急流無容際
西風盡凝間朔氣扶乾摧鳥栖枿冷射夜殘爐替月澄斜
漢蕪沙攬北湖慗秋郢客坐一此調巴歈

對雪二首　李商隱

寒(集作寒)氣先侵玉女扉清光旋透省郎闈梅花大庾嶺頭
發柳絮章臺街裏飛欲舞定隨曹植馬有情應濕謝莊衣

龍山萬里無多遠留待行人二月歸

二

旋撲珠簾過粉墻輕於柳絮重於霜已隨江令誇瓊樹又入盧家妬玉堂侵夜可能争桂魄忍寒應欲試梅粧闗河凍合東西路腸斷班騅送陸郎

對雪　杜荀鶴

風攪長空寒骨生先於曉色報窻明江湖不見飛禽影巖谷時（集作唯）聞折竹聲溝壑本深無復滿（集作巢穴幾多相似處）路岐兼得一般平擁袍公子莫言冷中有樵夫跣足行

對雪　裴說

大片向空舞出門肌骨寒路岐平即易溝壑滿應難兎穴

歸時失禽枝宿處乾豪家寧肯厭五月晝圖看

喜雪

奉酬辛大夫喜潮南臈月連日降雪見示之作

辛京杲　劉長卿

長沙耆舊拜旌旗喜見江潭積雪時柳絮三冬先北地梅花一夜遍南枝初開窻閣寒光滿欲掩軍城暮色遲閭里何人不相慶萬家同唱郢中詞

喜雪上竇相公　陳羽

千門萬户雪花浮點點無聲落瓦溝全似玉塵銷更積半成冰水結還流光添曙色連天遠輕逐春風繞玉樓平地已沾盈尺潤年豐須賀富人侯（類詩作須待富人侯）　氷水（類詩作氷）

片連天遠（類詩作清天苑）

喜雪獻裴尚書　韓愈

宿雲寒不卷春雪墮（集作墜）如簁騁巧先投隙潛光亂（集作半）入池喜深將策試驚恪仰簷窺自下何曾污增高未見危比心明可燭拂面愛還吹妬舞時飄袖欺梅併壓枝地空迷界限砌滿接高卑浩蕩乾坤合霏微物象移爲（集作驗）祥矜大熟匝澤荷平施已分年華晚猶憐曙色隨氣嚴當酒煖洒急聽窻知照耀臨初日玲瓏滴晚澌聚庭看岳聳掃地（集作路）見雲披陣勢魚麗遠書文鳥篆奇縱歡羅艷黠列賀擁熊螭履奬行偏冷門扃卧更羸悲嘶聞病馬浪走信嬌兒竈静愁煙烕絲繁念鬢衰擬鹽吟舊句授簡慕前規

捧贈同燕石多慙失所宜

西樓喜雪命宴　白居易

宿雲黄慘淡曉雪白飄颻散麵遮槐市堆花壓柳橋四郊鋪縞素萬室甃瓊瑤銀榼携桑落金爐上麗譙光凝舞妓動寒近醉人銷歌樂帷（集作雖）盈耳慚無五袴謡

春夜喜雪寄王二十二　前人

夜雪有佳趣幽人出書帷微寒生枕席輕素對（集作封）階墀坐罷楚絃曲起吟班扇詩明宜滅燈（集作燭）後静愛卷（集作褰）簾時窻引曙色早庭消春氣遲山陰應有興不卧待徽之

早過梨嶺喜雪書情呈崔判官　張起

渡嶺逢朝雪行看馬跡深輕標南國瑞寒慰北人心皎潔

停丹嶂飄颻映綠林共君歌樂土無作白頭吟

奉賀王(詩選作徐)相公喜雪　皇甫冉

春雪偏當夜暄風却變寒庭深不復掃城曉更宜看命酒閑令酌披裘晚未冠連營皷角動忽似戰桑乾

此詩二百三十卷重出今已削去

文苑英華卷第一百五十四

文苑英華卷第一百五十五　詩五

天部五

詠雪雜題二十八首　晴霽三十首

詠雪雜題

玄都觀春雪　張正見(見初學記)

同雲遙映嶺瑞雪近浮空拂鶴伊川上飄花桂苑中影麗重輪月飛隨團扇風還取長歌處帶曲舞春風

翫雪　王衡

寒庭浮春(初學記作暮)雪疑從千里來皎潔隨處滿流亂逐風迴璧臺如始搆瓊樹似新栽(初學記作裁)不待陽春節誰持競落梅

望雪　唐太宗(見初學記)

秋雲宵遍嶺素雪晚凝華入牖千重碎迎風一半斜不粧空散粉無樹獨飄花縈空慚夕照破彩謝晨霞

和陳校書省中翫雪　包融

芸閣朝來雪飄颻正滿空褰開明月下校理落花中色向懷鉛白光因翰簡融能令草玄者迴思入流風

瑞雪篇(此詩見三百三十一卷歌行門)　劉庭琦

南陽北阻雪　孟浩然

我行滯宛許日夕望京豫曠野莽茫茫鄉山在何處孤煙村際起歸鴈天邊去積雪復(集作覆)平湍(集作皐)飢鷹捉寒兔妙(集作少)年弄文墨屬意在章句十上恥還家徘徊守歸路

和王員外雪晴早朝　錢起

紫微晴雪帶恩光，繞仗偏隨鴛鷺行。長信月留寧避曉，宜春花滿不飛香。獨看積素凝清禁，已覺輕寒讓太陽。題柱盛名兼絕唱，風流誰繼漢田郎。

舟中夜雪懷盧侍郎集作御　杜甫

朔風吹桂水，大雪夜紛紛。暗度南樓月，寒深北渚雲。燭斜初近見，舟重竟無聞。不識山陰路，聽雞更憶君。

秋浦清溪雪夜對酒客有唱山鷓鴣者　李白

披我貂襜褕，對君白玉壺。雪花酒上滅，頓覺夜寒無。客有桂陽至，能吟山鷓鴣。清風動窗竹，越鳥鳴集作起相呼。持此足爲樂，何煩笙與竽。　此詩一百六十六卷重出，今已削去

終南霽色雪　祖詠

終南陰嶺秀，積雪浮雲端。林表明霽色，城中增暮寒。

竹下殘雪　丘爲

一點銷未盡，孤明在竹陰。晴光夜轉瑩，寒氣曉仍深。還對讀書牖，且關乘興心。已能依此地，終不傍瑤琴。

會稽郡樓望雪　張繼

江城昨夜雪如花，郢客登樓望霽華。大禹壇前仍聚玉，西施渚上更飄紗。簾櫳向晚寒風度，睥睨初晴落影斜。數處微明消不盡，湖山清映越人家。

小雪　戴叔倫類詩作釋清江

花雪隨風不厭看，更多還肯失類詩作蔽林巒。愁人正在書窗

下，一片飛來一片寒。

韓舍人書齋[illegible]雪　戎昱

風卷黃雲暮雪晴，江[illegible]洗盡柳枝輕。簷前數片無人掃，更得書窗一夜明。

早春雪中　前人

陰雲萬里晝漫漫，愁坐關心事幾般。爲報春風林下雪，柳條初發不禁寒。

晨起登樂遊原望終南積雪　僧皎然

淩晨擁蔽裘，閒上古原頭。雪霽山疑近，天高思若浮。瓊峰埋積翠，玉嶂掩飛流。曜彩含朝日，搖光奪寸眸。寒空標瑞色，爽氣襲皇州。清眺何人得，終當獨再遊。

山雪　前人見文粹

夕陽在西峰，疊翠縈殘雪。狂風卷絮迴，驚猨攀玉折。何意山中人，悞報山花發。

盧郎中拜陵遇雪蒙見召因寄　楊巨源

南宮使者有光輝，欲拜諸陵瑞雪飛。蘋葉已脩青玉薦，柳花仍拂赤車衣。應同谷口尋春去，定似山陰帶月歸。寒冷出郊由未得，羨公將事看芳菲。

和劉夢得終南秋雪　白居易

遍覽古今集，都無秋雪詩。陽春先唱後，陰嶺未消時。草訝霜凝重，松疑鶴散遲。清光莫獨占，還集作亦對白雲司。

洛中集作下雪中頻與劉李二賓客宴集因寄汴州

李尚書　前人

水南水北雪紛紛雪裏歡遊莫厭頻日日暗來唯老病年年少去是交親碧氈帳暖梅花濕紅燎爐香竹葉春今日鄒枚俱在洛梁園置酒召何人

積雪　賈島

昔屬時霖滯今逢臘雪多南積飄汪渚北訝雨交河盡滅平蕪色（集作珍[illegible]）重古木柯空中離白氣島外下滄波隱者迷樵道朝人冷玉珂夕繁仍晝密漏間復鐘和想積高嵩頂新秋皓月過

殘雪　許渾

憶昨新春霰雪飛堦前簷上鬭寒姿狂風送在竹深處隔

日未消花發時輕壓嫩蔬旁出土冷衝幽鳥別尋枝晚來又喜登樓見一曲高歌和者誰

敘雪寄喻亮　方干（類詩作杜荀鶴）

密片繁聲旋不（類詩作久未）銷縈風雜霰轉飄颻澄江莫蔽長流色衰柳難粘自動條濕氣添寒（類詩作陰森）酤酒夜素花迎曙（類詩作晶耀）卷簾朝此時明（類詩作行）逕無行（類詩作人）跡唯望徽之問寂寥（方干集中又有敘雪題目同而詩異今並載于此密片無聲急復遲紛紛又勝落花時㳂巡不覺藏莎渚宛轉偏宜傍柳絲透室虛明非月照滿空迴散是風吹高人坐臥才方逸援筆應成六出詞）

長安雪後　喻坦之

雪（[illegible]）落雲收盡天涯雪霽時草開當井地樹折帶巢枝野渡滋寒麥高泉漲禁池遙分丹闕出迴對上林宜宿片攀簷取凝花就砌窺氣陵禽翅束凍入馬蹄危北想連沙漠南思極海涯冷光兼素彩向暮朔風吹

書齋雪後　趙嘏

擁褐坐茅簷春晴喜初日微風入桃徑爽氣歸（集作生）縹帙頻時苦風雪就景理巾櫛樹暖高鳥來窗閑曙雲出鄉遙路難越道蹇時易失欲靜又不（集作未）能東山負芝术

寒閑居新雪　薛能

大雪滿初晨開門萬象新龍鍾雞未起蕭索我何貧耀若花前境清如物外聲細飛斑戶牖乾灑亂松筠正色凝高嶺隨流助要津凘消微示滓車轍半和塵茶興留詩客瓜情想戍人終篇無本字誰別勝陽春

峩眉雪　鄭谷

萬仞白雲端經春雪未殘夏消江峽滿晴照蜀樓寒造境知僧熟歸林認鶴難會須朝（集作上）闕去秖有畫圖看

雪中偶題　前人

亂飄僧舍茶烟濕密洒歌樓酒力微江上晚來堪畫處漁人披得一簑歸

潤州甘露寺看雪上周相公　羅隱

篩寒洒白亂溟濛祈禱（集作禱請）功兼造化功光薄乍迷京口月影交初轉海門風細粘謝客衣（集作[illegible]）上輕拂（集作墮）梁王酒盞中一種為祥君看取半穰（[illegible]不作）災沴半年豐

晴霽

開霽　梁簡文帝

景落商飈靜烟開四郊謐偃蹇暮山虹游揚下峰日水文城上動城樓水中出竟微共治功空卧淮陽秩

雨後　同前

散絲與山氣忽合復俄晴雷音稍入嶺電影尚連城雨餘雲稍薄風收熱復生

望夕霽　梁王筠

連山卷族雲長林息衆籟密樹含緑滋遙峰凝翠靄石溜正潨殘山泉始澄汰物華方入賞跂予心期會

喜晴　周庾信

此日思光景今朝喜暫逢雨住便生熱雲晴即作風水白

澄還淺花紅燥更濃已歡無石燕彌欲棄土龍

雨晴　隋王胄

初晴物候涼反景照山庄殘虹低飲澗新溜上侵塘風度蟬聲遠雲開鴈初學記作鳥路長

初晴落景　唐太宗

晚霞聊自怡初晴彌可喜日光百花色風動千株翠池魚躍不同園鳥聲還異寄言博通者知余物外志

幽山雨後應令　虞世南

肅城臨上苑黃山邇桂宮雨歇連風翠烟開竟野通排虛翔戲鳥跨水落長虹日下林全暗雲收嶺半空水泉鳴石澗地籟響岩風

雨後　李百藥

晚來風景麗晴初物色華薄雲向空盡輕虹逐望斜後窓臨岸竹前堦拂浦沙寂寥無與晤尊酒對風花

雨晴一作秋霽二首　杜甫

天外一作際秋雲薄從一作松西萬里風今朝好晴景久雨不妨農塞柳行疎翠山梨結小紅胡笳樓上發一鴈入高空

一

雨晴山不改晴罷峽如新天路看殊俗秋江思殺人有猿揮淚盡無犬附書頻故國愁眉外長歌欲損神

晚晴二首　前人

村晚驚風度庭幽過雨霑夕陽薰細草江色映疎簾書亂

誰能帙盃乾可自添時聞有餘論未怯老夫潛

二

返照斜初徹集作散浮雲薄未歸江虹明近集作遠飲峽雨落餘飛鳧鴈集作鶴終高去熊羆覺自肥秋分客尚在竹露夕集作久微微

晴二首　前人

久雨巫山暗新晴錦綉文碧知湖外草紅見海東雲竟日鸎相和摩霄鶴數群野花乾更落風處急紛紛

二

啼鳥爭引子鳴鶴不歸林下食遭多泥集作遭泥去高飛恨久陰雨聲衝塞盡日氣射江深回首湖南客驅馳魏闕心

院中晚晴省（集作懷）西郭茅舍　前人

天際（集作幕府）秋風日夜清澹雲疎雨過高城葉心珠（集作朱）實看時落階面青苔老更（集作先自）生復有樓臺銜暮景不勞鐘鼓報新晴浣花溪裏花饒笑肯信吾兼吏隱名

曉晴　李白

野涼疎雨歇春色偏萋萋魚躍青池滿鶯吟綠樹低野花粧面濕山草紐斜齊零落殘雲片風吹掛竹谿

湖中晚霽　韋建

湖廣舟自輕江天欲澄霽是時清楚望氣色猶靉靆踟躕金霞白波上日初麗烟紅落鏡中樹木生天際杳杳涯（疑）欲班濛濛雲復閉言垂星漢明又覩寰瀛勢微興從此愜

悠然不知歲試歌浪滄清遂覺乾坤細肯念客衣薄將期永投袂遲廻漁父間一鴈聲嘹唳

酬鴻臚裴主簿雨後北樓見贈　王昌齡

暮霞照新晴歸雲猶相逐有懷晨昏暇想見登眺目問禮侍彤襜題詩訪茅屋高樓多今古陳事滿陵谷地久微子封臺餘孝王築徘徊顧霄漢豁達俯川陸遠水對秋城長天向喬木公門何清淨列戟森已肅不歎携手稀常思着鞭速終當拂羽翰輕舉隨鴻鵠

喜晴　劉長卿

曉日西風轉秋天萬里明湖天一種色林鳥百般聲霽景浮雲滿遊絲映水輕今朝江上客凡慰幾人情

山下晚晴　崔曙

寥寥遠天淨溪路何空濛斜光照疎雨秋氣生白虹雲盡山色暝蕭條西北風故林歸宿處一葉下梧桐

樂遊原晴望寄中書李侍郎　錢起

爽氣朝來（集作分）萬里清憑高一望九秋（集作愁）輕不知傳說（集作鳳沼）霖初霽但見（集作覺）堯天日轉明四野山河同（集作通）遠色千家砧杵共秋聲遙指（集作想）青雲丞相府何時開閤對（集作引）書生

泉上雨後作　元季川

風動蕩煩暑雨息佳霽初衆峰帶閑雲秋氣入我廬颯颯鮮（一作涼）颸來窺臨（一作臨窺）愜所圖綠蘿長新蔓褢褢垂座隅

流水復簷下丹砂發清渠養葛爲我衣種芳爲我蔬誰能（一作是）晼與哇彌漫連野蕪（一作見唐百家詩選）

喜晴（時左遷台州刺史）　李敬方

到台十二旬一片雨中春林果垂楊盡山苗半夏新陽烏晴展翅陰兔夜飛輪坐異無雲物分明見北辰

春晴　任翻

楚國多春雨柴門喜晚晴幽人臨水坐好鳥隔花鳴野色臨空闊（疑作闕）江流接海平門前到溪路今夜月分明

江城秋霽　戎昱

霽後江城風景涼豈堪登眺只堪傷遠天螮蝀收殘雨映水鸕鷀近夕陽萬事無成空過日十年多難未還鄉不知

何處銷玆恨轉覺愁隨夜夜長

答華先輩春雨後見寄　劉得仁

風散五更雨鳥啼三月春軒窗透初日硯席絕纖塵箇箇峯頭出家家樹色新憐君高且靜有句寄閑人

春日雨後作　前人

朝來微有雨天地爽無塵北闕明如畫南山碧動人車輿終日別草樹一城新枉是吾君戚何門謁紫宸

塞路初晴　雍陶

晚虹斜日塞天昏一半山川帶雨痕新水亂侵青草路殘煙由傍綠楊村胡人羊馬休南牧漢將旌旗在北門行子喜聞無戰伐閑看（集作時逢）遊騎獵秋原

晚晴　李商隱

深居俯夾城春去夏猶清天意憐幽草人間重晚晴併添高閣迥微注小窗明越鳥巢乾後歸飛體更輕

白石潭秋霽作　周繇

潭心烟霧破斜暉殷殷雷聲隔翠微崖㡳盤渦翻蜃窟灘吹白石上漁磯陵風舴艋謳啞去出水鷗鵝薄泊飛秋霽更誰同此望遠鐘特見一僧歸

文苑英華卷第一百五十五

文苑英華卷第一百五十六　詩六

天部六

風

詠風　梁簡文帝

飄颻（類聚作飄颻飄颻）散芳勢泛漾下蓬萊傳凉入鏤檻發氣滿瑤臺委木周邦偃飛鵰宋都廻函搖故葉落屢蕩新花開暫舞驚息去時送藥香來已拂巫山雨何用卷寒灰

同前　沈約（類聚作梁孝元帝）

樓上試（類聚作起）朝粧風花下砌傍入鏡光飄粉番衫好染香逐（類聚作度）舞飛長袖傳歌共遶梁欲因吹少女還將拂大王

同前　前人（見類聚）

作梁臨春風春風起春樹遊絲暖如烟落花紛似霧先泛天淵（類聚作津）池還過細柳枝葉逢飛搖漾燕值羽差池（類聚作參差下句有飛參差）揚桂旆動芝蓋開燕裙吹趙帶趙帶飛參差燕裙合且離回看復轉黛顧步惜容儀容儀已照灼春風復回薄氛氳桃李花青跗含素萼旣為風所開復為風所落搖綠蔕抗紫莖舞春雪雜流鶯曲房開兮金鋪響金鋪響兮思

鳳鳴梧臺未陰淇水始碧迎行雨於高唐送歸鴻於碣石經洞房響紈素感幽閨思帷帟想西園可以遊念蘭翹已堪摘拂明鏡之冬塵解羅衣之秋襞旣鏗鏘以動珮又氛氳而流射始搖蕩以入閨終徘徊而緣隟鳴珠簾於綉戶散芳塵於綺席是時悵思歸安能久行役佳人不在玆春風爲誰惜

同前　劉孝綽

嫋嫋秋聲習習風吹鳴玆玉樹渙(集作煥)此銅池羅帷自舉襟袖(集作袖衿)乃披慚非楚侍濫賦雄雌

同前　王臺卿

浸淫不可議(類聚作識)去來非有情乍見珠簾捲時覺洞房清

暫拂蘭池上澂淡玉波(類聚作塵)生一辨雄雌異還惡庶人輕

同前　庾肩吾

宋地鷁飛初湘川燕起餘拂烟(類聚埽坺)聊動竹吹薤欲成書蒼梧桐尚(一作猶)在合浦樹應疎陽烏一轉翅千里定非虛

同前　何遜

可聞不可見能重復能輕鏡前飄落粉琴上響餘聲

同前　祖孫登(見藝文類聚)

飄颻楚王宮徘徊繞竹叢帶葉俱吟樹將花共舞空飄香雙袖裏亂曲五絃中試上高臺聽悲響定無窮

同前　阮卓

高風應爽節搖落漸疎林吹雲旅鴈斷臨谷晚松吟屢惜(初學記作棄)涼秋扇常飄清夜琴泠泠隨列子彌諧逸豫心

同前　唐太宗(見初學記)

蕭條起關塞搖颺下蓬瀛拂林花亂彩響谷鳥分聲披雲羅影散泛水織文生勞歌大風曲威加四海清

同前(應魏王教)　虞世南(見初學記)

逐風飄輕袖傳歌共繞梁動枝生亂影吹花送遠香

同前　董思恭

蕭蕭度閶闔習習下庭闈花蝶自颻(初學記作飄)舞蘭蕙生光輝相鳥正舉翼退鷁已驚飛方從列子御更逐白(初學記作浮)雲歸

同前　王勃

肅肅涼景(一作風)生加我林壑清驅烟尋(初學記作入)澗戶卷露出山楹去來固無跡(一作際)動息如有情日落山水靜爲君起松聲

同前　李嶠

落日正沉沉微風生北林(集作落日生蘋末搖風徧遠林)帶花疑(集作迎)鳳舞向竹似龍吟月動臨秋扇松清入夜琴若至蘭臺下(集作蘭臺宮殿峻)還拂楚王襟

同前　李商隱

春風雖自好春物太昌昌若教春有意唯遣(一作遺)一枝芳我意殊春意先春已斷腸

同前　張祐

遙遙輕（集作搖搖歌）扇舉悄悄舞衣輕引笛秋臨塞吹沙夜遶
城向峯回鴈影出峽送猿聲何似琴中奏依依別帶情

同前　韓琮（類詩作韓偓）

競持飄忽意何窮爲盛爲衰半不同偃草喜逢新雨後鳴
條誰（類詩作愁）聽曉霜中凉飛玉管來秦甸暗裊花枝入楚宮
莫見東西便無定滿帆還有濟川功

雜題風

春風　梁賀文標

排簾動輕幰（類聚作幔）汎水拂垂楊本持飄蘂落畨送舞衣香

入幌風　梁費㫤

經芳泛寶瑟乗隙動浮埃鏘金騶響至舉袂送芳來能使

蘭膏滅乍見珠簾開輕裾試一舉令子暫遲回

試得風生翠竹裏應教　張正見（集無此篇見初學記）

金風起燕觀翠竹夾凉池翻花疑鳳下颺水覺龍移帶露
依深葉飄寒入勁枝聊因萬籟響詎待伶倫吹

秋風　駱賓王

紫陌炎氛（集作氣）歇青蘋晚吹浮亂竹搖疎影縈池織細流
飄香曳舞袖帶粉泛粧樓不忿（集作分）君恩絶紈扇曲中秋

守風銅官渚　杜甫

昨夜楚帆落避風湘渚間水耕先浸草春火更燒山早泊
雲物晦逆行波浪慳飛來雙白鶴過去杳難攀

新林浦阻風寄友人　李白

潮水定可信天風難與期清晨西北轉薄暮東南吹以此
難挂席徘徊益相思海月破圓景菰蔣生綠池昨日北湖
梅開花已滿枝今朝東門柳夾道拂青絲歲物忽如此我
來復幾時紛紛江上雪草草客中悲明發新林浦空吟謝
朓詩

永城使風　盧象

長風起秋色細雨含落輝（一作暉）夕鳥向林去晚帆相逐飛
虫聲出亂草水氣薄行衣一別故鄉道悠悠今始歸

汴河阻風　孟雲卿

清晨自梁宋掛席之楚城（一作荆）幽渚風漸惡傍灘舟欲橫
大河噴（間氣集作復）東注（一作大河東注海）群洞皆（間氣集作谷）冥白霧

（一作露）魚龍氣黑雲牛馬形（間氣集作黃雲牛虎形）蒼茫迷所適（一作遇）
色（間氣集作危）懼安暫寧信此天地內孰爲（間氣集作熟於一作後將）身命
輕丈夫苟未達所向須有成（間氣集作存誡）前路捨舟去（一作撫）東
南仍（間氣集作應）晚晴

此詩二百九十三卷重出今已削去異同注爲一作

富陽南樓望浙江風起　張南史

南樓渚風起樹杪見滄波稍覺征帆上蕭蕭五兩（一作暮雨）多
沙洲殊未極雲水更相和欲問任公子垂綸意若何

竹窗聞風寄苗發司空曙　李益

微風驚暮坐臨牖思悠哉開門復動竹疑是故人來能（文粹
作時）滴枝上露稍沾階上苔幸（文粹作何）當一入幌爲拂綠塵（文粹

(作琴)埃

江上風　釋皎然

江風西復東飄暴忽何窮初生虛無際稍起蕩漾中應吹夏口檣竿折定蹙湓城浪花咽今朝莫怪沙岸明昨夜聲狂卷成雪

始聞秋風　劉禹錫

昔看黃菊與君別今聽玄蟬我却回五夜颼飀枕前覺一年顏狀鏡中來馬思邊草拳毛動鵰眄青雲睡眼開天地肅清堪四望爲君扶病上高臺

西風　白居易

西風來幾日一葉已先飛新霽乘輕屐初凉換熱衣淺渠

鋪(集作鮨)慢水疎竹透斜暉薄暮青苔巷家童引鶴歸

雲

雲(和周丞已見一百五十四卷作雪詩)　吴均

同前　于季子(見初學記)

瑞雲千里映祥暉四望新隨風亂鳥足泛水結魚鱗布葉凝臨夏開花詎待春願得承嘉景無令掩桂輪

同前　董思恭

帝鄉白雲起飛盖上天衢帶月綺羅秋從風枝葉敷參差過層閣倏忽下蒼梧因風望既遠安得久踟躕

同前

大梁白雲起氛氳殊未歇錦文觸石來盖影凌天發炯熅萬年樹掩映三秋月會入大風歌從龍赴圓闕(單題詩與此詩同異今並注于下英英大梁國郁郁秘書臺碧落從龍起青山觸石來宮名光遂古蓋影歌輕埃飛感高歌發威加四海)廻

同前　杜甫

龍似(集作以)瞿唐會江依白帝深終年常起峽每夜必通(一作過)林收穫辨霜渚分明在夕岑高齊非一處秀氣豁煩襟

同前　杜牧

盡日看雲首不廻無心都大似無才可憐光彩一片玉萬里青天何處來

同前　韓琮(類詩作韓溉)

深惹離情(類詩作輕惹離愁)霧落輝如車如蓋早依依山頭觸石

應常在天際從龍自不歸莫向隙窓籠夜月好來仙洞濕行衣春風淡蕩無心後見說襄王夢亦稀

同前　羅隱

溶溶洩洩自舒張不向蒼梧即帝鄉莫道無心便無事也曾愁殺楚襄王

雜題雲

和王中書德充詠白雲　梁沈約

白雲自帝鄉氛氳屢廻沒蔽虧崑山樹含吐瑤臺月秋風西北起飄我過城闕城闕已參差白雲復離離皎潔在天漢倒影入華池將過丹丘野時至碧林垂九重迎飛燕萬里送翔螭

秋雲　駱賓王
南陸銅渾改西郊玉葉輕泛斗瑤光晴(集作動)臨陽瑞色明
蓋陰連鳳闕陣影翼龍城誰知時不遇空傷留滯情

賦得歸雲送友人(集作李山人)歸華山　錢起
秀色横千里歸雲積幾重欲依毛女岫初卷少姨峰蓋影
隨征馬衣香拂臥龍祇應函谷上真氣日溶溶

溪雲　釋皎然
舒卷意何窮縈流復帶空有形不累物無跡去隨風莫怪
長相逐飄然與我同

慶雲現　李紳
禮成中岳陳金冊祥報卿雲冠玉峯輕未透林疑待鳳細

非行雨詎從龍卷風變彩霏微薄照日籠光隱映重還入
九霄成沆瀣夕嵐生處鶴歸松

孤雲　于武陵
南北各萬里有雲心更閑因風離海上伴月到人間洛浦
少高(百家詩作佳)樹長安無舊山徘徊不可駐(百家詩作住)漠漠又
東還

霜

霜　梁張率
駟見視乾度鐘鳴測地機秋冬交代序申霜白綏綏原野
生暮靄堦墀散夕霏徘徊總嚴氣悵望淪清輝平臺寒月
色池水慘風威凝陰洞(初學記作同)徂夜迴鴈獨歸飛縈叢亂
蕪絶繁林紛已稀真松非受令芳草徒具腓

同前　蘇味道
金祇暮律盡玉女暝氣(集作氛)歸孕冷隨鐘徹飄華逐劒飛
帶日浮寒景乘風盡虒威自有真筠質寧將庶草腓

露

驚早露　梁劉蟾(初學記作憺)
九晚凝芳葉百草縈新珠盈荷雖不潤拂竹竟難枯

賦得露　梁顧愷
飛空猶蘊伏(初學記作狀)集物始呈華萎黄病秋蔕厭浥長春
芽非唯薄蔓草頗亦變蒹葭仍增江海浪聊點木蘭花

賦得胥臺露　庾抱

胥臺既落構荆棘稍侵扉棟折連霞(古樂府初學記並作雲)影梁摧
照日暉翔鵾逐不及巢燕返無歸唯有團階露承睫共沾
衣

露　駱賓王
玉關寒氣早金塘秋色歸泛掌光逾淨添河(集作荷)滴尚微
變霜凝曉液承月委圓輝別有吳臺上應濕楚臣衣

同前　董思恭
夜色凝仙掌晨甘下帝庭不覺九秋至遠向三危零蘆渚
花初白葵園葉上青晞陽一洒惠方願溢滄溟

同前　李嶠
滴瀝明花苑葳蕤泫竹叢玉垂丹棘上珠湛綠荷中夜警

千年鶴朝零七月風頎凝仙掌內長奉未央宮

同前　李正封

霏霏靈液重雲表無聲落沾樹急玄蟬洒池淒皓鶴流塵清遠陌飛月澄高閣宵潤玉堂簾𪪚貫（文粹作寒）金井索佳人比珠淚坐感紅綃薄

秋露　雍陶

白露暖秋色月明清漏中痕沾珠箔重點落玉盤空竹動時驚鳥莎寒暗滴虫滿園生永夜漸欲與霜同

露　韓琮

長隨聖澤墮堯天濯遍幽蘭葉葉鮮纔喜輕塵銷陌上已愁新月到階前文騰要地成非久珠綴秋荷偶得圓幾處

花枝抱離恨曉風殘月正潸然

霧

行舟遇早霧　梁伏挺

水露（類聚作霧）雜山煙冥冥不見天聽猿方忖岫聞籟（類聚作瀨）始知川魚人感澳浦行舟迷泝沿日中氛靄盡空水共澄鮮

霧　沈趨

窮鬱蔽園林依霏被軒牖睇有始疑空瞻空復如有遊蛇隱遙漢文豹棲南阜既殊三五輝遠望徒延首

同前　董思恭

蒼山寂已暮翠觀暗將沉終南晨豹隱巫峽夜猿吟天寒氣不歇景晦色方深待訪公超市將予赴華陰

同前　蘇味道

氤氳起洞壑遙裔匝平疇乍似含龍劒還疑映蜃樓拂林隨雨密度迥帶烟浮方謝公超步終從彥輔遊

同前　李嶠

曹公之（一作迷）夢澤漢帝出平城別有丹山霧朦朧映水明（一作涿野妖氛靜丹山霽色明）類烟霏（一作飛）稍重方雨散還輕倘入非熊繇寧思玄豹情　一作皆单題詩

淩霧行　韋應物

秋城海霧重職事凌晨出浩浩合元天溶溶迷朗（集作朝）日纔看含鬢白稍視（集作似）霑衣密道騎全不分郊樹都如失霏微誤噓吸膚腠生寒慄當歸（集作歸當）歛一盃庶用蠲斯疾

煙霞

煙　李嶠

瑞氣淩霄闕空濛上翠微迴浮雙闕路遙拂九仙衣桑柘凝寒色松篁暗晚暉還當紫霄上時接彩鸞飛

霞

應是行雲未擬歸變成春態媚晴暉深如綺色斜分閣碎似花光散滿衣天際欲銷重慘淡鏡中閑照正依稀曉來何處低臨水無限鴛鴦妒不飛

天河

賦得秋河曙耿耿　張正見（見初學記）

耿耿長河曙泛濫宿雲浮天路橫秋水星橋轉夜流月下

姮娥落風驚織女秋德星猶可見仙槎不復留

同前　陳閏

曉鏡高秋夜微明欲曙河橋成鵲已去機罷女應過月上
殊開練雲行類動波尋源不可到耿耿復如何

天河　杜甫 見集本

常時任顯晦秋至輒分明縱被微雲掩終當永夜清含星
動雙闕伴月落邊城牛女年年渡何曾風浪生

虹蜺

虹蜺　董思恭 見初學記

春暮萍生早日落雨飛餘橫彩分長漢倒色媚清渠梁前
朝影出橋上晚光舒願逐旌旗轉飄飄侍直廬

同前　蘇味道

紆餘帶星渚窈窕架天潯空因壯士見還共美人沉逸勢
含良玉神光藻瑞金獨留長劒彩終負昔賢心

文苑英華卷第一百五十六

文苑英華卷第一百五十七　詩七

天部七

元日

近聞韋氏妹迎在漢鍾離郎伯殊方鎮京華舊國移春城
廻北斗郢樹發南枝不見朝正使啼痕滿面垂

同前　劉長卿

建寅廻北斗看歷覩東風律變蒼 雜詠作滄 江外年加白髮中
春衣試稚子壽酒勸悲翁今日陽和發榮枯豈不同

春

春日想上林　梁簡文帝

春風本自奇楊柳最相宜柳條 類聚作葉 恒着地楊花好上吹
處處春心動常惜光陰移西京董賢館南苑習都池荇間
魚共樂桃上鳥相窺香車雲母幰駛馬黃金羈

晚春　同前

紫蘭葉初蒲黃 一作嬌 鸎弄不稀石蹲還似獸蘿長更如 一作
勝 衣水曲 一作凍 文魚 一作鮭 聚林 一作山 瞑鴉鳥飛渚蒲變新
節巖松長舊圍風花落未巳山窓 一作齋 開夜扉 一作省藝文類聚

春日　梁元帝
新鶯隱葉轉新燕向窗飛柳絮時依酒梅花任（初學記作作）入
衣玉珂隨風度金鞍照日暉無令春色晚獨望行人歸
春日　吳均
春從何處來拂水復驚梅雲障青瑣闥風吹承露臺美人
隔千里羅幃閉不開無由共得（類聚作得共）語空對相思杯
同前　王均
金堤草非舊玉池泉已新風生似羊角雲上若魚鱗幽閨
多怨思停織坐回春芳華既零落方作何隅人
春日貽劉孝綽　蕭子顯
澗水初流碧山櫻早發紅新禽爭弄響落絮（類聚作落蘂）亂從

風拂（一作掃）筵多歌幹映戶悉花叢誰云相去遠垂柳對高
桐（此詩後五句一本誤作簡文帝）
春日　庾肩吾
桃紅柳絮白照日復隨風影出朱城外花（類聚作香）歸青殿中
水映寄生竹山橫半死桐頒文知淚（類聚作遲）重嫡札媿才空
同前　聞人蒨
高室動春色清池映日華綠葵向光轉翠柳逐風斜林有
鳴心鳥園多奪目花相與咸知節歎予獨離家
初春　沈約
扶道覓陽春相將共攜手草色猶自非林中都未有無事
逐梅花空教信楊柳且復歸去來含情寄杯酒

詠春　前人
楊柳亂如絲綺羅不自持春草復黃綠客（類聚作傷）心悲此時
青苔已結洧碧水復盈淇日華照趙瑟風心動燕姬衿中
（類聚作襟中）萬行淚故是一相思
詠春　前人
蒻草牛抽黃輕條未全綠年芳被禁籞煙華繞層曲寒苔
卷復舒名泉斷方續早花散蝶金初露泫成玉
春日寄鄉友　王僧孺
旅心已多恨春至尚離群翠披（類聚作枝）結斜影水綠散直文
（類聚作綠水散圓文）戲魚兩相顧遊鳥半藏雲何時不惆悵是日最
思君

春思　前人
雪罷枝即青冰開春（類聚作水）便綠復聞黃鳥聲全作相思曲
詠春
岸（集作崖）煙起暮色岸水帶斜暉（集作輝）逕狹橫枝度簾搖驚
燕飛落花承步履流澗寫行衣何殊九芝蓋薄暮洞庭歸
奉賀趙王西京路春旦　庾信
直城龍首抗橫橋天漢分風烏疑近日露掌定高雲新渠
還入渭舊鼎更開汾漢獵熊攀檻秦田雉失群宜年動春
律御宿歛寒氛弄玉迎蕭史東方覓細君楊柳成歌曲蒲
桃學繡文鳥鳴還獨解花開先自薰誰知灞陵下猶有故
將軍

詠春　前人

逍遥遊桂苑寂寞想桃源狹石分花逕長橋映水門管聲驚百鳥人衣香一園定知歡未足橫琴坐樹根

春望　周宗懐

日暮春臺倚（初學記作傍）徙倚愛餘光都尉新移棗司空始種楊一枝猶桂馥十步有蘭香望望無萱草忘憂竟不忘

早春　前人

昨暝春風起今朝春氣來鶯鳴一兩囀花樹數重開散粉成初蝶剪彩作新梅遊客傷千里無暇上高臺

晚春　隋煬帝（見初學記）

洛陽春稍晚四望滿青暉楊葉行將暗桃花落未稀窺簷燕爭入穿林鳥亂飛唯當關塞者溽露方霑衣

山庭春日　江揔

洗沐唯五日棲遲在一丘古槎橫近澗危石聳前洲岸綠開河柳池紅照海榴野花寧待晦山蟲詎識秋人生復能幾夜燭非長遊

春庭晚望（初學記作春晚庭望）　隋蕭慤（見初學記作慤）

春庭聊縱望樓臺自相隱窗梅落晚花池竹開初筍泉鳴知水急雲來覺山近不愁花不飛到畏花飛盡

首春　唐太宗

寒隨窮律變春逐鳥聲開初風飄帶柳晚雪間花梅碧林青舊竹綠沼翠新苔芝田初鴈去綺樹未鶯來

月晦　同前

晦魄移中律凝暄起麗城罩雲朝蓋上穿露曉珠呈笑樹花分色啼枝鳥合聲披襟歡眺望極目暢春情

春朝閑步　楊思道

休沐乘閑豫清晨步北林池塘藉芳草蘭芷襲幽衿霧中分曉日花裏弄春禽野逕香恒滿山階筍屢侵何須命傾蓋桃李自成陰

春日行歌　劉希夷

山樹落梅花飛落野人家野人何所有滿甕陽春酒攜酒上春臺行歌伴落梅醉罷臥明月乘夢遊天台

遊春　邢巨

海岳三峯古春皇二月寒綠潭漁子釣紅樹美人攀弱蔓環沙嶼飛花點石關溪山遊未厭琴酌弄晴灣

春曉　孟浩然

春眠不覺曉處處聞啼鳥欲知昨夜風（集作夜來風雨聲）花落知（一作無）多少

立春後休沐　包佶

心與青春背新年亦掩扉漸窮無相學唯避不才譏積病攻難愈銜恩報轉微定知書沒（雜詠作課）日優詔許辭歸

春夜所思　岑參

洞房昨夜春風起遥憶美人（一作故人尚隔）湘江水枕上片（集作半）時春夢中行盡江南數千里

春日即事二首　耿湋

詩書成志業懶慢致蹉跎聖代册霄遠芳時白髮多淺謀循（集作堪）自笑窮巷憶誰過寂寞前山暮（集作路）婦人樵採歌

同前

歡畝東皐宅青春獨屏居家貧僮僕慢官罷友朋疎強飲沽來酒羞看課了書閑花開（集作更）滿地惆悵復何如

詠春色　楊衡

靄靄復濛濛非霧滿晴空密添宮柳翠暗泄路桃紅縈絲光乍失緣隙影纔通夕迷鴛桃上朝漫綺絃中促駟馳香陌勞鶯轉艶叢可憐腸斷望併在洛城東

春日偶題

何處春先到橋東水北亭東花開未得吟酒酌難醒就日移輕榻遮風展小屏更無人勸飲（集作不勞人勸醉）鸎語漸叮嚀

早春即事　前人

眼重朝眠足頭輕宿醉醒陽光滿前戶雪水半中庭候（集作物）變隨天氣春生逐地形北簷梅晚白東岸柳先青葱蘢抽羊角松巢墮鶴翎老來詩更拙吟罷少人聽

送春　前人

三月三十日春歸日復暮惆悵問春風明朝應不住送春曲江上眷眷東西顧但見撲水花紛紛不知數人生似行客兩足無停步日日進前程前程幾多路兵刃與水火盡可違之去唯有老到來人間無避處感時良爲已獨倚池南樹今日送春心心如別親故

早春　司空圖

傷懷同客處病眼即花朝草嫩侵（疑）沙短冰輕着雨銷風光知可愛容髮不相饒早晚丹丘去飛書肯見招

春日　溫庭筠

柳岸杏花稀梅梁乳燕飛美人鸞鏡笑嘶馬雁門歸楚宮雲影薄臺城心賞違從來千里恨邊色滿戎衣

同前　方干

年去年來似有期日高添睡是歸時雖將細雨催蘆筍却用東風染柳絲重霧已應吞海色輕霜猶自剉花枝此時野客因花醉醉卧花間應不知

春陰　鄭谷

携琴當酒度春陰不自謀生秖解吟舞蝶歌鸎莫相試老郎心是老僧心

惜春　羅鄴

燕歸巢後即離群吟倚東風恨日曛一別一年方見我愁來愁去不禁君鸎花御苑看將盡絲竹侯家（一作門）亦少聞獨在南樓最惆悵柳塘飛絮更紛紛

早春　周朴

良夜歲應足嚴風爲變春遍回寒作暖通改舊成新秀樹因馨雨（疑）融冰雨汎蘋韶光不偏黨積漸煦疲民

長安春感　杜荀鶴

出京無計任京難深入東風(集作門)轉索然蒲眼有花寒食下一家無信楚江邊此時晴景愁於雨是處鶯聲苦極(集作却)蟬公道算來終達去更從今日望明年

立春　曹松

春日一盃酒便吟春日詩木稍寒未覺地脉暖先知鳥囀星沉後山分雪薄時寧無剪花手贈與最芳枝(雜詠作賞心無處)

人日

人日思歸　薛道衡(見雜詠)

入春纔七日離家已二年人歸落鴈後思發在花前

人日登高　喬侃(見雜詠)

僕本多悲者年來不悟春登高一遊目始覺柳條新杜陵

猶識漢桃源不辨秦鬓若昇雲霧還似出囂塵賴得煙霞氣淹留攀桂人

人日寄杜二　高適

人日題詩寄草堂遥憐故人思故鄉柳條弄色不忍見梅花滿枝堪(集作空)斷腸身在遠(集作南)藩無所預心懷百憂復千慮今年人日空相憶明年此(集作日)知何處一卧東山三十春豈知書劍(集作老)風塵龍鍾還忝二千石愧爾東西南北人

上元

十五夜觀燈　盧照鄰(見雜詠)

錦里開芳宴蘭缸艷早年縟彩遥分地繁光遠綴天接漢疑星落依樓似月懸別有千金笑來映九枝前

正月十五夜　蘇味道(集無此篇)

火樹銀花合星橋鐵鎖開暗塵隨馬去明月逐人來遊騎(雜詠作妓)皆穠李行歌盡落梅金吾不禁夜玉漏莫相催

同前　崔液(見雜詠)

玉漏銅壺且莫催鐵關金鎖徹明開誰家見月能閑坐何處聞灯不看來

寒食清明日早赴王門率成　李嶠

遊客杓(雜詠作趁)梁邸朝光入楚臺槐煙乘曉散榆火應春開日帶晴虹上花隨早蝶來雄風乘令節餘吹拂衣灰(雜詠作歌吹拂輕灰)

嶺表逢寒食(驩州風景不作寒食)　沈佺期

嶺外遲(集作滿外無)寒食春來不見餳洛陽新甲子何日是清明花柳爭朝發軒車滿路迎帝鄉遥可念腸斷報花情

寒食絶句　李宗嗣

普天皆滅焰匝地盡藏煙不知何處火來至(集作詠)客心燃

和常州崔使君寒食夜　孫逖(見雜詠)

閑道清明近春庭向夕闌行遊晝不厭風物夜宜看斗柄更初轉梅花暗裏殘無勞秉華燭晴月在南端

和上巳連寒食有懷京洛　前人(見雜詠)

天津御柳碧遥遥軒騎相從半下朝行樂光輝寒食借太平歌舞晚春饒紅粧樓下東郊道青草洲邊南渡橋坐見

司空掃兩第看君侍泛落花朝

寒食汜水山中作　王維（見雜詠）

廣武城邊逢暮春汶陽歸客淚沾巾落花寂寂啼山鳥楊柳青青渡水人

一百五十夜對月　杜甫（見集本）

無家對寒食有淚如金波斫却月中桂清光應更多仳離放紅蘂想象嚬青娥牛女漫愁思秋期猶渡河

清明　前人

此身飄泊苦西東右臂偏枯半耳聾寂寂繫舟雙下淚悠悠伏枕左書空十年蹴踘將雛遠萬里鞦韆習俗同旅鴈上樓歸紫塞家人鑽火用青楓秦城樓閣煙花裏漢主山

河錦繡中春去（集作風水）春來洞庭闊白蘋愁殺白頭翁

奉和陸中丞使君長源寒食日作　釋皎然

寒食江天氣最清庾公晨望動高情因逢內火千家靜便覩行春萬木榮深淺山容飛雨細縈紆水態拂雲輕腰章本郡誰相似數日臨民（雜詠作人）政已成

寒食日即事　韓翃

春城無處不飛花寒食東風御柳斜一夜（集作日暮）漢宮傳蠟燭青（集作輕）煙散入五侯家

洛陽清明日雨霽　李正封

曉日清明天夜來嵩少雨千門止煙火九陌無塵（雜詠作風）土酒渌市（文粹作河）橋春漏闊宮殿午遊人戀芳草半犯嚴城鼓

寒食日寄李補闕　郭鄖

蘭陵士女滿晴川郊外紛紛拜古埏萬井閭閻皆禁火九原松柏自生煙人間後事悲前事鏡裏今年老去年介子終知祿不及王孫誰肯一相憐

洛橋寒食　白居易

上苑風煙好中橋道路平蹴毬塵不起潑火雨新晴宿醉頭仍重晨遊眼乍明老慵雖省事春（集作春）誘尚多情遇客踟蹰立尋花取次行連鑣嚼金勒鑿落寫銀罌府醞傷教送宮（集作官）娃氣（集作起）要迎舞腰那及柳歌舌不如鸎鄉國真堪戀光陰可合輕三年寒食節（集作遇寒食）盡在洛陽城

寒食江畔　前人

草香沙暖水雲晴風景令人憶帝京還似往年春氣味不宜今日病心情聞鶯樹下沉吟立信馬江頭取次行忽見紫桐花悵望下邽明日是清明

寒食前有懷　温庭筠（見雜詠）

萬物相鮮雨乍晴春寒戚（雜詠作寂）歷近清明殘芳荏苒雙飛蝶曉睡朦朧百轉鸎舊侶不歸成獨酌故園雖在有誰耕悠然便（雜詠作耕）起嚴灘恨一宿東風蕙草生

寒食遺懷　趙嘏

折柳城邊起暮愁可憐春色獨懷秋（一作蓋）傷心（雜詠作沾襟）正歎人間事回首更慚江上鷓鴣聲中寒食酒芙蓉苑外夕陽樓憑高滿眼送清渭去傍故山山下流

寒食日早出城東　羅隱

青門欲曙天車蓋（集作馬）已喧闌禁柳裊風細墻花折露鮮
向誰誇麗景只此是（雜詠作是歎）流年不得高飛便回頭望紙
鳶

長安清明　韋莊

早是傷春暮雨天可憐芳（雜詠作風）草更芊芊内官初賜清明
火上相閑分白打錢紫陌亂嘶紅叱撥綠楊高影（集詠作映）畫
秋千遊人記得承平事暗喜風光似昔年

寒食二首　李山甫

柳凝（雜詠作撥）東風一向斜春陰淡淡漾人家有時三點兩點
雨到處十枝五枝花萬井樓臺疑綉畫九原珠翠似煙霞

年年今日誰相問獨坐長安泣歲華

二

風煙放蕩花披猖秋千女兒飛出墻綉袍馳馬拾（雜詠作掇）遺
翠錦袖鬥鷄喧廣場天地氣和融霽色池臺日暖燒（雜詠作遠）
春光自憐塵土無多事空晚荷衣泥醉卿

上巳

三日率爾成篇　沈約

麗日屬元巳年芳具在斯開花已匝樹流鶯復滿枝洛陽
繁華子長安輕薄兒東出千金堰西臨鴈鶩陂遊絲映空
轉高柳拂池垂綠萍（類聚作帷）文照耀紫燕光陸離清晨戲伊
水薄暮宿蘭池象筵鳴寶瑟金瓶泛玉卮仍憶蠶眠起（類聚
作寄憶春蠶起）日暮桑欲萎長袂屢以拂雕胡方自炊愛而不可
見宿昔減容儀早常忘情士歎息獨何為

上巳禊飲　盧思道

山泉好風日城市厭囂塵聊持一罇酒共尋千里春餘光
下幽桂夕吹舞青蘋何時出關後重有入山人

桂州三月三日　宋之問

代業京華裏遠投魑魅鄉登高望不見涉海四茫茫伊昔
承休盼曾為人所羨兩宮（雜詠作朝）賜顏色二紀陪遊宴昆明
御（雜詠作籞）宿侍龍媒伊闕天泉復幾回西夏黃河水心劍東
周清洛羽觴杯苑中落花掃還合河畔垂楊撥不開千秋
獻壽多行樂柏梁和歌攀睿作賜金分帛駐光輝風舉雲

搖入紫微晨趍北闕鳴珂至夜出南宮把燭歸載筆儒林
多歲月襆被文昌佐吳越越中山海高且深興來無處不
登臨永和九年刺海郡暮春三月醉山陰愚謂嬉遊長作
昔不言流寓欻成今始安繁華舊風俗帳飲傾城沸江曲
主人絲管清且悲客子肝腸斷還續荔浦衡高萬里餘洛
陽音信絕能疎故園今日應愁思曲水何能更祓除作伴
惟憐合浦葉思歸豈食桂江魚不求漢使金囊贈願得家
人錦字書

上巳日　劉駕

上巳曲江濱喧於市朝路相尋不見者此地皆相遇日光
去此遠翠幕張如霧何事歡娛中易覺春城暮物情重此

節不是愛芳樹明日花更多何人肯回顧

同前（一作上巳日寄韓八）　唐彥謙

上巳接寒食鶯花寥落晨微微濺火雨草草踏青人涼似三秋景清無九陌塵伯輿（一作伯輿）同病者對此合傷神

三月晦日贈劉事（一作評事）　賈島

三月更當（更一作正）三十日春（一作風）光別我苦吟身共君今夜不須寢（集作寐一作睡）未至曉鍾（集作未到五更）猶是春

此詩二百五十九卷重出今已削去注異同爲一作

夏

夏夜獨坐　蕭子範

節序遇（類聚作值）徂炎兹宵在三伏憑軒佇涼氣中筵卷煩燠

寂寞對空窗清蹕林（類聚作臨）夜竹虫聲亂階草螢光繞庭木簾月度斜暉風花起餘馥一傷年志罷長嗟逝波速

夏日　徐朏

夏景厭房櫳促席翫花叢條（初學記作荷）陰叙合翠蓮影對分紅此時避炎熱清樽獨未空

同前　李德林（見初學記）

夏景多煩蒸山水暫追涼桐枝覆玉檻荷葉滿銀塘輕扇搖明月珍簟拂流黃壺盛仙客酒瓶貯帝臺漿才人下銅雀侍妓出明光歌聲越齊市舞曲冠平陽微風動羅帶薄汗染紅粧共欣陪宴賞千秋樂未央

初夏　唐太宗

一朝初（初學記作春）夏改隔夜鳥花遷陰陽深淺葉曉夕重輕煙哢鶯猶響殿橫絲正網天珮高蘭影接綬細草文連碧鱗驚棹側玄燕舞簷前何必汾陽處始復有山泉

賦得夏首啓節　前人

北闕三分晚南榮九夏初黃鶯哢漸變翠林花落餘瀑流還響石（初學記作谷）猿啼自應虛早荷向心捲長楊就影舒此時歌不極調軫坐相於

夏日即事　裴說

僻居門巷靜竟日坐階墀鵲喜雖傳（集作還逢）信蛩吟不見詩筍抽通舊竹梅落（集作墜）立閑枝此際無塵繞僧來稱所宜

夏日即事　劉得仁

到曉改詩句四隣嫌苦吟中宵橫北斗夏木隱棲禽天地先秋肅軒窗映月深幽庭多此景却恐曙光侵

晚夏　前人

日夕是西風流光半已空山光漸凝碧樹葉即飜紅學淺慚多士秋成羨老農誰憐信公道不泣路岐中

端午

五日　王錡（見初學記）

裁縫逗早夏點晝守初晨絹紈既妍媚脂粉亦香新長絲表良節命縷應佳辰結蘆同楚客採艾異詩人折花競鮮彩拭露染芳津含嬌起斜盼斂笑動微嚬獻璫依洛浦懷珮似江濱須待恩光接中夜奉衣巾

同前　魏收（見初學記）

麥涼殊未畢蜩鳴早欲聞喧林尚黃鳥浮天巳白雲硎兵書鬼字神印題靈文因想蒼梧郡玆日祀陳君

伏日作

平生三伏時道路無行車閉門避暑卧出入不相過今世襬襶子觸熱到人家主人聞客來顰蹙（類聚作噸）奈此何謂當行起去安坐正跼跨所說無一急踏唅一何多疲倦向之久笑問君極那搖扇臂（類聚作胛）中痛（雜詠作疼）流汗正滂沱莫謂此小事亦是一大瑕傳戒（類聚作語）諸高明熱行宜見訶

文苑英華卷第一百五十七

文苑英華卷第一百五十八

天部八　・　詩八

秋

初秋　梁簡文帝

羽𩬊晨猶動珠汗晝恒揮秋風忽嫋嫋向夕引涼歸卷幌通河色開窗望月輝晚花欄下照（初學記作晚照花欄下）疎螢簾上飛直至猶如此何況送將歸浮陰即染浪清氣始乘衣（類聚有此二句）

秋夜　前人（初學記有）

肓風度函谷墜露下芳枝綠山倒雲氣青潭銜月規花心風上轉葉影樹間移外遊獨千里夕歎共誰知

秋夜　沈約

月落宵向分紫烟鬱氛氳曖曖螢入霧離離鴈出雲巳童暗理瑟漢女夜縫裙新知樂如是久要詎相聞

秋日　鮑泉

露色未成霜梧楸欲半黃燕去簾（初學記作檐）恒靜蓮寒池不香夕鳥飛向日（類聚作夕鳥飛向月）餘蚊聚逐光旅情恒自苦秋夜漸應長　此詩三百三十一卷重出今巳削去

和初秋　庾信

落星初伏火秋霜正動鐘北閣更（初學記作漣）橫漢南宮暎鑾龍祥鸞棲竹實靈蔡止（初學記作上）芙蓉自有南風曲還來吹九重

秋日（此乃王胄奉和悲秋應令十韻詳具一百七十九卷）　前人

晚秋　前人

凄清臨晚景疎索望寒階庭濕（初學記作濕庭）凝墜露搏風卷落槐白氣斜還冷雲峯晚更霾可憐數行鴈點點遠空排

和潁川公秋夜　前人（初學記作上官儀）

泬寥空色遠葉黃凄序變洞浦落遵鴻長飈送巢燕千秋流夕景百籟含宵轉峻雉聆金柝曾臺切銀箭

悲秋　隋煬帝

故年秋始去今年秋復來露濃山氣冷風急蟬聲哀鳥擊初移樹魚寒欲隱苔斷霧時通日殘雲尚作雷

度秋　唐太宗（見初學記）

夏律昨留灰秋箭今移晷蛾眉岫初出洞庭波漸起桂白發幽巖菊黃開灞涘運流方可歎含毫屬微理

秋日二首　前人（見初學記）

爽氣澄蘭沼秋風動桂林露凝千片玉菊散一叢金日岫高低影雲空點綴陰蓬瀛不可望泉石且娛心

二（見初學記）

菊散金風起荷疎玉露圓將秋數行鴈離夏幾林蟬雲凝愁半嶺霞碎纈高天還似成都望直見蛾眉前

秋夜（初學記作日）翠微宮　前人

秋光凝翠（或作紫）嶺涼吹肅離宮荷葉疎一盖缺樹冷半空（初學記作荷疎一盖缺樹冷半帷空）側陣移鴻影圓花釘菊叢攄懷俗塵外高眺白雲中

秋夜獨坐　王維

獨坐悲雙鬢空堂欲二更雨中山果落燈下草虫鳴白髮終難變黃金不可成欲知除老病唯有學無生

秋興　杜甫

聞道長安似奕棊百年世事不堪悲王侯第宅皆新主文武衣冠異昔時直北關山金鼓振征西車騎（集作馬）羽書馳魚龍寂寞秋江冷故國平居有所思

秋夜獨坐　袁朗

危絃斷客心虛弹落驚禽故人百慮靜（一作盡）獨夜九愁深枯蓬唯逐吹墜葉不歸林如何悲此曲坐作白頭吟

秋興　王昌齡

日暮西北堂涼風洗脩木著書在南窓門館常肅肅苔草延古意視聽轉幽獨或問余所營刈黍就寒谷

立秋日　司空曙

律變新秋至蕭條自此初花酬蓮報謝葉在柳呈疎淡日非雲暎清風似雨餘卷帷（百家詩作簾）涼暗度迎扇暑先除草靜多翻燕波澄下露魚今朝散騎省作賦興何如

秋夜作　韋應物

暗窓涼葉動秋齋寝席单憂人半夜起明月在林端一與清景遇每憶平生歡如何方惆悵拔衣露轉寒

秋夜　前人

高閣漸凝露涼葉稍飄闈憶在南宮直夜長鐘漏稀

秋夜早行　戴叔倫

山晩旅人去天高愁氣悲明河川上沒芳草露中滋此別又千里少年能幾時心知剡溪路聊且寄前期

秋暮　賈島

北門楊柳葉不覺已繽紛值鶴因臨水迎僧忽背雲白鬚相並出暗淚兩行分默默空朝夕苦吟誰喜聞

秋夕卽事　劉得仁

文苑英華　一百五十八卷　四　李春

永夕坐暝久不聞猿狖啼漏微砧韻隔月朗斗星低危葉無風落幽禽並樹棲自怜無援者甘與路岐迷

秋思　周賀

楊柳已秋色楚田方刈禾歸心疾所切敗葉夜來多細雨城鵶噪殘陽嶠客過古都餘業在杳隔洞庭波

秋夕　聶夷中

日往無復見秋堂暮仍學玄髮不知白曉入寒銅覺爲材未離群一作樹有玉猶在璞誰把碧桐枝刻作雲門樂

同前　劉駕

促織燈下吟燈光冷於水鄉魂坐中去倚壁身如死求名爲骨肉骨肉萬餘里富貴在何時離別今如此出門長嘆

息月白西風起

同前　張喬

春恨復秋悲秋悲難到時每逢明月夜長起故山思巷僻行吟遠蛩多獨臥遲溪僧與樵客動別十年期

中秋　鄭谷

清香聞曉蓮水國雨餘天天氣正得所客心剛悄然亂兵何日息故老幾人全此際難消遣從來未學禪

秋晩　羅鄴

殘星殘月一聲鐘水際巖根爽氣濃不向碧堂驚醉夢但求清鏡促愁容繁金泣露荒籬菊獨翠凝烟遠澗松閑步幽林與苔逕漸移西鳥息鳴蛩

文苑英華　一百五十八卷　五　陸達

秋深　周朴

柳色尚沉沉風吹秋更深山河空有道鄉國自鳴砧巷有千家月人無萬里心長城哭崩後寂絶至而今

七夕

七夕　梁武帝

白露月下圓一作團秋氣一作風枝上鮮瑤臺含碧霧羅一作翠幕生紫烟妙會非綺節佳期乃涼年玉壺并一作承夜急蘭膏依曉煎昔悲漢難越今傷河易旋怨咽雙目斷悽切初學記作到兩情懸一作皆藝文類聚

望織女　前人類聚作左雲

盈盈一水邊夜夜空自憐不辭精衛苦河流未可填寸情

百重結一心萬處懸願作雙青鳥共書(類聚作舒)明鏡前

七夕穿針　柳惲

代馬秋不歸緇紈無復緒迎寒理衣(一作夜)縫映月抽纖縷的爍愁睇光連娟思眉聚清(一作淚)露下羅衣秋風吹玉柱流景對秋夕(一作流陰稍已多)餘光亦難取(一作誰與)

七夕　何遜

仙車駐七襄鳳駕入天潢月映九微火風吹百和香來(一作逢)歡暫巧笑還淚已沾(一作帶)粧依稀獨洛汭倏忽似高唐別離未(一作不)得語河漢漸湯湯(一作皆雜詠)

織女贈牽牛　沈約

紅粉(一作粧)與明鏡二物本相親用持施點畫不照離居人

徃秋雖一照一照復還塵塵生不復拂蓬首對河津冬夜寒如此(一作是)寧遽道陽春初商忽云至暫得奉衣巾施衿已成(一作識已)故每恥輒(一作忽)如新　一作皆藝文類聚

牽牛答織女　王筠

新知與生別由來儻相值豈如寸心中一宵懷兩事歡娛未繾綣倏忽成離異終日遥相望秪憶(雜詠作益)生愁思猶想(類聚作憶)今春悲尚有故年淚忽遇長河轉獨喜良飈至奔精翊鳳軫織阿(雜詠作町)警龍轡

七夕　庚肩吾

玉匣卷懸衣針縷(類聚高僂)開夜扉姮娥隨月落織女逐星移離前看促夜別後對空機得(類聚作情雜詠作請)語凋翎(雜詠類聚並作彫陵)

二字出莊子鵲填河未可飛

同前　江總

漢曲天榆冷河邊月桂秋婉孌期今夜飄颻度淺流輪隨列宿動(類聚作轉)路逺絲雲浮横波翻瀉淚束素反緘愁此時機杼息獨向紅粧羞

同前　王昚(見初學記)

天河漢欲曉鳳駕儼應飛落月移粧鏡浮雲動別衣歡逐今宵盡愁隨還路歸猶將宿昔淚更上去年機

同賦山居七夕　李嶠

明月青山夜高天白露秋花庭開粉席雲岫敞斜樓(雜詠作雲影斜紆樓)石類支機影池似泛槎流暫驚河女鵲終狎野人鷗

七夕　張文恭

鳳律驚秋氣龍梭静夜機星橋百枝動雲露七香飛映月回彤扇凌霞曳綺衣含情向華幄流態入重闈歡餘夕漏盡怨結曉驂歸誰言(類聚作念)分河漢還憶兩心違

同前　杜審言

白露含明月青雲斷絳河天街七襄轉閣道二神過袨服鏘環珮香筵拂綺羅年年今夜盡機杼別情多

同前　祖詠

閨女求天女更闌意未闌玉庭開粉席羅袖捧金槃向月穿針易臨風整線難不知誰得巧明旦試看看

同前　楊衡

漢浦常多別山（一作崖）橋忽重遊向雲迎翠輦當月拜珠旒
寢幌凝宵態粧奩閉曉（一作曉）愁不堪鳴柳（一作捋）日空對白
榆秋

七夕二首　劉禹錫

河鼓靈旗動姮娥破鏡斜滿空天是幕徐轉斗爲車機罷
猶安石橋成不礙查寧（集作誰）知觀津女竟夕（集作終日）望雲涯

其二

天衢啓雲帳仙馭上星橋初喜渡河漢頻驚轉斗杓餘霞
張（集作開）錦幛輕電閃紅綃非是人間世還悲後會遥

七夕　温庭筠

鵲歸鸞（雜詠作燕）去兩悠悠青瑣西南月似鉤天上歲時星又

轉世間離恨（雜詠作別）水東流金風入樹千門夜銀漢横空萬
象秋蘇小回塘通桂楫未應清淺隔牽牛

同前　曹松

牛女相期七夕秋相逢俱喜鵲横流彤（雜詠作寒）雲縹緲迴金
輅明月嬋娟掛玉鉤翠（雜詠作燕）羽幾曾添別恨花容終不更
含羞更殘便是分襟處曉箭東來射翠樓

同前　唐彥謙

露白風清夜向晨小星垂珮月埋輪絳河浪淺休相隔滄
海波深尚作塵天外鳳凰何寂寞世間烏鵲漫辛勤倚闌
殿北斜樓上多少通宵不睡（雜詠作寐）人

九日

九日賦韻　梁簡文帝

是節協陽數高秋氣已精簷（類聚作蟾）芝逐月啓帷風依夜清
逺燭成歌黛斜橋聞履聲梁塵下未息共愛賞年（類聚作心）并

衡州九日　隋江總（見雜詠）

秋日正淒淒茅茨復蕭瑟姬人薦初醞幼子問殘疾園菊
把黄華庭榴剖珠實聊以著書情暫遣他鄉日

九日至微山亭　許敬宗

心逐南雲逝影隨北鴈來故鄉籬下菊今日幾花開

蜀中九日　王勃（見雜詠）

九月九日望鄉臺他席他鄉送客杯今日已厭南中苦鴻
鴈那從北地來

九日　張諤

秋來林下不知春一種佳遊事也均絳草從朝飛盡夜黄
花間（初學記作開）日未成旬將曛栖樹頻驚馬半醉歸途數問
人城外（初學記作遠）登高併九日茱萸凡作幾年新

九日作　王縉（見初學記）

莫將邊地比京都八月嚴霜草已枯今日登高樽酒裏不
知能有菊花無

重九日懷襄陽　孟浩然

去國侶（一作已）如昨倏然經杪秋峴山（一作杳）不見風景令
人愁誰採籬下菊應閑池上樓宜城多（一作名）美酒（一作醞）歸
與葛強遊

九日　杜甫

舊與蘇司業兼隨鄭廣文採花香泛泛坐客醉紛紛野樹歌還倚秋砧醒却聞歡娛兩冥寞西北有孤雲

九日藍田崔氏莊　前人

老去悲秋強自寬興來終集作今日盡君歡羞將短髮還吹帽笑倩傍人為整集作正冠藍水遠從千澗落玉山高並兩峰寒明年此會知誰在集作健醉把茱萸仔細看

九日登梓州城　前人

客心驚暮序賓鴈下襄一作滄州共賞重陽節言尋戲馬遊湖風秋一作扶戍柳江雨暗山樓且酌東籬菊聊祛南國愁

九日陪崔郎中北山讌　嚴維見雜詠

上客南臺至重陽此會文菊芳寒露洗杯翠夕陽曛務簡人同醉溪門鳥自群府中官最小唯有孟參軍

九日登青山　朱灣

昔日惆悵處一作地繫馬又一作共登臨舊地一作處烟霞在多時草木深水將空舍一作合色雲共一作與我無心緬想一作相見龍山會良辰亦侶今

觀衛尚書九日對中使射破的　戎昱

盛宴傾黃菊殊私降紫泥月營開射圃霜旆拂晴霓出將三朝貴彎弓五善齊腕迴金鏃滿的破綠弦低勇氣干牛斗歡聲震鼓鼙忠臣思報國更欲取關西

九日　李群玉

玉醴泛金菊雲亭蔽黛集作玳筵晴山低晝浦斜鴈遠書天謝朓離都日殷公出守年不知瑤水宴誰和白雲篇近見去年聖製黃菊詩句

重陽夜旅懷　鄭谷

強插黃花三兩枝還圖一醉浸愁眉半床斜月醉醒後惆悵多於未醉時

冬

大同十年十月戊寅　梁簡文帝

喧塵是時息靜坐對重巒冬深柳條落雪後桂枝殘星明霧色盡天白鴈行單雲飛乍想閣冰浩類聚作結遠疑紈晚橋隱重屏枯籐帶迴竿兵初學記雜詠並作岳類聚作壯陰連水氣山峯深

水寒初學記雜詠並作添月寒類聚作染月寒

玄圃寒夕　前人

洞庭門類聚作洞門扉未掩金壺漏已催曛類聚作曛烟生澗曲暗色起林隈雪花無有蔕冰鏡不安臺堦楊始倒插浦桂半新栽陳根委落蕙細葉類聚作藥發香梅鴈去銜蘆上猿戲遶枝來

冬夕初學記無夕字類聚作大同十一月庚戌　前人

玆園植藝積山谷久紆初學記作歲類聚作威貴與初學記作典最多緒類聚作直典轉多緒真事亦因依是節嚴冬景類聚作暮寒雲曳類聚作掩落暉遠聞風瑟瑟亂視雪霏霏浪起川難知渡林深人至稀山禽皆遥走野鳥歷塘飛

冬夜　隋煬帝

不覺歲時(初學記作將)盡已復入長安月影含氷凍風聲凄夜
寒江海波濤壯嶠潼峽險難無因寄飛翼徒欲動和鑾

孟冬　杜甫

殊俗還多事方冬變所爲破柑霜落爪嘗稻雪番匙巫岫
寒都薄黔溪(集作烏沙)瘴遠隨終然減灘瀨暫喜息蛟螭

至日遣興寄北省舊閣老兩院故人　杜甫

憶昨逍遥供奉班去年冬至(集作今日)侍龍顏騏驎不動爐烟
上孔雀徐開扇影還玉几由來天北極朱衣只在殿中間
孤城此日堪腸斷愁對寒雲雪滿山

冬夕　張籍

寒恐獨罷織湘鴈猶能鳴月色當窓入鄉心半夜生不成
高枕夢復作遶堦行迴首嗟淹泊城頭北斗横

冬日後作　裴説

寂寞掩荆扉昏昏坐欲癡事無前定處愁有併來時日影
纔添線鬢根已半絲明庭正公道(集作論)應許苦心詩

冬日作　前人

糲食擁敗絮苦吟吟過冬稍寒人却健太飽事多慵樹老
生烟薄墻陰貯雪重安能只如此公道會相容

除夜

守歲　唐太宗(見雜詠)

暮景斜芳殿年華麗綺宫寒辭去冬雪暖帶入春風堦馥
舒梅素盤花卷燭紅共歡新故歲迎送一宵中

守歲　同前(一本有此篇)

歲陰窮暮紀獻節啓新芳冬盡今宵促年開明日長氷消
出鏡水梅散入風香對此歡終宴傾壺待曙光

於西京守歲　駱賓王(見雜詠)

閑居寡言宴獨坐卷風塵忽見嚴冬盡方知列宿春夜將
寒色去年共曉光新耿耿他鄉夕無由展舊親

歲除夜來張少府宅(集作除夜樂城逢張少府作)　孟浩然

雲海訪(集作泛)甌閩風濤(集作潮)泊島濱何知歲除夜得見故
鄉親予是乘槎客君為失路人平生復能幾一別十餘春

除夜有懷　前人

五更鐘鼓欲相催四氣推遷往復迴帳裏殘燈纔有(雜詠作猶去)
熖爐中香氣盡成灰漸看春逼芙蓉枕頓覺寒銷竹葉
盃守歲家家應不(集作未)臥相思那得夢魂來

除夜宿石橋館　戴叔倫

旅館誰相問寒燈獨可親一年將盡夜萬里未歸人寥落
悲前事羈(雜詠作支)離笑此身衰顔與愁鬢(雜詠作衰鬢)明日去逢
春　此詩二百九十卷重出今已削去

嶺外守歲　李福業

冬共(雜詠作去)更籌盡春隨斗柄迴寒暄一夜隔客鬢兩年催

歲暮　白居易

窮陰急景暗(集作坐)相催壯齒韶顔去不回舊病重因年老

發新愁多是（集作待）夜長來宵明自䕺緣多事鴈默先烹爲
不才福禍細尋無會處不如且進手中盃

客中守歲在柳家庄　前人

守歲樽無酒思鄉淚滿襟始知爲客苦不及在家貧畏老
偏驚節懷（集作防）愁預惡春故園今夜裏應念未歸人

除夜　王湮

今歲今宵盡明年明日催寒隨一夜去春逐五更來氣色
空中改容顔暗裏迴風光人不覺已著後園梅

同前　曹松

舊歷不足卷東風還坐閒一宵有幾刻兩歲欲平分臘盡
傾時斗春通綻處雲明朝逢捧酒先合祝吾（類詩作光）君

江外除夜　前人

千門庭燎照樓臺總爲年光急急催半夜臘因風卷去五
更春被角吹來寧無好鳥思花發應有遊魚待凍開不是
多岐漸平穩誰能呼酒祝昭回

歲除對王秀才作　韋莊

我惜今宵促君愁玉漏頻豈知新歲酒猶作異鄉身雪向
寅前凍花從子後春到明追此會俱是隔年人

除夜　羅隱

官歷行將盡村醪強自傾厭寒思暖律畏老惜殘更歲月
已如此寇戎猶未平兒童不諳事歌吹待天明

文苑英華卷第一百五十八

文苑英華卷第一百五十九　詩九

地部一

山三十五首　終南山十首
太山三首　華岳八首

山

遊鍾山　沈約

靈山標（文選作記）地德險阻資嶽靈終南表秦館少室邇王城
翠鳳翔淮海衿帶繞神垌北阜何其峻林薄杳葱青發地
多奇嶺干雲非一狀合沓共隱天參差分（文選作互）相望鬱律
構丹巘崚嶒起青嶂勢隨九疑高氣與三川壯即事既多
美臨眺殊復奇南矚（文選作瞻）儲胥觀西望昆明池山中咸可

悅賞逐四時移春光發隴首秋風生桂枝多値息心侶結
架山之足八解鳴澗流四禪隱巖曲窈冥終不見蕭條無
可欲所願從之遊寸心於此足君王挺逸趣羽斾臨崇基
白雲隨玉趾青霞雜桂旗淹留訪五藥顧步佇三芝於焉
仰鑣駕歲暮以爲期

遊金華山　前人

遂策追風（集作凤）心雲山協文（一作久）要天倪臨紫闕道地（一作地道）
通丹徼未乘琴高鯉且從（一作縱）嚴陵釣若蒙羽駕迎得
奉金書召高馳入閶闔方覩靈妃笑

登鍾山下峯望　虞騫

冠者五六人携手岩之際散意百仞端極目千里睇疊岫

乍明昏(一作昏明)高(一作浮)雲時卷閑遥看野樹短遠望行(一作樵)人細

賦得山　庾肩吾

曾雲霾峻嶺絶澗倒危峯刻削臨千仞嵯峨起百重行嶬上杳杳結霧下溶溶仁心留此屬休愧奉群龍

遊甑山　前人

子平去已久餘光(類聚作風)今復追未必遊春草王孫自不歸路高村返出林長鳥更稀寒雲開(類聚作閒)石起秋葉下山飛西河方閟訓詎得解朝衣

登壽陽八公山　吳均

遠澗自傾注曲石叙戔戔(集作遠澗百頃曲石漱復戔戔)含珠岸恒翠懷

玉浪多圓疎峯時吐月密樹不開天琁繩盡玄秘金檢上奇篇是有琴高者波陵去水仙

奉和登景陽山　任昉

物色感神遊升高悵有閱南望銅駝術(一作街)北走長楸埒別苑閒(一作澗)滄溟疏土(一作山)篤瀛碣神鯉(一作鯨)吐華浪司南動輕櫂日下千(一作重)門照雲開九華徹觀閣隆舊恩奉圖愧前哲

上蓮山　蕭揮(見初學記)

獨邁青蓮嶺探奇紫蓋峯挂流遥似鶴插石近如龍沙崩聞韻鼓霜落似鳴鐘飛花滿叢桂輕吹起脩節石浦(一作蒲)今尚有深(一作採)摘可以相逢

遊山　庾信

聊登玄圃殿更上增城山不知高幾里低頭看世間唱歌雲欲聚彈琴鶴欲舞澗底百重花山根一片雨婉婉藤倒垂亭亭松直竪

山二首　釋惠標(見初學記)

靈山蘊麗名秀出寫蓬瀛香爐帶煙上紫蓋入霞生霧捲蓮峯出巖開石鏡明定知丘壑裏併佇白雲情

二

峨眉信重險天目本仙居金華抱丹窟玉笥蘊神書幽人披薜荔怨妾採蘼蕪紫巖無暮雨何時逢故夫

小山　崔仲才

崑丘本難步軒臺不易朝還徃麟洲上時聽鳳凰簫霞觀文犀篚香臨碧玉條且學燒丹飢何假摘靈桃

山　李德林

登嶺望重關腰珮且鳴環天河臨易飲月桂近將攀王母西山至夫人南岳還何必陽臺下要待夢容顏

同前　李嶠

山嶺鬱氛氳(一作地鎮標神秀)峩峩上翠氛泉飛一道帶峯出半天雲古壁丹青色新花錦繡文已開封禪禮(一作所)希謁聖明君

登襄州峴山　張九齡

昔年亟攀踐征馬復來過信若山川舊誰如(集作知)歲月何

蜀相吟安在羊公碣已磨今圖猶寂寞嘉會亦蹉跎宛宛樊池（集作城）岸悠悠漢水波逶迤春日遠感寄客情多地本原林秀朝來煙景和同心不同賞留歎此巖阿

白鹽山　杜甫

卓立群峯外蟠根積水邊他皆任厚地我（集作爾）獨近高天白牓千家邑清秋萬里（集作估）船詞人取佳句刷鍊始堪（集作刻畫竟難）傳

閬山此詩見三百四十二卷歌行中　前人

丈人山　前人

自爲青城客不唾青城地爲愛丈人山丹梯近幽意丈人祠西佳氣濃緣雲擬住最高峯掃除白髮黃精在君看他時氷雪容

天門山　李白

迥出江上山雙峯自相對岸映松色寒石分浪花碎參差遠天際縹渺晴霞外落日舟去遙回首沉青靄

靈墟山　前人

丁令辭世人拂衣向仙路伏鍊九丹成方隨五雲去松蘿蔽幽洞桃杏深隱處不知曾化鶴遼海歸幾度

登峩眉山　前人

蜀國多仙山峩眉邈難匹周流試登覽絕怪安可悉青冥倚天開彩錯疑畫出泠然紫霞賞果得錦囊術雲間吟瓊簫石上弄寶瑟平生有微尚歡笑自此畢煙容如在顏塵累忽相失倘逢騎羊子携手陵白日

獨坐敬亭山　前人

衆鳥高飛盡孤雲獨去閑相看兩不厭只在（一作有）敬亭山

南山　賀朝清

湖北雨初晴湖南山盡見嵒嵒石帆影如得海風便山冗茅山峯彩雲時一見邀君共探此異籙殘幾卷

洞陽山（浮五公舊隱處）　劉長卿

舊日仙成處荒林客到稀白雲將犬去芳草任人歸空谷無行徑深山少（集作多）落暉桃源幾家住誰爲掃荊扉

石菌山　前人

前山帶秋色獨往（集作住）秋江晚疊嶂入雲多孤峯去人遠貪緣不可到蒼翠空在眼渡口問漁家桃源路深淺

班竹巖　前人

蒼梧在何處班竹自成林點點留殘淚枝枝寄在（集作此）心寒山響易滿秋水影偏深欲覓樵人路朦朧不可尋

寒山　僧皎然

侵空撩亂山獨愛我中峯無事負輕策閑行躡幽蹤衆山搖落盡寒翠更重重

玉山嶺上作　權德輿

悠悠驅疋馬征路上連岡晚翠深雲竇寒苔淨石梁荻花偏似雪楓葉不禁霜愁見前程遠空郊下夕陽

仙娥峯下作　白居易

我爲東南行始登商山道商山無數峯最愛仙娥好參差樹若插匳匣雲如抱淌瑩爽玉泉香聞紫芝草青巖屛削碧白石淋鋪縞向無如此物安足留四皓感彼私自問歸山何不早可能塵土中還隨衆人老

玉山　李商隱

玉山高共(集作與)閬風齊玉水清流不貯泥何處更求迴日馭此中兼有上天梯珠容百斛龍休睡桐拂千尋鳳要棲聞道神仙有才子赤簫吹罷好相攜

杭州孤山此詩見二百三十八卷　張祐

望巫山　張嶠

溪疊雲深轉谷遲暝投孤店草虫悲愁連遠水波濤夜夢斷空山雨雹時邊海故園荒後貴入關玄鬓夜來衰東歸未必勝羈旅况是東歸未有期

商山　王貞白

商山名利路夜亦有人行四皓卧雲處千秋疊蘚生晝煙籠澗黑殘雪隔林明我待酧恩了來聽水石聲

西塞山(在武昌界孫吳以之爲西塞)　羅隱

吳塞當時指此山吳都亡後綠(集作水)孱顔嶺梅乍暖殘粧恨沙鳥初晴小隊閑波濶魚龍應混雜壁危猿狖奈驕(集作奸)頑會將一副寒簑笠來與漁翁作往還

霍山　曹松

七千七百七十丈十丈藤蘿勢入天未必展來空似翅不

妨開去也成蓮月將河漢分巖轉僧與龍蛇共窟眠直是畫工須閣筆况無名畫可流傳

終南山

陪駕幸終南山　庾信

玉山乘四載瑶池宴行(類聚作入)龍鼉橋浮少海鵠蓋上中峯飛狐橫塞路白馬當河衝水奠三川石山封五樹松長虹雙瀑布圓闕兩芙蓉戍樓鳴夕鼓山寺響晨鍾新蒲節轉促短笋籜猶重樹宿含櫻鳥花留釀蜜蜂迎風下列缺灑酒召昌容欣陪北山上(類聚作且欣陪此上)方欲待東風

同前　宇文昶

堯蓋臨河源漢蹕踐華嵩日斾迴北鳳皇(一作星)斾轉南鴻清(一作青)雲過宜曲先驅背射熊金柈拂泉底玉琯吹雲中古轍犧難極新途或易窮煙生山欲盡潭淨水恒空文(一作交)松上連霧修竹下來風仙才道無別靈氣法能通東秦羞朝座西桃獻夜宮詔令王子晉出對浮丘公

登終南山擬古　胡師耽

結廬終南山西北望帝京煙霧亂鳥道岁見長安城宮雉牙相映雙闕雲間生鍾鼓沸閶闔笳管咽承明朱閣臨槐路紫蓋飛縱橫望望未極已甕牖秋風驚巖岫草木黃飛鴈遺寒聲墜葉積幽徑繁露垂荒庭甕中酒新熟澗谷寒虫鳴且對一壺醉安知世間名寄言朝市客同君樂太平

望中南山(詩注中南山即周之終南山)　唐太宗(見初學記)

重巒俯渭水碧嶂插遥天出紅扶嶺日入翠貯巖煙疊松
朝若夜複岫缺疑全對此恬千慮無勞訪九仙

終山行（集作終南山行）　王維

太一近天都連天（集作山）到海隅白雲迴望合青靄入看無
分野中峯變陰晴衆壑殊欲投人處宿隔浦（集作水）問樵夫

晚晴見終南諸峯　賈島

秦分積多峯連巴勢不窮半旬藏雨裏此日到窗中團魄
將升兎高盧欲叫鴻故山思不見碣石泬寥東

懷紫閣山　杜牧

學他趨世少深機紫閣青霄半掩扉山路遠懷王子晉詩
家長憶謝玄暉百年不肯疎榮辱雙鬢終應老是非人道

青山歸去好青山曾有幾人歸

終南山　張喬

帶雪復銜春橫天占半秦勢奇看不定景變寫難真洞遠
皆通岳川多更有神白雲幽絕處自古屬樵人

同前　王貞白

終朝異五岳（集作十山凝黛色）列翠（集作今古）藹長安地去搜楊近人
謀隱遁難水穿諸苑過雪照一城寒爲問紅塵裏誰同駐
馬看（集作太華逆相望晴摟幾處看）

同前　裴説

九衢南面色蒼翠絕纖塵寸步有閒處百年無到人禁林
寒對望太華淨相鄰誰與群峯竝祥雲瑞露（集作靄）頻

太山

遊太山三首　李白

四月上太山石平御道開六龍過萬壑澗谷隨縈迴馬跡
遶碧峯于今滿青苔飛流灑絕巘水色（集作急）松聲哀北眺
崿嶂奇傾崖向東摧洞門閉石扇地底興雲雷登高望蓬
瀛想象金銀臺天門一長嘯萬里清風來玉女四五人飄
颻下九垓含笑引素手遺我流霞盃稽首再拜之自愧非
仙才曠然小宇宙棄世何悠哉

二

清齋三千日裂素寫道經吟誦有所得衆神衛我形雲行
信長風颯若羽翼生攀崖上日觀伏檻窺東溟海色動遠

山天雞已先鳴銀臺出倒影白浪翻長鯨安得不死藥高
飛向蓬瀛

三

平明登日觀舉首開雲關精神四飛揚如出天地間黃河
從西來窈窕入遠山憑崖覽八極目盡長空閑偶然值青
童綠髮盈雲鬟（集作雙雲鬟）笑我晚學仙蹉跎凋朱顔躊躇忽
不見浩蕩艱（集作難）追攀

華岳

行經太華　孔德紹（見初學記）

紛吾世網暇靈岳展幽尋寥廓風塵遠杳冥川谷深山昏
五里霧日落二華陰疎峯起蓮葉危寒（一作雲）隱桃林何必

東都外此處可抽簪

扈從出西岳作　沈佺期

西鎮何穹崇壯哉信靈造諸嶺皆峻秀中峯特美好傍見巨掌存勢如拓東倒頗聞首陽去開拆北(集作此)河道磅礴壓洪源嵬峩壯(初學記作峩)清昊雲泉紛亂瀑天磴硊橫抱子先呼其巔宮女世不老下有府君廟歷載傳洒掃皇明應天遊十月戒豐鎬微末忝閑從兼得事蘋藻宿心愛玆山意欲拾靈草陰壑已承(集作水初學記作永)閑雲實絶探討芳(集作芬)月期再來廻策思方浩

春初送呂補闕往西岳勒碑(得雲字)　遜逖

刻石記天文朝推谷子雲箧中緘聖札巖下揖神君語別

梅初艷爲期草欲薰徃來春不盡離思莫氛氳

華岳　王維

西岳出浮雲積翠在太清連天疑黛色百里遥青冥白日爲大(集作之)寒森沉華陰城昔聞乾坤闢變化生巨靈右足踏方山左手推削成天地忽開拆大河注東溟遂爲西岳(集作峙)崎岳雄雄鎮秦京大君包覆載至德被群生上帝佇昭告金天思奉迎人祇望幸久何獨禪云亭

觀華岳　祖詠

西入秦關口南瞻驛路連彩雲生闕下松樹倒祠邊作鎮當官道爲雄控大川蓮峯逕上處彷彿有神仙

經太華　衞光一

太華五千尋重岩才(疑)杳起勢飛白雲外影倒黃河裏上有千葉蓮服之久不死山高採難得歎息徒仰止

華山　張喬

青蒼河一隅氣狀杳難圖卓傑三峯出高奇四岳無力疑擎上界勢猶(集作獨)壓中區衆水東西走群山遠近趨天廻諸宿照地聳百靈扶石壁烟霞麗(集作麓)龍潭雨雹麤(集作蓮細)登凝(集作清涼)臨甸服險固東神都浚覺川原異深應日月殊鶴歸青靄合仙去白雲孤濁瀑斜飛凍長松倒掛枯每來探洞穴不擬返江湖儻有芝田種商巖老一夫(集作巖間寄野夫)

華山上方　裴說

獨上上方上立高聊稱心氣衝雲易黑影落縣多陰有雲(疑作雪)草不死無風松自吟會當求大藥他日復追尋

文苑英華卷第一百五十九

文苑英華卷第一百六十　詩十

地部二

南岳三首　廬山四首

望夫山五首　歸山七首

中山十六首　雜題十四首

南岳

至湘州望南岳　吴均

重波淪且直連山糾復紛鳥飛不復見風聲猶可聞朧朧樹裏月飄飄水上雲長安遠如此無緣得報君

望南岳山　杜甫

南岳配朱鳥秩禮自百王欻吸領地靈鴻洞半炎方邦家

用祀典在德非馨香巡狩何寂寥有虞今則亡洎吾隘世網行邁越瀟湘渴日絕壁出漾舟清光旁祝融五峯尊峯次低昂紫蓋獨不朝爭長業相望恭聞魏夫人群仙夾翱翔有時五峯氣散風如飛霜牽迫限修途未暇杖崇岡歸來覬命駕沐浴休玉堂三歎問府主曷以贊我皇牲璧忍衰俗神其思降祥

遊南岳　張喬

入巖仙境清行盡復重行若得閑無事長來寄此生澗松閑（疑）易老籠燭晚生明一宿泉聲裏思鄉夢不成

廬山

出守豫章郡途次廬山入東巖下作　張九齡

兹山鎮何所乃在澄湖陰下有蛟螭伏上與虹蜺尋靈仙未始曠窟宅何期（集作其）深雙闕出雲峙三宮（集作宮）入烟沉攀崖猶昔境種杏非舊林想像終古跡怊（集作惆）悵獨往心紛吾嬰世網數載忝朝簪孤根自靡托量力況不任多謝周身防常恐橫議侵豈能鴛鸞別（集作鵷鴻列）惕如泉壑臨迨臨（集作茲）刺江郡來此滌塵襟有趣逢樵客忘懷狎野禽棲閑義未果用拙歡在今願言答休命歸事丘中琴

發湓城浦望廬山（集作初晴直省齋勅催赴江陰十字）　李嘉祐

西望香爐雪千峯晚色（集作照）新白頭悲作吏黃紙苦催人多負登山屐深藏漉酒巾傷心公府內手板日相親

和段校書冬夕寄題廬山　劉得仁

名高身未到此恨蓄多時是夕吟因話他年必去隨當時廬岳頂半入楚江湄幾處懸崖上千尋瀑布垂爐峯松浙瀝湓浦棹參差日色連湖白鍾聲拂浪遲煙梯緣蘚落岳寺步欹危地本饒靈草林曾出祖師石樓霞耀壁猿樹鶴分枝細徑縈巖末高窗見海崖嶔空寒更極寂寞夜尤思陰谷冰埋木仙田雪覆芝亂泉禪客瀨（疑作漱）異跡逸人知蘇室新開竈狸潭未了碁如何遂閑放長得任希夷空務漁樵事方無道路悲謝公臺尚在陶令柳潛衰塵外難相許人間貴迹遺難懷丹桂影不忘白雲期仁者終携手今朝預賦詩

廬山　王貞白

撥立鎮南楚椎名天下聞五峯高閣日九疊翠連雲夏谷雪猶在陰巖晝不分唯應（當）向與華清峻得爲群

望夫山

望夫山　李白

（鳶集作顒）望臨碧空怨情感離别江草不知愁巖花但争發雲山萬重隔音信千里絶春去秋復來相思幾時歇

望夫石　前人

髣髴古容儀含愁帶曙輝露如今日淚苔似昔年衣有恨同湘女無言類楚妃寂然芳靄内猶若待（一作帶）夫歸

同前　武元衡

佳人（集作名）望夫處苔蘚封孤石萬里水連天巴山暮雲碧

湘妃淚竹下成林（集作竹成班）子規夜啼江水深（集作樹白）

望夫山（正對和州郡樓）　劉禹錫

終日望夫夫不歸化爲孤石苦相思望來已是幾千載秪是當年（集作時）初望時

同前

何代提戈去不還獨留形影白雲間肌膚銷盡雪霜色羅綺點成苔蘚班江鷺不能傳遠信野花空解妬愁顔近來豈少征人婦笑採蘼蕪上北山

歸山

歸嵩山作　王維

晴川帶長薄車馬去閑閑流水如有意暮雲（集作禽）相與還荒城臨古渡落日滿秋山迢遞嵩高（集作高）下歸來且閉關

歲暮歸南山　孟浩然

北闕休上書南山歸弊廬不才明主棄多（一作卧）病故人疎白髮催年去青陽逼歲除永懷愁不寐（一作寢）松月夜窗虚

夜歸鹿門山歌　前人

山寺鐘鳴晝已昏漁梁渡頭争喧（集作渡）喧人隨沙道（集作路）向江村余亦乘舟歸鹿門鹿門月照開煙樹忽辨（集作到）龐公棲隱處巖扉草（文粹四字集作松徑作樵逕）非遥長寂寞唯有幽人夜來去

冬日歸舊山　李白

未洗染塵纓歸來方草平一條藤逕緑萬點雪峰晴地冷

葉先盡谷寒雲不行嫩篁侵舍密古樹倒江横白犬離村吠蒼苔壁上生穿厨孤雉過臨屋舊猿鳴木落禽巢在籬疎獸路成拂床蒼（一作山）鼠走倒篋素魚驚洗硯脩良策敲松擬素貞此時重一去去合到三清

歸山作　釋護國

喧静各有路偶隨心所安縱然在朝市終不忘林巒四皓將拂衣二疏能挂冠窻前隱逸傳每日時三看斬尚那可論屈原亦可歎至今黄泉下名及青雲端松牖見初月花間禮古壇何處論心懐世上空漫漫

歸舊山　張喬

昔年山下結茅茨村落重來野徑移樵客相逢悲往事林

生閑坐問歸期異藤遍樹無空處幽草緑溪少歇特此景
一抛吟欲老可能文字聖朝知

自歸山　陳陶

海嶽南歸遠天門北望深暫爲青瑣客難換白雲心富貴
老閑事猨猱思舊林清平無樂志(一作道)罇酒有瑤琴

山中

山中(集作末婚山中)叙志　王績

物外知何事山中無所有風鳴静夜琴月照方春(集作罇)酒
直置百年内誰論千載後張鳳(集作奉)娉賢妻老萊藉嘉偶
孟光儻未嫁梁鴻正須婦

羇臥山中　盧照鄰

臥壑迷時代行歌任死生紅顔意氣盡白壁故交輕澗戶
無人迹山窗聽鳥聲春蘚緑巖上寒光入溜平雪盡松帷
暗雲開石路明夜伴饑鼯宿朝隨馴雉行度溪猶憶處尋
洞不知名紫書長自(集作日)閲丹藥幾年成撞鍾鳴天鼓燒
香厭地精倘過(集作遇)浮丘鶴飄飄凌太清

早秋山中作　王維

無才不敢累明時思向東溪守故籬不(集作豈)厭尚平婚嫁
早却嫌陶令去官遲草間蛬(集作蛩)響臨秋急山裏蟬聲薄
暮悲寂寞柴門人不到空林獨與白雲期(集作歸)

落日憶山中　李白

雨後煙景緑晴天散雨霞東風隨春歸發我枝上花花落
時欲暮見此令人嗟願遊名山去學道一飛丹砂

山中作　馮道之(一作用之)

草堂在巖下卜居聊自適桂氣蒲堦庭松陰生枕席遠瞻
惟鳥度旁信無人跡靄靄雲生峯潺潺水流石頗尋黄卷
理庶就丹砂益此即契吾生何爲苦塵役

同前　沈千運

棲隱別無事所願早離塵不辭城邑遊禮樂拘束人邇來
歸山林庶事皆吾身何者爲形骸誰辨(文粹作是)智與仁寂寞
了閑事然後知天真咳唾矜(文粹作驚)榮華迂俯相屈伸何如
巢與由天子不得臣

同前　顧況

野人愛向山中宿况在葛洪丹井西庭前有箇長松樹半
夜子規來上啼(五字一作山中啼子規)

此詩三百二十九卷重出今已削去

山中作春夜　張籍

寂寞山(集作春)景静幽人歸臥遲移(集作横)琴當月下濾(集作壓)
酒及花時新露泠茆席(集作濕茅屋)暗泉衝竹籬西峯採藥伴
此夕恨無期

山中自述　于鵠

三十無名客空中獨臥秋病多知藥性年長信人愁螢影
竹窗下松聲茅屋頭近來心更静不夢世間遊

秋月山中　姚合

秋來長早起拄杖繞堦行風冷衣裳脆天寒筆硯清臨書
愛奇跡避酒怕狂名不擬隨麋鹿山中過一生

秋夜山中述事　薛能

初宵門未掩獨坐對霜空極目故鄉月滿溪寒草風樵聲
當嶺上僧語在雲中正恨歸期晚蕭蕭聞塞鴻

山中作　項斯

青櫪林疎亦有人一渠流水數家分山當日午移風影草
帶泥痕過鹿群蒸茗氣衝茆屋出搔絲聲隔竹籬聞行逢
賣藥歸來客不惜相隨入白雲

山中冬夜　張喬

寒葉風搖盡空林鳥宿稀澗冰妨鹿飲山雪阻僧歸夜坐

塵心定長吟語力微人間去多事何處夢柴扉

山中言事　方干

日與村家事漸同燒畬集作松掇茗學隣翁池塘月動集作撼
芙蕖浪牖集作窓户凉生薜荔風書幌晝昏嵐氣裏巢枝俯
集作夜折雪聲中山陰釣叟無知己窺鏡撏多鬢欲空

山中　司空圖

全家與我戀孤岑蹋得蒼苔一徑深逃難人多分隙地放
生鹿大出寒林名應不朽輕山骨理到忘機近佛心昨夜
前溪驟雲集作雷雨晚晴獨步數峯吟

同前　曹松

要路豪家非往還巖門先有不曾關衆心惟恐地無剩吾
意亦憂天惜閑白練曳泉窻下石絳羅垂果枕前山樵夫
豈解營生業貴欲自安麋鹿間

雜題

守山東　沈約

守山東山東萬籟類聚作嶺欝青葱兩巒共一瀉水潔望如空
崖側青莎被巖間丹桂叢上瞻既隱軫下䀘亦溟濛遠林
響咆獸近樹聒鳴蟲路出若谿右類聚作古澗吐金華東萬仞
倒危石百丈注懸淙掣曳寫流電奔飛似白虹洞井含清
氣漏穴吐飛風玉竇膏滴瀝石乳室空籠余平生之所愛
剡暮年之逢此欲一去而不還悵鄒衣之未褫秩滿撫白
雲淹留事芝髓

留真人東南還　前人

連峯竟無已積翠遠微微寥唳野風急芸黄秋草腓我來
嵗云暮於此悵懷歸霜雪方共下寧唯止露衣待余兩岐
成去去掩柴扉

和宇文内史春日遊山　庾信

遊客值春輝金鞍上翠微風逆花迎面山深雲濕衣鴈持
一足倚猿將兩臂飛戍樓侵嶺路山村落獵圍道士封君
達仙人丁令威煑丹於此地居然未肯歸

賦得山掛名　張正見

蓬萊追羽客巖穴轉蒙籠雲歸仙井暗霧解石橋通影帶
臨峯鶴形隨雜雨風尋思不失路咸欲馭飛鴻

賦得往往孤山映　蕭詮

青山照落暉映遠望連飛仙峯看玉笥關路視金微鼓吹聲疑盡香爐煙覺稀共君臨水别勞此送將歸

夜作巫山　崔仲方

荆門秋水急巫峽斷雲鄉(一作輕)若為教月夜長短聽猿聲

南隱遊泉山　孔德紹

名山狎招隱俗外遠相求還如倒景望忽似閬風遊臨崖俯大壑披霧仰飛流嶽積松方偃年深椿欲楸野花開石鏡雲葉掩山樓何須問方士此處即瀛洲

過東山谷口　盧照隣

不知名利險辛苦滯皇州始覺風塵倦歸來事綠疇桃源迷處所桂樹可淹留跡異人間俗禽同海上鷗古苔依井被新乳傍涯(一作崖)流野老堪成鶴山神或化鳩泉明碧澗底花落紫巖幽日暮飡龜殼天寒御鹿裘不辨秦將漢寧知春與秋多謝青浦客去去赤松遊

遊禹穴　宋之問

禹穴今晨到耶溪此路通著書聞太史鍊藥有仙翁鶴往韻(集作龍)猶掛龍飛劍似(集作已)空石帆搓海上天鏡落湖中水底寒雲白山邊墜葉紅歸舟何處晚日暮使樵風

遊陸渾南山自歇馬嶺到楓香林以詩代書荅李舍人適　前人

晨發歇馬嶺遥望伏牛山孤出群峯首熊熊元氣間太和

亦崔嵬石扇(集作扉)横閃倏細岑互攢倚浮巘競奔蹙白雲近入懷青雲近可掬(集作青靄盈掬)徒尋靈異迹(集作我從尋靈異)周顧愜心目晨拂鳥路行暮投人煙宿(比下集有粳稻遠彌秀栗芋秋新熟石髓非一巖藥苗乃萬族二十字)間關踏(集作躡)雲雨繚繞緣水木西見商山芝南到楚鄉竹楚竹幽且深半雜楓香林浩歌清潭(集作楓香)曲寄爾桃源心

至陵陽山登天柱石酬韓侍御見招隱黃山　李白

韓衆騎白鹿西往華山中玉女十(集作千)餘人相隨在雲空見我傳秘訣精誠與天通何意到陵陽遊目送飛鴻天子昔避狄與君亦乘驄擁兵玉(集作五)陵下長策遏胡戎時泰解繡衣脫身若飛蓬鸞鳳翻羽翼啄粟坐煩(集作樊)籠海鶴

一笑之思歸向遼東黃山過石柱巘(崿)上攢叢因巢翠玉樹忽見浮丘公又引王子喬吹笙舞松風朗詠紫霞篇情關(集作請開)蘂珠宮步綱繞碧落倚樹招青童何日可攜手遺形入無窮

焦山杳望松寥山　李白

石壁望松寥寂(集作宛)然在碧霄安得五彩虹駕天作長橋仙人如愛我攀(集作舉)手兩相招

鄒衍谷　前人

燕谷無煖氣窮巖閉嚴陰鄒子一吹律能迴天地心

銅官山醉後　前人

我愛銅官樂千年未擬還要須迴舞袖拂盡五松山

文苑英華卷第一百六十

文苑英華卷第一百六十一　詩十一

地部三

山雜題二十首　洞六首

峽十首　石七首

孤石五首　太湖石四首

雜題七首

山雜題

露際中峰（一作中峯居喜見苗發）　祖詠（一作李端）

自得中峰住深林亦閉關經秋無客到入夜有僧還暗澗泉聲小荒園（一作岡）樹影閑高窓下（一作南窓不）可望星月滿空山

此詩二百一十八卷重出今已削去遇有異同註爲一作

風涼源上作　王昌齡

陰岑宿雲歸煙霧（集作霧露）濕松栢風凄日杪曉下嶺望川澤遠山無遺明（集作晦明）秋水千里白佳氣盤未央聖人在凝碧關門阻天下信是帝王宅海内方晏然廟堂有奇策時貞守金運罷去遊說客余忝蘭臺人幽尋免貽責

此詩三百十八卷重出今已削去

秋山夕興　陶翰

山月松篠下月明山景鮮聊爲高秋酌復此清夜絃晤語方獲志栖心亦彌年尚言與未逸更理逍遥篇

登趙頭山題儼公石壁　包融

晨登趙頭山山曛黃霧起却瞻迷向背直下失城市轍日
銜東廓朝光生邑里掃除諸煙氣照出衆樓雉青爲洞庭
山白是太湖水蒼茫遠郊樹倏忽不相似萬象以區別森
然共盈襟坐令開心胷漸覺落塵滓此巖千餘仞結廬誰
家子願陪中峯遊朝暮白雲裏

季夏入北山　林璠

蹔駕侯明發逶迤歷險途天形逼峯盡地勢入谿無樹遶
圓潭密雲橫疊障孤誰憐後時者六月未南圖

獨往覆釜山寄郎士元　錢起

賞心無遠近芳月好登望勝事引幽人山下復山上將尋

洞中藥復愛湖外嶂古壁苔入雲陰溪樹穿浪誰言世緣
絕更惜知音曠鶯啼綠蘿春迴首還（集作遠）惆悵

棲霞山夜坐　僧靈一

山頭戒壇路幽映雲巖側四面青石床一峯苔蘚色松風（高僧詩作風松）靜復起月影開還黑何獨乘夜來殊非書（高僧詩作晝）
所得

春晚山行（詩選無春晚二字）　殷遥（見王安石唐百家詩選）

寂歷青山晚山行趣不稀野花乖子落江鷺引鶵飛暗草
薰苔渚（一作徑）晴楊拂石磯俗人語話（一作借）此我（一作余）亦（一作轉）
忘歸

買山吟　于鵠

買得幽山屬漢陽槿籬疎處種桄榔唯有獮猴來往熟弄
人拋果滿書堂

春山夜月　于良史

春山多勝事賞翫夜忘歸掬水月在手弄花香滿衣興來
無遠近欲去惜芳菲南望鳴鐘處樓臺深翠微

奉賀裴相公假山　韓愈

公乎真愛山看山旦連夕猶嫌山在眼不得着脚力徃語
山中人丐（集作語）我澗側石有來應公須歸必載金帛當軒
乍駢羅隨勢忽開折有洞若神剜有巖類天劃終朝巖洞
間歌吹（集作鼓）宴賓戚孰謂衡霍奇近在王侯宅傅氏築已
卑磻溪釣何激逍遥功德下不與事相撫樂我盛明朝（集作

時）於焉傲今昔

此詩二百四十五卷重出今已削去

早春題少室東巖　白居易

三十六峯晴雪銷嵐翠生月留三夜宿春引四山行遠草
初含色寒禽未變聲東巖最高石唯有我題名

尋山　于武陵

奉賀盧大夫新立假（正）山　許渾

巖谷留心賞爲山極自然孤峯空迸笋攢萼旋開蓮黛色
朱樓下雲形繡戶前砌塵凝積靄簷溜掛飛泉樹暗壺中

月花香洞裏天何如謝康樂海嶠獨題篇

與郭二十四同看朱審山水時郭二十四將遊廬山（集作送郭秀才遊天台并序余嘗與郭秀才同觀朱審畫天台山圖秀才因遊是山題詩贈別焉）　許渾

雲埋陰壑雪凝峯平碧（集作半壁）天台已萬重人渡碧溪疑輟棹僧歸蒼嶺似聞鐘㶑眠鸂鶒晴天（集作灘）草高掛獼猴暮澗松曾約共遊今獨去香爐山下（集作赤城西面）水溶溶

經西塢偶題　溫庭筠（見集本）

搖搖弱柳黃鸝啼芳草無情人自迷日影明㓕金色鯉杏花嗹（一作嘍）喋青頭鷄微紅柰帶惹蜂粉潔白芹芽入（一作穿）鶯泥借問含嚬向何事昔年曾到武陵溪

長安（一有月夜二字）與友生語舊（一作故）山　趙嘏（見王安石百家詩選）

宅邊秋水舊（一作浸）苔磯日日持竿去不歸楊柳風多潮未落蒹葭霜在鴈初飛重嘶疋馬吟紅葉却聽疎鐘憶翠微今夜秦城滿樓月故人相向一沾衣

山行偶作　馬戴

緣巴路忽窮投宿值樵翁鳥下山含影蟬鳴露灑空石門斜月入雲竇暗泉通寂寞生愁思心疑舊隱同

尋山　李頻

一逕入雙崖初疑有幾家行窮人不見坐久日空斜石上生靈草泉中落異花終須結茅屋向此學飡霞

出山　杜荀鶴

病眼見（集作看）春牓文場公道開朋人登第盡白髮出山來處世曾無過唯天合是媒長安不覺遠期遂一名迴

洞

題合溪乾洞　于鵠

渡水傍山尋絕壁白雲飛處洞天開仙人來往行無迹石徑春風長綠苔

題武陵洞四首　曹唐

此生終使此身閑不是春時且要還寄語桃花與流水莫辭相送到人間

二

溪口回舟日已昏却聽雞犬隔前村殷勤重與秦人別莫

使桃花閉洞門

三

却恐重來路不通殷勤迴首謝春風白鷄黃犬不將去且寄桃花深洞中

四

桃花夾岸杳何之花滿春山水去遲三宿武陵溪上月始知人世有春時

桃源洞　李群玉

我到瞿童（集作真）上昇處山川西（一作四）望使人愁紫雲白鶴去不返唯有桃花溪水流

峽

琵琶峽　　梁簡文帝

由來歷山川此地獨迴邅百嶺相迂蔽千崖共隱天橫峯時礙水斷岸或通川還瞻已迷向直來復疑前夕波照孤月山枝歛夜煙此時愁緒密　九遷

廣溪峽（三峽有序不録）　　楊炯

廣溪三峽首曠望兼川陸山路羗羊腸江城鎮魚腹喬枝百丈偃飛水千尋瀑驚浪迴高天盤渦轉深谷漢氏昔云季中原爭逐鹿天下有英雄襄陽有龍伏常山集軍旅永安興板築池臺忽已傾邦家遽淪覆庸才若劉禪忠佐爲心腹設險猶可存當無賈生哭

巫峽

三峽七百里唯言巫峽長重巖窅不極疊嶂凌蒼蒼絶壁橫天險莓苔爛錦章　夜分明見

舟亦何傷可以涉砥柱可以浮呂梁美人今何在靈芝徒自芳山空夜猿嘯征客淚沾裳　忠信吾所蹈泛

西陵峽　　前人

絶壁聳萬仞長波射千里盤薄荆之門滔滔南國紀楚都昔全盛高丘烜望祀秦兵一旦侵夷陵火潛起四維不復設關塞良難恃洞庭且忽焉孟門終已矣自古天地闢流爲峽中水行旅相贈言風濤無極已　及余踐斯地懷奇信爲美江山若有靈千載深知已

湞陽峽作　　張九齡

舟行傍月岑窈窕越溪深水暗先秋冷山晴當晝陰重林間五色對石（集作壁）聳千尋此物（集作惜此）生遐遠誰知造化心

峽山中　　盧象

高堂幾百里雲樹接陽臺晚見江山霽宵聞風雨來雷從三峽起天向數峯開靈境信難見輕舟那可迴

經端溪峽中　　楊衡

陰崖東流水上有微風生素羽漾翠澗碧苔敷冊英重林宿雨晦遠岫孤霞明飛狖相攀牽白雲亂縱橫有客泝輕檝閱勝匪覊程逍遥一息間糞土五侯榮搴茗庶蠲熱漱泉聊拆醒（禮樂志秦尊柘漿析朝酲）寄言絲竹者詎識松風聲

過巫峽　　李頻

擁棹向驚湍巫山直下看削成從地底　出雲端暮雨晴歸少啼猿渴下難一聞神女去風竹掃空壇

滄浪峽　　羅鄴

闌何紅塵日日開入門襟袖遠塵埃晴香惹步澗花發晚影逼簾溪鳥廻不爲市朝行路近有誰車馬看山來可憐叢子持竿處雲水終年鎻緑苔

巫峽　　曹松

巫山蒼翠峽通津下有仙宮楚女貞不逐綵雲歸碧落却爲暮雨撲行人年年舊事音容在日日誰家夢想頻應是荆山留不住至今猶得覩芳塵

石

賦得翠石應令　梁蕭雉

依峰形似鏡，構嶺勢如蓮。映林同綠柳，臨池亂百川。壁苔終不落，丹字本難傳。邁有東明上，來遊皆羽仙。

石　陳陰鏗

天漢支機罷，仙嶺博棊餘。零陵舊是鷰，昆池本學魚。雲移蓮勢出，苔駮錦文疎。還當穀城下，別自解兵書。

奉和周趙王初學記作王詠石　隋崔仲方

王繩隨月落，金牌映日鮮。入江疑濯錦，出峽似開蓮。文馬河西瑞，兵符濟北篇。會逐靈槎上，還歸天漢邊。

賦得臨階危石　隋岑德潤

當階聳危石，殊狀實難名。帶山疑似獸，浸波或類鯨。雲峯臨棟起，蓮影入簷生。楚人終不識，徒自蘊連城。

賦得石　隋虞茂

蜀門對遐阻，燕碣遠參差。獨標千丈峻，共起百重危。峯鏡含月魄，蓋領初學記作嶺逼雲枝。徒然抱貞介，填海竟誰知。

石　蘇味道

濟北甄神貺，河西濯初學記作瑞錦文。聲應天地雨，影觸岱宗雲。鷹歸猶可候，羊起自成群。何當握靈髓，高枕絕囂氛。

同前　李嶠

宗子維城固，將軍飲羽威。巖花鏡裏發，雲葉錦中飛。入宋星初隕，過湘鷰早歸。儻因持補極，寧復羨支機。

孤石

孤石

侵霞去日近，鎮水激流分。對影疑雙闕，孤生若斷雲。遏風靜華浪，騰煙起薄曛。雖然近七嶺，獨立不成群。

同前　陳標法師

中原一孤石，地理不知年。根含彭澤浪，頂入香爐煙。崖成二鳥翼，峯作一芙蓮。何時發東武，今來鎮蠡川。

同前　陳高麗定法師

廻石直生空，平湖四望通。巖根恒灑浪，樹杪鎮搖風。偃流還清影，侵霞更上紅。獨拔群峯外，孤秀白雲中。

同前　劉長卿

孤石自何處，對之如舊遊。氛氳峴首夕，青翠劍中秋。迴出奇峯當殿前，雪山靈鷲慙貞堅。一片夏雲長不去，莓苔古色空蒼然。

同前　戴叔倫

迥若千仞峯，孤危不盈尺。早晚他山來，猶帶煙雨跡。貞堅自有分，不亂和氏璧。

太湖石

李蘇州遺太湖石奇狀絕倫因題二十韻奉呈夢得樂天　牛僧儒

胚渾何時結，嵌空此日成。掀蹲龍虎鬬，挾怪鬼神驚。帶雨新水靜，輕敲碎玉鳴。攙叉鋒刃簇，縷絡釣絲縈。奇險休

潏清通身鱗甲隱透穴洞天明醜凸隆胡準深
凹刻兕觥雷風疑欲變陰黑訝將行禜瘞徵寒早輪囷數
片橫　愁墊壓鼇足困支撐珍重姑蘇守相憐懶慢情
爲探湖裏物不怕浪中鯨利涉餘千里山河二字疑僅百程
池塘初展見金玉自凡輕側眩蒐循悚周觀意漸平似逢
三益友如對十年兄　興添消煩破宿醒媿人當綺
皓視秩卽公卿念此園林寶還須別識精詩仙有劉白爲
汝數逢迎

奉和牛相公題姑蘇所寄太湖石見示兼寄李蘇州　劉禹錫

震澤生奇石沈潛得地靈初辭水府出猶帶龍宮腥發自

江湖國來榮卿相庭從風夏雲勢上漢古查形拂拭魚鱗
見鏗鏘玉韻聆煙波含宿潤苔蘚助新青嵌穴胡雛貌纖
鋩蟲篆銘孱顏傲林薄飛動向雷霆煩熱近還散餘酲見
便醒凡禽不敢宿浮壒莫能停靜稱垂松蓋鮮宜映鶴翎
忘憂常目擊素尚與心冥眇小欺湘燕團圓笑落星徒然
想融結安可測年齡採取詢鄉老搜求按舊經垂鈞入空
隙隔浪動晶熒有獲人爭賀歡謠衆共聽一州驚閱寶千
里遠揚舲覩物洛陽陌懷人吳御亭寄言垂天翼早晚起
滄溟

奉和思黯相公以李蘇州所寄大湖石奇狀絕倫因題二十韻見示兼呈夢得　白居易

錯落復崔嵬蒼然玉一堆峯駢仙掌出罅拆劒門開峭頂
高危矣盤根下壯哉精神欺竹樹氣色壓亭臺隱起磷磷
狀疑成瑟瑟胚廉稜露鋒刃清越扣瓊瑰岌嶪形時動嵬
峩勢欲摧奇應潛鬼怪靈合蓄風雷黛潤沾新雨斑明點
古苔未應棲鳥雀不肯染塵埃尖削琅玕筍窪剜馬腦罍
海神移碣石畫障簇天台在世爲尤物於人負逸才渡江
一葦載入洛五丁推出處雖無意升沈亦有媒拔從水府
底置向相庭隈對稱吟詩句看宜把酒杯終隨金礪用不
學玉山頹疎傅心偏愛園公眼屢迴共嗟無此分虛管太
湖來居易與夢得俱典姑蘇而不獲此石也

太湖石　前人

遠望老嵯峩近觀怪嶔崟纔高八九尺勢若千萬尋欹空
華陽洞重疊匡山岑邈矣仙掌迥呀然劒門深形質貫今
古氣色通晴陰未秋已瑟瑟欲雨先沈沈天姿信爲異時
用非所任磨刀不如礪擣帛不如砧何乃主人意重之如
萬金豈伊造物者獨能知我心

雜題

南海亂石山作　杜審言

漲海積稽天群山高業地相傳稱亂石圖典失其事懸危
悉可驚大小都不類乍將雲島極還與星河次上聳忒如
飛下臨仍欲墜朝暾艶丹紫夜魄烟青翠穹崇霧雨蓄幽
隱靈山閟萬尋掛鶴巢千丈垂猿臂昔去景風涉今來姑

洗至觀此得詠歌長特想精異

戲題盤磐集作石　王維

可憐盤石臨泉水復有垂楊拂酒盃若道春風不鮮意因何吹送落花來

織女石　童翰卿

一片昆明石千秋織女名見人虛脉脉依水更盈盈苔作輕衣色波爲促杼聲岸雲連鬢濕沙月對眉生有臉蓮同笑無心鳥不驚還如朝鏡裏形影兩分明

黍山石兖州從事所寄　李德裕

雞鳴日觀望遠與扶桑外八對集作滄海似鎔金衆山如點黛遥知碧峯首獨立煙嵐內此石依五松蒼蒼幾千載

海上石笋　前人

常愛仙都山奇峯千仞懸迢迢一何迥不與衆山連忽逢海嶠石稍慰平生憶何以慰我心亭亭孤且直

疊石　前人

潺湲桂水湍漱石多奇狀鱗次冠煙霞蟬聯疊波浪今來碧梧下迥出秋潭上歲晚苔蘚滋懷賢益惆悵

興平縣野中得落星石移置縣齋　韓琮

的的墮芊蒼茫茫不幾年幾逢疑虎將應逐犯牛仙擇地依蘭畹題詩問錦錢何時成五色却上女媧天

文苑英華卷第一百六十一　終

文苑英華卷第一百六十二

地部四

海十五首　江三十八首

潮八首

海

早出巡行矚望山海　王均

王生臨廣隰游子望洪河同軫懷歸思俱興年逝歌二子承臉淚滂沱剖符瀛海外結綬層山阿因心背惻惆怨已息煩苛繕築循時隟興動藉民和高門惟壯麗脩雉亦駢羅層樓巴門幾缺二字複道亦經過昧旦清陰上風氣入纖蘿雲起垂天翼水動連山波奔濤延瀾汗積翠遠

嵯峨鄉關憂回曲還顧杳蹉跎曾微肅肅羽望路空如何

望海　隋煬帝

碧海雖欣矚金臺空有聞遠水翻如岸遥山到似雲斷濤還共合連浪或時分馴鷗舊可狎卉木足爲群方知小姑射誰復與臨汾

季秋觀海

孟軻叙遊聖枚乘說瘉疾迯聽乃前聞臨深驗兹日浮天迥無岸合虛初學記作含靈固非一委輸百谷歸朝宗萬川溢汾初學記作城空碧霧晴遶洲彩雲畜欣同夫子觀深愧玄虛筆

奉和望海　隋虞茂

清蹕臨溟漲巨海望滔滔十洲雲霧遠三山波浪高長瀾

頻落日夷島類奔濤神遊藐汾射霽藻冠風騷縱然雖覲
海何以效涓毫

望海　祖孝徵

登高臨巨壑不知千萬里雲島相接連風濤無極已時看
遠鴻度但（類聚作作）見驚鷗起不假送將歸自然傷客子

海　李嶠

習坎疏丹壑朝宗合紫微三山巨鼇湧萬里大鵬飛樓寫
春雲色珠含明月輝會同添霧露方逐衆川歸

海　宋之問

肅事祠春溟宵齋洗蒙慮鷄鳴見日出鷺下觀濤霧地濶
八荒近天迴百川澍筵端接空曲目外唯雰霧暖氣物象

來周遊溟渤送致醒罷玄享禋滌期靈煦的的波濟脅泫
泫島間樹安期今何在方扶茂尋路仙事與世隔勞搜徒
已屢四明北郡山遺老莫辨屬中撫良自慨弱齡忝恩遇
三入文史林兩岸神仙署雖歡出關遠始知臨海趣賞來
空自多理勝孰能喻留楫竟何待徙倚忽云暮

歲暮海上作　孟浩然

仲尼既已殁予亦浮于海又見斗柄迴始知新歲改虛舟
任所適垂釣非有待爲問乘槎人滄浪復誰在

和賀蘭判官望北海作　高適

聖代務平典輶軒推上才迢停溟海際曠望滄波開四牡
未遑息三山安在哉巨鼇不可釣高浪何崔嵬湛湛朝百

谷茫茫連九陔挹流納廣大觀異增逕迴日出見魚目月
圓知蚌胎跡非想像到心以精靈猜遠色帶孤嶼虛聲涵
殷雷風行越裳貢水遏天吳災攬轡隼將擊忘機鷗復來
緣情韻騷雅獨立遺塵埃吏道竟吾用翰林仍忝陪長鳴
謝知已所媿非龍媒

西陵口觀海

漸河（一作浙江）漫湯湯近海勢彌廣在音脈渾凝融爲百川長
地形失端倪天色潛混瀁東南際萬重（一作里）極目自（一作遠）
無象山影乍沉浮湖波或來往孤帆忽不見掉歌猶響漾
日暮長風起客心空振蕩浦口雲未收潭中月初上林嶼
幾邅迴亭臯時偃仰歲晏訪蓬瀛真遊非此槳

海上作　宋務光

曠哉潮汐池大哉乾坤力浩浩去無際沄沄深不測崩騰
歙衆流泱漭環中國鱗介錯殊品氛霞饒翠色天波混莫
分島樹遥難識漢上探靈怪秦皇恣遊陟搜奇大壑東竦
望成山北方術徒相誤蓬萊安可得吾君略仙道至化孚
淳默驚浪晏窮溟飛航通絶域馬韓底厥貢龍伯脩其職
粤我遘休明匪躬期正直敢輸鷹隼摯以問豺狼式海路
行已殫輶軒未皇息勞歌玄月暮旅睇滄海極魏闕聊雲
端馳心附歸翼

越中問海客　劉慎虛

風雨滄洲春一帆今始歸自言南海　萬里速如飛初謂

落何處未將無所依冥茫漸四　山色越中徼誰念去時
遠人經此路稀泊舟悲且泣使我亦沾衣浮海焉用說憶
鄉難久遠纔爲帛連予山路有柴扉

望海　周繇

蒼茫空泛日四顧絕人煙半浸中華岸旁通異域船島間
應有國波外恐無天欲作乘槎客翻愁去隔年

蒲門戍觀海作　陳陶

廓落溟漲曉蒲門鬱蒼蒼登樓禮東君旭日生扶桑　氂
見蓬瀛含金銀光草木露未晞蜃樓　藏欲遊蟠桃
國慮涉魑魅鄉徐市惑秦朝何人在巖廊惜哉千童子葬
骨於眇茫恭聞槎客言東池接天潢即此聘牛女曰祈長

壽方靈津水浹（疑）淺余亦慕脩航

南海　曹松

傾騰界漢沃諸蠻立望何如畫此看無地不同方覺遠共
天無別始知寬文魮隔霧朝含磬老蚌凌波夜吐冊萬狀
千形皆得意長鯨獨自轉身難

江

渡浙江　劉孝綽

季秋弦望後輕寒朝夕殊商人泣紈扇客子夢羅襦憂方
自難遣況復阻川隅日暮愁陰合繞樹噪寒烏漾漾江煙
上蒼茫沙嶼蕪解纜辭東越接舳驚西徂懸帆似馳驥飛
棹若驚鳧言歸遊俠窟方從冠蓋衢

泛永康江　沈約

長枝蔭紫葉清源泛綠苔山光浮水至春色犯寒來臨睨
信永矣望美曖悠哉寄言幽閨夢羅袖勿空裁

渡新安江貽京邑遊好　沈約

眷言訪舟客茲川信可珍洞澈隨深淺皎鏡無冬春千仞
寫高樹百丈見遊鱗滄浪有時濁清濟涸無津豈若乘斯
去俯映石磷磷紛吾隔囂滓寧可濯衣巾願以潺湲水霑
君纓上塵

濟浙江　任昉

昧旦乘輕風江湘忽來往或爲歸波送乍逐翻江上近岸
無暇日遠峯更興想綠樹懸宿根丹崖頹久壤

奉和汎江　庾信

春江下白帝畫舸向黃牛錦纜迴沙磧蘭橈避荻洲濕花
隨水泛空巢逐樹流建平船柹下荊門戰艦浮岸社多群
樹山城足迴樓日落江風靜龍吟迴上游

夏日臨江　隋煬帝

夏簟（初學記作潭）蔭脩竹高崖坐長楓日落蒼江靜雲散遠山
空鷺飛林外白蓮開水上紅逍遙有餘興悵望情不終

入郴江　薛道衡

仗節遵嚴會揚舲泝急流征塗非白馬仗水勢類黃牛跳
波鳴石磧濺沫擁沙洲岸迫（初學記作迴）槎倒轉灘長船卻浮
綠崖頻斷挽挂壁屢移鉤還憶青絲騎東方來上頭

初渡江　虞世基
斂策暫廻首掩涕望江濆無復東南氣空隨西北雲
渡漢江　李百藥
東流旣㴇㴇南紀信滔滔水激沉碑岸波駭弄珠皐含章
映淺石浮盖下奔濤滔潤霞光近川長曉氣高檣烏轉輕
翼戲烏落風毛客心旣多緒長歌且代勞
王師渡漢水經襄陽　前人
導漾疏源遠歸海會流長延波接荆夢通望邇沮漳高岸
沉碑影曲潋麗珠光雲昏翠鳥沒水廣素濤揚閱川已多
歎凝睇幾增傷臨溪猶駐馬望峴欲霑裳喬木下寒葉亭
林落曉霜山公不可遇誰與訪高陽

九江口南濟北接蘄春南與潯陽岸　蘇味道
江路一悠哉滔滔九派來遠灘昏似霧前浦沸成雷鱗介
多潛育漁商幾沂洄風摇蜀柹下日照楚萍開近潋湓城
曲斜吹蠡澤隈錫龜猶入貢浮獸罷爲災律吏揮枕䟽鄭
僮整傳催歸心詎可問爲視落潮迴
夜渡吳松江懷古　宋之問
宿帆震澤口曉渡松江濆棹發魚龍氣舟衝鴻鴈群寒潮
頓覺滿暗浦稍將分氣赤海生日光清湖起雲水鄉盡天
衢歎息爲吳君謀士伏劒死至今悲所聞
漢江　前人
嶺外音書斷經冬復歷春近鄉情更怯不敢問來人

夜渡江　姚元崇
夜渚帶浮煙蒼茫晦遠天舟輕不覺動纜急始知牽聽草
遥尋岸聞香暗識蓮唯看孤帆影常恐客心懸
春江晚景　張九齡
江林皆秀發雲日復相鮮征客那逢此春心益聊然興來
祇自得佳處莫能傳薄暮津亭下餘花落客船
初入湘江（集作中）有喜　前人
征鞍窮郢路歸棹入湘流望鳥唯貪疾聞猿亦罷愁兩邊
楓作岸數處橘爲洲却討從來意翻疑夢裏遊
湘江水中作　前人
湘流繞南嶽絶目轉青青懷緑未云已瞻途屢所經煙與

宜春望林猿莫夜聽末路日多緒孤舟天復冥浮波從此
去嗟嗟勞我形
漢江臨泛　王維
楚塞三湘接荆門九派通江流天地外山色有無中郡邑
浮前浦波瀾動遠空襄陽好風月留醉與山公
凌朝浮江旅思　常承慶
天晴上初日春水送孤舟山遠疑無樹湖平似不流岸花
榮且落江鳥沒還浮羈望傷千里長歌遣四愁
江上逢春　張均
離愁耿未知春處忽蹉跎擇木猿知去尋泥鷰獨過鶯花
翻覆日垂柳拂煙波激意懷怡賞無如鄉念何

和李侍御渡松滋江　孟浩然

南紀西江闊皇華御史雄截流寧假檝挂席自生風寮寀
爭攀鷁魚龍亦避驄坐聞白雪唱飜入棹歌中

横江詞四首　李白

横江西望阻西秦漢水東流楊子津白浪如山那可渡狂
風愁殺峭帆人

二

海神東過惡風迴浪打天門石壁開浙江八月何如此濤
似蓮山噴雪來

三

人言横江好儂道横山惡猛風吹倒天門山集作猛風三日吹倒山

白浪高於瓦官閣

四

集作日月暈天風霧不開海鯨東蹙衆川迴驚波一起三山
動公莫渡河歸去來

江上琴興　常建

江上調玉琴一弦清一心冷冷七絃遍萬木澄幽陰能使
江月白又令江水深始知梧桐枝可以徽黄金

此詩二百二十二卷重出今已削去注異同爲一作

與鮮于庶子泛漢江　岑參

急管更須吹金盃莫遣遲酒光紅琥珀江色碧琉璃日影
浮歸棹蘆花宵釣絲山公醉不醉問取葛強知

江上愁思二首　陳羽

江山翁開門開門向衰草只知愁子孫不覺生涯老

二

江上草莖枯莖枯葉復焦那堪芳意盡夜夜没寒潮

江頭　張籍

晚涉隨江遠來帆過眼頻試尋新住客少見故鄉人迴首
憐歸翼長吟在此身應同南浦鴈更見嶺頭春

九江北岸遇風雨　白居易

黄梅縣邊黄梅雨白頭浪裏白頭翁九江闊處不見岸五
月將盡多惡風人間穩路應無限何事拋身來此中

此詩二百九十三卷重出今已削去

漢江　杜牧

溶溶漾漾白鷗飛緑淨春來好染衣南去北來人自老夕
陽長送釣船歸

嘉陵江　薛逢

備問嘉陵江水湄百川東去爾西之但教清淺源流在
路朝宗會有期

江岸即事　温庭筠

水容侵古岸峯影度青蘋廟竹唯聞鳥江帆不見人雀聲
花外暝客思柳邊春別恨轉難盡年年集作行行汀草新

江邊　趙嘏

終日勞車馬江邊款竹扉殘花春浪闊小酒故人稀戍鼓

客帆遠津雲夕照微何由兄與弟俱及暮春歸

江際　鄭谷

杳杳漁舟破暝煙疎疎蘆葦舊江天那堪流落逢搖落可得消然是黯然萬頃白波迷宿鷺一林黃葉送寒蟬兵車未息年華促早晚閑吟向濼川

濟浙江　陳陶

適越一輕舠凌競截鷺濤曙光金海近晴雪玉峯高靜慾思投筆傷時欲釣鼇壯心殊未展登涉漫勞勞

此詩二百九十五卷重出今已削去注異同爲一作

桂江　曹松

未識佳人尋桂水水雲先解傍壺觴笋林次第添班竹鷓

鳥參差護錦囊（南中有緋衣鳥）乳洞此時連越井石樓何日到仙鄉如飛似墮皆青壁畫手不強元化強

詠潮

賦得觀潮（類聚作濤滿）　任昉

雲容雜浪起楚水漫吳流漸看遙樹沒稍見碧天浮漁人迷舊浦海鳥失前洲不測滄溟曠輕鮮幸自游

上虞鄉亭觀濤津渚學潘安仁河陽縣詩　劉孝綽

昔余筮賓始衣冠仕洛陽無貲徒有任一命忝爲郎再踐神仙側三入崇賢傍東朝禮髦俊虛薄厠才良遊談侍名理搦管創文章引籍陪下膳橫經忝上庠誰謂服事淺契闊變炎涼一朝謬爲吏結綬去承光烹鮮徒可習治民終未長化鷄仰季智馴雉推仲康（魯恭字也）此城隣夏穴槦蠹茂筠篁孝碑黃絹語神濤白鷺翔遨遊住可望釋事上川梁秋江凍雨絕夜景照移塘纖羅殊未動駭水忽如湯乍出連山合時如高蓋張漂沙黃沫聚礐石素波揚傍人不敢唱舟子詎能航離家復臨水眷然思故鄉中來不可絕弃弃苦人腸泝洄若無阻謝病反清漳

乘潮至漁浦作　陶翰

艤舟乘早潮潮來如風雨樟亭忽已隱界峯莫及覩崩騰心爲失浩蕩目無主豗熆（疑）浪始聞漾漾入漁浦雲景共澄霽江山相吞吐偉然造化靈此事已終古流沫誠足誠

高歌調易苦頗因忠信全客念循栩栩

樟亭觀濤

濤來勢轉雄獵獵駕長風雷震雲霓裏山飛霜雪中激流吹滂上侵空翕闢乾坤異盈虛日月同艅艎從陸起洲浦隔阡通跳沫噴巖翠飜波帶景紅怒湍初抵北却浪溪（疑作復）歸東寂聽堪增勇晴看自發蒙伍生傳或謬枚叟說難窮來信應無已申威亦匪窮衝騰如決勝迴合似相攻委質任平視誰能涯始終

看潮

浙江悠悠海西曲一日波濤兩翻覆錢塘郭裏看潮人直到白頭看不足

觀濤二首　朱慶餘

不知來遠近但見白峨峨風雨飜前驛魚龍逆上波聲長勢未盡曉去夕還過要路橫天塹其如造化何

二

木落霜飛天地清空江百里見潮生鮮飈山（疑）海魚龍氣晴雪噴山雷鼓聲雲日半陰川漸滿客帆皆過浪難平高樓曉望無窮意丹葉黃花繞郡城

潮（集作錢塘江潮）　羅隱

怒聲洶洶勢悠悠羅刹江邊地欲浮漫道往來存大信也知飜覆向平流任抛巨浸疑傾底猛過西陵似有頭至竟朝昏誰主掌好騎頳尾問陽侯

文苑英華卷第一百六十二

文苑英華卷第一百六十三　詩十三

地部五

河

渡黃河　范雲

河邊（類聚作流）迅且濁湯湯不可陵檜檝難爲榜松舟纔自勝空亭偃舊木荒疇餘故塍不覩行人跡但見狐兔興寄言河上老此水何當澄

渡河北　王褒

秋風吹木葉還似洞庭波常山臨代郡亭障遶黃河心悲異方樂腸絕隴頭歌薄暮臨征馬失道北山河（暮臨一作暮驛）

此詩二百八十九卷重出今已削去注異同爲一作

渡黃河　江總

悠山淪外域鹽澤隱遐方兩京分際遠九道派流長未殫所聞見無待驗詞章留連嗟太史惆悵踐黎陽導波縈地節疏氣耿天潢憫周沉用寶嘉晉肇爲梁

渡河北

連旌映溆浦疊鼓沸汀洲桃花長新浪竹箭下奔流塞雲臨連艦胡風入陣樓劔拔蛟將出驂（驚爲）黿欲浮鴈書終立効燕相果封侯勿恨關河遠且寬邊地愁

湖

治西湖

史氏導漳水西門溉河潮圖始未能悦克終良可要擁錘斸年首提濟勞春朝平皐草色嫩通林鳥聲嬌已集故池鶩齊蒔新田苗何吁畚築苦方驩魚稻饒

汎宮亭湖　劉删

廻艫承派水舉帆逐分風淣瀁疑無際飄颻似度空檣烏排鳥路舡影没河宮孤石滄波裏匡山苦霧中寄謝千金子安知萬里蓬

渡青草湖

洞庭春溜滿平湖錦帆張源水桃花色湘流杜若香穴去

茅山遠初學記作近江連巫峽長帶天涵迥碧映日動浮光行舟逗遠樹度鳥息危檣滔滔不可測一葦詎能航

此詩二百八十九卷重出今已削去

洞庭湖　宋之問

地盡天水合朝及洞庭湖初日當中涌莫辨東西隅晶耀因何在瀍熒心欲無靈光晏海若游氣耿天樞張樂軒皇至征苗夏禹徂楚臣悲落葉堯女泣蒼梧野積九江潤山通五嶽圖風恬魚自躍雲夕鴈相呼獨此臨泛漾浩將人代殊求言洗氛濁卒歲爲清娱要使功成退徒勞越大夫

別滊湖　張説

念別滊湖去浮舟更一臨千峯出浪險萬木抱煙深南郡延恩隆東山戀宿心露花香欲醉時鳥轉餘音涉趣皆留賞無奇不遍尋莫言山水間幽意在鳴琴

泛太湖書事寄微之　白居易

煙渚雲帆處處通飄然舟似入虛空玉盃淺酌巡初匝金管徐吹曲未終黄夾纈林寒有葉碧琉璃水凈無風避旗飛鷺翩翻白驚鼓躍魚撥刺紅澗雪壓多松偃蹇巖泉滴久石玲瓏書爲故事留湖上吟作新詩寄浙東軍府威容從道盛江山氣色定知同報君一事君應羨五宿澄波皓月中

憶東湖　李紳

菱歌羅唱鷁舟迴雪鷺銀鷗左右來霞散浦邊雲錦截月

昪湖面鏡波開魚驚翠羽金鱗躍蓮脫紅衣紫菂摧淮口值春偏悵望數株臨水是寒梅

和唐中丞開淘西湖暇日遊泛　朱慶餘

莘岸新淘見碧霄中流相失忽成遥空餘孤嶼來時景無復橫槎礙柳條紅旆路幽山翠濕錦帆風起浪花飄共知浸潤同雷澤何慮川源有旱苗

南湖

湖上微風小檻涼翻翻菱荇滿廻塘野舡著岸入春草水鳥帶波飛夕陽蘆葉有聲疑露雨浪花無際似瀟湘飄然蓬艇東歸客盡日相看憶楚鄉

鏡湖西島言事

慵拙幸便荒僻地縱聞猿鳥亦何愁偶因藥酒欺梅雨却
着寒衣過麥秋歲計有餘添橡實生涯一半在漁舟世人
若便無知已應向此溪成白頭

洞庭湖　曹松

東西南北各連空波上唯留小朶峯長與岳陽飜鼓角不
離雲夢轉魚龍吸迴日月過千頃鋪盡星河剩一重直到
峽餘還作陸是時應有羽人逢

潭

旦發漁洞潭　丘遲

漁潭霧未開赤亭風已颺擢歌發中流鳴鞞響沓障村童
忽相聚野老時一望詭怪石異象嶄絕峯殊狀森森荒樹

齊析析寒沙漲藤垂島易陟崖傾嶼難傍信是永幽棲豈
徒暫清曠坐嘯昔有委所治今可尚

秋日題南陽潭壁

獨坐秋陰生悲來從此適行見汝陽潭飛蘿蒙水石懸飆
木葉上風吹何歷歷幽人不耐煩振衣閒步寂迴流清見
底金沙覆銀礫錯落非一丈空龕幾千尺江湘魚鱗紫鴨
毛自然碧吟詠秋水篇湫然忘損益秋水隨形影清濁混
心迹歲暮歸去來東山余宿昔

萬山潭　孟浩然

垂釣坐盤石水清心益閒魚遊潭樹下猿掛島藤間神女
昔解珮傳聞於此山求之不可得沿月棹歌還

萬丈潭　杜甫

青溪合冥寞神物有顯晦龍依積水蟠窟壓萬丈內跼步
凌垠堮側身下煙靄前臨洪濤寬却立蒼石大山危一徑
盡岸絕兩壁對削成根虛無倒影垂澹瀕黑如灣環底清
見光炯碎孤雲倒來深飛鳥不在外高蘿成帷幄寒木疊
旌旆遠川曲通流嶔竇潛洩瀨造幽無人境發興自我輩
告歸遺恨多將老斯遊最閉藏修鱗蟄出入巨石礙何當
炎天過快意風雨會

龍潭　韋應物

激石懸流雪灣九龍潛處野雲闇欲行甘雨四天下且
隱澄潭一頃間浪引浮槎依北岸波分晚日見東山垂髻

儻遇穆王駕閬苑周遊應未還

宿潭上二首

夜潭有仙舸與月當水中嘉賓愛明月遊子驚秋風

二

青蒲野波白水露明月天夜中秋風起心事坐茫然

潭上作　張喬

竹島殘陽煙疑翠微雪翎禽過碧潭飛人間未有關身事
每到漁家不欲歸

水

登隄望水　梁孝元帝

驅馬河隄上非謂城遇遊懷山殊未已徒然勞丸愁旅泊

依村樹江槎擁戍樓高岸翻成浦曲港反通舟棗野良知
歎瓠河今可儔頽假宣尼術泗水却横流

太子洗落日望水　劉孝綽

川平落日迥落照滿川洋復在淪波地泒别引沮漳耿耿
流長脉熠熠動輕光寒烏逐槎泛驚鷁拂浪翔臨流自多
羡况此還故鄉傍人夜理檝櫂女閙成裝欲待春江曙爭
塗向洛陽

賦得臨水　沈君攸

開筵臨桂水携手望桃源花落圓文出風急細流翻光浮
動岸影浪息累沙痕浪清自可悦濯纓何用論

望渭水　庾信

樹似新亭岸沙如龍尾灣猶言吟瞑浦應有落帆還

詠水三首　釋慧標

曾添疎勒井經湧二師營王津花色亮銀溪錦磧明舟如
空裏泛人似鏡中行持將符上善利物動高情

二

驪泉紫闕映珠浦碧沙連岸隔蓮香遠流清雲影深風潭
如拂鏡山溜似調琴請君看皎潔知有澹然心

三

長川落日照深浦漾清風弱柳垂江翠新蓮夾岸紅舡行
疑泛迥月映似沉空願逐琴高戲乘魚入浪中

同前　張文琮

摽名資上善流泒表靈長地圖羅四瀆天文載五潢方流
含玉潤圓折動珠光獨有蒙園吏栖偃玩濠梁

賦得方塘含白水　李巨仁

白水溢方塘淼淼素波揚疊浪搖鳧影連漪寫鴈行長堤
柳色翠夾岸荇花黄觀魚自有樂何必在濠梁

王澤嶺遭洪水　孔德紹

地籟風聲急天津雲色愁悠然百川滿俄爾萬頃浮還似
金堤溢翻如碧海流驚濤摇起鷺迥岸不分牛徒知懷趙
景終是倦陽候木梗誠無託蘆灰豈暇求思得乘槎便蕭
然河漢遊

日暮望涇水

導源經隴阪屬汭貫嬴都下瀨波恒急迴湍溜亦紆壽流
秦卒斃泥糞漢田腴獨有迷津客懷歸軫暮途

水

列名通地紀疎泒合天津波隨灰集作月色净態逐桃花春
照霞如隱石映柳似沉鱗終當挹上善屬意淡交人

春水　杜甫

三月桃花浪紅流復舊痕朝來没沙岸碧色動柴門接縷
垂芳餌連筒灌小園不知無數鳥何意便相喧

望水　司空曙

高原晴見水楚色藹相和野極空如雪天遥不辨波永無
人跡到獨有鳥聲過况在蒼茫外殘陽照更多

分流水

古時愁別淚滴作分流水日夜東西流分流幾千里通塞兩不見波瀾各自起與君相背飛去去心如此

遠水　于武陵

悔作望南浦望中生遠愁因知人易感爲見水東流欲附故鄉信不逢歸客舟萋萋兩岸草又度一年秋

御溝水　釋無可

鑿禁疏雲數道開　風岸柳拂青苔銀波玉沫空池去曾歷千巖萬壑來

大水　薛逢

暴雨隨驚雷從風忽驟來浪驅三島至江漸二儀開勢恐

圓樞折鼇疑厚軸摧冥心問元化天眼幾時開

遠水　馬戴

蕩漾空沙際虛明入遠天秋光照不極鳥色去無邊勢引長雲斷波凝片雪連汀洲杳難到萬古覆蒼煙

同前　項斯

湫湫浸天色一邊生晚涼潤含萍勢遠寒入鴈愁長北極連平地南流接故鄉扁舟當宿處髣髴似瀟湘

西蜀淨衆寺題水　鄭谷

竹院松廊分數泒不空清泚亦逶迤落花相逐向何處幽鳥獨來無限時洗鉢老僧臨岸久釣魚閑客卷綸遲晚晴一片連莎綠悔與滄浪舊有期

水　韓喜

方圓不定性空求東注滄溟早晚休高截碧塘長耿耿遠飛青嶂更悠悠瀟湘月浸千年浥疑夢澤煙含萬古愁別有嶺頭嗚咽處爲君分作斷腸流

潯陽觀水

朝宗漢水接陽臺唅呀填坑吼作雷莫見九江平穩去還從三峽嶮巇來南經夢澤寬浮日西出岷山劣泛杯直至滄溟涵貯盡沉深不動浸昭回

流水　羅業

漾漾悠悠幾泒分中浮短艇與鷗群天街帶雨含芳草玉洞飄花下白雲靜稱一竿持處見急愁孤館覺來聞隋家

柳畔偏堪恨東日疑長淮日又曛

歎流水

人間靈護惜花落花落明年依舊開却最堪悲是流水便同人事更無迴

御溝水　王貞白

一帶御溝水綠槐相蔭清此泉源帝澤無處濯塵纓鳥道來雖險龍池到自平朝宗本心切願向急流傾

水邊　羅隱

野水無情早晚迴二字集作去不水邊花好爲誰開秖知事逐眼前過不覺老從頭上來窮似丘軻休歎息達如周邵亦塵埃思量此理何人會蒙邑先生最有才

泉

答長安崔少府叔封遊終南翠微寺太宗金沙泉見寄　李白

河伯見海若傲然誇秋水小物昧遠圖寧知通方士多君紫霄意獨往蒼山裏地古寒雲深巖高長風起初登翠微嶺復憇金沙泉踐苔朝霜滑弄波夕月圓飲彼石下流結蘿宿溪煙眇湖夢渌水龍駕空茫然早行子午關却登山路遠羨琴聽霜後拂燭乃星飯人煙無明（集作同）異鳥道絶往返攀崖倒青天下視白日晚既遇石門隱還唱石潭歌涉雪搴紫芳濯纓想清波此人不可見此地君自過爲余謝風泉其如幽意何

一公新泉　劉長卿

東林一泉出復與遠公期淺石春（集作石淺寒）流亂空山暮落時夢閑歸（集作聞）細響鳧淡對清漪動静皆無意唯應道者知

同前　嚴維

山下新泉出泠泠此發源落池纔有響潰石未成痕獨映孤松色殊分衆鳥喧唯當清夜月觀此起禪關

宜豐新泉　釋靈一

泉源新涌出洞徹映纖雲稍落芙蓉沼初淹苔蘚文了將空色淨（一作素將空意合）素（一作淨）與衆流分每到青霄月泠泠夢裏聞

山下泉　皇甫曾

漾漾帶山光澄澄倒林影那知石上喧却益山中静

泉（一字至七字句）　張南史

泉色淨苔蘚石上激雲中懸津流竹樹脉亂山川扣玉千聲應含風百道連太液併歸池上雲陽舊出宮邊北陵井深鑿不到我欲添淚作潺湲

山下泉　李端

碧水映丹霞濺七露淺沙暗通山下草流出洞中花素色和雲落寒聲遶石斜明朝更尋去應到劉郎家（集作阮郎家）

文苑英華卷第一百六十三

文苑英華卷第一百六十四　詩十四

地部六

泉一十四首　瀑布十首
雜題二十五首　曲江五首
昆明池十首　溫湯三首

泉

聽夜泉　張籍

細泉深處落夜久漸聞聲獨起出門聽欲尋當澗行還疑隔林遠復畏有風生月下堪晋此無人亦到明

僧院有泉　姚合

泉眼高千丈(集作尺)山僧取得歸架空橫竹引鑿石透渠飛

洗藥溪流濁澆花雨力微朝昏長遠看護惜似持衣

方山寺松下泉　章孝標

石脉綻寒光松花噴曉霜注瓶雲母滑漱齒茯苓香野客偷煎茗山僧惜淨床三禪不要問孤月在中央

憶四明山泉　施肩吾

愛彼山中石泉水幽聲夜夜落空裏至今憶得卧雲時猶自涓涓在人耳

聽夜泉　劉得仁

靜裏層層石潺湲到鶴林迴流出幾洞源遠歷千岑寒助空山月清兼此夜心幽人聽達曙難罷歎床吟

和鄭校書夏日遊鄭泉　前人

太虛懸畏景古木蔽清陰爰有泉堪挹閑思日可尋來聞鳴滴滴照躁碧沉沉幾脉成溪壑何人測淺深澄時無一物分處歷千林淨溉靈根藥凉浮玉翅禽飲疑猶宿疾見自失煩襟僧共雲前瀨(疑)龍聽月下吟疊光輕吹動半底曉霞侵不用頻遊去令君少進心

秋晚日少陵原遊山泉之什　楊發

喧濁侵肌性未沉每來雲外恣幽尋塵衣更喜秋泉潔倦跡方依竹洞深暫過偶然應繫分有期終去但勞心唯憐一夜空山月似許他年伴獨吟

山泉

半空飛下水勢去響如雷靜撤啼猿寺高陵坐客臺耳同

經劍閣身若到天台濺樹吹成凍隣祠觸作灰深中試柳渠淺處落苺苔半夜重城閉潺湲枕底來

經漢武泉　趙嘏

芙蓉苑裏起清秋漢武泉聲落御溝他日江山映蓬鬢二年楊柳別漁舟竹間駐馬題詩去物外何人識醉遊盡把歸心付紅葉晚來隨水向東流

青鳥泉　張喬

秖此沉仙翼瑶池似不遥有聲懸翠壁無勢下丹霄淨瀨古煙霞古寒原草木凋山河幾更變幽咽到唐朝

石門山泉　鄭谷

一脉清冷何所之縈沙漱蘚入僧池雲邊野客窮來處石

上猨猱見落時聚沫進槎殘雪在迸流穿樹墜花隨烟春
雨晚閑吟去不復遠尋皇子陂

題東林寺虎跑泉　周繇

勝致通幽感靈泉有虎跑爪穫山脉斷掌托石心坳竹蔭
疑相近松陰蓋亦交轉令棲遁者真境愈難拋

野泉　張蠙

遠出白雲中長年聽不同一作窮細聲縈亂石一作石亂寒色入
長空挂壁聊成雨穿林別起風温泉非爾類源發在深宫

商山夜聞泉　曹松

瀉月聲不斷坐來心益閑無人知落處萬木冷空山遠憶
雲容外幽疑石縫間那辭通曙聽明日度藍關

瀑布

湖口望廬山瀑布　張九齡

萬丈洪泉落迢迢半紫芬奔飛下雜樹灑散出重雲日照
虹蜺似天清風雨聞靈山多秀色空水共氤氲

入廬山仰望瀑布　前人

絶頂有懸泉喧喧出烟杪不知幾時歲但見無昏曉閃閃
青崖落鮮鮮白日皎灑流濕行雲濺沫驚飛鳥雷吼何噴
薄箭馳入窈窕吾聞山下蒙今乃林巒表物性有詭激坤
元曷紛矯默然置此去變化誰能了

望廬山瀑布　李白

西登香爐峯南見瀑布水挂流三千丈噴壑數十里欻如
飛練來隱若白虹起朸驚河漢落一作[illegible]銀半灑雲天裏仰
觀勢轉雄壯哉造化功海風吹不斷[illegible]月照還空中亂
潨射左右洗青壁飛珠散輕霞流沫[illegible]穹石而我遊名山
對之心益閑無論漱瓊液且得洗塵[illegible]仍諧宿所好永願
辭人間

廬山瀑布　前人

廬山上與斗星連日照香爐生紫烟飛流直下三千丈疑
是銀河落九天

瀑布泉　冷朝陽

孱湲半空裏霖落石房邊風激珠光碎山欹連影偏急流
難起浪迸沫秪如烟自古惟今日凄凉一片泉

廬山瀑布　徐凝

瀑布瀑布千丈直雷奔入海不暫息今古長如白練飛一
條界破青山色

瀑布　章孝標

秋河溢長空天曬萬丈布深雷隱雲壑孤電挂巖樹滄溟
晚噴寒碧落晴謐素非趨下流急勢使不得住

東山瀑布　方干

遥夜看來疑月照平明失却集作去被雲迷挂巖遠勢穿松
島落地集作擊石殘聲注稻畦素色噴成三伏雪餘波流作萬
年溪若非真宰能開决應向前山雜淤泥

天台瀑布　曹松

萬仞得名云瀑布遠看如織掛天台休疑寶尺難量度直恐金刀易剪裁噴向林梢成夏雪傾來石上作春雷欲知便是銀河水墮落人間合却廻

廬山瀑布　裴説

靜景憑高望光分翠嶂開崄飛千尺雪寒撲一聲雷過去雲衝斷旁來燒隔廻何當住峯下終歲絶塵埃

雜題

賦得曲澗　劉孝威

澗流急易轉溪水暗難開近楼俄已失前洲忽蕩廻石岸生寒蘚沈根漬水苔菱舟失道去歸鳧迷逕來

嚴陵瀨　任昉

群峯此峻極參差百里嶂清淺旣連漪激石復奔壯神物徒有造終然莫能狀

夕逗繁昌浦　劉孝綽

日入江風靜安波似未流崖廻知舳轉艬覺船浮暮煙生遠渚夕鳥赴前洲隔山聞戍皷傍浦喧棹謳疑是辰陽宿於此逗孤舟

晩出新亭　陰鏗

大江一浩蕩離悲足幾重潮落猶如蓋雲昏不作峯遠戍惟聞皷寒山但見松九十方稱半歸途詎有蹤

詠浮漚已見一百五十五卷　鄭繟

進船泛洛水　薛愼感

禁園紆辱覽仙檝叶時遊洛北風花樹江南彩畫舟芳生蘭蕙草春入鳳凰樓興盡離宮暮煙光起夕流

泛前陂　王維

秋空自明廻況復遠人寰集作間暢以沙際鶴兼之雲外山澄波集作陂澹將夕清月皎方閑此夜任孤棹夷猶殊未還

牛渚磯　李白

絶壁臨巨川連峯勢相向亂石流洑澗廻波自成浪但驚群木秀莫測精靈狀更聽猿夜啼憂心醉江上

尋龍湍　孫逖

仙穴尋遺迹輕舟愛水鄉溪流一曲盡山路九峯長漁父

歌金洞江妃舞翠房遥憐葛仙宅眞氣共微茫

石頭瀨　崔國輔

悵矣秋風時余臨石頭瀨因高見遠境望盡此州內羽山一點青海岸雜花碎離離樹木少森森湖波大日暮千里帆南飛落天外須臾遂入夜梵色有微靄尋遠路已窮遺榮事多昧一身猶未理安得濟時代且疑朝泛夕潮荷衣蕙爲帶

宿范浦

月暗潮又落西陵渡暫停村煙和海霧舟火亂江星路轉定山遶塘連范浦橫鶡夷近何去空山臨滄溟

泊楊子津　祖詠

纔入維揚郡鄉山此地遥林殘初霽雨風退欲歸潮江火
明沙岸雲帆礙浦橋客衣今正薄寒夜昨來饒

横龍渡　劉長卿

空傳古岸下曾見蛟龍去秋水晚沈沈猶疑在深處亂深
沙上石倒影雲中樹獨繫一扁舟無人往來渡

與鄠縣郡官泛渼陂集作與鄠縣官泛渼陂岸潤水浮　岑參

萬頃浸天色千尋窮地根舟移城入樹岸潤水浮村閑鷺
驚簫管潛蛇傍酒罇暝來呼小吏列火儼歸軒

西陵渡寄一公　皇甫冉

西陵遇潮處自古是通津終日空江上雲山若待人汀洲
寒事早魚鳥興情新回望山陰路吾心有所親

酬皇甫冉西陵渡見寄　釋靈一

西陵潮信滿島嶼入中流越客依風水相思南渡頭寒光
生極浦暮雪映滄洲何事揚帆去空驚江上鷗

游元象泊　釋湛

空水潮色淨澹然湖上心舳艫輕且進汀洲如可尋秋風
洄泝險落日波濤深寂寞武侯去中流方至今

泊揚子津　盧綸

山影南徐暮千帆入古津魚驚出浦火月照渡江人清鏡
悲雙鬢滄波寄一身空憐芳草色長椄故園春

滁州西澗　韋應物

獨憐幽草澗邊生上有黃鸝深樹鳴春潮帶雨晚來急野
渡無人舟自横

淮上秋夜　劉方平

旅夢何時盡征途望每賒晚秋淮水上新月楚人家猿嘯
空山近鴻飛極浦斜明朝南岸去定折桂枝花

每早集作發壽安次永未集作濟渡　許渾

東西車馬塵鞏洛與成秦山月夜行客水烟朝渡人樹涼
風浩浩沙淺石磷磷會待功名就扁舟寄此身

長洲　趙嘏

扁舟殊不繫浩蕩路纔分范蠡湖中樹吳王苑外雲悲心
人望月獨夜鴈離群明發還驅馬關中見日曛

夜入湘中　馬戴

洞庭人夜到孤棹入湘中露洗寒山遍波搖楚月空密林
飛暗狖廣澤發鳴鴻行抵揚帆者江分又不同

渼陂　鄭谷

昔事東流共不回春深獨向渼陂來山前別業依稀在雨
裏梨花寂寞開却展魚絲無野艇舊題詩句沒蒼苔消然
回顧難消遣秖有佯狂泥酒盃

秋浦　羅隱

晴川倚落暉極目思依依野色寒來淺人家亂後稀久遊
身不達多病意常違還有漁船在時時夢裏歸

曲江

曲江早秋　白居易

秋波紅蓼水夕照青蕪岸獨信馬蹄行曲江池四畔早涼晴後至殘暑暝來散方喜炎燠銷復嗟時節換我年三十六冉冉昏復旦人壽七十稀七十新過半且當對酒笑勿起臨風歎

曲江

細草岸西東酒旗搖水風樓臺在花杪鷗鷺下煙中翠幄晴相接芳洲夜暫空何人賞秋景興與此時同

曲江春　張喬

尋春與送春多遶曲江濵一片鳧鷖水千秋輦轂塵岸凉隨衆木波影逐遊人自是遊人老年年管吹新

春遊曲江　俞坦之

誤入杏花塵晴江一看春菰蒲雖似越骨肉且非秦曲岸藏翹鷺垂楊拂躍鱗徒憐汀草色未是醉眠人

曲江春感　羅隱

江頭日暖花又開江東行客心悠哉高陽酒徒半凋落終南山色空崔嵬聖代也知無棄物侯門未必用非才一船明月一竿竹家住五湖歸去來

昆明池

和靈法師遊昆明池二首　庾信

遊客重相攜蓮舟出上蘭値泉傾蓋飲逢花住馬看平湖泛玉舳高堰歇金鞍平道聞荷氣中流覺水寒

二

秋光麗晚天鷁舸泛中川客菱障浴鳥高荷拔釣舡碎珠縈斷菊殘絲繞折蓮落光催十酒栖鳥送一絃

和人日晚景宴昆明池　前人

餘春足光景趙李舊經過上林柔腰細新豐酒徑多小船行釣鯉新盤待滴荷蘭皐徒稅駕何處有凌波

秋日遊昆明池　江揔

靈（類聚作玄）沼蕭條望遊人意緒多終南雲影落渭北雨聲過蟬噪金堤柳鷺飲石鱗波珠來照似月織處寫成河此時臨水歎非復採蓮歌

同前　薛道衡

灞陵因靜退靈池暫徘徊新船木蘭檝舊宇豫章材荷心

宜露泫竹徑重風來魚潛疑刻石沙暗似沉灰琴逢鶴欲舞酒遇菊花開羈心與秋興陶然寄一杯

賦昆明池一物得織女石　虞茂

隔河圖列宿清漢象昭回支機就鯨石拂鏡取池灰舡疑海槎渡珠似客星來所恨雙蛾斂逢秋遂不開

秋遊昆明池　元行恭

旅客傷羈遠樽酒慰登臨池鯨隱舊石岸菊聚新金陣低雲色近行高鴈巳（初學記作影）深歆荷瀉圓露臥柳横清陰衣共秋風冷心學古灰沉還似無人處幽蘭入雅琴

和許侍郎遊昆明池　李百藥

神池望北極滄波接遠天儀星似河漢落景類虞泉年深

平館宇道泰偃戈船差池下鳧鷖掩映生雲烟浪花開已
合風文直且連稅馬金堤外橫舟石岸前羽觴傾綠蟻飛
日落紅鮮積水浮深智明珠躍雅篇大鯨方遠擊沉灰獨
未然知君鏽儔侶短翮徒聯翩

和七月七日臨昆明池　任希古

秋風始搖落秋水正澄鮮飛眺牽牛渚激賞鏤鯨川岸珠
淪曉魄池灰斂曙烟泛查分寫漢儀星別構天雲光波處
動日影浪中懸驚鴻結蒲弋遊鯉入莊筌萍葉疑江上菱
花似鏡前長林代輕幄細草即芳筵文華開翠激筆海控
清漣不挹蘭罇聖空仰桂舟仙

昆明池晏坐答王兵部珣三韻見示　蘇頲

畫舸疾如飛遙遙泛夕暉石鯨吹浪隱玉女涉塵歸獨有
銜恩處明珠在釣磯

溫湯

浴溫湯

驪岫猶懷土新豐尚有家神井堪消疹溫泉足蕩邪紫苔
生石岸黃菜擁金沙根衣殊未已翻能使停車

同崔員外溫泉即事　郭汭

肇輅移雙闕宸遊整六師天迴紫微座日轉羽林旗霜氣
寒戈戟軍容壯武貔弓鳴射鳫處泉暖躍龍時惠化成觀
俗謳謠入賦詩同歡王道盛相與詠雍熙

溫湯即事

天仗星辰轉霜冬景氣和樹含溫液潤山入繚垣多丞相
金錢賜平陽玉輦過接輿來自楚朝夕值行歌

文苑英華卷第一百六十四

文苑英華卷第一百六十五　詩十五

地部七

池二十五首　游泛三十八首

池

和山池　庾信

樂宮多暇豫望苑暫回輿鳴笳陵絶限飛蓋歷通渠桂亭花未落桐門葉半踈荷風驚浴鳥橋影聚行魚日落含山氣雲歸帶雨餘

玄圃濬池　王褒

長沙春水蒲臨沉廣川中石壁如明鏡飛橋類飲虹垂楊夾浦緑新桃緣樹紅對樓還泊岸迎波暫守風漁舟釣欲

蒲蓮房珠半空於菰臨北閣非復坐壚東

山池應令　徐陵

畫舸圖仙獸飛艎挂采旍榜人事輕槳約女理銀鈎細萍時帶檝低荷乍入舟猿啼知谷晚蟬思覺山秋

奉和山池　前人

羅浮無定所鬱島屢遷移不覺因風雨何時入後池樓臺非一勢臨翫自多奇雲生對戶石後掛入欄枝

經豐城劒池　陰鏗

清池自湛淡神劒久遷移無復連星氣空餘似月池夾篠澄深谷（類聚作渌）含風結細漪唯有連花蕚還想匣中雌

唐都尉山池　崔湜

曲渚颺輕舟前溪釣晚沉鴈飜蒲葉起魚撥荇花遊金子懸湘柚珠房折海榴幽尋惜未已清月半西樓

萍池　王維

春池深且廣會待輕舟迴靡靡緑萍合垂楊掃復開

題榮二山池　孟浩然

甲第開金穴榮期樂自多擬斷支遁馬池養右軍鵝竹引携琴入花邀載酒過山公來取醉時唱接䍦歌

題沈東美員外山池

仙郎偏好道鑿沼象瀛洲魚樂隨情性舡行任去留秦人辨鷄犬堯日識巢由歸客衡門外仍憐反景幽

觀崔郎中漲新池　盧綸

引水春山近穿雲復遶林幾聞籬外響已覺石邊深蒲處侵苔色澄來見柳陰微風明月夜知有五湖心

題興善寺後池　前人

隔牕棲白鳥似與鏡湖隣日照何年樹花逢幾遍人岸莎青有露苔徑緑無塵永願容依止僧中老此身

秋池二首　白居易

身閑無所為心閑無所思况當故園夜復此新秋池岸闇烏栖後橋明月出時菱風香散漫桂露光參差净境多獨得幽懷竟誰知悠然心中語自問來何遲

二

朝衣薄且健晚簟清仍滑社近燕影稀雨餘蟬聲歇閑中

得詩境此境幽難說露荷珠自傾風竹王相戛誰能一同
宿共翫新秋月暑退早凉歸池邊好時節

新池　前人

數日自穿鑿引泉來近砌尋渠通咽處繞岸待清時深好
求魚養閒堪與鶴期幽聲聽難盡入夜嘯常遲

南池

蕭條微雨絕荒岸抱清源入舫山侵塞分泉道接村秋聲
依樹色月影在蒲根淹泊方難遂他宵關夢寬

宿池上　前人

泉來從絕壑亭敞在中流竹密無空岸松長可絆舟蟪蛄
潭上夜河漢島前秋異夕期深漲攜琴却此遊

池上宿　劉得仁

事事不求奢長吟省歎嗟無才甘世棄有句向誰誇老樹
呈秋色空池浸月華凉風白露夕此境屬詩家

宣義池上　前人

脩篁夾綠池幽鳥此中飛何必青山遠仍將白髮歸當時
亦有恨是日總無機樹起秋風細西林磬入微

官池上　僧無可

迥疏城闕內寒瀉出雲波岸廣山魚到汀閑海鷺過泛溝
侵道急流葉入宮多移舸浮中沚青宵徹曉河

京兆公池上作　溫庭筠

稻香山色疊平野接荒陂蓮少舟行遠萍多釣下遲壞堤
泉落處凉簟雨來時京口兵堪問何因入夢思

宿友人池　前人

背牆燈色暗宿客夢初成半夜竹窗雨蒲池荷葉聲簟凉
秋閣思木落故山情明發又愁起桂花溪水清

于秀才小池　方干

一泓瀲灔復澄明半日功夫斸小庭占地無過四五尺浸
天應入兩三星鷁舟草際浮霜葉魚火沙邊駐水螢纔見
規模識方寸知君立意象滄溟

池上　鄭谷

池樹恒幽獨狂吟學解嘲露荷香自在風竹冷相敲衮忘
嫌孤宦無機愛澹交仙山如有分必擬訪三茅

興州東池　前人

南連乳郡流潤碧浸晴樓徹底千峯影無風一片秋垂楊
拂蓮葉返照媚漁舟鑒貌還惆悵難遮兩鬢羞

盆池　張蠙

圓因陶化功外絕衆流通選處離松影穿時減藥叢別疑
天在地長對月當空每使登門客烟波入夢中

遊泛

首夏泛天池　梁武帝

薄遊朱明節泛漾天淵池舟檝互容與藾藻相推移碧沚
紅菡萏白沙青蓮漪新波拂舊石殘花落故枝葉軟風易
出草密路難陂

北寺寅上人房望遠岫翫前池 王筠

安期遂長往交甫稱高讓遠跡入滄溟輕舉馳崑閬良由
心獨善兼且情遊放豈若徇幽棲即日窮清曠激水周堂
下屯雲塞擔向閑牖聽奔濤開窗延疊嶂前階復虛沁瀨
迤成洲漲雨點散圓文風生起斜浪遊鱗千瀺灂翠飛皆
哢吭蓮葉蔓田田菱花動搖漾浮光曜庭廡流芳襲帷帳
匡坐足忘懷詎思江海上

春日臨池 溫子昇

光風動春樹丹霞起暮陰嵯峨映連壁飄颻下散金徒自
臨濠渚空復撫鳴琴莫知流水曲誰辨遊魚心

同會河陽公新造山池聊得寓目 庾信

橫階仍鑿澗對戶即連峯暗石疑藏虎盤根似臥龍沙洲
聚亂荻洞口礙橫松引泉恒數派開巖即十重北閣聞吹
管南鄰聽擊鍾菊寒花正合杯香酒絕濃由來魏公子今
日始相逢

和灊池初成清晨臨泛 前人

千金高堰合百頃浚源開翻逢積草浪更識昆明灰徒嘯
風還急鷄鳴潮即來時看青雀舫遙逐貴洲迴

安德山池宴集 李百藥

朝宰論思暇高宴臨方塘雲飛鳳臺管風動令君香細草
開金埒流霞泛羽觴虹橋分水態鏡石引菱光上才同振
藻小技謬連章懷陰自蘭室徐步返山莊

同前 劉洎

平陽擅歌舞金谷盛招攜何如兼往烈命賞叶幽棲已均
朝野致還欣物我齊春晚花方落蘭深逕漸迷渐新節尚
短荷小蓋猶低無勞拂長袖自待夜烏啼

同前 岑文本

甲第多清賞芳辰命羽卮書帷通竹逕琴臺枕檻籬池疑
夜壑徙山似鬱洲移雕檻網蘿薜激瀨合塤篪鳥戲翻新
葉魚躍動清漪自得淹留趣寧勞攀桂枝

同前 楊續

俠斜通鳳闕上路抵青樓簪紱啓賓館軒蓋臨御溝西城
多妙舞玉弟出名謳列峯疑宿霧疏壑擬藏舟花蝶亂風

影蘋藻含春流酒闌高宴畢自反山之幽

同前 許敬宗

戚里歡娛地園林矚望新山庭帶芳杜歌吹叶陽春臺榭
疑巫峽荷蕖似洛濱風花縈少女虹梁聚美人宴遊窮至
樂談笑畢良辰獨歎高陽晚歸路不知津

同前 褚遂良

伏檻丹霞外遮園煥景舒行雲泛曾阜薮月下清渠亭中
奏趙瑟席上舞燕裾花落春鶯晚風光夏葉初良朋比蘭
蕙雕藻邁瓊琚獨有狂歌客來承歡宴餘

同前 上官儀

上路抵平津後堂羅薦陳締交開狎賞麗則展方（芳疑作良）

密樹風烟積迴塘荷芰新雨霽虹橋晚花落鳳臺春翠釵
低舞席文香散歌塵方惜流觴蒲夕鳥已成闇

于長史山池三日曲水　陳子昂

摘蘭藉芳日（雜詠作月）祓宴坐迴汀氿灩清流蒲葳蕤白芷生
金鉉揮趙瑟玉柱弄秦箏巖榭風光媚郊園春樹平烟花
飛御道羅綺照昆明日落紅塵合車馬亂縱横

和元舍人萬頃臨池翫月戲爲新體　沈佺期

春風摇碧樹秋霧卷丹臺復有相宜夕池清月正開玉流
含吹動金魄度雲來熠爚光如沸翩翻景若摧半環投積
草碎璧聚流盃夜久平無渙天清皎未隤鏡將池作匣珠
以岸爲胎有美司言暇高興獨悠哉揮翰初難擬飛名豈

易陪夜光珠在握了了見沈灰

和韋承慶遊義陽公主山池五首　杜審言

野興城中發朝英物外求情懸珠（集作朱）紱望契動赤泉遊
海燕巢書閣山鷄舞畫樓雨餘清晚夏共坐此巖幽

二

逕轉危峯逼橋斜缺岸坊玉泉移酒味石髓換粳香縮霧
青條弱牽風紫蔓長猶言宴樂少别向後池塘

三

攜琴繞碧沙摇筆弄清霞杜若幽庭草芙蓉曲沼花宴遊

四

成野客形勝得山家徃徃留仙步登攀日易斜

攢石當軒倚懸泉過溜飛鹿麛衝妓席鶴子曳童衣園菓
嘗難遍池蓮摘未稀捲簾惟待月應在醉中歸

五

賞翫奇他日高深愛此時池爲八水背峯作九山疑地静
魚常逸人閑鳥欲欺青溪流别興更與白雲期

嘗與大理丞袁公大府丞田公偶詣一所林沼尤
勝因並坐其次相得甚歡遂賦詩焉以詠其事　張九齡

方駕與吾友同懷不異尋偶逢池竹處便會江湖心夏近
林方密春餘水更深青華兩暉映閑步一窺臨蘋藻復佳
色鳧鷖亦好音韶芳媚洲渚惠氣襲衣襟蕭散皆爲樂徘

徊從所欽謂子（集作寻）成夙志歲晚共抽簪

過崔駙馬山池　王維

畫（集作書）樓吹笛妓金埒酒家胡錦石稱貞女青松學大夫
脫貂貫桂酌射鴈與山厨聞道高陽會愚公谷正愚

靈雲池送從弟　前人

金杯緩酌清歌轉畫舸輕移艷舞迴自歎鶺鴒臨水别不
同鴻鴈向池來

鄭駙馬池臺喜遇鄭廣文同飲　杜甫

不謂生戎馬何知共酒盃燃臍郿塢散握節漢臣回白髮
千行雪丹心一寸灰别離經此地披寫忽登臺重對秦簫
發俱過阮巷來留連春夜舞淚落更徘徊

同族弟評事黙遊昌禪師山池　李白

遠公愛康樂爲我開禪關蕭然松石下何異清凉山花將
色不染水與心俱閑一坐度小劫觀空天地間

奉和苑舍人宿直曉翫新池亭寄南省友　沈東美

傳聞閶闔裏寓直有神仙史爲三墳傳郎因五字遷晨臨
翔鳳沼春注躍龍泉去似登天上來如看鏡前影搖宸翰
發波凈列星懸既濟仍懷友流謙欲進賢禪（疑）冠蓋賢貴
覆被瀣恩偏温室言雖阻文場契獨全玉珂光赫奕朱紱
氣蟬聯興逸潘仁賦名高謝朓篇青雲仰不逮白雪和難
牽苒苒胡爲此井心老歲年

蘇著作山池　賈彥璋

水樹子雲家峯瀛宛不賒芥浮舟是葉蓮岫發爲花酌蟻
開春甕視魚憑海沓遊蘇多石友題贈蒲逢華

陪中書李紓舍人夜泛東池　盧綸

肴月復聽琴移舟出柳陰夜村機杼急秋水芰荷深石靜
龜潛上萍開菓（疑）暗沈何言盃酒興得見五湖心

宴楊駙馬山池　韓翃

垂楊拂岸草茸茸繡戶簾前花影重繪下玉盤紅縷細酒
開金甕綠醅濃中朝駙馬何平叔南國詞人陸士龍落日
泛舟同醉處廻潭百丈映千峯

池上早春即事嘲（集作招）夢得　白居易

老更驚年故（集作改）鬪光覺日長晴薰榆莢黑春染柳梢黃
雪破山呈色冰融水放光低平穩船舫輕暖好衣裳白角
三升榼紅筒六尺床偶逢難得伴獨醉不成狂我有中心
樂君無外事忙經過莫慵嬾相去兩三坊

池上閑詠　前人

青莎臺上起書樓綠藻潭中繫釣舟日晚愛行深徑裏月
明多在小橋頭暫嘗新酒還成醉亦出中門便當遊一部
清商聊送老白鬚蕭颯管絃秋

酬裴相公題興化小池見招長句　白居易

爲愛小塘招散客不嫌老監與新詩山公倒載無妨學范
蠡扁舟未要追蓬斷偶飄桃李徑鷗驚怏拂鳳凰池敢辭

課拙酬高韻一勺爭禁萬頃陂

遊宣義池亭　姚合

春入池亭暖風光老更鮮尋芳行不困逐勝坐還遷細草
亂如髮幽禽語似蟬（集作鳥似絃）苔文翻古畫石色學秋天花
落能漂酒萍開解避船暫來猶愈疾久住合成仙迸筍支
皆起垂藤壓樹偏此生應借看自料買無錢

金州晚夏陪姚員外南池　僧無可

柳暗清波漲衝萍復漱苔張帆（高僧詩作旋）白鳥起掃岸使君
來洲島秋應沒荷花曉（高僧詩作晚）盡開高城吹角罷驪馭尚
徘徊

與諸公池上待月　楊發

樹密雲縈岸池遥水際空芰開方吐鏡蘋動欲含風漸映沙汀白微分渚葉紅金波宜共賞仙棹一宵同

陪王尚書泛蓮池舟　許渾

蓮塘移畫舸泛泛日華清水暖魚頻躍烟秋鴈早鳴舞疑迴雪態歌轉遏雲聲客散山公醉風高月滿城

和沈參軍招友生觀芙蓉池　溫庭筠

桂棟坐清曉瑶琴雙鳳絲况聞楚澤香適與秋風期遂使棹萍客靜嘯烟草湄倒影回澹蕩愁紅湄漣漪湘莖久鮮澁宿雨增離披而我江海意楚遊動夢思北渚水雲葽南塘烟露枝豈亡池樹芳獨與鷗鳥知珠墜魚迸淺影多鳧泛遲落英不可搴返照昏澄陂

泛觴池　薛能

逼咽遠華罇泛觴名自君峥看籌見影輕動酒生紋細滴隨盃落來聲就浦分便應半酣後清冷漱烝雲

春盡獨遊慈恩寺南池　趙嘏

竹外池塘烟雨收送春無伴亦遲留秦城馬上半年客潘鬢今日水邊愁氣變晩雲紅映闕風含高樹碧遮樓杏園花落遊人盡獨爲圭峯一舉頭

文苑英華卷第一百六十五

文苑英華卷第一百六十六　詩十六

池部八

池雜題七首　溪九首

游泛二十八首　雜題二十一首

池雜題

題壽安王主簿池館　蘇頲

落邑通馳道韓郊在屬城館將花雨映潭與竹聲清賢俊鸞栖棘賓遊馬佩衡傾言隨狎鳥從此濯吾纓

和伊尹集作諫議史館山池作　王維

雲館接天居霓裳侍玉除春池百子外芳樹萬年餘洞有仙人籙山藏太史書君恩深漢帝且莫上空雲一作虚

野居池上有月　薛能

悠然雲間月復此照池塘泫露蒼茫濕沉波澹灩光應門當未曙歌吹蒲昭陽遠近徒傷目清輝靄自長

雨後宿劉司馬池上　賈島

藍溪秋漱玉此地漲清澄蘆䕡聲蕪雨菱荷香遶燈岸頭秦古道亭面漢光陵静想泉根本幽崖落幾層

盧氏池上遇雨贈同遊　溫庭筠

簟翻凉氣集溪上潤殘碁萍皺風來後荷喧雨到時寂寥閑望久飄洒獨歸遲無限松江恨勞君雜釣絲

習池晨起　皮日休

清曙蕭森載酒來凉風相引遶亭臺數聲翡翠背人去一

番芙蓉含日開芰葉深深埋釣艇魚兒漾漾逐流盃竹屏
風下登山屐十宿高陽忘却迴

官池秋夕　羅隱

池邊月影閑婆娑池上醉來成短歌芙蕖抵死怨珠露蟋
蟀苦口嫌金波往事向人閑不得舊遊臨老恨空多松醪
作酒蘭爲棹十載煙塵柰爾何

溪

入小密溪　沈佺期

雲峯苔壁遶溪斜江路香風夾岸花樹密不言通鳥道鷄
鳴始覺有人家人家更在深巖口澗水週流宅前後遊魚
瞥瞥雙釣童伐木丁丁赤樵叟自言避喧非避秦薛衣耕

鑿帝堯人相留且待鷄黍熟夕卧深山蘿月春

過清溪水作　王維

言入黄花川每逐清溪水隨山將萬轉趣途無百里聲喧
亂石中色靜深松裏漾漾汎菱荇澄澄映葭葦我心素已
閑清川澹如此請留盤石上垂釣將已矣

姑熟溪　李白

愛此溪水閑乘流興無極擊檝怕鷗驚垂竿待魚食波翻
曉霞影岸疊春山色何處浣紗人紅顔未相識

入清溪行山中　前人

清溪清我心水色異諸水借問新安江見底何如此人行
明鏡中鳥度屏風裏向曉猩猩啼空悲遠遊子

同前　前人

輕舟去何疾已到雲林境起坐魚鳥間動搖山水影巖中
響自合（一作答）溪裏言彌靜無事令人幽停橈向餘景

雲母溪　劉長卿

雲母映溪水溪流知幾春深藏武陵客時過洞庭人白髮
慙皎鏡清光媚淵淪寥寥古松下歲晚掛頭巾

白雲溪　吴鞏

山徑入修篁深林蔽日光夏雲生嶂遠瀑水引溪長秀跡
逢皆勝清氣坐轉凉回看玉樽夕歸路賞前忘

晚次宣溪　韓愈

昭陽南去接宣谿雲水蒼茫日向西客淚數行元（集作先）自

落鷓鴣休傍耳邊啼

宿黑龜溪　張籍

夜到碧溪裏無人秋月明逢幽便移宿取伴亦深行花下
紅泉色雲中乳鶴聲明朝寄歸處石上自書名

遊泛

泛長溪　任昉

殖禄聚歸糧衣隱謝羈勒絶物甘離羣長懷忍去國長溪
永東舍震區窮水域道遇垂綸叟聊長問津惑弭檝申九
言無爲累牽纏長泛滄浪水從明至曛黑

落日泛舟東溪　前人

黯黯桑柘繁芃芃麻麥盛交柯溪易陰反景澄餘映吾生

雖有待樂天庻知命不學梁甫吟唯識滄浪詠田荒我有
役秩滿余謝病

偶遊龍門北溪忽懷驪山別業因以言志示弟淑

奉呈諸大寮　常嗣立

幽谷杜陵邊風煙別幾年偶來伊水曲溪嶂覺依然傍浦
憐芳樹尋崖愛綠泉嶺雲隨馬足山鳥向人前地合心俱
靜言因理自玄短材叨重寄尸禄愧妨賢每挹挂冠侶思
從初服旋稻粱仍欲報歲月坐空捐助岳無纖塊輸溟謝
末涓還瞻北轅失方求南澗田

奉酬龍門北溪作　張説

石澗泉虛落松崖路屈迴聞君北溪下想像南山隈近念

鼎門別遥思雲障陪不知竒覯徃空覩斯文來歲後寒初
變春前芳未開黄鸎裊岸柳紫荅（集作蕚）拆村梅晝室茲遊
翫盈門幾樂哉嗟留洛陽陌夢謁建章臺野有巢由性朝
非元凱才希懷欽遠迹幽意日塵埃

同前　崔泰之

關塞臨秋水驪山枕灞川俱臨隱路側同在帝城邊謝公
兼出處攜妓翫林泉鳴騶噴梅雪飛盖曳松煙聞琴幽谷
裏看博古巖前落日低帷帳歸雲繞管絃叨榮慙北闕微
尚愛東田寂寞灰心盡蕭條塵事牽朝恩發嶃絶夜夢弄
潺湲宿懷南澗意况覩北溪篇

同前　崔日和

夙齡秉微尚中年忽有隣以茲山水癖遂得狎通人追我
咸京道開君別業新巖前窺石鏡河畔踏芳茵既憐伊浦
綠復憶灞池春連詞謝家子同歡冀野賓趣閑魚共樂情
洽鳥來馴詎念昔遊者抵命獨留秦蕭條頴陽戀冲漠漢
陰真無由陪勝躅空此翫書筠

同前　魏知古

有美朝為貴幽尋地自偏踐臨伊水汭想望灞池邊是御
皆新賞茲遊若舊年藤蘿隱路接楊柳拂（集作御）溝聯道愜
神情至機忘俗理損遂初誠已重蕪濟實為賢跡是東山
上心仍北闕前顧慙經拾紫多謝賦思玄未躡中林步空
承華藻傳陽春和已寡知寂意徒然

泛鏡湖南溪　宋之問

乘輿入幽棲舟行日向低巖花候冬發谷鳥作春啼杳嶂
開天小叢篁夾路迷猶聞可憐處更在若耶溪

耒陽谿夜上　張九齡

乘夕棹歸舟緣源路轉幽月明看嶺樹風靜聽谿流嵐氣
船間入霜花衣上浮猿聲雖此夜不是別家愁

東谿翫月　王維

月從斷山口遥吐柴門端萬木分空霽流陰中夜攢光連
虛象白氣與風露寒谷靜秋泉響巖深青靄殘清澄入幽
夢破影抱空巒恍惚琴窻裏松溪曉思難

秋浦清溪雪夜對酒客有唱山鷓鴣者（已見一百五十五卷）

李白

秋浦與同生(集作周剛)宴清溪玉鏡潭 李白

康樂上官去永嘉遊石門江中(集作亭非)有孤嶼千載跡猶存我來憇秋浦三入桃波(集作陂)源千峯照積雪萬壑盡啼猨興與謝公合文因周子論掃崖去落葉帶月開酒罇溪當大樓南溪水正南奔廻作玉鏡潭澄明洗心䰟此中得佳境可以絶囂喧清夜方歸來酣歌出平原別後經此地爲余謝蘭蓀

春泛若耶溪 綦毋潜

幽意無斷絶此去隨所偶好風吹行舟落花(文粹作花路)入溪口際夜轉西壑隔山望南斗潭煙飛溶溶林月低向後生

事且瀰漫願爲持竿叟

上巳日越中與鮑侍御泛舟若耶溪 劉長卿

蘭橈萬轉望汀沙(集作汀葭)傍(集作應)接(集作隔)雲峯到若耶舊浦遠來移渡口垂楊深處有人家永和春色千年在曲水鄉心萬里賒君見漁船時借問前洲幾路入煙花

奉陪鄭中丞自宣州解印與諸姪宴餘干後溪

前人

跡遠親魚鳥功成厭鼓鼙林中阮生集池上謝公題户牖垂藤合藩籬插槿齊夕陽山向背春草水東西看竹誰家好尋花幾路迷何勞問秦漢更入武陵溪

荅秦徵君除少府春日見集茗溪酬梁耿別後見

寄六言 前人(見集本)

晴川落日初低(一作晴川,永路何極)惆悵(一作落日)孤舟解携鳥向平蕪(一作青萍)遠近人隨流水東西白雲千里萬里明月前溪後溪獨恨長沙謫去江潭春草萋萋

泛若耶溪 丘爲

結廬若耶裏左右若耶水無日不釣魚有時向城市溪中流水急渡口水流寛每得樵風便往來殊不難一川草長緑四時那得辨短褐衣妻兒餘糧及鷄犬日暮鳥雀稀稚子呼牛歸住處無鄰里柴門獨掩扉

溪行即事 釋靈一

近夜山更碧入林溪轉清不知伏牛路潭洞何縱横曲岸

煙已合平湖月未生孤舟屢失道但聽秋泉聲

雨後欲往天目山問元駱二公溪路 前人

昨夜雲生天井東春山一雨幾廻風林花併逐溪流下欲上龍池通不通

奉陪顔使君脩韻海畢東溪泛舟餞諸文士

釋皎然

諸侯崇魯學羔鴈日成群外史刋新韻中郎定古文菁華兼百氏雅素備三墳國語恩開物王言欲致君研精業已就歡宴惜應分獨望西山去將身寄白雲

西溪獨泛 前人

道情何所寄素舸漫流間真性憐高鶴無名羨野山輕寒

苦竹秀入靜片雲閑泛泛誰爲侶唯應共月還

若溪春興　前人

春生若溪水雨後漫流通芳草行無盡春源去不窮野煙迷極浦斜日起微風數處乘流望依稀似剡中

遊溪待月　前人

溪色思泛月沿回洄疑作欲未歸殘燈逢水店疎磬憶山扉夜浦魚驚少空林鵲遶稀可中纔望見掩亂擣寒衣

奉陪侍中遊石笋溪十二韻　盧綸

朝日望靈山中溪浩紛錯圖書無舊記鯀禹應新鑿雙壁瀉天河一峯吐蓮萼潭心亂雲卷巖腹繁珠落彩蛤攢錦囊芳蘿㛹花索猿群騰陽嶺龍穴腥陰壑靜得魚者言閑

聞洞仙博歌松倚朱檻憒石屯油幕國泰事留候山春縱康樂閒閑殊狀鳥爛熳無名藥欲驗少君方還吟大隱作旌幢不可駐古塞新沙漠

雲溪遠望　張籍

雲水碧悠悠西亭古岸頭夕光陰遠岫斜照逐迴流此地動歸思逢君方倦遊吳興若耆盡空見白蘋洲

和韓吏部泛南溪　賈島

溪裏晚從池岸出石泉秋急夜深聞木蘭船共山人上月映渡頭零落雲

泛溪　項斯

溪船泛數里便覺少炎暉動水花連影逢人鳥背飛深猶見白石凉好換生衣未得多詩句終須隔宿歸

藍溪夜坐　張喬

藍水警塵夢夜吟開草堂月臨山靄薄松滴露花香詩外真風遠人間靜興長明朝訪禪侶更上翠微房

雜題

入峭峽　陳子昂

肅徒歌伐木鶩鷺或作艤漾輕舟靡迤隨波水潺湲泝淺流煙沙分兩岸露霧或作島夾雙洲古樹連雲密交峯入浪浮巖潭相映媚溪谷屢環周路迴光踰逼山深興轉幽麕麚寒思晚猿鳥暮聲秋誓息蘭壺策將從桂樹遊因書謝親愛千歲覓蓬丘

白湖守後溪宿雲門　常建

落日山水清亂流鳴淙淙舊浦雨抽節新花水對窓溪中日已沒歸鳥多爲雙杉松引直路出谷臨前湖洲渚晚色晴又觀花與蒲入溪復登嶺草淺寒流速圓月明高峯春山因獨宿松陰澄初夜曙色分遠目日出城南隅青青媚川陸亂花覆東郭碧氣錯長林四郊一清影千里歸寸心前瞻王程促却戀雲門深畢景有餘興到家彈玉琴

若耶溪逢孔九　綦毋潛

相逢此溪曲勝託在煙霞段潭影竹裏動巖陰陰簷外際一作斜人言上皇代犬吠武陵家借問淹留日春風滿若耶

此詩二百一十八卷已重出今已削去

酬綦毋校書夢若耶溪見贈　儲光羲

校文在仙掖每有滄洲心况此北窻下夢還青溪陰春看湖口漫夜入廻塘深往往纜垂葛出舟望前林山人松下飯釣客蘆中吟小隱何足貴長年固可尋還車首東道惠言若南金以我採微意傳之千姥岑

留題李明府霅溪水堂

寥寥此堂上幽意獨難論落日無王事青山在縣門雲峰向高枕漁釣入前軒竹動疎簾影苔生雙履痕荷香隨坐卧湖色映晨昏虛牖閑生白鳴琴静對言暮禽飛下上春水帶清渾遠岸誰家柳流煙何處村謫居投瘴癘離思過湘沅從此扁舟去誰堪江浦猿

尋東溪還湖中作　劉眘虛

出山更廻首日暮清溪深東嶺新別處數猨叫空林昔遊有功跡此路還獨尋幽興方在往歸懷復為吟雲峯勞前意湖水成遠岑望已意（疑）超越坐鳴舟中琴

潁陽東溪懷古　崔曙

靈溪氛霧歇皎鏡清心顔空色下映水秋聲多在山世人又踈曠萬物皆自閑白露寒更落孤雲晴未還昔時讓王者此地閉柴關無以躡高步淒涼岑壑間

太白東溪張老舍即事寄舍弟姪等　岑參

渭上秋雨過北風暮騷騷天晴諸山出太白峯最高主人東溪老兩耳生長毫遠近知百歲子孫皆二毛中庭井欄上一架獼猴桃石泉飯香稅酒甕開新糟愛茲田中趣始惧世上勞我行有勝事書此寄爾曹

戈陽溪中望仙人城　顧況

何草芝靈姿無山不孤絶我行雖云蹇偶勝聊换節上界浮中流光響洞明滅曉禽曝霜羽寒魚依石髮自有無還心隔波望松雪

静林溪舍即梁武隱所有鍾磬並古物　釋靈一

静林溪路遠蕭帝有遺蹤水擊羅浮磬山鳴于闐鍾燈傳三際火樹老萬株松無復雲霞色空聞昔卧龍

同李洗馬入餘不溪經辛將軍故城　釋皎然

慘慘寒城望將軍不世時高墉暮草遍大樹野風悲壁壘

今猶在勲庸近可思蒼然古溪上川樹自淒其

剡溪行却寄別新者　朱放

潺湲寒溪上自此成離別廻首望歸人移舟逢暮雪頻行識草樹漸老傷年髮唯有白雲心為向東山月

越溪村居　戴叔倫

年來晩客寄禪扉多話貧居在翠微黄雀數聲催柳變清溪一路踏花歸空林野寺經過少落日深山伴侶稀負米到家春未盡風蘿閑掃釣魚磯

清溪路中寄常于二侍御　崔備

偏郡隔雲岑溪廻路更深少留攀桂樹長渴望梅林野笋資公膳山花慰客心別來無信至可謂井瓶沉

將移耶溪舊居留呈嚴長史陳校書　秦系

雞犬魚舟裏長謠任興行即今邀客醉已被遠山迎書笈將非重荷衣着甚輕謝安無箇事忽起爲蒼生

假攝池州留別東溪隱居　朱灣

一官仍是假豈顧數離群愁鬢看如雪浮名認是雲暫辭南國隱莫勸北山文今夜松溪月還應夢見君

溪行逢雨與柳中庸　李端

日落衆星分蕭蕭暮雨繁那堪兩處宿共聽一聲猿

贈同溪者　張籍

幽居得相近煙景亦寥寥共伐臨谿樹同爲過水橋自教仙鶴舞分採玉芝苗更愛南峯好尋君長路遥

芙蓉溪送前資州裴使君歸京寧拜户部裴侍郎　薛逢

桑柘林枯蕎麥乾欲分離袂百憂攢臨溪莫話前途遠舉酒須歌後會難薄宦未甘霜髮改夾衣猶耐水風寒遥知阮巷歸寧日幾阮兒童候馬看

宿裴氏谿居懷厲玄先輩　馬戴

樹下孤石坐草國微有霜同人不同此孤鳥自南翔迢遞夜山色青冷泉月光西風耿離抱江海遥相望

霅溪晚泊寄裴庶子　羅隱

溪風如扇雨如絲閑步閑吟柳惲詩杯酒疎狂如曩日野花狼籍似當時道窮漫有依劉感才急應無借寇期蒲服雲山莫相笑與君俱是受深知

文苑英華卷第一百六十六

文苑英華卷第一百六十七　詩十七

帝德

執契靜三邊　唐太宗

執契靜三邊持衡臨萬姓玉彩輝關燭金華流日鏡無為宇宙清有美璇璣正皎珮星連景飄衣雲結慶戢戈榮十德昇文輝九功煙波澄舊碧塵火息前紅霜野韜連劍關城罷月弓錢綴榆天合新城柳塞空花稍葱嶺雪縠盡流沙霧秋駕轉兢懷春冰彌軫慮書絶龍庭羽烽休鳳穴戍衣宵寢二難食肝殘三懼翦暴興先廢除凶存昔亡圓蓋歸天懷方輿入地荒乳海池京邑雙河沼帝鄉循躬思勵己撫俗愧時康元首佇鹽梅股肱惟輔弼羽賢崆嶺四翼聖襄城七澆俗庶反淳替文聊就質已知隆至道共歡區宇一

奉和執契靜三邊應詔　許敬宗

玄塞隔陰戎朱光分昧谷地遊窮北際雲崖盡西陲星次絶軒臺風衢乖禹服寰區無所外天覆今咸育寵猶有孽狡負自貽辜網疎妖鯢㴵盤藪惟禽逋鬢飛尚假息乳視懸稽誅乾靈振玉弩神略運璇樞日扇廓遊氣天陣清華野昇恒光西夜馳恩溢東瀛揮袂靜寬炎開關納流楮

錦軺凌右地華纓轟大夏清臺映羅葉玄沚控瑳池駭鹿輸珎䟦樹羽饗來儀輟餚觀化雨栖禦萃條支薫風交閟闕就曰泛濛漪充庭延欽至絢簡數春藻迎姜巳創圖命力方論道昔托遊河秉再備商山皓欣逢德化流思効登封草

觀大駕出敘事寄懷　釋法

紫臺宵漏竭青門曙鼓通輕霞照複道徐吹轉相風玉鑾光萬騎金輿轉五戎鳴笳循度闕清蹕尚喧宮雲旗亂陌紫羽旆雜塵紅百城歸北麗兩漢久慙雄吾曹陋薄技餘慶洽微躬平原已起洛印手亦還豈得奉衣冠盛仍覩書軌同猶言待封告未忝向華嵩

織錦作太平歌詩　新羅王德真

永徽五年（台從本傳作元年）新羅王德真（即新羅王金真平女也真平卒無子女乃嗣立為王）大破百濟之衆其弟子春秋之子法敏以聞德真乃織錦作五言太平詩以獻之其詞曰

大唐開洪業巍巍皇猷昌止戈戎衣定脩文繼百王統天崇雨施理物體含章深仁諧日月撫運邁時康幡旗何赫赫征（一作鉦）鼓何鍠鍠外夷違命者剪覆被天殃和風凝宇宙（一作淳風凝幽顯）遐邇競呈祥四時調玉燭七耀巡萬方維嶽降宰輔維帝任忠良五三成一德照我皇家唐

在嶲州遙敘封禪　李義府

天齊標巨鎮日觀祭崇祠岩嵬臨渤澥隱嶙控河沂建嶽誠為長升功諒在茲帝猷符廣運玄範暢文思飛聲總地絡裁化撫乾維瑞策開珎鳳禎圖薦寶龜創封超昔夏脩禪掩前姬東后方肆覲西都尊六師肅駕移星苑揚罕馭風司沸鼓喧平陸凝蹕靜通逵汶陽馳月羽蒙陰警電麾巖花飄曙輦峯葉蕩春旗石閭環藻衛金壇映黼帷仙階溢秘祀靈檢耀祥芝三始貽遐貺萬歲受重釐非貲陶恩獎趣迹奉軒墀解綱淪幽裔乘微限濟時周南昔已歎邛西今復悲

宣政殿芝草　前人

明王敦孝感寶殿秀靈芝色帶朝陽净光涵雨露滋且標宣德重更引國恩施聖祚今無限微臣樂未移

奉和皇帝上（集作元）禮撫事述懷　陳子昂

大君忘自我應運居紫宸揖讓期明辟謳謌且順人軒宮帝圖盛皇極禮容中南面朝萬國東堂會百神雲陛旗常滿天庭玉帛陳鍾石和展思雷雨被深仁承平信娛樂王業本艱辛願罷瑤池宴來觀農扈春卑宮昭夏禮尊老睦堯親微臣敢拜首歌舞頌惟新

皇帝上（一作元）禮撫事述懷　李嶠

配極輝光遠承天顧託隆負圖濟多難脫履歸成功聖道昭永錫邕言讓在躬還推萬方重咸仰四門聰恭己忘自逸因人體至公垂旒滄海宴解網法星空雲散天五色春來日再中稱觴合纓弁率舞應絲桐凱樂深居鎬傳歌盛

欽豈小臣濫簪筆無以頌唐風

扈從登封途中作　宋之問

帳殿鬱崔嵬仙遊實壯哉曉雲連幕卷夜火雜星回谷暗千旗出山鳴萬乘來扈遊良可賦終乏扶天才

扈從登封告成頌　前人

御路迴中嶽天宫接下都百靈無後至萬國竟(疑作競)前驅文衞嚴清蹕幽仙讀寳符貝花明漢菓芝草入堯厨濟濟衣冠會喧喧夷夏俱宗禋仰神理凱樂望仙途撫已貧非病時來本不愚愿陪冊鳳輦率舞白衢

頌　前人

棧道開行殿鈎陳列禁兵和風吹鼓角佳氣動旗旌後騎

迴天苑前山入御營萬方俱下拜相與樂昇平

松山頌　前人

翼翼高旗轉鏘鏘鳳輦飛塵銷清蹕路雲濕從臣衣白羽搖冊鑿天宫通翠微芳聲耀千古四海警宸威

龍池篇　沈佺期

龍池躍龍龍已飛龍德先天天不違池開天漢分黄道龍向天門入紫微邸第樓臺多氣色君王鳧鴈有光輝爲報寰中百川水來朝此地莫東歸

大同殿生玉芝龍池上有慶雲百官共覩聖恩便賜宴樂因書即事　王維

欲笑周文歌宴鎬遥輕漢武樂横汾豈如玉殿生三秀詎有銅池出五雲陌上堯樽傾北斗樓前舜樂動南薰共歡天意同人意萬歲千秋奉聖君

駕出長安　王昌齡

聖德超千古皇風扇九圍天回萬象出駕動六龍飛淑氣來黄道祥雲覆紫微太平多扈從文物有光輝

駕幸河東

晋水千廬合汾橋萬國從開唐天業盛入沛聖恩濃下輦回三象題碑任 疑 六龍睿明懸日月千載此時逢

皇帝聖感詞四首　盧綸

提劍雲雷動垂衣日月明禁花呈瑞色國老見星精發棹魚先躍窺巢鳥不驚山呼一萬歲直入九重城

二

天衣五鳳彩御馬六龍文兩露清馳道風雷翊上軍高旌花外轉行漏嶺前聞時見金鞭舉空中指瑞雲

三

妙筭千戈止神謀宇宙清兩階文物盛七德武功成校獵長楊苑屯軍細栁營歸來獻明主歌舞溢春城

四

天樂下天中雲拜儼在空鉛黄艷河漢笑語合笙鏞已見長隨鳳仍聞不射熊君王親試舞閶闔靜無風

天長地久詞五首　前人

玉砌紅花樹香風不敢吹春光解人意偏發殿南枝 天長地久

萬年技

二

虹橋千步廊半在水中央天子方清署宮人重暮粧 天長地久

萬年昌

三

辭輦復當熊傾心奉六宮君王若看貌并在衆妃中 天長地久

萬年涵

四

雲日呈祥禮物殊形庭生獻五單于塞天萬里無飛鳥可

在邊城用到都

五

臺殿雲凉秋日微君王初賜六宮衣樓船泛罷歸猶早行

遣才人門射飛

大禮畢皇帝御冊鳳門改元建中大赦　李益

大明曈曈天地分六龍負日昇天門鳳凰飛來御帝籙言

我萬代金皇孫靈鷄鼓舞承天赦高翔百尺乗朱幡宸居

穆清受天曆建中甲子合上元昊穹景命則已至王事乃

可醉乾坤升中告成答玄貺泥金檢玉照鴻恩雲亭之事

畧可記七十二君寧獨尊小臣有上封禪草 集作表 久而未

召 集作說 歸陵園

還京樂歌詞　竇常

百戰初休十萬師國人西望翠華時家家盡唱升平曲帝

華黎園親製詞

春日奉獻皇壽無疆詞十首　楊巨源

文物京華盛謳謠國步康瑤池供壽酒銀漢灑宸章靈羽

含雙闕雷霆肅萬方代推仙祚遠春共聖恩長鳳扆臨花

暖龍鑪旁日香遥知千萬歲天意奉君王

二

鴛鷺形庭際軒車綺陌前九城多好樂萬井半祥煙人醉

逢堯酒鶯歌荅舜絃花明御溝水香𦶜禁城天賜宴文逾

盛徵歡物更研無窮艷陽月長奉太平年

三

雲陛臨黄道天門在碧虛太明含麗藻元氣抱宸居戈偃

征苗後詩傳宴鎬初年華富仙苑時哲滿公車化入絪緼

大恩垂渙汗餘悠然萬方靜風俗揖華胥

四

玉漏飄青瑣金鋪麗紫宸雲山九門曙天地一家春瑞露

方呈賞恩風本配仁巖廊開鳳翼水殿壓鼇身文雅逢明

代歡娛及賤臣年年未央闕恩共物華新

五

垂拱乾坤正歡心品類同紫煙含北極玄澤付東風珠綴

留晴景金莖直曉空發生資盛德交泰讓全功間氣登三

六

事祥光啓四聰遐荒似川水天外一朝宗

代是文明晝春當宴喜時鑪煙添柳重宮漏出花遲漢典
方寛律周官正採詩碧霄傳鳳吹紅旭在龍旗造化膺神
契陽和沃聖恩無因隨百獸率舞奉丹墀

七

睿德符玄化芳情翊太和日輪皇鑒遠天仗聖朝多曙色
含金牓晴光轉玉珂中宮陳廣樂元老進賡歌蓮葉看龜
上桐花識鳳過小臣空擊壤滄海是恩波

八

物象朝高殿簪裾溢上京春當九衢好天向萬方明樂報
簫韶發杯看沆瀣生芙蓉丹闕暖楊柳玉樓晴閶闔開中
禁衣裳儼太清南山同聖壽長對鳳凰城

九

日上蒼龍闕香含紫禁林晴光五雲疊春色九重深賞叶
元和德文垂雅頌音景雲隨御輦顥氣在宸襟永保無疆
壽長懷不戰心聖朝多慶賜瓊樹粉墻陰

十

化洽生成遂功宣動植知瑞凝三秀草春入萬年枝鳳掖
嘉言進鴛行喜氣隨仗臨丹地近衣對碧山垂渥澤方柔
遠聰明本聽卑顧同東觀士長對漢威儀

大和戊申歲大有年詔賜百寮出城觀秋稼謹書
盛事以俟采詩者　劉禹錫

長安銅雀鳴秋稼與雲平玉燭調寒暑金風報順成川原

呈上瑞恩澤賜閑行欲逐皇城掩猶聞歌吹聲

今皇帝陛下一詔徵兵不日功集河湟關郡次第
歸降臣獲覩聖功輒獻歌詠　杜牧

捷書皆應睿謀期十萬曾無一鏃遺漢武慙誇朔方地周
宣休道太原師威加塞外寒來早恩入河源凍合遲聽取
滿城歌舞曲涼州聲韻遠參差

奉和白相公聖德和平致茲休運歲終功就合詠
盛明呈上三相公　前人

行看臈破好年光萬壽南山對未央黠戛可汗脩職貢文
思天子復河湟應須日馭西巡狩不假星弧北射狼吉甫
裁詩歌盛業一篇江漢美宣王

歌詠聖德追懷天寶因題關亭　前人

聖敬文思業太平海寰天下唱歌行秋來氣勢洪河壯霜
後精神泰華寧廣德有強朝萬國用賢無敵是長城君王
若悟治皮論安史何人敢弄兵

宣政殿前陪位觀冊憲宗皇帝尊號　薛逢

樓頭鐘鼓遞相催曙色當衙曉仗開孔雀扇分香案出袞
龍衣動冊函來金泥照耀傳中旨玉節從容引上台盛禮
永尊徽號畢聖慈南面不勝哀

元日樓前觀仗二首　前人

千門曙色鏁寒梅五夜疎鐘曉箭催寶馬占堤朝闕去香
車爭路進名來天臨玉几班初合日照金雞仗欲廻更旁

紫微瞻北斗上林佳氣滿樓臺

二

曈曈初日照樓臺漠漠祥雲雉扇開星駐冕旒三殿曉雲翻珠翠六宮來山呼聖壽煙霞動風轉金章鳥獸迴欲識普恩無遠近萬方歡抃一聲雷

三年冬大禮五首　曹唐

皇帝齋心潔素誠自朝真祖報升平華山秋草多歸馬滄海寒波絕洗兵銀箭水殘河勢斷玉爐煙盡日華生千官整肅三天夜劒佩初聞入太清

二

海日西飛度禁林太清宮殿月沉沉不聞北斗傾堯酒空覺南風入舜琴歌歷鈞天閑夢盡詔歸秋水道情深雪風更起古杉葉時送步虛清磬音

三

太一天壇降大君屬車龍鶴夜成群春浮玉藻寒初落露拂金莖曙欲分三代樂迴風入律四陲歌駐水成文千官不動旌旗下日照南山萬樹雲

四

山擁飛雲海水清天壇未夕仗先成千官不起金縢議萬國空瞻玉藻聲禁火曙然煙焰裏宮衣寒拂雪花輕側聞左右皆周呂看取從容致太平

五

太和琴曉發南薰水潤風高得細聞滄海輿歌夔是相歷山迴禪舜爲君翠微呼處生冊障清淨封中起白雲今日病身慙小隱欲將泉石勒移文

昇平詞五首

瑞氣遶宮樓皇居上苑游遠岡連聖祚平地載神州會合燕重譯潺湲近八流中興豈假問據此自千秋

二

寥沉敞延英朝班立位橫宣傳無草動拜舞有衣聲鴛凡霜消濕蟲絲日照明辛勤自不到遥凡似前程

三

颯颯是歡心時康歲已深不同三尺劒應似五絃琴壽笑山猶盡明嫌日有陰何當憐一物亦遣斷愁吟

四

日日聽歌謠區中盡祝堯蟲蝗初不害夷狄近全銷史筆唯書瑞天臺絕見妖因令匹夫志轉欲事清朝

五

五帝三皇主蕭曹魏邴臣文章唯返朴戈甲盡生塵諫紙應無用朝綱自有倫昇平不可記所見是閑人

朝元引四首　陳陶

帝燭熒煌下九天蓬萊宮曉玉爐煙無窮鸞鳳隨金母來賀薰風一萬年

二

正（雒詠作王）殿雲開露冕旒下方珠翠壓鼇頭天鷄唱罷南山
曙春色先歸十二樓

三

萬寓靈祥擁帝居東華元老薦屠蘇龍蛇遥望非煙拜五
色幢朧在玉壺

四

寶作河宮一向清龜魚天篆又分明近臣誰獻登封草五
岳齊呼萬歲聲

聖帝擊壤歌四十聲

百六承堯緒艱難土運昌大匽横慧孛中野鬭豺狼帝曰
更吾嗣時哉憶聖唐英星垂將校神嶽誕忠良鍊石醫元

氣鬌鼇正昊蒼掃氛鋪一德驅祲立三光大道重蘇息真
風再發揚芟夷踰舊跡神聖掩前王郊酒酣參鄗鴻恩受
湫茫地圖龜負出天誥鳳銜將雜貢來山峙群夷入鴈行
紫泥搜海岱鴻筆富巖廊鷹象敷宸極寰瀛作瑞坊泥丸
封八表金鏡照中央構殿旗（一作祺）麟趾開藩表鳳翔鑾輿
親稼穡朱幌務蠶桑戎羯輸天馬靈仙侍玉房宮儀水蒐
甲門衛綠沉槍陶鑄超三古車書混萬方時巡望虞舜蒐
狩法殷湯化合謳謠滿年豐鬼蜮藏政源歸牧馬公法付
神羊寶禹無靈應金甌肯破傷封山詔茂績祠執答嘉祥
在昔宮闈僭仍羅羿浞殃牝鷄何譏（謌）衛犬湯毆歎苗禱
三靈怒桓偷九族亡鯨鯢尋掛網魑魅旋投荒松栢霜逾

翠芝蘭露更香聖謨流祚遠仙系發源長島嶼征徭薄漪
瀾汎稻京凫魚饜飧啖荷蘚足衣裳竊粲華胥國嬉遊太
素鄉鷹鸇飛接翼忠孝佳連牆有叟能調禹無媒隱鈎璜
乾坤資識量江海入文章野鶴思遂闕山麋憶廟堂泥沝
空淬礪星斗屢低昂歷草何因見衢罇豈暫忘終隨嘉樀
賦霄漢謌羲皇

歲仗　　羅鄴

玉帛朝元萬國來鷄人唱曉五門開春排北極迎仙馭日
捧南山入壽杯歌舜薰風鏗鉶佩祝堯佳象靄樓臺可憐
四海車書共重見蕭曹佐漢材

文苑英華卷第一百六十七

文苑英華卷第一百六十八　詩十八

應制一

錫宴四十六首　酺宴六首

錫宴

宴東堂　隋煬帝

雨罷春光潤日落暝霞暉海榴舒欲盡山櫻開未飛清音出歌扇浮香飄舞衣翠帳全臨戶金屏半隱扉風花意無極芳樹曉禽歸

春日玄武門宴群臣　唐太宗

韶光開令序淑氣動芳年駐輦華林側高宴柏梁前紫庭文樹滿丹墀衮紱連九夷簉瑤席五狄列瓊筵娛賓歌湛

露廣樂奏鈞天盈樽浮綠醑雅曲韻朱絃粵余君萬國還慚撫八埏庶幾保貞固虛己屬求賢

宴中山　前人

驅馬出遼陽萬里轉旂常對敵六奇舉臨戎八陣張斬鯨澄碧海卷霧掃扶桑昔去蘭縈翠今來桂染芳雲枝浮碎葉冰鏡上朝光迴首長安道方歡宴柏梁

奉和宴中山應制　許敬宗

飛雲旋碧海解網宥青丘養更停八駿觀風駐五牛張樂臨堯野揚麾歷舜州中山獻仙酷疑作醞趙媛發清謳塞門朱鳫入邠藪紫麟遊一舉氛霓靜千齡德化流

奉和天樞成宴夷夏群寮應制　李嶠

轍迹銘西弇勳庸紀北燕何如萬方會頌德九門前的的臨黃道迢迢入紫煙仙盤正下露高柱欲承天山類叢雲起珠疑大火懸聲流塵作劫業固海成田帝澤傾堯酒宸歌掩舜絃欣逢下生日還覩上皇年

千秋節宴　唐玄宗

蘭殿千秋節稱名萬歲觴風傳率土慶日表繼天祥玉宇開花萼宮懸動會昌衣冠白鷺下帟幕翠雲長獻遺成新俗朝儀入舊章月銜花綬鏡露綴綵絲囊處處祠田祖年年宴杖鄉深思一德事小獲萬人康

奉和千秋節宴應制　張說

五德生王者千齡啓聖人赤光來照夜黃雲上覆辰海縣

銜恩久朝華獻壽新高車帝坐出夾道衆官陳槊仗洗晴景磬管凝秋旻珠囊含瑞露金鏡抱還輪何歲無鄉飲何田不報神薰歌與名節傳代幸群臣

皇帝降誕日集賢殿賜宴　前人

仲秋金帝起五日土行標瑞表壬寅露光傳甲子霄陰風吹大澤夢日照昌朝不獨華封老千年喜祝堯

集賢殿書院奉敕送學士張說上賜讌有序不録　唐玄宗

廣學開書殿崇儒引席珍集賢昭集作招衮職論道命台臣禮樂沿今古文章革舊新獻酬罇俎列賓主位班陳節變雲初夏時移氣尚春新稀光史冊千載仰茲辰

奉和聖製送赴集賢院賦得輝字　張說

侍帝金華講千齡道固稀位將賢士設書共學徒歸首命深燕隗通經淺漢蕭列筵榮賜食送客貴儒衣賀鷰窺簷下遷鶯入殿飛欲知朝野慶文教日光輝

同前賦得迎字　源乾曜

盛業光書府微人盡國英司綸賢得相群俊學爲名寵命垂天錫崇恩發曆情薰風清禁御文殿述皇明日齊庭陰出池驃水氣生歡娛此無限詩酒自相迎

同前賦得昇字　裴漼

聞道圖書盛尊儒禮教興石渠因學廣金殿爲賢昇日月恩光照淵雲寵命膺謀猷言可範舟檝事斯憑宴喜明時洽光輝湛露凝大哉堯作主天下頌歌稱

同前賦得茲字　蘇頲

肅肅金殿裏招賢固在茲鏘鏘石渠內序拜亦同時宴賜歡談道文成貴說詩用儒今作相敦學舊爲師下濟天光近中來帝澤滋國朝良史載能事日論思

同前賦得西字　韋抗

廣庭臨壁沼多士侍金閨英宰文儒叶明君日月齊集賢光首拜改賜發新題早夏初移律餘花尚拂隄壹觴接雲上經術引關西聖德鴻名遠將陪王檢泥

同前賦得迴字　程行諶

聖主崇文化鏘鏘得盛才相因歸夢立殿以集賢開象繫微言闡詩書至道該堯樽承帝澤禹膳自天來禮洽歡逾長風恬暑更迴國朝將舜頌同是一康哉

同前賦得虛字　徐堅

崇文德化洽新殿集賢初庸菲叨嘉選首濫承明廬殊私光輔弼榮送到簪裾座引中厨饌杯錫上樽餘翠葉濃丹苑晴空卷碧虛忝同文史地頓草登封書

同前賦得催字　李暠

偃武堯風接崇文漢帝恢集賢更內殿清選自中台佐命留侯業詞華博物才昊天千品降夏日百壺催鴛鷺方成列神仙喜暫陪復欣同拜首叨此頌良哉

同前賦得登字　蕭嵩

帝曰簡才能旌賢在股肱文章體一變禮樂道逾弘芸閣英華入賓門鴛鷺登恩筵過所望聖澤實超恒夏葉開紅藥餘花發紫藤微臣亦何幸叨此預文明

同前賦得私字　李元紘

碩儒延鳳沼金馬被鴻私饌玉迴丹禁牋花降紫墀銜恩傾旨酒鼓舞詠康時暫覲群書緝逾聆盛業丕接筵欣有命搦管媿無詞自驚一何幸太陽還及葵

同前賦得謨字　賀知章

西學垂玄鑒東堂發聖謨天光燭武殿時宰集鴻都枯朽霑皇澤翱飛舞碧梧跡同游汗漫榮是出集作拔汙塗三歎承湯鼎千欣接舜壺微軀不可答空欲詠依蒲

同前賦得今字　陸堅
聖主崇文教旮霄降德音尊賢澤既厚式宴寵逾深復有
夔龍相良哉簡帝心得人惟邁昔多士諒推今書殿榮光
滿儒門喜氣臨顧惟誠濫次徒此接衣簪

同前賦得賔字　劉昇
圖書應明主策府宴嘉賔台曜臨東壁乾光自北辰網羅
窮象繫述作究天人聖酒千鍾洽仙厨百品陳成山徒可
仰涉海詎知津幸逢文雅盛還覩頌聲新

同前賦得風字　褚琇
講習延東觀趨陪盛北宫惟師恢帝則敷教叶天工宣室
恩嘗異金華禮更崇洞門清永日華綬接徽風蓮降堯厨

翠楢開舜酒紅文恩光萬宇髙議待升中

同前賦得筵字　王翰
東堂起集賢貴得從神仙首命台階老將崇御府員選人
將玉佩中使拂瑶筵和樂春風鮮湛恩時雨連長材成磊
落短翮强翩翾徒仰蓬萊峻何階不讓緣

同前賦得蓮字　趙冬曦
淺術方觀海恩深忽見天學開冊殿籍名與石渠賢良輔
膺休命徵生謬採甄春餘仍嚀鳥夏近未舒蓮賤札來宸
禁衣冠集詔筵史臣知醉德欲記升平年

同前賦得華字　韋述
脩文中禁啓改物令名加台座徵人傑書坊應國華賦詩

開廣宴賜酒酌流霞雲散明金闕池開照王沙披垣留宿
鳥温樹落餘花謬此天光及銜思醉日斜

左丞相說右丞相璟太子少傅乾曜同日上官命
宴都堂賜詩一首　唐玄宗
赤帝收三傑黄軒舉二臣由來丞相重分掌國之均我有
握中璧雙飛席上珎子房推道要仲子訏風神復輟台衡
老將爲調護人鴛鸞同拜日車騎擁行塵樂聚南宫宴觴
連北斗醇俾予成百揆垂拱問彝倫

奉和御製說璟乾曜同日上官命宴都堂賜詩一
首應製　張說
大塊鎔群品輕土偶聖時猥承三事命虛忝百僚師右揆

謀華碩前星轉重資連饗求舊禮濫玷樂賢詩賜釜同榮
拜撰金宴宰司菊花吹御酒蘭葉捧天詞實曆休明盛頽
年晷漏衰少留青史筆未敢赤松期

同前　宋璟
丞相邦之重非賢諒不居老臣慵且憊何德以當諸厚秩
先爲忝崇班復此除太常陳禮樂中掖降簪裾聖酒江河
潤仙文象緯舒冒恩懷寵錫陳力省空虛郭隗慙無駿馮
諼愧有魚不知周勃者榮幸定何如

同前　源乾曜
曆作超千古湛恩育萬人遽遷齊荷澤同拜忽爲隣道洽
音徽暢芳馳景命新鼓鍾重亨禮鴛鷺集朝倫竊位思官

誇凋容謝木春慙多無以叙拙實固難陳進級懷三少承光盡百身自當歸第日何幸列宫臣

同前　蕭嵩

審官思共理多士屬誰當歷選台庭舊来熙帝業昌入朝師百辟論道協三光垂拱咨元老親賢輔少陽登崇榮禮送寵德耀袞章御酒飛觴洽仙闈雅樂張荷恩思有報陳力愧無良願罄忠公節同心奉我皇

同前　裴光庭

樂賢闡往誥褒德偶兹辰端揆升元老師謀擇累仁紫庭崇讓畢粉署禮容陳既荷恩榮舊俱承寵命新天文懸瑞色聖酒泛華茵雜遝喧簫鼓歡娛洽縉紳掖垣招近侍虛薄厠清塵共保堅貞節常期雨露均

同前　宇文融

申甫生周日宣慈舉舜年何如偶昌運比德邁前賢寵護元良客榮瞻端揆遷職優三事老位在百僚先北極迴宸渥南宫飾宴筵飛文瑶札降賜酒玉杯傳謬列台衡重俱承雨露偏誓將同竭力相與効塵涓

書殿賜宴應製　徐安貞

校文常近日賜宴忽昇天酒正傳杯至饔人捧案前玉階鳴溜水清閣引歸煙共惜芸香暮春風幾萬年

奉和賜史供奉曲江宴應製　王維

侍從有鄒枚瓊筵就水開言陪栢梁宴新自建章來對酒山河滿移舟草樹迴天文同麗日駐景惜行盃

麗正殿賜宴同勒天前烟年應製　王灣

金殿忝陪賢瓊羞忽降天鼎罏仙掖裏觴拜鑾闈前院逼青霄路廚和紫禁煙酒空歡抃舞何以荅昌年

麟德殿宴百僚　唐德宗

憂勤承聖緒闕泰喜時康恭已臨群后垂衣御八荒務閑春向日疑朝罷日猶長紫殿初筵列彤庭廣樂張成功歸輔弼致理賴忠良共此歡娛事千秋樂未央

奉和麟德殿宴百僚應製　盧綸

雲闢御筵張山呼聖壽長玉欄豊瑞草金陛立神羊台鼎資庖膳天星奉酒漿蠻夷陪作位犀象舞成行綱已祛三面歌因守四方千秋不可極花發滿宫香

同前　宋若昭

垂衣臨八極肅睦四門雍自是無為化非關輔弼功脩文招隱伏尚武殄妖兇德立韶光被恩霑雨露濃衣冠陪御宴禮樂盛朝宗萬代稱觴舉千年信一同

同前　女郎鮑徵君子文姬

夏澤光寰海功成展武韶戈鋋清外疊疑文物盛中朝聖祚山河固宸章日月昭玉筵鸞殿疑集仙管鳳凰調御柳低新綠宮鶯乍轉嬌頤將億兆慶千祀奉神堯

奉和四月三日上陽蒙恩賜宴應製　孫逖

今日逢初夏歡遊續舊旬氣和先作雨恩厚别成春風吹

臨清洛龍輿下紫宸此中歌在藻還見躍潛鱗

春曉宴兩相及禮官麗正殿學士探得風字　唐玄宗

乾道運無窮恒將人代工陰陽調曆象禮樂報玄穹介胄清荒外衣冠佐域中言談延國輔詞賦引文雄野霽伊川綠郊明輦樹紅晃旒多暇景詩酒會春風

奉和御製得開字　張說

聖政惟稽古賓門引上才坊因購書立殿為集賢開旄彥星辰下仙草日月迴宇如龍負出韻是鳳銜來庭掷餘春駐宮櫻早夏催喜承芸閣宴幸捧栢梁杯

端午三殿宴群臣探得神字　唐玄宗

五月符天数五音調夏鈞舊来傳五日無事不稱神穴枕通靈氣長絲命續人四時花競巧九子粽爭新方殿臨華節圓冠宴雅臣進對一言重道文六義陳股肱良足詠風化可還淳

、端午日三殿侍宴得魚字應製　張說

小暑夏弦應徽陰商晉初頤齋長命縷来續大恩餘三殿褰珠箔群官上王除玏陽當黍梟順節進龜魚卄露垂天酒芝花捧御書含冊同蝘蜓灰骨慕蟾蜍今日傷蛇意銜珠遂闕如

恩勑賜食於麗正殿書院宴應制　張說

東壁圖書府西崐翰墨林誦詩聞國政講易見天心位竊

和羹重恩叨醉酒深緩歌春興曲情竭為和音

酺宴

奉和上元酺宴應詔　楊炯

甲乙遇災年周隨遘上紘袄星六丈出沴氣七重赤縣空無主蒼生欲問天龜龍開寶命雲火昭靈慶萬物覩真人千秋逢聖政祖宗玄澤遠文武休光盛大號域中平皇威天下驚參辰昭文物宇宙洽聲明漢后三章令周王五代兵匈奴窮地角本宇疑遠正朔驕子起天街由來斷禮樂一衣掃風雨再戰夷屯剥清明日月旦蕭索煙雲渙寒暑既平分陰陽復貞觀惟神諧妙物乃聖符幽賛下武發徵祥平階屬會昌金泥封日觀璧水匝明堂業盛勛華德

興包天地星孝思義罔極易禮光前式天渙疑三辰輝靈書五雲色敬時窮發斂卜代盈千億五緯聚華軒光重入望國公卿論至道天子拜昌言雷解初開出星空即便元瑶臺京景薦銀闕秋陰遍百戲騁魚龍千門壯宮殿深仁洽蠻微愷樂周寰縣宣室召群臣明庭禮百神仰德還符日霑恩更似春褎城非牧豎楚國有巴人

洛城觀酺宴應制　陳子昂

聖人信恭已天命允昭回蒼極神功被青雲祕籙開垂衣受金冊張樂宴瑶臺雲鳳休徵滿魚龍雜戲来崇恩踰五日惠澤暢三才玉帛群臣醉徽章縟禮該方覩升中禪言觀拜洛迴微臣固多幸敢上萬年杯

廣達樓下夜侍酺宴應制　蘇頲

東岳封廻宴洛京西墉通晚會公卿樓臺絕勝宜春苑燈火還同不夜城正覩人間朝市樂忽聞天上管絃聲酺来萬舞群臣醉喜戴千年聖主明

奉和登封禪禮畢洛陽酺宴應制　張九齡

大君畢能事端扆樂成功運與千齡合歡將萬國同漢酺歌聖酒韶樂舞薰風河洛縈光遍雲煙喜氣通春花頻覺早天澤倍知崇草木皆霑被猶言不在躬

奉和十五夜燃燈繼以酺宴之作應制　王維

上路笙歌滿春城刻漏長遊人多晝日明月讓燈光魚鑰通翔鳳龍輿出建章九衢陳廣樂百福透名香仙（集作神）妓

来金殿都人遶玉堂止應（集作定應）偷艷舞從此學新粧奉引迎三事司儀立萬方願將天地壽同以獻君王

夏月花萼樓酺宴應制　王昌齡

土德三元正堯心一國同汾陰備冬禮長樂宴和風賜慶垂天澤流歡舊渚宮樓臺生海上簫鼓出天中霧曉筵初接宵長曲未終雨隨行幕合月影舞羅空玉陛分朝列文章發聖聰愚臣忝書賦歌詠頌絲桐

文苑英華卷第一百六十八　終

文苑英華卷第一百六十九　詩十九

應制二

侍宴七十二首

侍宴樂遊苑餞徐州刺史應詔　梁丘遲

詰旦閶闔開馳道聞鳳吹輕花承玉輦細草藉龍騎風遲山尚響雨息雲猶積巢空初鳥飛荇亂新魚戲宴惟北門重匪親孰爲寄參差別念舉蕭穆恩波被小臣信多幸捐生豈酬義

侍宴謝朏宅（類聚有餞字）餞東歸應制　沈約

皇情帳東艫羽旆拂南壥夏雲清朝景秋風揚早蟬飲和陪下席論道光上筵

侍宴樂遊苑餞呂僧珍應詔　前人

丹浦非樂戰負重切君臨我皇蘊至德恭（一作忝）巳用堯心愍茲區宇内魚鳥失飛沉推轂二崤道揚旆九河陰超乘盡三屬選士皆百金戎車出細柳餞席遵上林輿師誅後服授律綏前禽亟轅方解帶曉武巳按襟伐罪芒山曲弔民伊水潯將陪告成禮待此未抽簪

侍宴餞臨川王北伐應詔　王筠

金版韜英玉牒蘊精帝德乃武王威有征軒習弧矢夏陳干戚周鶩戎車漢馳羽檄我皇駿聖千年踵武德洞千門威加八柱金正圮德水行失道駟馬南牧戎徒西保荐食伊瀍整居豐鎬金閣（一作闕）楊塵銅臺茂草命彼膳夫受詔

協律樂賦出車弦操別日玉饌駢羅瓊漿泛溢聖德温温
賓儀秩秩

侍宴餞庾於陵應詔　劉孝綽

皇心眷將遠帳餞靈芝側是日青春獻林塘多秀色芳卉
疑綸緝嘉樹似雕飾遊絲綴鷰領光風翔綺翼下輦朝既
盈晉宴景將昃高談競辯端奇文爭筆力伊臣獨無伎何
用奉歎息

侍宴餞張惠紹應詔　前人

滄池誠自廣蓬山一何峻麗景花上鮮油雲葉裏潤風度
餘芳滿鳥集新條振餞言班俊造光寵私輶慘徒然謬反
隅何以窺重任

侍宴二首　前人

清宴延多士鴻私濫微薄臨炎出蕙樓望辰躋菌閣上征
切雲漢俛眺周京洛城寺鬱參差街衢紛漠漠禁林寒日
晚方秋未搖落皇心重發志賦詩追並作自昔承天寵於
茲被人爵選言非綺綃何以儷金䨼

二

茲堂乃峭嶠伏檻臨曲池樹中望流水竹裏見攢枝欄高
景難蔽岫隱雲易垂邂逅逢休幸朱蹕曳青規丘山不可
答葵藿空自知

侍宴景陽樓　王僧孺

金鋪爍可鏡桂棟儼臨雲沾觴均飲德服道驗朝聞詎論
禹無間非耻堯爲君小臣亦何者短翮屢追羣

侍宴二首　前人

麗景燭春餘清陰澄夏首亥枝隱修逕迴流映逶阜從帷
轢輕筠移鑾拂高柳去矣勞茂績勉哉報嘉誘小臣良不
才消塵愧所守何用勝雕斲譬木良如朽

二

迴鑾避暑宮下輦迎風館湫漫鄉煙轉霏微商雲散蔓草
亘巘垂高枝起天半迴風稍驚水落光漸斜岸妙舞駐行
雲清歌入層漢粹顏暢有懌德音良已粲

御幸樂遊苑侍宴　張正見

大君臨四表榮光普八埏區中文化洽海外武功宣鳳下

書冊篆龜符著緑編昆明不習戰雲臺豈遊畋軌文通萬
國旗節靖三邊高秋藐姑射層想蹻汾川兩宮明合璧雙
闕帶非煙揚鑾出城觀詔蹕指郊壥禁苑迴雕輦離宮建
翠旃流水犇雷轂追風赴電鞭盡能飄折羽金埒響膠絃
鳴玉升文砌稱觴溢綺筵獸舞依鍾石鸞歌應管絃霞明
黃鵠路風爽白雲天潦收荷蓋折露重菊花鮮上林賓早
鴈長楊唱晚蟬小臣慙藝業擊壤慕懷鉛康衢飛駃羽大
海滴微涓詠歌還集木舞蹈遂臨泉願薦南山壽明明奉
萬年

九日侍宴樂遊苑應制見一百七十三卷　庾肩吾

入隋侍宴應詔　陳後主

日月光天德山河壯帝居太平無以報願上東方書

侍宴玄武觀　江總

詰曉三春暮新雨百花朝星宮移渡罕天駟動行鑣旆轉蒼龍闕塵飛飲馬橋翠觀迎斜照丹樓望落潮鳥聲雲裏出樹影浪中搖歌吟奉天詠未必待聞韶

秋日侍宴婁湖苑應詔　前人

翠渚還鸞輅瑤池命羽觴千門響雲蹕四澤動榮光玉軸昆池浪金舟太液張虹旗照島鳧鳳蓋繞林塘野靜重陰閣淮秋水氣凉霧開樓闕近日迥煙波長洛宴誼斯在鎬飲詎能方㤢劣叨榮遇簪笏奉同行

侍宴莎冊宮賦應制得情字　許敬宗

三星希曙景萬騎翊天行旆羽翻風隊騰吹掩山楹暖日晨光淺飛煙旦彩輕塞寒桃變色氷斷箭流聲漸奏長安道神皐動睿情

侍宴應詔得前字　虞世南

芬芳禁林晚容與桂舟前橫空一鳥度照水百花燃綠野明斜日青山澹晚煙濫得陪終宴握管類窺天

侍宴歸鴈堂　前人

歌堂面綠水舞館接金塘竹開霜後翠梅動雪前香鳥歸栩可侶鴈起欲分行剩羽同棲集懷恩愧稻粱

侍宴北門　杜正倫

大君端扆暇睿賞狎林泉開軒臨禁籞藉野列芳筵參差歌管颺容裔羽旗懸玉池流若醴雲閣聚非煙湛露晞堯日薰風入舜絃大德侔玄造微物荷陶甄謬陪瑤水宴仍厠柏梁篇闕名徒上月鄒辯詎談天既喜光華旦還傷遲暮年循蓂升中日簪裾奉肅然

正夜侍宴應詔　薛曜

重關鍾漏通夕敞鳳凰宮雙闕祥煙裏千門明月中酒杯浮湛露歌曲唱流風侍臣咸醉止恒慙恩遇崇

侍宴銀潢宮應制　魏元忠

別殿秋雲上離宮夏景移寒風生玉樹凉氣下瑤池塹花仍吐葉巖木尚抽枝願奉南山壽千秋長若斯

蓬萊三殿侍宴奉勑詠終南山應制　杜審言

北斗挂城邊南山倚殿前雲標金闕迥樹杪玉堂懸半嶺通佳氣中峯繞瑞烟小臣持獻壽長此戴高天

初春行宮曲宴應制得天字　蘇味道

溫液吐涓涓跳波急應絃簪裾承睿賞花柳發韶年聖酒千鍾洽宸章七曜懸微臣從此醉還似夢鈞天

奉和宴小山池賦得谿字應制　武三思

年光開碧沼雲色斂青谿凍解魚方戲風暄鳥欲啼巖泉飛野鶴石鏡舞山雞柳發龍鱗上松新麈尾齊九韶從此驗三月定應迷

凝碧池侍宴應制得出水槎　前人

彼木生何代爲槎復幾年欲乘銀漢曲先泛玉池邊擁溜

根横岸沉波影倒懸無勞問蜀客此處即高天

疑碧池侍宴看競渡應制　李懷遠

上苑清蹕路高居重豫遊前對芙蓉沼傍臨杜若洲地如玄扈望波似洞庭秋列筵飛翠斝分曹戲鷁舟湍高棹影没岸近傍歌遒舞曲依鑾殿簫聲下鳳樓忽逢天上樂疑逐海查流

侍宴旋師喜捷應制　韋安石

蜂蟻屯夷落熊羆逐漢飛忘驅百戰後屈指一年歸厚眷紆天藻深慈解御衣興酣歌舞出朝野歎光輝

梁王宅侍宴應制　前人

梁園開勝景軒駕動宸衷早荷承湛露修竹引薰風九醞

傾鍾石百獸協絲桐小臣陪宴鎬獻壽奉維嵩

同前　張說

梁王池館好晚日鳳樓通竹町羅千衛蘭筵降兩宮清歌芳樹下妙舞落花中臣學延州聽還知大國風

過太平公主山亭侍宴　張昌宗

淮南有小山嬴女隱其間折桂芙蓉浦吹簫明月灣扇掩將鶼曲釵承墮馬鬟歡情本無限莫掩洛城關

泛舟侍宴應制　張易之

平明出御溝解纜坐迴舟綠水澄明月紅羅結綺樓絃歌爭浦入冠蓋逐川流白魚臣作伴相對舞王舟

公主南宅侍宴應制　前人

逐賞平陽地嗚笳上苑東鳥吟千户竹蝶舞百花叢時攀小山桂共挹大王風坐客無勞起秦簫曲未終

興慶池侍宴應制　蘇瓌

金闕平明宿霧收瑶池式宴俯清流瑞鳳飛來隨帝輦祥魚出戲躍王舟帷齊綠樹當筵密蓋轉緗荷接岸浮如臨竊比微臣懼若濟叨陪聖主遊

立春日侍宴内出剪綵花應制　李嶠

幸聞年欲至剪綵學芳辰綴綺能似景栽紅巧逼真花從篋裏發葉向手中春不與韶光競何名天上人

同前　趙彦昭

剪綵迎初候攀條故寫真花隨紅意發葉就綠情新嫩色

驚銜鷰輕香誤採人應爲薰風拂能令芳樹春

同前　沈佺期

合殿春應早開箱綵預知花迎宸翰發葉待御筵披梅訝香全少桃驚色頓移輕生承剪拂長伴萬年枝

同前　宋之問

金閣裝新杏瑶筵弄綺梅人間都未識天上忽先開蝶繞香絲住蜂憐豔粉迴今年春色早應爲剪刀催

同前　劉憲

上林春館披春光獨早知剪花疑始發刻鷰似新窺色濃輕雪點香淺嫩風吹此日叨陪侍恩榮懸數枝

同前　昭容上官氏

密葉因裁吐新花逐剪舒攀條雖不謬摘葉詎知虛春至
由來發秋還未肯疎借問桃將李相亂欲何如

同前　蘇頲

曉入宜春苑穠芳吐禁中剪刀因裂素粧粉為開紅彩異
驚流雪香饒點便風裁成識天意萬物與花同

春日侍宴幸芙蓉園應制　李嶠

年光竹裏遍春色杏間遥煙氣籠青閣流文蕩畫橋飛花
隨蝶舞艷曲伴鶯嬌今日陪歡豫還疑陟紫霄

同前　蘇頲

御道紅旗出芳園翠輦遊繞花開水殿架竹起山樓荷芰
輕薰幄魚龍出負舟寧如穆天子空賦白雲秋

同前　李乂

水殿臨丹籞山樓繞翠微昔遊人託乘今幸帝垂衣澗蓀
緣峯合巖花逗浦飛朝來江曲地無處不光輝

同前　宋之問

芙蓉秦地沼盧橘漢家園谷轉斜盤徑江廻曲遶源風來
花自舞春入鳥能言侍宴瑶池夕歸途笳吹繁

三日禁園侍宴　沈佺期

九重馳道出上巳禊堂開畫鷁中川動青龍上苑來野花
飄御座河柳拂天杯日晚迎祥處笙鏞下帝臺

九日侍宴應制得長字　此詩見一百七十三卷九日門

奉和一無此二字九日侍宴應制得時字　蘇頲

嘉會宜長日高遊順動時曉光雲半洗晴色雨餘滋降鶴
因部德吹花入御詞願陪陽數節億萬九秋期一作微臣復何幸長得奉私恩

此詩一作見歲時雜詠疑是應制原本後編詩集八句皆改

中宗降誕日長定公主滿月侍宴應制　李嶠

神龍見像日仙鳳養雛年大火乘天正明珠對月圓祚遥
金篋裏歌奏玉筐前今日宜孫慶還參祝壽篇

同前　鄭愔

春殿猗蘭美仙階栢樹榮地逢方節應時覩聖人生月滿
增祥莢天長發瑞靈南山遥可獻常願奉皇明

歲夜安樂公主滿月侍宴應制　沈佺期

除夜子星廻天孫滿月盃詠歌麟趾合簫管鳳雛來歲短
常然桂春盤預折梅聖皇千萬壽垂曉御明臺

七言侍宴桃花園詠桃花應制　李嶠

歲去無言忽顛頹時來含笑吐氛氳不能擁路迷仙客故
欲開蹊待聖君

同前　趙彥昭

紅萼競妍春苑曙粉茸新向御筵開長年願奉西王宴近
侍慚無東朔才

同前　徐彥伯

源水叢花無數開丹跗紅萼間青梅從今結子三千歲預

壽仙遊復再來

同前　李乂

綺萼成蹊遍苑芳紅英撲地滿筵香莫將秋宴傳王母來比春華望聖皇

同前　蘇頲

桃花灼灼有光輝無數成蹊點更飛爲見芳林含笑侍遂同温樹不言歸

宿羽亭侍宴應制（見一百七十五卷亭門應制）　杜審言

白蓮花亭侍宴應制　沈佺期

九日（一作月）陪天仗三秋幸禁林霜威變緑樹雲氣落青岑水殿黃花合山亭絳葉深朱旗夾小徑寶馬駐青潯苑吏

收寒菓餐人膳野禽承懽不覺瞑遥響素秋砧

仙蕚亭初成侍宴應制　前人

山中氣色和宸賞第中過輦路披仙掌帷宮拂帝蘿泉臨香澗落峯入翠雲多無異登玄圃東南望白河

仙蕚池亭侍宴應制　前人

步輦尋丹嶂行宮在翠微川長看鳥滅谷轉聽猨稀天磴扶階迥雲泉透戸飛閑花開石竹幽葉吐薔薇徑狹難留騎亭寒欲進衣白龜表（最作來）獻壽仙吹返彤闈

嵩山石淙侍宴應制　前人

金輿旦下緑雲衢彩殿晴臨碧澗隅溪水冷冷逐行漏山煙片片引香爐仙人六膳調神鼎玉女三漿捧帝壺自惜

汾陽紆道駕無如太室覽真圖

三陽宮石淙侍宴應制　宋之問

離宮秘苑勝瀛洲別有仙人洞壑幽嵓邊樹色含風冷石上泉聲帶雨秋鳥向歌筵來是曲雲依帳殿結爲樓微臣昔忝方明御今日還陪八駿遊

麟趾殿侍宴應制　前人

北闕層城峻西宮複道懸乘輿歷萬戸置酒望三川花柳含丹日山河入綺筵欲知陪賞處空外有飛煙

上陽宮侍宴應制得林字　前人

廣樂張前殿重裘感聖心砌蓂霜月盡庭樹雪雲深舊幄驂宸御慈恩忝翰林微臣一何幸再得聽瑶琴

侍宴應制　喬知之

紫禁肅晴氛朱城落曉雲豫遊龍駕轉天樂鳳簫聞竹外仙亭出花間輦路分微臣一何幸詞賦奉明君

奉和幸上陽宮侍宴應制

紫庭金鳳闕丹禁玉雞川似立蓬瀛上疑遊昆閬前鳥將歌合囀花共錦爭鮮湛露飛堯酒薰風入舜絃水光搖落日樹色帶晴煙向夕迴琱輦佳氣滿巖泉

黎園亭子侍宴　喬知之

陌上發香輦禁中遊草緑鴛鴦殿花紅翡翠樓天盃承露酌仙管雜風流今日陪歡豫皇恩不可酬

守歲侍宴應制　杜審言

季冬除夜接新年帝子王孫捧御筵宮闕星河低拂樹殿
庭燈燭上薰天彈絲奏管梅風入對局探鉤柏酒傳欲向
元正歌萬壽暫留歡賞寄春前

故洛陽城侍宴　　姚元崇

遊豫停仙蹕登臨對曉晴川鳬連倒影巖鳥應虛聲野春
鳳城出山居雲作繖今朝玉鑾上高興小蓬瀛

春日洛陽城侍宴　　前人

南山開寶曆北渚對芳蹊的歷風梅度參差露草低堯樽
臨上席舜樂下前溪任重由來醉乘酣志轉迷

侍宴曲　　賈

雲陛褰珠箔丹墀覆綠楊隔簾妝隱映向席舞低昂鳴

佩長廊靜開冰廣殿涼歡餘劍履散同輦入昭陽

醉中侍宴應制　　李白

柳色黃金嫩梨花白雪香玉樓巢翡翠珠殿鎖鴛鴦選妓
隨雕輦徵歌出洞房宮中誰第一飛燕在昭陽

文苑英華卷第一百六十九

文苑英華卷第一百七十　　詩二十

應制三　巡幸

侍遊方山應制　　梁沈約

清漢夜昭晢扶桑曉陸離發吹重陽下建羽朝夕池摐金
浮水若聳蹕詔山祇一濡九霄露黎藿終自知

從駕遊山　　北齊袁奭

從天響仙蹕春望動神衷澗水含初溜山花發早叢玉輿
明淑景珠旗轉瑞風平原與上路佳氣遠葱葱

至老子廟應詔　　庾信

虛無推馭辯寥廓本乘蜺三門臨苦縣九井對靈溪成丹
須竹節量藥用刀圭石似臨卬芋芝如封禪泥龍毛新鵠

小盤根古樹低野戍孤煙起春山百鳥啼路有三千別途經七聖迷唯當別關吏直向流沙西

臨渭源　隋煬帝

西征乃𠎝此山路亦悠悠地觖紀靈異同穴吐洪流濫觴何足擬浮槎難可儔驚波鳴澗石澄岸瀉巖樓滔滔下秋縣森森肆神州長林笑白獸雲逕想青牛風掃花葉散日衆煙霧收直爲求人隱非窮轍迹遊

奉和臨渭源應詔　薛道衡

玄功復禹迹至德去湯羅玉關亭障遠金方水石多八川茲一態萬里導長波驚流注陸海激浪還天河鑾旗歷巖谷龍穴暫經過西老陪遊宴南風起詠歌庶品蒙仁澤生

靈沐太和微臣惜暮景願駐魯陽戈

早渡淮　隋煬帝

平淮既森森曉霧復霏霏淮甸未分色泱漭共晨暉晴霧轉孤嶼錦帆出長圻潮魚時躍浪沙禽鳴欲飛會待高秋晚愁因近水歸

奉和出潁至淮應制　諸葛潁

派潁倦紆𢌞浮淮欣迥直遥村含水氣遠浦澄天色靈濤稍欲近仙巖行可識玄覽屬脣辭風雲有餘力

同前　蔡允恭

久倦川涂曲忽此望淮圻波長泛淼淼眺回情依依稍覺金烏轉漸見錦帆稀欲知仁化洽謳歌滿路歸

同前　弘執恭

脣情欣逸賞臨泛入淮淝棹聲喧岸度帆影出雲飛清流含日彩奔浪蕩霞輝還如漳水曲鳴笳格路歸

同前　虞世南

良晨喜利涉解纜入淮潯寒流泛鷁首霜吹響哀吟潛鱗波裏躍水鳥浪前沉邗溝非復遠悵望悅宸襟

還京師　隋煬帝

東都儀禮畢西京冠蓋歸是月春之季花柳相依依雲蹕清馳道雕輦御晨暉寥亮鐃笳奏葳蕤旌旆飛後乘趨文雅前驅厲武威

從駕還京　李德林

至仁文教遠惟聖武功宣太師觀六儀諸侯問百年玄覽時乘隙訓旅次山川鎮象屯休氣華蓋翼飛煙鼓奏千人響旗動七星連峻嶺戈𢌞日高原馬煦天姑射神遊罷蕭關衛騎旋更待東山上看君巡狩篇

從駕巡遊　前人

大夏堯遺俗汾河漢豫遊今隨龍駕往還屬鴈飛秋天行肅輦路日馭翼華輈朝乘六氣辯夕動七星旒谷靜禽多思風高松易秋遠林才有色遥水漫無流京華佳麗所日極與雲浮但覩凌霄觀詎見望仙樓璅門皆秀發鳷池盡覺優侍君草封禪東山覩射牛

從駕天池應詔　薛道衡

上聖家寰寓威畧振遐陲八維窮眺覽千里轉旌旗駕鼇
臨碧海控驥踐瑤池曲浦騰煙霧深浪駭鯨螭

從駕幸晉陽　前人

省方遵往冊遊豫叶前經金吾朝戒道校尉曉巡營重巒
下飛騎絕浦渡連旌澗水寒逾咽松風遠更清方觀翠華
反誓筆上雲亭

初發東都應詔　庾自直

二龍乘玉軸萬綺翊林塘纔觀此何事巡駕幸維揚伊雒
山川轉江湖道路長照日秋源淨分花曲水香稍粱叨歲
月羽翮仰恩光後塵歸舊里還如仙鶴翔

奉和幸江都應詔　虞茂

巡幸光帝典征吉乃先天澤國翔宸駕水府泛樓船七萃
長榮薄三翼亘通川夙興大昕始求衣昧早前瀅瀾浮曉
色遥林卷宿煙晨霞稍含景落日漸虧弦迴塘響歌吹極
浦望旌旆方陪覲東后登封禪肅然

同前　虞世南

南國行周化稽山秘夏圖百王豈殊軌千載叶前謨肆覲
遵時豫順動悅來蘇安流浮玉軸戒道翼金吾龍旗煥辰
象鳳吹溢川塗封唐昔敷錫分陝被荊吳沐道成知讓遵
儀允美都多律初飛管陽鳥正銜蘆嚴飈肅林薄愛景落
江湖鳴秋浹幽遠厚澤潤凋枯虞琴起歌詠漢筑動巴歈
多幸沾行葦無庸類散樗

臨洛水　唐太宗

春蒐馳騄骨總轡俯長河霞處流雲錦風前漾卷羅水花
翻照樹堤蘭倒插波豈必汾陰曲秋雲發棹歌

奉和受圖溫洛　蘇味道

綠綺膺河檢青壇俯洛濱天旋俄制蹕孝享屬嚴禋陟配
光三祖懷柔洎百神霧開中道日雲斂屬車塵預奉咸英
奏長歌億萬春

同前　牛鳳及

八神承玉輦六羽警瑤溪戒道伊川北通旌澗水西御圖
開洛匱刻石與天齊瑞日波中上仙禽霧裏低微臣矯弱
翮抃舞接鸞鷖

奉和拜洛　李嶠

七萃鑾輿動千年瑞檢開文如龜負出圖似鳳銜來殷薦
三神享明祠萬國陪周旗黃鳥集漢幄紫雲迴日暮鉤陳
轉清歌上帝臺

奉和展禮岱宗塗經濮濟　蕭楚材

拂漢星旗轉分霄日羽明將追會阜跡更勒岱宗銘林戈
明濟岸歎鼓震河庭葉箭凌寒矯烏弓望曉驚已降汾水
作仍深迎渭情

同前　辥堯構

龍圖冠胥陸鳳駕指云亭非烟泛濟浦綠宇啓河汀晝常
晨應月文戟曙分星四海巡揖禮三驅道契經行欣奉萬

歲竊抃偶千齡

春日望海　唐太宗

披襟眺滄海憑軾翫春芳積流横地紀疏派引天潢仙氣凝三嶺和風扇八荒拂潮雲布色穿浪日舒光照岸花分彩迷雲鴈斷行懷卑運深廣持蒲守靈長有形非易測無源詎可量洪濤經變野翠島屢成桑之罘思漢帝碣石想秦皇霓裳非本意端拱且圖王

奉和同前　楊師道

春山臨渤海征旅輟晨裝迴瞰盧龍塞斜瞻肅慎鄉洪波迥地軸孤嶼映雲光落日驚濤上浮天駭浪長仙臺隱螭駕水府泛黿梁碣石朝煙滅之罘歸鴈翔北巡非漢后東

幸異秦皇搴旌羽林客跋距少年塲龍擊驅遼水鵬飛出帶方將舉青丘繳安訪白霓裳

同前　許敬宗

韓夷愆奉贐憑險亂天常乃神弘廟略横海翦吞航電野清玄菟騰笳振白狼連雲飛巨艦編石架浮梁周遊臨大壑降望極遐荒桃門通山杮遂渚降霓裳驚濤含蜃闕駭浪掩晨光青丘絢春組丹谷耀華桑長驅七萃卒成功百戰塲俄且旋戎路飲至肅巖廊

重幸武功　唐太宗

代馬依朔吹驚禽愁昔叢況茲承眷德懷舊感深衷積善欣餘慶暢武悅神功垂衣天下治端拱車書同白水巡前跡丹陵幸舊宮列筵歡故老高宴聚新豐駐蹕撫田畯迴輿訪牧童瑞氣縈丹闕祥煙散碧空孤嶼含霜白遥山帶日紅於焉歡擊節聊以詠南風

過温湯　前人

温渚停仙蹕豐郊駐曉旌路曲迴輪影巖虛傳漏聲暖溜驚湍駛寒空碧霧輕林黃疎葉下野白曙霜明眺聽良無已煙霞斷續生

奉和同前　越王真

鳳輦騰宸駕驪爇次乾遊坎德疎温液山隈派暖流寒氛空外擁蒸氣沼中浮林彫帷影散雲歛蓋陰收霜郊暢玄覽參差落景遒

同前

握圖開萬寓屬聖啓千年驪阜疏緹綺鶯鳴映綵旃玉霜明鳳野金陣藻龍川祥煙聚危岫熊水溢飛泉停輿興睿覽還舉大風篇

同前　楊思玄

豐城觀漢迹温谷幸秦餘地接幽王壘塗分鄭國渠風威肅文衛月彩鏡彫輿遠岫凝氛重寒松對影疎迴瞻漢章闕佳氣蒲宸居

同前　鄭義真

洛川方駐蹕豐野暫停鑾湯泉恒獨涌温谷豈知寒滃鼓依巖畔相風出樹端嶺煙遥聚草山月迥臨鞍日用誠多

幸天文遂仰觀

經破薛舉戰地　唐太宗

昔年懷壯氣提戈初仗節心隨朗日高志與秋霜潔移鋒驚電起轉戰長河決營碎落星沉陣卷橫雲裂一揮氛沴靜再舉鯨鯢滅於兹俯舊原屬目駐華軒沉沙無故迹減竈有殘痕浪霞穿水淨峯霧抱蓮昏世途亟流易人事殊今昔長想眺前蹤撫躬聊自適

奉和行經破薛舉戰地應詔　許敬宗

混元分大象長策挫脩鯨於斯建宸極由此創鳴名一戎乾宇泰千祀德流清垂衣凝庶績端拱鑄群生復整瑤池駕還臨官渡營周遊尋曩迹曠望動天情帷宮面丹浦帳

殿矚宛城虜場栖九穟前歌被六英戰地甘泉涌陣處景雲生普天沾凱澤相携欣頌平

入潼關　唐太宗

崤函稱地險襟帶壯兩京霜峯直臨道冰河曲遶城古木參差影寒笳斷續聲冠蓋往來合風塵朝夕驚高談先馬渡偽曉預雞鳴棄繻懷遠志封泥負壯情尚有真人氣安知名不名

奉和同前　許敬宗

職取循黃道星陳引翠旗濟潼紆萬乘臨河耀六師前旌彌陸海後騎發通伊勢踰廻地軸威盛轉天機是節歲窮絕關樹蕩涼飈仙霧含靈掌瑞雲照川湄中襟賞臨睨高

詠入京畿

秋風函谷應詔　徐賢妃

秋風起函谷朔氣動河山偃松千嶺上雜雨二陵間低雲愁廣隰落日慘重關此詩飄紫氣應驗真人還

登驪山高頂寓目　唐太宗

四郊秦漢國八水帝王都閶闔雄里閈城闕壯規模貫渭稱天邑含岐實奧區金門披玉館因此識皇圖

奉和登驪山高頂寓目應制　李嶠

步輦陟山巔高山入紫煙忠臣還捧日聖后欲捫天迴識平陵樹低看華岳蓮帝鄉應不遠空見白雲懸

同前　劉憲

驪阜鎮皇圖鑾遊眺八區原隰旌門裏風雲入座隅直城

如斗柄宮樹似星榆從臣詞賦末濫得上天衢

同前　趙彥昭

皇情遍九垓御輦駐昭回路若隨天轉人疑近日來河看大禹鑿山見巨靈開願邑封巒駕常持薦壽杯

同前　蘇頲

仙蹕御層氛高高積翠分嵓聲中谷應天語半空聞豊樹連黃葉函關入紫雲聖圖恢寓縣歌賦小橫汾

同前　崔湜

名山何壯哉玄覽一徘徊御路穿林轉旌門倚石開煙雲肘後發河塞掌中來不學蓬壺遠經年猶未迴

同前　武平一

翟巘萬尋懸居高敞御筵行戈疑駐日步輦若昇天城闕霧中近關河雲外連謬陪登弁駕忻奉濟汾篇

同前　武平一

鑾輿上碧天翠帟拖晴煙絕蔓紆仙逕層巖敞御筵雲披冊鳳闕日下黑龍川更覩南薰奏流聲入管絃

同前　張說

寒山入半空眺臨盡闕中是日巡遊處晴光遠近同川明分渭水樹暗辯新豐巖壑清陰暮天歌起大風

幸新豐溫泉宮應制　徐彥伯

姬典歌時邁虞編記省方何如黑帝月玄覽白雲鄉翠伏

縈船庫明旆應賁陽風拽花旌彩雪豔寶戈芒御栢開油坎離宮夾樹行桂枝籠驥裹松葉覆堂皇仙女含珠液溫池孕璧房湧疑神瀵涛潨若帝臺漿獨沸流常熱潛蒸氣轉香青坻壞（疑作環）玉甃紅淀鏁金光藻耀凝芳潔葳蕤獻淑祥五龍歸寶筭九鳥叶時康同預華封老中衢祝聖皇

同前　武平一

黍王登碣石周后襲崑崙何必在遐遠方稱萬寓尊我皇順時豫星駕動軒轅榷戟交馳道清笳度國門廻輿長樂觀校獵上林園行漏移三象連營捻八屯旌搖鶖鵝谷騎轉鳳凰原絕壁蒼苔古靈泉碧溜溫參差開水殿窈窕敞巖軒豐邑模循在驪宮跡尚存煙松銜翠幄雪遷遞花源侍從推玄草文章負武賁深仁浹夷夏大造濫乾坤謬忝王枚列多慙雨露恩

途經華嶽　唐玄宗

餝駕去京邑鳴鑾指洛川循途經太華廻蹕暫周旋翠蔓留斜影懸巖凝夕煙四方皆石壁五位配金天髣髴看高掌依稀聽子先終當銘歲月從此記靈仙

奉和途經華嶽應制　張說

西嶽鎮皇京中峯入太清玉鑾重嶺應緹綺薄雲迎霽日懸高掌寒空映削城軒遊會神處漢幸望仙情舊廟青林古新碑綠字生群臣願封岱還駕勒鳴名

同前　張九齡

萬乘華山下千巖雲漢中靈宮雖奥密睿覽忽玄同日月臨高掌神仙仰大風攢峯勢岌岌翊輦氣熊熊揆物知幽賛銘勳表聖衷會應陪玉檢來此告成功

同前　蘇頲

朝望蓮花嶽神心就日來晴觀五千仞仙掌拓山開受命金符叶過祥玉瑞陪霧披乘鹿見雲起馭龍廻偃樹枝封雪殘碑石冒苔聖皇惟道契文字勒巖隈

早渡蒲津關　唐玄宗

鍾皷嚴更曙山河野望通鳴鑾下蒲阪飛旆入秦中地險關逾壯天平鎮尚雄春來津樹合月落戍樓空馬色分朝景雞聲逐曉風所希常道泰非復俟繻同

奉和早渡蒲津關應制　張説

蒲坂橫臨晉華芝晚望秦關城雄地險橋路扼天津樓映行宮日隄含宮樹春黃雲隨寶弄紫氣逐真人東詠唐虞跡西觀周漢塵山河非國寶明主愛忠臣

同前　徐安貞

仙掌臨秦甸虹橋闢晉關兩鄉分地險一曲渡河灣路得津門要時稱古戍閑城花春正發岸柳曙堪攀後乘猶臨水前旌欲換山長安回望日宸御六龍還

同前　張九齡

魏武中流處軒皇問道迴長堤春樹發高掌曙雲開龍負王舟度人占仙氣來河津會日月天仗役風雷東顧重關盡西馳萬國陪還聞股肱郡元首詠康哉

文苑英華卷第一百七十

文苑英華卷第一百七十一　詩二十一

應制四　巡幸二　扈從附

早登太行山中言志　唐玄宗 附見張說集

清蹕渡河陽凝笳上太行火龍鳴集作明鳥道鐵騎遶羊腸

非集作白霧埋陰壑丹霞助曉光澗泉含宿凍山木集作草帶餘霜野老茅為屋樵人薜作裳宣風問耆艾敦俗勸耕桑涼德慙先哲徽猷慕昔皇不因今展義何以冒垂堂

奉和早登太行山中言志應制　張說

六龍鳴玉鸞集作鑾九折步雲端河絡集作卷南浮近山經北上難羽儀映松雪戈甲帶春寒百谷晨笳動千巖曉仗攢皇心感韶節敷藻念人安既立省方館復建禮神壇扈蹕參天老承榮忝夏官長勤百年意思見一勝殘

同前　張嘉貞

明發扈山巔飛龍高在天山南平對華山北遠通燕瞻彼岡巒峻馮兹士馬妍九旂行若砥萬谷幰如川羅綱開三

面閶闔問百年澤將春雪比文共曉星連後后逢金聖登
台謝曩賢唯餘事君節不讓古人先

同前　張九齡

孟月攝提貞乘時我后征晨嚴九折度暮戒六軍行日御
馳中道風師卷太清戈鋌林表出組練雪間明動植希皇
豫高深奉睿情陪遊七聖列望幸百神迎氣色烟猶喜恩
光草尚榮之罘稱萬歲今此復同聲

同前　蘇頲

北山東入海馳道上連天順動三光注登臨萬象懸俛觀
河內邑平指洛陽川按蹕夷關險張旗亘井泉曉嚴中警
折春事下苑畋德重周王問歌輕漢（集作觀）后傳宸遊鋪令

典眷思起芳年願以封書奏迴鑾禪肅然

同前　苗晉卿

金吾戒道清羽騎動天聲砥路方南絕重巖始北征關樓
前望遠河邑下觀平喜氣迴輿合祥風轉旆輕祝堯三老
至會禹百神迎月令農先急春蒐禮後行仍親后土祭更
理晉陽兵不似勞車轍空留八駿名

奉和次瓊岳頓應制　張九齡（見集本）

山祇亦望幸雲雨見靈心岳館逢朝霽關門解宿陰咸京
天上近清渭日邊臨我武因冬狩何言是即禽

同前　李林甫

東幸從人望西巡順物回雲收二華出天轉五星來十月

農初罷三驅禮復開更看瓊岳山嘉氣接神臺

同前　韋濟

陸海披晴雪千旗繞旱陽岳臨秦路險河繞漢垣長行漏
通鳷鵲離宮接建章都門信宿近歌舞邑周王

經河上公廟　唐玄宗（附見張說集）

昔聞有耆叟河上獨遺榮跡與囂塵隔心將道德并詎以
天地累寧爲寵辱驚矯然遡（集作翔）廖廓如何屈堅貞玄玄
妙門啓肅肅祠宇清冥寞無先後那能紀（集作記）姓名

奉和經河上公廟應制　張說（見集本）

河上無名老知非漢代人先探道德要留待聖明辰玄妙
爲天下清虛用谷神化將和氣一風與太初鄰靈廟觀遺

象仙歌入至真皇心齊萬物何處不同塵

同前　張九齡

昔日（集作者）河邊叟誰知隱與仙姓名終不識章句此空傳
跡爲坐忘晦言由強著宣精靈竟何所祠宇獨依然道在
紆宸眷風行動睿篇從茲化天下清淨復何先

同前　蘇頲

河流無日夜河上有神仙輦路常經此壇場即宛然下疑
成洞穴高若在空烟善物遺方外和光繞（集作撓）道邊事因
周史得言向（集作與）漢皇傳喜屬膺期聖邦家業又玄

扈從南出雀鼠谷　張說（見集本）

豫動三靈贊時巡四海威硤關凌曙出平路半春歸霍鎮

迎雲罕汾河送羽旆南山柳半客谷北草全稀遲日宜華蓋和風入夾木上林千里近應見百花飛

答張說南山雀鼠谷　唐玄宗

雷出應（集作膺）乾象風行訓（集作順）國人川途猶在晉車馬漸歸秦背陝（集作陜）關山險橫汾鼓吹震（集作頻）草依陽谷變花待北巖春聞有鸞鷟客清詞雅調新求音思欲報心跡竟難陳

自此篇至趙冬曦共十一首並附見張說集

奉賀聖制答張說南出雀鼠　宋璟

秦地雄西夏并州近北胡禹行山啓路王在邑爲都忽見（集作視）寒暄隔深思險易殊四時宗伯叙六義宰臣輔徵作宮曾應星環日每紆盛哉逢合道良以致亨衢

同前　蘇頲

雨施巡方罷雲從訓俗迴客途汾水衛清蹕晉郊陪寒肴（集作着）山邊靜（集作盡）春當日下來御祠玄鳥應仙杖緑楊開作頌音傳雅觀文色動台更知西向樂宸藻叶鹽梅

同前　王丘

襟帶三秦接旂常萬乘過陽源淑氣早陰谷沍寒多花縟前茅伏霜嚴後殿戈伐（集作戍）雲開晉嶺江鴈入汾河北土分堯俗南風動舜歌一聞天樂唱恭逐萬人和

同前　袁暉

魏國山河險周王警蹕迴九旗雲際出萬騎谷中來石岸行將盡烟郊望忽開賞矜垂䝱拂春畏落花催輿逸橫汾體恩褒作頌才小臣瞻日月延首詠康哉

同前　崔翹

陝路繞河汾晴光拂曙氛笳吟中嶺樹伏入半峯雲頓覺山原盡平看邑里分早行芳草遠（集作末）晚憩好風薰嘉頌推英宰春遊邑聖君共欣乘睿揔日月照天文

同前　張九齡

設險諸侯地承平聖主巡東君朝二月南旆擁三辰寒出重關盡年隨行漏新瑞雲叢捧日芳樹曲迎春舞詠先馳道恩華及近（集作從）臣汾川花鳥意併捧屬車塵

同前　王光庭

省俗恩將遍巡方路稍迴寒隨汾谷盡春逐晉郊來雲騎傳行漏烟旌引從臺惠風初應律和氣正調梅雅送通宸詠（集作禁）天文接曙陪（集作台）灞陵桃李色應待日華開

同前　席豫

鳴鑾初幸代旋蓋欲橫汾山盡千旗出郊平五校分前林巳暄景後壑尚寒氛風送簫韶曲花迎（集作鋪）黼黻文鹽梅推上宰禮樂統中軍獻賦紆天札飄飄飛白雲

同前　梁昇卿

何忽重關道千年遇聖皇幽林承睿（集作惠）澤開谷見清光日御先途遠山靈獻壽長寒雲入晉薄春樹隔汾香國佐同時兩天文屬歲陽從來漢家盛未若此巡方

同前　趙冬曦

軒轅膺集作應順動力牧正趨陪道合殷爲礪時行楚有材
省方西禮設振旅北京集作方迴地理分中壤天文照上台
寒依汾谷去春入晉郊來竊比康衢者長歌仰大哉

行次成皐途經先聖擒建德之所緬思集作懷功業感而賦詩　唐玄宗附見張說集

有隋政昬亂群雄已交爭先聖按劍起叱咤風雲生飲馬
河洛竭作氣嵩華驚克敵睿圖就擒俘帝道亨顧慙嗣寶
曆恭承天下平幸過翦鯨地感慕神且英

奉和行次成皐應制　張說見集本

夏氏階隋亂自言河朔雄王師進穀水兵氣臨山東前掃

成皐陣却下洛陽宮義合帝圖起威加天宇同軒臺百年
外虞典一巡風戰龍思王業倚馬賦神功

同前　張九齡

天命誠有集王業初惟艱翦商自文祖夷項在茲山地識
斬蛇處河臨飲馬間威加昔運往澤流今聖還尊祖須光集作先
列廟歌安用攀紹成即我后封岱出天關

同前　蘇頲

漢東不執象河朔方鬬龍夏滅漸寧亂唐興絡舊庸皇威
正赫赫兵氣何匈匈用武三川震歸淳六代醲成皐覩王
業天下致人雍集作邕即此巡于岱曾孫受命封

奉和早發三鄉山行應制　張九齡

羽衛森森西向秦山川歷歷在清晨晴雲稍卷寒岩樹宿
雨微消御路塵微集作能聖德由來合天道靈符即此應時巡
遺賢一一皆羈致猶欲尚深訪隱淪

奉和聖製初出洛城　前人

東土淹龍駕西人望翠華山川抵徊集作詢物宮觀豈爲家
十月迴星斗千宮捧日車洛陽無怨思巡幸更非賒

奉和謁玄元皇帝廟齋應制　前人

興運昔有感建祠北山巔雲雷初締構日月今悠然紫氣
尚葱集作蓊鬱玄元如在前追玆事追遠輪奐復增鮮洞府
香林與齊壇清漢邊吾君乃尊祖夙駕此留連樂動人神
會鍾成律度圓筌歌下鸞鶴芝草聚靈仙曾是福黎庶豈

唯味虛玄廣歌徒有作微薄謝昭宣

經鄒魯祭孔子而歎之　唐玄宗附見張說集

夫子何爲者栖栖一代中地猶鄒氏邑宅即魯王宮歎鳳
嗟身否傷麟怨道窮今看兩楹奠當與夢時同

奉和經鄒魯祭孔子而歎應制　張說見集本

孔聖家鄒魯儒風藹典墳龍驂過舊宅鳳德詠餘芬入室
神如在昇堂樂似聞懸知一王法今日待明君

奉和經孔子舊宅應制　張九齡見集本

立門太山下不見登封時徒有先生法今爲明主思恩加
萬乘幸禮致一牢祠舊宅千年外光華空在玆

惟此溫泉是稱愈疾豈予獨受其福思與兆人共

之也乘暇巡遊乃言其志　唐玄宗（附見張說集）
桂殿與山連蘭湯湧自然陰崖含秀色溫谷吐潺湲陵爲
蠲邪著功因養政宣願言將億兆同此共昌延

奉和溫泉言志應制　張說
溫泉媚新豐驪山橫半空湯池薰水殿翠木暖烟宮起疾
愈仙藥（集作仙操）迎無私合聖功始知堯舜德心與萬人同

扈從溫泉宮獻上（集作詩）　前人
溫泉啓蟄地氤（集作氣）氳渭浦歸鴻日數群騎伏聯聯環北
極鳴笳步步引南薰林間絲殿籠佳氣山上朱旗繞瑞雲
不知遠望華胥國如何親奉帝堯君

宿直溫泉宮羽林獻上（集上詩）　前人

冬狩羨秦正新豐樂漢行星沉玄武閣月對羽林營寒木
羅霜仗空山響夜更恩承靈液暖節效古松貞文武皆王
事輸心不爲名

雜言奉和聖製溫泉歌　張九齡
有神物待聖人去後溫還冷來時樹亦春今茲十月自東
歸羽旆遠迤上翠薇溫谷葱葱佳氣色離宮奕奕斗光輝
臨渭川近天邑浴日湯（集作溫）泉復在茲群仙洞府那相及
吾君利物心玄澤浸蒼黔漸漬神湯無疾苦薰歌一曲感
人深

幸鳳泉湯　唐玄宗（附見張說集）
西狩觀周俗南山歷漢宮薦鮮知路近省斂覺年豐陰谷
含神爨湯泉養聖功益齡仙井合愈疾醴源通不重鳴岐
鳳誰矜陳寶雄願將無限澤霑沐衆心同

奉和幸鳳泉湯應制　張說
周狩聞（集作因）岐禮秦都辨鳳（集作雍）名獻禽天子孝存老聖
皇（一作泉）情溫閏宜冬幸遊畋樂歲成湯雲出水殿煖氣入
山營坎意無私刼乾心稱物平帝歌流樂府溪谷也增榮

扈從迴鑾頓應制　蕭華
粵自秦京日議乎封禪難豈知陶唐主道濟蒼生安惟彼
烈祖事增修實榮觀聲名朝萬國玉帛禮三壇慕聖德重
光建元功載刋仍聞舊馳道不記昔迴鑾羽衛擭晴日弓
戈生草寒猶思檢玉處却望北雲端

奉和登會昌山應制　孫逖
巘磴列雲旗吾君訪道時乾行萬物覩日馭（集作駐）六龍遲
望遠迴天顧登高動睿詞願同山作壽長保運昌期

同前　趙起
睿想入希夷真游到具茨玉鸞登輦遠雲輅出花遲泉擊
凝神處陽和布澤時六龍多順動四海正雍熙

扈從

和周記室從駕曉發合璧宮　李嶠
濯龍春苑曙翠鳳曉旗舒野色開烟後山光澹月餘風長
笳響咽川迴騎行踈珠履陪仙駕金聲動萬車

扈從還洛呈侍從群臣　前人

四海帝王家兩都𡟧漢室觀風昔來幸御氣今旋蹕雷奮
六合開天行萬乘出玄真（疑作冥）奉時駕白帝參戎律後隊
鳴笳簫前驅嚴罕畢輝光射東井號令橫西秩帳殿別陽
春旌門臨甲乙將交洛城雨稍遠長安日洛輦雲外來咸
秦霧中失孟冬霜霰下是月農功畢天道向歸餘皇情美
陰騭行存名嶽禮逝問高年疾祝鳥既開羅調人更張瑟
登原採謳誦俯谷求才術邑罕懸磬貧山無掛瓢逸施恩
浹寰宇展義詠文質德澤盛軒遊哀矜深禹恤申歌地廬
孩獻壽衢罇溢瑞氣抱氤氳　變簫飇宗枝旦奭輔待
從王劉疋並輯蛟龍書同輦鳳凰律陶甄荷吹萬頌歡歸
明一歡與道路長顧隨談笑容叨承郞廟舉謬蔭夔龍弼

意屬大厦成慙非棟隆吉

扈從溫泉紫微黃門群公泛渭川得齊字　蘇頲

紅旗映綠蒹春伏（一作統）漢豐西待蹕扶清道揚舲降紫泥
近臨釣石地遥指釣璜溪岸轉帆飛疾川平棹舉齊傳舟
來是用軒馭徃應逑興闕菱歌動沙洲亂夕鷖

奉和扈從溫泉宮承恩賜浴　蔡希周

天行雲從指驪宮浴日餘波錫詔同綵殿氛氳擁香溜紗
窓宛轉閉春風來將蘭氣衝皇澤去別星文捧碧空自憐
遇坎便能止願托仙槎路未通

和僕射晉公扈從溫湯　王維

天子幸新豐旌旗渭水東寒（一作遠）山天仗裏溫谷幔城中

奠玉群仙坐薰（集作焚）香太乙宮出遊逢牧馬罷獵有非熊
上宰無爲化明時太古同靈芝三秀紫陳粟萬箱紅玉醴
尊（集作王禮遵）儒教天兵小戰功謀猷歸哲匠詞賦屬文宗司
諫方無闕陳詩且未工長吟吉甫頌朝夕仰清風

此詩二百四十二卷重出今已削去注異同爲一作

和季員外從駕幸湯（一作溫）泉宮　錢起

未央月曉度疎鍾步（集作鳳）輦時從出九重雨（集作雪）霽山門
迎瑞日雲開水殿候飛龍輕寒不入宮中樹佳氣嘗薰仗
外峯遥羨枚皋扈僊（集作先扈）蹕偏承霄漢渥恩濃

扈從鳳泉和崔黃門喜恩旨解嚴罷圍之作

蘇頲

輦路岐山曲儲胥渭水濆教成提將鼓禮備植虞旗不取
從畋樂（集作敬）先流去殺詞舜韶同舞日湯祝盡飛時物應
陽和施人知雨露私如何穆天子七萃幾勞師

扈從鄠杜間奉呈刑部尚書舅黃門馬常侍　前人（見本集）

翠輦紅旗出帝京長楊鄠杜昔知名雲山一一看皆異竹
樹叢叢畫不成羽騎相過持袂拂香車欲度卷簾行漢家
曾草巡游賦何似今來扈聖明

和姚令公從幸溫湯喜雪　張九齡（見本集）

萬乘飛黃馬千金狐白裘正逢銀霰積如向玉京遊瑞色
鋪馳道花文拂綵旒願聞吉甫頌不共郢歌儔

扈從溫泉奉和姚令公喜雪　蘇頲

清道豐人望乘時漢主遊恩暉隨蹕下慶澤與雲浮泉暖驚銀集作雲磧花寒愛玉樓鼎臣今有問河伯且應留

侍從游宿溫湯宮作　李白

羽林十二將羅列應星文霜仗懸秋月蜺旌卷夜雲嚴更千户肅清樂九天聞日出瞻佳氣蔥蔥繞聖君

扈從御宿池　祖詠

君王旣巡狩輦道入秦京遠樹低蒼壘孤山出幔城寒疎清禁漏夜警羽林兵誰念迷方客常懷魏闕情

文苑英華卷第一百七十一

文苑英華卷第一百七十二　詩二十二

應制五　歲時

元日八首　人日十二首

上元一首　晦日二首

春二首　寒食四首

中春一首　中和節一首

上巳二十二首　夏三首

秋十一首

元日

獻歲讌宮臣　隋煬帝

三元建上京六佾宴吳城朱庭容衛肅青天春氣明朝光

動綵劒長階分佩聲酒闌鍾磬息欣覩禮樂成

自煬帝至晦日門魏收共二十三首並見歲時雜詠

奉和獻歲讌宮臣　虞世南

履端初啓節長苑命高筵肆夏喧金奏重潤響朱絃絲光催柳色日彩泛槐烟微臣同濫吹謬得仰鈞天

春和元日　蕭慤

帝宮通夕燎天閽拂曙開瑞雲生寶鼎榮光上露臺華山不周葉宜城萬壽杯遙見飛鳧下懸知鄴縣來

元日

高軒暧春色邃閣媚朝光彤庭飛彩旄一作旆翠幌曜明璫恭已臨四極垂衣馭八荒霜戟列丹陛絲竹韻長廊穆矣

薰風茂康哉帝道昌繼文遵後軌循古鑒前王草秀故春
色梅艷昔年粧巨川思欲濟終以寄舟舫

春和元日應制　許敬宗

天正初開節日觀上重輪百靈滋景祚萬玉(雜詠作土)慶維新
待旦敷玄造韜旒御紫宸武帳臨光宅文衞象鈞陳廣筵
揚九奏大帛麗三辰發生同化育播物體陶鈞霜空澄曉
氣霞景瑩芳春德暉覃率土相賀奉還淳

元日恩賜柏葉(一作枝)應制　趙彥昭

器乏雕梁器材非構廈材但將千載葉常奉萬年杯

同前　李乂

勁節凌冬(雜詠作霜)勁芳心待歲芳偏(雜詠作能)令人益壽非止麝

含香

同前　武平一

綠葉迎春綠寒枝歷歲寒願持柏葉壽長奉萬年歡

人日

人日重(雜詠作侍)宴大明宮恩賜綵縷人勝應制　李嶠

鳳城景色已含韶人日風光倍覺饒桂吐半輪迎此夜蓂
開七葉應今朝魚猜水凍行猶澁鷺喜春熙弄欲嬌愧奉
登高搖綵翰欣承(雜詠作逢)御氣上丹霄

同前　趙彥昭

寶契無為屬聖人琱輿出幸翫芳晨平樓半入南山霧飛
閣(一作闕)旁臨東野春夾路桃花千樹發垂軒弱柳萬條新
處處風光今日好年年願奉屬車塵

同前　劉憲

禁苑韶年此日歸東郊道上轉青旂柳色梅芳何處所風
前雪裏覓芳菲開冰池內魚新躍剪綵花間燕始飛欲識
君(一無此字)王遊幸(一有賜字)氣為觀天藻競春暉

同前　崔日用

新年宴樂正(雜詠作坐)東朝鍾鼓鏗鍠大樂調金屋瑤筐開寶
勝花箋彩筆頌春椒曲池苔色冰前液上苑梅開雪裏嬌
宸極此時飛聖藻微臣竊抃預聞韶

同前　韋元旦

鸞鳳旌旆(雜詠作旗)拂曉陳魚龍角觝大明辰青韶既肇人為

日綺聖初成日作人聖藻陵高栽柏賦仙歌促宴摘梅春
垂旒一慶宜年酒朝野俱歡獻壽新

同前　馬懷素

萬宇千門平旦開天容辰象列朝回三陽候節金為勝百
福迎祥玉作杯就暖風光偏著柳辭寒雪影半藏梅何幸
得參詞賦職自憐終乏馬卿才

同前　蘇頲

疏龍磴道切朝回建鳳旗門繞帝臺七葉仙蓂承(雜詠作依)月
吐千株御柳拂煙開初年競帖宜春勝長命光(雜詠作先)浮獻
壽杯是日最靈知竊幸群心就捧大明來(雜詠磴作澄)

同前　李乂

詰旦行春上苑中憑高御下大明宮千年執象寰瀛泰七日爲人慶賞隆鐵鳳曾騫搖瑞雪銅烏細轉入祥風此時朝野歡無算此歲雲天樂未窮

同前　鄭愔

瓊殿含光映早輪玉鑾初蹕望初晨池開凍水仙宮麗樹發寒花禁苑新佳氣徊徘籠細網殘霙淅瀝染輕塵良時荷澤皆迎勝窮谷晞陽猶未春

同前　李適

朱城待鳳韶年至碧殿蟠龍淑氣來實帳金屏人已帖圖花學鳥勝初裁林香近接宜春苑山翠遥添獻壽杯何夕憑高風景麗天文垂曜象昭回（蟠雜詠作蟠）

同前　閻朝隱

勾芒人面乘兩龍道是春神衛九重綵勝年年逢七日酴醾歲歲蒲千鍾宮梅間雪祥光徧城柳含烟瑞氣濃醉倒君前情未盡（雜詠作巳）願因歌舞自爲容

同前　沈佺期

拂旦雞鳴仙衛陳憑高龍首帝庭春千官黼帳杯前壽百福香奩勝裏人山鳥初來猶怯轉林花未發已偷新天文正應韶光轉設報懸知用此辰

上元

正月十五日應制　孫逖

洛城（雜詠作陽）三五夜天子萬年春彩仗移雙闕瓊筵會九賓

舞成倉頡字燈作法王輪不覺東方白莛隨御柳新

晦日

晦日泛舟應詔　盧元明（又見初學記）

輕灰吹上管落蓂飄下蓂遲遲春色華晼晼年光麗

同前　魏收（又見初學記）

裊裊春枝弱關關新鳥呼棹唱忽逶迤菱歌時顧慕睿賞芳月色宴言忘日暮遊豫慰人心照臨康國步

春

早春桂林殿應詔　陳叔達

金鋪照春色玉律動年華朱樓雲似蓋丹桂雪如花水岸御堦轉風條出柳斜輕輿臨太液墀露酌流霞

春和初動

步輦出披香清歌臨太液曉樹流鸎蒲春堤芳草積風色翻露文雪華上空碧花蝶來未已山光暧將夕

寒食

初入秦川（一作州）路逢寒食　唐玄宗（附見張說集及歲時雜詠）

洛川芳樹映天津灞岸垂楊窣地新直爲經過行慶樂不知虛度兩京春去年餘閏（雜詠作有）今春早曙色和風着花草可憐寒食已清明光煇並在長安道自從關內（雜詠作路）入秦川爭道何人不戲鞭公子[illegible]途中妨蹴踘佳人馬上廢鞦韆渭水長橋今欲渡葱葱漸[illegible]見新豐樹遠觀驪岫入雲霄頂想湯池起烟霧烟霧氛氳[illegible]水殿開甦拂香泉歸去來今歲

清明行已晩明年寒食更相陪

奉和入秦路途寒食應制　張說(見集本)

上陽柳色喚春歸臨渭桃花拂水飛總爲朝廷巡幸去頗
教京洛少光輝昨從汾硤(集作汾陝)山南口馳道依依漸花柳
入關正投寒食前還京遂落清明後路上天心重豫遊御
前恩賜特風流便幕那能鏤雞子行宮善巧帖毛毬渭橋
南渡花如撲麥隴青青斷人目漢家行樹直新豐秦地驪
山抱溫谷溫谷香池春溜平預歡浴日照京城今歲隨宜
過寒食來(雜詠作明年)年陪調(集作倍宴)作清明

寒食應制　帝城慶(見歲時雜詠)

鳳條春色蒲龍禁早輝通舊火收槐燧餘寒入桂宮鶯啼

正隱葉雞鬬始開籠藹藹搖山蒲仙歌始樂風

同前　張說(見集本)

寒食春過半花穠鳥復嬌從來禁火日會接清明朝鬬敵
雞殊勝爭毬馬絶調晴空數雲點香樹百風搖改木迎新
燧封田表舊燒皇情愛嘉節傳曲宴(雜詠作興)簫韶

仲春

奉和聖製仲春麟德殿會百寮觀新樂　權德輿

仲月(集作春)藹芳景內庭宴群臣森森列干戚濟濟趨鈞陳
大樂本天地中和序人倫正聲邁咸濩易象合羲文玉俎
映朝服金鈿明舞裀韶光雪初霽聖藻風自薰時泰恩澤
溥功成行綴新賡歌仰昭回竊比華封人

中和節

奉和聖製中和節賜百官宴集因示所懷　前人

萬方慶嘉節宴喜皇澤均曉開蓂莢初(集作葉)景麗星鳥春
藻思貞百度著明並三辰物情舒在陽時令弘至仁衢酒
和樂被薰絃聲曲新賡歌舞弁側永荷玄化諄

上巳

三日侍宴林光殿　梁簡文帝(見歲時雜詠又見初學記)

芳年留帝賞應物動天襟挾苑連金陣分衢度羽林帷宮
對廣掖層殿邇高岑風旗爭曳影亭罕共生陰樹(類聚作林)花
初墮蔕池荷欲吐心

三日侍林光殿曲水宴　梁沈約

宴鎬鏘玉鑾游汾舉仙軟榮光泛彩旄脩風動芝蓋淑氣
婉登晨天行聳雲旆帳殿臨春藥帷宮繞芳薈漸席同羽
觴分墀引迴瀨穆穆玄化升濟濟皇家(類聚作階)泰將御遺風
軫遠侍瑶臺會

三日侍華(作林)光殿曲水宴　梁劉孝綽

薰祓三陽暮濯禊(雜詠作祓)元巳初皇心睠樂飲帳殿臨春渠
豫游高夏諺凱樂盛周居復以焚(類聚作禁)林日半葦花樹舒
羽觴環階轉清瀾傍席疏妍歌已賡亮妙舞復紆餘九成
變絲竹百戲起(雜詠作動)龍魚

三日侍蘭亭曲水宴　梁庾肩吾

策星依夜動鑾駕惣(集作忽)朝游旌門臨遠(類聚作苑)樹柏風出

鳳樓春生露泥泥天覆雲油油桃花生類聚作舒玉潤柳葉暗
金溝禊川分曲洛帳殿掩芳州踴躍頳魚醉類聚作出叅差絳
藻浮百戲俱臨水千鍾共逐流

三日華林園公宴　北齊邢子才

廻鑾自樂野弭蓋屬瑶池五丞接光景七度類聚作支作鳳儀
芳春時欲遽覽物惜將移新萍已冒沼餘花尚蒲枝草滋
徑蕪沒林長山薮類聚作方蔚芳筵羅玉俎激水漾金卮歌聲
斷且續舞袖合還離

三日侍宴宣猷堂曲水　隋江總

上巳娛春禊芳辰喜月離北宫命簫鼓南館列旌麾繡柱
擎飛閣雕軒傍曲池醉魚沉遠岫浮藻漾清漪落花懸度

影飛絲不礙枝樹動丹樓出山斜翠磴危禮周羽爵遍樂
闋光陰移

三日曲水侍宴應制　闕朝隱

三月重三日千春續萬春聖澤如東海天文似北辰荷葉
珠盤凈蓮花寶蓋新陛下制萬國臣作水心人

奉和三日祓禊渭濱　常嗣立

乘春祓禊逐風光扈蹕陪鑾渭渚傍還笑當時水濱老衰
年八十待雜詠作侍文王

同前　徐彦伯

晴風麗日滿芳洲御色春筵祓錦流皆言侍蹕璜溪讌暫
似乘槎天漢遊

同前　劉憲

桃花欲落柳條長沙頭水上足風光此時御蹕來遊處願
奉年年祓禊觴

同前　沈佺期

寶馬香車清渭濱紅桃碧柳禊堂春皇情尚憶垂竿佐天
祚先呈捧劍人

同前　李乂

上林花鳥暮春時上巳陪遊樂在茲此日欣逢臨渭賞昔
年空道濟汾詞

同前　張說

青郊上巳豔陽年紫禁皇遊祓渭川幸得歡娛承湛露心

同草樹樂春天

三月三日承恩遊官莊池得筵字　前人

鳳凰樓下帶集作對天泉鸚鵡洲中匝管絃舊識平陽佳麗
地今逢上巳盛明年舟將水動千尋日幕共林横兩岸烟
不逢王人觀禊飲誰令醉舞拂賓筵

三月三日曲江樓侍宴應制　王維

萬乘親齋祭千官喜豫遊奉迎從上苑祓禊向中流草樹
連容衛山河對冕旒畫旗摇浦溆春服滿汀州仙籞龍媒
下神皋鳳蹕留從今億萬歲天寶紀集作紹春秋

奉和聖製與太子諸王三月三日龍池春禊之作　前人

故事脩春禊新宫展讌遊明君移鳳輦太子出龍樓賦掩陳王作盃如落水流金人來捧劒畫鷁去廻舟苑樹浮宫闕天池照覔旒宸章在雲漢垂象滿皇州

奉和聖制上巳於望春亭觀禊飲之作　前人

長樂青門外宜春小苑東樓開萬井集作户上輦過百花中畫鷁移仙妓金貂列上公清歌邀落日妍集作妙舞向春風渭水明秦殿黄山入漢宫君王來祓禊灞滻亦朝宗三百十五卷重

奉和聖制三月三日　陳希烈見雜詠

上巳迁龍駕中流泛羽觴酒因朝太子詩爲樂賢王錦纜方舟度瓊筵大樂張風摇垂柳色花發異林香野老花無

事朝臣飲嶽芳皇情被群物中外洽恩光

奉和聖製三日䜿懐因以示百寮　崔元翰見雜詠

佳節上元巳芳時屬暮春流觴想蘭亭捧劍傳金人風輕水初緑日遲花更新天文信昭回皇道頗敷陳恭巳每從儉清心常保真誠兹游衍樂書以示群臣

三月三集作二十日承恩讌樂遊園同賦韻　張說

樂遊形勝絶集作地表裏望郊宫北闕連雲集作天頂南山對掌中皇恩貸芳月旬宴美成功魚戲芙蓉水鶯啼楊柳風春華看欲暮天澤戀無窮長袖招斜日留光待曲終

元在上巳門今逐集本作三月二十日又有旬宴之句故移於此

夏

和湘東王首夏　梁簡文帝

冷風雜細雨垂雲助麥凉竹水俱蔥翠花蝶两飛翔燕泥啣復落鶗鴂吟初學記作吟欲更捌卧石藤爲纜山橋樹作梁欲侍初學記作侍華池上明月吐清光

春和夏初應詔　隋魏彦琛見初學記

雖度芳春節物色尚餘華出籬飛小燕映户落殘花舞袖飄細縠歌扇掩輕紗蘭房本宜夜不畏日光斜

春和夏日晚景應詔　楊師道

輦路夾垂楊離宫通建章日落横峯影雲歸起夕凉彤軒動流吹羽蓋息廻塘雜草生還緑殘花落初學記作陳尚香青

巖類姑射碧澗似洛一作汾陽幸屬無爲日歡娱方未央

秋

秋月即目　唐太宗

爽氣浮丹闕秋光澹紫宫衣碎荷疎影花明菊點叢袍輕低草露蓋側舞松風散岫飄雲葉迷路飛煙鴻砌冷蘭彫珮圭寒樹隕桐别鶴棲琴裏離猿啼峽中落野飛星箭絃虚半月弓芳菲夕霧起暮色滿房櫳

奉和秋月即目應制　許敬宗

玉露交朱網金風度綺錢昆明秋景澹岐岫落霞然醉燕歸寒海來鴻出遠天葉動羅帷颺花飛綺衣鮮規空升闇魄龍野散輕烟鵲度林光起鳧没水文圓無機絡秋縞如

管奏寒蟬乃睠情何極宸神一作襟豫有旃

秋日即目應詔　上官儀

上苑通平樂神池邇建章樓臺相掩映城闕互相望緹油泛行幔簫吹轉浮梁晚雲含朔氣斜陽蕩秋光落葉飄蟬影平流寫鴈行槿散凌風縟荷鋪㐮露香仙歌臨枍詣臺名玄豫歷長楊歸路乘明月千門開未央

初秋夜坐　唐太宗

斜廊連綺閣初月照宵帷塞冷鴻飛疾園秋蟬噪遲露結林疎葉寒輕菊吐滋愁心逢此節長嘆獨含悲

初秋夜坐應詔　楊師道

玉管凉初應金壺夜漸闌滄池流稍潔仙掌露方漙鴈聲

風斷樹影月中寒爽氣長空凈高吟覺思寬

遼東山夜臨秋　唐太宗

秋風何凛冽白露爲朝霜柔條朝夕勁緑葉日夜黄明月出雲崖皎皎流素光披軒臨前庭嗷嗷晨鴈翔

右按文選及初學記皆作晉左思雜詩而初學記別有唐太宗遼東山夜臨秋小詩偶與左思詩相接致當時誤編今附太宗詩于后

煙生遂鴈隱月落半崖陰連山驚鳥亂隔岫斷猿吟

奉和山夜臨秋　上官儀見初學記

帳殿清炎氣輦道含秋陰凄風移漢苑流水入虞琴雲飛送斷鴈月上凈疎林滴瀝露枝響空濛煙壑深

秋日應詔　袁朗見初學記

玉樹凉風舉金塘細草萎葉落空颷觀鳴歸明月池迎寒桂酒熟含露菊花垂一奉章臺宴千秋長願斯

九成宮秋初應詔　劉櫄之見初學記

帝圃跡金闕仙臺駐玉鑾野分鳴鸞岫路接寶雞壇林樹千霜積山宮四序寒蟬急知秋早鶯踈覺夏闌怡神紫氣外凝睇白雲端舜海辭波發空驚遊聖難

秋暮言志　唐太宗

朝光浮曉野霜華凈碧空結浪冰初鏡在逕菊芳叢約嶺煙深翠分旗霞散紅抽思滋泉側飛想傳巖中已獲千箱慶何以繼薰風

奉和秋言志應制　許敬宗

秋深桂初發寒𢞍菊餘菲波擁群鳧至秋飄朔鴈歸月芡生還落雲枝似復非凝宸閲栖畝觀文停少微聖敬韜前哲先天諒不遺

文苑英華卷第一百七十二

文苑英華卷第一百七十三　詩二十三

應制六

七夕

奉和七夕兩儀殿會宴應制　李嶠

靈匹三秋會仙期七夕過槎來人泛海橋渡鵲填河帝縷昇銀閣天機罷玉梭誰言七襄詠重入五絃歌

自李嶠詩至九日門釋廣宣詩共二十首皆見歲時雜詠

同前　趙彥昭

青女三秋節黄姑七月作日雜詠期星橋渡玉佩雲閣掩羅帷河氣通仙掖天文一曆詞今宵望靈作雲雜詠漢應得見蛾眉

同前　劉憲

秋吹過雙闕星仙動二靈更深移月鏡河淺度雲軿殿上徵方朔人間失武丁天文茲夜裏光照紫微庭

同前　李乂

杜宮明月夜蘭殿起秋風雲漢彌年阻星筵此夕同倏來疑有馭旋去已成空曆作鈞天響魂飛在夢中

同前　蘇頲

靈媛乘秋發仙裝警夜催月光窺欲渡河色辨應來機石天文寫針樓御賞開窺觀栖鳥至疑向鵲橋廻

九日

九日侍宴樂游苑正陽堂　梁劉苞

上郡良家子幽并游俠兒立乘爭飲羽側類聚作倒騎競分類聚作紛馳明珂飾華眊金袍類聚作鞍映玉羈膳羞殫海陸和齊眂秋宜雲飛雅琴類聚作樂奏風起洞簫吹曲終高宴罷景落樹陰移微薄承嘉惠飲德良不訾取效績無紀感恩心自知

九日侍宴一有樂游苑爲西豊侯作八字　梁何遜

皇德無餘讓重規習一作襲帝𠣜垂衣化比屋眷一作顧一作卷領慎爲君猶飛悦有道升木荷平分宸一作神襟動時豫歲序屬凉氣城霞朝一作旦晃朗槐霧曉氛一作氣氤藹輿和一作和馳八

襲鳳駕起一作巷千群羽觴歡一作歌湛露佾舞奏承雲禁林終宴晚華池物色曛蹤樹翻高葉寒流聚細文一作紋日斜迢遞雨風起崟峩雲運偶叅侯服恩洽廁朝聞於馬籍多幸歲暮仰游汾晴軒連瑞氣飛蓋御香芬一作皆藝文類聚

九日從駕　周王褒

黄山獵地廣青門官路長律改三秋節氣應九重霜曜影杓分地暗色始成光交旆長秋坂緹幕杏間堂藝文類聚有此四句射馬垂雙帯豐貂佩兩璜苑寒梨樹紫山秋菊葉黄華露霏霏冷輕飈颯颯傷終慙屬車對空假侍中郎

侍宴九日　梁庾肩吾

轍跡光周頌巡遊盛夏功鈞陳萬騎轉閶闔九門一作闕通

秋暉一作蟬非逐行漏朔氣逶相風獻壽重陽節廻鑾上苑中
踈山開輦道間樹出離宮玉醽吹花一作承花菊銀牀落井桐
御梨寒更紫仙桃秋轉紅飲羽山西射浮雲冀北驄塵飛
一作揚塵金埒滿葉破一作破葉柳條空騰猨疑矯箭驚鴈避虛弓
彫才濫杞梓花綬接鵷鴻愧乏天庭藻徒參文雅雄
此詩一百六十九卷重出今已削去注異同為一作

奉和九日　賀敳

商飈凝素籥玄覽賁黃圖曉霜驚斷鴈晨吹結相烏寒花
低岸菊涼葉下庭梧澤宮申舊典相圃叶前模玉砌分彫
戟金溝轉鏤衢帶星飛夏箭映月上軒弧慶展簪裾洽恩
融雨露濡天文發丹篆寶思掩玄珠承歡徒聳抃負弛一作

受施一作竊忘軀

九日侍宴一有應制侍長字　沈佺期

御氣幸金方憑高薦羽觴魏文分一作頒菊蘂一作藻漢武賜
茰房秋變一作美銅池色晴添銀樹光雜詠作去鶴留笙吹歸鴻識舞行
年雜詠作臣歡重九慶日日一作月奉天長
此詩一百六十九卷重出今已削去注異同為一作

九日幸臨渭亭應制　趙彥昭

秋豫凝仙覽宸遊轉翠華呼鷹下鳥路戲馬出龍沙紫菊
宜新雜詠作析壽丹茰辟舊邪須陪長久宴歲歲奉吹花

奉和聖製重陽節宰臣及群官上壽作　王維

四海方無事三秋大有年百生逢此日萬壽願齊天芍藥
和金鼎茱茰揷玳筵玉堂開石介天樂動宮懸御柳踈秋
景城鵶拂曙烟無窮菊花節長奉栢梁篇

奉和聖製重陽旦日百寮曲江宴示懷　崔元翰

偶聖覩昌期受恩慚弱質幸逢良宴會况是清秋日遠岫
對壺觴澄瀾映簪紱炮羔備豐膳集鳳調鳴律薄劣廁英
豪歡娛忘衰疾平皐行鴈下曲渚雙鳧出沙岸菊開花霜
枝果垂實天文見成象帝念資勤恤探道得玄珠齋心居
特室豈如橫汾唱其事從雜詠作徒驕逸

奉和聖制九日言懷賜中書門下及百寮應制　權德輿

令節在豐歲皇情喜又安絲竹調六律簪裾列千官烟霜

寒暮景清水沭秋光筵開曲池上望盡終南端天麗慶霄
漢集作天文麗慶霄墨妙驚飛鸞碩言黃花酒來奉今日歡

奉和聖制重陽日中外同歡以詩言志因示群臣　前人

玉醴宴嘉節拜恩歡有餘煌煌菊花秀馥馥茰芳舒白露
秋稼熟清風天籟虛和聲度簫韶瑞氣深儲胥百辟皆醉
上萬方今宴如宸衷在化成藻思煥瓊琚微臣徒竊抃豈
足歌唐虞

奉和聖製重陽日即事六韻　前人

玉燭降寒露我皇歌大風重陽德澤振雜詠作展萬國歡娛同
綺陌擁行騎香塵凝曉空神都自藹藹佳氣助葱葱律呂

金石(集作陰陽)暢景光天地通　徒然被鴻澤無以報立功
奉和聖製豐年多慶九日示懷　前人
寒露應秋節(集作杪)清光澄曙空澤均行葦厚年慶華黍豐
聲名暢八表宴喜陶九功文麗日月合樂和天地同聖言
在推誠臣職惟(集作事非)匪躬瑣細何以報翺飛淳化中
同前　武元衡
令節還宇泰神都佳氣濃賡歌禹功盛擊壤堯年豐九奏
碧霄裏千官皇澤中南山澹凝黛曲水清涵空金玉美王
度徽康謠國風賡文垂日月永與天無窮
奉和聖製重陽日即事六韻　前人
嘉節在陽數至歡朝野同恩隨千鍾洽慶屬五稼豐時菊

洗露華秋池涵霄空金絲響仙樂劍舄羅宗公天道光下
濟賡詞敷大中多慙擊壤曲何以達堯聰
九日菊花詠應制　釋廣宣
可訝東籬菊能知節候芳細枝青玉潤繁蕊碎金黄爽氣
浮朝露濃姿帶夜霜泛杯傳壽酒應共樂時康
奉和聖製九月十八日賜百寮追賞因書所懷
追賞　權德輿
錫宴朝野洽追歡堯舜情秋堂絲管動水榭烟霞生黄花
媚新霽碧樹含餘清同和六律應交泰萬宇平賡藻下中
天堪恩闡文明小臣諒何幸(集作以)亦此影華英

雨

庭雨應詔　梁沈約(見初學記)
出空寧可圖入庭倍難賦非烟復非雲如絲復如霧霢霂
裁欲垂霏微不能注雖無千金質聊爲一辰趣
發營逢雨應詔　虞世南
豫遊欣勝地黄澤乃先(初學記作光)天油雲陰御道膏雨潤公
田隴麥霑如翠山花濕更燃稼穡良所重方復悅豐年
奉和春日途中喜雨　魏知古(見初學記)
皇游向洛城時雨應天行麗日登巘送陰雲出野迎濯枝
林杏發潤葉渚蒲生絲入綸言喜花依錦字明微臣忝東
觀載筆竹西城
詠雨　唐太宗

罩雲飄遠岫噴雨泛長河低飛昏嶺腹斜足灑巖阿泫叢
珠締葉起溜鏡圓(一作圖)波濛柳添絲密含吹織空羅
奉和詠雨應詔　許敬宗
舞商初赴節湘鷰遠迎秋飄絲交殿網亂滴起池漚激霤
分龍闕斜飛灑鳳樓崇朝方浹寓宸盻俯凝旒
奉和春日遊苑喜雨應詔　李嶠
園樓春正歸入苑弄芳菲密雨迎仙步低雲拂御衣危花
沾易落度鳥濕難飛膏澤登千庾歡情遍九圍
同前　李乂(見集本)
僊蹕九成臺香筵萬壽杯　一旬初降雨二月早聞雷葉向
朝霏密花含宿潤開幸承　天澤豫無使日光催

奉和御製雨後出城觀覽勅朝臣已下　司空曙

上上開鶉野師師出鳳城因知聖主念得遂老農情隴麥垂秋合郊塵得雨清集作晴　時新薦玄祖歲足富蒼生郄馬川原靜聞鷄水土平薰弦歌舜德和景致堯名覽物欣多稼垂衣御大明史官何所録稱瑞滿天京

晴

喜晴應詔敕自疏韻　庾信

御辯誠膺録維皇稱有建雷澤昔經漁負夏時從販栢梁驂駟馬高陵馳六傳有序屬賓連無私表中獻河堤崩故栁秋水高新堰心齋脣昏墊樂徹憐胥怨法輪開勝辯神河秉高論王城水關息洛浦河圖獻伏泉還習坎歸風已廻巽桐枝長舊圃蕭節抽新寸山藪欣藏疾幽棲得無悶有慶兆民同論年天子萬

雪

詠春近餘雪應詔　前人

送寒開小苑迎春入上林絲條變栁色香氣動蘭心待花將對酒留客擬彈琴陪遊愧並作空見奉恩深

喜雪　唐太宗

碧昏朝合霧丹卷暝韜霞結葉繁雲色凝瓊遍雪花光樓皎若粉映幕集疑沙泛栁飛飛絮粧梅片片花照璧臺圓月飄珠箔穿露瑤繁短長階玉聚高下樹映桐圭累白縈峯蓮抱素斷續氣將沉徘徊歲云暮懷珍愧隱德表瑞佇豐年蘂間　禁苑鶴處舞伊川倘　曲同欠黃竹篇

奉和喜雪應制　許敬宗

瀛州表奇貺閟竹應遐巡何如寓京洛流霰下天津忽若瓊林曙俄同李逕春姑峯映仙質郢路雜歌塵伏檻觀花瑞攀觴慶冬積飄河共瀉銀委樹還重璧連山分掩翠錦霄遠韜碧千里遍浮空五軔咸淪跡機前輝列素池上侔凌波騰華承玉宇凝照混金娥是日松筠性欣奏栢梁歌

詠雪　唐太宗

潔野凝神曜裝墀帶夕暉集條分樹玉拂浪影泉璣色灑粧臺粉花飄綺席衣入扇縈離匣點素皎殘機

奉和詠雪應制

寒雲垂廣幕飄霰下天津無轍方祇至有感瑞氣新色映姑山質舞對洛川神忽奉瑤池韻慙和郢中春

奉和人日清暉閣宴群臣遇雪應制　李嶠見雜詠

三陽偏勝節七日最靈辰行慶傳芳蟻一作信　升高綴綵人階前蓂候月樓上雪驚春今日啣天造還疑上漢津

同前　宗楚客見雜詠

窈窕神仙閣參差雲漢間九重中禁啓七日早春寒太液天爲水蓬萊雪作山今朝上林樹無處不堪攀

同前　劉憲

輿輦乘人日登臨上鳳京風尋歌曲颺雪向舞行縈千官隨興合百福與春雜詠作特并承恩常若此微賤幸輕生

同前　李乂（見雜詠）
上月登樓賞中天御輦飛後庭聯舞唱前席仰恩輝曆作
風雲啓農祥雨雪霏幸陪人勝節長願奉垂衣
同前　趙彥昭
出震乘東陸憑高御北辰祥雲應早歲瑞雪候初旬宮樹
千花發階蓂七葉新幸逢今日宴長奉萬年春
同前　蘇頲
樓觀空烟裏芳年瑞雪過苑花齊玉樹池水作銀河七日
祥圖起千春御賞多輕飛傳綵勝天上奉薰歌
遊禁苑幸臨渭亭遇雪應制　李嶠
同雲接野烟飛雪暗長天拂樹添梅色過樓助粉妍光含

班女扇韻入楚王絃六出迎仙藻千箱答瑞（集作嗳）年
同前
長樂喜春歸披香瑞雪飛花從銀閣度絮繞玉䆫飛寫曜
銜天藻呈祥拂御衣上林紛可望無處不光輝
同前
平明敞帝居霰雪下陵虛寫月含珠綴從風薄綺疎年驚
花絮早春應管絃初已屬雲天掛欣承霈澤餘
同前　李乂
青陽御紫微白雪下彤闈浹壤流天霈緜區灑帝輝水如
銀漢燭雲似玉披衣為得因風起還來就日飛
同前　徐彥伯
玉律藏氷候彤堦飛雪時日寒消不盡風定舞還遲瓊樹
留宸矚琁花入曆詞懸知穆天子黄竹謾言詩
奉和游苑遇雪應制　李嶠
散漫祥雲逐聖廻飄飄瑞雪遠天來不能落後爭飛絮故
欲迎前定早梅
同前　劉憲
龍驂曉入望春宮正逢春雪舞東風花光併載天文上寒
氣行消御酒中
同前　宋之問
紫禁仙輿詰旦來青旗遥倚望春臺不知庭霰今朝落疑
是林花昨夜開

奉和洛陽翫雪應制　沈佺期
周王甲子旦漢后德陽宮酒瑞天庭裏驚春御苑中氛氳
生浩氣颯沓舞廻風宸藻光盈尺賡歌樂歲豐
奉和春日翫雪應制　宋之問
北闕彤雲掩曙霞東風吹雪舞山家瓊章定少千人和銀
樹長芳六出花
喜雪應制　宋楚客
飄飄瑞雪下山川散漫輕飛集九埏似絮還飛垂柳陌如
花更繞落梅前影隨明月團紈扇聲將流水雜鳴絃並荷
神功萬庾積終期聖壽百千年
野次喜雪　唐玄宗（附見張說集）

拂曙闢行宮寒高野望通繁雲低遠岫飛雪舞長空賦象
恒依物崇迴屢逐風爲知勤恤意先此示年豐

奉和同前應制　張說

寒更玉漏催曉色幄（集作御非）前開決滃雲陰積氛氳風雪迴
山知（集作如）銀作甕宮見璧爲（集作成）臺欲驗豐年象飄飄僊
藻來

溫湯對雪　唐玄宗（附見張說集）

北風吹同雲同雲飛白雪白雪乍迴散北風（集作同雲）何慘烈
未見溫泉冰那（集作寧）知火井滅表瑞良在茲庶希可怡悅

奉和溫湯對雪應制　張說

瑞雪帶寒風寒風入陰琯陰琯方凝閉寒風更淒斷宮似

瑤林匝（集作布）庭如月華滿正賡挾纊詞非近湯泉暖

校獵義成喜逢太雪率題九韻以示群臣　唐太宗

弧矢威天下旌旗遊近縣一面施鳥羅三驅教人戰暮雲
成積雪曉色開行殿皓然原隰同不覺林野變北風勇士
馬東日華組練觸地銀麋出連山縞鹿見月兎落高矰星
狼下飛箭既欣盈尺兆復憶磻溪便歲豐將遇賢俱荷皇
天眷

奉和同前應制　張說（見集本）

文教資武功郊畋閱邦政不知仁育久徒看禽獸盛夜嚴
氛埃減朝日山川淨緹伏飛走繁抨弦筋角勁帝射參神

道龍池合人性五豝連一發百中皆先命勇爵均萬夫雄
圖羅七聖星爲告符老雪作豐年慶喜聽行獵詩威神入
單令

喜雪　唐玄宗（附見張說集）

日觀卜先征時巡順物情風行未備禮雲密遽飄霙委樹
寒花發縈空落絮輕朝如玉已會庭似月猶明既覩膚先
合還欣尺有盈登封何以報因此謝功成

奉和同前應制　張說

聖德與天同封巒欲報功詔書期（集作斯）日下靈感應時通
觸石雲呈瑞含花雪告豐積如沙照月散似麪從風舞集
仙臺上歌流帝樂中瑤池百神喜灑路待行宮

同前　徐安貞

西宮齋祭近登臨雨雪紛紛天晝陰祇爲輕寒無瑞色頓
教正月滿春林蓬萊北上旌門暗花蕚南歸馬跡深自有
三農歌帝力還將萬庾答堯心

雜言奉和聖製瑞雪篇　張九齡

萬年春三朝日上御明臺旅庭實初瑞雪兮霏微俄同雲
兮蒙密此時騷切陰風生先過金殿有餘清信宿嬋娟飛
雪度能使玉人俱掩嫭皓皓樓前月初白紛紛陌上塵皆
素昨訝驕陽積數旬始知和氣待迎新匪惟在人利曾是
扶天意天意豈云遙雪下不崇朝皇情覩無斁委雪方盈
尺草樹芳早榮京坻苑先積君恩誠謂何歲稔復人和預

數斯相慶應如此雪多朝冕旒兮載恈想臺(集作鑾)笠兮豐(一作農)節倚瑤琴兮或歌(一作侍瑤琴兮成歌)續薰風兮瑞雪福浸應

昌尤盛瑞雪年年常感聖願以栢梁作常爲柳花詠

文苑英華卷第一百七十三

應制七

宮二十九首　臺七首

宅七首

宮

過舊宮　周明帝

玉燭調秋氣金輿歷舊宮還如過白水更似入新豐秋潭漬(初學記作清)晚菊寒井落疎桐舉杯延故老令聞歌大風

奉和春日幸望春宮　岑羲

和風助律應韶年清蹕乘高入望仙花笑鶯歌迎帝輦雲披日霽俯皇川南山近獻仙杯上北斗平臨御扆前一奉

恩榮欣在鎬空知率舞聽薰絃

同前(集作望春宮迎春內出綵花樹應制)　崔湜

澹蕩(集作澹淡)春光滿曉空逍遥御輦入離宮山河降望雲天外臺榭參差烟霧中庭際花飛錦繡合枝間鳥囀管絃同即此歡娛齊鎬宴唯應率土(集作舞)樂薰風

同前　張說

別館芳菲上苑東飛花澹蕩御筵紅城臨淮水天河近闕對南山雲霧(集作雨霽)通繞殿流鶯凡幾樹當蹊亂蝶許多叢春園既醉心和樂(集和作如)共識皇恩造化同

同前　武平一

鑾輅清旂下帝臺東郊上苑望春來黃鶯未鮮林間囀紅

蘂先從殿裏開畫閣條風初變柳銀塘曲水半含苔欣逢睿藻光韶律更促霞觴畏景催

同前　劉憲

暮春春色最偏（一作便）妍苑裏花間列御筵南山（一作商山）積翠臨城起灞水浮光共幕連鶯藏嫩緑歌相喚蝶礙芳叢舞不前歡娛節物今如此願奉宸遊億萬年（一作皆初學記）

同前　蘇頲

東望望春春可憐更逢晴日柳含烟宮中下見南山盡城上平臨北斗懸細草偏承廻輦處輕花故落捧觴前宸遊對此歡無極鳥弄聲聲入管絃

同前　鄭愔

晨蹕凌高轉翠旌春樓望遠背朱城忽排花上遊春苑却坐雲邊看帝京百草花心初冒蝶千林嫩葉始藏鶯幸同葵藿傾陽早願此盤根應帝榮

同前　薛稷

九春風景足林泉四面雲霞斂御筵花鏤黄山繡作苑草圖玄灞錦為川飛觴競醉心廻日走馬爭看眼着鞭喜奉仙遊歸路遠直論行樂不言旋

同前　常元旦

九重樓閣半山河四望韶陽春未賖侍蹕妍歌臨灞涘留觴艷舞出京華危竿競捧中衢日戲馬爭啣上苑花景色歡娛長若此承恩不醉不還家

同前　崔日用

東郊芳物正薰馨素滻鳧鷖戲緑汀鳳閣斜通平樂觀龍旂直逼望春亭光風搖動蘭英紫淑氣依遲柳色青渭浦明星脩禊事群公傾賀水心銘

同前　馬懷素

綵旄（一作仗）蹕輿俯碧潯行春御氣發皇心搖風細柳縈馳道映日輕花出禁林通野園林開帟幕連堤草樹狎衣簪謬參西掖霑堯酒願沐南薰解舜琴

同前　李適

玉輦金輿天上來花園四望錦屏開輕絲半拂朱門柳細纈全披畫閣梅舞蝶飛行飄御席鶯歌度曲繞仙杯聖詞

今日光輝滿漢主秋風莫道才

同前　李乂

東城結宇敞千尋北闕廻輿且（集作具）四臨麗日祥烟承早蹕輕寒弱草藉衣簪秦商重沓雲巖近河渭縈紆霧壑深謬接鴛鴻（集作鸞）陪賞樂還欣魚鳥逐飛沉

同前　沈佺期

芳郊緑野散春晴複道離宮烟霧生楊柳千條花欲綻蒲萄百丈蔓初榮林香酒氣元相入鳥轉歌聲各自成定是風光牽宿醉來晨復得幸昆明

奉和幸長安故城未央宮應制　李嶠

舊宮賢相築新苑聖君來運改城隍變年深棟宇催後池

無復水前殿久成灰萁辨析風觀空傳承露杯宸心千載
合眷律九韶開今日聯章處猶疑上栢臺

同前　趙彥昭

夙駕移天蹕憑軒覽漢都寒烟收紫禁春色繞皇圖舊史
遺塵迹前王失霸符山河寸土盡宮觀尺椽無崇高惟在
德壯麗豈爲謨茨室留皇鑒董歌盛有虞

同前　劉憲

漢宮千祀外軒駕一來遊夷蕩長如此威靈不復留憑高
睿賞發懷古聖情周寒向南山斂春過北渭浮土功昔云
盛人英今所求幸聽薰風曲方知霸道羞

同前　宋之問

漢皇未息戰蕭相乃營宮壯麗一朝盡威靈千載空皇明
帳前跡置酒宴群公寒輕彩仗外春發幔城中樂思迴白
日歌成起大風今朝天子貴不假叔孫通

同前　李乂集無

鳳輦乘春陌龍山訪古臺北宮纔盡處南斗獨昭回肆覽
飛宸札稱觴引御杯已觀蓬海變誰厭栢梁災代揖一作挹
孫通禮朝稱賈誼才忝齊文雅地先後各時來

假日與兄弟同遊興慶宮有序不錄　唐玄宗附見張說集

代邸青門右離宮紫陌垂庭如過沛日水若渡江時綺觀
連雞岫朱樓接鴈池從來敦棣萼今此茂荊枝萬葉傳餘
慶千年志不移憑軒聊屬目輕輦共追隨務本方從訓相
輝保羽儀時康俗易漸德薄政難施鼓吹迎飛蓋絃歌送
羽卮所希覃率土孝弟一同歸

奉和同前應制　張說

漢武橫汾日周王宴鎬年何如造區夏復此睦親賢巢鳳
成新集作斯成閣飛龍曜舊集作躍舊泉棣華歌尚在桐葉戲仍傳
禁籞氛埃隔樓臺景物連聖慈良有裕王道固無偏問俗
兆人阜觀風五教宣獻圖開益地張樂奏鈞天侍酌衢樽
滿詢芻諫鼓懸誡言形有愛萬國共周旋

過晉陽宮　唐玄宗附見張說集

緬想封唐處實惟建國初俯察伊晉野仰觀乃參墟井邑
龍斯躍集作曜斯城池鳳翔餘林塘猶沛澤臺榭宛舊居運革

祚中否時遷命茲符顧循承丕構怵惕多憂虞尚恐威不
逮復慮化未孚豈徒勞轍迹所期訓戎車習俗問黎人親
衂慰里閭永言念成功頌德臨康衢長懷經綸日歎息履
庭隅艱難安可忘欲去良踟躕

奉和同前應制　張說

太原俗尚武高皇初奮庸星軒三晉曜土樂二見封北風
遂舉鵬西河亦上龍至德起王業繼明賴人邕集作擁六葉
啓昌期再興廣聖蹤傳呼大駕來文物如雲從連營火百
里縱觀人千重翠華庋汾水集作攡樓非白日臨空峯枌榆息
賞洽桑梓舊情恭惟運感不追清時惜難逢時癸樽俎心
頌刊盛德容願君及春事迴輿綏萬邦

同前　張九齡

隋季失天策萬方罹凶殘皇祖稱義旗三靈皆獲安聖朝特申錫王業咸(集作成)艱難盜移未改命歷在終履端彼汾惟帝鄉雄(集作洪)都信鬱盤一月朔巡狩群后陪清鑾霸迹在沛庭舊儀覩漢官唐風思何深舜典敷更寬戶(集作家)豪枌榆復邑爭牛酒歡絪惟剪商後豈歇微禹歎三后既天在(集作在天)萬年期石刋尊祖實我皇天文皆仰觀

同前　蘇頲

隋運與天絕生靈厭氣昏聖期在寧亂士馬與太原立極萬邦推登庸四海尊慶膺神武帝業付皇曾孫絪纂封唐道追惟歸沛魂詔書感先義典禮巡舊藩商殷絲雲合春

旗祥風翻率西見汾水奔北空塞垣欵曲童兒(集作兒童)佐依遲故老言里頒慈惠賞家受除復恩下輦崇三都(集作敎又作觀)建碑當九門孝思敦(集作皦)至美億載奉開元

奉和聖製至長春宮登樓觀稼穡之作　前人

帝迹奚其遠皇符之所崇敬時堯務作盡力禹稱功赫赫惟元后經營自左馮變蕪秔稻實流惡水泉通國阜猶前豹人疲詎昔熊黃圖巡沃野清吹入離宮是閱京抵富仍觀都邑雄憑軒一何綺積溜寫晴空禮節家安外和平俗在中見龍垂渭北辭鴈指河東曆思方居鎬宸遊若飲豐寧夸子雲從秖爲獵扶風

奉和御製從蓬萊宮向興慶閣道中作　王維

渭水自縈秦甸曲黃山舊繞漢宮斜鑾輿迥出仙門柳閣道迥(集作廻)看上苑花雲(集作雪)裏帝城雙鳳闕雨中春樹萬人家爲承陽氣行時令不是宸遊重物華

同前　李憕

别館春還淑氣催三宮路轉鳳凰臺雲飛北闕輕陰散雨歇南山積翠來御柳遥隨天仗發林花不待曉風開已知聖澤深無限更喜年芳入曆才

臺

琴臺詩(此詩見三百十三卷臺門)　梁簡文帝

登三臺言志　唐太宗

未央初壯漢阿房昔侈秦在危猶騁麗居奢遂役人豈如

家四海日宇聖朝輪扇天裁戶舊砌地剪基新引月擎宵桂飄雲碧曙鱗露除光泫玉霜闕映雕銀舞接花梁鷰歌迎鳥路塵鏡池波太液莊苑麗宜春作異茸泉日亭非路寢辰念勞慙逸已居曠反勞神所欣成大廈宏材佇渭濱

奉和同前　許敬宗

中天表峻樹載極聳崑樓聖作規玄造軒阿篌聿脩高門符令節形勝揔神州企翼搏禽萃飛甍鷰雀遊綴星羅百拱緣漢轉三休旦雲生玉舄杓月上銀鉤妙管含秦鳳仙姿麗斗牛形言防處逸粹藻發嘉猷荷生無以謝盡瘁竟何酬

鷰雀(集作賀鳥)　盡瘁(集作來子)

春臺望　唐玄宗

暇景屬三春高堂聊四望目極千里際山川一何壯太華
見重巘終南分疊嶂郊原紛綺錯參差多異狀佳氣滿通
溝遲步入綺樓初鶯一一鳴紅樹歸鴈雙雙去綠州太液
池中下黃鶴昆明水上映牽牛閒道漢家全盛日別館離
宮趣非一甘泉邐迤亘明光五柞連延接未央周廬徼道
縱橫轉飛閣迴軒左右長須念作勞居者逸勿言我后焉
能恤爲想雄豪壯栢梁何如陋儉卑茅室陽烏黯黯向山
沉夕鳥喧喧入上林薄暮賞餘迴步輦還念中人罷百金

奉和御製同前　賀知章

青陽布王道玄覽陶真性欣若天下春高逾城中聖神皐

類觀賞帝里如懸鏡繚繞八川浮岧嶢雙闕暎曉色徧昭
陽晴雲卷豫章華滋的皪冊青樹顥氣氤氳金玉堂尚有
靈蛇下鄜畤還徵瑞寶入陳蒼自昔秦奢漢窮武後庭萬
餘宮百數旗迴五丈殿千門連綿南隥出西垣廣晝臻蛾
華窈窕羅生玳瑁象崐崘廼睠天晴興隱恤古來土木良
非一荊臨章觀趙叢臺何如堯階將禹室層欄窗牖下龍
輿清管逶迤半綺疏一聽南風引鸞舞長謠北極仰鶵居

同前　許景先

曆德在青陽高車視中縣秦城連鳳闕漢寢疏龍殿文物
照光輝郊畿鬱葱蒨千門望成錦八水明如練複道曉光
披宸遊出禁移瑞氣朝浮五雲閣閣疑作閤祥花夜吐萬年枝

蘭葉負龜初薦社桐花集鳳更來儀秦漢生人凋力役阿
房甘泉搆雲碧汾祠雍畤望遐天玉堂宣室坐長年鼓鍾
西奏咸陽觀苑圃南通鄠社田明主卑宮誠前失輔德欽
賢政惟一昆蟲不夭在春蒐稼穡常艱重農術邦家已荷
聖謨新猶聞儉陋惜中人預奉北辰垂七耀長歌東舞抃
千春

同前　蘇頲

壯麗天之府神明王者宅大君乘飛龍登彼復懷昔圓闕
朱光焰橫山翠微積河汧流作表縣聚開成陌即舊在皇
家維新具物華雲連所上居恒屬日更時中望不斜三月
滄池漲積水萬年青樹綴新集作點鶩花㬥羸國此嘗啚霸

業後仁先以詐東破諸侯西入秦咸陽北阪南渭津詩書
焚爇散學士高閣奢喻嬌美人事往覆轍經遠喻春還按
蹕憑高賦我觀愛力深惟省越厭陳方何足務情吹遙遙
發帝臺宸文耿耿照天迴伯夷位事遇臣忝喜奏聲成鳳
鳥來

宅

過舊宅二首　唐太宗

新豐停翠輦譙邑駐鳴笳園荒一徑斷臺古半階斜古一作平
前池消舊水昔樹發今花一朝辭北初學記作此地四海遂成
家

二

金輿巡白水玉輦駐新豐紐落藤披架花殘菊破叢鋪庭荒草蔓流竭半池空紉珮蘭猶勁舒珪葉剪桐昔地一藩內今宅九闈中架海波澄鏡韜戈器反農八表文同軌無勞歌大風

奉和同前應制　許敬宗

飛雲臨紫極出震表清光自爾家寰海今茲返帝鄉情深感代國樂甚讌酺方白水浮佳氣黃星聚太常參鳳鳴層閣鄭雀賀彫梁桂山猶總翠蘅薄尚流芳攀鱗有移皓沐德抃稱觴

同前　上官儀

石關清晩夏旋輿御早秋神麾颺珠雨仙吹響飛流沛水祥雲泛苑郊瑞氣浮大風疑漢築叢烟入舜球翠梧臨鳳邸滋蘭帶鶴舟偃伯歌玄化扈蹕頌王遊遺簪謬詔獎珥筆荷恩休

爰因巡省途次舊居　唐玄宗（附見張說集）

三千扐擊浪九萬欲搏空天地猶驚否陰陽始遇蒙存身斯（集作期）歷試佐貳佇昭融多謝時康理良慙實賴（集作實劍）功長懷問禹氣夙負拔山雄不學劉琨舞先歌漢祖風英髦旣包括豪傑自牢籠人事一朝異謳歌四海同如何昔朱邸今此作離宮鴈沼澄瀾翠猨巖落照紅小山餘桂馥長坂舊蘭叢即是淹留處乘歡樂未窮

奉和同前應制　張說

蒭（集作[illegible]）酆興王郡啟憂啓聖圖周成會西土漢定（集作武）幸南都歲卜鸞（一作鑾）輿邁農祠鴈（疑）政敷武威稜外域文教靡中區驚蹕干戈捧朝宗萬國趨舊藩人事革新化國容殊壁有真龍畫庭餘鳴鳳梧叢觴祝堯壽合禹獻湯厨陽樂寒扐變春思（集作恩）蟄共（集作更）蘇三者須命服五稔復田輸君賦大風起人歌湛露濡從臣覩王業（集作王業）方頤紀靈符

同前　蘇頲

路國臨淄邸天王別駕輿出潜離隱際小往大來初東陸行春典南陽即舊居約川星罕駐扶道日旂舒雲覆連行在風廻助掃餘木行城邑望皐落土田昵昔試邦興后今過俗徯予示威寧校獵崇讓不陳漁府吏趨神展鄉耆捧帝車帳傾三飲處開整六飛餘盛業銘汾禹昌期應洛書願陪歌賦末留此蜀相如

文苑英華卷第一百七十四

文苑英華卷第一百七十五　詩二十五

應制八

殿五首　樓十三首
閣一首　亭十首
園十首　幸宅三十一首

殿

奉和冬至日乾元受朝　牛弘

恭己臨萬寓宸居御八埏作貢菁茅集來朝圭幣（初學記作散）連司儀三接盛掌禮九賓虔重欄映如壁複殿繞非煙

宴瓊泉殿　江總（見初學記）

水亭通枍詣石路接皇堂野花不識采旅竹本無行雀驚

疑欲曙蟬噪似含涼何言金殿側亟奉瑤池觴

臨芳殿侍宴　前人（見初學記）

鍾箭且徘徊皇堂薦羽杯橋平疑水落石迴見山開林前暝色靜花處近香來西崦傷撫夕北閣濫游陪

儀鸞殿早秋　唐太宗

寒驚薊門葉秋發小山枝松陰背日轉竹影避風移提壺菊花岸高興芙蓉池欲知涼氣早巢空鷰不歸

奉和儀鸞殿早秋應制　許敬宗

睿想追嘉豫臨軒御早秋斜暉麗粉壁清籥吹朱樓高閣凝陰晚雕窗艷曲流小臣參廣宴大造諒難酬

樓

登北顧樓　梁武帝

歇駕止行警迴輿暫游識清道尋丘壑緩步肆登陟雁行上差池羊腸轉相逼歷覽窮天步矚盡地域南城連地險北顧臨水側深潭下無底高岸長不測舊典石若排新州花似（一作如）織

奉和同前　梁簡文帝

春陵佳氣地濟水鳳凰（初學記作星）宮況此徐方域川岳邁周豐皇情愛歷覽游陟擬崆峒聊驅釋道後無勞襄野童霧崖開早日晴天歇晚虹去帆入雲裏遙星出海中

此詩三百十一卷重出今已削去

初春登樓即日觀作述懷　唐太宗

憑軒俯蘭閣眺矚散靈衿綺峰含翠霧照日蘂紅林鏤丹露錦岫殘素雪斑岑拂浪堤垂柳嬌花鳥續吟連甍豈一拱衆幹如千尋明非獸材力終藉棟梁深彌懷矜樂志更懼戒盈心慷制勞居逸方龜十產金

奉和同前應制　許敬宗

旭旦臨重璧天幕極中京春暉發芳甸佳氣滿層城去鳥隨看沒來雲逐望生歌裏非煙颺琴上凱風清文波浮鏤檻（集作檐）摛景煥彫楹璇璣體寬政隆棟象端衡創規雖有作凝拱遂無營沐恩空改鬢將何謝夏（夏與廈同）成

春日登陝州城樓俯眺原野回舟碧綴煙霞密翠班紅芳菲花柳即目川岫聊以命篇　唐太宗

碧原開霧隰綺巘峻霞城煙峯高下翠日浪淺深明班紅
裴藥樹圓青壓澠荆跡嚴勞傳想窺野訪華（疑作莘）情巨川
何以濟舟檝佇時英

奉和同前應制　許敬宗

抱河徵綠宇御溝矖朱宮辰斿翻麗景星罕曳雕紅學嚬
齊柳嫩（集作嫩蘂）妍笑發春叢錦鱗文碧浪繡羽絢青空眷念
三階靜遐想二南風

登蒲州逍遙樓　唐玄宗

長榆息烽火高柳靜風塵卜征巡九洛展豫出三秦昔是
潛龍地今爲上理辰時平承道泰聊賞遇年春黃河分地
絡飛觀接天津一覽遺芳翰千載肅如神

奉和同前應制　蘇頲

在昔堯舜禹遺塵成典謨聖皇東巡狩況乃經此都樓觀
分迤邐河山幾縈紆緬懷祖宗業相繼文武圖恃德旣無
險觀風諒有孚豈如汾水上簫鼓事游娛

夏首花萼樓觀群臣宴寧王山亭迴樓下又申之
以賞樂賦詩（有序不錄）　唐玄宗

今年通閏月入夏展春輝樓上風花媚（一作晚）城隅賞宴（一作
宴賞）歸九歌揚政要六舞散朝衣天人喜時相合人和（一作知非）事
不遺禮中推意厚樂處感心微別賞陽臺樂前旬暮雨飛

奉和花萼樓下宴群臣應制　張說

萬心翹樂宴三舍緩昌時山接晉芝雲陰臺留春日遲節移
芳未歇興隔賞仍追醉後傳嘉恩樓前舞聖慈皇恩與時
合天意第人期故廢前旬雨新垂湛露詞

奉和御製登鷟鸑樓即日應制　孫逖

王輦下離宮瓊樓上半空方巡五年狩更闢四門聰井邑
觀秦野山河念禹功停鑾留睿作軒檻起南風

奉和聖製御春明樓臨右相園亭賦樂賢詩應制　王維

複道通長樂青門臨上（集作上垣）路逢聞鳳吹喧闐識龍輿度
褰旒明四目伏檻紆三顧小苑接侯家飛甍映宮樹商山
原上碧滻水林端素銀漢下天章瓊筵承湛露將非富人
寵信以平戎故從來簡帝心詎得迴天步

奉和登玄武樓觀射即事懷賜孟涉應制　崔元翰

寧歲常有備殊方靡不賓禁營列武衛帝座彰威神講事
一臨幸加恩徧撫巡城高鳳樓聳場迴獸候新飲羽連百
中控絃踰六鈞棟材盡爪士受任皆信臣光賁文藻麗便
繁心旅（疑作膂）親復如觀太清昭爛垂芳宸

聖恩顧問獨遊月燈閣直書其事應制　釋廣宣

禪居河畔無多地來往尋春物正華磴道上盤千畝竹欄
干低數萬人家詹前施飯來飛鳥林下行香踏落花自觧
剎那知佛性不勞更喻幾塵沙

亭

幸黎園亭觀打毬應制　武平一

令節重遨遊分鑣戲彩毬驊騮迴上苑蹀躞繞通溝影就紅塵没光隨赭汗流賞闌清景暮歌舞樂時休

同前　沈佺期

今春芳苑遊接武上瓊樓苑轉縈香騎飄颻拂畫毬俯身仰未落迴轡遂傍流紙爲看花鳥時時悞失籌

同前集作梨園亭子侍宴應制　崔湜

年光陌上發香輦禁中遊草緑鴛鴦殿花明翡翠樓集作寶天杯承露酌仙管雜風流今日陪歡豫皇恩不可酬

望春亭侍遊應制　杜審言

帝出明光殿天臨太液池堯樽隨步輦舜樂繞行麾萬壽禎祥獻三春景物滋小臣同酌海歌頌答無爲

宿羽亭侍宴應制　前人

步輦千門外離宮二月開風光新柳報宴賞百花催碧水摇雲集作空閣青山繞吹臺聖情留睨興歌管送金盃百一作落

此詩一百六十九卷侍宴門今削去注與同爲一作

夏日仙蕚亭應制

高嶺逼星河乘此日過野含時雨潤山雜夏雲多睿藻光巖穴宸襟洽薜蘿悠然小天下歸路滿笙歌

奉和幸神皐亭應制　前人

清蹕詣皇道乘輿降紫宸霸戈駐晩集作曉日雲管潑陽春臺古全疑集作知漢莽餘半識秦宴酣詩布澤節改令行仁昔恃山河險今依道德淳多慙獻嘉頌空累屬車塵

侍宴蘘荷亭　張說

迴鑾青岳觀帳殿紫煙峯仙路迎三島雲衢駐兩集作六龍園林看花塔壇墠識餘封山外聞簫管還如天上逢

晦日承恩識求穆公主亭子賦得流字　前人

堂邑山林美朝恩晦日遊園林含淑氣竹樹遶春流舞席千花妓集作騎非歌船五綵樓群歡與王澤歲歲滿皇州

同望幸新亭賜錢公宴　李憕

感夢通玄化覃恩降紫宸賜錢開漢府分帛醉堯人地隔朝宗慶亭臨卜落新行看廣雲雨二月次東巡

園

同二相已下群臣樂遊園宴一作宴樂遊園　唐玄宗

選集作撰日巖廊暇需雲宴樂初萬方朝玉帛千品會簪裾地入南山近城分北斗餘池塘蔭柳客原野雜集作隱野花疎帝幕看逾暗歌鍾聽自虛興闌歸騎轉還奏弼違書

自唐玄宗詩至趙東儀共九首並見張說集

奉和恩賜樂遊園宴應制　張說

漢苑佳遊地軒庭近侍臣共持榮幸日來賞艷陽春饌玉須王籠擬金下帝鈞池臺草色徧宮觀柳條新花綬光連榻朱顔暢飲醇聖朝多樂事天意每隨人

同前　蘇頲

侍飲終酺會承恩續聖游戴天惟慶幸選地即殊尤北面（集作向）祗雙闕南臨賞一丘曲江新溜綬（集作緩）上苑雜花稠疊疊韶絃晏戔戔貢帛周醉歸塡畛陌榮耀接軒裘

同前　蘇頲

樂遊光地選酺飲慶天從座密千官盛場開百戲容綠縢際山盡緹幕綺雲重高下花齊發周廻柳遍濃奪晴紛劇發喧聽雜歌鍾日曉銜恩散堯人併可封

同前　崔汚

五日酺初畢千年樂未央復承天所賜終宴國之陽地勝春逾好恩深樂更張落花飛廣座垂柳拂瑤（集作行）觴庶尹陪三史（集作吏）諸侯具萬方酒酣同抃躍歌舞詠時康

同前　張九齡

實筐莚錫（集作後又作享）命供帳敘群公形勝宜春接威儀（集作儀文）建禮同晞陽人似露鮮愠物從風朝慶千齡始年華二月中輝光變草木和氣發絲桐歲歲長無事徒知樂九功

同前　胡皓

五酺終宴樂（集作集）三錫又歡娛仙阜崇高異神州眺覽殊南山歸皓雪比闕對明珠宰座鴛鴻滿倡（集作昌）庭駟馬趨綺羅含草樹絲竹吐郊衢御杯不能罷歌舞恣唐虞

同前　王翰

未極人心暢何如帝道明仍嫌酺宴促復寵樂遊行陸海披珍藏天河望斗城四闢清靄合數處白雲生飪錬調元氣歌鍾溢雅聲空慙堯舜力至德杳難名

同前　崔商

春日照長安皇恩寵庶官合錢乘罷宴（集作罷飲）永賜帛復（集作宴帛賜）追歡供帳遞高列城池入迥寬花催相國飲鳥和樂人彈北闕雲中見南山樹杪首樂遊宜締賞舞詠惜將闌

同前　趙東儀

爽塏三秦地芳華二月初酺承奠璧罷宴是合錢餘柳翠垂堪結桃紅卷欲舒從容會鴛鷺延曼戲龍魚喜氣通雲物歡聲浹（集作來）里閭望恩將報厚（集作聖恩將厚意）請述記言書

幸宅

奉和幸韋嗣立山莊侍宴應制　李嶠

南洛師臣契東巖王佐居幽情遺紱冕神眷屬樵魚制下峒山蹕恩迴灞水輿松門駐旌罕薜幄引簪裾石磴平黃陸煙樓半紫虛雲霞仙路近琴酒俗塵疏喬木千齡外懸泉百丈餘崖深經錬藥穴古舊藏書樹宿摶風鳥池遊縱壑魚寧知天子貴尚憶武侯廬

同前　李乂（見集本）

樞掖調梅暇林園藝槿初入朝榮劍履退食偶琴書地隱東巖室天迴北斗車旌門臨窅篠輦道屬扶疏雲罕明丹谷霜笳徹紫虛水疑投石處溪似釣璜餘帝澤頒卮酒人歡頌里閭一承黃竹詠長奉白茅居

同前　沈佺期

台階好赤松別業對清風茅室成（一作承）三顧花源接九重
龍旂榮秀木鳳輦拂疎筇逕狹千官擁溪長萬騎容水塘
開禹瞻（疑）山閣猷堯鍾皇鑒清居遠天文睿獎濃巖泉他日
夢漁釣徃年逢共榮丞相府偏降逸人封

同前　武平一

三光廻斗極萬騎肅勾陳地若遊汾水畋疑歷渭濱圓塘
水寫鏡遥樹雪成春絃奏魚聽曲機忘鳥狎人築巖思感
夢磻石想垂綸落景搖紅碧層陰結翠筠素風紛可尚玄
澤藹無垠薄暮清笳動天文煥紫宸

同前　趙彥昭

賢候唯題里儒門但署卿何如表巖洞宸翰發輝光地在

茲山曲家隣谷水陽六龍駐旌罕四牡輾旂常北斗臨台
座東風入廟堂天高羽翼近主聖股肱良野竹池亭氣村
花澗谷香縱然懷豹隱空愧躡鴛行　賢候（集作賢族）

同前　徐彥昭

鼎臣休翰隙方外結遐心別業清霞逕孤潭碧樹林每持
東野策遥弄北溪琴帝幸紆時豫台園賞歲陰移鑾明月
沼張俎白雲岑御酒瑶觥落仙壇竹徑深三光懸聖藻五
等冠朝簪自愧承恩盛咸言歡在今

同前　劉憲

東山有謝安枉道降鳴鑾緹綺紛初日霓旌度曉寒雲蹕
巖間下虹橋澗底盤幽棲俄以屆聖矚宛余歡崖懸飛溜
直岸轉緑潭寛桂華堯酒泛松響舜琴彈明主恩斯極賢
臣節更殫不才叨侍從詠德以濡翰

同前　崔湜

丞相登前府尚書啓舊林式閭明主睿榮族聖嬪心川狹
旌門抵巖高蔽帳臨閑牕憑柳暗小徑入松深雲卷千峯
色泉和萬籟吟蘭迎天女珮竹礙侍臣簪宸翰三光燭朝
榮四海欽還嗟絶機叟白首漢川陰

同前　張說

寒灰飛玉琯湯井駐金輿既得方明相還居懸流
珠（集作泉）貫下列幛錦屏舒騎遠林逾密笳煩（集作繁）谷自虛
門旗斬複磴殿幕裹通渠舞鳳隨公主雕龍起婕妤地幽

天賞洽酒樂御筵初菲才叨侍從連藻愧應徐

同前　蘇頲

擬金寒野霽步玉曉山幽帝極期松子臣廬問葛侯百工
徵往夢七聖扈來遊斗柄乘時轉台階捧日留樹重巖鎖
合泉迸水光浮石徑喧朝穫瓚溪擁鈞舟恩如犯星夜歡
比濟河秋不學堯年隱空令徵（集作傲）許由

上又製七言絶句侍臣皆和　李嶠

萬騎千官擁帝車八龍三鳥訪仙家鳳凰原上窺青壁鸚
鵡杯中弄紫霞

同前　劉憲

非吏非隱晉尚書一丘一壑降乘輿天藻緣情兩曜合山

扈獻壽萬年餘

同前　趙彥昭

廊廟心存巖壑中鑾輿矚在霸城東逍遥自有蒙莊子漢主徒言河上公

同前　武平一

鳴鑾奕奕下重樓羽蓋逍遥向一坵漢日惟聞白衣寵唐年更覩赤松遊

同前　崔湜

竹徑桃源本出塵松軒茅棟别驚新御蹕何須林下駐山公不是俗中人

同前　沈佺期集無

東山朝日翠屏開北闕晴空綵仗來喜遇天文七曜動少微今夜近三台

同前　李乂

曲榭廻廊遶澗幽飛泉噴水溢池流祇應感發明王夢遂得邀迎聖帝遊

同前　張說見本集

西京上相出扶陽東郊别業好池塘自非仁智符天賞安能日月共廻光

同前　蘇頲

樹色參差隱翠微泉流百丈向空飛傳聞此處投竿地遂使茲辰扈蹕歸

奉和幸禮部尚書竇希玠宅應制　劉憲

北斗樞機任西京肺腑親疇昔王門下今茲制幸辰恩光山水被聖作管絃新遶座薰紅葉當軒暗綠筠摘荷幾早夏聽鳥尚餘春行漏金徒晚風煙起觀津

同前　李乂

家住千門側亭臨二水傍貴遊開北地宸眷幸西鄉曳履迎中谷鳴絲出後堂浦疑觀萬象集作物峰似駐三光草向瓊筵樂花承綉扆香聖情思舊重集作里留飲賦雕章

同前　沈佺期

北闕垂旒暇南宮聽履廻天臨祥鳳轉恩向躍龍開蘭氣承仙帳榴花引御杯水從金穴吐雲是玉山來池影搖歌席林香散舞臺不知行漏晚清蹕尚徘徊

同前　蘇頲

尚書列侯地外戚近臣家飛棟臨青綺廻輿轉翠華日交當戶樹泉漾滿池華圓頂圖嵩石方流擁魏沙豫遊今聽履侍從昔鳴笳自有天文降無勞訪海查

同前幸上官昭容院山亭獻詩四首　鄭愔

地軸樓居遠天台闕路賒何如遊帝宅即此對仙家座拂金壺電池搖玉酒霞無勞秦漢闕别訪武陵花

二

堯莢姑射近漢苑建章連十五葉知月三千堯記年鸞歌隨鳳吹鶴舞向鵾弦更覓瓊妃伴來過玉醴泉

三
宮掖賢才重山林高尚難不言辭輦地更有結廬歡池棟
清溫煥巖牕起沍寒幽亭有仙桂聖主萬年看

四
槎流天上轉茅宇禁中開河鵲塡橋至山熊避檻來庭花
抹藁蓐巖石步莓苔願奉羅圖泰長開錦翰裁

過大哥宅探得歌字　唐玄宗（附見張說集）
魯衞情先重親賢愛轉多冕旒豊暇日乘景暫經過戚里
申高宴平臺奏雅歌復尋為善樂方念保山河

奉和過寧王宅應制　張說（見本集）
進酒忘憂觀簫韶喜降尋帝堯敦睦禮王季友兄心竹苑

龍鳴笛梧宮鳳繞林大風將小雅一字重千金

同王真公主過大哥山池　唐玄宗（附見張說集）
地有昭（一作招）賢處人傳樂善名鶩池臨九達龍岫對重城
桂月先秋冷蘋風向曉清鳳樓遥可見髣髴玉簫聲

奉和司王真公主過大哥山池應制　張說（見本集）
綠竹初成苑丹砂欲化金乘龍與驂鳳歌吹滿山林奕氣
凝波迴寒光映浦深忘憂授此觀為樂賞同心

文苑英華卷第一百七十五

文苑英華卷第一百七十六　詩二十六

應制九

昆明池七首　興慶池八首
降慶池一首　公主林亭四十一首
送公主十七首

昆明池

奉和晦日幸昆明池應制　沈佺期
法駕乘春轉神池象漢回雙星遺舊石孤月隱殘灰戰鷁
逢時志思魚望幸來岸花緹綺繞堤柳幔中開思逸橫汾
唱歡流宴鎬杯微臣彫朽質羞覩豫章材

同前　宋之問（見雜詠）

春豫臨池近滄波帳殿開舟陵石鯨度查拂斗牛迴節晦
蓂全落春遲柳暗催象滇（一作溟）看浩景燒刼辨沉灰鎬飲（一作在鎬）
周文樂汾歌（一作橫汾）漢武才不愁明月盡自有夜珠來

同前　李乂
玉輅尋春賞金堤重晦遊川通黑水浸池派紫泉流晃朗
扶桑出絲聯樹杞周鳥疑烟海處人似隔河秋刼盡灰猶
識年移石故溜汀州歸棹晚簫鼓雜汾（集作行）謳

同前　蘇頲
炎曆事邊垂（集作陲）昆明始鑿池豫遊光後聖征戰罷前規
霽色清珍宇年芳入錦陂御盃蘭薦葉仙仗柳交枝二石
分河瀉雙珠代月移微臣比翔泳恩廣自無涯

昆明池侍宴應制　沈佺期

武帝伐昆明穿池集五兵水同河漢在館有豫章名我后光天德垂衣文教成黷兵非帝命勞物豈皇情春豫過鯨沼雲旗出鳳城靈魚嘶寶躍仙女廢機迎柳拂旌門暗蘭依帳殿生還如流水曲日晚棹歌清

賜宴昆明池應制　張嘉貞

靈沼初開漢神池舊俗疑堯昔人徒習武明代此聞韶地脉山川勝天恩雨露饒時光牽利舸春淑覆柔條芳醖千日華𣆶落九霄幸承歡賚重不覺醉歸遥

恩制尚書省寮宴昆明池同用堯字　蘇頲

露渥灑雲霄天官次斗杓昆明四十里空水涵晴朝鴈似

嘶紅葉鯨疑噴海潮翠山來徹底白日去廻標泳廣漁杈溢浮深妓舫搓飽恩皆醉止合舞共歌堯

興慶池

興慶池侍宴應制　徐彥伯

夾道傳呼翊翠虬天廻日轉御芳州清潭曉霽龍仙躍紅嶼晴花隔綵旒香溢金杯環廣座聲槿妓舸匝中流群臣相慶嘉魚樂共哂橫汾歌吹秋

同前

拂霧金輿丹旆轉凌晨黼帳碧池開南山倒影從雲落北澗摇花寫溜廻急槳爭標排荇渡輕帆截浦觸荷來橫汾宴鎬歡無極歌舞年年聖壽杯

同前　武平一

鑾輿羽駕出城隈帳殿旌門此地開皎潔靈潭圖日月參差畫舫結樓臺波搖岸影隨橈轉風送荷香入酒來願奉聖情歡不極長遊春漢幾昭回

同前　劉憲

蒼龍闕下天泉池軒駕來遊簫管吹緑堤夏條嬰不散冒水新荷卷復披帳殿疑從畫裏出樓船直在鏡中移自然東海神仙處何用西崑轍迹疲

同前集作隆興池侍宴　蘇頲

降鶴池前廻步輦栖鸞樹杪出行宮山光積翠遥相疑集作逼水態含情集作清近若空初云山光逼嶼疑無地水態迎流若有風特為趙郡李乂范陽盧

從愿所賞惜存焉但末句又押起風故此用近若空直視天河垂象外俯窺京室畫圖中皇歡未使恩波極日暮樓船更起風

同前　沈佺期

碧水澄潭映遠空紫雲香駕御微風漢家宮闕疑天上秦地山川似鏡中向浦廻舟萍已緑分林蔽殿槿初紅古來徒羨橫汾賞今日宣遊聖藻雄

同前　常元旦

蒼池漭流帝城邊殊勝昆明鑿漢年夾岸旌旗疏輦道中流簫鼓振樓船雲峯四起迎宸幄水樹千重入御筵宴樂已深魚藻詠承恩更欲奏甘泉

同前　常元旦

神池汎濫水盈科仙蹕紆餘步輦過縱棹洄沿萍溜合開
軒眺賞麥風和潭魚在藻欣游泳谷鳥含櫻入賦歌寄謝
乘槎溟海客匝疑頭來此問天河

隆慶池

侍宴隆慶池　張說

靈池月滿直城隈黼帳天臨御路開東沼初陽疑吐出南
山曉翠若浮來魚龍百戲紛容與鳧鷁雙舟較泝洄願以
集作似金堤青草馥長承瑤水白雲杯

公主林亭

侍宴安樂公主新宅應制　宗楚客

星橋他日構仙牓此時開馬向鋪錢埒簫聞弄玉臺人疑

衛叔美客有一作是馬卿才借問遊天漢誰能帶石廻

同前　趙彥昭

雲物中京曉天人外館開飛橋象河漢懸牓學蓬萊北闕
臨仙檻南山送壽杯一窺輪奐畢更思棟梁材

同前　武平山

紫漢秦樓敞黃山魯館開簪裾分上席歌舞列平臺馬既
如龍至人疑學鳳來幸忻聯棣蕚何以接鄒枚

侍宴安樂公主莊應制　李嶠

黃金瑞牓絳河隈白玉仙輿紫府來碧樹青岑雲外聳朱
樓畫閣水前開龍舟下瞰鮫人室羽節高臨鳳女臺遽惜
歡娛歌吹晚揮戈却使耀靈廻

同前　趙彥昭

六龍齊軫御朝曦雙鷁維舟下綠池飛觀仰看雲外聳浮
橋直見海中移靈泉巧鑿天孫渚孝笋能抽帝女枝幸願
一生同草樹年年歲歲樂於斯

同前　宗楚客

玉樓銀牓枕嚴城翠蓋紅旗列禁營日暎層巖圖畫色風
搖雜樹管絃聲水邊重閣含飛動雲裏孤峯類削成幸覩
八龍遊閬苑無勞萬里訪蓬瀛

同前　盧藏用

皇女瓊臺天漢潯星橋月宇構山林飛羅半拂銀題影瀑
布環流玉砌陰菊浦香隨鸚鵡泛簫笙韻逐鳳凰吟瑤池

駐蹕恩方久璧月無聞輿轉深

同前　蘇頲

騄騏羽騎歷城池帝女樓臺向晓披霧洒旌旗雲外出風
迴巖岫雨中移當軒半落天河水繞逕全低月樹枝簫鼓
宸遊陪宴日和鳴雙鳳喜來儀

同前　蕭至忠

西郊窈窕鳳凰臺北渚平明法駕來匝地金聲初度曲周
堂玉溜好傳杯灣路分遊畫舟轉岩間相向碧亭開微臣
此時承宴樂彷彿疑尋星漢迴

同前　岑羲

銀牓重樓出霧開金輿步輦向天來泉聲迴入吹簫曲山

勢遙臨萬歲杯帝女含笑流飛雷乾文動色象昭回誠願
北極惟尭日微臣抃舞詠康哉

同前（集作興慶寺侍宴應制）　李乂

金輿玉輦背三條水閣山樓望九霄野外初迷七聖道河
邊忽覩二靈橋懸冰滴滴依虬箭清吹泠泠雜鳳簫向晚
平陽歌舞合前溪更轉木蘭橈

同前　馬懷素

主家臺沼勝平陽帝幸歡娛樂未央掩映㻞窻文極浦參
差綉戶眺迴塘泉聲百處歌傳曲樹影千重舞對行聖酒
一霑何以報惟期頌德奉時康

同前　韋元旦

銀河南浦帝城隅帝輦平明出九衢刻鳳蟠螭陵邸桂穿
池構石寫蓬壺瓊簫暫下鈞天樂綺綴長懸明月珠仙牓
承恩爭既醉方知朝野更歡娛

同前　李迥秀

結旦重門聞警蹕傳言太主奏山林是日迴輿羅百綺此
時歡甚賜千金鷺羽鳳簫參樂曲荻（疑作狄）園竹徑接帷陰
手舞足蹈方無極年年歲歲奉薰琴

同前　李適

平陽金榜鳳凰樓沁水銀河鸚鵡州綵仗遙尋丹壑裏仙
輿暫幸綠亭幽前池錦石蓮花艷後嶺香爐桂蘂秋貴主
稱觴萬年壽還輕漢武濟汾遊

同前　薛稷

主家園宇（一作援）極新規帝郊遊豫奉天儀歡宴瑤臺鎬京
集賞賜銅山蜀道移曲閣交映金精板飛花亂下珊瑚枝
借問今朝八龍駕何如昔日指仙池

同前　沈佺期

皇家貴主好神仙別業初開雲漢邊山出盡如鳴鳳嶺池
成不讓飲龍川粧樓翠幌教春住舞閣金鋪借日懸敬從
乘輿來此地稱觴獻壽自鈞天

同前　劉憲

主家別墅帝城隈無勞海上覓蓬萊沓嶂懸流平地起危
樓曲閣半天開庭莎作薦舞行出浦樹相障歌棹迴此日

風光與形勝秪言倂伴聖詞來

侍宴長寧公主東莊應制　李嶠（見初學記）

別業臨青甸鳴鑾降紫霄長筵鵷鷺集仙管鳳凰調樹接
南山近烟含北渚遙承恩咸已醉戀賞未還鑣

同前　崔湜

沁園東閣外褭（一作鸞）駕一遊盤水榭宜時陟山樓向晚看
席臨天女貴杯接近臣歡聖藻懸宸象微臣竊仰觀

同前　李適

鳳樓紆睿幸龍舸暢宸襟歌舞平陽第園亭沁水林山花
添聖酒澗竹繞薰琴願奉瑤池駕千春待德音

同前　鄭愔

公門襲漢皇主第稱秦玉池架祥鱣序山吹鳴鳳曲拂席
蘿薜垂迴舟菱荷觸平陽妙舞處日暮清歌續

同前　劉憲

公主林園地清晨降玉輿畫橋飛度水仙閣湧臨虛晴新
看蛺蝶夏早摘芙蕖文酒娛遊盛忻叨侍從餘

同前　李乂

紫禁乘雷集作霄動青門訪水嬉貴台鱣序集初學記作上台鱣序慶
仙女鳳樓期合宴簪紳滿承恩雨露滋北辰還捧日東館
集作幸逢時

遊長寧公主林亭應制六首有序不録　上官昭容

玉環藤逺構金埒荷殊榮弗玩珠璣飾仍留仁智聲鑿山

便作室憑樹即爲楹公輸與班爾從此遂韜聲

二

登山一長望正遇九春初結駟塡街衢閭閻滿邑居鬬雪
梅花吐驚風柳未舒直愁斜日落不畏酒樽虛

三

春晚氣清和披襟賞薜蘿玳瑁凝雲色琉璃漾水波跂石
聊長笑攀松乍短歌除非物外者誰就此經過

四

暫爾遊山第淹留惜未歸霞窗明月滿澗戶白雲飛書引
藤爲架人將薜作衣此眞攀桂所臨睨賞光輝

五

放曠出烟雲蕭條不自群漱流清意府隱几避囂氛石畫
裝苔色風梭織水文山室何爲貴唯餘蘭桂薰

六

策杖臨霞岫危步下霜谿志逐深山靜途隨曲澗迷漸覺
心神逸俄看雲霧低莫怪人題樹祇爲賞幽棲

同公主遊九龍潭　唐則天武后

山窗遊玉女澗戶對瓊峯巖頂翻雙鳳潭心倒九龍酒中
浮竹葉杯上寫芙蓉故念山家賞唯有入風松

奉和初春幸太平公主南莊應制　李嶠

主家山第接雲開天子春遊動地來羽騎參差花外轉電
旗遙颺日邊回還將石溜調琴曲更取峰霞入酒杯鸞輅

已辭烏鵲渚簫聲猶繞鳳凰臺

同前　蘇頲

主家山第早春歸御輦春遊繞翠微買地鋪金曾集作新作
埒尋河取石舊支機雲間樹色千花滿竹上泉聲百道飛
自有神仙鳴鳳曲併將歌舞報恩暉

同前　沈佺期

主第山門起灞川宸遊風景入初年鳳凰樓下歌天仗烏
鵲橋頭一作邊敞御筵往往花間逢綵石時時竹裏見虹泉
今朝扈蹕平陽館不羨乘槎雲漢邊

同前　宋之問

青門路接鳳凰臺素滻宸遊龍騎來澗草自迎香輦合巖

花應待御筵開文移北斗成天象酒近南山作壽杯此日
侍臣將石去共歡明主賜(一作錫)金迴
同前　李乂
平陽館外有仙家沁水園中好物華地出東郊迴日御城
臨南斗度雲車風泉韻逸(集作逸)幽林竹雨靄飛(初學記作先)搖
雜樹花已慶時來千億壽還言日暮九重賒
同前　韋嗣立
主第嚴扃架鵲橋天門閶闔降鸞鑣歷亂旌旗轉雲樹參
差臺榭入烟霄林間花雜平陽舞谷裏鶯和弄玉簫已陪
沁水追歡日行奉茨山訪道朝
同前　宋邕

傳聞銀漢石支機復見金輿出紫微織女橋前烏鵲度仙
人樓上鳳凰飛風流入座飄歌扇瀑水侵階濺舞衣今日
還同犯牛斗乘槎共逐海潮歸
同前　邵昇
沁園嘉麗奪蓬瀛翠碧紅泉逸上京二聖忽從鸞殿幸雙
仙正下鳳樓迎花含輦步空間出樹雜帷宮晝裏成無路
乘槎窺漢渚徒知訪卜就君平
過太平公主山亭侍宴應制　張昌宗
淮南有小山嬴女隱其間折桂芙蓉浦吹簫明月灣扇掩
將鶵曲釵承墮馬髮歡情本無限莫掩洛陽關
宴長樂(集作安樂)公主宅應制　宋之問

英藩築外館愛主出王宮賓至星槎落仙來月宇空玳梁
翻賀燕金埒倚晴虹簫奏秦樓裏書開魯壁中短歌能駐
日艷舞欲嬌風閑有淹留處山阿滿桂叢
送公主
奉和送金城公主適西蕃應制　李嶠
漢帝撫戎臣絲言命錦輪還將弄機女遠嫁織皮人曲怨
關山月粧消道路塵所嗟穠李樹空對小榆春
同前　崔湜
懷戎前策備降女舊姻修簫鼓辭家怨旌旃出塞愁尚孩
中念切方遠御慈流顧乏謀臣用仍勞聖主憂
同前　劉憲

外館踰河右行營指路岐和親悲遠嫁忍愛泣將離旌旆
羌風引軒車漢水隨那堪馬上曲時向管中吹
同前　張說
清海和親日潢星出降時戎王子壻寵漢國舊家慈春野
開離宴雲天起別詞空彈馬上曲詎減鳳樓思(集作悲)
同前　薛稷
天道能殊俗深仁乃戢兵懷荒寄赤子忍愛鞠蒼生月下
瓊娥出星分寶婺行關山馬上曲相送不勝情
同前　閻朝隱
甥舅同(初學記作重)親地君臣厚帝(初學記作義)鄉還將貴公主嫁
與傉檀郎鹵簿山川間(初學記作闇)琵琶道路長迴瞻父母國

日出在東方

同前　蘇頲

帝女出天津和戎轉罽輪川經斷腸望地與析支隣奏曲風嘶馬銜悲月伴人旋知偃兵革長是漢家親

同前　韋元旦

柔遠安夷俗和親重漢年軍容旌送國節命錦車傳琴曲悲千里簫聲戀九天唯應西海月來就掌中圓

同前　徐堅

星漢下天孫車服降殊蕃匣中詞易切馬上曲虛繁關塞移朱貔風塵闇錦軒簫聲去日遠萬里望河源

同前　崔日用

聖后經綸遠謀臣計畫多受降追漢策築館許戎和俗化烏孫壘春生積石河六龍今出餞雙鶴願爲歌

同前　鄭愔

下嫁戎庭遠和親漢禮優笳聲出虜塞簫曲背秦樓貴主悲黃鶴征人怨紫騮皇情眷億兆割念俯懷柔

同前　李適

絳河從遠聘清海赴和親月作臨邊曉花爲度鳥春主歌悲顧鶴帝策重安人獨有瓊簫去悠悠思錦輪

同前　馬懷素

帝子今何去重姻適異方離情愴宸掖別路逬關梁望絕園中柳悲纏陌上桑空尒怨（一作顧）黃鶴（西域傳公主歌曰願爲黃鶴兮歸故

鄉）東顧憶迴翔

同前　武平一

廣化三邊靜通姻四海安還將膝下愛持副域中歡聖念飛玄藻仙儀下白蘭日斜征蓋沒歸騎動鳴鑾

同前　徐彥伯

鳳皋憐簫曲鸞閨念掌珍虜（一作漢）庭遙作館漢（一作廟）策重和親星轉銀河夕花移玉（一作海）樹春聖心棲遠近（一作送遠）留蹕望征塵

同前　唐遠悊

皇恩眷下人割愛遠和親少女風遊兌姮娥月去秦龍笛迎金牓驪歌送錦輪那堪桃李色移向虜庭春

同前　沈佺期

金牓扶丹掖銀河屬紫閽那堪將鳳女還似嫁烏孫玉就歌中怨珠辭掌上恩西戎非我匹明主至公存

文苑英華卷第一百七十六

文苑英華卷第一百七十七　詩二十七

應制十　送餞

餞中書侍郎來濟　唐太宗

暖暖去塵昏灞岸飛飛輕蓋指河梁雲峯依結千重葉雪岫花開幾樹粧（初學記作芳）深愁黃鶴孤舟遠獨歎青山別路長聊將分袂沾襟淚還用持添離席觴

奉和餞來濟應詔　許敬宗

萬乘騰鑣警岐路百壺供帳餞離宮御溝分水聲難絕廣宴當歌曲易終與言共傷千里道俯迹聊示五情同良哉既深晋帝念沃化方有賛天聰

奉和幸望春宮送朔方軍大總管張亶　李嶠

王塞微（疑）驕子金符命老臣三軍張武旆萬乘餞行輪猛氣凌玄朔崇恩降紫宸投醪還約士辭第本忘身露下鷹初擊風高鴈欲賓方銷塞北祲還靜漢南塵

同前　劉憲

命將擇耆年圖全勝必全光輝萬乘餞威武二庭宣中衢横皷角曠野蔽旌旃推食天厨至投醪御酒傳凉風過鴈苑殺氣下鷄田分閫恩何極臨岐動睿篇

同前　李乂

邊郊草具腓河塞有兵機上宰調梅寄元戎細柳威武貔東道出鷹隼北庭飛玉匣謀中野金輿下太微投醪銜餞酌緝衮事征衣勿謂公孫老行聞奏凱歸

同前　蘇頲

北風吹早鴈日夕渡河飛今氣膠應折霜明草正腓老臣

帷幄筭元宰廟堂機飲酒回先蹕（前卷作仙蹕）臨戎觧御衣軍裝乘曉發師律候春歸方佇勲庸盛天詞降紫微

同前　鄭愔

御蹕下都門軍麾出塞垣長楊誇武騎細柳接戎軒睿曲風雲動邊威皷吹喧坐帷將閫外俱是報明恩

同前　李適

地限驕南牧天臨餞北征觧衣延寵命横劒總威名豹略恭宸旨雄文動睿情坐觀膜拜入朝夕受降城

送沙門弘景道俊玄奘還荆州應制　李嶠

三乘歸淨域萬騎餞通莊就月離亭近彌天別路長荆南旋杖鉢渭北限津梁何日紆真果還來入帝鄉

同前　李乂

枌日承歸旨秋風起贈言灌久珠留道味江璧返眞源地出南關遠天回北斗尊寧知一柱觀却啓四禪門

送張說巡邊（有序不錄）　唐玄宗（附見張說集）

端拱復垂裳長懷御遠方股肱申教義戈劍靜要荒命將綏邊服雄圖出廟堂三台入武帳八座起文昌寶冑臣朝（集作韓）主華宗輔漢王茂先慚博物平子謝文章盡節恢時佐輸誠禦寇塲三軍臨朔野駟馬即戎行鼓吹威夷狄旌軒溢（集作益）洛陽雲臺先着美今日更貽芳

將赴朔方軍應制　張說

禮樂逢明主韜鈐用老臣恭憑神武策遠禦（集作御）鬼方人

供帳承恩餞山川喜詔巡天文日月送朝賦管絃新幼志傳三署衰材謝六軍膽徇忠作屏（集作伴）心固（集作故）道爲鄰漢保河南地胡清塞北塵早（集作連）年大軍後邇（集作不）日小康哀劍舞輕離別歌酣忘苦辛從來思博望許國不謀身

奉和聖製送張尚書巡邊　源乾曜

匈奴邇河朔漢地須（集作復）戎旅天子擇英才朝端出監撫流星下閶闔寶鉞專公輔禮物生光輝宸章（集作意）備恩詡有征是（集作是）矛戟制勝唯尊俎彼美何壯哉桓桓擅斯舉聲華振臺閣功德標文武奉國知命輕忘家以身許安人在勤恤保太殫襟腑此外無異言同情報明主（以下十篇並附載張說集）

同前　張嘉貞

天錫我宗盟元戎付夏卿多才兼將相必勇獨横行經緯稱人傑文章作代英山川看是陣草木想爲兵不待河水合猶防塞月明有謀當繫醜無戰且綏氓閫外傳三略雲中冀一平感恩心共（集作共心）盡悵别旅魂驚直視前旌擧遥聞後騎鳴還期方定日復此出郊迎

同前　宋璟

帝道薄存兵王師尚有征是關司馬法爰命總戎行晝（集作畫）閫崇威信分麾盛寵榮聚觀方結轍出祖遂傾城聖酒江河潤天詞象緯明德風邉草偃勝氣朔雲平宰國推良器爲軍挹羨（集作壯）聲至和嘗得體不戰即忘精以智泉寧

竭其徐海自清遲還廟堂座贈别故人情

同前　盧從愿

上將發文昌中軍靜朔方占星引旌節擇日拜壇塲禮樂臨軒送威聲出塞揚安邊俟帷幄制勝在巖廊作鼓將軍氣投醪壯士觴戒途遵六月離贈動三光槐路清梅暑蘅皐起（集作赴）麥宗時文仰雄伯耀武震遐荒袵席知無戰兵戈示不忘佇聞歌杕杜凱入繫明王

同前　許景先

文武承邦式風雲感國禎王師親賦政廟略久論兵漢主知三傑周官統六卿四方分閫受千里坐謀成介冑辭前殿壺觴宿左營賞延頒賜厚（集作重）宸贈出車榮龍武三軍

氣魚鈴五校名郊雲駐旌羽邊吹引金鉦訓集作捧旅方稱
德安人更克貞佇觀銘石罷同聽凱歌聲

同前　韓休

一德光台象三軍賞集作掌夏卿來威申廟畧出總叶師貞
受鉞辭金殿憑集作凭軒出集作去鼎城曙光搖組甲疎吹遶
雲旌左律方先凱中韡即訓兵定功張武事陳頌紀天聲
祖宴初留賞宸章更寵行車徒靈雨送林野夕陰生路極
河流遠川長朔氣平南轅遲返旆歸奏謁承明

同前　徐知仁

聖德膺三統皇威備集作被八埏大明均照物小醜未寧邊
國相台衡重元戎廟畧宣紫泥方受命黃石乃推賢問罪

陰山下安人屬國前虔關行照月乘障坐消烟北闕紓宸
藻南橋列祖筵耀威當夏日殺氣指秋天鞞鼓鼉鼉振旌
旗鳥獸懸由來詞翰首今見勒燕然

同前　崔羽錫

供帳何煌煌公其撫朔方羣僚御餞酌明主降離章闕塞
重門下郊岐禁苑傍陳兵宜雨濯集作洗卧鼓候風凉炎景
寧云憚神謀肅所將旌搖天月迥騎入塞雲長赫赫皇威
振油油聖澤滂非唯按車甲兼以正封疆叱咤陰山道澄
清瀚海陽虜垣行决勝台座佇爲光

同前　胡皓

燕公爲漢將武德奉文思利用經戎莽英圖叶聖詒塞沙

制長策窮石捲搖旗萬里要相賀三邊文在茲稜威方逐
逐談笑坐怡怡寵餞紛郊道充廚竭御司嘗醪企行邁聽
樂罷漣洏衮旒垂翰墨纓緌迭賦詩金山無積阻玉樹有
華滋請追炎風暮歸旌候此時

同前　王翰

紫綬尚書印朱軒承相車登朝身許國出閫將辭家不憚
炎蒸苦親嘗走集賒選途軍有政集作令誓卒爾無譁帝樂
風初起王城日半斜寵行流聖作寅餞照台華騎歷河南
樹旌搖塞北沙榮懷應盡服嚴殺已先加業峻靈祇保功
成道路嗟寧如集作知恐非鑿空使遠致石橊花

同前　崔泰之

南庭胡運盡北斗將星飛旗鼓臨沙漠旌旗出洛畿關山
遶玉塞烽火映金微屢獻惟謀策頻承廟勝威蹀躞臨河
騎逶迤渡隴旂地脉平千古天聲振九圍車馬生邊氣戈
鋋駐落暉夏近蓬酋轉秋深草木腓餞送紆天什恩榮賜
御衣佇勒燕然頌鳴騶計日歸

同前　王丘

德業蘊時宗幽符夢象通台司計祈父師律總元戎出入
敷能政謀猷體至公贈行光睿計宴別感宸衷文炳高天
曜恩垂湛露融建牙之塞表鳴鼓接雲中策密鬼神秘威
成劍騎雄朔門正炎月兵氣已秋風肅殺從此始方知胡
運窮

同前　蘇晉

方漢比周年興王今在宣亟聞降虜拜復覩出軍（集作師）篇祈父萬邦式英猷三畧傳筭車申夏政茇舍起戎田嚴問盈（集作盟）胡苑軍容濟洛川皇情悵關旆詔餞列郊筵路接禁園草池分御井蓮離聲軫去角居念斷歸蟬三捷豈云朿七擒良信然具寮有誠寄望凱秋風前

同前　王光庭

賢相得符充朝推文武雄海波光若鏡閣草預從風鉞助將軍勇威成天子功璗章九霄發錫宴五衢通玉輾龍盤帶金裝鳳頸驄虎貔分儼儼河洛振熊熊戈劍千霜白旌旆（集作旗）萬火紅示刑夷狄變流惠鬼神同寂息軍容偃塵

銷朔野空用師敷禮樂非是爲黷戎

同前　袁暉

出師宣九命分閫用三台始應幕中畫言從天上來丹青不獨任韜畧遂雙該坐見威稜洽彌彰事業恢旌旗曉雲送鞞鼓朔風催虜氣銷殘月邊聲韻落梅羽書雄比地龍漢寢南埃（集作垓）寵戰黃金盡輸戈（集作誠）白日廻離章宸翰發祖讌國門開欲識恩華盛平生文武才

同前　席豫

聖帝重兵權分麾屬大賢中軍仍執節（集作政）丞相復巡邊翕習戎裝動張皇廟畧宣朝榮承扆札野餞轉行旃亭障東緣海沙塲北際天春冬見巖（集作嚴）雪朝夕候烽烟已勤

封山記（集作燕山頌）猶聞遺戍篇五營將月合八陣與雲連經絡（集作畧）圖方遠懷柔道更全歸來畫麟閣靄靄武功傳

同前　張九齡

宗臣事有征廟筭在休兵天與三台座人當萬里城朔南方偃革河右暫（集作誓非）揚旌寵錫從仙禁光華出漢京山川勤遠畧原隰軫皇情爲動薰琴唱仍題寶劍名聞風六郡勇計日五戎平山甫歸應疾留侯功復成歌鍾旋可望枕席豈難行四牡何時入吾君憶履聲

同前　徐堅

至德撫遐荒神兵赴朔方帝思元帥重爰擇股肱良累相承開地深籌叶子房寄崇專斧鉞禮備設壇塲鞞鼓喧雷

電戈劍凜風霜四黃（集作驥）將戒道十乘起先行聖賜（集作錫）加恒數天文耀寵光出郊開帳飲寅餞盛離章雨濯梅林潤風秋麥野涼燕山應勒頌麟閣佇名揚

同前　崔日用

軒相推風后周官重夏卿廟謀能允迪韜畧又縱横吉日差（集作四）黃馬宣王六月兵擬清雞鹿塞先指朔方城列將懷威撫匈奴畏盛名去當推轂送來佇出郊迎絶漠蓬將斷華筵槿正榮杜心看舞劍別緒應懸旌睿錫承優旨乾文復寵行暫勞期永逸赫矣振天聲

同前　賀知章

荒景盡懷忠梯航已自通九攻雖不戰五月尚持戎遣戍

徵周牒恢邊垂漢功撰車命元宰授律取文雄胄出天弧
上謀成帝幄中詔旂分夏物專討錫唐弓帳宿伊川（集作生）
右鉦傳（集作吹）晉苑東蹇人籍賁實樂正理絲桐岐陌涵餘
雨離川照晚（集作曉）虹恭聞詠方叔千載舞皇風

賜日支往潞州　唐玄宗

潞國開新府壺關寵舊林（集作臨）妙旌循吏德持（集作特）悅旗
旰心禮樂中朝貴仁明列郡欽陽風非贈扇易俗是張琴
蕃鎮謳謠蒲（集作洽）行宮雨露深會書丞相策先賜潁川金

奉和賜崔日知往潞州應制　張說

聖情留晷鎮佳氣翊興王增戟雄都府高車轉太常川橫
八諫潤山帶五龍長連帥初恩命天人舊紀綱餞途非御

藻闔鏡自生光明主徵循吏何年下鳳凰

錢王晙巡邊　唐玄宗

振武威荒服揚文肅遠墟金壇申將禮玉節授軍符免胄
三方外銜刀萬里餘昔時吳會靜今日虜庭墟分閫仍推
轂援桴且訓車風飈旌旗遠雨洗甲兵初坐見台階謐行
聞袄祲除檄來須插羽箭去亦飛書舟檝功斯著鹽梅望
匪踈不應陳七德欲使化先敷

奉和餞王晙巡邊應制　張說

六月歌周雅三邊念夏卿欲施攻戰法先作簡稽行禮樂
知謀帥春秋識用兵一勞堪定國萬里即長城策有和戎
利威傳破虜名軍前雨洒道樓上月臨營別藻瑤華降同
衣錦褋榮開山由義近戈甲爲恩輕絲竹路傍散風雲馬
上生朝廷爲吉甫邦國望君平

奉和送宇文融安輯戶口應制　前人

至德臨天下勞情遍九圍念茲人去本蓬轉將何依迯避
征戍數內傷覩黨稀嗟不逢明盛胡能照隱微柏臺簡行
李蘭殿錫朝衣別曲動秋風恩令生春輝使出四（集作西）海
安詔下萬心歸作無夔龍佐徒歌鴻鴈飛

送李邕之任滑臺　唐玄宗

漢家重東郡宛彼白馬津黎庶既蕃殖臨之勞舊臣遠別
初道路今行方及春課成應第一良牧爾當仁

奉和聖製灃橋東送新除岳牧　蘇頲

寶賢不遺俊臺閣盡鴛鸞未若調人切其如簡帝難閣上
才應出典中肯念分特以專城貴深惟列郡安政行思務
本風靡屬勝殘有令田知急無分獄在寬至言題睿札殊
渥洒仙翰詔餞三台降朝榮萬國歡舉杯臨水發張樂擁
橋觀式佇東風會鏘鏘簡玉壇

奉和聖製送十道採訪及朝集使　張九齡

三年一上計萬國趨河洛課最力已陳賞延恩復傳垂衣
深共理改瑟期咸若首路廻竹符分鑣揚木鐸戒程有攸
往詔餞無淹泊昭晰動天文殷勤在人瘼侍（集作待）久聖念
茲克終朝所托行矣當自強春耕庶秋穫

奉和聖制暮春送朝集使歸郡　王維

萬國仰宗周衣冠拜冕旒玉乘迎大客金節送諸侯祖席傾三省褰帷向九州楊花飛上路槐色蔭通溝未預鈞天樂歸分漢主憂宸章類河漢垂象滿中州

奉和聖製送李尚書入蜀　張九齡

睿言感忠義何有間山川徇節今如此離情空復然皇心在勤恤德澤委昭宣周月成功已（集作后）明年或勞旋

奉和聖製送不蒙都護兼鴻臚卿歸西安　王維

上卿增命服都護揚歸旆雜虜盡朝周諸胡皆自會鳴笳瀚海曲按節陽關外落日下河源寒山盡秋塞萬方氛祲息六合乾坤泰無戰是天心天心同覆載

文苑英華卷第一百七十七

文苑英華卷第一百七十八　詩二十八

應制十一

寺院四十首　雜題六首

宮觀十三首　雜題六首

寺院

過慈恩寺　唐太宗

日宮開百仞月殿聳千尋花蓋飛圓影幡虹曳曲陰霞綺遙籠帳叢珠細網林寥廓烟雲表超然物外心

奉和同前應制　許敬宗

鳳闕澣金地龍旂拂寶臺雲楣將葉並風牖送花來月宮清晚桂虹梁絢早梅梵鏡晋宸矚掞發麗天才

和九月九日登慈恩寺浮圖應制　李嶠

瑞塔千尋起仙輿九日來萸房陳寶席菊蕋散花臺御氣鵬霄迥（雜詠作近）升高鳳野開天歌將梵樂空裏共徘徊

同前　趙彥昭

出豫（一作御輦）乘嘉節憑高陟（一作嵩出）梵宮皇心蒲塵界佛迹見虛空日月宜長壽天人（一作人天）得大通喜聞題寶偈受記莫由同（一作皆雜詠）

同前　鄭愔（見雜詠）

湧霄開寶塔倒影駐仙輿鴈子乘堂處龍王起藏初秋風聖主曲佳氣史官書願獻重陽壽承歡萬歲餘

同前　劉憲

飛塔雲(集作香塔增)霄半清晨羽旆(一作仙鑣崢)境遊登高(一作臨)憑季

月遠近(一作寥廓)見中州御酒新寒退天文瑞景流(一作氣浮)(一作實)却

邪將介福(一作獻壽)茲日奉千秋

同前　李乂

湧塔開玄地高層瞰紫微鳴鑾(雜詠作鸞)陪帝出攀橑翊天飛

慶洽重陽壽文含列象輝小臣叨載筆無以(雜詠作此)頌巍巍

同前　宋之問(見雜詠)

鳳刹尋雲半虹旌倚日邊散花多寶塔張樂布金鈿時菊

芳仙醞秋蘭動睿篇香街稍欲晚清蹕扈歸天

同前　婕妤上官氏(雜詠作崔湜)

帝里重陽節香園萬乘來却邪萸結珮獻壽菊傳杯塔類

承天濬門疑待佛開睿詞懸日月長得御(雜詠作仰)昭回

閏九月九日幸揔持寺登浮圖應制　李嶠

閏節開重九真游下大千花寒仍薦菊座晚更披蓮刹風

回雕輦幡橫間綵梅還將西梵曲助入南薰絃

同前(雜詠作和聖製閏九月九日登莊嚴揔持二寺閣)　宋之問

閏月再重陽仙輿歷寶坊帝歌雲稍白御酒菊尤黃風鐸

喧行漏天花拂舞行豫游多景福梵宇自生光

同前　劉憲(見雜詠)

重陽登閏序上界叶時巡駐輦天花落開筵妓樂陳城端

刹柱見雲表露盤新臨睨光輝滿飛文動睿神

同前　李乂(見集本)

清蹕幸禪樓前驅歷御溝還疑九日豫更想六年遊聖藻

輝纓珞仙花綴冕旒所欣延億載寧祗慶重秋

奉和幸三會寺應制(寺傳云蒼頡造書臺)　李嶠

故臺蒼頡里新邑紫泉居歲在開金寺時來降玉輿龍形

雖起刹鳥迹尚留書竹是蒸清外池仍點墨餘天文光聖

草寶思合真如謬奉千靈日欣陪十地初

同前　鄭愔

鳥籀遺新閣龍旂訪古臺造書臣頡往觀籍帝羲來睿覽

山川匝宸心宇宙該梵音隨駐輦天步接承杯舊苑經寒

露殘池開劫灰散花將捧日俱喜聖慈開

同前　劉憲

岧嶢蒼史臺敞朗紺園開戒旦壺人警翻霜羽騎來下輦

登三襲褰旒望九垓林披館陶牓水浸昆明灰綱户飛花

綴幡竿度鳥廻豫遊仙唱動蕭洒出塵埃

同前　李乂

睿德揔無邊神皋擇勝緣二儀齊法駕三會禮香筵漢闕

中黃近秦山太白連臺疑觀鳥日池似刻鯨年蒲月臨真

境秋風入御絃小臣叨下列持管謬窺天

同前　宋之問

六飛廻玉輦雙樹謁金仙瑞鳥呈真宇神龍吐玉泉淨心

遥證果睿想歇超禪塔湧花香地山圍日月天梵音迎雨

徹空樂倚雲懸今日登仁壽長看法鏡圓

同前　婕妤上官氏

釋子談經處軒臣刻字晋故臺遺老識殘簡聖皇求駐蹕懷千古開襟望九州四山緣塞合二水夾長流宸翰陪瞻仰天杯接獻酬太平詞藻盛長願紀鴻休

奉和幸大薦福寺(寺即中宗舊宅)　李嶠

鴈沼開香域鸎(一作嬰)林降綵旛還窺圖鳳宇更坐躍龍川桂輿朝群辟蘭宮列四禪半宮銀閣斷分砌寶繩連甘雨中譙澤慈雲動沛篇獨慚賡作礪空喜福成田

同前　趙彥昭

琁池龍飛後金身佛現時千花開國界萬善累皇基北闕承行幸西園屬住持天衣拂舊石王舍起新祠刹鳳迎琱

輦幡虹駐綵旗同沾小雨潤竊仰大風詩

同前　宋之問

香刹中天起宸遊滿路輝乘龍太子去駕象法王歸殿飾金人影窓提玉女扉稍迷新草木遍識舊庭闈水入禪心定雲從寶思飛欲知皇劫遠初服綠銖衣

同前　鄭愔

舊邸三乘闢佳宸萬騎留蘭圖奉葉偈芝蓋拂花樓圖會人王法宮還天帝遊紫雲成寶界白水作禪流鴈塔昌基遠鷲林睿草抽欣承大風曲竊預小童謳

同前　劉憲

地靈傳景福天駕儼鈞陳佳哉藩邸舊赫矣梵宮新香塔魚山下禪堂鴈水濱珠幡映白日鏡殿寫青春甚歡延故更大覺拯生人幸承歌頌末長奉屬車塵

同前　李乂

象設隆新宇龍潛想舊居碧樓披(集作搜)玉額冊榥導金輿代日興光近周星掩曜初空歌清沛筑梵樂美河書帝造還三界天文賁六虛空哉孝理日崇德在真如

薦福寺應制　趙彥昭

雲騎驅半景星蹕坐中天國誕玄元聖家尋碧落仙玉杯鸞薦壽寶算鶴知年一覩雲華唱欣承道德篇

奉和同前應制　宋之問

梵筵光聖邸仙蹕覽宏規不改靈光殿因開功德池蓮生

新步葉桂長昔攀枝湧塔庭中見飛樓海上移聞韶三月幸觀象七星危欲識龍歸處朝來雲氣隨

缶寺應制　前人

暫幸珠筵地俱憐石瀨清泛流張翠幕拂迥挂紅旌雅曲龍調管芳樽蟻泛觥陪懽玉座晚復得聽鍾聲

少林寺應制　前人

紺宇橫天室回鑾指帝休曙陰迎日盡春氣抱昌流空樂繁行漏香煙薄綵遊玉膏從此泛仙馭接浮丘

從幸香山寺應制　沈佺期(集無)

南山奕奕通丹禁北闕峩峩連翠雲嶺上樓臺千地起城中鍾皷四天聞旃檀曉閣金輿度鸚鵡晴林綵毦分願以

醍醐參聖酒還將祗苑當秋汾

奉和聖制同皇太子遊慈恩寺應制　前人

肅肅蓮花界熒熒貝葉宮金人來夢裏白馬出城中湧塔初從地焚香欲遍空天歌應春籥非是爲春風

同前二首　張説

翼翼宸思集作恩求煌煌福地開離光升寶殿震氣遶香臺上界幡花合中天妓樂集作日月來願君無量壽仙藻屢徘徊

二

朗朗神居峻軒軒瑞象威聖王集作君成願果太子拂天衣至樂三靈會深仁四皓歸還聞渦水曲更繞白雲飛

奉和聖制七月十五日題章敬寺應制　崔元翰

妙道本非説殊途或異名聖人得其要俱以化群生鳳吹從上苑龍宮連直城花鬘列廣殿雲蓋一作罩駐前庭松竹含新韻一作秋軒窗有餘清緬懷崆峒事須繼管絃一作簫管聲離相境都寂忘言理更精城中信稱大天下乃爲輕屈已由濟物堯心豈所榮

駕幸天長寺應制　釋廣宣

天界宜春賞禪門不掩關宸遊雙闕外僧隱百花間連馬喧長路煙雲淨遠山觀空復觀俗皇鑒此中閑

駕幸普救寺應制　前人

南方寶界幾由旬八部同瞻一佛身寺壓山河天宇靜樓懸日月鏡光新重城柳暗東風暖複道花明上苑春何倖

鸞輿歸鳳闕曲江池上動一作月簫

駕幸聖容院應制　前人

大唐國裏千年聖王舍城中百億身却揖容顏非我相自言空色是吾真深殿趨身隨寶輦廣庭徐步引金輪古來貴重緣親近往客暫爲侍從臣

紅樓院應制　前人

紅樓疑見白毫光寺遍宸居福盛唐支遁愛山情謾切曇摩泛海路空長經身夜息聞天語鑪氣晨飄接御香誰道此中難可到自憐深院得徊翔

寺中賞花應制

東風萬里送香來上界千花向日開却笑霞樓紫芝侶桃

源深洞訪仙才

寺中柿樹一葉四顆詠應制　前人

珍木生奇畝低枝佛梵宮因開四界分本自百花中當夏陰涵綠臨秋色變紅君看藥草喻何試太陽宮

雜題

降誕日内庭獻壽應制　前人

慶壽千齡遠敷仁萬國通登霄欣有路捧日愧無功仙駕三山上龍生二月中脩齋長樂殿講道大明宮此地人難到諸天事不同法筵花散後空界滿香風

早秋降誕日獻壽二首應制　前人

秋蓂開七葉元聖誕千年繞殿祥風起當空瑞日懸道光

中國主人識大羅仙敢贊無疆壽香花上法筵

二

萬方瞻聖日九土仰青光鑿地山河壯彌天福壽長瑞烟
熏法界真偈起人王願獻千秋樂千秋樂未央

禁中法會應制　前人

天上萬年枝人間不可窺道場三教會心地百王期侍讀
沾恩早傳香駐日遲在筵還向道通籍許言時空媿倍仙
列何階荅聖慈從今精至理長願契無爲

再入道塲紀事應制　前人

南方歸去再生天内殿今年異昔年見闢乾坤新定位看
題日月更高懸行隨車輦登仙路坐近爐烟講法筵自喜

恩深陪侍從兩朝長在聖人前

雜言奉和聖製至承光院見自生藤感其得地因
以成詠應制　崔元翰

新藤正可翫得地又逢時羅生密葉交緑蔓欲布清陰垂
紫綫已帶朝光暖猶含輕露滋遥依千華殿稍上萬年枝
餘芳連桂樹積潤傍蓮池豈如幽谷無人見空覆荒榛雜
兔絲聖心對此應有感隱跡如斯誰復知懷賢勞永嘆比
物賦新詩聘丘園訪茅茨爲謝中林士王道本無私

宫觀

幸白鹿觀應制　李嶠

駐蹕三天路回車萬仞溪查_{一作}鳥_{一作}庭群帝饗洞府百靈棲玉酒

仙爐釀金方暗壁題佇看青鳥入還陟紫雲梯

同前　崔湜

御旗探紫籙仙仗闢丹丘捧藥芝童下焚香桂女留_{集作流}
鸞歌無歲月鶴語寄春秋臣朔其何幸常陪漢武遊

同前　沈佺期

紫鳳真人府班龍太上家天流芝蓋下山轉桂旌斜聖藻
垂寒露仙杯落晚霞唯應問王母桃作幾時花

同前

玄遊乘落暉仙宇暎非微石梁縈澗轉珠旆掃壇飛芝童
薦膏液松鶴舞騑騑還似瑶池上歌成周馭歸

同前

制蹕乘驪阜迴輿指鳳京南山四皓謁西岳两童迎雲幄
臨玄圃霞_{集作}杯薦赤城神明近茲地何必往蓬瀛

同前

玉府凌三曜金壇駐六龍綵旒懸倒景羽蓋偃喬松玄圃
靈芝秀華池瑞液濃謬應沾舜渥長願奉堯封

同前

洞府寒山曲天遊日旰回披雲看石鏡拂雪上金臺行徑
龍驂下松庭鶴轡來雙童還薦藥五色耀仙才

同前

鳳輿乘八景龜籙向三仙日月移平地雲霞綴小天金童
擎紫藥玉女獻青蓮花洞留宸賞還旗繞夕烟

同前

碧虛清吹下藹藹入仙宮松嶝攀雲絕花源接澗空受符
邀羽使傳訣駐香童謳似閑居日徒聞有順風

奉和御(一作聖)製登降聖觀與宰臣同望之作　王維

鳳扆朝碧落龍圖耀金鏡維岳降二臣戴天臨萬姓山川
八校蒲井邑三農竟比屋皆可封誰家不相慶林疎遠村
出野曠寒山淨帝城雲裏深渭水天邊映佳(集作喜)氣含風
景頌聲溢歌詠端拱能任賢彌彰聖君聖

奉和聖製慶玄元皇帝玉像之作　前人

明君夢帝見(集作光)寶命上齊天秦后徒聞樂周王恥卜年
玉京移大像金籙會群仙承露調天供臨空敞御筵斗迴

迎壽酒山近起爐烟顧奉無為化齋心學自然

安國寺隨駕幸興唐觀應制　釋廣宣

東林何殿是西隣禪客垣墻接羽人萬乘遊仙宗有道三
車引路本無塵初傳寶訣長生術已證金剛不壞身兩地
盡脩天上事共瞻鑾駕重來迎

奉和華清宮觀行香應制　崔國輔

天子蘂珠宮接甚碧落通豫遊皆汗漫齋處即崆峒雲物
三光裏君臣一氣中道言何所說寶曆自無窮

雜題

春日從駕新亭應制　劉孝綽

旭日輿輪動言追河曲遊紆餘出(一作入)紫陌迤邐度青樓
前驅掩蘭徑後乘歷芳洲春色江中滿日(一作雪)華巖上留
江風傳葆吹巖花映采斿臨渦起扆作駟馬暫停輈侍從
榮前院雍容暫昔留空然等彈(一作殫)翰非徒嗟未適(一作皆集)
本

侍從途中口號應制　閻朝隱

疵賤出山東忠貞任土風因敷河朔藻得奉洛陽宮一顧
侍御史再顧給事中常願粉飢骨特荅造化功

扈從出長安應制　杜審言

分野都畿列時乘川(集作六)御均京師舊西幸洛道此東巡
文物驅三統聲名走百神龍旗縈漏夕鳳輦拂(集作出)鈎陳
撫迹地靈古遊情皇覽新山追散馬日水憶釣魚人禹食

傳中使尭樽遍下臣省方稱國阜問道識風淳嵗晚天行
吉恩豐景從親歡娛包歷代宇宙兩宜春(集作忽宜春)

初冬從幸漢故青門應制　沈佺期

漢皇建都邑渭水對青門朝市俱東逝墳陵共北原荒京
蕭相闕蕪沒邵平園全盛今何在英雄難重論故基仍岳
立遺堞尚雲屯當極土功壯安知人力煩天遊戒東首壞
昔駐龍軒何必金湯固無如道德藩微臣諒多幸參乘偶
殊恩預此陳古事敢奏輿王言

春日幸龍門應制　武三思

鳳駕臨香地龍輿上翠微星宮含雨色月殿抱春輝碧澗
長虹下雕梁早鷰歸雲疑浮寶蓋石似拂天衣露草侵堦

長風花迸席飛日斜宸賞洽清吹入重闈

駕幸龍門應制　宋之問

宿雨霽氛埃流雲渡城闕河堤柳新翠苑樹花初發洛城
花柳此時濃山水樓臺映幾重郡公拂霧朝翔鳳天子乘
春幸鑿龍鑿龍近出王城外羽從琳瑯集作淋灑擁軒蓋雲罕
繞臨御橋水天衣已入香山會山壁嶄岩斷復連清流澄
澈俯伊川塔影遥遥綠波上星龕奕奕翠微邊層巒舊長
千尋木春壑初飛集作分百道泉彩仗紅旌繞香閣下輦登
高望河洛東城宮闕擬昭回南陌溝塍殊綺錯林下天香
七寶臺山中春酒萬年杯微風一起祥花落仙樂初鳴鳳
鳥來鳥來花落紛無已稱觴獻壽霞烟裏歌舞淹留景欲

斜石關猶駐五雲車鳥旗翼翼留芳草龍騎駸駸映晚花
千乘萬騎鑾輿出水靜山空嚴警蹕郊外喧喧引看人傾
都南望屬車塵囂聲引颺開黄道佳氣周旋入紫宸先王
定鼎山河固寶命乘周萬物新吾君不事瑤池樂時雨來
觀農邑春

時左史東方虬詩先成御賜錦袍及之問奏此詩上
奪袍以賞之

文苑英華卷第一百七十八

文苑英華卷第一百七十九　詩二十九

應令附應教

應令三十七首　應教二十四首

應令

侍遊新亭應令　梁簡文帝

神襟憩行蹕峻路愴徘徊遥瞻十里陌傍望九成臺鳳管
流虚谷龍驂籍春荄曉光浮野映朝煙承日迴沙文浪中
積春陰江上來柳葉帶風轉桃花含雨開聖情藴珠綺札
命表英才顧慚礎砆質何以儷瓊瓌

餞廬陵内史王修應令　同前

餞行臨上節開筵命羽觴廻池瀉飛棟濃雲垂畫堂疎槐

未合影反日暫流光園梅歛新藻階蕙結初芳

奉和簡文帝太子應令　劉孝威

太子天下本元良萬國貞周朝推上嗣漢代懋重明前星
涵瑞彩溶霤揚遠聲三善得樂正百行紀司成九流遍已
辨七經咸所精傳聞强子政高才陵長卿禮尊逾屈己德
盛甚卑情仙菊類聚作氣貽鍾相儒道推栢榮延賢博望苑視
膳長安城園綺隨金輅浮丘侍玉笙智囊前歛笏端士後
垂纓九仙良所重四海更垂纓初學記作誰輕類聚作東傾班輪同笨
乘甲館類聚作觀齊遂衛

奉和六月壬午應令　前人

玄圃棲金碧虛澗抱一作抱琨瑤築山圖碣岫穿池控一作類

海潮雷奔石鯨動水潤牽牛遥乘黿循怯渡鞭石遂成一作
類爲橋崖崩下生窟壁峭上干霄噪蛙常歇沸遊魚或自跳
荒徑横臨浦空舟斜掛桃愁鵙集古樹白鷺隱青苗神一作
作心重丘壑散步一作微懷漁樵石壘元卿徑枝掛許由瓢
伊臣本寂寞一作默由來畏市朝爲貪山水心所意惟逍遥
寄言周伯沇勞君擅穀綃

侍宴餞陸倕應令　蕭子顯

儲皇餞離送廣命傳羽觴侍遊追曲水開宴等清漳新泉
已激浪初卉始含芳雨罷葉增緑日斜樹影長

餞張惠詔應令　劉孝綽

鮮雲積上月㯼雨晦初陽迥風翻類聚作颺集作飄淑氣落景煥

集本類聚並作煥新光竹萌始防露桂撇集作挺已含芳瑶階變杜
若玉沼發攢蔣聖襟集作衿惜岐路曲宴闢蘭堂

侍宴離亭應令　前人

輾轅東北望江漢西南永羽旗映日移鐃吹臨風警令王
憨追送纚集本類聚並作灑舟宴俄頃掩袂眺征雲御杯惜餘景
首燕徒有心局步何所集本類聚並作由騁

侍宴集賢堂應令　前人

北閣類聚作閣時既一作見啓西園又已闢官屬引鴻鷺朝行命金
璧伊臣歇可取隆恩徒自惜布武登玉墀委坐陪瑶席綢
繆參宴笑淹留奉觴醳壺人告漏晚烟霞起將夕反景入
池林餘光映泉石

侍宴應令　庾肩吾

副君時暇豫魯城聊近遊清池瀉飛閣疎樹出龍樓北陸
氷方壯西園春欲抽類聚作周梅心芳屢動蒲節促難收徒然
欣類聚作須並命無以厠應劉

侍宴宣猷堂宴湘東王應令　前人

陳王驂駕反副后西園遊並命登飛閣列樹類聚作坐對芳州
桂嵣逢暮序菊水值窮秋竹徑蕭聲發蘭門琴曲幽徒奉
文成誦空知思若抽

從皇太子出玄圃應令　前人見初學記

春光起麗譙飛步陟山椒閣影臨飛蓋鶯鳴入洞簫水還
澄故渚樹長合前橋緑荷生綺葉丹藤上細苗顧循慙良

藻何用擬瓊瑶

侍宴宣猷堂應令　前人

副君德將聖陳王才掞天歸來宴平樂置酒對林泉爐香
雜山氣殿影入池漣鱸舞時移節新歌屢上絃聽曲慙回
顧思經徒欲眠

侍宴餞湘東王應令　前人

陳王從遊士高宴入承華並載同連璧雕文類簡一作楝沙
落葉時動樹墜雪乍類聚作慙搖花念此離筵促方愁別路賒

奉和太子納凉梧下應令　前人

北園凉氣早步輦暫逍遥避日交長扇迎風列短簫山帶
彈琴曲桐横樓鳥條懸門開溜水錦石鎮浮橋黑米生菰

葉青花出稻苗、無因學仙藻、雲氣從飄颻

奉和春夜應令　前人

春牖對芳州珠簾新上鈎燒香知夜漏刻燭驗更籌天禽下北閣織女入西樓月皎疑非夜林疎似更秋水光懸蕩壁山翠下添流詎假西園讌無勞飛蓋遊

暮遊山水應令得磧字　前人

餘香屬清夜西園恣游歷入迳轉金輿開橋通畫艗(類聚作鷁)細藤初上援新流漸涵磧雲峰沒城柳電影開巖壁

侍宴餞安太守蕭幾應令　劉孺

芝蓋延藻(類聚作近薄)景晝石冩岫雲玄覽多該洽聖恩究前聞徽容操(類聚作探)精義優游妐典墳餞飲參多士言贈賦新

文

侍宴餞東陽太守蕭子雲應令　張纘

仲月發初陽輕寒帶春序綠池解餘凍冊霞霄新雨良守謁承明徂舟式(類聚作戒)蘭渚皇儲惜蔣邁金樽晉宴醑

征虜亭送新安王應令　徐陵

鳳吹臨南浦神駕餞東平亭迴漳水乘旆轉洛濱笙地東班輪響風嚴羽蓋輕燒田雲色暗古樹雪花明岐路一迴首流襟動睿情

奉和夏日應令　庾亮

珠(初學記作朱)簾卷嚴日翠幕蔽重陽五月炎蒸氣(初學記作氣蒸)三時刻漏長麥隨風裏熟梅逐雨中黃開冰帶井水和粉雜

生香衫含蕉葉氣扇動竹風凉早菱生軟角初蓮開細房願陪仙鶴舉洛浦聽笙簫

侍宴東宮應令　于仲文

銅樓充震位銀牓集佳賓青宮列紺幰紫陌結朱輪絃調寶瑟曲歌動畫梁塵金卮傾斗酒瑤筵列八珍花鶯度翠羽萍散躍赬鱗承恩叨並作扣寂繞陽春

侍皇太子宴應令　沈君道

副君監撫暇禁苑暫停輿(初學記作車)水落金沙淺雲高玉葉疎隨厨白羽扇(初學記作燕)逐釣紫鱗魚飽德良無已榮陪終宴餘

同前(一作和初春宴東堂應令)　劉端

睿賞叶春芳開筵臨畫堂庭梅飄早粉簷柳變初黃八珍羅玉俎九醞湛金觴箏響流飛閣歌塵拂妓行何必西園夜空承明月光

奉和愁秋應令　王冑

秋天擬文學秋水擅莊蒙草濕蕪葭露波卷洞庭風便坐飄桑葉(一作淡)長坂歇蘭藂簷喧猶有鶯波(疑作陂)靜未來鴻蟬噪(一作唱)聞疑斷池清映似空劉安悲落木曹植歎征蓬重明豈凝滯無累在淵沖隨時四序合應物五情同發言形惻隱睿作挺神功下材均朽木何以暮雕蟲

此篇前五韻按初學記作蕭慤秋日詩文苑一百五十八卷復云庾信作而此卷乃十韻共題王冑

作觀其詞意只是一篇當以此本爲正

宴樂修堂應令　江總見初學記

肅城通甲觀平華啓畫堂北宮降恩賞西園度羽觴殊恩
奉玉𥬠終宴在金房庭暉連樹彩簷影接雲光仙如伊水
駕樂似洞庭張弾絲命琴瑟吹竹動笙簧肅跡濫應阮衰
朽惡連章

奉和初秋西園應令　蕭慤見初學記

池亭三伏後林館九秋前清冷間泉石散漫雜風煙藻開
千葉影榴豔百枝燃約嶺停飛旆凌波動畫船

奉和初春出遊應令　李百藥

鳴笳出望苑飛蓋下芝田水光浮落照霞彩淡輕烟柳色

臨三月梅花隔二年日斜歸騎動餘興滿山川

奉和禁苑餞別應令　褚亮

大蕃初錫瑞出牧邇皇京暫似緑車重言承朱傳榮舒桃
臨遠騎垂楊映軍営惠化宣千里威風動百城禁御芳春
初學記作嘉節神襟餞送情金徒催別景玉管切離聲野花開
且落山鳥弄還驚微臣夙多幸薄官奉儲明鈞𡌥慚作賦
伊水濫間笙懷德良知久酬恩識命輕

奉和同太子監守違戀　韓王元嘉

乾象開層構離明啓少陽卜征從獻吉守器屬元良遊矣
淩周嶺逍哉掩漢莊好士傾南洛多才盛北陽初學記作場地
分卌鷰嶺途間白雲鄉儲誠虔曉夕宸愛積炎凉珠璧連

宵漢萬物仰重光

同前　薛元超

儲禁銅扉啓宸行玉軟遥空懷壽街吏尚隔寢門朝地首
瞻龍戟塵外想鸞鑣飛文映仙牓瀝思叶神飈帝念紆蒼
陸乾文煥紫霄雲搪横筆海平圃山海經槐江之山實維帝之平圃振詞
條欲應重輪曲鏘洋韻九韶

汴水早發應令　虞世基

夏山朝萬國軒庭會百神成功疇與讓盛德今爲隣區宇
𠀌平一㢊類仰陶鈞鑾蹕臨河濟褰冕肅柴禋啓行分七
萃備物象三辰祁祁亘原隰濟濟咸搢紳暘谷昇朝景青
丘發早春衮衣敷帝則分器叙彝倫臨淄成誦美河澗雅

樂陳薰風穆已被茂實久逾新

奉和長壽宮　虞世南

瑶山盛風樂南皮象逸遊何如事巡撫民瘼諒斯求文鶴
揚輕蓋蒼龍飾桂舟泛沫縈沙嶼寒澌擁急流路指八仙
館途經百尺樓眷言昔游踐回駕且淹留後車喧鳳吹前
旌映釆遊龍驂駐六馬飛閣上三休調諧金石奏歡洽羽
觴浮天文徒可仰何以厠琳球

追從鑾輿夕頓戲下應令　前人

重輪依紫極前耀奏冊胥天經戀宸扆帝命扈仙鑣乘星
開鶴禁帶月下虹橋銀書含曉色金輅轉晨飈霧徹軒雲
初學記作當近塵𪾢斗城遥蓮花分綉蕚竹箭下驚潮撫己慙

龍幹承恩集鳳條瑾山盛鳳巢抽簡薦徒誰

春日出苑遊　唐玄宗

三陽麗景早芳辰四序家園物候新梅花百般障去路垂
柳千條暗廻津鳥驚直爲飛風葉漁沒都由怯岸人唯願
聖主南山壽何愁不賞萬年春

和同前應令　張說

禁林豔裔發青陽春望逍遙出晝堂雨洗亭皐千畝綠風
吹梅李一園香鶴飛不去隨清管魚躍翻來入綵航睿賞
歡承天保定遺文更覩日重光

同前　賈曾

銅闈曉闢問安廻金輅春遊博望開渭水清光搖草樹終

南佳氣入樓臺招賢已從商山客託乘還徵鄴下才臣在
東周歡晉滯忻逢睿藻日邊來

皇太子頻賜存問并索唱和新詩因有陳謝　釋廣宣

望苑招延後禪扉訪道餘紙言侯文雅何意及庸虛率性
多非學緣情偶自書清風聞寺響白日見心初重道逢軒
后崇儒過魏儲青宮列芳梓玄圃積瓊琚鄭鼎寧容者齊
竽久含諸空懷受恩感合恩幾躊躇

應教

和晉安王薄晚逐涼北樓廻應教　庾肩吾

向夕紛喧屏迎涼飛觀中樹影臨城日窗含度水風遥天

如接岸帆影似陵空陪文慙宋玉一徒等侍蘭宮

詠朝牀應教　前人

傳名乃外域入用信中京足歛形已正文斜體自平臨堂
對遠客命旅誓初征何如淄館下淹流奉盛明

奉和泛舟漢水往萬山應教　前人（見初學記）

桂楫棠船飄揚橫大川映巖沈水底激浪起雲邊廻（一作回）
岸高花發春塘細草懸陪歌乘睿賞接醴侍恩筵誰云
李與郭歌得似神仙

北園新齋成應教　庾信

紅粉跂烏翼山節拱蘭枝畫梁雲氣繞雕窗玉女窺月懸
唯夜照蓮開長倒垂盤根細壤石行雨暴澆池長藤連格

從高樹帶巢移鳥聲唯雜曲花風直亂吹白虎題書觀玄
熊帖射皮文絃入舞曲扇月掩歌兒玉節調笙管金船代
酒巵君論曹子建天人本共知

春初賦德池應教　張正見

遥天收密雨高閣映奔曦雪盡青山路冰消綠水池春光
落雲葉花影發晴枝琴樽奉終宴風月豈云疲

從籍田應衡陽王教　前人

帝京惟赤縣宸居映紫微塗山萬國仰滄海百川歸東歸
事平秩仲月杞豐威含光開早扇閶闔啓朝扉洛城鍾漏
息靈臺雲霧卷森森虎戟前靄靄鸞旗轉厲軍猶（類聚作遊）絳
闕風馬（類聚作鳥）度舟轍帳殿幸金輿旌門擁玉輦玉輦帶飛

烟金輿映緑川雨師望青遠路風伯靜遥天分渠通沃野激
水入（類聚作繞）公田草發青壇外花飛蒼玉邊蒼玉臨（初學記作陳）
珪璧青壇䝉帝籍冐撇乃三吹齊衡均百辟蘭場徽芝駕
桂圃芳瑤席山簡詠管絃野獸和鍾（初學記作金）石鍾石既相
和江海復無波梁客聳裾盛陳王文雅多修塗參弱駘喬
木閑（類聚作閒）輕羅幸承温吹末繫壤自爲歌

衡陽王秋夜應制　前人

雕苑凉風入章臺雲氣收螢光連燭動月影帶河流緑綺
朱絃泛黄花素蟻浮高軒揚麗藻即事賦新秋

賦得新題梅林輕雨應教　前人

梅樹耿長虹芳林散輕雨蜀郡隨仙去陽臺帶雲聚飄花

更濯枝潤石還侵柱誰（初學記作詎）得零陵鸞隨風將共舞

詠雪應衡陽王教　前人

九冬飄遠雪六出表豐年雖陽生玉樹雲夢起瓊田入窓
輕落粉拂柳駛飛綿欲動淮南賦亂下桂花前

暮秋望月示學士各釋愁應教

碣石寒光遠　秋色高長洲正下葉曲岸已飛濤君王
悵晚節延佇謁神皐復屬西園夜輕輦暫遊遨遊遨未云
賞蒼梧孤月上枝間影合離波上光來往此夕未央宫應
照仙人掌掌高明轉淨夜深晋曆想處處敞高扃流照蒲
珠庭重輕入雅曲合璧雁祥經爍爛浮珠網參差間玉星
山幽有芳桂林靜發新叢　叢開在　帝城分枝共月明斜暉

漸西落彌軫　歸情驂駕且來遊聖藻命舒愁詢芻以鬬
癘參妙本難酬良吏稱太閤因時命應劉楚王追緑兕齊
后出青丘馳原落雲翼截水曳吞舟無勞子虚叱即事可
忘憂

賦得微雨　諸葛頴

微雨間（初學記作闇）東峰散漫灑長松澗蒲新流濁山雲積翠
濃風起還吹驚雲來本送龍登年隨玉燭名山定可封

奉和望山應教　蕭慤

仙遊本多趣復此上秋初巖低石倒嶮嶺高松更疎峰形
疑鳥翅塞路似狼居矚望清（初學記作情）無已詞殫意有餘

奉和濟黄河應教　前人

大蕃連帝室驂駕奉皇猷未明驅羽騎凌晨方畫舟津城
度維錦岸柳夾緹油鐃（初學記作鐘）聲揚別島旗影照蒼流早
光生劍服朝風起節樓滔滔細波動裔裔輕艫浮廻橈避
近磧放舳下前洲全疑上天漢不異謁蓬丘望知雲氣合
聽識水聲秋從軍何等樂喜從神仙遊

奉和晚日楊子江應教　柳顧言

詰旦今鐃發驂駕出城闉鮮雲臨葆蓋細草藉斑輪千里
烟霞色四望江山春梅風吹落蘂酒雨咸青塵日斜歡未
罷慮想良非一風生疊浪起霧卷孤帆出掞藻麗繁星高
論光朝日空美鄒枚侶終謝淵雲筆
（初學記亦載一篇其題目與柳顧言姓名並同詩却云大江都會所長州有舊名㴐流控岷蜀東泚邇蓬瀛未）

觀纖羅動先聽遂漪聲暮雨歇當觀瀑旆輕未詳空濛雲色晦淡叠浪花生欲知

梅夏應教　　薛道衡

長廊連紫殿細雨應黃梅浮雲半空上清吹隔池來集鳳
桐花散勝龜蓮葉開幸逢爲善樂頻降食時才

詠寒食鬬雞應秦王教　　杜淹

寒食東郊上雜詠作道楊鞲競出籠花冠初照日芥羽正生風
顧敵知心勇先鳴覺氣雄長翹頻掃陣利爪雜詠作距屢通中
飛毛遍綠野灑血積雜詠作散芳藂雖然百戰勝會自不論功

奉教追赴九成宮途中口號　　李嶠

委質承仙翰祗命遄遥策事偶從梁游人非背淮客長驅
歷川阜廻眺窮原澤鬱鬱桑柘繁油油禾黍積雨餘林氣

靜日下山光夕未攀叢桂巖猶倦飄蓬陌行當奉麾蓋慰
此勞行役

宴龍泓有序不錄　　武三思

登臨開勝託眺矚盡良游岀嶁縈紆上澄潭曲屈流泛蘭
清興洽折桂野文遒别後相思處崎嶇碧澗幽

奉和梁王宴龍泓應教　　宋之問

水府淪幽壑星軺下太微鳥驚司僕馭花落侍臣衣芳樹
搖春晩晴雲遶坐飛淮王正留客不醉莫言歸

奉和夏日遊山應教　　蔡文恭

首夏林壑清薄暮烟霞上連巖聳百仞絕澗臨千丈照灼
晩花鮮潺湲夕流響悠然動慮思息駕尋真賞梽彼淌川

作懷茲洛濱想竊吹等齊竽何用承恩獎

勅借岐王九成宮避暑之作應教　　王維

帝子遠辭丹鳳闕天書遥借翠微宮隔窗雲霧生衣上捲
幔山泉入鏡中林下水聲喧笑語巖間樹色隱房櫳仙家
未必能勝此何事吹笙向碧空

從岐王過楊氏别業應教　　前人

楊子談經處淮王載酒過與闌啼鳥喚坐久落花多逕轉
廻銀燭林開散玉珂嚴城時未啓前路擁笙歌

從岐王夜宴衛家山池應教　　前人

座客香貂滿宮娃綺幔張澗花輕粉色山月吐燈光積翠
紗窓透集作暗飛泉繡戶涼還將歌舞出歸路莫愁長

文苑英華卷第一百七十九

文苑英華卷第一百八十　詩三十

省試

玄元皇帝應見賀聖祚無疆　殷寅

應曆生周日脩祠表漢年復兹秦嶺上更似霍山前昔賛神功起今符聖祚延已題金簡字仍訪玉堂仙睿祖光元始曾孫體又玄言因六夢接慶叶九靈傳北闕心超矣南山壽固然無由同拜慶竊抃賀陶甄

同前　李岑

皇綱歸有道帝系祖玄元運表南山祚神通北極尊大同齊日月興廢應乾坤聖后趨庭禮宗臣稽首言千官欣賜觀萬國賀深恩錫宴雲天接飛聲雷地喧祥雲飛紫閣喜氣繞皇軒未預承天命空勤望帝門

同前　趙鐸

聖主今司契神功格上玄豈唯求傳野更有叶鈞天雷夢西山下焚香北闕前道光尊聖日福應集靈年咫尺眞容近巍峩大象懸觴從百寮獻形爲萬方傳聲教惟皇美英威固邈然慚無美周頌徒上祝尭篇

皇帝移晦日爲中和節　王季友

皇心不向晦改節號中和淑氣同風景佳名別詠歌湔裙移舊俗賜尺下新科曆象千年正酺醵四海多花隨春令發鳥度歲陽過天地齊休慶歡聲欲盪波

主上元日夢王母獻白玉環　丁澤

夢中朝上日闕下拜天顏彷彿瞻王母分明獻玉環靈姿

趨甲帳悟道契玄關似見霜姿白如看月彩彎霓裳歸物
外鳳歷曉人寰仙聖非相遠昭昭窺寂問

元日望含元殿御扇開合　張莒

萬國來朝歲千年覲聖君輦迎仙仗出扇匝御香焚俯對
朝元近（雜詠作見）先知曙色分冕旒開處見鍾磬合時聞影動
承朝日花攢似慶雲蒲葵那可比徒用隔炎氛

元日和布澤　潘孟陽

至德生成泰咸歡煦育恩流輝沾萬物布澤在三元北闕
祥雲迥東方嘉氣繁青陽初應律蒼玉正臨軒恩洽因時
令風和比化元自慚同草木無以答乾坤

中和節詔賜公卿尺　陸復禮

春仲令初吉歡娛樂大中皇恩貞百度寶尺賜群公欲使
方隅法還令規矩同捧觀珍質麗拜受聖心崇如荷丘山
重恩酬方寸功從茲度天地與國慶無窮

同前　裴度

淑景風光媚（雜詠作景節）皇明寵賜重具寮頒玉尺成器幸良
工豈止尋常用將傳度量同人何不取則物亦賴其功紫
翰宣殊造丹誠勵匪躬奉之無失墜恩澤自天中

同前　李觀

陽和行慶賜尺度爲臣工（一作及群工）寵荷乘（一作承）佳節傾心
立大中短長恩合製遠近貴相同共荷裁成德將酬分寸
功作程施有用（一作政）垂範播無窮願續延洪（一作南山）壽千春

奉聖躬

清明日賜百寮新火　韓濬

朱（一作玉）騎傳紅燭天厨賜近臣火隨黃道見煙遶白榆新
榮耀分他日（一作室）恩光共紫宸更調金鼎味（一作膳）還煖玉
堂人灼灼千門曉輝輝萬井春應憐螢聚夜瞻望及東鄰

同前　史延

上苑連侯第清明及暮春九天初改火萬井屬良辰頒賜
恩逾洽承時慶自（雜詠亦作均）翠烟和柳嫩紅焰出花新寵命
尊三老祥光燭萬人太平當此日空復賀陶甄

同前　王濯

御火傳香殿華光及侍臣星流中使馬燭耀九衢人轉影

連金屋分輝麗錦茵焰迎紅蕊發烟染綠條春助律和風
早添爐煖氣新誰憐一寒士猶望照東鄰

九月九日勤政樓下觀百寮獻壽

御氣黃花節臨軒紫陌頭早陽生彩仗霽色入仙樓獻壽
皆鴛鷺瞻天盡冕旒菊罇過九日鳳曆肇千秋樂奏薰風
起杯酣瑞影收年年歌舞度此地慶皇休

南至日隔霜仗望含元殿爐香　崔立之

千官賀長至萬國拜含元隔仗爐光出浮霜烟氣飜飄飄
縈內殿漠漠澹前軒聖日開如捧卿雲近欲渾輪烟酒宮
闕肅索散乾坤願惹天風便披香捧至尊

同前　裴次元

晃旒初(一作襯)負扆袞服盡朝天賜谷初移(一作移初)日金爐漸起(一作出御)烟芬香流遠近散漫入貂蟬霜仗凝逾白朱欄映轉鮮始看浮闕在稍見(一作竟)逐風遷爲沐皇家慶來贍羽衛前

同前　王士良

抗殿疏龍首高樓接上玄節當南至日星是北辰天霜(一作賓)戟羅仙仗金爐引御(一作端)烟霏微霜闕近溶曳九門(一作州)連拂樹祥光滿分晴曙(一作曉)色鮮一陽今在曆生植願陶甄

長至日上公獻壽　張叔良

鳳闕晴鍾度(一作動)雞人曉漏長九重初起鑰三事盡(一作正)稱觴日至龍顏近天旋聖曆昌休光連雪淨瑞氣雜爐香化被君臣洽恩沾士庶康不因稽舊典誰得記(一作紀)朝章

同前

候曉金門闢乘時玉曆長羽儀瞻上宰雲物麗初陽漢禮方傳珮堯年正捧觴日行臨觀闕帝錫洽珪璋盛美超三代洪休降百祥自憐朝不坐空此詠無疆

同前　李踈

應律三微(一作陽)首朝天萬國同斗邊看子月臺上候祥風五夜鍾初曉千門日正融玉階文物盛仙仗虎(雜詠作武唐諱虎字)貔雄率舞皆群辟稱觴即上公南山爲聖壽長對未央宮

恩賜耆老布帛　崔宗

漁汗中天發殊私海外存衰顏逢聖代華髮受皇恩燭物明堯日垂衣闢禹門惜時悲落景賜帛慰餘魂原澤沾祥詠微生保子孫盛明今尚齒歡洽九衢罇

同前　張複元

殊私及耆老聖慮軫玄元布帛忻天錫生成在主恩情均皆挾纊禮異眞丘園慶洽時方大仁瞻月告存寧知酎兩露空識荷乾坤擊壤將何幸徘徊對九門

恩賜魏文貞公諸孫舊第以道直臣　陳彥博

阿衡隨逝水地館主他人天意能酬德雲孫喜庇身生前由直道殁後振芳塵雨露新恩日芝蘭舊里春勳庸留千代光彩映諸鄰共賀昇平日從茲得諫臣

同前　裴大章

邢茅雖舊錫第邸是初榮迹往傷遺事恩深感直聲雲孫方慶襲池館忽春生古甃開泉井新禽繞畫楹自然垂帶礪況復激忠貞必使十年後長書竹帛名

御製段大尉碑　葉元良

多難全高節時清軫聖君園塋標石篆雨露降天文義激忠貞沒詞傷蘭蕙焚國人皆墮淚王府已名勳揭出臨新陌長留對古墳春情幽感處應使九泉聞

同前　薛有誠

彝儀從儉禮刊石荷堯君露迹垂繁藻天哀蒲麗文詔深榮嗣子海變記孤墳寶思皆涵象皇心永念勳雅詞黃絹

妙渥澤紫泥分青史。應同久芳聲萬古聞

御題國子監門

宸翰符玄造榮題國子門筆鋒迴日月字勢動乾坤簷下雲光絶梁間鵲影飜張英聖莫擬索靖妙難言爲著盤龍迹能彰舞鳳蹲更隨垂露像常以沐皇恩

御箭連中雙兎

宸遊經上苑羽獵向閑田狡兎初迷窟纖驪詎著鞭三驅仍百步一發遂雙連影射含霜草魂消向月弦驩聲動寒木喜氣藹晴天那似陳王意空隨樂府篇

大學創置石經

聖唐復古制德義功無替奥旨悅詩書遺文分篆隸銀鉤

互交映石壁靡塵翳永與乾坤期不逐日月逝儒林道益廣學者心彌銳從此理化成恩光遍遐裔

觀南郊回仗

傳警千門寂南郊彩仗迴但驚龍再見誰識日雙開德澤施雲雨恩光變燼灰閟兵雞武振聽樂鳳凰來候刻移宸輦尊時集觀臺多慚遠臣賤不得禮容陪

聞擊壤

堯年聽野老擊壤復何云自謂歡由己寧知德在君氣平閑易暢聲賀作難分耕鑿方隨日恩威比望雲賞狩均下調和木等南薰無落於吾事誰將帝已聞

膏澤多豐年

帝德方多澤莓莓井邇同八方共雨布四遠報年豐厥慶千廂在幽流萬壑通候時勤稼穡擊壤樂農功畝畆人無惰田盧歲不空何須憂伏臘千載賀堯風

東都父老望幸

鑾輿秦地久羽衛洛陽空彼土雖憑固茲川乃得中龍顏覩白日鶴髮仰清風望幸誠逾邈懷來意不窮昔因封泰岳今佇躡維嵩天地心無異神祇理亦同翠華翊渭北王檢候關東衆願其難阻明君早勒功

嵩山望幸

峻極位何崇方知造化功降靈逢聖主望幸表維嵩隱映連青壁嵯峨向碧空象車因叶瑞龍駕願升中萬歲聲長

在千巖氣轉雄東都歌盛事西笑佇皇風

華清宮望幸

驪岫接新豐岧嶢駕碧空鑿山開秘殿隱霧蔽仙宮絳闕猶棲鳳雕梁尚帶虹温泉曾浴日華館舊迎風肅穆瞻雲輦深沉閉綺龍東郊望奇處瑞氣靄濛濛

謁見日將至雙闕

曉色臨雙闕微臣禮位陪遠驚龍鳳覩誰識冕旒開藹藹千年盛顒顒萬國來天文標日月時令布雲雷迴出黃金殿全分白玉臺雕蟲竟何取瞻戀不知迴

望凌烟閣　　劉公輿

畫閣凌虛構遥瞻在九天丹楹崇壯麗素壁繪勳賢靄靄

浮元氣亭亭出瑞烟近看分百辟遠揖誤群仙圖列青霄
外儀刑紫禁前望中空膚景驤首幾留連

望禁苑祥光

佳氣生天苑葱籠幾效祥樹遥三殿際日映九城傍山霧
寧同色卿雲未可彰兆分疑泰氣臨渭想榮光當竝春陵
發應開聖曆長微臣時一望短羽欲飛翔

晨光動翠華

早朝開紫殿佳氣逐清晨北闕華旌在東方曙景新影連
香露合光媚慶雲頻鳥羽飄初定龍文照轉眞宜疑冠佩
入長愛晃旒親摇動祥雲裏朝朝映侍臣

觀北蕃謁廟　王卓

肅肅層城裏巍巍祖廟清聖恩覃布濩異域獻精誠冠蓋
分行列戎夷變姓名禮終齊百拜心潔盡忠誠瑞氣千重
色簫韶九奏聲仗移迎日轉旆動逐風輕休運威儀盛豐
年俎豆盈不堪慚頌德空此望簪纓

西戎即叙

懸首藁街中天兵破犬戎營收低隴月旗偃度湟風肅殺
三邊勁蕭條萬里空元戎咸服罪餘孽盡輸忠聖理符軒
化仁恩契禹功降逾洞庭險梟擬郅支窮已散年疑容捷
還貲妙筭通今朝觀即叙非與獻獒同

焚裘

今主臨前殿懲奢燹異裘忽看陽焰發如覩吉光流麗彩

辭宸扆餘香在御樓火隨餘燼滅氣逐遠煙浮素朴回風
變凋華遂志休大垂恭儉德千古揖皇猷

觀慶雲圖

五雲從表瑞藻繪宛成圖柯葉何時改丹青此不渝非烟
色尚麗似蓋狀應殊渥彩看猶在輕陰望已無方將遇翠
幄那羨起蒼梧欲識從龍處今逢聖合符

同前　柳宗元

設色既成象卿雲示國都九天開秘旨百辟贊嘉謨抱日
依龍衮非烟近御爐高標連汗漫迥望接虛無裂素雲光
發舒華瑞色敷恒將配堯德垂慶代河圖

同前　李行敏

纁素傳休祉丹青狀慶雲非烟凝漠漠似蓋乍紛紛尚駐
從龍意全舒捧日文光因五色起影向九霄分裂素觀嘉
瑞披圖賀聖君寧同窺汗漫方此覩氛氳

府試觀開元皇帝東封圖　馬載

儼若翠華舉登封圖乍開晃旒明主立冠劍侍臣陪迹類
飛仙去光同拜日來粉痕疑檢玉黛色訝生苔掛壁雲將
起陵風仗若迴年年復東幸魯叟望悠哉

藩臣戀魏闕　蔣防

剖竹隨皇命分憂鎮大藩恩波懷魏闕獻納望天閽政奉
南風順心依北極尊夢魂通玉陛動息寄朱軒直以蒸黎
念思陳政化源如何子牟意今古道斯存

文苑英華卷第一百八十

文苑英華卷第一百八十一　詩三十一

省試二 州府試附

冬日可愛　陳諷 貞元十年及第

寒日臨清晝寥天一望時未消埋逕雪先暖讀書帷屬思

光難駐舒情影若遺胥臣冒比德謝客昔言詩散彩寧偏
照流陰信不追餘輝如可託廻燭幸無私

同前　庾承宣貞元八年及第

宿霧開天霽寒郊見初日升踈照逾遠冰輕影微出豈假
陽和氣暫忘玄冬律愁抱望至自寬羈情就如失欣欣事幾
許曈曈狀非一傾心儻知期良願自茲畢

日華川上動　石殷士

曙霞攢旭日浮景弄晴川杲曜曾潭上悠揚極浦前岸高
時擁媚波遠漸澄鮮萍實空隨浪珠胎不照淵早暄依曲
渚微動觸輕漣孰假咸池望幽情得古篇

日南長至　獨孤鉉元和年吏部

玉曆頒新一作第律凝陰發一陽輪輝猶惜短圭影此偏長
晷度經南斗流星一作晶盡北堂乍疑同一作周戶耀可愛逗
林光積雪銷微煦初萌動早芒更昇臺上望雲物已昭彰

雜詠一作皆

白日麗江皐　陳昌言

遲景臨遙水晴空似不高清明開曉鏡昭晰辨秋毫鬱鬱
長堤土離離淺渚毛炯銷占一候風靜擁千艘獨媚青春
柳宜看白鷺濤何年謝公賞遺韻在江皐

夏日可畏　張籍類詩作竝為

赫赫溫風扇炎炎夏日徂火威馳迥野畏景爍一作鑠遥途
勢矯翔陽翰功分造化鑪禁城千品燭黃道一輪孤落照
頻空簟餘嚲卷夕梧如何倦遊子中路獨踟躕

秋日懸清光　陶拱一作洪

秋至雲容歛天中日景清懸空寒色淨委照曙光盈泫泫
看彌上輝輝望最明煙霞輪乍透葵藿影初生鑒下應無
極升高自有程何當廻盛彩一為表精誠

同前

廖廓涼天靜晶明白日秋圓光含萬象碎影入閑流迥與
青冥合遙同江甸浮晝陰殊衆木斜影下危樓宋玉登高
怨張衡望遠愁餘輝如可託雲路豈悠悠

初日照華清宮　柴宿

靈山初照澤遠近見離宮影動參差裏光分縹緲中鮮飈

收晚翠佳氣藹晴空林潤溫泉入樓深複道通璇題生炯
晃珠綴引朧朧鳳輦何時幸朝朝此望同

初日照鳳樓　李虞仲

旭日煙雲殿朝陽燭帝居斷霞生峻宇通閣麗晴虛流彩
連朱檻騰輝照綺疏曈曨晨景裏明滅曉光初戶牖仙山
近軒楹鳳翼舒還如王母過遥度五雲車

日暮碧雲合　許康佐

日際愁陰生天涯暮雲碧重重不辨蓋沉沉乍如積林色
黯疑暝隙光俄已夕出岫且從龍縈空寧觸石餘輝澹瑾
草浮影凝綺席時景詎能留幾思輕尺璧

日暮天無雲　熊孺登

杳杳復蒼然無雲日暮天象分青氣外景盡赤霄前漸吐
星河色遥生水木煙從容難附麗碩步欲澄鮮但見收三
素何能測上玄應非暫呈瑞不許出山川

日暮山河清

天高爽氣晶馳景忽西傾山列千重静河流一帶明想同
金鏡徹寧讓玉壺清纖翳無由出浮埃不復生縈紆分漢
苑表裏見秦城逸興終難繫抽毫仰此情

三讓月成魄（不得泛說鄉飲之事） 劉瑰

爲禮依天象周旋逐月成教人三讓美爲客一宵生初進
輪猶暗終辭影漸明幸陪賓主位取捨任虧盈

月照冰池 葉季良

霽夕雲初斂棲娥月未虧圓光生碧海素色蒲瑤池天迥
輪空見波凝影詎窺浮霜玉比彩照像鏡同規皎潔寒偏
净徘徊夜轉宜誰憐幽境在長與賞心隨

海上生明月 朱華

皎皎秋中月團圓（一作團）海上生影開金鏡蒲輪抱玉壺清
漸出三山岊將凌一漢横素娥嘗藥去烏鵲遶枝驚照水
光偏白浮雲色最明此時堯砌下蓂莢自將榮

壁池望秋月 張子容

凉夜窺清沼池空水月秋蒲輪沉玉鏡半魄落銀鈎蟾影
搖輕浪菱花渡淺流漏移光漸潔雲斂色偏浮似璧悲三
獻疑珠怯再投能將千里意來照楚鄉愁

秋月懸清輝 蔣防

秋月沿霄漢亭亭委素輝山明桂花發池蒲夜珠歸入牖
人偏攬臨枝鵲正飛影連平野净輪度曉雲微晶晃浮輕
露徘徊映薄帷此時千里道延望獨依依

月映清淮流 徐敞

遥夜淮彌净浮空月正明虚無含氣白凝淡映波清見底
深還淺居高缺復盈處柔知坎德持潔表陰精利物功難
並和光道已成安流方利涉應鑒此時情

同前

淮月秋偏静含虚夜轉明桂花窺鏡發蟾影映波生澹灎
輪初上徘徊魄正盈遥塘分草樹近浦寫山城桐栢流光

逐蟾珠濯景清孤舟方利涉更喜照前程

圓靈水鏡 徐敞

浮光上東洛揚彩蒲圓靈明臧淪江水盈虚逐砌蓂不分
沙岸白偏照海山青練色臨窻牖蟾光霤戶庭成輪疑璧
影初魄類弓形遠近凝清質娟娟出衆星

同前 張聿

鳳池開月鏡清瑩寫寥天影散微波上光含片玉懸菱花
疑泛灔桂樹映清鮮樂廣披雲日山濤卷露（疑作霧）年濯纓
何處去鑒物自堪妍廻首看雲液蟾蜍勢正圓

京兆府試殘月如新月 鄭谷（見集本）

榮落何相似初終却一般猶疑和夕照誰信墮朝寒水國

輝華別詩家比象難佳人應惧拜栖烏又求安屈指期輪
蒲何心謂影殘更樓清賞處吟徹曙鍾看

玉繩低建章　張仲素

迢迢玉繩下芒彩正闌干稍復臨鳷鵲方疑近露寒微明
連粉蝶的皪映仙盤横接河流照低將夜色殘天榆隨影
没宮樹輿光攢遐想西垣客長吟欲罷難

七月流火　敬括

前旋一葉下言念忽悲秋變節金初至分空(一作寒)火正流
氣含凉夜早光拂夏雲收助月微明散沿河麗景浮禮標
時令奕詩興(一作典)國風幽自此觀邦正(一作邪正)深知玉葉(一作王業)休
一作皆雜詠

壽星見

玄象今何應時和政亦平祥爲一人壽色映九霄明皎潔
垂銀漢光芒近十(疑作斗)城含規同月蒲表瑞得天清甘露
盈條降祥煙向日生無如此嘉祉率土荷秋成

老人星　趙蕃

太史占南極秋分見壽星增輝延寶曆發曜起祥經灼爍
依狼地昭彰近帝庭高懸方杳杳孤白乍熒熒應見光新
吐休徵德自形既能符聖祚從此表遐齡

府試觀老人星　李頻

良宵出户庭極目向青冥海内逢康日天邊見壽星臨空
遥灼灼竟曉獨熒熒春後先依景秋來忽近丁乖休歸有
道作瑞掩前經豈比周王夢徒言得九齡

虹藏不見　徐敞

迎冬小雪至應節晚虹藏玉氣徒成象星精不散光美人
初比色飛鳥罷呈祥石澗收晴影天津失彩梁霏霏空暮
雨杳杳映殘陽舒卷應時令因知聖曆長

閏月定四時　羅讓

月閏隨寒暑疇人定職司餘分將考日積算自成時律候
行宜表陰陽運不欺氣薰灰琯驗數扐卦辭推六律文明
序三年理暗移當知歲功立唯是奉無私

同前　許稷

玉曆窮三紀推爲積閏期月餘因妙算歲徧自成時乍覺

年華改翻憐物候遲六旬知不惑四氣本無欺月桂虧還
正階蓂落復滋從斯分曆象共仰定毫釐

同前　杜周士

得閏因貞歲吾君敬授時體元承夏道推曆法堯咨直取
歸餘改非如再失欺葭灰初變律斗柄正當離寒暑功前
定春秋氣可推更憐幽谷羽鳴躍尚須期

同前　徐至

積數歸成閏羲和職舊司分銖標斗建盈縮正人時節候
潛相應星辰自合期寸陰寧越度長曆信無欺定向銅壺
辨還從玉律推高明終不謬委鑑本無私

同前　樂伸

聖代承堯曆恒將閏正時六旬餘可借四序應如期分至寧愆素盈虛信不欺斗杓重指甲灰琯再推離羲氏兼和氏行之又則之願言符大化永永作元龜

玉燭平字　員南溟

曆象璿璣正休徵玉燭明四時佳氣藹五緯太階平律呂風光至煙雲瑞色呈年和知歲稔道泰喜秋成寰海皇恩被乾坤至化清自憐同野老帝力詎能名

新陽改故陰　紇干諷

律管才推候寒郊忽變陰微和方應節積慘已辭林暗覺餘澌斷潛驚麗景侵禁城佳氣換北陸翠煙深有截知遐布無私荷照臨韶光如可及鸎谷免幽沉

迎春東郊　張濯

顓頊時初謝勾芒令復陳飛灰將應節賓日已知春考曆明三統迎祥受萬人衣冠宵執玉壇墠曉清塵肅穆來東道回環拱北辰仗前花待發旂處柳凝新雲歛黃山際冰開素滻濱聖朝多慶賞希爲薦沉淪

同前　王綽

玉管潛移律東郊始報春鑾輿膺寶運天仗出佳辰睿澤光時葉恩輝及物新虯螭動旌旆煙景入城闉御柳初含色類詩作搖日龍池漸啓津誰憐在陰者得與蟄蟲伸

東郊迎春　皇甫冉

曉見蒼龍駕東郊春已迎綵雲天仗合玄象太階平佳氣山川秀和風政令行鈎陳霜騎肅御道雨師清律向韶陽變人隨草木榮遥歡上林苑今日遇遷鶯

立春　冷朝陽見雜詠

玉律傳佳節青陽應北辰土牛呈歲稔綵鷰表年春臘盡星迴次寒餘月建寅風光行處好雲物望中新流水初銷凍潛魚欲振鱗梅花將柳色偏思越鄉人

春從何處來　白行簡

欲識春生處先從木德來入門潛報柳度嶺暗驚梅透雪銀花散消冰水鑑開曉迎郊祀發夜逐斗杓迴淑氣空中變新聲曲裏類詩作雨後催偏能調律呂應是候陽臺

長安早春

香靄三春色先從帝里芳折楊猶恨短測景已忻長鸎和紅樓樂花連紫禁香躍魚驚太液佳氣接温湯風送飛珂響塵蒙翠輦光熙熙晴煦遠徒欲奉堯觴

同前　張子容

開國移東井城池對北辰咸歌太平日共樂建寅春雪盡黃山樹冰開黑水津草迎金埒馬花伴玉樓人鴻漸看無數鸎遷聽欲頻何當桂枝擢還及柳條新

春色滿皇州　沈亞之

何處春歸一作暉好偏宜在雍州花明夾城道柳暗曲江頭風軟遊絲重光融瑞氣浮鬬鷄憐短草乳鷰傍高樓繡轂盈香陌新泉溢御溝行一作迴看日欲暮迴騎似川流

同前　滕邁（類詩作薛能）

藹藹復悠悠春歸十二樓最明雲裏闕先蒲日邊州色媚青門外光搖紫陌頭上林榮舊樹太液鏡新流（類詩作洗新流）暖帶祥煙起清（一作晴）添瑞景浮陽和如啓蟄從此事芳遊

同前　裴夷直

寒銷山水地春遍帝王州北闕晴光動南山喜氣浮天紅粧暖樹急綠走陰溝思婦開香閣王孫上玉樓氛氳直城北駘蕩曲江頭今日靈臺下翻然卻是愁

同前　封敖

帝里春光正葱蘢喜氣浮錦鋪仙禁側鏡寫曲江頭紅蕚開蕭閣黃絲拂御樓千門歌吹動九陌綺羅遊日近風光

蒲仁深澤共流應非顦悴質辛苦在神州

同前　張嗣初

何處年華好皇州淑氣勻韶陽潛應律草木暗迎春柳變金堤畔蘭抽曲水濱輕黃垂輦道微綠映天津麗景浮丹闕晴光擁紫宸不知幽遠地今日幾枝新

夏首猶清和　張律（類詩作黎逢）

早夏宜初景和光起禁城祝融將御節炎帝啓朱明日送殘花晚（類詩作日映林花艷）風過（類詩作風高）御苑清郊原浮麥氣池沼發荷英樹影臨山動（類詩作山爽）禽飛入漢輕幸逢堯禹化全勝谷中情

文苑英華卷第一百八十一

文苑英華卷第一百八十二　詩三十二

省試三（州府試附）

青雲干呂　林藻（類詩作吳泌）

應節偏干呂亭亭在紫氛綴雲初度（類詩作綴空初布）影捧日已成文結蓋祥光迥爲樓（類詩作爲峯）翠色分還同起封上更似出橫汾作瑞來藩國呈形表聖君徘徊如有託（類詩作知有謂）誰道比閑雲

同前　令狐楚

郁郁復紛紛青霄干呂雲色令天八下見候向管中分遠覆
無人境遥彰有德君瑞容驚不散冥感信稀聞湛露羞依
草南風耻帶薰恭惟漢武帝餘烈尚氛氳

同前　王履貞

異方占瑞氣干呂見青雲表聖興中國來王見六君類詩作諸
大君迎祥殊大樂叶慶類橫汾自感明時起非因觸石分映
霄難辨色從吹乍成文須使留一作流千載垂芳在典墳

同前　彭伉

祥輝上于呂郁郁又紛紛遠示無爲化將明至道君勢凝
千里靜色向九霄分已見從龍意寧知觸石文狀煙殊散

漫捧日更氛氳自使來賓國西瞻仰瑞雲

白雲起封中　張嗣初

英英白雲起呈瑞出封中表聖寧因地逢時豈待風浮光
彌皎潔流影更冲融自叶堯年美誰云漢日同金泥光乍
掩玉檢氣潛通欲與非煙並亭亭不散空

同前　李正辭類詩作陳希烈

千年泰山頂雲起漢皇封不作奇峯狀寧分觸石容爲霖
雖易得表聖自難逢冉冉排空上依依疊影重素光非曳
練靈貺是從龍豈學無心出東西任所從

立春日曉望三素雲　李季何貞元十一年見雜詠

靄靄青春曙飛仙駕五雲浮輪初縹緲古今共用此二字或疑韻書不收緲

字遂改作耿下同承蓋下氤氳薄影隨風度殊容向日分羽毛紛
共遠環珮杳猶聞靜合煙霞色遥將鸞鶴群年年瞻此御
應許從元君

同前　陳師穆

晴曉仲疑春日高心望素雲彩光浮玉輦紫氣隱元君縹
緲中天去逍遥上界分鸞驂攀不及仙吹遠難聞禮候於
斯覩明循疑二字在鮮紛人歸懸想處霞色自氛氳

同前　李應

玄鳥初來日靈仙望處雜詠作裏分氷容朝上界玉輦擁朝雲
碧落流輕藹紅霓間彩文帶煙時縹緲向斗更氤氳髣髴
隨風馭迢遥出曉雲茲辰三見後希得從元君

春雲　鄧倚

搖曳自西東依林又逐風勢移青道裏影泛綠波中夕靄
方明日朝陽復蔽空度關隨去馬出塞引歸鴻色任寒暄
變光將遠近同爲霖如見用還得助成功

同前　焦郁

漫漫天崖色乘春四望平不分殘照影何處斷鴻聲繚繞
先經塞霏微近過城因風低未斂帶雨重還輕干呂知時
泰如膏候歲成小儒同品物無以荅皇明

同前　裴澄

漠漠復溶溶乘春任所從映林初展葉觸石未成峯旭日
消寒翠晴煙點淨容霏微將似滅深淺又如重薄彩臨溪

散輕陰帶雨濃空一餘負樵者嶺上自相逢

山出雲　陸暢

靈山蓄雲彩紛郁出清晨望樹繁花白看峯小雪新映松張蓋影依澗布魚鱗高似從龍處低如觸石頻濃光藏半岫淺色類飄塵王葉開天際遥憐占早春

同前　張復

山靜雲初吐霏微觸石新無心離碧岫有葉占青春散類如虹氣輕同不讓塵陵空還似翼映潤欲成鱗異起臨汾非疑隨出峽神爲霖終濟旱非獨降賢人

同前　李紳

杳靄祥雲起飄颻翠嶺新瑩峯開石秀吐葉間松春林靜

翻空火山明度嶺頻迴崖時掩鶴幽澗或隨人姑射朝凝雪陽臺晩伴神悠悠九霄上應坐王京賓

同前　張勝之

片雲初出岫孤迥色難親蓋小辭山近根輕觸石新飄颻經綠野明麗照晴春拂樹疑舒葉臨流似結鱗從龍方有感捧日豈無因看取爲霖去恩霑雨露均

南至日太史登臺書雲物　裴逵

圓丘纔展禮佳氣近初分太史方一作新簪筆高臺起一作紀彩雲天容一作煙空和縹緲曉色共氛氳道泰資賢輔年豐荷聖君恭惟同一作司國瑞兼用察人天一作文應念懷鉛客終朝望碧雰一作皆雜詠

同前　于尹躬

至日行時令登臺約禮文官稱伯趙氏色辨五方雲晝漏聽初發陽光望漸分司一作雜詠用天爲歲備持簡出人群惠愛周微物生靈荷聖君長當有嘉瑞郁郁復紛紛

華山慶雲見

聖主祠名岳高風發慶雲金柯初繚繞玉葉漸氛氳氣色含珠日光明吐翠雰依稀來鶴態髣髴列仙群萬樹流光影千潭寫錦文蒼生忻有望祥瑞在吾君

上黨奏慶雲見　李紳

飛龍久馭宇真氣尚興雲五色傳嘉瑞千齡表聖君從風忽蕭索依漢更氛氳影徹天初霽光鮮日未曛表祥近自

遠類詩作來自遠垂化聚還分寧作無依者空傳陶令文

梢雲　羅讓類詩作曹松

殊質資靈貺陵空發瑞雲梢梢含樹彩類詩作樹影郁郁動霞文不比因風起全非觸石分葉光閑泛灩枝杪靜氛氳隱見心無宰徘徊慶自君翻飛如可託長願在橫汾

寒雲輕重色　張仲素

佳期當可許託思望雲端鱗影朝猶落繁陰暮自寒因風方嫋嫋間石已漫漫隱映看鴻度霏微覺樹攢凝空多似黛引素乍如紈每向愁中覽含毫欲狀難

白雲向空盡　周存類詩作焦郁

白雲生遠岫搖曳入晴空乘化隨舒卷無心任始終欲銷

仍向日（類詩作滯日）將斷或因（類詩作更因）風勢薄飛難定天高色
易窮影收元氣表光滅太虛中况若從龍去（一作出）還施潤
物功（類詩作儻若從龍去還施濟物功）

望禁門松雪　王涯

宿雲開霽景佳氣此時濃瑞雪凝清禁祥煙羃小松依稀
鸞尾出隱映鳳樓重金闕晴光照瓊枝瑞色封葉鋪全類
王柯偃乍疑龍詎比寒山上風霜老昔容

都堂試貢士日慶春雪　李衢

錫瑞來豐歲旌賢入貢辰輕搓梅共笑飛婿柳知春匝砌
封瓊屑依階噴玉塵蛘蝣吟更古科斗映還新鶴吹（疑）迷
難辨氷壺鑒易真因歌大君德率舞詠陶鈞

同前　李景

寒雪分天路群才坐粉廊霽空迷晝景臨宇借寒光似暖
花消地無聲玉滿堂灑詞偏誤曲留硯忽因方幾處曹風
比何人謝賦長春暉早相照莫滯九衢芳

同前　李損之

春雪晝悠颺飄飛試士場綴毫疑起草沾字共成章匝地
如鋪練凝階似截肪鵝毛縈樹合柳絮帶風狂息疫方殊
慶豐年已報祥應知郢上曲高唱出東堂

望終南春雪　李子卿

山勢抱西秦初年瑞雪頻色搓鶉野霽影落鳳城春晶耀
瓊（一作輝耀銀）峯逼晶明玉樹親尚寒由氣勁不夜為光新荊

岫全疑近崑丘宛合隣餘輝儻可借迴照讀書人

春雪映早梅　庾敬休

清晨凝雪彩新候變庭梅樹愛春榮偏寒驚曙色催寒光
添粉壁積潤覆青苔分明六出瑞隱映幾枝開聞笛花疑
落揮琴興轉來曲成非寡和長使思悠哉

墻陰殘雪　可頻瑜

積雪還因地墻陰久尚殘影添斜月白光借夕陽寒皎潔
開簾近清熒步屧看狀花飛着樹如玉不成盤氷薄方寧
及霜濃比亦難誰憐高卧處歲暮嘆袁安

早春殘雪　裴乾餘

霽日彫瓊彩幽庭減夜寒梅飄餘片積日墮晚光殘零落

偏依桂霏微不掩蘭陰林披霧縠（一作穀）小沼破氷盤曲檻
霜凝砌踈篁玉碎竿已聞三徑好猶可訪袁安

同前　施肩吾

春景照林巒玲瓏雪影殘井泉添碧甃藥圃洗朱欄雲路
迷初醒書堂映漸難花分梅嶺色塵減玉堦寒遠稱棲松
鶴高宜點露盤佇逢春律後陰谷始堪看

春雨如膏　喻鳧

羃羃斂輕塵濛濛濕野春細光添柳重點濺花勻慘淡
游絲景陰沉落絮辰迴低飛蝶翅寒滴語禽身洒岳摧餘
雪吹江疊遠蘋東城與西（一作南）陌晴後趣何新

清露被皋蘭　孫頠

九皐蘭葉茂八月露花清稍與秋陰合還將曉色并向空羅細影臨水泫微明的皪添幽興芊綿動遠情夕芳人未採初降鶴先驚爲感生成惠心同葵藿傾

宿煙含白露

桄桄有新意微微曙色幽露含踈月靜光與曉煙浮迥野遥凝素空林望巳秋着霜寒未結凝葉滴還流比玉偏清絜如珠詎可收排徊阡陌上瞻想但淹留

風草不留霜　王景中

繁霜當永夜寒草正驚風飄素衰顏末流光晚蕙叢悠揚方泛影皎絜却飛空不定離披際難凝翳薈中低昂閑散質肅殺想成功獨感玄暉詠依依此夕同

白露爲霜　顏粲

悲秋將歲晚繁露巳成霜徧渚蘆先白霑籬菊自黄應鍾鳴遠寺擁鴈度三湘氣逼襦衣薄寒侵宵夢長滿庭添月色拂水斂荷香獨念蓬門下窮年在一方

同前　徐敞

早寒青女至零露結爲霜入夜飛清景陵晨積素光驪星初晳晳葭菼復蒼蒼色冐沙灘白威加木葉黄鮮輝襲紈扇殺氣掩干將葛屨那堪屨徒令君子傷

薦冰　鮑溶

西陸宜先啓春寒寢廟清曆官分氣候天子薦精誠巳辨瑶池色如和玉珮鳴禮餘神轉肅曙後月殘明雅合冰容絜非同雪體輕空憐一掬水珍重此時情

同前　趙蕃

仲月開凌室齋心感聖情寒姿分玉坐皎質發冊楹積素因風壯虛空向日明遥涵窓户冷近映晃旒清在掌光逾澈當軒質自輕良辰方可致由此表精誠

同前　盧鈞

薦冰朝日後闢廟曉光清不改晶熒質能彰雨露情且無霜比耀豈與水均明在捧搖寒色當呈表素誠凝姿陳俎豆浮彩映璁珩皎皎盤盂側稜稜嚴氣生

同前　范傳質

乘春方啓閉羞獻有常程絜朗寒光徹輝華素彩明色凝霜雪靜影照晃旒清肅肅將崇禮兢兢示捧盈方圓陳玉座小大表精誠朝覲當西陸桃弧每共行

同前　陳至

凌寒開固沍寢廟致精誠色靜澄三酒光寒肅兩楹形鹽非近進玉豆爲潛英禮自春分展堅從北陸成藉茅心共結出鑑水漸明幸得來觀薦靈臺一小生

府試水始冰　馬戴

南池寒色動北陸歲陰生薄薄流澌聚灘灘集作微微翠漱平暗霑霜稍厚迴照日還輕乳竇懸殘滴湘流減恨聲即堪金井貯會映玉壺清絜白心誰識空期飲此明

履春冰　張蕭遠

一步一愁新輕輕恐陷人薄光全透日殘色半消春蟬想
行時冀魚驚踏處鱗底虛難動足岸闊怯廻身豈暇躊躕
乆寧容顧眄頻願將矜慎意從此越通津

同前　舒元輿

投跡清冰上凝光動早春兢兢愁陷履步步怯移身烏照
微生水狐聽或過人細還形外影輕躡鏡中輪咫尺憂偏
遠危疑懼已頻願堅容足分莫使獨驚神

觀藏冰　張彙征

寒氣方窮律陰精正結冰體堅風帶壯影素月臨凝冬賦
凌人掌春期命婦昇鑿來壺色澈納處鏡光澄魯史曾流
問豳詩舊見稱同觀里社享王道頌還興

文苑英華卷第一百八十二

文苑英華卷第一百八十三　詩三十三

省試四 州府試附

風光草際浮　裴杞

澹蕩和風至芊綿碧草長徐吹遙撲翠半偃乍浮光葉似
翻宵露蓑疑扇夕陽逶迤明曲渚照耀滿廻塘白芷生還
暮崇蘭泛更香誰知攬結處含思向餘芳

同前　張復元

纖纖春草長遲日度風光靃靡含新彩霏微籠遠芳殊姿
媚原野佳色滿池塘夜好垂清露偏宜帶艷陽淺深浮嫩
綠輕麗拂餘香一好助鸎遷勢乘時冀便翔

同前　陳璀

春風泛瑶草九日遍神州已向花間積還來葉上浮曉光緑圃麗芳氣滿街流澹蕩依朱萼飄颻帶玉溝向空看轉媚臨水見彌幽一況被崇蘭色王孫正可遊

同前　吳松

草色春沙裏風光曉正幽輕明搖不散郁昱麗仍浮吹綬苗難轉暉閑葉本柔碧疑烟彩入紅是日華流耐可披襟對誰應滿掬收恭開掇芳客爲此尚淹畱

同前　陳祜

秀發王孫草春生君子風光搖低偃處影散艷陽中稍稍移蘋末微微轉蕙叢浮煙傾緑野遠色澹晴空泛彩池塘媚含芳景氣融清暉誰不揖幾許賞心同

春風扇微和　陳九流

萅見陽和至遥知橐籥功遲遲散南陌褭褭逐東風暗入芳（一作睢）園裏潛吹草木中蘭蓀纔有緑桃杏未成紅已覺寒光盡還看淑氣通由來榮與悴今日發應同

同前　張棗

木德生和氣微微入曙風暗催南向葉漸翦北歸鴻澹蕩侵氷谷悠揚轉蕙藂拂塵廻廣路泛瀨過遥空暖上煙光際雲移律候中扶搖如可借從此戾蒼穹

同前　范傳正

曖曖當遲日微微扇好風吹搖新葉上光動淺花中澹蕩凝清晝氤氳暖碧空稍看生緑水已覺散芳藂徙倚情偏適徘徊賞未窮妍華不可狀竟夕氣融融

同前　陳通方

習習和風扇悠悠淑氣微陽升知候改律應喜春歸池柳晴初折林鸎暖欲飛川原浮彩翠臺館動光輝泛灔搖冊闕揚芳入粉闈發生當有分枯朽幸因依

同前　柳道倫

青陽初入律淑氣應春風始辨梅花裏俄分柳色中依微開夕（一作曉）照澹蕩媚晴空拂水生蘋末經巖觸桂藂稍抽蘭葉紫微吐杏花紅頗逐仁風布將裨生植功

同前　崔立之

時令忽已變年光俄又春高低惠風入遠近芳氣新靡靡

纔偃草泠泠不動塵温和乍扇物煦嫗偏感人去出桂林漫來過蕙圃頻晨輝正澹蕩披拂長相親

同前　郭遵

微風飄淑氣散漫及茲晨習習何處至熙熙與春親暖空看早辨映日度逾頻高拂非煙雜低隨衆卉新齊天輕有靄綺陌盡無塵還似登臺意元和欲煦人

同前　豆盧榮

春晴生縹緲軟吹和初遍池影動漪淪山容發蔥蒨遲遲入綺閣習習流芳甸樹杪颺鸎啼堦前落花片韶光恐閑放旭日宜遊宴文客拂塵衣仁風願廻扇

同前　邵偃

微風扇和氣韶景共芳晨始見郊原綠旋過御苑春三條
開廣陌八水汎通津煙動花間葉香流馬上人逶迤雲彩
曙嘹唳鳥聲頻爲報東堂客明朝桂樹新

風不鳴條　盧肇

習習和風至過條不自鳴暗通青律起(集作緩)遠望白蘋生
拂樹花仍落經林鳥自(一作詎)驚幾牽蘿蔓動潛惹柳絲輕
入谷迷松響(一作幽澗迷松韻)開(一作閑)窗失竹聲薰絃方在御萬
國仰皇情

同前　姚鵠

吾君理化清上瑞報昇平曉吹何曾息柔條自不鳴花香
知暗度柳色覺潛生只見低垂勢那聞擊觸聲大王初溥

暢少女正輕盈幸遇無私力幽芳願發榮

同前　黃頗(類詩作舒元輿)

五緒(類詩作習習)起祥飈無聲瑞聖朝稍開含露蘂(類詩作露蕚)纔
轉惹煙條密葉應潛變(類詩作潛長)低枝幾暗搖林間鶯欲轉
花下蝶微飄初滿綠堤草因生逐水苗太平無一事天外
奏虞韶(類詩作雲韶)

同前　左牢(類詩作韋孝標)

旭日懸清景微風在綠條入松聲不發過柳影空搖長養
應潛變(一作遍)扶疎每暗飄有林時嫋嫋無樹漸蕭蕭誤逐
青煙散輕和樹色饒豐年知有待歌詠美唐堯

同前　王甚夷

聖日祥風起韶暉助發生蒙蒙遙野色裊裊細條輕荏弱
看漸動怡和吹不鳴枝含餘露濕林霽曉煙平縹緲春光
媚悠揚景氣晴康哉帝堯代寰宇共澄清

同前　金厚載

寂寂曙風生遲遲散野輕露華搖有滴林葉裊無聲暗剪
叢芳發空傳谷鳥鳴悠揚韶景靜淡蕩霽煙橫遠水波瀾
息荒郊草樹榮吾君垂至化萬類共澄清

景風扇物　張聿

何處青蘋末呈祥起遠空曉來搖草樹輕度淨塵蒙(類詩作輕去動)
泓濛水上微波動林前媚景通寥天鳴萬籟蘭徑長幽叢
漸颺搏扶勢應從橐籥中(類詩作篇功)開襟若有日願覩大王

風

清風戒寒

蕭颯清風至悠然發思端入林翻別葉繞樹敗紅蘭曉拂
輕霜度宵分遠籟攢稍依籬際靜遍覺座隅寒乍逐驚蓬
振偏催急漏殘遙知洞庭水此夕起波瀾

同前　穆寂

風清物候殘蕭灑報將寒掃得天衢靜吹來眼界寬條鳴
方有異蟲思亂無端就樹收鮮膩衝池起澁瀾過山嵐可
捲度月色宜看華實從茲始何嗟歲序殫

冬至日祥風應候　前人(見雜詠)

節逢清景空占氣二儀中獨喜登臺日先知應候風呈祥

光舜化表慶感𦕓聰既光一作與乘時川還將入律同徵徵
萬井遍習習九門通更繞爐煙起殷勤報歲功

八風從律　蔣防

製律窺元化因聲感八風還從萬籟起更與五音同習習
爐烟類詩作蘆灰上冷冷玉管中氣隨時物好響徹齊天空自
得陰陽順能令惠澤通願吹寒谷裏從此達前蒙

春風扇微和　公乘億咸通宏詞

麗日催遲景和風扇早春暖浮丹鳳闕韶媚黑龍津澹蕩
迎仙仗霏微送畫輪綠搖宮柳散紅待禁花新舞席潛迴
雪歌筵暗起塵幸當陽候律一願及佳辰

河出榮光　張良器

引派崑山峻朝宗海路長千齡逢聖主五色瑞榮光隱映
浮中國晶明助太陽坤維連浩漫天漢接微茫丹闕清氛
裏函關紫氣旁位尊常守伯道泰每呈祥習坎靈逾久居
卑德有常龍門如可涉忠信是舟梁

同前

符命自陶唐吾君應會昌千年清德水九折滿榮光極岸
浮佳氣微波照夕陽澄輝明貝闕散彩入龍堂近帶關雲
紫遥連日道黄馮夷矜海若漢武貴宣房漸没孤槎影仍
呈一葦杭撫躬悲未濟作頌喜時康

洛出書　蕭昕

海内昔凋瘵天綱斯浡潏龜靈啓聖圖龍馬負書出大哉
明德盛遠矣彝倫秩地數作乂功人免爲魚恤既彰千國
理豈止百川溢永賴至于今疇庸未云畢

同前　郭邕

德合天既呈龍飛聖人作光宅被寰區圖書薦河洛象登
四氣順文闢九疇錯氤氲瑞彩浮左右靈儀廓微造功不
宰神行利攸博一見皇家慶方知禹功薄

同前　張欽敬

浮空九洛水瑞聖千年質奇象八卦分圖書九疇出含微
卜筮遠抱數陰陽密中得天地心傍探鬼神吉昔聞夏禹
代今獻唐堯日謬此叙彝倫寰宇賀清謐

同前　叔孫玄觀

清洛含温溜玄龜薦寶書波開綠字出瑞應紫宸居物著
群靈首文成列卦初美珍翔閣鳳慶邁躍舟魚俾姒惟何
遠休皇復在諸東都主人意歌頌望乘輿

秋霽望廬山瀑布　夏侯楚

常思瀑布幽晴眺喜逢秋一帶連青嶂千尋倒碧流濕雲
應候鶴飜浪定驚鷗星浦虹初下爐峯煙未收巖高時裛
裛天淨起悠悠儻見朝宗日還須濟巨舟

涇渭揚清濁　呂牧

涇渭横秦野逶迤近帝城二渠通作潤萬户映皆清明晦
看殊色潺湲聽一聲岸虛深草掩波動曉煙輕御猟思投
釣漁歌好濯纓合流知禹力同共到滄瀛

春水渌波　朱休

芳時淑氣和春水澹煙波滉瀁滋蘭杜淪漣長芰荷晩光扶翠潋潭影瀉清菼歸鴈追飛晝纖鱗游泳多朝宗終到海潤下每盈科願假中流便從茲發棹歌

四水合流　李沛

禹鑿山川地因通四水流縈迴過鳳闕會合出皇州天影長波裏寒聲占（疑）渡頭入河無晝夜歸海有謙柔順物宜投石逢時可載舟羡魚猶未已臨水欲垂鉤

海水不揚波

明朝崇大道寰海免波揚既合千年聖能安百谷王天心隨澤廣水德共靈長不撓魚彌樂無瀾蕩可杭化流霑率

土恩覃及殊方豈只朝宗國惟聞有越裳

空水共澄鮮

悠然四望遍渺渺水無窮海鶴飛天際煙林出鏡中雲霄澄遍碧霞起澹微紅落日浮光滿遙山翠色同樵聲喧竹嶼棹唱入蓮叢遠客舟中興煩襟暫一空

曲池潔寒流　崔立之

閑尋欹岸步因向曲池看透底何澄澈迴流乍屈盤稍隨高樹古迥與遠天寒月入鏡華轉星臨珠影攢纖鱗時蔽石轉吹或生瀾願假涓微效來濡拙筆端

寒流聚細文

曉野方閑眺橫溪賞亂流寒文趨浦急圓折逐煙浮不謂飄踈雨非關浴遠鷗覰魚鱗共細間石影疑稠獮獮風吟夕潺潺瀨響秋仙槎如共泛天漢適淹畱

奉詔（集作試）漲曲江池　鄭谷（乾符丙申歲春）

王澤尚通津恩波此日新深宜一夜雨遠（集作宛）似五湖春泛灩翹振鷺澄清躍紫鱗翠低孤（集作低臨華）嶼柳香失半汀蘋鳳輦尋佳境龍舟命近臣桂華如入手願作從遊人

昆明池石織女　童翰卿（又云司馭復）

一片昆池石千秋織女名象星何皎皎依水更盈盈苔作輕裾色波爲促杼聲岸雲連鬢濕沙月對眉生有臉蓮同笑無心鳥不驚還如朝鏡裏形影兩分明

濟川用舟楫　胡權

渺渺水連天歸程想幾千孤舟辭曲岸輕楫濟長川迥指波濤雪迴瞻島嶼煙心迷滄海上目斷白雲邊泛濫雖無定維持且自專還如聖明代理國用英賢

天際識孤（一作認歸）舟　薛能

斜日蒲江樓天涯照背流同人在何處遠目認孤舟帆省當時席歌聞舊日謳人浮津濟晩棹泛沉寥秋晴闊欣全見歸遲恨久遊離居意無限貪此望難休

文苑英華卷第一百八十三

文苑英華卷第一百八十四　詩三十四

省州五 州市試附

釋奠月國學觀禮聞雅頌　滕珦

太學時觀禮東方曉色分威儀何棣棣環珮又紛紛古樂從空盡清歌幾處聞六和成遠吹九奏動行雲聖上尊儒樂春秋奠茂勳幸因陪齒列聊以頌斯文

同前　令狐峘

肅肅先師廟依依胄子群蒲庭陳舊禮開户拜清芬萬舞當華燭簫韶入翠雲頌歌侵曉聽雅吹度風聞澹泊調元氣中和美聖君惟餘東魯客蹈舞向南薰

貢舉人謁先師聞雅樂　呂炅

禮聖來群彥觀光在此時聞歌音乍遠合樂和還遲調朗

能偕竹聲微又契絲輕冷流箕簴繞動綴綴九變將隨節三終必盡儀國風由是正王化自雍熙

同前　王起

藹藹觀光士來同鵷鷺群鞠躬遺像在稽首雅歌聞度曲飄清漢餘音過曉雲兩楹凄已合九仞杳難分斷續同清吹洪纖入紫氛長言聽已罷千載仰斯文

太常寺觀舞聖壽樂　徐元弼

舞字傳新慶人文邁舊章冲融和氣洽悠遠聖功長盛德流無外明時樂未央日華增顧眄風物助低昂翥鳳方齊首高鴻忽斷行雲門與咸曲同是奉陶唐

冊上公太常奏雅樂

司樂陳金石逶迤引上公奏音人語絶淸韻珮聲通應律煙雲改來儀鳥獸同得賢因舉頌脩禮便觀風聖壽三稱內天歡九奏中寂寥高曲盡猶自滿宸聰

曉過南宫聞太常清樂　陸贄

南宫聞古樂拂曙聽初驚煙靄遥迷處絲桐暗辨名節隨新律改聲帶緒風輕合雅將移俗同和自感情遠音兼曉漏餘響過春城九奏明初日寥寥天地淸

同前　張濛

玉珂經禮寺金奏過南宫雅調乘淸曉飛聲向遠空慢隨飄去雪輕逐度來風迥出重城裏傍聞九陌中應將肆夏比更與五英同一聽南薰曲因知大舜功

太常觀閱驃國新樂　胡直鈞

異音來驃國初被奉常人纔可宫商辨殊驚節奏新轉規廻繡面曲折度文身舒散隨鸞吹喧呼雜鳥春摽祗懷舊識絲竹變恒陳何事留中夏長令表化淳

郊壇聽雅樂

泰壇恭祀事彩仗下寒垌展禮陳嘉樂齊心動衆靈韻長飄更遠曲度静宜聽泛響何淸越隨風散杳冥徵懸和氣聚旋退曉山靑木自鈞天降還疑列洞庭

舞干羽兩階　石倚

干羽能柔遠前階舞正陳欲稱文德盛先表樂聲新肅肅行初列森森氣益振動容和律呂變曲静風塵化美超千古恩波及七旬已知天下服不獨有苗人

朱絲絃　楊衡

寂寞瑶琴上深知直者情幸傳朱鷺曲那止素絲名瑞草人空仰王言世乂行大方聞正位樂府動淸聲文武音初合宫商調屢更誰能向機杼終日泣無成

夫子鼓琴得其人　白行簡

宣父窮玄奥師襄授素琴稍殊流水引全辨聖人心慕德聲逾感懷人意自深泠泠傳妙手摵摵振空林促調淸風至操絃白日沉曲終情不盡千古仰知音

夜聞洛濱吹笙　張仲素

王子千年後笙音五夜聞逶迤繞淸洛斷續下仙雲泄泄飄難定啾啾曲未分松風助幽律波月動輕文鳳管聽何遠鸞聲若在群暗空思羽盖餘氣自氛氳

緱山月夜聞王子晉吹笙　厲玄

緱山明月夜岑寂隔塵氛紫府參差曲清宵次第聞韻流多入洞聲度半和雲拂竹鸞驚侶經松鶴舞群蟾光聽處合仙路望中分坐惜千嵒曙遺音過汝墳

同前　鍾輅

月滿緱山夜風傳子晉笙初聞盈谷遠漸聽入雲淸杳異人間曲遥分鶴上情孤鸞驚欲舞萬籟寂無聲此夕留烟駕何時返玉京唯愁音響絶曉色出都城

湘靈鼓瑟　魏璀

瑤瑟多哀怨朱絃且莫聽扁舟三楚客叢竹二妃靈淅瀝
聞餘響依稀欲辨形柱間寒水碧曲裏暮山青良馬悲銜
草遊魚思繞萍知音若相遇終不滯南溟

同前　錢起（天寶十載）

善撫（一作鼓）雲和瑟常聞帝子靈馮夷空自舞楚客不堪聽
逸韻諧（一作苦調淒）金石清音發（一作入）杳冥蒼梧來（一作成）怨慕
白芷動芳馨流水傳湘浦悲風過洞庭曲終人不見江上
數峯青　一作皆雜詠

同前　陳季

神女泛瑤瑟古祠嚴野亭楚雲來泱漭湘水助清泠妙指
徵幽契繁聲入杳冥一彈新月（一作斜日）白數曲暮山青調苦

荊人怨時遙帝子靈遺音如可賞試奏為君聽

同前　莊若訥

帝子鳴金瑟餘聲自抑揚悲風絲上斷流水曲中長出没
遊魚聽透迤彩鳳翔微音時扣徵雅韻乍含商神理誠難
測幽情詎可量至今聞古調應恨滯三湘

同前　王邕

寶瑟和琴韻靈妃應樂章依俙聞促柱髣髴夢新粧波外
聲初發風前曲正長淒清和萬籟斷續繞三湘轉覺雲山
迥空懷杜若芳誰能傳此意雅會在宮商

霓裳羽衣曲　李肱

開元太平時萬國賀豐歲梨園獻（文粹作厭）舊曲玉座流新製
鳳管遞參差霞衣競摇曳宴罷水殿空輦餘春草細蓬壺
事已久仙樂功無替誰（文粹作詎）肯聽遺音聖明知善繼

寒夜聞霜鐘　鄭絪

霜鐘初應律寂寂出重林拂水宜清聽凌空散迥音舂容
時未歇揺曳夜方深月下和虛籟風前閒（疑作聞）遠砧淨兼
寒漏徹閑畏曙更侵遥想千山外泠泠何處尋

同前　盧景亮

洪鐘發長夜清響出層岑暗入繁霜切遥傳古木深何城
亂遠漏幾處雜疎砧已警離人夢仍知旅客襟待時當命
侶抱器本無心儻若無知者誰能設此音

曉聞長樂鐘聲　戴叔倫

漢苑鐘聲早秦郊曙色分霜凌萬户徹風散一城聞已啓
蓬萊殿初朝鴛鷺群虛心方應物大扣欲干雲近雜雞人
唱新傳鳧氏文能令翰苑客流聽思氛氲

聽霜鐘

渺渺飛霜夜寥寥遠岫鐘出雲疑斷續入户乍舂容度枕
頻驚夢隨風幾韻愁揚來不已杳靄去何從髣髴煙嵐
隔依俙巖嶠重此時聊一聽餘響繞千峯

同前

寥亮來豐嶺分明辨古鐘應霜如自擊中節每相從靜聽
非閑扣潛應蘊聖蹤風間時斷續雲外更舂容虛警和清
籟椎鳴隔亂峯因知（一作之）諭知已（一作者）感激更難逢

律中應鍾　裴元
律窮方數寸室暗在三重伶管灰先動秦正節已逢商聲辭玉笛羽調入金鍾密葉翻霜彩輕冰斂水容望鴻南去絕迎氣北來濃頹託無凋性寒林自比松

笙磬同音
笙磬聞何處淒鏘宛在東激揚音自徹高下曲宜同歷歷俱盈耳泠泠遞散空歡因繁奏舞人感至和通詎間洪纖韻能齊搏拊功四懸今盡美一聽辨移風

范成君擊洞陰磬　范傳正
歷歷聞金奏微微下玉京為祥家謀久偏識洞陰名擔佇人間聽鏗鏘古曲成何須百獸舞自暢九天情注目看無

見留心記未精雲霄如可託借鶴向層城

終南精舍月中聞磬　呂溫
月中峯一作禪室掩幽徑磬一作淨昏氛思入空門妙聲從覺路聞泠泠流衆蒲蓮一作擊杳杳出重塞一作雲天籟疑難辨霜鍾詎可分偶來依遊一作法界便欲謝人群竟夕聽真響荷花積露文一作塵心自解紛　一作皆集本

同前　獨孤申叔
精廬慙疑夜景天宇威埃氛幽磬此時擊餘音幾處聞隨風樹杪去支策月中分斷絕如殘漏淒清不隔雲羈人方罷夢獨鴈忽迷群響盡河漢落千山空糾紛

泗濱得石磬　李勳
浮磬潛清深依依呈碧潯出水見貞質在懸含玉音對此喜還歎幾秋還到今器古契良覯韻和諧宿心何為值明鑒適得離幽沉自茲入清廟無復泥沙侵

風箏　鮑溶
何響與天通瑤箏挂望中彩絃非觸指錦調忽聞風鴈柱虛連勢鸞歌且墜空夜和霜擊磬晴引鳳歸桐幽咽誰生怨清泠自匪躬秦姬收寶匣搔首不成功

聽郢客歌陽春白雪　歐陽袞
寂聽郢中人高歌已絕倫臨風飄白雪向日奏陽春調雅偏盈耳聲長杳入神連連貫珠並裹裹遏雲頻度曲知難和凝情想任真周郎如賞善莫使滯芳晨

尚書郎上直聞春漏　張少博
建禮含香處重城待漏辰徐聲傳鳳闕曉唱辨雞人銀箭聽將盡銅壺滴更新催籌當五夜移刻及三春杳杳從天遠泠泠出禁頻直廬殘響曙肅穆對鈞陳

同前　周徹
建禮通華省含香直紫宸靜聞銅史漏暗識桂宮春滴瀝疑將絕清泠發更新寒聲臨鴈沼疎韻應雞人迴入千門徹行催五夜頻高臺閑自聽非是駐征輪

同前
地即尚書省人惟鴛鷺行審時傳玉漏直夜遞星郎歷歷聞仙署泠泠出建章自空來斷續隨穴散淒鏘物靜知聲

近寒輕覺夜長聽餘殘月落曙色滿東方

雪夜觀象闕待漏　張少博

殘雪初晴後鳴珂奉闕庭九門傳曉漏五夜候晨扃北斗
横斜漢東方落曙星烟氛初動色簪珮未分形雪重猶垂
白山遥不辨青雞人更唱處偏入此時聽

太清宮聞滴漏　嚴巨川

玉漏移中禁齋車入太清漸知催辨色復聽續餘聲乍逐
微風轉時因雜珮輕青樓人罷夢紫陌騎將行殘魄棲初
盡餘寒滴更生懸非朝謁客空有振衣情

百官乘月早朝聽殘漏　莫宣卿

建禮儼朝冠重門耿夜闌碧空蟾魄度清禁漏聲殘候曉

車輿合凌霜劍珮寒星河猶皎皎銀箭尚珊珊杳靄祥光
起霏微瑞氣攢忻逢聖明代長願接鴛鸞

春臺晴望　李程

曲臺送春日景物麗新晴靄靄煙收翠忻忻木向榮靜看
遲日上閑愛野雲平風慢遊絲轉天開遠水明登高塵慮
息觀徼道心清更有遷喬意翩翩出谷鶯

同前　鄭賁

追賞層臺逈登臨四望頻熙熙山雨霽處處柳條新草長
秦城夕花宜漢苑春晴林翻度鳥紫陌覺行人旅客風塵
厭山家夢寐親遷鶯思出谷寒羽待芳辰

同前　喬弁

層臺聊一望遍賞帝城春風暖聞啼鳥冰開見躍鱗晴山
煙外翠香蘂日邊新已變青門柳初銷紫陌塵金湯千里
國車騎萬方人此處雲霄近憑高願致身

文苑英華卷第一百八十四

文苑英華卷第一百八十五　詩三十五

驪龍

有美爲鱗族潜蟠得所從標奇初韞寶表智即稱龍大壑長千里深泉固九重奮鬐雲乍起矯首浪還衝荀氏傳高譽莊生冀絶蹤仍知流淚在何幸此相逢

劒化爲龍　張聿

古劒誠難屈精明有所從沉埋方出獄合會却成龍牛斗光初歇蜿蜒氣漸濃雲濤透百丈水府躍千重拖尾迷蓬鍔張鱗露錦容至今沙岸下誰得覩玄蹤

龜負圖（詩缺）

同前（詩缺）

魚上氷　王季則

北陸収寒盡東風觧凍初氷消通淺溜氣變躍潜魚應節似知化揚鬐任所如浮沉非樂藻沿泝異傳書結網時空久臨川意有餘爲龍將可望今日愧才虚

同前　紀元臯（類詩作何儒亮）

春生寒氣減（類詩作氣減）稍動伏泉魚乍喜東風至來覩曲浦初近氷朱鬣見望日錦鱗舒漸覺流澌退還忻棹尾餘喁喁情自樂沿泳意寧踈儻得隨鯤化終聽戾太虚（類詩作終能戾太虚）

同前　吳晃

春水潜鱗發寒潭舊藻踈揚鬐順氣後振鬣上氷初戲廣憐空潔浮清媚景虚戒貪還避餌思達每懷書濕映流澌薄時遊觸浪餘終希泮渙澤爲化北溟魚

臨川羨魚　張正元

有客百愁侵求魚正在今廣川何渺漫高岸幾登臨風水

寧相阻煙霞豈憚深不應同逐鹿詎肯比從禽結網非無力忘筌自有心未存芳餌在佇立思沉沉

同前　薛少敬

曾是歸家客今年且未旋遊鱗方有待織網豈能捐向水煙波夕吟風歲月遷蕣苔生古岸葭菼變清川不逐滄浪叟還宗內外篇良辰難自擲此日願忘筌

河鯉登龍門

年久還求變今來有所從得名當是鯉無點可成龍備歷艱難遍因期造化容泥沙寧不阻釣餌莫相逢擊浪因成勢纖鱗莫繼蹤若令搖尾去雨露此時濃

同前（集本作魚登龍門）　元稹

魚貫終何益龍門在苦登有時當（集作成當）作雨無用恥為鵬激浪誠難泝雄心庶亦（集作亦自）憑風雷潛會合鬐鬣忽騰陵泥滓辭河濁煙霄見海澄迴瞻順流輩誰敢望同昇

鮫人潛織　康翊仁

珠館馮夷室靈鮫信所潛幽閑雲碧牖滉瀁水精簾機動龍梭躍絲縈藕淬添七襄牛女恨三日大人嫌（古樂府焦仲卿妻詩三日斷五匹大人故嫌遲）透手擊吳練凝冰笑越縑無因聽札札空想濯纖纖

歸馬華山　白行簡

牧野功成後周王戰馬閑驅馳休伏皁飲齕任依山逐日朝仍去隨風暮自還冰生疑隴坂葉落似榆關蹀躞仙峰下騰驤渭水灣幸逢時偃武不復鼓鼙間

西戎獻馬　周存

天馬從東道皇威被遠戎來參八駿列不假貳師功影別流沙路嘶流上苑風望雲時蹀足向月每爭雄稟異才難狀標奇志豈同驅馳如見許千里一朝通

天驥呈材　徐仁嗣

至德符天道龍媒應聖明追風奇質異噴玉彩毛輕蹀躞形難狀連拳勢乍呈效材矜逸態絕影表殊名岐路寧辭遠關山豈憚行鹽車雖不駕今日亦長鳴

同前　盧征

異產應堯年龍媒順制牽權奇初得地蹀躞欲行天詎假調金埒寧須動玉鞭嘶風深有戀逐日定無前周蒲誇常馭燕昭恨不傳應知流赭汗來自海西偏

同前　鄭賁

毛骨合天經拳奇步驟輕曾邀于闐駕新出貳師營噴勒金鈴響追風汗血生酒亭留去跡吳坂認嘶聲力可通衢試材堪聖代呈王良如顧盼垂耳欲長鳴

敕賜三相馬　張隨

上苑驊騮出中宮詔命傳九天班錫禮三相代勞年顧主聲猶發追風力正全鳴珂龍闕下噴玉鳳池前四足疑雲滅雙瞳比鏡懸為因能致遠今日表求賢

騏驥長鳴　章孝標

有馬骨堪驚無人眼暫明力疲吳坂峻斯苦朔風生逐逐
懐良御蕭蕭顧樂鳴瑶池期弄影天路欲飛聲皎月誰知
種浮雲莫問程鹽車終顧朌千里爲君行

同前　陳去疾

騏驥忻知己嘶鳴忽異常積悲攄怨抑一舉徹穹蒼迹類
三年鳥心馳五達莊何言從蹇躓今日逐驊騮牛阜休維
縶天衢恣陸梁向非逢伯樂誰足見其長

儀鳳　楊嗣復

八方該帝澤威鳳忽來賓向日朱光動迎風翠羽新低昂
多異趣飲啄迥無鄰郊藪今翔集河圖意等倫聞韶知鼓
舞偶聖碩逢辰比屋初同俗垂恩擊壤人

緱山鶴　張仲素

羽客驂仙鶴將飛駐碧山映松殘雪在度嶺片雲還清唳
因風遠高姿間水（類詩作對水）閒笙歌應天（類詩作憶天）上城郭嘆
人間幾變霜毛潔方殊藻質班蓬瀛如可到逸翮詎能攀

織鳥　張何

季春三月裏戴勝下桑來映日華冠動迎風繡羽開候驚
蠶事晚織向女工裁旅宿依花定輕飛逐樹迴欲過高閣
柳更拂小庭梅所寄一枝在寧憂弋者猜

鶴警露　陳季

南國商飈動東皐野鶴鳴溪松寒暫宿露草滴還驚欲有
高飛意空聞召侶情風間傳藻質月下引清聲未假摶扶
勢焉知羽翼輕吾君開太液願得應皐明

鶴鳴九皐

胎化呈仙質長鳴在九皐排空散清唳映日委霜毛萬里
思寥廓千山望鬱陶香凝光不見風積韻彌高鳳侶攀何
及雞群思忽勞昇天如有應飛舞出蓬蒿

齊優開籠飛去所獻楚王鵠　崔樞

受命籠齊鵠交歡獻楚王惠心先巧辯戢羽見迴翔意適
清風遠憂除白日長度雲搖舊影過樹閱新芳直取名翻
重寧唯好不傷誰言滑稽理千載戒禽荒

黃鵠下太液池　賈島（無集）

高飛空外鵠下向禁中池岸印行蹤淺波搖立影危來從

千里島舞拂萬年枝踉蹌孤風起徘徊水沫移幽音清露
滴野性白雲隨太液無彈射靈禽翅不垂

越裳獻白翟　王若嵒

素翟宛昭彰遥遥自越裳冰晴朝映日玉羽夜含霜歲月
三年遠山川九譯長來從碧海路入見白雲鄉作瑞興周
后登歌美漢皇朝天資孝理惠化且無疆

同前　孫昌徹

聖哲符休運伊皐列上台覃恩丹徼遠入貢素翬來北闕
欣初見南枝顧未迴斂空殘雪淨矯翼片雲開馴擾將無
懼翩飛幸莫猜甘從上苑裏飲啄自徘徊

鷃出谷　錢可復

玉律陽和變時禽羽翮新載飛初出谷一囀已驚人拂柳宜煙暖銜花覺路春搏風翻翰疾向日弄吭頻求友心何切遷喬幸有因華林高玉樹棲託及芳晨

同前　張鷟

蒻質隨儔匹遷鶯正及春乘風音響遠映日羽毛新已得辭幽谷還將脫俗塵鴛鸞方可慕鷰雀迥無鄰遊止知難屈翻飛在此伸一枝如借便終冀託深仁

同前　劉莊物

幸因辭舊谷從此及芳晨欲語如調舌一作求友初飛似畏人風調歸影便日暖吐聲頻翔集知無阻聯綿貫有因喜遷喬木近寧厭對花新堪念微禽意關關也愛春

同前　劉得仁

東風潛啓物動息意皆新此鳥從幽谷依林報早春出寒雖未久振羽漸能頻稍類冲天鶴多隨折桂人鐏前喧集作時有語花裏晝藏身向若一作若在穠華處餘禽不見親

栁陌聽早鶯　陶翰見集本

忽來枝上囀還似谷中聲乍使香閨靜偏傷遠客情間關難辨處斷續若頻驚玉勒留將久青樓夢不成千門候曉發萬井報春生徒有知音賞慙非皋鶴鳴

禁林聞曉鶯　陸袞

曙色分層漢鶯聲繞上林報花開瑞錦催柳綻黃金斷續隨風遠間關逐月沉語當溫樹近飛覺禁林深繡戶驚殘夢瑤池囀好音頗將棲息意從此沃天心

鳥散餘花落　趙存約

春曉遊禽集幽庭幾樹花坐來驚艷色飛去墮晴霞翅拂繁枝落風添舞影斜彩雲飄玉砌絳雪下仙家分散音初靜凋零蘂蔕葩空階瞻翫久應共惜年華

同前　竇洵直

晚樹春歸後花飛鳥下初參差分羽翼零落蒲空虛風外清疑香轉林邊艷影疏輕盈疑雪舞髣髴似霞舒萬片情難極遷喬思有餘微臣一何幸吟賞對宸居

同前　孔溫業

美景春堪賞芳園白日斜共看飛好鳥復見落餘花來往

驚翻電經過想散霞雨餘飄颻處風送滿家家友聲初去離枝色可咨嗟從茲時節換誰爲惜年華

空梁落鷰泥　顧況

卷幕差池鷰常銜濁水泥爲黏珠履跡未等畫梁齊舊點痕猶淺新巢緝尚低不緣頻上落那得此飛棲

好鳥鳴高枝　鄭袞

養翮非無待遷喬信自卑影高遲日度聲遠好風隨雲拂千尋直花催百囀奇驚人時向晚求友聽應知委質經三歲先鳴在一枝上林如可託弱羽願差池

振振鷺　李頻

有鳥生江浦霜華作羽翰君臣將比潔朝野用爲歡月影

林梢下冰光水際殘飛鸃時共樂飲啄道皆安迴翥宜高
詠群棲入靜昏由来鴛鷺侶濟濟列千官

飛鴻響遠音　李懽仁

漠漠微霜夕翩翩出渚鴻清聲流迥野高韻入寥空舊質
經寒塞殘音響遠風縈雲循類網避月尚疑弓翦羽雖能
振冊霄竟未通欲知多怨思聽取暮煙中

出籠鶻　濮陽瓘

玉鏃分花袖金鈴出綵籠摇心長捧日逸翰鎮生風一點
青霄裏千聲碧落中星眸隨狡兔霜爪落飛鴻每念提攜
力常懷搏擊功以君能惠好不敢没遥空

霜隼下晴皐

九皐霜氣勁翔隼下初晴風動閑雲卷星馳白草平稜稜
方厲疾肅肅自縱横掠地秋毫迥投身逸翮輕高墉全失
影逐雀乍飛聲薄暮寒郊外悠悠萬里情

反舌無聲　張籍

夏木多好鳥偏知反舌名林幽歸舊（集作仍共）宿時過巳無（集作即分）
聲竹外天空曉溪頭雨自晴居人疑（集作宜）寂寞深院益
淒清入霧暗相失當風閑易驚来年上林苑知爾最先鳴

雪後聽猿吟　顧儒

寒巖飛暮雪絶壁夜猿吟歷歷和群鴈寥寥思客心繞枝
猶避箭過嶺却投林風冷聲偏苦山寒響更深聽時無有
定靜裏固難尋一宿扶桑月聊爲冒懷好音

寒蟬樹　沈鵬

一葉初飛日寒蟬益易驚入林憇纖細依樹娓身輕大幹
時容息喬枝或借鳴心由飲露淨響爲逐風清忝有翩翾
分（一作翼）應憐噎唳聲不知微薄影早晩掛緌纓

文苑英華卷第一百八十五

文苑英華卷第一百八十六　詩三十六

省試七 州府試附

明堂火珠　崔曙

正位開重屋，淩空出火珠。夜來霜月滿，曙後一星孤。天淨光難滅，雲生望欲無。還知聖明代，國寶在名都。

沉珠於淵 唐詩類作泉　獨孤良器

皎潔澄泉水，熒煌照乘珠。沉非將寶契，還與不貪符。風折璠成浪，空涵影似浮。深看星并入，靜向月同無。光價憐時重，亡情信道樞。不應無脛至，自爲暗投殊。

同前　獨孤綬

至道歸淳朴，明珠被棄捐。失真來照乘，成性却沉泉。不是靈蛇吐，猶疑合浦旋。岸傍隨日落，波底共星懸。致遠終無脛，懷貪遂比肩。欲知恭儉德，所寶在唯賢。

珠還合浦　鄧陟

至寶含冲粹，清虛映浦灣。素輝明蕩漾，圓彩色玢瑞。昔逐諸侯去，今隨太守還。影搖波裏月，光動水中山。魚目徒相比，驪龍乍可攀。願將車飾用，長得耀君顏。

罔象得玄珠　張籍 類詩作黎逢

赤水今何處，遺珠已渺然。離婁徒肆目，罔象乃通玄。皎潔因成性，圓明不在泉。暗中看夜 類詩作驪夜 色，塵外照情田。無脛真難掬，懷疑實 類詩作寶 易遷。今朝搜擇得，應自 一作兒 媚晴

川。

濁水求珠　王起

行潦沉明月，光輝也不浮。識珍能洞鑒，精實 一作意 此來求。幾被泥沙雜，常隨混濁流。潤川終自媚，照乘且何由。的皪終難掩，晶熒願見收。蛇行無脛至，飲德已聞酬。

同前　呂價

至寶誠難得，潛光在濁流。深沉當處晦，皎潔庶來求。綴履將還用，褰裳必更收。蚌胎應自別，魚目豈能儔。日彩逢高鑒，星光詎暗投。不因今日取，泥滓出無由。

同前　王損之

積水非澄澈，明珠不易求。依稀沉極浦，想像在中流。瞪目

思清淺褰裳恨暗投徒看川色媚空愛夜光浮月入疑龍吐星歸似蚌遊終希識珍者採掇冀冥搜

暗投明珠　羅泰

媚川時未識在掌共傳名報於德能欺暗投人自欲明月臨幽室朗星沒曉河傾的皪驪龍頷熒煌彩鳳呈守恩辭合浦擅美掩連城魚目應難近誰知按劍情

同前　苑一作莌詘文又切

至寶欣懷日良茲豈可儔神光非易鑒夜色信難投錯落珍寰宇圓明隔淺流精靈辭合浦素彩耀神州抱影希人識承時望帝求誰言按劍者猜忌却生讎

同前　崔藩

至寶一作萬千看懷袖明珠出後疑叹向人光不定離掌勢難留皎澈虛臨夜孤圓冷瑩秋乍來驚月落疾轉怕星流有淚甘瑕棄無謀自暗投今朝感恩處將欲報隋侯

水懷珠　莫宣卿

長川含媚色波底孕靈珠素魄生蘋末圓規照水隅淪漣冰彩動蕩漾瑞光鋪迥夜星同貫清秋岸不枯江妃思在掌海客亦忘軀合浦當還日恩威信已敷

琢玉成器　葉季良

片玉寄幽石紛綸當代名荆人獻始遇良匠琢初成氷映寒光動虹開晚一作曉色明雅容看更澈餘響扣彌清自與瓊瑤比方隨掌握榮因知己君有用高價佇連城

玉卮無當　蔣防

美玉常爲器茲焉變漏卮酒漿悲莫挹罇俎念空施符彩功難補盈虛數已虧豈唯孤玩好抑亦類瑕疵清越音雖在操持意漸隳賦形期大匠良璞勿同斯

同前

共惜連城寶翻爲無當卮詎慙君子貴深訝拙工隳泛灩功全少如虹色不移可憐殊礫石何計辨糟醨江海誠難滿盤筵莫妄施縱乖斟酌意猶得奉光儀

沽美玉　羅立言

誰憐被褐士懷玉正求沽成器終期達逢時豈見誣寶同珠照乘價重劍論都浮彩朝虹滿懸光夜月孤幾年淪尾

礫今日出泥塗采斷資良匠無令瑕掩瑜

瑕瑜不相掩　陳中師

出石溫然玉瑕瑜素在中妍蚩因異彩音韻一作響信殊風讓美心方並求疵意本同光華開縝密清潤仰磨礱秀質非攘善貞姿肯廢忠今來儻成器分別在良工

同前　武翊黃

抱璞應難辨妍蚩每自融貞姿偏特達微玷遇磨礱涇渭流終異瑕瑜自不同半曾光透石未掩氣如虹縝密誠爲智包藏豈謂忠停疑看分至大惡令得值良工

瑜不掩瑕　柴宿

朗玉微瑕在分明異璞瑜取士貞寧可雜美惡自能殊待價

知彌久稱忠定不誣光輝今見點（點）毫髮外呈符豈假相工指堪爲達士模他山黨（前漢佞倖傳黨可以微幸師古曰黨讀作儻）磨琢慕愛是洪鑪

玉水記方流　吳丹

玉泉何處比四折水文浮潤下寧踰矩居方仕上流映空虛碌碌涵白淨悠悠影碎疑衡斗光清耐掩舟珪璋分辨狀沙礫共懷宗願赴朝宗日縈廻入御溝

同前　鄭俞

積水綦文動因知玉產幽如天涵素色作地引方流潛潤滋雲起英華射浪浮魚龍泉不夜草木岸無秋璧沼寧堪比瑤池詎可儔若非懸可測誰後寄冥搜

同前　白居易

良璞含章久寒泉徹底幽尹浮光泛泛（集作灔灔）方折浪悠悠凌亂波紋異縈廻水性柔似風搖淺瀨如（集作疑）月落清流潛頴應旁達藏真豈上浮玉人如不記淪棄即千秋

同前　王鑑

玉潤在中洲光臨碕岸幽氤氳冥瑞影演漾度方流作似輕連合還疑駭浪收寅緣知有異洞徹信無儔比德稱殊賞含輝處至柔沉淪如見念況乃屬時休

同前　杜元頴

重泉生美玉積水異常流如見清堪賞因知寶可幽斗廻虹氣見磬折紫光浮中矩諧明德同方叶至柔月生偏共映風暖佇將遊異寶雖無脛逢時頗（〻）收

同前　陳昌言

明媚如懷玉奇姿自託幽白虹深不見綠水折空流方珏清沙遍縱橫氣色浮類圭才有角寫月讓成鈎久處沉潛貴希當特達收滔滔在何許揭厲願從游

玉聲如樂　劉軻

玉叩能旋止人言與樂并繁音忽已闋雅韻詘然清珮想停仙步泉疑咽夜聲曲終無異聽響極有餘情特達知難擬玲瓏豈易名崑山如可得一片佇爲榮

同前　潘存實

表質自堅貞因人一扣鳴靜將金並響妙與樂同聲杳杳

疑風送泠泠似曲成韻含湘瑟切音帶舜絃清不獨藏虹氣猶能暢物情后夔如爲聽從此振琤琤

戛玉有餘聲　管雄甫

戛玉音難盡凝人思轉清依稀流戶牖髣髴在簷楹更逐松風起還將澗水并樂中和舊曲天際轉餘聲漂（一作飄）緲浮煙遠溫柔入耳輕想如君子佩時得上堂鳴

琢玉　丁居晦

卞玉何時獻初疑尚在荊琢來聞制器價衒勝連城虹氣衝天白雲浮入信貞珮爲廉節德杯作後奢名露璞方期辨雕文幸既成他山豈無石寧及此時呈

同前　浩虛舟

已沐識堅貞應憐器未成輝山方可重散璞乍堪驚玷滅
隳(一作隨)心正瑕消奪眼明琢磨虹氣在拂拭水容(一作塵)生
賞翫冰光冷提携月魄輕佇當(一作留)親捧握瑚璉幸齊名

水精環　嚴維

玉室符長慶環中得水精任圓循不極見素質仍貞信是
天然瑞非因璞斲成無瑕勝玉美至絜過冰清未肯齊珉
價寧同雜佩聲能銜任黃雀亦欲應時鳴

亞父碎玉斗　孟簡

獻謀既我違積憤從心痗鴻門入已迫赤帝時潛退寶位
方苦競玉斗何情愛猶看虹氣疑詎惜冰姿碎而嗟大事
返當起千里悔誰爲西楚王坐見東城潰

同前　裴次元(類詩作裴直)

權謀竟不決寶玉將何愛倏爾霜刃揮颯然春冰碎飛光
動旗幟散響驚環珮霜灑繡障前星流錦筵內當王業已
失爲虜言空悔獨有青史中英風觀千載(類詩作冠千載)

同前　何儒亮

嬴女昔解網楚王有遺躅破關既定秦碎首聞獻玉貞姿
應刃散清響因風續匪徇切泥功將明懷璧守莫量漢祖
德空受項君勗事去見前心千秋渭水綠

美玉　南巨川

抱玉將何適良工正在斯有瑕寧自掩匪石幸君知雕琢
嗟成器緇磷志不移飾鐏光宴賞入珮奉威儀象德曾留

譽如虹竊可奇終希逢善價還得桂林枝

西戎獻白玉環　張惟儉

當時無外守方物四夷通列土金河北朝天玉塞東自將
荊璞比不與鄭環同正朔雖傳漢衣冠尚帶戎幸承提佩
寵多媿琢磨功絕域知文教爭趨上國風

白珪無玷　辛宏

片玉表堅貞逢時寶自呈色鮮同雪白光潤奪冰清皎皎
無瑕玷鏘鏘有珮聲崑山標重價垂棘振香名抱璞心常
苦全真道未行琢磨忻大匠還冀動連城

金在鎔　白行簡

巨橐方鎔物洪鑪欲範金紫光看漸發赤氣望逾深燄熱

晴雲變煙浮晝景陰堅剛由我性鼓鑄任君心躍冶徒標
異沉潛自可欽何當得成器待叩向知音

清如玉壺冰　王維

玉壺何用好偏許素冰居(集作藏冰玉壺裏水冰類方諸)未共銷丹日還
同照綺踈抱明中不隱含淨外疑虛氣似庭霜積光言砌
月餘曉凌飛鵲鏡宵映聚螢書若向貧夫(集作夫君)比貞(集作清)
心定不餘(集作如)

同前　盧綸

玉壺冰始結循吏政初成既有虛心鑒還如照膽清瑩池
慙洞澈金鏡讓澄明氣若朝霜動形隨夜月盈臨人能不
蔽待物本無情怯對圓光裏妍蚩自此呈

玉壺冰　潘炎

琰玉性惟堅成壺體更圓虛心含景象應物受寒泉温潤資天質清貞禀自然日融光乍散雪照色逾鮮至鑒功寧宰無私照豈偏明將氷鏡對白與粉花連拂拭終爲美提携佇見傳勿令毫髮累遺恨鮑公篇

同前

玄律陰風勁堅氷在玉壺暗中花更出曉後色全無涸沍誰能伴凄清詎可渝任圓空似壁照物不成珠素質情方契孤明道豈殊幽人若相比還得詠生芻

同前　王季文

玉壺知素結止水復中澄堅白能虛受清寒得自凝分形

同曉鏡照物掩宵燈璧映圓光出人驚爽氣凌金壘何足貴瑤席幾廻昇正值求珪瓚提携共飲氷

同前　錢衆仲

冬律初陰結寒氷貯玉壺霜姿雖異禀虹氣亦相符對月光宜並臨池影不孤貞堅方共濟同處豈殊途色瑩連城璧形分照乘珠提携今在此抱素節寧渝

明堂火珠　凌空類詩作天中　霜月滿類詩作雙月合　名都類詩作京都

珠沉於淵　實契類詩作實棄　影似浮類詩作彩委塗　光價憐類詩作高價緣

亡情類詩作忘情　自爲類詩作廻與

文苑英華卷第一百八十六

文苑英華卷第一百八十七　詩三十七

省試州府試附

秋山極天淨一首　落日山照曜一首

積雪爲小山一首　監試蓮花峯一首

謝真人僊駕過舊山二首

宣州試窻中列遠岫一首

登雲梯二首　日暖萬年枝四首

風動萬年枝三首　禁中春松四首

貢院樓北新栽小松四首

尚書都堂瓦松一首　文宣王廟古松一首

幽人折芳桂一首　秋風生桂枝一首

月中桂樹一首　華州試月中桂一首

府試木向榮一首　古木卧平沙一首

竹箭有筠三首　震爲蒼筤竹一首

嘉禾合穎二首　秋稼如雲一首

麥穗兩岐一首　餘瑞麥一首

良田無晚歲一首　霜菊二首

月夜梧桐葉上見寒露一首

秋山極天淨　朱延齡

雨洗高秋淨天臨大野閑葱蘢清萬象繚繞出層山日落千峯上雲銷萬壑間綠蘿霜後翠紅葉雨來殷散彩輝吴甸分形壓楚關欲尋霄漢路延首願登攀

落日山照曜

徘徊空山下，晼晚殘陽落。圓影過峯巒，半規入林薄。餘光徹群岫，亂彩分重巘。石鏡共澄明，巖光同照灼。棲禽去杳杳，夕煙生漠漠。此境一作景誰復知，獨懷謝康樂。

積雪爲小山　劉慎虚

飛雪伴春還，春庭曉自閑。虚心應任道，遇賞遂成山。峯小形全秀，巖虚勢莫攀。以幽能皎潔，謂近可循環。孤影臨水鏡，寒光對玉顔。不隨遲日盡，留顧歲華間。

監試蓮花峯　劉得仁

太華萬餘重，岧嶤只此峯。當秋倚寥泬，入望似芙蓉。翠拔千尋直，青危一朶穠。氣分毛女秀，靈有羽人蹤。倒影侵關路，香風集作流香激廟松。塵埃終不及，車馬自憧憧。

謝真人僊駕過舊山　范傳正

麾蓋從僊府，笙歌入舊山。水流丹竈缺，風起草堂關。白鹿行爲衛，青鸞舞自閑。種松鱗未老，移石蘚仍班。望路煙霄外，廻輿嶺岫間。豈惟遼海鶴，空歎令威還。

同前　夏方慶

何年成道去，綽約化童顔。天上辭真侶，人間憶舊山。桑田今已變，蘿蔓一作逕尚堪攀。雲覆瑶壇浄，苔生丹竈閑。逍遥看白石，寂寞閉玄關。應是悲塵累，思將羽駕還。

宣州試窻中列遠岫　白居易

天静秋山好，窻開曉翠通。遥憐峯窈窕，不隔竹蒙籠。萬點當虚室，千重疊遠空。列簷攢秀氣，緣隙助清風。碧愛新晴後，明宜反照中。宣城郡齋在，望與古詩集作時同。

登雲梯　殷琮

碧落遠澄澄，青山路可昇。身輕疑易躡，步獨覺難憑。邐迤排將近，迴沏勢漸登。上寧愁屈曲，高更喜超騰。江樹遥分藹，山嵐宛若凝。赤城容許到，敢憚百千層。

同前　湯洙

謝客常遊處，層巒枕碧溪。經過殊俗境，登陟象雲梯。步步勞山屐，行行躡澗霓。迴臨天路廣，覆眺夕陽低。賞詠情彌愜，風塵事已暌。前脩如可慕，捉疑作拔足固思齊。

日暖萬年枝　蔣防

新陽歸上苑，嘉樹獨含妍。散漫添和氣，曈曨卷曙煙。流輝宜聖日，接影貴芳年。自與恩光近，那關煦嫗偏。結根誠得地，表壽願符天。誰道陵寒質，從茲不暖然。

同前　郭求

旭日升溟海，芳枝散曙煙。温仁臨樹久，煦嫗在條偏。陽德符君惠，嘉名表聖年。若承恩渥厚，常屬棟梁賢。生植雖依地，光華只信天。不才堪久陋，徒望向榮先。

同前　王約

靄靄彤庭裏，沉沉玉砌陲。初升九華日，潜暖萬年枝。煦嫗光偏好，青葱色轉宜。每因韶景麗，長沐惠風吹。隱映當龍闕，氛氳隔鳳池。朝陽光照處，唯有近臣知。

同前　鄭師貞

禁樹敷榮早偏將麗日宜光搖連北闕影泛滿南枝得地
方知照逢時異赫曦葉和盈數積根是永年移霄露猶殘
潤薰風更共吹餘輝誠可託况近鳳凰池

風動萬年枝　常袞

嘉名標萬祀擢秀出深宮嫩葉含煙藹芳柯振惠風參差
搖翠色綺靡舞晴空氣禀禎祥異榮霑雨露同天年方未
極聖壽比應崇幸列華林裏知殊衆木中

同前　樊陽源

珍木羅前殿乘春任好風振柯方裊裊舒葉乍蒙蒙影動
丹墀上聲傳紫禁中離披偏向日凌亂半分空輕拂祥煙

散低搖翠色同長令占天眷四氣借全功

同前　許稷

瓊樹春偏早光飛處處宜曉浮三殿日暗度萬年枝婀娜
搖僊禁繽翻映玉池含芳煙乍合拂砌影初移爲近韶陽
煦皆先衆卉垂成陰知可待不與衆芳隨

禁中春松　陸贄 類詩作白行簡

陰陰清禁裏蒼翠滿春松雨露恩偏近陽和色更 一作正 濃
高枝分曉日靈韻 一作虛吹 雜宵鐘嵐 一作香 助鑪煙遠形疑蓋
影重願符千載 類詩作千歲 壽不羨五株封儻得 類詩作長得 迴天
眷全勝老碧 一作 峯

同前　周存

幾歲含貞節青青紫禁中日華留偃蓋雉尾轉春風不爲
繁霜改那將衆木同千條攢翠色百尺澹晴空影密金莖
近花明鳳沼通安知幽澗側獨與散樗叢

同前　員南溟

鬱鬱貞松樹陰陰在紫宸葱蘢偏近日青翠更宜春雅韻
風來起輕煙霽後新葉深棲語鶴枝亞拂朝臣全節長衣
地陵雲欲致身山苗蔭不得生植荷陶鈞

同前　常沂

映殿松偏好森森列禁中攢柯霑聖澤疎蓋引皇風晩色
連秦苑春香滿漢宮操將貞石固材與直臣同翠影宜青
瑣蒼 一作纖 枝秀碧空還知沐天眷千載更葱蘢

貢院樓北新栽小松　李正封

青蒼初得地華省植來新尚帶山中色猶含洞裏春近樓
依北戶隱砌淨遊塵鶴壽應成蓋龍形未有鱗爲梁資大
廈封爵恥嬴秦幸此觀光日清風屢得親

同前　白行簡

華省春霜曙樓陰植小松移根依厚地委質別危峯北戶
知猶遠東堂幸見容心堅終待鶴枝嫩未成龍夜影看仍
薄朝嵐色漸濃山苗不可蔭孤直俟秦封

同前　錢衆仲

愛此凌霜操移來獨占春貞心初得地勁節始依人晩 疑
月煙猶薄當軒色轉新枝低無宿羽葉靜不留塵每與芝

蘭近常慙雨露均華　因逢顧盼生植及玆辰

同前　吳武陵

拂檻愛貞容移根自遠峯曾經芳一作已曾經草沒終不住疑
苔封葉少籾陵雪鱗生欲化龍乘春濯雨露得地近垣墉
逐吹香微動含煙色漸濃時迴日月照爲謝小山松

尚書都堂瓦松　李曄

華省祕僊蹤高堂露瓦松葉因春後長花爲雨來濃影混
鴛鴦色光含翡翠容天然斯所寄地勢太無從接棟臨雙
闕連甍近九重寧知深澗底霜雪歲蒙封

文宣王廟古松　李冑

列植成均裏分行古廟前陰森非一日蒼翠自何年寒影

煙霜暗晨光枝葉妍近簷陰更靜臨砌色相鮮每愧聞鐘
磬多慙接豆籩更宜教冑子於此學貞堅

幽人折芳桂

厚地生芳桂遥林聳幹長葉開風裏色花吐月中光曙鳥
啼餘翠幽人愛早芳動時垂露滴攀處拂衣香日調聲猶
苦孤一作因高力自強一枝終是折榮耀在東堂

秋風生桂枝

寒桂秋風動蕭蕭自一枝方將擊林變不假舞松移散翠
幽花落摇青客葉離哀猿驚助裛花露滴爭垂遺韻連波
聚流音萬木隨常聞小山裏遒客最先知

月中桂樹　顧封人

芬馥天邊桂扶踈在月中能齊大椿長不與小山同皎皎
舒華色亭亭麗碧空虧盈寧委露搖落不關風歲晚花應
發春餘質詎豐無因遂攀賞徒欲望青葱

華州試月中桂　張喬

與月轉鴻濛扶踈萬古同根非生下土葉不墮秋風每以類詩作每向
圓時足還隨缺處空影高群木外香滿一輪中未
種丹霄日應虛玉一作白兎宮如何當一作何當因羽化細得問
玄功

府試木向榮　鄭谷

園林青氣動衆木散寒聲敗葉墻陰在滋條雪後榮忻忻
春令早藹藹日華輕庾嶺梅先覺隋堤柳暗驚山川應物

候皐壤起農情秖待花開日連棲出谷鶯

古木卧平沙　王泠然

古木卧平沙摧殘歲月賒有根横水石無葉拂煙霞春至
苔爲葉冬來雪作花不逢星漢使誰辨是靈槎

竹箭有筠　李程

常愛淩寒竹堅貞可喻人能將先進禮義與後彫鄰冉冉
猶全節青青尚有筠陶鈞二儀内柯葉四時春待鳳花仍
吐停霜色更新方持不易操對此欲觀身

同前　席夔

共愛東南美青青歎有筠貞姿衆木異秀色四時均枝葉
當無改風霜豈憚頻虛心如待物勁節自留春鮮潤期棲

鳳嬋娟可並人可憐杪簳捲粉澤更宜新

同前　張仲方

東南生綠竹獨美有筠箭枝葉詎曾凋風霜孰云變偏宜林表秀多向歲寒見碧色乍葱巃青光常蒨練皮開鳳彩出節勁龍文見愛此守堅貞含歌屬時彥

震爲蒼筤竹　朱慶餘

爲擢東方秀蕭（集作翛）然異衆筠青葱纔映粉蒙密正含春嫩籜籠微雨幽根絕細塵乍憐分徑小偏覺帶煙新結實皆留鳳垂陰似庇人願爲竿在手深水釣（集作掛）赬鱗

嘉禾合穎　孟簡

玉燭將成歲封人亦自歌八方霑聖澤異畝發嘉禾共秀

芳何遠連莖瑞且多穎低甘露滴影亂惠風過表稔由神化爲祥識氣和因知興嗣歲王道舊無頗

同前

天祚皇王德神呈瑞穀嘉感時苗特自（一作秀）發道葉方華氣轉騰佳色雲披映早霞薰風浮合穎湛露淨祥花六穗垂兼倒孤莖嫋復斜影（疑）同唐叔獻稱慶比周家

秋稼如雲　蔣防

肆目如雲處三田大有秋葱巃初蒲野（類詩作蔽野）散漫正盈疇稍混從龍勢寧同觸石幽紫芒分羃羃青野（類詩作清夜）澹油油始慨倉箱望終無滅裂憂西成知不遠雨露復何酬

麥穗兩岐　鄭畋

聖慮憂千畝嘉苗薦兩岐如雲方表盛成穗忽標奇瑞露縱橫滴祥風左右吹謳謠連上苑花日遍平陂（一作岐）史冊書堪重丹青畫更宜願依連理樹俱作萬年枝

餘瑞麥　張聿

瑞麥生堯日芃芃雨露偏兩岐分更合異畝穎仍連冀獲明王慶寧唯太守賢仁風吹靡靡甘雨長芊芊聖德應多稔皇家配有年已聞天下泰誰爲濟西田

良田無晚歲　丁澤

人功雖未及地力信非常不任耕耘早偏宜黍稷良無年皆有獲後種亦先芳憮憮（疑）盈千畝青青保萬箱何須祭田祖詎要察農祥況是春三月和風日又長

霜菊　席夔

時令忽已變行看被霜菊可憐後時秀當此凛風肅淅瀝翠枝翻淒清金蘂馥凝姿節堪重豔景非淑寧祛青女威願盈君子掬持來泛罇酒永以照幽獨

同前

秋盡北風去律移寒氣肅淅瀝降繁霜離披委殘菊華滋尚照灼幽氣含紛郁的的冒空園萋萋被幽谷騷人有遺詠陶令曾盈掬儻使憐袖中猶堪襲餘馥

月夜梧桐葉上見寒露　戴察

蕭疎桐葉上月白露初團滴瀝珠（疑）光滿熒煌素彩寒風摇愁玉墜枝動惜珠乾氣冷初（疑）秋晚聲微覺夜闌凝空

流欲遍潤物淨宜看_瞻不厭窺臨倦那辭聚更難

文苑英華卷第一百八十七

文苑英華卷第一百八十八　詩三十八

省試九 州府試附

花發上林　獨孤授

上苑韶容早芳菲正吐花無言向春日閑笑任年華潤色籠輕靄晴光艷晚霞影連千户竹香散萬人家幸遶樓臺近仍懷雨露賒願君番採摘不使落風沙

同前　周渭

灼灼花凝雪春來發上林向風初散蘂垂葉欲成陰人過香隨遠煙晴色自深净時空結霧踈處未藏禽搴茸何年植間關幾日吟一枝如可冀不負折芳心

同前　賓常

上苑曉沉沉花枝亂綴陰色浮雙闕近春入九門深向暖

風初扇餘寒雪尚侵艷迴秦女目愁亂越人心繞繞時縈蝶關關乍引禽寧知幽谷羽一舉欲依林

同前　王表

上苑春何早繁花已滿林笑迎明主仗香拂美人簪地接樓臺近天垂雨露深晴光來戲蝶夕影動棲禽欲託凌雲勢先開捧日心當知桃李樹從此必成陰

同前　王儲

東陸和風至先開上苑花穠枝藏宿鳥香蘂拂行車散白憐晴日舒紅愛晚霞桃間留御馬梅處入胡笳城郭連增媚樓臺映轉華豈同幽谷草春至發猶賒

同前

花發三陽盛香飄五柞深素暉雲積苑紅彩繡張林落水隨魚戲搓風映鳥吟瓊樓出高艷玉輦駐濃陰亂蝶枝開影繁蜂蘂上音鮮芳盈禁籞布澤荷天心

曲江亭望慈恩寺杏園花發　李君何

春晴凭水軒僊杏發南園開蘂風初曉浮香景欲暄光華臨御陌色相對空門野雪遥添净山煙近借繁地閑分禁一作麗苑景勝類桃源况值新晴日芳枝度彩鴛

同前　周弘亮

江亭閑望處遠近見秦源古寺遲春景新花發杏園萼中輕蘂密枝上素姿繁拂雨雲初起含風雪欲翻容輝明十地香氣遍千門願莫隨桃李芳菲不為言

同前　曹著

渚亭臨净域憑望一開軒晚日分初地東風發杏園異香飄九陌麗色映千門照灼瑤華散葳蕤玉露繁未教遊妓折乍聽早鶯喧誰復爭桃李含芳自不言

同前　陳翥

曲池晴望好近接梵王家十畝開金地千林發杏花映雲猶誤雪照日欲成霞紫陌傳香遠紅泉落影斜園中春尚早亭上路非賒芳景堪遊處其如惜物華

金谷園花發懷古　王貲

寂寥金谷澗花發舊時園人事空懷古煙霞此獨存管絃非上客歌舞少王孫繁蘂風驚散輕紅鳥乍翻山川終不

改桃李自無言今日經塵路悽凉詎可論

同前　張公乂

今日春風至花開石氏園未全紅艷折半與素光翻點綴疎林遍微明古徑繁窺臨鶯欲語寂寞李無言谷變迷鋪錦臺餘認樹萱川流人事共一作近千載竟誰論

同前

春風生梓澤遲景映花林欲問當時事因傷此日心繁華人已歿桃李意何深澗咽歌聲在雲歸蓋影沉地形同萬古笑價失千金遺跡應無限芳菲不可尋

芙蓉出水　陳至

菡萏迎秋吐夭搓映水濱斂芒開寶匣峯影寫蒲津下照

參差荇萵辭苒弱蘋自當巢翠甲非止戲頳鱗莫以時先後而言色故新芳香正堪翫誰報涉江人

同前　賈謩

的皪舒芳艶紅姿映緑蘋搖風開細浪出沼媚清晨翻影初迎日流香暗襲人獨披千葉淺不競百花春魚戲參差動龜遊次第新涉江如可採從此免迷津

華林園早梅　鄭述誠

曉日東樓路林端見早梅獨凌寒氣發不逐衆花開素彩風前艶韶光雪後催蘂香靄（一作繁香）紫陌枝亞拂青苔止渇曾爲用和羹舊有才含情欲攀折瞻望幾徘徊

潘安仁戴星看河陽花發　呂敞

行春潘令至勤恤戴星光爲政宵忘寢臨人俗其康曉花迎徑發新蘂滿城香秀色霑輕露鮮輝麗早陽津橋見來徃空霧拂衣裳桃李今無數從茲願比方

宮池產瑞蓮（帖經日試）　王貞白

雨露及萬物嘉祥有瑞蓮香飄鷄樹近榮占鳳池先聖日臨雙麗恩波照並妍願同指佞草生向帝堯前

小苑春望宮池柳色　張昔

小苑春初至皇衢日更清遥分萬條柳迥出九重城隱映龍池潤參差鳳闕明影宜宮雪曙色帶禁煙晴深淺殘陽變高低曉吹輕年光正堪折欲寄一枝榮

同前　黎逢

上宮新柳變小苑[illegible]春天晴始見和煙密遥憐拂水輕色乘陽氣重陰助御樓（一作臺）深不厭隨風嫋仍宜向日明客中愁（一作客愁觀）美景池上仰光榮漸到依依處思聞出谷鶯

同前　丁位

小苑宜春望宮池柳色輕低昂含曉景縈轉帶新晴似蓋芳初合如絲蔭漸成依依連水暗嫋嫋出牆明雖以陽和發能令旅思生他時花滿路從此接遷鶯

同前　元友直

柳色新池遍春光御苑晴葉依青閣密條向碧流傾路暗陰初重波搖影轉清風從垂處度煙就望中生斷續遊蜂聚飄颻戲蝶輕怡然變芳節願及一枝榮

同前　楊系

勝遊從小苑宮柳望春晴拂地青絲嫩縈風緑帶輕光含煙色遠影透水文清玉笛吟何得金閨畫豈成皇風吹欲斷聖日映逾明願駐高枝上還同出谷鶯

同前　楊凌

上苑閑遊早東風柳色輕儲胥遥掩映池水隔微明春至條偏弱寒餘葉未成和煙變濃澹轉日異陰晴不獨芳菲好還因雨露榮行人望攀折遠翠暮愁生

同前　崔續

帝京春氣早御柳已先榮嫩葉隨風散浮光向日明悠揚生別意斷續引芳聲積翠連馳道飄花出禁城柔條依水

弱遠色帶煙輕南望龍池畔斜光照晩晴

同前　裴達

勝遊經小苑閑望上春城御路韶光發宮池柳色輕乍濃含雨潤微澹帶雲烟（一作晴）冪歷殘煙斂搖揚落照明幾條垂廣殿數樹影高旌獨有風塵客思同雨露榮

同前　張季略

韶光歸漢苑柳色發春城半見離宮出纔分遠水明青葱當淑景隱映媚新晴積翠煙初合微黄葉未生迎春看尚嫩照日見先榮儻得辭幽谷高枝寄一名

同前　沈廻

今來遊上苑春染柳條輕濯濯方含色依依若有情分行

臨曲沼先發媚重城拂水枝偏弱逢風絲已生變黄隨淑景吐翠逐新晴佇立徒延首徘徊欲寄誠

御溝新柳　曹稜

御苑陽和早章溝柳色新託根偏近日布葉乍迎春秀質方含翠清陰欲庇人輕煙度斜景多露滴行塵嫋嫋堪離贈依依獨望頻王孫如可當攀折在芳辰

同前　陳羽

宛宛如絲柳含黄一望新未成溝上暗且向日邊春嫋娜方遮水低迷欲醉人託空芳鬱鬱逐溜影鱗鱗弄色滋宵露垂枝染夕塵夾堤連太液還似映天津

同前　歐陽詹

東風韶景至垂柳御溝新媚作千門秀連爲一道春柔荑生女指嫩葉長龍鱗舞絮廻青岸輕煙拂緑蘋王孫初命賞佳客幾（集作欲）傷神芳意能（集作堪）相贈一枝先遠人

同前　馮宿

夾道天渠遠垂絲御柳新千條宜向日萬户共迎春輕翠含煙發微音逐吹頻靜看思渡口廻望憶江濱裊裊分遊騎依依駐旅人陽和如可及攀折在茲辰

同前　李觀（集無）

御溝廻廣陌芳柳對行人翠色枝枝滿年光樹樹新畏逢攀折客愁見别離辰近映章臺騎遥分禁苑春嫩陰初覆水高影漸離塵莫入胡兒笛還令淚濕巾

同前　劉遵古

韶光先禁柳幾處覆溝新映水疑分翠含煙欲占春悠悠連日晩裊裊好風頻吐節茸猶嫩通條澤稍均遠和瑶草色暗拂玉樓塵願假鶯飛便歸棲及此辰

原隰荑緑柳　温庭筠（集無）

廻野韶光早晴川柳滿（一作映）堤拂塵生嫩緑披雪見柔荑碧玉牙猶短黄金縷未齊腰支弄寒吹眉意入春閨預恐狂夫折迎牽逸客迷新鶯將出谷應借一枝棲

御園芳草　陸贄（集無）

陰陰御園裏瑶草日光長靃靡含煙霧依稀帶夕陽雨餘荑更密風暖蕙初香擁妓緑馳道乘輿入建章濕煙搖不

散細影亂無行恒恐韶光晩何人辨早芳

龍池春草　陳翊 一作詡

青春光鳳苑細草遍龍池曲渚交蘋葉迴塘惹柳枝因風初苒苒覆岸欲離離色帶金堤靜陰連玉樹移日光浮靃靡波影動參差豈比生幽遠芳馨衆不知

同前　宋迪

鳳闕韶光遍龍池草色勻煙波全讓綠堤柳不爭新翻葉迎紅日飄香借白蘋幽姿偏占暮芳意欲留春已勝生金埒長思藉玉輪翠華如見幸正好及茲辰

同前　萬俟造

騣積龍池綠晴連御苑春迎風莖未偃裛露色猶新苒苒

分堦砌離離雜荇蘋細叢依遠渚疎影落輕綸遲引縈花蝶偏宜拾翠人那憐獻賦者惆悵惜茲辰

方士進恒春草　梁鍠

東吳有靈草生彼剡谿傍既亂莓苔色仍連菡萏香掇之稱遠士持以奉明王北闕顏彌駐南山壽更長金膏從騁妙石髓莫矜良儻使霑涓滴還遊不死方

禮闈階前春草生

河畔雖同色南宮淑景先微開曳履處常對講經前得地風塵隔依林雨露偏已逢霜候改初寄日華妍影與叢蘭雜榮將衆卉連哲人如不薙生意在芳年

春草凝露　張友正

蒼蒼芳草色含露對青春已賴陽和長仍慙潤澤頻日臨殘未滴風度欲成津蕙葉垂偏重蘭叢洗轉新將行愁裛逕欲采畏濡身獨愛池塘畔清華遠襲人

春草碧色　殷文圭

細草含愁碧芊綿南浦濱萋萋如恨別苒苒共傷春疎雨煙華潤斜陽細彩勻花黏繁鬬錦人藉軟勝茵淺映宮池水輕遮輦路塵杜回如可結誓作報恩身

同前　王轂

習習東風扇萋萋草色新淺深千里碧高下一時春嫩葉舒煙際微香動水濱金塘明夕照輦路惹芳塵造化功何廣陽和力自均今當發生日瀝懇祝良辰

生芻一束　于結

比玉人應重爲芻物自輕向風傾弱葉裛露示纖莖犢練宜春景芊綿對雨情每慙蘋藻用多謝茝蘭榮孺子才雖遠公孫策未行諮詢 一作謀 如不棄終冀及微生

同前　鄭繻華

孫弘期射策長倩贈生芻至絜心將比忘憂道不孤芝蘭方入室蕭艾莫同途馥馥香猶在青青色更殊芳寧九春歇薰豈十年無葑菲如堪採山苗自可逾

文苑英華卷第一百八十八

文苑英華卷第一百八十九　詩三十九

省試十 州府試附

至人無夢　蔣防

已曠希微理知將靜默隣坐忘寧有夢跡滅示凝神化蝶誠知一作知成幻徵蘭匪契真抱玄雖解帶守一自離塵寥朗壺中曉虛明洞裏春翛然碧霞客那比漆園人

人不易知　鄭昉

如面誠非一深心豈易知入秦書十上投楚歲三移和玉翻為泣齊竽或濫吹周行雖有寘殷鑒在前規寅亮推多

士清通固賞奇病諸方號哲敢相反成疵冬日承餘愛霜雲喜暫披無令見瞻後廻照復云疲

同前

權衡諒匪易愚智信難移九德皆殊進三端豈易施同稱昆岫寶共握桂林枝鄭鼠今奚別齊竽或濫吹瑤臺有光鑑嫫照不應疲片善當無掩先鳴貴在斯龍門峻且極驥足庶來馳太息李元禮期君幸一知

行不由徑　孟封 類詩作蕭昕

欲速竟何成康莊亦砥平天衢皆利往吾道本方行不復由蓬徑無因訪蔣生三條遵廣道九軌尚安貞紫陌悠悠去芳塵步步清澹臺千載後公道有遺名

同前　王炎（類詩作庾承宣）
邪徑趨時捷端心惡此名長衢貴高步大路自規行且慮
（類詩作且避）縈紆僻將求坦蕩情詎同流俗好方保立身貞遠
跡如遼險脩仁在履平始知夫子道從此得堅誠

同前　張籍
田裏有微徑賢人不復行孰知趨（集作知求）捷（集作熟）步惟（集作恐）
異端成從易衆所欲安邪患亦生誰能遠大路（集作大道）共
此競前程子羽有遺跡孔門傳舊聲今逢大君子士節再
（集作自）應明

同前　俞簡
古人心有尚乃是孔門生爲計安貧樂當從大道行詎應

文苑英華　一百八十九卷　三　曾保

流遠迹方欲料前程捷徑雖云易長衢豈不平後來無枉
路先達擅前名一示遵途意微衷益自精

言行相顧　吳叔達
聖人垂政教萬古請常傳立志言爲本脩身行乃先相須
寧得闕相顧在無偏榮辱當於已忠貞必動天大名如副
實至道亦通玄千里猶能應何云邇者焉

同前　孟翱
將使言堪復常聞行欲先比珪斯不玷脩巳直如絃跬步
非全進吹噓稟自然當今夫子察無宿仲由賢正遇與邪
際因懷入曙年坐知清監下相顧有人焉

求自試　竇常
僊禁祥雲合高梧彩鳳遊沉冥求自試通鑑果蒙收文墨
悲無位詩書誤白頭陳王抗表日毛遂請行秋雙劒曾埋
獄司空問斗牛希垂拂拭惠感激願相投

天門街西觀榮王聘妃　張光朝
僊媛來朱邸名王出紫微三周初展義百兩遂言歸鄭國
通梁苑天津接帝畿橋成烏鵲助蓋轉鳳凰飛霜仗迎秋
色星缸蒲夜輝從茲盤石固應爲得賢妃

同前　梁鉉
帝子乘龍夜三星照戶前兩行宮火出十里道鋪筵羅綺
明中識簫韶暗裏傳燎攢九華扇帳撒五銖錢交頸文鴛
合和鳴彩鳳連欲知來日美雙拜紫微天

文苑英華　一百八十九卷　二　保

太社觀獻（入翰林試以功字爲韻）　白居易
淮海妖氛滅乾坤喜氣通班師郊社內操袂凱歌中廟筭
無遺策天兵不戰功小臣同鳥獸率舞向皇風

觀郊廟獻捷
遐圻新破虜名將應（一作舊）登壇戎首西南至氈裘長幼觀
邊疆氛已息矛戟血猶殘紫陌歡聲動丹墀喜氣盤唐虞
方德易衞霍比功難共覩俘囚入賡歌萬國安

河中獻捷　張隨
叛將忘恩久王師不戰通凱歌千里內喜氣二儀中寇盡
條山下兵迴漢苑東將軍初執信明主欲論功落日烟塵
靜寒郊壁壘空蒼生幸無事自此樂堯風

送薛大夫和蕃　　孫頠
亞相獨推賢乘軺向遠邊一心傾漢日萬里望胡天忠信
皇恩重要荒聖德傳戎人方屈膝塞月復嬋娟別思流鶯
晚歸朝候鴈先當書外垣傳廻奏赤墀前

同前
戎王歸漢命魏絳諭皇恩旌旆辭雙闕風沙上五原往途
遵塞道出祖耀都門策令天文盛宣威使者尊澄波看四
海入貢佇諸蕃秋杪迎回驛無勞枉夢魂

吳宮教戰　　吳秘類詩作顏粲
客獻陳兵計功成欲霸吳玉顏承將略金殿賜軍符轉旆
風雲暗鳴鞞錦繡趨雪花頻落粉香汗盡流珠掩笑誰干

令嚴師必用誅至今孫子法猶可靜邊隅

同前　　林藻類詩作葉季良
強吳矜霸略講武在深宮盡出嬌娥輩先觀上將風揮戈
羅袖卷擐甲汗裝紅輕一作掩笑分旗下含羞入隊中鼓停

李太尉重陽日得蘇屬國書　　白行簡
行未整刑舉令方崇自可威鄰國何勞騁戰功
降虜意何如窮荒九月初三秋異鄉節一紙故人書對酒
情無極開緘思有餘感時空寂寞懷舊幾躊躇鴈盡平沙
逈煙銷大漠虛廻頭向南望掩淚對雙魚

題杜賓客新豐里幽居　　蔣防
退迹依三逕辭榮繼二疏聖情容解印帝里許懸車已去

龍樓籍猶分御廪儲風泉輸耳目松竹助玄虛調護心常
在山林意有餘應嗤紫芝客遠就白雲居

石季倫金谷園　　許堯佐
石氏遺文在淒凉見故園輕風思奏樂衰草憶行軒舞榭
荒苔掩歌臺墜葉繁斷雲歸舊壑流水咽清源曲渚殘虹
歛叢篁宿鳥喧空餘林上月長似對金罇

同前　　李君房
梓澤風流地淒凉跡尚存殘芳迷妓女衰草憶王孫舞態
隨人謝歌聲寄鳥言池平森灌木月落弔空園流水悲難
駐浮雲影自翻賓階餘蘚石車馬詎喧喧

仲秋太常寺觀公卿車拜陵　　苗重芳

南呂初開律金風已戒凉拜陵將展敬車輅儼成行士庶
觀祠禮公卿習舊章郊原佳氣引園寢瑞烟長鹵簿辭丹
闕威儀列太常聖心何所寄惟德在無忘

早春送郎官出宰　　張隨
仙郎今出宰聖主下憂民紫陌軒車送丹墀雨露新趨程
猶犯雪行縣正逢春粉署時廻首銅章已在身鳴琴化欲
展起草戀空頻今日都門外悠悠別漢臣

武德殿朝退望九衢春色　　曹松
玉殿朝初退天街一看一作類詩作望春南山初過雨北闕淨無
塵夾道夭桃滿連溝御柳新蘇舒同舜澤煦嫗並堯仁佳
氣浮軒蓋和風襲搢紳自玆憐萬類詩作知萬物同入發生辰

金莖　徐敞

武帝貴長生延年飦玉英銅盤貯珠露僊掌抗金莖拂曙
氛埃斂凌空沆瀣清岧嶤捧瑞氣巃嵸出宮城勢入浮雲
聳形摽霽色明大君當御宇何必去蓬瀛

錦帶佩吳鈎　張交正

帶劒誰家子春朝紫陌遊結邊霞聚錦懸匣月隨鈎綵縷
廻文出椎苙練影浮葉依花裏艷霜向鍔中秋的皪宜驄
馬斕斒映綺裘應須待報國一刎月支頭

雲母屏風隔坐

彩障成雲母冊墀隔上公才彰二紀盛榮播一朝同近王
初齊白臨花乍散紅凝姿分縹緲轉珮辨玲瓏意愜恩偏

厚名新寵更崇誰知歷千古猶自仰清風

觀淬龍泉劒　裴夷直

歐冶將成器風湖幸見逢發硎思剸玉投水化爲龍詎肯
藏深（類詩作深藏）匣終期用劃鍾蓮華生寶鍔秋日勵霜鋒鍊
質纔三尺吹毛過百重聲（一作擊）磨如不倦提握願長從（類詩作坱雲今得便提出翦姦凶）

青出藍　王季文

芳藍滋疋帛人力半天經浸潤加新氣光輝勝本青還同
氷出水不共草爲螢翻覆依襟上偏知造化靈

同前　呂温

物有無窮好藍青更（集作又）出青殊研方比德白受始成形
袍襲宜從政矜羞可問經當年（集作時）不採擷佳色幾飄零

白受采

皛皛金方色遷移妙不窮輕衣塵跡化淨壁繢文通沙變
藍溪潰氷渝墨沼空似井言受和由禮學資忠皎潔形無
定玄黃用莫同素心如可教願染古人風

晦日同志昆明池泛舟　朱餘慶

故人同泛處遠色望中明靜見砂痕露微思月魄生周廻
餘雪在浩渺暮雲平戲鳥隨蘭棹空波盪石鯨刼灰難問
理島樹偶知名自省曾遊（雜詠作追）賞無如此日情

同前

靈沼疑河漢蕭條見斗牛煙生知岸近水淨覺天秋落月

低前樹清輝蒲去舟與因孤嶼起心爲白蘋留曉吹蕪漁
唱閑雲伴客愁龍津如可上長嘯且乘流

上巳連（雜詠作接）清明遊宴　獨孤良弼

上巳觀初罷清明賞又追閏年侵舊曆令節併芳時細雨
鶯飛重春風酒醒遲蔬花迷白雪看柳折青絲淑氣如相
待天和竟爲誰却（雜詠作呼）嗟名未立空詠宴遊詩

登聖善寺閣望龍門　成崿

高閣聊登望遙分禹鑿門剎連多寶塔樹藹給孤園香境
超三界清流振陸渾報慈弘孝理行道得真源空淨祥煙
霽時光受日溫願從初地起長奉下生尊

上元日聽太清宮步虛　張仲素

僊客開金籙元辰會玉京靈歌賓紫府雅韻出層城磬雜音徐一作餘微風飄響更清紆餘空外盡斷續聽中生舞鶴紛將集流雲住未行誰知九陌上塵俗仰遺聲

府試中元觀道流步虛　殷堯恭

玄都開秘籙白石禮先生上界秋光靜中元夜景清星辰朝帝處鸞鶴步虛聲玉洞花長發珠宮月最明掃壇天地肅投簡鬼神驚儻賜刀圭藥還成不死名

河南府試鄉飲酒　呂温見集本

酌言雖舊典刈楚始登堂百拜賓儀盡三終樂奏長想同鷽出谷看似鴈成行禮罷知何適隨雲入帝鄉

京兆府試目極千里　劉得仁

獻賦多年客低眉恨且千此心常鬱矣縱目忽超然送驥登長路看鴻入遠天古墟煙幕幕窮草野綿綿樹與金城接山疑桂水連何當開霽日無物翳平川

國學試風化下　薛能

霽闕露穹崇含生仰聖聰英明高比日聲教下如風靜發宸居內低來品物中南薰歌自溥北極響皆通頹末肴無狀人間覺有功因令委泥者覩此忘途窮

府試古鏡

舊是秦時鏡今來古匣中龍盤初挂月鳳舞欲生風石黛曾留殿朱光適在宮應祥知道泰監物覺神通肝膽誠難隱妍媸信易窮幸居君子室長願免塵蒙

秦鏡　仲子陵

萬古秦時鏡從來抱至精依臺月自吐在匣水常清爛爛金光發澄澄物象生雲天皆洞鑒表裏盡虛明但見人窺膽全勝響應聲妍媸定可識何處更逃情

同前　張佐

樓上秦時鏡千秋獨有名菱花寒不落冰質夏長清龍在形難掩人來膽易呈昇臺宜遠照開匣乍藏明皎色新磨出圓規舊鑄成愁容如可鑒當欲拂塵纓

監試夜雨滴空堦　喻鳧

霎霎復凄凄飄松又灑槐氣濛蛛網檻聲疊蘚花堦古壁青燈動深庭濕葉埋徐垂舊鴛瓦竟歷小茅齋冷與陰蟲間清將玉漏諧病身唯展轉誰見此時懷

江陵府初試澄心如水　盧肇

冊心何所喻唯集作為水並清虛莫測千尋底難知一勺初內明非有物上善本無魚澹泊隨高下波瀾逐卷舒養蒙方浩浩出險集作海每徐徐若灌情田裏常流盡不如

吳宮教戰　客獻類詩作有客　金殿賜類詩作金鈿　折轉旗類詩作轉佩　嚴師類詩作嚴刑

文苑英華卷第一百八十九

文苑英華卷第一百九十　　詩四十

朝省一

趨朝四十八首　　寓直十六首

趨朝

守東華開門一作守東平華門開　　梁簡文帝

脂車向馳道惣轡息東一作中華落闕猶待漏交一作文戟未
通車薄雲初啓雨曙色始成霞塹流鋪紫若城風泛橘花
弦誦終無取頹巳自懷嗟　一作皆藝文類聚

早朝車中聽望　　何遜

詰旦鍾聲罷隱隱禁門通遷車響北闕鄭履入南宮宿霜
開霧類聚作霧開馳道初日照相風胥徒紛絡繹騶類聚作騶御或西

東

入朝守開門　　王褒

直城類聚作鳳池通複道嚴駕早凌晨鐵符行警曙銀牓未開
闉塹暗城無影晴新路不塵屯兵引畫劒騎吹動班輪徒
知仰屬藻拙辭慙類聚作殊未申

答王筠早朝守建陽門開　　江惣

金兎猶懸魄銅龍欲啓扉三條息行火百雉照初暉御溝
梘影出仙掌露光晞

奉和從叔光禄愔元日早朝　　李元操見雜詠

銅渾變春節玉律動年灰曖曖成霞旦隱隱禁門開衆靈
湊仙府百神朝帝臺華夷令雙鳧至梁王駟馬來戈鋋映林
闕歌管沸塵埃保章望瑞氣尚書減火災冠冕多秀士簪
裾饒上才誰憐張仲蔚日暮返蒿萊

賦得謁帝承明廬　　江惣見初學記

霧開仁壽殿雲曉承明廬輪停紺幰引馬度紅塵餘香貂
拜敝袞花綬拂玄除謁帝升清漢何殊入紫虛

正日臨朝　　唐太宗見初學記

條風開獻節灰律動初陽百蠻奉遐賮萬國朝未央雖無
舜禹跡幸欣天地康車軌同八表書文混四方赫弈儼冠
蓋紛綸盛服章羽旄飛馳道鍾鼓震巖廊組練輝霞色霜
戟照朝光晨宵懷至理終愧撫遐荒

奉和正日臨朝　　魏徵見雜詠

百靈侍軒后萬國會塗山豈如今睿哲邁古獨光前聲敎
溢四海朝宗引百川鏘洋鳴玉珮灼爍輝金蟬淑景輝雕
輦高旌揚翠煙庭實超王會廣樂盛鈞天既欣東戶日復
詠南風篇顙奉光華慶從斯萬億年

同前　　顔師古

七政璿衡始三元寶曆新負扆延百辟垂旒御九賓肅肅
皆鵷鷺濟濟盛纓初學記作簪紳天涯致重譯雜詠作重致日域獻
奇珍

同前　　岑文本見雜詠

時雍表昌運日正叶靈符德兼三代禮功包四海圖踰汲
紛在列執玉儼相趨清蹕喧輦道張樂駭天衢拂蜺九旗

映儀鳳八音殊佳氣浮仙掌薰風繞帝梧天文光七政皇
恩被九區方陪瘞玉禮珥筆岱山隅

同前　李百藥

化曆昭唐典承天順夏正百靈警朝禁三辰揚旆旌充庭
富禮樂高宴齒簪纓獻壽符萬歲移風韻九成

凌晨早朝　虞世南

萬戶霄光曙重簷夕霧收玉花停夜燭金壺送曉籌日暉
青瑣殿霞生結綺樓重門啓應路通籍引王侯

同潘屯田冬早朝　張文琮

假寐懷古人夙興瞻曉月通晨禁門啓冠蓋趨朝謁霜露
清九衢霞光照雙闕紛綸文物紀煥爛聲明發腰劍動陸

離鳴玉和清越

春晚看群公朝還人爲八韻　陳子良

遊子惜春暮策杖出蒿萊正值康莊晚群公謁帝迴履度
南宮至車從北闕來珂影疑明月笳聲動落梅迎風釆
旄轉照日綬花開紅塵掩鶴蓋翠柳拂龍媒綺雲臨舞閣
丹霞薄吹臺輕肥寧所羨未若反山隈

早朝　常元旦

震維方月季宸極眾星尊珮玉朝三陛鳴珂度九門挈壺
分早漏伏檻耀初暾北倚蒼龍闕西臨紫鳳垣詞庭草欲
奏溫室樹無言鮮翰空爲忝長懷聖主恩

同前　鄭愔

瑞闕龍車峻宸庭鳳掖深才良寄天綍趨拜侶朝簪飛鳥
君來影喧車識駐音重軒輕霧入洞戶落花侵聞有題新
翰依然想舊林同聲慙下玉謬此託常金

同前　徐彥伯

夕轉清壺漏晨鶯長樂鍾逶迤綸禁客假寐守銅龍子亦
趨三殿肩隨謁九重繁琦疑接曙響華欽此春容相問若
一作部光歌彌憐芳意濃頹言乘日旰携手即雲從

同前集作同常舍人早朝　沈佺期

閶闔連雲起巖廊拂霧開玉珂龍影度珠履鴈行來長樂
宵鍾盡明光曉奏催一經推集作傳舊德五字選集作擢英才
儼若神仙去紛從霄漢迴客人朝與夕集作千春未休歷分禁喜

趨陪

和崔正諫登秋日早朝　前人

雞鳴朝謁滿白露集作露白禁門秋爽氣臨旌戟朝光映晃旒
河宗來獻寶天子命焚裘獨負池集作津陽議言從建禮遊

敬和崔尚書大明朝堂雨後終南山見示之作　蘇頲

弈弈軒車至清晨朝未央未央在霄極中路視咸陽委曲
漢京近周迴秦塞長日華動涇渭天翠合岐梁五丈旌旗
色百層枌一作松非橑光東連歸馬地南指鬬雞場晴壑照金
戺秋雲含璧璫由余窺霸國蕭相奉興王功役隱不見頌
聲存復揚榷宜珍構絕聖作寶圖昌在德期巢燧居安法

禹湯冢（集作象）卿才順羨多士賦成章草價重三臺俊名超百
郡良焉知掖垣下陳力自迷方

早朝大明宮　賈至（附見杜集）

銀燭朝天紫陌長禁城春色曉蒼蒼千條弱柳垂青瑣百
囀流鶯繞（集作滿）建章劍珮聲隨玉墀步衣冠氣（集作身）染御
爐香共沐恩波鳳池裏終朝默默（集作朝朝染翰）侍君王

和前　王維（附見杜集）

絳幘雞人送曉籌尚衣方進翠雲裘九重（集作天）閶闔開宮
殿萬國衣冠拜冕旒日色纔臨仙掌動香煙欲傍衮龍浮
朝罷須裁五色詔珮聲歸向（集作到）鳳池頭

和前　杜甫

五夜漏聲催曉箭九天（集作重）春色醉仙桃旌旗日暖龍蛇
動宮殿風微鷰雀高朝罷香煙攜滿袖詩成珠玉在揮毫
欲知世掌絲綸美池上于（集作如）今有鳳毛

和前　崔顥（一作岑參附見杜集）

雞鳴紫陌曉（集作曙）光寒鶯囀皇州春欲（集作色）闌金闕曙（集作
曉）鐘開萬戶玉階仙仗擁千官花明劍珮星初沒（集作落）柳
拂旌旗露未乾別（集作獨）有鳳凰池上閣（集作客）陽春一曲和
仍（集作皆又作應）難

早朝二首　王維

皎潔明星高蒼茫遠天曙槐霧鬱不開城鴉鳴稍去始聞
高閣聲莫辨更衣處銀燭已成行重（集作金）門儼騶馭

二

柳暗百花明春深五鳳城城鴉（集作烏）睥睨曉宮井轆轤聲
方朔金門召（集作侍）班姬玉輦迎仍聞遣方士東海訪蓬瀛

春日直門下省早朝

騎省直明光雞鳴謁建章遥聞侍中珮暗識令公（集作君荀令君
坐處三日香）香玉漏催（集作隨）銅史天書問（集作拜）夕郎旌旗映閶
闔歌吹滿昭陽官舍梅初紫宮門柳欲黃願將遲日意同
與聖恩長

紫微殿退朝口號　杜甫（見集本）

戶外昭容紫袖垂雙瞻御座引朝儀香飄合殿春風轉花
覆千官淑景移晝漏稀聞高閣報天顏有喜近臣知宮中

每出歸東省會送夔龍集鳳池

喜達行在所三首（自京竄至鳳翔）　前人

西憶岐陽信無人遂卻迴眼穿看（集作當）落日心死著寒灰
茂（集作霧）樹行相引連山（集作連峯）望忽開所親驚老瘦辛苦賊
中來

二

秋（集作愁）思胡笳夕淒涼漢苑春生還今日事間道暫時人
司隸章初覩南陽氣已新喜心翻倒極嗚咽淚（集作涕）沾巾

三

死去憑誰報歸來始自憐猶瞻太白雪喜遇武功天影靜
千官（集作門）裏心蘇七校前今朝漢社稷新數中興年

早朝日寄所居　皇甫曾

長安歲後見歸鴻紫禁朝天拜舞同曙色漸分雙闕裏漏聲遥在百花中爐煙乍起開仙仗玉珮成行引上公共荷發生同雨露不應黄葉久從風

元日早朝呈故省諸公　盧綸

萬戟凌霜布森森瑞氣間垂衣當曉日上壽對南山濟濟延多士躚躚舞百蠻小臣無事諫空愧伴鳴環

元日朝迴中夜書情寄南宫二人　前人

鳴珮隨鵷鷺登墀見冕旒無能裨聖代何事别滄洲闕夜貪還醉浮名老漸羞鳳城春欲晚郎吏憶同遊

春日早朝應制　竇叔向

紫殿俯千官春松應合歡御爐香焰暖馳道玉聲寒乳鶯翻珠綴祥烏集露盤宫花一萬樹不敢舉頭看

元日觀郭將軍早朝　釋靈澈

欲曙九衢人更多千條香燭照星河今朝始見金吾貴車馬縱横避玉珂

和耿拾遺元日觀早朝　司空曙

元日爭朝闕奔流若會溟路塵和薄霧騎火接低星門響一作雙魚鑰車喧百子鈴見旄當翠殿幢戟滿彤庭積一作漏促表歲方編瑞來春即省一作宥刑太官一作諸侯陳禹玉司曆貢一作獻堯觴壽酒三聲一作觴退簫韶九奏停太陽開物象霈澤及生靈南陌高山碧一作祥光紫東方遠曉一作氣青自憐楊子賤歸草太玄經　一作皆難詠

元日觀朝　楊巨源

北極長尊報聖期一作仰聖時周家何用問元龜天顔入曙千官拜一作書元日一作日色迎春萬物知閶闔迴臨黄道正衣裳高對碧山垂微臣願獻堯人祝壽酒年年太液池

一作皆難詠

送楊凝郎中賀正　韓愈

天星漢落雞喔咿僕夫起食車載脂正當窮冬寒未已借問君子定何行集作安之會朝元正無不至受命上宰須及期侍從近臣有虚位公今此去歸何時

和庫部盧四兄曹長元日朝迴　前人

天仗宵嚴建羽旄春雲送色曉雞號金鑪香動螭頭暗玉珮聲來雉尾高戎服上趨承北極儒冠列侍映東曹太平時節身難遇郎署何須歎二毛

春日退朝　劉禹錫

紫陌夜來雨南山朝下看戟枝迎日動閣影助松寒瑞氣卷綃縠遊光泛集作乏波瀾御溝新柳色處處拂歸鞍

田司空入朝　張籍

西來將相近集作位兼雄不與諸軍覲禮同早變山東知順命新收濟下立殊功朝官序謁趨門外恩使宣集作喧迎滿路中閶闔曉開集作來銅漏静身當受册大明宫

早朝寄白舍人嚴郎中　前人

鼓聲初動未聞雞羸馬街中踏凍泥燭暗有時衝石柱雪
深無處認沙堤常參班裏人猶少待漏房前月欲西鳳闕(集作閣)
星郎雖去遠閤門開日入還齊

行簡初授拾遺同早朝入門因示十二韻　白居易

夜色尚蒼蒼槐陰夾路長聽鐘出長樂傳鼓到新昌宿雨
沙堤潤秋風樺燭香馬驕欺地軟人健得天凉待漏排閶
闔停珂擁建章爾隨黃閣老吾次紫微郎並入連稱籍齊
趨對折方鬬班花接蕚綽立鴈分行近職誠爲美微才豈
合當綸言難下筆諫紙易盈箱老去何徼幸(集作僥倖)時來不
料量唯求致(集作殺)身地相誓荅恩光

和集賢劉學士早朝作　前人

吟君昨日早朝詩金御爐前煥伏時煙吐白龍頭宛轉扇
開青雉尾參差暫留書殿多稱屈合入綸闈即可知從此
摩霄去非晚鬢邊(集作間)未有一莖絲

朝謁　鄭谷

捧日整朝簪千官一片心班趨黃道急殿揖紫宸深威鳳
迴香袞新鸎囀上林小松含瑞露春翠易成陰(武德殿前新栽小松)

放朝偶作　前人(見集本)

寒極放朝天忻聞半夜宣時安逢密雪日晏得高眠擁褐
同休假吟詩賀有年坐來幽興在松亞小牕前

入閣　前人

秘殿臨軒日和鑾返正年兩班文武盛百辟羽儀全霜漏
清中禁風旗拂曙天門嚴新契勘仗入乍(集作遷)承宣玉璣
當紅旭金爐縱碧煙對敭稱法吏贊引出宮鈿言動揮毫
疾威容報(集作執)簿專壽山晴靄黛(集作騣鑾)顥氣暖連延禮有
鵷鸞集恩無雨露偏小臣叨備位謌詠泰階前

寓直

寓直中庶坊贈蕭洗馬　王筠

龍樓實九重蔣寒殊復早玉階泫清露銅池結秋潦霜被
守宮槐風驚護門草之子擱(擅 一集)文華縱橫富辭藻舒錦
慙光麗握珠謝奇寶愧予非工文何用披懷抱

寒夜直坊憶袁三公　蕭子雲

滴滴雨鳴階悄悄茲夜靜風落宣猷樹寒洞承光屛高帷
獨曉垂華燈空夜炯所思不相見方知寒漏永

入蘭臺贈王治書僧孺　吳均

故人楊子雲校書麒麟下寂寞少交遊紛綸富文雅余本
隴西使寓居睢陽社相思非不深行人避驄馬

冬夜酬魏少傳直史館　邢子才

年病縱横至動息不自安兼豆未能飽重裘詎解寒况乃
冬之夜霜氣有餘酸風音響北牖月影度南端燈光明且
滅燭花新復殘衰顏依候覽壯志與時闌體羸不盡帶髮
落強扶冠夜行將欲近夕息故無寬忽有清風贈辭氣婉
如蘭先言難(一作歎)三友次(一作本)言慙一官麗藻高鄭衛專

學美齊韓眷喻（雖一作）有屬筆削少能干高足自無限積風良可搏空想青門且忽學見赤松難寄語東山道高駕尚（一作且）盤桓（一作皆初學記）

中書寓直詠雨簡褚起居上官學士　楊師道

雲暗蒼龍闕沉沉殊未開窗臨鳳凰沼颯颯雨聲來電影入飛閣風威凌吹臺長簷響奔溜清簟肅浮埃早荷葉稍沒新篁枝半摧玆晨悵多緒懷友自難裁況復重城內日暮獨徘徊玉階良史筆金馬掞天才高覺通散騎複道架蓬萊思君贈桃李於此冀瓊瓌

同徐員外除太子舍人寓直之作　郭元振

太子擅元良宮臣命偉長除榮辭會府直宿總書坊露濕

幽巖桂風吹便坐桑閣連雲一色池帶月重光葉死蘭無氣荷枯水不香逢閑秋興作言是晉中郎

春夜寓直鳳閣懷群公　魏知古

拜門傳漏晚寓省索居時昔重安仁賦今稱伯玉詩鶯池滿不溢鷄樹久逾滋夙夜懷山甫清風詠所思

酬薛舍人萬年宮晚景寓直懷友　上官儀

奔奔九成臺窈窕絕塵埃蒼蒼萬年樹玲瓏下宣霧池色搖晚空巖花斂餘煦清切丹禁靜浩蕩文河注留連窮勝託風期睽善謔東望安仁省西臨子雲閣長嘯披煙霞高步尋蘭若金狄掩通門雕鞍歸騎喧燕餘對明月荊艷促芳樽別有青山路策杖訪王孫

和楊舍人詠中書省花樹　張文琮

初蘂（初學記作華蕚映芳叢）映春叢參差間早紅因風時落砌雜雨乍浮空影煦（初學記作照）鳳池水香飄鷄樹風豈不愛攀折希君懷袖中

直中書省　韋承慶

清切鳳凰池扶疎鷄樹枝唯應集鸞鷟何爲宿羈雌大造乾坤闢深恩雨露垂昆蚑既含養駑駘亦驅馳木偶翻爲用芝泥忽濫窺九思空自勉五字本無施徒喜逢千載何階答二儀螢光向日盡蚊力負山疲禁宇庭除闊宵鐘箭移暗花臨戶發殘月下簾敧白鬢（一作髮）隨身改丹心爲主披命將時並恭言與行俱危寄謝巢由客堯年復在斯

和鸞右丞省中暮望　楊炯

故事閑臺閣仙門藹已深舊章窺複道雲幌肅重陰玄律葭灰變青陽斗柄臨年光搖樹色春氣繞蘭心風響高窗度流痕曲岸侵天明總樞轄人鏡辨衣簪日暮南宮靜瑶華振雅音

和蘇員外寓直　喬知之

自昔重爲郎伊人練國章三旬登建禮五夜直明光墨草尚書奏衣飄侍御香開簾竹氣靜拂簟蕙風凉曉漏離閶闔鳴鐘出未央從來宿臺上天子貴文強

此詩一百九十一卷重出今已削去

和杜侍御太清臺宿直旦有懷　李嶠

貂冠朝彩振烏署曉光分欲嘯遷喬侶先飛擲地文庭歷麥雨潤林靜蕙風薰稽駕終難仰眾凫且自群

自考功員外授（一作郎中拜）給事中　沈佺期

南省推丹地東曹拜（初學記作責）瑣闈惠移雙管筆恩降五時衣出入宜真選遭逢每濫飛器慙公理拙才謝子雲微案牘遺常禮朋僚隔等威上台行揖讓中禁動光暉旭日千門起初春八舍歸贈蘭聞宿昔談樹隱芳菲何幸鹽梅處唯憂對問機省躬知任重寧止冒榮非

酬楊給事廉見贈省（集作臺）中　前人

子雲推辯博公禮（集作理仲長統字也）擅詞雄始自尚書省旋聞給事中言從溫室祕籍向瑣闈通顧我叨（集作從）郎署慙無草奏工（集作章奏功）分曹八舍斷解袂五時空宿昔叨（集作陪）餘論平生賴擊蒙神仙應東掖雲霧限南宮忽枉瓊田贈長歌蘭渚同（集作風）

同蘇員外咏玄夏晚寓直省中　前人

並命登仙閣分宵直禮闈太官供宿膳侍史護朝衣卷幔天河入當階（集作開聰初學記作披庭）月露微小池殘暑退高樹早凉歸冠斂無時釋軒車待漏飛明朝題漢柱三署有光輝

文苑英華卷第一百九十

文苑英華卷第一百九十一　詩四十二

朝省二

寓直五十八首

奉和姚給事中寓直之作　宋之問

清論滿朝陽高才拜夕郎還從避馬路來接珥貂行寵就黃扉日威廻白簡霜栢臺遷烏茂（一作氏非）蘭渚（集作署）得人芳禁靜鐘初徹更疎漏漸長曉河低武庫流火度文昌寓直光輝重（集作寓宿恩徽重）乘秋藻翰揚暗投空欲報下調不成章

和庫部李員外秋夜寓直之作　前人

相庭貽慶遠才子拜郎初起草儀仙閣焚香卧直廬更深河欲斷節勁柳（疑）偏疎氣耿凌雲筆心提待漏車叨榮厠儔侶省已恧空虛徒斐陽春和難參麗曲餘

冬夜寓直麟閣（集作臺）　前人

直事披三省重關祕七門廣庭憐雪凈（集作靜）深屋（集作挾室）喜爐溫月幌花（一作雲）虛馥風窗竹暗喧東山白雲意茲夕寄琴樽

和蘇員外寓直　崔湜（前卷作喬知之）

此詩已見一百九十卷

秋夜寓直中書呈黃門舅　蘇頲

簾櫳上夜鉤清切聽更籌忽共雞枝老還如騎省秋循庭喜三入對渚憶雙遊紫綬名初拜黃縑迹尚畱月舒當北幌雲賦直東樓恩渥迷天施稟家慰我求遲君台鼎節聞

義一承流

春晚紫微省直贈内　前人

直省清華接建章向來無事日猶長花間燕子栖鳷鵲竹下鴛雛繞鳳凰内史通宵承紫詔中人落晚（集作日）愛紅粧別離不慣無窮憶莫悞卿卿學太常

和崔黄門寓直夜聽蟬之作　張九齡

蟬嘶玉樹枝向夕蕙風吹幸入連雲閣（集作宵聽）應緣飲露知秋深聞（集作深秋思）欲近聲静夜相宜不是黄金飾清音徒爾爲

和許給事直夜簡諸公　前人

未央鍾漏晩僊宇藹沉沉武衛千廬合嚴扃萬戸深左掖

知天近南軒（集作窓）見月臨樹搖金掌露庭接玉樓陰他日聞更直中宵屬所欽聲華大國寳夙夜近臣心逸興乘高閣雄飛在禁林寧思竊抃者情發爲知音

酬通事王舍人寓直見示篇中兼起居陸舍人景獻　前人（本集見）

軒掖殊清祕才華固在斯興因膏澤灑情與惠風吹所美應人譽何私亦我儀同聲感喬木比翼謝長離僨以陸生感賢慙鮑叔知薄遊當獨媿芳訊乃蕪施此夜金閨籍伊人矆樹枝飛鳴復何遠相顧幸媞媞

臺中書懷　蔣冽

持憲當休明飾躬兑顛沛直繩備豪右正色清冠蓋寄切才很薄纖雄班匪大坐居三獨中立在百僚外簡牘時休暇依然秋興多披書唯骨鯁循跡少閑和庭樹凌霜栢池傾𨄂露荷歲寒應可見感此遂成歌

夏中（疑）杪霽南省寓直（時燕尚書卽節度判官）

薄宦因時忝凉宵寓直杪沉沉仙閣閉的的暗更徐霽色連空上炎氛入夜除星廻南斗落月度北窓虛待漏殘燈照含芳襲氣餘簪来冠不觧奏罷草仍書幕府慙良策明曹媿散樗命輕徒有報義重更難踈鷲夏欣成托鵷行濫所如晨趨當及早復此戒朝車

同張少府知庫秋員外夏晩杪霽南省寓直時燕充節度判官之作　寇坦

黄綬歸休日仙郎復奏餘宴居當夏晩寓直會晴杪露散星文發雲披水鏡虛高才推獨唱嘉會喜連茹月色搖春闥香煙藹暝廬（一作篸）千門傳夜譽萬象照階除少孺嘉能賦文强閲賜書蕪曹謀未展入幕志方攄爲奉靈臺帛恭先待漏車貞標不可仰空此樂樵漁

和（集作同）崔員外秋宵寓直　王維

建禮高秋夜承明候曉過九門寒漏徹萬井曙鍾多月廻藏珠斗雲開（集作消）出絳河更慙衰朽質南陌共鳴珂

晩出左掖　杜甫

晝刻傳呼淺春旗簇仗齊退朝花底散歸院柳邊迷樓雪融城溼宫雲去殿低避人焚諫草騎馬欲鷄栖

春夜宿左省　前人

花隱掖垣暮，啾啾棲鳥過。星臨萬戶動，月傍九霄多。不寐集作寢聽金鑠集作綸因風想玉珂。明朝有封事，數問夜如何。

翰林讀書言懷呈集賢院內諸學士　李白

晨趨紫禁中，夕待金門詔。觀書散遺帙，探古窮至妙。片言苟會心，掩卷而忽集作忽而笑。青蠅易相點，白雪難同調。本是疎散人，屢貽褊促誚。雲天屬清朗，林壑憶遊眺。或時清風來，閑倚門集作簷下嘯。嚴光桐廬溪，謝客臨海嶠。功成謝人間集作君從此亦一集作投釣。

和戶部楊員外伯成寓直　李嶷

落日彌綸地，公才盡省郎。詞驚起草筆，坐臥護衣香。雙闕

天河近，千門夕漏長。遙知臺上宿，不獨有文強。

奉和許給事夜直簡諸公　崔顥

西掖黃樞近，東曹紫禁連。地因才子拜，人用省郎遷。夜直千門靜，河開萬象懸。建章宵漏急，閶闔曉鍾傳。寵列貂蟬位，恩深侍從年。九重初起草，五夜即成編。顧巳無官次，循涯但自憐。遠陪蘭渚作，空此仰神仙。

西省即事　岑參

西掖重雲開，曙集作曙暉開北山。疎雨點朝衣，千門柳色連青鎖、三殿花香入紫微。平明端笏陪鵷列，薄暮垂鞭信馬歸。官拙自悲頭白盡，不如巖下掩集作石偃荊扉。

和都官苗員外夜寓直對兩簡諸知巳　李嘉祐

多雨深一作南宮夜，仙郎上一作寓直時。漏長丹鳳闕，秋冷白雲司。螢影侵階亂，鴻聲出苑遲。蕭條吏人散一作靜小謝有新詩。

此詩三百四十三卷重出，令巳削去，注異同為一作

和苗員外寓直中書　包何

朝列稱多士，君家有二難。貞為臺裏柏，芳作省中蘭。夜直分曹間，晨趨接武歡。每憐雙闕下，鴈序入鴛鸞。

春宵寓直　錢起

養拙集作性慣雲臥，為郎如鳥棲。不知仙閣峻，唯覺玉繩低。帳喜香煙煖，詩慙賜筆題。未央春漏促，殘梦訝集作謝晨鷄。

和謝舍人雪夜寓直　皇甫曾

禁省夜沉沉，春風雪滿林。滄洲歸客夢，青瑣近臣心。揮翰宜鳴玉，承恩在賜金。建章寒漏起，更助掖垣深集作章臺寒鴈起更助掖垣深。

晚秋集賢院即事寄徐薛二侍郎　常袞

穆穆上清居，沉沉中秘書。金鋪深內殿，石甃淨寒渠。花樹臺斜倚，空煙閣半虛。縹囊披錦翠，繡軸卷瓊琚。墨潤冰文蠒，香銷蠹字魚。翻黃桐葉老，吐白桂花初。舊德雙遊處，聯芳十載餘。北朝榮庾薛，西漢盛嚴徐。侍講親華扆，微吟一作詩步綺疎。綴簾金翡翠，賜硯玉蟾蜍。序秩東南遠，離憂歲月餘。承明期重入，江海意何如。

奉和常舍人晚秋集賢院即事寄徐薛二侍郎

司空曙

藹藹鳳凰宮蘭臺玉曙通夜霜凝樹羽朝（集作曉）日照相風
官附三台貴儒開百氏宗司言陳禹命（集作拜）侍講發堯聰
香卷（集作起）青編內鉛分綠字中綴鐵從大史鏘珮揖群公
池接天泉碧林交御果紅寒龜登故葉（集作敗葉）秋蝶戀疎叢
頮謝微文並鍾裴直（一作議）事同離群驚海鶴屬思怨（集作想）
江楓地遠枯蘇外山長越絕東慙當哲匠後下曲本難工

和常舍人晚秋集賢院即事十二韻寄贈江南徐薛二侍郎　盧綸

綸閣九華前森沉緤仗連洞門開旭日清禁肅秋天霜滿
朝容備鍾餘曉（集作漏）唱傳瑤璫陪羽扇端弁入爐烟麟筆

删金篆龍綃薦玉編汲書荀勗定漢史蔡邕專御竹潛通
荀宮池暗瀉泉亂叢縈弱蕙墜葉灑枯蓮列署齊遊日重
江並謫年登封思議草侍講憶同筵滄海風濤廣黔山瘴
雨偏唯應緘上寶贈遠一呈妍

奉和太常王卿訓李舍人中書寓直春夜對月見寄

露如輕雨月如霜不見星河見鴈行虛暈入池波自泛滿
輪當苑桂偏香春臺幾望黃龍闕雲露寧分白玉廊是夜
巴歌應金石豈殊螢影對清光

和王員外冬夜寓直　前人

高步長裾錦帳郎居然自是漢賢良潘岳叙年因鬢髮楊
雄托諫在文章九天韶樂飄寒月萬戶香塵裛夜霜坐見
重門儼朝騎可憐雲路好翺翔

訓金部王郎中省中春日　前人

南宮樹色曉森森雖有春光未有陰鶴侶正宜芳景引玉
人那爲薄書沉山含瑞氣偏當日鶯逐輕風不在林更有
阮郎迷路處萬株紅樹一谿深

夜直省中　韋應物（見集本）

河漢有秋氣（集作意）南宮生早凉玉漏殊杳杳雲闕更蒼蒼
華燈發新照（集作焌）輕烟浮夕香顧跡知爲忝束帶愧周行

奉和給事寓直　崔峒

桂枝家共折鷄樹代相傳忝向鸞臺下仍看鴈影連夜闌

方步月漏盡欲朝天知去冊墀近明王許薦賢

初入集賢院贈李獻仁（曾於常山聰官）　前人

燕代官初罷江湖路便分九遷從命薄四十幸人聞跡愧
趨冊禁身曾繫白雲何由返滄海昨日謁明君

奉酬李舍人秋日寓直見寄　張南史

秋日金華直遙知玉佩清九重門更肅五色詔初成槐落
宮中影鴻高芳遠（一作苑外）聲翻從魏闕下江海寄幽情

同韓侍郎秋朝使院　前人

重門啓曙關一葉報秋還露井桐柯濕風庭鶴翅閑忌情
簪白筆假夢入深山惆悵衹應此難裁語默間

暮春南臺承旨除給事中（仍是本廳凡揖狀儼然如舊）　薛存誠

再入青瑣闈忝官誠自非拂塵驚物在開戶待僧歸積草
漸無逕殘花猶灑衣禁闈偏日近行坐在恩輝

初秋月夜中書宿直因呈楊閣老　權德輿

欹枕直廬暇風蟬迎早秋沉沉玉堂夕皎皎金波流對掌
喜新命分曹諳舊遊相思翫華彩因感庾公樓

晚秋陪崔閣老張祕監閣老苗考功同遊昊天觀
時楊閣老新直未滿以詩見寄斐然酬和有媿無
音　前人

方駕遊何許仙源去似歸縈廻晋勝賞蕭灑出塵機泛菊
賢人至燒丹姹女飛步虛清曉籟隱几吸晨輝竹逕琅玕
合芝田沆瀣晞銀鈎三洞字瑶笥六銖衣麗句翻紅藥佳

期限紫微徒然一相望郢曲和應稀

和胡將軍寓直　王建

宮鴉棲盡禁搶攢樓殿深嚴月色寒進狀直穿金戟槊探
更先傍玉鈎欄漏傳五點班初合鼓動三聲仗已端遙見
正南宣不坐新栽松樹喚人看

省中直夜對雪寄李師素侍郎　令狐楚

密雪紛初降重城杳未開雜花飛爛熳連蝶舞徘徊灑散
千株葉銷凝九陌埃素華凝粉署清氣繞霜臺明覺侵窻
積寒知度塞來謝家爭擬絮越嶺惧驚梅暗魂微茫照嚴
飈吹第催一作雎稍封黄竹亞先集紫蘭摧孫室臨書悅梁
園泛酒盃靜懷瓊樹倚醉憶玉山頹翠陌饑烏噪蒼雲遠

鴈哀此時方夜直想望意悠哉

南宮夜直宿見李給事題其呂所下制勑知奏直
在東省因以詩寄　前人

畨直同遥夜嚴扃限幾重青編書白雀其日勑鄜州奏白雀宜付史館黄
紙降蒼龍北極絲綸句東垣翰墨蹤尚垂玄露點猶濕紫
泥封炫眼凝仙燭馳心裊禁鍾定應形夢寐暫似接音容
玉樹春枝動金罇臘釀醲在朝君最舊休澣許過從

早秋集賢院即事時為學士　劉禹錫

金數已三伏火星正西流樹含清露曉閣倚碧天秋灰琯
應新律銅壺添夜籌商飈從朔塞爽氣入神州蕙草香書
殿槐花點御樓集作溝山明真色見水淨濁煙收早歲忝華

省再來成白頭幸依群玉府有路向瀛洲

奉和武中丞秋日臺中寄懷簡諸僚故時西蕃使迴奉命追和　呂温

聖朝思紀律憲府得忠賢㹢顧風行地儀行月麗天不仁
恒自遠為政復何先匪室惟生白閑門集作情却草玄迎霜
紅葉早過雨綠集作碧苔鮮魚樂翻秋水鳥聲隔暮煙舊遊
多絕席感物遂成篇更許窮荒客追歌白雪前

待漏入閣書事奉贈元九學士閣老　白居易

衙排宣政仗門啓紫宸關彩筆停書几几作命花塼趂立班
稀星點銀礫殘月墮金鐶集作環暗漏猶傳水明河漸下山
從東分地色集作向北仰天顔碧溯鑪煙直紅垂旆尾閑

綸幃闈集作慙並入翰苑忝先攀笑我青袍故饒君紫集作茜
綬敭詩仙歸洞裡酒病滯人間好去鴛鸞侶沖天便不還

夏夜直宿　前人見集本

人少庭宇曠夜涼風露清槐花滿院氣松子落階聲寂默
挑燈坐沉吟蹋月行年衰自無趣不是厭承明

中書直堂集作寓直　前人

繚繞宮牆圍禁苑集作林半開閶闔曉沉沉天晴更覺南山
近月出方知西掖深病對詞頭慙綵筆老看鏡面愧華簪
自嫌野物將何用土木形骸麋鹿心

見于給事暇日上直寄南省諸郎官詩因以戲贈

倚作天仙弄地仙誇張一日抵千年黃麻勑勝長生籙白

紵詞嫌內景篇雲貌莫集作雲彩誤一作容貌誤居青瑣地風流合在
紫微天東曹漸去西垣近鶴駕無妨更着鞭
此詩二百五十八卷重出今已削去注異同爲一作

西掖早秋直夜書意　前人

涼風起禁掖新月生宮沼夜半秋暗來萬年枝嫋嫋炎涼
遞時節鍾鼓交昏曉偶聖惜年衰報恩愁力少素餐無補
益朱紱集作紋虛纏繞冠蓋栖野雲稻粱養山鳥量能集作內
私自省所得已非少五品不爲賤五十不爲夭若無知足
心貪求何日了

憶夜直金鑾奉詔　李紳

月當銀漢玉繩低深聽簫韶碧落齊門壓紫垣高綺樹閣
連青瑣近冊梯墨宣外渥催飛詔草定新恩促換題明日
一作惟我獨歸花路遠可憐人世隔雲霓

奉和朝翰林丁侍郎禁署早春晴望　劉得仁

御林聞有早鶯聲玉檻春香九陌晴寒着霽雲歸紫閣暖
浮佳氣動皇城宮池日到冰初解輦路風吹草欲生鴛侶
此時皆賦詠商山雪在思尤清

休澣日謁西掖所知因成長句　温庭筠見集本

赤墀高閣自從容玉女窗扉報曙鍾日麗九華青瑣闥雨
晴雙闕翠微峯毫端蕙露滋仙草琴上薰風入禁松荀令
鳳池春婉娩好將餘潤變魚龍

冬夕和范秘書省宿　李頻

每入得閑吟清曹閣下深因知遙夜坐別有遠山心芸細
書中氣松疎雪上陰幾時高興足還復挿朝簪

和范秘書省中作　喻坦之

清省宜寒夜仙才稱獨吟鍾來宮轉漏月過閣移陰鶴壁
燈前靜芸臺幄外深想知因此興暫動憶山心

南宮寓直　鄭谷

寓直事非輕官孤憂且榮制承黃紙重詞見紫垣清曉礬
庭松色風和禁漏聲曾一作僧携新茗伴更集作吏對僧字掃落花
迎鑠印詩心動垂簾雅思生粉廊曾試處直事補假則於都堂四廊下尋
項年試所題名記至今多在石柱昔賢名來誤宮䆕鶯啼疑苑樹鶯殘
陽晴集作應更好歸速限嚴城

春日（集作夕）伴同年禮部趙員外省直（集作直省）　前人
錦帳名郎重錦窠清宵寓直縱吟哦水含玉鏡春寒在粉
傳仙闈月色多視草即應歸屬望握蘭知道暫經過流鶯
百轉和殘漏猶把芳罇藉露荷

文昌寓直　前人
何遜空階夜雨平朝來交直雨新晴落花亂上花磚上不
忍和苔踏紫英

忝官諫垣明日轉對　前人（見集本）
吾君英睿相君賢其柰寰區未晏然明日翠華春殿下不
知何語可聞天

秘書伴直　張喬
高枝聚瞑禽疊閣鑠遙岑待月當秋直看書廢夜吟殘薪
留火細古井汲瓶深縱欲抄前史（一作古）貧難遂此心

省中偶作　前人
三轉郎曹自（集作出）免旖莎堦吟步想前賢不（集作未）如何遜
無佳句若比馮唐是壯年捧制名題黃紙尾約僧心在白
雲邊乳毛松雪春來好直夜清閑且學禪

文苑英華卷第一百九十一

文苑英華卷第一百九十二　詩四十二

樂府一（樂府共六十卷以藝文聚初學記文粹諸人文集并郭茂倩劉次莊樂府參校注下同者爲一作）

京洛篇　梁簡文帝
南遊偃師縣斜上灞凌東迴瞻龍首堞遥望德陽宮重門
遠照曜天閣復穹窿城傍疑複道樹裏識松風黄河入洛
水卌泉繞謝熊夜輪懸素魄朝天（一作光）蕩碧空秋霜曉驅
鴈春雨暮成虹咸（一作曲）陽（曲陽侯漢外戚王根也）造甲第高安還禁
中劉蒼歸作相竇憲出臨戎此時車馬合茲晨冠蓋通誰
知兩京盛歡宴遂無窮

同前　李巨仁
京洛類神仙藹藹郁雲烟漸臺臨太液玉樹並甘泉車喧
平樂外騎擁濯龍前兢結蕭朱綬争攀李郭船獨悲韓長
孺死灰猶未燃

帝王所居篇　張正見
崤函雄帝宅宛雒壯皇居紫微臨複道卌水亘通渠沉沉
飛雨殿藹藹承明廬兩宫分槩日雙闕並凌虛休氣充青
瑣榮光入綺疏霞明仁壽鏡日照凌雲書鳴鑾背鳷鵲詔
蹕幸儲胥長楊飛玉輦御宿牒金輿柳葉緹飄騎槐花影

屬車薄暮歸平樂歌鍾滿玉除

帝京篇（並作十本）　唐太宗

秦川雄帝宅函谷壯皇居綺殿千尋起離宮百雉餘連甍遥接漢飛觀迥凌虛日月隱層闕風煙出綺疏

二

巖廊罷機務崇文聊駐輦玉匣啓龍圖金繩披鳥（一作鳳）篆韋編斷方續縹帙舒還卷對此乃忘憂（一作淹留）欹枕觀墳典

三

移步出詞林停輿欣武宴琱弓寫明月駿馬疑流電驚鴈落虛弦啼猿悲急箭閲賞誠多美於茲乃忘倦

四

鳴笳臨樂館眺聽歡芳節急管韻朱絃清歌凝白雪彩鳳肅來儀玄鶴紛成列去茲鄭衛聲雅音方可悅

五

芳辰開（一作追）逸趣禁苑信多奇橋形通漢上峯勢接雲危煙霞交隱映花鳥自參差何如肆轍跡萬里賞瑶池

六

飛蓋去芳園蘭橈遊翠渚渠（一作萍）間日影亂荷處香風舉桂檝滿中川絃歌振長嶼豈獨汾河曲方為歡宴所

七

落日（一作日落）雙闕昏迴輿九重暮長煙引（一作散）初碧皎月澄輕素褰幌翫琴書開軒引雲霧斜漢耿層閣清風拂玉樹

八

歡樂難再逢芳辰（一作良）真可惜玉酒泛（一作溢）雲罍蘭肴陳綺席千鍾合堯禹百獸諧金石得志重寸陰忘懷輕尺璧

九

建章歡賞夕二八盡妖妍羅綺昭陽殿芬芳玳瑁筵珮移星正動扇掩月初圓無勞上玄圃即此對神仙

十

以茲遊觀極悠然獨長想披卷覧前蹤撫躬尋既往望古茅茨約瞻今蘭殿廣人道惡高危虛心誠盈蕩奉天竭誠敬臨民思惠養納善察忠諫明科慎刑賞五六誠難繼四三非易仰廣待淳化敷方嗣雲亭響

同前　駱賓王

山河千里國城闕九重門不睹皇居壯安知天子尊皇居帝里崤函谷鶉野龍山侯甸服五緯連影集星躔八水分流橫地軸秦塞重關一百二漢家離宮三十六桂殿嶔岑對玉樓椒房窈窕連金屋三條九陌鳳（一作麗）城隈萬戶千門平旦開複道斜通鳷鵲觀交衢直指鳳凰臺劍履南宮入簪纓北闕來聲明冠寰宇文物象昭回鉤陳肅蘭戺璧沼浮槐市銅羽應風迴金莖承露起校文天祿閣習戰昆明水朱邸接（一作抗）平臺黃扉通戚里平臺戚里帶崇墉炊（一作灼）金鐉玉待鳴鍾小堂綺帳三千萬大道青樓十二重寶蓋雕鞍金絡馬蘭窗繡柱玉盤龍繡（一作綺）柱琁題粉映

壁鏘金鳴玉王侯盛王侯貴人多近臣朝遊北里暮南鄰
陸賈分金將燕喜陳遵投轄正留賓趙李經過客蕭朱交
結親丹鳳朱城白日暮青牛紺幰紅塵度俠客珠彈垂楊
道倡婦銀鉤採桑路倡家桃李自芬(一作芳)菲京華遊俠事(一作
盛)輕肥延年女弟雙鳳入羅敷使君千騎歸同心結縷
帶連理織成衣春朝桂樽樽百味秋夜蘭燈燈九微翠幌
珠簾不獨映清歌寶瑟自相依且論三萬六千是寧知四
十九年非古來名(一作榮)利若浮雲人生倚伏信離(一作難)分
始見田竇相移代我聞衛霍有功勳未厭金陵氣先開石
槨文朱門無復張公子灞亭誰畏李將軍相顧百齡皆有
待居然萬物咸應改桂枝芳氣已銷亡柏梁高宴今何在

春去春來若自馳爭名爭利徒爾爲久留郎署終難遇空
掃相門誰見知當時(一作莫矜)一旦擅豪華自古千載長驕奢
倏忽摶風生羽翼須臾失浪委泥沙黃雀徒巢桂青門遂
種瓜黃金銷鑠素絲變一貴一賤交情見紅顏宿昔白頭
新脫粟布衣輕故人故人有湮淪新知無意氣灰死韓安
國羅傷翟廷尉已矣哉歸去來馬卿辭蜀多文藻揚雄仕
漢乏良媒三冬自矜成足用十年不調幾邅迴汲黯薪逾
積孫弘閣未開誰惜長沙傅(一作賦)獨負洛陽才

煌煌京洛行　張正見

千門儼西漢萬戶擅東京淩雲霞上起鳷鵲月中生風塵
暮不息簫管夜恒鳴唯(一作誰)當賣藥樹不入長安城

同前　戴暠

欲知佳麗地爲君陳帝京由來稱俠窟爭利復爭名鑄銅
門外馬刻石水中鯨黑龍過飲渭丹鳳俯臨城群公邀(一作
惡)郭解天子問黃瓊詔幸平陽第騎指伏波營五侯同拜
爵七貴各垂纓衣風飄颻起車塵暗浪生舞見淮南法歌
聞齊后聲揮金留客坐饌玉待鍾鳴獨有文園客(一作令)偏
嗟武騎輕

新城安樂宮　梁簡文帝

遥看雲霧裏(一作中)刻(一作列)桷映丹虹珠簾通曉日金華拂
夜風欲知歌管處來過安樂宮

同前　陰鏗

新宮實壯哉雲裏望樓臺迢遞翔鵾仰聯(一作連)翩賀鷰(一作
雀)來重簷寒露(一作霧)宿返景(一作返井又作丹井)夏蓮開砌石披新
錦花梁畫早梅欲知安樂盛歌管雜塵埃

同前　陳子良

春色照蘭宮秦女日窗中柳葉來眉上桃花落臉紅拂塵
開扇匣卷帳却薰籠衫薄偏憎日裙輕更畏風

凌雲臺　謝舉

綺甍懸桂棟隱映傍(一作月旁又作陵)槁柯勢高凌玉井臨迴度
金波易覺涼風至早飛秋葉(一作鴈)過高臺相思曲望遠騷
人歌幸矚(一作屬)此迢遞知承寒露多(一作雲霧多)

同前　王褒

高臺懸百尺中亥殊未窮北臨酸棗寺西眺明光宫城旁
抵雙府林東對相風書題鹿盧勝觀寫飛廉銅窗開神女
電梁映美人虹虞損濫失寵鄭曾特懷忠莊生垂翠釣昭
儀拒（一作抵）鬬熊馳輪有盈闕人道亦汙隆還念西陵舞非
復鄴城中

長安道　梁簡文帝

神皋開隴右陸海實西秦推輪抵赤縣（一作金鞮 抵長樂）複道向
宜春落花依度幰垂柳拂行人金張與（一作及）許史夜夜尚
留賓

同前　梁元帝

西接長楸道南望小平津飛甍臨綺翼輕軒影畫輪雕鞍

承楮汗槐路起紅塵燕姬雜趙女淹留重上春

同前　庚肩吾

桂宫延複道黃山開廣路遠聽平陵鍾遥識新豐樹合殿
生光彩離宫起煙霧日落歌吹還塵飛車馬度

同前　蕭賁

前登灞陵岸還瞻渭水流城形類北斗橋勢似牽牛飛軒
駕良駟寶劍雜輕裘經過狹斜里（一作裏）日暮與（一作與又作直）淹
流

同前　徐陵

輦道乘雙闕豪雄被五都橫橋象天漢法駕應坤圖韓康
賣良藥董偃鬻明珠喧喧擁車騎非但執金吾

同前　陳暄

長安開繡陌三條向綺門張敞車單馬韓嫣乘副軒寵深
來借殿功多競買園將軍夜夜返絃歌着曙喧

同前　顧野王

鳳樓臨廣路仙掌入煙霞章臺京兆馬逸陌富平車東門
疏廣餞北闕董賢家渭橋縱觀罷安能訪狹斜

同前　阮卓

長安馳道上鍾鼓（一作鳴）宫寺開殘雲銷鳳闕宿霧斂章臺
騎轉金吾度車鳴丞相來藹藹東都晚群公騶御迴

同前　江摠

翠蓋乘輕霧（一作露）金羈照落暉五侯新拜罷七貴早朝歸

轟轟紫陌上藹藹紅塵飛日暮延年（一作平）客風花拂舞衣

同前　沈佺期

秦地平如掌層城入（一作出）雲漢樓閣九衢春車馬千門旦
綠槐開復合紅塵聚還散日晚鬬鷄還（一作迴）經過狹斜看

同前　崔顥

長安甲第高入雲誰家居住霍將軍日晚朝迴擁賓從路
旁拜揖何紛紛莫言炙手手可熱須臾火盡灰亦滅莫言
貧賤即可欺人生富貴自有時一朝天子賜顏色世上悠
悠應始知

同前　皇甫冉

長安九城路戚里五豪家結束趨平樂聯翩抵狹斜高樓

臨積水複道出繁花唯有相如宅遂門度歲華

同前　韋應物

漢家宮殿含雲烟兩宮十里相連（一作聯）延晨霞出没弄丹
闕春雨霏微似卄泉（一作春雨依微自卄泉）卄泉（一作春雨）依微春尚早
長安貴遊愛芳草寶馬横來下建章香車却轉避馳道貴
遊誰最貴衛霍世難比何能蒙主恩幸遇邊塵起歸來甲
第拱皇居朱門峩峩臨九衢中有流蘇合歡之寶帳一百
二十鳳凰羅列銜明珠下有金（一作錦）鋪翠被之燦爛博山
吐香五雲散麗人綺閣情飄颻頭上鴛釵雙翠翹低鬟曳
袖廻春雪聚黛一聲愁碧霄山珍海錯棄藩籬烹犢炮羔
如折葵既請列侯封部曲還將金印授廬兒歡榮若此何

所苦所（一作但）苦白日西南馳

此詩三百四十二卷重出今已削去注異同爲一作

同前　白居易

花枝缺處青樓開艷歌一曲酒一盃美人勸我急行樂自
古朱顔不再來君不見外州客長安道一廻來一廻老

同前　此去應（集作此路去）　薛能

汲汲復營營東西連兩京關繻古若在山岳累應成各自
有身事不相知姓名交馳蕪（一作喧）衆類分散入重城此去
應無盡萬方人旋（一作始）生空餘片言苦來往覓劉禎

同前　王貞白

曉鼓人已行暮鼓人未息梯航萬國來爭先貢金帛不問

賢與愚但論官與職如何貧書生只獻安邊策

洛陽道　梁簡文帝

洛陽佳麗所大道滿春光遊童初（一作時）挾弾蠶妾始提筐
金鞍照（一作被）龍馬羅袖（一作袂）拂春桑玉車爭晚入潘果溢
高廂

同前　庾肩吾

徼道臨河曲層城傍漢（作洛）川金門絶出柳銅井半含泉日
起罘罳外車廻雙闕前潘生時未返遥心從眷然

同前　岑敬之

喧喧洛川（一作水）濆欝欝小平津路傍桃李節陌上採桑春
聚車看衛玠連手望安仁復有能留客莫愁嬌態新

同前　張正見

層城啓旦扉上洛滿春輝柳影緑溝合槐花夾路飛蘇合
弾珠罷黄間負翳歸紅塵暮不息相看連騎稀

同前　陳瑄

洛陽九逵上（一作衢上）羅綺四時春路傍避驄馬車中看玉人
鎮西歌豔曲臨淄逢麗神欲知雙璧價潘夏正連茵

同前　車敳

洛陽道八達洛陽城九重重關如隱起雙闕似芙蓉王孫
重行樂公子好遊從別有傾人處佳麗夜相逢

同前二首　徐陵

緑柳三春暗紅塵百戲多東門向金馬南陌接銅駝華軒

翼傺吹飛蓋響鳴珂潘郎車欲滿無奈擲如何

二

洛陽馳道上春日起塵埃濯龍望如水(一作霧)河橋渡似雷
聞珂知馬蹀傍幔見甍開相看不得語密意眼中來

同前　王瑳

洛陽夜漏盡九重平旦開日照蒼龍闕煙遶鳳凰臺浮雲
翻似蓋流水到成雷曹王鬬鷄返潘仁載果來

同前二首　江揔

德陽穿洛水伊闕遡河橋仙舟李膺棹小馬王戎鑣杏堂
歌吹合槐路風塵饒綠珠銜淚舞孫秀强相邀

二

小平臨四達(一作路四達)長楸聽五鍾玉節迎司隸錦車歸濯
龍絃歌聲不息環佩響相從花障蕩舟笑日映下山蓬

同前　沈佺期

九門開路邑雙闕對河橋白日青春道軒裳半夏朝乘羊
稚子看擲果美人嬌行樂歸恒晚香塵撲地遥

同前

白玉誰家郎迴車度天津看花東陌上驚動洛陽人

同前　馮著

洛陽宮中花柳春洛陽道上無人行皮裘氈帳不相識萬
戶千門閉春色春色深君王一去何時尋春色深春雨洒
周南一望堪淚下蓬萊殿中寢胡人鳷鵲樓前放胡馬聞
君欲入西秦(一作秦西)行君行不用過天津天津橋上多胡塵
洛陽道上愁殺人

同前　任翻

幢幢洛陽道塵下生春草行者豈無家無人在家老鷄鳴
前結束爭去恐不早百年路傍盡白日車中曉求富江海
狹取貴山岳小二端立在途奔走無由了

同前　王貞白

喧喧洛陽路奔走爭先步唯恐着鞭遲誰能更迴顧覆車
雖在前潤屋何曾懼賢哉只二疏東門掛冠去

同前　于武陵

浮世若浮雲千迴故復新旋添青草塚更有白頭人歲暮
客將老雪晴山欲春行車與馬不盡洛陽塵

文苑英華卷第一百九十二

文苑英華卷第一百九十三

樂府二

神仙篇　張正見 集無

億舜日萬堯年詠湛露歌採蓮頹雜百和氣宛轉金爐前

同前　盧思道

浮生厭危促一作促名岳共招携雲軒遊紫府風駟立上一作冊梯時見遼東鶴屢聽和淮一作南鷄王英持作實瓊實採成蹊飛策揚輕電懸旌耀彩蜺瑞銀光似燭靈石髓如泥寥廓鸞山右超遙樂府作越鳳州西一作超遙鳳渚西四一九應五色特此救行迷

此詩二百三十五卷道門重出今已削去注異同爲一作

同前　魯杞 樂府作汜

王遠尋仙至欒巴訪術迴乘空向紫府控鶴下蓬萊霜分

白鹿駕日映流霞杯煎金冊不熟醒一作醒酒藥初開乍應觀海變誰肯畏年頹

昇仙篇　梁簡文帝

少室堪求道明光可學仙冊締碧琳宇綠玉黃金篇雲車了無轍風馬詎須鞭靈桃恒可餌幾迴三千年

昇天行三首　劉孝威 類聚作曹植

乘橋一作蹻追術士遠之蓬萊山靈液飛素波蘭桂上參天文一作玄豹遊其下翔鸞一作鵾戲其巔乘風忽登舉彷彿一作防隍見衆仙

二

扶桑之所生乃在朝陽谿中心陵蒼皓一作昊布葉蓋天涯

日出登東幹既夕沒西枝頹得紆陽轡迴日使東馳

同前　盧思道

尋師得道訣輕舉厭人群玉山候王母珠庭謁老君煎爲返魂藥刺作長生文飛策乘流電彫軒曳彩一作紫一作白雲玄洲望不極赤野眺無垠金樓旦褰幄玉樹曉氛氳擁琴遙可聽一作望吹笙遠詎聞不學一作覺蜉蝣子千侶一作迢一作莽何紛紛

道士步虛詞五首　庾信

渾成空教立元始正一作塗開壺王靈文下朱陵真氣來中天九龍館倒景八風臺雲度弦歌響星移宮殿迴青衣上少室童子向蓬萊逍遙閒四會傾忽度三災

二

東明九芝蓋北燭（一作蜀）五雲車飄颻入倒影出没上煙霞
春泉下玉霤青鳥向金華漢帝看桃核齊侯問棗花上元
應送酒來向（一作在）蔡經家

三

歸心遊太極廻向入無名五香芬紫府千燈照赤城鳳林
採珠實春（一作龍）山種玉榮夏笛三山響（一作夏黃三舌響）春鍾九
乳鳴絳河應遠別黃鵠來相迎

四

疑真天地表絶相（一作想）寂寥前有象猶虛豁忘形本自然
開經壬子世（一作歲）值道甲申年廻雲隨舞曲流水逐歌弦

石髓香如飯芝房脆以蓮停鸞讌瑶水歸路上鳴天

五

洞靈尊上德虞石會明真要妙思玄絶（一作紀）虛無養谷神
丹丘乘翠鳳玄圃馭班麟（一作驎）移梨付苑吏種杏乞山人

同前　釋皎然

自此逢何世從今復幾春海無三尺水山成數寸塵

同前

予因覧真訣遂感西城（一作域）君玉笙下青冥人間未曾聞日
華鍊精（一作魄）皛精（一作白鬼皎皎）無垢氛謂我有仙骨且令餌氤
氳俯仰媿靈顔頽（從鸞）鸞鵠群俄然動風馭縹緲歸青雲

同前（一作太清宮作）　顧況

逈步遊三洞清心禮（一作凝）七真飛符超羽翼焚（一作禁）火醮星辰

殘藥沾鷄犬空（一作靈丹）香出（麝）麟壺中無窄處願得一容身

同前二首　陳羽

漢武清齋讀鼎書太（一作內）宮扶上畫雲車壇上月明宮殿
閉仰看星斗禮空虛

二

樓殿層層阿母家崑崙山頂駐紅霞笙歌出見穆天子相
引笑看琪樹花

同前　蘇郁

十二樓藏玉牒中鳳凰雙宿碧梧桐流霞淺酌留君醉今
夜吹簫第幾重

飛龍引二首　李白

黃帝鑄鼎於荆山鍊丹砂成黃金成黃金（六字集作丹砂成黃金）騎
龍飛去太清（一作上）家雲愁海思令人嗟宮中綵女顔如花
飄然揮手凌紫霞從風縱體登鸞車（一作從登鸞車侍軒轅）侍軒轅
（一作疊句）遨遊青天中其樂不可言

二　前人

鼎湖流水清且閑軒轅去時有弓劍古人傳道留其間後
宮嬋娟多朱（一作花）顔乘鸞飛煙亦不還騎龍攀天造天關
造天關聞天語長（一作迫）雲河車載玉女過紫皇紫皇乃賜
白兔所擣之藥方後天而老凋三光下視瑶池見王母蛾
眉蕭颯成（一作如）秋霜

同前　陳陶

有熊之君好神仙飡霞鍊石三千年一旦黃龍下九天騎
龍枏枏昇紫煙萬姓攀髯髯墮地啼呼弓劍飄寒水紫鸞
八九墮玉笙金鏡空留照魍魎羽幢襹褷銀漢秋六宮望
斷芙蓉愁應龍下揮中園笑泓泓水遶青苔洲瑞風颯還
天光淺瑶闕莪莪横露苑沆瀣樓頭紫鳳歌三株樹下青
牛飯鴻臚九闕相王皇鈞天樂引金華郎散花童子鶴衣
短投壺姹女蛾眉長彤庭侍宴瑶池席老兎春高桂宮白
蓬萊下國賜分珪阿母金桃容小摘仙流萬歳蟲篆春三
十六洞交風雲千年小兆一蟬蛻冊臺職亜扶桑君金烏
試浴青門水下界蜉蝣幾廻死

鳳簫曲(一作簫) 沈佺期

八月涼風下高閣千金麗人卷綃幕已憐池上歇芳菲不
念君恩坐搖落世上榮華如轉蓬朝隨阡陌暮雲中飛鸞
侍寢昭陽殿班姬飲恨長信宮長信宮昭陽殿春來歌舞
妾自知秋至容華君不見昔時嬴女厭世氛學鳳吹簫乘
綵雲含情轉盻向簫史千載紅顏持贈君

鳳笙曲 前人

憶昔王子晉鳳笙遊雲空揮手弄白日安能戀青宮豈無
嬋娟子結念羅幬(一作帳)中憐壽不貴色身世兩無窮

陽春歌 柳顧言

春鳥一囀有千聲春花一叢千種名旅人無語出簷楹思
鄉懷土志難平唯當文共酒暫與興相迎

同前 顧野王

春草正芳菲重樓啓曙扉銀鞍俠客至柘彈宛(一作婉)童歸
池前竹葉滿井上桃花飛薊門寒水歇爲斷流黃機

同前 吴邁遠

百里望咸陽知是帝京域(一作國)綠樹搖雲光春城起風色
佳人愛華景流靡園塘側妍姿艷月映羅衣飄蟬翼宋玉
歌陽春巴人長歎息雅鄭不同賞那令君愴惻生重愛(一作受)
惠輕私自憐何極

同前 吴象之

簾低曉露濕簾卷鶯聲急欲起抱箜篌如疑彩絃澁孤眼
愁不轉黙淚聲相及淨掃街上花風來更吹入

同前 檀約

青春獻初歳白日映雕梁蘭萌猶自短柳葉未能長已見
紅花發復聞綠草香乘此試遊衍誰知心獨傷

同前 李白

長安白日照春空綠楊結煙垂裊風披香殿前花始紅流
芳發色繡戶中繡戶中相經過飛燕皇后輕身舞紫宮夫
人絶代歌聖君三萬六千日歳歳年年柰樂何

金(一作會)樂歌 梁元帝

鳴鳥怨別偶曙鳥憶離(一作誰)家石門(一作關)題書字金燈飄
落花東風(一作方)曉星沒西山晚日斜穀衫迴廣袖團扇掩
輕紈暫借青驄(一作驪)馬來送黃牛車

同前　房篆

前漢流璧水後渚映青天登臺臨寶鏡開牕對綺錢玉頰耀光彩羅袖拂金鈿春風散輕蝶明月映新蓮摘花競時侶催栢及芳年

同前　梁簡文帝

槐花欲覆井楊栁正藏鵶山鑪好（一作當）無比玉構火牒賒沬頭辟繩結鏡上領巾斜織鑊（一作鏈）種梁子銅樞生秦（一作槖）花開門枕水柱（一作拋水柱）城控（一作按）特言家

白紵歌　梁武帝

朱絲玉箏羅象筵飛管促節舞少年短歌流目未肯前含笑一轉私自（一作自知）憐

二

朱光灼爍照佳人含情遠（一作迷）意逞相親嫣然一（一作婉）轉亂心神非子之故欲誰因

此篇文苑英華接武帝前篇共是一首今郭茂倩樂府拆而爲二其題作沈約夏白紵歌却別有武帝一首如後

纖腰嫋嫋不任衣嬌怨獨立特爲誰赴曲君前未忍歸上聲急調中心飛

同前五首　張纘

秋風嗚（一作蕭）條露垂葉空閨光盡生（一作坐）愁妾獨向長夜淚承睫山高水深（一作照非）路難涉望一君光景何時接

二

逶夜風遠時既寒秋風簫瑟白露團佳期不待歲月闌念此遲暮獨無歡鳴絃流管增長嘆

三

歌兒流唱聲欲清舞女趍節體自輕歌舞並妙會人情調（一作依）絃度曲惟（一作婉）盈盈揚（一作娥）眉爲態誰自成（一作自誠）

四

逶夜忘寐起長嘆但望雲中雙飛輸明月入牖風吹幔中夜悠悠坐申旦誰能知我中心亂終然有懷歲方晏

五

日暮寒門望所思風吹庭樹月入帷凉陰既滿草虫悲誰能離別長夜時流嘆不寐（一作寢）淚如絲與君之別終何如

同前（四時）　隋煬帝

東宮春

洛陽城邊朝日暉天淵池前春燕歸含露桃花開未飛臨風楊栁自依依小苑花紅洛水綠清歌婉轉繁弦促長袖逶迤動珠玉千年萬歲陽春曲

江都夏

梅黃雨細麥秋輕楓樹蕭蕭江水平飛樓綺觀軒若驚花簟羅幬當夏清菱潭落日雙鳧舫綠水紅粧兩摇漾還似浮桑碧海上詎（一作誰）肯空歌採蓮唱

和同前（郭茂倩樂府作江都夏）　盧茂

長洲茂苑朝夕池映日含風結細漪坐堂（一作當）伏檻紅蓮披（一作枝非）雕軒洞户青蘋吹輕幌芳煙鬱金馥綺簷花簟桃李枝蘭苕翡翠但（一作恒）相逐桂樹鴛鴦恒並宿

長安秋（郭茂倩樂府又有虞茂此篇並附于此）

露寒臺前曉露清昆明池水秋色明搖環動珮出曾城鶤絃鳳管奏新聲上林蒲桃合縹緲甘泉奇樹上蒼青玉人當歌理清曲婕妤恩情斷復續

同前三首　李白

揚清歌發皓齒北方佳人東鄰子且吟白紵停綠水長袖拂面爲君起寒雲夜卷霜海空胡風吹天飄塞鴻玉顏滿堂曲（集作樂）未終館娃日落歌吹濛（一作深一無此句）

二

月寒江深夜沉沉美人一笑千黃金垂羅舞縠揚哀音郢中白雪且莫吟子夜吳歌動君心動君心冀君（疑）賞顏作天地雙鴛鴦一朝飛去青（一作綠）雲上

三

吳刀剪綺（集作絲）縫舞衣明粧麗服奪春暉揚目（集作眉）轉袖若雲飛傾城獨立世所稀激楚結風（舞名）醉忘歸高堂月落燭已微玉釵掛纓君莫違

同前二首　楊衡

玉纓翠佩雜輕羅香汗微漬朱顏酡爲君起唱白紵歌清聲裊雲繫思（一作思繫雲）多疑笳哀瑟（一作琴）時相和金壺半傾芳夜促梁塵霏霏暗紅燭令君安坐聽終曲墜葉飄花難再復

二

躡珠履步瓊筵輕身起舞紅燭前芳姿豔態妖且妍迴眸轉袖暗催絃涼風蕭蕭漏水（一作流水）急月華泛豔紅蓮濕牽裾攬帶翻成泣

同前　陳標

吳女秋機織曙霜冰蠶吐絲月盈筐金刀玉指裁縫促水殿花樓弦管長舞袖慢移凝瑞雪歌塵微動避雕梁唯愁（一作恐）陌上芳菲度狼藉鳳池荷葉黃

美女篇　蕭子顯

章冊（一作卅聊）躞蹀舞巴姬請罷絃佳人淇浦出（一作洧上）豔趙復傾燕繁穠既爲李照水亦成蓮朝酤成都酒暝數河間錢餘光幸未借（一作惜一作許借）蘭膏空自煎

同前　梁簡文帝

佳麗盡關情風流最有名約黃能效月裁金巧作星粉光勝玉靚衫薄擬蟬輕客態隨流臉餘嬌逐語聲（一作嬌歌逐軟聲）朱顏半已醉微笑隱香屏

同前　盧思道

京洛多妖豔餘春愛物華俱臨梁燈（一作燈）水（一作恒臨鄧渠水）共採鄴園花時搖五明扇聊駐七香車情疏看笑淺嬌深眄欲斜微津染長黛新溜濕輕紗莫言人未解隨君獨問家

同前　王琚

東鄰美女實名倡絶代容華無比方濃纖得中非短長紅素天生誰飾粧桂樓椒閣木蘭堂繡户雕軒文杏梁屈曲屏風繞象床萎蕤翠帳綴香囊玉臺龍鏡洞徹光金爐沉煙酷烈芳遥聞行珮音鏘鏘含嬌含笑出洞房二八三五閨心切褰簾卷幔迎春節清歌始發詞怨咽鳴琴一弄心斷絶借問哀怨何所爲盛年情多心自悲須臾破顔倏歛態一悲一喜併相宜何能見此不注心惜無媒氏爲傳音可憐盈盈直千金誰家君子爲藁砧

日出東南隅行　沈約

朝日出邯鄲照我叢臺端中有傾城豔顧影織羅紈延軀

似纖約遺視若迴瀾瑶莊映層綺金服炫雕欒幸有周（一作同）匡好西仕服秦官寶劒隨王具汗馬飾金鞍縈場類轉雪逸控寫（一作似）騰鸞羅襟（一作衣）夕鮮帶玉釵暮垂冠

同前　蕭子榮（樂府類聚並作子顯）

大明上迢迢陽城射陵霄光照總中婦絶世同阿嬌明鏡盤龍刻簪羽鳳凰雕逶迤梁家髻冉弱楚宫腰輕紈雜重錦薄縠間飛綃三六前年暮四五今年朝蠶園拾芳蠒（一作蠶籠拾芳翠）桑陌採桑（一作柔）條出入東城裏上下洛西橋路逢車馬客飛蓋動襜軺單衣鼠毛織寶劒羊頭銷大夫疲應對御（一作從）者輟連鑣（一作御鑣）住間徒脉脉垣上幾翹翹女本西家宿君自上宫要漢馬三千（一作萬）疋夫壻仕嫖姚鞶囊

虎頭綬左珥兔盧貂横吹龍鍾管奏鼓象牙簫十五張内侍十八賈登朝皆笑顔郎老盡訝董公超

同前　盧思道

初月正如鉤懸光入鏡（一作綺）樓樓中可憐妾如恨亦如羞深情出豔語密意滿横眸楚腰寧且細孫眉本未愁青玉勿當取雙銀詎肯（一作可）留會待東方騎遥居最上頭

同前　李白（集無此詩樂府作殷謀）

秦樓出佳麗正值朝日光陌頭能駐馬花處復添香

日出行　蕭撝

昏昏隱遠霧團團乘陣雲正值秦樓女含嬌酬使君

同前　李白

日出東方隈似從地底來歷天又復入西海六龍所舍安在哉其行終古不休息（一作始與終古不息）人非元氣安得與之久徘徊草不謝榮於春風木不怨落於秋天誰將（集作揮）鞭策驅四運萬物興歇皆自然羲和羲和汝奚汩没於荒淫之波魯陽何德駐景揮戈逆道違天矯誣實多吾將括囊（集作囊括）大塊浩然與溟涬同科

同前　李賀

白日下崑崙發光如舒絲徒照葵藿心不見遊者（集作子）悲漸漸（集作折折）黄河曲日從中央轉暘谷耳曾聞弱（集作若）水眼不（一作不可）見奈何爍石胡爲銷人羿能彎弓屬矢那不中足令烏不得翔火不得奔詎教晨光夕昏

月重輪　　戴暠

皇基屬明兩副德表重輪輪重非是暈桂滿自恒春海珠全更城（一作減）階蓂翳且新婕妤比團扇曹王譬洛神浮川疑讓璧入戶類燒銀從來看顧兔不曾聞鬭麟北堂豈盈手西園徧照人

泛舟橫大江　　梁簡文帝

滄波白日暉遊子出王畿旁望重山轉前觀遠帆稀廣水浮雲吹江風引夜衣旅鴈同洲宿寒鳧夾浦飛行客誰多興當念早旋歸

同前　　張正見

大江條且闊楊舲度迴磯渡中畫鷁涌帆上錦花飛舟移停（集作歷）浦月棹舉濕春衣王孫若定（一作客若　一作定若）遠誰得（一作証得）送將歸

雨雪曲　　王筠（樂府作江暉）

邊城風雪至客（一作遊）子自心悲風哀笳弄斷雪暗馬行遲輕生本爲國重氣不關私恐君猶不信撫劒一揚眉

同前　　張正見

胡關辛苦地雪露遠漫漫含冰踏馬足雜雨凍旗竿沙漠飛恒暗天山積轉寒無因辭日逐團扇掩齊紈

同前　　江揔

雨雪阻榆溪從君度隴西遠陣看狐跡依山見馬蹄天寒旗彩壞地暗鼓聲低漫漫愁雲起蒼蒼別路迷

同前　　陳暄

都尉出祁連雨雪蕭鷄田雕陵持抵鵲屬國用和氈水合軍應度樓寒烽未燃（一作然）花迷槎未著蹠勒復經年

同前　　謝燮

朔邊昔離別寒風復悽切峩峩六尺冰飄飄千里雪深閉（一作未塞）衣安戶行封蘇武節用（一作應）隨隴水流幾迴（一作過）凝嗚咽

同前　　盧照鄰

虜騎三秋入關雲萬里平雪似胡沙暗冰如漢月明高闕銀爲闕長城玉作城節旄零落盡天子不知名

文苑英華卷第一百九十三

文苑英華卷第一百九十四　詩四十四

樂府三

公子行九首　少年行四十二首
輕薄篇五首

公子行　劉希夷

天津橋下陽春水天津橋上繁華子馬聲廻合青雲外人
影搖空綠楊裏（一作搖揚綠波裏）碧波蕩漾玉爲沙（一作綠波清廻玉爲砂）
青雲離披錦作霞可憐楊柳傷心樹可憐桃李斷腸花此
日遨遊看美女此時歌舞入倡家倡家美女鬱金香飛去
飛來公子傍灼灼（一作的的）珠簾白日映娥娥玉貌（一作顏）紅粉
粧花際徘徊雙蛺蝶池邊顧步兩鴛鴦傾國傾城漢武帝

爲雲爲雨楚襄王古來容光人所羨況復今日遥相見願
作輕羅着細腰願爲明鏡分嬌面與君相向轉相親與君
相栖共壹身願言（一作顧作）眞松千歲古誰論芳槿一朝新百
年同謝西山日千秋萬古北邙塵（一有此二句）

同前　常建

日日乘釣舟嫋嫋持釣竿涉淇傍荷花驄馬閑金鞍使客
白雲中腰間懸轆轤出門事嫖姚爲君西擊胡胡兵漢騎
相馳逐野戰孤軍西海曲百尺旌竿沉黒雲邊笳落日不
堪聞

同前　司空曙

纓臂繡綸巾貂裘窄稱身射禽風助箭驟馬雪飛塵金埒
爭開道香車爲駐輪翩翩不知處應是霍家親

同前　于鵠

少年初拜大長（一作大常）秋半醉垂鞭見列侯馬上抱鷄三市
鬬袖中攜劒五陵遊玉簫金管迎歸院錦繡（一作袖）紅粧擁
上樓更向苑東新買宅月陂（一作碧波）春水入門流

同前　李商隱

一盞新羅酒凌霜（一作晨）恐易銷歸應衝鼓半去不待笙調
歌好難愁和香多不（一作濃豈）惜飄春塲鋪艾帳下馬雉媒嬌

同前　雍陶

公子風流嫌（一作輕）錦繡新裁白紵作春衣金鞭留當誰家
酒拂柳穿花信馬歸

同前　韓琮

紫袖長衫色銀蟬（一作蟾）半臂花帶裝（集作長）盤水玉鞍繡坐
雲霞別殿承恩澤飛龍賜渥洼控羅青裊轡鏤象碧重葩
意氣催歌舞闌珊走鈿車袖障（一作彰）雲縹緲釵轉鳳欹斜
珠卷迎歸箔紅籠晃醉紗唯無難夜日不得似仙家

同前二首　聶夷中

漢代多豪族恩深益驕逸走馬踏殺人街吏不敢詰紅樓
宴青春數里望雲蔚金缸焰（一作豔）勝晝不畏落暉疾美人
盡如月南威莫能（一作不敢）疋芙蓉自天來不向水中出飛瓊
奏（一作綺席宴）雲和碧簫吹鳳質嗟恨魯陽死無人駐白日

花樹出墻頭花裏誰家樓一行書不讀身封萬户侯美人
樓上歌不見古凉州

少年行　吳筠

董生能巧笑子都信美目百事(一作萬)市一言千金買相逐
不肴參差萊誰能(一作論)窈窕淑頎言奉(一作捧)繡被來就越
人宿

同前　沈炯

長安妙少年驄馬鐵連錢陳王裝馬腦晉后鑄金鞭步搖
如飛鷰寶劒(一作鍔劍)似舒蓮去來新市北遨遊大道邊倏忽
作老翁顏鬢似衰蓬自言生漢代少小見豪雄五侯俱拜
日(一作拜爵又作日拜)七貴各論功建章連北闕(一作通北闕)複道應(一作度)

南宮大后居長樂天子出廻中王輦迎飛鷰金山賞鄧
通一朝復一日忽見市朝空扶桑無復海崑山倒何東少
年何暇問頹齡遇(一作佐)福綠子孫冥城盡鄉里(一作閭)不復
同淚盡眼方暗髀傷耳自聾杖策尋遺老歌笑(一作嘯)詠悲
翁追隨各有遇非敢訪童蒙

同前　李百藥

少年飛翠蓋上路勒金鑣始酌文君酒新吹弄玉簫少年
不(一作子)歡樂何以(一無此二字)盡芳朝千金笑裏面一搦撑(一作抱)
中腰掛纓誰(一作冠豈)憚宿落珥(一作拜迎)不勝嬌寄語(一無此二字)
少年子無辭歸路遥

同前　張昌宗

少年不識事落魄遊韓魏珠軒流水車玉勒浮雲騎縱横
意不一然諾心無二白璧贈穰雎黃金奉毛遂妙舞飄龍
管清歌吟鳳吹三春小苑遊千日中山醉直言身可沉誰
論名與利依倚孟嘗君自知能市義

同前　鄭愔

潁川豪横客咸陽輕薄兒田竇方貴幸趙李新相知軒蓋
終朝集笙竽此夜吹黃金盈篋笥白日忽西馳

同前四首　王維

新豐美酒斗十千咸陽遊俠多少年相逢意氣爲君飲繫
馬高樓垂柳邊

二

出身仕漢羽林郎初隨驃騎戰漁陽孰知不向邊廷苦(一作死)
縱死猶聞俠骨香

三

一身能擘(一作臂)兩彫(與調同)弧虜騎千重(一作群)秖似無偏坐
金鞍調白羽紛紛射殺五單于

四

漢家君臣歡宴終高議雲臺論戰功天子臨軒賜侯印將
軍珮出明光宮

同前三首　杜甫

馬上誰家白面郎臨軒(一作街)下馬坐人床不通姓字麤豪
甚指點銀瓶索酒嘗

二

莫笑田家老瓦盆自從盛酒長兒孫傾銀注玉(集作瓦)驚人眼共醉終同卧竹根

杜集作臨街下馬此云臨軒下馬杜集作傾銀注瓦此云傾銀注玉皆當以此書爲正盖謬爲俗子改易此所以重古本也

三

巢鸞養兒渾去盡江花結子也無多黄衫年少來宜數不見堂前東逝波

同前三首　李白

君不見淮南少年遊俠客白日毬獵夜擁擲呼盧百萬終

不惜報讐千里如咫尺少年遊俠好經過渾身裝束皆綺羅蘭蕙相隨喧妓女風光去處滿笙歌驕矜自言不可有俠士堂中養來久好鞍好馬乞與人十千五千旋沽酒赤心用盡爲知已黄金不惜栽桃李桃李栽來幾度春一廻花落一廻新府縣盡爲門下客王侯皆是平交人男兒百年且樂命何須徇(一作讀)書受貧病男兒百年且榮身何須徇節甘風塵衣冠半是戰征士(一作征戰)窮儒浪作林泉民遮莫枝根長百丈不如當代多還往遮莫親姻連帝城不如當身自簪纓看取富貴眼前者何用悠悠身後名

二

青雲少年子挾彈章臺左鞍馬四邊開突如流星過金丸落飛鳥(一作肉)夜入(一作深)瓊樓卧夷齊是何人獨守西山餓

三

五陵年少金市東銀鞍白馬度春風落花踏盡遊何處笑入胡姬酒肆中

同前(一作渭城少年行)　崔顥

洛陽二月梨花飛秦地行人春憶歸揚鞭走馬城南陌朝逢驛使秦川客驛使前日發章臺傳道長安春早來棠梨宮中鷰初至葡桃舘裏花正開念此使人歸更早三月便達長安道長安道上春可憐搖風蕩日曲江邊萬戸樓臺臨渭水五陵花柳滿秦川秦川寒食盛繁華遊子春來不見(一作喜)家鬭鷄下杜春初合走馬章臺日半斜章臺帝城

稱貴里青樓日晚歌鍾起貴里豪家白馬嬌(一作驕)五陵年少不相饒雙雙挾彈來金市兩兩鳴鞭上渭橋渭城橋頭酒新熟金鞍白馬誰家宿可憐錦瑟筝琵琶玉壺清酒就君家小婦春來不解羞嬌歌一曲楊柳花

同前(此詩見二百五卷)　崔國輔

同前二首　王昌齡

西陵俠少年送客過長亭青槐夾兩路白馬如流星聞道羽書急單于寇井陘氣輕浮道(一作蹈)難(一作氣高輕赴難)誰願(一作顧)燕山銘

二

走馬還相尋西樓下夕陰結交期一劒留意贈千金高閣

歌聲遠重門（一作關）栁色深夜闌須盡醉莫負百年心

同前（一作邯鄲少年行） 高適

邯鄲城南（一作西）遊俠子自言（一作矜）生長邯鄲裏千場縱博家仍富幾度（一作處）報讐身不死宅中歌舞日紛紛門外車馬常（集作轟又作長）如雲（如雲三字一作如雲屯）未知肝膽向誰是令人却憶平原君不見即今（集作今人）交態薄黄金用盡還踈索以兹感嘆（一作激）辭舊遊更於時事無所求且與少年飲美酒往來射獵西山頭

同前 吳象之

承恩借獵小平津使氣常遊中貴人一擲千金渾是膽家無四壁不知貧

同前四首 李嶷

十八羽林郎戎衣侍漢（一作事漢）王臂鷹金殿側挾彈玉輦（一作輿）旁馳道春風起陪遊出建章

二

侍獵長楊下承恩更射飛塵生馬影滅箭落鴈行稀薄暮隨天（一作歸隨）仗聯翩入鎖闈

三

玉劍膝邊横金盃馬上傾朔遊茂陵道夜（一作暮）宿鳳凰城豪吏多猜忌無勞問姓名

同前 韓翃

千點爛熳噴玉驄青絲結尾繡纏騣（集作鬃）鳴鞭曉出章臺路禁葉春衣楊栁風

同前（一作長安少年行） 釋皎然

翠樓春酒蝦蟆陵長安少年皆共矜紛紛半醉緑槐道蹀蹀花驄驕不勝

同前二首 李益

君不見上宫警夜營八屯鼕鼕街鼓朝朱軒玉堦霜仗擁未合少年排入銅龍門暗聞絃管九天上宫漏沉沉清吹繁平（一作纔）明走馬絶馳道呼鷹挾彈通繚垣玉籠金鎻養黄口探雛取伴王孫分曹六博快一擲迎歡先意笑聲喧巧爲柔媚學優孟儒衣嬉戲冠沐猴晚來香街經柳市行過倡舍宿桃根相逢酒後（一作盃酒）一言失廻朱點白聞至

尊金張許史伺顔色王侯將相莫敢論豈知人事無定勢朝歡暮戚如掌翻椒房寵移子愛奪一夕秋風生戾園徒用黄金將買賦寧知白玉暗成痕持盃收水水已覆徒薪避火火更燔欲求四老張丞相南山如天不可上

二

生長邊城傍出身事弓馬少年有膽氣獨獵陰山下偶與匈奴逢曾擒射鵰者名懸壯士籍請君少相假

同前 張籍

少年從獵去（集作獵出又作出獵）長楊禁中新拜羽林郎獨對輦前射雙虎君王手賜黄金璫白日鬭鷄傍新市（一作白日鬭鷄都市裏）贏得寶刀重刻字百里報讐夜出城平明還抵（一作在）倡樓

醉遥聞虜到平陵下不待勑（一作詔）書行上馬斬得戎（一作名）
王獻桂宮封侯起宅（一作第）一日中不爲北（一作六）郡良家子
百戰乃得（一作始取）邊城功

同前五首（一作長安少年行）　李廓

金紫少年郎繞街鞍馬光身從左中尉官屬右春坊剗戴
楊州帽重薰異國香垂鞭踏青草來去杏園芳

二

追逐輕薄伴閑遊不着緋長攏出徹馬數換打毬衣曉日
尋花去春風帶酒歸青樓無晝夜歌舞歇時稀

三

新年高殿上始見有光輝玉鴈排方帶金鵝立仗衣酒深

和椀賜馬疾打珂飛朝下人争看香街意氣歸

四

戟門連日閉苦飲惜殘春開鎖通新客教姬屈醉人請歌
牽白馬自舞踏紅茵時輩皆相許平生不負身

五

遨遊携盬妓裝束是男兒杯酒逢花住笙歌簇馬吹鶯聲
催曲急春色訝歸遲不似闌街鼓華筵待月移

同前　杜牧

官爲駿馬監職帥羽林兒兩綬藏不見落花何處期徹敲
白玉鐙怒袖紫金鎚田竇長留醉蘇辛曲讓（一作護）岐豪持
出塞節笑别遠山眉捷報雲臺賀公卿拜壽巵

同前　雍陶

不倚軍功有俠名可憐毬徹少年情戴鈴健鶻隨聲下撼
珮驕驄弄影行覓匠重裝燕客劒對人新按越姬箏豈知
儒者心偏苦吟向秋風白髮生

同前二首　僧貫休

錦衣鮮華（一作潔）手擎鶻閑行氣貌多輕忽稼穡艱難總不
知三皇五帝是何物

二

自拳五色毬送入他人宅却促蒼頭奴玉鞭打一百

同前二首　王貞白

遊讌不知厭杜陵狂少年花時輕暖酒春服薄裝綿戲馬

上林苑鬬鷄寒食天魯儒甘被笑對策鬢皤然

二

弱冠投邊急驅兵夜渡河追奔鐵馬走殺虜寶刀鞞威靜
黑山路氣含（一作吞）清海波常聞爲突騎天子賜長戈

輕薄篇　何遜

城東美少年重身輕萬億拓彈隋珠丸白馬黄金飾長安
九逵上青槐陰（一作蔭）道植轂轚晨已喧肩排宜不息走徇
通四（一作息）望牽牛亘（一作向）南直相期百戲傍去來三市側
象床沓繡被玉盤傳綺食倡女掩扇歌小婦開簾織相看
獨隱笑見人還斂色黄鶴悲故[illegible]峯山妓詠新識鳥飛過客
盡雀聚行龍匿酌酒方厭厭此[illegible]時歡無極

同前　張正見

洛陽美少年朝日正開霞細路聯鑣（一作連鑣）馬傍趨苜蓿花揚鞭却還望春色滿東家井桃映水落門柳雜風斜綿蠻弄青綺蛺蝶逐承華欲往飛簾舘遥駐季倫車石橊傳馬腦蘭肴奠象牙聊持自（一作自持）娛樂未是鬭豪奢莫嫌龍馭曉（一作晚）扶桑復浴鴉

同前　李益

豪不必馳千騎雄不在垂雙鞭（一作鞭雙）天生雋氣自相逐出與鵰鶚同飛翻朝行九衢不得意下鞭走馬城西原忽聞燕鴈一聲去廻鞍挾彈平陵園歸來青樓曲未半美人玉色當金樽淮陰少年不相下酒酣半笑倚市門安知我有

不平色白日欲顧（一作顧集作顧）紅塵昏死生容易如反掌得意失意由一言少年但飲莫相問此中報讐兼（一作亦）報恩

同前二首　釋貫休

繡林錦野春態相壓誰家少年馬蹄蹋蹋鬭鷄走狗夜不歸一擲賭却如花妾（一作人）唯言不顛不狂其名不彰悲夫

二

木落蕭蕭蛩鳴唧唧（一作唧）不覺朱顏臉紅霜刼鬢漆世途多事泣向秋日方今（一作吟）少壯不努力老大徒傷悲如何

文苑英華卷第一百九十四

文苑英華卷第一百九十五　詩四十四

樂府四

結客少年場行　劉孝威

少年本六郡遨遊遍五都插腰銅匕首障日錦屠蘇（一作鶩）鶩羽裝銀鏑犀膠飾象弧近發連雙兎高彎落九烏邊城多警急節使（一作度）滿郊衢居延箭箙盡疏勒井泉枯正蒙都護接何由憚險途千金募惡少一麾擒骨都勇餘聊蹴

蹴戰罷暫（一作戲）投壺昔為北方（一作邊）將今成（一作為）南面孤邦君行負弩縣令且前驅

同前　梁吳均

結客少年歸翩翩駿馬肥報恩殺胡（一作人）竟賢君賜錦衣握蘭登建禮拖玉入含暉顧看草玄者功名終自微

同前　庾信

結客少年場春風路滿香歌撩（一作嫽）李都尉果擲潘河陽隔（一作折）花遥勸酒就水更（一作便）移牀今年喜夫婿新拜羽林郎定知劉碧玉偷嫁汝南王

同前　孔紹安

結客佩吳鈎橫（一作行）行度隴頭鴈在弓前落雲從陣後浮吳師

驚燧象燕(一作火)將警奔牛騁蓬飛不息氷河結未流君使三邊定當封萬里侯

同前　虞世南

韓魏多奇節倜儻遺名利共矜然諾情(一作心)各負縱橫意(一作志)結交(一作友)一言重相期千里至綠沉明月弦金絡浮雲轡吹簫入吳市擊筑遊燕肆尋源博望侯結客遠相求少年懷一顧長驅背隴頭焱焱霜戈動耿耿虹劍(一作劍虹)浮風(一作雲)起龍沙暗木落鴈門秋天山冬夏雪交河南北流輕生殉(一作徇)知己非是爲身謀

同前　盧照隣

長安重遊俠雒陽富才(一作財)雄玉劍浮雲騎金鞭(一作鞍)明

月弓鬬鷄過渭北走馬向關東孫賓(一作臏非乃趙妓事)遥見侍(一作)待郭解暗相通不受千金爵誰論萬里功將軍下天上虜騎入雲中烽火夜似月兵氣曉成虹橫行徇知己負羽遠從(一作征)戎龍旌昏朔霧鳥障卷胡風追奔瀚海咽戰罷陰山空歸來謝天子何如馬上翁

同前　盧(一作虞)羽客

幽并俠少年金絡控連錢竊符方救趙擊筑正懷燕輕生辭鳳闕揮袂上祁連陸離橫寶劍出沒鷙(一作驚)徂旃蒙輪恒顧敵超乘惣(一作忽)爭先摧枯逾百戰拓地遠三千骨都魂已散樓蘭首復傳龍城含苦(一作宿又作號)霧瀚海接(一作隔)遥天歌吹金微返振旅玉門旋烽火今已息非復照甘泉

同前　李白

紫騮黃金瞳稜稜搖綠騣(一作鬉)平明相馳逐結客洛門東少年學劍術陵轢白猿公珠袍曳錦帶匕首插吳鴻由來萬夫勇挾此生(一作英)雄風託交從劇孟買醉入新豐笑盡一盃酒殺人都市中羞道易水寒徒(一作從)令日貫虹燕丹事不立虛沒秦帝宮舞陽死灰人安可與成功

行行且遊獵篇(一作遊行且獵篇)　劉孝威

之罘講射所上林娛獵場選徒嬌楚客詔狩誇胡王罕車已戒道風烏復啓行佽飛具矰繳材官命蹶張高罝掩月兎勁矢射天狼蹠地不遑免(一作逸)排虛豈及翔日暮鈎陳轉風清鐃吹颺歸來宴平樂寧肯滯禽荒

同前　孟雲卿

少年多武力勇氣冠幽州何以縱心賞馬蹄春草頭遲遲平原上狐兎奔林丘猛火忽前逝俊鷹連下韝俯身逐南北輕捷固難儔所發無不中失之如我讐豈唯務馳騁猗爾暮田疇殘殺無不痛古來良有由

門有車馬客　何遜

門有車馬客言是故鄉來故鄉有書信縱橫印檢開開書看未極行客屢相識借問故鄉來潺湲淚不息上言離別久下言望應歸寸心將夜鵲相逐向南飛

同前　張正見

飛觀霞光起重門戒早(一作平旦)開北闕高輶至(一作箱過)東方遠

(一作連)騎來紅塵揚翠轂赭汗染龍媒梢鞭聊靜電接眼漸(一作軫暫)停雷桃花扶岸(一作夾院又作夾徑)聚流水傍池迴非關萬里客自是(一作有)六奇才琴和朝翟(一作雉)操酒泛夜光杯舞袖飄金谷歌聲繞鳳臺良時不再遇(一作可再)驂御欝相催安知太行道失路車輪摧

同前　虞世南

財雄(一作陳遵)重交結戚里(一作田蚡)擅豪華曲臺臨上路高軒(一作門)抵狹斜赭汗千金(一作里)馬繡軸(一作轂)五香車白鶴隨飛蓋朱鷺入鳴笳夏蓮開劒水春桃發綬花高談辨飛兎摛藻掴靈蛇(一作輕裾染回雲浮蟻泛流霞)逢恩出毛羽(一作借羽翼)失路委泥沙騕騕風煙晚路長歸騎遠日斜青瑣第塵飛金谷苑危

絃促柱奏巴渝遺簪墮珥解羅襦如何守直道翻使谷名愚

同前　李白

門有車馬賓(一作客)金鞍耀珠輪謂從雲(一作丹)霄落乃是故鄉親呼兒掃中堂坐客論悲辛對酒兩不飲停觴淚盈巾歎我萬里遊飄飄三十春空談霸王畧紫綬不掛身雄劔藏玉匣陰符生素塵廓落無所合流離湘水濱借問宗黨間多爲泉下人生苦百戰役死託萬鬼隣北風揚湖沙霾(一作埋)翳周與秦天運且如此蒼穹能匪仁惻愴憶(一作竟)何道存亡任天均(一作大鈞)

對酒　范雲

對酒心自足故人來共持方悅羅衿解誰念髮成絲徇性良爲達求名本自欺逮君當歌日及我傾罇時

同前　張正見

當歌對玉酒匡坐酌金壘竹葉三清泛葡萄百味開風移蘭氣入月逐桂香來獨有劉將阮忘情寄羽盃

同前　岑敬之

色映臨池竹香浮濫砌蘭舒文泛玉盌漾蟻溢金盤簫曲隨鸞易笳聲出塞難唯有將軍酒川上可除寒

同前　張率

對酒誠可樂此酒復芳醇如華良可賞(一作貴)似乳更堪(一作卄)珎何當留上客爲寄掌(一作壽屬)中人金罇清復滿玉盌(一作盌)

亟來親誰能共遲暮對酒及(一作惜)芳辰君歌尚未罷却坐避梁塵

對酒歌　范榮(樂府作庾信)

春水望桃花春洲籍芳杜琴隨(一作從)綠珠借酒就文君取牽牛(一作馬)向渭橋日曝山頭脯山簡接離倒王戎如意舞箏鳴金谷園笛韻平陽塢人生一百年歡笑唯三五何處覓錢刀求爲洛陽賈(音古)

對酒(春園作)　庾信

數盃還已醉春風(一作風雲)不復知唯有龍吟笛桓伊能獨吹

同前(春園作)　王勃

投簪下山閣携酒對河梁狹水牽長鏡高花送斷香繁鶯

歌似曲踈蝶舞成行自然催一醉非但閱年光

同前巴陵作　張説

留侯封萬户園令壽千金本爲成王業初由賦上林繁華一作榮安足恃霜露遍相尋鳥哭楚山外猿啼湘水陰憂中城闕近天畔海雲深空對忘憂酌酒一作離憂不去心

同前　崔國輔

行行日將夕荒村古塚無人跡蒙籠荊棘一鳥飛屢唱提壺沽酒喫古人不達酒不足遺恨精靈成傳一作此曲寄言世上一作當代諸少年平生湏盡杯中緑

同前下一作月下獨酌　李白

花前一作下一壺酒獨酌無相親舉杯邀明月對影成三人月既不解飲影徒隨我身暫伴月將影行樂湏及春我歌月徘徊我舞影凌亂醒時同交歡醉後各分散永結無情遊相期邈雲漢一作碧嵓畔

此詩一百五十二卷重出今已削去注異同爲一作

二一作月夜獨酌

天若不愛酒酒星不在天地若不愛酒地應無酒一作醴泉天地既愛酒愛酒不愧天已聞清比聖復道濁如賢聖賢既已飲何必求神仙三盃通大道一斗合自然但得醉中趣勿爲醒者傳

三此詩見二百七十卷

對酒示申屠學士　戴叔倫

三重江水萬重山山裏青春度日閑且向白雲求一醉莫教愁夢到鄉關

湘中對酒行　張謂

夜坐不厭湖上月晝遊不厭湖上山眼前一罇又長滿心中萬事如等閑主人有黍數百石濁醪數斗應不惜即今相逢不盡歡別後相思復何益茱萸灣頭歸路賒願公且宿黄公家風光若此人不醉參差孤負東園花

對酒曲　賈至

春來酒味濃舉酒對春叢一酌千憂散三盃萬事空放歌乘美景醉舞向春風寄語罇前客生涯任轉蓬

二

梅發柳依依黄鸝歷亂飛當歌憐景色對酒惜芳菲曲水浮花氣流風散舞衣通宵留暮雨上客莫言歸

對酒　王建

爲病比來渾斷絶因緣一作花不免却知聞從來樂事一作事闕身少坐領春風只在君

秋日對酒　武元衡

行年過始衰秋至獨先悲事往悸神魄感深滋涕洟百憂紛在慮一醉兀無思寶琴拂塵匣清韻一作音凝朱絲幽圃蕙蘭氣煙窻松桂姿我乏濟時略仗節撫坤維山川大兵後牢落空城池驚沙猶振野緑草生荒陂物變風雨順人懷天地慈春耕佚事一作秋戰戎馬去封陲波瀾暗超忽微雨

亦磷緇客有自嵩潁重徵棲隱期冊訣學仙晚白雲歸谷
遲君恩不可報霜露繞南枝

對酒　白居易

莫上青雲去青雲足愛憎自賢誇智慧相軋鬬功能魚爛
緑呑餌蛾燋爲撲燈不如飲美酒任性醉騰騰

同前　曹鄴

愛酒知是癖難與性相拾未必獨醒人便是不飲者晚歲
無此物何由住田野

錢塘對酒曲　陳陶

風天鴈悲西陵愁使君紅旗弄濤頭東海神魚騎未得江
天大笑閑悠悠嵯峨呉山莫誇碧河陽經年一宵白南州

彩鳳爲君生古獄愁蚱待恩澤三清羽童來何遲十二玉
樓蝴蝶飛炎荒翡翠九門去遼東白鶴舞歸期一作家歸鴟夷
公子休悲悄六鰲如鏡天始老罇前事去月團圓琥珀無
情憶蘇小

前有一罇酒雜言　張正見

前有一罇酒主人欲行壽今日合來坐者當令皆富且壽
欲令主人三萬歲終歲不知老爲吏當高遷賈市得萬倍
桑蠶當大得主人宜子孫

前有罇酒行　李白

東一作春風東一作忽非來忽相過金罇淥酒生微波落花紛紛稍
覺多美人欲醉朱顏酡青軒桃李有一作能幾何流光欺人
忽蹉跎君起舞日西一作將夕當年意氣不肯惜一作傾白髮
如絲竟一作白首垂絲嘆何益

二

琴奏龍門之緑桐玉壺美酒清若空催絃拂柱與君飲眼
白看杯顏色紅一作看朱成碧顏始紅胡姬貌如花當壚笑春風笑
春風舞羅衣君今不醉欲安歸

將進酒　梁昭明太子

洛陽輕薄子長安遊俠兒宜城溢璖椀中山浮羽巵

同前一作惜空酒　李白

君不見黃河之水天上來奔流到海不復迴君不見高堂
明鏡悲白髮朝如青雲一作絲暮成雪人生得意須盡歡莫

使金罇空對月天生我材必有用一作我身必有材千金散盡還
復來烹羊宰牛且爲樂會須一飲三百盃岑夫子丹丘生
將進酒杯一作君莫停與君歌一曲請君爲我傾耳聽鍾鼎
玉帛豈足貴一作鍾鼓饌玉不足貴但願長醉不復一作用醒古來賢
聖皆死盡一作聖賢皆寂寞惟有飲者留其名陳王昔一作日時宴
平樂斗酒十千恣歡謔主人何用一作爲言少錢徑須沽酒
一作取對君酌五花馬千金裘呼兒將出換美酒與爾同銷
萬古愁

此詩三百三十六卷重出今已削去

同前　陳陶

金樽莫倚青春健齷齪浮生如走電琴瑟盤傾從世珠黃

泥局瀉流年箭麻姑瓜禿瞳子昏東皇肉角生魚鱗靈鼇柱骨半枯朽驪龍德悔（二字疑）愁耕人周孔耆龜久淪没黄嵩（疑）誰謬賢愚骨兎苑詞才去不還蘭亭水石空明月姮（一作巫）娥羙簫香雨收江濵迸瑟魚龍愁靈芝九折楚蓮醉翾風一歎梁庭秋（一作塵愁）酥亞蠻觥奉君壽玉山三獻春紅透銀鴨金鵝言待誰隋家嶽瀆皇家有珊瑚座上凌香雲鳳臟龍炙猩猩脣芝蘭此日不傾倒南山白石皆賢人文康調笑麒麟起一曲飛龍壽天地

山人勸酒　李白

蒼蒼雲松落落綺皓春風爾來爲阿誰蝴蝶忽然滿芳草秀眉霜雪顔桃李（一作桃李貌）骨清髓綠（一作青髓綠髮）長美好稱是

秦時避世人勸酒相歡不知老各守麋鹿志恥隨龍虎爭歘起安太子漢皇乃復驚顧謂戚夫人彼翁羽翼成歸來商山下汎若雲無情舉觴酹巢由洗耳何太（一作獨）清浩歌望嵩嶽意氣遥相傾

相勸酒　李賀

羲和騁六轡晝夜（一作夕）不曾閑彈烏崦嵫石扶馬蟠桃鞭蓐收既斷翠柳青帝更（一作又）造紅蘭堯舜至今萬萬歲數子將爲傾蓋間青錢白璧買無端丈夫快志（一作意）方爲歡臛蠵臛熊何足言會須鍾飲北海箕踞南山歌淫淫管愔愔橫波好送（一作別）雕題金人生得意且如此何用強知元化心相勸酒終無醉伏願陛下鴻名絲（一作終）不歇子孫綿如石上葛東（一作宋）洛（一無此字）長安車轔轔中有梁冀舊宅石崇故園

勸酒　李敬方

不向花前醉花應解笑人只憂連夜雨又過一年春日日無窮事區區有限身若非盃酒裏何以寄天真

同前　聶夷中

白日無定影清江無定波人無百年壽百年復如何堂上陳美酒堂下列笙歌與君入醉鄉醉鄉樂天和歲歲松栢茂日日丘陵多君看終南山萬古青峩峩

二

灞上送行客聽唱行客歌適來橋下水已作渭川波人間

榮樂少四海別離多但恐別離淚自成呰水河勸爾一杯酒所贍無餘多

飲酒樂　前人

日月似有事一夜行一周草木猶須老人生得無愁一愁解百結再飲破百憂白髮欺貧賤不入醉人頭我願西江（集作東海）水盡向杯中流安得阮步兵同入醉鄉遊

文苑英華卷第一百九十五

文苑英華卷第一百九十六

樂府五

俠客行六首　西遊咸陽中一首

俠客控絶影一首　劉生九首

燕客行八首　鴈門太守歌四首

將軍行一首　戰城南十首

胡無人四首

俠客行　王筠

俠客趨名利劒氣坐相矜黄金塗鞘尾白玉飾鉤膺晨馳逸廣陌日暮還平陵舉鞭向趙李與君方代興

同前　王褒

京洛出名謳豪俠競交遊河南期一作朝四姓關西謁五侯鬭鷄横大道走馬出長秋桑陰徙一作徒將夕槐路轉淹留

同前　庾信

俠客重連鑣金鞍被桂條細塵障路起驚花亂眼飄酒醺人半醉汗濕馬全驕歸鞍畏日晚爭路上河橋

同前　陳良

洛陽春色麗遊俠騁輕肥水逐車輪轉塵隨馬足飛雲影遥臨蓋花氣近薰衣東郊鬭鷄罷南坡射雉歸日暮河橋上揚鞭惜晚暉

同前　李白

趙客縵胡纓吳鉤霜雪明銀鞍照白馬颯沓如流星十步殺一人千里不留行事了拂衣去深藏身與名閑過信陵飲脱劒膝邊横將炙啖朱亥持觴勸侯嬴三盃吐然諾五岳倒爲輕眼花耳熱後意氣素霓生救趙揮金鎚邯鄲先震驚千秋二壯士烜赫大梁城縱死俠骨香不慚世上英誰能書閣下白首太玄經

同前　崔國輔

玉劒膝前横金杯馬上傾朝遊茂陵道夜宿鳳凰城一作城豪俠多猜忌無勞問姓名

西遊咸陽中　陰鏗

上林春色滿咸陽遊俠多城斗疑連漢橋星像跨河影裏着飛蓋塵前聽遠珂還家何意晚無處不經過

俠客控絶影　楊縉

青門小苑物華新花開鳥哢會芳春仙掌曾臺浮麗日長楸横路起紅塵園中追尋桃李逕陌上逢迎遊俠人遊俠英名馳上國人馬意氣兩俱得白玉轆轤秋水劒青絲宛轉黄金勒復有魚目並龍文躡景追風本絶群影入吳門疑曳練形來西北似浮雲寄語幽并馳射客未肯推名持借君

劉生　梁元帝

任俠有劉生然諾重西京扶風好驚坐長安恒借名菊花連夜飲竹葉解朝酲結交李都尉遨遊佳麗城

同前　張正見

劉生絕名價豪俠恣遊陪金門四姓聚簫鼓（一作繡轂集作五香）五侯來塵飛瑪瑙勒酒映車渠盃別有追遊（集作隨）夜愁牕向月開

同前　柳莊

四坐驚稱字（一作坐驚稱字孟）豪雄道姓劉廣陌通朱邸大路起青樓要賢驛已置留客轄仍投光斜日下霧庭陰月上鉤

同前　江暉

五陵多美選六郡盡良家劉生代豪蕩標矩（一作舉）獨榮華寶劍長三尺金樽滿百花唯當重意氣何處有驕奢

同前　徐陵

劉生殊倜儻任俠遍京華戚里驚鳴筑平陽吹怨笳俗儒

排石氏新室是誰家高才被擯壓自古共憐嗟

同前　江總

劉生負意氣長嘯共徘徊高論明秋水命賞陟春臺千戈倜儻用筆硯縱橫才置驛無年限流俠四方來

同前　弘執恭

英名振關右雄氣逸江東遊俠五都內來去三秦中劍照七星影馬控千金驄縱橫方未息因茲定立武（一作功）

同前　楊炯

鄉家本六郡年長入三秦白璧酬知己黃金謝主人劍鋒生赤電馬足起紅塵日暮歌鍾發喧喧動四鄰

同前　盧照鄰

劉生氣不平抱劍欲專征報恩為豪俠死難在橫行翠羽裝劍鞘黃金飾馬鈴但令一顧重不怯百身輕

燕歌行　梁元帝

燕趙佳人本自多遼東少婦學春歌黃龍戍北花如錦玄菟城中月似娥如何此時別夫婿金羈翠眊往交河還聞入漢去燕營怨妾心中（一作愁心）百恨生漫漫悠悠天未曉遙遙夜夜聽嚴（一作寒）更自從異縣心同別偏恨同時成異節橫波滿臉萬行啼翠眉漸（一作暫）斂千重結並海連天合不開那宜（一作堪）春日上春臺唯見遠舟如落葉復看遙舸似行盃沙汀夜鶴嘯羈雌妾心無怨生別離翻嗟漢使音塵斷空傷賤妾燕南垂

同前　蕭子顯

風光遲暮出青蘋蘭條翠鳥發春鳴洛陽梨花白如雪河邊細草青如茵桐生井底葉交枝今看無端雙燕離五重飛（一作花）樓入河漢九華閣道暗清池遙看白馬津上吏傳道黃龍征戍兒明月金花徙（一作從）照妾浮雲玉葉君不知思君昔去柳依依至今八月避暑歸明珠蠶繭登勉機鬱金春藕特香衣洛陽城頭雞欲曙丞相府中烏未飛夜夢征人縫狐貉私憐織婦裁錦絡吳刀鄭錦結（句）寒閨夜被薄芳年海上水中鳧日暮寒夜空城雀（一作空城寒夜雀）

同前　王褒

初春麗景鶯欲嬌桃花流水沒河橋薔薇開花百里葉楊

楙覆池數（一作楊柳拂地散）千條隴西將軍號都護樓蘭校尉稱
嫖姚自惜別如春燕分經年一去無相親（一作相聞）不（一作無）復
漢地關山（一作長安）月唯有漠北薊城雲淮南鏡（一作桂）中明月
影流黃機上織成文充國軍行屢築營楊史討虜陷平城
下風不多能却陣沙中雪淺詎停兵屬國小婦猶年少羽
林輕騎數征行遥聞陌上採桑曲猶勝邊地胡笳聲向暮
使人泣還使（一作長望）閨中空竚立桃花落地杏花舒（一作桃花復地桃花舒）
桐生井底寒葉疎試為來看上林鴈應（一作必）有遥寄
隴頭書

同前　　庾信

代北雲氣晝昏昏千里飛蓬無復根寒鴈嗈嗈（一作丁丁又作一一）

度遼水桑葉紛紛落薊門晉陽山頭無箭竹踈勒城中乏
水源屬國征戍久離居陽關音信絕能踈願得魯連飛一
箭持寄思歸燕將書度遼本自有將軍寒風蕭蕭生水紋
妾驚甘泉足烽火君訝漁陽少（一作多）陣雲自從將軍出細
楙蕩子空牀難獨守盤龍明鏡餉秦嘉辟惡生香寄韓壽
春分燕來能幾日二月蠶眠不復久洛陽遊絲百丈連黃
河春氷千片穿桃花顏色好如（一作如好）馬榆莢新開巧似（一作似細）
錢蒲桃一杯千日醉無事九轉學神仙定取金丹作幾
服能令華表得千年

同前　　屈同

漁陽八月塞草腓征人相對併思歸雲和朔氣連天暗蓬

雜胡沙散野飛此時天地陰埃徧瀚海龍城皆血戰兩軍
鼓角暗相聞四面旌旗看不見昭君遠嫁已年多戎狄無
厭尚不和漢兵候月秋防塞胡騎乘氷夜渡河河塞東西
萬餘里地與京華不相似燕支山上少光輝黃砂磧下無
流水金戈玉劍十年征紅粉青樓多怨情厭得殊方久為
別秋來愁見搗衣聲

同前　　陶翰

請君留楚調聽我吟燕歌家在遼東頭邊風意氣多出身
為漢將正值戎未和雪中凌天山氷上渡交河大小百餘
戰封侯竟蹉跎歸來灞陵下故舊無相過雄劍委塵匣空
門垂雀羅玉簪還趙女寶瑟付齊娥昔日不為樂時哉今

柰何

同前　　高適

開元十六年客有從御史大夫張公出塞而還者作燕歌
行以示適感征戍之事而和焉
漢家煙塵在東北漢將辭家破殘賊男兒本自重橫行天
子非常賜顏色摐金伐鼓下榆關旌旆逶迤碣石間校尉
羽書飛瀚海單于獵火照狼山山川蕭條極邊土胡騎憑
陵雜風雨戰士軍前半死生美人帳下猶歌舞大漠窮秋
塞草衰（一作腓）孤城落日鬭兵稀身當恩遇恒輕敵力盡關
山未解圍鐵衣遠戍辛勤久玉筋應啼別離後少婦城南
欲斷腸行（一作征）人薊北空迴首邊風飄颻難可越（一作那可度）

絕域蒼茫無所（一作更何）有殺氣三時（一作日）作陣雲寒風（一作聲）
一夜傳刀斗相看白刃徒（一作血）紛紛死節從來豈顧勳君
不見沙場征戰苦至今猶憶李將軍

同前　賈至

國之重鎮惟幽都東威九夷北制胡五軍精卒三十萬百
戰百勝擒單于前臨滹沱阻易（一作後阻）水崇山沃野亘千里
昔時燕王重賢士黃金築臺從隗始倏忽興亡空（一作王定）薊
丘漢家又似封五（一作王）侯蕭條魏晉爲橫流鮮卑竊據朝
五州我唐區夏餘十紀軍容武備赫萬祀彤弓黃鉞授元
帥墾耕大漠爲內地季秋膠折邊草腓理兵羽獵因出師
千營萬隊連旌旗望天（一作之）如火忽電馳匈奴懾竄窮髮

北大荒萬里無塵飛君不見（一無此三字）隋家昔爲天下宰窮
兵黷武征遼海南風不競多死聲鼓卧旗折黃雲橫六軍
將士皆死盡戰馬空鞍奔故營時移道革天下平白環入
貢蒼海清自有農夫已高枕無勞校尉重橫行

鴈門太守歌二首　梁簡文帝

輕霜終夜下黃葉聣辭枝寒苦春難覺邊城秋易知風急
征旗斷塗長鎧馬疲少解孫吳法家本幽并兒非關買鴈
肉徒勞皇甫規

二

隴暮風恒急關寒霜自濃櫪馬夜方飼邊衣秋未重潛師
夜接戰略地曉催鋒悲笳動胡塞高旗出漢墉勤勞謝功
業青白報迎逢非頒主人賞寧期定遠封單于如未繫終
夜某前蹤

同前　褚朔

二月柳花合四月麥秋初幽州寒食罷鄭國採桑疎更聞
鴈門守（一作戍）結束事戎車去歲無霜雪今年有閏餘月如
弦上弩蝗類水中魚戎車攻日逐燕騎蕩康居大宛歸善
馬小月送降書寄語閨中妾勿怨寒牀虛

同前　李賀

黑雲壓城城欲摧甲光向日金鱗開角聲滿天秋色裏塞
上燕支凝夜紫半卷紅旗臨易水霜重鼓寒聲不起報君
黃金臺上意提攜玉環（一作擊）爲君死

將軍行　劉希夷

將軍闢轅門耿介當風立諸將欲言事逡巡不敢入劍氣
射雲天鼓聲破原隰黃塵塞路起走馬追兵急彎弓從此
去飛箭如雨集突圍一百重（一作里）斬首五千級代馬流血
死胡人抱鞍泣古來養甲兵有事常討襲乘我廟堂運坐
使干戈戢獻凱帝來勞（一作歸京都　一作歸帝京）軍容何翕習

戰城南四首　吳均

蹀躞青驪馬往戰城南畿五歷魚麗陣三入九重圍名慴
武安將血坐秦王衣爲君意氣重無功終不歸

二　吳均

前有濁酒罇憂思亂紛紛少年重意氣學劍不學文忽值

胡關靜匈奴遂兩分天山已半出龍城無片雲漢世平如此何用李將軍

三

陌上何喧喧匈奴圍塞垣黑雲藏趙樹黃塵埋隴根天子羽書勞將軍在玉門

四（此第四首而五卷有之題作古意今存于後而削此）

同前　張正見

薊北馳胡騎城南接短兵雲起（一作屯）兩陣合劍聚七星橫（一作明）旗交無後影角憤有餘聲戰罷披軍策還嗟李少卿

同前　楊炯

塞北途遼遠城南戰苦辛幡旗如鳥翼甲冑似魚鱗凍水寒傷馬悲風愁殺人寸心明白日千里暗黃塵

同前　盧照鄰

將軍出紫塞冒頓在烏貪笳喧鴈門北陣翼龍城南琱弓夜宛轉鉄騎曉參驔應須駐白日為戰待方酣

同前　李白

去年戰桑乾原（一作源）今年戰葱河道洗兵條支海上波放馬天山雪中草萬里長征戰三軍盡衰老匈奴以殺戮為耕作古來唯見白骨黃沙田秦家築城備胡處漢家還（一作猶）有烽火燃烽火燃不息長征（一作征戰）無已時野戰格鬬死敗（一作驚）馬嘶（一作號）鳴向天悲烏鳶啄人腸銜飛上挂枯樹枝士卒塗草莽將軍空爾為乃知兵者是凶器聖君（一作人）不得已而用之

同前

戰地何昏昏戰士如群蟻氣重日輪紅血染蓬蒿紫烏鳥銜人肉食悶飛不起昨日城上人今日城下鬼旗色如羅星鼙聲殊未已妾家夫與兒俱在鼙聲裏

同前　劉駕

城南征戰多城北無饑鴉白骨馬蹄下誰言皆有家城前水聲苦倏忽流萬古莫爭城外地城裏終（一作有）閑土

胡無人行　吳筠

劍頭利如芒恒持（一作特）照眼光鐵騎追驍虜金羈討黠羌高秋八九月胡地早風霜男兒不惜死破膽與君嘗

同前

十月繁霜下征人遠鑿空雲遥（一作旄）錦更節海照角端弓暗磧埋沙樹衝飈卷塞蓬方隨膜拜入歌舞玉門中

同前　李白

嚴風吹霜海草凋筋幹精堅胡馬驕漢家戰士三十萬將軍誰是霍嫖姚流星白羽腰間插劍花秋蓮光出匣天兵照雪下玉關虜箭如沙射金甲雲龍風虎畫（一作盡）交迴太白入月敵可摧敵可摧旄頭滅履胡之腸涉胡血懸胡青天上埋胡紫塞傍胡無人漢道昌陛下之壽三千霜但歌大風雲飛揚安用猛士兮（一無此字）守四方胡無人漢道昌（一無此六字）

同前

十萬羽林兒臨洮破郅支殺添胡地骨降足漢營旗塞闊
牛羊散兵休帳幕移空餘隴頭水嗚咽向人悲

文苑英華卷第一百九十六

文苑英華卷第一百九十七　詩四十七

樂府六

塞上曲二首

紅顏歲歲老金微沙磧年年卧鉄衣白草城中春不入黄
花戍上鴈長飛

二

孤城夕對戍樓閑廻合青冥萬仞山明鏡不須生白髮風
沙自解老紅顔

同前二首 一作塞下曲　李白

五月天山雪無花秖有寒笛中聞折柳春色未曾看曉戰
隨金鼓宵眠抱玉鞍願將腰下劒直爲斬樓蘭

二

烽火動沙漠連照甘泉雲漢皇按劒起還召李將軍兵一作
殺氣天上合威聲隴底聞横行負勇氣一戰靜妖氛

同前二首　王昌齡

秦時明月漢時關萬里長征人未還但使龍城飛將在不
教胡馬渡陰山

二

騮馬新跨白玉鞍戰罷沙場月色寒城頭鉄鼓聲猶振匣

裏金刀血未乾

同前　　薛奇童

驕虜初南下烟塵暗國中獨召李將軍夜開甘泉宮一身許明主萬里揔元戎霜中卧不煖半夜聞邊風明天早飛雪荒徼多轉蓬濕雲覆水重秋氣連海空金鞍誰家子上馬鳴角弓自是幽并客非論愛立功

同前　　高適

東出盧龍塞集作關浩然客思孤亭候列萬里漢兵猶備胡邊塵漲一作滿北溟虜騎一作塞馬正南驅轉鬬豈長策和親非遠圖惟昔李將軍按節出皇一作臨此都揔戎掃大漠一戰擒單于常懷感激心願效縱橫謨倚劒欲誰語關山集作河空鬱紆

同前　地遠仍親　　耿湋

慣習干戈事鞍馬初從少小在邊城身微久屬千夫長地遠仍親五郡兄懶說疆埸曾大獲且悲年鬢老長征塞鴻過盡殘陽裏樓上凄凄暮角聲

同前　　司空曙

寒柳接胡桑軍門向大荒幕營隨日睍兵氣長星芒橫吹催春酒重裘隔夜霜氷開不防虜青草滿遼陽

同前　　戎昱

慘慘寒日没北風卷蓬根將軍領疲兵却入古塞門迴首指陰山殺氣成黃雲

二

樓上晝角哀即知兵心苦試問左右人無言淚如雨何意休明時終年事鼙皷

集本有戎星塞上曲二首題目同而詩異今附于此

其一漢將歸來虜塞空旌旗初入玉關東高蹄戰馬三千疋落日平原秋草中其一胡風掠地透連山萬落孤城未下關山頭烽子齊聲叫知是將軍夜獵還

同前　　杜荀鶴

旌旗獵獵漢將軍閑出巡邊帝命新沙塞旋收饒帳幕犬戎時殺少煙塵氷河夜度一作渡偷來馬雪嶺晴分獵去人獨作書生疑不穩軟弓輕劒也隨身

同前　　張蠙

邊事多更變天心亦為憂胡兵來作寇漢將也封侯夜燒衝星赤寒塵翳日愁無門展微略空上望西樓

同前　　王貞白

歲歲但防虜西征早晚休匈奴不繫頸漢將但封侯夕照低烽火寒笳咽戍樓燕然山上字男兒見須羞

同前　　裴說

極目望空闊馬羸程又賒月生方見樹風定始無沙楚水辭魚窟燕山到鴈家如斯名利役爭不老天涯

同前　　常建

翩翩雲中使來問太平年百戰苦不歸刀頭怨明月寒雲

隨陣落寒日旁城沒城下有寡妻哀聲哭枯骨

塞下曲 李白

塞虜乘秋下天兵出漢家將軍分虎竹戰士泣（一作臥）龍沙邊月隨弓影胡霜拂劍花玉關殊未入少婦莫長嗟

同前三首 王昌齡

邊城（一作頭）何慘慘已整霍將軍士卒皆來弔燕南代北聞功門（一作勳）多被黜兵馬亦尋分更遣黃龍戍唯當哭塞雲

二

蟬鳴空桑麻八月蕭關道出塞入塞雲處處黃蘆草從來幽并客皆共塵沙老莫作遊俠人矜誇紫騮好

三

奉詔甘泉宮總徵天下兵朝廷備禮出郡國豫郊迎紛紛幾萬人去者無全生臣願節宮廐分以賜邊城

同前 陶翰（文粹作王季友）

進軍飛狐北窮寇勢變日落沙塵昏背河更一戰駿（一作騂）馬黃金勒琱弓白羽箭射殺左賢王歸奏未央殿欲言塞下事天子不召見東出咸陽門哀淚如霰綫（一作哀哀淚如霰）

同前 高適

結束浮雲駿翩翩出從戎且憑天子怒復倚將軍雄萬鼓雷殷地千旗火生風日輪駐霜戈月魄勤琱弓青海陣雲匝黑山兵氣中萬里不惜死一陣得成功畫圖麒麟閣入朝明光宮大笑向文士一經何足窮古人昧此道往往成

老翁

二

君不見芳樹枝春花落盡蜂不窺君不見梁上泥秋風始高燕不棲蕩子從軍事征戰蛾眉嬋娟守空閨獨宿自然堪下淚況復時聞烏夜啼

同前 郭士元

寶刀塞上兒身經百戰曾百勝壯心竟來嫖姚知白草山頭日初沒黃沙戍下悲歌發（一作城下歌聲發）蕭條夜靜邊風吹獨倚營門望秋月

同前 李益

蕃門（一作州）部落能結束朝馳暮獵南河曲（一作朝暮馳獵黃河曲）燕

聲一斷塞鴻飛牧馬群嘶邊草綠秦築長城城已摧漢武北上單于臺古來征戰虜不盡今日還復天兵來黃河東流流九折沙場埋恨何時絶蔡琰沒去造胡笳蘇武歸來持漢節爲報如今都護雄匈奴且莫下雲中請書塞北陰山石願比燕然車騎功

同前 張籍

秋塞雪初下將軍遠出師分營長記火放馬不收旗月冷邊帳濕沙昏夜探遲征人皆白首誰見滅胡時

同前 李賀

胡角引北風薊門白於水天含青海道城頭見千里（一作月）露下旗濛濛寒金鳴夜刻番甲鎖空蛇鱗馬嘶青塚白秋

靜見旄頭沙遠席羈愁帳北天應盡黃河（一作河聲）出塞流

同前　姚合

積露黃雲下凝寒鼓不鳴戰須㪅死地軍諦殺降兵印馬
秋遮虜燕沙夜築城舊鄉歸不得都尉負功名

同前　馬戴

旌旗倒北風霜霰逐南鴻夜救龍城急朝焚虜帳空骨銷
金鏃在鬢改玉關中却想羲軒代無人尚戰功

二

廣漠雲凝慘日斜飛霰生燒山搜猛獸伏道擊迴兵風折
旗竿曲沙埋樹杪平雲飛日一夕（集作黃雲飛旦夕）偏奏苦寒聲

同前　張喬

勒兵遼水邊風急捲旌先絕塞陰無草平沙去盡天下營
看斗建傳號信很煙聖代垂青史當書破虜年

同前　張祐

萬里配長征連年慣野營入群來揀馬拋伴去擒生箭插
雕翎闊弓盤鵲角輕問看行近遠西去受降城

同前　陳陶

邊頭能走馬猿臂李將軍射虎群胡伏開弓絕塞聞海山
諳向背攻守別風雲只爲坑降罪輕車未轉勳

二

望胡關下戰雜虜喪全師烏啄豺狼將沙埋日月旗牛羊
奔赤狄部落散燕耆都護凌晨出銘功瘞死屍

出塞　劉孝標

薊門秋氣清飛將出長城絕漠衝風急交河夜月明陷敵
撥金鼓摧鋒揚旆旌去去無窮極日暮動邊聲

同前　王褒

飛蓬似征客千里自長驅塞禽唯有鴈關樹但生榆背山
看故壘繫馬識餘蒲（始皇繁蒲繫馬在淄州名蒲臺）還因麾下騎來送月
支圖

同前　賓威

匈奴屢不平漢將欲縱橫看雲方結陣却月始連營潛軍
渡馬邑楊旆掩龍城會勒燕然石方傳車騎名

同前二首　楊素

漠南胡未空漢將復臨戎飛狐出塞北碣石指遼東冠軍
臨瀚海長平翼大風橫虎落陣氣抱龍城虹橫行萬里
外胡運百年窮兵寢星芒落戰解月輪空嚴鐎息夜斗騂
角罷鳴弓北風嘶朔馬胡霜切塞鴻休明大道暨幽荒日
用同方就長安邸來謁建章宮

二

漢虜未和親憂國不憂身握手河梁上窮涯北海濱據鞍
獨懷古忼慨感良臣歷覽多舊迹風日慘愁人荒塞窮千
里孤城絕四隣樹寒偏易古草衰恒不春交河明月夜陰
山苦霧辰鴈飛南入漢水流西咽秦風霜久行役河朔備
艱辛薄暮邊聲起空飛胡騎塵

同前二首　薛道衡

高秋白露團上將出長安塵沙塞下暗風月隴頭寒轉蓬隨馬足飛霜落劒端凝雲迷代郡流水凍桑乾烽微桔槔遠橋峻轆轤難從軍多惡少召募盡材官伏波一作堤時卧詖疑兵乍鮮鞍龍一作柳城擒月頓長坂納呼韓受降今更築燕然已重刊還嗟傳介子辛苦刺樓蘭

二

邊庭烽火驚插羽夜徵兵少昊騰金氣文昌動將星長驅鞮汗北直指夫人城絕漠三秋暮窮陰萬里生寒夜哀笳曲霜天斷鴈聲旌旗連下鹿一作連旗下鹿塞疊鼓向龍庭妖雲墜虜陣暈月造胡營左賢皆頓顙單于已繫纓䌷馬登玄闕鈎鯤臨北溟當知霍驃騎高第起西京

同前二首和楊素　虞世基

窮秋塞草腓塞外胡塵飛徵兵廣武至候騎陰山歸廟堂千里策將軍百戰威轅門臨玉帳大旆指金微摧朽無勍敵應變有先機銜枚壓曉陣卷甲解朝圍瀚海波瀾靜王庭氛霧晞鼓鼙嚴朔氣原野曠寒暉動蕭蕭邊塞歌吹入京畿待拜長安坂鳴騶入禮闈

二

上將三略遠元戎九命尊緬懷古人節思酬明主恩山西多勇氣塞北有遊魂楊抱度隴坂勒騎上平原誓將絕沙漠悠然去玉門輕齎不遑舍驚策騖戎軒凜凜邊風急蕭蕭征馬煩雪暗天山道氷塞交河、源霧烽黯無色霜旗凍不翻耿介倚長劒日落風塵昏

同前　楊炯

塞外欲紛紛雌雄猶未分明堂占氣色華蓋辨星文二月河魁將三千太一軍丈夫皆有志會是立功勳

同前　張柬之

俠客重恩光驄馬飾金裝瞥聞傳羽檄馳突救邊荒歙野山川動囂天旌旆揚吳鈎明似月楚劒利如霜電斷衝胡塞風飛出洛陽轉戰磨笄俗橫行載一作戴斗鄉手擒郅支長面縛谷蠡王將軍占太白少婦怨流黃驄裊青絲騎娉婷紅粉粧三春鶯度曲八月鴈成行誰堪坐愁思羅袂拂空床

同前　喬備

沙塲三萬里猛將五千兵旌斷氷溪戍笳吹鐵關城陰雲暮下雪寒日晝無晶直爲懷恩苦誰知邊塞情

同前　王之奐

黃沙直上白雲間一片孤城萬仞山羌笛何須怨楊柳春光不度玉門關

同前　王維

居延門外獵天驕白草連、山野火燒暮雲空磧時驅馬秋日平原好射鵰護羌校尉朝乘障破虜將軍夜渡遼玉靶角弓珠勒馬漢家將賜霍嫖姚駐一作驟

同前五首　　杜甫

戚戚去故里悠悠赴交河公行有程期亡命嬰禍羅君已富土境開邊一何多棄絶父母恩吞聲行負戈

二

出門日已遠不受徒旅欺骨肉恩豈斷男兒死無時走馬脱轡頭手中挑青絲捷下萬仞岡俯身試搴旗

三

迢迢萬餘里領我赴三軍軍中異苦樂主將寧盡聞隔河見胡騎倏忽數百群我始爲奴僕幾時樹功勳

四

挽弓當挽強用箭當用長射人先射馬擒寇先擒王殺人

亦有限列國自有疆苟能制侵凌豈在多殺傷

五

從軍十年餘能無分寸功衆人貴苟得欲語羞雷同中原有爭鬭况在狄與戎丈夫四方志安可辭固窮

同前三首一作後出塞　　前人

男兒生世間及壯當封侯戰伐有功業焉能守舊丘召募赴薊門軍動不可留千金買馬鞭一作鞍百金裝刀頭閭里送我行親戚擁道周班白居上列酒酣進庶羞少年別有贈含笑看吳鈎

二

古人重守邊今人重高勳豈知英雄主出師亘一作直長雲六合已有家四夷且孤軍遂使貔虎一作武士奮身勇所聞拔劒擊大荒日暮收胡群誓開玄冥北持以奉吾君

二

獻凱日繼踵兩蕃靜無虞漁陽豪俠地擊鼓吹笙竽雲帆轉遼海粳稻來東吳越羅與楚練照耀輿臺軀主將位益崇氣驕凌上都邊人不敢議議者死路衢

同前　　于鵠

行人朝走馬直走薊城傍薊城通漢北萬里別吳鄉海上一烽火沙中百戰場軍書發上郡春色度河陽裊裊漢宮柳青青胡地桑琵琶出塞曲横笛斷君腸

同前三首　　于鵠

微雲將出軍一作微雪將軍出吹笳天未明觀兵登古戍斬將對雙旌分陣瞻山勢潛軍制馬鳴如今新史上已有滅胡名

二

葱嶺秋塵起全一作收軍取月支山川引行陣蕃漢列旌旗轉戰疲兵少孤城外救遲邊人聖明代不見偃戈時

三

單于驕愛獵放火到軍城乘一作特月調新馬一作弩防秋置遠營空山朱戟影寒磧鐵衣聲逢着降胡説沙陰有伏兵

同前　　劉灣文粹作劉濟

將軍在重圍音信絶不通羽書如星流飛入甘泉宮倚是并州兒少年心膽雄一朝召募百戰爭王公去年桑乾

北今年桑乾東死是征人死功是將軍功汗馬牧秋月疲人臥霜風仍開左賢王更欲圍一作圖雲中

同前　劉駕

胡風不開花四氣多作雪北人尚凍死况我本南越古來犬羊地巡狩無遺轍九土耕不盡武皇猶戰伐一作征中天有高閣圖畫何時歇坐恐塞上山低於沙上一作中骨

塞上　鄭愔

荒壘三軍夕窮郊萬里平海陰凝獨樹月氣下連營戎旆霜凝重邊裘寒更輕將軍猶轉戰都尉不成名折柳悲春曲吹葭斷夜聲明年漢使返猶築受降城

入塞　王褒

戍久風塵色勲多意氣豪建章樓閣逈一作近一作廻長安陵樹高度冰傷馬骨經寒墜節毛行當見天子何假用錢刀

同前　王貞白

玉殿論兵事君王詔出征新除羽林將曾破月支兵慣歷塞垣險能分部落情從令一戰勝不使虜塵生

文苑英華卷第一百九十七

文苑英華卷第一百九十八　詩四十八首

樂府七

度關山七首　關山曲二首
關山月十七首　隴頭水十四首
隴頭吟三首　隴西行八首
出自薊北門行六首　擬塞外征行一首
苦戰行一首

度關山　梁簡文帝

關山遠可度遠度復難思直指遮歸道都護總前期力農爭地利轉戰逐天時材官蹶張皆命中弘農越騎盡搴旗搴旗遠不息驅虜何窮極很君一封難再覩關氏永去無

容色銳氣且橫行朱旗亂日精先屠光祿塞却破夫人城

同前　劉尊

凱歌歸舊還今日是功名一作凱歌還舊里非是衒功名

隴頭一作樹寒色落寒雲朝欲開谷深聲易響路狹騎難廻當知結綬去非是棄繻來行人思顧返道別且徘徊願度關山鶴勞歌立可哀

同前　王訓

邊庭多警急羽檄未曾閑從軍出隴坂騎一作驅馬度關山關山恒掩靄一作掩害高峯白雲外遥望秦川中一作水千里長如帶好勇自秦中意氣本一作多豪雄少年便習戰十四已從戎昔年從一作經上郡今歲出雲中遼水深難渡榆關斷

未通折衝陵絕域流蓬驚未息胡風朝夜起平沙不相識
兵法貴先聲軍中自有程逗留皆(一作難)贖罪先登盡一城
都護疲詔吏將軍擅發兵平虜疑縱火飛鴟畏犯營輜重
一爲鹵金刀何用盟誰人知出外(一作誰知出塞外)獨有漢飛名

同前

關山度曉月劍客還(一作遠)從征雲中出迴陣天外落奇兵
輪摧偃去節樹倒礙懸旌沙場折(一作楊)坂暗雲磧榆溪明
馬倦時銜草人疲屢看城寒(一作塞)隴胡笳澁空(一作寒)林漢
鼓鳴還嗟幽(一作聽鳴)咽水併切斷腸聲

同前　戴暠

昔聽隴頭吟平居已流涕今上關山望長安樹如薺千里

非鄉邑四海(一作姓爲)皆(一作百)兄弟軍中大體共(一作自)相褒其間
得意各爲曹傳陵輕俠皆無爲幽州重氣本多豪馬肥(一作嘶)
首蓿葉劍瑩鸊鵜膏初征心未息復值鴈飛入山頭看
月高(一作近)草上知風急笛揭(一作碣)曲難成笳繁響還澁武
帝信(一作初)承平東伐復南(一作西)征薊門海作塹榆塞冰爲
城催令四校出倚望三邊平箭箙朝來動刀環臨陣鳴將
軍一百戰都尉(一作護)五千兵且決雌雄眼前利誰道功名
身後事丈夫意氣本自然來時辭弟已聞天但令此心此
命在不交(一作持)烽火照甘泉

同前　李端

鴈塞日初晴飛狐(一作胡又作狐)關雪後(一作雪覆)平危闌(一作樓又作竿)緣

廣漢古賓傍長城旆(一作旌又作拂)劍金星出韣弓玉羽輕(一作彎弓孤鳴玉羽)
誰云(一作知)係虜者賈誼是書生

同前　王貞白

只領千餘騎長驅磧邑間雲州多警急雪夜度關山石響
鈴聲遠天寒弓力慳秦樓休悵望不日凱歌還

關山曲二首　馬戴

金鎖耀兜鍪黃雲拂紫騮叛羌旗下戮陷壁夜中收霜霰
戎衣月關河磧氣秋箭瘡殊未合更遣在(一作擊)蘭州

二

火發龍山北中宵易左賢勒兵臨漢水驚鴈散胡天水落
防河急軍孤受敵偏猶聞漢皇怒按劍待開邊

關山月　梁元帝

朝望青(一作清)波道夜上白登臺月中有(一作含)桂樹流景(一作影)
自徘徊寒沙逐風起春花向(一作犯)雪開夜長無與晤衣
單誰爲裁

同前　梁陸瓊

邊城與明月俱在關山頭焚烽望別壘擊斗宿危樓團團
婕妤扇纖纖秦女鉤鄉園誰共此愁人屢益愁

同前　張正見

巖開度月華流彩映山斜暈逐連城璧輪隨出塞車唐萁
遥合影秦桂遠分花欲驗盈虛駛(一作理)方知道路賒

同前二首　徐陵

關山三五月客子憶秦川思婦高樓上當窗應未眠星旗映疏勒雲陣上祁連戰氣今如此從軍復幾年

二

月出柳城東微雲掩復通蒼茫縈白暈蕭瑟帶長風羌兵燒上郡胡騎獵雲中將軍擁節起戰士夜鳴弓

同前　賀力牧

重關斂暮煙明月下秋前照石疑分鏡臨弓似共(一作引)弦雲(一作霧)暗迷旗影霜濃濕劍蓮此處離[illegible]客遥心萬里懸

同前　阮卓

關山陵漢開霜月正(一作自)徘徊映林如壁碎侵塞似輪摧楚師隨晦進胡兵逐煖來寒笳將夜鵲相亂晚聲哀

同前　王褒

關山夜月明(一作今夜月)愁(一作秋)色照孤(一作關)城半形(一作影虧)同漢陣全影(一作輪蒲)逐胡兵灰(一作天)寒光轉白風多暈欲生寄言亭上吏遊客解雞鳴

此詩一百五十卷重出今削去

同前　盧照陵

塞垣通碣石虜陣(一作障)抵祁連相思在萬里明月不長(一作正)孤懸影移金岫北光斷玉門前寄言閨(一作書謝)中婦愁(一作時)看鴻鴈天

同前　崔融

月出(一作生)西海上氣逐邊風壯萬里照(一作度)關山蒼茫非一狀漢兵開郡國胡馬窺亭障夜夜聞悲笳征人起南望

同前　李白

明月出天山蒼茫雲海間長風幾萬里吹度玉門關漢下白登道胡窺青海灣由來征戰地不見有人還戍客望邊色(一作邑)思歸多苦顏高樓當此夜歎息未應閑

同前　釋皎然

家家望秋月不及秋山望山心萬境長寂寞夜夜孤明我山上海人皆在(疑)生海東山人自謂出山中憂歡盧樂皆占月月本無心同不同自從有月山不改古人望盡今人在不知萬世今夜時孤月將誰更相待

同前　司空曙(見集本)

蒼茫明月上夜久光如積野幕冷胡霜關樓宿邊客隴頭秋露暗磧外寒沙白唯有故鄉人霑裳此聞笛

同前　李端

露濕月蒼蒼關頭榆葉黄廻輪照海遠分彩上樓長水凍頻移幕兵疲數望鄉只應城影外萬里共胡霜

同前　女郎鮑君徽

高高秋月明北照遼陽城塞迥光初滿風多暈更生征人望鄉思戰馬聞鼙驚朔風悲邊草胡沙昏虜營霜凝匣中劒風憊原上旌早晚謁金闕不聞刀斗聲

同前　陳陶

昔年嫖姚護羌月今照嫖姚雙鬢雪青冢曾無尺寸歸錦

書多一作曾寄窮荒骨百戰金瘡體沙磧鄉心一片懸秋碧
漢城應期一作漢帝應帝破鏡時胡塵萬里嬋娟隔度磧衝雲朔
風起邊笳欲晚生青珥隴上橫吹霜色刀一作色如刀何年斷
得匈奴臂
此詩一百五十二卷重出今已削去注異同爲一作

隴頭水　梁元帝
銜悲別隴頭關路漫悠悠故鄉迷遠近征人分去留沙飛
晚成幕海氣夜一作旦如樓欲識秦川處隴水向東流

同前　劉孝威
從軍戍隴頭隴水帶沙流時觀胡騎飲常爲漢國羞釁妻
成兩劒教子化雙鉤將頓樓蘭膝一作頓取樓蘭頸就鮮郅支裘

勿令如李牧功名遂不酬一作勿令如李廣功遂不封侯

同前　顧野王
隴頭望秦川迢遞隔風煙蕭條落野樹幽咽響流泉瀚海
波將息交河氷未堅寧知蓋山水逐節赴危絃

同前　謝燮
隴坂望咸陽征人慘思腸咽流喧斷岸遊沫聚飛梁鳧分
飲氷彩虹飲照旗光試聽鐃歌曲唯吟君馬黃

同前二首　張正見
隴頭鳴四注征人逐二師羌笛含一作含流咽胡笳雜水悲
湍高飛轉駛澗淺蕩還遲前旗去不見上路杳無期

二
隴頭流水急流急行難度遠入隗囂營傍侵酒泉路心交
賜寶刀小婦成紈袴欲知別家久戎衣今已故

同前　徐陵
別途聳千仞離川懸百丈攢荆夏一作下不通積雪冬一作終
難上枝交隴底暗石礙波前響迴首咸陽中唯言往時夢

同前二首　江總
隴頭萬里外天崖四面絕人將蓬共轉水與啼俱咽驚湍
自湧沸古樹多摧折傳聞博望侯辛苦持一作題漢節

二
霧暗川中日風驚隴上秋徒傷幽咽響不見東西流無期
從此別更度幾年幽遙聞玉關道望人杳悠悠

同前　車轂
隴頭征人別隴水流聲因只爲識君恩苦心從苦節雪凍
弓絃斷風鼓旗竿折獨有孤雄劒龍泉字不滅

同前　盧照鄰
隴坂高無極征人望故一作望鄉關河別去水沙塞斷歸腸
馬繫千年樹旗懸九月霜從來苦一作共鳴咽皆是爲勤王

同前　楊師道
隴頭秋月明隴水帶關城笳添離別曲風送斷腸聲映雪
峯猶暗乘氷馬屢驚霧中寒鴈至沙上轉蓬輕天山傳羽
檄漢地急徵兵陣開都護道劒聚伏波營於茲覺無度方
共濯胡纓

同前　沈佺期

隴山風落葉隴鴈淚寒天君見三秋水分爲兩地泉西流入羌郡東下向秦川征客方回首肝腸空自憐

同前　員半千

路出金河道山連玉塞門旌旗雲裏度楊柳曲中喧蹀血多壯膽衰草（凝作裏草）無怯魂嚴霜歛曙色大明辭朝暾塵銷營卒壘沙靜都尉垣霧卷白山出風吹黃葉翻將軍獻凱入萬里絶河源

隴頭吟　王維

長城少年遊俠客夜上戍樓看太白隴頭明月迥臨關隴上行人夜吹笛關西老將不勝愁駐馬聽之雙淚流身經

大小百餘戰麾下偏裨萬戶侯蘇武纔爲典屬國節旄空盡（一作悉）落海西（一作南）頭

同前二首　釋皎然

隴西心欲絶隴水不堪聞碎影搖槍壘寒聲咽幔軍素從鹽海積綠帶柳城分日落天邊望透迤入塞雲

二

秦隴逼氐羌征人去未央如何幽咽水併欲斷君腸西注悲窮漠東分憶故鄉旅魂聲攪亂無夢到咸（一作遼）陽

隴西行三首　梁簡文帝

隴西四戰地羽檄歲時聞護羌擁漢節校尉立功勳石門留鐵騎氷城息（一作悉）夜軍洗兵逢驟雨送陣出黃雲沙長無止泊水脉屢縈分當思勒漢鼎（一作勒鼎彝一作勒彝鼎）無用想羅裙

二

悠悠懸旆旌如何隴西行減竈驅前馬銜枚進後軍（一作兵）沙飛朝似暮（一作幕）雲起夜疑明（一作城）廻山時阻路絶水亟（一作極）稽程往年郅支服今歲單于平方歡凱樂盛飛蓋蒲西京

三

仲（一作邊）秋胡馬肥雲（一作雪）中驚寇入勇氣特（一作時）無侶輕兵救邊急沙平不見虜嶂轉（一作險）還相及出塞豈成歌經川未遑汲烏孫塗更阻康居路猶澁月暈抱龍城星眉照

馬邑長安路遠書不還寧知征人獨（一作空）佇立

同前　庾肩吾

借問隴西行何當驅馬征草合迷前路雲濃暗後城寄語幽閨妾羅袖勿空縈

同前四首　陳陶

漢主東封報太平無人金闕議邊兵縱饒奪得林胡塞磧地桑麻種不生

一

誓掃匈奴不顧身五千貂錦喪胡塵可憐無定河邊骨猶是春閨夢裏人

三

隴戍三看塞草青樓煩新替護羌兵同來死者傷離別一夜孤魂哭舊營

四

黠虜生擒未有涯黑山營陣識龍蛇自從貴主和親後一半胡風似漢家

出自薊北門行　徐陵

薊北聊長望黃昏心獨愁燕然(一作山)對古刹代郡隱(一作倚)城樓屢戰橋恒斷長氷塹不流天雲如地陣漢月帶胡秋乞(一作請 一作漬)土泥函谷挼繩縛凉州平生燕頷相會自去(一作)得封侯

同前　庾信

虜陣橫北荒胡星耀精芒羽書速驚電烽火晝連光虎竹投(一作救)邊急戎車森已行明主不安席按劍心飛揚推轂出猛將連旗登戰場兵威衝絕漠殺氣凌穹蒼列卒(一作陣)赤山下開營紫塞傍孟冬風沙緊旌旆(一作旗 一作旆)颯凋傷晝角悲海月征衣卷天霜揮刃斬樓蘭彎弓射賢王單于未(一作一)平蕩種落已奔亡收功報天子歌舞歸咸陽

同前　李希仲

旄頭有精芒胡騎獵秋草羽檄南渡河邊庭用兵早漢家愛征戰宿將今已老辛苦羽林兒從戎榆關道一身救邊庭(一作速)烽火連薊門前軍鳥沒退斷(一作飛斷)格鬬塵沙昏寒日鼓聲急單于夜將奔當須徇忠義身死報國恩

同前　曹鄴

長河凍如石征人夜中戍但恐筋力盡敢憚將軍遇古來死未歇白骨礙官路豈無一有功可以高其墓親戚牽衣泣悲號自相顧死者雖無言那堪生者悟不如無手足得見齒髮暮乃知七尺軀却是速死具

同前　王貞白

薊北連極塞塞色晝冥冥戰地骸骨蒲長時風雨腥沙河留(一作流)不定春草凍難青萬戶封侯者何謀靜虜庭

擬塞外征行

冠騎蒲雞田都護欲臨邊青泥方絕漠懷劍始辭燕旌旗挂龍虎壯士募鷹鸇長城威十萬高嶺奮三千行行向馬

邑去去指祁連鼓聲逹赤塞兵氣遠衝天對陣雲初上臨城月始懸風驚烽易滅沙暗馬難前恩重恒思報勞心(疑作心勞)屢損年微功一可立身輕不自憐

苦戰行　杜甫

苦戰身死馬將軍自云伏波之子孫干戈未定失壯士使我歎恨傷精魂去年南行(一作江南)討徑賊臨江把臂難再得別時孤雲今不飛時獨看雲淚橫臆

文苑英華卷第一百九十八

文苑英華卷第一百九十九　詩四十九

樂府八

從軍行四十三首　古悔從軍行一首
從軍有苦樂行一首　軍中行一首

從軍行二首　梁簡文帝

雲中亭嶂(一作障)羽檄驚甘泉烽火夜深(一作通夜)明二師將軍
新築營嫖姚校尉初出征復有山西將絶世受(一作愛)雄名
三門應遁甲五壘學神兵白雲隨陣(一作旆)色蒼山答鼓聲
先平小月障却㓕大宛城善馬還長樂黄金付水衡小婦
趙人能鼓瑟侍婢初笄鮮鄭聲迤邐觀鵝翼參差覩鴈行
庭前桞花(一作桃花又作柳絮)飛欲合必應紅粧起見(一作來起)迎

二
貳師惜善馬樓蘭貪愛財前年平(一作出)右地今歲討輪臺
魚雲望旗聚龍沙隨陣開冰城朝浴鐵地道夜銜枚將軍
號令密天子璽書催何時反舊里遥見下機來

同前　梁元帝

寶劍飾龍烟長虹畫彩旃山虚和鐃管水静瀉樓船連雞
隨火度燧象帶烽然洞庭晚風急瀟湘夜月圓荀令多文
藻臨戎賦雅篇

同前　蕭子雲(一作顯)

左角名王侵漢邊輕薄冢子(一作良家)惡少年縱横向沮澤凌
厲取沙田黄塵不見景飛蓬恒蒲天邀功封浞野竊寵拜
(一作却)祁連春風春月將進酒妖姬舞女亂君前

同前　劉孝儀

冠軍親俠射長平自觧(一作谷)圍木落雕弓燥氣秋征馬肥
賢王皆屈膝幕府復申威何爲從軍樂往還速如飛

同前　沈約

惜哉征夫子憂恨良獨多浮天出鯷海束馬渡交河雪縈
九折嶝風卷萬里波維舟無夕島秣驥乏年莎凌濤富驚
沫援木闕垂蘿江飈鳴疊嶼流雲照層阿玄埃晦朔馬白
日照吳戈寢興動征怨寤寐起還歌晨裝豈輟驚夕疊詎
淹和苦哉遠征人悲矣將如何　風卷(集作風堅)夕疊(一作夕壘)

同前　戴暠(樂府作吳筠)

長安夜刺閨(夜警投刺於門下)胡騎犯(一作白)銅鍉詔書發隴右召
募取關西劒懸三尺鞘鎧累七重犀督軍鳴戰鼓逴夜數
更鞞侵星向桺塞際暗入榆溪秦涇含藥鴆晉火逐飛雞
逼泉開(一作通)地道望敵竪雲梯陰山日不暮(一作著)長城風
自凄弓寒折錦鞬(七入反字林云雜錦鞬以被弓)馬凍滑斜蹄燕旗竿
上脆羌吹(一作笛)管中嘶登山成(一作試)下趙憑軾且平齊當
令函谷上唯用一丸泥

同前二首　張正見

胡兵屯薊北漢將起山西故人輕百戰聊欲定三齊風前
噴畫角雲上舞飛梯鴈塞秋聲遠龍沙雲路迷燕然自可
勒函谷詎須泥

二

將軍定朔邊刁斗出祁連高柳橫絶塞長榆接遠天井泉
含凍碣烽火照山燃欲知客心斷危旌萬里懸

同前二首　王褒

兵書久閑習征戰數曾經講戎平樂觀學戲一作覽歔羽林亭
西征度疏勒東驅出井陘牧馬濱長渭營軍毒上涇平雲
如陣色半月類城形羽書封信璽詔使動流星對岸流沙
白緣河柳色青將幕恒臨斗旌門常背刑勳封瀚海石功
勒燕然銘兵勢因麾下軍圖送掖庭誰憐下玉筋向幕捲
金屏

二

黃河流水急驄馬送征人谷望河陽縣橋渡小平津惡少
年一作多遊俠結客好輕身代風愁櫪馬胡霜宜角筋羽書
勞警急邊鞍倦苦辛康居因漢使盧龍有一作稱魏臣荒戍
唯看柳邊城不識春男兒重意氣無為羞賤貧

同前　庾信

河圖論陣氣金匱辨星文地中聞鼓角天上下將軍函犀
恒七屬絡鐵本千群飛梯聊度絳合弩暫凌汾逐陣先中
斷妖營即兩分連烽對嶺度嘶馬隔河聞箭飛如疾雨城
崩似壞雲英王於此戰何用武安君

同前　周趙王

遼東烽火照井泉薊北庭障接燕然水凍菖蒲未生節關
塞榆莢一作葉不成錢

同前　盧思道

朔方烽火照井泉長安飛將出祁連犀渠玉劍良家子白
馬金羈一作鞍俠少年平明偃月屯右地薄暮魚麗逐左賢
谷中石虎經啣箭山上金人曾祭天天涯一去無窮已薊
門迢遞三千里朝見馬嶺黃沙合夕望龍城陣雲起庭中
奇樹已堪攀塞外征人殊未還白雪初下天山外浮雲直
上一作向五原闕一作閤關山萬里不可越誰能坐對芳菲月
流水本自斷人腸堅冰舊來傷馬骨邊庭節物與華異冬
霰秋霜春不歇長風蕭蕭度水來歸鴈連連映天沒從軍
行從軍萬里出龍庭單于渭橋今已拜將軍何處覓功名

同前　明餘慶

三邊烽亂警十里且橫行風卷常山陣笳喧細柳營劍花
寒不落弓月曉逾明會取淮南地持一作特作朔方城

同前三首　虞世南

塗山烽候警弭節度龍城冀馬樓蘭將燕犀上谷兵劍寒
花不落弓曉月逾明凜凜嚴霜節氷壯黃河絶蔽日卷征
蓬浮天散飛雪全兵值月蒲精騎乘膠折結髮早驅馳辛
苦事旌一作旄麾馬凍重關冷輪摧九折危獨有山西將年
年屬數奇

二

熢一作烽火發金微連營出武威孤城寒雪起絶陣虜塵飛

俠客吸龍劒惡少縵胡衣朝摩骨都壘夜解谷蠡園蕭關
遠無極蒲海廣難依沙鹽離旌斷晴川候馬歸交河梁已
畢燕山旆欲飛（一作旆）方知萬里相候服見（一作有）光輝

同前　楊炯

烽火照西京心中自不平牙璋辭鳳闕鐵騎遶龍城雪暗
凋旗畫風多雜鼓聲寧爲百夫長勝作一書生

同前　駱賓王

平生一顧重（一作念）意氣溢三軍野日分戈影天星合劒文
弓弦抱漢月馬足踐胡塵不求生入塞唯留死報君

同前（西征軍行遇風）　崔融

北風卷塵沙左右不相識颯颯吹萬里昏昏同一色馬煩

莫敢進人息未遑食草木春更悲天景晝相匿夙齡慕忠
勇雅尚存孤直覽史懷浸驕讀詩歎孔棘及茲戎旅地忝
從書記職兵氣騰百荒軍聲動四極坐覺威靈遠行看氛
祲息愚臣何以料倚馬申微力

同前　前人

穹廬雜種亂金方武將神兵下玉堂天子旌旗過細柳匈
奴運數盡枯楊關頭落月橫西夜塞下凝雲斷地荒漢漠
邊塵飛衆鳥昏昏朔氣聚群羊依稀蜀杖迷新竹髣髴胡
麻識故桑臨海舊來聞驃騎尋河本自有中郎坐看戰壁
爲平土近侍軍營作破羌

同前　喬知之

南庭結白露北風掃黃葉此時鳴鴈來驚鳴催思妾曲房
理針線平砧擣文練鴛綺裁易成龍鄉信難見窈窕九重
閨寂寞十年啼紗窗白雲宿羅幌月光棲雲月曉微微愁
思流黃機玉霜凍珠履金吹薄羅衣漢家已得地君去將
何事宛轉結蠶書寂寥無鴈使平生荷恩信本爲容華進
況復落紅顏蟬聲催綠鬢

同前　劉希夷

秋天風颯颯（一作秋風來瑟瑟）群胡馬行疾嚴城晝不開伏兵暗
相失天子廟堂拜將軍玄門出紛紛晉（一作洛）陽道（一作伊洛間）
戎馬幾萬疋軍門壓黃河兵氣衝白日平生懷伏劒慷慨
即投筆南登漢月孤北走代（一作燕）雲密近取韓彭計早知

孫吳術丈夫清萬里誰能掃一室

同前　王寵

兒生三日掌上珠鸞頷猿肱穠李膚十五學劒北擊胡羌
歌燕筑送城隅城隅路接伊川驛河陽渡頭邯鄲陌可憐
少年把手時黃鳥雙飛（一作雙雙）梨花白秦皇築城三千里西
自臨洮東遼水山邊疊疊（一作壘壘）黑雲飛海畔莓莓青草死
從來戰鬪不求勳殺身爲君君不聞鳳凰樓上吹急管落
日徘徊腸先斷

同前　賀朝清

朔風乘月寇邊城軍書插羽刺（一作馳）中京天子金壇拜飛
將單于玉塞振佳兵騎射先鳴推任俠龍韜決勝佇時英

聞有河書客惜惜理帷峦常山啓覇圖泥水先天策銜珠
浴鐵向桑乾疊旗膏劒指烏丸鳴雞已報關山曉來鴈遙
傳沙塞寒直爲廿心從苦節隴頭流水長嗚咽邊樹蕭蕭
不覺春天山漠漠長飛雪魚麗陣接雲塞平鴈翼營通海
月明始看晉幕飛鵝入旋聞齊壘鳴烏（一作鳥）聲自從一戍
燕支山春光幾度晉陽關金河未轉青絲騎玉筯應啼紅
粉顏鳴歸燕相續池邊芳未緑已見氛（一作氣）清細栁營莫
更春歌落梅曲烽沉竈減靜邊亭海晏山空肅已寧行望
鳳京旋凱捷重來麟閣畫冊青

同前　王維

吹角動行人喧喧行人起笳應（一作悲）馬嘶亂爭渡金河水

日暮沙漠垂力戰（一作戰聲）煙塵裏盡繫番王頸歸來報天子

同前　李昂

漢家未得燕支山征戍年年沙朔間塞下長駐流血馬雲
中恒聞（一作閑）玉門關陰山瀚海千萬里此日桑河凍流水
稽洛山邊胡騎來漁陽戍裏烽煙起長途羽檄何相望天
子按劒思北方羽林練士拭金甲將軍校戰出玉堂幽凌
異域風煙改亭嶂連連古今在夜聞鳴鴈南渡河曉望旌
旗北臨海塞沙飛淅瀝遙裔連窮蹟玄漠雲平初合陣西
山月出聞鳴鏑城南百戰多辛苦路傍死卧黄沙人戎衣
不脫隨霜雪汗馬趑趄長被鉄楊葉樓中不寄書蓮花劒
上空流血匈奴未滅不言家駐逐行行邊徼賒歸心海外

見明月別思天邊夢落花落花迴望何悠悠芳樹無來渡
隴頭春雲不變陽關雪桑葉先知胡地秋田疇不賣盧龍
策竇憲思勒燕然石麾兵静北垂日然交河湄欲令塞上
無干戚會待單于繫頸時

同前　崔國輔

塞北胡霜下營州索兵救夜間（一作夜夜）偷道行將軍馬亦瘦
刀光照塞月陣色明如畫傳聞賊滿山已共前鋒鬭

同前　王昌齡

關城榆葉早疎黄日暮雲沙古戰場表請迴軍掩塵骨莫
教兵士哭龍荒

同前四首　劉長卿

迴看虜騎合城下漢兵稀白刃兩相向黄雲愁不飛手中
無尺鉄徒欲穿（一作突）長圍

二

草枯秋塞上望見漁陽郭胡馬嘶一聲漢兵淚雙落誰爲
吮癰者此事令人薄

三

目極鴈門道青青邊草春一身事征戰疋馬同苦辛（一作辛勤）
末路成白首功歸天下人

四

黄沙一萬里白首無人憐報國劒已折歸鄉身幸全單于
古臺下邊色寒蒼然

同前三首　李約

看圖閑教陣，畫地静論邊。烏壘天西戍，鷹姿塞上川。路長唯筭月（一作須筭日），書遠每題年。無復生還望，翻思未別前。

二

柵壕（一作高）三面鬬，箭盡舉烽頻。營栁和煙暮，關榆帶雪春。邊城多老將，磧路少歸人。殺盡金（一作點盡三）河卒，年年添塞塵。

三

候火起雕（與鵰同）城，塵沙擁戰聲。遊軍藏漢幟，降騎說蕃情。霜落滹沱（一作滹池）淺，秋深太白明。嫖姚方虎視，不覺說（一作請）添兵。

同前　杜頠

秋草馬蹄輕，角弓持弦急。去爲龍城候，正值胡兵襲。軍氣橫大荒，戰酣日將入。長風金鼓動，白露（一作霧）鐵衣濕。四起愁邊聲，南轅時佇立。斷蓬孤自轉，寒鴈飛相及。萬里雲沙漲，平川路（一作平路）氷霰澁。夜聞漢使歸，獨向刀環泣。

同前　盧綸

二十在邊城，軍中得勇名。卷旗爭（集作收）敗馬，占（一作斷）磧雝（集作擁）殘兵。覆陣烏鳶起，燒山草木鳴（集作明）。塞閑思遠獵，師老厭分營。雪嶺無人跡，氷河足（集作有）鴈聲。李陵甘此沒，惆悵漢公卿。

同前　釋皎然

候騎出紛紛，元戎霍冠軍。漢鞞秋聒地，羌火晝燒雲。一里戍（一作萬里戍）城合，三邊羽檄分。烏孫驅不（一作未）盡，肯顧遼陽勳。

同前三首　姚合

朝朝十指痛，唯署點兵符。貧賤依前在，顛狂一半無。身慙山友棄，膽賴酒杯扶。誰道從軍樂，春來鑷白鬚。

二

每日尋兵籍，經年（集作時）別酒徒。眼疼長不校，肺病且還無。僮僕驚衣窄，親情覺語麄。幾時得歸去，依舊作山夫。

三

濫得進士名，才用苦不長。性僻藝亦獨，十年作詩（引）章。

六義雖粗成，名字猶未揚。將軍俯招引，遺脫儒衣裳。常恐虛受恩，不慣（一作能）把刀鎗。又無遠籌畧，坐使虜威亡。昨來發兵師，各各赴戰塲。顧我同老弱，不得隨戎行。丈夫生世間，職分貴所當。從軍不出門，豈異病在牀。誰不戀其家，其家無風霜。鷹鶻念搏擊，豈貴食蒲膓。

同前　從軍（集作從事）　王貞白

從軍朔方久，未省用干戈。秪以恩信及，自然戎虜和。邊聲動白草，燒色入枯河。每度因看獵，令人勇氣多。

古悔從軍行　前人

憶昔仗孤劒，十年從軍威。論兵親玉帳，逐虜過金微。隴水秋先凍，關雲漢（一作塞）不飛。辛懃功業在，麟閣志猶（集作多）違。

從軍有苦樂行　李益

勞者且莫(一作勿)歌我欲歌(一作送)送(一作遂)君觴行(一作從)軍有苦樂此曲樂未央僕居在(一作本居又作本起)隴上隴水斷人腸東過秦宮路宮路入咸陽時逢漢帝出諫獵至長楊詎馳遊俠窟非結少年塲一旦承嘉惠輕身(一作命)重恩光秉筆參帷帟從軍至朔方邊馬(一作地)多陰風草木自凄凉斷絶西海(一作海雲)去出沒胡沙長參差引鴈翼隱轔騰軍裝劒文夜如水馬汗凉(一作凍)成霜使(一作欲)氣五都少矜功六郡良山河起目前睚眦死路傍北逐驅(一作傌)種(一作傌)厲西臨復舊疆昔還賦餘資今出乃贏粮一矢弢(一作弢)夏服我弓不再張寄語丈夫雄苦樂身自當

文苑英華卷第一百九十九

文苑英華卷第二百　詩五十

樂府九

行路難三十一首　蜀道難五首

行路難四首　吳筠

洞庭水上一株桐經霜觸浪困嚴風昔時抽心曜白日今旦卧死黄沙中洛陽名士見咨嗟一剪一刻作琵琶白璧規心學明月珊瑚映面作風花帝王見賞不見忘提携把握登建章掩抑摧藏張女彈殷勲促柱楚明光年年月月對君王(一作子)遥遥夜夜宿未央綵女宮娥(一作未央彩女)棄鳴篪争見(一作先)拂拭争光儀茱萸錦衣玉作匣安念昔日枯樹枝不學衡山南嶺桂至今千載猶未知(一作栽生)

二

青瑣門外安石榴連枝接葉夾御溝金墉城裏(一作西)合歡樹垂條照彩拂鳳樓遊俠少年遊上路傾心顛倒相戀慕摩頂至足買片言開胸瀝膽取一顧自言家在趙邯鄲翩翩古杪復劒端青驪白駮的盧馬金羈緑鞍紫絲鞶蹀蹀横行不肯進夜夜汗血至長安長安城中諸賢(一作貴)臣争貴文士(一作儒者)席上珍復聞梁王好學問輕棄劒客如埃塵吾丘壽王始得意司馬相如適被申大才大辯尚如此何况我輩輕薄人

三

君不見西陵田縱横十字成陌阡君不見東郊道荒凉蕪

没起寒煙盡是昔日帝王處歌姬舞女達天曙今日翩翩一作翩妍少年子不知華盛落前去吐心吐意一作氣許他人今且一作且迴惑生猶豫山中桂樹自有枝心中方寸自相知何言歲月忽相一作若馳君之意念一作情意與我離還君玉蠢一作玳瑁今雀釵不忍見此使一作便心危

四

君不見上林苑中客氷羅霧縠象牙席盡是得意忘言者探腸見膽無所惜白酒甜鹽甘如乳綠觴皎鏡華如碧少年持名不肯嘗安知白駒如過隙博山鑪中百和香鬱金蘇合及都梁逶迤好氣佳容貌經過青瑣歷紫房已入中山馮后帳復上皇帝班姬床班姬失寵顏不開奉箒供養長信臺日暮耿耿不能寐秋風切切四面來玉階行路生細草金爐香炭變成灰得意失意須臾頃非君方寸逆所裁

同前　王鈞

千門皆閉夜何央百憂俱集斷人腸探揣箱中取刀尺拂拭機上斷流黃情人逐情雖可恨復畏道遠一作傷畏邊遠之衣裳已縕一重催衣縷復擣百和裛衣香猶憶去時腰大小不知今日身短長裲襠雙心共一袜帕複兩邊作八撮襻帶雖安不忍縏一作縫開孔裁穿猶未達胷前却月兩相連本照君心不照天願君分明得此意勿復流蕩不如先含悲含怨判不死封情忍思待明年

同前二首　費昶

君不見長安客舍門倡家小女名桃根貧窮夜紡無燈燭何言一朝奉至尊至尊離宮百餘處千門萬戶不知曙唯聞啞啞城上烏玉欄金井牽轆轤丹梁翠柱飛流蘇香薪桂火炊雕胡當年翻覆無常定薄命為女心已麄一作必已麄一作何必麄

此篇英華作吳鈞而二樂府別添第二首却以此篇為費昶今從之

二

君不見人生百年如流電心中㙵壈君不見我昔初入椒房時詎減班姬與飛燕朝踏一作踰金梯上鳳樓暮入一作下瓊鈎息鸞殿柏臺晝夜香錦帳自飄颺笙歌櫜下曲一作膝上吹琵琶陌上桑過叨一作蒙恩所賜餘光曲沾被既逢陰后不自專復值程姬有所避黃河千年始一清微軀再逢永無義一作議蛾眉偃月徒自妍賦粉施朱欲誰為不如天泉一作淵水中鳧一作鳥雙去雙歸長比翅

同前　盧照隣

君不見長安城北渭橋邊枯木橫槎卧古田昔日含紅復含紫長時留霧亦留煙春景春風花似雪香車玉轝恒闐咽若箇遊童一作人不競攀若箇倡家不來折倡家寶袜蛟龍帔公子銀鞍千萬騎黃鸝一一向花嬌一作黃鶯一向青鳥一作兩兩三三將子戲千尺長條百尺枝月桂星一作丹桂青榆相蔽

鸮珊瑚葉上鴛鴦鳥鳳凰巢裏鵷鶵兒巢傾枝折飛鳳一作鳳歸去條枯葉落任風一作任風吹一朝顛頓一作零落無人問萬古摧殘君詎知人生貴賤無終始倏忽須臾難久恃誰家能駐西山日誰家能堰東流水漢家陵樹蒲秦川行來行去盡哀憐自昔公卿二千石咸擬榮華一萬年不見朱脣將玉白一作貌唯聞青一作素棘與黃泉金貂有時換美一作須換酒玉塵但搖莫計錢寄言坐客神仙署一生一死交情處蒼龍闕下君不晉一作來白鶴山頭一作前我應去雲間海山一作上邈難期赤心會合在何時但願堯年一百萬長作巢由也不辭

同前一作從軍中行路難二首　駱賓王

君不見封狐雄虺自成羣憑深負固結妖氛玉璽分兵微惡少金壇授律勸一作受律動將軍將軍擁旄宣廟略戰士橫戈一作行靜夷落長驅一息背銅梁直指三危踰一作危登又作巴踰劒閣閣道巖巖起一作迢遞上戍樓劍門遥裔俯靈丘仰關九折無平路江水雙源有急流征役無期返他鄉年歲一作歲華晚杳杳丘陵出蒼蒼林薄遠途危紫蓋峯路澁青泥坂去去指哀牢行行入不毛絕壁千重險連山四望高中外分區寓夷夏殊風土交趾枕南荒昆彌臨北戶川原饒毒霧谿谷多淫雨行潦四時流崩查千歲古漂梗飛蓬不暫一作自安捫蘿引葛度一作陟危巒昔時聞道從軍樂今日方知行路難滄江綠水東流駛炎洲丹徼南中地南中南斗映星河秦川一作關秦塞阻煙波三春邊地風光少五月瀘中瘴癘多朝驅疲斥堠夕息倦誰何一作樵歌向月彎繁弱連星轉太阿重義輕生懷一顧東伐西征凡幾度夜夜朝朝班鬢新年年歲歲戎衣故灞城隅滇池水天涯望轉積地際行無已徒覺炎涼節物非不知關山千萬里棄置多重陳重陳多苦辛且悅清笳梅柳曲詎憶芳園桃李人絳節朱一作紅旗分白羽丹心白刃酬明主但令一被一作枝君王知一作識誰憚三邊征戰苦行路難行路難岐路幾千端無復歸雲馬短翰空餘望日想長安

二同心常伯軍中作

君不見王關塞色闇邊庭銅鞮雜虜寇長城天子按劍征

餘虜將軍受脤事橫行七德龍韜開王帳千重一作里龜壘動一作龜鼓疊金鉦陰山苦霧埋高壘交河孤月照連營連營去去無窮極擁旆遥遥過絕國陣雲朝結晦天山寒沙夕漲迷疎勒龍鱗水上開魚貫馬首山前振鵬一作鴟翼長驅萬里讋祁連分麾三令一作命武功宣百發烏號遥碎柳七尺龍文迥照蓮春來秋去移灰琯蘭閨柳市芳塵斷鴈門迢遞尺書稀鴛被相思雙帶緩行路難誓令氛祲靜皐蘭但使封侯龍額貴頗一作詎隨中婦鳳樓寒

同前　王烈

晏客蒲長路路長一作難良足哀白日持角弓射人而取財千金誰家子紛紛死[illegible]埃見者不敢言言者不敢廻家人

各望歸豈知長不來

同前三首　李白

金罇美酒斗十千，玉盤珍羞直萬錢。停盃投筯不能食，拔劍四顧心茫然。欲度黄河冰塞川，將登太行雪暗天。閑來垂釣坐溪上，忽復乘舟夢日邊。行路難，行路難，多歧路，道一作今安在。長風破浪會有時，直掛雲帆濟滄海。

二

大道如青天，我獨不得出。羞逐長安社中兒，赤鷄白狗賭棃栗。彈劍作歌奏苦聲，曳裾王門不稱情。淮陰市井笑韓信，漢朝公卿一作侯忌賈生。君不見昔時燕家重郭隗，擁篲折節無嫌猜。劇辛樂毅感恩分，輸肝割一作剖膽效俊一作英

才。昭王白骨縈蔓草，誰人更掃黄金臺。行路難，歸去來。

三

有耳莫洗潁川水，有口莫食首陽蕨。含光混世貴無名，何用孤高比明月一作雲。吾觀自古賢達人，功成不退皆殞身。子胥既棄吳江上，屈平終沉一作投湘水濱。陸機英才一作雄才豈自保，李斯稅駕苦不早。華亭唳鶴詎可聞，上蔡蒼鷹何足道。君不見吳中張翰稱達生，秋風忽憶江東行。且樂生前一盃酒，何須身後千載名。

同前　崔顥

君不見建章宮中金明枝，萬萬長條拂地垂。二月三月花如霰，九重幽深君不見。艷彩朝含四寶宮，春風旦一作香風吹入朝雲殿。漢家宮女春未闌，愛此芳香朝暮看。看去看來心不忘，攀折將安鏡臺上。雙雙素手剪不成，兩兩紅粧笑相向。建章昨夜起春風，一花飛落長信宮。長信麗人見花泣，憶此珍樹何嗟及。我昔初在昭陽時，朝攀暮折登玉墀。只言歲歲長相對，不寤今朝還相思。

同前　王昌齡

雙絲作綆繫銀瓶，百尺寒泉轆轤上。懸絲一絕不可望，似妾傾心在君掌。人生意氣好遷捐，只重狂花不重賢。宴罷調竽奏離鶴，迴嬌轉眄泣君前。君不見眼前事，豈保須臾勿無異。西山日下兩足稀，則有浮雲無所寄。但願莫忘前者言，剉骨黄塵亦相媿。行路難，勸酒莫辭煩，美酒千鍾猶

可盡，心中片恨何可論。一聞漢主思故劍，使妾長嗟萬古魂。

同前　李頎

漢家名臣楊德祖，四代五公享茅土。父兄子弟綰銀黄，躍馬鳴珂朝建章。火浣單衣繡方領，茱萸錦帶玉盤囊。賓客填街復蒲堂一作坐，片言出口生輝光。世人逐勢爭奔走，瀝膽隳肝唯恐後。當時一顧登青雲，自謂生死長隨君。一朝謝病還鄉里，窮巷蒼苔一作茫絕知己。秋風落葉閉重門，昨日論交竟誰是。薄俗嗟之一作嗟難重陳，深山麋鹿可爲一作下爲隣。魯連所以蹈滄海，古徃今一作佳今來稱達人。

同前　賀蘭進明

君不見門前栁榮耀幾(一作昔)時蕭索久君不見陌上花狂風吹去落誰家誰家新(一作思)婦見之歎蓬首不梳心歷亂盛年夫婿長別離歲暮相逢色凋換

此詩元題高適集無之郭茂倩樂府并適集却別載適第二首今旣附入而以此篇從樂府爲賀蘭作

君不見富家翁舊(一作昔)時貧賤誰比數一朝金多結豪貴(一作百萬)事勝人健如虎子孫生(一作成)長蒲眼前妻解(一作能)管絃妾能舞自矜一朝忽(一作見)如此却笑傍人獨愁苦東隣少年安所如席門窮巷出無車有才不肯學干謁何用長年(一作年年)空讀書

二

長安少年不少錢能騎駿馬鳴金鞭五侯相逢大道邊美人絃歌爭留連黃(一作千)金如斗不敢惜片言如山莫棄捐安知顦顇讀書者暮宿虛(一作靈)臺私自憐

同前(一作連環歌)　韋應物

荆山之白玉兮良工雕琢雙環連月蝕中央鏡心穿故人贈妾初相結思在環中尋不絕人情厚薄苦須臾昔似連環今似玦連環可碎不可離如何物在人自移上客勿遽歡聽妾歌路難傍人見環環可憐不知中有長恨端

同前　孟雲卿

君不見高山萬仞連蒼旻天長地久成埃塵君不見長松百尺多勁節狂風暴雨終摧折古今何世無聖賢吾愛伯陽真乃天金堂玉闕(疑)朝羣仙拍手東海成桑田海中之水愼勿枯烏鳶啄蚌傷明珠行路難艱險莫踟躕

同前　馮著

男兒轗軻徒搔首入市脫衣且沽酒行路難權門愼勿干平人爭路相催殘春秋四氣相(一作更)廻換人事何須再三歎君不見雀爲蛤鷹爲鳩東海成田谷爲岸負薪客歸去來龜反顧鶴徘徊黃河岸上負薪(一無此二字)起塵埃相逢未相識何用強相猜行路難故山應不改茅舍漢中在白酒杯中聊一歌蒼蠅蒼蠅奈爾何

同前(顧集作此詩凡三段皆冠以君不見今英華上載前篇以集本附入)　顧況

君不見古人(一作來)燒水銀變作北邙山上塵藕絲掛在虛空中(一作桂山在虛空　一作桂身在虛空)欲落不落愁殺人睢水英雄多血刃建章宮闕成煨燼淮王身死桂樹折(一作枝)徐福(一作市)一去音書絕行路難行路難生死皆由天秦皇漢武遭下脫汝獨何人學神仙君不見擔雪塞井徒用力炊砂作飯豈堪喫一生肝膽向人盡相識不如不相識冬青樹上桂凌霄歲晏花凋樹不凋凡物各自有根本種禾終不生豆苗行路難行路難何處是平道中心無事當富貴今日覺君顏色好君不見少年頭上如雲髮少壯如雲老如雪豈知灌頂有醍醐能使清涼頭不熱呂梁之水挂飛流黿鼉蛟蜃不敢遊少年恃險若平地獨倚長劍凌清秋行路難行路難昔少年今已老前朝竹帛事皆空日暮牛羊古城草

同前　釋寶月

君不見孤鴈關外發酸嘶度陽越空城客子心腸斷幽閨思婦氣欲絕凝霜夜下拂羅衣浮雲中斷開明月夜夜遥遥徒相思年年望望情不歇取我匣中青銅鏡倩人為君除白髮行路難行路難夜聞西城漢使度使我流淚憶長安

同前　薛能

何處力堪殫人心險萬端藏山難測度暗水自波瀾對面如千里回腸似七盤已經吳坂困欲向鴈門難南北誠（一作）成須泣高深不可干無因善行止車轍得平安

同前五首　貫休

君不見山高海深人不測古往今來轉青碧浅近輕浮莫與交地卑只解生荆棘誰道黃金如糞土張耳陳餘斷消息行路難行路難君自看

同前二

不會當時（一作初）作天地剛有多般愚與智到頭還用真宰心何如上下皆清氣大道冥冥不知處那堪頓得羲和轡義不義兮仁不仁擬學長生更容易貧新（一作心）為爐復為火綠木求魚應且止君不見燒金煉石古帝王鬼火熒熒白楊裏

三

君不見道傍廢井生古木本是驕奢貴人屋幾度美人照影來素綆銀瓶擢纖玉雲飛雨散今如此繡闥雕甍作荒谷沸渭笙歌君莫誇不應長是西家哭休說遺編行者幾至竟終須合天理敗他成此亦何功蘇張終作多言鬼行路難行路難不在羊腸裏

四

九有茫茫共堯日浪死虛生亦非一清淨玄音竟不聞花眼酒腸暗如漆或偶因片言隻字登第光二親又不能獻可替否航要津口譚羲軒與周孔履行不及屠沽人行路難行路難日暮途遠空悲歎

五

君不見道傍樹有寄生枝青青鬱鬱同榮衰無情之物尚如此為人不及還堪悲父歸墳兮未期（一作朝）夕已分黃金

爭田宅高堂老母頭似雪心作數枝（一作支）淚長滴我聞忽如負芒刺不獨為君空嘆息古人尺布猶可縫潯陽義夫（一作丈）令人憶寄言世上為人子孝義團圓莫如此若如此不遄死兮更何俟

蜀道難　梁簡文帝

巫山七百里巴水三迴曲笛聲下復高猨鳴（一作啼）斷還續

同前　劉孝威

玉壘高無極銅梁不可攀雙流亦（一作迸又作逆）巇道九坂澁陽關鄧侯束馬度（一作去）王生歛轡還歛轡懼身危叱馭奉王猷若惔（一作恠）千金重誰為萬里侯戲馬呑珠界揚舲擢錦流沉犀厭恠水掘鏡表靈丘隅山（一作嵎山）金碧有光輝遷亭

車馬尚一作正輕肥彌想王褒擁節反一作去更憶相如乘傳
歸君平子雲間一作寂不嗣江漢英靈信已衰一作已信稀
此一詩英華與藝文類聚同惟郭茂倩樂府折前五
言八句爲一篇後七言六句爲一篇又無中間六句
而劉次莊樂府止有前八句今注異同爲一作

同前　陰鏗

王尊奉漢朝靈關不憚遥高岷長有雪陰棧屢經燒輪摧
九折路騎阻七星橋蜀道難如此功名詎可要

同前　張文琮

梁山鎮地險積石阻雲端深谷下寥廓層巖上鬱盤飛梁
架絶嶺棧道接危巒攬轡獨長息方知斯路難

同前　李白

噫吁嚱危乎高哉蜀道之難難於上青天蠶叢及魚鳧開
國何茫然爾來四萬八千歲不一作乃與秦塞通人煙西當
太白有鳥道可以横絶峨嵋巔地崩山摧壯士死然後天
梯石棧相鉤連上有六龍迴日之高標一作上有横河斷海之浮雲下
有逆折衝波之流川一作下有衝波逆折之回川黄鶴之飛尚不得過
猿猱欲度愁攀緣青泥何盤盤百步九折縈巖巒捫參歷
井仰脅息以手撫心一作膺坐長歎問君西遊何當一作時還
畏途巉巖不可攀但見悲鳥號古木雄飛呼雌遶林間又
聞子規啼月落一作夜月愁空山蜀道之難難於上青天使人
聽此凋朱顔連峯去天不盈尺一作連峯入煙幾千尺枯松倒挂倚
絶壁飛湍瀑流争喧豗崖轉石萬壑雷其嶮也如此嗟
爾遠道之人胡爲乎來哉劍閣崢嶸而崔嵬一夫當關萬
夫莫開所守或匪人一作親化爲狼與豺朝避猛虎夕避長
蛇磨牙吮血殺人如麻錦城雖云樂不如早還家蜀道之
難難於上青天側身西望長咨一作令人嗟

文苑英華卷第二百終

文苑英華卷第二百一　詩五十一

樂府十

巫山高　梁元帝

巫山高不窮迥出荆門中灘聲下濺石猨鳴上逐風樹雜山如畫一作晝林暗澗疑空無因謝神女一爲出房櫳

同前　梁王泰

迢遰巫山好一作竦遠天新霽時樹交涼去遠草合影開遲谷深流響咽峽近猿聲悲只言雲雨狀自有神仙期

同前　梁范雲

巫山高不極白日隱光輝靄靄朝雲去冥冥暮雨歸巖懸獸無跡林暗鳥疑飛枕席竟誰一作休薦相望日一作空依依

同前　梁蕭銓

巫山映巫峽高高殊未窮猿聲不辨處雨色詎分空懸崖下桂影一作月深澗響松風別有仙雲起時向楚王宮

同前　虞羲

南國多奇山荆巫獨靈異雲雨麗以佳陽臺重一作千里怨思勿言再可一作可再得特美君王意高唐一斷絕光陰不可遲

同前　劉繪

高山與巫山參差鬱相望灼爍在雲間氛氳出雲一作霞上散雨收夕臺行雲卷晨帳出沒不易期嬋娟似惆悵

同前　鄭世翼

巫山凌太清岧嶤類削成霏霏暮雨合靄靄朝雲生危峯入鳥道深谷寫猿聲別有幽棲客淹留攀桂情

同前　陵敬

巫岫鬱岧嶤高高入紫霄白雲間包石玄猿迥挂一作挂迥條懸崖激巨浪脆葉殞驚飆別有陽臺處風雨共飄飄一作颻颻

同前　李元操

荆門對巫峽雲夢邇陽臺燎火如奔電墜石似驚雷天寒秋水急風靜夜猿哀枕席無由薦朝雲徒去來

同前　盧照鄰

巫山望不極望望下朝氛莫辨啼猿樹徒看神女雲驚濤亂水脈驟雨暗岑一作峯文霑裳即此地況復遠思君

同前　閻復本

君不見巫山高高半天起絕壁千尋畫相似君不見山磕匝翠屏開湘江碧水遶山來綠樹春嬌明月峽紅花朝覆白雲臺臺上朝雲無定所此中窈窕神仙女盈盈仙骨飛清容出沒有光輝欲暮高唐行雨送今宵定入荆王夢荆王夢裏愛穠華枕席初開紅帳遮可憐欲曉啼猿處說道巫山是妾家

同前　喬知之

巫山十二峯參差互隱見潯陽幾千里周覽忽已遍想像神女姿摘芳共珍薦楚雲何逶迤紅樹日葱蒨楚雲沒湘源紅樹斷荆門郢路不可見況復夜聞猿

同前　沈佺期

巫山峯十二合沓一作[illegible]合隱昭回俯眺琵琶峽平看雲雨臺古槎天外倚瀑水日邊來何忽啼猿夜荆王枕席開

同前　張九齡

巫山與天近煙景常青熒此中楚王夢夢得神女靈神女去已久白雲（一作雲雨）空冥冥唯有巴猿嘯哀音不可聽

同前　皇甫冉

巫峽見巴東迢迢出半（一作半出）空雲藏神女館雨到楚王宮朝暮泉聲落寒暄樹色同清猿不可聽偏在九秋中

同前　李端

巫山十二峯皆在碧虛中迴合雲藏日霏微雨帶風猿聲寒度（一作過）水樹色暮連空愁向高唐宿（一作唐望）清秋見楚東（一作宮）

同前　張循之

巫山高不極合沓（一作沓沓）奇狀新暗谷疑風雨幽巖若鬼神月明三峽曙潮滿二江春為問陽臺客應知入夢人

同前　李沇

決天心開地脉浮動凌霄拂藍碧襄王端眸望不極似睹瑤姬長歎息巫粧不治獨西望暗泣紅蕉抱雲帳君王妬妾夢荆宮虛把金泥印仙掌江濤迅激如相助十二獰龍怒行雨崑崙謾有通天路九峯正在天低處

同前　李賀

碧叢叢齊（一作高）插天巴（一作大）江翻瀾神曳煙楚魂尋夢風颸然曉風吹（一作飛）雨生苔錢瑤姬一去一千年丁香邛竹號（一作筇竹啼）老猿古祠近月蟾桂寒椒花墮（一作墜）紅濕雲間

同前　陳陶

玉峯青雲（一作靈）十二枝金母和雲賜瑤姬花宮磊砢楚宮外（一作列）列仙（一作仙客）八面星斗垂秀色無雙怨三峽春風幾夢襄王獵青鸞不在嬾吹簫斑竹題詩寄江妾飄飖散絲巴子天昝蒙王鑾紅霞幡歸時白帝掩青瑣瑱枝草草遺

湘煙

同前　羅隱

下厭重泉上千仞香雲結夢西風緊縱有精靈得往來狖軛驄軒亦顛隕嵐光𡅏𡅏雷隱隱愁為衣裳恨為鬢暮灑朝行何所之江邊日月情無盡珠零冷露丹墮楓細骨長臉愁滿宮人生對面猶異同況在千巖萬壑中

江南行三首　梁簡文帝

桂檝晚應旋歷岸扣輕舷紫荷釣鯉魚銀筐插矩（一作短）蓮人歸浦已（一作口）暗那得久迴船

二　同前

江南有妙妓時則應𣛮樞月暈蘆灰缺秋還懸炭枯含丹和九轉芳樹蔭千（一作三）株何辭天后請終是列（一作到）仙都

三　同前（郭茂倩作梁昭明太子）

陽春路時使佳人度枝中水上春併歸長楊拂（一作及又作掃）地桃花飛清風吹人光照衣光照衣景將夕且（一無此字）擲黃金留上客

同前　梁武帝

衆花雜色滿上林舒芳搖（一作耀）綠垂輕陰連手蹀躞舞春心舞春心臨歲腴中心（一作人）望盡（一無此字）獨踟躕

同前　沈約

棹歌發江潭采蓮度湘南宜須閑隱處洲浦余自諳羅衣織成帶墜馬碧玉篸且（一作但）令舟檝渡寧計路崯崯（一作嶔嶔）

同前　梁柳惲

汀洲採白蘋日落江南春洞庭有歸客瀟湘逢故人故人久（一作何）不返春華復應晚不道新知樂只言行路遠

同前　李康成

梅花落好使香車度楊柳青青囀鶯欲啼風光搖蕩緑蘋齊
金陵城頭日色低日色低情難極水中鳧鷖雙比翼

同前　王勃

江南弄巫山連楚夢行雨行雲幾相送瑶軒金谷上春時
玉童仙（一作玉）女無見期紫露香煙眇難託青樓明日（一作清風明月）
遥相思遥相思草徒緑爲聽雙飛鳳皇曲

同前　宋之問

妾住越城南離居不自堪採花驚曙鳥摘葉餧春蠶懶
結茱萸帶愁安玳瑁簪待君（一作侍臣）銷瘦盡日暮緑（一作碧）江潭

同前二首　崔顥

君家何處住妾住在横塘停船暫借問或可是同鄉

二

北（一作下）渚多風浪蓮舟欲漸稀那能不相待獨自逆潮歸

同前二首　儲光羲

逐流牽蘛（一作荇）葉緑岸摘蘆苗爲憶（一作惜）鴛鴦鳥輕輕動
畫橈

二

淥（一作緑）江深見底高浪直翻空慣是湖邊住船（一作舟）輕不
畏風

同前　張朝

茈菰葉爛别西灣蓮子花新猶未還妾夢不離江水上人
傳那在鳳皇山

同前　李叔卿

湖上女江南花無雙越女春浣紗風似箭月如弦少年吴
兒曉進船郗家子弟謝家郎烏巾白袷紫香囊菱歌思欲
絶楚舞斷人腸歌舞未終涕雙隕舊宮坡陁纔隱嶙西山
暮雨過江來北渚春雲沿海盡渡口水流緩妾歸宵剩遲
含情爲君再理曲月華照出澄江時

同前　芮挺章

春江可憐事最在美人家鸚鵡能言鳥芙蓉巧笑花馬銜
金作埒水抱玉爲砂薄晚青絲騎長鞭赴狹斜

同前　劉慎虚

美人何蕩漾湖上風日（一作月）長玉手欲有贈徘徊雙明璫
唱歌（一作歌聲）隨緑水怨色起青（一作朝）陽日暮還家望煙雲
（一作雲波）横洞房

同前　韓翃

長樂花枝雨點銷江城日暮好相邀春樓不閉葳蕤鎖緑
水迴通宛轉橋

同前　李賀

江中緑霧起涼波江上疊巘紅嵯峩水風浦雲生老竹渚
（一作浦）暝蒲帆如一幅鱸魚千頭酒百斛酒中倒卧南山緑
吴歈越吟未終曲天上團團帖寒玉

同前　陳標

水光春色滿江（一作潮）天蘋葉風吹荷葉錢香蟻翠旗臨（一作卧）
岸市艷娥紅袖渡江船曉鶯白鷺聯翩雪浪蹙青茭瀲灔
煙不怕汀洲芳草暮待將秋（一作春）興折湖蓮

同前　羅隱

江煙濕雨蛟綃軟漠漠小（一作遠）山眉黛淺水國多愁又有
情夜槽壓酒銀船滿細絲搖柳（一作綳絲採怨）凝曉空吴王臺榭
春夢中鴛鴦鸂鶒喚不起平鋪緑水眠東風西陵路邊月
悄悄油壁車輕蘇小小（一作輕車嫁蘇小）

蜀國吟　梁簡文帝

銅梁指斜谷劒道臨中區通星上分野作國下爲都雅
歌因（一作因）良守妙舞自巴歈（一作渝）陽城嬉樂盛劒騎鬱相
趨五婦行難至百兩好遊娛牲祈望帝祀酒醉（一作酹）蜀侯
誅江妃納重娉貞（一作卓）女愛將鶵停絃時擊（一作繫）爪息路
（一作吹）治脣朱春（一作脫）衫湔錦浪迴扇避陽烏聞君握道（一作節）
返賤妾下城隅

同前　盧思道

西蜀稱天府由來擅沃饒雲浮玉壘夕日映錦城朝南尋
九折路東上七星橋琴心若易解令客豈難要

白銅鞮歌三首（一作襄陽蹋銅蹄）　梁武帝

一

陌頭征人去閨中女下機含情不能言送别沾羅衣

二

草樹非一香花葉百種色寄語故情人知我心相憶

三

龍門（一作馬）紫金鞍翠毦白玉羈照耀雙闕下知是襄陽兒

右三首見郭茂倩樂府今文苑英華合第一第二爲一首又增襄陽白銅蹄聖德應乾來兩句爲首句按隋書樂志襄陽白銅蹄梁武帝自爲三曲又令沈約爲三曲古今樂録沈約又作其和云襄陽白銅蹄聖德應乾來合從樂府

同前　沈約

一

生長宛水上往官（一作從事）襄陽城一朝遇神武奮翼起先鳴

二

蹄控（一作蹀鞚）飛塵起左右自生光男兒得富貴何必還故（一作在歸）鄉

三

分首（一作手）桃林岸望别峴山頭若欲寄書信漢水向東流

襄陽行　張朝

玉盤轉明珠君王無定準昨見襄陽客剩説襄陽好無盡
襄漢水峴山垂漢水東流風北吹只言一世長嬌寵那悟
今夕（一作朝）見别離君渡清羌渚知人獨不語君見木栖林
憶我相思深莫作雲間鴻離聲顧儔侶尚如匣中劒分形
會同處是君婦識君情怨君恨君爲此行下床一宿不可
保況乃萬里襄陽城襄陽傳近大堤北君到襄陽莫迷惑
大堤諸女兒憐錢不憐德

大堤曲　李賀

妾家住橫塘紅紗滿桂香青絲學（一作青雲教）綰頭上髻明月與
作耳邊璫蓮風起江畔春大堤上留北人郎食鯉魚尾與
客狌狌（一作妾食猩猩）脣莫指襄陽道淥浦歸帆少今日菖蒲短
（一作花）明朝楓樹老

襄陽歌　李白

落日欲没峴山西倒著接䍦（一作行客醉歸）花下迷襄陽小兒齊
拍手攔街爭唱白銅鞮傍人借問笑何事笑殺山翁（一作公）
醉似泥鸕鶿杓鸚鵡杯百年三萬六千日一日須傾三百
杯遥看漢水鴨頭緑恰似（一作疑是）蒲萄新（一作初）醱醅此江若
變作春酒累（一作壘）麴便築糟丘臺千金駿馬换少妾笑（一作醉）
坐金（一作雕）鞍歌落梅車傍側掛一壺酒鳳笙龍管行相催
咸陽市上（一作中）歎黄犬何如月下傾金罍君不見晉朝羊
公一片古碑材（一作碑在石）龜頭駮（一作龜龍剥）落生莓苔淚亦不能
爲之墮心亦不能爲之哀誰能憂彼身後事金鳧銀鴨葬
死灰清風朗月不用一錢買玉山自倒非人推舒州杓力
士鐺（一作黄金爵白玉瓶）李白（一作酒仙）與爾同死生襄王雲雨今安在
江水東流猿夜聲（一作鳴）

此詩三百四十三卷重出今已削去注異同爲一作

豫章行　沈約

燕陸(一作陵)平而遠易河清且駛一見塵波阻臨途引征思雙劒愛匣同孤鸞悲影異宴言誠易纂浩歌信難嗣卧聞夕鐘急坐閲朝光亟往歡墜壯心來戚滿衰志徂(一作殂)芳無再馥淪灰定還熾夏臺尚可忘榮辱亦奚事愧微曠士節徒感鄙生餌勞哉納辰和地遠託聲寄

同前　薛道衡

江南遠地接閩甌山東英妙屢經遊前瞻疊嶂千重阻却帶驚湍萬里流楓葉朝飛向京洛文魚夜過歷吳洲君行遠度茱萸嶺妾住長依明月樓樓中愁思不開嚬始復臨窻望早春鴛鴦水上萍初合鳴鶴園中花併新空憶常時角枕處無復前日畫眉人照骨金環誰用許見膽明鏡自生塵蕩子從來好留滯況復關山遠迢遞當學織女嫁牽牛莫作姮娥叛夫壻偏訝思君無限極欲罷欲忘還復憶願作王母三青鳥飛來飛去傳消息豐城雙劒昔曾離經年累月復相隨不畏將軍成久别只恐封侯心更移

東武吟　李白

好古笑流俗素聞賢達風方希佐明主長揖辭成功白日在高天迴光燭微躬恭承鳳皇詔欻然(一作起)雲蘿中清切紫垣迥優遊丹禁通君王賜顏色聲價凌煙虹乘輿擁翠蓋扈從金城東寶馬麗絶景錦衣入新豐倚巖望松雪對酒鳴絲桐因學楊子雲獻賦甘泉宮天書美片善清芬播無窮歸來入咸陽談笑皆王公一朝去金馬飄落成飛蓬賓友日疎散玉樽亦已空才力猶可倚不慙世上雄閑作東武吟曲盡情未終書此謝知己吾尋黄綺翁(一云扁舟尋釣翁)

同前　曹鄴

心如山上虎身若倉中鼠惆悵倚市門無人與之語夜宴李將軍欲望心相許何曾聽我言貪謹邯鄲女獨上黄金臺淒涼淚如雨

武陵深行　劉孝勝(劉次莊作孝驍)

武陵(一作溪)深不測水安舟復輕蹔借(一作侶)莊生釣還滯鄂君行讙(一作櫂)歌爭復(一作後)發譟鼓逐前征秦上山川險黔中水復清(一作木石并又作水石清)林壑秋瀨急猿哀夜月明澄源本千仞迴峯忽萬縈昭潭讓無底太華推削成日落野通氣目極悵餘情下流曽不得(一作濁)長邁寂無聲羞學滄浪水濯足復霑纓

同前　爰寄生

滔滔武陵一何深鳥飛不度獸不敢臨嗟哉武溪兮多毒淫

紀遼東二首　隋煬帝

遼東海北剪長鯨風雲萬里清方當銷鋒散馬牛旋師宴鎬京前歌後舞振軍威飲至解戎衣判不徒行萬里去空道五原歸

二

秉旄仗節定遼東俘馘振(一作變)夷風清歌凱捷九都水歸宴雒陽宮策功行賞不淹留全軍藉智謀詎似南宮複道上先封雍齒侯

同前　王胄

遼東浿水事龔行俯拾信神兵欲知振旅旋歸樂爲聽凱歌聲十乘元戎纔渡遼扶濊已冰銷詎似百萬臨江水桉轡空迴鑣天威電邁舉朝鮮信次即言旋還笑魏家司馬懿迢迢用一年鳴鑾詔蹕返淆潼舍爵及疇庸何必豐沛

多相識比屋降堯封

廣陵行　　權德輿

廣陵寔佳麗隋季此爲京八方稱輻湊五達如砥平大旆映空色笳簫發連營層臺出重霄金碧摩顥清交馳流水轂迥接浮雲甍青樓旭日映綠野春風晴噴玉光照地嚬蛾價傾城燈前互巧笑陌上相逢迎飄颻翠羽薄掩映紅襦明蘭麝一作馨遠不散管絃閙自清曲士守文墨達人隨性情茫茫竟同盡冉冉將何營且申今日歡莫務身後名肯學諸儒輩書窻誤一生

文苑英華卷第二百一

登仕郎胡　柯　鄉貢進士彭　叔夏　校正

文苑英華卷第二百二　　詩五十二

樂府十一

長相思十五首　有所思二十首

君子有所思一首　自君之出矣五首

古别離九首　潛别離一首

遠别離一首　久别離一首

長别離一首　生别離二首

别離曲一首

長相思　　梁昭明太子

相思終無一作無終極長夜起歎息徒見貌嬋一作嫌娟寧知心有憶寸心無所因願附歸飛翼

同前二首　　張率

長相思久離別美人之遠如雨絕獨延佇心中結望雲雲遠散一作去遠望鳥鳥飛滅遠望終若斯珠淚不能雪

二

長相思久別離所思何在若天垂鬱陶相望不得知玉階月夕映羅帷風夜吹長思不能寢坐望天河移

同前雜言　　陸瓊

長相思遠一作久離別一罷鴛鴦鋒矢絕一作一羅鴛文綺鴦絕鴻始一作已去柳堪結室冷鏡凝冰庭幽花似雪容貌春春減一作朝改朝書字朝朝一作看看減

同前　　徐陵

長相思望歸難傳聞更使戍樓蘭一作傳聞奉詔戍臯蘭龍城遠鴈門寒愁來瘦轉劇衣帶自然寬念君今一作君今念不見誰爲抱腰看

同前　　王瑳

長相思久離別兩同心（一作心同）憶不相徹悲風淒愁雲結柳
葉眉上銷菱花鏡中滅鴈封歸飛斷鯉素還流絶

同前二首　江揔

長相思久離別征夫去遠幽芳滅（一作芳音藏　又作幽芳歇）湘水深隴
頭咽紅羅斗帳裏綠綺清弦絶逶迤百尺樓愁思三秋結

二

長相思久別離春風送鶯入簷窺開脂粉弄花枝紅樓千
愁色玉筯兩行垂心心不相照望望何由知

同前　蘇頲

君不見天津橋下東流水南望龍門北朝市楊柳青青宛
地垂桃紅李白花參差花參差柳堪結此時憶君心斷絶

同前　李白

長相思在長安絡緯秋啼金井闌微霜淒淒簟色寒孤燈
不寐（一作明）思欲絶卷帷望月空長歎佳期迢迢（一作美人如花）隔
雲端上有青冥之高天下有淥水之波瀾天長路遠魂飛
苦夢（一作魂）行不到關山難長相思摧心肝

同前　權德輿

少小別潘郎嬌羞倚畫堂有時裁尺素無事約殘黃鸝語
臨粧鏡花飛落繡床相思不解說明月照空房

同前　劉復

長相思在桂林蒼梧山遠瀟湘深秋堂零淚倚金瑟朱顏
摇落隨光陰長霄嘹唳鴻命侶河漢蒼蒼隔牛女寧知一
水不可度況復萬山脩且阻綵絲織綺文雙鴛昔時贈君
君可憐何言一去瓶落井流塵歇滅金爐前

同前　陳羽

相思長相思相思無限極相思苦相思相思損容色容色
真可惜相思不可徹日日長相思相思腸斷絶腸斷絶淚
還續閑人莫作相思曲

同前　武元衡

長相思隴雲愁單于臺上望伊州鴈書絶蟬鬢秋行人山
北（天一　一作）畔暮雨海西頭殷勤大河水東注不還流

同前　曹鄴

妾顔與日改君心與日新三年得一書猶在湘之濵料君
相輕意知妾無至親況當受明禮不合再嫁人願君多生
日化質爲妾身

有所思　梁簡文帝

昔未離長信金翠奉乘輿何言人事異宿昔故恩疎寂寞
錦筵靜玲瓏玉殿虚掩閨泣團扇羅幌詠蘼蕪

同前　梁昭明太子

公子路遠（一作遠于）隔乃在天一方望望江山阻悠悠道（一作坂）
路長別前秋葉落別後春花芳雷歎一流聲（一作響）雨淚忽
成行悵望情無極引領心（一作心還傾）自傷

同前　王筠

丹墀生細草紫殿網（一作納）輕陰曖曖巫山遠悠悠湘水深
徒歌轆轤劍空貽瑇瑁簪望君終不見屑淚且微吟

同前　庾肩吾

佳期杳（一作竟）不歸春物坐芳菲拂匣看離扇開箱見別衣
井桐生未合宫槐卷復稀不及銜泥鷰從來相逐飛

同前　王僧孺

夜風吹熠燿朝光照辟邪（一作昔耶　一作无松也）幾銷蘼蕪葉空落蒲
萄（一作桃）花不堪長織素誰能獨浣紗光陰復何極望促反
成賒知君自蕩子奈妾亦倡家

同前　劉繪

別離安可再而我更重之（一作重更之）佳（一作佳人）人不相見明月空在帷共銜滿堂酌獨斂向隅眉中心亂如雪寧知有所思

同前　費昶

上林烏欲飛長門日行（一作將）暮所思鬱不已空想丹墀步簾動意君來雷聲似車度北方佳麗子窈窕能迴顧夫君自迷惑非爲妾心妬

同前　裴讓之

夢中雖暫見及覺始知非展轉不能寐徙倚獨披衣淒淒曉風急晻晻月光微室空當（一作常）達旦所思終不歸

同前　顧野王

賤妾有所思良人久征戍笳鳴故（一作胡）塞表（一作塞城表）花閑（一作開）落芳樹白登澄月色黃龍起煙霧還聞雉子班非復長征賦

同前　張正見

深閨久離別積怨轉生愁徙思裂帛鴈空上望歸樓看花憶塞草對月想邊秋相思日日夜（一作度）淚臉年年流

同前　陸系

別念恨城闉還思樓上人淚想愁（一作離）前落愁開（一作聞）別後新月來疑舞扇花度憶歌塵只看月彩（一作今夜）裏那似隔河津

同前　陳後主

佳人在北燕相望渭橋邊團團落日樹耿耿曙河天愁多明月下淚盡鴈行前別心不可寄唯餘琴上絃

同前　盧思道

長門與長信憂思竝難任洞房明月下空庭綠草深怨歌裁潔（一作紈）素能賦受黃金復聞隔湘水猶言限桂林悽悽日已暮誰見此時心

同前　楊炯

賤妾留南楚征夫向北燕三秋方一日少別比千年不掩嚬紅縷無論數綠錢相思明月夜迢遞白雲天

同前　沈佺期

君子事行役再空芳歲期美人曠延佇萬里浮雲思園槿綻紅豔郊桑柔綠滋坐看長夏晚秋月照羅帷

同前（一作君子有所思）　李白

紫閣連終南青冥天倪色憑崖望咸陽宮闕羅北極萬井驚畫出九衢如絃直渭水清銀河橫天流不息朝野盛文物衣冠何翕䎛廄馬散連山軍容威絕域伊皐運元化衞霍輸筋力歌鍾樂休明（一作未休）榮去（一作至）老還逼圓光任（一作過）滿鈌太陽移中昃不散東海金何爭西輝匿無作牛山悲惻愴淚霑臆

同前　韋應物

借問江（一作堤）上柳青青爲誰春空遊昨日地不見昨日人繚繞萬家井往來車馬塵莫道無相識要非心所親

同前　陳陶

欲唱玄雲曲知音復誰是採掇情未來臨池畫春水

同前　王貞白

芙蓉出水時偶爾便分離自此無因見長教挂所思殘春不入夢芳信欲傳誰寂寞秋堂下空吟小謝詩

同前　女郎劉雲

朝亦有所思暮亦有所思登樓望君處靄靄蕭關道掩淚向浮雲誰知妾懷抱（一作靄靄浮雲飛浮雲遮却陽關道向晚誰知妾懷抱）玉井蒼

苔春院深桐花落盡（一作地）無人掃

君子有所思　沈約

晨策終南首顧望咸陽川戚里遡層閣甲館連（一作甬）崇阡複塗希（一作紫）閣重臺擬望仙巴姬幽蘭奏鄭女陽春絃共矜紅顔日但（一作俱）忘白髮年寂寥茂陵宅眩（一作照）曜未央蟬無以五鼎盛顧嗤三徑玄

自君之出矣　鮑令暉

自君之出矣臨軒不解顔砧杵夜不發高門恒晝（一作晝恒）關幃（一作帷）中浮（一作中流帳）熠燿庭前華紫蘭物枯識節異鴻歸知客寒近取暮秋盡餘思待春（一作君）還

同前　范雲

自君之出矣羅帳咽秋風思君如蔓草連延不可窮

同前　陳叔達（一作賈馮吉）

自君之出矣紅顔轉憔悴思君如明燭煎心且銜淚

同前　賈馮吉（一作陳叔達）

自君之出矣明鏡罷紅粧思君如夜燭煎淚幾千行

同前　徐幹

自君之出矣明鏡不曾持（一作暗不治）思君如流水無有窮已時

古別離　沈佺期

白水東悠悠中有西行舟舟行有反棹水去無還流柰何生別者戚戚懷遠遊遠遊誰當惜所悲會難收自居閨芳麗（一作自君閨芳靄）青陽四五遒皓月掩蘭室光風虛蕙樓相思無明晦長歎累冬秋離居久（一作分）遲暮高駕何淹留

同前　王適

昔歲驚楊柳高樓悲獨守今年芳樹枝孤栖怨別離珠簾晝不卷羅幔曉長垂苦調琴先覺愁容鏡獨知頻年鴈去（一作頻來鴈度）無消息罷却鴛紋（一作去鴛文）何用織夜還羅帳空有情春着裙腰自無力青軒桃李落紛紛紫庭蘭蕙日氛氳已能憔悴今如此更復含情一待君

同前　孟雲卿

朝日上高臺離人怨秋草但見萬里天不見萬里道君行本遥遠苦樂誠（一作良）難保宿昔夢同衾憂心夢顛倒含酸欲誰訴轉轉傷懷抱結髮年已深（一作遲）征行去何早寒暄有時謝顦顇難再好人皆算年壽死者何曾老少壯無會期（一作見）水深風浩浩

同前二首　趙微明

離別無遠近事歡情亦悲不聞車輪聲後會將何時去日忘寄書來日乖前期縱知明當還一息千萬思

爲別未幾日一日如三秋猶疑望可見日日上高樓唯見分手處白蘋滿芳洲寸心寧死別不忍生離憂

同前　姚係

涼風已嫋嫋露重木蘭枝獨上高樓望行人遠不知輕寒入洞户明月滿秋池鶯去鴻方至年年是別離

同前　釋皎然

太湖三山口吳王在時道寂寞千載心無人見春草誰堪忍緘默（一作緘怨者）老特（一作持此）傷懷抱孤舟畏狂風一夜（一作默）宿煙島望所思兮若何月蕩漾兮空波雲離離兮北斷鴻（一作鴈）眇眇兮南多身去兮天畔心折兮湖岸春（一作山）風胡爲兮塞路使我歸夢兮撩亂

同前　權德輿

人生天地間譬若六轡馳夭壽既常數柰何生別離跡當

中人域正性日已衰是非千萬境杳靄情塵滋出門事何常暫別亦難期冉冉歎流景悠悠限山陂盡此一夕歡華樽會前墀鷄鳴東方曙夙駕臨通逵欲出懶(一作強)移步欲留難致詞兩情不得已念此留何爲天明去已遠寂默居人歸入門復上堂怳怳生驚疑經履同遊處猶言常相隨覽物或臨盤翻恠來何遲乃知前日歡本爲今日悲翻思(一作持此)別後心寧及未見時則知交踈分久久翻易持報君未別人(一作後)別後當自知

同前　孟郊

松遷(一作山)雲繚繞萍合(一作路)水分離雲去有歸日水分無合時芳景役雙目(一作春役雙眼)春色柔四支楊柳織別愁千條萬條絲

潜別離　白居易

不得哭潜別離不得語暗相思兩心之外無人知深籠夜鎖獨栖鳥利劒春斷連理枝河水雖清濁有日(一作雖濁有清日)烏頭雖黑白有(一作有白)時唯有潜離與暗別彼此甘心無後期

遠別離　李白

遠別離古有皇英之二女乃在洞庭之南瀟湘之浦海水直下萬里深誰人不言此離苦日慘慘兮雲冥冥猩猩啼烟兮鬼嘯雨我縱言之將何補皇穹竊恐不照予之衷誠雷憑憑兮欲吼怒堯舜當之亦禪禹君失臣兮龍爲魚權歸臣兮鼠變虎或云堯幽囚舜野死九疑連(一作聯)綿皆相似重瞳孤墳竟何是帝子泣兮緑雲間隨風波兮去無還慟哭兮遠望見蒼梧之深山蒼梧山崩湘水絶竹上之淚乃可滅

久別離　前人

別來幾春未還家玉窻五見櫻桃花況有錦字書開緘令(一作使)人嗟此腸斷彼心絶雲鬟霧(一作緑)鬢罷攀(一作攏)結愁如迴飇亂白雪去年寄書報陽臺今年寄書重相催東風兮東風爲我吹行雲使西來待來竟不來落花寂寞(一作寂寂)委青苔

長別離　吳邁遠

生離不可聞況復長相思如何與君別當我盛(一作少)年時蕙華每搖蕩妾心長(一作空)自持榮乏草木歡悴劇霜露悲富貴貌難老(一作身難變)貧賤顔易衰持此斷君腸君亦宜自疑淮陰有逸將折羽不曾飛楚有扛鼎士出門不得歸正爲隆準公仗劒入紫微君才定何如白日下爭暉

生別離　梁簡文帝

別離四絃聲相思雙笛引一去十三年復無數書(一作好音)信

同前　白居易

食蘗不易食梅難蘗能苦兮梅能酸未如生別之爲難苦在心兮酸在肝晨鷄再鳴殘月没征馬嘶風(一作連嘶)行人出迴看骨肉哭一聲梅酸蘗苦甘如蜜黄河水白黄雲秋行人河邊相對愁天寒野(一作路)曠何處宿棠梨葉戰風颼颼生離別生離別憂從中(一作何)來無斷絶憂積(一作極)心勞血氣衰未年三十生白鬢

別離曲　孟雲卿

結髮生離別相思復相保何知日已久五變庭中草渺渺大(一作天)海途悠悠呉江島但懼(一作恐)不出門出門無遠道遠道行既難家貧衣正(一作服)單嚴風吹積雪晨起鼻何酸生人各有志(一作意)豈不懷所安分明上天(一作天上)日生死誓同歡

文苑英華卷第二百二

登仕郎胡　柯　鄉貢進士彭　叡夏　校正

文苑英華卷第二百三　詩五十三

樂府十二

幸甘泉宮歌　梁簡文帝

雉歸海水寂裘來重譯通吉行五十里隨處宿離宮鼓聲
恒入地塵飛暗上（一作上暗）空尚書隨豹尾太史逐相風銅
鳴周國鐃旗曳楚雲紅（一作虹）倖臣射覆罷從騎（一作妓）新歌
終董桃拜金紫賢妻侍禁中不羡神仙侶排烟逐駕鴻

同前　劉孝威

漢家迎夏畢避暑甘泉宮機車鳴里鼓駟馬駕相風校尉
烏丸騎待制（一作詔）樓煩弓後旌猶五柞前笳度九嵕才人
豹尾內御酒屬車中輦迴百子閣扇動七輪風鳴鍾休衛
士披圖召後宮村官促（一作從）校獵涼秋戲射熊

櫂歌　梁簡文帝

妾住在（一作妾家住）湘川菱歌本自便風生解刺（一作榜）浪水深
能捉船葉亂由牽荇絲飄為折蓮濺粧疑薄汗霑衣似故
湔浣紗流暫濁汰錦色還鮮參伺（一作同）趙飛鷰借問李延
年從來入絃管詎（一作誰）在櫂歌前

同前　盧思道

秋江見底清越女復傾城方舟共采摘最得可憐名落花
流寶珥微吹動香纓帶垂連理濕棹舉木蘭輕避人（一作順風）
傳細語因波送遠情誰能結錦纜薄暮隱長汀

同前　蕭岑

桂酒既潺湲輕舟亦乘駕鼓枻何所吟吟我皇唐化容與
滄浪中淹留明月夜

同前　魏收

雪溜添春浦花水足新流桃發武陵岸柳拂武昌樓

同前　駱賓王

寫月塗（一作圖）黃罷凌波拾翠通鏡花搖芰日衣麝入荷風
葉密舟難蕩蓮疏浦易空鳳媒羞自託鴛翼恨難窮愁（一作秋）
帳燈光（一作華）翠倡樓粉色紅相思無別曲併在櫂歌中

紹古歌三首　梁簡文帝

飜階蛺蝶戀花情容華飛鷰相逢迎誰家總角歧路陰裁
紅點翠愁人心天窻綺井暖（一作曖）徘徊珠簾玉篋明鏡臺
可憐年幾十三四工歌巧舞入人意白日西落楊柳垂含
情弄態兩相知

二

西飛迷雀東鸐（一作飛）雉倡樓秦女乍相值誰家夭麗隣中
止輕粧薄粉光閭里綱戶（一作洞房）珠綴曲瓊鈎芳茵翠被香
氣流少年年幾方三六含嬌聚態傾人目餘香落蘂坐相
催可憐絕世為誰媒

三（一作擬古又云劉孝威作）

雙栖（一作飛）翡翠兩鴛鴦巫雲（一作山）洛月乍相望誰家妖冶
折花枝衫長劍動任風吹（一作蛾眉暖睇使情移）金鋪玉鎖琉璃扇
花鈿寶鏡織成衣（一作青鋪鎖窻琉璃扉瓊蓮玉筒金縷衣）美人年幾可十餘
含羞騁（一作轉）笑歛風裾珠丸出彈不可追空留可憐持與誰

此詩二百五卷重出今已削去注異同為一作

同前　陳後主

池側鴛鴦春日鶯綠珠絳樹相逢迎誰家佳麗過淇上翠釵綺袖波中漾彫軒繡户花恒發珠簾玉砌移明月年時二七猶未笄轉顧流眄鬟鬢低風飛蘂落時（一作將）何故可惜可憐空擲度

同前　江總

南飛烏鵲北飛鴻弄玉蘭香時會同誰家可憐出窻牖春心百媚勝楊柳銀牀金屋挂流蘇寶鏡玉釵橫珊瑚今年（一作時年）二八新紅臉宜笑宜歌羞更斂風花一去春（一作杳）不歸只爲無雙（一作雙雙）惜舞衣

勞歌　伍緝之

幼童輕歲月謂爲（一作言）可久長一朝見零悴歎息向愁荒迍邅（一作秋露）已窮極疹（一作疢）痾復不康每恐死及我朝露見日光（一作每恐先朝露不見白日光）庶幾（一作及）盛年時驚遂情所忘（一作暫遂情所皇）吉辰既乖乎（一作越）來期眇未央促促歲月盡窮年空怨傷

同前　蕭撝

百年能幾許公事罷平生寄言任意正誰憐李少卿

鞠歌行　李白

玉不自言勝（一作如）桃李魚目笑之卞和恥楚國青蠅何太多連城白璧遭讒毀荊山長號泣血人忠臣死爲刖足鬼聽曲知寗戚夷吾因小妻秦穆五羊皮買死百里奚洗拂青雲上當時賤如泥朝歌鼓刀叟虎變磻溪中一舉釣六合遂荒營丘東平生渭川（一作水）曲誰數（一作識）此老翁奈何今之人雙目送飛鴻

同前　羅隱

麗莫似漢宮妃謙莫似黃家女黃女持謙齒髮高漢妃恃麗天庭去人生容德不自保聖人安用推天道君不見蔡澤嵌枯詭怪之形狀大言直取秦丞相又不見田千秋才智不出人一朝富貴如有神二侯行事在方冊泣麟老人終困厄夜光抱恨良歎（一作璞）悲日月逝矣吾何之

浩歌　權德輿

杖策出蓬蓽浩歌愁興長北風吹荷衣蕭颯景氣涼通逵抵山郭里巷連湖光孤雲淨遠峯綠水溢方塘魚鳥樂天性雜英互芬芳我心獨何爲萬慮縈中腸履道身未泰主家謀不臧心爲世教牽跡寄翰墨場出處兩未定羈孤（一作羸）空自傷沉憂不可裁佇立河之梁晚歸茅簷下左右陳壺觴獨酌復長謠放心遊八荒得喪同一域是非亦何常胡爲苦此生矻矻徒自強乃知盃中物可令（一作使）憂患亡（一作忘）因茲謝時輩棲息無何鄉

同前　白居易

天長地久無終畢昨夜今朝又明日鬢髮蒼浪牙齒踈不覺身年四十七前去五十有幾年把鏡照面心茫然既無長繩繫白日又無大藥駐朱顏朱顏日夜不如故青史功名在何處欲留年少待富貴富貴不來年少去去復去兮如長河東流赴海無迴波賢愚貴賤同歸盡北邙塚墓高嵯峩古來如此非獨我未死有酒且高（一作酣）歌顏回短命伯夷餓我今所得亦已多功名富貴須推（一作待）命命苟不（一作若不又作苟未）來知奈何

同前　李賀

南風吹山作平地帝遣天吳移海水王母桃花千遍紅彭祖巫咸幾迴死青毛駿（一作驄）馬參差錢嬌春楊柳含緗（一作細）煙箏人勸我金屈卮神血未凝身是（一作問）誰不須亂舞（一作浪飲）

丁都護世上英雄本無主買絲繡作平原君有酒唯澆趙州土漏催水咽玉蟾蜍衛娘鬢（一作髮）薄不勝梳看（一作着）見秋眉換深（一作新）綠（一作看看見秋眉換綠）世上男兒那刺促

長歌行　鮑明遠（一作沈約）

春隰荑綠柳寒墀積皓雪依依往紀盈霏霏來思結纏歲晏曾是掩初節初節曾不掩浮榮逐弦缺弦缺更圓合浮榮永沉滅色隨夏蓮變鬢與秋霜耋道迫無異期賢愚有同絕銜恨豈云亡天道無甄別功名識所職竹帛尋摧裂生外苟難尋坐為長歎說（一作設）

同前　王昌齡

曠野饒悲風颼颼槁（一作黃）蒿草繫馬倚（一作停）白楊誰知我懷抱所是同袍者相逢盡衰老北（一作況）登漢家陵南望長安道上有枯（一作下有古）樹根下有鼯（一作上有鼯）鼠窠高皇子孫盡千載（一作古）無人過寶玉頻發掘精靈其若（一作柰）何人生須達命有酒且長歌

同前　劉復

淮南木落秋雲飛楚宮商歌今正悲青春白日不與我當壚舉酒勸君持出門驅驅四方事徒用辛勤不得意三山海底無見期百齡世間莫虛棄君不見金城帝業漢家有東制諸侯欲長久姦雄竊命風塵昏函谷重關不能守龍蛇出沒經兩朝胡虜憑陵大道銷河水東流宮闕盡五陵松柏自蕭蕭

短歌　徐謙

窮通皆是運榮辱豈關身不顧（一作顧）門前客看時逢故人

同前

意氣青雲裏爽朗煙霞外不羨一囊錢唯重心襟會

同前二首（送祁錄事歸合州因寄蘇使君）　杜甫

前者途中一相見人事經年記君面後生相勸（一作動）何寂寥君有長才不貧賤君今起柂春江流余亦沙邊具小舟幸為達書賢府主江花未盡會江樓

二（贈王郎司直）

王郎酒酣拔劍斫地歌莫哀我能拔爾抑塞磊落之奇才豫章翻風白日動鯨魚跋浪滄溟開且脫佩劍休徘徊西得諸侯棹錦水欲向何門趿珠履仲宣樓頭春已深青眼高歌望吾子眼中之人吾老矣

同前　李白

白日何短短百年苦易滿蒼穹浩茫茫萬劫太極長麻姑垂兩鬢一半已成霜天公見玉女大笑億千場吾欲攬六龍迴車挂扶桑北斗酌美酒勸龍各一觴富貴非所願為人駐頹光

同前（文粹作悲歌集作短歌行）三首　顧況

邊城路今人犂田昔人墓岸上沙昔時江水今人家今人昔人共長歎四氣相催節迴換明月皎皎入華池白雲離離度清漢我欲昇天天隔霄我欲渡水水無橋我欲上山山路險我欲汲井井泉遙越人翠被今何夕獨立沙邊江草碧紫燕西飛欲寄書白雲何處逢來客（一作蹤跡）

二

新繫青絲百尺繩心在君家轆轤上我心皎潔君不知轆轤一轉一惆悵何處春風吹曉幕江南淥水通朱閣美人二八顏如花泣向春（一作東）風畏花落臨春風聽春鳥別時多見時少愁人一夜不得眠瑤井玉繩相對曉

三

軒轅黃帝初得仙鼎湖一去三千年周流三十六洞天洞中日月星辰聯騎龍駕景遊八極軒轅弓劒無人識東海青童寄消息

本集自臨春風至軒轅以下爲一首列之第三篇文苑所載多脫略今從文粹及集本添入但不用序文

同前二首　白居易

世人求富貴多爲奉（一作身）嗜欲盛衰不自由得失常相逐聞君少年日苦學將干祿負笈塵中遊抱書雪前讀布衾不周體藜茹纔充腹四（一作三）十登官途五十被朝服奴溫新挾纊馬飽初食粟未敢議歡遊尚爲名檢束耳目聾暗後堂上調絲竹牙齒缺落時盤中堆酒肉彼來此已去外餘中不足少壯與榮華相避如寒燠青雲去地遠白日經天速從古無奈何短歌空（一作聽）一曲

二

曈曈太陽如火色上行千里下一刻出爲白晝入爲夜圓轉如珠住不得住不得可奈何爲君舉酒歌短歌歌聲苦詞亦苦四座少年君聽取今夕未竟明旦催秋風纔往春風迴人無根蔕時不駐朱顏白日相隨頽勸君且強笑一面勸君復強飲一盃人生不得長歡樂年少須臾老到來

同前　馮著

寂寂草中蘭亭亭山上松貞芳日有分生長耐相容結根各得地幸沾雨露功參辰無停泊且顧一西東君但開懷抱猜恨莫怱怱

同前　釋皎然

古人若不死吾亦何所悲蕭蕭煙雨九原上白楊青松葬者誰貴賤同一塵死生同一指人生萬代（一作在世）共如此何似（一作異）浮雲與流水短歌行短歌無窮日已傾鄴宮梁苑徒有名春草秋風傷我情何爲不學金仙侶一悟空王無死生

同前　聶夷中

八月木陰（一作蔭）薄十葉三墮枝人生過五十亦已同此時朝出東郭門嘉樹鬱參差暮出西郭門原草已離披南鄰好臺榭北鄰善歌吹榮華忽銷散（一作歇）四顧令人悲生死與榮辱四者乃常期古人恥其名沒世無人知無言鬢似霜勿謂事（一作髮）如絲耆年無一善何殊食乳兒

同前　釋子蘭

日月何忙忙出沒住不得使我勇壯心少年如頃刻人生石火光通時少於塞四季倏往來寒暑變爲賊偷人面上花奪人頭上黑

同前　司空圖

烏飛飛兔蹶蹶朝來暮去催時節女媧只解補青天不解煎膠粘日月

同前　王貞白

物候來相續新蟬送晚鶯百年休倚賴一夢甚分明金鼎神仙隱（一作祕）銅壺晝夜傾不如早立德萬古有其名

放歌行　王昌齡

南望（一作渡）洛陽津西望十二樓明堂坐天子月朔朝諸侯清樂動千門皇風被九州慶雲從東來泱漭抱日流昇平貴論道文墨將何求有詔徵草澤微誠將獻謀（一作謨猷）冠冕如星羅拜揖曹與周望塵非吾事入職（一作賦）且遲留幸蒙國士識自（一作因）脫負薪裘今者放歌行以慰梁甫愁位榮數斗祿奉義本（一作養每）豐羞苟顧（一作若）得金膏遂飛雲亦可儔（一作壽）

位榮（類詩作但營）

同前　李頎

少年學文恥學武世上功名不解取雖沾寸祿已後時徒欲出身仕明主栢梁賦詩不及宴長楸走馬誰相數斂迹俛眉心自高吟歌擊節聲半苦由是蹉跎一丈夫養雞牧豕東城隅空歌漢代蕭相國肯事霍家馮子都虛爾當年名籍籍濫作詞林兩京客故人斗酒安隱橋黃鳥春風洛陽陌吾家令弟才不羈五言破的人共推興來逸氣如溢湧千里長江歸海時別離短景何蕭索佳句相思能閒作舉頭南望魚陽山木葉紛紛向人落

同前　孟雲卿

吾觀天地圖世界亦何小落落大海中飄浮數洲島賢愚與蟻虱一種同草草地脉日夜流天衣有時掃東山謁居士了我生死道自見難噬臍心通可親腦軒皇竟磨滅周孔亦衰老永謝當時人吾將寶非寶

同前　權德輿

夕陽不駐東流急榮名貴在當年立青春虛度無所成白首銜悲亦何及拂衣西笑出東山君臣道合俄頃間一言一笑玉墀上變化生涯如等閑朱門杳杳列華戟坐中皆是王侯客鳴環動珮暗珊珊駿馬花驄白玉鞍十千斗酒不知貴半醉留賓邀盡歡銀燈一作燭煌煌夜將久侍婢金罍瀉春酒春酒盛來琥珀光暗聞蘭麝幾般香乍看皓腕映羅袖微聽清歌發杏梁雙鬟美人君不見一一皆勝趙飛鷰迎杯乍舉石榴裙勻粉時交合歡扇未央鍾漏醉中聞驄騎朝天曙色分雙闕煙雲遙靄靄五衢車馬亂紛紛罷朝鳴珮驟歸鞍今日還同昨日歡歲歲年年恣遊讌出門滿路光輝遍一身自樂何足言九族為榮真可羨男兒稱意須及時閉門下帷人不知年光看逐轉蓬盡徒詠東山招隱詩

文苑英華卷第二百三

登仕郎胡　柯　鄉貢進士彭　叔夏　校正

文苑英華卷第二百四　詩五十四

樂府十三

長門怨　喬備

秋入長門殿木落洞房虛妾思宵徒靜君恩日更疎墜露清金閣流螢點玉除還將閨裏恨遥問馬相如

同前　沈佺期

月皎風泠泠長門次掖庭玉堦聞墜葉羅幌見飛螢清露凝珠綴流塵下翠屏妾心君未察愁嘆劇繁星

同前　崔顥

君王寵初歇弃妾長門宫紫殿青苔滿高樓明月空夜愁生枕席春意罷簾櫳泣盡無人問容華落鏡中

同前　劉長卿

何事長門閉珠簾只自垂月移深殿早春向後宫遲蕙草生閑地梨花發舊枝芳非似恩幸看着(一作却)被風吹

同前　岑參

君王嫌妾妬閉妾在長門舞袖垂新寵愁眉結舊恩綠錢侵(一作生)履跡紅粉濕啼痕羞被夭桃(一作桃花)笑看春獨不言

同前　賈至

獨坐思千里春庭曉景長鶯喧翡翠幕柳覆鬱金堂舞蝶縈愁緒繁花對靚粧深情託瑶瑟絃斷不成章

同前　盧綸

空宫古廊殿寒月落斜暉臥聽未央曲滿箱歌舞衣

同前　釋皎然

春風日日閉長門摇蕩春心似夢魂若遣花開只笑妾不如桃李自(一作正)無言

同前　戴叔倫

自憶專房寵曾居第一流移恩向他處(一作何處去又作向何處)暫妬不容收夜靜(一作久)管絃(一作絲管)絶月明宫殿秋空將舊時意長望鳳皇樓

同前　裴文泰(一作交泰)

自閉長門經幾秋羅衣濕盡淚還流一種蛾眉明月夜南宫歌吹(一作管)北宫愁

同前　劉阜

宫殿沉沉月欲分昭陽更漏不堪聞珊瑚枕上千行淚不是思君是恨君(一作半是思君半恨君)

同前　齊澣

營營孤思通(一作孤思逼)(一作熒熒)寂寂長門夜(一作夕)妾妬亦知非(一作深非)君恩那不借(一作惜)攜琴就玉階調悲聲未諧將心寄(一作託)明月流影入君懷

同前　劉言史

獨坐爐邊結夜愁暫時恩去亦難收(一作留)手持金筯垂紅淚亂撥寒灰不舉頭

同前　耿緯

聞道昭陽宴嚬蛾落葉中清歌遂寒月遥夜入深宫

同前　楊衡

絲聲繁兮管聲急珠簾不卷風吹入萬遍凝愁枕上聽千迴候命花間立望望昭陽信不來迴眸獨掩紅巾泣

同前　劉媛

雨滴梧桐秋夜長愁心和淚(一作雨)到昭陽啼(一作淚)痕不學

君恩斷拭却千行更萬行

同前　劉得仁

爭得一人聞此怨長門深夜有姸姝早知雨露翻相誤只插荆釵嫁匹夫

同前　張喬（一作劉駕）

御泉長繞鳳凰樓自（一作只）是恩波別處流閑揲舞衣歸未得夜來砧杵六宮秋

同前二首　王貞白

寂寞故宮春殘燈曉尚存從來非妾過（一作妬）偶爾失君恩花落傷容鬢鸎啼驚夢魂翠華如可待應免老長門

二

葉落長門靜苔生永巷幽相思對明月獨坐向空樓鑾駕迷終轉蛾眉老自愁昭陽歌舞伴此夕未知秋

右長門怨詩劉皁耿緯楊衡劉媛王貞白第二首皆用昭陽字按昭陽乃趙飛燕事與陳后長門宮不相關此所未詳

長信宮（一作婕妤怨）　崔國輔

長信宮中草年年愁處生爲（一作時又作故）侵珠履跡不使玉堦行

同前（一作長信怨二首）　王昌齡

金井梧桐秋葉黃珠簾不卷夜來霜熏籠（一作金爐）玉枕無顔色卧聽南宮（一作宮中）清漏長

二

奉帚平明秋（一作金）殿開且（一作暫）將團扇共徘徊玉顔不及寒鴉色猶帶昭陽日影來

右三首此集元在長門怨中今以文粹及郭茂倩樂府改作長信宮

同前　田氏

團團手中扇昔爲君所持今日君弃捐復值秋風時悲將入篋笥自歎知何爲

同前　劉方平

夢裏君王近宮中河漢高秋風能再熱團扇不辭勞

西宮秋（一作愁）怨二首　王昌齡

芙蓉不及美人粧水殿風來珠翠香誰問（一作分）含啼掩秋扇空懸明月待君王

二

西宮夜靜百花香欲卷珠簾春恨長斜抱雲和深見月朧朧樹色隱昭陽

昭君怨　梁簡文帝

玉艷光瑤質金鈿婉黛紅一去蒲萄觀長別披香宮秋簷照漢月愁帳入胡風妙工偏見詆無由情恨通

同前　沈約

朝發披香殿夕濟汾陰河於茲懷九逝自此斂雙蛾沾粧如（一作疑）湛露繞臉（一作瞼）狀流波日見奔沙起稍覺轉蓬多胡風犯肌骨非直傷綺羅銜涕試南望關山鬱嵯峨始作陽春曲終成苦寒歌唯有三五夜明月暫經過

同前　武陵王

塞外無春色邊城有夙霜誰堪覽明鏡持許照紅粧

同前　何遜（一作妥）

昔聞別鶴弄已自軫離情今來昭君曲還悲秋草并

同前　梁王叔英妻劉氏

一生竟何定萬事良（一作最）難保丹青失舊儀玉匣成秋草想妾辭關淚至今猶未燥漢使汝南還殷勤爲人道

同前二首　梁范靜妻沈氏

早信丹青巧重賂（一作貨）洛陽（毛延壽長安人今作洛陽）師千金畫（一作買）

蟬鬢百萬爲蛾眉

二

今朝猶漢地明旦入胡關高堂歌吹少遊子夢中還（一作情寄南雲反思逐北風還）

同前　梁施榮泰

垂羅下椒閣舉袖拂胡塵寂寞（一作唧唧）撫心歎蛾眉誤殺人

同前　張正見

塞樹暗胡塵霜樓明漢月淚染上春衣憂變華年鬢

同前　陰鏗（一作陳昭）

跨鞍今永訣垂涕別親賓漢地隨行盡胡關逐望新交河擁塞霧（一作塞路）隴日（一作首）闇沙塵唯有孤明月猶能送遠（一作遠送）人

同前二首　庾信

拭啼辭戚里迴顧望昭陽鏡失菱花影釵除却月梁圍腰無一尺垂淚有千行衫身承馬汗紅袖拂秋霜別曲真多恨哀絃須更張

二

斂眉光祿塞遙望夫人城片片紅粧落雙雙淚眼生冰河牽馬度雪路抱鞍行胡風入骨冷夜月照心明方調琴上曲變作胡笳聲

同前　陳後主

圖形漢宮裏遙聘單于庭狼山聚雲暗龍沙飛雪輕笳吟度隴咽笛轉出關鳴啼粧塞（一作寒）葉下初月愁眉生（一作愁眉初月生）只餘馬上曲猶作別時聲

同前　薛道衡

我本良家子充選入椒庭不蒙女史進更失畫師情蛾眉非本質蟬鬢改真形專由妾命薄（一作外）誤使君恩輕啼霑（一作落）渭橋路歎別長安城夜依（一作今夜）寒草宿朝逐（一作明朝）轉蓬征却望關山迥前瞻沙漠平胡風帶秋月嘶馬雜笳聲毛裘易羅綺氈帳代帷屏自知蓮臉歇羞看菱花明釵落終應弃鬢（一作髻）解不須縈何用單于重詎假閼氏名駃騠聊強食挏酒未能傾心隨故鄉斷愁逐塞雲生漢宮如有憶爲視旄頭星

同前　盧照鄰

合殿恩中絕交河使漸稀肝腸隨（一作辭）玉輦形影向金微漢宮草應緑胡庭沙正飛願逐三秋鴈年年一度歸

同前　駱賓王

斂容辭豹尾縅恨（一作怨）度龍鱗金鈿明漢月玉筯染胡塵粧（一作古）鏡菱花暗愁眉柳葉嚬唯有清笳曲時聞芳樹春

同前　張文琮

我途飛萬里迴首望三秦忽見天山雪還疑上苑春玉痕垂淚粉（一作粉淚）羅袂拂胡塵爲得胡中曲還悲遠嫁人

同前二首　董思恭

琵琶馬上彈行路曲中難漢月正南遠燕山直北寒髻鬟風拂亂（一作散）眉黛雪沾殘斟酌紅顏改（一作盡）徒勞握鏡看（一作何勞鏡裏看）

二

新年猶尚小那堪遠聘秦裙裾沾馬汗眉黛染胡塵舉眼無相識路逢皆異人唯有梅將李猶帶故鄉春

同前三首　東方虬

漢道今（一作初）全盛朝廷足武臣何煩（一作須）薄命妾辛苦遠和親

二

揜涕辭丹鳳銜悲向白龍單于浪驚喜無復舊時容

三

塞外無青草（一作胡地無花草）春來不似春自然衣帶緩非是覔（一作爲）腰身

同前　郭元振

閏有河南（一作南河）信傳言殺畫師始知君念（一作惠）重更復惜（一作遺畫）蛾眉

同前　[redacted]

銜悲出漢關落淚灑胡鞍闕榆三夏凍塞柳九春寒眉任愁中結腰隨帶裏寬別曲易悽斷哀絃不忍彈

同前　顧朝陽

莫將鉛粉匣不用鏡花光一去邊城路何情更畫粧影銷胡地月衣盡漢宮香妾死非關命都（一作紙）緣怨斷腸

同前　上官儀

玉關春色曉（一作晚）金河路幾千琴悲桂條上笛怨柳花前霧掩臨粧月（一作鳳）風驚入鬢蟬緘書待還使淚盡白（一作高雲又作日）天

同前二首　李白

漢家秦地月流影送明妃一上玉關道天涯去不歸漢月還從東方出明妃西嫁無來日燕脂長寒雪作花蛾眉顦顇沒胡沙生乏黃金枉圖畫死留青冢使人嗟

二

昭君拂玉鞍上馬啼紅頰今日漢宮人明朝胡地妾

同前二首　儲光羲

日暮驚沙亂雪飛傍人相勸易羅衣強來前帳看歌舞共待單于夜獵歸

二

胡王知妾不勝悲樂府皆傳漢國詞朝來馬上箜篌引稍似雲（一作宮）中聞夜時

同前　釋皎然

自倚嬋娟望主恩誰知美惡忽相翻黃金不買漢宮貌青冢空埋胡地魂

同前　梁氏瓊

自古有（一作無）和親天移（一作貽）到妾身朔（一作胡）風嘶去馬漢月弔行輪衣薄狼山雪粧成虜塞春迴看父母國生死畢胡塵

同前　白居易

明妃風貌冣娉婷合在椒房應四星只得常（一作當）年備宮掖何曾專夜奉帷（一作幃）屏見疎從道迷圖畫知屈那教配虜庭自是君恩薄如紙不須一向恨丹青

同前二首（時年十七）　前人

滿面胡沙滿鬢風眉銷殘黛臉銷紅愁苦辛勤顦顇盡如今却似畫圖中

二

漢使却迴憑寄語黃金何日贖蛾眉君王若問妾顏色莫道不如宮裏時

班婕妤怨　梁孔翁歸

長門與長信日暮九重空雷聲聽隱隱車響絕籠籠（一作瓏瓏）恩光隨妙舞團扇逐秋風鉛華誰不見（一作慕）人意自難同（一作終）

同前　梁劉孝綽

應門寂已閉非復後庭時況在青春日萋萋綠草滋妾身似秋扇君恩絕履綦誰（一作詎）憶遊輕輦徒令（一作從今）賤妾辭

同前　梁何思澄

寂寂長信晚雀聲愁洞房蜘蛛網高閣駮蘚被長廊虛殿簾帷寂閑堦花蘂香悠悠視日暮還復守（一作拂）空床

同前　梁徐悱妻劉氏

日沒應門閉愁思百端生況復昭陽近風傳歌吹聲寵移真（一作終）不恨讒枉太無情秪言爭分理非妬（一作獨）舞腰輕

同前　陳陰鏗

柏梁新寵盛長信昔恩傾誰爲諸人巧（一作詩書重）翻爲歌舞輕花月分窻進苔草共堦生睫（一作接又作憶）淚衫前滿單眠寃（一作夢）裏驚可惜逢秋扇何用合歡名

同前　崔湜

不忿君恩斷新粧視鏡中容華尚春日嬌愛已秋風枕席臨燈（一作窻）曉屏帷（一作帷屏）向月空年年後庭樹榮落在深宮

同前　王維

宮殿生秋草君王寵（一作恩）幸疎那堪聞鳳吹門外度金轝

同前　女郎劉雲

君恩不可再（一作見）妾豈如秋扇秋扇尚有時妾身永微賤

同前　陳標

莫言朝花不復落嬌容幾奪昭陽殿
掌上恩移玉帳空香珠滿眼泣春風飄零怨柳凋眉翠狼藉愁桃墜臉紅鳳輦秪應三殿北鸞聲不散五湖中笙歌颻颻迴天睠獨自無情長信宮

銅雀臺　荀仲舉

高臺秋色晚銅雀（一作直置又作直望）已淒然況復歸風便松聲入管（一作斷）絃淚逐梁塵下心隨團扇捐誰堪三五夜空對月光圓

同前　張正見

荒涼銅雀晚搖落墓田通雲慘當歌日松吟欲舞風人疎瑤席冷曲罷繐帷空可惜年年（一作將）淚俱盡望陵中

同前　劉庭琦

銅雀宮觀委灰塵魏主園陵漳水濱即今西望猶堪思況復當時歌舞人

同前　賈至

日暮銅臺靜西陵鳥雀歸撫絃心斷絕聽管淚霏微（一作霏霏）靈机臨朝奠空床卷寢（一作夜）衣蒼蒼川上月應照妾魂飛

同前　馬戴

魏宮歌舞地蝶戲鳥還鳴玉座人難想（一作到）銅臺雨滴平西陵樹不見漳浦草空生萬恨盡埋此徒懸千載名

同前　女郎張琰（一作瑛）

君王冥漠不可見銅雀歌舞空徘徊西陵憒憒（一作嘖嘖）悲宿鳥高（一作空）殿沉沉閉青苔青苔無人跡紅粉空相哀

同前　女郎程長文

君王去後行人絕簫竽不響歌喉咽雄劍無威光彩沉寶琴零落金星滅玉階寂寂墜秋露月照當時歌舞處當時歌舞人不迴化爲今日西陵灰

銅雀妓　何遜

秋風木葉落蕭瑟管絃清望陵歌對酒向帳舞空城寂寂庭（一作簷）宇曠飃飃帷幔輕曲終相顧起日暮松柏聲

同前　劉孝綽

雀臺三五日弦（一作歌）吹似佳期況復（一作定）對西陵晚松風吹繐（一作飄素）帷危絃斷復續（一作更接）妾心傷（一作傷於心）此時誰（一作何）言留客袂還（一作翻）掩望陵悲

同前　喬知之

金閣早（一作晴）分香鉛華不重粧空餘強歌舞（一作歌舞地）猶是爲君王哀絃調已絕豔曲不須長共看西陵暮秋煙生白楊

同前　高適

日暮銅雀迥秋（一作曲）深玉座清蕭森松柏望妾鬱羅綺（一作綺羅）情君恩不再得（一作重）妾舞爲誰輕

同前　李邕

西陵望何及絃管徒在茲誰言死者益但令生者悲丈夫有餘志兒女焉足私擾擾多俗情投迹互相師直節豈感激荒淫乃凄其頳水有許由西山有伯夷頌聲何寥寥唯聞銅雀詩君舉良未易永爲後代嗤

同前　釋皎然

強開罇酒向陵看憶得君王舊日歡不覺餘歌悲自斷非關豔色（一作曲）轉聲難

同前　朱放

恨唱歌聲咽愁翻舞袖遲西陵日欲暮是妾斷腸時

同前　劉方年

遺令奉君王嚬娥強一粧歲移陵樹色恩在舞衣香玉座生秋氣銅臺下夕陽淚痕沾井幹舞袖爲誰長

同前　歐陽詹

蕭條登古臺迴首黄金屋落葉不歸林高陵永爲谷粧容徒自麗舞態閟誰目惆悵繐帷空（一作嗚咽練帷前）歌聲苦於哭

湘妃怨　陳羽

二妃愁（一作怨）處雲沉沉二妃怨（一作哭）處湘江（一作水）深商人酒滴廟前草蕭索（一作颯）風生班竹林

同前　王貞白

舜欲省蠻陬南巡非逸遊九山沉白日二女泣滄洲目極楚雨斷恨深湘水流至今聞鼓瑟咽絕不勝愁

文苑英華卷第二百四

登仕郎胡　柯　鄉貢進士彭　叔夏　校正

文苑英華卷第二百五　　詩五十五

樂府十四

古意三十三首　　擬古十四首

古意三首　　梁吳均

雜虜寇銅鞮征役去三齊扶山剪疎勒傍海掃沉黎光夜悉
如揮一作電一作劒光夜如電馬汗盡一作畫成泥何當見天子畫地取關西

此詩一百九十六卷重出今已削去注異同爲一作

二

匈奴數欲盡僕在玉門關蓮花穿劒鍔秋月掩刀環春機
鳴窈窕夏木思一作鳥鳴綿蠻中人坐相望狂夫終不還

三

西都盛冠蓋九逵塵霧塞中有惡少年伎能專自得王鞭
蓮花紐金苣流星勒聊爲路傍人寫輊長楸北

同前　　王僧孺

青絲一作控被燕馬紫艾飾吳刀朝風吹錦帶晚一作落日映
珠袍陸離關右客照耀山西豪雖非學詭遇終是任逢遭
人生會有死得處如鴻毛寧能若一作偶鷄鶩寂寂隱蓬蒿

同前　　劉孝綽

燕趙多佳麗白日照紅粧蕩子十年別羅衣雙帶長春樓
怨難守玉堦悲自傷復此歸飛鷰一作對此飛歸鷰銜泥繞曲房
差池入綺幕上下傍雕梁故居猶尚爾故人何一作安可忘
相思昏望絶宿昔夢容光魂交忽在御轉側定他鄉徒然
顧一作願枕席誰與同衣裳空使蘭膏夜炯炯對繁霜

此詩二百四十七卷重出今已削去注異同爲一作

同前　　顏曹

逶迤臨雲雨蛾眉戲瓊一作瑤臺對酒自嬌笑君王肯下來

擊鼓雷闐闐選妓紛呈才錫宴池上子精魄辭不迴指日
窮所樂豈知殺運開孤舟一遥放曾構成塵埃

長安古意一首　　盧照隣

長安大道連狹斜青牛白馬七香車玉輦縱横過主第金
鞭駱驛向侯家龍銜寶蓋承朝日鳳吐流蘇帶晚霞百丈
游絲爭繞樹一羣嬌鳥共啼花啼花戲蝶千門側碧樹銀
臺萬種色複道交窻作合歡雙闕連甍垂鳳翼梁家畫閣
天中起漢帝金莖雲外直樓前相望不相知陌上相逢詎
相識借問吹簫向紫煙曾經學舞度芳年得成比目何辭
死願作鴛鴦不羨仙比目鴛鴦真可羨雙去雙來君不見
生憎帳額繡孤鸞好取開簾帖雙鷰雙鷰雙飛遶畫梁羅
帷翠被鬱金香片片行雲著蟬鬢纖纖初月上鵶[redacted]黃
粉白車中出含嬌含態情非一妖童寶馬鐵連錢倡婦盤
龍金屈膝御史府中烏夜啼廷尉門前雀欲棲隱隱朱城
臨玉道遥遥翠幰沒金堤挾彈飛鷹杜陵北探丸借客渭
橋西俱邀俠客芙蓉劒共宿倡家桃李蹊倡家日暮紫羅
裙清歌一囀口氛氳北堂夜夜人如月南陌朝朝騎似雲
南陌北堂連北里五劇三條控三市弱柳青槐拂地垂佳
氣紅塵暗天起漢代金吾千騎來翡翠屠蘇鸚鵡杯羅襦
寶帶爲君解燕歌趙舞爲君開別有豪華稱將相轉日迴
天不相讓意氣猶來排灌夫專權判不容蕭相專權意氣
本豪雄青虬紫鷰坐生風自然歌舞長千載自謂嬌奢凌
五公節物風光不相待桑田碧海須臾改昔時金階白玉
堂即今唯見青松在寂寂寥寥楊子居年年歲歲一牀書
獨有南山桂華發飛來飛去襲人裾

古意二首　　沈佺期

盧家少一作小婦鬱金堂海鷰雙棲瑇瑁梁九月寒砧催下葉十年征戍憶遼陽白狼河北軍書一作音斷丹鳳城南秋夜長誰知含情一作愁獨不語使一作見妾明月對流黃一作照

二

八月涼風動高閣三千一作千金麗人卷綃幕已憐池上歇芳菲不顧君恩復揺落世上榮枯如轉蓬是時阡陌暮雲中飛鷰恃寵昭陽殿班姬飲恨長信宮長信宮昭陽殿春來歌舞妾自知秋至簾櫳君不見古時嬴女厭世紛學吹鳳簫乗綵雲含情轉睞向簫史千歲童顏持贈君

同前　邢象玉

家中酒新熟園東木初榮佇杯欲取醉悒然思友生忽聞有奇客何姓復何名嗜酒陶彭澤能琴阮步兵何須問寒暑徑共坐山亭舉袂祛啼鳥揚巾掃落英心神無俗累歌詠有新聲新聲是何曲滄浪之水清

同前和李侍郎　喬知之

妾家巫山隔漢川君度南庭向胡宛高樓迢遞想金天河漢昭回更凄然夜如何其夜未央閑花照月愁洞房自矜夫壻勝王昌三十曾作侍中郎一從流落戍漁陽懷哉萬恨結中腸南山羃羃兔絲花北陵青青女蘿樹由來花葉同一根今日枝條分兩處三星差池光照灼北斗西指秋雲薄茎枯緑謝葉憔悴香消花盡色零落美人長歎艷容萎含情收取摧折枝調絲獨彈聲未移一作調絃獨坐朱顏移感君行坐星歲遲閨中宛轉今若斯一作苦思誰能爲報征人知

同前　吳少微

洛陽芳草向春開洛陽女兒平旦來流車走馬紛相催推折一作芳瑶草向曲臺曲臺自有千萬行重花累葉閒垂楊

北林朝日鏡明光南國微風蘇合香可憐窈窕女不作邯鄲倡妙舞輕迴拂長袖高歌浩唱發清商歌終舞罷歡無極樂往悲來長歎息陽春白日不少留紅榮一作花碧樹無顏色碧樹風花先春度珠簾粉澤無人顧如何年少忽遲暮坐見明月與白露[illegible]夜已寒香衣錦帶空珊珊今日陽春一妙曲鳳凰樓上與君彈

同前　蔣洌

昨夜巫山中失却陽臺女今朝鞭閣東獨伴襄王語

同前　常建

井底玉冰動地明琥珀轆轤青絲索仙人騎鳳披綵霞挽上銀瓶照天閣黄金作身雙飛龍口銜明月噴芙蓉一時渡海望不見曉上青樓十二重

同前　崔顥

十五嫁王昌盈盈出畫堂自矜年正小復倚壻爲郎舞愛前溪緑歌憐子夜長閑時鬬百草度日不成粧

同前六首　崔國輔

遺却珊瑚鞭白馬驕不行章臺折楊柳春日路傍情

二

此詩一百九十四卷重出今已削去

三

玉籠薰羅裳着罷眠洞房不能春風裏吹却蘭麝香

四

湖南與君别湖北億君歸湖裏鴛鴦起雙雙他自飛

種棘遮蘼蕪畏人來摘殺比至狂夫還看看幾花發

五

歸來日尚早却欲向芳洲渡口水流急迴舡不自由

淨掃黃金階飛霜厚如雪下簾彈箜篌不忍見秋月

六

同前　李頎

男兒事長征生作一作小幽燕客賭一作覩勝馬蹄下由來經七尺
殺人莫敢前鬚如蝟毛磔黃雲隴底白雲飛未得報恩不
得歸遼東小婦年十五慣彈琵琶會歌舞合爲羌笛出塞
聲使我三軍淚如雨

同前　崔曙

綠筍總成行紅花亦成子能當此時好獨自幽閨裏夜夜
苦更長愁來不如死

同前　崔萱

灼灼葉中花夏萎春又芳明明天上月蟾缺圓復光未如
君子情朝違夕已忘玉帳枕猶暖紈扇思何長願因西南
風吹上瑇瑁床嬌眠錦衾裏宛轉雙鴛鴦

同前　戴休珽

窮秋朔風起滄海愁陰漲虜騎掠河南漢兵屯灞上羽書
驚沙漠刁斗諠亭障關塞何蒼茫邊烽遞相望弱齡負雄
節俠客多招訪投筆棄書生提戈逐飛將拔劍照霜白怒
髮衝冠壯會立萬里功視君封侯相

同前　權德輿

家人強進酒酒後能忘情持杯未飲時衆感紛已盈明月
照我旁一作房庭柯振秋聲空庭白露下枕席涼風生所思
萬里餘水闊山縱橫佳期憑夢想未曉愁鷄鳴願得一心
人當年歡樂并長筵映玉俎素指一作手彈秦箏曖睇呈巧
笑惠音激淒清此願良未果永懷空如醒

同前三首戲贈陸大夫十二丈　孟郊

蓮子不可得荷花生水中猶勝道傍柳無事一作時蕩春風

二

綠萍與荷葉同在一泉一作此水中風吹荷葉在綠萍西復東

三

蓮花不一作葉未開時苦心終日卷春水一作風徒漾漾荷花未開展

同前　張夫人

轆轤曉傳素絲綆桐聲夜落蒼苔塼涓涓吹溜若時雨曜
曜疑佳蔬非用天丈人不解此中意抱甕當時徒自賢

同前　梁鍠

妾家巫峽陽羅[redacted]寢銀床曉日臨窗久春情引夢長落釵
仍在鬢微汗欲消黃縱使蒙籠覺魂遊逐楚王

同前　劉商

達曙寢衣冷開門霜露凝風吹昨夜淚一片枕前冰

同前　賈島

碌碌復碌碌百年雙轉轂志士中夜心良馬白日足俱爲
不等閑誰是知音目眼中兩行淚曾弔三獻玉

擬古此詩已見二百三卷　劉孝威

同前此詩見二百六卷　辛德源

同前　崔融

飲馬臨濁河濁河深不測河水日東注河源迥西極思君
正如此誰爲生羽翼日夕大川陰雲霞千里色所思在何
處宛在機中織離夢當有魂愁容定無力夙齡負奇志中
夜[redacted]歎息拔劍斬長榆彎弧射小棘班張固非擬衛霍行
可即寄謝閨中人努力加飡食

同終南山擬古　胡師耽

結廬終南山西北望帝京煙霞亂鳥道岧見長安城宫雉

手相映雙闕雲間生鍾鼓沸閶闔笳管咽承明朱門臨槐路紫蓋飛縱橫望望未極已㒵牖秋風驚巖岫草木黃飛鴈遺寒聲墜葉積幽逕繁露垂荒庭㒵中酒新熟澗谷寒蟲鳴且對一壺酒安用世間名寄言市朝客君王樂太平

擬古　何思澄

故交不可忘猶如蘭桂芳新知雖可悅不異茱萸香妾有鳳鵷（一作皇）曲非無陌上桑薦君君不御抱琴自悲涼

同前贈陳子昂（此詩見二百四十九卷）　喬知之

同前三首　徐彥伯

讀書三十載馳騖周六經儒衣干時主忠策獻闕庭一朝奉休盻從容廁羣英束身趨建節秉筆坐承明廨署相填噎寮吏紛縱橫五日休澣時屠蘇繞王（闕）屏橘花覆北沼桂樹交西榮樹栖兩鴛鴦含春向我鳴皎絜綺羅艷便娟絲管清擾擾天地間出處各有情必（闕）何巖石不（闕）枯槁閑此生

二

遙裔煙嶼鴻雙影旦夕同交翰倚沙月和鳴弄江風䓗若茂芳序君子從遠戎雲生陰海沒花落春潭空紅淚掩促柱錦衾羅熏籠自傷瓊草綠詎惜鉛粉紅裂帛附雙燕爲余向遼東

三

頹光無淹晷逝[redacted]有迅流綠苔紛易歇紅顏不再求歌笑當及春無令壯志秋弱年仕關輔門豁王（闕）御溝數偷東城際婉孌南陌頭荷花嬌綠水楊葉暖青樓中有綠綺（一作羅）人可憐名莫愁畫屏繞金縢珠簾懸玉鉤纖指調寶琴泠哀且柔贈君鴛鴦帶因以鷫鸘裘[redacted]曉吟日坐閨夕秉燭遊無作北門客咄咄懷百憂

同前　李白

生者如（一作爲）過客死者如（一作爲）歸人天地一逆旅同悲萬古塵月兎空擣藥扶桑已成薪白骨寂無語（一作言）青松豈知春前後皆（一作更）歎息浮雲何足珍

同前　釋皎然

日出天地正煌煌闕晨曦六龍驅羣動古今無盡時夸父亦何愚競走先自疲飲乾咸池水折盡長桑枝渴死化爝火嗟嗟徒爾爲空留鄧林在折盡（一作摧折）令人嗤

同前（郭茂倩樂府作東飛伯勞歌）　李暇

秦王龍劒燕后琴珊瑚寶匣鏤雙心誰家女兒抱香枕開衾滅燭願侍寢瓊窻半上金縷幬輕羅隱面不障羞青綺帷中坐相憶紅羅鏡裏見愁色簷花照月鶯對栖空將可憐暗中啼

同前　孟簡

劒客不誇貌主人知取心但營纖毫義肯計千萬金勇發看鷙擊憤來聽虎吟平生貴酬德刃敵無幽深

同前　顧況

龍劒昔藏影送雄留其雌人生阻歡會神物亦別離碧樹感秋落佳人無還期夜琴爲君咽浮雲爲君滋愛而傷不見使星徒參差（集作星漢徒參差）

文苑英華卷第二百五

登仕郎胡　柯　鄉貢進士彭　叡夏　校正

樂府十五

飛來雙白鶴（一作鵠莊子鵠鶴通用）　梁孝元帝

紫蓋學仙成能令吳市傾逐舞隨踈節聞琴應別聲集田遥赴影隔霧近相鳴時從洛浦渡飛向遼東城

同前　吳邁遠

可憐雙白鶴（一作鵠）雙雙絶塵氛連翩弄光景交頸想（一作遊）青雲逢羅復逢繳雌雄一旦分哀聲流海曲孤叫去江濆豈不慕前侶爲爾不及群步步一零淚千里猶待君樂哉新相知悲來生別離持此百年命共逐寸陰移譬如空山草零落心自知

同前　虞世南

飛來雙白鶴奮翼遠凌煙俱棲集紫蓋一舉背青田颺影過伊洛流聲入管絃鳴儔（一作羣）倒景外刷羽閶風前映海疑浮雪拂澗瀉飛泉燕雀寧知去蜉蝣不識還何言別儔侶從此間山川顧步已相失徘徊反自憐危心猶警露哀響詎聞天無因振六翮輕舉復隨仙

黄鶴　沈佺期

黄鶴佐丹鳳不能群白鷳拂雲遊四海弄影到三山遥憶君軒上來下天池間明珠世不重知有報恩環

烏生八九子　劉孝威

城上烏一年（一有生字）八九鶵枝輕巢本狹風多葉早枯氄毛不自暖張翼強相呼金柝嚴兮翠樓肅壓壁光兮椒泥馥虞機衡網不得施猜鷹鷙隼無由逐永願共棲曾氏冠同瑞周王屋莫啼城上寒猶賢野中宿羽成翮備各西東丁年賦命有窮通不見高飛帝輦側遠託日輪中尚逢王吉箭猶嬰后（一作雩）羿弓豈知變彩救燕質入夢祚昭公流聲表師退集幕示營空靈臺已鑄像流蘇時候風

烏夜啼　梁簡文帝

緑草庭中望明月碧玉堂裏對金鋪鳴絃撥捩發初異挑琴欲吹衆曲殊不疑三足朝含影直言九子夜相呼羞言獨眠枕下淚託道單栖城上烏

同前　劉孝綽

鵾絃且輟弄鶴操暫停揮（一作徽）別有啼烏曲東西各自（一作相背）飛倡人怨獨守蕩子殊（一作遊）未歸忽聞生離唱（一作曲）中（一作長）夜泣羅衣

同前　庾信

促柱繁絃非子夜歌聲舞態異前溪御史府中何處宿洛陽城頭那得棲彈琴蜀郡卓家女織錦城頭劉（一作秦川竇）氏妻詎不自驚長渡洛（一作淚落）到處（一作頭又作道）啼烏何處（一作恒夜）啼

同前　前人

桂樹懸知遠風竿詎肯低獨憐明月夜孤飛猶未棲虎賁誰見惜御史詎相攜雖然（一作言）入絃管終是曲中啼

同前　李白

姑蘇臺上烏棲時吳王宮裏醉西施吳歌楚舞歡未畢青山猶銜半邊日銀箭金壺（一作金壺丁丁）漏水多起看秋月墮（一作墜）江波東方漸高奈爾（一作樂）何

同前　劉商

遶林啞啞驚復栖■碧樹高枝低月明露濕枝亦滑城上女墻西月啼闕愁人出戶聽烏啼團團明月墮墻西月中有桂樹日中有伴侶何不上天去一聲（一本疊聲二字）一啼到曙

烏啼曲　顧況

玉房掣鎖聲翻葉銀箭添泉霜遶（一作遶霜）堞畢逋撥剌日（一作月）銜城八九鶵飛其母驚此是天上老鵶聲我聞（一作人間）老鵶無此聲搖雜珮耿華燭夜聽（一作良夜）羽人彈此曲東方曈曨（一作曈曈）赤日旭鷄聲（集作鷄鳴）

同前贈張評事　楊巨源

可憐楊葉復楊花雪淨煙深碧玉家烏棲不定枝條弱城頭夜半聲啞啞浮萍流（一作搖又作栖）蕩門前水任罥芙蓉莫墮沙

烏栖曲四首　梁簡文帝

接翮同發燕孤飛獨向楚值雪已迷羣驚風復失侶

二

青牛丹轂七香車可憐今夜宿倡家倡家高樹烏欲栖羅帷翠被（一作翠帳）向（一作任）君低

三

浮雲似帳月成（一作如）鉤那能夜夜南陌頭（一作遊）宜城醞酒今夜（一作宜城投泊今行）熟莫惜停鞍（一作停鞍繫馬）暫栖宿

四

織成屏風金屈膝朱脣玉面燈前出相看氣息望君憐誰能含羞不向前

烏栖篇二首　蕭子顯

幄中清酒瑪瑙鍾裙邊雜珮虎魄（一作琥珀）龍欲（一作虛）持寄心（一作君）心不惜共指三星今何夕

二

濃黛輕紅點花色還欲令人不相識金壺夜永誰（一作此夜誰又作夜水詎）能多（一作過）莫恃（一作持）奢用比（一作此）懸河

晚栖烏　梁元帝

日暮連翩翼俱向上林栖風多前烏（一作烏）駛雲暗後羣迷路遠聲難徹飛斜行未齊應從故鄉返幾過入蘭閨借問倡樓妾何如蕩子啼

雉子班　吳均

可憐雉子班羣飛集野甸文章始陸離意氣已驚猜幽并遊俠子直心亦如箭生死（一作以死又作死節）報君恩誰能孤恩眄

同前　張正見

陳倉雉未飛歛翮依芳甸朱冠色尚淺錦臆毛初變雊麥且專場排花聊勇戰唯當渡弱水不怯如臯箭

同前　毛處約

春物始芳菲春雉正相追澗響連朝雊花光帶錦衣窴跡時移影驚媒或亂飛能使如臯路相追巧笑歸

同前　江揔

麥壟新秋來澤雉屢徘徊依花似叶妬拂草乍驚（一作警）媒三春桃照李二月柳爭梅暫往如臯路當令巧笑開

射雉詞　儲光羲

曝暄理新翳迎春射鳴雉原田遙一色臯陸曠千里遠聞咿喔聲時見雙飛起冪歷疎蒿下毿毸深麥裏顧敵乃忘

生爭雄方決死仁心貴勇義豈復能傷此超遥下故墟迢
遰迴高軌（一作峙）丈夫昔何苦取笑歡妻子

朱鷺　梁王僧孺

因風弄玉水映日上金堤猶持畏羅繳未得異凫鷖聞君
愛白雉兼同重碧雞未能聲似鳳聊變色如珪願識昆明
路乗流飲復棲

同前　裴憲伯

秋來懼寒勁歲去畏冰堅羣飛向葭（一作薛）下奮羽欲南遷
暫戲龍池側時往鳳樓前所歎恩光歇不得久聯翩

同前　張正見

金堤有朱鷺刷羽望滄瀛周詩振雅曲漢鼓發奇聲時將
赤鴈並乍逐彩鸞行別有翻潮處異色不相驚

同前　蘇子卿

玉山一朱鷺容與入王畿欲向天池飲還遶上林飛金堤
曬羽翮丹水浴毛衣非貪葭下食懷恩自遠歸

鬭雞　梁簡文帝

歡樂良無已東郊春可遊百花非一色新田多異流龍尾
横津漢車箱起（一作赴）戍樓玉冠初礬敵芥羽忽猜儔十日
驕既满九勝勢恒遒脫使田饒見堪能說魯侯

同前　劉孝威

丹雞翠翼張妬敵復（一作得）專場翅中含芥粉距外耀金芒
氣踰上黨列名貴（一作媿）下韝良祭橋愁魏后食跖忌齊王願
賜淮南藥一使雲間翔

鬭雞東郊道　陳褚玠

春郊鬬雞侶捧敵兩逢迎妬（一作詭）羣排袖出帶勇向場驚
錦毛侵距散芥羽雜塵生還同戰勝罷耿介寄前鳴

看鬬雞　後周王襃

躞蹀始横行意氣欲相傾妬敵金芒起猜羣芥粉生入場
疑挑戰逐退似追兵誰知函谷下人去獨開城

寒食鬬雞　杜淹（見雜詠）

寒食東郊上揚鞲競出籠花冠初照日芥羽正生風顧敵
知心勇先鳴覺氣雄長翹頻掃陣利距屢通中飛毛遍綠
野灑血漬（一作散）芳叢雖然百戰勝會自不論功

雞鳴高樹巔　梁簡文帝

碧玉承（一作好）名倡夫壻侍中郎桃花全覆井金門半隱堂
時欣一來下復比（一作此）雙鴛鴦雞鳴天尚早東烏定未光

晨雞高樹鳴　張正見

晨雞振翮鳴出迴擅奇聲蜀郡隨金馬天津應玉衡摧冠
驗遠石（集作古）繫火（用江廻事）出連營爭棲斜揭暮解翼横飛度
試飲淮南藥翻上仙都樹枝低且候潮葉淺還承露承露
（一作枝低）觸嚴霜葉淺伺朝陽不見（一無此二字）猜群怯寶劍勇戰出
花場尚損黃金距誰論白玉瑙豈知（一無此二字）長鳴逢晉帝恃
氣遇周王流名說魯國分影入陳倉不復愁符朗猶能感
孟嘗

賦雞鳴篇　隋岑德潤

鍾響應繁霜晨雞錦臆張簾迴猶侵露枝高已映光排空
下朝揭奮翼上花場雨晦思君子關開脫孟嘗既得依雲
外安用集陳倉

雞鳴曲　李廓

星稀月沒入（一作上）五更膠膠角角雞初鳴征人牽馬出門立
辭妻（一作妾）欲向長安（一作安西）行再鳴引頸簷頭下樓（一作月）中
角聲催上馬纔分地色第三鳴旌旆（一作旗）紅塵已出城婦

人上城亂招手夫壻不聞遥哭聲長恨雞鳴別時苦不遣

雞栖近窻户

同前　陳陶

雞聲春曉來一作來林中一聲驚落蝦蟇宫二聲■灑天

夢三聲行人煙海紅平旦慵將百鷄語蓬鬆錦繡當陽處

媿君飲食長相呼爲君晝明下高樹

東飛百勞歌　梁武帝

東飛百勞西飛鷰黄姑織女時相見誰家兒女對門居開

顔發艷照里閭南窻北牖桂月一作挂明光羅帷綺帳脂粉香

女兒年幾十五六窈窕無雙顔如玉三春已暮花從風空

留可憐誰與同

同前一作擬古　辛德源

合歡芳樹連理枝荆王神女乍相隨誰家妖艷蕩輕舟含

嬌轉眄一作丙騁風流犀枻蘭橈翠羽蓋雲羅霧縠蓮花帶

女兒年幾十六七玉面新粧映朝日落花一作蘤從風俄度春

空留可憐何處新

此詩二百五卷重出今已削去注異同爲一作

同前　張東之

青田白鶴丹山鳳婺女姮娥兩相送誰家絕世綺帳前艷

粉芳脂映寶鈿窈窕玉堂褰翠幕參差繡户懸珠箔絕世

三五愛紅粧冶袖長裾一作裙蘭麝香春去花枝俄易改可

歎年光不相待

擬古東飛百勞西飛鷰　李嶠

傳書青鳥迎簫鳳巫嶺荆臺數通夢誰家窈窕住園樓五

馬千金照陌頭羅裾一作裙玉珮當軒出點翠施紅競春日

佳人二八盛舞歌羞將百萬呈雙娥庭前芳樹朝夕改空

駐妍華欲誰待

鷰鷰于飛　江揔

二月春暉暉雙鷰理毛衣銜花弄蘼靡拂葉隱芳菲或在

堂間戲多從幕上飛若作仙人履應一作終向日南歸

雙鷰離　沈君攸

雙鷰雙飛雙情相思容色白一作巳故心心一作故心不衰雙入幕雙

出閣一作帷秋風去春風歸幕上危雙鷰離銜羽一別涕泗

垂夜夜孤飛誰相知左迴右顧還相慕翩翩桂水不忍度

懸目挂心思越路縈鬱摧折意一有終字不洩願作孤鸞鏡中

絕一作鏡鸞相對絕

同前　李白

雙鷰復雙鷰雙飛令人羨玉樓珠閣不獨棲金窻繡户長

相見栢梁失火去因入吴王宫吴宫又焚蕩鶵盡巢亦空

顦顇一身在孀雌憶故雄雙飛難再得傷我寸心中

野田黄雀行　蕭慤

弱軀愧彩飾輕毛非錦文不如一作知鴻鶴一作鵠志非是鳳凰

羣作風隨濯一作濁雨入曲應玄雲空城舊侶絕滄海故朋

一作交分寧死明珠彈且避鷹將軍

同前　李白

遊莫逐炎洲翠棲莫近吴宫鷰吴宫火起焚巢一作集䕥窠炎

洲逐翠遭網羅蕭條兩翅蓬蒿下雜一作縱有鷹鸇柰爾

一作若何

同前　儲光羲

嘖嘖野田雀不知軀體微閑穿蹂蒿下一作深萬裹爭食復爭

飛窮老一匱一作頹舍棗多桑樹稀無棗亦何一作猶可食無桑

何以衣蕭條穹一作空蒼暮相引時來歸斜一作邪路豈不捷

渚一作諸田豈不肥水漲一作長路且壞惻惻與心違

野田雀一作黃雀行一作野田　僧貫休

高樹風多吹爾巢落蒿深一作深蒿葉暖宜爾依泊莫近鶵類蛛網亦惡飲野田之清水食野田之黃粟深花中睡動一作捋土裹浴如此即全勝啄太倉之穀而穿人之一作穿人屋

滄海雀　張率

大雀與黃口來自滄海區清晨啄原粒日夕歸一作微野株雖憂鷙鳥擊長懷沸鼎虞況復隨時起一作化翻飛不可初寄言挾彈子莫賤隨侯珠

雀乳空城一作井中　劉孝威

遠去條支國心知漢德休一作優聊棲丞相府過令黃霸嗟挾子須閑地空井共尋求轆轤絲綆絕桔槔金一作冬蘚稠將憐羽翼長誰辭各背遊

空城雀　李白

嗷嗷空城雀身計何戚促本與鷦鷯羣不隨鳳凰族提攜四黃口飲乳未嘗足食君糠粃餘常恐烏鳶逐一作啄恥涉太行險羞營覆車粟天命有定端守分絕所欲

同前　劉駕

飢啄空城土莫近太倉粟一粒不一作未充腸却入小人一作公子腹且弔城下上一作客豈曾空一作曾害爾族不聞莊辛語今日寒燕綠

同前　陳陶

古城濛濛花覆水昔日住人今住鬼野雀荒臺遺子孫千年飲啄枯桑根不隨海鷰栢梁去應無玉環銜報恩近村紅粟香壓枝嗷嗷黃口訴朝飢生來未見鳳凰語欲飛常怕蜘蛛絲斷牆四隅天四絕清泉綠蒿無恐疑

同前　羅隱

雀入官倉中所食能損幾所慮往復頻官倉乃害爾魚網不在天鳥網不張水飲啄要自然何必空城裏

文苑英華卷第二百六

登仕郎胡　柯　鄉貢進士彭　叔夏　校正

文苑英華卷第二百七　詩五十七

樂府十六

梁甫吟三首　白頭吟三首
遊子吟五首　妾薄命九首
妾安所居一首　宛轉歌三首
古興九首　古曲一首
古歌一首　古詞五首

梁甫吟　陸瓊

臨淄佳麗地少小習名倡似笑脣朱動非愁眉翠揚掩㮙隨竿轉和柔會瑟張輕扇屢迴指飛塵亟遶梁寄言諸葛相此曲作難忘

同前　沈約

龍駕有馳策日御不（一作無）停陰星驁亟迴變氣化坐盈侵寒花稍耿耿秋海（一作塞）日沉沉高窗仄（一作灰）餘火傾河駕騰參飈風折暮草驚籜（一作竿）賁層林時雲靄空遠年冰（一作淵水）結清深奔樞豈易紐殊庭不可臨懷仁每多意履順孰能禁露清一惟足緩志且移心哀歌步梁甫歎絕有遺吟（一作音）

同前　李白

長嘯梁甫吟何時見陽春君不見朝歌屠叟辭棘津八十西來釣渭濱寧羞白髮照清（一作綠）水逢時吐（一作壯）氣思經綸廣張三千六百釣（一作鈎）風期暗與文王親大賢虎變愚不測當年頗似尋常人又（一作君）不見高陽酒徒起草中長揖山東隆準公入門開說（一作不拜）騁雄辯兩女輟洗來趨風東下齊城七十二指揮楚漢如旋蓬狂生落魄（見酈食其傳）尚如此何況壯士當羣雄我欲攀龍見明主雷公砰訇震天鼓帝旁投壺多玉女三時大笑生（一作開）電光倏爍晦冥起風雨閶闔九門不可通以額叩關閽者怒白日不照吾精誠杞國無事憂天傾猰貐磨牙競人肉騶虞不折生草莖手接飛猱搏彫虎側足焦原未言苦智者可卷愚者豪世人見我輕鴻毛力排南山三壯士齊相殺之用（一作費）二桃吳楚弄兵非（一作無）劇孟亞夫咍爾爲徒勞梁甫吟聲正悲張公兩龍劍神物合有時風雲感會起屠釣天（一作大）人嵲屼當安之

白頭吟　張正見

平生懷直道（一作白首）松桂（一作筠）比真（一作貞）風語默妍媸際沉浮毀譽中讒新恩易盡情去寵難終彈珠金市側抵玉泰山東含香老顏駟執戟異揚雄惆悵崔亭伯幽憂馮敬通王嬙沒故（一作胡）塞班女棄深宮春苔封履跡秋葉奪粧紅顏如花落槿鬢似雪飄蓬此時積（一作即）長歎少（一作傷）年誰復同

同前　劉希夷（文粹作宋之問）

洛陽城中桃李花飛來飛去落誰家洛陽（一作幽閨）女兒好顏色行逢落花長歎息今年花開顏色改明年花開復誰在已見松柏摧爲薪更聞桑田變成海古人無復洛陽東今日還對落花風年年歲歲花相似歲歲年年人不同寄言全盛紅顏子應憐半死白頭翁此翁白頭真可憐憶惜紅顏美少年光祿池臺文錦繡將軍樓閣畫神仙公子王孫芳樹下清歌妙舞落花前一朝臥病無相識三春行落在誰邊宛轉蛾眉能幾時須臾鶴髮亂如絲但看古來歌舞地唯有黃昏鳥雀飛（一作悲）

同前　李白

錦水東碧流波蕩雙鴛鴦雄巢漢宮月雌弄春草芳靈同萬死碎綺翼不忍雲間兩分張此時阿嬌正嬌妬獨坐長門愁日暮但願君恩顧妾深豈憚黃金買詞賦相如作賦得黃金丈夫好新多異心一朝將聘茂陵女文君因贈白頭吟東流不作西歸水落花辭條羞故林兔絲本無情隨風任傾倒誰使女蘿枝而來强縈抱兩草猶一心人心不如草莫卷龍鬚席從他生網絲且留琥珀枕會有夢來時覆水再收豈滿杯弃妾已去難重迴古來得意不相負只今唯有青陵臺

遊子吟　顧況

故欐思疲馬故窠思迷禽浮雲蔽我鄉躑躅遊子吟遊子悲久滯浮雲鬱東岑客堂無絲桐落葉如秋霖艱哉遠遊子所以悲滯淫一爲浮雲詞憤塞誰能禁馳歸（一作暉）百年內唯願展所欽胡爲不歸歟坐使年病侵未老霜逆鬢非狂火燒心大行何難哉北斗不可斟夜靜星河出耿耿辰與參佳人負青天尺素重於金沉宴羣動異眇默諸境趣苔衣上閑階蟋蟀催寒碪立身計幾悞道險無容針三年不還家萬里遺錦衾夢魂無重阻離憂罔古今胡爲不歸歟辜負匣中琴腰下是何物牽纏曠登尋朝與名山期夕宿楚水陰楚水殊演漾名山甯嶇嶔客從洞庭來婉孌瀟湘深橘柚在南國鴻鴈遺其音下有碧草洲上有青橘林引燭窺洞穴凌波睥天琛滿河影參差鳧鶴雜淋涔浩歌惜芳杜散髮輕華簪胡爲不歸歟淚下沾衣襟鳶飛戾霄漢螻蟻制鱣鱏赫赫大聖朝日月光照臨聖主雖啓迪吾人分湮沉層城登（一作發）雲韶王（一作玉）府鏘球琳鹿鳴志豐草況復虞人箴

同前　李益

女羞夫壻薄客恥主人賤遭遇同衆流低回愧相見君非青銅鏡何事空照面莫以衣上塵不爲心如練人生當榮盛待士勿言倦君看白日馳何異弦上箭

同前　孟郊

慈母手中線遊子身上衣臨行密密縫意恐遲遲歸誰言寸草心報得三春暉

同前　陳陶

栖烏喜林曙驚蓬傷歲闌關河三尺雪何處是天山朔風無重衣僕馬饑且寒慘戚別妻子遲回出門難男兒值休明豈是長泥蟠何者爲木偶何人待金鑾鬱鬱守貧賤悠悠亦無端進不圖功名退不處巖巒窮通在何日光景如跳（一作弄）丸富貴苦不早令人摧心肝誓期春之陽一振摩霄翰

同前　聶夷中

萱草生堂階遊子行天涯慈親倚堂門不見萱草花

妾薄命篇　梁簡文帝

名都多雅（一作麗）質本自恃容姿蕩子行不（一作未）至秋胡無定期玉貌歇紅縷（一作臉）長嚬慣（一作串）翠眉奩鏡迷朝色針縫（一作縫鍼）脆故絲本異搖舟咎何關竊虎疑生離誰拊背溘死詎來遲王嬙貌本絶踉蹌入氈帷盧姬嫁日晚非復妙（一作少）年時轉山猶可逐（一作遂）烏白望難期妾心徒自苦傍人會見嗤

同前　劉孝威

去年從越嶂（一作障）今歲沒胡庭嚴霜封碣石驚沙暗井陘玉簪久落鬢羅衣長挂屏浴蠶思沫（一作漆）水挑桑憶鄭垌

寄書朝鮮吏留劉武安一作章亭勿一作的言戎夏陽但令一作念
心契冥不見豐城劒千祀復同形

同前　劉元淑

自從離別守空閨遥聞征戰赴一作起雲梯夜夜相思一作思君又作愁君遼海北一作外年年拋一作弃妾渭橋西陽春白日照空
暖紫鸞紅一作衘花向庭蒲彩鸞琴裏怨聲多飛鵲鏡前粧
梳斷誰家夫壻久一作不從征應是漁陽別有情莫道紅顏
燕地少家家還似洛陽城且逐新人殊未歸還令秋至夜
霜飛北斗星前橫旅一作度鴈南樓月下擣寒衣更一作夜深
閨鴈腸欲絶獨夜挑燈燈復滅一作獨坐縫衣燈又滅暗啼羅帳空
自憐夢度陽關向誰說每吟一作憐容貌宛如神何其一作如何
薄命不如一作勝人待一作願君朝夕燕山至好作明年楊柳春

同前　李白

漢帝重阿嬌貯之黃金屋咳唾落九天隨風生珠玉寵極
愛還歇妬深情却疎長門一步地不肯暫迴車雨落不上
天覆水寂難一作難再又作難重收君情與妾意各自東西流昔日
芙蓉花今成素秋一作斷根草以色事他人能得幾時好

同前　權德輿

昔住邯鄲年尚少只是嬌羞弄花鳥青樓碧紗大道邊綠
楊日暮風褭褭嬋娟玉貌二八餘自矜一作憐顏色花不如
麗質全勝秦氏女藁碪寧用專城居歲去年來漸長青
蛾一作春紅粉全堪賞玉樓珠箔但閑居南陌東城詎來往
韶光日日看漸遲摽梅旣落行有時寧知燕趙娉婷子齊
嫁幽并游俠兒年年結束青絲騎出門一去何時至秋月
空懸翡翠簾春幃懶臥鴛鴦被沙塞經時不寄書深閨愁
獨意何如花前拭淚情無限月下調絃一作琴恨有餘離別
苦多相見少洞房愁夢何由曉閑看雙鸞淚霏霏靜對空
床魂悄悄鏡裏紅顏不自禁陌頭香騎動春心爲問佳期
早晚是人人惣解有黃金

同前　孟郊

不惜十指弦爲君千萬彈常恐新聲至一作發坐使故聲殘一作使我故曲殘弃置今日悲即是昨日歡將新變故易將一作持
故爲新難青山有蘼蕪淚葉長不乾空令後世一作代人采
掇幽思攢一作幽蘭思

同前　曹鄴

薄命常惻惻出門見南北劉郎馬蹄疾何處去不得淚珠
不可收蟲絲不可織知君綠桑下更有新相識

同前　盧綸

妾年初二八兩度嫁狂夫薄命今猶在堅貞掃地無

同前　王貞白

薄命頭欲白頻年嫁不成秦娥未十五昨日一作夜事公卿
豈有機杼力空傳歌舞名妾專修婦德媒氏却相輕

妾安所居　吳均

賤妾先無寵蛾眉進不遲一非西北麗無復城南期何因
暫豔逸豈爲乏妍姿徒有萋昏望寧遇青樓時唯惜應門
掩方除永巷悲匡床終不共何由橫自私

宛轉歌　徐陵郭茂倩樂府作江摠

七夕天河白露明八月濤水秋一作清風驚樓中恒聞哀曲
響一作響曲塘上復有苦辛行不解何意悲秋氣直置一作致無
秋悲自生不怨前階促織鳴偏愁便路擣衣聲別鸞羞池
自有返離蟬寂寞詎含情雲聚含一作懷情四望臺月冷相
思九重觀欲題芍藥詩不成來採芙蓉花已散金樽送曲

韓娥起玉柱調絲(一作弦)楚妃歡(一作歎)翠眉結恨不復開寶
驥迎秋度(一作風)前亂湘妃拭淚灑貞筠行樂訛花(一作藥浣衣一作突)
何處人步步香飛金薄履盈盈扇掩珊瑚脣已言採桑期
陌上復能解珮就江濱競入華堂要花枕爭開羽帳奉華
茵不惜獨眠前下鈎(一作釣)欲許便作後來新後來暝暝同
匡(一作玉)床可憐顏色無比方誰能巧笑時(一作特)窺井乍取
新聲學遶梁宿處留嬌墮黃珥鏡前含笑弄明璫卷葹摘
心心不盡茱萸折葉葉更芳已聞能歌洞簫賦詎是故愛
邯鄲倡

擬古神女宛轉歌二首　崔液(郭茂倩作郭大家宋氏)

風已清月朗琴復鳴掩抑非千態殷勤是一聲歌宛轉宛
轉和更(一作且)長願爲雙鴻鵠比翼共翱翔

二

日已暮長簷鳥應度此時望君君不來此時思君君不顧
歌宛轉宛轉那能異棲宿願爲形與影出入恒相逐

古興二首　沈徽

蔓草自細微女蘿始夭夭寅緣至百尺榮耀非一朝惠色
高碧嶺流芳薄丹霄如何摧秀木正爲餘波漂莖朝(一作葉)
落巖跡英蕤從風飈洪柯不足恃況乃託陵苕

二

長門(一作安)富豪右信是天下樞戚里笙歌發禁門冠蓋趨
攀雲無醜士唾地盡成珠日晏下雙闕煙花亂九衢恩榮
在片言零落亦須臾何意還自及曲池今已蕪

同前三首　冠垣毋趙氏

鬱蒸夏將半暑氣煽飛閣驟雨滿空來當軒卷羅幕度雲
開夕霽宇宙何清廓明月流素光輕風換炎鑠孤鸞傷對
影寶瑟悲別鶴君子去不還搖心欲何託

二

金菊延清霜玉壺多美酒良久(一作人缺)猶不歸芳菲豈常有不惜
芳菲歇但傷別離久含情罷斟酌凝怨對窗牖

三

霽雪舒長野寒雲半幽谷嚴風振枯條啼猿抱冰木所嗟
遊宦子少小荷天祿前程未云至悽愴對車僕歲寒成詠
歌日暮棲林樸不憚行路險空悲年運促

同前　常建

轆轤井上雙梧桐飛鳥銜花日將沒深閨女兒莫愁年玉
指泠泠怨金碧石榴裙裾蛺蝶飛見人不語顰蛾眉青絲
雜綠絲織成錦衾當爲誰

同前　薛據

日中望雙闕(一作軒)軒蓋揚飛塵鳴珮初罷朝自言皆近臣光華
滿道路意氣安可親歸來宴高堂廣筵羅八珍僕妾盡綺
羅歌舞夜達晨四時固相代誰能久要津已看覆前車未
見易後輪丈夫須兼濟豈得樂一身君今皆得志肯顧顛
頓人

同前　李嘉祐

十五小家女雙鬟人不知(一作如)蛾眉暫一見可直千萬資
(一作金餘)自從得向蓬萊裏出入金輿乘玉趾梧桐樹上春鵶
鳴曉伴君王猶未起莫道君恩長不休婕妤團扇苦悲秋
君看魏帝鄴都裏唯有銅臺漳水流

同前　聶夷中

片玉一塵輕粒粟山丘重唐虞貴民食秪是勸播種前聖
後聖同今人古人共一歲如苦饑金玉何所用(集作將何用)

古曲　王褒

青樓臨大道遊俠盡淹留陳王金被馬秦女桂爲鉤馳輪洛城巷鬭鷄南陌頭薄暮飛塵起聊爲清夜遊

古歌　沈佺期

落葉流風向玉臺寒釭愁寒一作秋夜思洞房閑水精簾外金波下雲母窻前銀漢迴玉階陰陰苔蘚色君王履綦難再得旋一作璇閨窈窕秋夜長繡户徘徊明月光燕姬綵帳芙蓉色秦子金爐蘭麝香北斗七星橫夜半清歌一曲斷君腸

古詞　衛象

鵲血調弓濕未乾鸊鵜新淬劒光寒遼東老將鬢成雪猶向旌頭夜夜看

同前三首　于鵠

素絲帶金地窻間掬飛塵偷得鳳皇釵門前乞行人

二

新長青絲髮啞啞言語黠隨人敲銅鏡街頭救明月

三

東家新長兒與妾同時生並長兩心熟到大相呼名

同前　曹鄴

高閣凝飛馬人言是君家經年不歸去愛妾面上花妾面雖有花妾心非女蘿郎妻不自重重一作於妾欲如何

文苑英華卷第二百七

登仕郎胡　柯　鄉貢進士彭　叔夏　校正

文苑英華卷第二百八　詩五十八

樂府十七

陌上桑　吳均

嫋嫋陌上桑蔭陌復垂塘長條映白日細葉影一作隱鸝黃蠶飢妾復思拭淚且提筐故人去如寧一作知此離恨煎人腸

同前　王筠

人傳陌上桑未曉已含光重重相蔭映軟弱一作軟自芬芳秋胡始倚一作停馬羅敷未滿筐春蠶朝已老伏一作安得久彷徨

同前　李白

遊女緗綺衣春還事蠶作五馬如花飛青絲結金絡不知誰家子調笑來相謔妾本秦羅敷玉顏豔名都綠條映素手採桑向城隅使君且不顧況復論秋胡寒螿愛碧草鳴鳳棲青梧託心自有處但怪傍人愚徒勞令一作白日暮高駕空踟躕

採桑　梁簡文帝

春色映空來先發水一作邊院梅細萍重疊長新花歷亂開連理傍淇水一作連珮淇上接幰至蘩臺蘩臺可憐妾當窻望飛蝶忌跌行衫領熨斗成裾攝一作又作襵襵下牀著珠珮捉鏡安花鑷薄晚畏蠶飢競採春桑葉寄語採桑伴訝今春日短枝高手不及葉細籠難滿年年一作少將使君歷亂遣

相聞欲知琴裏意還贈錦中文何當照梁日還作入山雲
重門皆已閉方知客留袂可憐黃金絡復以青絲繫必也
爲人時誰令畏夫壻

同前　傅縡

羅敷試采桑出入城南傍裙裾（一作綪裾）映珠珥絲籠（一作繩）提
玉筐度身攀葉聚竦腕及枝長空勞使君問自有侍中郎

同前　張正見

春樓曙烏驚蠶妾候初晴迎風金珥落向日玉釵明徙顧
移籠影攀鉤動釧聲葉高知手弱枝軟覺身輕人多羞借
問年少怯逢迎恐疑夫壻遠聊復答專城

同前　劉邈

倡妾（一作如）不勝愁結束下青樓逐伴西城路相攜南陌頭
葉盡時移樹枝高乍易鉤絲繩挂（一作提）且脫金籠寫仍（一作復）
收蠶飢日欲暮誰（一作詎）爲使君留

同前　沈君攸

南陌落光移蠶妾畏桑萎逐便牽低葉爭多避小枝摘駛
籠行滿攀高腕欲疲看金怯舉意求心自可知

同前　劉希夷

楊柳送行人青青西入秦秦家采桑女樓上不勝春盈盈
灞池（一作水）曲步步春芳綠紅臉曜明珠絳脣含白玉迴首
渭橋東遥憐樹色同青絲映日落（一作嬌落日）緗綺弄春風携
籠長歎息逶遲（一作遲）戀春色看花若有情倚樹疑無力薄
暮思悠悠使君南陌頭相逢不相識歸去夢青樓

同前　李彥遠（一作暉）

採桑畏日高不待春眠足攀條有餘態那矜（一作憐）貌如玉
千金豈不贈五馬空躑躅何以變真性幽篁雪中綠

同前　汪遵

爲報踟躕陌上郎蠶飢日晚妾心忙本來若愛黃金好不
肯携籠自採桑

折楊柳　梁簡文帝（郭茂倩樂府作柳惲）

楊柳亂如（一作成）絲攀折上春時葉密鳥飛礙風輕花落遲
城高短簫發林空畫角悲曲中別無（一作無別）意併爲（一作是）一
相思

同前　梁孝元帝

巫山（一作山高）巫峽長垂柳復垂楊同心且（一作宜）同折故人懷
故鄉山似蓮花艷流如明月光寒夜猿聲徹遊子淚沾裳

同前　徐陵

嫋嫋河堤樹依依魏主營江陵有舊曲洛下作新聲妾對
長楊苑君登高柳城春還應共見蕩子太無情

同前　岑敬之

將軍始見知細柳繞營垂懸絲拂城轉飛絮上宮吹塞門
交度葉谷口暗橫枝曲城攀折處唯言怨別離

同前　王瑳

塞外無春色上林柳已黃枝影侵宮暗葉彩亂星光陌頭
藏戲鳥樓上掩新粧攀折思爲贈心期別路長

同前　江總

萬里音書絕千條楊柳結不誤（一作悟）倡園花遥同故里（一作天嶺）
雪春心自浩蕩春樹聊攀折共此依依情無奈年年別

同前　楊炯

邊地迷（一作遥）無極征人去不還秋容凋翠羽別淚損紅顏
望斷流星驛心馳明月關藁砧何處在楊柳自堪攀

同前　盧照鄰

倡樓啓曙扉園柳正依依鶯一作鳥鳴知歲隔條變識春歸露葉凝愁黛一作疑噞驗風花落一作亂舞衣攀折將安一作聊將寄軍中音一作書信稀

同前　沈佺期

玉窻朝日映羅帳春風吹拭淚攀楊柳長條踠地垂白花飛歷亂黄鳥思參差妾自肝腸斷傍人那得知

同前　鄭愔

青柳映紅顔黄雲蔽紫關傳聞邊信出枝葉爲君攀舞腰愁欲斷春心望不還風花亂成雪羅綺淚斑斑

同前　喬知之

可憐濯濯春楊柳攀折將來就纖手妾容與此同盛衰何必君恩能獨久

同前　張九齡

纖纖折楊柳持取寄情人一枝何足貴憐是故園春遲景那能久流芳不及新更愁征戍客容鬢老邊塵

同前　魚玄機

朝朝送別泣花鈿折盡春風楊柳煙願得西山無樹木免教人作淚懸懸

同前三首　王貞白

枝枝交影鎖長門嫩色曾沾雨露恩鳳輦不來春欲盡空留鶯語到黄昏

二

水殿年年占早芳柔條風裏御爐香如今萬乘多巡狩輦路無陰緑草長

三

嫩葉初齊不耐寒和寒時拂玉闌干征人去日曾攀折泣雨傷春翠黛殘

梅花落　吳均

終冬十二月寒風西北吹獨有梅花落飄蕩不依枝流連逐霜彩散漫下冰澌何當與春日共映芙蓉池

同前二首　徐陵郭茂倩樂府作江總

臘月正月早驚春衆花未發梅花新可憐芬芳臨玉臺朝攀晚折還復開長安年少一作少年多輕薄兩兩常唱梅花落滿酌金杯一作巵催玉柱落梅樹下宜歌舞金谷萬株連綺甍梅花密處藏嬌鶯桃李佳人欲相照摘葉牽花來並笑楊柳條青樓上輕梅花色白雪中明橫笛短簫悽復切一作噎誰知陌梁聲不絶

二

對户一株梅新花屢發材一作故栽落鶩拾還蓮井風吹上鏡臺倡家愁思妾樓上獨徘徊啼和一作看竹葉錦笑一作篸罷未能一作成裁

同前　陳後主

春一作金砌落芳梅飄飄上鳳臺拂粧疑散粉逐溜似萍開映日花光動迎風香氣來佳人早插髻試立且徘徊

同前　張正見

芳梅映雲一作紅野發早覺寒侵落遠香風急飛多花徑深周人歎初摽魏帝指前林邊城少灌木折此自悲吟

同前二首　江總

摽一作縹色動風香羅生枝已長妖姬墮馬髻未插江南璫轉袖花紛落春衣共有芳一作光羞作秋胡婦獨採江一作城南桑

二

胡地少春來三年驚落梅偏疑粉蝶散乍似雪花開可憐香氣歇可惜風相催金鏡（一作鐃）且莫顧（一作韻）玉笛幸徘徊

同前　揚炯

窻外一株梅寒花五出開影隨朝日遠香逐便風來泣對銅鈎郭愁看玉鏡臺行人斷消息春恨幾徘徊

同前　盧照隣

梅院（一作嶺）花初發天山雪未開處處疑花滿花邊似雪迴因風入舞袖雜粉向粧臺匈奴幾萬里春至不知來

同前　劉方平

新歲梅芳盡（一作梅樹芳）繁花（一作苞）四面同春風吹漸落一夜幾枝空少婦今如此長城恨不窮莫將遼海雪來比後庭中

殿前生桂樹　陳陶

僊娥玉宮秋夜明桂枝拂檻參差瓊香風下天漏丁丁牛渚翠梁橫淺清羽帳不眠恨吹笙棲烏暗驚僊子落步月鬟雲墮金雀蕙樓凉簟翠波空銀縷香寒鳳皇薄東海郎爲郎酌綺疎長懸七星杓

芳樹　梁元帝

芬芳君子樹交柯御宿園桂影含秋色（一作秋月）隨桃花（一作色）染春源落英逐風聚輕香帶蘂翻藂枝臨北閣灌木隱南軒交讓良宜重成蹊何用言

同前　沈約

發蕚九華隈開跗寒路（一作露寒）側氛氳非一香參差多異色宿昔寒飆舉摧殘不可識霜雪交横至對之長歎息

同前　費昶

幸被夕風吹屢得朝光照枝低（一作偃）疑欲舞花開似含笑長夜路悠悠所思不可召行人早旋返賤妾猶年（一作年猶）少

同前　顧野王

上林通建章雜樹遍林芳日影桃蹊色風吹梅逕香幽山桂葉落馳道柳條長折榮疑路遠用表莫相忘

同前　張正見

奇樹舒春苑流芳入綺錢合歡分四照同心彰（一作影）萬年香浮佳氣裏葉映彩雲前欲識揚雄賦金（一作含）玉蒲甘泉

同前　丘遲

芳葉復莫莫（一作已漠漠）嘉實復離離發景傍雲屋凝輝（一作暉）覆華池輕蜂擾浮穎弱鳥隱深枝一朝容色茂千春長不移

同前　盧照隣

芳樹本多奇年華復在斯結翠成新幄開紅滿故（一作舊）枝風歸花歷亂日度影參差容色朝朝落思君君不知

同前　徐彥伯

玉花珍簟上金縷（一作鏤）畫屏開曉月憐箏柱春風憶鏡臺箏柱春風吹曉月芳樹落花朝暝歇蘗砧刀頭未有時攀條拭淚坐相思

同前　符子珪

芳樹宜三月曈曈豔綺年香交珠箔氣陰占綠庭煙小葉風吹長繁花露濯鮮遂令穠李見折取簪（一作參）花鈿

同前　李叔卿

春看玫瑰樹西鄰即宋家門深重暗葉牆近度飛花影拂桃陰淺香傳李逕斜靚粧愁日暮流涕向窻紗

同前　羅隱

細蕚（一作蘂）慢逐風暖香閑破鼻青帝固有心時時漏天意（一作動人意）去年高枝猶壓地今年低枝已憔悴吾所以見造化之權變通之理春夏作頭秋冬爲尾循環反復無終已

（一作反覆無窮已）人生長短同一軌若使威可以制力可以止則
秦皇不肯斂手下沙丘孟賁不合低頭入蒿里伊人強猛
猶如此顧我勞生何足恃但願我開素袍傾綠蟻陶陶兀
兀大醉於清宵（一作青冥）白晝閒任他上是天下是地

採蓮　梁簡文帝（郭茂倩樂府作梁元帝）

採蓮歸綠水好沾衣桂舟蘭橈浮江花（一作碧水）江花玉面兩
相似蓮疎藕折香風起香風起白日低采蓮曲使君迷

同前二首　吳均（郭茂倩樂府作梁武帝）

採蓮渚窈窕舞佳人遊戲五湖采蓮歸發花田葉芳襲衣
為君豔（一作儂）歌世所希世所希有如玉江南弄采蓮曲

二（一作采菱曲）

菱歌女解佩戲江陽江陽稚女珠腕繩金翠低眉（一作搖首）紅
顏輿桂棹容與歌采菱歌采菱心未移（一作怡）翳羅袖望所思

同前　李康成

採蓮去月沒春江曙翠釵（一作鈿）紅袖水中央青河蓮子雜
衣香雲起風生歸路長歸路長那得久各迴船兩搖手

同前（一作採蓮歸）　王勃

採蓮歸綠水芙蓉衣秋風起浪鳧鴈飛桂棹蘭橈下長浦
羅裙玉腕搖輕櫓葉嶼花潭極望平江謳越吹相思苦相
思苦佳期不可駐塞外征夫猶未還江南採蓮今已暮今
已暮摘蓮花渠今那必盡倡家宫道城南把桑葉何如江
上採蓮花蓮花復蓮花花葉何重疊葉翠本羞眉花紅強
如頰佳人不在茲（一作茲期）悵望別離時牽花憐共蔕折藕愛
連絲故情無（一作何）處所新物徒華滋不惜西津交解佩還
羞北海鴈書遲採蓮歌有節採蓮夜未歇正逢浩蕩江上
風徘徊（一作又值徘徊江上月）蓮浦夜相逢吳姬越女何丰茸共問

寒江千里外征客關山路（一作更）幾重

同前（一作採蓮女）　閻朝隱

採蓮女採蓮舟春日春江碧水流蓮花（一作衣）承玉釧蓮刺
罥銀鉤薄暮斂容歌一曲氛氳香氣滿汀洲

同前　鄭愔

綿綷沙棠艦羅帶石榴裙綠漂采荷芰清江日稍曛魚鳥
爭唼喋花木相芬氛不覺芳洲暮棹歌處處聞

同前　徐玄之

越豔荆姝慣採蓮蘭橈畫檝滿長川秋來江水澄如練映
水紅粧如可見此時蓮浦珠翠光此日荷風羅綺香纖手
周遊不暫息紅英爛熳殊未極夕鳥棲林人欲稀長歌哀
怨採蓮歸

同前　張鏡微

遊女泛江晴蓮紅水復清競多愁日暮爭疾畏船傾波動
疑釵落風生覺袖輕相看未盡意歸浦棹歌聲

同前　賀知章

稽山罷霧鬱嵯峨鏡水無風也自波莫言春度芳菲盡別
有中流採芰荷

同前　李白

若邪溪邊（一作傍）採蓮女笑隔荷花共人語日照紅（一作新）粧
水底明風飄羅（一作香）袖空中舉岸上誰家遊冶郎三三五
五映垂楊紫騮嘶入落花去見此踟躕空斷腸

同前　儲光羲

淺渚荷（一作荇）花繁深塘菱（一作潭芰）葉疎獨往方自穫（一作得）耻
邀淇上姝廣江無阡陌（一作術阡）大澤絕方隅浪中海童語流
下鮫人居春荻（一作鴈）時隱舟新荷（一作萍）復滿湖采采乘日

暮不思賢與愚

同前　李頎

越溪女越溪蓮齊菡萏雙嬋娟嬉遊向何處採摘且同船浩唱發容與清波生漪漣時逢島嶼泊幾伴鴛鴦眠襟袖既盈溢馨香亦相傳薄暮歸去來苧羅生碧煙

同前　張朝

朝出沙頭日正紅晚來雲起半江中賴逢隣女曾相識竝著蓮舟不畏風

同前　楊衡

凝鮮霧渚夕揚艷淥波風魚遊乍散藻露重稍欹紅楚客傷暮節吳娃泣敗藂促令芳本固寧望雪霜中

同前　方干

採蓮女兒避殘熱隔夜相期侵早發指剥春葱腕似雪畫橈輕撥蒲根月蘭舟遲速有輸贏先到河灣賭何物纔到河灣分首去散在花間不知處

采菊　梁簡文帝

日精麗草散秋株洛陽小婦絕妍姝相喚提筐採菊珠朝起露濕霑羅襦東方千騎從驪駒更不下山逢故夫

採菱女　費昶

妾家五湖口采菱五湖側玉面不關粧雙（一作翠）眉本青色日斜天欲暮風生浪未息宛在水中央空作兩相憶

同前　劉禹錫

白馬湖秋日紫光菱如錦綵鴛鴦翔（一作白馬湖平秋日光紫菱如錦綵鸞翔）盪舟遊女滿中央採菱不顧馬上郎爭多逐勝紛相向時轉蘭橈破輕浪長鬟弱袂（一作快）動參差釵影釧紋（一作文）浮蕩漾笑語哇咬顧晚暉蓼花緣（一作綠）岸扣船（一作舷）歸歸來共到市橋步野蔓繫船萍惹（一作滿）衣家家竹樓臨廣陌下有連檣多估客攜觴薦芰夜經過醉蹋大堤相應歌屈平祠下沅江水月照寒波白煙起一曲南音此地聞長安北望三千里

同前　[redacted]

白日期何去青春只自矜艷歌呈幾曲江畔采新菱望浦思同濟輕舟喜共乘翠（一作葉）將眉比色聲與調相應蕩漾微波散清泠遠水澄更看池際影若對玉壺冰

青青河畔草　何遜

春閨已應好折花望遠道秋夜苦復長抱枕向空牀吹臺下促節不言於此別歌筵掩團扇何時一相見絃絕猶依軫葉落裁下枝即此雖云別方我未成離　春閨已（集作春閨日）

同前　沈約

漠漠牀上塵心中憶故人故人不可憶中夜長歎息歎息想容儀不言長別離別離稍已久空牀寄杯酒

文苑英華卷第二百八

登仕郎胡柯　鄉貢進士彭叔夏　校正

文苑英華卷第二百九　詩五十九

樂府十八

君馬黄三首　紫騮馬十三首
驄馬驅五首　驄馬八首
白馬十首（發白馬一首附）　擬飲馬長城窟九首
走馬引二首　愛妾換馬一首

君馬黄二首　張正見

幽并重騎射征馬正（一作自）盤桓風去嘶聲（一作長嘶）遠冰堅度足寒出關聊（一作徒）變色上坂屢停鞍即今隨御史非復在樓蘭

二

五色乘馬黄追風時滅没血汗染龍花胡鞍抱秋月唯騰渥洼水不飲長城窟詎待燕昭王千金市駿骨

同前　蔡君知

君馬經（一作徑）西極臣馬出東方策舉（一作足策）浮雲影珂連明月光水凍恒傷骨蹄寒為踐霜躊躇嗟伏櫪空想欲從良

紫騮馬　梁簡文帝

賤妾朝下機正遇（一作值）良人歸青絲懸玉鐙朱汗染香衣（一作金衣）驟急珂彌響踊多塵亂飛彫菰（一作胡又作苽）幸可薦故人心（一作君心）莫違

同前　梁元帝

長安美少年金絡鐵（一作錦）連錢宛轉青絲鞚照耀珊瑚鞭依槐復依柳躞蹀復隨前方逐幽并去西北共連翩

同前　陳暄

天馬汗如紅鳴鞭度九嵕飲傷城下凍嘶依北地風葭（一作笳）寒芳樹歇笛怨柳枝空橫行意未已著住（一作往）轂車中

同前　李燮

紫鷰忽踟躕紅塵起路隅圍人移苜蓿騎士逐蘼蕪三邊追黠虜一鼓定強胡安用珂為玉自有汗成珠

同前　陳後主

嫖姚紫塞歸躞蹀紅塵飛玉珂鳴廣路金絡耀晨暉蓋轉時移影香動屢驚衣禁門猶未閉連騎莫（一作恣）相追

同前　徐陵

玉鐙繡纏鬃金鞍錦覆幪風驚塵未起草淺埒猶空角弓連（一作穿）兩兔珠彈落雙鴻日斜馳逐罷連翩還上東

同前　張正見

將軍入大宛善馬出從戎影絶乾河上聲流水窟中似鹿猶依草如龍欲向空須還千萬里試為一追風

同前　獨孤嗣宗

倡樓望早春寶馬度城闉照耀桃花逕躞蹀採桑津金羈麗初景玉勒染輕塵遠聽珂驚急知（一作猶）是畫眉人

同前　蘇子卿（類聚作祖孫登）

候騎指樓蘭長城向（一作迴）路難嘶從風處斷骨住水中寒飛塵暗金勒落淚灑銀鞍抽鞭上關路誰念客衣單

同前　江揔

春草正萋萋蕩婦出金（一作空）閨識是東方騎猶帶北風嘶揚鞭出（一作向）柳市細蹀下（一作上）金堤願君憐織素殘粧尚有啼

同前　金鞭（集作聯翩）　楊炯

俠客重周遊金鞭控紫騮蛇弓白羽箭鶴轡赤茸鞦發跡來南海長鳴向北州匈奴今未滅畫地取封侯

同前　盧照鄰

騮馬照金鞍轉戰入臯蘭塞門風稍急長城水正寒雪暗鳴珂重山長噴玉難不辭橫絶漠流血幾時乾

同前　沈佺期

青玉紫騮鞍驕多影屢盤荷君能翦拂躞蹀噴桑乾踠足追奔易長鳴遇賞難摐金一萬里霜露不辭寒

驄馬驅　梁元帝

朔方寒氣重胡關饒苦霧白雪晝凝山黃雲夙（一作宿）埋樹連翩（一作驄）行役子終朝征馬驅試上金微山還看玉關路

同前二首　劉孝威

十五官期門二十屯邊徼犀轝玉鏤鞍實刀金錯鞘一隨驄馬驅分受青蠅弔且令都護知願被將軍照誓使氈衣鄉掃地無遺噍

二

翩翩驄馬驅橫行復斜趨先救遼城危後拂燕山霧風傷易水湄日入隴西樹未得報君恩聯翩終不住

同前　徐陵

白馬號（一作字）龍駒彫鞍名鏤衢諸兄二千石小婦字羅敷倚端輕掃史（一作吏）召募擊休屠塞外多風雪城中絶詔書空憶長楸下連蹀復連蹢

同前　江總

長城兵氣寒飲馬詎爲難暫解青絲繫行歌鏤衢鞍白登圍轉急黃河凍不乾萬里朝飛電論功易走丸

驄馬　車轂

驄馬鏤金鞍柘彈落金丸意欲驂驔走先作野遊盤平明發下蔡日中過上蘭路遠行須疾非是畏人看

同前　庾抱

櫪上浮雲驄本出吳門中發跡來東道長鳴起北風迴鞍拂桂白赭汗類塵紅滅没徒留影無因圖漢宮

同前　楊炯

驄馬鐵連錢長安俠少年帝畿平似水宮路直如弦夜玉裝車軸秋金（一作風）鑄馬鞭風霜但自保窮達任皇天

同前　沈佺期

西北五花驄來時道向東四蹄碧玉片雙眼黃金瞳鞍上留明月嘶間動朔風借君馳沛艾一戰取雲中

同前二首　杜甫

鄧公馬癖人共知初得花驄大宛種夙昔傳聞思一見牽來左右神皆竦雄姿逸態何崷崒顧影驕嘶自矜寵隅目青熒夾鏡懸肉騣碨礧連錢動朝來久試華軒下未覺千金滿高價赤汗微生白雪毛銀鞍卻覆香羅帕卿家舊賜公能取天廄真龍此其亞晝洗須騰涇渭深朝（一作晨）趨可刷幽并夜吾聞良驥老始成此馬數年人更驚豈有四蹄疾於鳥不與八駿俱先鳴時俗造次那得致雲霧晦冥方降精近聞下詔喧都邑肯使（一作知有）騏驎地上行

二

安西都護胡青驄聲價欻然來向東此馬臨陣久無敵與人一心成大功功成惠養隨所致飄飄（一作颻）遠自流沙至雄姿未受伏櫪恩猛氣猶思戰場利腕促蹄高如踣鐵交河幾蹴曾冰裂五花散作雲滿身萬里方看汗流血長安壯兒不敢騎走過掣電傾城知青絲絡頭爲君老何由卻出橫門道

右二詩三百四十四卷重出今已削去

同前　楚萬

金絡青驄白玉鞍長鞭紫陌野遊盤朝驅東道塵恒滅暮

到河源日未闌汗血每隨邊地苦蹄傷不憚隴陰寒君能一飲長城窟爲盡天山行路難

同前　紀唐夫

連錢出塞蹋沙蓬豈比當時御史驄逐北自諳深磧路連嘶誰念靜邊功登山每與青雲合弄影應因一作知碧草同今日虜平將換妾不如羅袖舞春風

白馬　沈約

白馬紫金鞍停鑣過上蘭寄言俠斜子詎知隴道難赤坂途三折龍堆路九盤冰生肌裏冷風起骨中寒功名志所急日暮不遑飡長馳驅一作入右地輕舉出樓蘭直去已垂涕寧可望長安匪期定遠封無羨輕車官唯見恩義重豈覺衣裳單本持軀命答幸遇身名完

同前　王僧孺

千里生冀北玉鞘黃金勒散蹄去無已搖頭意相得豪氣發西山雄風擅東國飛鞚出秦隴長驅繞岷棘承謨若有神稟筭良不惑瀄汨河水黃參差嶂雲黑安得能一作對兒女垂帷弄毫墨兼弱不稱雄後得方爲特至思此心一作亦何已君恩良未塞不許跨天山何由報皇德

同前　徐悱

研蹄飾鏤鞍飛鞚度河干少年本上郡遨遊入露寒劒琢荆山玉彈把隋珠丸聞有邊烽急飛候至長安然諾竊自許捐軀諒不難召占一作兵出細柳轉戰向樓蘭雄名盛李霍壯氣勇彭韓能令石飲羽復使髮衝冠要功非汗馬報効乃鋒端日没塞雲起風悲胡地寒西征馘小月北去腦烏丸歸報明天子燕然石復刊

同前　隋煬帝

白馬金具裝橫行遼水傍問是誰家子宿衛羽林郎文犀六屬鎧寶劒七星光山虛弓響徹地迥角聲長宛河推勇氣隴蜀擅威強輪臺受降虜髙闕翦名王射熊入飛觀校獵下長楊英名雄一作欺衛霍智策蔑平良島夷時失禮卉服犯邊疆徵兵集薊北輕騎出漁陽進軍隨日暈挑戰逐星芒陣移龍勢騰一作動營開虎鷹一作翼張衝冠冠一作入死地攘臂越金湯塵飛戰鼓急風交征旆揚轉鬬平華地麗一作追奔掃帶方本持身許國況復武功彰會令千載後流譽滿旂常

同前　王胄

白馬黃金鞭蹀躞柳城前問此何鄉客長安惡少年結髮從戎事馳名振朔邊良弓控繁弱利劒揮龍淵泉一作披林扼彫虎仰手接飛鳶前年破絶一作沙漠昔歲取祁連折衝摧右校搴旗殪左賢昆一作有力如虎者彌還邀謝力慶忌本推儇海外平憑一作遐險來庭識貢賨貢職一作三韓勞薄伐六事指幽燕良家選河右猛將徵西山浮雲屯羽騎蔽日引長旍自矜有餘勇應募忽爭先王師已得儁夷首諒失一作失求全鼓行徇玉檢王險一作乘勝蕩朝鮮志勇期期大一作所功立寧憚微軀捐不羨山河賞唯希竹素傳

同前　辛德源

任俠重芳辰相從競逐春金羈絡赭汗紫陌映纓應一作紅塵寶劒橫提一作三尺琱弓韜六鈞鳴珂蹀細柳飛蓋出宜春遥見浮雲光一作發懸識隴頭人

同前　杜甫

白馬東北來空鞍貫雙箭可憐馬上郎意氣今誰見近時主將戮中夜商於戰喪亂死多門嗚呼涕如霰

同前　李白

龍馬花雪毛金鞍五陵豪秋霜切玉劍落日明珠袍鬬雞事萬乘軒蓋一何高弓摧宜山虎手接泰山猱酒後競風彩三盃弄寶刀殺人如剪草劇孟同遊遨發憤去函谷從軍向臨洮叱咤經百戰（一作萬戰場）匈奴盡波濤（一作逃）歸來使酒氣未肯拜（一作下）蕭曹羞入原憲室荒徑隱蓬蒿

同前　賈至

白馬紫連乾嘶鳴丹闕前聞珂自躞蹀不要下金鞭

同前　翁綬

渥洼龍種雪霜同毛骨天生膽氣雄金埒乍調光照地玉關初別遠嘶風花明錦襜垂楊下露濕朱纓細草中一夜羽書催轉戰紫髯騎出佩騂弓

發白馬　費昶

家本樓煩俗投募羽林兒怖羌角觝戲習戰昆明池弓弛不復挽劍衣恒露鈹一辭豹尾內長別屬車垂白馬今雖發黃河未結嘶寄言閨中婦逢春心勿移

此詩元編在白馬門按樂府白馬乃津名故加發字與前白馬不同今移于後

擬飲馬長城窟　陳後主

征馬入他鄉山花此夜光離羣嘶向影因風屢動香月色含城暗秋聲雜塞長何以酬天子馬革報疆場

同前　王襃

北走長安道征旅（一作騎）每經過戰垣臨八陣門屢（一作旌門）對兩和屯兵戍隴北飲馬傍城阿雪深無復道冰合不生波塵飛連陣聚沙平騎跡多昏昏隴底日（一作月）耿耿霧中河羽林猶角觝將軍尚雅歌臨戎常拔劍蒙險屢提戈秋風鳴馬首薄暮欲如何

同前　張正見

秋草朔風驚飲馬出長城羣驚還怯飲地險更疑（一作宜）行傷冰（一作水）斂（一作驚）凍足畏冷急寒聲無因度吳坂方復入羌城

同前 示從征羣臣　隋煬帝

肅肅秋風起悠悠行萬里萬里何所行橫漠築長城豈台小子智先聖之所營樹茲萬代策安此億兆生詎敢憚焦思高枕於上京兩河執（一作共河秉）武節千里倦（一作卷）戎旌山川互出沒原野窮超忽摐金止行陣鳴鼓興士卒千乘萬騎動飲馬長城窟秋昏塞外雲霧暗關山月緣巖驛馬上乘空烽火發借問長城（一作安）候單于入朝謁濁氣靜天山晨光照高闕釋兵仍振旅要荒事方舉飲至告言旋歸功清廟前

同前　唐太宗

塞外悲風切交河冰已結瀚海百重波陰山千里雪迥戍危烽火（一作起）層巒引高節悠悠卷旆旌飲馬出長城寒沙連騎迹朔吹斷邊聲胡塵清玉塞羌笛韻金鉦絕漠干戈戢車徒振原隰都尉反龍堆將軍旋馬邑揚麾氛霧靜紀石功名立荒裔一戎衣靈臺凱歌入

同前　虞世南

馳馬渡河干流深馬渡難前逢錦車使都護在樓蘭輕騎猶銜勒疑兵尚解鞍溫池下絕澗棧道接危巒拓地勳方（一作未）賞亡城律詎寬有月關猶暗經春隴尚寒雲昏無復影冰合不聞湍懷君不可遇聊持報一飡

同前　袁朗

朔風動秋草清蹕長安道長安道（一作城連）不窮所以隔華戎
規模唯聖作負荷曉成功烏庭已向内龍荒更鑿空玉關
塵卷靜金微路已通揚（一作湯）征隨北怨舞（一作舜）詠起南風
畫野（一作地）功初立綏邊事云集朝服踐狼居凱歌旋馬邑
山響傳鳳吹霜華藻瓊鈒屬國擁節歸單于款關入日落寒
雲起驚河被原隰零落葉已寒河流清且急四時徭役靜
千載干戈戢太平今若斯汗馬竟（一作意）無施唯當事筆硯
歸去草封禪

同前　陳標

日日風吹虜騎塵年年飲馬漢宮人千堆戰骨那知主萬
里枯沙不辨春浴谷氣寒愁墜指斷崖冰滑恐傷神金鞍
玉勒無顏色淚滿征衣怨暴秦

同前　釋子蘭

遊客長城下飲馬長城窟馬嘶聞水腥為浸征人骨豈不
是流泉終不成潺湲洗盡骨上土不洗骨中冤骨若逐水
流（一作流水不）四海有還魂空流嗚咽聲聲中疑骨（一作是）言

走馬引　張率

良馬龍為友玉珂金作羈相去京（一作宛）與洛半驟復平（一作半）
馳倏忽而千里光景不及移九方惜未見薛公寧所知飲
轡且歸去吾畏路傍兒

同前　傅縡

驄色（一作馬）表連錢出冀復來燕取用偏開地為歌乃號天
權奇意欲遠蹀躞勢難前本珍白玉鐙因飾黃金鞭願酬
芻秣寵千里得千年

愛妾換馬　張祜

一面夭桃千里蹄芳（一作嬌）姿駿骨價應齊試（一作作）牽玉勒
趨（一作辭）金埒（一作棧）初（一作催）整花鈿出繡閨去日豈無霑袖（一作被）
泣別時猶解（一作歸時還有）頓銜嘶嬋娟蹀躞春風暮（一作裏）揮手
搖鞭楊柳堤

文苑英華卷第二百九

登仕郎胡柯　鄉貢進士彭叔夏　挍正

文苑英華卷第二百十　　詩六十

樂府十九

臨高臺八首　　登高臺一首
上之回五首　　釣竿篇四首
箜篌謡二首　　箜篌引二首
公無渡河四首　　苦熱十一首
苦寒六首　　猛虎行四首

臨高臺　　梁簡文帝

高臺半行雲，望望不可（一作高不）極。草樹無參差，山河同一色。髣髴洛陽道，道遠難可（一作別）識。玉階故人情，情（一作情人）情來苦（一作共）相憶。

同前　　張正見

層臺邇清漢，出迥架重棼。飛棟臨黃鶴，高牕度白雲。風前朱幔（一作幌）色，霞處綺䟽分。此中多怨曲，地遠詎能聞。

同前　　沈約

高臺不可望，望遠使人愁。連山無斷絕，河水復悠悠。所思竟（一作睃）何在，洛陽南陌頭。可望不可見（一作至），何用解人憂。

同前　　蕭慤

崇臺高百尺，迥出望仙宮。畫栱浮朝氣，飛梁照晚虹。小衫飄霧縠，艷粉拂輕紅。笙吹汶陽篠，琴奏嶧山桐。舞逐飛龍引，花隨少女風。臨春今若此，極宴豈無窮。

同前　　褚亮

高臺暫俯臨，飛翼聳輕音。浮光隨日度，漾影逐波深。迴瞰周平野，開懷暢遠衿（一作襟），獨此三休上，還傷千里心。

同前　　王勃

臨高臺，高臺迢遰絕浮埃。瑤軒綺構何崔嵬，鸞歌鳳吹清且哀。俯瞰長安道，萋萋御溝草。斜對甘泉路，蒼蒼茂陵樹。高臺四望同，帝鄉佳氣鬱葱葱。紫閣丹樓紛照耀，璧房錦殿相玲瓏。東彌長樂觀，西指未央宮。赤城映朝日，綠樹搖春風。旗亭百隊開（一作間），新市甲第千甍分。戚里朱輪翠蓋不勝春，疊樹層楹相對起。復有青樓大道中，繡户文窗雕綺櫳。錦衣晝不襞，羅帷夕未空。歌屏朝掩翠，粧鏡晚窺紅。爲吾安寶髻，娥眉罷花叢。狹路塵間黯將暮，雲開月色明如素。鴛鴦池上兩兩飛，鳳凰樓下雙雙度。物色正如此，佳期那不顧。銀鞍繡轂盛繁華，可憐今夜宿倡家。倡家少婦不須嚬，東園桃李片時春。君看舊日高臺處，栢梁銅雀尚（一作生）黃塵。

同前　　沈佺期

高臺臨廣陌，車馬紛相續。迴首思舊鄉，雲山亂心曲。遠望河流緩，周看原野綠。向夕林鳥還，憂來飛景促。

同前　　王易從

漢主事祁連，良人在高闕。空臺寂已暮，愁坐變容髮。沉艷春幌風，徘徊秋户月。可憐軍書斷，空使流芳歇。

登高臺　　王僧孺

試出金華殿，聊登銅雀臺。九路平如掌（一作砥），千門乘晚（一作洞已）開。軒車映日至（一作過），簫管逐風來。若非邯鄲美，便是洛陽才。

上之回　　蕭慤

發軔城西畤，迴輿事北遊。山寒石道凍，葉下故宮秋。朔路傳清（警）蹕，邊風卷畫旒。歲餘巡省畢，按節（一作擁仗）返皇州。

同前　　陳子良

承平重遊樂，詔蹕上之回。屬車響流水，清笳轉落梅。嶺雲

蓋道轉巖花映綬開下輦便高宴何如在瑤臺

同前　盧照鄰

回中道路險蕭關烽候多五營屯右(一作北)地萬乘出西河單于拜玉璽天子按琱戈振旅汾川曲秋風橫大歌

同前　沈佺期

制書下關右天子問回中壇墠經過遠威儀侍從雄黃麾搖晝日青幰曳相風迴望甘泉道龍山隱漢宮

同前　李白

三十六離宮樓臺與天通閣道步行月美人愁煙空恩疎寵不及桃李傷春風淫樂意何極金輿向回中萬乘出黃道千旗揚綵虹前軍細柳北後騎甘泉東豈問渭川老寧邀襄野童但慕(一作秋暮)瑤池宴歸來樂未窮

釣竿篇　劉孝綽

釣舟畫彩鷁漁子服冰紈金轄茱萸網銀鉤翡翠竿促棹(一作歛棹)隨水脉急艇渡江湍(一作急漿渡沙湍)湍長自不辭前浦有佳期船交橈(一作棹)影合浦深魚出遲荷根時觸餌菱芒乍罥絲蓮渡江南手衣渝京兆眉垂竿自有樂(一作來)誰能為太師

同前　張正見

結宇長江側垂鈎渡(一作釣廣)川潯竹竿橫翡翠桂髓擲黃金人來戲(一作水)鳥沒檝渡岸花沉蓮搖見魚近綸盡覺潭深渭水終須卜滄浪徒自吟空明(一作嗟)芳餌下獨見有貪心

同前　李巨仁

潺湲面江海滉瀁矚波瀾不惜黃金餌唯憐翡翠竿斜綸控急水定檝下飛湍潭迴風來易川長霧歇難寄言朝市客滄浪徒自安

同前　劉孝威

試持玄渚鈎暫罷池陽獵翠羽飾長綸䰰花裝小艓鈎利斷蓴絲帆舉牽菱葉聊載前魚童還看後舟妾

箜篌謠

結交在相得骨肉何必親甘言無忠實世薄多蘇秦從風暫靡草富貴上昇人(一作真)不見高巔樹摧杌下為薪豈甘(一作目覩)井中泥時至出作塵

同前　李白

攀天莫登龍走山莫騎虎貴賤結交心不移唯有嚴陵及光武周公稱大聖管蔡寧相容漢謠一斗粟不與淮南春兄弟尚路人(一作行路)吾心安所從他人方寸間山海幾千重輕言託朋友對面九疑峯多花必早落桃李不如松管鮑久已亡(一作死)何人繼其蹤

箜篌引(又曰公無渡河)　李賀

公乎公乎提(一作挈)壺將焉如屈平沉湘不足慕徐衍(一作羨)入海誠為愚公乎公乎牀有菅席盤有魚北里有賢兄東鄰有小姑壠畝油油黍與葫瓦甒濁醪蟻浮浮黍可食醪可飲公乎公乎其(一作可)奈居被髮奔流竟何如賢兄小姑哭嗚嗚

此詩三百三十五卷重出今已削去

李憑箜篌引　前人

吳絲蜀桐張高秋空白凝雲頹不流湘娥啼竹素女愁李憑中國彈箜篌崑山玉碎鳳凰叫芙蓉泣露香蘭(一作蘭香)笑十二門前融冷光二十三絃動紫篁(一作皇)女媧鍊石補天處石破天驚逗秋雨夢入神山教神嫗老魚跳波瘦蛟舞吳質不眠倚桂樹露腳斜飛濕寒兔

公無渡河　劉孝威

請公無渡河河廣風威厲檣偃落金烏舟傾沒犀柮紺蓋空嚴祠白馬徒牲祭銜石傷寡婺心崩城掩孀袂翩飛猶共水魂沉理俱逝君爲川后臣（一作神）妾作江妃娣

同前　張正見

金堤分（一作紅）錦纜白馬渡蓮舟風嚴歌響絕浪急（一作湧）榜人愁棹折桃花水帆横竹箭流何言沉璧處千載偶陽侯

同前　李白

黄河西來决崑崙咆哮萬里觸龍門波滔天堯咨嗟大禹理百川兒啼不窺家殺湍湮洪流（一作水）九州始蠶麻其害乃去茫然風沙被髮之叟狂而癡清晨徑（一作臨）流欲奚爲旁人不惜妻止之公無渡河苦渡之虎可搏河難憑公果溺死流（一作沉）海湄海湄有長鯨白齒若雪山公乎公乎挂骨於其間箜篌所悲竟不還

同前　陳標

陰雲颯颯浪花愁半渡驚湍半挂舟聲盡雲天君不住命懸魚鼈妾同休黛娥芳臉垂珠淚羅襪香裾赴碧流餘魄豈能銜木石獨將遺恨付箜篌

苦熱　梁簡文帝

六龍騖不息三伏啓炎陽寢興煩几案俯仰倦帷牀滂沱汗似瀹（一作鑠）霏微（一作微靡）風如湯洄池愧生浪蘭殿非含霜細簾時半捲輕幌乍横張雲斜花影沒日落荷心香願見洪崖井誰（一作詎）憐河朔觴

同前　任昉

旭旦煙雲卷烈景入東軒傾光望轉蕙斜日照西垣既卷蕉梧葉復傾葵藿根重簟無冷氣挾石似懷温霢霂類珠綴喘赫狀雷奔

同前　何遜

昔聞草木燋今覩沙石爛曀曀風逾靜曈曈日漸旰習靜閟（一作閈）衣巾讀書煩几案卧思清露挹（一作浥）坐待高（一作明）星爛蝙蝠户中（一作間）飛蠛蠓窻間（一作中）亂實（一作會）無河朔飲空有臨淄汗遺金自不拾惡木寧無幹願以三伏晨催促九秋換（閟衣巾閟集作屏窻間集作欄間）

同前　劉孝威

日暮苦炎躁遷坐接長廊月麗姮娥影星含織婦光栖禽動夜竹流螢出闇墻香盤糅鮮（一作鱗）粉雕臺（一作壺）承蔗漿白羽徒搖幄綠水自周堂弱紈猶覺重纖絺尚（一作向）少涼弄風思漢朔戲雨憶吳王玄冰術難驗赤道漏猶長誰能更吹律還令黍谷涼

同前　王均

日域散朱霧天隅斂青靄飛光煥南陸炎津湧北瀨繁星聚若珠密雲屯似蓋月至每開衿風過時解帶

同前（和樂儀同）　庾信

火井沉熒散炎洲高燄通鞭石未成雨鳴鳶不起風思爲鸞翼扇願借明光宮臨淄迎子禮中散就安豐美酒合（一作含）蘭氣甘瓜開蜜筒寂寥人事屏還得隱墻東

同前　杜甫（甫時爲華州功曹）

七月六日苦炎蒸對食暫飡還不能每愁夜中自足蝎況乃秋後轉（一作復）多蠅束帶發狂欲大叫簿書何急來相仍南望青松架短（一作絕）壑安得赤脚踏層冰

奉和李大夫同呂評事太行苦熱行兼寄院中諸公仍呈王員外　劉長卿

迢迢太行路自古稱險惡千騎儼欲前羣峯望如削火雲

從中起仰視飛鳥落汗馬臥高原危旌倚長薄清風何不
至赤日方煎鑠石露（一作枯）山木燋鱗窮水泉涸九重今旰
食萬里傳明略諸將侯軒車元皃愁鼎鑊何勞短兵接自
有長纓縛通越事豈難渡瀘功未博朝辭羊腸坂夕望貝
丘郭漳水斜繞營恒山遥入幕永懷姑蘇下因寄建安作
白雪和難成滄波意空託陳琳書記好王粲從軍樂早晚
歸漢廷隨公（一作君）上麟閣

五言酬薛員外誼苦熱行見寄　僧皎然

六月金數伏茲辰日在庚炎曦爍（一作曝）肌膚毒靄昏性情
（一作毒霧昏擔擔）安得奮輕（一作翅）翮超遥出雲征不知天地心如何
匠生成火德燒百卉瑶草不及榮有客當此時忽貽懷中
瓊捧翫煩衿滌嘯歌善（一作美）風生遲君佐元氣調使四序
平中令霜不祆火餘氣常貞江南詩騷客休吟苦熱行

苦熱行　王轂

祝融南來鞭火龍火旗焰焰燒天紅日輪當午凝不去萬
國如在洪爐中五嶽翠乾雲彩滅陽侯海底愁波竭何當
一夕金風發爲我掃却（一作除）天下熱

同前　僧鸞（一作齊）

燭龍銜火飛天地平陸無風海波沸彤雲疊掛奇峯長焰
焰流光爇凝翠煙島摶鵬翼雙翅羲和赫怒強惣戀飲流
夸父斃長途始見當中印王字明明夜西朝又東古來有
道仍再中扶桑老葉蔽不得輝華直上凌蒼空萬人揮汗
龜成雨口燥喉乾嗌塵土西郊雲色晝冥冥如何不放（一作救）
生靈苦何山恠木藏蛟龍縮鱗卷鬣爲乖慵不發滂澤注
天下欲使風雲何所從旱苗原上枯成焰嶽靈徒祝無神
驗豪家簾外喚清風水紋明角鋪長簟玉扇畫堂凝夜秋
歌艷繞梁催莫愁陽烏落盡酒不醒扶上西園當月樓廢
田暍死非吾屬庫有黃金倉有粟

苦寒　喬知之

胡天夜清迥孤雲獨飄颻遥裔出鴈關逶迤含晶光陰陵
久徘徊幽都無多陽祁寒凍巨海殺氣流大荒朔馬吹冰
寒行子覆（疑作履）胡霜路有從役倦臥死黃沙場羇旅因相依
慟之淚沾裳由來從軍行賞存不賞亡亡謝誠已矣徒令
存者傷

同前（前二首）　杜甫

漢時長安雪一丈牛馬毛寒縮如蝟楚江巫峽冰入懷虎
豹哀號又堪記秦城老翁荆揚客慣習炎蒸歲絺綌玄冥
祝融氣或交手持白羽未敢釋

二

去年白帝雪在山今年白帝雪在地凍埋蛟龍南浦縮寒
割（一作刮）肌膚北風利楚人四時皆麻衣楚天萬頃（一作里）無
晶輝三足之烏骨（一作足）恐斷羲和送之將安歸（一作送安所歸又作送將安歸）

同前（後二首）　前人

南紀巫廬瘴不絕太古以來無尺雪蠻夷長老怨苦寒崑
崙天關凍欲（一作應）折玄猿口噤不能嘯白鵠翅垂眼出（一作流）
血安得春泥補地裂

二

曉（一作晚）來江邊失大木猛風中夜飛（一作吹）白屋天兵新（一作斷）
斬青海戎殺氣南行動坤軸不爾苦寒何其（一作太）酷巴東
之峽生凌澌彼蒼迴斡人得知

同前　劉駕

百泉凍皆咽我吟（一作今）寒更切半夜倚喬松不覺蒲衣雪
竹竿有甘苦我愛抱苦節鳥聲有悲歡我愛口流血潘生
若解吟更早生白髮

猛虎行（一作吟）　儲光羲

寒亦不憂雪飢亦不食人人肉（一作血）豈不甘所惡傷明神
太虛爲我宅孟門爲我隣百獸爲我膳五龍爲我賓蒙馬
一何威浮江亦以仁綵章曜朝日爪牙（一作牙爪）雄武臣高雲逐氣
浮厚地隨聲震君能賈餘勇日夕長相親

同前　李白

行作（一作朝作又作行亦）猛虎吟（一作行）坐作（一作暮作又作坐亦）猛虎吟腸斷非關
隴頭水淚下不爲雍門琴旗（一作旍）旌繽紛兩河道戰鼓驚
山欲傾倒秦人半作燕地囚胡馬翻銜洛陽草一輸一失
關下兵朝降夕叛幽薊城巨鼇未斬海水動魚龍奔走安
得寧頗似楚漢時翻覆無定止朝過博浪沙暮宿（一作入）淮
陰市張良未遇韓信貧劉項存亡在兩臣暫到下邳受兵
略來投漂母作主人賢達（一作哲）悽悽古如此今將棄擲（一作
今時亦棄）青雲士有策不敢干（一作犯）龍鱗竄身南國避胡塵寶
書長劒束（一作挂）高閣金鞍駿馬散故人昨日方爲宣城客
掣鈴交通二千石有時六博快壯心遶牀三匝呼一擲楚
人每道張旭奇心藏風雲世莫知三吳邦伯多顧盼四海
豪（一作雄）俠皆相推蕭曹亦（一作曾）作沛中吏攀龍附鳳皆（一作當）
有時溧陽酒樓三月春楊花茫茫愁殺人胡雛綠眼吹玉
笛吳歌白紵飛梁塵丈夫相見且爲樂搥牛撾鼓會衆賓
我從此去釣滄海得魚笑寄情相親

同前　張籍

南山北山樹冥冥猛虎白日遶村（一作林）行向曉（一作晚）一身
當道食此（一作山）中麋鹿盡無聲年年養子在深谷雌雄上
下不相逐谷中近窟有山村（一作林）長向林中（一作村家）取黃犢
五陵年少不敢射空來林下看行跡

同前　李賀

長戈莫舂強弩莫抨乳孫哺子教得生獰舉頭爲城掉尾
爲旌東海黃公愁見夜行道逢騶虞牛哀（一作牛哀化虎也）不平何
用尺刀壁上雷鳴泰山之下婦人哭聲官家有程吏不敢聽

文苑英華卷第二百十

登仕郎胡柯　鄉貢進士彭叔夏　校正

文苑英華卷第二百十一

樂府二十　詩六十一

登名山篇　李巨仁

名山稱地鎮一作本鎮地千仞一作迢遞上凌霄雲開金闕迥一作雲披金闕近霧起石梁遥羣徽横鳥路珠澗入一作樹拂星橋風急青溪晚霞散赤城朝寓目幽棲地一作客駕言一作尋追綺季避世一作跡絶桃源士忘情漆園吏抽簪傲九辟脫屣輕千駟沉冥負俗心蕭灑一作昧索凌雲意蒼蒼聳極天伏眺盡山川疊峯如積浪分崖若斷一作斜煙淺深聞渡雨輕重聽飛泉採藥逢三島尋真值一作遇九仙藏書凡幾代看傳已經年逝將追羽客千載一來旋

秦王卷衣　吳均

咸陽春草芳秦帝捲衣裳玉檢茱萸匣一作帶金泥蘇合香杌芳熏一作動複帳餘輝耀寶匠一作牀當須晏一作晏又作早朝罷一作須史朝晏罷持此贈華一作陽龍

同前　陳標

秦家漢闕靄春煙珠樹瓊枝近碧天御氣馨香蘇合啓簾光浮動水精懸霏微羅縠隨芳袖宛轉鮫綃逐寶筵從此咸陽一回首暮雲愁色已千年

上留田　梁簡文帝

正月土膏杌欲發天馬照耀動農祥田家斗酒群相勞為歌長安金鳳凰

同前　李白

行至上留田孤墳何崢嶸積此萬古恨春草不復生悲風四邊來腸斷白楊聲借問誰家地埋沒蒿里塋古老向余言言是上留田蓬科馬鬣今已平昔之弟死兄不葬他人於此舉銘旌一鳥死百鳥鳴一獸走百獸驚桓山之禽出家語別離苦欲去回翔不能征田氏倉卒骨肉分青天白日摧紫荊交讓之木本同形東枝顦顇西枝榮無心之物尚如此參商胡乃尋天兵孤竹延陵讓國楊名高風緬邈頹波激清尺布之謡塞耳不能聽

古挽歌　祖孝徵

昔日一作詩驅駟馬謁帝長楊宮旌懸白雲外騎獵紅塵中今來向漳浦素蓋轉悲風榮華與歌笑萬事盡成空

同前　王烈郭茂倩樂府作趙徵明

寒日高不（一作萬上）明凄凄郊東路素車誰家子丹旐引將去
原下荆棘叢叢邊有新墓人生病長（一作間痛傷）別此是長別
處日暮（一作曠野）何蕭蕭風悲（一作青松）白楊樹

同前　孟雲卿

草草閭（一作門）巷喧車儼塗成位冥寂（一作冥冥）何所須盡我生
人意北卬路非遠此別終天地臨穴頻撫棺至哀反無淚
爾形未衰老爾色猶（一作昔繞）童穉骨肉安（一作不）可離皇天若
容易房帷即靈帳（一作帷張）庭宇為哀次薤露歌若斯人生盡
如寄

同前　白居易

丹旐何飛揚素驂亦悲鳴晨光照閭巷輀車儼欲行蕭條

九月天晚出洛陽城（一作哀挽出重城）借問送者誰妻子與弟兄
蒼蒼古原上（一作挽古原）峩峩開新塋舍酸一悲（一作慟）哭異日
同哀聲舊壟轉蕪絕新塋日羅列春風秋草北卬山此地
年年生死別

同前三首　于鵠

雙轍出郭門綿綿東西道送死多於生幾人得終老見此
切肝腸（一作肺肝）唯有（一作不如）歸山好不聞哀哭聲默默安懷抱
時盡從奄終（一作物化）又免生憂擣（一作摟）世間壽者稀盡為悲
傷早（一作惱）

二

送哭誰家車靈車紫帶長青童抱何物明月與香囊可惜
羅衣色看昇入水泉莫愁埏道暗燒漆得千年

三

陰風吹黃蒿挽歌渡秋水車馬却歸城孤墳明月（一作月明）裏

怨歌行　梁簡文帝

十五頗有餘日照杏梁初娥眉本多嫉掩鼻特成虛持此
傾城貌翻為不肖軀秋風吹海水寒霜依玉除月光臨戶
映荷花依浪舒望簷悲雙翼窺沼泣王餘（魚名）苔生履處沒
草合行人踈裂紈傷不盡歸骨恨難祛早知長信別不避
後園輿

同前　張正見

新豐妖冶地遊俠競嬌奢池臺間羅綺桃李雜煙霞蓋影

分連騎衣香合並車艷粉驚飛蝶紅粧映落花舞衫飄冶
袖歌扇掩團（一作圓）紗玉帳（一作狀）珠簾捲金樓鏡月斜還疑
蕭史鳳不及季倫家

同前　虞世南

紫殿秋風冷雕甍落（一作白日）沉栽紈悽斷曲織素引（一作別）
離心披庭若（一作菴）改畫長門不惜金寵移恩稍薄情踈恨
轉深香銷翠羽帳弦斷鳳凰琴鏡前紅粉歇陌上綠苔侵
誰言掩歌扇翻作白頭吟

同前　吳少微

城南有怨婦含愁傍芳（一作倚蘭）叢自謂二八時歌舞入漢宮
皇恩數流眄承幸玉堂中綠陌黃花催夜酒錦衣羅袖逐

春風建章西宮煥若神燕趙美女三千人君王貺德不忘新况群艷冶紛來陳是時別君不再見三十三春長信殿長信重門晝掩關清房曉帳幽且閑倚窓蟲網氛塵色文軒鸞樹一作對桃李顏天王貴宮不貯老浩然掩淚一作淚隕今來還自憐春色轉晚暮試逐佳遊芳草路小腰麗女奪人奇金鞍少年曾不顧歸來誰為夫請謝西家婦莫辭先醉解羅襦

同前　曹鄴

丈夫好弓劍行坐說金吾喜聞有行役結束不待車官田贈倡婦留妾侍舅姑舅姑皆已死庭花半是蕪中妹尋適人生女亦嫁夫何曾寄消息他處却有書嚴風厲中野女子心易孤貧賤又相負封侯意何如

悲哉行　孟雲卿

孤兒去慈親遠客喪主人莫吟苦辛曲此曲誰忍聞可聞不可說去去無期別行人念前程不待參辰沒朝亦恒苦饑暮亦恒苦饑飄飄萬餘里貧賤多是非少年莫遠遊遠遊多不歸

同前　王昌齡

每聽白頭吟人間易憂怨若非滄浪子安得從所願北上太行山臨風閱吹萬長雲數千里倏忽還膚寸觀其微滅時精意莫能論百年不容易是處生草蔓始悟海上人辭君永飛遁

同前　陳陶

中嶽仇先生遺余餌松方服之一千日肢體生異香步履如風旋天涯一齋糧仍云為地仙不得朝盂皇彼兎有三穴人生又何常悲哉二廉士餓死於首陽

懷哉行　薛據

明時無廢人廣廈無棄材良工不我顧有因寧自媒懷策望君門歲晏空遲迴秦城多車馬日夕飛塵埃伐鼓千門啓鳴珂雙闕來我聞雲雨施天下罔不該何意斯人徒棄之如死灰主好臣必效時禁權必開俗流實驕矜得志輕草萊文王賴多士漢帝資羣才一言拜將相片善咸居台丈夫何不遇為泣黃金臺

獨不見　劉孝威

夫婿結纓簪偏蒙漢寵深中人引卧內副車遊上林綬染琅琊草蟬鑄武威金分家移甲第留妾住河陰獨寢鴛鴦被自理鳳凰琴誰憐雙玉筯流面復流襟

同前　柳惲

別島望風一作雲臺天顏一作泉臨水殿芳草生未積春花落如霰出從張公子還過趙飛鸞奉帚長信宮誰知獨不見

同前　王訓

日晚宜春暮風軟上林朝對酒近初節開樓當夜嬌石橋通小澗竹路上青霄持底誰見許長愁成細腰

同前　戴叔倫

前宮路非遠舊苑春將遍玉戶看早梅雕梁數飛一作歸鷰身輕逐舞袖香暖傳歌扇自和秋風詞長侍昭陽殿誰信後庭人年年獨不見

同前　武元衡

荆門一柱觀楚國三休殿環珮偃一作仰神仙輝光生顧盼春風細腰舞明月高堂宴夢澤水連雲渚宮花似霰俄驚白日晚始悟炎涼變別島異波湖一作濤離鴻分海縣南北斷相聞嘆嗟獨不見

定情篇　喬知之

共君結新婚歲寒心未卜相與遊春園各隨性一作情所逐君愛菖蒲花妾感苦寒竹天一作菖花多艷姿寒竹有貞葉

此時妾比君君心不如妾簪玉步河堤天一作交韶援綠荑鳧鷹將子遊鶖鷺從雙棲君向一作念春光好妾對一作向春光啼君時不得意棄妾還金閨結言本同心悲歎何未齊怨咽前致辭頗得申所悲人間丈夫易世路婦難為始如經天月一作始經天月照終若流星馳天月恒終始流星無定期長思一作信佳麗人失意非蛾眉廬江小吏一作史婦非關織作遲本願長相對今以一作已長相思復有宦遊子結綬從梁陳燕居從三朝去來歷九春誓心妾終始蠶桑奉所親歸願未克從黃金贈路人潔婦懷明義從沈河之津于今千萬年誰當問水濱更憶倡家樓夫婿事封侯去時思照灼去罷心悠悠不矜一作斷妾歲晏千載隴西頭以茲常惕惕百慮恒盈積由來共結褵幾人同匪石故歲雕梁鷰雙去歸一作今來隻今日玉庭梅朝紅暮成碧碧榮始芬敷黃葉已淅瀝何用念春芳春芳有流易何用重歡娛歡娛俄戚戚家本巫山陽歸去路何長敘言情未盡采菉已盈筐桑榆日反景物色盈高岡下有碧流水上有丹桂芳一作香桂花一作枝不須折碧水自清一作碧流清且潔贈君比芳菲愛一作受惠常不歇一作滅贈君比一作淚潺湲相思無斷絕妾有秦家鏡寶匣裝珠璣鑑來年二八不記易陰暉妾無光寂寂妾至鄣一作委照影依依今日特為贈相識莫相違

雜曲二首　王筠

為還夜已遍蠱飛曉尚賒桂月徒留影蘭燈一作臺空結花

二

可憐洛城東芳樹擁春風丹霞映白日細雨帶輕虹

同前　傅縡

新人新寵住蘭堂翠帳金屏瑇瑁牀叢星不如珠簾色度月還同粉壁光從來著名推趙子復有丹脣發皓齒一嬌一態本難逢如畫如花定相似樓臺宛轉曲皆通絃管透邐徹下風此殿笑語恒長共傍省歡娛不復同詎許人情太厚薄分恩賦念能斟酌多作綉被為雙鴛一作鴛鴦長弄綺琴贈別鶴人今投寵要須堅會使歲寒恒度前共取星辰作心抱無轉無移千萬年

同前　徐陵

傾城得意已無儔洞房連閣未消（一作閤未消）愁宮中本造鴛鴦殿爲誰新起（一作爲起新粧）鳳凰樓綠黛紅顏兩相發千嬌百態情無歇舞杉回柚勝春風歌扇當窓似秋月碧玉宮妓自翩妍絳樹新聲最可憐張星舊在天河上從來張姓本連天二八年時不憂度傍邊得寵誰相妬立春曆日自當新正月春幡底舊故流蘇錦帳桂香囊織成羅幔隱燈光祇應私將琥珀枕暝暝來上珊瑚床

同前　江揔

行行春逕蘼蕪綠織素那復解琴心作慽南階悲綠草誰堪東陌怨黃金紅顏素月俱三五夫婿何在今追虜關山隴月春雪深（一作冰）誰見人啼花照戸

憶昔行　杜甫

憶昔北尋小有洞洪河怒濤過輕舸辛勤不見華蓋君艮岑青輝慘幺麼千崖無人萬壑靜三步回頭五步坐秋山眼冷魂未歸仙賞心違淚交墮弟子誰依白茅室盧老獨啓青銅鎖巾拂香餘擣藥塵階除灰死燒丹火玄圃滄洲莽空闊金節羽衣飄婀娜落日初霞閃餘映倏忽東西無不可松風磵水聲合時青兕黃熊啼向我徒然咨嗟撫遺迹至今夢想仍猶佐祕訣隱文須內教晚歲何功使願果更討衡陽董鍊師南浮早鼓瀟湘柂

傴僂行（贈畢四曜）　前人

傴僂何傴僂我居巷南子巷北可恨鄰里間十日不一見顏色自從官馬送還官行路難行澁如棘我貧無乘非無足昔者相過今不得實不是愛微軀又非關足無力徒步翻愁官長怒此心炯炯君應識曉來急雨春風顛睡美不聞鐘鼓傳東家蹇驢許借我泥滑不敢騎朝天已令請急會通籍男兒信（一作性）命絕可憐馬能終日心拳拳憶君誦詩神凜然辛夷始花亦已落況我與子非壯年街頭酒價常苦貴方外酒徒稀醉眠速宜相就飲一斗恰有三百青銅錢

此詩三百五十卷重出今已削去

胡笳曲二首　江洪

藏罷欲邀（一作逢）時年來不相讓紅顏征戍兒白首邊城將

二

落日慘無光臨河獨飲馬颭颭夕風高聯翩飛鴈下

同前　陶弘景

負扆飛天歷與奪徒紛紜百年四五代終是甲辰君

同前　鄭愔

漢將留邊朔遙遙歲序深誰堪牧馬思正是胡笳吟曲斷關山月聲悲雨雪陰傳書問蘇武陵也獨何心

同前　王昌齡

城南虜已合一夜幾重圍自有金笳引能霑出塞衣聽臨關月苦清入海風微三奏高樓曉胡人掩淚歸

同前　王貞白

隴底悲笳引隴頭鳴北風一輪霜月落萬里塞天空戍卒
淚應盡胡兒笑未終爭教班定遠不念玉關中

雲中行　薛董

雲中小兒吹金管向晚因風一川滿塞北雲高心已悲城
南木落腸堪斷憶昔魏家都此方涼風觀前朝百王千門
曉映山川色雙闕逶連日月光舉杯稱壽永相保日夕歌
鍾徹清昊將軍汗馬百戰場天子射獸五原草寂寞金輿
去不歸陵上黃沙塵路飛河邊不語傷流水川上含情歎
落暉此時獨立無所見日暮寒風吹客衣

長干行　李白

妾髮初覆額折花門前劇郎騎竹馬來遶床弄青梅同居

長干里兩小無嫌猜十四爲君婦羞顏未嘗開低頭向暗
壁千喚不一回十五始展眉願同塵與灰常存抱柱信豈（一作雖）
上望夫臺十六君遠行瞿塘灩澦堆五月不可觸猿
聲天上哀門前遲（一作舊）行跡一一生綠苔苔深不能掃葉
落秋風早八月蝴蝶來（一作黃）雙飛西園草感此傷妾心坐
愁紅顏老早晚下三巴預將書報家相迎不道遠直至長
風沙

小長干行　前人（類詩作張潮）

憶昔深閨裏煙塵不曾識嫁與長干人沙頭候風色五月
南風興思君下江（一作巴）陵八月秋（一作西）風起看（一作想）君發
楊子去時（一作多）悲如何見少別離多湘潭幾人（一作日又作月）到

妾夢常（一作越）風波昨夜狂風度吹折江頭樹淼淼暗無邊
行人在何處好乘浮雲驄佳期蘭渚東鴛鴦綠蒲上翡翠
錦屏中自憐十五餘顏色桃花紅那作商人婦愁水復愁
風

江風行（一作長江行）　張潮

婿貧如珠玉婿富如埃塵貧時不忘舊富貴多寵新妾本
富家女與君爲偶匹惠好一何深中門不曾出妾有繡衣
裳葳蕤金縷光念君貧與賤易此從遠方三千路役思發
竟（一作去）悔不已日暮情更來空望去時水孟夏麥始秀江
上多南風商賈歸欲盡君今尚巴東巴東有巫山窈窕神
女顏常恐遊此方（一作山）果然不知還

文苑英華卷第二百一十一

文苑英華卷二百十二　詩六十二

音樂一

樂八首　琴二十九首
箏十首　笙四首
琵琶三首　箜篌一首
簫一首　笛十四首
雜樂六首

樂

觀樂應詔　梁王暕

趙瑟含清音秦箏凝逸響參差陳九夏依遲紛四上從風繞金梁含雲映珠網遞奏豈二八繁弦非一兩華吻東郭吹厠陪南風賞忘味信鏗鏘飡和終俯仰輕塵已飛散遊魚亦翻蕩恩光實難遇詠言寧易放

奉勅於太常寺脩正古樂　隋何妥（見切學記）

大樂遺鍾鼓至樂貴忘情俗久淳和變年深禮教生嶰谷調孤管崙山學鳳鳴浮雲成武曲白雪作歌名闕詩六義辨觀湧八風平肅穆皇威暢淪漣河水清鈞天動絲竹聒地響鐏鉦盡美兼韶濩威德揔咸英寥亮危鍾徹飄揚翟羽輕小臣屬千載時幸預簪纓行欣負蒼璧衢壇聽九成

樂部曹觀樂　前人

東海餘風大陶唐遺思深何如觀偏舞奏鼓間樅金清管調絲竹朱紘韻雅琴八行陳樹羽六德審知音至道兼韶濩充庭揔韎任高天度流火落日廣城陰百神諸景福萬國仰君臨大樂非鍾鼓且用戒民心

奉和月夜聽軍樂應詔　薛道衡

旌門臨古堞徼道渡深隍月冷疑秋夜山寒落夏霜迢空澄暮色清景散餘光笳清喧隴水鼓曲噪漁陽沉欝輿神思耽聽發天章萬代終難學丘陵徒自強

觀太常奏新樂　孔德紹

大君膺寶曆出豫表功成鈞天金石響洞庭弦管清八音動繁會九變叶希聲雲和留曆賞薰風悅聖情盛烈光韶濩易俗邁咸英竊吹良無取率舞忭輕生

同前　卞斌（一作孫萬壽）

昔人夢上（一作之）帝尚（一作常）喜預鈞天況茲（一作荷）開景業作樂武功宣大雅（一作子）廢還理乘風毀更懸中和誠易擬韶夏詎相沿犍爲（一作泗濱）磬響徹嶰谷管聲傳小臣濫清耳長奏南風絃

此詩二百四十卷重出今已削去注異同爲一作

於太常寺聽陳國蔡子元所教（一作校）正聲樂　許善心

維陽盛禮樂沿定昔君臨充庭觀樹羽上（一作之）帝仰樅金既因鍾石變將隨河海沉湛露廢還序承（一作乘）風絕復尋袞章無舊迹韶夏有餘音澤竭英莖散人遺憂思深悲來未減瑟淚下正聞琴詎似文侯聽聊同微子吟鍾奏殊南

北商聲異古今獨有延陵聽應知亡國音

三層閣上置音聲　唐太宗（見初學記）

綺筵移暮景紫閣引宵烟隔棟歌塵合分階舞影連聲流三處管響亂（一作札）一重絃不似秦樓上吹簫空學仙

琴

秋夜詠琴　劉孝綽（見集本）

上宮秋露結上客夜琴鳴幽蘭暫罷曲積雪更傳聲

同前（初學紀作詠琴）　劉溉

寄語調絃者客子心易驚離泣已將墜無勞別鶴聲

日晚弾琴　馬元熙（見初學記）

上客敞前扉鳴琴對晚暉掩抑歌張女凄清奏楚妃稍視

紅塵落漸覺白雲飛新聲獨見賞莫恨知音稀

賦得爲我弾清琴　沈烱

爲我弾清琴琴鳴傷我襟半死無人覺入竈始知音空爲貞女引誰達楚妃吟（類聚作心）雍門何假說落淚自淫淫

聽琴　蕭慤

洞門涼氣滿閑館夕陰生絃隨流水急調雜秋風清掩抑朝飛弄凄斷夜啼聲至人齊物我持此（一作時與）悅高情

賦得詠琴　江總

可憐嶧陽木雕爲綠綺琴田文垂睫淚卓女弄絃心戲鶴聞應舞遊魚聽不沉楚妃幸勿嘆此異丘中吟

賦得坐弾鳴琴　楊希道

北林鵲夜飛南軒日斜進調絃發清徵蕩心祛褊悋變作離鴻聲還入思歸（一作相思）引長嘆未終極秋風飄素鬢

詠琴　前人（見初學記）

久擅龍門質孤竦嶧陽名齊娥初奏弄趙女正調聲嘉客勿遽反繁絃曲未成

同前　劉允濟

昔在龍門側誰想鳳鳴時雕琢今爲器宮商不自持巴人緩疎節楚客弄繁絲欲作高張引翻成下調悲

夏弾琴　劉希夷（文粹作劉識）

碧天本岑寂素絲何清幽弾爲風入松崖谷颯已（一作以）秋庭鶴舞白雪淵魚躍洪流余歡娛世人明月難暗投感歎

未終曲淚下不可收嗚呼鍾子期零落歸山（一作荒）丘死而若有知魂兮從我遊

琴

隱（一作名）士竹林隈英聲（一作鳴琴）寶匣開風前綠綺弄月下白雲來（一作風前中散至月下步兵來）淮海多爲寶（一作淮海曾爲寶武丘山有琴室近淮海）梁岷舊作臺子期如何聽山水響餘哀

寶琴　唐釋彪

吾有一寶琴價重雙南金刻作龍鳳像弾爲山水音星從徽裏發風來絃上吟鍾期不可遇誰辨曲中心

江上琴興此詩已見一百六十二卷常建

張山人弾琴　前人

居士芳草綠西峯留王琴豈惟丘中賞兼得清煩襟朝從
山口還出嶺聞幽音了然雲霞意照見天地心玄鶴下澄
空翩翩舞松林攻絃和（一作扣）商聲又聽飛龍吟稍覺此身
妄漸知仙事深其將鍊金鼎永矣投吾簪

琴　王昌齡

孤桐秘虛鳴朴素傳幽真髣髴絃指外遂見初古人意遠
風雪若時來江上（一作山）春高宴未終曲誰能辨經綸

聽琴彈風入松贈楊補闕　前人

商風入我琴夜竹深有露絃悲與林寂清景不可度寥落
幽居心颼飀青松樹松風吹草白谿水寒日暮聲意去復
還九辨待一顧空山多雨雪獨立君始悟

秋夕聽羅山人彈三峽流泉　岑參

皤皤岷山老抱琴鬢蒼然衫袖拂玉徽為彈三峽泉此曲
彈未半高堂如空山石林何颼飀忽在窓戶間纖指弄嗚
咽清絲激潺湲演漾怨楚雲虛徐韻秋煙疑兼陽臺雨似
雜巫山猿幽引鬼神聽靜令耳目便楚客腸欲斷湘妃淚
斑斑誰裁清桐枝亘以朱絲絃能含古人曲遞與今人傳
知音難再逢惜君方老年曲終月已落惆悵東齋眠

同張參軍喜李尚書寄新琴　司空曙

新琴傳鳳凰晴景稱高張白玉連徽淨朱絃（集作絲）擊爪長
輕埃隨拂拭雜（集作新）籟蒲鏗鏘暗想山泉合如親蘭蕙芳
正聲銷鄭衛古狀掩笙簧遠識賢人意清風頌激揚

冬夜陪丘侍御先輩聽崔校書彈琴　楊巨源

雪蒲中庭月映林謝家幽賞在瑤琴楚妃波浪天南遠蔡
女煙沙漠北深顧盼何曾因誤曲殷勤終是感知音若將
雅調開詩興未秖丘遲一片心

宿藏公院聽齊孝若彈琴　前人

禪思何妨在玉琴真僧不見聽時音離聲怨調秋堂夕雲
向蒼梧湘水深

夜集汝州郡齋聽陸僧辨彈琴　孟郊

康樂寵詞客清宵意無窮徵文北山（集作窓）外惜月南樓中
千里寂然靜（集作愁併盡）一樽歡暫同胡為戛楚瑟淅瀝起寒
風

聽琴　前人

颯颯微雨收翻翻橡（集作桐）葉鳴月沉亂峯西寥落三四星
前溪忽調琴隔林寒琤琤聞彈正弄聲不敢枕上聽迴燭
整頭簪漱泉立中庭定步屐齒深久彈月（集作神目貌）冥冥微
風吹衣襟亦（集作猶）認宮徵聲學道三十年未免憂死生聞
彈一夜中會盡天地情

好彈（集作聽）琴　白居易

本性愛（集作好）絲桐塵機聞即空一聲來耳裏萬事離心中
清暢堪銷疾恬和好養蒙尤宜聽三樂安慰白頭翁

夜調琴憶崔少卿　前人

今夜調琴忽有情欲彈惆悵憶崔卿何人解愛中徽上秋

思頭邉八九聲

聽琴（集作清夜琴興）　前人

月出烏棲盡寂然坐空林是時心景閒可以彈素琴清泠由木性恬淡隨人心心積和平氣木應正始音響餘群動息曲罷秋夜深正聲感元化天地清沉沉

廢琴　前人

絲桐合為琴中有太古聲古聲淡無味不稱今人情玉徽光彩滅朱絃塵土生廢棄來已久遺音尚泠泠不辭為君彈縱彈人不聽何物使之然羌笛與秦箏

聽段處士彈琴　方干

幾年調弄七條絲元化工夫（集作功夫）十指知泉迸清音（集作清幽）雜石底松含細韻在霜枝窓中（集作東）顧兎初圓夜竹上寒蟬盡散時唯有此時（集作中）心更淨（集作靜）聲聲堪（集作可）作後人師

聽琴　張喬

清明轉琴（一作靜）軫弄中湖（一作湘）水寒能令坐來客不語自相看靜（一作淨）恐鬼神出急疑風雨殘幾時歸嶺嶠更過洞庭彈

同前（一作蜀琴）　羅隱

寒雨蕭蕭落井梧夜深何處怨啼烏不知一盞臨邛酒救得相如渴疾無

箏

和彈箏人二首　梁孝元帝

橫箏在故帷忽憶上絃時舊柱離移處銀帶手輕（一作經）持悔道啼將別教成今日悲

二

璦柱動金絲秦聲發趙曲流徵含陽春美手過如玉

詠彈箏人　梁昭明太子

故箏猶可惜應度新人邊塵多澁移柱風燥脆調絃還作三州曲誰念九重泉

詠箏　沈約

秦箏吐絕調玉柱揚清曲絃依高張斷聲隨妙指續徒聞音繞梁寧知顏如玉

同前　王臺卿

依歌時轉韻按曲動花鈿促調移輕柱亂手度繁絃唯有高秋月秦聲獨可憐

玄圃宴各詠一物得箏　陸瓊

三五併時年二八共來前今逢泗濱樹定減琴中絃鶴別霜初緊鳥（一作烏）啼月正懸

聽箏　張九齡

端居正無緒那復發秦箏纖指傳新意繁絃起怨情悠揚思欲絕掩抑態還生豈是聲能感人心自不平

箏柱子　朱灣

散木今何幸（集作在）良工不棄捐力微慙一柱材薄仰（集作命）

群絃且喜聲相應寧辭跡屢遷知音如見賞雅調爲君傳

箏 白居易

雲髻飄蕭綠花顔旖旎紅雙眸剪秋水十指剥春葱楚艷爲門閥秦聲是女功甲鳴銀玓瓅柱觸玉玲瓏猿苦啼嬿月鶯嬌語泥風移愁来手底送恨入絃中趙瑟情（集作清）相似胡琴調（集作闕）不同慢弾迴斷鴈急奏轉飛蓬霜珮鏘還委冰泉咽後通珠聯千拍碎刀截一聲終倚麗精神定矜能意態融歇時情不斷休去思無窮燧下清歌（集作青春）夜罇前白首翁且聽應得在老耳未多聾

贈弾箏人 温庭筠

天寳年中事玉皇曾將新曲教寧王鈿蟬金鳳（集作細蟬金鴈）皆

零落一曲伊州淚萬行

笙

笙 陸罩

管清羅袖拂響合絳脣吹合情應節轉逸態逐聲移所美周王子弄羽一參差

同前 沈約

彼美實孤枝孤篠定參差鵾雞已嘲哳棗下復林離本期王子晋（初學記作宴）寧待洛濱吹

同前 楊希道

短長插鳳翼洪細摹鸞音能令楚妃歎復使荊王吟切切孤竹管来應雲和琴

嵩嶽開笙 劉希夷

月出嵩山東月明山益空山人愛清景散髪臥秋風風止夜河清獨夜草蟲鳴仙人不可見乗月近吹笙絳脣吸靈氣玉指調真聲真聲是何曲三山鸞鶴情昔余落塵俗願言聞此曲今我（集作来）臥嵩岑何幸承幽音神仙樂吾事笙歌銘夙心

琵琶

琵琶 唐太宗

半月無雙影金花有四時推藏千里態掩抑幾重悲促節營紅袖清音蒲翠帷駛弾風響急緩曲釧聲遅空遺關隴恨因此代相思

聽鄰人琵琶 陳叔達

本自龍門桐因妍入漢宮香由（一作緣）羅袖裏聲逐朱絃中雖（初學記作離）有相思韻翻將入塞同關山臨却月花蘂散迴風爲將金谷引添令曲未終

鄂渚聽杜別駕弾胡琴 劉長卿

文姬留此曲千載一知音不解胡兒語空愁楚客心聲隨邊草動意入隴雲深何事長江上蕭蕭出塞吟

箜篌

箜篌 梁簡文帝

捩遲初挑吹弄急持摧（類聚作時推）舞釧響逐絃鳴衫迴半鄣柱欲知心不平君看黛眉聚

簫

簫　劉孝綽（一作儀）

危聲合歌鼓（類聚作鼓吹）絶弄混笙篪管饒和氣促釵動覺脣
移仙史安爲貴能令秦女隨

笛

賦長笛吐氣清　周宏讓

商聲傳後出龍吟𨚫前吐情斷山陽舍氣咽（一作吐）平陽塢
胡騎爭北歸偏知引（一作別）鄉苦羈旅情易傷零淚如交雨

同前　賀徹

胡關氛霧侵羌笛吐清音韻切山陽曲聲悲隴上吟柳折
城邊樹梅舒嶺外林方知出塞厲不憚武溪深

詠笛　姚察

作曲是佳人制名由巧匠鵾絃時莫並鳳管還相何隨歌
響更發逐舞聲彌亮宛轉度雲窓逶迤出𢅥帳長隨畫堂
裏承恩無所讓

同前　劉孝孫

涼秋夜笛鳴流風韻九成調高時慷慨曲變或淒清征客
懷離緒隣人思舊情幸以知音故千載有奇聲

同前　李嶠

羌笛寫龍（一作餘）聲長吟入夜清關山孤月下來向隴頭鳴
逐吹梅花落含春柳色驚行觀何子賦坐憶舊鄰情

清溪半夜聞笛　李白

羌笛梅花引吳溪隴水清寒山秋浦月腸斷玉關情

與史郎中飲聽黃鶴樓吹笛　前人

一爲仙客去長沙西望長安不見家黃鶴樓中吹玉笛江
城五月落梅花

觀胡人吹笛　前人

胡人吹玉笛一半是秦聲十月吳山曉梅花落敬亭愁聞
出塞曲淚滿逐臣纓却望長安道空懷戀主情

江中聞笛　王昌齡

橫笛怨江月扁舟何處尋聲長楚山外曲繞胡關深相去
萬餘里遥傳此夜心寥寥浦溆寒響盡唯幽林不知誰家
子復奏邯鄲音水客皆擁棹空霜遂盈襟羸馬顧北走遷

人悲越吟何當邊草白旌節隴城陰

塞上聽吹笛　高適

雪淨胡天牧馬還月明羌笛戍樓間（一作胡人羌笛戍樓間樓上蕭條明月間）
借問梅花何處落風吹一夜滿關山

聞笛　李益

回樂峯前沙似雪受降城外月如霜不知何處吹蘆管一
夜征人盡望鄉

寄岷笛與宇文舍人　杜牧

調高銀字聲還側物比柯亭韻校奇寄與玉人天上去桓
將軍見不教吹

寄澧州張舍人　前人

髮匀肉好生春嶺截王鑛星寄使君櫃的凚（一作深）時裛半月落梅飄處響穿雲樓中威鳳傾冠聽沙上驚鴻掠水分橫想紫泥封詔罷夜深遥隔禁墻聞

夜上受降城（一無此五字）聞笛　李益（一作戎昱）

入夜思歸（一作歸思）切笛聲清更哀愁人不願聽自到枕前来風起塞（一作塞）雲斷夜深關月開平明獨惆悵落（一作飛）盡一庭梅

雜樂

詠鍾　李嶠

旣接南鄰磬還同（一作隨）北里笙平陵通曙響長樂徹（單題詩作）驚宵聲秋至含霜動春歸應律鳴豈惟恒待扣金簴有餘清

夜聞觱篥　杜甫

夜聞觱篥滄江上衰年側耳情所向鄰舟一聽多感傷塞曲三更欻悲壯積雪飛霜此夜寒孤燈急管復風湍君知天地干戈滿不見江湖行路難

窟磊子人　梁鍾

刻木牽絲作老翁雞皮鶴髮與真同須臾弄罷寂無事還似人生一世中

樓中閱清管　韋應物

山陽遺韻在林端橫吹驚響（一作響）迴憑高閣曲怨繞秋城淅瀝危葉振蕭瑟涼風生始遇絲（一作絃）管賞已懷故園情

詠拍板　朱灣

赴節心長在從繩道可（集作自）觀須知片木用莫向（集作散）材看空爲歌偏若仍愁和即難旣能親掌握頓得接同歡

聽杜山人彈胡笳　戎昱

緑琴胡笳誰妙彈山人杜陵名庭蘭杜君少與人友支山人沒來今已久當時海內求知音囑付胡笳入君手杜陵攻琴四十年琴聲在音不在絃座中爲我奏此曲蒲堂蕭颯如窮邊第一第二拍淚盡蛾眉沒蕃客更聞出塞入塞聲寄廬氈帳難爲情胡天雨雪四時下五月不曾芳草生須臾促軫變宮徵一聲悲兮一聲喜南看漢月雙眼明却顧胡兒寸心死迴鶻數年收洛陽洛陽士女皆驅將豈無父

母與兄弟聞此哀情皆斷腸杜陵先生證此道沈家祝家皆絕倒如今世上雅風衰若箇深知此聲好世上愛箏不愛琴則明此調難知音今朝促軫爲君奏不向俗流傳此心

文苑英華卷二百十二

文苑英華卷第二百十三　　詩六十三

音樂二附歌舞

歌二十二首　　舞七首

歌妓四十三首

歌

歌　　李嶠

漢帝臨汾水周仙去洛濱郢中吟白雪梁上繞飛塵響發行雲駐聲隨一作嬌予夜新頹君聽扣角當自識賢臣

口號踏歌詞　　張説

花萼樓前雨露新長安城裏太平人龍銜火樹千重集作燈焰鷄踏集作上蓮花萬壽集作萬歲春

聽楊氏歌　　杜甫

佳人絶代歌獨立發皓齒滿堂慘不樂響下清虛一作浮雲裏江城帶素月況乃清夜起老夫悲暮年壯士淚如水玉盃久寂寞金管迷宮徵勿云聽者疲愚智心盡死古來傑出士豈待一知己吾聞西秦音集作音傾側天下耳

夜上西城聽梁州二首　　李益

行人夜上西城宿聽唱梁州雙管逐此時秋月滿關山何處關山無此曲

二

鴻鴈新從北地來聞聲一半却飛回金河戍客集作卒腸應斷更在秋風百尺臺

聽赤白桃李花　　前人

赤白桃李花先皇在時曲欲向西宮唱西宮宮樹緑

聽樂悵然自述　　韓滉

萬事傷心對管絃一身含淚向春煙黄金用盡教歌舞留與他人樂少年

與歌者何戡　　劉禹錫

二十餘年別帝京重聞天樂不勝情舊人唯有何戡在更與殷勤唱渭城

聽舊宮中樂人穆氏唱歌　　前人

曾隨織女渡天河記得雲間第一歌休唱貞元供奉曲如今一作當時朝士已無多

與歌者米嘉榮　　前人

唱得梁州意外聲舊人難數米嘉榮近來時世輕先輩好染髭鬚事後生

與歌童田順郎　　前人

天上龍歌御史娘花前月底奉君王九重深處無人見分付新聲與順郎

夜聞歌者鄂州　　白居易

夜泊鸚鵡洲秋江月一作江月秋澄澈鄰船有歌者發調堪愁絶歌罷繼以泣泣聲通復咽尋聲見其人有婦顔如雪獨倚帆檣立娉婷十七八夜淚似真珠雙雙墮明月借問誰家婦歌泣何悽切一問一沾巾集作襟低眉竟集作終不説

臨臥聽法曲霓裳　前人

金磬玉笙調已久空（集作牙）牀角枕睡常遲蒙籠閑夢初成
後宛轉柔聲入破時樂可理心應不謬酒能陶性定（集作信）
無疑起嘗殘酌聽餘曲斜背銀釭半下帷

聽歌　前人

管妙絃清歌入雲老人合眼醉醺醺誠知不及當年聽猶
覺聞時勝不聞

王將軍宅夜聽歌　于武陵

朱檻滿（一作鋪）明月美人歌落梅怨驚塵起處疑有鳳飛來
一曲聽初徹幾年愁暫開東南正雲雨不得見陽臺

聞歌　李商隱

歛笑凝眸意欲歌高雲不動碧嵯峩銅臺罷望歸何處玉
輦忘還事幾多青塚路邊南鴈盡細腰宮裏北人過此聲
腸斷非今日香灺燈光柰爾何

醉聞聞井州　薛逢

老聽笙歌亦解愁醉中因遣合井州行追赤嶺千山外坐
想黃河一曲流日暮豈堪征婦怨路傍能結旅人愁左綿
刺史心先死淚滿朱絃催白頭

贈歌者　薛能

一字新聲一顆珠轉喉疑是擊珊瑚聽時坐部音中有唱
後瓔花葉裏無漢浦筬閒虛解珮臨卭焉用枉當鑪誰人
得向清樓宿便是仙郎不是虛

席上贈歌者　鄭谷

花木（集作月）樓臺近乆衢清歌一曲倒金壺座中亦有（一作半是）
江南客莫向清風（集作清風又作樽前）唱鷓鴣

歌二首　司空圖

處處亭臺只壞墻軍營人學內人粧太平故事因君唱馬
上曾聽隔教坊

二

經亂年年厭別離歌聲無似太平時詞臣更有中興頌磨
取蓮峯便作碑

同前　王貞白

誰唱關西曲寂寞（一作寥寥）夜景深一聲長在耳萬恨重經心

調古清風起曲終涼月沉却應筵上客未必是知音

舞

舞　梁簡文帝

戚里多妖麗重娉蔑（一作夢）燕餘逐節工新舞嬌態似陵虛
納花承襵概垂翠逐瑠舒扇開衫影亂巾度履行䟏徒勞
交甫憶自有專城居

同前

可憐二八物（初學記作二八初類聚作稱二八）逐節似飛鴻懸勝河陽妓
闇與淮南同入行看傻進轉面望鬟空腕動昭華玉衫隨
如意風上客何須起啼烏曲未終

同前應令　劉遵

倡女多嬌色入選盡華年舉腕嫵衫垂廻腰覺態妍情繞陽春吹影逐相思絃餐度開裾裓（一作襵）鬟轉匣花鈿所愁餘曲罷爲欲在君前

同前　王訓

新粧本絶世妙舞亦如仙傾腰逐韻管斂色聽張絃袖輕風易入釵重步難前笑態千金動衣香十里傳持此雙（類聚作比）飛鷰定當誰可憐

同前　楊皦

紅顏自燕趙妙妓邁陽阿就行齊逐唱赴節闇相和折腰送餘曲斂袖待新歌嚬容生翠羽慢（類聚作曼）睇出橫波雖稱趙飛燕比此詎成多

同前　徐陵

十五屬平陽因來入建章主家能教舞城中巧畫粧低鬟向綺席舉袖拂花黄燭送空邊影衫傳鈴（公合集作鈴）裹香當筵好留客故作舞衣長（集作裳）

同前　庾信

洞房花燭明燕餘雙舞輕頓履隨疎節低鬟逐上聲伴（類聚作步）轉行初進衫飄曲未成鸞廻鏡欲滿鶴顧市應傾已曾天上學詎見（類聚作是）地中生

歌妓

夕出通波閣下觀妓　梁孝元帝

娥月漸成光燕姬戲小堂胡舞開齊閣（類聚作湖舞開春閣）鈴盤出步廊起龍調節鼓却鳳點笙簧樹交臨舞席荷生夾妓航竹密無分影花疎有異香提（初學記作投）一盃時笑語歡茲樂未央

和林下詠妓應令　同前

日斜下北閣高宴出南榮歌清隨澗響舞影向池生輕花亂粉色風篠雜絃聲獨念陽臺下願待洛川笙

同前　梁昭明太子

炎光向夕斂徙宴臨前池泉將影相得花與面相宜篪聲如鳥哢舞袖寫風枝歡樂不知醉千秋長若斯

武陵殿下看妓　劉孝綽

燕姬奏妙舞鄭女發清歌廻羞出慢臉送態表嚬娥寧殊

遇行雨詎減見凌波想君愁日落（集作落日）應羨魯陽戈

冬夜對妓　蕭放（見初學記）

佳麗盡時年合瞑不能眠銀龍銜燭燼金鳳起爐煙吹篪先弄曲調箏更撮絃歌還團扇後舞出妓行前絶代終難及誰復數神仙

夜出妓　沈君攸

簾間月色度燭定歧成行廻身釧玉動頓履佩珠鳴低衫拂鬢影舉扇起歌聲匣中曲猶奏掌上體應輕

和趙王看妓二首　庾信

綠珠歌扇薄飛燕舞衫長琴曲隨流水簫聲逐鳳凰細縷纏鍾格（類聚作細苣纏鍾掖）圓花釘鼓床懸知曲不誤無事畏周郎

二　浣沙（疑作沙）

長思浣沙石定憶擣衣砧臨卭若有便（一作使）爲說鮮琴心

奉和趙王美人春日　前人

直將劉碧玉來過陰麗華秖言蒲屋裏併作一園花新藤亂上格春水漫吹沙步檯釵冞動紅綸帔角斜今年逐春處先向石崇家

侯司空宅詠妓　陰鏗

佳人遍綺席妙曲動鵾絃樓似陽臺上池如洛浦邊鶯啼歌扇後花落舞衫前翠柳將斜日偏是（類聚作俱照）晚粧鮮

同前　劉删

石家金谷妓粧罷出蘭閨看花只欲笑聞瑟不勝啼山邊

歌落日池上舞前溪將人當桃李何處不成蹊

酬蕭侍中春園聽妓　李元操

微雨散芳菲中園照落暉紅樹搖歌扇綠珠佩（初學記作飄）舞衣縈絃調對酒雜引動思歸愁人當此夕羞見落花飛

和衡陽殿下高樓看妓　江揔

綺樓侵碧漢初日照紅粧絃心艷卓女曲調動周郎並歌時轉黛息舞暫分香挂纓銀燭下莫笑玉釵長

夜聞隣妓　盧思道

倡樓對三道吹臺臨九重笙隨山上鶴笛奏水中龍怨歌聲不斷妙舞態難逢（初學記作雙）誰能暫畱客解佩一相從

衡陽王齋閣奏妓　虞茂

金溝低御道玉管正吟風拾翠天津上迴鸞鳥道中鏡前看月近歌處覺塵空今宵織女見言是望仙宮

和許給事善心戲場轉韻　薛道衡

京洛重新年復屬月輪圓雲間璧獨轉空裏鏡孤懸萬方皆集會百戲盡來前臨衢車不絕夾道閣相連驚鴻出洛水翔鶴下伊川艷質回風雪笙歌韻管絃佳麗儼成行相攜入戲場衣類何平叔人同張子房高高城裏髻峨峨樓上粧羅裙飛孔雀綺帶垂鴛鴦月映班姬扇風飄韓壽香竟夕漁父（初學記作魚負）燈徹夜龍銜燭歡（初學記作戲）笑無窮已歌吹還相續羌笛隴頭吟胡舞龜茲曲假面飾金銀盛服搖珠玉宵深戲未闌競爲人所讙卧馳飛玉勒立騎前銀鞍

縱橫既躍劍揮霍復跳丸抑揚百獸舞盤跚五禽戲後猊弄班足巨象垂長鼻青羊跪復跳白馬回旋騃忽見羅浮起俄看鬱島至峯嶺既崔嵬林叢亦青翠麏麚下騰倚猴猿或蹲跂金徒列舊刻玉律動新灰甲荑垂陌柳殘花散苑梅繁星漸寥落斜月尚徘徊王孫猶勞戲公子未歸來共酌瓊蘇酒同傾鸚鵡杯普天逢盛日兆庶喜康哉

詠妓　陳子良

金谷多歡宴佳麗正（一作盡）芳菲流霞席上滿迴雪掌中飛明月臨歌扇行雲接舞衣何必桃將李別有待春暉

和平涼公觀趙郡王妓　弘執恭

小堂羅薦陳妙妓命燕秦娥（初學記作舉）眉疑假黛紅臉自含

春合舞俱迴雪分歌共落塵齊竽不可廁空顧上龍津

詠妓　　王勮

妖姬飾凈粧窈窕出蘭房日照當軒影風吹滿路香早時歌扇薄今日舞衫長不應令曲誤持此試周郎

益州城西張超亭觀妓　　前人

落日明歌席行雲逐舞人江前飛暮雨梁上下輕塵冶服看疑畫粧臺望似春高車勿遽返長袖欲相親

辛司法宅觀妓　　前人

南國佳人至北堂羅薦開長裙隨鳳管促柱送鸞杯雲光身後落雪態掌中回到愁金谷晚不怪玉山頹

天津橋上美人　　駱賓王

美女出東鄰容豫上（集作與在）天津整（集作動）衣香滿路移步襪生塵水下看粧影眉頭畫月新寄言曹子建箇是洛川神

戲贈趙使君美人　　杜審言

紅粉青娥映楚雲桃花馬上石榴裙羅敷獨向東方去謾學他家作使君

觀妓詠和舞　　張諤（一作鶚）

半額畫雙娥盈盈燭下歌玉杯寒意少金屋冶情多香艷王分帖裙嬌勅賜羅平陽莫相妬喚出不如他

五日觀妓　　萬楚

西施謾道浣春泚（[illegible]作）碧玉今時鬭麗華眉黛奪將萱草色紅裙妬殺石榴花新歌一曲令人艷醉舞雙眸斂鬢斜誰道五絲能續命却知今日死君家

在水軍宴韋司馬樓船觀妓　　李白

搖曳帆在空清流順歸風詩因鼓吹發酒為劔歌雄對舞青樓妓雙鬟白玉童行雲且莫去留醉楚王宮

邯鄲南亭觀妓　　前人

歌妓（集作皷）燕趙曳（集作兒）魏妹（集作姝）弄鳴絲粉艷爍月彩（集作粉色日彩）舞衫拂花枝把酒顧美人請歌邯鄲詞凈（集作清）箏何繚繞度曲緑雲垂平原君安在科斗生古池座客三千人于今知有誰我輩不作樂但為後代悲

攜妓登梁王栖霞山盖（集作孟）氏桃園中　　前人

碧草已滿地柳與梅爭春謝公自有東山妓金屛笑坐如

花人今日非昨日明日還復來白髮對緑酒強歌心自（集作已）推君不見梁王池上月昔照梁王罇酒中梁王已去明月在黃鸝愁醉啼春風分明感激眼前事莫惜醉臥桃園東

出妓金陵子呈盧六　　前人

安石東山三十春傲然攜妓出風塵樓中見我金陵子何似陽臺雲雨人

同前　　前人

南園新豐酒東山小妓歌對君君不樂花月奈愁何

詠歌容娘　　常非月

舉手整花鈿翻身舞錦筵馬圍行處匝人簇看場圓歌索

齊聲和情款細語傳不知心大小容得許多憐

王家小婦　　崔顥

十五嫁王昌盈盈入畫堂自矜年最小復倚婿爲郎舞愛前溪緑歌憐子夜長閑來鬪百草度日不成粧

岐王席觀妓　　前人

二月春來半王家日漸長柳垂金屋暖花發玉樓香拂匣先臨鏡調笙更炙黄長將欲舞態只擬奉君王

陪辛大夫西亭宴觀妓　　劉長卿

歌舞憐遲集作遲日旌麾集作旗映早春鶯窺隴西將花對洛陽人醉罷知何事恩深忘此身任他行雨去歸路裛輕塵

揚州雨中張十七宅觀妓　　張謂

夜色帶春煙燈花拂更然殘粧添石黛絶艷一色舞落金鈿掩笑頻歌扇迎歌乍動絃不知巫峽雨何事海西邊

開府席上賦得詠美人名解愁　　盧綸

不敢苦相留明知不自由顰眉乍欲語斂笑又低頭舞態無端醉歌聲似帶羞今朝總見他只守解人愁

楊郇白總目有名無詩

于鵠同前

王建同前

白居易同前

和王秀才傷歌妓見詩三百五卷　　温庭筠

周員外出雙舞姑技妓　　張祜

畫鼓拖環錦臂擡小娥雙換舞衣裳金絲蹙霧紅衫薄銀蔓垂花紫帶長鸞影乍迴頭並集作對舉鳳聲初歇翅齊張一時折腕招殘拍斜斂輕身拜玉郎

沈光同前

文苑英華卷第二百十三

人事一

宴集六十七首

同集晉安兒宅　劉孝綽

夫君追宴喜十日逈來過築室華池上開軒臨芰荷方塘交密篠對霤接繁柯景移林改色風度(類聚作去)水餘波洛城雖半(集作未)掩愛客待驪歌

後園宴樂　魏收

束馬輕燕外獵雉陋秦中朝車轉夜轂仁旗指旦風式宴臨平圃展衛寫睿穹積崖疑造化導水逼神功樹靜歸烟合簾疎返照通一逢堯舜日未假北山叢

月下秋宴　前人

此夕共言宴月照露方塗使星疑向蜀劒氣不關吳良交契金水上客慰萱蘇何必應劉輩還來遊鄴都

齊韋道遜晚春宴　邢子才

日斜賓館晚風輕麥候初簷喧巢幕鶩池躍戲蓮魚石聲隨流響桐影傍巖疎誰能千里外獨倚八行書

羣公高宴　楊訓

中郎敷奏罷司隸坐朝歸開筵引貴客饌玉對春暉塵起金吾騎香逐令君衣綠酒承為榼鳴琴寶作徽寸陰良可惜千金本易揮

後園宴　盧思道

嘗聞崑閬有神仙雲冠羽佩得長年秋夕風動三珠樹春朝露濕九芝田不如鄴城佳麗所玉樓銀閣與天連太液回波千丈映上林花樹百枝燃流風續洛渚行雲在南楚可憐白水神可念青樓女便妍不羞澁邐艶工言語池苑正芳菲得戲不知歸媚眼臨歌扇嬌香出舞衣纖腰如欲斷側髻似能飛南樓日已暮長簷鳥應度竹殿遥聞鳳管聲虹橋別有羊車路携手傍花叢徐步入房櫳欲眠衣先解半醉臉逾紅日日相看轉難𢿙千嬌萬態不知窮欲知妾心無劇已明月流光滿帳中

後渚置酒　陳叔達

大渚初驚夜中流沸鼓鞞寒沙滿曲浦夕霧上邪溪岸廣鳧飛急雲深鴈度低嚴關猶未遂(一作遂)此夕待晨鷄

夏晚尋于政世置酒賦韻　陳子良

聊從嘉遁所酌醴共抽簪以茲山水地留連風月心長榆落照盡高柳暮蟬吟一及桃源路別後難追尋

冬日宴于庶子宅各賦一字得趣　令狐德棻

高門聊命賞群英於此遇放曠山水情留連文酒趣夕煙起林蘭霜枝殖庭樹落景雖已傾歸軒幸能駐

賦得盃　于志寧

陋巷朱軒擁衡門緹騎來俱裁七步詠同傾三雅盃色動吟春柳花發犯寒梅賓筵未半醉驪歌不用催

賦得鮮　劉孝孫

辭襟遊勝地披霧促宴筵清文振筆妙高論寫言泉凍柳
含風落寒梅照日鮮驪歌雖欲奏歸駕且𡻕連

賦得歸　　許敬宗

倦遊嗟落柘集作柘落短翮暮追飛周醪忽同醉牙絃乃共揮
油雲澹寒色落景靄霜霏累日方投分兹夕諒無歸

賦得平　　岑文本

金蘭篤惠好鐏酒暢生平既欣投轄賞暫緩望鄉情愛景
含霜晦落照帶風輕於兹歡宴洽寵辱詎相驚

賦得節　　杜正倫

李門余妄進徐榻君恒設清論暢玄言雅琴飛白雪寒雲
暖落景朔風凄暮節方欣投轄情且駐當歸別

賦得色　　封行高

夫君敬愛重歡言情不極雅引發清音麗藻窮調飾水結
曲池冰日暖平亭色引滿既盃傾終之以弁側

上巳浮江宴韻得遊　　王勃

披觀玉京路駐賞金臺阯逸興懷九仙良辰傾四美松吟
白雲際桂馥清谿裏别有江海心日暮情何已此篇題得遊字而詩
押美字按歲時雜詠及本集自有遊字韻詩今録于後
上巳年光促中川興緒遊綠齊山葉滿紅洩片花銷泉聲
喧後澗虹影照前橋遽悲春望遠江路積波潮

聖泉宴韻得泉　　前人

披襟乘石磴列席俯春泉蘭氣薰山酌松聲韻野絃影飄
垂葉外香度落花前興洽林塘晚重岩起夕煙

春日宴樂遊園賦韻得接　　前人

帝里寒光盡神皐春望浹梅郊落晚英柳甸驚初葉流水
抽奇弄崩雲灑方牒清鐏湛不空暫喜平生接

三月曲水宴得舒疑詩中押園字　　盧照隣

風煙彭澤里山水仲春園由來棄銅墨本自重琴樽高情
邈不嗣雅道今復存有美光時彥養得坐山樊門開芳杜
徑室距桃花源公子黄金勒仙人紫氣軒長懷去城市高
詠狎蘭蓀連沙飛白鷺孤嶼嘯玄猿日影巖前落雲花江
上翻興闌車馬散林塘夕鳥喧

和前得煙　　王勃

彭澤官初去河陽賦始傳田園歸舊國詩酒間長筵列室
窺丹洞分樓瞰紫煙縈回亘津渡出沒控郊鄽鳳琴調上
客龍轡儼群仙松石偏宜古藤羅不記年重簷交密樹復
磴擁危泉抗石晞南嶺乘沙瞰北川傳巖來築處磻磎入
釣前日斜真興遠幽楚思涼蟬

宴梓州南亭得池　　盧照隣

貳條開勝迹大隱叶冲規齋閣分危岫樓臺繞曲池長薄
秋煙起飛梁古蔓垂水鳥翻荷葉山蟲交桂枝遊人惜將
晚公子愛忘疲願得回三舍琴樽長若斯

初秋登王司馬樓宴賦得同　　駱賓王

展驥端歸暇登龍喜集作宴言同締賞三清滿承恩六義通

野晦寒雲(集作陰)積潭虛秋(集作夕)照光顧慙非夢鳥濫此厠
雕蟲

春夜常明府宅宴得春　前人

酌桂陶芳夜披薛笑幽人雅琴馴野(集作魯)雉清歌落梁(集作范)塵宿雲低迴盖殘月下(集作上)虛輪幸此蒙(集作承)恩洽聊當故鄉春

冬日宴　前人

二三物外友一百杖頭錢賞洽袁公地情披樂令天促席鸞觴蒲當爐歎炭燃何須攀桂樹逢此自留連

初秋宴得風(一作于實六宅宴)　前人

千里風雲契一朝心賞同意盡通家合(集作深交洽)神靈俗累

空草砌(一作帶)銷寒翠花釭歛(集作技發又作踈歛)夜紅唯將淡若水長揖古人風

夜飲東亭　宋之問

春水(集作泉)鳴大壑皓月吐層岑岑寂景色佳慰我遠遊心聞芳足幽氣驚樓(集作慚)多衆音高興南山吟長謡横素琴

春日宴宇主簿山亭得寒字　前人

公子正邀歡林亭春漸闌攀巖踐苔易迷路出花難窓覆垂陽暖階侵瀑水寒帝城歸路直流興接鴛鸞

春日鄭協律山亭陪宴餞鄭卿同用樓字　前人

潘園枕郊郭愛客過相求鐏酒東城外騑驂南陌頭池平分洛水林缺見嵩丘暗竹侵山逕垂楊拂妓樓彩雲歌處斷遲日舞前留此地何年別蘭芳空自幽

同劉給事城南宴集　前人(一作張說)

水竹幽閑地簪纓近侍臣雍容乘暇日蕭洒出囂塵樹長栖(集作足)思朋鳥池深入養鱗管絃高逐吹歌舞妙含春老子叨專席勸遊隔搢紳此中情不淺逕寄賞人心

岳州宴別潭州王熊　前人

搢雲連省閣溝水遶西東然諾心猶在容華歲不同孤城臨楚塞遠樹入秦宮誰念三千里江潭一老翁

幽州夜飲　前人

涼風吹夜雨蕭瑟動寒林正有高堂宴能忘遲暮心軍中多(集作宜)劍舞塞上重笳音不作邊城將誰知恩遇深

鳳閣尋勝地　前人

西掖持醉酒東山就白雲開軒綠池映命席紫蘭芬舞度花爲伴鶯來管作群太平多樂事春物共氛氳

定昆池奉和蕭令潭字韻　前人

暮春三月日重三春水桃花蒲楔潭廣樂逶迤天上下仙舟還衍鏡中酣

藥園宴武輅沙將軍得洛字　前人

東地垂餘興南園宴清洛文學引王枚歌鍾陳衛霍風高大夫樹露下將軍藥待聞出塞還冊青上麟閣

奉蕭中令酒并詩　前人

樂奏天恩蒲盃來秋興高更葉蕭相國對席飲醇醪

廣州蕭都督入朝過岳州宴餞得冬字　前人

孤城抱大江節使往朝宗果是臺中舊依然水上逢京華遥比日疲老颯如冬竊羨能言鳥銜恩向九重

夕宴房主簿舍　前人

歲晏關雍空風急河渭冰薄遊羈物役微向怯（集作慊）遠憑旅館月宿求閑窩雲思與伊人羨思（集作脩）夜朋酒惠來稱交談既清雅琴吟亦凄凝不逢君謇酒（集作）憂思長欝蒸

岳州宴姚紹之　前人

杞梓滯江濱光華白日新難兄金作友媚子玉爲人山水舍秋興池亭借善鄰簷松風送静院竹鳥來馴翠斝催（集作吹）黃菊瑚盤繪紫鱗縷歌將醉舞宜（集作爲）拂繡衣塵

脩書學士奉勅宴梁王宅得樹字　前人

彪殿成鴻業猿巖題鳳賦既荷大君恩還蒙小山遇秋吹凝絃管凉雲生竹樹共惜朱邸歡無辭落城暮

秋社日崇讓園宴得新字　蘇頲（見雜詠）

鳴爵三農稔勾龍百代神運昌叨輔弼時報喜黎人樹缺池光近雲開日影新生全應有地長願樂交親

寒食宴于中舍別駕兄弟宅　前人

子推山上歌龍罷定國門前納駟來始覩元鵰鏘玉至旋聞李子佩刀回晴花處處因風起御柳條條向日開自有長筵歡不極還將（一作持）彩服詠南陔

天津橋東旬宴得歌字　張九齡

清洛象天河東流形勢多朝來逢宴喜春盡却妍和泉鮪歡時躍林鶯醉後歌賜恩頻若此爲樂今奈（集作柰人何）何

雲陽驛陪崔使君邵道士夜宴　張子容

一尉東南遠誰知此夜歡諸侯傾皂蓋仙客整黃冠染翰燈花滿飛觴雲氣寒欣承國士遇更借美人看

濟州過趙叟家宴　王維

雖與人境接閉門成隱居道言莊叟事儒行魯人餘深巷斜暉静閑門高柳疎荷鋤脩藥圃散帙曝農書上客摇芳翰中厨饋野蔬夫君第高飲景宴出林閭

與盧象集朱家　前人

主人能愛客終日有逢迎貰得新豐酒復聞秦女箏柳條

疎客舍槐葉下秋城語笑且爲樂吾將達此生

宴越府陳法曹西亭　孫逖（見集本）

公府西巖下紅亭間白雲雪梅初度臘煙竹稍迎曛水木涵澄影簾櫳引霽氛江南歸思逼春鴈不堪聞

和常和尚兄春日南亭宴兄弟（兄在京）　前人

臺閣升高位園林隔舊鄉忽聞歌棣蕚還比報瓊芳門向宜春近郊連御宿長德星常有會相望在文昌

洛陽客舍逢祖詠留宴　蔡希寂

綿綿鍾漏洛陽城客舍貧居絶送迎逢君貰酒因成醉醉後焉知世上情

與王昌齡宴王十一　孟浩然

歸來卧青山嘗寬在（一作嘗夢遊）清都泳園有傲吏惠縣（一作好）在招呼書愰神仙籙畫屏山海圖酌霞復對此宛似入蓬壺

奉先張明府休沐還鄉海亭宴集探得堦字

自君理畿甸余亦經江淮萬里音書斷數年雲雨乖歸來休澣日始得賞心諧朱綬（集作綬）恩雖重滄州趣每懷樹低新舞閣山對舊書齋何以發秋興陰蟲鳴夜堦

夏日與崔二十一同集衛明府席（一作夏日宴衛明府宅遇北使）　前人

言避一時暑池亭五月開喜逢金馬客同飲玉人盃舞鶴乘軒至遊魚擁劒來坐中殊未起簫管莫相催

盧明府早秋宴張郎中海園即事得秋字　前人

邑有絃歌宰翔鸞已狎（一作野狎又作狎野）鷗眷言華省舊暫拂海池遊欝島藏深竹前溪對舞樓更聞書即事雲物是清（集作新又作高）秋

宴包二融宅　前人

閑居枕清洛左右接人野門庭無雜賓車轍多長者是時方盛夏風物自瀟洒五月休沐歸相携竹林下開襟成歡趣對酌（一作酒）不能罷煙暝棲鳥迷余將歸白社

宴張記室宅　前人

甲第金張館門庭軒（一作車）騎過家封漢陽郡文會楚材多曲島浮觴酌前山入詠歌妓堂花映發書閣（一作閤）柳逶迤

玉指調箏柱金泥飾舞羅寧知書劒者歲月獨蹉跎

清明日宴梅道士房（此詩見二百二十六卷）　前人

寒夜張明府宅宴　前人

瑞雪初盈尺閑宵始半更列筵邀酒伴刻燭限詩成香炭金爐煖嬌絃玉指清醉來方欲卧不覺曉鷄鳴

襄陽公宅飲　前人

窈窕夕陽佳丰茸春色好欲覓淹留處無過狹斜道綺席卷龍鬚香床（集作杯）浮瑪瑙北林積脩樹南池生別島手撥金翠花心迷玉紅草談笑（集作天）光六義發論明三倒座非陳子驚門還魏公掃榮辱（集作華）應無間歡娛當共保

臨渙裴贊（集作府明府）席遇張十六（集作一房六）　前人

河縣柳林邊河橋晚泊舡文叨才子會官喜故人連笑語同今夕輕肥異往年晨風理征棹吳楚各悠然（集作理歸棹）

夜宴左氏莊　杜甫

風林纖月落衣露靜琴張暗水流花逕春星帶草堂檢書燒燭短看劒引盃長詩罷聞吳詠扁舟意不忘

上巳日徐司籙林園宴集　前人

鬢毛垂領白花蘂亞枝紅歌倒衰年廢招尋令節同薄衣臨積水吹面受和風有喜留攀桂無勞問轉蓬

崔駙馬山亭讌集　前人

蕭史幽棲地林間蹋鳳毛洑流何處入亂石閉門高客醉揮金椀詩成得繡袍清秋多讌會終日困香醪

陪李北海宴歷下亭　前人

東藩駐皂蓋北渚凌清河海右此亭古濟南名士多雲山已發興玉佩仍當歌脩竹不受暑交流空湧波蘊真愜所遇落日將如何貴賤俱物役從公難重過（海右川本作海內）

湘江宴餞裴二端公赴道州　前人

白日照丹旆朱旗散廣川群公餞南北肅肅秩初筵鄙人奉末眷佩服自早年義均骨肉地懷抱罄所宣盛名富事業無取媿高賢不以喪亂嬰保愛金石堅討拙百僚下氣蘇君子前會合苦不久哀樂本相纏交遊颯向盡宿昔浩茫然促觴激萬慮掩抑淚潺湲熱雲初集黑缺月未上天白團爲我破華燭蟠長煙鵾鷄催明星解袂從此旋上請

減兵甲下請安井田永念病渴老附書遠山巔（初集黑川本作初集）

宴王使君宅題二首　前人

漢主追韓信蒼生起謝安吾徒自飄泊世事各艱難逆旅招要近他鄉思緒寬不才甘朽質高臥豈泥蟠（思緒集作意緒）

二

汎愛容霜鬢（一作賓）晉歡上夜闌（世傳杜子美不避家韓詩中兩押闌字麻沙傳孫覿杜詩押韻作卜夜闌北斗闌今英華元本亦作卜夜闌其實若非他或改作夜闌又不在韻按下圜集杜詩及別本自是晉歡上夜闌蓋有投轄之意上字訛為卜闌字訛為闌耳北斗闌者漢書有朱旗降天今子美諸將七言詩既云曾閃朱旗北斗闌則是因朱旗降天閃見斗亦赤本是殷字於顏切紅色也後本殷闌之殷於今切盛貌繇書時宣宗諱殷正紫音雖不同字則一體或改作闌今既祧不諱則是殷字又何疑焉文苑不載北斗殷之詩偶論疑兩闌字故併及之）自吟詩送老相勸酒開顏戎馬今何地鄉園獨舊（集作在）山江湖墜清月酩酊任扶還

陪章侍御宴南樓得風字　前人

絕域長夏晚茲樓清宴同朝廷燒棧北鼓角漏天東屢食將軍地仍騎御史驄本無丹竈術那免白頭翁寇盜狂歌外形骸痛飲中野雲低度水簷雨細隨風出號軍（集作城江）黑題詩蠟燭紅（集作炬）此身醒復醉不擬哭途窮

曲江陪鄭八丈南史飲　前人

雀啄江頭楊柳花鵁鶄鸂鶒滿晴沙自知白髮非春事且盡芳罇戀物華近侍即今難浪跡此身那得更無家丈人才力猶強健豈傍青門學種瓜

文苑英華卷第二百十四

文苑英華卷第二百十五　詩六十五

人事二

宴集六十八首

陪宋中丞武昌夜飲懷古　李白

清景南樓夜風流在武昌庾公愛秋月乘興坐胡床龍笛吹寒水天河落曉霜我心還不淺懷古醉餘觴

流夜郎至江夏陪長史叔及薛明府宴興德寺南閣　前人

絳殿横江上青山落鏡中岸回沙不盡日映水成空天樂流香閣蓮舟颺晚風恭陪竹林宴留醉與陶公

春日陪楊江寧及諸官宴北湖感古　前人

昔聞顔光禄攀龍宴明(集作京)湖樓舡入天鏡帳殿開雲衢君王歌大風如樂豐沛都延年獻佳作邈與詩人俱我來不及此獨立鍾山孤楊宰穆清風芳聲騰海隅英寮光簪組(集作滿四坐)粲然(集作若)瓊林敷鶖首弄倒景蛾眉掇明珠新絃綵(一作採集作來)棃園古舞嬌吳歈曲度繞雲漢四座(集作聽者)皆歡娛雞棲何嘈嘈松月拂(集作沿月)笙竽古之帝宮苑今乃人樵蘇感此勸一觴願君覆瓢壺盛時當作樂無令後賢吁

趙都護宅宴别　盧象(見集本)

結客侯旌麾元戎復在斯文開都護府兵動羽林兒黠虜多翻覆謀臣有别離智同天所授恩共日相隨漢使開賓幕胡笳送酒巵風霜迎馬首雨雪事魚麗在策應無戰深情屬載馳不應行萬里明主寄安危

宴吳王宅　祖詠(見集本)

吳王承國寵列第禁城東連夜徵辭客當春試舞童砌分池水岸窗度竹林風更待西園月金鐏樂未終

清川口宴張郎中别業　前人

田家復近臣别業不遺親齊日園林好清明煙火新以文常會友唯德自成鄰池沼窗陰晩杯觴藥味春簷前花覆地竹外鳥窺人何必桃源裏深居作隱淪

何九於客舍集　王昌齡

客有住桂陽亦如巢林鳥罍觴且終宴功業會未了山月空齋時江月高樓曉門前泊舟檝行次入松篠此意投贈

君滄波風嫋嫋

晦日陪辛大夫宴南亭　劉長卿

月晦逢休澣年光逐宴移早鶯留客醉春日爲人遲萁草全無葉梅花遍壓枝政閑風景好莫比峴山時

以下五篇並見集本

同諸公袁郎中宴筵喜加章服　前人

手詔來筵上腰金向粉闈勳名傳舊閤蹈舞着新衣白社同遊在滄洲此會稀寒笳發後殿秋草送西歸世難常摧敵時閑已息機魯連功可讓千載一相輝

西庭夜宴喜評事兄拜命　前人

猶是南州吏江城又一春隔簾湖上月對酒眼中人棘寺

初御命梅仙已誤身無心羨榮禄唯待却垂綸

惠福寺與陳劉諸官茶會得西字　前人

到此機事遣自嫌塵罔迷因知萬法幻盡與浮雲齊疎竹映高枕空花隨杖藜香飄諸天外日隱雙林西傲集作吏微方見狎真僧幸相携能令歸客意不復還東溪

夏日宴魏萬成湘水亭　前人

何年家在此江濱一作濆幾度門前北渚春白髮亂生相顧老黄鶯自語豈知人

梁州陪趙行軍龍岡寺北庭泛舟宴王侍御得長字　岑參

誰宴霜臺使行軍粉署郎唱歌江鳥没吹笛岸花香酒影

搖新月灘聲聒夕陽江鍾聞已暮歸棹緑川長

早春陪崔中丞浣花溪宴得暄字　張謂

旌節臨溪口寒郊斗覺暄紅亭移酒席畫鷁逗江村雲帶歌聲颺風飄舞袖翻花開催秉燭川上欲黄昏

讌鄭伯璵宅　前人

正月風光好逢君上客稀曉風吹鳥囀春雪帶花飛堂上吹金管庭前試舞衣倖錢供酒價行子未須歸

郡南亭子宴集作春宴　前人

亭子春城外朱門向緑林柳枝經雨重松色帶烟深漉酒迎仙客穿池集水禽白雲常在眼聊足慰人心

夜同宴用人字　前人

北斗回新歲東園值早春竹風能醒酒花月解留人邑宰陶元亮山家鄭子真平生頗同道相見日相親

春園家宴　前人

南園春色正相宜老婦同行少婦隨竹裏登臺人不見花間覓路鳥先知櫻桃解結垂簷子楊柳能低入戶枝山簡醉來歌一曲參差笑殺郢中兒

與從弟正字從兄兵曹宴集林園　李嘉祐

竹窻松戶有佳期美酒香茶慰所思輔嗣外生還解易惠連羣從總能詩簷前花落春深後谷裏鶯啼日暮時去路歸程仍待月垂韁不控馬行遲

晚春宴無錫蔡長官集作明府西亭　前人

茅簷閑寂寂無事覺人和井近時澆圃城低下見河興緑芳草積情向遠峯多別日歸吳地停橈更一過

秋晚招隱寺東峯茶宴送内弟閻伯均歸江州　前人

萬畦新稻傍山村數里深松到寺門幸有香茶留釋子不堪秋草送王孫烟塵怨別唯愁隔井邑蕭條誰忍論莫怪臨岐獨垂淚魏舒偏念外家恩

此詩二百三十六卷重出今已削去

夜宴南陵留別　前人

雪滿前庭月色閑主人留客未能還預愁明日相離處匹馬千山與萬山

秋夜與梁鍠宴　錢起

客到衡門(集作開林)下林香芳蕙時(集作林香萬草時)好風時(集作能)自
至明月不須期秋水翻荷影晴霜脆柳枝(集作絲)微官是底
物許日廢言詩

陪考功王(集作韋)員外城東池亭宴　前人

無雙錦帳郎絶景有池塘(集作有林塘絶境)鶴靜疎羣羽蓮開失
衆芳青(集作晴)山看不厭流水趣何長日晚催歸騎鍾聲促
下(集作德陽)

太子李舍人城東別業與二三文友逃暑　前人

下馬失炎暑重門深綠篁宮臣禮嘉客林表開蘭堂茲日
(一作夕)與難盡澄罍照墨場東林晚來好極目趣何長烏道
掛疎雨人家殘夕陽城隅擁歸騎晋酌(集作醉)戀瑣芳

奉陪郭常侍宴滻水山池　前人

披垣攜愛客勝地賞年光向竹過賓館尋山到妓堂歌聲
掩金谷舞態出平陽池滿簪裾影花添蘭麝香鶯啼春未
老酒冷日猶長安石風流事須歸騎省郎

陪郭常侍令公東亭宴集　前人

盛業山河列重名劍履榮珥貂爲相子開閣引時英美景
池臺色佳期宴賞情詞人載筆至仙妓出花迎暗竹朱輪
轉回塘玉珮鳴舞衫招戲蝶歌扇隔啼鶯飲德心皆醉披
雲興轉清不愁歡樂盡積慶在和羹

春夜皇甫冉宅歡(疑)酒　張繼

流落時相見悲歡共此情興因罇酒洽愁爲故人輕暗滴
花垂露斜暉月過城那知横吹曲江外作邊聲

褚主簿宅會畢庶子錢員外郎使君　韓翃

開甕臘酒熟主人心賞同暮天疎竹上殘雪亂山中更喜
宣城印朝廷與謝公

華州夜宴庾侍御宅　前人

世故他年別心期此夜同千峯孤燭外片雨一更中酒客
逢山簡詩人得謝公自憐驅匹馬拂曙向關東

春日陪兩省諸公宴張舍人宅　郎士元

懶尋芳草徑來接侍臣筵山色知殘雨墻陰覺暮天鶯歸
漢宮柳花隔杜陵烟地與東城接春光醉目前

春宴王起城東別業　前人

柳陌乍隨洲勢轉花源忽傍竹陰開能冷瀑水清人境直
取流鶯送酒杯山下古松當綺席簷前片雨滴春臺地主
同聲復同舍晋連不畏夕陽催

宴趙氏昆季書院　盧綸

詩禮挹餘波相歡在琢磨琴罇方會集珠玉忽駢羅謝族
風流盛于門福慶多花攢騏驥櫪錦絢鳳凰窠詠雪因饒
妹書經欲換鵝仍聞廣練被更有遠儒過

春日喜雨逢陪侍中宴白鶴樓　前人

鸛鵲相呼綠野寬鼎臣閑倚玉欄干黄河擁末流仍急蒼
嶺和雲色更寒艷艷風光呈瑞歲冷冷歌頌振琱盤今朝
醉舞同鄉老不覺頻傾(集作欹)獬豸冠

九日奉陪渾侍中宴白鶴樓　前人

露白菊氣氳西樓盛襲文玉筵秋令節金鉞漢元勲說劍風生座抽琴鶴遶雲謏儒無以荅願得備前軍

此詩三百十二卷重出今已削去

和李太守早秋城北亭宴司士因寄關中兄弟見三百十六卷

丁評事宅秋夜宴集　柳中庸

翠幕卷回廊銀燈開後堂風驚擁砌葉月冷滿庭霜綺席人將醉繁絃夜未央共憐今促席誰道客愁長

郡齋雨中與諸文士燕集　韋應物

兵衛森畫戟宴寢凝清香海上風雨至逍遥池閣凉煩痾近（集作正）消散嘉賓復滿堂自慙居處崇未覩斯民康理會是非遣性達形跡忘鮮肥屬時禁蔬果幸見嘗俯飲一杯酒仰聆金玉章神歡體自輕意欲（集作氣）凌風翔吳中盛文史羣彥今汪洋方知大藩地豈曰財賦强

宴李錄事　前人

與君十五侍皇闈曉拂爐烟上玉墀花開漢苑經過處雪下驪山沐浴時近臣零落今誰在仙駕飄颻不可思此日相逢思憂（集作舊）日一杯成喜亦成愁

軍中冬宴　前人

滄海已云晏皇恩猶念勤宴論（集作式宴）編恬秩柔遠迨（集作及）斯人茲邦實大藩代鼓軍樂陳是時冬服成戎士氣益振虎竹謬朝寄英賢降上賓徒聲周旋禮愧無海陸珍庭中丸劍爛堂上歌吹新光景不知晚觥杓（集作酌）豈能（一作詎）頻簞（集作單）醪昔所感大釀況同忻顔謂軍中士仰荅何由申

翫花與衛長林（二字集作象）同醉　司空曙

衰鬢千莖雪（集作白）他鄉一樹花今朝與君醉忘却在長沙

早春夜集耿拾遺宅　李端

如何遍客會忽在侍臣家新草猶停雪寒梅未稱花銜杯難欲唱逗月雁應斜年齒俱憔悴誰堪故國賒

軍中醉飲寄沈八劉叟　暢當

酒渴愛江清餘酣漱晚汀軟莎欹坐穩冷石醉眠醒野膳隨行帳華音發從伶數盃君不見都已遣沉冥

偶宴西蜀摩訶池　前人

珍木鬱波池風荷左右披淺觴寧及醉慢舸不知移蔭簟流光冷凝簪照影欹胡爲獨羈者雪涕向漣漪

殷卿宅夜宴　張南史

日暗城烏宿天寒櫪馬嘶詞人留上客妓女出中閨積雪連燈照回廊映竹迷太常今夜宴誰不醉如泥

陸澧宅秋暮雨中探韻同作（已上一百五十三卷）　前人

江鄉故人偶集客舍　戴叔倫

天秋月又滿城闕夜千重還作江南會翻疑夢裏逢風枝鳴散（集作驚暗）鵲露草覆寒蛩羈旅長堪醉相留畏曉鍾

勸陸三　前人

寒郊好天氣勸酒莫辭頻擾擾鍾陵市無窮不醉人

奉酧盧端公飲後贈諸公見示之作　前人

佐幕臨戎（集作人）旌旆間五營無事萬家閑風吹楊柳漸拂地日映樓臺欲下山綺席晝開晋上客朱門半掩擬重關當時不敢辭先醉悟（一作俣）逐羣公倒載還

此詩二百四十四卷重出今巳削去

奉陪李大夫九日龍沙宴會（得遲字）　權德輿

龍沙重九會千騎駐旌旗水木秋光凈絲桐雅奏遲烟蕪斂暝色霜菊發寒姿今日從公醉全勝落帽時

韋賓客宅與朱傅士宴集　前人

累抗乞身章湛恩比上庠賓筵徵稷嗣家法自扶陽簪組

歡言久琴壺雅興長陰嵐冐苔石輕蘋韻風篁佩玉三朝貴揮金百慮忘因知臥商雒豈勝白雲鄉

閨春宴花溪嚴侍御莊　戎昱

一團春翠色云是子陵家山帶新晴雨溪留閏月花瓶開巾漉酒地拆笋抽芽綵縟承顔服朝朝奏白華

冬夜宴梁十二廳　前人

故人能愛客秉燭會吳曹家爲朋徒聚心緣翰墨勞夜寒銷臘酒霜冷重綈袍醉臥西窓下時聞鴈響高

宴城東莊　崔惠

一月生人笑幾回相逢相值且銜杯眼看春色如流水今日殘花昨日開

同前　崔敏重

一年過又一年春百歲曾無百歲人能向花中幾回醉十千沽酒莫辭貧

五言奉和顔使君修韻海畢州中重宴　釋皎然

世學高南郡身封盛魯邦九流宗韻海七字挹文江借賞雲歸堞晋歡月在窓不知名教樂千載與誰雙

五言冬至日陪裴端公使君清水堂宴集　前人

亞歲崇高宴（雜咏作嘉）華軒照綠波渚芳迎氣早山翠向晴多推往知時訓書羣（疑作祥）辨政和從公惜日短晋賞夜如何

五言晦日陪顔使君白蘋洲集得東字　前人

南朝分古郡山水似湘東堤月吳風在洲居（雜咏作瀾車）楚客

同桂寒初結旆（雜咏作佩）蘋小欲成叢時晦佳遊促高歌聽未終

五言陪盧判官水堂夜宴　前人

暑氣當宵盡徘徊坐月前靜依山堞近凉入水房偏久是栖林客初逢佐幕賢愛君高野意烹茗酌淪漣

春夜與諸公同宴呈陸郎中　前人

南國宴佳賓交情老倍親月懸紅淚燭花笑白頭人寶瑟組（一作恒）餘怨瑤枝不讓春更聞歌子夜桃李艷粧新

春晚奉陪相公西亭宴集　武元衡

林（一作花）苑春向蘭高會重邀歡感物惜芳景放懷因綵翰玉顔穠處並銀燭焰中看若折持相贈風光益別難

奉陪相公西亭夜宴陸郎中　崔備

賓閣玳筵開通宵遞玉杯塵隨歌扇起雪逐舞衣迴剪燭清光發添香煖氣來令君敦宿好更爲一徘徊

同前　王良士

芳氣襲猗蘭青雲展舊歡仙來紅燭下花發綵毫端海岳期方遠松筠歲正寒仍聞言贈處一字重琅玕

同前　蕭祐

弘閣陳芳宴佳賓此會難交逢貴日重醉得少時歡飲黛凝歌思求音足筆端一聞清佩動珠玉夜珊珊

同前　盧士政

華堂良宴開星使自天來舞轉朱絲一作絃逐歌餘素扇回

水光臨曲檻夜色靄高臺不在賓階末何由接上台

同前　獨孤寔

仙郎膺上才夜宴接三台燭引銀河轉花連錦帳開靜看歌扇舉不覺舞腰回寥落東方曙無辭盡玉杯

和劉員外陪韓僕射野亭公宴　楊巨源

好客風流瑇瑁簪重簷高幕曉沉沉綺筵霜重旌旗滿玉帳天清絃管聲繁戲徒過魯儒日衆歡方集漢郎心寒節一曲嚴城暮雲騎連斷香外林

邵州陪王郎中宴　前人

西塞無塵多玉筵貔貅鴛鷺儼相連紅茵照水開罇俎翠幕當雲發管絃歌[illegible]曉臨團扇靜舞容春映薄衫妍魯儒

縱使他時有不似歡娛及少年

文苑英華卷第二百十五

文苑英華卷第二百十六　詩六十六

人事三

宴集五十六首

九日陪樊尚書龍山宴集　楊衡

孟嘉從宴地千乘復登臨綠危陟高步憑曠寫幽襟黃花
䛒杒馥翠物喜盈斟雲雜組繡色樂和山水音旆搖秋吹
急筵卷夕光沉都人瞻騎火猶知隔寺深

上巳日陪齊相公花樓宴　盧綸

鍾陵暮春月飛觀延羣英晨霞耀中軒藹帟羅金瓊持盃
凝遠睇觸物結幽情樹杪參差綠湖光瀲灩明禮卑瞻絳
帳恩浹厠華纓徒記山陰興雜詠作念念此今日雜詠作乃爲榮

冬夜宴河中李相公中堂命箏歌送酒　劉禹錫

琅琅集作朗朗鵾鷄絃華堂夜多思簾外雪已深座中人半醉
翠娥發清響曲盡有餘意酌我莫憂狂老來無逸氣

此詩三百十四卷重出今已削去

王少尹宅宴張常侍二十六兄白舍人太監兼呈

盧郎中李員外副使一作二副使　前人

將星夜落使星來三省清晨到外臺事重各銜天子詔禮
成同把友集作故人盃卷簾松竹雪初霽滿院池塘春欲廻
第一林亭迎好客殷勤莫笑集作惜玉山頹

此詩一百五十卷重出今已削去

同年春讌　孟郊

少年三十士嘉會良在茲高歌搖春風醉舞摧花枝意動
婉娩集作睕睕景喜凝芳菲時馬跡攢騕褭樂聲韻集作運參差
視聽改舊趣物象合集作含新姿紅雨花上滴綠煙柳際垂
淹中講精義南皮戲清詞前賢與今人千載爲一期明鑒
有皎潔澄集作良玉無磷淄永將集作與泥沙別各整霄集作雲
漢儀盛氣自中積英名日四馳塞鴻無集作絶儔匹海月難
等夷鬱抑忽已盡親朋樂無涯幽蘅發空曲芳杜綿所思
浮跡自聚散壯心誰別離願保金石志無令有奪移

寒食内宴二首　張籍

朝光瑞氣蒲宫樓綵纛魚龍四面稠廊下御厨分冷食殿
前香騎逐飛毬千官盡醉猶高坐百戲皆呈亦未集作木放休

共喜拜恩侵夜出金吾不敢問行由

二

城闕沉沉向曉寒恩當冷節賜餘歡瑞煙深集作入處開三
殿春雨微時引百官寶樹樓前分翠幕綵花廊下映朱集作
華欄宫庭戲樂年年別已得三廻對御看

三原李氏園宴集　前人

暮春天早熱邑居苦囂煩言從君子樂樂彼李氏園園中
有草堂池引涇水泉開戶西北望遠見嵳峩山借問主人
翁北州佐戎軒僕夫守舊宅爲客施華筵高懐有餘興一作
膏壤有餘滋竹一作樹芳且鮮傾我所持觴盡日共歡遊拙
不偶俗常喜形體閑児來幽棲地能不重笑言

郡中春讌因贈諸客　　白居易

僕本儒家子待詔金馬門塵忝親近地孤負聖明恩一旦奉優詔萬里牧遠人可憐島夷帥自稱爲使君身騎牂牁馬口食巴〔集作塗〕江鱗暗淡緋衫故斕班白髮新是時歲二月玉曆布春分頒條示皇澤命宴及良辰冉冉趨府吏蚩蚩聚州民有如蟄蟲鳥亦應天地春薰草席鋪座藤枝酒注樽中庭無平地高下隨所陳蠻鼓聲坎坎巴女舞蹲蹲使君居上頭掩口語衆賓勿笑風俗陋勿欺官府貧蜂窠〔集作巢〕與蟻穴隨分有君臣

六年寒食洛下宴遊贈馮李二少尹　　前人

豐年寒食節美景洛陽城三尹皆強健七日盡晴明東郊

踏青草南園攀紫荊風折海榴艷露墜木蘭英假開春未老宴洽日屢傾珠翠混花影管絃藏水聲佳會不易得良辰亦難并聽吟歌暫輟看舞盃徐行米價賤如土酒味濃如餳此時不盡醉但恐負平生殷勤二曹長各捧一銀瓶〔集作觥〕

郡樓夜宴留客　　前人

北客勞相訪東樓爲一開寒簾待月出把火看潮來艷唱竹枝曲香傳蓮子盃寒天殊未曉歸騎且遲迴

飲散夜歸贈諸客　　前人

鞍馬夜紛紛香街起暗塵迴鞭招醉〔集作飲〕妓分火送歸人風月應堪惜盃觴莫厭頻明朝三月盡忍不送殘春

與諸同年賀座主侍郎新拜太常同宴蕭尚書亭子座主於蕭下及第得群字　　前人

寵新卿典禮會盛客徵文不失遷鶯侶因成賀鷰群池塘晴間雪冠蓋暮如雲共仰曾攀處年深桂尚薰

東都冬日會諸同年宴鄭家林亭得先字　　前人

盛時陪上第暇日會群賢桂折應同樹鶯遷各異年賓階紛組綬〔集作佩〕妓席儼花鈿促膝齊榮賤差肩次後先助歌林下水銷酒雪中天他日昇沉者無忘共此筵

宴散　　前人

小宴追涼散平橋步月迴笙歌歸院落燈火下樓臺殘暑蟬催盡新秋鴈帶來將何迎睡興臨卧舉殘盃

與諸客空腹飲　　前人

隔宿書招客平明飲暖寒麴神寅日合酒聖卯時歡促膝纔飛白酡顔已渥丹碧籌攢米盌紅袖拂骰盤醉後歌尤易狂來舞何難拋盃語同坐莫作老人看

宴周皓大夫光福宅　　前人

何處風光最可憐妓堂階下砌臺前軒車擁路光照地絲管入門聲徹〔一作沸〕天綠蕙不香饒桂酒紅櫻無色讓花鈿野人不敢求他事唯借流泉〔集作泉聲〕伴醉眠

夜宴惜別　　前人

笙歌旖旎曲終頭轉作離聲滿座愁箏怨朱絃從此斷燭啼紅淚爲誰流夜長似歲歡宜盡醉未如泥飲莫休何況

雞鳴郎須別門前風雨冷脩脩

蘇州郡齋旬假始命宴呈座客示群寮　前人

公門日兩衙公假月三旬衙用決簿領旬以會親賓公多及私少勞逸常不均況爲劇郡長安得閑宴頻下車已三月開筵始今辰礿黔軍廚突一拂郡榻塵既備獻酬禮亦具水陸珍萍醅若(集作箬)溪醑水鱠松江鱗侑食樂懸動佐歡妓席陳風流吳地客佳麗江南人歌節點隨袂舞香遺在茵清奏凝未闋酡顏氣(一作朱顏酡)已春衆賓勿遽起群僚且逡巡無輕一日醉用犒九日勤微彼九日勤何以治吾民微此一日醉何以樂吾身

軍城夜會　姚合

軍城夜禁樂飲酒每題詩坐穩吟難盡寒多醉較遲遠鍾驚漏壓微月被燈欺此會誠堪惜天明是別離

春日同會崔少卿宅　前人

詩家會詩客池閣曉初晴鳥盡山中語琴添(集作多)譜外聲映花相勸酒入洞各題名蹤野長(集作常)如此誰人信在城

同諸公會大府韓卿宅　前人

九寺名卿才思雄邀歡筆下與盃空(一作中)六街鼓盡塵埃息四座筵開語笑同媚媚蘭釭明狹室丁丁玉漏發深宮唯愁即是雞催曉(集作即聽雞唱天門曉)吏事相牽西復東

陪湖州韓中丞讌　朱餘慶

老大成名仍足病強聽絲竹亦無歡高情太守留閑坐借與青山盡日看

秋日零陵與幕下諸賓遊河夜宴　鄭史

湘月蘋風乍暢襟燭前江水練千尋新秋宋玉能爲賦永夕袁宏好共吟輦下翠娥須強展鐏中綠蟻且徐斟汀沙漸有珠凝(一作如珠)露緩棹蘭橈任夜深

夜攜酒訪崔正字　劉得仁

只應芸閣吏知我僻兼愚吟興忘飢凍生涯任有無慘雲埋遠岫陰吹吼寒株忽起圍爐思招攜(一作携來)酒滿壺

夏夜會同人　前人

沉沉清暑夕星斗儼虛空岸幘栖禽下烹茶玉漏中形骸忘細故俯仰忝愚衷自汲泉來漱微開窗篠風

東齋夜宴酬紹之起居見贈　楊發

龍門八上不知津唯有君心困益親白社追遊名自遠青袍相映道逾新十年江海魚緘盡一夜笙歌鳳吹頻漸老舊交情更重莫將美(一作文)酒負良辰

長安客舍懷邵陵宴寄永州蕭使君五首　曹唐

邵陵樓樹(集作臺榭)碧(一作閣樹)蔥籠河漢星(集作西)流宴未終殘露五更掀海月清笳三會揭天風香薰舞席雲鬟綠光射盤螭燭紅今日却思行樂處兩床絲竹小樓中(集作水樓中)

二

粉蝶(集作色)形軒畫障西水雲紅樹窣璇題鷓鴣影(集作歛)絕歌聲定鵁鶄驚初(集作初驚)舞翅齊坐對玉山難甸線聽唯(集作

(細聽)金石怕低迷東風月下(集作夜月)三年飲未有(集作不省)歸時不以泥

三

木魚銅鑰鎖春城夜上紅(集作江)樓縱飲情竹葉水繁更漏短桐花風軟管絃清百分散打銀缸溢十指寬催玉筯輕星斗盡飛賓客醉碧雲猶戀艷歌聲

四

三年身逐漢公侯賓榻容居最上頭飽聽笙歌陪痛飲熟尋雲樹縱閑遊朱門鎖閉煙嵐暮鈴(集作紫)閣清凉水木秋

五

月滿前山風不動更邀詩客醉南樓

不知何路學飛翻虛受賢侯鄭重恩午夜清歌敲玉筯(集作樹)三年洪飲竭金樽招攜每感雙魚遠報荅空思(集作知)一飯存狼藉梨花蒲城月當時長醉信陵門

灞(集作滻)上宴別　許渾

山斷水茫茫洛人西路長笙歌晋遠棹風雨醉(集作寄)華堂紅壁耿秋燭翠簾凝曉香何言(集作誰堪)從此去雲樹滿陵陽

潁川從事西湖亭宴餞　前人

西湖清宴不知迴一曲離歌酒一盃城帶夕陽聞鼓角寺臨秋水見樓臺玉堂客醉(集作蘭堂客散)蟬猶噪桂檝人稀鳥自來獨想征車過鞏洛此中霜菊遶潭開

將爲南行陪浙江尚書崔公宴海榴堂　前人

朝讌華堂暮未休幾人偏得謝公留風傳鼓角霜侵戟雲卷笙歌月上樓賓館盡開徐稚榻客帆空望(集作戀)李膺舟謾誇書劒無知已(集作歸歟)水遠山遥(集作長)步步愁

夏夜宴明月湖　薛逢

夏夜宴南湖琴觴興不孤月搖天上桂星泛浦中珠助照螢隨舫添盤笋迸厨聖朝思靜默堪守谷中愚

醉中看花因思去歲之任　前人

去歲乘軺出上京軍機旦暮促前程狂花野草途中恨春月秋風劒外情愁見瘴煙遮路色厭聞溪水下灘聲不辭醉伴諸年少羞對紅粧白髮生

春夜樊川竹亭陪諸同年讌　項斯

相知皆是舊每恨獨遊頻幸此同芳夕寧辭倒醉身竹光遥映燭蕚粉暗飄茵明月分歸騎重來更幾春

陪韋中丞宴扈都頭花園　趙嘏

門下(集作外)煙橫載酒舡謝家(集作公)携客醉華筵尋花偶坐將軍樹飲水方重刺史天幾曲艷歌春色裏斷(集作數)行高鳥暮雲邊分明聽得輿人語願及行春更一年

九日陪越州元相宴龜山寺(一作亭)　前人

佳晨何處泛花遊丞相筵開水上頭雙影旆搖山雨霽一聲歌袅(一作動)寺雲秋林花(一作光)静帶高城晩湖(一作水)色寒分半檻流共賀萬家逢此節可憐風物似(一作蒲)荆州

今年新先輩以遏密之際每有(一作月)宴集必資清

談　　前人

天上高高月桂叢分明三十一枝風滿懷春色向人動遮
路亂花迎馬紅鶴馭迴飄雲雨外蘭亭不在管絃中居然
自是前賢事何必青樓倚翠空

婺州宴畱上蕭員外　　前人

雙溪樓影向雲橫歌轉高雲晚更清獨自下樓騎瘦馬搖
鞭重入亂蟬聲

集宿姚侍御宅懷永樂宰殷侍御　　馬戴

石田虞芮接種椰白雲陰穴閉神蹤古河流禹鑿深樵人
應滿郭仙鳥幾巢林此會偏相語曾同雪夜吟

冬日陪同州吳常侍閑宴　　前人

中天白雲散集客郡齋時陶性聊飛爵看山忽罷棊雪花
凝始霽木葉脱無遺靜裏常多暇招邀愜所思

夏日會脩行段將軍宅　　顧非熊

愛君書院靜莎覆蘚堦濃連穗古藤暗領鶵幽鳥重鐏前
迎遠客林杪見晴峯誰謂朱門内雲山滿座逢

廣州陪涼公從叔越臺讌集　　李羣玉

一逕松稍踏石梯步窮身在白雲西日銜赤浪金車沒天
拂滄浪翠笠低高鳥散飛驚大旆長風萬里卷秋鼙玉鈎
挂海笙歌合珠履三千半似泥

夜宴　　温庭筠

孔雀眠高樹櫻桃拂短簷畫明金冉冉箏語玉纖纖細雨
無妨燭輕寒不隔簾莫將紅綿段因夢與江淹

陪李郎中夜讌　　方干

間世星郎夜讌時丁丁寒漏滴聲稀琵琶絃急(集作促)千般
語鸚䳇盃深四散飛遍請玉容歌白雪高燒紅燭(集作蠟)照
朱衣人間盛事猶如此争遣漁翁戀釣磯

石門韋明府爲置東陽潭石魚(集作鯽)鱠　　李羣玉

錦鱗銜釣(集作餌)出清漣㷊日江亭動鱠筵疊雪亂飛消筯
底散絲繁灑拂刀前太湖浪説朱衣鮒漢浦休誇縮項鯿
俊味品流知第一更勞霜橘助芳鮮

長沙陪裴大夫夜讌　　前人

東山夜讌酒成河銀燭熒煌照綺羅四面雨聲籠笑語滿
堂香氣泛笙歌冷冷玉漏初三滴灔灔金觴已半酡共向
柏臺窺雅量澄陂萬頃見天和

永州陪鄭太守登舟夜宴席上各賦詩　　蔣肱

江頭朱紱間青襟豈是仙舟(一作州)不可(一作見)尋誰敢強登
徐稚榻自憐還學謝安吟月凝(一作疑)蘭棹輕風起妓(一作歌)
勸金罍盡醉斟剪盡蠟紅人未覺歸時城郭曉煙深

襄陽閑居與友生夜會　　皮日休

隱悠悠世不知林園幽事逅相期舊絲再上琴調晚壞
葉重燒酒煖遲三逕引時寒步月四隣偷得夜吟詩草玄
寂淡無人愛不遇劉歆更語誰

與友人對酒吟詩　　杜荀鶴

憑君滿酌酒聽我醉中吟客路如天遠侯門似海深新墳侵古道白髮戀黃金共有人間事須懷濟物心

陪湖李中丞宴隱溪　曹松

竹林啼鳥不知休羅列飛橋水亂流觸散柳絲迴玉勒約開蓮葉上蘭舟酒邊舊侶真何遜雲裏新聲是莫愁若值主人嫌晝短應陪秉燭夜深遊

夜飲　前人

良宵公子宴蘭堂濃麝薰人獸吐香雲帶金龍銜畫燭星羅銀鳳瀉瓊漿蒲屏珠樹開春景一曲歌聲遶翠梁席上未知簾幕曉青娥低語指東方

駙馬宅宴罷　前人

粉墻殘月照宮祠宴闋銀瓶一半欹學語鸚兒飛未穩放身斜墜綠楊枝

文苑英華卷第二百十六

文苑英華卷第二百十七　詩六十七

人事四

宿會七十五首

王侍中夜禁　吳均

抽蘭開石路剪竹製山扉文淪見綠水參差隱翠微西商採藥至東都謝病歸紡毛織野服縫芰作山衣欲知三青鳥簷上素雲飛

喜祖三至留宿　王維

門前洛陽客下馬拂征衣不枉故人駕平生多掩扉行人返深巷積雪帶餘輝（集作暉）早歲同袍者高車何處歸

河南嚴尹弟見宿弊廬訪別人賦十韻　前人

上客能論道吾生學養蒙貧交世情外才子故人中冠上方安簪車邊已盡能拂衣迎五馬垂手凭雙童花醥（一作醴）和松屑茶香透竹叢薄霜澄夜月殘雪帶春風古壁蒼苔黑寒山遠燒紅眼看東候別心事北川同若學輕先輩何能訪老翁欲知今日後不樂爲車公

友人會宿　李白

滌蕩千古愁留連百壺飲良夜（一作宵）宜清話（一作談）浩然（一作皓）月未能寢醉來卧空山天地即衾枕

此詩一百九十卷重出今已削去注異同爲一作

宿陳留李少府揆廳　祖詠

相知有李叔（集作卿）訟簡夜彌清旅宿倦愁卧空堂聞曙更

風蕭(集作瀟)搖燭影秋雨帶蟲聲歸思那堪說悠悠限(集作恨)洛城

宿王昌齡隱居　常建

青溪深不測隱處惟孤雲松際露微月清光猶為君茆亭宿花影(文粹作芳亭宿花)藥院滋苔文余亦謝時去西山鸞鶴群

宿畢侍御宅　錢起

交情貧更好子有古人風晤語秋霜裏平生苦節同心唯二仲合室乃一瓢空落葉寄秋菊愁雲低夜鴻薄寒燈影外殘漏雨聲中明發南昌去迴看御史驄

秋夜宿嚴維宅　皇甫冉

昔聞玄度宅門向會稽峯居(疑作君)住東湖下清風繼(集作繼)舊蹤

秋深臨水月夜半隔山鍾世故多離別良宵詎可逢

謝盧十一過宿　前人

乞還方未遂日夕望雲林況復經(集作逢)春草何妨(集作勞)問此心閑門公務散枉策故情深靜(集作遙)夜他鄉酒同君梁甫吟

同韓(一作帯)員外宿雲門寺　嚴維

小嶺路雖近仙郎此夕(一作日)過潭空觀月定澗靜見雲多竹翠煙深色松聲雨點和萬緣俱不有對景自垂蘿

謝(一作酬)諸公宿鏡水宅　前人

幸免低頭向府中貴將藜藿與君同陽鴈叫霜來枕上寒山映月在湖中詩書何德名夫子草木推年長數公聞道漢家偏長少此身那比訪芝翁

宿江西竇主簿廳與此公亡兄聯官　崔峒

廣庭方綴步星漢話中移月滿關山(一作水關)道烏(一作鳥)啼霜樹枝時艱難會合年長重親知前事成金石悽然淚欲垂

秋夜同暢當宿藏公院　盧綸

禮足一垂淚醫工知病由風螢方喜夜露槿已傷秋顧以童子愛每從仁者遊將(一作求)來竟何得滅跡在緇流

客舍喜崔補闕司空拾遺訪宿　前人

步月貧諸隣蓬居宿近臣烏裘先醉客清鏡早朝人懷璧(疑作壞壁)煙垂網香街火照塵悲榮俱是分吾亦樂吾貧

冬夜宿司空曙野居因寄酬贈　韋應物

南北與山隣蓬庵庇一身繁霜疑有雪荒草似無人遂性在耕稼所交唯賤貧何緣張祿傲每重德璋親

同褒子秋齋獨宿　前人

山月皎如燭風霜時動竹夜半鳥驚棲牕間人獨宿

盧新吳航忽遠至留宿斅居　戴叔倫

出門迎故友衣服滿塵埃歲月不可問山川何處來綺城容斅宅散職寄虛臺頹此留君醉相逢知幾迴

與故人夜坐道舊　權德輿

笑語歡今夕煙霞愴昔遊清羸還對月遲暮更逢秋勝理方自得浮名不在求終當製初服相與臥林丘

夏夜宿表兄(一作宅)話舊　竇叔向

夜合花開香滿庭夜深微雨醉初醒（集作醒非）遠書珍重何曾達舊事淒凉不可聽去日兒童皆長大昔年親友半凋零明朝又是孤舟別愁對（一作見）河橋酒幔青

宿嚴秘書宅　釋清江

佳期曾不遠甲第即南鄰惠愛偏相及經過豈厭頻秋光林葉動夕霽月華新莫話羇棲事平原是主人

晩秋宿李軍道所居　釋皎然

青溪路不遥都尉每相招落日休戎馬秋風罷謝鷗木花生野徑栢實滿寒條永夜依山府禪心共寂寥

宿支硎寺上方　前人

上方精舍遠共宿白雲端寂寞千峯夜蕭條萬木寒山光

露下見松色月中看暫與西林別歸心却欲闌

馬兵曹李良宅夜集　前人

清景不可失尋君趣有餘身高避事外道長問心初出處名則異遊從跡何疎吟看刻盡燭笑卷讀殘書露彩生筆硯風音入庭除平明仙侶散轂轆動迴車

晦夜李侍御蕚宅集招潘述湯上人飲茶賦詩　前人

晦夜不可坐（一作生月）琴軒循爲開墻東隱者在淇上逸僧來茗愛傳花飲詩看卷素裁風流高此會晩景屢徘徊

秋喜盧綸訪宿　司空曙

静夜無四隣荒居舊業貧月（集作雨）中黄葉樹燈下白頭人以我獨沉久媿君相訪頻平生有深（集作自有）分况是蔡（一作霍）家親

秋喜盧綸同宿寺　前人

浮生共多故聚宿喜君同人息時聞磬松摇乍有風寒霜疑（集作嶷）水際夜木似山中一願投如意長來事遠公

此詩二百三十五卷重出今已削去

耿緯就宿因傷故人　前人

舊時聞笛淚今夜重沾衣方恨同袍少何堪相見稀竹煙凝澗壑林雪似芳菲多謝勞車馬應憐獨掩扉

中秋與空上人同宿華嚴寺　李朝陽（見雜詠）

榻榻相逢宿論詩舊梵宫磬聲迎䜴盡月色過山窮庭簇

安禪草窻飛帶火虫一宵何惜別回首隔秋風

宿輿善寺後堂（集無此字）池　李端

草堂高樹下月向後池生野客如僧静（集作同僧坐）新河共水平錦鱗（集作沉）同不食繡羽亂相鳴即事思江海誰能萬里行

秋夕會友　姚係

倦客易相失歡遊無良（一作浪）晨忽然一夕間稍慰閭家貧白露下庭梧孤琴始悲辛迴風入幽草蟲響滿四隣會遇更何時持杯重殷勤

山齋獨宿晏上人　楊衡

憧憧雲樹秋黄葉下山頭蟲響夜難（一作空）度夢閑神不遊

窗燈寒几盡籬雨曉堦愁何以禪栖客灰心在沃州一作洲

宿雲溪觀賦得秋燈引送客　前人

雲房寄宿秋夜客一燈熒熒照盧壁虫聲呼客客未眠幾人語話清景側不可離別愁紛多秋燈秋燈柰別何

宿陸氏齋賦得殘燈詩　前人

殷勤照水夜屬思未成眠餘輝含薄霧落燼迸空筵誰比秦樓曉緘愁別幌前

宿漁家　張籍

漁家住江口潮水入柴扉行客欲投宿主人猶未歸竹深村路暗月出釣船稀遥見尋沙岸秋風動草衣

此詩二百九十三卷重出今已削去

酬段丞與諸碁流會宿弊居見贈　元稹

嗚呴寧虛日閑窗任廢時琴一作詩書卄盡棄園井詎能窺運石疑填海爭籌憶坐帷赤心方苦鬪紅燭已先施蛇勢縈山合鴻聯度嶺遲堂堂排直陣衮衮逼羸師懸劫偏深猛廻征特險巇旁攻百道進死戰萬般為異日玄黃隊今宵黑白棊斫營看迥點對壘重相持善敗雖稱怯驕盈最易欺狼牙當必碎虎口禍難移乘勝同三捷扶顛望一棋希因送日便敢恃指蹤奇退引防邊策雄吟斬將詩眠床都浪置通夕共忘疲曉雉風傳角寒叢雪墮枝繁星收玉版殘月耀氷池僧請聞鐘粥賓催下藥卮歡炎餘炭在臘淚短光衰俛仰嗟陳跡殷勤卜後期公私牽去住車馬各支離分作終身癖兼從是事隳此中無限興唯怕俗人知

神照禪師同宿　白居易

八年二月梅山梨花滿枝龍門水西寺夜與遠公期宴坐自相對寂語誰能知前後際斷處一念不生時

初除主客郎中知制誥與王十一李七元八一作九三舍人中書同宿語一作話舊感懷　前人

閑宵靜語喜還悲聚散窮通不自知已分雲泥行異路忽驚鵷鶴宿同枝紫垣曹署榮華地白髮郎官老醜時莫怪不知君氣味此中來較十年遲

秋夜宿梁十三廳事　戎昱

今年秋已暮離恐未成歸夢裏家仍遠愁中葉又飛竹聲風度急燈影月來微賴得梁夫子心源集作如有所依

宿太守李公宅　于鵠

群齋常夜靜集作掃不卧獨吟詩把燭迎幽客昇堂戴接䍦微風吹凍葉殘集作餘雪落寒枝明日逢山伴須令隱者知

雨中喜賈島訪宿　姚合

雨裏難逢客閑吟不復眠虫聲秋併起林色夜相連愛酒此生理趨朝未老前終須攜手去滄海棹漁船

洛下夜會寄賈島　前人

洛下工集作攻詩客相逢只是吟夜觴歡稍靜寒屋坐多深為府偶為吏滄江長在心懷君難就寢燭滅復星沉

夜宴一作宿太僕田卿宅　前人

故人九寺長邀我此同歎末夜開筵盡中年飲酒難微風侵燭影疊漏過林端臘後分朝日天明幾刻殘

宿友人山居　前人

偶向山中覓紫芝山人勾引住多時摘花浸酒春愁盡燒竹煎茶夜卧遲泉落林梢多碎滴松生澗底足傍枝明朝却欲歸城市問我回期自不知

夜集姚合宅期可公不至　賈島

公堂春（一作秋）雨夜已是念園林何事疾病日重論山水心孤燈明臘後微雨下更深釋子乖來約泉西寒磬音

宿姚少府北齋　前人

石溪同夜泛復此北齋期鳥絕吏歸後蛩鳴客卧時鎖城

凉雨細開印曙鐘遲憶此漳川岸如今是別離

冬日與諸公會宿姚端公宅懷永樂殷侍御　僧無可

柱史靜開筵所思何地偏故人爲縣吏五老遠峯前賓榻寒侵曉（集作樹）公庭夜落泉會當隨假務一就白雲禪

冬晚與諸文士會太僕田卿宅　前人

從容（一作客）啓華館饌玉復燒蘭是歲茲旬盡青宵幾客殘燈迴松竹動人息斗牛寒別後思吟集須期月再圓

同劉秀才宿見贈　前人

浮雲流水深只是愛山林共恨多年別相逢一夜吟旣能持苦節勿謂少知音憶就西池宿月圓松竹深

冬夜與蔡校書宿無可上人院　劉得仁

儒釋偶同宿夜窗寒更清忘機於世久晤語恐（集作到）天明月對（集作倒）高松影風延一磬聲真門猶是幻不用覺浮生

秋日同僧宿西池　前人

菡萏編（一作偏）秋水隔林香似焚僧同池上宿霞向月邊分岸鷺（集作峯鶴）栖蒲立城砧接曙聞來宵莫他宿重此話孤雲

冬日喜同志宿　前人

相逢話清夜言實轉相知共道名雖切唯論命不疑吟身坐霜石眠鳥握風枝別憶天台客煙霞昔有期

宿常律（集作津）山居　前人

求夕見招宿詩書盈（集作滿）草堂靜吟傾藥酒高論出名場

窗颯松篁韻庭無雪月光心期身未老一去泛瀟湘

秋夜喜友人宿　前人

莫話春闈事清宵且醉（集作但共）吟頻年遺我輩有日值公心逼（集作通）曙天傾斗將寒葉墜林無爲簪紱意從古貴知音

廻中夜訪獨孤從事　前人

滿庭霜月魄風靜絕纖聞邊境時無事（一作冠）州城夜訪君推衾聽塞角酌醆（一作醴）話湘雲贊佐元戎美恩齊十萬軍

宿友生林居因懷賈區　于武陵

繞屋樹森森多栖紫閣禽暫過當末夜微得話前心入楚行應遠經湘恨必深那堪對寒燭更賦別離吟

與無可賈島宿姚少府宅　朱慶餘

莫厭通宵話貧中聚會難堂虛雪氣入燈在漏聲殘役思
因成疾(一作病)當禪豈覺寒開門各有事誰不惜餘歡

雪夜與真上人宿韓協律宅　前人

斜雪微霑砌空堂夜語清逆風孤漏短迴燭向樓明盥漱
隨禪伴謳吟得野情此歡那敢忘世貴丈夫名

宿陳處士書齋　前人

結茅當此地下馬見高情菰苿高塘淺(集作曉)杉光小徑(集作松陰白石)
明向燈(集作爐)新茗色隔雪遠鐘聲閒得相逢少吟多
寢不成

同朱慶餘宿僧房　周賀

溪僧還共謁相與坐寒天屋雪凌高燭山茶稱遠泉夜清

(集作深)更徹寺空閣鴈銜煙莫惜多時坐(集作話)重來又隔年

宿李樞書齋　前人

書齋經暮雨四面絶纖埃眠客聞風覺飛蟲入燭來夜凉
書讀遍月正戶開全住遠稀相見晉連宿始迴

秋宿徐處士宅懷少室　前人

曾居少室黄河上秋夢長懸未得迴扶病半年離水石思
歸一夜隔風雷空齋幾遇僧眠後野菊曾經鹿踐來燈下
此心君共說倚松孤徑已生苔

同賈島宿無可上人院　雍陶

何處銷愁宿携襲就遠僧中宵吟有雪空屋語無燈靜鏡
唯聞鐸寒牀但枕肱還因愛閑客始得見南能

雪夜與友人同宿曉寄近鄰(已見一百五十二卷)　温庭筠

宿秦生山齋　前人

衡巫路不同結室在東峯歲晚得支遁夜寒逢戴顒龕燈
落葉寺山雪隔林鍾行解(一作行李又作戒行)無由發曹溪欲施春

此詩三百十七卷重出今已削去

宿何書記先輩延福新居　趙嘏

松下有琴閑未收一燈高爲石(集作柱)叢留詩情似到山家
夜樹色輕含御水秋小榼提携終(集作宜)未日半班(集作年)容
鬢漫生愁因君撫掌問時俗紫閣堆簷不舉頭

李侍御歸山同宿華巖寺　前人

家有青山近玉京風流柱史早知名園林手植自含緑霄

漢眼看當去程處處白雲迷駐馬家家紅樹近流鶯相逢
一宿最高寺夜夜翠微泉(一作松)落聲

集宿姚殿中宅期僧無可不至　馬戴

殿中日(一作殿內臣)相命開樽話舊時餘鐘催鳥絶積雪阻僧
期林靜寒光(一作聲)遠天陰曙色遲今宵復何夕人謁去難
追(集作鳴珮出聲隨)

此詩二百二十三卷重出今已削去注異同爲一作

宿賈島原居(集作尋賈島原東居)　前人

塞鴈過原急渚邊秋色深煙霞向海島風雨宿園林俱往
明時顇同懷故國心(集作共許貧交久猶戀外事侵)未能先隱跡聊(集作閑)
此一相尋

新秋霽後宿王處士居　前人

夕陽逢一雨夜木洗清陰露氣竹窗靜秋光月色深煎茶靈草味話友故山心得意兩不寐微風吟玉琴

洛陽寒夜姚侍御宅宿憶賈島　前人

夜來寒色動(集作夜動寒色)洛陽城闕深如何異鄉思更抱故人心微月高山遠閑堦霜霰(集作霧)侵誰知石門橋(集作路)待子與相尋

宿崔邵池陽別墅　前人

楊柳色已故郊原日復低煙生寒樹上霞散遠山西待月人相對驚風鴈不齊此心君莫問舊國去將迷

答鄜坊(集作寺)友人同宿見示　前人

爲客自堪悲風塵日滿衣承明無計入舊隱但懷歸雪積孤城暗燈殘曉角微相逢喜同宿此地故人稀

秋夜宿秘書姚監宅　李頻

高樹密濛濛閑樓待遠風(集作桂宅多佳木先來有好風)情閑眠闕下夢野到山中露色浮寒瓦螢光墜暗叢聽吟麗句盡河漢轉虛空

隱巖陪鄭少師夜坐　張橋

幸喜陪騶馭頻來向此宵硯磨青澗石厨爨白雲樵竹外村煙細燈中禁漏遥衣冠與文理静話對前朝

宿劉温書齋

不掩盈牕月天然格調高凉風移蟋蟀落葉在離騷廻筆挑燈爐懸圖見海濤因論三國志空載幾英豪

文苑英華卷第二百十七

文苑英華卷第二百十八　　詩六十八

人事五

逢遇六十八首

江上暫別蕭四劉三旋欣接遇　陳子昂

昨夜滄江別言乖集作垂天漢遊寧期此相遇尚接武陵州結綬還逢育銜盃且對劉波潭一瀰瀰臨望幾悠悠山水丹青雜煙雲紫翠浮終愧神仙友來接野人舟

遇荆州崔兵曹使　前人

輶軒鳳凰使林藪鶺鴒冠江湖一相許雲霧坐交歡興盡崔亭伯言忘釋道安秋光稍欲暮歲物已將闌古樹蒼煙斷虛庭白露寒琴中集作瑤琴山水曲今日爲君彈

文苑英華　二百十八卷　乙

遇崔司議泰之冀侍御珪二使　前人

謝病南山下幽臥不知春使星入東井云是故交親惠風吹寶瑟微月憶清真憑軒一酣醉江海寄情人

除夜樂城逢孟浩然　張子容

遠客襄陽郡來過海伴家罇開柏葉酒燈發九枝花妙曲逢盧女高才得孟嘉東山行樂意非是競繁華

鄭果州相過　王維

斜集作麗日照殘春初時集作晴草木新牀前磨鏡客樹下集作裏灌園人五馬驚窮巷雙童逐老身厨中集作中厨辦麤飯當恐集作當恕阮家貧

若耶溪逢孔九此詩已見一百六十六卷　綦毋潛

旅次丹陽郡遇康侍御宣慰召募兼別岑單父　劉長卿

客心募一作暮千里廻首煙花繁楚水度集作渡歸夢春江集作江春連故園羇人懷上國驕虜窺中原胡馬暫爲害漢臣多負恩羽書晝夜飛海集作塞内風塵昏雙鬢日已白孤舟心可論繡衣從北來汗馬宣王言憂憤激忠勇悲歡被黎元南徐爭赴難發卒如雲屯倚劒看太白洗兵臨海門故人亦滄洲少別堪傷魂積翠下京口歸潮落山根如何天外帆入此波上罇空使憶君處鶯聲催淚痕

湖上遇鄭田　前人

故人青雲器何意常窘迫五十猶布衣憐君已頭白誰言

文苑英華　二百十八卷　二

此相見暫得話疇昔舊業今已無還鄉又爲客扁舟君獨往桂集作斗酒君自適滄海不可涯孤帆去無跡盃中忽復醉湖上生新魄湛湛江色寒濛濛水雲夕風波易迢遞千里如咫尺廻首人已遥南看楚天隔

穆陵關北逢人歸漁陽　前人

逢君穆陵路匹馬向桑乾楚國蒼山古幽州白日寒城池百戰後耆舊幾人家集作殘處處蓬蒿遍野歸集作人掩淚看

宋中遇陳兼二集作　高適

常忝集作參鮑叔義所寄王佐才如何守苦節獨自歸集作無良媒離別十年外飄蓬千里來安能知集作罷官後惟見柴門開窮巷隱東郭高堂詠南陔籬根長花草井口生集作垂

莓苔伊昔望霄漢于今倦蒿萊男兒須集作末達命且醉手
中盃

宋中遇劉書記　前人

何代無秀士高門生此才森然覩毫髮若見江山來幾載
困常調一朝時運催白身謁明主待詔登雲臺相逢梁宋
間與我醉蒿萊寒楚眇千里雪天閉集作晝不開末路終離
別不能強悲哀男兒爭富貴勸爾莫遲廻

平臺夜遇李景參有別　前人

離憂忽浩集作心忽悵然策馬對秋天孟諸薄暮涼風起歸客
相逢渡睢水憶昨集作昨時携手已集作何十年明集作今日分途
各千里歲物蕭條滿路岐此行浩蕩令人悲家貧羨爾有

微祿欲往從之何所之

此詩二百八十七卷重出今已削去

逢謝偃　前人

紅顏創為別白髮始相逢唯餘昔時慮無復昔時容

長安逢故人　郎士元

數年音信斷不意在長安馬上相逢久人中欲認難一官
今懶道雙鬢竟羞看莫問生涯事只應持釣竿

逢莊納因贈　皇甫冉

世故還相見天涯共向東春歸江海上人老別離中郡吏
名何晚沙鷗道自同井泉須早獻且莫嘆飄蓬

渭上逢李藏器移家東郡　耿緯

求名須有援學稼又無田故國三千里新春集作深宮五十年
移家還作客避地莫知賢東路今何處風帆去渺然

此詩又見二百七十五卷有數字不同

巴陵郭逢洛陽故人　前人

因君知世事流浪已忘機久客多人厭高年衆病歸連雲
湖色遠度雪雁聲稀又說家林盡淒傷淚滿衣

春色遇李侍郎　盧綸

高柳滿春城東園有鳥聲折花朝露滴漱石野泉清心許
陶家醉詩逢謝客呈應憐未行吏曾是魯諸生

關口逢徐遇　前人

廢寺連荒壘那知見子真關城夜有雪氷渡曉無人酒囊

唯多集作稱病山中願作鄰嘗聞兄弟樂唯見謝家貧

逢楊開府　韋應物

少事武皇帝無賴恃恩私身作里中橫家藏亡命兒朝持
集作特又作折樗蒲局暮竊東鄰姬司隸不敢捕立在集作登白玉
墀驪山風雨集作雪夜長楊羽獵時一字都未集作不識飲酒
肆頑癡武皇昇仙去憔悴被人欺讀書事已晚把筆學題
詩兩府始收籍南宮謬見推非才果不容出守撫惸嫠忽
逢楊開府論舊涕俱垂座客何由識唯有故人知

廣陵遇孟雲卿作　前人

雄藩本帝都遊士多俊賢夾河樹鬱鬱華館千里連親集作
新知雖滿堂中意頗未宣忽逢翰林友歡樂斗酒前高文

激灧波四海靡不傳西施且一笑衆女安得妍明月滿淮海哀鴻遊逝集作長天所念京國遠我來君又旋

長安遇馮著作　前人

客從東方來衣上灞陵雨問客何謂爲集作來采山因買斧冥冥花正開颺颺鷰新乳昨別今已春鬢絲生幾縷

漢南遇方評事詩選作襄州遇房評事由　戴叔倫

移家住漢陰不復問一作向華簪貰酒宜城近燒田夢澤深暮山逢鳥入寒水見魚沉與物皆無累終年惬本心

京口逢皇甫司馬副端　前人

潮水忽復至雲帆儼欲飛故園雙闕下佐官十年歸晚景照華髮一作日涼風吹別衣滄晋更一醉老去莫相違

汝南逢董校書　前人

擾擾倦行役相逢陳蔡間如何集作何爲百年内不見一人閑對酒惜餘景問程愁亂山秋風萬里至集作道又度集作出穆陵關

此詩二百八十七卷重出今已削去

逢友生言懷集作別　前人

安親非避地羈旅十餘年道長時流許家貧故舊憐相逢今歲暮遠別一方偏去住俱難說江湖正渺然

逢許評事　前人

萬里楊柳色出關逢故人輕煙拂流水落日照行塵積夢江海濶憶家兄弟貧徘徊灞亭上不語共傷春

嶺上逢久別者又別　權德輿

十年曾一別征旆集作路此相逢馬首向何處夕陽千萬峯

逢友人之上都　釋法震

玉帛徵賢楚客稀猿啼相送武陵歸潮頭望入桃花去一片春帆帶雨飛

逢江客問南中故人因以詩寄　司空曙

南客何時去相逢問故人望鄉空淚落嗜酒轉家貧疎懶辭徵祿東西任老身上樓多看月臨水共傷春五柳終期隱雙鷗自可親應憐折腰吏冉冉在風塵

冬日逢馮法曹話懷　冷朝陽

分襟二年内多少事相干禮樂風全變塵埃路漸難秋林

新葉落霜月蒲庭寒雖喜逢知己他鄉歲又闌

中峯歸喜見苗發集作寄齋中峯寺已見一百六十五卷　李端

江上逢司空曙　前人

共有嵾年故相逢萬里餘新春兩行淚舊國一封書夏口帆初泊衡陽鴈正疎唯應執盃酒暫食漢江魚

京西遇舊識集作識兼送往隴州　姚係

蟬鳴一何急日暮秋風樹即此不勝愁隴陰人更去相逢與相失共是亡羊路

徵還京師見舊番官馮叔達　劉禹錫

前者匆匆襆被行十年憔悴到京城南宮舊吏來相問何處滄晋白髮生

嶺表集作外逢故人　張籍

過嶺萬餘里旅遊經此稀相逢去家遠共說幾時歸海上見花發瘴中無鴈飛炎塗集作州望行集作鄉伴相集作自識北人衣

途中逢陽陟已見一百六十八卷　于鵠

逢張十八員外籍　白居易

旅思正茫茫相逢此路傍晚風林葉暗秋露草花香白髮江城守青山水部郎客亭問集作同宿處忽似夜歸鄉

逢舊　前人

久別偶相逢俱疑是夢中即今歡樂事放盞又成空

逢傅陵故人彭兵曹　賈島

曲陽分散會京華見說三年住海涯別後解飡蓬藥子向前未識牡丹花偶逢日者教求祿終傍泉聲擬致家踏雪攜琴集作衾相就宿夜深開戶月光集作斗牛斜

逢呂上山人　劉得仁

塵裏正愁老相逢眼益明從前枉多病此後鮮蹤名古栢今收子深山許事兄長生如有分願逐到蓬瀛

夜行次東關一作行次潼關驛逢魏扶東歸　許渾

南北斷蓬飄長亭酒一瓢殘雲歸太華踈雨過中條樹色隨關迥河聲入塞一作海遥勞歌此分首一作手風急馬蕭蕭

此詩二百九十八卷重出今已削去異同註爲一作

廣陵道逢方干　周賀

野客行無定全家在渭東寄懷一作眠僧閣迥贈別槖金空舊業千山隔歸舟百計同藥資如有分相約老丘中

逢僧　前人

帶疾稀相見西城早晚來山房一作衣風壞衲香鑵雨霑灰坐久鍾聲靜談餘嶽影迴却思同宿夜高枕話天台

泗上逢韓司徒歸北　前人

多病十年無舊識滄州亂後只逢君已知罷秩辭瀧水相勸移家住嶽雲泗上旅帆侵疊浪雪中歸路踏荒墳更爲此別愁應老書札何由到北軍

秦中逢王處士　趙嘏

萬水東流去不廻先生獨自負仙才藥宮橫浪海邉別鶴

趨駐雲天上來幾處吹簫森羽衛誰家殘月下樓臺春風正好分瓊液乞取當時白玉杯

江上逢許逸人　前人

是非處處生塵埃唯君襟抱無嫌猜收帆依鴈溢浦宿帶雨別僧衡嶽廻芳罇稍駐落日唱醉袖更拂長雲開清秋華髮好相似却把釣竿歸去來

落第後歸喜逢僧再陽　項斯

相逢雖強笑人世別離頻曉去長侵月歸鄉動滿春見僧心暫靜從俗事多屯宇宙詩名小山河客路新翠桐猶入爨青鏡未辭塵逸足常思驥隨羣自退鱗宴乖紅杏寺愁在綠楊津老病難爲樂開眉賴故人

岐陽逢曲陽故人話舊　馬戴

異地還相見平生分可知壯年俱欲暮往事盡堪悲道路頻艱阻親朋久別離觧兵逃白刃謁帝值明時淹疾生涯故因官世業移鷄鳴關月落鴈度朔風吹客淚翻岐下鄉心落海湄積愁何計遣蒲酌浣相思

汧上歎舊友　前人

斗酒故人同長歌起北風斜陽一作日斜高壘閉秋角暮山空鴈宿寒流上螢飛淡霧中坐來憂白髮兒復久從戎

邊館逢賀秀才　前人

貧病無疎我與君不知何事久離羣鹿裘共敝同爲客龍闕將移擬獻文空館夕陽鵶繞樹荒城寒色鴈和雲不堪

吟斷邊笳曉葉落東西客又分

蜀中逢故人　李頻

自古有行役無人免別家相寬須陌上一醉任天涯積疊山藏蜀縈紆水遶巴他年又何處共說海棠花

漢上逢崔八同年　前人

去歲同遊帝里春杏花過後各離秦偶先託質從知己獨未還家作旅人世上路岐何繚繞空中光景不逡巡一廻相見一廻別更得幾廻一作多年少身

商於逢友人　喻坦之

行役何時了年年骨肉分春風來漢棹雪路入商雲水險溪難定林寒鳥異羣相逢聊坐石啼狖語中聞

灞上逢故人　前人

花落杏園枝驅車問路岐人情誰可會身事自堪疑嶽雨狂雷送溪槎漲水吹家山如此景幾處憶相隨

金陵逢張喬　楊夔

殊鄉會面時辛苦兩情知有志年空過無媒命共奇吟餘春漏急語舊酒巡遲天爵如堪倚休驚鬢上絲

江上逢進士許棠　張喬

詩人誰上第新榜又無君鶴髮他鄉老漁歌故國聞平江流曉月獨島絆餘雲且了髫年志沙鷗未可羣

逢漳州崔使君北歸　張蠙

在郡多殊稱無人不望回離城携客去度一作出嶺擔後來

障寫經冬藥瓶緘落暑梅長安有歸宅歸見鎖青苔

雲朔逢山友　前人

會面却生疑明然似夢歸塞深行客少家遠識人稀戰馬分旗牧驚禽曳箭飛將軍雖異禮難便一作便使脫麻衣

途中逢孫路因得李頻消息　方干

灞上寒仍在柔條亦自新山河雖度臘雨雪未知春正憶同袍者堪逢共國人銜盃亦一作益無語與爾轉相親

江上逢故人　陳陶

十年逢轉金陵道長笑青雲身不早故里相逢盡白頭青江顏色何曾老

河上逢友人　羅鄴

知君意不淺立馬問生涯舊業無歸地他鄉便是家宵吟
憐桂寃朝起怯菱花語盡黃河上西風日又斜

吳門再逢方干處士　前人

天上高名一作世上身帝綸何不駕蒲輪一朝卿相俱前
席千古篇章冠後人稽嶺不歸空挂夢吳一作鷺宮相值欲
沾巾吾王若致昇平化可獨成周只渭濵

大梁見喬詡　羅隱

湘水春浮岸淮燈夜蒲橋六年悲梗斷兩地各萍漂刀筆
依三事篇章奏弭貂跡卑玤汨沒名散稱逍遥好寺松為
徑空江桂作橈野香花伴落缸暖酒和燒晉沼尋遊鳳秦
冠竟歎鵾胃凢鷄犬薄寬斷蕙蘭招悵望添燕琯蹉跎獻

魯瓢敗桐方委爨兔匣正衝宵戰代疑作伐安鼜國封崇孝
景朝千年非有限一醉解無聊漏末燈花暗爐紅雪片銷
乂遊家共遠相對鬢俱凋運命從難合光陰柰不饒到頭
蓑笠契兩信釣魚潮

鍾陵見進士楊尋　前人

孺亭勝閣少踟躕三度南遊一事無只覺流年如鳥逝不
知何處有龍各雲歸洪井枝柯歛水下章江氣色麤賴得
與君同此醉醒來一作醒醒愁被鬼揶揄

湘中見進士喬詡　前人

吳公臺下別經秋破虜城邊暫駐留一笑有時堪解憂數
年無故不同遊雲牽楚思橫魚艇栁送鄉心入酒樓且酌

松醪依舊醉誰能相見向春愁

錢塘見芮逢　前人

蔡倫池北鴈峯前離集作罹亂相兼十九年所喜故人猶會
面不堪良牧已重泉醉思把筯敲集作歌歌席狂憶判身入
酒船今日與君嬴得在戴家灣裏兩皤然

見王貞白　裴說

共賀登科後明宣入紫宸又看重試榜還見苦吟人此得
名渾別歸來話亦新分明一枝桂堪動楚江濵

文苑英華卷第二百十八

文苑英華卷第二百十九　詩六十九

釋門一（五十首）

何遜一首　劉孝先一首
蕭子雲一首　孔德紹一首
武三思一首　蘇味道一首
宋之問三首　王維二首
遜逖一首　孟浩然二首
杜甫一首　李白二首
王昌齡二首　劉長卿九首
張謂二首　岑參三首
李嘉祐二首　錢起四首

皇甫曾七首　皇甫冉一首
張南史三首

富陽浦口和朗上人　梁何遜

客心愁日暮徙倚空望歸山煙歛樹色江水映霞輝獨鶴凌空（集作煙）逝雙鳬出浪飛故鄉千餘里茲夕寒無衣

草堂寺尋無名法師　梁劉孝先

飛鏡點青天（古詩曰破鏡飛上天）橫照滿樓前深（一作空）林生夜冷複閣上霄煙葉動花中露滿鳴閣（疑作谷）裏泉竹風聲若雨山蟲聽似蟬摘果仍荷藉酌水用花傳一卮（一作盃）聊自飲萬事且蕭然

贈海法師還甑山　梁蕭子雲

直心好丘壑偏悅幽棲人忽聞甑山旅萬（一作嵩）里自相親沉寥晚霖霽重巘晴雲新秋至蟬鳴樹風高路起塵動余憶山思惆悵惜荷巾

送舍利宿定晉巖　隋孔德紹

仁祠表虛曠祇園展肅恭棲息翠微嶺登頓白雲峯映流看夜月臨風聽曉鍾澗芳千步草崖陰百丈松蕭然遥路絕無復市朝蹤

秋日於天中寺尋復禮上人　唐武三思

妙域三時殿香巖七净（一作寶）宮金繩先界道玉柄即談空踰桄知何極傳燈竟不窮彌天高義遠初地勝因通理詣歸一慮心行不二中有無雙惑遣真俗兩緣同摘葉疑焚

翠投花若散（一作棄）紅網珠逢映月簷鐸近吟風定沼寒光素禪枝暝色蔥願隨方便力長冀釋塵籠

和武三思於中天寺尋復禮上人之作　蘇味道

藩戚三雍暇禪居二室隈忽聞從桂苑移步踐花臺敏學推多藝高談屬辨才是非寧滯着空有掠嫌猜五術幽機暢三乘妙鍵開味同甘露洒香似朔風來砌古留方石池清辨燒灰人尋鶴州逐月逐虎溪迴（一作企）連躅瞻飛蓋攀游想玉（一作渡）杯頗陪為善樂從此去塵埃

自衡陽至韶州謁能禪師　宋之問

謫居窺（集作竄）炎壑孤帆淼不繫別家萬里餘流目三春際猿啼（一作鳴）山館曉虹飲江皐霽湘岸竹泉幽行峯石困（集作）

關
閉嶺嶂窮攀越風濤極沿濟吾師在韶陽欣此得躬詣
洗慮賓空寂焚香結精（集作清）誓願以有漏軀聿薰無生惠
物用益冲曠心源日閑細伊我獲此途游道悔晚計宗師
信捨法擯落文史藝坐禪羅浮中尋異窮（集作南）海裔何辭
禦魑魅自可乗炎癘迴首望舊鄉雲林浩虧蔽不作別離
苦歸期多年歲

見南山夕陽召鑒師不至　前人

夕陽黯晴碧（集作暮）山翠互明滅此中意無限要與開士說
徒欝仲舉思誰（集作詎）廻道林轍孤與欲待誰（集作誰待）待此湖
上月

浣紗篇贈陸上人　前人

越女顏如花越王聞浣紗國微不自寵獻作吳宮娃女數
半潛匿苧蘿更蒙遐一行霸勾踐再顧傾夫差艷色奪常
人效顰亦相誇一朝還舊都靚粧尋若耶鳥驚入松網魚
畏沉荷花始覺冶容妄方悟群心邪欽子秉幽意世人共
稱嗟頗言托君懷黨類蓬生麻家住雷門曲高閣凌飛霞
淋漓翠羽帳旖旎綵雲車春風艷楚舞秋月綿（一作纏）胡笳
自昔專嬌愛襲玩唯矜奢達本知空寂棄彼猶泥沙永割
偏執性自長薰脩牙携妾不障道來止妾西家

夏日過青龍寺謁操禪師　王維

龍鍾一老翁徐步謁禪宮欲問義心義遥知空病空山河
天眼裏世界法身中莫恠銷炎熱能生大地風

飯覆釜山僧　前人

晚知清淨（一作静）理日與人群踈將候遠山僧先期掃弊廬
果從雲峯裏顧我蓬蒿居藉草飯松屑焚香看道書燃燈
晝欲盡鳴磬夜方初一悟寂爲樂此生閑有餘思歸何必
深身世猶空虛

送新羅法師還國　孫逖

異域今無外高僧代（集作世）所稀苦心歸（集作窮）寂㵮宴坐得
精微持鉢何年至傳燈是日歸上卿揮別操（一作藻）中禁下
禪衣海闊杯還度雲遥錫更飛此行迷處所何以慰虔祈

秦中感秋寄遠上人　孟浩然

一丘常欲卧三徑苦無資北山（一作上）非吾願東林懷我師

黄金燃桂盡壯志逐年衰旦（一作日）夕凉風至聞蟬但益悲

尋香山湛上人　前人

朝遊訪名山山遠若（一作若又作在）空翠氣氳亘百里日入行始
至谷口聞鍾聲林端識香氣杖策尋故人解鞍暫停騎石
門殊豁險篁逕（一作道）轉森邃法侶欣相逢清談曉不寐平
生慕真隱累日探靈異野老朝入田（集作雲）山僧暮歸寺松
泉多清（集作逸）響苔壁饒古意願言投此山身世永（集作兩）相
棄

別贊上人　杜甫

百川日東流客去亦不息我生苦漂蕩何時有終極贊公
釋門老放逐來上國還爲世塵嬰頗帶憔悴色楊枝晨在

手豆子雨已熟是身如浮雲安可限南北異縣逢舊交（集作友）初忻寫胷臆天長關塞遠（集作寒）歲暮饑寒（集作凍）逼野風吹征衣欲別向曛黑馬鳴（集作嘶）思故櫪歸鳥盡斂翼古來聚散地宿昔長荊棘相看俱衰年出處各努力

答姪僧中孚贈玉泉仙人掌茶　李白

常聞玉泉山山洞多乳窟仙鼠如白鵶倒懸深溪月茗生此中石玉泉流不歇根柯灑芳津採服潤肌骨楚老卷綠葉枝枝相接連曝成仙人掌似拍洪崖肩舉世未見之其名定誰傳宗英乃禪客（集作伯）投僧有佳篇清鏡燭無鹽顧慚西子妍朝坐有餘興長吟播諸天

別東林寺山僧　前人

東林送客處月出白猿啼笑別廬山遠何煩過虎溪

送東林廉上人歸廬山　王昌齡

石溪流已亂苔徑人漸微日暮東林下山僧還獨歸昔為廬峯意況與遠公違道性深寂寞世情多是非會尋名山去豈復望清輝

遇薛明府謁聰上人　前人

欣逢柏梁故共謁聰公禪石室無人到繩床見虎眠陰崖常抱雪枯澗為生泉出處雖云異同歡在法筵

送少微上人遊天台　劉長卿

石橋人不到獨往更迢迢乞食山家少尋鍾野寺遙松門風自掃瀑布雪難銷秋夜聞清梵餘音逐海潮

送靈澈上人歸嵩陽蘭巖　前人

南地隨緣久東林幾歲空暮山門獨掩青（集作春）草路難通作梵連松韻焚香入桂叢唯將舊瓶鉢却寄白雲中

送道標上人歸南嶽　前人

悠悠（集作然）倚孤棹却憶卧中林江草行將（集作將歸）遠湘山獨往深白雲留不住綠水去無心衡嶽千峯亂禪房何處尋

送勤照和尚往睢陽赴太守請　前人

燃燈傳七祖杖錫為諸侯來去（集作去住）雲無意東西水自流青山春滿目白月夜隨舟知到梁園下蒼生賴（集作春）此遊

初夜（集作至）碧澗招明契上人　前人

漸老知身累初寒曝背眠白雲留永日黃葉減餘年後護

窓前樹泉澆谷口田沃州能共隱不用道林錢

秋夜肅公房喜普門上人自陽羨山至　前人

山棲久不見林下偶同遊早晚來香積何人住沃洲寒禽驚後夜古木帶高秋却入千峯去孤雲不可留

禪智寺上方懷演和尚寺即和尚所創　前人

絕巘東林寺高僧惠遠公買園隋苑下持（集作捧）鉢楚城中斗極千燈近煙波萬井通遠山低月殿寒木露花宮紺宇燒香靜滄洲罷（集作擺）霧空鴈來秋色裏曙起早潮東飛錫今何在蒼生待發蒙白雲飛送客黃（集作庭）葉自辭風捨筏追開士迴舟狎釣翁平生江海意唯共白鷗同

送靈澈上人還越中　前人

禪客無心杖錫還沃洲深處草堂閑身隨弊履（集作屨）經殘
雪手綻寒衣入舊山獨向清溪依樹下空留白月在人間
那堪別後（集作夜）長相憶雲木蒼蒼但閉關

送惠法師遊天台因懷知太師故居　前人

翠屏瀑布（集作水）知何在鳥道猿啼過幾重落日獨摇金策
去深山誰向石橋逢定攀巖下（集作上）叢生桂欲買雲中若
箇峯憶想東林禪誦處寂寥唯聽舊時鍾

送僧　張謂

童子學脩道誦經求出家手持貝多葉心念優曇花得度
北洲近（一作處）隨緣東路賖一身求清靜百毳納袈裟鍾嶺
更飛錫爐峯期結跏深心大海水廣額度恒沙此去不堪

別彼行安可涯慇懃結香火來世上牛車

送青龍一公　前人

事佛輕金印勤王度玉關不知從樹下還肯到人間楚水
青蓮淨吳門白日閑聖朝須助理絕莫愛東山

偃歸東與韓樽同詣禪上人即事　岑參

山陰老僧解楞伽潁陽歸客遠相過煙深草濕昨夜雨雨
後秋風渡漕河空山終日塵事少出（一作平）郊遠見人行緲（一作小）
尚書磧上黃昏鍾別駕渡頭一歸鳥

寄青城龍溪奐道人　前人

五嶽之丈人西望青懵懵雲開露崖嶠百里見石稜龍溪
盤中峯上有蓮花僧絕頂小蘭若四時嵐翠凝身同雲虛

無心與溪清澄誦戒龍每聽賦詩人則稱衫風冷袈裟石
壁懸孤燈久欲謝微禄誓將歸大乘頗聞開士說庶以心
相應

晚過盤石寺禮鄭和尚　前人

暫詣高僧話來尋野寺孤岸花藏水碓溪竹映風爐頂上
巢新鵲衣中帶舊珠談禪未得去輟棹且踟躕

送弘志上人歸湖州　李嘉祐

山林唯好靜行住不妨禪高月穿松徑殘陽過水泉（一作田）
詩從宿世悟法爲本師傳能使南人敬脩持香火緣

同皇甫冉赴官留別靈一上人　前人

法許廬山遠詩傳休上人獨歸雙樹宿靜與百花親對酒

（集作期）須留興觀空已悟身能令折腰客遥賞竹房春

山齋獨坐喜玄上人見訪（二字一作至）　錢起

舍下虎溪逕煙霞入暝開柴門兼竹靜山月與僧來心瑩
紅蓮水言忘緑茗杯前峯曙更好（集作早）斜漢欲西迴

靜夜酬通上人問疾　前人

東林生早涼高枕遠公房大士看心後中宵滴漏長驚蟬
出暗柳微月映迴廊何事沉痾久含毫問藥王

送僧歸日本　前人

上國隨緣去（集作至）東（集作來）途若夢行浮天滄海遠去世法
舟輕水月通禪觀魚龍聽梵聲唯憐塔燈影萬里眼中明

送外孫（一作從孫）懷素師還鄉覲省（素善草書此詩見二百八十四卷）

贈鑒上人　皇甫曾

律儀傳教誘僧臘老煙霄樹色依禪誦泉聲入寂寥寶龕經末劫畫壁見南朝深竹風開合寒潭月動搖息心歸靜理愛道坐中宵更欲尋真去乘船過海潮

西陵寄一公　前人

西陵遇風雨集作風處過自古是通津終日空江上雲山若待人汀洲寒事早魚鳥興情新西望稽山路吾心有所親

題贈雲門邕一作邑上人此詩見二百三十五卷

秋夕寄懷契上人　前人

已見槿花朝委露獨悲憔悴在人群真僧出世心無事靜夜名香手自焚窗臨絶澗聞流水客至孤峯掃白雲更想

清晨誦經處獨看松上雨紛紛

送著公歸越　前人

誰能愁此別到越會相逢長憶雲門寺門前千萬峯石床埋積雪山路倒枯松莫學白衣士無人知去蹤

送普門上人還陽羨　前人

花宮雖集作難久別道者憶千燈殘雪入林路暮山歸寺僧日光依嫩草泉響滴春氷何用求方便看心是一乘

同杜相公對山僧　前人

更散重門掩僧來閣復開遠心馳北闕春興寄東山草長風光裏鸎啼靜默間芳晨不可駐惆悵暮禽還

送延陵法師往上都　皇甫冉

延陵初罷講建業去隨緣翻譯推多學壇場最少年浣衣隨野水乞食向人煙遍禮南峯頂焚香古像前

西陵懷靈一上人兼寄朱放　張南史

淮海風濤起江關憂思長同悲鵲遶樹獨坐鴈隨陽山晚雲藏一作和雪汀寒月照霜由來濯纓處漁父愛滄浪

寄靜虛上人雲門　前人

寒日白雲裏法侶自提携竹徑通城下松門隔水西方同沃州去不自武陵迷髣髴心疑處一作知處高峯是會稽

秋夜聞鴈寄南十五兼呈空和尚　前人

晚節聞君道趣深結茅栽樹近東林禪一作大師幾度曾摩頂高士何年更發心北渚三更聞過鴈西城萬木動寒砧

不見支公與玄度相思擁膝坐長吟

文苑英華卷第二百十九

文苑英華卷第二百二十　詩七十

送大德講時河東徐明府招　郎仕元

遠近作（一作主）人天王城指日邊宰君迎說法童子伴隨緣到處花爲雨行時杖出泉今宵松月下開閣想安禪

赴無錫別靈一上人　前人

高僧本性（疑作姓）竹開士舊名林一入春山裏千峯不可尋新年芳草徧終日白雲深欲徇微官去懸知訝此心

送綦上人兼寄梁鎮員外　前人

季月還鄉獨未能林行溪宿厭層冰尺素欲傳三署客雪仙愁送五天僧連空朔氣横秦苑蒲目寒雲隔灞陵借問從來香積寺何時携手更同登

寄江南鶴林寺石冰上人　顧況

山川重復出（集作山山重復重）心地暗相逢忽憶秋江月如聞古寺鍾湖平南北岸雲抱兩三峯定力超香象真言攝毒龍風中何處鶴石上幾年松爲報烟霞道人間共不容

酬陽州白塔寺永上人　前人

塔上是何緣香燈續細煙松枝當麈尾柳絮替蠶綿浮草經行徧空花義趣圓我來雖爲法暫借一床眠

歸陽蕭寺有丁行者能脩無生忍擔水施僧況歸命稽首作詩　前人

化佛示持帚仲尼稱執鞭列生御風歸飼豕如人焉曹溪第六祖踏碓逾三年伊人自何方長綏趨遥泉開士行何苦双瓶胝两肩蕭寺百餘僧東厨正揚煙露足沙石裂外

形巾褐穿若其有此身豈得安穩眠獨出遠順境不爲寒暑還大聖於其空（一作中）領我心之虔萬法常空滅無生因忍全一國一釋迦一燈分百千永願遺世知（一作智）現身彌勤前潛容徧虛空靈響不可傳智慧舍利佛神通自乾連阿若憍陳如迦葉迦擅（一作壇）延左右二菩薩文殊并普賢身披六銖衣億劫爲大僊寶塔寶樓閣重簷交梵天譬如壹明珠共贊光白圓天魔波旬等降伏金剛堅野叉羅刹鬼亦赦塵垢纏乃致金翅鳥吞龍護洪淵一十一衆中身意皆快然八河注大海中有楞伽船佛法付國王平等無頗偏天子事端拱大臣行其權玉堂無蠅飛五月冰凜筵盡力答明主猶自招罪愆九族無白身百花動（一作洞）嬋娟

神聖惡如此物華不能妍祿山一微胡驅馬來自燕宛彼宮闕麗如何犬羊羶苦哉千萬人流血成冊川此輩（一作賊）之死後鑊湯所熬前業風吹其魂猛火燒其烟獨有丁行者無憂樹枝邊市頭青老人長者乞一錢韶照多密用爲君吟此篇

贈隱上人　定理（集作定囊）　耿緯

世間無遠近定理遍曾過東海經長在南朝事最多暮林聊化（集作暮年）俗祄地郤（一作即）摧魔今日忘塵慮看心義若何

贈明公　前人

來自西竺國持經奉紫微年深梵語變行苦俗流歸日上安禪久苦生出院稀梁間有馴（集作川）鴿不去亦無機

詰順公問道　前人

此身知是妄遠遠詰支公何法住持後能逃生死中秋苔經古徑萍葉蒲蹊叢方便如開誘南宗與北宗

寄天台秀禪師　司空曙

天台瀑布寺傳有白頭師幻跡是羸病空門無住持霜晴看鶴去海夜與龍期永願親瓶屨瀅（集作呈）心得問疑

寄準上人　前人

昨聞歸舊寺暫別欲經年樵客應同步隣僧定伴禪後峯秋有雪遠澗夜鳴泉偶與支公論人間自共傳

送況上人還荊州因寄衞侍御像　前人

惠持遊蜀久策杖欲（一作忽）西還共別此宵月獨歸何處山對鷗沙草畔洗足野雲間知有玄暉會齊心受八關

深上人見訪憶李端　前人

鴈稀秋色盡落日對寒山避事多稱疾留僧獨閉關心歸塵俗外道勝有無間仍憶東林友相期久不還

閑園即事寄陳公　前人

欲就東林寄一身尚憐兒姪未成人柴門客去殘陽在藥圃蟲喧秋雨頻近水方同梅市隱曝衣多笑阮家貧深山蘭若何時到羨與閑雲作四隣

贈岳陽隱禪師　前人

擁褐安居南陌頭白雲高寺見衡州石窓湖水搖寒月楓樹猿聲報夜秋講席舊逢沙鳥至梵經初向竺僧求垂垂

身老將傳法因下人間逐此游

送皐法師　前人

江草知寒柳半衰行吟怨別獨遲遲何人講席投如意唯有東林遠法師

別郎上人　冷朝陽

過雲尋釋子話別更依依靜室開來久游人到自稀觸風香氣盡隔水磬聲微獨傍孤松立塵中多是非

送遠上人歸京　前人

夏臘歲方深思歸徹曙吟未離銷雪院已有過雲心寒磬清函谷孤鍾宿華陰別京舊游寺月色似雙（一作霜）林

振上人院喜見賈弇兼酬別（集作送賈校書東歸寄振上人）

李益

北風南鴈（南集作吹）數聲悲又（集作況）指前林是別離（集作時）秋草不堪頻送遠白雲何處更相期山隨疋馬行看暮路入寒城獨去遲爲向（集作問）東州故人道江淹巳擬惠休詩

憶皎然上人　李端

未得從師去人間萬事勞雲門不可見山木巳經（集作應）高向日開柴戸驚秋問敝袍無（集作何）由宿峯頂窓裏望波濤

贈衡嶽隱禪師　前人

舊住衡州寺隨緣偶北來夜寒（集作禪）山雪下朝汲竹門開半偈空皆（集作傳劫）盡群生意未迴唯當與樵者杖錫入天台

送少微上人入蜀　前人

剃髮本求道何方不是歸松風開法逕（集作席）江月濯禪衣飛閣後（集作蟬）鳴早漫天客過稀戴顒常執筆不覺此身非

送常操上人歸江外覲省　盧綸

依佛不遠親高堂與寺隣問安雙樹曉求膳一僧貧持呪過龍廟翻經化海人還同惠休去儒者亦沾巾

送少微上人入蜀

甁鉢遶禪衣連宵宿翠微樹開巴水遠山曉蜀星稀遍識中朝貴多諳外學非何當一傳付道侶願知歸

送郢上人歸江南　前人

落日映危檣歸僧向岳陽注瓶寒浪靜讀律夜船香苦霧凝山影陰霞發海光群生一何負臨病別醫王

送契玄法師赴內道場　前人（見集本）

昏昏醉老夫灌頂遇醍醐御呈嬪心鏡君王賜髻珠降魔須戰否問疾敢行無深契何相秘儒宗本不殊

夜投終南豐德寺詣海上人　前人

半夜中（集作山）峯有磬聲偶逢樵者問山名上方日晚聞僧語下路林疏見客行野鶴巢邊松最老獨龍潛處水偏清願得遠公知姓字焚香洗鉢過浮生

寄西巖晉上人　前人

過雨開樓看晚虹白雲相逐水相通寒蟬怨暮野無日古樹傷秋天有風數穗遠煙凝隴上一枝繁果憶山中何言暫別東林友惆悵人間事不同

寄皎然上人　常應物

吳興老釋子野雪蓋青廬詩名徒自振道心常（集作長）晏如想茲棲禪夜見月東峯初鳴鍾驚巖壑焚香滿空虛夙（一作勿）暮端成舊未識豈爲疎願以碧雲思方君怨別餘茂苑文華地流水古僧居何當一游詠倚閣今（集作吟）躊躇

超（集作起）渡律同居東齋院　前人

釋子喜相偶幽林多避喧安居同僧夏清夜諷道言對閣景恒晏步庭陰始繁逍遥無一事松風入南軒

簡恒璨　前人

室虛多凉氣天高屬秋時空庭夜風雨草木曉離披簡牒（集作書）日云曠文墨誰復持聊因心近（集作遇澄）靜一與道人期

上方僧 見集本　前人

見月出東山上方高處禪空林無宿火獨夜汲寒泉不下

藍溪寺今來三十年

送桃巖成上人歸本寺　嚴維

長老歸緣起桃花憶舊巖清晨雲抱石深夜月籠杉道具

門人捧齋糧谷鳥銜餘生願依止文字欲三緘

酬普選二上人期相會見寄　前人

本意宿東林因聽子賤琴遙知大小朗已斷去來心夜靜

溪聲近庭寒月色深寧知塵外意定後更成吟

相里使君宅聽澁上人吹小管　前人

秦僧吹竹閉秋城早在梨園稱主情今夕襄陽山太守座

中流淚聽商聲

贈別至弘上人　前人

最稱弘偃少早歲草茆居年老從僧律生知解佛書衲衣

求壞帛野飯拾春蔬章句無求斷詩中學有餘

送真上人歸山蘭若　崔峒

得道雲林下年深暫一歸出山逢世亂乞食覺人稀半偈

初傳法千峯又掩扉愛離應不染塵俗自依依

潤州送師弟自江夏往台州　前人

遠客乘流去孤帆向夜開春風江上使前日漢陽來別路

猶千里離心重一杯剡溪木未落羨爾過天台

送堅上人歸杭州天竺寺　釋清江

十年勞負笈經論化中朝流水知鄉遠和風惜別遙雲山

零夜雨花岸上春潮歸卧南天竺禪心更寂寥

送贊律師歸嵩山　前人

禪客歸山意山深定易安清貧脩道苦老友別家難雪路

尋溪轉花宮映岳看到時松搭暮松月向人寒

送婆羅門僧　前人

雪嶺金河獨向東吳山楚澤意無窮如今白首鄉心盡萬

里歸程在夢中

送清江上人　釋法照

越人僧體古清慮洗塵勞一國詩名遠多生律行高見山

援葛藟避世著方袍早晚雲門去偎疑應逐爾曹

送無著禪師歸新羅國　前人

萬里歸鄉路隨緣不筭程尋山百衲弊過海一杯輕夜宿

依雲色晨齋就水聲何年持貝葉却到漢家城

訪雲母山僧　釋護國

森然古崖碧一作巖下淨行一高一作番僧松下濾寒水佛前挑

夜燈蓮花國土異貝葉梵書能相對空王所一作境無心戀

一作問愛憎

送洌寺主之京迎禪和尚　釋靈一

禪門居此地瞻望在虛空水國月未上蒼生如夢中上人

知機士瓶一作引錫慰樊籠彼土諸梵衆嗟君揚道風

送王法師之西川　前人

旅游無近遠要自別寬銷官柳鄉愁亂春山客路遥伴行
芳草遠（集作草綠）綠興（集作隨興）野花飄計日功成後還將輔聖朝

送範律師往果州　前人

終南千古後獨爾繼卿名離障非今日脩因是幾生亂峯
寒影暮深澗野流清遠客歸心苦難爲此別情

送明素上歸楚覲省　前人

能將疏懶背時人不厭孤萍任此身江上昔年同出處天
涯今日共風塵平（一作小）湖舊隱（一作遲）應殘雪芳草歸心未
隔春前路陪憐多勝事到家知慶綵衣新

贈靈澈禪師　前人

禪師來往翠微間萬里千峯到剡山何時共到天台裏身

與浮雲處處閑　到剡（到集作見）

送贇上人還京　釋皎然

久游春草盡還寄北船師沙鳥窺中食江雲潮淨衣秦原
山色近楚寺磬聲微見謝翻經館多聞似爾稀

送重鈞上人游天台　前人

漸看華頂出幽意尚（集作幽賞意）隨生十里行松色千重過水
聲海容雲正盡山態雪初晴事事將心證知君道可成

送清會上人游京　前人

佳游恨衰疾一笑向西風思見靑門外曾臨素滻東峯明
雲際寺（寺名）日出露寒宮（宮名）行道禪長在看塵不染空

送關小師還金陵　前人

如何有歸思愛別欲難忘白露沙洲晚青龍水寺寒蕉花
鋪淨地桂子落空壇持此心爲鏡應堪月夜看

送栖上人之建州覲使君舅　前人

亂峯江上色羡爾及秋行釋氏推眞子郗家許貴甥氎花
新雨靜帆葉好風輕（海人以木葉爲帆）千里依元舅廻橈有遠情

送沙彌大智游五臺　前人

童年隨法侶家世本儒流章句三生學淸涼萬里游雲歸
龍沼暗木落鴈門秋長老憶相待傳書向祖州

送契上人　前人

西陵古江口遠見東陽州淥水不同泛春山應獨遊尋僧
白巖寺望月謝家樓宿昔心期在人寰非久留

送道瑶上人還金陵　前人

一與鍾山別山中得信稀經年求法後及夏問安歸野實
充甘膳池花當綵衣慈親莫返拜外禮欲無違

早秋桐廬思歸示道該上人　前人

桐江秋信早憶在故山時靜夜風鳴磬無人行掃墀依來
觸淨水鳥下啄寒梨何暇（一作何卯）歸吾事關心自有期

聽素法師講法華經　前人

法子出西秦名齊七道人纔敷藥草義便見雪山春護講
龍來遠聞經鶴下頻應機如一雨誰不滌心塵

山歸示靈澈上人　前人

晴明路出山初幾行踏春蕪看茗歸下削柳枝聊代札時

窺雲影學裁衣身閑始覺蔯名是心了方知苦行非物外寂中誰似我松聲草色共忘機

湯評事衙水亭會覺禪師　前人

山侶相逢少清晨會水亭雪晴松葉翠煙煖藥苗青靜對滄洲鶴閑看古字經應憐叩（一作踪）關子了義共心冥

題湖上蘭若示清會上人　前人

峯心惠忍寺嵊頂謝公山何似南湖近芳洲一畝間意中雲木秀事外水堂閑永日無人到時看獨鶴還

支公詩　前人

支公養馬復養鶴率性無機多脫略天生支公與凡異凡情不到支公地得道由來天上僊爲僧却下人間寺道家

諸子論自然此公惟許逍遥篇山陰詩友喧四座佳句縱横不廢禪

白雲上人精舍尋杼山禪師兼示崔子向何山道上人　前人

望遠涉寒水懷人在幽境爲高皎皎姿及愛蒼蒼嶺果見栖禪子潺湲灌真頂積疑一念破澄息萬緣静世事花上塵惠心空中影清閑誘我性遂使煩慮屏許共林客遊欲從山主請木栖無名樹水汲（一作乃）忘機井持此一日高未肯謝箕潁夕霽山態好空月生俄頃識妙聆細泉悟深滌清茗此心誰復得笑向西林永

冬送鑒供奉覲蜀寧親　釋靈澈

林間出定戀庭闈聖主恩深暫許歸雙樹欲辭金錫冷四花猶向玉堦飛梁山拂漢分清境蜀雪和煙惹翠微此去不須求綵服紫衣全勝老萊衣

文苑英華卷第二百二十

文苑英華卷第二百二十一　詩七十一

釋門三(五十九首)

送少微上人入蜀　戴叔倫

十方俱是夢(集作知不繫)一念偶尋山望刹經巴寺持瓶向蜀關亂後心本定流水性長閑世俗多離別(集作恨)王城幾日還

送道虔上人遊方　前人

律儀通外學詩思入禪(集作玄)關煙景隨緣到風姿(集作標)與道閑貫花留靜室呪水度空山誰識浮雲意悠悠天地間

送嵩律師頭陁寺　前人

相傳五部學更有一人成此日靈山去(集作此夕分身去)何方半座迎麻衣逢雪煖草發(集作𤼵)躡雲輕若見中林石應知第四生

湖上晚望(集作晚)呈惠上人　權德輿

湖上煙景好鳥飛雲自還幸因居止近日覺性情閑獨酌乍臨水清機常見山此時何所憶法(集作淨)侶話玄關

送映師歸本寺(見集本)　前人

還歸栁寺去遠遠出人群苔甃桐花落山窓桂樹薰引泉通絕澗放鶴入孤雲幸許宗雷到清談不易聞

送文暢上人東游(見集本)　前人

桒門許辯才外學接宗雷護法麻衣淨翻經貝葉開宗通知不染望想自堪哀載(一作或)結西方社師遊早晚廻

酬靈徹上人以詩代書見寄(時在薦福寺坐夏)

蓮花出水地無塵中有南宗了義人巳取貝葉翻半字還

將陽談論三身碧雲飛處詞(集作詩)偏麗白月圓時性本真更喜開緘銷熱惱西方社裏舊相親

靈(集作雲)門寺贈靈一上人　朱放

所思勞旦(集作日)夕惆悵去湘(集作湖)東禪客知何在春山幾處同獨行殘雪裏相見暮雲中請住東林寺彌(集作窮)年事遠公

題蘭若僧　于鵠

一身禪誦苦灑掃古花宮靜屋門常閉深蘿月不通懸燈喬木上鳴磬亂幡中附入高僧傳長稱二遠公

樹下禪僧　前人

久行多不定樹下是禪房寂寂身無住年年日自長虫蛇

同在澗草木共經霜已見南人說天台有上房

題北臺僧（一作寺）　前人

上方唯一室禪坐對金容行道臨孤壁持齋聽遠鍾枯藤離舊樹朽石落危峯（集作高）不向雲間（一作中）見唯（集作還）應夢裏逢

此詩二百二十六卷重出今已削去注異同爲一作

送亮法師　戎昱

達士心無滯他鄉總是家問經翻貝葉論法指蓮花欲契真如義先開智惠牙不知飛錫後何處是恒沙

送頭陀赴廬山寺　鄭常

僧家無住着早晚出東林得道無真相頭陀是苦心持齋山果熟倚錫野雲深溪寺誰相待香花與梵音

送惟祥律師自越歸義興　崔子向

陽羡諸峯頂何曾異剡山雨晴秋到寺木落夜開關縫衲紗燈亮看心錫杖閑西方知社散未得與師還

送清上人往湖南　劉商

閑山東林日影斜稻苗深淺映袈裟船到南湖風浪靜可憐秋水照蓮花

清溪山歸送僧　李涉

失意因休便買山白雲深處寄柴關若逢城邑人相問報道花時也不閑

寄舊山僧　王建

因依老宿發心初半學脩心半讀書雪夜每常同屋（集作席）臥花時未省兩山居獵人箭底求傷鴈釣户竿頭救活魚一向風塵取煩惱不知衰病日難除

和權相公南園閒涉寄廣宣上人　楊巨源

浩氣抱天和閑園載酒過步因秋景曠心向晚雲多翠玉思迴鳳玄珠肯在鵝（一作湯）問師登幾地空性奈詩何

供奉定法師歸安南　前人

故鄉南越外萬里白雲峯經論辭天去香花入海逢鷺濤清梵徹蜃閣化城重心到長安陌交州後夜鍾

送定法師歸蜀（法師即詩僧廣宣兄弟）　前人

鳳城初日照紅樓禁寺公卿識惠休詩引棣花霑一雨經分貝葉向雙流孤猿學定前山夕遠鴈傷離幾地秋空性碧雲無處所約公曾許剡溪遊

送澹公歸嵩山龍潭寺葬本師　前人

野煙秋水蒼茫（疑）遠禪境真機去住閑雙樹爲容思舊壑千花成塔礼寒山洞宮曾向龍邊宿雲徑應從鳥外還莫戀本師金骨地空門無處復無關

送徹公　楊衡

白首年空度幽居俗豈知敗蕉依晚日孤鶴立秋墀久客何由造禪門不可窺會同塵外友齋沐奉威儀

同前　前人

北風吹霜霜月明荷葉枯盡越水清別來幾度龍宮宿雪

山童子應相迎

廣宣上人頻見過　韓愈

三十集作百六旬長擾擾不衝風雨即塵埃久爲朝士無裨補空媿高僧數往來學道窮年何所得吟詩竟日未能廻天寒古寺遊人少紅葉窻前有幾堆

送遠上人　陳羽

十年勞遠別一笑喜相逢又上青山去青山千萬重

酬幽居閑上人喜及第後見贈　前人

九霄心在勞相問四十人間豈足驚風動自然雲出岫高僧不用笑浮名

洛下贈徹公　前人

天竺沙門洛下逢請爲同社笑相容支頤忽望碧雲裏心愛嵩山第幾峯

送元曉上人歸稽亭　劉禹錫

重疊稽亭路山僧歸獨行遠峯斜日影本寺舊鍾聲徒侶問新事煙雲含別情應誇乞食處踏遍鳳凰城

以下三十二篇並見集本

贈別君素上人　前人

窮巷唯秋草高僧獨扣門相歡如舊識問法到無言水與風生浪珠非塵可昏去來皆是道此別不銷䰟

送深法師遊南岳上人本在集作住資聖寺　前人

師在白雲鄉名高集作登善法堂十方傳句偈八部會壇場

飛錫無定所寶書留舊房唯應衘草鴈相送至衡陽

送如智法師遊辰州兼寄許評事　前人

前日過蕭寺看師上講筵都人禮白足施者散金錢方便無非教經行不廢禪逆知習居士發論待彌天

贈日本僧智藏　前人

浮盃萬里過滄溟遍禮明山適舊窩集作性靈深夜降龍潭水黑新秋放鶴野田青身無彼我那懷土心會真如不讀經

爲問中華學道者幾人雄猛得寧馨

贈別約法師　前人

師逢吳興守相伴住禪扃春雨同栽樹秋風對講經廬山曾結社桂水遠揚舲話舊還惆悵天南望郴新

送慧則法師歸上都因呈廣宣上人　前人

昨日東林看講時都人乘馬踏瑠璃雪山童子應前世金粟如來是本師一錫言歸九城路三年曾拂萬年枝休公久別如相問楚客逢秋心更悲

廣宣上人寄在蜀與常令公唱和詩卷因以令公手札答詩示之

碧雲佳句久傳芳曾向城都住草堂振錫常過長者宅披文猶帶令公香一時風景添詩思八部天人一作人天入道場若許相期同結社吾家本自有柴桑

送僧元暠南遊　前人

寶書翻譯學初成振錫如飛白足輕彭澤因家凡幾世靈

山頂會是前生傳燈已竊（一作悟）無為禮濡露循懷罔極情從此多逢大居士何人不願解珠瓔

送宗密上人歸南山草堂寺因詣河南尹白侍郎　前人

宿習修來得慧根多聞第一却忘言自從七祖傳新印不要三乘入便門東泛湘江尋古跡西歸紫閣出塵喧河南白尹大檀越好把真經相對翻

送義舟師却還黔南　前人

黔江秋水清雲霓獨泛慈航路不迷猨狖窺齋林葉動蛟龍聞呪浪花低如蓮半偈心常悟閔（集作問非）菊新詩手自攜常說摩圀（集作國非）似靈鷲却將山屐上冊梯

送鴻舉遊江南　前人

禪客學禪兼學文出山初似無心雲從風卷舒來何處緣巴江不得去山州古寺好閑居讀盡龍王宮裏書使君灘頭揀石硯白帝城邊尋野蔬忽然登高心瞥起又欲浮盃信流水煙波浩淼魚鳥情東去三千三百里荆門峽斷無盤渦湘平漢濶清光多廬山霧開見瀑布曲江月淨聞漁歌鍾陵八郡（一作部）多名守半是西方社中友與師相見便談空想是高齋（一作聲）獅子吼

送元簡上人適越　前人

孤雲出岫本無依勝境名山即是歸久向吳門遊好寺還思越水洗塵機浙江濤驚獅子吼稽嶺峯疑靈鷲飛更入天台石橋路垂珠璀璨拂山衣

送寶韻上人遊天台　前人

曲江僧向松江見又到天台見石橋鶴戀故巢雲戀岫此君猶自不逍遙

送惟良上人　前人

高齋灑寒水是夕山僧至玄牝無關鎖瓔書拾文字燈明香滿室月午霜凝池語到不言時世間人自（集作盡）睡

贈高僧（集作文應上人）　孟郊

棲遲青山巔高靜身所便不踐有命地（集作草）但飲無聲泉齋性空轉寂學情深更專經聞開古葉衣製垂秋蓮厭見俗人群暫來此安禪（集作還却旋）

送溪上人（集作送清遠上人歸楚山舊山寺一作國清上人遊蘇）

波中出吳境霞際登楚岑水寺一別來雲（一作風）蘿三改陰詩誇碧雲句道證青蓮心應歎萍汎（集作笑泙汎）者不如（集作知）松隱深

郡齋月下（集作假日）憶廬山草堂兼寄二林僧社三十韻多叙貶官已來出處之意　白居易

諫諍知無補遷移分所當不能（集作堪）匡聖主秖合事空王龍象投新社鴛鴦失故行沉吟辭北闕誘引向西方便住雙林寺仍開一草堂平治行道地（集作路）安置坐禪牀手板支為枕頭巾閣在墻先生烏几舄居士白衣裳竟歲何曾問終身不擬忙滅除殘愛想換盡舊心腸世界多煩惱形

神久損傷正從風鼓浪轉作日銷霜(佛經云生死無休如風鼓浪又云煩惱如霜露惠日能銷除)吾道尋知止君恩偶未忘忽蒙頒鳳詔兼謝(集作借)剖魚章蓮淨方依水葵枯重仰陽三車猶夕會五馬已晨裝去似尋前世來如別故鄉眉低出鷲嶺脚重下蛇岡漸望廬山遠彌愁峽路長香爐峯隱隱巴字水茫茫瓢掛留亭樹經收在屋梁春抛紅藥圃夏憶白蓮塘唯(一作惟)擬梢塵事將何答寵光有期追永遠(晋宋間遠法師永禪師同隱廬山二林)無政繼龔黄南圃秋猶熱西齋夜漸(集作暫)凉閑吟四句偈靜對一爐香身老同丘井心空是道場覓僧為去伴留俸作歸糧為報山中侶憑看竹下房會應歸去在松菊莫教荒

對小潭寄遠上人　前人

小潭澄見底閑客坐開衿(一作襟)借問不流水何如無念心惟彼清且淺此乃寂而深是義誰能答明朝向道林

與僧智如夜話　前人

懶鈍尤知命幽棲漸得明門閑無謁客室靜有禪僧爐向初冬火籠停半夜燈憂勞緣智巧自喜百無能

寄山僧　前人

眼看過半百早晚掃巖扉白首誰能住青山自不歸百千萬刼障四十九年非會擬抽身去東風抖擻衣

晚春登大雲寺南樓贈常禪師　前人

花盡頭新白登樓意若何歲時春日少世界苦人多愁醉非因酒吟悲不是歌求師治此病唯勤讀楞伽

此詩三百十卷重出今已削去

送文暢上人東遊　前人

得道即無着隨緣西復東貌依年臘老心到夜禪空山宿馴溪虎江行慮水蟲悠悠塵客思春色蒲雲中

正月十五日夜東林寺學禪偶懷藍田楊六主簿因呈智禪師

新年三五東林夕星漢迢迢鍾梵遲花縣當君行樂夜松房是我坐禪時忽看月滿還相憶始歎春來自不知不覺定中微念起明朝更問雁門師

贈草堂宗密上人　前人

吾師道與佛相應念念無為法法能口藏宣傳十二(集作五)部心傳照耀百千燈盡離文字非中道長住虛空是小乘少有人知菩薩行世間盡是重高僧

春憶二林寺舊遊因寄朗滿晦三上人

一別東林三度春每春長似憶情親頭陀會裏為逋客供奉班中作老臣清淨久辭香火伴塵勞難索幻泡身最慙僧社題墻(一作名又作橋)處十八人名空(一作中)一作一人

題孤山寺山石榴花示諸僧衆　前人

山榴花似結紅巾容艷(集作新)鮮妍占斷春色相故開行道地香塵擬觸坐禪人瞿曇弟子君知否恐是天魔女化身

廣宣上人以應制詩見示因以贈之詔上人居安國寺紅樓院以供奉

道林談論惠休詩一到人間（集作天）便作師香積筵承紫泥詔昭陽歌唱碧雲詞紅樓許住請（平聲）銀鑰翠輦陪行踏玉墀惆悵耳泉曾侍從與君前後不同時

蕭相公宅遇自遠禪師有感而贈　前人

宦途堪笑不勝悲昨日榮華今日衰轉似秋蓬無定處長于（一作如）春夢幾多時半頭白髮慚蕭相滿眼紅塵問遠師應是世間緣未盡欲拋官去尚遲疑

山下留別佛光和尚　前人

勞師送我下山行此別何人識此情我已七旬師九十當知後會在他（集作何）生

贈別宣上人　前人

上人處世界清淨何所似似彼白蓮花在水不着水眞空（眞作性）悟幻泡行潔離塵滓脩道來幾時身心俱到此嗟余牽世網不得長依止離念與碧雲秋來朝夕起

秋遊平泉贈常處士閑禪師　前人

秋景引閑步山遊不知疲杖藜捨輿馬十里與僧期昔嘗憂六十四體不支持今來已及此猶未苦衰羸心興遇境發身力因行知尋雲到起處愛泉聽滴時南村常處士西寺閑禪師山頭與澗底聞健且相隨

文苑英華卷第二百二十一

文苑英華卷第二百二十二

釋門四（七十首）

呂溫一首　張籍六首

姚合十首　于武陵二首

賈島二十首　釋無可十一首

劉得仁八首　朱慶餘三首

周賀九首

送文暢上人東遊　呂溫

隨緣聊振錫高步出東城月上（集作水上）無恒地雲行不計程到時爲彼岸過處即前生今日臨岐別吾徒自有情

送顥法師往太原（集作送僧遊五臺）兼謁李司空　張籍

遠去見雙節因行上五臺化雲（集作樓）侵晚出（集作曉）隱路到春（集作雪路向）開邊寺看烽過（集作烽去）蓮胡兒聽法來定知巡禮後解夏始應迴

送閩僧　前人

幾夏京城住今朝獨遠歸脩行四分律護淨七條衣溪寺黃橙熟沙田紫芋肥九龍潭上路同去客應稀

送閑師歸江南　前人

遍住江南寺隨緣到上京多生脩律業外學得書（集作詩）名講殿偏追入齋家得請行青楓鄉路遠幾日盡歸程

贈律師　前人

苦行長不出清羸最少年持齋唯一食尋律不（集作講律豈）曾

眠避草每移徑濾蟲還入泉從來天竺法到此幾人傳

山中贈日南僧　前人

獨向雙峯老松門閉兩崖（集作涯）翻經上蕉葉挂網（集作衲）落橙（集作藤）花甃石新開井穿林自種茶時逢海南客蠻語問誰家

贈箕山僧　前人

久住空林下長齋耳目清蒲團借客坐石磵甃人行似鶴難知性因山強號名時聞衣袖裏暗掐念珠聲

寄元緒上人　姚合

石窗紫蘇牆此世此情涼研露題詩潔銷冰煑茗香閑雲春影薄孤磬夜聲長何計休爲吏從師老草堂

郡中書事寄默然上人

郡中饒野思（集作興）過客亦淹留看月江樓曉尋山石徑秋竟歸何處老誰免此生愁長愛東林寺（集作子）安禪百事休

送贈默然　前人

出家侍母前至孝自通禪伏日江頭別秋風牆下眠鳥聲猿更促石色樹相連此路多如此師行亦有緣

寄白石師　前人

白石師何在師禪白石中無情雲可比不食鳥難同履下蒼苔雪龕前瀑布風相尋未有計只是禮虛空

送僧遊邊　前人

師向邊頭去邊人業障輕腥羶齋自潔部落講還成傳教多離寺隨緣不計程三千世界內何處是無生

寄無可上人　前人

十二門中寺詩僧寺獨幽多年松色別後夜磬聲秋見世果皆熟（集作應皆盡，文作果皆論）來生事更脩終期（集作須）執瓶履（集作屨）相逐入牛頭

常州贈僧　前人

一住毗陵寺師應只信緣院貧人施食窗靜鳥窺禪古磬聲難盡秋燈影（集作色）更鮮仍聞開講日湖上少魚船

送真實上人歸杭州天竺寺　前人

石橋寺裏最清涼聞說茅庵寄上方林外猿聲連曉磬（集作院磬，又作磬韻）月中湖色到禪牀他生念我身何在此世唯師性

亦忘九陌相逢千里別青山重疊樹蒼蒼

送無可上人游越　前人

清晨相送（集作訪）立門前麻履方袍一少年懶讀經文求作佛願攻詩句覓成仙芳春山影花連寺獨夜潮聲月滿船今日送行偏惜別共師文字有因緣

寄靈一律師

梵書抄律千餘紙靜院焚香獨授持童子病來煙火絕清泉漱口過齋時

夜尋僧僧遊山未歸　于武陵

數歇渡煙水漸非塵俗間泉聲入秋寺月色遍寒山石路幾迴雪竹房猶閉關不知雙樹客何處與雲閑

訪僧不遇

人間唯此路獨得一作長綠苔衣及戶無行跡遊方應未歸平生何限事到此盡知非獨倚松門久陰雲昏翠微

寄無可上人　賈島

僻寺多高樹涼天憶重遊磬過溝水盡月入草堂秋穴蟻苔痕靜藏蟬柏葉稠名山思徧往早晚到嵩丘

寄龍池寺貞空二上人　前人

受請終南住俱妨去石橋林中秋信絕峯頂夜禪遲寒草煙藏虎高僧月照鵰霜天期到寺寺置即前朝

寄毗陵徹公　前人

身依吳寺老黃葉幾迴看早講林霜在孤禪隙月殘井通

潮浪遠鐘與角聲寒已有南浮約誰言禮謁難

寄默公　前人

已知歸白閣山遠曉集作晚晴看石室人心靜冰潭月影殘微雲分片滅古木落新乾夜後風飄磬集作後夜誰聞磬西峯絕頂寒

內道場僧弘紹　前人

麟德燃香請長安春幾迴夜閑同像寂晝定爲吾開講罷松根老經浮海水來六年雙足履只步院中苔

僻居無可上人相訪　前人

自從居此地少有事相關積雨荒林圃秋池照遠山硯中枯葉落枕上斷雲閑野客將禪子依依徧往還

贈莊上人　前人一作耿緯

不語焚香坐心知道已成流年衰此世定力見他生暮雪餘春冷寒燈續晝明尋常五侯至敢望下堦迎

此詩二百三十五卷重出令已削去注異同爲一作

喜無可上人遊山迴　前人

一食復何如尋山無定居相逢新夏蒲不見半年餘聽話龍潭雪休傳鳥跡集作道書別來還似舊白髮日高梳

送天台僧　前人

遠夢歸華頂扁舟背嶽陽寒蔬修淨食夜浪動禪牀鴈過孤峯晚猿啼一樹霜身心無別念餘習在文章

送無可上人　前人

圭峯霽色新送此草堂人麈尾同離寺蛩鳴暫別秦獨行潭底影數息樹邊身終有煙霞約天台作近隣

送僧歸天台

辭秦經越過歸寺海西峯石澗雙流水山門九里松曾聞清禁漏却聽赤城鐘妙宇研磨講應齊智者蹤

送歇法師　前人

度歲不相見嚴冬知出關孤煙寒色樹高雪夕陽山瀑布寺應到牡丹房甚寒南朝遺跡在此去幾時還

送僧　前人

此生披衲過在世得身閑日午遊都市天寒往華山言歸文字外意出有無間仙掌雲邊樹巢禽時出關

送神邀法師　前人

柳絮落濛濛西州道路中相留春忽盡獨去講初終行疾遥山雨眠遲後夜風遶房三兩樹迴日葉應紅

送慈恩寺霄韻法師謁太原李司空　前人

何故謁司空雲山知幾重磧遥來鴈盡雪急去僧逢清磬先寒角禪燈徹曉烽舊房閑片石傍着最高松

送知興上人　前人

久住巴興寺如今始拂衣欲臨秋水別不向故山歸錫挂天涯樹房閑（集作開）嶽頂扉下看萬里曉霜海日生微

送安南惟鑒法師

講經春殿裏花繞御牀飛南海幾迴度（集作過）舊山臨老歸

觸風香損印霑雨磬生衣雲水路迢遞集作遰遞草落月濕島松微空水既如彼往來消息稀

送覺興上人歸中條山兼謁河中李司空　前人

又憶西巖寺秦原草白時山尋樵徑上人到雪房遲暮磬潭泉凍荒林野火移聞師新譯偈說擬對施麾

贈僧　前人

從來只（一作多）是遊山水沓泊禪舟月下濤初過石橋年尚少久辭天柱臘應高青松帶雪懸銅錫白髮如霜落鐵刀常恐畫工（一作師）援筆寫身長七尺有眉毫

寄無得頭陀

夏臘今應三十餘不離樹下塚間居貌堪良匠抽毫寫行稱高僧讀傳書落澗水聲來遠遠當空月色自如如白衣只在青門裏心每相親跡且疎

冬日喜緒法師往岐陽禮塔廻　釋無可

久思今欲來雙履滑青苔掃雪從雲起過房禮塔廻句留閑夜作禪請暫時開欲作孤雲去此時余不才

秋夜寄龍池寺真空二上人　前人

夜來思道侶木葉向人飄精舍池邊古秋山月下遥磬聲徹幾里雲白已終霄未得同居止脩然自寂寥

冬日寄青龍寺源上人（高僧詩作冬夜寄僧）　前人

欹疊入寒竹安禪過漏聲高杉殘子落深井凍痕生罷磬風枝動懸燈雪屋明何當招我宿乘月上方行

寄興善寺崔律師　前人

沐浴前朝像深秋白髮師從來居此寺應（一作未）省有東池幽石叢圭片孤松動雪枝頂曾聽道語別起遠山思

寄圭峯宗密師　前人

絕壑禪牀底泉分落石層霧交高頂草雲影下方燈朝蒲傾心客溪連學道僧半旬（高僧詩作持）時一食此行（高僧詩作車）有誰能

送清徹遊太白山　前人

卷經歸太白躡辭別蘿龕若殺浮雲上須看積翠南倚身松入漢瞑目月離潭此境堪長往塵中事可諳

送覺法師往中條山舊隱　前人

夜葉動飄飄寒來話數番卷經歸物外轉雪下山椒舊坐
杉松大難行石水遙元戎宗内學應就白雲招

送顥法師太原講兼謁李司空　前人

近臘辭精舍并州謁上公路長山忽盡塞廣雪無窮講席
開晴壘禪衣涉遠風聞經諸弟子應蒲北門中

冬晚姚諫議宅會送元緒上人歸山　前人

禪客詩家見凝寒忽過還分題廻諫筆留偈出商關盤徑
緣高雪開房在半山自知麋鹿性亦欲離人間

林下對雪送僧歸草堂寺　前人

殘臘雪紛紛林間起送君苦吟行廻野投跡向寒雲絶頂
晴多去遙泉凍未聞唯應草堂寺高枕脫人群

送契公自桂陽赴南海　前人

南行登嶺首與俗洗煩埃磬罷孤舟發禪移積瘴開午飡
湘鳥下朝講海人來莫便將經卷炎方去不廻

送知金集作全禪師南遊　劉得仁

師誉振京城談空萬乘聽北行山已雪南去木猶青夜嶽
禪銷月秋潭汲動星廻期不可定孤鶴在高冥

送智玄首座歸蜀中舊山　前人

像教得重興因師說大乘從來悟明主今去證高僧蜀國
煙霞異靈山水月澄鄉閭諸善友喜似一作似喜見南能

送僧歸玉泉寺　前人

玉泉歸故里集作寺便老是心期亂木孤蟬後寒山絶鳥時
若尋流水去轉出白雲遲見說千峯路溪深復頂危

寄樓子山雲棲上人　前人

一室鑿崔嵬危梯疊蘚苔永無塵事到時有至人來澗谷
冬深靜煙嵐日午開脩心知得地京寺未言廻

冬夜寄白閣僧

營營不自亭集作相息睽濶隔年情林下期難遂人間事旋生
鳥棲寒木迥月映積氷清石室焚香坐懸知笑爲名

和范校書贈造微上人　前人

得性見微公何曾執着空脩心將佛並吐論與儒通曉淑
松杉下宵禪雪月中他生有緣會君子亦應同

寄無可上人　前人

省學爲詩日宵吟每達晨十年期是夢一事未成身枉別
山中客殊非世上人今來已如此須得桂榮新

晚步曲江因謁慈恩寺恭上人　前人

豈曰趨名者年年待命通坐今青嶂上興起白雲中岸浸
如天水林含似雨風南宗猶有碍西寺問恭公

送侶上人北遊集作侶上人入秦　朱慶餘

獨去何人見林塘共寂寥生緣聞磬早覺路出塵遙江雪
沾新草秦園發故條心知禪定處石室對一作缺芭蕉

送僧還太原謁李司空　前人

已共巖房別應無更住心中時過野店後夜宿寒林寺去
人煙遠城連塞雪深禪餘得新句堪對上公吟

送僧遊廬山　前人

客行皆有求（集作爲）師去是閒遊野望攜金策禪棲倚石樓山深松翠冷潭靜菊花秋幾處題青壁袈裟濺瀑流

送靈應禪師　周賀

寒天仍遠去離寺雪霏霏古跡曾重到生緣不暫歸坐禪山店逈補衲夜煙微巡禮何時住相逢的是稀

送僧歸靈夏　前人

南遊多老疾（一作病）見說講經稀塞寺幾僧在邊城空自歸帶河衰草斷映月早沙飛却到禪齋後邊軍識衲衣

送僧還南嶽　前人

辭僧下水棚因夢嶽鍾聲徑（集作遠）路獨歸寺幾時重到城

風高寒木落雨絕夜堂清自說深居後隣州亦不行

寄林禪師　前人

絕頂無禪侶長懷落髮師齋居門掩雪講徹樹生枝汲井泉澄疾秋鍾韻盡遲里中還受請又爽赤城期

贈如空上人移居太雲寺向中（集作去中）齋（集作齊）　前人

竹溪人請住何日向中峯瓦舍山情少齋心病色濃臘高移坐次菊淺露行蹤來往（一作嘗記）湓城下三年兩度逢

絕粒僧　前人

一齋難過日況復更休糧養力時行道聞鍾不上堂唯留煨藥火不寫化銀（一作金）方舊有山廚在從僧請作房

贈幻法師　前人

北京一別後吳越幾聽砧住久白髮（一作髭）出講長枯葉深（集作黃葉深）香連隣舍像聲徹遠巢禽寂默聞高道（集作寂默應難問）何人是（集作識）此心

四明蘭若贈寂禪師　前人

叢木開風徑過從白晝寒舍深原草合茶疾竹枝乾夕雨生眠與禪心少話端頻來各無事盡日坐相看

送忍禪師歸廬嶽　前人

浪匝湓城嶽壁青白頭僧去掃（一作掩）禪扃龕燈夜雪補殘衲山日上軒看舊經瀑在下氺寒溜溢薜蘿逢雨暖煙腥已知身事非吾道甘臥荒齋竹滿庭

文苑英華卷第二百二十二

文苑英華卷第二百二十三　詩七十三

釋門五（六十五首）

温庭筠九首　方干十首
李洞七首　張祜七首
許渾四首　雍陶二首
李商隱四首　姚鵠一首
項斯四首　趙嘏五首
馬戴六首　顧非熊三首
李頻五首

贈楚雲上人　温庭筠

松根蒲苔石蓋日閑禪關有伴年年月無家處處山煙波

五湖遠瓶屨一身閑岳寺蕙蘭晚幾時幽鳥還

贈越僧岳雲（集作雪）二首　前人

蘭亭舊都講今日意如何有樹開深院無塵到淺莎僧居隨處好人事出門多不及新春鳥（集作鳫）年年鏡水波

二

世機銷已盡巾屨亦飄然一室故山月滿餅秋澗泉禪庵過徹雪鄉寺隔寒煙應共白蓮客相期松桂前

宿白盖峰寺寄僧　前人

山房霜氣晴一宿遂平生閣上見林影月中聞澗聲佛燈銷永夜僧磬徹寒更不學何居士焚香爲宦情

渚宮晚春寄咸泰上人　前人

風華已渺然獨立思江天鳧鴈野塘水牛羊春草煙秦原晚重疊灞浪夜潺湲今日思歸客愁容蒲鏡前

送僧東遊　前人

師歸舊山去此別已悽然燈影秋江寺蓬聲夜雨船鷗飛吳市外麟卧晉陵前若到東林社誰人更問禪

盤石寺留別成公　前人

槲葉蕭蕭帶葦風寺前歸客別支公三秋岸雪花初白一夜林霜葉盡紅山疊楚天雲壓塞浪遥吳苑水連空悠然旅榜頻迴首無復松窗半偈同

寄清源寺（一作涼）僧

石路無塵竹逕開昔年曾伴戴顒來窗間半偈聞鍾後松

下殘碁送客迴簾（或作簷）向玉峯藏（一作龍）夜雪砌因藍（或作瀧）水長秋苔白蓮社（或作會）裹如相問爲說（或作說與）遊人是姓雷

此詩二百六十一卷重出今已削去注異同爲一作

訪知玄上人遇暴經因有贈　前人

繚帙無塵滿畫廊鍾山弟子静焚香惠能未肯傳心法張湛徒勞與眼方風颭檀煙銷篆印日移松影過禪牀客兒自有翻經處江上秋來蕙草荒

送鏡空上人遊江南　方干

去住如雲鶴飄然不可留何山逢後夏一食在孤舟細雨蓮塘晚疎蟬橘岸秋應懷舊溪月夜過石窗流

贈雪竇峯禪師　前人

飛流(集作泉)濺禪石瓶穫每(集作注亦)生苔海上山不淺天邊人
自來度年隨檜栢獨夜任風雷猿者闍踈礬知師入定廻

贈瑪瑙禪師歸京(集作贈瑪瑙山禪者)　前人

瀟(集作彷)草不停歇因師山更靈村林朝乞食風雨夜開扃
井味蕉松粉雲根著藻餅塵勞如醉夢到此暫能醒

寄石盆清越上人　前人

寺廢唯高僻雲生石枕前靜吟應(集作因)得句獨夜不妨禪
窻接停猿樹嵒飛浴鶴泉相思有書札俱倩獵人傳

贈詩僧懷觀(集作靜)　前人

多生餘習在時復却微吟坐夏莓苔匝(集作合)行禪檜栢深
入山成白首學道是初心心地不移變徒勞(集作六)寒暑侵

贈鏡公　前人

幽獨迢遞夜夜清神更閑高風吹越國(集作樹)細露濕湖山
月皎微吟後鍾明不寐間如教累簪組此典定(集作豈)相關

贈乾素上人　前人

苦用貞心傳弟子即應低眼看公卿水中明月無蹤跡風
裏浮雲可計程庭際孤松隨鶴立窻間清磬學禪鳴料師
多劫長如此豈算前生與後生

贈式上人　前人

縱居聲角喧闐處亦共雲溪遂僻同萬慮全離方寸内一
生多(一作多生半)在五言中芰荷葉上難留(集作停)雨松桂(集作檜)
枝間自有風莫笑旅人終日醉吾將大醉與禪通

思桐廬舊居便送鑒上人　前人

莫道東南路不賒思歸一步是天涯林中夜半雙臺月(嚴光釣臺渚有東西臺)
洲上春深九里花(桐廬有九里洲)緑樹遠村含細雨寒
潮背郭卷平沙聞師却到鄉中去為我殷勤謝酒家

送僧歸日本　前人

四極雖云共二儀晦明前後即難知西方尚在星辰下東
域已過寅卯時大海浪中分國界扶桑樹底是天涯滿帆
若有歸風便到岸猶須隔歲期

送僧遊安南　李洞

春往海南邊秋聞半路蟬鯨吹洗鉢水犀觸點燈船島嶼
分諸國星河共一天長安却回日松偃舊房前

聽白公話舊　前人

險倚石屏風秋濤夢越中前朝吟會破故國講流終北地
聞巴猿南山看積鴻樓高鷲雨濶木落覺城空兎滿期姚
監蟬稀別塞公淨瓶光照客柱杖朽生蟲平地塔千尺半
天燈一籠祝堯譚幾句旋瀉海濤東

喜鸞公自蜀歸　前人

禁院閑生基尋師到緑槐寺高猿看講鍾動鳥知齋拂石
月盈篇濾泉花滿篩歸來逢聖節吟步上堯階

寄翠微無學禪師　前人

遠近衆心歸禪居占翠微展經猨識字聽法虎知非泉注
城池夢霞生侍衛衣玄機不可學何以(一作似)揔無機

題贈遠上人　前人
海岳（一作島）南無邊去來都偶然茲因吟後冷心向靜中圓
蟲網花宮井鴻鳴（一作斷）雨夜天葉書歸舊寺應載附鍾船
寄淮海慧澤上人　前人
海濤浪蒲舊征衣長憶初程宿翠微竹裏橋鳴知馬過塔
中燈露見鴻飛眉毫別後應盈尺岳木歸來已幾圍他日
願歸容一榻煎茶掃地習忘機（集作學忘機）歸來已幾圍（集作歸來已數圍）
叙舊遊寄棲白　前人
老着重袍坐石房竺經休讀白眉長省衡鸃没投江島曾
看魚飛倚海檣曉灸凍盂原日氣夜挑蓮碗禁燈光吟詩

五嶺尋無可倏忽如今四十霜
贈仲儀（集作義）上人　張祜
星霜幾朝寺香火靜中（集作居）人黃葉不驚意青山無事身
抛生臺上月結座履中塵自說一乘果（集作詩課）別來時更新
以下十首並見集本
高閑上人　前人
座上辭安國禪房戀沃州道心黃葉（集作葉黃）老詩思碧雲秋
卷軸朝廷餞書函內庫收陶欣入社叟生怯論經儔日色
屏初揭風聲筆未休長波溢海岸（集作溢浮）大點出嵩丘不絕
義之法難窮智未（集作禪知）流殷勤一戔在留着看銀鈎
贈慧昌上人　前人

半巖開一室香穗細氤（集作氛氳）石上漱秋水月中行夏雲
律持僧講疏經（集作譯誦）梵書文好是風廊下飄飄挂褐裙
寄靈徹上人　前人
老僧何處寺秋夢遶江濱獨樹月中鶴孤舟雲外人榮華
長指幻病久不（一作自）觀身應笑無成者滄洲垂一綸
此詩二百八十二卷重出今已削去
題（集作寄）靈隱寺師一上人十韻　前人
八十空門子深山土木骸片衣閑自衲單食老長齋道性
終能遣人情少不乖櫟枸居上院薜荔俯層階洗鉢前臨
水窺門外有（集作掩）柴朗吟揮竹拂高揖曳芒鞋迸笋斜穿
塢飛泉下噴崖種花忻土潤撥石慮沙埋舊往師招隱初

臨（集作織）我詠懷何當緣（集作聊當因）與翫更爲表新牌
贈志凝上人　前人
悟色身無染觀空事不生道心長日笑覺路幾年行片月
山房靜孤雲海棹輕願爲塵外契一就智珠明
毀浮圖年逢東林寺僧　前人
可惜東林寺空門（一作閑）失所依翻經謝靈運畫壁陸探微
隙地泉聲在荒途馬跡稀殷勤話僧輩未敢保儒衣
早發中巖寺別契真上人　許渾
蒼蒼松桂陰殘月半西岑素壁寒燈暗紅爐夜火深厨開
山鼠散鍾盡嶺猿吟行役方如此逢師懶話心
和友人送僧歸桂州靈巖寺　前人

楚客送僧歸故鄉海門帆勢落瀟湘碧雲千里暮愁合白雪一聲春思長蕭院草花平講石逕龕藤葉蓋禪牀憐師不得隨師去已載儒冠事素王（許渾集有詩二首其一題作和浙西劉三復送僧南歸其一作和友人送僧歸桂州靈巖寺今文苑英華既誤以送僧南歸爲歸靈巖寺又刪詩前四句同後四句異今注于下楚客送僧歸桂陽海門帆勢極瀟湘碧雲千里暮愁合白雪一聲春思長柳絮擁堤添衲軟松花浮水注瓶香南宗長老幾年別閒道半岩多影堂）

送元晝上人歸蘇州兼寄張厚　前人

三年無事客吳鄉南宅春深（集作南陌春）園碧草長共醉八門迴畫舸還尋（集作獨還）三徑掩書堂前山雨過池塘薄小院秋歸枕簟涼經歲別離心盡苦何堪紅葉（集作黃葉）下清漳

泊蒜山津聞東林寺光儀上人物故　前人

雲齋曾宿借方袍因說浮生大夢勞言下是非齊虎尾宿來榮辱比鴻毛孤舟千棹水猶濶寒殿一燈夜更高明日東林有誰在不堪秋磬拂煙濤

贈宗靜上人　雍陶

世上方傳教山中未得歸閑花飄講席馴鴿汙禪衣積雨誰過寺殘鍾自掩扉寒來垂頂帽白髮剃應稀

憶山寄僧　前人

塵路誰知踏雪蹤到來空認出雲峯天晴遠見月中樹風便細聽煙際鍾閟（一作慢）世數思僧並院憶山長羨鶴歸松新秋舊恨都難說半在眉間半在胷

送臻師二首　李商隱

昔去靈山非佛席今來滄海欲求珠楞伽頂上清涼地善眼仙人憶我無

二

苦海迷途去未因東遊過此幾微塵何當百億蓮花上一一蓮花見佛身

送僧歸新羅　姚鵠

淼淼萬餘里扁舟發落暉滄溟何歲別白首此時歸寒暑途中變人煙嶺外稀驚天巨鼇起（集作潤）蔽日大鵬飛雪入行沙覆雲生坐石衣漢風深習得休恨（一作去恨）本心違

寄石橋僧　項斯

逢師入山日道住石橋邊別後無人見秋來幾處禪溪中雲隔寺夜半雪添泉生有天台約應無却（一作再）出緣

日東（一作本）僧　前人

雲水絕歸路來時風送船已無身後念猶坐病中禪深壁藏燈影空窗出艾煙要人知是客白日指生緣

送僧　前人

靈山巡未遍不作住持心逢寺暫投宿是山皆獨尋有時過靜界在處想空林從小即行腳出家來至今

送僧遊南岳　前人

心知衡岳路不怕去人稀船裏猶鳴磬溪頭自曝衣有家從小別是寺却言歸料得逢寒任當船雪滿扉

贈天卿（一作卿）寺神亮上人（師不下寺已五年）　趙嘏

五看春盡此江濆花自零風日自曛空有慈悲隨物念已無蹤跡在人群迎秋日色簷前見入夜鍾聲竹外聞笑指白蓮心自得世間煩惱是浮雲

此篇二百三十八卷重出今已削去

題崇聖寺簡雲端僧録　前人

暮塵飄盡客愁長來扣禪關月滿廊宋玉逢秋空雪涕净名無地可容床高雲覆檻千巖樹疎磬含風一夜霜迴首故園紅葉外只將多病告醫王

尋僧　前人

溪户無人百（一作谷）鳥飛石橋橫木挂禪衣看雲日暮倚松

立野水亂鳴僧未歸

越中寺居寄上主人　前人

野寺初客訪静來晩晴江上見樓臺中林有路到花盡一日無人（一作愁）看竹迴自曬詩書經雨後別留門户爲僧開苦心若是酬恩事不敢吟春憶酒盃

此篇二百三十八首重出今已削去

送僧歸廬山　前人

禪棲忽憶五峰遊去着方袍謝列侯花落樓臺千葉曙錫含風雨一枝秋題詩片石侵雲在洗鉢泉香覆菊流却憶前年別師處馬嘶殘月虎溪頭

送僧歸金山寺　馬戴

金陵江色裏蟬急向秋分迥寺橫洲島歸僧渡水雲夕陽依岸盡清磬隔潮聞遥想禪林下鑪香帶月焚（集作對月焚）

寄終南真空禪師　前人

閑想白雲外了然清净僧松門山半寺雨夜佛前燈此境可長往浮生自不能一從林下别瀑布幾成氷

齋後寄白閣僧　前人

蒼翠霾高雪西峰鳥外看久披山衲壞孤坐石床寒盥手水泉滴燃燈夜燒殘終朝老雲嶠煮藥伴中飡

贈禪僧　前人

弟子人天遍童年在沃州開禪山木長浣衲海沙秋振錫摇汀月持瓶接瀑流赤城何日上鄙願從師遊

贈别空公　前人

雲外秋却入微徑久無人後夜中峯月空林百衲身寂寥寒磬盡盥漱瀑泉新覆跡誰相見松風掃石塵

集姚殿中宅期無可不至（見二百十七首）　前人

送僧歸洞庭　顧非熊

江山萬重歸去指何峰未入連雲寺先齋越浪鍾島香迴棧栢（一作橘）秋蔭出庵松若救吾人病須降震澤龍

贈覺真上人　前人

長安車馬地此院閉松聲弃新罷九天講舊曾諸岳行能詩因作偈好客豈關名約我中秋夜共來看月明

寄太白無能禪師　前人

太白山中寺師居最上方續人偷佛火櫟鼠戲禪床定久
衣塵積行稀徑草長有誰來問法林枕過殘陽

冬夜山中尋僧　李頻

夜山深雪後月下獨尋師若得長閑日應無暫別時葉寒
埛欲盡泉凍落微遲即此天明去重來又未期

贈立規上人　前人

竹向空齋合無僧在四隣去雲離坐石斜月到禪身樹老
風終夜山寒雪見春不知諸祖後傳印自何人

送元遂上人　前人

白衣遊帝鄉已得事空王郄返湖山寺高禪水月房雨中
過岳月（一作黑）秋後宿船凉廻顧秦人語他僧宿上方

送清江上人歸東林　前人

風濤幾千里歸路半乘舟此地難相別何人更共留坐經
嵩頂夏行值洛陽秋到寺安禪夕江雲過石樓

送僧之天台　前人

一錫隨緣起天台又去留長亭舊別路落日獨行僧夜燒
山何處秋帆浪幾層他時㠯受巾拂莫說老無能

文苑英華卷第二百二十三

文苑英華卷第二百二十四　詩七十四

釋門六　六十九首

薛能十一首　陳陶三首
羅鄴三首　司空圖二首
鄭谷七首　楊夔一首
周朴三首　杜荀鶴七首
張喬九首　張蠙六首
曹松九首　羅隱三首
王貞白一首　裴說四首

冬日送僧歸吳中舊居　薛能

去掃東林下閑時未遍經望山低鑿牖容月廣開庭舊日

雲千里生涯水一瓶還應覓新句看雪倚禪扃

送禪僧　前人

寒空孤鴈度落日一僧歸近寺路聞梵出郊風蒲衣步搖
瓶浪起孟夏磬聲微還坐棲禪所荒山月照扉

秋晚送無可上人　前人

半夜覺松雨照書燈悄然河聲纔淅瀝舊葉近潺湲坐滴
寒更盡吟驚宿鶴遷相思不可見朝短復愁牽

贈禪者　前人

門前雖有徑絕向世間行薙草因逢藥移花更得鶯甘貧
元是道苦學不爲名莫恠蒼髯晚無機在此情

贈禪者（一作師）　前人

夢想青山寺前年住此中方仸堂吹入竹雨春地落花風舊句僧一作師曾見清齋我亦同浮生寒莫問辛苦未成功

此詩二百六十四卷重出今已削去注異同爲一作

贈源寂禪師　前人

鉼鉢鎮隨腰怡然處寂寥師禪從北祖僧格似南朝性近徒相許緣多愧未銷何傳能法慧此岸要津橋

贈禪師　前人

嗜欲本無性此生長在禪九州空有路一室獨多年鳴磬微塵落移瓶濕地圓相尋偶同宿星月坐忘眠

夏日青龍寺尋僧二首　前人

帝里欲何待人間無闕遺不能安舊隱都屬擾明時違理

須齊孕雄圖豈藉知縱橫悉已悞斯語是吾師

二

得官殊未喜失計是忘愁不是無心速焉能有自由凉風盈夏扇蜀茗半形甌笑向權門客應難見道流

寄題巨源禪師　前人

風雨禪窻外應殘木槿花何年別鄉土一衲代袈裟日氣侵鉼暖雷聲動枕斜還當掃樓影天晚自煎茶

雲花寺寓居贈海岸上人　前人

暫寄空門未是歸上方林疑獨着儒衣天師不語應相問頻惹街塵香一作入寺飛

題贈高閑上人　陳陶

檐葡花間客軒轅席上珍筆江秋菡萏僧國瑞麒麟內殿初招隱曹溪得後塵龍蛇驚粉署花雨對金輪白馬方依漢朱星又入秦劇談凌鑿齒清論倒波旬拂石先天古降龍舊國春殊還合浦老先疑去玉州貧鴛鷺輸黃絹埸壇遶白蘋禹湖閑入夢金閣靜通神海氣成方丈山泉落淨巾獮猴深愛月鷗鳥不猜人拂岳蕭蕭竹垂空澹澹津漢姝難覓對荊璞本來真伊傳多聯璧劉雷競買鄰江邊有國寶特爲劇疑星辰

酬元亨上人　前人

一衲淨居雲夢合秋來詩思祝融高何因知我津涯濶遠寄東溟六巨鼇

寄元孚道人　前人

梵宇一作楚寺章句客佩蘭三十年長乘碧雲馬時策一作借翰林鞭曩事五岳遊金衣曳祥煙高攀桐君手左倚鸞鶴肩哭王秋雨中摘星春風前橫輈截洪偃憑几見廣宣爾來竊華胥石壁孤雲眠龍降始得偈龜老方巢蓮內殿無文僧騶虞誰能牽因之問楚水弔屈幾潺湲

冬日廟中書事呈棲白上人　羅鄴

日高荒廟掩雙扉杉逕無人鳥雀悲昨日江潮一作湖起歸思蒲窻風雨覺來時何堪身計長如此閑盡爐灰却自疑賴有碧雲吟句客禪餘相訪說新詩

秋日留別義初上人　前人

寒寺窮秋別遠師西峰一鴈倍傷悲每嗟塵世長多事重
到禪齋是幾時霜嶺自添紅葉恨月溪休和碧雲詞關河
迴首便千里飛錫南歸詎可知

贈僧

繁華舉世皆如夢今古何人肯暫閑唯有東林學禪客白
頭閑坐對青山

上陌梯寺懷舊僧二首　司空圖

雲根禪客居皆說舊無廬松日明金像山風（一作苔龕）響木魚
依棲應不阻名利本來疎縱有人相問林間懶拆書

二

高鴉隔谷見路轉寺西門塔影蔭泉脉山苗侵曉痕鍾疎

舍杳靄閣（一作閑）迴亘黃昏更待他僧到長如前信存

寄懷元秀上人

悠悠干祿利草草廢漁樵身世堪惆悵風騷頓（集作頗）寂寥
高秋期步野積雨放趨朝得句如相憶莎齋且見招

以下七篇並見集本

次韻和秀上人遊南五臺　前人

中峯曾到處題記沒蒼苔振錫傳深谷翻經想舊臺危松
臨砌偃驚鹿驀溪來內殿御（集作評）詩切（師以文章應制）身迴心未
迴

贈圓昉公（昉屬僧儻宗幸蜀昉堅免紫衣）　前人

天階讓紫衣冷格鶴爵卑道勝嫌名出身閑覺老遲曉（集作晚）
香延宿火寒碧度高枝每說長松寺他年與我期（居長松山）

贈信美寺岑上人　前人

巡禮諸方遍湘南頻有緣焚香老山寺乞食向江船紗碧
籠名畫燈寒照淨禪我來能永日蓮漏滴寒泉（集作皆前）

寄贈詩僧秀公　前人

靈一心傳清塞心可公吟後礎公吟近來雅道相親少唯
仰吾師所得深好句未停無暇日舊山歸老有東林冷曹
孤宦甘寥落多謝攜筇數訪尋

重陽日訪元秀上人　前人

紅葉黃花秋景寬醉吟朝夕在樊川却嫌今日登山俗共
與（集作且共）高僧對榻眠別畫長懷吳寺壁宜茶偏賞霅溪泉

歸來童稚爭相笑何事無人與酒船

贈日東鑒禪師　前人

故國無心度（集作渡）海潮老禪方丈倚中條夜深雨絕松堂
靜一點飛（集作山）螢照寂寥

此詩二百六十四卷重出今已削去注異同爲一作

送日東僧遊天台　楊夔

一瓶離日外行指赤城中去自重雲下來從積水東攀蘿
躋石徑挂錫憩松風迴首雞林道唯應夢想通

登福州南澗寺　周朴

萬里重山遶福州南橫一道見溪流天邊飛鳥東西沒塵
裏行人早晚休曉日春山當大海連雲古塹對高樓那堪

望斷他鄉目（一作外又作客）只此蕭條自白頭

贈雙峯山和尚　前人

峩峩雙髻山瀑布瀉雲間塵世自礙水禪門長去關茯神松不異藏寶石俱閑向此師清業如何方可攀

贈無了禪師　前人

不學世所惜是何無了公靈（一作雲）匡廬院外虎跡亂山中晝夜必連去古今爭敢同禪情豈堪問問答更無窮

送僧　杜荀鶴

道了亦未了言閑今且閑從來無住處此去向何山片石樹陰下斜陽潭影間請師留別偈（集作偈別）恐不到人寰

以下七篇並見集本

和劉評事送海一禪師歸山　前人

內（集作衲）外元無象言尋那路尋問禪將底說傳印得何心未了羣山淺能（集作難）休一室深伏魔寧是獸巢頂亦飛禽觀色風驅霧聽聲雪灑林况當幽隱處（集作凡歸是歸處）未必在高岑（集作不必指高岑）

送紫陽僧歸廬岳舊寺　前人

紫衣明主贈歸寺感先師受業恩難報開堂影不知松風敧枕夜山雪上樓時此際無人會微吟復歛眉

秋宿詩僧雲英院（集作房）因贈　前人

賈島憐無可都緣數句詩君雖是後輩我謂過當時溪浪和星動松陰帶鶴移因（集作同）吟到明坐此道澹誰知

贈老僧　前人

衆僧尊夏臘靈岳遍曾登渡水手中杖行山溪畔藤心空默是印眉白雪爲稜自得巡方道棲禪老（一作向）未能

贈僧　前人

利門名路兩無憑百歲風前短焰燈只恐爲僧僧（一作心）不了爲僧心（一作得）了總（一作盡）輸僧

此詩一百六十四卷今已重出削去注異同爲一作

山寺老僧　前人

草鞁無塵心地閑靜隨猨鳥過寒暄眼昏齒落經看遍却向僧中總不言

贈鏡亭清越上人　張喬

海畔與窮邊歸來二十年久閑時得句漸老不離禪砌木歌臨水窗蓬（一作峯）直倚天猶期白雲裏別掃石牀眠

贈仰山禪師　前人

仰山因久住天下仰山名井邑身雖到林泉性本清野雲看處盡江月定時明髣髴曾相識今來隔幾生

贈初上人　前人

竹色覆禪棲幽禽遶院啼空門無去住行客自東西井氣春來歇庭枝雪後低相看念山水盡日話曹溪

聞仰山禪師歸曹溪因贈　前人

曹溪松下路猨鳥重相親四海求玄理千峰遶定身異花天上墮靈草雪中春自惜經行處焚香禮舊真

贈碁僧侶　　前人

機謀時未有多向奕碁銷已與山僧敵無令海客饒靜驅雲陳起一作出踈點鴈行遥夜雨如相憶松窻更見招

送龍羅僧　　前人

東來此學禪多病念佛緣把錫離巖寺收經上海船落一作捲帆敲石火宿島汲瓶泉未向扶桑老知無再少年

送僧雅覺歸東海　　前人

山川心地内一念即千重老別關中寺秋歸海外峯鳥行未有路帆影去無蹤幾夜波濤息先聞本國鍾

送僧鸞歸蜀寧親　　前人

歌詩精外學夫子是知音坐夏宮鍾近寧親劒閣深高名徹西國舊寄積東林自此棲禪者因師蒲蜀吟

贈頭陀僧　　前人

自說年深別石橋遍遊靈跡熟南朝已知世路皆虛幻不覺空門是寂寥滄海附船浮浪久碧山尋塔上雲遥如今竹院藏衰老一點寒燈弟子燒

贈棲白太師　　張蠙

剃髮得時名僧應別應星偶題皆有詔閑論便成經揥葉寒燒㷔融氷曉注瓶長因内齋出多客叩禪扃

贈聞一上人　　前人

見面雖年少聞名似白頭玄談窮釋旨清思掩詩流果一作巢落痕生砌松高影上樓壇場在三殿應召入焚脩

贈可倫上人　　前人

師教本於空流來不自東脩從多刼後行出衆人中衲冷湖山雨幡輕海甸風游吳累百夂講還與虎溪同

寄法乾寺令諲太師　　前人

師居中禁寺外請已無緣望幸唯脩偈承恩不亂禪院多宣藥種集作種藥池有化生蓮何日龍宫裏相尋借法船

寄太白禪師　　前人

何年萬仭頂獨有坐禪僧客上應無路人傳或見燈齋厨一作盂唯有橡講石任生藤遥想東林社如師誰復能

送南海贈遊蜀　　前人

真脩絶故鄉一衲度暄凉此世能先覺他生豈再忘定中船過海臘後路沿湘野廻鵶隨笠山深虎背囊瀑流垂石室蘿蔓蓋銅梁却後何年會西方有上房

雲居長老　　王貞白

巇路躡雲上來參出世僧松高半巖雪竹覆一溪氷不說有爲法非傳無盡燈了然方寸内應秪見南能

寄洪正師　　羅隱

寄蹇渾成跡經年帶疑杜南價輕猶有二足刖已過三鷄肋曹公忿豬肝仲叔慙會應謀避地依約近禪菴

寄無相禪師　　前人

老住西峯第幾層爲師廻首憶南能有緣有相集作想應非佛無我無人始是僧爛椹一作袍名復利鑠經集作金爲講愛

兼憎何如一衲塵埃外日日香煙夜夜燈

送䛒光太師 師以草書應制　　前人

禹祠分首戴潸逢健筆尋知達九重聖主賜衣憐絕藝侍臣擒藻許高蹤寧親久別街西寺待詔初離海上峰一種苦心師得了不須廻首笑龍鍾

慈恩寺貽楚霄上人　　曹松

在秦生楚思波浪接禪關塔礙高秋鳥窗藏白日山樹陰移草上岸色透林 集作庭 問樓 集作人 內談經徹空携講跡還

闗山寄詩贈清越　　前人

不醉秦中酒溟心秖似師望山吟過日伴鶴立多時溝遠流聲細林寒緣色遲庵西羅月夕重得話空期

薦福寺贈棲白太師　　前人

才子紫檀衣明君寵顧時講昇高坐懶書答重臣遲瓶勢傾圓頂刀聲落碎髭還聞穿內去隨駕進新詩

青龍寺贈雲顥法師　　前人

紫檀衣且香春殿日尤長此地開新講何山鎖舊房僧名喧北闕禪印續南方莫惜青蓮喻秦人聽未忘

貽住山僧　　前人

罷講巡巖塢無窮得野情臘高猶伴鹿夏滿不歸城雲朵緣崖發峰陰截水清自然雙洗耳唯任白毫生

送德光禪師　　前人

天涯緣事了又造石霜微不以千峯險唯將獨影歸有爲嫌假佛無境是真機到後流沙錫何時更有飛

送乞雨禪臨遇南遊

活得枯樵耕者知巡方又欲向天涯珠穿閩國菩提子杖把靈峯椰栗枝春蘚任封降虎石夜雷從傍養龍池生緣在地南浮去自此孤雲不可期

廣州貽匡緒法師　　前人

口宣微密不思議不是除貪即誡癡秖待外方緣了日爭看內殿詔來時過廻海樹侵階疾迢遞江潮應井遲必竟懶過高坐寺未能全讓法雲師

江南逢僧省文　　前人

高僧不負雪峯期却伴青霞入翠微七葉巖前霜欲降九

松枝上鶴初歸風生碧澗魚龍躍威震金棲燕雀飛想得白蓮花上月蒲山猶帶舊光輝

不出院僧　　裴說

四遠參尋徧脩行却不行耳邊無俗語門外是前生塔見移來影鍾聞過去聲一齋唯默坐應笑我營營

湖外寄處賓上人　　前人

恠得意相親高携一軸新能搜大雅句不似小乘人嶽麓擎枯檜瀟湘吐白蘋他年遇同道爲我話風塵

寄貫休　　前人

憶昔與吾師山中靜 一作精 論時總無方是法難得始爲詩凍犬眠乾葉饑禽啄病梨他年白蓮 一作云 社猶許重相期

寄僧尚顔　　前人

曾居五老峯所得共誰同門才大天全與吟精楚欲空客來
庭減日鳥過竹生風早晚摧輕拂（集作金錫）重歸瀑布中

文苑英華卷第二百二十四

文苑英華卷第二百二十五　詩七十五

道門一

遊仙三十七首　神仙二首

懷仙五首　夢仙二首

謫仙一首　仙谷遇毛女一首

桃源三首　秦越人洞中詠一首

下元齋詠一首　歌詞五首

遊仙　　梁武帝（見初學記）

水華究靈奥陽精測神秘具聞上仙訣留冊未肯餌潛名
遊柱史隱迹居郎位委曲鳳臺日分明柏寢事蕭史暫徘
徊待我升龍轡

同前（奉和竟陵王）　　沈約

朝上閶闔宮高（類聚作碁）宴清都闕騰盖擁（類聚作隱）奔星低鸞避
行月九嶷紛相從虹旌乍升沒青鳥去復留高唐雲不歇
若華有餘照淹留且晞髮

同前（和趙王）　　庾信

藏山還採藥有道得從師京兆陳安世城都李意期玉京
（類集作魚）傳相鶴太一受飛龜白石香新芋青泥美熟芝山精
逢照鏡樵客遇（類聚作值）圍碁石紋如碎錦藤苗似亂絲蓬萊
在何處漢后欲遥祠

同前（此詩已見一百九十三卷）　　盧思道

同前（尋蘇道士効作）　　王績

暫出東坡（一作波）路過訪北（一作北崗）嶺前蘂經新學道王烈舊
成仙駕鶴來無日乘龍去幾年二一山銀作地八洞玉爲天
金精飛欲盡石髓溜應堅自悲生一世促無暇待桑田

二

上月芝蘭徑中巖紫翠房金壺新縹乳玉釜始煎香六局
黃公術三門赤帝方吹砂聊作鳥動石試爲羊緱氏還程
促瀛州會日長誰知北巖下延首詠霓裳

三

結衣尋野路負杖入山門道士言無宅仙人更有村斜溪
橫桂渚小徑入桃源玉床塵稍冷金爐火尚溫心疑遊北
極望似陟西崑逆愁歸舊里蕭條訪子孫

四

真經知那是仙骨定何爲許邁心長切嵇康命似奇桑疎
金闕迥苔重石梁危照水燃犀角遊山費虎皮鴨桃聞已
種龍竹未經騎爲向天仙道棲遑君詎知

同前

蕨䔿三株樹杳靄仙源路日規半隱霞山窗未歛霧泛琴
宜秋寂吹簫看鳳度披雲振輕衣踏葉羅幽步前溪鬼谷
隱後嶺王喬住翡翠映碧流桂花凝清露眇然歸天理逍
遙任真趣寄謝桑榆客榮耀非所務

同前　劉緩

稅駕倚扶桑逍遙望九州二老佐軒轅稱戈戮蚩尤功成
棄之去乘龍上冊丘（一作天遊）天上見玉皇壽與天地休俯視
崑崙宮五城十二樓王母何窈眇玉質清且柔揚袂折瓊
芳寄我天東頭相思千萬歲太運浩悠悠安用知吾道日
月不能周寄音青鳥翼謝爾碧海流

同前　賈島

借得孤鶴騎高近金烏飛掬河洗古貌照月生嫩輝天中
鶴路直天盡鶴一息歸來不騎鶴身自有兩翼若人無仙
骨芝朮徒煩食

同前　我家（集作駕言）風綻（集作風馭）仙子（集作神仙）　王貞白

我家三島上洞戶眺（一作枕）波濤醉背雲屏卧誰知海日高
露香紅玉樹風綻碧蟠桃悔與仙子別思歸夢釣鼇

大遊仙十三首　曹唐

漢武帝將候西王母下降

崑崙凝想最高峰王母來乘五色龍歌聽紫鸞猶縹緲語
來青鳥許從容風迴水落三清月漏苦霜傳五夜鐘樹影
悠悠花悄悄若聞簫管是行蹤

漢武帝於宮中宴西王母

鼇岫雲低太一壇武皇齋潔不勝懽長生碧字期親署延
壽丹泉許細看劍佩有聲宮樹靜星河無影禁花寒秋風
嫋嫋月朗朗玉女清歌一夜闌

劉晨阮肇遊天台

樹入天台石路新雲和雨動無塵烟霞不是生前事水

木空疑夢後（一作裏）身徃（一作往）雞鳴岩下月時時犬吠洞中春
不知何地歸衣處須就桃源問主人

劉阮洞中偶（一作遇）仙子

天和樹色靄蒼蒼霞重嵐深路渺茫雲實滿山無鳥雀水
聲沿澗有笙篁碧沙洞裏乾坤別紅樹枝前日月長願得
花間有人出不令仙犬吠劉郎

仙子送劉阮出洞

殷勤相送出天台仙境那能却再來雲液每歸須强飲玉
書無事莫頻開花當洞口應長在水到人間定不迴惆悵
溪頭從此別碧山明月照蒼苔

仙子洞中有懷劉郎

不將清瑟理霓裳塵夢那知鶴夢長洞裏有天春寂寂人
間無路月茫茫玉沙瑶草連溪碧流水桃花滿澗香曉露
風燈零落盡此生無處訪劉郎

劉阮再到天台不復見仙子

再到天台訪玉真青苔白石已成塵笙歌寂寞閑深洞雲
鶴蕭條絶舊隣草樹總非前度色烟霞不似昔年春桃花
流水依前（一作然）在不見當時勸酒人

織女懷牛郎

北斗佳人双淚流眼穿腸斷爲牽牛封題錦字凝新恨抛
擲金梭結舊愁桂樹三天雲漠漠銀河一帶水悠悠欲將
心就仙郎說借問榆花早晚秋

玉女杜蘭香下嫁於張碩

天上人間兩渺茫不知誰嫁杜蘭香來經玉樹三山遠去
隔銀河一水長怨入清塵愁錦思酒傾玄露醉瑶觴遺情
更說何珍重擘破雲鬟金鳳凰

王遠宴麻姑蔡經宅

好風吹樹杏花香花下真人道姓王大篆龍蛇隨筆札小
天星斗滿衣裳閑抛南極歸期晚笑指東溟飲興長要喚
麻姑同一醉使人沽酒向（一作下）餘杭

萼綠華將歸九疑留別許真人

九點秋煙黛色空綠華歸思頗無窮每悲馭鶴身難任（疑作住）
長恨臨霞語未終河影暗吹雲夢月花聲閑落洞庭風
藍絲重勸金條脫留與人間許侍中

穆王宴王母於九光流霞舘

桑葉扶踈閉日華穆王邀命宴流霞霓旌著地雲初駐金
奏掀天月欲斜歌咽細風吹粉蕊飲餘（一作酬）清露濕碇砂

紫河張休真

不知白馬紅韁解偷喫東田碧玉花
琪樹扶踈壓瑞煙玉皇朝客滿花前山川到處成三月絲
竹經時即萬年樹石冥茫初縮地盃盤狼籍未朝天東風
小飲人皆醉從聽黃龍枕（一作拋）水眠
一

小遊仙十三首　曹唐

偷來洞口等劉君緩步輕揲綠繡裙旋擘桃花擲流水更
無言語倚彤雲

二

風動閑（一作寒）天清桂陰水精簾箔冷沉沉西妃少女春思
亂斜倚彤雲盡日吟

三

方士飛軒任碧霞酒寒風冷月初斜不知誰唱歸春曲落
盡溪頭白葛花

四

玉簫金瑟發商聲桑葉乾枯海水清靜掃蓬萊山下路畧
邀王母話長生

五

紫雲停步彩雲飛共看真皇海上歸千載桃花香破鼻玉
盤盛出與金妃

六

白石山中自有天竹花藤葉蒲溪煙朝來洞裏圍棋了賭
得青龍直幾錢

七

酒灩春濃瑤草齊真公飲散醉如泥玉輪軋軋入雲去行
到半天聞馬嘶

八

南斗闌珊北斗稀茅君夜着紫霞衣獨乘青鹿趁朝去鳳
押笙歌隨後飛

九

饑即飡霞悶即行一聲長嘯萬山青穿花渡水能相訪珍
重多才阮步兵

十

東妃閑著紫霞裙自領笙歌出五雲清思密談誰第一不
過邀取小茅君

十一

朝迴相引看紅泉不覺風吹鸞鶴偏好見上清騎白鵠旋
驂旌（一作旋）節旋昇天

十二

紅草青林日半斜閑隨小鳳出彤霞略尋舊路過西國因
得冰園一顆瓜

十三

風蒲塗山玉葉稀赤龍閑卧鶴閑飛紫梨爛盡無人喫何
事蘇君去不歸

神仙　崔仲方

崑丘本難陟軒臺不易朝還往麟洲上時聽鳳凰簫霞觀
文犀簟香林石玉條且學燒丹飯何假（一作暇）摘仙桃

同前　顏之推

紅顏恃容色青春矜盛年自言曉書劍不得學神仙風雲
落時後歲月度人前鏡中不相識捫心徒自憐願得金樓

要思逢玉鈐篇九龍遊弱水八鳳出飛煙朝遊采瓊實夕
宴酌膏泉崢嶸下無地列缺上陵天舉世聊一息中州安
足旋

懷仙（并序）　王勃

客有自幽山來者起予以林壑之事而烟霞在焉思解纓
紱永詠山林神與道超跡爲形滯故書其事焉
鶴兮有奇徑麟洲富仙家紫泉漱珠液玄巖列丹葩常稀（集作苦）
披塵網眇然登雲車鸞情極霄漢鳳想疲煙霞道存（集作在）
蓬瀛近意愜朝市賒無爲坐惆悵虛此江上華

觀內懷仙

玉架殘書隱金壇舊跡（集作路）迷牽花尋紫洞步葉下清溪
瓊漿猶類乳石髓尚如泥自能成羽翼何必候雲梯

懷仙引（雜言）　盧照鄰

若有人兮山之曲駕青虬兮乘白鹿往從之遊願心足拔
磵戶訪巖軒石瀨潺湲橫石徑松蘿冪䍥掩松門下空濛
而無鳥上巉巖而有猨懷飛閣度飛梁休余馬於幽谷掛
余冠於夕陽曲復曲兮煙莊邃行復行兮天路長脩途杳
其未半飛雨忽以茫茫山坱軋嶝（一作磴）連褰攀石壁而無
據泝泥溪而不前何無情之白日竊有恨於皇天　迴行
遵故道通川遍流潦迴首望群峯白雲正溶溶珠爲闕兮
玉爲樓青雲蓋兮紫霜裘天長地久時相憶千齡萬代一
來遊

懷仙吟二首　陳陶

丹陵五牙（一作霞）客昨日羅浮歸赤斧尋不得煙霞空滿衣
試於華陽問果遇三茅知採藥向十洲同行牧羊兒十洲
隔八海浩渺不可期空留雙白鶴巢在長松枝

二

雲溪古流水春晚桃花香憶與我師別片帆歸滄浪滄浪
在何許相思淚如雨黃鶴不復來雲深離別處石渠泉冷
冷三見菖蒲生日夜勞夢寬隨波注東溟空懷別時惠長
讀消魔經

忽夢遊仙　王勃

僕本江上客牽跡在方內寤寐霄漢間居然有靈對翕爾
登霞首依然躡雲背電策驅龍光烟道儼鸞態乘月披金
帔連星解瓊珮浮識俄易歸真遊邈難再寥廓沉遐想周
遑奉遺誨流俗非我鄉何當釋塵昧

夢仙

人有夢仙者夢身昇上清坐乘一白鶴前引雙紅旌羽衣
忽飄飄玉佩俄錚錚半空直下視人世塵冥冥漸失鄉國
處纔分山水形東海一片白列嶽五點青須臾群仙來相
引朝玉京安期羡門輩列侍如公卿仰謁玉皇帝稽首前
致誠帝言與仙才努力勿自輕却後十五年期汝不死庭
再拜受斯言旣寤喜且驚祕之不敢泄誓志居巖扃恩愛
舍骨肉飲食斷羶腥朝飡雲母散夜吸沆瀣精空山三十

載日望輜軿迎前期過已久鸞鶴無來聲齒髮日夜衰集作裏白耳目減聰明一朝同物化身與糞壤弃神仙信有之俗力非可營苟無金骨相不列丹臺名徒傳辟穀法虛受燒冊經秪自取勤苦百年終不成悲哉夢仙人一夢誤一生

謫仙詞冠蓋後篇作冠劍　陳陶

牧龍丈人病歌一作高秋□童擊節星漢愁瑤堂鳳輦不勝恨太古一聲龍白頭玉氣蘭光久摧折上清雞犬音書絶蜺旌失手遠於天三島空雲對秋月人間磊磊浮漚客鷺鷥蜻蜓飛自隔不應冠蓋遂黃埃長夢真君舊恩澤

仙谷遇毛女意知是秦宮人　常建

溪口水石淺冷冷明藥叢入溪雙峯峻松栝數一作栢踈幽風

垂嶺竹娟娟翳泉花濛濛貪綠霽人日路盡心彌通盤石横陽崖前臨殊未窮迴潭清雲影瀰漫長天空水邊一神人千歲爲玉童羽毛經漢代珠翠逃秦宮目覩神已寓鶴飛言未終祈君青雲秘願謁黃仙翁嘗已耕玉田龍鳴西頂中金梯與天接幾日來相逢

同結中孚夢桃源　盧綸

夜靜春夢長夢逐仙山客林園滿芝朮雞犬傍籬柵幾處花下人看余笑頭白

桃源行　劉禹錫

漁舟何招招浮在武陵水拖綸擲餌信流去誤入桃源行數里清源尋盡花綿綿踏花覓逕至洞前洞門蒼黑烟霧生暗行數步逢虛明俗人毛骨驚仙子爭來致詞何至此須臾皆破冰雪顏笑言委曲問世間因嗟隱身來種玉不知人世如風燭筵羞石髓勸客餐燈爇松脂留客宿雞聲犬聲遥相聞曉光葱籠開五雲漁人振衣起出戸滿庭無路花紛紛纚然恐失集作迷鄉縣處一息不肯集作覺桃源住桃花滿溪水似鏡塵心如垢洗不去山家一出尋無蹤至今流水集作水流山重重

尋桃源　張喬

武陵春草齊花影隔澄溪路遠無人去山空有鳥啼水垂青靄斷松偃綠蘿低世上迷途客經茲盡不迷

秦越人洞中詠　于鵠

扁鵲得仙處傳是西南峯年年山下人長見騎白龍洞門黑無底日夜唯雷風清齋將入時戴花兼抱松石逕陰且寒地響知遠鍾似行山林外聞桑集作乘屐一作履又作屐聲重低礙更俯身漸遠晝夜同時□白蝙蝠飛入茅衣中行久路轉窄靜聞水淙淙但願逢一人自得朝天宮

宿西山脩下元齋詠

幽人在何處松檜深溟溟西峯望紫雲知處安期生沐浴溪水暖新衣禮仙名脫屣入靜堂遶像隨禮行碧紗籠寒燈長幡綴金鈴林下聽法人起坐枯葉聲啓奏脩律儀天曙山鳥鳴分行布菅茅列坐蒲中庭持齋候撞鍾玉函散寶經焚香開卷時照耀金室明投簡石洞深稱過上帝靈

學道能苦心自古無不成

少室山韋鍊師昇仙歌　皇甫冉

紅霞紫氣晝氛氳絳節青童迎少君忽從林下昇天去空使時人禮白雲

上清詞　張繼

紫陽宮女捧丹砂王母令過漢帝家春風不肯停仙馭却向蓬萊看杏花

仙女詞　楊衡

玉京初侍紫皇君金縷鴛鴦滿絳裙仙宮一閉無消息遥結芳心向碧雲

玉京詞　劉言史

絶景寥寥日更遲人間甲子不同時未知樵客終何得歸後無家是看碁

瑶水詞(集作懷仙)　鮑溶

崑崙九層(集作閬)絳綺閣幾千丈瑶水四(集作西)流十二城心羨(集作曾見)周靈王太子碧桃花下學吹笙

文苑英華卷第二百二十五

文苑英華卷第二百二十六　詩七十六

道門二

宫觀六十四首

入道士觀　庾信

金華開八景玉洞上三危雲袍白鶴度風管鳳凰吹野衣縫蕙葉山巾篸(去聲)笋皮何必淮南館淹留攀桂枝

遊始興道館　陰鏗(見類聚)

紫臺高不極青溪千仞餘壇邊逢藥銚洞裏閲仙書庭舞經乘鶴池遊被擢(一作控)魚稍昏蘿葉歛欲暝槿花踈徒教斧柯爛會自不妄虚

和庾肩吾入道士館　周弘正

石橋眘舊跡(一作石橋有舊路)虛空(一作靈石)儼衆仙菊潭溜餘水丹竈起寒(一作殘)煙桃花經作實海水屢成田迷還(一作逆愁)歸里閈(或作舊里)追問斧柯年

一作皆藝文類聚

秋日仙遊觀贈道士　王勃

石圖分帝宇銀牒洞靈宮廻丹縈岫室復翠上巖櫳霧濃金竈靜雲暗玉壇空野花常捧露山葉自吹風林泉明月在詩酒故人(集作水)非同待途逢石髓(集作駕)非從爾命飛鴻

尋道觀(共觀即昌利觀而張天師居也)　前人

芝廛光分野蓬闕盛規模碧壇清桂閾(集作影)丹洞肅松樞玉笈三山記金箱五岳圖蒼虬不可得(集作見)空望白雲衢

八仙逕（寺南又有昌利門觀去寺數里巖逕窈窕扶而後進）　前人

柰（集作大）園欣八正松巖訪九仙援蘿規霧術攀桂俯雲煙岱（集作圩）北鸞驂至遂西鶴騎旋終稀脱塵網連翼下芝田

和輔先入昊天觀星瞻（集作占）　揚烱

通甲爰皇里星瞻太一宮天門開奕奕佳氣鬱蒼蒼碧落三乾外黃圖四海中邑居環若水城闕抵新豐王檻崑崙側金樞地軸東上真朝北斗元始詠南風漢君祠五帝淮王禮八公道書編（一作載）竹簡靈藥灌梧桐草茂（一作蔓）瓊階綠花繁寶樹紅石樓紛似畫地境森如空桑海中應積桃源路不窮黃軒若有問三月住崆峒（集作往崆峒）桑海中（集作年）

和劉侍郎入隆唐觀　前人

福地陰陽合仙都日月開山川㚇四嶮城樹隱三臺伏檻排雲出飛軒遶澗迴參差陵倒景蕭洒軼浮埃百果珠爲實群峰錦作苔懸蘿暗凝霧瀑布響成雷方士燒丹液真人泛玉杯還如問桃水更似得蓬萊漢帝求仙日相如作賦才自然金石奏何必上天台

遊廢觀　前人

青嶂倚丹田荒凉數百年猶知小山桂尚識大羅天藥敗金爐火苔昏玉女泉歲時無壁畫朝夕有階煙花柳三春節江山四望懸悠然出塵網從此狎神仙

遊紫霞觀　駱賓王

碧落澄秋景玄門啓曙關人（一）疑列禦至客似令威還羽蓋從斯（集作徙欣）仰雲車未可攀梃慿傾玉醴特（集作時）許寄頹顏

遊靈公觀　前人

靈岑（集作峰）標勝地（集作境）神府枕通川玉殿斜連漢金堂迴架煙斷風疎晚竹流水切危（集作寒）絃別有青門外空無（集作）

懷玄圃仙

春日登金華觀　陳子昂

白玉仙臺古丹丘別望遙山川亂雲日樓樹入煙霄鶴舞千年樹虹飛百尺橋還疑赤松子天路坐相招（集作邀）

緱山廟（此詩二百一十卷重出今已删去）　宋之問

王子賓仙去飄颻笙鶴飛徒聞滄海變不見白雲歸天路何其遠人間此會稀空歌台雲暮霜月漸微微

過太一觀賈生房　王維

昔余棲遁日之子煙霞鄰共携松葉酒俱篸竹皮巾攀林遍巖洞採藥無盡春謬以道門子徵爲駱御臣常恐丹液就先我紫陽賓夭促萬塗盡哀傷百慮新跡峻不容俗才多反異真泣對雙泉水還山無主人

一柱觀　張說

舊說江陵觀祕疑神化來空山結雲閣綺靡隨風迴柰何任（一作柢）一柱斯焉容衆材奇巧（集作功）非長世今餘草露臺

同刑判官尋龍湍觀歸湖中　孫逖

星使下仙（集作天）京雲湖喜晝晴更從探穴處還作棹歌行絲管荷風入簫帷竹氣清莫愁歸路遠水月夜虛明

尋雍尊師隱居　李白

群峭碧磨天逍遥不記年撥雲尋古道倚樹聽流泉花暖青牛卧松高白鶴眠語來江色暮獨自下寒煙

潯陽紫極宮感秋　前人

何處聞秋聲翛翛北窓竹廻薄萬古心攬之不盈掬靜坐觀衆妙浩然媚幽獨白雲南山來就我簷下宿懶從唐生訣羞訪季主卜四十九年非一往不可復野情轉蕭散世道有翻覆陶令歸去來田家酒應熟

清明日宴梅道士房　孟浩然

林卧愁春盡開軒覽物華忽逢青鳥使邀我赤松家（一作金）丹竈初開火仙桃正落花童顔若可駐何惜醉流霞

此詩二百十四卷重出今已削去

遊精思觀王白雲在後　前人

出谷未停午到家已夕曛（集作未至家日已曛）廻瞻下山路但見牛羊群樵子暗相失草蟲寒不聞衡門猶未掩佇立待（集作童）夫君

宿天台桐柏觀　前人

海行信風帆夕宿逗雲島緬尋滄洲趣近愛赤城好捫蘿亦踐苔輟棹恣窮（集作探）討息陰憇桐柏采秀弄芝草鶴唳清露垂雞鳴信朝早願言解纓絡從此去煩惱高步凌四明玄縱（集作蹤）得三老紛吾遠遊意學此（集作樂彼）長生道日夕望三山雲濤空浩浩

宿太平觀　綦毋潜（見集本）

夕到玉京寢窅冥雲漢低霓交仙室蝶曙聽羽人雞滴瀝花上露清泠松下溪明當訪真隱揮手入無倪

茅山洞口　前人

華陽仙洞口半嶺拂雲看窈窕穿苔壁（集作陸）差池對石壇方隨地脉轉稍覺水精寒未果變金骨歸來茲路難

過方尊師院　前人

羽客北山尋草堂松逕深養神宗示（集作爾）法得道不知心洞戶逢雙履寥天有一琴（一作禽）更登玄圃上仍種杏成林

武陵龍興觀黄道士房問易因題（一作贈）　王昌齡

齋心問易太陽宫八卦真形一氣中仙老言餘鶴飛去玉

清壇上雨濛濛

尋常山南溪道人（一作士）隱居　劉長卿

一路經行處莓苔見屐痕白雲（集作）依靜渚春草閉閑門過雨看松色隨山到水源溪花與禪意相對亦忘言

洞陽山（已見一百五十九卷）　前人

過包尊師山院　前人

賣藥曾相識吹簫此復聞杏花誰是主桂樹獨留君漱玉臨丹井圍碁訪白雲道經今為寫不慮惜鵝群

自紫陽觀至華陽洞宿侯尊師草堂簡同遊　李延陵

石林媚烟景句曲盤江甸南向佳氣濃峯峯遥隱見漸臨

華陽口微路入葱猜七曜懸洞宮五雲抱山殿銀函竟誰
發金液徒堪薦千載桃花春（一作空桃花）秦人深不見東溪喜
相遇貞白如會面青鳥來去閑紅霞朝夕變一從化真骨
萬里乘飛電蘿月延步虛松花醉閑宴幽人即長往茂宰
應交戰明發歸琴堂知君懶爲縣

題玉真觀李秘書　韓翃

白雲斜日影深松玉宇瑶壇知幾重把酒題詩人散後華
陽洞裏有疎鍾

同題仙遊觀　前人（見集本）

仙臺下見五城樓風物凄凄宿雨收山色遥連秦樹晚砧
聲近報漢宮秋疎松影落空壇淨細草香開（一作閑）小洞幽

何用別尋方外去人間亦自有丹丘

宿洞靈觀　皇甫冉

孤煙洞靈觀積雪暮山寒松栢凌高殿莓苔封古壇客來
清夜久仙去白雲殘明日開金籙焚香又沐蘭

過李尊師院（集作過樓觀李尊師）　盧綸

城闕望烟霞常悲仙路賒寧知樵子逕得到葛洪家犬吠
松間月人行洞裏花留詩千載鶴送客五雲車訪（集作傲）世
山空在觀碁日未斜不知塵俗士誰解種胡麻

尋賈尊師　前人

玉洞秦時客焚香映緑蘿新傳左慈訣曾與右軍鵝井舊
陰苔徧方書古字多成都今日雨應共酒相和

虢州逢侯劉同尋羅[illegible]觀因贈別時綸　前人

相見翻惆悵應憐責廢官過深不慙禄在識淺頻刑寬獨失
耕桑業同思弟姪歡衰貧羞苟合過卑束會君難放鶴歸雲
壁澆花遶石壇輿還江海上跡在是非端林密風聲結山
高雨勢寒悠然此中別賓僕亦闌干（一作珊）

題天華觀　前人

峰嶂徘徊霞影新一潭寒水絶纖鱗朱字靈書千萬卷（集作軸）
蒼髯道士兩三人芝童解說壺中事玉管能留天上春
昨見仙冊求不得漢家簪紱（集作綬）在羸身

和李中丞訓萬年房少府過汾州景雲觀因以寄（房與李早年同居此）　前人

題晦澹無跡賢哉常晏如如何驚孤鶴忽乃傳雙魚叙以
泉石舊悵然風景餘低徊青油幕夢寐白雲居玉洞桂香
滿雪壇松影疎沉思觸仙侶紆組正軍書積學早成道感
恩難遂初梅生諒有感歸止豈無廬

題葉道士山房　顧況

水邊垂柳赤欄橋洞裏仙人碧玉簫近得麻姑書信否潯
陽向上不通潮

題玉真觀公主山池院　司空曙

香殿留遺影春朝玉户開羽衣重素幾（集作几）朱網儼塵埃（集作輕埃）
石自蓬山得泉經太液來柳絲遮緑浪花粉落青苔
鏡掩鸞空在霞銷鳳不迴（一作來）惟餘古桃（一作古壇）樹傳是上

仙哉

同蕭鍊師宿太一廟　李益

微月空山曙春礿集作祠謁少君落花壇上掃集作佛流水洞中聞酒引芝童奠香餘桂女焚鶴飛將羽節遥向赤城分

雲陽觀寄袁稠　李端

花洞灉沉沉集作花洞晚陰陰仙壇隔杏林漱泉春谷冷擣藥夜窻深石上開仙酌集作山酒松間對玉琴戴家溪北住雪後去相尋

武康郭外望許繕先生山居　崔洞

湖上千峰帶落輝白雲開處見柴扉松門一逕仍生草應是仙人一作先生向郭稀

題茅山李尊師所居　嚴維

天師百歲少如童不到山中更不逢洗藥每臨新瀑水步虛時遶最高峯離根五月留殘雪座石千年蔭古松此去人寰知近遠迴看路隔一重重

經故賀賓客鏡湖道士觀　朱放

已得歸鄉里逍遥一外臣那隨逝集作流水去不待鏡湖春雪裏登山屐林間漉酒巾空餘集作留道士觀誰是學仙人

宿王尊師居　于鵠

夜愛雲林好寒天月裏行青牛眠樹影白犬吠猿聲一磬山集作山上院靜千燈溪路明從來此峯客幾個得長生

過凌霄斷天謁張先生祠　依品類攷　前人

戢戢亂峰裏一峰獨凌天下看知一作如尖高上有十里泉至人愛幽深一住十五一作五十年懸櫝一作犢到其上乘牛耕蘇田衣食不下求乃是雲中仙山僧獨知處相引衝碧烟斷崖晝昏黑差泉橫雙一作隻椽面壁攀石稜養力方敢前累歇日已沒始到茅堂邊見客不問誰禮質無周旋醉臥枕歌樹坐寒展青氈折松掃葱牀秋菓顏色鮮鍊蜜敲石炭洗瀑乘瀑泉白犬舐客衣驚走聞腥羶乃知軒冕徒寧比雲壑眠一作皆王安石詩選

早凌霄第六峰入紫雞谿禮白鶴觀　前人

路轉第六峰傳是十里程放石試淺深硯壁蛇鳥驚欲下先襞衣路低避枯莖迴途歇嵌崛整帶重冠纓及到紫石溪曉曉天已明漸近神仙居桂花瀑濱濱陰苔無人蹤是得白鶴翎忽然見朱樓象牌題玉京沉沉五雲影香風散縈縈清齋列上堂窓戶懸水晶青童擣金屑白杵聲丁丁腥羶逕問誰稽首稱姓名若容在溪口願乞殘雲羮

同張明府遊仙臺　朱灣

松檜陰陰一逕微中峯石室到人稀仙官不住青山在古老相傳白日飛華表問看何歲木片雲留着去時衣今朝懋疑作茂宰尋真宰暫駐雙鳬且莫歸

宿天柱觀　僧靈一

石室初投宿仙翁喜暫容花源隔水見洞府過山逢泉涌堦前地雲生戶外峯中宵自入定不是欲降龍

經仙人渚即沈山下古人八沈羲白日昇仙處　僧皎然

日月人間短何時此得仙古山春已盡遺渚事空傳不見騰雲駕徒臨（一作間）洗藥泉如今成逝水翻使恨流年

仙女臺（得仙字）　前人

寂寞（一作寂）舊桑（一作朱）田誰家（一作何時）女得仙應無雞犬在空有子孫傳古木花猶發荒臺月尚懸（一作荒臺路未還）片雲低不散（一作暮雲一片）疑是却（一作欲）歸年

題應聖觀　王建（見本集）

精思堂上畫三身迴作仙宫度美人賜藥御書金字貴行香天樂羽衣新空廊雨滴花甎縫小殿蟲緣玉像塵頭白

女冠猶說得枯株不似已前春

題東華觀　前人

路盡烟光外院門題上清鶴雛靈（集作虛）解語瓔葉軟無聲白髮道心熟黄衣仙骨輕還歸對憂樂何處覔長生

和楊三舍人晚秋與崔二舍人張秘監苗考功同遊昊天觀時中書寓直不得陪隨因追往年嘗與舊僚聯遊此觀記題在壁已有淪亡書事感懷輙以呈寄兼呈東省三給事之作楊君見徵鄙詞因以繼和　武元衡

瑶圃高秋會金閨奉詔辰朱（執）轓天上客白石洞中人珮響泉聲雜朝衣羽服親九重青（[illegible]）瑣秘三秀紫芝新化藥秦方

士偷桃漢侍臣王笙王子駕遼鶴令威身歎逝頹波速緘詞麗曲春重將悽恨意苔壁問遺塵（一作因）

題玄和師仙藥室　楊衡

山邊蕭寂室石掩浮雲扃遶室微有路松烟深冥冥入松汲寒水對鶴問仙經石几香未盡水花風欲零何年去華表幾度窮蒼溟却顧宦遊子耿如霜中螢

遊陸先生故巖居　前人

獨整臨萬嶂蒼苔絶行跡仰窺猿桂樹（一作松）俯對鶴巢石上有一巖屋相傳靈人宅深林無陽暉幽水轉鮮碧拾薪遇遺畁探空得古籍結念俟雲輿燒香坐終夕

宿青牛谷梁鍊師仙居　前人

隨雲步入青牛谷青牛道士留我宿可憐夜夜月明中惟有壇邊一枝竹

經東都安國觀九公子舊院作　劉禹錫

仙院御溝東今來事不同門開青草日樓閉綠楊風將犬昇天路披霓赴月宫武皇曾駐蹕親問主人翁

元和十年自朗州承詔至京戲贈看花諸君子　前人

紫陌紅塵拂面來無人不道看花迴玄都觀裏桃千樹盡是劉郎別（集作去）後栽

再遊玄都觀絶句　前人

百畝庭中半是苔桃花淨盡菜花開種桃道士歸何處前

度劉郎今獨來

善養臺下作集作山上　前人

先生見堯心相與公集作去九有斯民旣已治我得安山一作林藪道爲自然貴名是無窮壽瑤壇在此山識者常迴首

王真觀　張籍

臺殿曾爲貴主家春風吹盡竹窗紗院中仙女修香火不許閑人入看花

不食仙姑山房　前人

寂寂桂花裏草堂唯素琴因仙曾改姓見客不言心月出溪路靜鶴鳴雲樹深丹砂如可學便欲住幽林

西上經靈寶觀觀即尹真人舊宅　孟郊

道士無白髮語音靈泉清青松多壽色白石恒夜明放步躡霞起振衣華風生真文秘中頂寶氣浮四楹一庀古關路萬里今人行上仙不可見孤集作騂策徒西征

文苑英華卷第二百二十六

文苑英華卷第二百二十七　詩七十七

道門三

宮觀三十三首　送僧道人二十六首

宮觀

早冬遊至王屋自靈都抵陽臺上方望天壇偶成一章寄温谷周尊師中書李相公　白居易

霜降山水清王屋十月時石泉碧深深集作漾漾巖樹紅離離朝爲靈都遊暮有陽臺期飄然塵世外鸞鶴如可追忽念公程盡復慙身力衰天壇在天半欲上心遲遲常聞此遊者隱客與損之各包貴仙骨俱非泥垢姿二人相顧言彼此稱男兒若不爲松喬即湏作臯夔今果如其語公彩雙

葳蕤一人佩金印一人翳玉芝我來高其事詠嘆偶成詩爲君題石上欲使故山知

宿簡寂觀　前人

巖白雲尚屯林紅葉初隕秋光引閑步不知行遠近夕投靈洞宿卧覺塵機泯名利心旣忘市朝夢亦盡暫來尚如此況乃終身隱何以療夜飢一匙雲母粉

華陽觀桃花時招李六拾遺飲　前人

華陽觀裏仙桃發把酒看花心自知爭忍開時不同醉明朝後日即空枝

此詩三百二十一卷重出今已削去

宿張雲舉院　前人

不食胡麻飯杯中自得仙隔房集作離招好客可室致芳筵
美集作家醞香醪嫩時新異果鮮夜深唯畏曉坐穩不集作豈
思眠棊罷嫌無敵詩成愧在前明朝題壁上誰得衆人傳

題上皇觀　章孝標

五雲集作烟霞深蓋七星壇想像先朝駐禁鑾輦路已平栽藥
地皇風猶在步虛寒樓臺瑞氣晴蕭索杉檜龍身老屈蟠
感惠休言并李郭劒門空處望長安

題魚尊師院　賈島

老子堂前花萬樹先生曾見幾迴春夜能白石平明喫不
擬教人哭此身

過陽道士居　前人

先生脩道處茅屋遠囂氛叩齒坐明月搘頤望白雲精神
含藥色衣服帶霞紋每語瀛州路多年別少君

古觀　朱慶餘

仙觀曾過知不遠花藏石室香難尋泉邊白鹿聞人語看
過仙壇漸入深一作林

玉芝觀章道士房　周賀

四面杉松合空堂畫老仙藹根停雲水曲角積茶煙道至
心機盡宵清琴韻全獨嫌來又去不得坐經年

題終南麻先生寂禪師石室　劉得仁

同居石室貧五十二迴春擁褐寘集作忘心客窮經暮齒人
翠沉空水定雨絕片雲新危細秋集作草峯徑相隨到頂頻

題吳先生山居　前人

先生此幽隱便可謝人群潭底見秋石樹間飛片雲山居
心已慣俗事耳慵聞念我自多疾開爐藥許分

題上皇觀　薛逢

狂寇窮兵犯帝畿上皇曾此振戎衣門前衞士傳清警砌
下奚官掃翠微雲駐壽宮三洞啓日迴仙仗六龍歸當時
冊鳳卿書處老栢蒼蒼已合圍

題春臺觀　前人

殿前松栢晦蒼蒼杳遶仙壇水遶廊垂露額題精思一作專
院愽山爐裏降真香苔侵古碣迷陳事雲到中峰失上方
便擬尋溪弄花去洞天誰更待劉郎

重遊蘇州玉芝觀　許渾

高梧一葉下秋初迢遞重來寄舊居月過碧窓今夜酒雨
淋集作昏紅壁舊年書玉池露冷芙蓉淺金井烟分集作瓊樹鳳高
薜荔疎從此扁舟集作明日陽帆更東去仙翁應笑憶集作爲鱸魚

早出洞仙觀　趙嘏

露濃如水灑蒼苔洞口烟蘿密不開殘月色低當戶後曉
鍾聲迥隔山來春生藥圃芝猶短夜醮齋壇鶴未迴愁是
獨尋歸路去人間步步是塵埃

宿王屋天壇　馬戴

星斗半沉蒼翠色紅霞遠照海濤分折松曉拂天壇雪投
簡寒窺玉洞雲絕頂醮迴人不見深林磬度鳥應聞未知

誰與傳金籙獨向仙祠拜老君

謁仙觀二首　前人

我生求羽化齋沐造山（集作仙）　居葛蔓汲丹井石函盛（集作開）
道書寒松多偃側靈洞遍清虛一就泉栖嶺（集作飲）　雲中採
藥蔬

二

山空蕙氣香乳管折雲房頤作壺中客親傳肘後方三更
禮星斗寸匕服丹霜默坐樹陰下仙經橫石牀

宿陽臺觀　前人

玉洞仙何在爐香客獨分（集作字）　醮壇圍古木石磬響寒雲
曙月孤霞映懸流峭壁分心知世上（集作人世）隔坐與鶴爲群（集作成）

題龍瑞觀兼呈徐尊師　方干

或雨或雲常不時定地靈雲雨自無世人莫識神方宇仙
鳥偏棲藥樹枝深壑度年如晦暝陰溪入夏有凌澌此中
唯是（集作有）　師知我未得尋師即夢師

敘龍瑞觀勝異寄于尊師　前人

混元融結致功難山下平湖湖上山萬頃涵虛寒瀲灩千
尋聳翠秀爛班（集作孱顏）　芰荷香入琴棊處雷雨聲離棟牖間
但有五雲衣鶴嶺曾無陸路向人寰夜溪漱玉常堪聽仙
樹垂珠可要攀若棄榮名便居此自然（集作浮）　清濁不相關
（尊師前年三十從許事華官入道）

題天柱觀魚尊師舊院　前人

早識吾師頻到此芝童藥犬亦想迎師令一去無來日花
洞石壇空月明

真觀　李群玉

高情帝女慕乘鸞紺髮初簪玉葉冠（公主玉葉冠時人莫計其價）　秋月
無雲生碧落素渠寒露出清蘭層城烟霧將歸遠浮世塵
埃久駐（集作住）　難一日（集作自）　蕭聲飛去後洞深空探（集作洞宮深掩）
碧瑤壇

餘姚（集作杭）　縣龍泉觀　張祐

四明（集作廻）　山一面臺殿倚嵯峨中路見江（集作山）　遠上方行
石多山（集作天）　晴花氣漫地暖鳥聲（集作音）　和徒漱葛仙井此

生真奈何

華山李鍊師所居　皮日休

麻（一作花）　姑古貌上仙才謫向蓮峯管玉臺瑞氣染衣金液
啓香烟映面紫文開孤雲盡日方離洞雙鶴移時只有苔
深夜寂寥存想歇月天時下草堂來

終南白鶴觀　鄭谷

步步景通真門前衆水分欏蘿洞口（集作諸洞）　合鍾磬上清聞
古木千尋雪寒山萬丈雲終期掃壇級來事（集作件）　紫陽君

題終南山白鶴觀　帝城（文玄集作帝鄉）　張喬

上徹鍊丹峯求玄意未窮古壇青草合往事白雲空仙境
日月外帝城烟霧中人間足煩暑欲去戀松風

書梅福殿壁二首　　前人

梅真從羽化萬古是湏臾此地名空在西山雲亦孤井痕平野水壇級上春蕪縱有雙飛鶴年多松已枯

二

一自白雲去千秋壇月明我來思往事誰更得長生雅韻磬鍾遠真風樓殿清今來爲尉者天下有仙名

題古觀　　前人

急景遽衰老此經誰養真松留千載鶴碑隔六朝人洞水流花草壺天閉雪春其如爲名利歸踏五陵塵

王霸壇　　周朴

王君上昇處信首古居前皂樹即湏朽白龜亦應全雲間猶一日塵裏已千年碧色壇如黛時人誰可仙

聖真觀劉真師院十韻　　羅隱

簾下巖君封窓間少室峰攝生門已盡混跡世猶逢山藪師王烈簪纓友戴顒魚跳介象（二字見三國吳書十八卷註）鱠飯吐葛玄峰紫飽垂新椹黃輕墮小松塵埃金谷路樓閣上陽鍾野鶴爲看守仙書鳥爪封支牀龜縱老取箭鶴何慵別久曾牽念閑來肯壓重尚餘青竹在試爲剪（一作誰爲來）成龍

亂後經表兄瓊華觀舊居　　唐彥謙

一去仙居似轉蓬再經花謝倚春叢醉中篇什金聲在別後音書錦字空長憶映碑逢若士未曾攜杖逐壺公東風狼籍苔侵徑蕙草香銷杏帶紅

送僧人道士

荅句曲陶先生　　梁范雲

終朝吐祥霧薄晚孕奇烟洞澗生芝草重崖出醴泉中有懷真士被褐守中玄石戶棲十秘金壇謁九仙乘鵷方履（一作辰）漢轡鶴且騰天

贈學仙者

採藥層城遠尋師海路賒玉壺橫日月金闕斷烟霞仙人何處在道士未還家誰知彭澤意更覓（一作道）步兵家（一作郡）春醸煎松葉秋盃浸菊花相逢寧可醉定不學丹砂

山居晚眺贈王道士　　王郭

金壇疎俗宇玉洞侶仙群花枝棲晚露（集作霧）峯葉度晴雲斜（集作落）日移山影迴沙擁籍（集作溜）文琴樽方待興竹樹已迎曛

贈李榮道士（有序不錄）　　盧照鄰

錦節銜天使瓊仙駕羽君投金翠山曲奠璧清江濆圓洞開丹鼎方壇聚絳雲寶既幽難識空歌迥易分風搖十洲影日亂九江文敷誠歸上帝詔應在明君獨有南冠客耿耿泣離群遥看八會所真氣曉氛氳

秋日餞陸道士陳文林（得風字）　　駱賓王

青牛遊華岳赤馬走吳宮玉柱離鴻怨金罍浮蟻空日霽崤陵雨塵起洛陽風唯當玄度月千里與君同

遊青都觀尋沈道士（得仙字）　　劉孝孫

紛吾因暇豫行樂極（一作極）留連尋真謁紫府披霧覿青天
緬懷金闕外遐想玉京前飛軒俯松竹抗殿接雲烟焰焰
清夏景嘒嘒早秋蟬橫琴對危石酌醴臨寒泉聊袪塵俗
累寧希龜鶴年無勞生翬羽自可狎神仙

同前（得清字） 許敬宗

幽人蹈箕潁方士訪蓬瀛豈若逢真氣齊契體無名既詮
眾妙理聊暢遠遊情縱心馳貝闕怡神想玉京或命餘杭
酒時聽洛濱笙風衢通閬苑（集作嶽）星使下層城蕙帳晨飈
動芝房夕露清方叶棲遲趣於此遂鍾聲

同前（得都字） 凌敬

聊排青鎖闥徐步入清都青溪冥寂士思玄徇道樞十芒

（一作芝）生藥笥七焰發丹爐縹帙桐君籙朱書王母符宮槐
散綠穗日堇落青柎矯翰雷門鶴飛來葉縣鳧凌空自可
御安事迫中區方追羽化侶從此得玄珠

同前（得暢字） 趙中虛

清溪阻千仞姑射藐汾陽未若遊茲境探玄眾妙場鶴來
疑羽客雲汎似蜺裳（一作翔）寓目雖靈宇遊神乃帝鄉道存
真理得心灰俗累忘煙霞凝抗殿松桂肅長廊早蟬清暮
響崇蘭散晚芳即此翔寥廓非復控榆枋

和梁王眾傳張光祿是王子晉後身 崔融

聞有沖天客披雲下帝畿三千上賓去千載忽來歸昔偶
浮丘伯今同丁令威中郎才貌是柱（一作藏）史姓名非祇召
趨龍闕承恩到虎闈丹成金鼎獻酒至玉杯揮天仗分旄
節朝容間羽衣舊壇宮處所新廟坐光輝漢主存仙要淮
南愛道機朝朝緱氏鶴長向洛城飛

玄化（一作元）觀尋李先生不遇 魏知古（見初學記）

羽客今何在空傳伊洛間忽聞歸舊縣復想入函關未作
千年別猶應七日還神仙不可見寂寞返蓬山

同工部李侍郎送司馬白雲歸天台 沈佺期

紫薇降天仙丹地投雲藻上言華頂事中問長生道華頂
居最高大壑朝陽早長生術何妙童顏後天老清晨朝鳳
京夜靜思鴻寶憑崖飲蕙氣過澗摘靈草人非冢已荒海
變田應燥昔嘗遊此郡三霜弄溟島緒言霞上開機事塵

外掃頃來拋世務清曠未云保崎嶇待漏恩怵惕司言造
軒皇重齋拜漢武愛祈禱順風懷崆峒承露在豐鎬冷然
委輕馭復得快幽抱闕下留伯陽儲間登四皓昔有參同
訣何時一探討

寄天台司馬先生 崔湜

聞有三元客祈山九轉成人間白雲返天上赤龍迎尚惜
金芝晚仍攀琪樹榮何年緱嶺上一謝洛陽城

寄天台司馬道士 宋之問

卧來生白髮覽鏡忽（集作已）成絲遠愧飡霞子童顏且（集作常）
自持舊遊惜疎（集作彌）曠微尚日磷緇不寄西山藥何由東
海期

送田道士使蜀投龍　前人

風馭忽泠然，雲臺路幾年。蜀門峰勢斷，巴字水形連。人隔壺中地，龍遊洞裏天。贈言迴馭日，圖畫彼山川。

送司馬道士遊天台　前人

羽客笙歌此地圖，離筵數處白雲飛。蓬萊闕下長思憶，桐柏山頭去不歸。

送楊道士往天台　張九齡

鬼谷還成道，天台去學仙。行應松子化，留與世人傳。此地烟波遠，何時羽駕旋。當須一把袂，城郭共依然。

祭南嶽事畢謁司馬道士　前人

將命祈靈嶽，迴策詣真士。絶迹尋一逕，異香聞數里。分庭八桂樹，肅客兩童子。入室希把袖，登牀願啓齒。誘我棄智訣，迨兹長生理。吸精反自然，鍊藥求不死。斯言眇霄漢，顧予嬰紛滓。相去九牛毛，慙歎知何已。集作何知已

贈東嶽焦鍊師　王維

先生千載集作歲餘，五嶽遍曾居。遥識齊侯鼎，新過王母廬。不能師孔墨，何事問長沮。玉管時來鳳，銅盤即釣魚。竦身空裏語，明月夜中書。自有還丹一作丹砂術，時論太素初。頻蒙露版詔，將降軟輪車。山静泉逾響，松高枝轉踈。搘頤問樵客，世上復何如。

贈焦道士　前人

海上遊三島，淮南遇八公。坐知千里外，跳向一壺中。縮地朝珠闕，行天使玉童。歡人聊斟酒，送客乍分風。天老能行氣，吾師不養空。謝兄伯徒雀躍，無可問鴻蒙。

送張道士歸山　前人

先生何處士，王屋訪茅君。别婦留丹訣，驅雞入白雲。人間數剩住，天上復離群。當作遼城鶴，仙歌使爾聞。

送王尊師歸蜀中拜掃　前人

大羅天上神仙客，濯錦江頭花柳春。不爲碧雞稱使者，唯令白鶴報鄉人。

送方尊師歸嵩山

仙官欲住九龍潭，旄節朱幡倚石龕。山壓天中半天上，洞穿江底出江南。瀑布杉松常帶雨，夕陽彩一作蒼翠忽成嵐。借問迎來雙白鶴，已曾衡岳送蘇躭。

寄天台道士　孟浩然

海上求仙客，三山望幾時。焚香宿華頂，裛露採靈芝。屢踐莓苔滑，將尋汗漫期。儻因松子去，長與世人辭。

尋梅道士張山人　前人

彭一作陵澤先生柳，山陰道士鵝。我來從所好，停策夏雲一作漢陰多。重以觀魚樂，因之鼓枻歌。崔徐跡未朽，千載揖清波。

越中逢天台太一子　前人

仙穴逢羽人，停艫向前拜。問予涉風水，何事遠行邁。登陸尋天台，順流下吳會。兹山夙所尚，安得問集作聞靈怪。上逼青天高，停臨滄海大。雞鳴見日出，常與仙人會。集作每與神仙會諸

（本肯重押會字惟一本常靚仙人拂）來去赤城八中逍遥白雲外莓苔異人間瀑布作（集作當）空界福庭長不小死勝境（集作華頂）舊稱最來願從之遊何當濟所届

文苑英華卷第二百二十七

文苑英華卷第二百二十八　詩七十八

道門四

送僧道人六十四首

贈嵩山焦鍊師　李白

二室陵青天三花含紫烟中有蓬海客宛疑麻姑仙道在喧莫染跡高想已遷（一作綿）時餐金鵞藥（一作金蛾藥）屢讀青苔篇八極恣遊憇九垓長周旋下瓢酌潁水舞鶴來伊川還歸空山上獨拂秋霞眠蘿月挂朝鏡松風鳴夜絃潛光隱嵩嶽鍊魄棲雲幄霓衣何飄飖鳳吹轉綿邈願同西王母下顧東方朔紫書儻可傳冥骨誓相學

此乃集本全篇文苑元本頗畧

訪戴天山道士不遇

犬吠水聲中桃花帶露濃樹深時見鹿溪午不聞鍾野竹分青靄飛泉掛碧峯無人知所去愁倚兩三松

奉餞高尊師如貴道士傳道籙畢歸北海　前人

道隱不可見靈書藏洞天（集作天）師四萬刼歷世逓相傳別杖留青竹行歌躡紫烟離心無遠近長在玉京懸

送李青歸（集作南宇）華陽川　前人

伯陽仙家子容色如青春日月秘靈洞烟霞辭世人化心養精魄隱几宵天真莫非千年別歸來城郭新

送内尋廬山女道士李騰空二首　前人

君尋騰空子應到碧山家水舂雲母碓風掃石楠花若戀

幽居好相邀王斤紫霞

二

多君相門女學道愛神仙素手握(集作㩳)青靄羅衣曳紫烟
一往屏風疊乘鸞不着鞭

送女道士褚三清遊南嶽　前人

吳江女道士頭戴蓮花巾霓衣不濕雨特異陽臺神足下
遠遊履凌波生素塵尋仙向南嶽應見魏夫人

遇冲和先生　高適

冲和生何代或謂遊東溟三命謁金殿一言授(集作拜)銀青
自云多方術往往通精(集作神)靈萬乘親問道六宮無敢聽
昔者(集作去)限霄漢今來覩儀形頭戴雞鳳冠手提白鶴翎

終日飲醇酒不醉復不醒常(集作術)憶雞鳴山每誦西昇經
撫背念別離依然出戶庭莫見今如此曾爲一客星

龍道士問易叅同契　王昌齡

仙人騎白鹿髮短耳何長時余采菖蒲忽見嵩之陽稽首
求丹經延出懷中方披讀了不誤歸家問稽康嗟余無道
骨發我入太行

謁焦鍊師　前人

中峰青苔壁一點雲生時豈意石堂裏得逢焦鍊師鑪香
淨棐(一作金)按松影閑瑶墀拜受長年藥翩翩西海期

送宣尊師醮畢還越　劉長卿

吹簫江上曉惆悵別茅君踏火能飛雪登山(集作呑刀)入白雲
晨香永日在夜磬滿山聞揮手桐溪路無情水亦分

寄許尊師

獨上雲梯入翠微蒙蒙(集作濛濛)烟雪映巖扉世人知在中峰
裏遥禮青山恨不歸

送暨道士還玉清觀　李頎

仙宮(文粹作官)有名籍度世吳江濆大道本無我青春長與君
中州俄已到至理得而聞明主降黃屋時人看白雲空山
何窈窕三秀日氛氳遂此留書客超遥烟駕分

寄焦鍊師　前人

得道凡百歲燒丹唯一身悠悠孤峰頂日見三花春白鶴
翠微裏黃精幽澗濱始無世上客(一作出世)不及山中人仙境

若有夢朝雲如可親何由覩顏色揮手謝風塵

謁張果先生　前人

先生谷神者甲子焉能計自說軒轅師于今數千歲寓遊
城郭裏浪跡希夷際應物雲無心逢時舟不繫霞湌斷火
粒野服兼荷製白雲淨肌膚青松養身世韜精殊豹隱鍊
質同蟬蛻忽去不知誰偶來寧有契二儀齊壽考六合隨
休憩彭聃猶嬰孩松期且微細常聞穆天子更憶漢皇帝
親屈萬乘尊將(一作窮)遊四海裔車徒徧草木錦帛招談說
八駿空往還三山轉虧蔽吾君感至德玄老欣來詣受籙
金殿開清齋玉堂閑窒歌迎拜首羽帳崇嚴衛禁柳垂香
爐宮花拂仙袂彌慶(一作祊年)實祚廣致福蒼生惠何必待龍

鼎新成方取濟

宿贈廬山白鶴觀劉尊師　包佶

蒼蒼五老霧中壇杳杳三山洞裏官手護崑崙象牙簡心推霹靂棗枝盤春飛雪粉如毫潤曉漱瓊膏氷齒寒漸恨流年筋力少唯思露冕事星冠

送嵩司直西行（此公深入道門）　李嘉祐

不耻青袍故尤宜白髮新心朝玉皇帝貌似紫陽人湘浦眠銷日桃源度醉春能文兼證道莊叟是前身

此詩二百二十八卷重出今已削去

送柳道士　錢起

去世能成道遊仙在（集作不）定家歸期千歲鶴行邁五雲車

海上春應盡壺中日未斜不知相憶處琪樹幾枝花

中書省言懐因酬嵩陽張道士見寄　前人

朝花尋暝林對酒傷春心流年依素髮不覺映華簪垂老遇中巳（集作明代又作知巳）酧恩看寸陰如何紫芝客（集作多慙紫陽客）相憶白雲深

酬崔侍御期籍道士不至兼見寄　皇甫冉

一心求妙道幾歲候真師丹竈歸何處（集作在）白雲無定期崑崙烟景（集作景致）絶汗漫往還遲君但焚香坐人間到有時

送張道士歸茅山謁李尊師　前人

向山獨有一人行近洞應逢雙鶴迎常以素書傳弟子還因白石號先生無窮杏樹何年種幾許芝田帶月耕師事

少君年歲久欲隨旄節往層城

送李道士　顧況

人境年虛擲仙源日未斜羨君乘竹杖辭我隱桃花鳥去寧知路雲飛似憶家莫愁客鬢（集作髮）改自有紫河車

送葉尊師歸處州　耿緯

風馭南行遠長山與夜江羣袄離分野五嶽拜旌幢石髓調金鼎雲漿實玉缸祈祈大聲曉洞府有仙龍

送王道士　盧綸

夢別一仙人霞衣滿鶴身旌幢天路曉桃杏海山春種玉非求稔燒金不爲貧自憐頭早白難與葛洪親

酬暢當嵩山尊道士見寄

聞逐樵夫閑看棋忽聞人世是秦時開雲種玉嫌山淺渡海傳書怪鶴遲陰洞石幢微有字古壇松樹半無枝煩君遠示青囊籙願得相從一問師

藍溪期蕭道士採藥不至　前人

春風生百藥幾處木苗香人遠花空發（集作落）溪深月復長病多知藥性老近憶仙方青節何由見三山桂自芳

送道士郄彝素歸内道場　前人

病老正相仍忽逢張道陵羽衣風淅淅仙境玉稜稜叱我問中壽教人祈上昇樓居五雲裏幾與武皇登

寄金椒山中道士　韋應物

今朝郡齋冷忽念山中客澗底束荆薪歸來煮白石欲持

一瓢酒遠寄風雨夕落葉遍　空山何處尋行跡

贈韓道士　戴叔倫

日暮秋風吹野花上清歸客意無涯桃源寂寂煙雲閉天路悠悠星漢斜還似世人生白髮定知（集作自）仙骨變黄芽東城南陌頻相見應是壺中（一作天）別有家

送李道士歸山　崔洞

秋城臨古路城上望君還曠野入寒草獨行隨遠山授人鴻寶内將犬白雲間早晚燒丹罷遥知氷雪寒

謁李尊師　奚賈

萬物還常性唯道貴自然先生容其微隱几為列仙鍊䰟閉瓊戸養毛飛洞天將知道遥久得道無歲年

送王鍊師赴王屋洞　權德輿

稔歲在芝田歸程入洞天白雲亂上國青鳥會羣仙自以棊銷日寧資藥駐年相看話離念（集作合）風馭忽泠然

與道者同守庚申　前人

洞真善救世守夜著（集作看）仙經俾我外持内當兹申配庚齋心已恬愉澡身自澄明沉沉簾帷下靄靄燈燭清四支動用息一室虚白生收視忘取捨叩齒集神靈伊予嗜欲寡居常苛恙輕三尸既伏竄九蟲乃和平無令耳目勝則使性命傾窅然深夜中若與元氣并釋宗稱定慧儒師著誠明派分示三教理詰無二名吉祥能止止委順則生生視履苟無咎天祐期永貞應物知不勞虚中理自冥豈資

金丹術即此駐頽齡

送吉州閻使君入道二首　戎昱

聞道桃源志塵心忽自悲余當從官日君是去（一作葉）官時金汞封仙骨靈津咽玉池受傳三籙備起坐五雲隨洞裏花常發人間鬢易衰他年會相訪莫作爛柯棊

二

廬陵太守近辭官月帔初朝玉帝壇風過鬼神迎受籙夜深龍虎衛燒丹水容入境纖埃静玉液添（一作頃）瓶漱齒寒莫遣桃花迷客訪千山萬水訪君難

題服生栢道士　于鵠

服栢不飛鍊閑眠閉草堂有泉誰（一作唯）與漱晋火為焚香

新雨閑門静孤松滿院凉仍聞枕中術親授漢淮王

題王道者（一作贈隱者）　前人

去尋常不在（集作長不出一作多不見）門似絶人行牀下石苔滿屋頭秋草生學琴寒日（集作寒月一作冬日）短寫易曉窻明唯到（一作有）黄昏後溪中聞磬聲

此詩二百三十二卷重出今已削去注異同為一作

寄續尊師　前人

得道任髪白亦（一作毎）逢城市遊新經天上取靈藥（集作稀）洞中收春木帶枯葉新蒲生漫（旋作慢）流年年望靈鶴長在此山頭

終南褚尊師（集作題南峯褚道士）　前人

得道終南（集作南山）久曾教四皓谷閉門醫病鶴倒篋養神龜松際風長在泉中草不衰誰知茅屋裏有路通（集作向）峨嵋

入白芝溪尋黃尊師　前人

觸烟入溪口茫茫唯櫪櫪其中飛碧流十里不通屐出林尚未明細逕懸峭壁把藤借竹勢光猾猿猱跡忽然風景異乃到神仙宅天晴茅屋頭殘雲蒸氣白隔窗梳髮聲久立聞吹嘖抱犂出門來不是人間客山院不洒掃四時自虛寂落葉埋長松出地纔滿（一作數）尺曾讀上（一作滿）清經去住（疑作注）長年籍願示不死方何山有瓊液

使院憶山中道侶兼李七副使約　崔備

松竹去名嶽衡茅思靜居山君水上印天女月中書舊帙芸香在空奩藥氣餘褐衣寬易攬白髮少難梳病柳傷摧折殘花惜掃除憶巢同仙鳥避網甚跳魚秫阮慙交絕求羊愧跡踈與君非宦侶何日共樵漁

訪羊尊師　孫華

花下問童子言師採藥去只在此山中雲深不知處

越中贈程先生　釋法震

紗帽度殘春虛舟寄一身谿邊逢越女花（一作同）裏問秦人古塞連山靜陰霞落海新有時城郭去贈與酒家親

題萬山許鍊師　前人

道成人不識流水響空山花暗軒窗外雲隨坐臥間驗圖名已久絕粒事長閑更欲崑崙去羞看絳節還

七言贈張道士　僧皎然

王京真子名太一因服日華心如日此心不許世人知只向仙宮未曾出

送褚道士　前人

聞說洞庭無上路春遊亂踏五雲芝含桃風擺花狼藉正是仙翁碁散時

遇谷口道士　司空曙

一見林中客閑知州縣勞白雲秋色遠蒼嶺夕陽高自說名因石誰逢手種桃丹經儻相授何用戀青袍

送張鍊師還峨嵋山　前人

太一天壇天柱西垂蘿爲幌石爲梯前登靈境青霄絕下視人間白日低松籟（集作韻）萬聲和管磬丹光五色雜虹（一作）雲蜺春山一入尋無路鳥響煙深（集作深林）水滿溪

送王尊師歸湖州　前人

烟蕪滿洞青山遠幢節飄空紫鳳飛金闕乍看迎日麗玉蕭遙聽隔花微多開石髓供調膳時御霓裳奉易衣莫學遼東華表上千年始欲一廻歸

送王先生歸南山　前人

儒中年最老獨有濟南生愛子方傳業無官自偶耕竹通山舍遠雲接玉（集作雪）田平願作門人去相隨隱姓名

尋紀道士偶會諸叟　李益

山陰逢（集作尋）道士映竹羽衣新侍坐雙童子陪遊五老人

水花松下淨壇草雪中春見說桃源洞如今猶避秦

送吉道士拜官歸舊業　李端

聞有華陽客儒裳謁紫微舊山連藥賣孤鶴帶雲歸柳市名猶在桃源夢已稀還鄉見鷗鳥應愧背船飛

送馬尊師　前人

南入商山松路深石牀溪水晝陰陰雲中採藥隨旄節洞裏耕田映綠林直上煙霞深舉手迴經丘壠自傷心武陵花木應長在願與門人更一尋

贈太清宮道士　王建

上清道士未昇天南嶽中華作散仙書賣八分通字學丹燒九轉定人年修行近日影如鶴導引多時骨似綿想向

諸山尋（一作題）禮遍却迴還守老君前

贈詔徵王屋道士　前人

玉皇符到下天壇玳瑁頭簪白角冠鶴遺院（一作洞）中童子養鹿憑山下老人看道成不怕丹梯峻（集作刀梯利）髓實常欺石榻寒能斷人間（集作世）腥血味長生只要一丸丹

贈廬山道士　楊衡

寂寥高室古松寒松下仙人字姜鸞頭垂白髮朝鳴磬手把青芝夜遶壇物像自隨塵外滅真源長向性中看悠悠萬古皆如此秋比松枝春比蘭

贈羅浮易鍊師　前人

海上多仙嶠靈人信長生榮衛冰雪姿燕爵日月精默書

絳符遍晦步斗文成翠髮霞（疑）有長金茸凌風輕曉籟息塵響天灘（一作鹿）叱幽聲碧樹來戶陰丹霞照窗明焚香扣虛寂稽首迴太清鸞鶴振羽儀飛翻（一作幡）拂旆旌左挹玉泉液右搴雲芝英念得參龍駕攀天度赤城

登紫霄峯贈黃仙師　前人

紫霄（一作扃）不可涉靈峰信穹崇下有瓊樹枝上有翠髮翁雞鳴秋漢側日出紅霞中璨璨真仙子執旄為侍童焚香杳忘言默念合（一作思含）太空世華徒熠耀虛室自朦朧雲氣瓊瑶圃龜息芝蘭叢玉籙掩不開天窻微微風茲焉悟佳旨塵境亦幽通浩淼臨廣津永用挹無窮

送天台道士　孟郊

天台山最高動躡仙城霞何以靜其目掃山除妄花何以潔其生掃泉去泥沙靈境物皆真萬物無一斜月中見心近雲外將俗賒遺身獨得身笑我牽名華

送無懷道士遊富春山水　前人

造化絕（一作最）高處富春獨多觀山濃翠的皪水折珠摧殘溪鏡不隱髮樹衣常遇寒風猿虛空飛月狖叫嘯酸信（一作即）此神仙樂豈為時俗安煮金陰陽火因恠星宿壇花發或未識玉生忽叢攢蓬萊浮蕩漾非道相從難

送李尊師玄　前人

口誦碧簡文身是青霞君頭冠兩片月肩披一條雲松骨輕自飛鶴心高不羣

送道友集作送玄亮師 前人

蘭泉滌我襟衫風集作月淒我心名啜綠淨花經誦清柔音何事集作處笑爲別淡然愁不侵一作禁

送蕭鍊師入四明山 前人

閑於獨鶴心大於高一作喬松年迥出萬物表高棲四明巔千尋直裂峰百尺倒瀉泉絳雪爲我飯白雲爲我田靜言不話俗靈跡一作蹤時步天

贈東嶽張鍊師 劉禹錫

東嶽真人張鍊師高情雅澹世間稀堪爲烈女書青簡久事元君住翠微金縷機中拋錦字玉清壇上着霓衣雲衢不要吹簫伴只擬乘鸞獨自飛

文苑英華卷第二百二十八

文苑英華卷第二百二十九 詩七十九

道門五

送贈道人五十九首 送宮人入道五道

送贈道人

靈都觀李道士 張籍

仙集作山觀雨未靜繞房瓊草春素書天上字花洞古時人泥竈煮靈液掃壇朝玉真幾迴遊閬苑青節亦隨身

贈山中女道士集作不食姑 前人

女仙唯獨住集作山裏住幾年已作綠毛身護氣常虛集作稀語齋心集作存思自見神養竈同不食留藥任生塵要問西王母仙中第幾人

送陰集作徐先生歸蜀 前人

日暮遠歸處雲間仙觀鍾唯持青玉牒獨上碧雞峰陰洞新生集作長收乳寒泉舊養龍幾時因賣藥得向海邊逢

道一作隱者見二百三十二卷 前人

贈道士宜師 前人

自到皇城得幾年已僮蜀馬共隨緣兩朝侍從當時貴五字聲名遠處傳舊住江集作紅樓通內院新承墨詔賜齋錢閑坊暫喜居相近還得陪師坐竹邊

送胡鍊師王屋山 前人

玉陽峰下學長生洞府仙中已有名獨戴熊鬚冠暫出唯將鶴尾扇同行鍊成雲母休炊爨召得雷公當吏兵劫到

天壇上頭宿應聞空裏步虛聲

中元日看諸道士步虛　殷堯藩

玄都開秘籙白石禮先生上界秋光淨中元夜景清星辰朝帝處鸞鶴步虛聲玉樹花難老珠宮月最明掃壇天地肅投簡鬼神驚儻賜刀圭藥還留不死名

贈温集作王尊師　姚合

先生自說瀛州路多在青松白石間海岸夜中常見月仙宮深處却無山犬隨鶴去遊諸洞龍作人來問大還今日偶聞塵外事朝簪未擲復何顏

贈王道士　于武陵

日日市朝路何時無苦辛不隨丹竈客終作白頭人浮世

度千載桃源方一春歸來華表上應笑北邙塵

天柱山贈峨嵋田道士　施肩吾

古稱天柱連九天峨嵋道士棲其巔近聞教得玄鶴舞試憑驅出青芝田

贈道者一作士　朱慶餘

自識來清瘦尋常語論真藥成休伏火符驗不傳人獨有年過鶴長無病到身潛教問弟子居處與誰鄰

山中道士　賈島

頭髮梳千下休糧帶瘦容養雛成老集作大鶴種子作高松白石通宵煮寒泉盡日舂不曾離隱處那得世人逢

送道者　前人

獨向山中見今朝又別離一心無掛住萬里獨何之到處絕烟火逢人話古時此行無弟子白犬自相隨

送胡道士　前人

短褐身披滿漬集作清野苔靈溪深處觀門開却從城裏攜琴去許到山中寄藥來灑雪集作臨水古壇秋醮後集作罷咏查寒鳥暮飛迴集作宿杉幽鳥夜飛迴未遊彼地空勞想師往如雲不可陪集作冊梯頭逐真人上日夕歸心白髮催

贈王尊師　劉德仁

爲道常日損尊師脩此心掛肩黃布被穿髮白蒿簪符扎靈砂字絃彈古素琴囊中常有藥點土亦成金

山中尋道人不遇　前人

年過羽冠風塵裏常擬隨師學鍊形石路特來尋道者雲房空見有仙經碁於松底留殘局鶴向潭邊退數翎便欲此居閑到老先生何日下青冥

送張尊師歸洞庭　許渾

能琴道士洞庭西風滿歸帆路不迷對岸水花霜後淺傍簷山果雨來低杉松近晚移丹竈巖谷初寒盖藥畦他日相思一行字誰人知處武陵溪

寄崔先生　温庭筠

往年江海別元卿家近山陽古郡城蓮浦一作沼香中離席散柳堤風裏釣舡横星霜荏苒無音信烟水微茫變姓名孫黍正肥魚正美五侯門下負平生

敬荅李先生　前人

七里灘聲舜廟前杏花初盛草芊芊緑昏晴氣春風岸紅漾輕輪野水天不爲傷離成極望更因行樂惜流年一瓢無事㩳裘暖手弄溪波坐釣舡

雪中寄殷道士　方干

大片紛紛小片輕雨和風激（集作繫）更縱横園林入夜寒光動窓戸凌晨濕氣生蔽野吞村飄未歇摧巢壓竹密無聲山陰高（集作道）士多吟興六出花邊五字成

因話天台勝異仍送羅道士　前人

積翠千層一逕開盤紆（集作逶迤）山腹到瓊臺藕花飄落前巖去佳子流從別洞來石上叢林礙星斗窓邊瀑布走風雷

縱云孤鶴無留滯亦（集作宅）恐烟蘿不放廻

贈天台葉尊師　前人

莫（一作難）見平明離少室須知（集作猶須）薄暮入天台常時愛縮山川去有夜自（一作魯）携星月來靈藥不知何代得古松應是少年栽先生暗笑看（一作觀）棊者半局棊邊白髮催

此詩二百六十二卷重出今已削去注異同爲一作

送道人歸舊巖　前人

舊巖終副卻歸期巖下有人應識師目覩嬰孩成老叟手栽松栢有枯枝前山低校無多地東海淺於初去時若把古今相比類姓丁仙鶴亦如斯

賦得送軒轅先生歸羅浮山　李洞

仙山歸隱浪摇青緑髮雙童一帙經符帖布帆猿鳥看鶴煎金鼎鬼神聽洞深頭上覺舡過棲靜鼻中聞海腥此處先生應不住吾君南望謾勞形

贈玉芝觀王尊師　雍陶

處處烟霞尋揔遍却來城市喜逢師時流見說無人在年幾唯應有鶴知大藥已成寧畏晚小松初種不嫌遲長憂一日歸天去未授靈方遺問誰

玄都觀李尊師　喻鳧

蘚幘翠髯公（一作微翁）存思古觀空曉壇檉葉露晴圃柳花（一作杏花集作木苗）風壽已將椿並棊難見局終何當與高鶴飛去海光中

送羽人王錫歸羅浮　曹唐

風前整頓紫荷（集作霞）巾常（集作歸）向羅浮保（集作報）養神石磴倚天行帶月鐵橋通海入無塵（一作津）龍蛇出洞閑邀雨犀象眠花不避人最愛葛洪尋藥處露苗烟蘂（一作雨）滿山春

送劉尊師祗詔闕庭三首　前人

海風葉葉駕霓旌天路悠悠接上清錦誥淒涼遺去恨玉簫哀絶醉離情五湖夜月幡幢濕雙闕清風劍珮輕從此（集作莫道）暫辭華表柱更（集作已）應千載是歸程

二

五峯已（集作此）別隔人間雙闕何年許再還既掃（集作拂）山川收地脉須留日月駐天顔霞觴共飲身雖在風馭今（集作難）

階跡（集作路）未閒從此祧中唯（集作雖）有夢夢覓何處訪三山

三

仙老閒眠碧草堂帝書徵入白雲鄉龜臺欲署長生籍鸞殿邀論不死方莖露想傾延命酒煮烟思爇降真香五千言外無文字更有何詞贈武皇

贈華陽宋真人兼寄清都劉先生　李商隱

淪謫千年別帝宸至今猶識（集作謝）蘂珠人但驚茅許多玄分（集作洞仙籍）不記盧劉是世親玉檢賜書迷鳳籙（集作篆）金華歸駕冷龍鱗不因杖屨逢周史徐甲何曾有此身

送費鍊師供奉赴上都　姚鵠

縮地周遊不計程古今應只有先生已同化鶴臨華表又

見騎龍向玉清蘿磴靜攀雲共過雪壇當醮月孤明無因相逐朝天帝空羨烟霞得送迎

贈道士　項斯

見來知養氣度日語時稀到處唯開井經寒不絮衣病鄉多藥惠鬼谷有符威自說身輕健今來數夢飛

華頂道士　前人

仙人掌中住坐有上天期已廢燒丹處猶多種杏時養龍於淺水寄鶴在高枝得道復無事相逢盡日碁

秦中逢王先生　趙嘏

萬萬東流不一迴先生獨此負仙才蘂宮橫浪海邊別鶴趙駐雲天上來幾處吹簫森羽衛誰家殘日下樓臺青春

正好分瓊液乞取當時白玉杯

贈王先生　前人

太一真人隱翠霞早年曾降蔡經家羽衣使者峭於鶴鳥瓜侍娘飄若花九鼎欄干歸馬齒三山窕窈步雲涯時因弟子偷靈藥散落人間駐（一作潤）物華

贈道者　前人

華蓋飄飄綠鬢翁往來朝謁蘂珠宮幾年山下陰陽鼎盡日澗邊桃李風野跡似雲無處著仙容如水與誰同應憐有客外妻子思在長生一顧中（一作諾中）

王先生不別而去　前人

仙翁歸袖拂烟霓一卷素書還獨携斷藥蒲囊身不病抱

琴何處鶴同棲露沾衣盡日看山坐搔首殘春向路迷樹樹白雲幽徑絕短舡空倚武陵溪

送趙道士歸天目舊山　薛能

愚朴尚公平此心憐道情有祿終自鄙何計逐師行日者聞高躅時人蓋強名口無滋味入身欲羽儀生表乞還鄉速（集作遠）詩曾對御成上毛徵（一作珍）到越塵髮捲離京符呪風雷惡朝脩月露清觀臨天目頂（集作秀）家住海濤聲導引圖看足參同註解精休糧一擬問忽（集作葱）草倏迴程

別道者　劉駕

自君入城市北邙無新墳始信壺中藥不落白楊根如何忽告歸舜華還笑人玉笙無濟音悵望緱嶺雲

贈王道士　周賀

藥力資蒼鬢應非舊日身（一爲）嵩岳客幾塟洛陽人石縫飄探水雲根斧斷薪關西來往路誰得水銀銀

送梁道士　周朴

舊居桐栢觀歸去愛安閑倒樹造新屋化人脩古壇晚花霜後落山雨夜深寒應有同溪客相尋學鍊丹

謫仙吟贈趙道士　李群生

汗漫東遊黃鶴雛縉雲仙子住清都三元麟鳳推高座六甲風雷閟小壺日月暗資靈壽藥山河直擬（一作常值）化生符若爲失意居蓬島鼇足塵飛桑樹枯

送秦鍊師　陳陶

紫府静沉沉松軒思別吟（集作到琴）水流寧有意雲泛本無心錦洞桃花遠青山竹葉深不因時賣藥何路更相尋

溪行寄道侶　張祜（見集本）

白日長多事清溪偶獨尋雲歸秋水闊月出夜山深坐想天涯去行悲澤畔吟東郊古人在應笑未抽簪

訪嵩陽道士不遇　聶夷中

先生五岳遊文焰滅金鼎日（一作月）下鶴過時人間空落影常言一粒藥不隨死生境何當列禦寇去問仙人請

送何道士歸山　張喬

身非絕粒本清羸東掛仙經杖一枝落葉自隨（一作遠路獨尋）流水去深山長與白雲期樹臨丹竈寒花疾壇近清風夜月遲撫客若能（一作隨）過洞裏廻歸人世始應悲

寄中岳顓項先生

先生顓項後得道言何人松栢早□壽兒孫老却身夜窻峯頂曙寒澗洞中春戀此逍遥景雲間不可親

贈崔道士　杜荀鶴

四海干戈無静處人家廢業望峰烟九華道士渾如夢猶向罇前笑揭天

送鄒尊師歸洞庭　楊逵

衆島在波心曾居（一作爲）舊隱林近聞飛檄急轉憶卧雲深賣藥唯供酒歸舟只載琴遥知明月夜坐石自開襟

遇道者　張嬪

數里白雲裏身輕無屐蹤故尋多不見偶到即相逢古井生雲水高（集作幽）壇出異松聊看杏花酌便似換顔容

贈道者　前人

得道疑人識都城獨閉關頭從白後黑心向鬧中閑饑渴唯調氣兒孫亦駐顔始知仙者隱殊不在深山

送芮尊師　王真白

石上菖蒲節節靈先生服食得長生早年避世憂身老近日登山覺步輕黃鶴待傳蓬島信冊書應換蘂宮名他年控鯉昇天去盧岳逋民願從行

寄程尊師　羅隱

鶴信雖然至（集作到）五湖烟波迢遞路崎嶇玉書分薄花生

眼金鼎功遲雪蒲鬢三秀紫芝勞夢寐一畨紅槿恨朝晡
未知朽敗凡間骨中授先生指教無

第五將軍於餘杭天柱觀(集作宮)入道因有題寄

交梨火棗味何如聞說苕川已卜居(集一作下車)雁榼尚携京口
酒草堂應寫穎陽書亦知得意湏乘鶴未必忘機便釣魚
即(集作却)恐武皇還望祝軟輪徵入問玄虛

寄聶尊師　前人

欲芟荆棘種交梨指畫城中日恐遲安得紫青磨鏡石與
君閑處看榮衰

逢道者神和子　士轂

珍重神和子聞名五十年童顏終不改綠髮尚依然酒裏

消閑日人間作散仙長生如可慕相逐隱林泉

贈道人　曹松

住山因以福爲庭便向山中隱姓名閬苑駕將雕羽去洞
天瀛得綠毛生日邊腸胃飧霞火月裏肌膚飲露英顧我
從來斷浮濁擬騙雞犬上三清

訪道士　裴說

高問微雨後未(一作木)脫草堂新惟有疎慵者來看淡薄人
竹牙生礙路松子落敲巾粗得玄中趣當期宿話頻

送宮人入道　王建

休梳叢鬢洗紅粧頭帶芙蓉出未央弟子抄(集作將)留歌遍
疊宮人分盡(集作散)舞衣裳問師初得經中字入靜獨燒內
裏香發願蓬萊見王母却歸闕下(集作人世 一作城闕)施仙方

同前　張籍

舊寵昭陽裏求(集作尋)仙此最稀名雖(集作初)出宮籍身未
霞衣已別歌舞貴長隨鸞鶴飛中官看入洞空駕玉輪歸

同前　于鵠

才五吹簫入漢宮看脩水殿種芙蓉自傷白髮辭金屋許
著黃衣向雪峰解語老猿開曉戶學飛鸚鶴落高松定知
別後宮中伴遙聽緱山半夜鍾

同前　張蕭遠

捨寵求仙畏色衰辭天素面立階墀金冊擬駐千年貌玉
指休匀八字眉師主與收珠翠後君王看戴角冠時從來

宮女皆相妬聞向瑤臺盡淚垂

同前　項斯

願隨仙女董雙成王母前頭結(百家詩選作作)伴行初戴玉冠多
悞拜欲辭金殿別稱名將敲碧落新齋磬却進昭陽舊賜
箏且暮焚香遶壇上步虛猶作按歌聲

文苑英華卷第二百二十九　十九

文苑英華卷第二百三十　詩八十

隱逸一

徵君二十一首　處士十首

處士三十一首

徵君

答何徵君　任昉

散誕羈鞿外拘束名教裏得性千年同山林亦（一作無）朝市勿以耕蠶貴空笑易農士宿昔仰高山超然絕塵軌傾壺已等藥命管亦齊喜為歡君獨遊若路（一作終）方同止（一作皆藝文類聚）

贈徐徵君　前人

促生悲永路早交傷晚別自我隔容徽於焉積歲月情非山河阻意似江湖悅東皐有儒素杳與榮名絕曾是違賞心旨用箴余缺聊為追平生塵書廢不閱信此伊能已懷抱豈暫輟何以表相思貞松擅嚴（一作巖）節

贈李徵君大壽　王績

孔淳辭散騎陸昶謝中郎幅巾朝帝罷策杖去官忙附車還趙郡乘船向武昌九徵書未已十辟譽彌彰副君迎綺季天子送嚴光霸陵幽徑近磻溪隱路長編蓬還作室績草更為裳會稽置樵處蘭陵賣藥行看書惟道德開教止農桑別有懷幽侶由來高讓王前年辭厚幣今歲返寒鄉有書橫石架無氈坐土牀蘭英猶足釀竹實本無糧澗松寒轉直山菊秋自香管寧存祭禮王霸重朝章去去相隨去披裘驕盛唐

答田徵君　宋之問

家臨清溪水溪水遶盤石綠蘿四回垂裊裊百餘尺風泉度絲管苔蘚鋪茵蓆傳聞潁陽人霞外漱靈液忽枉巖中翰吟臥朝復夕何處（文粹作當）遂遠遊物色候逋客

徵君宅今祇洹寺是　許景光

徵君昔嘉遁抗跡遺俗塵了心悟有物乘化遊（一作入）無垠道喪歷千載復存潁陽真上雲佳山水晚歲就隱淪內史既解綬支公亦相親儒道匪遠理意勝聊自欣洄沿南溪夕流浪東山春石壁踐冊景[illegible]潭冒綠蘋探鍊備海嶠賞

心寓情人柰何靈仙骨鍛（一作斂）翮瑤池津寥寥虛白宇夙挹招提因家風緬多尚玄德謝無隣謬陪金門彥矯跡待紫宸皇恩竟已矣遺烈庶不泯

行至汝墳寄盧徵君　孟浩然

行乏憩余駕依然見汝墳洛川方罷雪嵩嶂有殘雲曳曳半空裏明明五色分聊題一時興因寄盧徵君

贈楊（集作陽）徵君鴻（此公時被徵）　李白

陶令辭彭澤梁鴻入會稽我尋高士傳君與古人齊雲臥留丹壑天書降紫泥不知楊伯起早晚向關西

寄趙徵君蕤　前人

吳會一浮雲飄如遠行客功業莫從就歲光屢奔迫良圖

俄兼捐衰疾乃綿劚古琴藏匣匣長劍挂空壁楚懷奏鍾
儀越吟比莊舄國門遥天外鄉路迷山隔朝憶相如臺夜
望子雲宅旅情初結緝秋氣風寂蕭風入松下清露出草
間白故人不在此而我誰與適寄書西飛鴻贈爾慰離析

尋廬山崔徵君　丘爲

日高鷄犬靜門掩向寒塘夜竹深茆宇秋庭冷石牀住山
年已遠服藥壽偏長歷棄浮生者相逢益自傷

家叔徵君東溪草堂作二首　盧象

闌山十餘里青壁森相倚欲識羌時人（一作天）東溪白足（一作雲）
是雷聲轉幽壑雲氣相表裏（一作流水）香澗影生蟲蛇巖端
翳檉（一作化）梓大道終不易君恩曷能已鶴蓋（一作美）無老時

龜言攝生理浮年笑六甲元化潛一指未暇掃雲梯空慙
阮家（一作氏）子

二

今朝共遊者得性閑未歸已到仙人家莫驚鷗鳥飛水深
嚴公釣松挂巢父衣雲氣轉幽寂溪流無是非名理未足
羨腥臊誰（文粹作詎）所希自惟負直意何歲（一作年）當食薇

自鄱陽還中道寄褚徵君　劉長卿

南風日夜起萬里孤帆漾元氣連洞庭夕陽洛波上故人
烟水隔復此遥相望江信久寂寥楚雲獨惆悵愛君清川
口弄月時棹唱白首無子孫一生自疎曠

同王徵君洞中有懷　張謂

八月洞庭秋瀟湘水北流還家萬里夢爲客五更愁不用
開書帙（集作帙）偏宜上酒樓故人京洛滿何日復同遊

送孔徵君　皇甫曾

谷口幽（集作山）多處君歸不可尋家貧清史在身老白雲深
掃雪開松逕疏泉過竹林余（集作餘）生負丘壑相送亦何心

陪王郎中尋孔徵君　常應物

俗吏閑居少同人會面難偶隨香署客來訪竹林賢暮館
花微落春城雨暫寒甕間聊共酌莫使宦情闌

酬秦徵君徐少府春日見寄（集作奉酬秦徵君系春日撫州西亭野望）（蕭寄徐少府）

終日愧無政與君聊散襟城根山半腹亭影水中心朗詠

竹窗靜野情花逕深那能有餘興不作剡溪尋

此詩三百十五卷重出今已削去

送戴三徵君還谷口舊居　釋理瑩

巖冗多遺秀去車屢遠招周王尊渭叟顏客傲唐堯出處
天波洽關河地勢遥瞻星吳郡夜作霧華山朝清論虛重
席閑居挂一瓢漁歌思坐酌宸渥寵行軺春爲荷裳暖霜
因葛履消層崖懸瀑溜萬壑振清飇谷鳥猶（一作還）遷木場
駒正（一作會）食苗謝安何日起台鼎竹君調

送駱徵君　陳潤

野人膺辟命溪上掩柴扉黃卷猶將去青山肯更歸馬留
苔蘚跡人脫薜蘿衣他日相思處天邊望少微

經李徵君故居　溫庭筠

露濃烟重草凄凄樹映欄干柳拂堤一院落花無客醉五更殘月有鶯啼芳筵想像情難盡故榭荒凉路已迷風景宛然人自改(集作惆悵鄰谿往來慣)却(集作每)經門巷馬(集作亦)頻嘶

贈鄭徵君(集作題鄭徵君家匡山首春與丞相贊皇公遊)　前人

一艇蘭棹逐燕鴻曾向江湖識謝公每到朱門還悵望故山多在畫屏中

九華山費徵君所居　羅隱

草堂何處試徘徊見說遺蹤向此開蟾桂自歸三徑後鶴書曾向九天來白雲事跡雖然(集作依前)在青瑣光陰竟不廻盡日(集作夕)爲君思曩昔(集作曩日一作往日)野泉鳴咽路莓苔

居士

早春贈別趙居上還江左時長卿下第歸嵩陽舊居　劉長卿

見君風塵裏意出風塵外自有滄州期含情十餘載深居鳳城曲(一作北)日預龍華會果有(集作得)僧家緣能遺俗人態一身今已適萬物知何愛悟法電已空看心水無礙(一作尋)且將窮妙理兼欲(一作亦)尋勝槩何獨謝客遊當爲遠公輩放舟馳楚郭負杖辭秦塞目送南飛雲令人想吳會逢恩舊遊處髣髴疑相對夜火金陵城春烟石頭瀨滄波極天末萬里明如帶一片孤客帆飄然向殘(一作青)靄楚天含江氣雲色常霑對隱見湖中山相連數州內君行意可得全與時人背歸路隨楓林還鄉念尊莱顧予尚羈束何幸承眄睞素願徒自勤清機本難逮累年忝賓薦末路逢沙汰濩落名不成徘徊意空大逢時雖(一作難)貴達守道甘易退逆旅鄉夢頻春風客心碎別君日已遠離念無明晦予亦還柴荆山田事耕耒

送薛居士和州讀書　嚴維

孤雲獨鶴共悠悠萬卷經書一葉舟楚地巢城民舍少村烟杜樹怨湖秋蒿萊織女晨炊黍籬落耕童夕放牛年少不應辭苦節諸生若遇亦封侯

自青山諸於潛道中作呈元八居士　釋靈一

苕水灘行淺潛州路漸深參差遠岫(一作村)色迢遞野人心

東澗水難釋秋山月易陰不知天目下何處訪雲林

此詩二百九十三卷重出今已削去注異同爲一作

欲尋天目先問元駱二居士(已上一百六十六卷)　前人

送沉居士還太原　釋皎然

辭鄉因世難家族盛南朝名重郊居賦(沉休文作郊居賦)才高獨酌謠(沉文子作)浪花飄一葉峯色向三條高逸雖成性乏旌肯妄招

秋宵即事示崔居士　前人

禪性愛方丈寂寥無四鄰秋天月色正清夜道心真大憂觀遺跡浮名悞此身不知庭樹意榮落感何人

滑中贈崔高士　王季友

夫子保樂命外身得無咎日月不能老化腸爲（一作無）筋否
十年前見君甲子過我壽云何今相逢華髮在我後近而
知其遠少見今白首逢信蓬萊宮不死世世有玄石采盈
襜神方秘其肘問家唯指雲意氣常言酒攝生固如此稜
道當不朽未能太虛同顏亦天地久實腸以芝朮賤形乃
芻狗自勉將勉余良藥在苦口

此詩三百四十卷重出今已削去

留題杜居士　許渾

松偃石牀平何人識姓名溪氷寒棹響宮雪夜窗明機盡
心猿伏神閑意馬行應知此來客身世兩無情

贈滔口苗居士　鄭谷

歲晏樂園林維摩契道心江雲寒不散庭雪夜方深酒勸
漁人飲詩憐稚子吟四郊多壘日勉我捨朝簪

敷溪高士　前人

敷溪南岸掩柴荊掛却朝衣受凈名閑得林園栽樹法喜
聞兒姪讀書聲眠窗日暖添幽夢步野風清散酒酲謫去
徵還何擾擾片雲相伴看衰榮

處士

贈周處士　庾信（見類聚）

九丹開石室三徑沒荒林仙人翻可見隱士更難尋籬下
黃花菊丘中白雪琴方欣松葉酒自和遊仙吟

尋周處士弘讓　前人（見類聚）

試逐赤松遊披林對一丘梨紅大谷晚桂白小山秋石鏡
菱花發桐門琴曲愁（集作曲道）泉飛疑度雨雲積似重樓王孫
若不去山中定可留

贈周處士　王褒

我行無歲月征馬屢盤桓嶠曲三危阻關重九折難猶持
漢使節尚服楚臣冠巢禽疑上幕驚羽畏虛彈飛蓬（一作鴻）
去不已客思（一作念）漸無端壯志與時歇生年隨事闌百齡
悲促命數刻念餘懽雲生隴坻黑桑疎劍北寒鳥道無蹊
逕清瀨（類聚作溪）有波瀾思君化羽翮要我鑄金冊

別周處士（一作尚書弘正）　庾信

扶風天柱（一作石橋）北函谷故關前此中一分手相逢知幾年

黃鵠遂反顧徘徊（一作戀）應愴然自知悲不已徒勞減瑟絃

此詩二百六十六卷重出今已削去注異同爲一作

還草堂尋處士弟　周弘正

歲時易荏苒百齡倏將半故老多零落山僧盡離散宿樹
倒爲查舊水侵成岸幽尋屬令弟依然歸舊館感物自多
傷況乃春鶯亂

贈程處士　王績

百年長擾擾萬事悉悠悠日光隨意樂（集作落）河水任情流
禮樂囚（集作因）姬旦詩書縛（集作傳）孔丘不如高枕枕時取醉
消愁

贈衛八處士　杜甫

人生不相見動如參與商今夕復何夕共此燈燭光少壯
能幾時鬢髮各已蒼訪舊半爲鬼驚呼熱中腸焉知二十
載重上君子堂昔別君未婚兒女忽成行怡然敬父執問
我來何方問荅乃未已（集作未及）驅兒羅酒漿夜雨剪春韭新
炊間黄粱主稱會面難一舉累十觴十觴亦不醉感子故
意長明日隔山岳世事兩茫茫

留別龔處士　李白

龔子棲閑地都無人世喧柳深陶令宅竹暗辟疆園我去
黄牛峽遥愁白帝猿贈君卷施草心斷竟何言

贈冊陽周處士惟長　前人

周子横山隱開門臨城隅連峰入户牖勝槩凌方壺時枉

白紵詞放歌冊陽湖水色傲溟渤川光秀菰蒲當其得意
時心與天壤俱閑雲隨舒卷安議（集作識）身有無抱石耻獻
玉沉泉笑探珠羽化如可作携手（集作相携）上清都

贈張公洲革處士　前人

列子居鄭圃不將衆庶分革侯（一作卓然）遁南浦常恐楚人聞
抱甕灌秋蔬心閑遊天雲每將瓜田叟耕種漢水濆時登
張公洲入獸不亂群井無桔槔事閑絶刺繡文長揖二千
石遠辭百里君斯爲眞隱者吾黨慕清芬

巴陵別劉處士　王昌齡

劉生隱岳陽心遠洞庭水偃帆入山郭一宿楚雲裏竹映
秋館深月寒江風起烟波桂陽接日夕數千里嫋嫋清夜
猨孤舟坐如此湖中有來鴈雨雪侯音旨

過湖南羊處士別業　劉長卿

杜門成白首湖上寄生涯秋草無（集作蕪）三逕寒塘獨一家
鳥歸村落靜水向縣城斜愛子醒還醉籬東菊正花（集作自有東籬菊年年觧作花）

過終南山柳處士　司空曙

雲起山蒼蒼林居蘿薜荒幽人老深境素髮與青裳雨滌
莓苔緑風揺蕙茝香洞泉分泒（一作流）淺巖筍出叢長敗履
安松砌餘棊在石牀書名一爲別還路已堪傷

因省風俗訪處士姪不見題壁　韋應物

去年澗水今亦流去年杏花今又拆山人却歸來問誰還

是去年行春客

潘處士宅會別　戴叔倫

相邀寒影晩惜別故山空隣里疎林在池塘野水通十年
難遇後一醉幾人同復此悲行子蕭蕭逐遠蓬

留別宋處士　前人

留歡方繼燭此會宜他人鄉里遊從舊兒童内外親夜深
愁不醉老去別何頻莫折園中柳相看惜暮春

待漏假寐夢歸江東舊居因寄惠闍黎芽處士（時德輿秉政未果會故也）　權德輿

十年江浦臥郊園閑夜分明結夢魂舍下烟蘿通古寺湖
中雲雨到前軒南宗長老知心法東郭先生識化源覺後

忽聞清漏曉又隨簪佩入君門

送李處士歸弋陽山居　前人

覽來城市意何如却憶葛陽溪上居不憚薄田輸井稅自將佳句着州閭波翻極浦檣竿出霜落秋郊樹影踈想到家山無俗侶逢迎只是坐藍輿

勞山居寄呈吳處士　釋皎然

山事由來別只應中老身寒園掃縱栗秋浪拾乾薪（楚人呼養柴爲柴浪）領鶴閑書竹誇雲笑向人俗家流（一作）相去遠野水作東隣

同前

官居鼎鼐古今無名世才臣獨一余賢閣御題龍墨燦詔

歸補袞在須史

贈王處士　王建

松樹當街雪滿地青山掩障碧紗帷鼠來案下長（集作上常）偷水鶴在牀前亦看碁道士寫將行氣法家僮授與步虛詞世間有似君應少便（一作願）乞從今作我師

送盧處士歸嵩山別業　劉禹錫

世業嵩陽（集作山）隱雲深無四隣藥鑪燒姹女酒甕貯賢人晚日華陰霧秋風函谷塵送君從此去鈴閣少談賓

經王處士原居　張籍

舊宅誰相近唯僧近竹關庭寒雲滿井窗曉雪通山來客半留宿借書多寄還明時未中歲莫便一生閑

寄梅處士　前人

擾擾人間足是非（集作是與非）官閑自覺省心機六街班裏身常下九列符中事且（集作亦）稀市客慣曾賒賤藥家童驚見着新衣君今獨得居山樂應笑多時未辦歸

送耿處士　賈島

一缾離別酒未盡即言行萬水千山路孤舟幾月程川原秋色靜蘆葦晚風輕迢遞不歸客人傳虛隱名

憶吳處士　前人

半夜長安雨燈前越客吟孤舟行一月萬水與千岑島嶼夏雲起汀洲芳草深何當折松葉拂石剡溪陰

憶江山吳處士　前人

閩國揚帆去蟾虧還復圓（集作蟾蜍虧復圓）秋風吟渭水落葉滿長安此地聚會久（集作夕）當時雷雨寒蘭橈殊未返消息海雲端

尋陳處士山堂　劉得仁

步溪凡幾轉始得見幽蹤地（集作路）隱千根樹門（集作房）開萬仞峰片雲生石竇淺水臥枯松窮谷風光冷深山翠碧（集作越）濃鶴看空裏過仙向坐中逢底露秋潭水（集作石）聲微廻觀鍾暮年來此定異日顧相容且喜今歸去人間事更（集作事事）慵

訪曲江胡處士　前人

何況歸山後而今已似仙卜居天苑畔閑步禁樓前落日

明沙岸微風上紙鳶靜還林石畔下一作坐讀養生篇

送姚處士歸亳州　前人

白髮麻衣破還譙別第廻首垂聽槳淚花落待歌盃石路尋芝熟柴門有鹿來明王下徵詔應就碧峰開

題王處士山居　前人

茅堂入谷遠林暗絶其隣終日有流水經年無到人溪雲常欲雨山洞別開春自得仙家術蒐松獨養真

文苑英華卷第二百三十　終

文苑英華卷第二百三十一　詩八十一

隱逸二

處士四十五首　山人二十一首

處士

春日送麗處士歸龍山　釋無可

愛弟直霜臺家山羨獨迴出門時返顧何日更西來柳亦臨關發花應到越開漁舟誰伴上依舊恣沿洄

酬吳處士一作朱慶餘一作守　周賀

已當聽鴈夜多事不一作少同居故疾離城晚秋霖見月蹤趁一作聽鍾開靜戶帶一作掃葉卷殘一作閑書蕩一作盪槳期南去荒園久廢鋤

送沈處士赴蘇州李中丞招以詩贈行　杜牧

此詩二百四十六卷二百六十一卷重出並已削去注異同爲一作

山城樹葉紅下有碧溪水溪橋向吳路酒旗誇酒美下馬此送君高歌爲君醉念君抱材能百工在城壘空山三十年鹿裘挂窻睡自言隴西公飄然我知己舉酒屬吳門今朝爲君起懸弓三百斤囊書數萬紙戰賊即戰賊爲吏即爲吏盡我所有無惟公之指使予曰隴西公滔滔大君一作公子常思掄群材一爲國家治譬如匠見木礙眼皆不棄大者麤十圍小者細一指檝櫨與棟梁施之皆有位忽然豎明堂一揮立能致予亦何爲者亦受公恩紀處士常有言殘虜爲犬豕常恨兩手空不得一馬箠今依隴西公如虎傅兩翅公非刺史材當坐巖廊地處士魂奇姿必展平生志東吳饒風光翠巘多名寺蹤煙疊疊秋獨酌平生思因書問故人能忘批紙尾公或憶姓名爲說都憔悴

贈宣州元處士　前人

陵陽北郭隱身世兩忘者蓬蒿三畝居寬於一天下罇酒(集作前)對不酌默(一作寂)與玄相話人生自不足愛嘆遭逢寡

此詩二百六十一卷重出今已削去注異同爲一作

題韋處士山居(集作題韋隱居西齋)　許渾

劚藥去還歸家人半掩扉山風藤子落溪雨(集作水)豆花肥寺遠僧來少橋危客過(一作到)稀不聞碪杵動應解剪(集作製)荷衣

贈裴處士　前人

爲儒白髮生鄉里早聞名煖酒雪初下讀書山欲(集作未)明字形翻鳥跡詩調合猿聲門外滄浪水知君欲濯纓

送(集作別)韋處士　前人

南北斷蓬飛別多相見稀更傷今日醻(集作酒)未換昔時(集作年)衣舊友幾人在故鄉何所(集作處)歸秦原向西路雲晚雪霏霏

此詩二百八十八卷重出今已削去

將赴京師留題孫處士山居二首　前人

西巖有高興路僻幾人知松陰花開少(集作晚)山寒酒熟遲遊從(集作隨)收野鶴休息過(集作遇)靈龜長見隣翁說容華似舊時

二

草堂近西郭遥對鏡(集作嶽)亭開枕膩海雲起簟涼山雨來高歌懷地肺遠賦憶天合應笑(集作學)相如志終須駟馬迴

寄昭亭揚處士(集作寄陽陵處士)　前人

舊隱青山紫桂陰一書迢遞寄歸心謝公樓上晚花發(集作盛)楊子宅前春草深呉岫雨來溪鳥浴楚山(集作江)雲暗嶺猿吟野人寧負滄洲伴會待吹竽定至音

題獨孤處士村居　薛逢

江上園廬荆作扉男驅耕犢婦鳴機林巒當户蔦蘿暗桑柘繞村蕢芋肥三畝稻田還謂業兩間茅舍亦言歸何如一被風塵染到老云云相是非

處士盧岵山居　温庭筠

西溪問樵客遥識楚(集作指主)人家古樹老連石急泉清露沙千峰隨雨暗一逕入雲斜日暮鳥飛散滿山蕎麥花

題陳處士幽居　前人

松軒塵外客高竹(集作櫳)自蕭踈雨後苔侵井霜來葉滿渠閒看鏡湖畫時得越僧書若待前溪月誰人伴釣魚

題李處士幽居　前人

此詩二百十八卷重出今已削去

水玉簪頭白(一作戴)角巾瑤琴寂歷拂輕塵濃陰似帳紅薇晚細雨如煙碧草春(一作新)隔竹見籠疑有鶴卷簾看畫更(集作靜)無人南窻(集作山)自有忘機(集作年)友谷口徒稱鄭子真

李羽處士寄新醞走筆戲酬　前人

高譚有伴還成藪沉醉無期即是鄉已恨流鶯欺謝客更將浮蟻與劉郎簷前柳色分張緑窻外花枝借助香所根玳筵紅燭夜草玄寥落近迴塘

處士隱居　張祜

斜日半飛閣高簷(集作簾)輕翳(一作翳遠)空清香芙蓉水碧冷琅玕風絶岸泒沿洑脩廊趾崇隆唯當餌仙朮坐作朱顔翁

送鄭台處士歸絳巖　方干

榮啓先生挾琴去猷尋靈勝憶巖栖白猿啼(集作垂)樹窻邊月紅鯉驚鈎竹外溪慣採藥苗資素饌曾書蕉葉寄新題古賢猶愴河梁別未可怱怱便解攜

書桃花塢周處士壁　前人

醉吟雪月思彌苦思苦神勞白（集作新）髮生自學古賢修靜
節唯應野鶴識高情細泉出石飛難盡孤燭和雲濕不明
何事懶於嵇叔夜更無書信（集作札）答公卿

贈黃處士　前人

閑戶先生無是非竹灣松榭藕絲（集作苗）衣愁吟密雪思難
盡醉倒落（集作殘）花扶不歸若出薜蘿迎鶴簡應隨舴艋別
漁磯到頭苦節終何益空改文星作少微

贈中巖王處士　前人

垂楊裊裊草芊芊氣象清深（集作虛）似洞天援筆便成鸚鵡
賦洗花亦（集作須）用桔槔泉商於避世堪同日渭叟（集作曲）逢
時必有年直恐肺（集作剛）腸閑不（集作未）得醉吟爭柰被才牽

送房處士閑遊　李群玉

注（集作採）藥陶貞白尋山許遠遊刀圭藏妙用巖洞契冥搜
花竹（集作月）三湘（集作江）水琴樽一葉舟羨君隨野性（集作鶴）長
揖稻粱愁

贈包處士　李洞

秋思枕月卧瀟湘寄宿慈恩竹裏房性急還於棊上慢身
閑未免藥中忙休拋手網驚龍睡曾挂頭巾拂鳥行聞說
石門君舊隱寒峯濺瀑壞書堂　竹裏（集作寺裏）還於（集作却於）寒峯（集作寒風）

虎丘寺贈魚處士　趙嘏

蘭若雲深處前年客重過巖空秋色動水闊夕陽多早負
江湖志今如鬢髮何唯君閑勝我釣艇在煙波

送韋處士歸省溯方　前人

映柳見行色故山當落暉青雲知已歿白首一身歸滿袖
蕭關雨連沙塞鴈飛到家歡有喜借取老萊衣

贈曹處士幽居　前人

勾漏先生冰玉然曾將八石問群仙中山暫醉一千日南
苑佳來三百年棊局不收花滿洞霓旌欲別浪翻天何須
更學鴟夷子頭白江湖一短船

新秋雨霽宿王處士東郊　馬戴

夕陽逢一雨夜洗清陰露氣竹窻靜秋光雲月深煎嘗
靈藥味話及故山心得意兩不寐微風生玉琴

送胡處士歸湘南　李頻

見話荆湘切長愁有去時江湖秋涉遠雷雨夜眠遲舊業
多歸興空山盡老期天寒一瓢酒落日擬留誰

秋晚訪李處士所居　皮日休

門前襄水碧潺潺靜釣歸來不掩關書閣鼠穿廚簏破竹
園霜後桔槔閑兒童不許驚幽鳥藥草須教上假山莫為
愛詩偏念我訪君多得醉中還

李處士郊居　前人

石衣如髮小（一作水）溪清溪上柴門架樹成園裏水流澆竹
響窻中人靜下棊聲幾多狎鳥皆諳性無限幽花未得名
滿引紅螺詩一首劉楨失却病心情

送陸處士　張喬

罇前放浩歌便起（一作處）泛煙波舟檝故人少江湖明月多
孤峯經宿上僻寺共雲過若向仙巖住還應着薜蘿

送韓處士歸少室山　前人

江外歷千岑還歸少室吟地閑緱嶺月窻迥洛城砧石竇
垂寒（一作新）乳松枝長別琴他年瀑泉下亦擬置家林

西蜀淨衆寺松溪八韻寄水部崔處士　鄭谷

松因溪得名松吹答溪聲繚繞能穿寺幽奇不在城寒煙
齋後散春雨夜中平染岸蒼苔古翹沙白鷺明澄分僧影

瘦光徹客心清帶梵侵雲響和鍾激石鳴淡烹新茗爽暖泛落花輕此景窮（一作吟）難盡憑君畫入京

蔡處士　前人

無着復（集作便）無求平生不解愁鬻蔬貧淨潔中酒病風流旨趣陶山相詩篇沈隱侯小齋江色裏籬柱繫漁舟

梁燭處士辭金陵相國杜公歸舊山因以寄贈　前人

相庭留不得江野有苔磯兩浙尋山遍孤舟載鶴歸世間書讀盡僧（集作雲）外客來稀諫署搜賢急應難借布衣

長安夜坐懷寄湖外嵇處士　前人

萬里念江海浩然天地秋風高群木落夜久數星流鍾絕分宮漏螢微隔御樓（集作瀟）遙知（集作思）洞庭上葦露滴漁舟

寄贈楊夔處士　前人

結茅依約釣魚臺濺水鸂鶒去又迴春卧甕邊聽酒熟露

吟庭際待花開三江勝景遨遊遍百氏群書講論（集作貫）來國步未安風雅薄可能高尚抑天才

此詩二百六十四卷重出今已削去

題仇處士郊居（集作棄官卜居）　杜荀鶴

江南景簇好（集作此）林亭手板藍裾自可輕洞裏客來無俗話（一作語）郭中人到有山情閑抛（集作擲）巖果呼猿援時釣溪魚引鶴爭笑我有詩三百首馬蹄終日急於名

憶張處士　王貞白

天台張處士詩句造玄微古樂知音少名言與俗違山風入松徑海月上巖扉畢世唯高卧無人談是非

韋曲杜處士新居　羅隱

翠斂王孫草荒誅宋玉茅冠餘無故物時薄少深交迸笋穿（集作侵）行逕飢鶵出壞巢小園吾亦有多病近來拋

酬張（集作章）處士見寄　前人

中原甲馬未曾安今日逢君事萬端亂後幾回鄉夢隔別來何處路行難霜鬚共落三門浪雪鬢同歸七里灘何必新詩更相戲小樓吟罷暮天寒

早春送處士張坤歸汴州（集作大梁）　前人

蕭蕭羸馬正塵埃又送歸軒向吹臺別酒莫辭今夜醉故人知是幾時來（集作迴）泉經華嶽猶應凍花到梁園始合開爲謝東門抱關吏不堪惆悵滿離盃

此詩又見二百八十三卷

贈鏡湖處士方干二首　曹松

包含教化剩搜羅句出東甌奈峭何世路不妨平處少才人唯是屈聲多雲來島上便幽石月到湖心忌白波後輩難爲措機杼先生織字得龍梭

二

祇擬應星眠越絕唯將麗什當高勳磨礱清濁人難會織絡虛無帝亦聞鳥道未知山足雨漁家已没鏡中雲他時莫爲三徵起門外沙鷗解笑君

再訪陸處士　前人

萬卷書邊人半白再來唯恐降玄纁性靈比鶴爭多少氣力登山較幾分吟鬢漸無前度漆寢衣猶有昨宵雲將知谷口耕煙者低視齊梁楚趙君

題任處士脩精舍　魚玄機

幽人刱奇境遊客寄（一作駐）行程粉壁空留字蓮宮未有名鑿池泉自出開逕草重生百尺金輪閣當川豁眼明

山人

寄鄭霍二山人　王維

翩翩繁華子多事（集作出）金張門幸有先人業早逢（集作蒙）明

主恩同（集作童）年且末（集作未）學肉食鸞華軒豈乏中林士無人薦至尊鄭生老泉石霍子安丘樊賣藥不二價著書盈萬言息陰無惡木飲水必清源吾賤不及議斯人竟誰論

遊李山人所居因題屋壁　前人

世上皆如夢狂來或自歌問年松樹老有地竹陰（集作林）多藥債韓康賣門容尚子過翻嫌枕席上無那（一作奈）白雲何

寄張十二山人彪　杜甫

獨臥嵩陽客三違（一作逢）潁水春艱難隨老母慘澹向時人謝氏尋山屐（一作屣）陶公（一作潛）漉酒巾群凶彌宇宙此物在風塵歷下辭姜被關西得孟鄰早通交契密（一作闊）晚接道流新靜者心多妙先生藝絕倫草書何太（一作甚）古詩興不無神曹植休前輩張芝更後身數篇吟可老一字買堪貧將恐曾防寇深潛託所親寧聞倚門夕盡力潔飧晨踈懶

爲名誤驅馳喪我真索居猶寂寞相遇益酸（一作愁）辛流轉依邊徼逢迎念席珍時來故舊少亂後別離頻世祖修高廟文公賞從臣商山猶入楚源（一作湍）水不離（一作流）秦存想青龍祕騎行白鹿馴耕巖非谷口結草即河濱肘後符應驗囊中藥未陳旅懷（一作懷賢）殊不愜良覿渺無因自古皆悲恨浮生有屈伸此邦今尚武何處且依仁鼓角凌天籟關山信月輪官場羅鎮磧賊火近洮岷蕭瑟（一作索）論功（一作兵）地蒼忙鬭將辰大軍多處所餘孽尚紛綸高興知籠鳥斯文豈（一作起）獲麟窮秋正搖落迴首望松筠

送范山人歸太山　李白

魯客抱白鶴別余往太山初行若片雪（一作雲）杳在青崖間高高至天門海日近可攀雲生望不及此去何時還

送楊山人歸嵩山　前人

我有萬古宅嵩陽（一作山）玉女峯長留一片月挂在東溪松爾去擿仙草菖蒲花紫茸歲晚或相訪青天騎白龍

下終南山過斛斯山人宿置酒　前人

暮從碧山下山月隨人歸却顧所來逕蒼蒼橫翠微相携及田家稚子開荊扉綠竹入幽徑（集作援）青蘿拂行衣歡言得所憩美酒聊共揮長歌吟松風曲盡河星稀我醉君復樂陶然共忘機

送鄭山人還廬山別業　劉長卿

潯陽數畝宅歸臥掩柴關谷口何人待（一作在）門前秋草閑忘（一作無）機賣藥罷揮手（一作不語）杖藜還舊筧成寒竹空齋向暮山水流經（一作過）舍下雲去（一作起）到人間桂樹花應發因行寄一攀

此詩二百七十卷重出今已削去注異同爲一作

送朱山人放歸山陰（見三百十八卷）　前人

入白沙渚寅緣二十五里至石室山下懷天台陸山人　前人

遠嶼靄將夕翫幽行自遲歸人不計日流水閑相隨輟棹石（集作古）崖口捫蘿春景熙偶因迴洲次寧與前山期對此瑤草色懷君瓊樹枝浮雲去寂寥（集作寞）白鳥相（集作來）因依何事愛高隱但令勞遠思窮年臥海嶠永望愁天涯吾亦從君（一作此）去扁舟何所之迢迢江上帆千里東風吹

宿關西客舍寄東山嚴許二山人時天寶初七月三日在學見有高道舉徵　岑參

雲送關西雨風傳渭水（集作此）秋孤燈燃客夢寒杵擣鄉愁灘上思嚴子山中憶許由蒼生今有望飛詔下林丘

寄華陰山人李岡　前人

君隱處當一星蓮花峯頭飯黃精仙人掌上演丹經鳥可到人莫攀隱來十年不下山袖中短書誰爲達華陰道士賣藥還

送楊山人歸嵩陽　高適

不到嵩陽動十年舊家（一作時）心事已徒然一二故人不復見三十六峯猶眼前夷門二月柳條色流鶯數聲淚沾臆鑿井耕田不我招知君以此忘帝力山人好去嵩陽路唯余眷眷長相憶

送韋山人（二字集作邕少府）歸鍾山別業　李嘉祐

旗亭閑書罷（集作祈門官罷後）負笈向桃源萬卷長開帙千山不掩（集作千峯不閉）門綠楊垂野渡（後篇作野逕）黃鳥傍山村念爾能高枕丹墀會一論

此詩二百七十一卷重出今已削去

送陸鴻漸山人採茶迴　皇甫曾

千峯待逋客香茗復叢生採摘知深處煙霞羨獨行幽期山寺遠野飯石泉清寂寂燃燈火相思一磬聲

贈強山人　郎士元

或棹輕舟或杖藜尋常適（集作隨）意釣前溪草堂竹逕在何處落日孤煙寒渚西

送王山人歸別業（集作送元晟歸潛山所居）　皇甫冉

深山秋事（間氣集作意）早歸（集作君）去意（集作復）何如浥露收新稼迎寒葺舊廬題詩即招隱作賦足（集作是）閑居別後空相憶嵇康懶寄（集作讀）書

此詩二百七十二卷重出今已削去

送李山人還　前人

從來無檢束只欲老煙霞雞犬聲相應深山有幾家

送李山人還玉溪　顧況

好鳥共鳴臨水樹幽人獨欠買山錢若爲種得千竿竹引取君家一眼泉

題贈韋山人　耿緯

失意成逋客終年獨掩扉無機狎鷗慣多病見人稀流水知修（一作行）藥孤雲伴採薇空齋暮還坐心事與時違

奉和張大夫訓高山人　司空曙

野客居鈴閣重門將校稀豸冠親穀弁龜印織（集作識）荷衣坐久寒泉（集作飈）爽談餘暮角微蒼生須太傅山在豈容歸

送麴山人往（集作住）衡山　前人

白石先生眉髮老（集作光）已分紺（集作甜）雪飲紅漿衣巾半染煙霞色（集作氣）語笑兼和藥草香芽洞玉聲流暗水衡山碧氣（集作色）映朝陽千年城郭如相問華表峩峩有夜霜

文苑英華卷第二百三十一

登仕郎胡　柯　鄉貢進士彭　叔夏　校正

文苑英華卷第二百三十二　詩八十二

隱逸三

山人三十三首　隱士四十二首

山人

送侯山人赴會稽　崔峒

仙客辭蘿月東中就一官且歸滄海住猶向白雲看猿叫江天暮蟲聲野浦寒時遊鏡湖裏爲我把魚竿

禁中送任山人（此人自青城獻伏火諸石恩命令於本山更取大還）　李紓

子去非長遠君恩取大還補天留彩石縮地入青山獻壽千春（一作年）外來朝數月間莫拋殘藥物竊欲駐童顏

行藥前軒呈董山人　盧綸

不覺老將至瘦來方自驚朝昏多病色起坐有勞聲（一作體膝）暖苦肌癢藏虛唯耳鳴桑公富露術一爲保餘生

早行寄朱山人放　戴叔倫

山（集作風）曉旅人去天高秋氣悲明河川上沒芳草露中衰（集作滋）此別又萬（集作千）里少年能幾時青冥（詩選作心知）剡溪路（集作遠）心與謝公期（詩選作聊且寄前期）

贈李山人居　前人

此意無所欲（集作靜無事）閉門風景遲柳條將白髮相對共垂絲

酬秦山人出山見呈　釋皎然

手携酒榼共書幃迴語長松我即歸若是出山機更（一作亦）息嶺雲何事背君飛

尋李山人不遇　王建

山客長閒少在時溪中放鶴洞中棊生金有氣尋還遠仙藥成窠見即移莫爲無家陪寺宿（一作食）應緣將米寄人炊從頭石上留名去獨向峯前問老師

太山（集作白）老人　張籍

日觀東邊（集作峯）幽客住竹巾藤帶亦逢迎暗修黃籙無人見深種胡麻共犬行洞裏仙家常獨往壺中靈藥自爲名春泉四面遶（一作遶南）■（西）茅屋日日唯聞杵臼聲

池上贈韋山人　白居易

新竹夾平流新荷拂小舟衆皆嫌拙好誰肯伴閑遊客爲忙多去僧因飯暫留猶憐韋處士盡日共悠悠

題施山人野居　前人

得道應無着謀生亦不妨春泥秧稻暖夜火焙茶香水巷風塵少松齋日月長高閑真是貴何處覓侯王

贈王山人　前人

聞君減寢食日聽神仙說暗待非常人潛求長生訣言長本對短未離生死轍假使得長生纔能勝夭折松樹千年朽槿花一日歇畢竟共虛空何須誇歲月彭殤徒自異生死終無別不如學無生無生即無滅

送孫山人　姚合

山人言語質住世恨多時（集作山翁來帝里不肯住多時）塵土衣裳重腥羶僕隸肥林中愁不到城外老應遲誼寂一爲（集作離）別相逢未有期

寄崔之仁山人　前人

百門陂（集作坡）上住石屋兩三間日月難教化（集作老）妻兒乞與閑仙方（集作經）揀客示（集作問）酒價（集作藥債）賣金還何計能相引（集作訪）終身得在山

贈王隱山人　于武陵

石室掃無塵人寰與此分飛來南浦樹半是華山雲浮世幾多事先生應不聞寒川滿西日空照鴈成羣

送褚山人歸日本　賈島

懸帆待秋色去入杳冥間東海幾年別中華此日還岸遙生白髮波盡露青山隔水相思在無書也是閑

贈劉山人　前人

二十年中服（集作餌）茯苓致書半是老君經東都舊住商人宅南國新修道士亭鑿井（集作石）養蜂休買蜜坐山秤藥不爭星古來隱者多能卜欲就先生問丙丁

送朴山人歸日本　釋無可

海際曉帆閑應無鄉信催水從荒外積人指日邊迴望國乘風久浮天絕島來儻因華夏使書禮（疑作札）轉悠哉

送耿山人歸湖南　周賀

南行隨越僧別業幾池菱兩鬢已垂白（一作雪）五湖歸挂罾夜濤鳴柵鎖寒葦露船燈此去已無事却來知未能

曉別呂山人　劉得仁

踈鐘兼漏盡曙色照青氛棲鶴出高樹山人歸白雲月盈（集作明）期重宿丹熟（集作就）約相分羨入秋風洞幽泉子細聞

別王山人　前人

旨甘雖（集作旨遂）甘自足未是祿榮親尚逐趨時伴多離有道人山居衣以（集作似）草生計藥隨（集作兼）身不食長無疾（集作病）年知出（一作過）十旬

集本皆不及此書

贈陶山人　前人

處世例營營唯君縱此生閑能資壽考健不換公卿藥圃妻同耨山田子共耕定知丹熟後無姓亦無名

送祖山人歸山　前人

偶來朝市笑浮雲却憶煙霞出帝城不説金丹能點化空教弟子學長生壺中瀉酒看雲飲洞裏逢師下鶴迎料得仙家玉牌上已鐫白日上昇名

贈王山人　許渾

貰酒携琴訪我頻始知城郭（集作市）有閑人君臣藥在寧憂病子母錢成豈患貧年長每勞推甲子夜寒初共守庚申近來聞説燒丹處玉洞桃花萬樹春

送徐山人歸睦州舊隱　雍陶

君在桐廬何處住草堂應與戴家鄰初歸山犬翻驚主久別沙（集作江）鷗却避人終日欲為相逐計臨岐（集作當時）空羨獨行身秋風釣艇遙堪（集作相）憶七里灘西片月新

送朴山人歸新羅（集作海東）　馬戴

浩渺行無極揚帆但信風雲山過海畔（集作半）鄉樹入舟中波定遙天出沙平遠岸窮（集作蒙）離心寄何處目斷曙霞東

題桐廬謝逸人（一作題廬峰謝山人）江居　方干

少小高眠（一作民）無一事五侯勳盛欲如何潮邊倚竹寒吟苦石上橫琴夜醉多鳥自樹梢隨葉落人從牎外卸帆過由來朝士為真隱可要棲身向薜蘿

贈唐山人　李洞

垂鬢長我幾七十黑如鷖醉眼青天小吟情太華低旁烘離海日舟陷落潮泥卭蜀路無限往來琴自（一作獨）携

送劉山人歸洞庭　李頻

去意無人會唯應道是從半湖乘早月中路入踈鐘秋盡户蟲急夜深山雨重當時將隱者分得幾株松

題簡山人　張喬

名利了無時何人暫詣師道情閑外見心地語來知竹落穿窓葉松寒蔭井枝匡山許同社願卜挂帆期

贈別李山人　前人

分合老西秦年年夢白蘋曾爲洞庭客還送洞庭人語别惜殘夜思歸愁見春滄浪濯纓處應念蒲衣塵(集作遥知泊舟處沙月自相親)

送謝山人歸江夏　陳陶

黄鶴春風二千里山人佳期碧江水携琴一醉楊柳堤日暮龍沙白雲起

尋九華王山人　楊夔

下馬扣荆扉相尋春半時捫蘿盤磴險疊石渡溪危松夾莓苔逕花藏薜荔籬卧雲情自逸名姓厭人知

題鄭山人郊居　前人

谷口今逢避世才入門蕭灑絶塵埃漁舟下釣乘風去藥醞留賓待月開數片石從青嶂得一條泉自白雲來竹軒相對無閑語盡日(一作肆目)南山不欲迴

隱士

招隱士逍遥公韋夐　周明帝

六爻貞遁世三辰光少微潁陽讓逾遠(一作潁陽去猶遠)滄州去(一作遂)不歸坐石窺仙洞乘槎下釣磯嶺松千仞直巖泉百丈飛香動秋蘭佩風飄蓮葉衣聊登平樂觀遥想首陽薇詎(一作儻)能同四皓來參余萬機

奉和趙王隱士　王褒　一作皆藝文類聚

鳧鷖均長短鵬鷃共逍遥清襟藴秀氣虚席滿風飇斷絃唯續葛獨酌只傾瓢菖蒲九重節桑薪七過燒

同前　庾信

洛陽徵五隱東都别二賢雲氣浮函谷星光集潁川霸陵採樵路(一作徑)成都賣卜錢鹿裘披稍裂藜床坐欲穿阮籍推(類聚作唯)長嘯嵇康許一絃澗險無平石山深足細泉低松猶百尺(一作丈)少鶴已千年野鳥繁絃囀山花焰火燃雖無亭長識終見野人船

奉報窮秋寄隱士　前人

王倪逢齧缺桀溺遇長沮藜床負日卧麥隴帶經鋤自然曲木几無名科斗書聚花聊飼雀穿池試養魚小徑(類聚作村)治澁路低田補壞渠秋水牽沙落寒藤抱樹疏空枉平原騎來過仲蔚廬

留贈山中隱士　周弘讓

行行訪名嶽處處必留連遂至一巖裏灌木上參天忽見茅茨舍暖暖(類聚作曖曖)有人煙一士開門出一士呼我前相看不道姓誰(類聚作焉)知隱與仙

策杖尋隱士　王績

策杖尋隱士行行路漸賒石梁横澗斷土室映山斜孝然疑(集作縱)有舍威輦遂無家置酒燒枯葉披書坐落花新垂滋水釣舊結茂陵罝歲歲長如此方知輕世華

春日與裴迪過新昌里訪吕逸人不遇　王維

桃源一向絶風塵柳市南頭訪隱淪到門不敢題凡鳥看竹何須問主人城外青山如屋裏東家流水入西隣閉户看(集作著)書多歲月種松皆老作龍鱗(集作皆作老龍鱗)

尋白鶴巖張子容隱處士(集作張子容顔處士)　孟浩然

白鶴青巖半幽人有舊(集作隱)居階庭空水石林壑罷樵漁歲月青松老風霜苦竹餘(集作跡)覩茲懷舊業杖(集作回)策返吾廬

望終南山寄紫閣隱者　李白

出門見南山引領意無限秀色難爲名蒼翠日在眼有時白雲起天際自舒卷(一作捲)心中與之然託興每不淺何當造幽人滅跡栖絶巘

尋龍井楊老　劉長卿

柴門草舍絕風塵空谷耕田學子真泉咽豈勞經隴地（集作坻）山深不覺有秦人手栽松樹蒼蒼老身卧桃源寂寂春唯有胡麻當鷄黍白雲來往未嫌貧

山行尋（一作尋西山）隱者不遇　丘爲

絕頂一茅茨直上三十里叩關無僮僕窺室唯案机既（一作若）非巾柴車應是釣秋水差池不相見黽勉空仰止草色新雨中松聲晚窻裏及茲契幽絕自足盪心耳雖無賓主意頗得清淨理興盡方下山何必見夫子（一作待夫子又作見之子）

一作皆文粹

送溫逸人　垂白（集作隱几）避松（集作肯松）　錢起

垂白無名老何年此陸沉丘園應得性婚嫁不縈心歲計因山薄霞栖在谷深設罝連草色暴藥避松陰觸興雲生岫隨耕鳥下林揞頤笑來客頭上有朝簪

此詩二百十七卷重出今已削去

五卑八　文苑二百三十二　七　刘信

送韋逸人歸鍾山　郎士元

逸人歸路遠弟子出山迎服藥顏猶駐耽書癖已成柴扉多歲月藜杖見公卿更作儒林傳應須載姓名

五老峯大明觀贈隱者　姚係（見文粹）

雲觀此山北與君攜手稀林端涉橫水洞口入斜暉乍覺鸞鶴邇忽爲煙霧飛故人清和客默會琴心微丹術幸可授青龍當未歸悠悠平生意此日復相違

隱士　孟郊

本末一相返漂浮不還真山野多餒士市井無飢人虎豹忌當道麋鹿知藏身柰何貪競者日與患害親顏貌歲歲改利心朝朝新孰知富生（一作者）禍取富不取貧寶玉忌出璞出璞先爲塵松柏忌出山出山先爲薪君子隱石壁道書爲我隣寢興思其義（一作載原）淡泊味始珍陶公自放歸尚平去（一作正）有依草木擇地生禽鳥順性飛青青與冥冥所保各不違

和盧常侍寄華山鄭隱者　張籍

獨憶（集作坐）三峯下年深學鍊丹一間松葉屋數片蘚（集作石）花冠酒待山中飲琴將洞內（集作裏又作口）彈開門移遠竹剪草出幽蘭荒壁通泉架晴崖曬藥壇寧知騎省客長向白雲看

寄紫閣隱者　前人

紫閣氣沉沉先生住處深有人時得見無路可相尋野（集作夜）鹿伴茅屋秋猿（一作園）守栗林唯應採靈藥更不別經心（集作營心又作相侵）

贈隱者　前人

先生已得道市井亦容身救病自行藥得錢多與人問年常（一作長）不定傳法又非真每（一作常）見隣家（一作翁）說時聞（一作時時）使鬼神

四十三　文苑二百三十二　八　刘信

此詩二百二十九卷重出今已削去注異同爲一作

贈新辟穀者　前人

學得飡霞法逢人與小還身輕堪（集作曾）試鶴力弱未登（集作難）山無食犬猶（一作常）在不耕牛自閑朝朝唯盥漱（集作漱水）空叩齒草堂間

寄邢逸人　鄭常

羨君無外事日與世情違地僻人稀（一作難）到溪深鳥自飛儒衣荷葉老野飯藥苗肥疇昔江湖意如今憶共歸

贈隱者（已見二百二十八卷）　于鵠

懷西峯隱者　周賀

萬木藏峯色天寒望即愁高源何日去遠瀑入城流臘近音（一作溪）書絕燈殘雪霰（一作夜雪）稠還當相憶處枕上苦吟休

送孫逸人　　賈島

衣屨（集作屨）猶同俗妻兒亦宛然不飡能累月無病已多年
是藥皆諳性令人漸信仙杖頭書數卷荷入翠微煙

懷紫閣隱者　　前人

寂寥思隱者孤竹（集作爓）坐秋霖梨栗猿喜熟雲山僧說深
寄書應不到結伴擬同尋廢寢方終夕迢迢（一作沉沉）紫閣心

題隱者居　　前人

雖有柴門長不關片雲孤木伴身閑猶嫌住久人知處見
擬移家更上山

題孫逸人山居　　杜牧

長懸青紫與芳枝塵刹（一作世）無因免別離馬上多於在家
日罇前堪憶少年時閑河客夢還鄉遠雨雪山程出店遲
却羨高人終此老軒車過盡不知誰

送隱者　　前人

無媒逕路草蕭蕭自古雲林遠市朝公道世間唯白髮貴
人頭上不曾饒

寄題商洛王隱士居　　許渾

近逢商洛客知爾住南塘草閣平春水柴門掩夕陽尋蜂
收野蜜隨麝拾（集作棌）生香更憶前年別（集作醉）松花蒲石床

題終南山隱者居　　姚鵠

開門絕壑旁躡蘚過花梁路入峯巒影風來芝朮（集作草）香
夜吟明雪牖春夢閉雲房盡室更何有一琴兼一觴

寄終南山隱者　　薛能

海日東南出應開嶺上扉掃壇花入篲科竹露霑衣飯後
嫌身重茶中見鳥歸相思愛名者難說與親違

贈隱者　　前人

自得高閑性平生向此棲月潭雲影短（集作斷）山葉雨聲齊
庭樹人書匝欄花鳥坐低相留永不望（集作忘）經宿話丹梯

嵩陽隱者　　李頻

當門看少室倚杖復披衣每日醒還醉無人是與非架書
抽讀亂庭果摘嘗稀獨有江山客思家未得歸

贈隱者　　溫庭筠

茅堂對薇蕨爐煖一裘輕醉後楚山夢覺來春鳥聲採茶
溪樹綠煮藥石泉清不問人間事忘機過此生

贈華山（集作陰）隱者　　方干

少微夜夜當仙掌更有何人在此居花月舊交看浴鶴松
蘿本主（集作自）伴刪書素琴醉後（集作去）經宵枕衰髮寒來向
日梳故國多年歸未遂因逢此地憶吾廬

送隱者歸羅浮　　李羣玉

春山杳杳日遲遲露入雲峯白犬隨兩卷囊（一作素）書留貫
酒一柯樵斧坐看碁蓬萊道士飛霞扎清遠仙人寄好詩
自此塵寰音信斷山川風月永相思

題嵩高隱者居　　鄭谷

豈易訪仙蹤雲蘿千萬重他年來卜隱此境願相容亂水
林前（集作中）路深山望（集作雪）裏鍾見君琴酒樂迴首興何慵

送張逸人　　前人

人間踈散更無人浪兀孤舟酒兀身蘆筍鱸魚拋不得五
陵珍重五湖春

避世翁　　陳陶

海上一蓑笠終年垂釣絲滄洲有深意冠蓋何由知直鉤
不營魚蝸室無妻兒渴飲寒泉水飢飡紫靈（一作木）芝鶴髮
披兩肩高懷如澄陂嘗聞仙老言云是古鴟夷石實閟雷

雨金潭養蛟螭乘槎上王津騎鹿遊峨嵋以人爲語默與
世爲雄雌茲焉乃磻溪豹變應須時自古隱淪客無非王
者師

題袁溪張逸人所居　羅隱

蒲捎獵獵鷺差池數里溪光日落時芳草樹集作文君機上
錦遠山孫壽鏡中眉鷄窻夜靜開書卷魚檻春深展釣絲
若使浮名拘絆得世間何處有男兒

寄南城韋逸人　前人

杜甫詩中韋曲花至今無賴尚家家美人曉折露沾袖公
子醉歸香蒲車萬里丹青傳不得二年風雨恨無涯羨他
南澗高眠客春去春來任物華

寄喬逸人　前人

南經湘水浦集作北揚州別後風帆幾度遊春酒誰家禁爛
熳野花何處最淹留欲憑尺素邊鴻懶未定雕梁海鷰愁
長短此行須入手更饒君占一年休秋集作

羅浮山下書逸人壁　曹松

海上亭臺山下煙買時幽邃不爭錢莫言白日催華髮自
有丹砂駐少年漁釣未歸深竹裏琴壺猶戀落花邊可中
更踐無人境知是羅浮第幾天

文苑英華卷第二百三十二

登仕郎胡　柯　鄉貢進士彭　叟　校正

送朴山人歸日本　償因華夏使書禮轉悠哉集作歲周逢舊岸西想始悠哉

文苑英華卷第二百三十三　詩八十三

寺院一 塔附

天安寺疏圃堂　梁武帝

乘和蕩猶豫此焉聊止息連山去無限長洲望不極參差
照光彩左右皆春色晻曖矚遊絲出没看飛翼其樂信忘
返倏一作儵焉寧有飾

同江僕射遊攝山棲霞寺　陳後主

時宰磻溪心非關狎竹林鷲嶽青松繞雞峯白日沉天迴
浮雲細山空明月深摧殘枯樹影零落古藤陰霜月夜鳥
去風露寒猿吟自可盡出俗詎是顧抽簪

遊栖霞寺　新雨集作時雨　江揔

霢霂新雨霽清和孟夏肇栖宿緑野中登頓丹霞杪敬仰
高人德抗志塵物表三空豁已悟萬有一何小始從情所
寄冥期諒不少荷衣步林泉麥氣涼昏曉乘風面冷泠候
月臨皎皎煙崖憩古石雲路排征鳥披遲憐森沉攀條惜

杳裊平生志是非朽謝豈矜矯五淨自此生（一作涉）六塵庶
無擾

攝山栖霞寺山房夜坐簡徐祭酒周尚書共遊羣彥　前人

澡身事珠戒非是學金丹月磴時橫枕雲崖宿解鞍梵宇
調心易禪庭數息難石澗水流靜山窻葉去寒君思北闕
駕我惜東都冠飜愁夜鐘盡同志不盤桓

再遊栖霞寺言志　前人

靜心抱冰雪暮齒通（一作遭）桑榆太息波川迅悲哉人世拘歲華
（一作聿）皆採穫冬晚共嚴枯濯流濟八水閑襟入四衢茲山
靈妙合當與天地俱石瀨乍深淺煙岸（一作崖）遮有無鈌碑
橫古隧盤木卧荒塗行行備履歷步步憐威紆高僧迹共
遠勝地心相符樵隱各有得丹青獨不渝遺風佇芳桂比
德喻生芻寄言長往客悽然傷鄙夫

明慶寺　前人

十五詩書日六十軒冕年名山極歷覽勝地殊留連幽崖
聳絶壑（初學記作壁）洞穴瀉飛泉金河知證果石室乃安禪市
朝霑草露淮海作桑田夜梵聞三界朝香徹九天山階步
皎月澗戶聽涼蟬永（初學記作何）言望鍾嶺更復切秦川

入龍丘巖精舍　前人

法堂猶集鴈傳竹幾成龍聊承丹桂馥遠視（一作覗）白雲峯
風窻穿石竇月牖拂霜松暗谷留征鳥空林徹夜鍾陰峯
未辨色疊樹豈知重盪此哀時命吁嗟世不容無由訪詹
尹何去復何從

和七名法師秋夜草堂寺禪房月下　劉孝先

幽人住山北月上（一作上月）照山東洞戶臨松徑虛窻隱竹叢
出林避炎影步逕（一作迴）逐涼風平雲斷高岫長河隔淨空
數螢流暗草一鳥宿疎桐興逸煙霄上神閑宇宙中還思
城闕下何異處樊籠

和周趙王遊雲居寺　庾信

重巒千仞塔危磴九層臺石關還（一作常）逆上山梁乍斗迴
階（類聚作蹊）下雲峯出窻前風洞開隔嶺鍾聲應（類聚作度）中天梵
響來于時欣侍從於此共徘徊

奉和同太寺浮圖　前人

岧岧凌太（一作泰）清照殿比東京長影臨雙闕高層出九城
栱積行雲礙幡搖度鳥驚花（一作鳳）飛如始落蓮（一作泊）合似
初生輪重對月滿鐸韻擬鸞聲盡水流全住圖雲色半行
（一作輕）煙露晚（一作露曉盤）猶滴珠朝大更明雖連博望苑還接銀
沙城天香下桂殿仙梵入伊笙庾同八界樂（一作庾闐八解樂）方

遺六塵情

一作皆藝文類聚

和崔侍中從駕經山寺　蕭慤

鉤陳夜警徹河漢曉參（一作縱）橫遊騎騰文（一作雲）馬前驅轉
翠旌野禽喧曙色山樹動秋聲雲表金輪見巖端畫栱明
塔疑從地涌蓋似積香成泉高下溜急松古上枝（一作梢）平
儀容（初學記作台）多壯思麗藻蔚緣情自嗤非照廡何以繼連城

登白馬山護明寺　孔德紹

名嶽標形勝危峯遠鬱紆成象建環極大壯闡規模曾（一作層）
臺聳靈鷲南（一作高）殿邇陽烏暫同遊閬苑還類入仙都三
休開碧嶺（一作題）萬戶動（一作洞）金鋪攝心罄前禮訪道挹中
衢（一作虛）遥瞻盡地軸長望極天隅白雲起梁棟丹霞映栱
櫨露花疑濯錦泉月似沉珠今日桃源客相顧失歸塗

遊鍾山開善寺　徐伯陽

聊追鄴城友躧步出蘭宫法侶殊人世天花異俗中鳥聲不測𠠎松吟未覺風此時超愛網還復洗塵蒙

遊靈山寺　劉孝孫

吾王遊勝地驂駕歷祇園臨風晝角憤曜日采旗飜永懷筌了義寂念啓玄門深溪窮地脉高嶂接雲根信美諧心賞幽桂（一作邃）且攀援曳裾欣宦從方悟屏塵諠

遊梵宇三學寺　王勃

杏閣披青磴雕臺控紫岑葉齊山路逕（一作逕窈）花積野壇深蘿幌栖禪影松門聽（一作引）梵音遽忻陪妙躅延賞（一作想）滌煩襟

觀佛跡寺　前人

蓮座神容儼（一作促）松崖聖趾餘年長金跡淺地久石芝（一作文）疎頹華臨曲磴傾影赴前除共嗟（一作悲）陵谷遠俄視化城成（一作虛）

石鏡寺　盧照鄰

古墓芙蓉塔神銘松栢煙鸞沉僊（集作山）鏡底花没梵輪前銖衣千古佛寶月兩重圓隱隱香臺夜鍾聲徹九天

赤谷安禪師塔　前人

獨坐巖之曲悠然無俗紛酌酒呈丹桂思詩贈白雲煙霞朝晚（一作暝）聚猿鳥歲（集作四）時聞水華鏡秋色山翠含夕曛高談十二部細覈五千文如如數冥昧生生理氛（集作氤）氳古人有糟粕輪扁情未分且當事芝朮從吾所好云

和王記室從趙王春日遊陁山寺　駱賓王

鳥旟陪訪道鷲嶺洽（一作狎）棲真四禪明靜業三空廣勝因祥河疎疊澗慧日皎重輪葉暗龍宫密花明鹿苑春彫談筌奥旨妙辯漱玄津雅曲終難和徒自奏巴人

樂城白鶴寺　沈佺期

碧海開龍藏青雲起鴈堂湖（一作潮）聲應法鼓雨氣濕天香樹接前山暗溪承瀑水涼無言誦居遠清淨得空王

遊少林寺　前人

長歌遊寶地徙倚對珠林鴈塔丹青古龍池歲月深紺園澄夕霽碧砌（集作殿）下秋陰歸路煙霞遠（集作晚）山蟬（集作風）𠠎吟

遊韶州廣果寺　宋之問

影殿臨丹壑香臺隱翠霞巢飛銜（一作含）象鳥砌蹋雨空花寶鐸搖初霽金池映晚沙莫愁歸路遠門外有三車

宿清遠峽山寺　前人

香岫懸金剎飛泉界石門空山唯習靜中夜寂無喧說法初聞鳥看心欲定猿寥寥隔塵事何異武陵源

遊法華寺二首　前人

薄遊京都日遙羨稽山名分刺江海郡朅來徵素情松路洗心眷象筵敷念誠薄雲解（一作界）青嶂暾（一作曒）日騫朱甍苔澗（一作潤非）深不測竹房閑且清感真六象見垂兆二烏（一作鳥）鳴古今信靈跡中州莫與京林巘永栖業豈伊在一生浮悟雖已久事試去來成觀念幸相續庶幾最後明

同前　前人

高岫擬耆闍真乘引妙車空中結樓殿意表出雲霞後果傳三足（一作尺）前因感（一作取）六牙宴林薰寶樹水漏溜（集作溜滴）金沙寒谷梅猶淺溫庭橘未華臺香紅藥亂塔影綠篁遮果漸輪王族緣超梵帝家晨行蹋忍草夜誦得靈花江郡將何匹天都亦未加朝來泛舟（一作沿泛）所應是逐僊查

遊雲門寺　前人

維舟深靜域作禮事尊經投跡一蕭散爲心自杳冥龕龍交
大禹穴樓倚少微星水嶂圍蘭若迴溪抱竹庭覺花塗砌
白甘露洗山青鷹塔騫金地虹江橋轉翠屏人天宵念影神
鬼晝潛形理勝常虛寂緣空自感靈入禪從鴿繞說法有
龍聽刼累終期滅塵躬詎暫寧搖搖不安寐待月詠嵩扃

遊稱心寺　前人

釋事懷三隱清襟謁四禪江鳴潮未落林曉日初懸寶葉
交香雨金沙吐細泉望諧舟客趣思發海人煙顧檝仍留
馬乘盃久棄船未遊龜負岳且識鳥耘（一作耕）田理契都無
象心冥不寄筌安期庶可揖天地得齊年

秋晚遊普耀寺　前人

薄暮曲江頭仁祠暫可留山形無隱蔽野色遍呈秋荷覆
香泉密藤纏（集作緣）寶樹幽平生厭塵事遇（集作過）此忽悠悠

題杭州天竺寺　前人

鷲嶺鬱岧嶤龍宮隱寂寥樓看（一作觀）滄海日門聽浙江潮
桂子月中落天香雲外飄捫蘿登塔遠刳木取泉遙霜序
花更發冰溪葉未凋夙齡尚遐異搜對滌煩囂會入天台
裏看余渡石橋

宿雲門寺　飂飂（集作飀飀）　前人

雲門若邪裏泛鷁路纔通寅緣綠篠岸遂得青蓮宮天香眾
壑滿夜梵前山空漾漾潭際月飄飄杉上風茲焉多嘉遯
數子今莫同鳳歸慨（既）勵士鹿化問（一作閒）僊公樵路鄭州北
學井阿巖東永夜豈云寐曙華忽蔥蘢谷鳥囀尚澀源桃
驚未紅再來期春暮當造林端窮庶幾蹤謝客開山投剡中

清遠江峽山寺　張說

流落經荒外逍遙此梵宮雲峯吐日月（集作月白）石壁淡煙虹（集作紅）
寶塔靈僊湧懸龕造化功天香涵竹氣虛唄引松風簷牖
飛花滿（集作入）廊階（集作房廊）激水通猿鳴知山靜魚戲見（集作辨）
江空靜默將何貴所貴心境（集作鏡）同

襄州景空寺題融上人蘭若　張說

高名出漢陰禪閣跨香岑眾山既（集作皆）圍遶長澗（集作川）復
迴臨雲峯曉靈（集作空）變風木夜虛吟碧潭龍池滿蒼松虎
逕深舊知清巖意（集作青巖憶）偏入宥冥心何由侶飛錫從此
脫朝簪

灉湖山寺　前人

空山寂歷道心生虛谷迢（集作超）遙野鳥聲禪室從來塵外
賞香臺豈是世中情雲間東嶺千重出樹裏南湖一片明
若使巢由同（一作知）此意不將蘿薜易簪纓

遊龍山靜勝寺　前人

每上襄陽樓遙望龍山樹鬱崒吐岡嶺微芒（集作濛）在煙霧
下車歲已成飾馬閑（集作閒）餘步苦霜裛（集作裏）野草變日揚
紅（集作江）煦雲對石上塔風入松下路禪室宴三空仁祠圖
（集作同）六趣兒童供戲（集作共嬉）讙猿鳥相驚顧南識恒山（集作柘公）
臺北亂先賢墓世上人何在時聞心不住唯（一作但）傳無盡
燈可使有情悟

武擔山寺　蘇頲（見集本）

武擔獨蒼然墳山下至泉鼈靈時共盡龍女事同遷松栢
銜哀勳幡花種福田詎知留鏡石長與法輪圓

慈恩寺二月半寓言　前人

二月韶春半三空霽景初獻來應有受滅盡竟無餘化迹
傳宮寺歸誠謁梵居（一作閣）殿堂花覆席觀閣柳垂疏共命
枝間鳥長生水上魚問津窺彼岸（集作法鏡）迷路得真車行密

幽關靜談精俗態祛稻麻欣所遇蓬篳愴焉如不駐秦京
陌還題蜀郡輿愛離方自此迴望獨躊躇

利州北佛龕前（一無此字）重於去歲題處作　前人

重巖載清美分塔題增（集作起曾）標蜀守經塗勳巴人作禮朝地
疑三界出空是六塵銷卧石鋪蒼蘚行江覆綠條歲年書
有記非爲學題橋

祠紫蓋山途經玉泉諸山寺　張九齡

指塗躋楚望策馬傍荆岑稍稍松篁入泠泠澗谷深觀奇
逐幽映歷幽（集作險一作覽）忘嶇（一作山嶁）嶔上界投佛影中天揚梵
音焚香懺在昔禮足誓來今靈異有時（集作若有）對聖僊真（集作其）
可尋高僧閟逝者絶（集作遠）俗是初心蘚駮（集作剝）經行勳猿
啼宴坐林歸真已寂滅留跡豈堙沉法施自兹廣何云千
萬金

冬中至玉泉山寺屬窮陰冰閉崖谷無色（集作景）
及仲春行縣復往焉故有此作　前人

靈境信幽絶芳時重暄妍再來及兹勝一遇非無緣萬木
柔可結千花敷欲然松間鳴好鳥竹（集作林）下流清泉石壁
開精舍金光照法筵真空本自寂假有聊相宣復此灰心
者仍追巢頂禪簡書雖有畏身世亦俱捐

登栖靈　蔣渙（一作溴）

三休尋磴道九折步雲霓瀍澗臨江北郊原極海西沙平
瓜步出樹遠綠楊低南指晴天外青峯是會稽

題瑩上人院　冠墒

捨筏求香偈因泉演妙音是明捐俗網何獨（一作必）在山林
繚繞藤軒密逶迤竹徑深爲傳同學志兹宇可清心

同皇甫兵曹天宮寺浴室新成招友人
賞會　冠垣

溫室歡初就蘭交託勝因共聽無漏法兼濯有爲塵水絜
三空性香露四大身清心多善友頌德慰同人

奉和崔司馬遊雲門寺　孫逖

繫馬青溪樹禪門春氣濃香臺花下出講坐竹間逢覺路
山童引經行谷鳥從更言窮寂滅迴策上南峯

和崔司馬登稱心山寺　前人

郡府乘休日王城訪道初覺花迎步履香草藉行車倚閣
觀無際尋山盡太虛巖空迷禹跡海靜望秦餘翡翠巢珠
網鵾雞間綺疏地靈資淨土水若護真如寶樹誰攀折禪
雲自卷舒晴分五湖勢煙合九夷（集作疑）居生滅紛無象窺
臨已得魚常（集作嘗）聞寶刀贈今日奉瓊琚

文苑英華卷第二百三十三

登仕郎胡柯　鄉貢進士彭叔夏　校正

文苑英華卷第二百三十四　詩八十四

寺院二（塔附）

王維十首　孟浩然八首
杜甫八首　李白三首
祖詠一首　丁僊芝一首
高適二首　蔡希寂一首
綦毋潛七首　宋昱一首
常建一首　王昌齡四首
陶翰一首　劉昚虛一首

遊化感寺　王維

翡翠香煙合琉璃寶地平龍宮連棟宇虎穴傍簷楹谷靜唯松響山深無鳥聲瓊峯當戶坼金澗透林明郢路雲端迥秦川雨外晴鴈（集作鳳）王銜果獻鹿女蹈（集作踏）花行斗擻辭貧里歸依宿化城繞籬生野蕨空館發山櫻香飯青菰（一作孤）米嘉蔬綠笋莖（集作紫芋羹）誓陪清梵末端坐學無生

過化感寺曇興上人山院　前人

暮持筇竹杖相待虎溪頭催客聞山響歸房逐水流野花藂發好谷鳥一聲幽夜坐空林寂松風直似秋

過福禪師蘭若　前人

巖壑帶松（集作轉微又作帶茅）逕雲林隱法堂羽人飛奏樂天（一作仙）女跪焚香竹外峯偏曙藤陰水更涼欲知禪坐久行路長春芳

春日上方即事　前人

好讀高僧傳時看辟穀方鳩形將刻杖龜殼用支牀柳色春山映梨花（集作花明）夕鳥藏北窻桃李下閑坐但焚香

遊悟真寺　前人（又玄集作王縉）

聞道黃金地仍依（集作闕）白玉田擲山移巨石呪嶺出飛泉猛虎同三逕愁猿學四禪買香燃綠桂乞火踴紅蓮草色搖霞上松聲泛月邊山河窮百二世界滿三千梵宇聊平覽（集作憑觀）王城遂渺然霸陵纔出樹渭水欲連天遠縣分朱郭孤城（集作村）起白煙望雲思聖主披霧憶羣賢薄宦慙尸素終身擬尚玄誰言草庵客曾和柏梁篇（集作紅蓮青蓮）

登辨覺寺　前人

竹逕連（集作從）初地蓮峯出化城窻中三楚靜（集作盡）林外（集作上）九江平嫩（集作輭）草承趺坐長松響梵聲空居法雲外觀世得無生

資聖寺送甘二　前人

浮生信如寄薄宦夫何有來往本無歸別離方正（集作此）受柳色藹春餘槐陰清夏首不學御溝上銜悲執盃酒

別弟縉後登青龍寺望藍田山　前人

陌上新別離蒼茫四郊晦登高不見君故山復雲外遠樹蔽行人長天隱秋塞心悲宦遊子何處飛征蓋

藍田山石門精舍二首　前人

落日山水好漾舟信歸風翫寄（集作奇）不覺遠因以緣源窮遙愛雲木秀初言（集作疑）路不同誰（集作安）知清流轉偶與前山通

集本二詩共爲一首

二

捨舟理輕策果然愜所適老僧四五人逍遙蔭松柏朝梵林未曙夜禪（集作心山）更寂道心及牧童世事問樵客暝宿長林下焚香臥瑤席澗芳襲人衣山月映石壁再尋畏迷誤明發更登歷笑謝桃源人花紅復來覿

陪張丞相禮（集作祠）紫蓋山途經玉泉諸寺　孟浩然

望秩宣王命齋心待漏行青襟列胄子從事有粲卿五馬
尋歸路雙林指化城聞鍾鹿門近照膽玉泉清阜蓋依林(集作松)
憩緇徒擁錫迎天堂(集作宮)上兜率沙界豁迷明欲就
終焉志雖謀計未成(集作先聞智者名)人隨逝水(一作波)没山逐(一作欲)
覆船(一作舟)傾想像若在眼周流空復情(集本添此四句)謝公
還欲卧誰與濟蒼(集作羣)生

臘月八日於鄭縣石城寺禮拜　前人

石壁開金像香山繞(集作倚)鐵圍下生彌勒見迴向一心歸
松竹(集作竹栢)禪庭古樓臺世界稀夕嵐增氣色餘照發光輝
講席邀談柄泉堂施浴衣願承功德水從此濯塵機

題容山主(三字集作融公)蘭若　前人

精舍買(集作開)金地流泉繞砌迴芰荷薰講席松栢繞(集作映)
香臺法雨晴飛(集作霏)去天花晝下來一乘談未了(集作談玄殊未已)

歸騎夕陽催

宿萊(集作業)師山房期丁大(集作公)不至　前人

夕陽度西嶺羣壑倏已暝松月生涼意(一作夜涼)風泉滿清聽
樵人歸欲盡磴(一作煙)鳥栖初定之子期未來孤宿(集作琴)候
蘿徑

同王九題就師山房　前人

晚憩支公寺故人逢右軍軒窻避炎暑翰墨動新文竹閑
窻裏日(集作竹蔭簷前日)雨隨堦下雲周遊(集作旋)青陰遍吟卧夕
陽曛江靜榜(集作棹)歌歇溪深樵語聞歸塗未忍去携手戀
清芬

陪姚使君題惠上人房　前人

帶雪梅初暖含煙柳尚青來窺童子偈得聽法王經會理
知無我觀空厭有形迷心應覺悟客思不(集作未)遑寧

雲門寺西六七里聞符公蘭若最幽與薛八
同造　前人

謂余獨迷(一作遊)方逢子亦在野結交指松栢問法尋蘭若
小溪劣容舟怪石屢驚馬所居最幽絕所往(集作住)皆靜者
密篠夾路傍清泉流舍下(集作雲簇興坐隅天空落階下)上人亦何問(集作聞)
塵念都(集作俱又作皆)已捨四禪合真如一切是虛假願承甘露
潤喜得惠風灑依止此(集作依此計)山門誰願教(集作誰知勸)丘也

疾愈過龍泉寺精舍呈易業二公　前人

亭午聞山鍾起行散(集作送)愁疾尋林採芝去轉谷(集作谷轉)松
翠密傍見精舍開長廊飯僧畢石梁(集作渠)流雪水金鳥(集作子又作鳥)
曜霜橘竹房思舊遊過憩終永日入洞窺石髓傍崖
採蜂蜜日暝辭遠公虎溪相送出

山寺　杜甫

野寺殘僧少山園細路高麝香眠石竹鸚鵡啄金桃亂石
通人過懸崖置屋牢上方重閣晚百里見纖毫

奉和裴十四迪新津山寺寄王侍郎(王即蜀州)　前人

何限倚山木吟詩秋葉黃蟬聲集古寺鳥影度寒塘風物
悲遊子登臨憶侍郎老夫探賞(集作佛)日隨意宿僧房

題忠州龍興寺所居院壁　前人

忠州三峽內井邑聚雲根小市常爭道(集作米)孤城早閉門
空看過客淚莫覓主人恩淹泊仍愁虎深居賴獨園

宿贊公房(東京大雲寺主謫在安置)　前人

杖錫何來久(集作此)秋風已颯然雨荒深院菊霜倒半池蓮
放逐寧虧(集作違)性虛空不離禪相逢成夜宿隴月向人圓

上兜率寺　前人

兜率知名寺真如會法堂江山有巴蜀棟宇自齊梁庾信

哀雖夂何顯好不忘白牛車遠近且欲上慈航

秦州雜詩　前人

秦州城北寺勝跡隗囂宮苔蘚山門古丹青野殿空月明垂葉露雲逐度溪風清渭無情極愁時獨向東

法鏡寺　前人

身危適他州勉彊終勞苦神傷山行深愁破崖寺古嬋娟碧蘚(集作鮮)淨蕭摵寒籜聚回回石根水冉冉松上雨洩雲蒙清晨初日翳復吐朱甍半光炯户牖粲可數拄策忘前期出蘿巳亭午冥冥子規叫微逕不敢(集作復)取

同諸公登慈恩寺塔　前人

高標跨蒼天(一作穹)烈風無時休自非曠士懷登茲翻百憂方知象教力立(集作足)可追冥搜仰穿龍蛇窟始鷩(集作出)枝撐幽七星在北户河漢聲西流羲和鞭白日少昊行清秋

秦山忽破碎涇渭不可求俯視但一氣焉能辨皇州迴首叫虞舜蒼梧雲正愁惜哉瑶池宴(集作飲)日晏崑崙丘黃鵠去不息哀鳴何所投君看隨陽鴈各有稻粱謀

秋夜宿龍門香山寺奉寄王方城十七丈國瑩

上人從弟幼成令問　李白

朝發汝海東暮棲龍門中水寒夕波急木落秋山空望極九霄迥賞幽萬壑通目皓沙上月心清松下風玉斗生網户銀河耿花宮興在趣方逸歡餘情未終鳳駕憶王子虎溪懷遠公桂枝坐蕭瑟棣華不復同流恨寄伊水盈盈焉可窮

流夜郎永華寺寄潯陽羣官　前人

朝別凌煙樓賢豪滿行舟暝投永華寺賓散予獨醉願借九江流添成萬(一作兩)行淚寫意寄廬嶽何當來此地天命有所懸安得苦愁思

廬山東林寺夜懷　前人

我尋青蓮宇獨往謝城闕霜清東林鐘水白虎溪月天香生虛空天樂鳴不歇宴坐寂不動大千入毫髮湛然冥真心曠劫斷出沒

題遠公經臺　祖詠

蘭若無人到真僧出復稀苔侵行道席雲濕坐禪衣澗(一作溪)鼠緣香案山蟬噪竹扉世間長不見寧止暫忘歸

和薦福寺英公新構禪堂　丁僊芝

上人久棄世中道自忘筌寂照出羣有了心清眾緣所成於此地築館開青蓮果藥羅砌下煙虹垂户前呪中灑甘露指處流香泉神遠日無事體清宵不眠枳闕廬山法松入漢陽禪一枕四山外虛舟常浩然

宿開善寺贈陳十六　高適

駕車出人境避暑投僧家徘徊龍象側如見香林花讀書不及經飲酒還勝茶知君悟此理所未披袈裟談空忘外物持誡破諸邪則是無心地相知唯月華(相知一作相看)

登廣陵栖靈寺塔　前人

淮南富登臨茲塔信奇最直上造雲族憑虛納天籟迥然碧海西獨立飛鳥外始知高興盡適與賞心會連山黯吳門喬木吞楚塞城池滿窻下物華(集作象)歸掌內遠思駐江帆暮晴結春靄軒車疑蠢動造化資大塊何必了無身然後知所退

登福先寺上方然公禪室　蔡希寂

名都標佛剎萬構臨河干舉目上方峻森森青翠攢步登諸劫盡忽造浮雲端當暑敞扃闥(一作扃遼)却嫌絺綌寒禪

房最高頂靜者殊關安跡雨向空城數峯簾外盤午鍾振衣坐招我同一飡真味雜飴露衆香唯茝蘭晚來恣偃俛茶果仍留歡

題鶴林寺　綦毋潛

道門（集作林）隱形勝向背臨層霄（集作法幡行）松覆山殿冷花藏溪路遥珊珊寶幡挂焰焰明燈燒遲日半空谷春風連上潮少憑（集作適）水木興暫忝（集作添又作令）身心調願謝携手客茲山禪誦饒

題栖霞寺　前人

南山勢迴合靈境依此住殿轉雲崖陰僧探石泉渡龍蛇爭翕習神鬼皆密護萬壑奔道場羣峯向雙樹天花飛不著水月白成路今日觀我身歸心復何處

登天竺寺　前人

郡有化城最西窮疊嶂深松門當澗口石路在峯心幽見夕陽霽高逢暮雨陰佛身瞻紺髮寶地踐黄金雲向竹溪盡月從花洞臨因物成真悟遺世在茲（集作孤）岑

宿龍興寺　前人

香刹夜忘歸松清古殿扉燈明方丈室珠繫比丘衣白月傳心淨（集作靜）青蓮喻法微天花落不盡處處鳥銜飛

題淨林（集作招隱）寺山頂禪院　前人

招提此山頂下界不相聞塔影挂清漢鍾聲扣（集作和）白雲觀空靜室掩行道衆香焚且駐西來（集作東）駕人天日未曛

題招隱恂（集作絢）公房　前人

開士度人久空山花霧深徒知宴坐處不見有為心蘭若門對壑田家路隔林還言澄（集作證）法性歸去比黄金

過上人蘭若　前人

山頭禪室挂僧衣窗外無人溪鳥飛黄昏半在山下路却聽鍾（集作松）聲連翠微

題石窟寺即魏孝文之所置　宋昱

梵宇開金地香龕鑿鐵圍影中羣象動空裏衆靈飛簾（一作簷）牖籠朱旭房廊鍊翠微瑞蓮生佛步寶樹挂天衣邀福功雖在興王代久非誰知雲劫外更覩化胡歸

題破山寺後禪院　常建（見文粹）

清晨入古寺初日耀（一作照）高林竹逕通幽處禪房花木深山光悅鳥性潭影空人心萬籟此都寂但餘鍾磬音

過香積寺　王昌齡

不知香積寺數里入雲峯古木無人徑空山何處鍾泉聲咽危石日色冷青松薄暮空潭曲安禪制毒龍

與蘇盧二員外期遊丈八寺而蘇不至因有此作　前人

共仰頭陁行能忘世諦情迴看雙樹闕相去一牛鳴法向空林說心隨寶地平手巾花疊淨香帔稻畦成問道邀同舍相期宿化城安知不來往翻得似無生

洛陽尉劉晏與府縣諸公茶集天宮寺岸道人房　前人

良友呼我宿明月懸天宮道安風塵外灑掃青林中削去府縣理豁然神機空自從三湘還始得今夕同舊居太行北遠宦滄海東各有四方事白雲處處通

香積寺禮萬迴平等二聖僧塔　前人

真無御化來借有乘化歸如彼雙塔内孰能知是非愚也駭蒼生聖哉為帝師當時特出不由天地資萬迴主此方平等性無違今我一禮心億劫同不移蕭蕭松栢下諸

天來有時

宿天竺寺　陶翰

松栢亂巖石西山微徑通天闕一峯見宮闕生虛空正殿倚霞峰一作壁千樓上方集作標石叢夜來猿鳥靜鍾梵響雲中峯翠映湖月泉聲亂溪風心超諸境外了與懸解同明發氣候改起視長崖東湖色濃蕩漾海光漸朦朧葛仙迹尚在許氏道猶崇獨往古今事幽懷期二公

登廬山峯頂寺　劉眘虛

孤峯臨萬象秋風氣何清高庭際南郡出林端西明一作庭際南郡出材嶺西江明山門二緇叟振錫閒幽聲心照有為界業懸前後生徒一作雖知真機靜尚與愛網并方首金門路未遑參道情

文苑英華卷第二百三十四

登仕郎胡柯　鄉貢進士彭叔夏　校正

文苑英華卷第二百三十五　詩八十五

寺院三 塔附

劉長卿十首　李頎二首
崔曙一首　張謂二首
岑參五首　包佶一首
李嘉祐四首　皇甫曾三首
皇甫冉三首　張繼一首
韓翃四首　褚朝陽一首
郎士元二首　顧況四首
耿緯三首　司空曙六首
冷朝陽二首　李益二首
李端四首　暢當一首

過隱空和尚故居　劉長卿

自從飛錫去人到沃州稀林下期何在山中春獨歸蹋花尋舊徑映竹掩空扉寥落東峯上猶堪靜者依

秋夜雨中諸公過靈光寺所居　前人

晤語青蓮合重關閉夕陰向人寒燭靜帶雨夜鍾深流水從他事孤雲任此心不能捐斗粟終日愧瑤琴

秋夜北山精舍觀體如師梵　前人

焚香奏仙唄向夕遍空山清切兼秋遠威儀對月閑靜分巖壑響答散逐海潮還幸得風吹去隨人到世間

自道林寺西入石路至麓山寺過法崇禪師故居　前人

山僧候谷口石路掃拂集作莓苔深入泉源去遙從樹杪迴香隨青靄散鍾過白雲來野雪空齋掩嵐山集作風古殿開桂寒知自發松老問誰栽惆悵湘江上何人更渡盃

登思禪寺題上方　前人

西峯上方處臺榭隱曚朧(集作上方幽且暮臺殿隱蒙籠)遠磬秋山裏青(集作清)猿古木中衆溪連竹路諸嶺共松風儻許棲林下甘成白首翁

宿北山於禪寺(集有蘭若二字)　前人

上方鳴夕磬林下一僧還密行傳人少禪心對虎閑青松臨古路白月滿寒山舊識窻前桂經霜更待攀

集梁耿開元寺所居院　前人

到君幽卧處爲我掃莓苔花雨晴天(集作無時)落松風終日來路經深竹過門向遠山開豈得長高枕中朝正用才

將赴嶺外留題蕭寺遠公院寺即梁朝蕭内史創　前人

竹房遥閉上方幽苔蘚(集作徑)蒼蒼訪昔游内史舊山空日暮南朝古木向人秋天香月色同(集作空)僧室葉落猿啼訪(集作送又作傍)客舟此去播遷明主意白雲何事苦(集作欲)相留

陪元侍御(集作郎)遊支硎山寺　前人

支公去已久寂寞龍華會古木閉空山蒼然暮相對林巒非一狀水石有餘態密竹藏晦明羣峯争向背峰峰帶落日步步入青靄香氣空翠中猿聲暮雲外留連南臺客想像西方内因逐溪水還觀心兩無礙

登揚州栖(集作西)靈寺塔　前人

化塔凌虚空雄規壓川澤亭亭楚雲外千里看不隔遥對黄金臺浮輝亂相射盤梯(一作根)接元氣半壁棲夜宅(集作魄)稍登諸級盡若騁排霜(集作霄)翮向是滄波人已爲青雲客雨飛千栱霽日在萬家夕鳥處高却低天涯遠如迫江流入空翠海嶠現微碧向暮期下來誰堪復行役

無名上人東林禪居　李頎

草堂每多暇時謁山僧門所對但羣木終朝無一言我心愛流水此地臨清源含吐山上日蔽虧松(一作雲)外村孤峯隔身世百衲老寒暄禪户積朝雪花龕來暮猿顧余守耕稼十載隱田園蘿篠慰春(汲)巖潭恣討論淺雲豈知限至道莫探元且願啓關籥於焉微尚存

宿香山寺石樓　前人

夜宿翠微半高樓聞暗泉漁舟帶遠火山磬發孤煙殿壯(一作狀)雲松外門清河漢邊峯(一作巒)低枕席世界接人天靄靄花出霧輝輝星映川東林曙鶯滿惆悵欲言旋

宿大和尚塔贈如上人兼呈常孫二山人　崔曙

支公已寂滅影塔山上古更有真僧來道場救諸苦一乘微妙法寓宿清淨土身心能自觀色相了無取森森松映月漠漠雲近户嶺外飛雪明夜來前山雨燃燈見棲鴿作禮聞信鼓曉霽南軒開秋華淨天宇願言出世塵謝爾申及甫

同諸公遊雲公禪寺　張謂

共許尋鷄足誰能惜馬蹄長空淨雲雨斜月半虹蜺簷下千峯轉窻前萬木低看花尋逕遠聽鳥入林迷地與喧卑隔人將物我齊不知樵客意何事武陵溪

長沙失火後戲題蓮花寺　前人

金園寶刹半長沙燒刼旁延一萬家樓殿纔隨煙焰盡火中何處有蓮花

同崔二十侍御灌口夜宿報恩寺　岑參

聞君尋野寺夜(一作便)宿支公房溪月冷深殿江雲擁迴廊燃燈松林靜煑茗柴門香勝事不可接相思幽興長

雪後與羣公過報(集作慈)恩寺　前人

乘興忽相招僧房暮與朝雪融雙樹濕紗閉一燈燒竹外山低塔藤間院接(集作隔)橋歸家好欲懶俗慮向來銷

上嘉州青衣山中峯題惠淨上人幽居寄兵部楊郎中　前人

青衣誰開鑿獨在水中央浮舟一躋攀側逕緣穹蒼絕頂詣高僧豁然登上方諸嶺一何小三江奔茫茫蘭若向西開峨嵋正相當猿鳥樂幽磬松蘿泛天香江雲入袈裟山月吐繩床早知清淨理久乃機心忘尚以名宦拘聿來夷獠鄉吾友不可見鬱爲尚書郎早歲愛丹經留心向青囊眇眇雲智遠幽幽海懷長勝賞難與俱引領遙相望爲政愧無術分憂幸時康君子滿天朝老夫憶滄浪況值廬山遠抽簪歸法王

登嘉州凌雲寺作　前人

寺出飛鳥外青峯戴朱樓搏壁躋半空喜得登上頭始知宇宙闊下看三江流天晴見峨嵋如向波上浮迴曠煙景豁陰森稜柟稠顧劃區中緣永從塵外遊迴風旋虎穴飛雨當龍湫僧房雲濛濛夏月寒飀飀迴合俯近郭寥落見遠舟勝槩無端倪天宮可淹留一官詎足道欲去令人愁

終南雲際精舍尋法澄上人　前人

昨夜雲際宿適從西風迴不見林中僧微雨潭上來諸峯皆晴翠秦嶺獨不開石皷有時鳴秦王安在哉水深斷山口吼沫相喧豗噴壁四時雨傍村終日雷北瞻長安道日夕生塵埃若訪張仲蔚衡門映蒿萊

雙山逢信公所居　包佶

遙禮前朝塔微聞後夜鍾人間第四祖雲裏一雙峯積雪封苔逕多年亞石松傳心不傳法誰可繼高蹤

奉陪韋潤州游鶴林寺　李嘉祐

按文苑英華共有二詩並題作奉陪韋潤州游鶴林寺今觀李嘉祐集其一篇乃是潤州楊別駕宅送蔣侍御收兵歸揚州詩兼已收入第二百七十一卷送行門中英華誤抄于此姑存其目

奉陪韋潤州游鶴林寺　前人

野寺江城近雙旌五馬過禪心超忍辱梵語問多羅松竹閑僧老雲煙晚日多(集作和)寒塘歸路轉清磬隔微波

同皇甫侍御題薦福寺一公房　前人

虛室獨焚香林空靜磬長閑窺數竿竹老在一繩床啜茗翻真偈燃燈繼夕陽人歸遠相送步履出迴廊

題道虔上人竹房　前人

詩思禪心共竹閑任他流水向人間手持如意高窗裏斜日江邊(集作沿江)千萬山

奉和陪韋中丞使君游鶴林寺　皇甫曾

古寺傳燈久層城閉閣閑香花同法侶旌旆入深山寒磬虛空裏孤雲起滅間謝公憶高臥徒望(集作仰)欲東(集作忘)還

贈吳門邕上人院　前人

春山臨(集作唯)一室獨坐草萋萋身寂心成道花閑鳥自啼細泉松逕裏返景竹林西晚與門人別依依出虎溪

此詩二百十九卷重出今已削去

題普門上人房　前人

支公身已老長在沃洲多慧力堪傳教禪功久伏魔雲山

隨坐夏江草伴頭陁借問迴（一作明）心者賢愚去幾何

題昭上人房　皇甫冉

沃洲傳教後百衲老空林慮盡朝昏磬禪隨坐卧心鶴飛湖草迴門閉野雲深顧（一作地）與天台接中峯早晚尋

招隱寺送閻判官還江州　前人

離別那逢秋氣悲東林更作上方期共知客路浮雲外暫愛僧房墜葉時長江九派人歸少寒嶺千重鴈度遲借問尋陽在何處每看潮落一相思

訓裴補闕吳寺見尋　前人

東林初結構已有晚鐘聲窻戶背流水房廊半架城遠山重疊見芳草淺深生每與君攜手多煩長老迎

安公房問法　張繼

流年一日復一日世事何時是了時試向東林問禪伯遣將心地學琉璃

同中書劉舍人題青龍上方　韓翃

西掖歸來後東林靜者期遠峯春雪裏寒竹暮天時笑問（集作從非）金人偈閑聽寶月詩更憐茶興在（一作藥興）好出下方遲

題薦福寺衡岳暕師房　前人

春城乞食還高論此中閑僧臘階前樹禪心江上山踈簾看雪卷深戶映花關晚送門人出鍾聲杳靄間（又玄集作頭靄間）

題僧房　前人

披衣聞客至關鎖此時開鳴磬夕陽盡卷簾秋氣（集作色）來名香連竹逕清梵出花臺身在心無住他方到幾迴

題青龍寺澹然師房　前人

雙林彼上人詩興轉相親竹裏經聲晚門前山色春卷簾苔點淨下筯藥苗新記取無生理歸來問此身

題少室山寺　褚朝陽

飛閣青霞裏先秋獨早涼天花映窻近月桂拂簷香華岳三峯小黃河一帶長空間指歸路煙際有垂楊

酬王孝友秋夜宿露臺寺見寄　郎士元

石林精舍虎溪中夜扣禪扉憶遠公月在上方諸品靜心持半法（一作偈）萬緣空蒼苔古道行應徧落木寒泉聽不窮更憶雙峯最高頂此心期與故人同

柏林寺南望　前人

溪上遙聞精舍鐘泊舟微徑度深松青山霽後雲猶在畫出西南四五峯

鄱陽大雲寺一公房　顧況

盡日陪游處斜暉竹院清定中觀有漏言下證無生色界聊傳法空門不用情欲知相去近鍾鼓兩聞聲

題歙山棲霞寺　前人

明徵君舊宅陳後主題詩跡在人亡處山空月滿時寶階無破響道樹有低枝已是傷離客仍逢靳尚祠

經廢寺　前人

不知何世界有處似南朝石路無人掃松門被火燒斷幡猶挂剎故板尚搘橋數卷殘經在多年字欲銷

獨游青龍寺　前人

春風入香剎暇日獨游衍曠然蓮花臺作禮月光面乘茲第八識出彼超二見擺落區中緣無邊廣弘願長廊朝雨畢古木時禽囀積翠暖遙原雜（集作離）英紛似霰鳳城騰日窟龍首橫天堰蟻步避危階蠅飛響深殿大通智勝佛幾劫道場現

題莊上人房（已見二百二十二卷）　耿湋

廢慶寶寺　前人

黃葉前朝寺無僧寒(一作閉)殿開池晴龜出暴松暝鶴飛迴古井碑橫草陰廊畫雜苔禪宮亦銷歇塵世轉堪哀

雨中宿義興寺　前人

遥夜宿東林蟲聲階草深高風初落葉多雨未歸心家國身猶負星霜鬢已侵滄洲縱不去何處有知音

早春游報(集作慈)恩寺南池　司空曙

山(集作出)寺臨池水春愁望遠生路橋逢鶴起尋竹值泉橫新柳絲猶短柔(集作輕)蘋葉未成還如虎溪上日暮伴僧行

送曹三原猗遊山寺　前人

山路青蕪盡涼秋古寺深何時得蓮葉此夜更聞琴窮水雲同穴過僧虎共林慇懃如念我遺爾挂冠心

宿青龍寺故曇上人院　前人

年深宮院在舊客自相逢閉户臨寒竹無人有夜鍾降龍今已去巢鶴竟何從坐見繁星曉淒涼識舊峯

秋喜盧綸同宿寺(已見二百十七卷)　前人

題靈雲寺　前人

春山古寺遶滄波石磴盤空鳥道過百丈金身開翠殿萬龕燈焰隔煙蘿雲生客到侵衣濕花落僧禪覆地多不與方袍同結足下歸塵世竟如何

題暕上人院　前人

閉門不出自焚香擁褐看山歲月長雨後綠苔生石井秋來黃葉徧繩床身閒何處無真性年老曾來(集作詣)隱故鄉更說本師同學在幾時攜手向(集作見)衡陽

同張深秀才遊華嚴寺　冷朝陽

同遊雲外寺渡水入禪關立掃窻前石坐看池上山有僧飛錫到留客話松閒不是緣名利好來長伴閒

宿柏巖寺　前人

幽寺在巖中行唯一徑通客吟孤嶠月蟬噪數枝風秋色生苔砌泉聲入梵宮吾師修道處不與世間同

入南山至全師蘭若　李益

木落水歸壑寂然無始心南行有真子被褐息山陰石路瑶草散松門寒景深吾師亦何受自起定中吟

與王楚同登青龍寺上方　前人

連岡出古寺流睇移芳讌鳥没漢諸陵草平秦故殿搖光淺深樹拂水參差鷰春心斷易迷遠目傷難徧壯日各輕年暮年方自見

同皇甫侍御題惟一上人房　李端

焚香居一室盡日見空林得道歸(集作輕)年暮安禪愛夜深東西皆是夢存没豈關心唯羨諸童子通(集作持)經在竹陰

同裴員外宿薦福寺僧舍　前人

潘安秋興動涼夜宿僧房倚杖雲離月垂簾竹有霜暗(集作迴)風生遠逕墜(集作墬)葉颯長廊一與交親會空貽別後傷

宿深上人院(集作房)聽遠泉　前人

泉聲宜遠聽入夜對支公斷絕來方盡潺湲咽又通何年出石下幾里在山中君(集作若)問源窮處禪門(集作心)與此同

題雲際寺準公房　前人

高僧居處似天台錫杖銅缾對綠苔竹巷雨晴新鳥轉山房日午老人來園中鹿過椒枝動潭底龍游水沫開獨夜燃香禮遺像空林月没始應迴

宿報恩寺精舍　暢當

鍾梵送沉景星多露漸光風中蘭靡靡月下樹蒼蒼夜殿若山橫深松如澗涼羸然虎溪子遲我一虛床杳杳空寂

含濛濛蓮桂香擁褐依西壁紗燈靄中央

文苑英華卷第二百三十五

登仕郎胡　柯　鄉貢進士彭　叔夏　校正

文苑英華卷第二百三十六　詩八十六

寺院四 塔附

盧綸八首　韋應物七首
嚴維三首　戴叔倫二首
崔峒六首　權德輿二首
戎昱一首　李涉二首
張暈一首　李正封二首
羅珦一首　朱放二首
徐凝一首　房融一首
劉三復一首　于鵠三首
陳潤一首　朱長文一首
釋靈一八首　釋皎然十首
王建二首

春日陪李庶子遵善寺東院曉望　盧綸

映竹水橫(集作田)分當山起鴈羣陽峯高對寺陰井下通雲雪盡(集作畫)唯逢鶴花時此(集作比)見君由來禪誦地多有謝公文

宿澄(集作程)上人院　前人

竹牕聞遠水月出似溪中香覆經年火幡飄後夜風性昏知道晚學淺(一作豈)言同一悟歸身處何山路不通

同崔峒慈恩寺避暑　前人

寺涼高樹合臥石綠雲中伴鶴恥仙侶依僧學老翁魚沉荷葉露鳥散竹林風始悟塵居者應將火宅同

題雲際寺上方　前人

松高蘿蔓輕中有石床平下界水長急上方燈自明空門不易啓初地本無程迴步忽山盡萬緣從此生

寶泉寺送李益端公歸邠寧幕　前人

參差巖嶂東雲日晃龍宮石淨非因雨松涼不爲風戀泉將鶴並偷果與猿同眼界塵雖染心源蔽(一作路)已通蓮花國何限貝葉字無窮早晚登麟閣茲門欲付公

登西(集作棲)巖寺　前人

林香雨氣新山寺綠無塵遂結雲外侶(集作賞)共遊天上春鶴鳴金閣麗僧話(集作語)竹房鄰待月水流急惜花風起頻

宿定陵寺(寺在陵內)　前人

何方非壞境此地有歸人迴首空門外皤然一幻身

古塔荒臺出禁牆磬聲初盡漏聲長雲生紫殿幡花濕月照青山松柏香禪室夜聞風過竹(一作燭)奠筵朝啓露霑裳誰悟威靈同寂滅更堪砧杵發昭陽

夜投豐德寺謁海(集作液)上人　前人

半夜中峯有磬聲偶尋樵者問山名上方月晚(集作日曉)聞僧話(一作語)下路林疎見客行野鶴巢邊松最老毒龍潛處水偏清願得遠公知姓字焚香洗鉢過浮生

遊開元精舍　韋應物

夏衣始輕體遠(集作遊)步愛僧居果園新雨後香臺照日初綠陰生晝寂孤花表春餘符竹方爲累形跡一來疎

寓居永定精舍　前人

政拙忻罷守閑居初理生家貧何由往夢想在京城野寺霜露月晨興羇旅情聊租二頃田方課子弟耕眼暗文字廢身閑道心清(集作精)即與人群遠豈爲(集作謂)是非嬰

與盧陟同遊永定寺北池僧舍(集作齋)　前人

竹逕(集作密竹)行已遠子規啼更深綠池芳草氣閑齋春樹陰暗絲(集作晴蝶)飄蘭逕游蜂繞花心不遇君攜手誰復此幽尋

答河南李士巽題香山寺　前人

洛都游宦日少年攜手行投杯起芳席惣轡振華纓關塞有佳氣巖開伊水清攀林憩佛寺登高望都城蹉跎二十載世務各所營茲賞長(一作常)在夢故人安得并前歲守九江恩召赴咸京因途再登歷山河屬晴明寂寞僧侶少蒼茫林木成牆宇或崩剝不見舊題名舊遊況存沒獨此淚交橫交橫誰與同書壁貽友生今茲守吳郡綿思方未平子復經陳跡一感我深情遠蒙惻愴篇中有金玉聲反覆終難答金玉尚爲輕

藍田(集作嶺)精舍　前人

石壁精舍高排雲聊直上佳遊愜始願忘險得前賞崖傾景方晦谷轉川如掌綠林含蕭條飛閣起弘敞道人上方至深夜還獨往月落群山陰天秋百泉(一作聚)響所嗟累已

成安得長偃仰

澄秀上座院　前人

繚繞西南隅鳥聲轉幽靜秀公今不在獨禮高僧影林下器未收何人適煮茗

行寬禪師院　前人

北望極長廊斜扉掩叢竹亭午一來尋院幽僧亦獨唯聞山鳥啼愛此林下宿

奉和獨孤中丞游雲門寺作　嚴維

絕壑開花界耶溪極上源光輝三獨(一作石)座登陟五雲門深木鳴騶馭晴山曜武賁亂泉親坐卧疎磬發朝昏蒼翠新秋色莓苔積雨痕上方看度鳥後夜聽吟猿異跡焚香對新詩酌茗論歸來還捨俗諸老莫攀轅

奉和皇甫大夫夏日游花嚴寺(時大夫昆季同行)　前人

初地花嚴會王家少長行到宮龍節駐禮塔鴈行成蓮東
千峯靜梅天一雨清禪庭未可戀聖主寄蒼生

宿法華寺　前人

一夕雨沉沉哀猿萬木陰天龍來護法長老密看心魚梵
空山靜紗燈古殿深無生久已學白髮浪相侵

遊青溪蘭若（兼隱者舊居）　戴叔倫

西看疊嶂幾千重秀色孤標此一峯丹竈久閑荒宿草碧
潭深處有潛龍靈仙已去空巖室（一作穴）到客唯聞古寺鍾
遠對白雲幽隱在年年（一作年時）不離舊杉松

題武當逸禪師蘭若　前人

我生本似遠行客況是亂時多病身經山涉水向何處羞
見竹林禪定人

宿禪智寺上方演大師院　崔峒

石床（一作林）高幾許金剎在中峯白日空山梵清（一作晴）霜後
夜鍾竹窻迴翠壁苔徑入寒松幸接無生法疑心怯所從

題空山人石室　前人

早晚悟無生頭陀不到城雲山知夏臘猿鳥見修行地僻
無溪路人尋逐水聲年年深谷裏誰識遠公名

登蔣山開善寺　前人

山殿秋雲裏香煙出翠微客尋朝磬食（一作至）僧背夕陽歸
下界千門見前期萬事非看心兼送目葭菼暮依依

題崇福寺禪院　前人

僧家更無事掃地與焚香清磬度山翠閑雲來竹房身心
塵外遠歲月坐中長向晚禪室閉無人空夕陽

題蘭若　前人

絕頂茅菴老此生寒雲孤木獨經行世人那得知幽逕遙
向青峯禮磬聲

秋夜（前篇作晚）招隱寺東峯茶宴送內弟（此詩已見二百十五卷）　前人（前篇作李嘉祐）

與沈十九拾遺同游棲霞寺上方夜於亮上人
院會宿二首　權德輿

躡山標勝絕暇日諧想矚縈紆松路深繚繞雲巖曲重樓
迴樹杪古像鑿山腹人遠水木清池（集作地）深蘭桂馥層臺
聳金碧絕頂摩淨綠下界誠可悲南朝紛在目焚香入古
殿待月出深竹稍覺天籟清自傷人世促宗雷此相遇偃
放隨（集作從）所欲清論月輪低（集作松枝低）閑吟茗花熟一生如土
梗萬慮相桎梏永願事潛師窮年此棲宿

二

偶來人境外心賞幸隨君古殿煙霞夕深山松桂薰巖花

點寒溜石磴掃春雲清淨諸天近諠塵下界分名僧康寶
月（一作保）上客沈休文共宿東林夜清猿徹曙聞

題招提寺　戎昱

招提精舍好石壁向江開山影水中盡松聲天上來一燈
傳歲月深殿（一作院）長莓苔日暮雙林磬泠泠送客迴

題鶴林寺上方　李涉

終日昏昏醉夢閒忽聞春盡強登山因過竹院（一作寺）逢僧
話又得浮生半日閑

重過文上人院　前人

南隨越鳥北燕鴻松月三年別遠公無限心中不平事一
宵清話又成空

遊棲霞寺　張暈

躋險入幽林翠微含竹殿泉聲無休歇山色時隱見潮來

雜風雨梅花成霜霰一從方外游頓覺塵心變

夏遊招隱寺暴雨晚晴　李正封

竹柏清風一作風雨過蕭疎臺殿涼石渠瀉奔溜金剎照頹陽鶴飛巖煙碧鹿鳴澗草香山僧引清梵幡蓋遶回廊

禪門寺暮鐘　前人

龔蘐高懸于閬鐘黃昏發地殺龍宮游人憶到嵩山夜疊閣連樓滿太空

行縣至浮查寺　羅珦

三十年前此布衣鹿鳴西上虎符歸行時賔從光前事到處松杉長舊圍野老競遮官道拜沙鷗遙避隼旟飛春風一宿琉璃地自有泉聲愜素機

遊石澗寺　朱放

聞道幽深石澗寺不逢流水亦難知莫道山僧無伴侶獼猴一作猨猱長在古松枝

題竹鶴集作林寺　前人

歲月人間促煙霞此地多殷勤竹林寺能更集作得幾迴過

宿冽上人房　徐嶷

浮生不定若蓬飄林下真僧偶見招覺後始知身是夢更聞寒雨滴芭蕉

遊始興廣勝寺果上人房　房融

零落嗟殘命蕭條託勝因方燒三界火遽洗六情塵隔嶺天花發凌空月殿新誰令故鄉思一作誰憐鄉國思從此學分身

寺居清晨　劉三復

高枕對曉月衣巾清且涼露華朝未晞滴瀝含靈疑作虛光隔竹聞汲井開扉見焚香幽心感衰病結念依法王青冥早雲飛杳眇空鳥翔此情皆有釋悠然知所忘

題栢臺寺已見二百二十一卷　于鵠

題宇文裔山寺讀書院　前人

讀書林下寺不出動經年書閣通集作閣連草僧院山厨共石泉雪集作雲庭無履跡龕壁有燈煙年少今頭白刪詩到幾篇

溫泉僧房　前人

雲裏前朝寺修行獨幾年山村無施食盥漱亦安禪古塔巢溪鳥深房閉谷泉自言僧入室知處梵王天

登西靈塔　陳潤

塔廟出招提登臨碧海西不知人意遠漸覺鳥飛低稍與雲霞近如將日月齊遷喬未得意徒欲躡雲梯

題虎丘山西寺　朱長文一作朱長雲

王氏家山昔在茲陸機為賦陸雲詩青蓮香匝東西宇日月與僧無盡時

靜林精舍梁武帝隱所已見一百六十六卷　釋靈一

自大林與韓明府歸郭中精舍作　前人

野客同舟檝相攜復一歸孤雲集作孤煙生暮景遠岫帶春暉不道還山是誰云向郭非禪門有通隱喧寂共忘機

詶皇甫冉將赴無錫於雲門寺贈別　前人

湖南通古寺來往意無涯欲適雲門路千峯到若耶春山子敬宅古木謝敷家自可長偕隱那言一作堪相去賒

此詩二百四十四卷重出今已削去注異同為一作

再還宜豐寺　前人

再尋招隱地重會宿心期樵客問歸日山僧記別時野雲陰遠甸秋水漲前池勿謂探形勝吾今不好奇

題東蘭若　前人

上人禪室路徘徊萬木清陰向日開寒竹影侵行逕石秋

風煙入誦經臺閑雲不繫從舒卷狎鳥無機任往來更惜片陽談妙理歸時莫待暝鍾催

將出宜豐寺留題山房　前人

池上蓮荷不自開山中流水偶然來若言聚散定由我未是回時那得回

題王僧院　前人

虎溪閑月引相過帶雪松枝挂薜蘿無限青山行欲盡白雲深處老僧多

宿靜林寺　前人

山寺門前多古松谿行欲到已聞鍾中宵引領尋高頂月照雲峯凡幾重

宿吳匡山破寺　釋皎然

雙峯百戰後真界滿塵埃蔓草緣空壁悲風起故臺野花

四五六一　文二百三十六

寒更發山月暝還來何事池中水東流獨不回

高僧詩載皎然詠廢寺云武原遺跡在真界積塵埃殘月生秋水悲風吹故臺居人今已盡栖鴿暝還來不到無生理應堪賦七哀與前詩略同今附于此

寒食日集報德寺解公房 一作寒食日同陸處士行報德寺宿　前人

欲問章陵寺 一作古寺章陵下 支 一作潛 公住幾年亂山春靄裏微逕古松邊 一作安心生軟草灌頂引春泉 寂寂傳燈地寥寥禁火天世人 一作閒 多暗室白日爲誰圓 一作懸

一作皆歲時雜詠

奉和盧使君幼平游朝陽山寺臨太湖 時在郭不得往　前人

仁祠當絶境明牧躡靈蹤欲到心涼地初聞斷續鍾城中歸路在湖上碧山重水照千花界雲開七葉峯寒芳艾綬滿空翠白綸濃逸韻知難繼佳游恨不逢仍聞撫禪石爲我久從容

秋日遥和盧使君游柯山寺宿敭上人上方論

涅槃經大義　前人

江郡當秋景期將道者同跡高連 一作憐 竹寺夜靜賞蓮宮古磬清霜下寒山曉月中詩情緣境發法性寄筌空翻譯推南本何人繼謝公

遥和塵外上人與陸澧夜集山寺問涅槃義兼賞陸生文卷 上人自號北山子　前人

共是竹林賢 孫綽僧史以七人配德嵇阮號竹林七賢 心從貝葉傳說經看月過 一作逾 開卷愛珠連清淨遥城外蕭疎 一作條 古塔前應隨北山子高頂枕雲眠

題報德寺清幽上人西峯寺即陳文帝故鄉　前人

陳世凋亡後仁祠識舊山帝鄉喬木在空見白雲還雙塔寒林外三陵暮雨間此中雖戰勝君獨啓禪關

奉同顔使君真卿開元寺經藏院觀樹文殊碑　前人

四五六三　文二百三十六　九

萬國布殊私千年降祖師鴈門傳法至龍藏立言時故實刋周典新聲播魯詩六銖那更拂劫石盡無期

奉同盧使君幼平游精舍寺　前人

影刹西方在虛空翠色分人天霽後見猿鳥定中聞真界隱清壁春山凌白雲今朝石門會千古仰斯文

奉陪陸使君長源裴端公樞春遊虎丘寺　前人

雲水夾雙刹遥疑涌平陂入門見藏山元化何由窺曳組探詭怪停驂訪幽奇情高氣爲爽德暖春亦隨瑶草自的皪蕙樓爭蔽虧金精發壞陵劒彩沉靈池一覽匝天界中峯步未移應喜生公石列坐援松枝

秋晚宿破城 一作山 寺　前人

秋風落葉滿空山古殿殘燈石壁間昔日經行人去盡寒雲夜夜自飛還

題石甕寺　王建

青崖古寺(集作白石)夾城東泉脉鍾聲內裏通地壓神龍(集作龍地)山色別屋連宮殿匠名同簷燈經夏紗籠黑溪葉先秋臘樹紅天子親題詩惣在畫扉長鎖壁龕中

題台州隱靜寺　前人

隱靜靈仙(一作山)寺天鑿盃度飛來建巖登五峯直上插銀河一澗當空瀉寥廓崆峒黯淡碧琉璃(一作瑠璃殿)白雲吞吐紅蓮閣不知勢壓天幾重鍾聲常聞(一作在)月中落

文苑英華卷第二百三十六

登仕郎胡　柯　鄉貢進士彭　叔夏　校正

文苑英華卷第二百三十七　詩八十七

寺院五(塔附)

和鄭少師相公題慈恩寺禪院　楊巨源

舊寺長桐孫朝天是聖恩謝公詩更老蕭傅道方尊白法知深得蒼生要重論若爲將此望心地向空門

同趙校書題普救寺　前人

東門高處天一望幾悠然白浪過城下青山滿寺前塵光分驛道嵐色到人煙氣象須文字逢君大雅篇

春日與劉評事過故證(一作澄)上人院　前人

曾共劉諮議同時事道林與君方掩淚來客是知心堦雪凌春積鍾煙向夕深依然舊童子相送出花陰

春雪題興善寺廣宣上人竹院　前人

皎潔青蓮客焚香對雪朝竹風催淅瀝花雨讓飄飄觸(一作灑)石和雲積縈池拂水消只應將日月顏色不相饒

和鄭少師尋興善寺廣宣上人不遇　前人

放心蓮境去又值竹房空幾韻飄寒玉餘清不在風

夏日苦熱同長孫主簿過仁壽寺納涼　前人

火入天地鑪南方正何劇四郊長雲紅六合太陽赤爀爀沸泉壑燄燄焦砂石思滅祝融權期臣諸子宅因投竹林

寺一問青蓮客心空得清涼理證等喧寂開襟天籟迴步履雨花積微風動珠簾蕙氣入瑶席境閑性方謐塵遠趣皆適淹駕殊未還朱欄敞虛碧

遊峽山寺　楊衡

結構天南畔勝絶固難儔幸蒙時所漏遂得恣閑遊路石蔭松蓋檻藤維鶴舟雨霽花木潤風和景氣柔寶殿敞丹扉靈幡垂絳旒照曜芙蓉臺金人居上頭翔禽拂危刹落日避層樓端溪瀰漫駛曲澗潺湲流高居何重沓登覽自夷猶煙霞無隱態巖洞詎遺幽奔駟非久耀馳波肯暫留會從香火緣滅跡此山丘

宿陜岵寺雲律師院　前人

像宇鬱參差寶林疎復密中有彌天子燃燈坐虛室心澄紅蓮喻跡羈青眼律玉鍾揚翠煙金經開縹帙肆陳堅固

學破我夢幻質碧水灑塵纓涼風當夏日宿禽詎相保迸火煙欲失顧迴戚促勞趨隅事休逸

題山寺　前人

千峯白露後雲壁挂殘燈曙色海邊日經聲松下僧意閑門不閉年去水空澄稽首如何問森羅盡一乗

宿吉祥寺寄廬山隱者　前人

風鳴雲外鍾鶴宿千年松相思杳不見月出山重重（一作孤月出山重）

題臨瀧寺　韓愈

不覺離家已五千仍將衰病入瀧船潮州（集作陽）未到吾能（集作人先）說海氣昏昏水拍天

題清鏡寺留別　陳羽

路入千山愁自知雪花撩亂壓松枝世間（一作人）並道別離苦誰信山僧輕別離

宿誠禪師山房題贈二首　劉禹錫

宴坐白雲端清江直下看來人望金刹講席繞香壇虎嘯夜林動鼉鳴秋澗寒衆音從（集作徒）起滅心在淨（集作定）中觀

二

不出孤峯上人間四十秋視身如傳舍閱世甚東流法爲因緣立心從次第修中宵問真偈有住是吾憂

和河南裴尹侍郎宿齋太平寺詣九龍祠祈雨二十韻　前人

有事九龍廟潔齋梵王祠玉簫何時絶碧樹空涼颸吏散埃壒息月高庭宇宜重城肅穆閉澗水潺湲時人稀夜復閑慮靜境亦隨緬懷斷鼇足凝想乘鸞姿朱明盛農節膏澤方愆期瞻言五靈瑞能救百穀萎咿喔晨鷄鳴闌干斗杓（一作柄）垂修容謁神像注意陳正辭驚颷起泓泉若召雷

雨師黒煙聳鱗甲灑液如棼絲豐隆震天衢列缺揮火旗炎空忽淒緊高霤懸綆縻生物已滂霈濕雲稍離披丹霞啓南陸白水含東菑熙熙飛走適藹藹草樹滋浮光動宮觀遠思盈川坻吳公敏於政謝守工爲詩商山有病客（一作者）言賀舒厖眉

題東虎（一作武）丘寺六韻　白居易

香刹看非遠祇園入始深龍蟠松矯矯玉立竹森森怪石千僧坐靈池一劍沉海當亭兩面山在寺中心酒熟憑花勸詩成倩鳥吟寄言軒冕客此地好抽簪

送王十八歸山寄題仙遊寺　前人

曾於太白峯前住數到仙遊寺裏來黒水澄時潭底出白雲破處洞門開林間暖酒燒紅葉石上題詩掃緑苔惆悵舊遊那（集作無）復到菊花時節羨（一作待）君迴

夜遊西武丘寺八韻　前人

不厭西丘寺閑來即一過舟船轉雲島樓閣出煙蘿路入青松影門臨白月波魚跳驚秉燭猿覷怯鳴珂摇曳雙紅旆娉婷十翠娥香花助羅綺鍾梵避笙歌領郡時將久遊山數幾何一年十二度非少亦非多

孤山寺遇雨　前人

拂波雲色重灑葉雨聲繁水鳥（集作鷺）雙飛起風荷一向翻空濛連北岸蕭颯入東軒或擬湖中宿留船在寺門

旅泊景空寺宿幽上人院　前人

不與人境接寺門開向山暮鍾寒鳥聚秋雨病僧閑月隱雲樹外螢飛廊宇間幸投花界宿暫得靜心顏

宿靈巖寺上院　前人

高高白月上青林客去僧歸獨夜深葷血屏除唯對酒歌鍾放散只留琴更無俗物當人眼但有泉聲洗我心最愛曉亭東望好太湖煙水淥沉沉

四

憶登栖霞寺峯懷望（效梁簡文）　李紳

香印煙火息法堂鍾磬餘紗燈耿晨焰釋子安禪居林葉脫紅影竹煙含綺疎星珠錯落耀月宇參差[redacted]顧眺匪恣適曠襟懷卷舒江海淼清盪丘陵何所如滔滔可問津耕者非長沮茅嶺感仙客薦園成古墟移步下碧峯涉澗更躊躇鳥哢啄秋果翠鷺銜素魚迴塘彩鷁來落景標（一作在）林菸漾漾棹龢月蕭蕭風襲袪勞歌起舊思感歎竟難攄却數共遊者凋落非里閭

同徐城李明府遊重光寺題晃師房　劉商

野寺僧房遠陶潛引客來鳥喧殘果落蘭敗幾花開真性知無住微言欲望迴竹風清磬晚歸策步蒼苔

題悟空寺　前人

扁舟水淼淼曲岸復長塘古寺春山上登樓憶故鄉雲煙橫極浦花木擁迴廊更有思歸意晴明陂上方

題廢禪居寺　前人

凋殘精舍在連步訪緇衣古殿門空掩楊花雪亂飛鶴巢松影薄僧少磬（一作誦）聲稀青眼能留客蹤鍾逼夜歸

過無可上人院　姚合

寥寥聽不盡孤磬與疎鍾煩惱師長別清涼我暫逢蟻行經古蘚鶴毳落深松自想歸時路塵埃復幾重

題雲花寺賓上人院　前人

九陌最幽寺吾師院復深煙霜同覆屋松竹雜成林鳥語境微（集作彌）寂客來機自沉早年（集作知）如到此應不帶朝簪

僧院引泉（已見一百六十四卷）　前人

文苑二百三十七　五

題山寺　前人

千重山崦裏樓閣影參差未暇尋僧院先看置寺碑竹深行漸暗石穩坐多時古塔虵蟲善陰廊鳥雀癡雲開上界近泉落下方遲爲愛青桐葉因題滿樹詩

靈准上人院　賈島

掩扉常太半（集作當太白）臘數等松椿禁漏來遙（一作遲）夜山泉落近隣經聲終卷曉草色幾牙春海內知名士交遊湯上人

以下七首並見集本

昇道精舍南臺對月寄姚合　前人

月向南臺見秋霖洗滌餘出逢危葉落靜聽眾峯疎冷露尋時有禪窻此夜虛相思聊悵望潤氣徧衣裾（集作初非）

題青龍寺鏡公房　前人

一夕曾留宿終南摇落時孤燈岡舍掩殘磬雪風吹樹老

因寒折泉深出井遲踈慵豈有事多失上方期

宿貫上人房　前人

堦前多是竹閑地擬栽松朱點草書疏雪平麻履蹤御溝寒夜雨宮寺靜時鍾此室無他事來尋（集作多）不厭重

就可公宿　前人

十里尋幽寺寒流數派分僧同雪夜坐鴈向草堂聞靜語終燈焰餘生許嶠雲猶（集作由）來多抱疾聲不達明君

宿慈恩寺郁公房　前人

病身來寄宿自掃一牀閑反照臨江磬新秋過雨山竹陰移冷月荷氣帶禪關獨往天台意方從內請還

崇聖寺斌公房　前人

近來唯一食樹下掩禪扉落日寒山磬多年壞衲衣白鬚長更剃青靄遠還歸仍說遊南岳經行是息機

四又卅七　文苑二百三十七　六

早秋寄題天竺靈隱寺　前人

峯前峯後寺新秋絕頂高窻見沃洲人在定中聞蟋蟀鶴曾棲處掛獮（一作猱）猴山鍾夜度空江水汀草（集作月）寒生古石樓心憶懸帆身未遂謝公此地昔年遊

宿西嶽白石院　釋無可

白石上嵌崆寒雲西復東瀑流懸住處鵰鶴失禪中岳壁松多古壇基雪不通未能親近去擁褐媿相同

青龍寺縱公房　前人

從誰得法印（一作傳印法）不離上方傳夕磬城霜下寒房竹月圓燈（一作煙）殘衰木落（一作畔）客住積（一作客住積）雲邊未隱滄洲去時來於此禪

一作皆高僧詩

過石谿寺寄姚貟外　前人

門逕衆峯頭盤嵓嚴復轉溝雲僧隨樹老古木落江流峽狖

有時到秦人今日遊謝公多晚望此境在南樓

安國寺靜居法師故院　前人

雨後清涼境因過欲不迴井甘桐有露竹迸地多苔幡映宮牆動香從御苑（一作殿）來青牛舊經疏寥落有誰開

遊山寺　盤落（集作盤礴）　前人

千峯盤落盡林寺昔何名步步入山影房房聞水聲多年人跡斷殘日石陰清自可求居止安閑過此生

寄題廬山二林寺　前人

廬岳東南秀香花惠遠蹤名齊松（一作高）嶺峻氣比沃洲濃積岫連何處幽崖越幾重雙流溢隱隱九派棹憧憧山限東西寺林交旦暮鍾半天傾瀑溜數郡見鑪峯巖並金繩道潭分玉像容江微匡俗路日杲晉朝松樓逕新苞拆梅籬故葉壅嵐光生疊砌霞焰發高墉窻籟虛聞狖庭煙黑

四又六十二　文苑二百三十七　七

過龍定僧仙嶠起遁客虎溪逢護落垂楊戶荒涼種杏封塔留紅舍利池吐白芙蓉畫壁披（一作和）雲見禪衣對鶴縫喧經泉滴瀝沒履草丰茸翠竇欹攀乳苔橋側杖筇探奇盈夢想摟峭滌心胸冥奥終難盡登臨惜未從上方薇蕨滿歸去養乖慵

入隱靜寺途中作　周賀

亂雲遥遠寺入路認青松鳥翅緣巢影僧鞋印雪蹤草煙連野燒溪霧隔霜鍾更問樵人院猶言過數峯（集作更遇樵人說猶言過數峯）

空上人移居太雲寺　前人

竹谿人請住何日向中峯瓦舍山情少齋身病色濃臘高移坐次菊淺露行蹤來往盈城下三年兩度逢

宿甄山南溪晝公院　前人

從來作何客別離經半年却來峯頂宿知廢甄南禪餘霧

沉斜月孤燈照落泉何時閑事盡相伴老溪邊

宿隱靜寺上方　前人

一宿五峯杯渡寺虛廊中夜磬聲分疎林未一作纔落上方月深澗忽生平地雲高鳥集作幽鳥背泉栖靜境遠人當燭想遺文暫來此地歇勞足望斷故山滄海濆

宿僧院　劉得仁

禪地集作定無塵夜焚香話所歸樹搖幽鳥夢螢入定僧衣破月斜天半高河下霧集作露微飆今嫌白月集作日動即與心違

題景玄禪師院　前人

古僧精進者師復是誰流道貴一作愧行無我禪難說到頭汲泉羸鶴立擁褐集作毳老猿愁曾住深山院何如此院幽

宿普濟寺　前人

京寺數何窮清閑此不同曲江臨閣北御苑一作水自牆東廣陌車音急危樓夕景通亂峯沉暝野毒暑過秋空幡颭虛無裏星生杳靄中月光籠月殿蓮氣入蓮宮綴草涼天露吹人古木風飲茶除假寐聞磬釋塵蒙童子眠苔淨高僧話漏終飢撞曉鍾後萬井復朣朧

青龍寺僧院　前人

常多簪組客非獨看高松此地堪終日開門見數峯苔新禽跡少泉冷樹陰重師意如山裏空房晚暮鍾

冬日題邵公院　前人

無事關多掩陰堦竹拂苔勁風吹雪聚渴鳥啄冰開樹向寒山得人從瀑布來終期天目老擎錫逐雲迴

夏日遊慈恩寺　前人

何處消長日慈恩精舍頻僧高容野客樹密絕囂塵閑上凌虛塔相逢避暑人却愁歸去路馬跡並車輪

晚遊慈恩寺　前人

寺去幽居近每來因採薇伴僧行不困臨水語忘歸磬動青林晚人驚白鷺飛堪嗟浮俗事皆與道相違

秋晚與友人遊青龍寺　前人

直集作高視終南秀西風夏閣涼一生同隙影幾處好山光暮鳥投羸木寒鍾送夕陽因君話心地川廣曠宿僧房

慈恩寺塔下避暑　前人

古松凌巨塔脩竹映空廊竟日聞虛籟深山止集作只此涼僧真生我敬水澹發茶香坐久東樓望集作上鍾聲振集作送夕陽

文苑英華卷第二百三十七

登仕郎胡柯　鄉貢進士彭叔夏　校正

文苑英華卷第二百三十八　詩八十八

寺院六（塔附）

宿澧曲僧舍　温庭筠

東郊和氣新芳靄遠如塵客舍（一作路）停疲馬僧牆畫故人沃田桑景晚平野菜花春更想嚴家瀨微風蕩白蘋

和友人盤石寺逢舊友　前人

楚寺上方宿滿堂皆舊遊月溪逢遠客煙浪有歸舟江館白蘋夜水關紅葉秋西風吹暮雨江（一作汀）草更堪愁

宿一公精舍　前人

夜闌黃葉寺瓶錫兩俱能松下石橋路雨中山殿燈（一作松下石橋雨山中佛殿燈）茶爐天姥客棊席剡溪僧還笑長門賦高秋卧茂陵

月中宿雲居寺上方　前人

虛閣披衣坐寒階踏葉行衆星中夜少圓月上方明靄盡無林色喧餘有澗聲秖應愁恨事還逐曉光生

題中南佛塔院　前人

鳴泉隔翠微千里到柴扉地勝人無慾林昏虎有威澗苔侵客屨山雪入禪衣桂樹芳陰在還期歲晏歸

題西明寺僧院　前人

曾識匡山遠法師低松片石對前墀爲尋名畫來過寺因訪閑人得看棊新鴈參差雲碧處寒鴉寥落（集作遼亂）葉紅時自知終有張華識不向滄洲理釣絲

宿松門寺　前人

白石青崖世界分卷簾孤坐獨氛氳林間禪室春深雪潭上龍堂夜半雲落日蒼（一作荒）涼登閣在曉鍾搖蕩隔江（一作牆）聞西山舊是經行地願漱寒瓶逐領軍

馬嵬佛寺　前人

荒雞夜唱戰塵深五鼓雕輿過上林才信傾城是真語直教塗地始甘心兩重秦苑成千里一炷胡香抵（一作直）萬金曼倩死來無絕藝後人誰肯惜青禽（司馬相如傳注青琴古神女也一本作青琴）

清涼寺　前人

黃花紅樹謝芳蹊宮殿參差黛巘西詩閣曉窻藏雪嶺畫堂秋水接藍溪松飄晚吹摐金鐸竹蔭寒苔上石梯妙跡奇名竟何往下方煙暝草萋萋

開聖寺　前人

路分溪石夾煙叢十里蕭蕭古樹風出寺馬嘶秋色裏向陵鴉亂夕陽中竹間泉落山廚靜塔下僧歸影殿空猶有南朝舊碑在敢（集作恥）將興廢問漁翁（集作休公）

寄題甘露寺北軒　杜牧

曾上蓬萊宮裏行北軒欄檻最留情孤高堪弄桓伊笛縹緲宜聞子晉笙天接海門秋水色煙籠鹿（一作隋）苑暮鍾聲他年會着荷衣去不向山僧道姓名

題禪院　前人

航（集作觥）船一棹百分空千載（集作十歲）青春不負公今日鬢絲禪榻畔茶煙悠（集作輕）颺落花中（集作風）

題宣州開元寺（寺置於東晉時）　前人

南朝謝脁城東吳最深處亡國去如鴻遺寺藏煙塢樓飛

九十尺廊環四百柱高高下下中風繞松桂樹青苔照朱閣白鳥两相語溪聲入僧夢月色輝粉渚（集作堵）閬景無旦夕憑（一作凭）欄有今古留我酒一樽前山看春雨

將歸塗口宿鬱林寺道玄上人院　許渾

西巖一磬長僧起樹蒼蒼閑殿灑寒水誦經焚曉（集作晚）香竹風雲漸散杉露月猶光無復重來此歸舟凌夕陽

潼關蘭若　前人

來往幾經過前軒枕大河遠帆春水闊高寺夕陽多蝶影下紅藥鳥聲喧綠蘿故山歸未得徒詠採芝歌

題恩德寺　前人

樓臺橫復重猶在（集作有）半巖空蘿洞淺深水竹廊高下風晴山疎雨外（集作後）秋樹斷雲中未竟（集作盡）平生意孤帆又向東

崇聖寺（寺即故行宮）　前人

西林本行殿池榭日坡陁雨過水初漲雲開山漸多晚街垂御柳秋院閉宮莎借問龍歸處鼎湖空碧波

與裴三十秀才自越西歸望亭阻凍登虎丘精舍（集作山寺）　前人

春草越吳關（集作間）心期旦夕還酒鄉逢客病詩境遇僧閑倚棹冰交（集作生）浦登樓雪滿山東風猶（集作不）可待歸驥巳斑斑（集作坐）

下第寓居崇聖寺感事　前人

懷玉泣京華舊山歸路賒靜依禪客院幽學野人家林晚鳥爭樹園春蜂護花東門有閑地誰種邵平瓜

渚（集作洛）東蘭若夜歸　前人

一衲老禪床吾生半異鄉管絃愁裏醉書劒夢中忙鳥急山初瞑蟬稀樹正涼又歸何處去塵路月蒼蒼

寓居開元寺（集作開元精舍）酬薛秀才見贈（集作貽）　前人

知巳蕭條信陸沉茂陵扶病卧西林芰荷風起客堂靜松桂月高僧院深清露下時傷旅鬢白雲歸處寄鄉心勞君詩思猶相憶題在書（集作空）齋夜夜吟

和河南楊少尹春陪薛司空石笋詩　前人

暖溪寒井碧巖前謝傅賔朋盛綺筵雲斷石峯高並笋日臨山勢遠閑蓮閑留幢節低春水醉擁（一作領）笙歌出暮煙聞道詩成歸巳夕柳風花露月初圓

題蘇州虎丘寺僧院　前人

暫引寒泉濯遠塵此生多是異鄉人荆溪夜雨花飛疾吳苑秋風月滿頻萬里高低門（一作雲）外路百年榮辱夢中身世間誰似西林客一卧煙霞四十春

遊山北（集作北山）寺　喻鳧

煙岡影畔寺遊步此時孤庭靜衆藥在鶴閑雙檜枯藍峯露秋院灞水入春廚便可棲心跡如何返舊途

冬日題無可上人院　前人

入户道心生茶（疑）閑踏葉行瀉風瓶水澁承雪鶴巢傾閣北長河氣窻東一檜聲詩言與禪味語默此皆清

遊雲際寺　前人

澗蟄吼風雷香門（集作禪關）絕頂開閣寒僧不下鍾定虎常（一作長）來鳥啄林梢菓鼯跳竹裏苔心源暫無（集作無一）事塵界擬休回

宿翠微寺　前人

沿溪又涉嶺始喜入（集作到）前軒鍾度鳥沉蟄殿扃雲濕幡涼泉墮衆石古木徹疎猿月上僧皆近（集作初定）斯遊豈易言

隱（集作岫）禪師南溪蘭若　前人

錫影配瓶光孤溪（集作脩心）默草堂水懸青石磴鍾動白雲床樹色含殘雨河流帶夕陽唯應無月夜瞑目見他方

題甘露寺　盧肇

北固巖端寺佳名自上台地從京口斷山到海門迴曙色煙中滅潮聲日下來一隅通雉堞千仞聳樓臺林暗疑降虎江空想度杯福庭增氣象仙磬落昭回覺路花非染流年景謾催隋宮凋綠草晉室散黃埃西蜀波湍盡東溟日月開如登最高處應得見蓬萊

重遊楚國寺　趙嘏

往事飄然去（集作竟）不迴空餘山色在樓臺池塘風（集作春）暖鴈尋去松桂寺高（集作松檜樹高）人獨來莊叟著書真達者賈生揮涕信悠哉老僧心地閑於水猶被流年日月催（集作白髮催）

宿楚國寺有懷　前人

風動衰荷寂寞香斷煙殘月共蒼蒼寒生晚寺波搖壁紅墮疎林葉滿床起鴈似驚南浦棹陰雲欲護北樓霜江邊松菊荒應盡八月長安夜正長

宿靈巖寺（即古吳宮）　前人

明月溪頭寺蟲聲滿橘洲倚欄香徑晚移石太湖秋古樹（一作老樹集作樹老）雲歸盡荒臺（集作臺荒）水更流無人見惆悵獨上最高樓

越中寺居　前人

遲客疎林下斜溪小艇通野橋連寺月高竹半樓風水靜魚吹浪枝閑鳥下空數峯相向綠日夕郡城東

初入寺居寄上元相公（已見二百二十三卷題作越中寺居寄上主人）　前人

波上（前篇作江上）遶竹（前篇作看竹）恩酬（前篇作酬恩）

浙東陪元相公遊雲門寺　前人

松下山前一逕通燭迎千騎滿山（集作川）紅溪雲乍斂幽（一作高）巖雨曉氣初高（集作開）大旆風小檻宴花容客醉上方看竹與僧同歸來吹盡巖城角路轉高（集作橫）塘亂水東

題天鄉寺神亮上人院亮不出院五年（已見二百二十三卷題作贈天鄉寺神亮上人）　前人

月色簾西見（前篇作日色簷前見）經聲（前篇作鍾聲）

早發剡中法堂寺（集作石城寺）　前人

暫息勞生樹色間（集作半日閒）平明塵事（集作機慮）又相關吟辭宿處煙霞去（一作外）心（集作身）負秋來水石閑竹户半開鍾未絕松枝靜霽鶴初還明朝一倍堪惆悵迴首塵中見此山

三像寺酬元秘書　前人

官惣芸香閣署蓬可憐詩句落春風偶然侍坐水聲裏還許醉吟松影中車馬照來紅樹合煙霞詠盡翠微空不因高寺閑回首誰識飄飄（一作飄零）一塞翁

此詩二百六十三卷重出今已削去

宿四祖寺　前人

千株松下雙峯寺一盞燈前萬里身自是心猿不調伏祖師元是世間人

寒食宿先天寺無可上人房　方干

雙扉檜下開寄宿石房苔幡北燈花動城西雪霰來收棊想雲夢罷茗議天台同憶前年臘師初白閣迴

題寶林山禪院　前人

山捧亭臺郭遶山徑盤蒼翠到山巔巖中古井雖通海窗裏陰雲不上天羅列衆星依木末周迴萬室在簷前我來可要師（集作歸）禪老一寸寒灰已達禪

題應天寺上方兼呈謙上人　前人
中天坐卧見人寰峭石垂藤不易攀晴卷風雷歸故壑夜
和猿鳥鎖寒山勢橫緑野蒼茫外影落平湖瀲灔間師在
西巖最高處路尋之字（一作子）見禪關
題報恩寺上方　前人
來來先上上方看眼界無窮世界寬巖溜噴空晴似雨林
蘿礙日夏多寒衆山迢遞皆相疊一路高低不記盤清峭
關心惜歸去他時夢到亦難拚（集作判）
書法華寺上方禪師（一作僧）壁　前人
砌下松巔有鶴栖孤猿亦在鶴邊啼卧聞雷雨歸巖早坐
覺（集作見）星辰去地低一徑穿緣應在（集作就）郭千花掩映似
無溪是非生死多憂惱此日憑（集作蒙）師爲破迷
題法華寺絶頂禪家壁　前人

蒼翠岩巍逼窅冥下方雷雨上方晴飛流便向砌邊挂片
月影從窻外行馴鹿不知誰結侶野禽多是自呼名只應
禪者無來去坐看千山白髮生
秋宿荆上人禪房　李洞
江房無葉落松影帶山高蒲寺中秋月孤窻入夜濤舊真
懸磬壁老髮逐銅刀卧看曉耕者與師知苦勞
宿書僧（一作記）院　前人
夜水筆前澄時推外學能書成百箇字庭轉幾遭燈寄墨
大壇吏分牋蜀國僧爲題江寺塔牌挂入雲層
冬日題覺公牛頭蘭若　前人
天寒高木静一磬隔川（一作窻）聞鼎水看山陷臺香拂（一作掃）
雪焚鶴歸遥認刹僧步不離雲石室開禪後輪珠謝聖君
題維摩暢上人房　朽枿（集作寒櫟）　前人
諸方遊幾臘五夏五峯銷越講迎騎象（一作馬）蕃齋懺射鵰
冷筇書雪倚朽枿話雲燒從此棲林老瞀然三萬朝
題西明寺攻文林復僧房　前人
誰寄湘（一作江）南信陰窻硯起津燒痕碑入集海角寺留真
棲憩長空鳥鍾驚半闕人御溝圓月會似在草堂身
題竹溪禪院　前人
溪連竹一色竹擁水千竿鳥觸翠微濕人居酷暑寒風搖
瓶影翠（一作碎）砂陷屨痕端爽極青桂樹流平緑峽灘閑來
披衲數漲後卷經看三境通禪寂埃塵染着難
題新安國寺　前人
佛亦遇艱難重興累慶壇偃松枝舊折畫竹粉新乾開講
宮娃聽拋生禁鳥飡鍾聲常入夢天竺化長安
宿鳳翔天柱寺窮易玄上人房　前人

天柱暮相逢吟思天柱峯墨研清露月茶吸白雲鍾卧語
身粘蘚叅（一作安）禪頂拂松探（一作深）玄爲一訣（一作決）明日去
臨卬　參禪（集作行禪）
贈西明自覺上人房　前人
御溝尋岸行遠岫見雲生松下度三伏磬中銷五更雨霽
經閣白日閃剃刀明海畔終須去燒燈老國清
題雲際寺　前人
門開風雪頂上徹困飛禽獶戲青冥裏人行紫翠（一作閣）陰
臘雲冰下出夜磬月中尋盡欲居巖室如何不（一作）住心
登蒲澗寺後二巖二首　李羣玉
五仙騎五羊何代降兹鄉澗有堯時韭（集作堯年韭菖蒲也）山餘禹
代（集作日）糧樓臺籠海色草樹羨（集作發）天香吟嘯秋（集作浩笑波）光
裵浮溟興甚長

行盡崎嶇路驚從汗漫遊青天豁眼客快(集作)碧海醒心秋
便欲尋河漢因之犯斗牛九霄身自致何必遇(一作問)浮丘

題居上人法華新院　陳陶

浮名深般若方等設蓮華鍾唄成僧國湖山稱法家一塵
多寶塔千佛大牛車能誘泥犂客超然識聚沙

題豫章西山香城寺　前人

十地嚴宮禮笙皇繞檀樓閣半天香祇園樹老梵聲小雪
嶺花香燈影長霄漢落泉供月界蓬壺靈鳥侍雲房何年
七七空人降金錫珠壇蒲上方

杭州孤山寺　張祜

樓臺聳碧岑一徑入湖心不雨山長潤無雲水自陰斷橋
荒蘚澁空院落花深猶(集作獨)憶西窻夜(集作月外)鍾聲盡北
(集作在北一作到此)林

此詩二百五十九卷重出今已削去注異同爲一作

常州無錫縣惠山寺　前人

舊宅人何在空門客自過泉聲到池盡山(集作月)色上樓多
小洞穿(集作生)斜竹重階夾瘦莎殷勤入(集作望)城市雲水暮
鍾和

潤州甘露寺　前人

千重構橫險高步出塵埃日月光先到(集作見)江山勢盡來
冷雲虛水石清露滴樓臺況是東溟上平生憶(集作意)一開

金山寺　前人

一宿金山頂寺(集作)微茫水國分(集作超然離世羣)僧歸夜船月龍
出曉堂雲樹影中流見鍾聲兩岸聞因悲(集作思)在朝市終
日醉醺醺

石頭城寺　前人

山勢抱煙光重門突兀傍連簷金(一作天)像閟半壁石龕廊
碧樹叢高頂清池占下方徒悲宦遊意盡日老僧房

題招隱寺　前人

千年戴顒宅佛廟此崇修古寺(集作井)人名在清泉應跡幽
竹光寒閉院山影夜藏樓未得高僧旨煙霞空暫遊

秋夜登潤州慈和寺上方(二字集作暫)　前人

清夜浮埃暫歇(集作暫出又作歇井)鄽塔輪金照露華鮮人行中路月
生海鶴語上方星蒲天樓影半(集作暗)連深岸水鍾聲寒徹遠
林(集作溪)煙僧房閉盡下樓(集作山)去一半夢魂離(集作歸)世緣

夏日宿靈巖寺宗公院　羅鄴

寺入千巖石路長抓吟一宿遠公房臥聽半夜杉壇雨轉
覺中峯枕簟涼花界已無悲喜念塵襟自足是非妨他年
縱使重來此息得心猿驥已霜

文苑英華卷第二百三十八

登仕郎胡柯　鄉貢進士彭叔夏　校正

文苑英華卷第二百三十九

詩八十九

寺院七 塔附

野寺寓居即事二首　姚鵠

南山色當户初日半簷時鶴去卧看遠僧來嫌起遲窻明雲影斷庭曉樹陰移何處題新句連谿密葉垂

二

古寺更何有當庭唯折幢伴僧青鮮榻對雨白雲窻暝色坐前嶺離䰟隔遠江沙洲半蘩草飛鷺白雙雙

題石甕寺　馬戴

僧室並皇宫雲門輦路同渭分雙闕北山迥五陵東脩綆懸林表深泉汲洞中人煙窺垤蟻鴛瓦拂冥鴻蘚壁松生峭龕燈月照空稀逢息心侶獨禮竺乾公

題靜住寺欽用上人房　前人

寺近朝天路多聞玉珮音鑒人開慧眼歸鳥息禪心磬接星河曙窻連夏木深此中能(一作閑)宴坐何必在雲林

宿翠微寺　前人

處處松生蒲樵開一逕通鳥歸霜(集作金)磬盡僧語石樓(集作橋)空積翠含微(集作明)月遥泉韻細風經行心不厭(集作已)似在故山中(集作憶)

宿無可上人房(集作宿翠微寺)　前人

稀逢息心侶細話遠(集作故)山期河(集作雲)漢秋生(集作深)夜杉梧露滴時風傳林磬久(集作響)月掩(集作螢掠)草堂遲坐卧禪心在浮生皆不知

題興善寺英律師院　前人

虚室燃(集作焚)香久看心悟幾生濾泉侵月起掃逕避蟲行樹隔前朝在苔滋廢渚平我來風雨夜像設一燈明

題廬山寺　前人

白茅爲屋宇編荆數處堦墀石疊成東谷笑言西谷響下方雲雨上方晴鼠驚樵客緣蒼壁猿戲山頭撼紫檉別有一條投澗水竹筒斜引入茶鐺

姚巖寺路懷友　顧非熊

路向姚巖寺多行洞壑間鶴聲連塢靜溪色帶村閑踈葉秋前渚斜陽雨外山憐(一作美)君不得見詩思最相關

夏日寺中有懷　薛能

亭午四隣睡院中唯鳥鳴當門塞鴻去欹枕世人情地燥春苔裂天凉晚月生歸家豈不願辛苦未知名

夏日蒲津寺居二首　前人

日日閑車馬誰來訪此身一門兼鶴靜四院與僧隣雨室牆穿溜風窻筆染塵(集作菌)空餘氣長在天子用平人

二

故國有如(一作餘)夢省來長遠遊清晨起閑院踈雨似深秋宿寢書稜疊行吟杖跡稠天晴豈能出春暖未更裘

北都(一作京)題崇福寺(寺即高祖舊宅)　前人

此地潛龍寺何基即帝臺細花庭樹蔭清氣殿門開長老多相識旬休暫一來空空亦擬解干進幸無媒

題龍興寺　前人

高户列禪房松門到上方像閑祇樹嶺人施蜀城香地遍礴礴石江移孑孑檣林僧語不盡身役（集作後）事梁王

秋宿慈恩寺遂上人院　李頻

滿閣終南色清秋獨倚欄風高斜漢動葉下曲江寒帝里求名老空門見性難吾師無一事不似在長安

暮秋宿清源上人院　前人

野客愁來日山房木落中微風生夜半積雨向秋終證道方離法安禪不住空迷途將覺路語默見西東

秋夜宿重本上人院　前人

却憶涼堂坐明河幾度流安禪逢小暑抱疾入高秋水國

曾重講雲林半舊遊此來看月落還是道相求

宿凌上人房　李郢

重公舊相識一夕話勞生藥裹關身病經函寄道情獄寒當寺色灘夜入樓聲不待移文誚三年別赤城

遊栖霞寺　皮日休

不見明居士空山但寂寥白蓮吟次缺青靄坐來銷泉冷無三伏松枯有六朝何時石上月相對論逍遙

題潼關蘭若　前人

潼津罷警有招提近百年無戰馬嘶壯士不言三尺劒謀臣休道一丸泥昔時馳道洪波上今日宸居紫氣西關吏不勞重借問棄繻生擬入耶溪

題興善寺寂上人院　鄭谷

客來風雨後院靜似荒涼罷講蛩離砌思山葉蒲廊臘高興故疾爐煖發餘香自説匡廬側杉陰半石床

題興善寺　前人

寺在帝城陰清虛勝二林蘚侵隋畫暗茶助越甌深巢鶴和鍾唳詩僧倚錫吟煙莎後池水前跡杳難尋（十才子詩集多有興善寺後池之作今寺在池蕪沒每用追歎）

舟次通泉精舍　前人

江清如洛汭寺好似香山勞倦孤舟裏登臨半日閒樹涼巢鶴健巖響語僧閑更共幽雲約秋隨絳帳還（時谷將之廬州省拜恩地）

宿澄泉蘭若　前人

山半古招提空林雪月迷亂流分石上斜漢在松西雲集寒庵宿猿先曉磬啼此心如了了秖此是曹溪

題莊嚴寺休公院　前人

秋深庭色好紅葉間青松病客殊無著吾師甚見容疎鍾

和細溜孤塔等遥峯未省求名侣頻於此地逢

慈恩寺偶題　前人

往事悠悠添浩歎勞生擾擾竟何能故山歲晚不歸去高塔晴來獨自登林下聽經秋苑鹿江邊掃葉夕陽僧吟餘却起雙峯念曾看庵西瀑布冰

次韻和秀上人長安寺居言懷寄渚宫禪者（一作師）　前人

舊齋松老別多年蓮（一作鄉）社人稀喪亂間出寺只知趨内殿閉門長似在深山卧聽秦樹（集作甸）秋鍾斷吟想荆江夕鳥還唯恐興來飛錫去老郎無路更追攀

少華甘露寺　前人

石門蘿徑與天鄰雨檜風篁遠近聞飲澗鹿喧雙派水上樓（集作登山）僧踏一梯雲孤煙薄暮關城没遠色初晴渭曲分長憶（集作欲）燃香來此宿北林猿鶴舊同羣

七祖院小山　前人

小巧功成雨蘚斑，軒車日日扣松關。峨嵋咫尺無人去，却向僧窻看假山。

題戩島僧居（在江之心）　杜荀鶴

師愛無塵地，江心島上居。接船求化慣，登陸赴齋踈。載土春栽竹（集作樹），拋生日餧魚。入雲蕭帝寺，畢竟欲何如。

題兜率寺閑上人院　前人

人間寺應諸天號，真行僧禪此寺中。百歲有涯頭上雪，萬般無染耳邊風。挂帆波浪驚心白，上馬塵埃翳眼紅。畢竟浮生謾勞役，筭來何處（集作事）不歸空。

中山臨上人院觀牡丹寄諸從弟（集作事）　前人

閑來吟遶牡丹叢，花豔人生事略同。半雨半風三月內，多愁多病百年中。開當韶景何妨好，落向僧家即是空。一境別無唯有此，忍教醒坐對支公。

題山僧院　張喬

谿路曾來日，年多與舊同。地寒松影裏，僧老磬聲中。遠水清風落，閑雲是院通。心源若無礙，何必更論空。

遊靈山寺　前人

樹涼青島寺，虛閣敞禪扉。四面閑雲入，中流獨鳥歸。湖平幽徑近，船泊夜香微。一宿秋風裏，煙波隔擣衣。

遊歙州興唐寺　前人

山橋通絕境，到此憶天台。竹裏尋幽徑，雲邊上古臺。鳥歸殘照出，鍾斷細泉來。爲愛澄溪月，因成隔宿迴。

題詮律師院　前人

院涼松雨聲，相對有山情。未許谿邊老，猶（一作還）思嶽頂行。紗燈留火細，石井灌瓶清。欲問吾師外，何人得此生。

金山寺空上人院　前人

已老金山頂，無心上石橋。講移三楚遍，梵譯五天遥。板閣禪（縣）秋月，銅瓶汲夜潮。自慚昏醉客，來坐亦通宵。

題廣信寺　前人

亭北敞靈溪，林梢與檻齊。野雲來影遠，沙鳥去行低。晚渡明村火，晴山響郡鼙。思鄉值搖落，賴不有猿啼。

遊少華山甘露寺　前人

少華中峯寺，高秋眾景歸。地連秦塞起，河隔晉山微。晚木蟬相應，涼天鴈並飛。殷勤記巖石，只恐再來稀。

甘露寺僧房　前人

臨水登山路，重尋旅思勞。竹陰行處窓，僧臘別來高。遠岫明寒火，危樓響夜濤。悲秋不成寐，明月上千艘。

登甘露寺　周繇

盤江上幾層，峭壁半垂藤。殿鎖南朝像，龕禪外國僧。海濤摏砌檻，山雨灑牕燈。日暮踈鍾起，聲聲徹廣陵。

甘露寺東軒　前人

每日憐晴眺，閑吟只自娛。山從平地有，水到遠天無。老樹多封楚，輕煙暗染吳。雖居此廊下，入户亦踟躕。

甘露寺北軒　前人

曉色宜閑望，山風遠益清。白雲連晉閣，碧樹盡蕪城。水靜沙痕出，煙消火野平。最堪佳此境，爲我長詩情。

題金陵栖霞寺贈月公　前人

明家不要買山錢，施作清池（一作花宮）種白蓮。松檜老依雲外地，樓臺深鎖洞中天。風經絕頂迴踈雨，石倚危屏挂落泉。欲結茅庵伴師住，肯饒多少薜蘿煙。

題甘露寺　楊夔

高殿拂雲霓登臨想虎溪風匀帆影衆煙亂鳥行迷北倚
波濤闊南窺井邑低蒲城塵漠漠隔岸草萋萋虛閣延秋
磬澄江響暮鞞客心還惜去新月挂樓西

題宣州延慶寺益公院（咸通中入講極承恩澤）　前人

嘿坐能除萬種情臘高兼有賜衣榮講經舊說傾朝聽登
殿曾聞降輦迎幽逕北連千嶂碧虛窗東望一川平長年
門外無塵客時見元戎駐旆旌

題紫閣院　張蠙

上方人海外苔逕上千層洞壑有靈藥房廊無老僧古巖
雕素像喬木挂寒燈每到思脩隱將迴欲不能

宿山寺　前人

中峯半夜起忽覺在青冥此界自生雨上方猶有星樓高
鐘尚（一作獨）遠殿古像多靈好是潺湲水房房伴誦經

宿開照寺光澤上人院　前人

靜室譚玄旨清宵獨細聽真身非有像至理本無經鐘定
遙聞水樓高別見星不教人觸穢偏說此山靈

書翠巖寺壁　曹松

何年話尊宿瞻禮此堂中入郭非無路歸林自學空濺瓶
雲嶠水迸磬雪川風時說南廬事知師用意同

題甘露寺　前人

樺（集作香）門接巨壘（集作疊）非畫角間清鐘北固一何峭西僧多
此逢天垂無際海雲白久晴峯旦暮燃燈外濤頭振蟄龍

宿溪僧院　前人

年少雲溪裏禪心夜更閑煎茶留靜者靠月坐蒼山露白
鐘尋定螢多戶未關嵩陽有（集作大）石室何日卷經還

山寺引泉　前人

劈碎琅玕意有餘細泉高引入香厨山僧未肯言根本莫
是銀河漏泄無

題甘露寺　周朴

層閣疊危壁瑞因（一作因成）千古名幾連揚子路獨倚潤州城
雲共衡江色鵰高背磬聲僧居上方久端坐見營營

題玄公院　前人

院深塵自外（集作幽深自塵外）如佛值玄公常跡（集作蹤）或非（集作悲）次志門因
得中衣巾離暑氣床搨向涼風是事不逾分秖應明德同

福州（一作唐）東禪寺（集作院）　前人

甌閩在郊外師院號東禪物得居來正人經綸（集作論）後賢鮑
（集作絶）槽柳塞馬蓋地月支綖（集作蜒）鸛鵲尚（集作更）巢頂唯堪舉世傳

宿玉泉寺　前人

野寺度殘夏空房欲暮（一作卧）時夜聽猿不睡秋思客先知
竹迴煙生薄山高月上遲又登塵路去難與老僧期

福州神光寺塔　前人

良匠用材爲塔了神光寺更得（集作裏更）高名風雲會處千尋出
（一作直）日月中時八面明海水旋（集作即）流倭國野天文方戴（集作載）
福州城相輪頂上望浮世塵裏人心應總（集作早晚）平

福州開元寺塔　前人

開元寺裏七重（一作層）塔遥對方山影擬齊雜俗人看離世
界（集作境）孤高僧上（集作坐）覺天低唯堪片片紫霞映（集作雲外）不
與濛濛白霧（集作社）迷必若無私羅漢在參差免向日虹西

春日獨遊禪智寺　羅隱

遠樹連天水接空幾年行樂舊隋宮花開花謝（一作落）長（集作還）
如此人去人來自不同鸞鳳調高何處酒吳牛蹄健滿車
風思量只合騰騰醉煑海平陳盡（集作一）夢中（鸞鳳調京本作鸞鳳詞）

封禪寺居　滴露（京本作泫露）　前人

盛禮何由覩嘉名偶寄居周南太史淚蠻徼長（一作子）卿書砌竹摇風直庭花滴（集作泫）露疎誰能賦秋興千里隔吾盧

金山僧院　前人

根盤蛟蜃路藤蘿四面無塵轍棹過得似吾師始惆悵眼前終日有風波

春日湘中題嶽麓寺僧院（集作舍）　前人

蟾宮虎穴兩皆休來凭危欄送遠愁多事林鶯還謾語薄情邊鴈不迴頭春融只恐（集作待）乾坤醉水闊深知世界浮欲共高僧話心跡野花芜（集作芳）草奈相尤

道林寺　裴說

獨立凭危欄高低落照間寺分一派水僧鎖半房山對面浮世隔垂簾到老閑煙雲與塵土寸步不相關

般若寺　前人

南嶽古般若自來天下知翠籠無價寺光射有名詩一水湧獸跡五峯排鳳儀高僧引閑步晝出夕陽歸（集作高僧閑引步晝出夕陽時）

兜率寺　照魚潭（集作照落）　前人

一片無塵地高連夢澤南僧居跨鳥道佛影照魚潭朽枘雲斜映平蕪日半涵行行不得住迴首望煙嵐

鹿門寺　前人

鹿門山立寺突兀盡無塵到此修行者應非取次人鳥過驚石磬日出礙金身何計生煩惱虛空是四隣

題岳州僧舍　前人

喜到重湖北孤洲（一作舟）橫晚煙鷺銜魚入寺鵶接飯隨船松檜君山迥菰蒲夢澤連與師吟論處秋水浸遙天

文苑英華卷第二百三十九　登仕郎胡柯　鄉貢進士彭叔夏　校正

文苑英華卷第二百四十　詩九十

詶和一

吳均十首　周興嗣三首
沈約二首　任昉一首
王僧孺一首　庾肩吾一首
蕭子雲一首　裴子野一首
劉孝綽三首　王筠二首
袁朗一首　呂讓一首
庾信二首　李那一首
王冑二首　周若冰一首
孫萬壽三首　庾抱一首

詶聞人侍郎別三首　吳均

悵然心不樂萬里尚（類聚作向集作何）悠悠凌朝（集作湖）憩枉渚薄暮遵江洲君往青山上（類聚集本並作君住青門上）我發霸陵頭相思自有處明月清風樓（類聚作春風明月樓集作風月在南樓）

二

整棹北川湄迴首望城邑林疎風至少山高雲度急共懷萬里心各作千行泣欲見終無緣思君空佇立

三

舉首川之折離鴻四向飛子憐三湘辭（說文辭與辭同此字相類當考）我憶五陵薇但使同喜遁何必共輕肥思君美如玉不覺淚沾衣

此首英華不載據集本添入　喜遁（疑作嘉遁）

詶郭臨蒸（類聚作丞）　前人

聞君立名義我亦倦晨征馬在城上蹀劒自腰中鳴白日遼川暗黃塵隴坻生（類聚作驚）願君但銜酒新（類聚作深）知有素誠

和蕭洗馬古意　前人

賤妾思不堪採桑渭城南帶減連枝繡髮亂鳳凰簪花舞
依長薄蛾（類聚作攜）飛愛淥潭無由報君德流涕向春蠶

詶周參軍　前人

日暮憂人起倚戶長（一作匣帳）無懽水傳洞庭遠風送鴈門寒
江南霜雪重相如衣服單沉雲隱喬（集作高）樹細雨滅層巒
且（集作是）■當對樽酒朱絃永夜彈

答柳惲　前人

清晨發隴西日暮飛狐谷秋月照層嶺寒風掃高木霧露
夜侵衣關山曉催軸君去欲何之參差間原陸一見終無
緣懷悲空滿目

詶蕭新浦王洗馬三首　前人

始可結交者文酒蒲金壺圍碁帝臺局繫馬秦王蒲長劒
皆玉具短笛悉銀塗送歸日愁蒲留客袂紛吾今成柏山
上秋風星散鳥

二

思君出江湄慷慨臨長薄獨對東風酒誰舉指南酌崇蘭
白帶飛青鵷紫纓絡一年流淚同萬里相思各胡爲舍旃
去故人在宛洛

三

僕本二陵徒英豪（一作俊）多久要角觝良家兒期門惡年少
身紆文二組手擊尺一詔問子行何去高帆艤江于今夜
杯酒別明朝江水邊莓莓看細雨漠漠視濃煙颯灑入銅
箭低昂五會船欲知故人者江南共採蓮悒然心不樂跨
馬出城壕觀濤看白鷺望草見青袍青袍行中把蔽草覆
平野公子不垂堂紛紛五吾（一作五吾故紛）交者肘懸辟邪印屋曜
鴛鴦瓦翩翩流水車蕭蕭曳練馬是時君別我青莎没馬
蹄連連文鷁爾鬥鷺鷥伺朝鷄今日予懷友積雪滿東西

答吳均三首　周興嗣

明燈照暗室邊韶對趙壹但酌中山酒唯甘江浦橘風動
雲入箕雨至月離畢王丹贈不拜（後漢王丹贈陳遵以不拜出東觀記）是我
相知日

二

鶩鳧起北海儀鳳飛上林鶱鸞低不同翼歡楚亦殊音嗟（疑）
夕雲起落落曉星沉李陵報蘇武但令知我心

三

昔別襄城村同會長安市誰學萊蕪甑本得王喬履堦前
養素鶴池中飴赤鯉一往玉壺上兼復見蕭史

酬孔通直逷懷蓬居　沈約（見類聚）

閶闔既洞啓龍樓亦高闢兩宮集鵷鷺步二闈（類聚作闥）引通籍
伊爾事清途紛吾供（一作驚）賤役

酬謝宣城朓　前人

王喬飛鳧舄東方金馬門從宦非宦侶避世非避諠揆余
發皇鑒短翮屢飛飜晨趨朝建禮晚沐卧郊園賓至下塵
榻憂來命綠尊昔賢侔時雨今守馥蘭蓀神交疲夢寐路
遠隔思存

答劉孝綽　任昉

閟水既成瀾藏舟遂移壑彼美洛陽子投我懷秋作久敬
類誠言吹噓似嘲謔兼稱夏雲盡復陳秋樹索詎慰耋嗟
人徒深老夫託

秋日愁居答孔主簿　王僧孺（見類聚）

首夏雲物善晝暑旦猶清日華隨水汎樹影逐風輕依簾
野馬合當戶昔耶[illegible]一無際人鳥不相驚儻過北山北

聊訪法高（一作喬）卿（法真字高卿，見後漢逸民傳）

和衛尉新喻侯巡城口號　庾肩吾

維城寄右戚巡警屬勤王南瞻通灞岸北眺指橫芒入漢
飛延閣臨雲上建章步逐天津遠城隨秋夜長露槐落金
氣風寮上塹涼

東郊望春詶王建安儁晚遊　蕭子雲（見類聚）

金塘綠泉滿上園梨葉落蛺蝶戀殘花黃鸎對餘萼芳菲
滿郊甸蕙氣生蘭溥子家冠蓋里我館幽棲郭綠柳蔭長
溪便橋限清洛相去能幾許一水終踈索

答張貞威（一作成）皐　裴子野

匈奴時未服（一作滅）連年被甲兵明君思將帥方聽鼓鼙聲
吾生委逸翮撫劒起徂征非將（一作徒）慕辛李聊欲逞良平
出車既方軌絕漠且橫行豈伊長纓繫行見黃河清雖令

懦夫勇念別猶有情感子盈篇贈握翫以為榮跂予振凱
歌（一作旋凱）含毫備勤戍（一作銘）　一作皆藝文類聚

詶陸長史倕　劉孝綽

王粲始一別猶且（集作自）歎風雲況余屢之遠與子亟離羣
如何持此念復為今日分分悲宛如昨弦望殊揮霍行舟
雖不見行程猶可度度君路應遠期寄新詩返相望且相
思勞朝復勞晚（集作相望接風煙相思勞歲晚）薄暮闇人進果得承芳信
（集作訊）殷勤覽妙書留連披雅韻列洲財（集作裁）賦惚慈山行
（集作非）旅鎮已切臨睨情遽動思歸引歸歟不可即前途方
未極覽諷欲諼誚研尋還慨息來喻局雕金比質非所任
虛薄無時（集作無舉）用徘徊守故林屏居青門外結宇霸城陰
竹庭已南映池牖復東（集作西）臨喬枝貫簷上垂條拂戶陰
條開風暫入葉合影還沉帷屏溽早露階霤擾昏禽衡門
謝車馬賓席簡衣簪雖愧陽陵曲寧無流水琴蕭條聊（集作寡）
屬和寂寞少知音平生竟何託懷抱共君深一朝四美廢
方見百憂侵曰余濫官守因之泝廬九水接淺源陰山帶
荆門（集作臺）右從容少職事疲病踈僚友命駕獨尋幽淹留
宿廬阜廬阜擅高名岧岧（集作迢迢）凌太清舒雲類紫府標
霞同赤城北上輪難進東封馬易驚未若茲山險車騎
息逢迎石橫路似絕徑側樹如傾裳龍乍一啓碨硊無暫
平倚巖忽迴（集作迥）望援蘿遂上征乍觀秦帝石復憩（集作息）
周王城交峯隱玉霤對澗距金楹風傳鳳臺琯雲度洛濱
笙紫書時不至丹爐且未成無因追羽翮及爾宴蓬瀛蓬
瀛不可託悵然反城郭日斜歸路遠偶（集作遇）憩庵園閣雖異商
人勞聊比（集作同又作因）化城樂影塔圖花樹經臺總香藥月殿
曜朱幡風輪和寶鐸園援即重嶺階基仍巨壑朝涹響疊

棟夜水聲帷薄餘景鶩登臨方宵盡談謔談謔有名僧慧義似
傳燈遠師教逾闡生公道復弘秉非汲引法善忘招報能
積迷頓已悟為懽得未曾為懽誠已往坐卧猶懷想況復
心所親茲地多諧賞惜哉無輕軸更泛輪（集作淪）湖上可思
不可見離念空盈蕩賈生傳南國平子相東阿優遊匡贊
罷縱橫辭賦多方才幸同貫無令絕詠歌幽谷雖云阻煩
君計吏過

答何記室遜　前人

遊子倦飄蓬瞻途杳未（一作無）窮晨征凌迸水暮宿犯頹風
出洲分去鷺向浦逐歸鴻蘭芽隱陳葉荻苗（一作笋）抽故叢
忽憶園間（一作中）柳猶傷江際楓吾生棄武騎高視獨餘雄
既彈孝王產兼傾卓氏僮罷籍睢陽園陪謁建章宮紛余
（集作紛紛）似鑿枘方圓殊未工黑貂久自弊黃金屢已空去辭

追楚穆還耕偶漢馮巧拙良爲異出處嗟莫同若厭蘭
臺右見訪灞陵東

答張左西　前人

相思如三月相望非兩宮持此連枝（集作理）樹暫作背飛鴻
若人惠思（集作思惠）我摛藻蔚雕蟲仙掌方晞露靈烏正轉風
方假排虛翮（集作翼）相與北山叢

和衛尉新喻侯巡城口號　王筠

閶闔曖已昏鈎陳杳將暮棲烏城上返晚雀林中度屯衛
時巡警言凝威肆安步閣道趨文昌禁兵連武庫銅烏迎早
風金掌承朝露衆愚分曉色睥睨生秋霧維城任寄隆空
想靈均賦伊余方病免丘園保恬素

酬張淮南別　前人

故人杯酒別天清明月亮露下寒葭中風起秋江上衣染
潺湲淚棹犯參差浪匕首直千金七寶雕華裝生離何用
表賴此持相餉

和洗掾登城南坂望京邑　袁朗

二華連陌塞九隴統金方奧區稱富貴重險擅雄強龍飛灞
水上鳳集岐山陽神皐多瑞跡列代有興王我后膺靈命
爰求宅茲土宸居法大微建國資天府玄風闡黎庶德澤
浸區宇醒醉各相扶謳歌從聖主南登少陵岸還望帝城
中帝城何鬱鬱佳氣迺葱葱金鳳凌綺觀璇題敞蘭宮複
道東西合交衢南北通萬國朝前殿羣公議宣室鳴珮含
早風華蟬曜朝日栢梁宴初罷千鍾歡未畢端拱肅巖廊
思賢聽琴瑟遠邇萬雉列隱軫千閭布飛甍夾御溝曲臺
臨上路處處歌鐘鳴（一作歌鍾聽）喧闐（一作喧喧）車馬度日落長楸
間含情兩相顧是月（一作正是）冬之季陰寒晝不開驚風四回

集飛雪千里迴孤白登廊廟牛衣出（一作弃）草萊詎知韓長
孺無復重燃灰

和入京　呂讓

俘因經萬里憔悴度三春髮改河陽鬢衣餘京洛塵鍾儀
悲去楚隨會泣留秦既謝（一作得）平吳利終成失路人

奉報寄洛州　庾信

舟師會孟津甲子陣東鄰雷轅驚戰鼓劍室動金神幕府
風雲氣軍門關塞人長旍析鳥羽合甲抱犀鱗星芒一丈
燄月暈七重輪黎陽水稍綠官渡柳應春無庸奉天睠驅
傳牧南秦繁詞勞簡牘雜俗弊風塵上洛逢都尉商山見
逸民留滯終南下唯當一史臣

和劉儀同　前人

止戈興禮樂脩文盛典謨壁開金石篆河浮雲霧圖芸香

上延閣碑石向鴻都誦書徵博士明經拜大夫璧池寒水
落學樹舊槐枯高談變白馬雄辯塞飛狐月落將軍樹風
驚御史烏子雲猶汗簡溫舒正削蒲連雲雖有閣終歎想
江湖

奉和重適陽關　李那

銜悲向玉關垂淚上瑤臺舞閣歸新網歌梁積故埃紫庭
生綠草丹墀染碧苔金扉晝常掩珠簾夜暗開方池含水
思芳樹結風哀行雨歸將絕朝雲去不回獨有西陵上松
聲薄暮來

答賀屬　王胄

外黄初邸客蜀郡晚琴聲本欲從張耳何曾說（一作悅）馬卿
定知遊道日非是弟如行高文擬雜珮善謔間瑤瓊前書
言家室末敘挂簪纓問仁寧伐國揚波豈亂清聞有陽臺

客（一作曲）常留入愛（一作夢）情無爲嗟獨割空引助庖名

誚陸常侍　前人

相知四十年別離萬餘里君留五湖曲余去三河涘寒松君後凋溺灰余僅死何言西北雲復覿東南美深交不忘故飛觴斅宴喜贈藻發中情奇音邁流徽追惟中歲日於斯同憩止思之宛如昨儵焉逾二紀疇昔多朋好一旦埋（一作邁）蒿里無人莫已知有慟傷知已把臂還相泣歸然吾與子露襟行自念哀哉亦已矣吾歸在漆園著書試詞（一作經）理勞息乃殊致存亡寧異軌大路不能遵咄哉情可鄙

答江學士協　周若冰

弱齡愛丘壑與子亟忘歸開襟對泉石携手翫芳菲忽逢朝市變斯樂眇難追意氣酒中改容顏鏡裏衰祁寒傷暮節落景促（一作惜）餘暉野曠蓬常轉林遥鳥倦飛故友輕金玉萬里嗣音徽鄉關不可望客淚徒霑衣

和孔侍郎觀太常奏新樂（已見二百十二卷）　孫萬壽

答楊世子　前人

太華五千仞長河九萬里山川蘊玉石人物多君子丞相朝所宗太尉國之紀若人惟傑出濟世承餘祉趨庭遵教義博物兼文史奇聲振宛洛雅論窮名理伊余苦疲病寂寞罕賓遊不言驅駟馬於焉訪一丘縞紵始云贈膠漆乃相投伏枕空長想騫蹇遂無由忽此承來翰華藻殊輝煥雖則濫吹噓可以蠲憂歎（一作難）懷袖終不滅掌握方留翫和風初應律山鶯已復新芳菲徒自好節物不關人勞歌雖有曲無以報陽春

和周記室遊舊京　前人

大夫愍周廟王子泣殷墟自然心斷絕何關繫慘舒僕本漳濵士舊國亦淪胥紫陌風塵起青壇冠蓋疏臺留子建賦宮落仲將書譙周自題柱商容誰表閭君懷古曲同病亦連（一作漣）如方知周處歎前後信非虚

和樂記室憶江水　庾抱

遥想觀濤處猶憶採蓮歌無因關塞葉共下洞庭波

文苑英華卷第二百四十

登仕郎胡　柯　鄉貢進士彭　叔夏　校正

文苑英華卷第二百四十一　詩九十一

酬和二

酬鄭沁州　劉禕之

騏閣一代良熊軒千里躅緝圖昭國典按部留宸矚匪厭承明廬佇兼司隸局芸書暫輟載行使方臨俗節變風緒高秋深露華凝寒山歛輕靄霽野澄初旭已覺（一作切）長年悲誰堪岐路促遲林征馬迅別館嘶驂躅雅贈響摐金索居聆倚玉悽斷離鴻引勞歌思足曲

和酬虢州李司法　楊炯

晉藍標形勝關河壯邑居寒山抵方伯秋水面鴻臚君子從遊宦忘情任卷舒風霜下刀筆軒蓋擁門閭平野芸黃遍長洲鴻雁初菊花宜泛酒蒲葉好裁書昔我芝蘭契悠然雲雨疎非君重千里誰肯惠雙魚

和鄭讐校內省眺矚思鄉懷友　前人

銅門初下辟石館始沉研遊霧千金字飛雲五色牋樓臺橫紫氣城闕俯青田暄入瑤房裏春迴（集作過）玉宇前霞文埋落照風物（集作色）澹歸煙翰墨三餘隙關山四望懸頹風（集作羣）聆酌羽流水曠鳴絃雖欣承白雪終恨隔青天

和劉長史答十九兄　前人

帝堯平百姓高祖宅三秦子弟分河岳衣冠動縉紳盛名恒不隕歷代幾相因街巷塗山曲門閭洛水濱五龍金作友一子玉爲人寶劒豐城氣明珠魏國珎風飈自落落文質且彬彬共許刀玄亮同推周伯仁石城俯天闕鍾阜對江津驥足方遐騁（集作騁）狼心獨未馴鼓鼙鳴九域風火集重闉城勢餘三版兵威乏四鄰居然混玉石直置保松筠耿介酬天子危言數賊臣鍾儀琴未奏蘇武節猶新受祿寧辭死揚名不顧身精誠動天地忠義感明神怪鳥來（集作集俄）垂翼脩蛇竟暴鱗來朝拜（集作報）休命述職下梁（一作良）岷善政馳金馬嘉聲繞玉輪三荆忽有贈四海更相親宮徵諧鳴石光輝掩燭銀山川遙滿目零淚坐霑巾友愛光天下恩波浹後塵懦夫仰高節下俚繼陽春

和王奭秋夜有所思　盧照鄰

寂寂南軒夜悠然懷所知長河落鴈苑明月下鯨池鳳臺有清曲此曲何人吹丹唇閒玉齒妙響入雲涯窮巷秋風葉空庭寒露枝勞歌欲有和星鬓已將垂

酬張少府柬之　前人（見集本）

昔余與夫子相遇漢川陰珠浦龍猶卧檀溪馬正沉價重

瑤山曲詞驚丹鳳林十一年睽賞慰萬里隔招尋豪翰風期
阻判衡雲路深鵬飛俱望昔蠖屈共悲今誰謂青衣道還
歎白頭吟地接神仙硐江連雲雨岑飛泉如散玉落日似
懸金重以瑤華贈空懷舞詠心

和吳侍御被使燕然　前人

春歸龍塞北騎指鴈門垂胡笳折楊柳漢使採燕支(集作條)
戍城聊一望花雪幾參差關山有新曲應向笛中吹

和御史韋大夫喜霽之作　褚亮

晴天度旅鴈斜影照殘紅野淨餘煙盡山明(一作開)遠色同
沙平寒水落葉脆晩枝空白簡光朝幰彤騶出禁中息駕
遊蘭坂彫文折桂叢無因輕羽翮徒自仰仁風

東征答朝達相送　陳子昂(見集本)

平生白雲意疲薾愧爲雄君王謬殊寵旌節此從戎挼繩
當繫虜單馬豈邀功孤劍將何托長謠塞上風

酬李參軍崇嗣旅館見贈　前人

昨夜銀河畔星文犯天(集作遥)漢今朝紫氣新物色果逢真
言從天上落乃是地仙人白璧疑冤楚烏裘似入秦摧藏
多古意歷覽備艱辛樂廣雲雖覩夷吾風未春鳳歌空有
問龍性詎能馴寶劍終應出驪珠會見珍未及馮公老何
驚孺子貧青雲儻可致北海憶孫賓

答洛陽主人　前人

平生白雲志早愛赤松遊事親恨未立從官此中州主人
亦何(集作何發)問旅客非悠悠方謁明天子清宴奉良籌再取
連城璧三徙平津侯不然拂衣去歸從海上鷗寧隨當代
子傾仄且沉浮

東征至淇門答宋十一參軍之問　前人

南星中大火將子涉清淇西林㬉(集作改)微月征旆空自持
碧潭去已遠瑤華折遺誰君(集作若)問遼陽戍搖搖(集作悠悠)天
際旗

和左僕射燕公春日端居述懷　任希古(見初學記)

豐野光三傑嫣庭贊五臣綸綑歌美譽絲竹詠芳塵聖曆
開環象昌年降甫申高門非榆築華構豈垂綸鳳邸摶霄
翰龍池躍海鱗王𦒎昇黃閣金章謁紫宸禮闈通政本文

昌物國均調風振薄俗清敎敘彝倫星廻應緹管日御驚
寅賓葉上曾槐變花發小堂春思桂東都晃言訪北山巾
赫赫容臺上千杷耀平津

劉侍讀見和山邸十篇重申此贈　李嶠

神嶽瑤池圃仙宮玉樹林埀時警天御清暑滌宸襟梁駕
陪玄賞淄庭擁翠岑對巖龍岫出分壑鴈(一作鳳)池深簷迥
松蘿映窻高石鏡臨落泉奔澗響鶯吹助猿吟野氣迷凉
燠山花雜古今英藩盛賓侶勝境相招尋踐逕披蘭葉攀
崖引桂陰穆生時泛醴鄒子或調琴雅翳分場合魚鉤向
浦沉朝遊極斜景夕宴待橫參頓已慙鉛鍔叨名齒瑇簪
暫依朱邸館還暢白雲心丘壑信多美煙霞得所欽寓言

攄宿志竊吹簡知音獎價踰珎石訓文重振金方從仁智
所携手濯清潯

和杜學士江南初霽羈懷　前人

大江開宿雨征棹下春流霧卷晴山出風恬晚浪收岸花
明水樹川鳥亂沙洲羈眺傷千里勞歌動四愁

和杜五弟晴朝獨坐見贈　前人

平明坐虛館曠望幾悠哉宿霧分空盡朝光度隙來影低
藤架密香動藥欄開未展山陽會空留池上盃

和杜學士旅次淮口阻風　前人

夕吹生寒浦清淮上暝潮迎風欲舉棹觸浪反停橈淼漫
煙波闊參差林岸遥日沉丹氣斂天敞白雲消水鴈含蘆

葉沙鷗隱荻苗客行殊未已川路幾迢迢

和同府李祭酒休沐田居　前人

列位簪纓序隱居林野躅徇物爽全真棲貞昧均俗若人
兼吏隱率性夷榮辱地籍朱邸基家在青山足斐彌西園
蓋言事東皋栗築室俯澗濱開扉面巖曲庭幽引夕霧簷
迥通晨旭迎秋谷黍黃含露園葵綠勝情狎蘭杜雅韻鏘
金玉伊我懷丘園顧心從所欲

答寧愛州書　沈佺期

書報天中赦人從海上聞九泉開白日六翮起青雲質幸
恩先貸情孤枉未分自憐涇渭別誰與奏明君

和晉陵陸丞早春有懷　杜審言

獨有宦遊人偏驚物候新雲霞出海曙梅柳度江春淑氣
催黃鳥晴光照綠蘋忽聞歌古調歸思巳霑巾

早春答洛陽杜審言七言　于季子

梓澤年光往復來杜霸遊人去不迴若非載筆登麟閣定
是吹簫伴鳳臺路傍桃李花猶嫩波上芙蓉葉未開分明
寄與長安道莫教留滯洛陽才

酬李丹徒見贈之作　宋之問

鎮吳稱奧里試劇仰通才近邑人披霧遥聞境震雷一朝
逢解榻累日共銜盃連騎集作轡登山盡浮舟望海迴以余
慙拙宦期子遇良媒贈曲南皐斷征途北鴈催更憐江上
月還入鏡中開

使往天兵軍約與陳子昂新鄉為期及還而不相
遇　前人

入衛期之子于嗟不少留情人去何處淇水日悠悠恒碣
青雲斷衡漳白露秋知君心許國不是愛封侯

答李司戶　前人

遠方來下客輪軒揖使臣弄琴宜在夜傾酒貴逢春駟馬
留孤館雙魚贈故人明朝散雲雨遥仰德為鄰

和魏僕射還鄉　張說

富貴還鄉國光輝滿舊林秋風樹不靜君子歎何深故老
空懸劍鄰交日散金衆芳摧落盡獨有歲寒心以下六篇並見集本

酬崔光祿冬日述懷贈答　前人

徐陳嘗並作枚馬亦同時各負當朝譽俱承明主私夫君邁前侶觀國騁奇姿山似鳴威鳳泉如出寶龜材雄子雲筆學廣仲舒帷紫綬拂三寺朱門臨九逵昔我含香日連爾綺雲司朝携蘭省步夕退竹林期中路一分手數載來何遲求友還相德(一作得)群英復在茲留臺少人務方駕遊尋追涉翫懷同賞露芳憶共持迎賔南澗飲載妓東郊嬉春郭綠醽秀秋澗白雲滋名畫披人物良書討滯疑興來光不惜歡往迹如遺歲宴罷行樂層城閶所思夜兔爗處厭朝髮鏡前衰忽枉崔駰什兼流帝孟詞曲高彌寡和主善代爲師齊戒觀華王留連歎色絲終慙起予者何足與言詩

和張監觀赦　前人

日御臨雙闕天開儼百神雷舒作解氣歲復建寅春喜候同新(集作開星)驛歡聲發市人金環能作賦來入管絃新

和朱使欣道峽似巫山之作　前人

江如曉天淨石似暮霞(集作雲)張征帆一流覽宛若巫山陽楚客思歸路秦人適異鄉猿鳴孤月夜再使淚霑裳

和朱使二首　前人

南土多遺寇西江盡畏途山行阻篁竹水宿礙(一作破)萍蒲使越才應有征蠻力豈無空傳人贈劒不見虎銜珠

二

江勢連山遠天涯此夜愁霜空極天靜寒月帶江流思起南征棹文高北望樓自憐如墜葉泛泛侶仙舟

奉和姚令公溫湯舊館永懷故人盧公之作

蘇頲(見集本)

樹德豈孤邁降神良並出偉茲廊廟禎調彼鹽梅實正悅虞垂舉翻悲鄭僑卒同心不可忘交臂何爲失清路荷前幸明時稱右弼曾聯野外迷尚記帷中密新慟情莫遣舊遊詞更述空令屬和辰長感知音日

奉和魏僕射秋日還鄉有懷之作二首　前人

南宮夙拜罷東道晝遊初飲餞傾冠蓋傳呼問里閭樹悲懸劍所溪想釣璜餘清發光輝至增榮駟馬車

二

愆暑時云謝愆陽澤整偏昴陳從祀日鑰動問刑年絳服龍雩寢玄冠馬使旋作霖期傳說爲旱聽周宣河嶽陰符啓星辰暗檄傳浮涼吹景氣飛凍灑空煙颭颭將秋近沉沉與暝連分湍涇水石含潁雍州田德施超三五文雄賦十千及私何以樂明主敬人天

奉和同崔尚書贈大理陸卿鴻臚劉卿見示之什　前人

戲藻嘉魚樂棲椅(集作梧)高鳳飛類從皆有召聲應乃無違美價逢時出奇才選衆稀避堂照後政掃第(集作地)發前幾出曳僊人履還薰侍女衣省中何赫奕庭際藹芳菲吏部端清鑒丞郎肅紫機會心歌詠畢迴迹宴言非北寺鄰玄

闕南城寫翠微參差交隱見髣髴接光輝實序嘗柔德刑
孚已霽威巨源林下契不速自同歸

和杜主簿春日有所思　前人

朝上高樓上俯見洛陽陌槿蕩吹花風落英紛已積美人
不共此芳好空所惜攬鏡塵網滋當窻苔蘚碧絧帷一作懷
在雲漢良願睽枕席翻似無見時如何久爲客

酧宋使君見贈一作貽之作　張九齡

時來不自意宿昔謬樞衡翼聖負明主妨賢愧友生罷歸
猶右職待罪尚南荊政有留棠舊風因繼組成高軒問疾
苦蒸庶荷仁明衰廢時所薄祇言條故情以下七篇並見集本

與袁補闕尋蔡拾遺會此公出行其後蔡有五韻

詩見贈以此篇答焉　前人

轍跡陳家巷詩書孟子鄰復集作偶來乘興者不值草玄人
契是忘年合情非累日申聞君還薄暮見眷及茲晨贈我
如瓊玖將何報所親

答太常靳博士見贈　前人

上苑春先入中園花盡開唯餘幽逕草尚待日光催

酬王履震遊園林見貽　前人

宅生惟海縣素業守郊園中覽霸王說上邀集作激明主恩
一行罷蘭逕數載歷金門旣負潘生拙俄從周任言逶遲
集作施戀軒陛蕭散反丘樊舊院集作逕稀人跡前池耗水痕
併肴芳樹老惟覺奬廬存自我棲幽谷逢君翳覆盆孟軻

應有命賈誼得無寃江上行傷遠林間遇集作偶避喧地偏
人事絕時霽鳥聲繁獨善心俱閉窮居道共尊樂因南澗
藻憂豈比堂萱幽意加集作如棧漆新詩重贈軒平生徇知
已窮達與君論

酬王六霽後書懷見示　前人

雲雨俱行罷江天已洞開炎氛霽後滅邉渚集作緒望中來
作驥君垂耳爲魚我曝鰓更憐湘水賦還是洛陽才

酬王六寒朝見貽　前人

賈生流寓日楊子寂寥時在物多相背唯君獨見思漁爲
江上曲雪作郢中詞忽枉兼金訊長懷伐木詩

武司功有幽庭春暄見贈夏首獲見以詩報焉

前人

芳月盡離居幽懷重起予雖言春事晚尚想物華初遲日
轍方照高齋澹復虛笋成林何密花落樹應踈瞻緬情無
間求鸎思有餘暄妍不相待含歎欲焉如

文苑英華卷第二百四十一

文苑英華卷第二百四十二　詩九十二

酬和二

宋鼎一首　王維六首
孫逖四首　孟浩然三首
杜甫四首　李白五首
盧象二首　祖詠一首
王昌齡三首　高適六首
劉長卿九首

酬故人還山　宋鼎

舉棹乘春水，歸山撫歲華。碧潭宵見月，紅樹晚(一作曉)開花。肅穆輕風度，依微隱逕斜。危亭暗松石，幽澗落雲霞。思鳥

吟(一作鳴)高樹，遊魚戲淺沙。安知餘興盡，相望紫烟賒。

和僕射晉公扈從溫湯作(已見一百七十一卷)　王維

和尹諫議史館山池(已見一百六十六卷)　前人

酬張少府　前人

晚年(一作來)唯好靜，萬事不關心。自顧無長(一作良)策，空知返舊林。松風吹解帶，山月照彈琴君(集作若)。問窮通理，漁歌入浦深。

酬郭給事(七言)　前人(見集本)

洞門高閣靄餘暉，桃李陰陰柳絮飛。禁裏疏鐘官舍晚，省中啼鳥吏人稀。晨搖玉珮趨金殿，夕奉天書拜瑣闈。强欲從君無那(一作奈)老，將因卧病解朝衣。

和太常韋主簿五郎溫湯寓目之作　前人(集)

漢主離宮接露臺，秦川一半夕陽開。青山盡是朱旗繞，碧澗翻從玉殿來。新豐樹裏行人度，小苑城邊獵騎迴。聞道甘泉能獻賦，懸知獨有子雲才。

故人張諲爲(一無此字)詩善易卜兼能丹青草隸頃以詩見贈聊復酬之　前人

不逐城東遊俠兒，隱囊紗帽坐彈碁。蜀中夫子時開卦，洛下書生解詠詩。藥欄花逕衡門裏，時復據梧聊隱几。屏風誤點惑孫郎，團扇草書輕內史。故園高枕度三春，永日垂帷絕四鄰。自惜(集作想)蔡邕今已老，更將書籍與何人。

奉和李右相中書壁畫山水　孫逖

廟堂多暇日，山水契中(集作真)情。欲寫高深趣，還因藻繪成。九江臨戶牖，三峽遶檐楹。花柳窮年發，烟霞逐意生。能令萬里近，不覺四時行。氣染荀香馥，光含樂鏡清。詠歌齊出慶，圖畫表沖盈。自保千年遇，何論八載榮(李公詩云入載泰司存)。

奉和李右相賞會昌林亭　前人

賢相初陪蹕，靈山本降神。作京雄近縣，開閣寵平津。地勝林亭好，時清宴賞頻。百泉榮草木，萬井布郊畛(諸鄰切)。德與春和盛，功將造化鄰。還嗤渭濱叟，歲晚獨垂綸。

酬萬八賀九雲門寺歸溪中作　前人

晚從靈境出，林壑曙雲飛。稍覺清(集作青)溪盡，迴瞻畫刹微。

獨園餘興在孤棹宿心違更憶登攀處天香盈袖歸

和左衛武倉曹衛中對兩劇（集作劇）韻贈右衛李騎曹二人同任校書　前人

林父同官意宣尼久敬交文場刊玉篆武事掌金鋺道合宜連茹時清豈繫匏克勤居簿領多暇屏讙詵美酒懷公讌玄談侯客嘲薄雲生北闕飛雨自西郊院暑便清曠庭蕪覺漸苞高門關詎閉（集作入聲）逸韻柱難膠枳棘鸞無歎椅梧鳳必巢忽聞徵並作觀海愧堂坳

和張丞相春朝對雪（已見一百五十三卷）　孟浩然

和張明府登鹿門山　前人

忽示登高作能寬旅寓情絃歌既多暇山水思彌清草得

風先（集作光）動虹因雨後成謬成巴俚和非敢應同聲

和張二自穰縣還途中遇雪　前人

風吹沙海雪來作本園（集作園）春宛轉隨香騎輕盈伴玉人歌疑郢中客態比洛川神今日南歸楚雙飛似入秦

奉和薛十二丈判官見贈　杜甫

忽忽峽中睡悲風方一醒西來有好鳥爲我下青冥羽毛淨白雪慘澹飛雲汀既蒙主人顧舉翮唳孤亭持以比佳士及此慰揚舲清文動哀玉見道發新硎欲學鴟夷子待勒燕然（集作山）銘口重斬邪劍（集作誰重斷蛇劍）致君君未聽志在麒麟閣無心雲母屏卓氏近新寡豪家朱戶（集作門）尙相如琴（集作才）調逸銀漢會雙星客來洗粉黛日暮拾流螢不是

無膏火勸郎勤六經老夫自汲澗野水日泠泠我歎黑頭白君看銀印青臥病識山鬼爲農知地形誰矜坐錦帳苦厭食魚腥東南兩崖（集作岸）折積（集作横）水注滄溟碧色忽惆悵風雷搜百靈空中右（集作有）白虎赤節引娉婷自云帝里女（集作李）噀雨鳳凰翎襄王薄行迹莫學冷如氷千秋一拭淚夢覺有微馨人生相感動金石兩青熒丈夫（集作人）但安坐休辨渭將（集作與）涇龍蛇尚格鬬灑血暗郊坰吾聞聰明主活（集作與）國用輕刑銷兵鑄農器今古歲方寧天王（集作文）日儉德俊乂始盈庭榮華貴少壯豈食楚江萍

酬韋韶州見寄　前人

養拙江湖外朝廷記憶踈深慙長者轍重得故人書白髮

絲難理（集作並）新詩錦不如雖無南過鴈看取北來魚

答高使君見贈　前人

古寺僧牢落空房得（集作客）寓居故人供祿米鄰舍與園蔬雙樹容聽法三車肯載書草玄吾豈敢賦或比（集作似）相如

奉酬李都督表丈早春作　前人

力疾坐清曉來詩悲早春轉添愁伴客更覺老隨人紅入梅（集作桃）花嫩青歸柳葉新望鄉應未已四海尚風塵

江上答崔宣城　李白

太華三芙蓉明星玉女峯尋仙下西岳陶令忽相逢問我將何事湍波歷幾重貂裘非季子鶴氅似王恭謬忝燕臺召而陪郭隗蹤水流知入海雲出（集作去）或從龍樹色曉（集作）

續蘆洲月山鵲鳴夜鐘還期如可訪台嶺蔭長松

酬中都小吏携斗酒雙魚於逆旅見贈　前人

魯酒若琥珀汶魚紫錦鱗山東豪吏有俊氣手携此物贈遠人意氣相傾兩相顧斗酒雙魚表情素酒來我飲之鱠作別離處雙鰓呀呷鬐鬣張跋剌銀盤欲飛去呼兒拂机霜刀揮紅肌集作肥花落白雪飛爲君下筯一飡罷集作飽羞看金鞍上集作醉著金鞭馬歸

酬裴侍御對雨感時見贈　前人

雨色秋來寒風嚴清江爽孤高繡衣人瀟洒清霞賞平生多感激忠義非外奬禍連成集作積怨生事及徂川往楚邦

有壯士鄢郢翻掃蕩申包哭秦庭泣血將安仰鞭屍辱已及堂上羅宿莽頗似今之人蟊賊一作蠹陷忠讜渺然一水隔何由税歸鞅日夕聽猿愁懷賢盈夢想

酬崔十五見招　前人

爾有鳥折集作跡書相招琴溪飲手跡尺素中如天落雲錦讀罷向空笑疑君在我前長吟字不滅懷袖且三年

以詩代書答元丹丘　前人

青鳥海上來今朝發何處口銜雲錦書與我忽飛去鳥去凌紫烟書留綺窓前開緘方一笑乃是故人傳故人深相勗憶我勞心曲離居在咸陽三見秦草緑置書雙袂間引領不暫閑長望杳難見一作不可浮雲横遠山

奉和徐侍中書叢篠詠見二百七十五卷　盧象

奉和張使君宴列加朝散　前人

佐理星辰貴分榮渙汗深言從大夫後用答聖人心騎擁軒裳客鸞驚翰墨林停盃歌麥秀秉燭醉棠陰爽氣凌秋笛集作草輕寒散暝砧祇應將四子講德謝集作識知音

酬汴州李別駕見贈　祖詠

秋風多客思行旅厭艱辛自洛非才子遊梁得主人文章忝末議榮賤豈同論歎世同王演懷賢憶法真情由恩舊好契託死生親所愧能投贈清言益潤身

淇上酬薛據兼寄郭微　王昌齡

自從別京華我心乃蕭索十年守章句萬里空寥落北上

登薊門茫茫見沙漠倚劒對風塵慨然思衛霍拂衣去燕趙驅馬悵不樂天長滄洲路日暮邯鄲郭酒肆或淹留漁澤屢棲泊獨行備艱難孰辨于鼎鑊皇情念淳古時俗何浮薄理道須任賢安人在求瘼故交負奇才逸氣包謇諤隱軫經濟策縱横建安作才望忽先鳴風期無宿諾飄颻勞州縣迢遞限言謔東馳眇貝丘西顧彌虢略淇水徒自深浮雲不堪託吾謀適可用天道豈遼廓不然買山田一身與耕鑿

奉酬睢陽路太守見貽之作　前人

盛才膺命世高價動良時帝簡登藩翰人和發詠思神仙去華省鴛鴦憶丹墀清淨能無事優游即賦詩江山紛想

像雲物動葳蕤逸氣劉公幹玄言向子期多慚汲引速翻
愧激昂遲相馬如何悵登龍返自疑風塵吏道迫行邁旅
心衰（一作悲）拙疾徒為爾窮愁欲問誰秋風一片葉朝鏡數
莖絲州縣甘無取丘園悔莫追瓊瑤生篋笥光景借茅茨
他日青霄裏（一作雲）猶應訪所知

留答武陵田太守　前人

仗劒行千里微軀感一言曾為大梁客不負信陵恩

答侯大少府　高適

常日好讀書晚年學垂綸漆園多喬木睢水清粼粼詔書
下柴關（集作門）天命敢逡巡赫赫三伏時十月到咸秦褐衣
不得見黄綬翻在身吏道頓羈束生涯難重陳北使經天

寒關山饒苦辛邊兵若芻狗戰骨成埃塵行矣勿復言歸
歟傷我神如何燕趙陲忽遇（集作偶）平生親開館納征騎弾
絃娛遠賓飄颻（集作飄飄）天地間一別方兹晨東道有佳作南
朝無此人性靈出萬象風骨遺常倫吾黨謝王粲群賢推
郄詵明時取秀才落日過蒲津節苦名已富禄微家轉貧
相逢愧薄游撫己荷陶鈞心事正堪盡離憂寧太頻兩河
歸客（集作家）遙二月芳草新柳接滹沲（集作滹池）暗鶯連渤海春
誰謂行路難猥當希代珍提握每終日相思猶比鄰江海
有扁舟丘園有角巾君意定何適我懷知所遵沉浮各異
宜老大貴全真莫作雲霄計棲遑（集作遑遑）隨縉紳

漣上酬（集作別）王秀才　前人

飄颻經遠道客思滿窮秋浩蕩對長漣君行殊未休崎嶇
山海側想像無前儔誰謂明珠乘忽然欲暗投東路方蕭
條楚歌復悲愁暮帆使人感去鳥兼離憂行矣當自愛壯
心莫悠悠予亦從此辭異鄉難久留言宴（集作贈言）豈終極慎
勿滯滄洲

酬裴秀才　前人

男兒貴得意何必相知早飄蕩與物華（集作永）蹉跎覺身老
長卿無產業季子慚妻嫂此事難重陳（集作論）未為衆人道

酧陸少府　前人

朝臨（集作拱）淇水岸還望衛人邑別思（集作意）在山河（集作阿）征
途背原隰蕭蕭（集作稍稍）前村口惟見轉蓬入水渚人去遲雪

（集作霜）天鴈飛急我行應不遠（集作不遠別，集作同應）所與終（集作與路）未及
欲濟川上舟相思空竚立

同吕員外酬田著作莫門軍西宿盤山秋夜作　前人

磧路天早秋邊城夜應永遙傳戎旅作已報關山冷上將
頓盤反（集作坂）諸君遍泉井綢繆閫外書慷慨幕中請能使
勳業高動令氛霧屏遠途能自致短步終難騁羽翮時一
看窮愁始三省人生感然諾何啻若形影白髮知苦心陽
春見佳景（一作境）星河連塞路刁斗兼山静憶君霜露時使
我空引領

酬岑主簿秋夜見贈　前人

舍下蛩亂鳴居然自蕭索緬懷高秋興勿枉清夜作感物我心勞凉風生集作驚二毛池枯集作空菡萏死月上集作出梧桐高如何異鄉縣復得交才彦汨沒嗟後時蹉跎恥相見箕山別未久魏國誰不戀獨有江海心悠然未嘗倦

奉和杜相公新移長興宅呈元相公　劉長卿

間氣集作世生真宰同心奉至尊功高開北第機靜灌中園入並蟬冠影歸分騎士喧窓聞漢宮漏家識杜陵原獻替常焚稟集作藁優集作清閑獨樹萱花香逐荀令草色對王孫有地先開閤何人不掃門江湖難自退明主託元元

酬張夏雪夜赴州訪別途中苦寒作　前人

扁舟乘興客不憚苦寒行晚暮相依分江湖別有集作欲別情水聲冰下咽沙路雪中平舊劒鋒鋩盡應嫌脫自集作贈輕

酧包諫議見贈寄集作之作　前人

佐郡棄頑疎殊方親里閭家貧寒未度身老歲將除過雪山僧至依陽野客舒藥陳隨遠宦梅發對幽居落日棲鴞鳥行人達鯉魚高文不可和空愧學相如

酬張夏別後道中見寄　前人

離群方歲宴謫宦在天涯暮雪同行少寒潮欲集作獨上遲海鷗知吏傲沙鶴集作沙鳥見人衰只爲憶春草西歸亦未期

酬李員外從崔録事載華宿三河戍先見寄　前人

寒江鳴石瀨歸客夜初分人語空山答猿聲獨戍聞遲來朝及暮愁去水連雲歲晚心誰在青青見此君

酬滁州李十六使君見贈李公與予俱於陽羨山中新營別墅以其同志因有此作　前人

滿鏡悲華髪空山寄此身白雲家自有黄卷業長貧懶任垂竿老任因釀黍春桃花迷聖代桂樹狎幽人幢蓋方臨郡柴荆忝作鄰但愁千騎至石路却生塵

酬張夏人日長沙感懷見贈此公比經流竄親在上都　前人

舊俗歡猶在憐君恨獨深新年向國淚今日倚門心歲去流湘水春生近桂林流鶯且莫弄江畔正行吟

酬皇甫侍御見寄時前相國姑臧公初臨郡　前人

離別江南北汀州葉再黄路遥雲共水砧迥月如霜歲儉休仁政年衰憶故鄉佇君集作看宣室召漢法倚張綱

苕溪酬梁耿別後見寄已見一百六十六卷　前人

文苑英華卷第二百四十二

文苑英華卷第二百四十三　詩九十三

酬和四

答國子張主簿　包融

湖岸纜初解鶯啼別離處遙見舟中人時時一迴顧坐悲芳歲晚花落青軒樹春夢隨我心搖揚逐君去

奉和柳相公中書言懷　包佶

運籌時所貴前席禮偏深羸驂歸貧宅欹冠出禁林鳳巢方得地牛喘最關心雅望期三入東山未可尋以下三篇並見集本

酬兵部李侍郎晚過東廳之作時任刑部侍郎除國子祭酒　前人

酒禮慚先祭刑書已曠官詔馳黃紙速身在絳紗安聖位登堂靜生徒跪席寒庭槐暫搖落幸爲入春看

酬于侍郎湖南見寄十四韻　前人

桂嶺千崖斷湘水一派通長沙今賈傅東海舊于公章甫經殊俗離騷繼雅風金閨文作字玉匣氣成虹翰墨時無侶丹青夙在工主恩留左掖人望積南宮巧拙循名異浮沉顧位同九遷歸上略三已契愚衷責謝庭中吏詩選作禮悲寬塞上翁楚材欣有適燕石愧無功山曉重嵐外林春苦霧中雪花飜海鶴波影倒江楓去札頻逢信迴帆早挂空避賢方有日非敢愛微躬

和程員外春日東郊即事　包何一作佶

郎官休浣憐遲日野老歡娛爲有年幾度折花驚蝶夢數

家留葉待蚕眠藤垂委一作宛地縈珠履泉長侵階浸綠錢直到閑關朝謁去鶯聲不散柳含煙

和孟處州閑齋即事　前人

古郡鄰江嶺公庭半薜蘿府寮閒不入山鳥靜偏過睥睨臨花柳闌干枕芰荷麥秋今已至君聽兩岐歌

奉和杜相公長興新宅即事呈元相公

李嘉祐

意有空門樂居無甲第奢經過容法侶雕飾讓侯家隱樹長簷宿集作霜開園一逕斜據梧聽好鳥行藥寄名花夢蝶留清簟垂貂坐絳紗當山不掩戶映日自傾茶雅望歸安石深知在叔牙還成吉甫頌贈答比瑤華

和都官苗員外秋夜寓直對雨（已見一百九十一卷）　前人

奉酬路五郎中院長新除工部員外見簡　前人

一門同伴（集作秘）省萬里作長城問絹蓮花府揚旗細柳營
詞鋒偏却敵草奏直論兵何幸新詩贈甘輸小謝名

酬皇甫十六侍御曾見寄（此公特敘舒州司馬）　前人

自顧衰容累玉除忽承優詔付銅魚江頭鳥避青旄節城
裏人迎露網車長沙地近悲才子古郡山多憶舊廬更枉
新詩思何苦離騷愁處亦無如

山中酬楊補闕見過　錢起

日暖風恬種藥時紅泉翠壁薜蘿垂幽溪鹿過苔還靜深
樹雲來鳥未知青瑣同心多逸興春山載酒遠相隨却思
身外（集作却慙身事）牽纓冕寧勝林（集作未勝杯）前倒接䍦

和杜相公移入長興宅呈諸宰執　皇甫曾

欲向幽偏適還從絕第移秦官嘗食貴堯世土階卑戟戶
槐陰滿書窗竹葉垂纔分五更漏遙隔萬年枝北闕深恩
在東鄰遠夢知日斜門杳暎山遠樹參差論道齊鴛翼題
詩憶鳳池從公亦何幸長與珮聲隨

酬鄭高郵秋夜見寄　前人

橋落空林夜河陽興已生欲辭公府步知結遠山情高柳
風難定寒泉月助明袁安方臥雪尺素及柴荊

酬竇拾遺秋日見呈（時此公自江陰令除諫官）　前人

孤城永巷時相見衰柳閑門日半斜欲送近臣朝帝（一作親）
闕猶憐殘菊在陶家

酬李書記校書越城秋夜見贈　張繼

東越秋城夜西人白髮年寒城警刁斗孤憤抱龍泉鳳輦
棲岐下鯨波鬬洛川量空海陵粟賜乏水衡錢投閣嗤楊
子飛書代魯連蒼蒼不可問余亦賦思玄

酬張二十員外前國子博士竇叔向　前人

故交日零落心賞寄何人幸與馮唐遇心同跡復親語言

未終夕離別又傷春結念湓城下聞猿詩興新

酬程延秋夜即事見贈　韓翃

長簟迎風早空城澹月華星河秋一鴈砧杵夜千家節候
看應晚心期臥正（集作亦）賒向來吟秀句不覺已鳴鴉

和王相公題中書叢竹寄上元相公　郎士元

多時仙掖裏色並翠琅玕幽意含烟月清陰庇蕙蘭枝繁
宜露重葉老愛天寒竟日雙鸞止孤吟爲一看

酬蕭二十七侍御初秋言懷　前人

楚客秋多興江林月漸生細枝涼葉動極浦早鴻聲勝賞
睽前夕新詩報遠情曲高慙和者惆悵閉寒城

奉和杜相公益昌路作　前人

春半梁山正落花台衡受律向天涯南去猿聲傍雙節西來江色遶千家風吹畫角孤城曉林映蛾眉片月斜已見廟謀能喻蜀新文更喜報金（一作南）華

奉和王相公喜雪（已見一百五十四卷）　皇甫冉

奉和王相公早春登徐州城　前人

落日憑危堞春風似故鄉川流通楚塞山色遶徐方壁壘休寒草旌旗動夕陽元戎資上策南畝富（集作起）耕桑

和袁郎中破賊後經剡中山水　前人

武庫分帷幄儒衣事鼓鼙兵連越徼外寇盡海門西節比全疎勒功當雪會稽旌旗迴剡嶺士馬濯耶（集作壁）溪受律

梅初發班師草未齊行看佩俟（一作金）印豈得訪丹梯

酬唐起居前後見寄二首　顧況（見集本）

愁人空望國驚鳥不歸林莫話彈冠事誰知結襪心霜瀉樹吹斷土蝕劒痕深欲作懷沙賦明時恥自沉

二

何處弔靈均江邊一老人漢儀君已接楚奏我空頻直道其如命平生不負神自傷庚子日鵩鳥上承塵

奉酬茅山贈賜并簡綦毋正字　前人

玉帝居金闕靈山幾處朝簡書猶有畏神理詎能超鶴廟新家近龍門舊國遙離懷結不斷玉洞（集作洞浦）一吹簫

酬柳相公　前人

天下如今已太平相公何事喚狂生箇中恰似籠中鶴東望滄洲叫數聲

酬信州劉侍郎兄　前人

劉兄本知命屈伸不介懷南州管靈山可惜曠土棲（集作土乖）樵隱同一徑竹樹薄西齋鳥陵嶂合杳月配波（一作陂）徘徊薄宦脩禮數長景謝譁諧願爲南州民輸稅事鉏犂胡爲立不正（集作不止）走風雨驚邅迴

奉酬劉侍郎　前人

幾迴新秋影璧滿蟾又缺鏡破似傾臺輪斜同覆轍雖分上林桂還照滄洲雪暫伴顦顇人歸華耿不滅

酬本部韋左司　前人

好鳥依佳樹飛雨灑高城況與二三子列坐分兩楹文雅此何盛林塘含餘清府君未歸朝遊子不待晴白雲帝城遠滄江楓葉鳴却略欲一言零淚和酒傾寸心久摧折別離重骨驚安得凌風（集作霜）翰肅肅（集作蕭蕭）四海輕

酬房杭州　前人

郡樓何其曠亭亭廣而深故人牧餘杭留我披胸衿滿篋閱新作璧玉誕清音流水入洞天窅谿欲（一作相）凌臨闢險延北阜薙道陟南岑朝從山寺還醒醉動笑（集作愁）吟荷花十餘里月色攢湖林父老惜使君却欲速華簪

酬漳州張九使君　前人

故人窮越徼狂生起悲（集作悲楚）愁山海萬里別草木十年秋

鞭（一作鞍）馬廣陵橋出祖張漳州促膝墮簪珥闢幌戛琳球
短題自紘簡華篇詎能酬無階承明庭高步相追遊南方
榮桂枝凌冬捨温裘猿唫郡齋中龍靜檀欒流薜鹿莫徭
洞網魚廬亭洲（集作舟）心安處處安處處思遐陬

酬張少尹秋日鳳翔西郊見寄　耿湋

昴氣孕河汾英英濟舊勳劉生曾任俠張率自能文官佐
征西府名齊將上軍秋山遙出浦野鶴暮離群遠恨邊笳
起勞歌騎吏聞廢關人不到荒戍日空曛草木涼初變陰
晴景半分疊蝉臨積水亂燕入過（一作高）雲麗藻終思我衰
髯亦爲君閑吟寡和曲庭葉漸紛紛

酬田端　前人

同遊七祖後已是十年餘幾度曾相夢何時定得書日高
城影盡霜重柳條疎且對樽中酒千般總未如

酬李校書端見贈（一作謝李端見贈）　司空曙（見集本）

綠槐垂（一作初）穗乳烏飛忽憶山中獨未歸青鏡流年看髮
變白雲芳草與心違乍（一作多）逢酒客春（一作朝）遊慣久別林
僧夜坐稀昨日聞君到城闕莫將簪弁勝（一作責）荷衣
此詩二百五十四卷重出今已削去注異同爲一作

酬張芬有赦後見贈　前人（見集本）

紫鳳朝銜五色書陽春忽布網羅除已將心變寒灰後豈
料光生腐草餘建水風烟收客淚杜陵花竹夢郊居勞君
故有詩相贈欲報瓊瑤恨不如

答許五端公馬上口號　李益

晚逐旌旗俱白首少遊京洛共緇塵不堪身外悲前事強
向杯中覓舊春

和王元二相避暑懷杜太保　李端

艱難常共理海晏更相悲況復登堂處分明避暑時綠槐
千穗綻丹（一作紅）藥一番遲遂革今何幸先聞大雅詩

酬劉員外月下見寄　章八元

夜涼河漢白卷箔出南軒過月鴻爭遠辭枝葉暗翻高諡
聞麗曲幾步接清言宣室恩前席行看拜主恩

天柱隱所重答江州應物　暢當

寂寞一悵望秋風山景清此中惟草色翻意見人行荒徑

餞松子深蘿絕鳥聲陽崖全帶日寬嶂偶通耕拙昧難容
世貧寒別有情煩君瓊玖贈幽懶百無成

山居酬韋蘇州見寄　前人

孤柴泄烟處此中山叟居親雲寧有事眈酒詎知余水定
鶴翻去松欹峯儼如猶煩使君問更欲結深廬

西亭暇日書懷十二韻獻上相公　李夷簡

勝賞不在遠無然念玄（一作冥）搜茲亭有殊致經始富人侯
澄澹分沼沚縈迴間林丘荷香奪芳麝石溜當鳴球撫俗
來康濟經邦去咨謀寬明洽時論惠愛聞吡謳代斲豈容
易守城獲優悠文翁舊學校子產昔田疇瓏琰當佳什池
臺想舊遊誰言矜改作曾是日增脩憲省忝陪屬岷峨嗣

徽猷提携當有路勿使滯刀州

奉酬李十一尚書大使西亭暇日書懷見寄十二韻之作　武元衡

禹鉉昔云黍西南分主憂烟塵開棘道旌節護蠻陬任重功不立（集作無立）力微恩未酬據鞍慙齒髮責帥懼春秋高德聞（集作聞）鄭履儉居稱晏裘三刀君入夢九折我迴輈時景屢遷易茲焉期退休方追故山事豈謂台階留遐挹清靜理眷言蘭社幽一緘瓊玖贈萬里別離愁巴嶺雲外沒蜀江天際流懷賢耿遙思相望鳳池頭

奉酬荊州嚴司空見寄　前人

金貂再領三公府玉帳連封萬戶侯簾捲青山巫峽曉烟

開碧樹渚宮秋劉琨坐嘯風清塞謝朓裁（集作題）詩月滿樓白雪調高歌不得美人南國（集作望）翠蛾愁

甲午歲相國李相公有北園寄贈之作（集作什）喻云

歷時屢促酬答機務不暇未及卒（集作課）章今古遽分電波增感留墓劒於（集作而）心許偶鄰笛而意傷寓哀冥寞以廣遺韻云　前人

機事勞西掖幽懷寄北園鶴巢深更靜蟬噪斷猶喧仙醞百花馥艷歌雙袖翻碧雲詩變雅皇澤葉流根未報雕龍贈俄傷淚劒痕佳城開（集作關）白日夜（集作哀）挽去（集作向）青門禮命公台重烟霜壠樹繁天高不可問空使輔星昏

夏夜後園卽事寄門下武相公　李吉甫

結構非華宇登仙似古原（缺）殊蕭相宅蕪勝邵平園避暑依南廡追凉在北軒烟霞（缺）霄外靜草露月中繁鵲遶驚還止蟲吟思不喧懷君欲有贈宿昔貴忘言

和太常王卿立秋日卽事　盧綸

山（集作嵩）高雲日晴（集作明）潘岳賦初成籬槿花無色階桐葉有聲絳紗垂簟靜白羽拂衣輕鴻鴈悲天遠龜魚覺水清別絃添楚思牧馬動邊情田雨農官問林風苑吏驚松篁終盛茂蓬艾自衰榮遙仰憑軒夕唯應苦（集作普）宋生

和王倉少尹暇日言懷　前人

清時多暇日況乃是夫君習靜通仙事書空閱錄（集作文篆）劒飛終上漢鶴夢不離雲無限烟霄路何嗟跡未分

和考功王員外抄秋憶終南舊居　前人

靜憶溪邊宅知君許謝公曉霜凝耒耜初日照梧桐澗鼠喧藤蔓山禽竄石叢白雲當嶺雨黃葉遶階風野果垂橋上高泉落水中歡榮來自間龐贱往曾通月滿珠藏海天清鶴在籠餘音如可寄願得隱牆東

酬劉侍御春日見招（一作酬侯釗侍御春日見寄）　前人

清園君子居左右滿圖書三徑春自足一瓢歡有餘莎庭成野席蘭藥是家蔬幽顯豈殊迹昔賢徒病諸

酬孫侍御春日見寄　前人

經過里巷春同是謝家鄰顧我覺衰早荷君留醉頻松高猶覆草鶴起懸縈塵知悟達人志患名非患貧

和太常李主簿秋中山下別墅即事　前人（見集本）

清秋來幾時宋玉已先知曠朗霞暎竹澄明山滿池葺橋雙鶴起收果衆猿隨韶樂今方奏雲林徒蔽虧

酬韋渚秋夜有懷見寄　前人

蕭條涼夜永秋草退（集作對）衰顔露下烏初定月明人自閑獨悲無舊業共喜出時艱爲問功成後同遊何處山

酬李叔度秋夜喜相遇因傷關東僚友喪逝見贈　前人

寒月照秋城秋風泉澗鳴過時見蘭蕙獨夜感衰榮酒散同移病心悲似遠行以愚求作友何德敢稱兄石（一作谷）變波長急松枯藥未成愁看新鬢色怯問故人名野澤雲陰散荒原日氣生羇飛本難定非是惡絃驚

酬李端長安寓居偶詠見寄　前人

自別前峯隱同爲外累侵幾年親酒會此日有僧尋學稼功還棄論邊事亦沉衆歡徒滿目專愛久離心覽鏡絲垂鬢弾絃淚灑琴訪田悲洛下寄宅憶山陰薄溜浸青石橫雲架碧林㙞簷藤障密衰棟棘籬深流散俱多故憂傷併在今爲當侯高躅歸止共抽簪

奉和陜州十四翁中丞寄雷州二十四翁司戶　前人

聯飛獨不前迥落海南天賈傅竟行矣邵公唯泫然瘴開山更遠路極水無邊沉劣本多感況聞原上篇

酬陳翃郎中冬日携柳郎竇郎歸河中舊居見寄　前人

三旬一休沐清景滿林廬南郭群初（一作儒）從東林兩客居晨煙浮雪野麥隴潤冰渠斑白皆持酒蓬茅盡有書終期買寒渚同此利蒲魚

酬包佶郎中覽拙卷後見寄　前人

令伯支離晚讀書豈知詞賦稱相如枉逢花木無新思拙伏溪源損舊居禁路看山歸自緩雲司玩月夜應初沉幽敢望金門召空愧巴歈問子虛

酬李益　前人

戚戚一西東十年今始同可憐歌酒夜相問兩悲翁

文苑英華卷第二百四十三

文苑英華卷第二百四十四　詩九十四

酬和五

楊詢一首　張虔一首
王季友一首　庾光先一首
韋應物六首　張南史一首
戴叔倫四首　崔峒三首
王烈一首　嚴維三首
朱放二首　權德輿四首
釋清江一首　釋靈一三首
釋皎然七首　楊巨源九首

答李昌期　楊詢（文粹作洵美）

三山載羣物峩峩鹹浪中霞衣剪不得此路安可從我生亦何事出門如飛蓬白日又黄昏所悲瑶草空蟲聲故鄉夢枕上禾黍風吾道如未喪天運何處通

北遊還（一作遠）酬孟文（一作雲）卿見寄　張虔

忽忽忘（一作望）前事志願能相乖衣馬日（一作久）羸弊誰辨才不才（一作誰信幸與才）善道居貧賤潔服蒙塵埃行行無定上（一作心）坎壈難歸來慈母憂疾疹家室念低摧（一作室家念栖徊）幸（一作與）君夙姻親深見中外懷佚予惜時節悵望臨亭（一作高）臺（一作皆詩選）

酬李十六　王季友

鍊丹文武火未成賣藥販山不販名出谷迷行洛陽道乘流醉臥滑臺城城下故人久離怨一歡適我（一作怨）兩家願朝飲杖懸沽酒錢暮食囊有松花飯二河車馬日幢幢李膺門館争登龍千賓揖對若流水五經發難如扣鐘下筆新詩行蒲壁立譚古人坐在席問我草堂有臥雲晒我廚中（一作知我山居）無擔石自耕自割（一作種）食爲天如鹿如麋飲野泉亦知世上公卿貴且養丘中草木年

此詩三百四十卷重出今削去注異同爲一作

奉和劉採訪縉雲南嶺作　庾光先

百越城池枕海圻永嘉山水復相依懸蘿弱篠垂清淺宿雨朝暾和翠微鳥訝山經傳不盡花隨月合數仍稀幸陪謝客題詩句誰與王孫此地歸

酬閻員外陟（一作涉）　韋應物

寒夜阻良覿叢竹想幽居虎符予已誤金丹子何如醼集觀農暇笙歌聽訟餘雖蒙一言教自愧道情踈

答故人見諭　前人

素寡名利心自非周圓器徒以歲月資屢蒙藩條寄時風重書札物情敦貨遺機杼十縑單牘踈百函愧常負交親責且爲一官累況本濩落人歸無置錐地省已已知非枉書見深致雖欲効區區何由枉其志

酬張協律赳　前人

昔日（集作人）鬻春（一作春）地今人復一賢屬余藩守日方君臥病年麗思阻文宴芳蹤闕賓筵經時豈不懷欲往事屢牽

公府適煩倦開緘瑩新篇非將握中寶何以比其妍感玆棲寓詞想彼痾瘵纏空宇風霜交幽居情思綿當以貧非病孰云白未玄邑中有其人憔悴即我儔由來牧守重英俊得薦延非（集作匪）人等鴻毛斯道何由宣遭時無早晚蘊器候（集作俟）良緣覯文心未衰勿藥疾當痊晨期簡牘罷馳慰子忡然

答令狐侍郎　前人

一凶乃一吉一是復一非孰能逃斯理亮在識其微三黜故無愠高賢尚（集作當）庶幾但以親交戀音容邈難希况昔（集作惜）別離久俱忻藩守歸朝讌方陪厠山川又乖違吳門冐海霧峽路凌連磯同念（集作會）在京國相望涕沾衣明時重英才當復列彤闈白玉雖塵垢拂拭還光輝

答劉信州侍郎　前人

瓊樹凌霜雪葱蒨如芳春英賢雖出守本自玉階人宿昔陪郎署出入仰清塵孰云俱列郡比德豈爲鄰風雨飄海氣清涼悅心神重門深夏晝賦詩延衆賓方以歲月舊每蒙君子親繼作郡齋什遠貽（集作贈）荊山珎高閑庶務理遊眺景物新朋友亦遠集醼酌在佳晨始唱已慙拙將酧益難伸濡毫竟僶俛一用寫悁勤

答揚奉禮　前人

多病守山郡自得接嘉賓不見三四日曠居（集作若）十餘春（集作句）臨觴獨無味對榻已生塵一詠舟中作灑雪忽驚新煙波見棲旅景物俱昭陳秋塘惟落葉野寺不逢人白事廷吏簡閑居文墨親高天池閣淨（集作靜）寒菊霜露頻應當整孤棹歸來展慇懃

酬張二倉曹楊子閑居見寄兼呈韓郎中左補闕　皇甫冉　張南史

孤雲獨鶴自悠悠別後經年尚泊舟漁父致詞相借問仙郎能賦許依投折芳遠計三春草乘興閑看萬里流莫怪杜門頻乞假不堪投病拜龍樓

和尉遲侍郎夏杪聞蟬　戴叔倫

楚人方苦熱柱史獨聞蟬晴日暮江上驚風一葉前蕩搖清管雜幽咽野風傳旅舍聞君聽無由更晝眠

奉酬盧端公飲後贈諸公見示之作（已見二百十五卷）　前人

和河南羅主簿（集作送校書兄歸江南）　前人

兄弟泣殊方天涯指故鄉斷雲無定處歸鴈不成行草莽人煙少風波水驛長上虞親渤澥東楚隔瀟湘古戍陰傳火寒蕪曉帶霜海門潮瀲灩沙岸荻蒼蒼京輦辭芝（疑作芸）閣衡方憶草堂知君始寧隱還緝舊荷裳

酬別劉九郎評事專經同泉字　前人

舉袂（集作袖）掩離絃枉（集作聽）君愁思篇忽驚池上鷺（集作鷥）下（集作正）咽隴頭泉對牖墻陰滿臨扉日影圓賴聞黃太守章句此中傳

酬李補闕雨中寄贈　崔峒

十年隨馬宿幾處受人恩白髮還鄉井微官有子孫竹窗
寒雨滴苔砌夜蟲喧獨媿東垣友新詩慰旅魂

初除拾遺酧丘二十二見寄（一作初拜命酬丘丹見贈）　前人

江海久垂綸朝衣忽挂身丹墀方（一作初）謁帝白髮免羞人
才愧文章士名當諫諍臣空餘薦賢分不敢負交親

此詩二百五十六卷重出今已刪去注異同爲一作

劉展下判官相招以詩答之　前人

國有非常寵家承異姓勳背恩慙皎日不義若浮雲但使
忠貞在甘從玉石焚竄身無有地夢寐見明君

酬崔峒　王烈

狥世甘長往逢時忝一官欲朝青瑣去羞向白雲看榮寵
無心易艱危抗節難思君寫懷抱非敢和幽蘭

酬耿拾遺題贈　嚴維

掩扉常自靜驛吏忽傳呼水巷驚馴鳥藜床起病軀顧身
悲欲老戒子力爲儒明日公西去煙霞復作徒

酬王侍郎西陵渡見寄　前人

前年萬里別昨日一封書郢曲西陵渡秦官使者車柳塘
薰晝日花水溢春渠若不嫌雞黍先令掃弊廬

酬劉員外見寄　前人

蘇耽佐郡時近出白雲司藥補清羸疾窗吟絕妙詞柳塘
春水漫花塢夕陽遲欲識懷君意朝朝訪檝師

答陸澧　朱放（見集本）

松葉堪爲酒春來釀幾多不辭山路遠踏雪也相過

新安所居答相訪人（一作所居蕭使君爲制）　前人

謝公見我多愁疾（集作病）爲我開門對碧山君若欲來看猿
鳥不須爭把桂枝攀

奉酬張鑑閣老雪後過中書見贈輒加兩韻通簡
南省僚舊　權德輿

寓直久叨榮新恩倍若驚風清五夜末節換一陽生潘鬢
年空長齊竽藝本輕常時望連茹今日劇懸旌枉步歡方
接含毫思又縈煩君白雲（集作雪）句歲宴若爲情

和李大夫西山祈雨因感張曲江故事（集作書）十韻

前人

亞相冠貂蟬分憂統十聯火星當末日雲漢倬炎天齋禱
期靈貺精神契昔賢中宵出騶馭清旭旅牲牷觸石看初
起隨車應忽先雷音生絕巘雨足晦平阡蕭洒四溟合空
濛萬頃連歌謠諠澤國稼穡遍原田故事三台盛新文六
義全作霖應自此天下待豐年

酬張秘監閣老喜太常中書二閣老與德輿同日
遷官相代之作（時秘監亦同日拜命）　前人（見集本）

珠樹共飛棲分封受紫泥正名推五字貴仕仰三珪繼組
心知忝（德輿代太常爲禮部）腰章事頗齊蓬山有佳句喜氣在新題

酬主客仲員外見賀正除　前人

五年承乏奉如綸材才一作薄那堪侍從臣禁署猶聞清漏
曉命書慙對紫泥新周班每喜簪裾接郢曲偏宜諷詠頻
憶昔曲臺常議禮見君論著最相親

上都酬章十八兄　釋清江

每歎經年別人生有幾年關河長問道風雨獨隨緣寓蝶
成莊夢懷人識禰賢徽猷不及此空媿白華篇

酬陳明府舟中見贈　釋靈一

長溪通夜靜素舸與人閑月影沉秋水風聲落暮山稻花
千頃外蓮葉兩河間陶令多真意相思一解顏

酬皇甫冉西陵渡見寄　前人

西湖潮信蒲島嶼入中流越客依風水相思南渡頭寒光

生極浦暮雪映滄洲何事揚帆去空驚海上鷗此篇又見一百三十六卷

酬皇甫冉將赴無錫贈詩於雲門已見二百三十六卷　前人

酬崔侍御見贈　釋皎然

買得東山後逢君小隱時五湖遊不厭栢署跡如遺儒服
何妨道禪心不廢詩一徒居士說集作與君如此說長破小乘疑

和李侍御蕚歲初夜集處士開閣書閣即侍御所創　前人

遲賢新買閣此意此疑郊居古徑行春早新窓見月初放
歌還倚瑟講道亦觀書爲我留禪位來逢此會踈

酬薛員外誼見戲　前人

方知正始作麗掩碧雲詩文彩盈懷袖風規發詠思遺弓

逢大敵摩壘怯偏師頻有移書讓多慙繼組遲淺才迂且
拙虛譽喜還疑猶倚披沙鑒長歌伺子期

和李舍人使君紓題雲明府道室　前人

許令如今道性雲曾經西岳事桐君流霞手把應醻事一作
鱗壽黄鶴心期擬作羣金籙時教弟子檢砂床不遣許集作世
人聞桂陽亦是神仙守久少集作別無嗟兩地分

奉酬李員外使君嘉祐蘇臺屏居春首有懷　前人

昔歲爲邦初未識今朝休沐集作宦始相親移家水巷含依
靜種柳風窻欲占春詩思先邀烏府客山情還訪白樓人
登臨許作集作接煙霞伴高在方袍間幅巾

答李季蘭　前人

天女來相識將花欲染衣禪心竟不起還捧舊花歸

酬祁判官湖上見贈　前人

歲歲湖南隱已成如何星使忽知名沙鷗慣逐無心客今
日逢君不解驚

和呂舍人喜張員外自北番迴至境上先寄二十
韻　楊巨源

割愛天文動敦和國步安仙姿歸舊好戎意結新歡並命
瞻鵷鷺同心揖蕙蘭玉蕭臨祖帳金牓引征鞍廣陌雙旌
去平沙萬里看平聲海雲侵鬢起邊月向眉殘突兀陰山迥
蒼忙朔野寬氊廬同甲帳韋橐比琱盤義著親胡俗儀全

識漢官地隣水鼠凈天映燭龍寒節異蘇卿執紘殊蔡女
彈磧分黃泖泖塞極黑漫漫歎味羶腥列徵聲休僸攢歸
期先鴈候登路劇鵬摶上客離心遠西宮草詔殫麗詞傳
錦綺珎價掩琅玕百兩開戎壘千蹄入御欄瑞光麟閣上
喜氣鳳城端尚德曾辭劒柔凶本舞干茫茫斗星北威服
古來難

酬令狐員外直夜書懷見寄　　前人

花枝暖欲舒粉署夜方初世職推傳盛春刑是減餘芸香
能護字鉛槧善呈書此地從頭白經年望雉車

和盧諫議朝回書情即事寄兩省閣老兼呈二起
居諫院諸院長　　前人

寵位資寂疑用回頭憐二踈超遥比鶴性皎絜同僧居華
組濟無累單床歡有餘題詩天風灑屬思紅霞舒藹藹延
閣東晨光映林初爐香深內殿山色明前除對客默焚槀
何人知諫書全仁氣逾勁大辨言甚徐逸步寄青瑣閑唫
覩綺疏清輝被鸞渚瑞藹含龍渠謝監管野墅陶公愛吾
廬悠然遠者懷聖代飄長裾端衡緝元化至音生太虛一
戎殄攙搶重譯充儲胥借地種寒竹看雲憶春蔬靈機棲
杳冥談笑登軒車晚迹識麒麟秋英見芙渠危言直且莊
曠抱鬱以攄志業耿氷雪光容粲璠璵時賢儼仙掖氣謝
心何如

奉和裴相公　　前人

竹寺題名一半空衰榮三十六人中在生本要求知己垂
老應憐隣疑作值相公敢望燮和迴舊律任應時節到春風
若爲問得蒼蒼意造化無言自是功

和大夫邊春呈長安親故　　前人

嚴城吹笛思寒梅二月氷河一半開紫陌詩情依舊在黑
山弓力畏春來遊人曲岸看花發走馬平沙獵雪迴旌旆
朝天不知晚將星高處近三台

張郎中叚員外初直翰林報寄長句　　前人

秋空如練瑞雲明天上人間莫問程丹鳳詞頭供二妙金
鑾殿角直三清方瞻北極臨星月猶向南班滯姓名啓沃
朝朝深禁裏香爐烟外是公卿

奉酬端公春雪見寄七言　　前人

造化多情狀物親剪花鋪玉萬重新閑飄上路呈豐歲狂
舞中庭學醉春興逸何妨尋剡客唱高還肯寄巴人遥知
獨立芝蘭閣蒲眼清光壓俗塵

答振武李逢吉判官　　前人

近來時輩都無異把酒皆言肺病同唯有單于李評事不
將華髮負春風

奉酬竇郎中早入省苦寒見寄　　前人

玄冥怒含風羣物戒嚴節空山頑石破幽澗層氷裂題詩
金華彥接武丹霄烈曠懷玉京雲孤唱粉垣雪窮陰總凝
沍正氣直肅殺天狼看墜地霜兔敢拒穴悠然蓬蒿士亦

得奉朝謁羸驂苦遲遲單僕怨切切端闈仙階邃廣陌凍橋滑旭日鴛鷺行瑞煙芙蓉闕司寒申鄭重成歲在凜冽謝監逢酒時衣生閉門月漸思霜霰滅欲報陽和發誰家挾纊心何地當鑪熱憐舒能一政恭聽遠者說

文苑英華卷第二百四十四

文苑英華卷第二百四十五　詩九十五

酬和六

將赴洛下旅次漢南獻上相公二十兄言懷八韻

令狐楚

台室名曾繼旌門跡暫過歡情老去少苦事別離多便爲開樽俎應憐出網羅百憂今已失一醉孰知他帝德千年日君恩萬里波許隨黃綺輩閑唱紫芝歌龍衮期重補梅羹佇再和嵩丘未攜手君子意如何

奉和酬相公賓客漢南留贈八韻　前人

自作分憂別今方便道過悲酸如我少語笑爲君多泬亦因盃酒歡非待一作侍綺羅路岐傷不已松栢性無他悵望商山老慇懃漢水波重言塵外約相公往年垂贈六約難繼郢中歌玉管離聲發銀釭曙色和碧霄看又遠其柰獨愁何

奉和僕射相公酬忠武李相公見寄之作　前人

麗藻飛來自相庭五文相錯八音清初瞻綺色連霞色又聽金聲繼玉聲才出山西文與武歡從塞北弟兼兄白頭

老尹三川上雙和陽春喜後驚

奉送李相公重鎮襄陽　李逢吉

海内埏埴遍漢陰旌旆還望留冊闕下恩在紫霄間水雪背秦嶺風煙經武關樹皆人尚愛轅即吏曾攀自惜兩心合相看雙鬢班終期謝戎務同隱鑿龍山

再赴襄陽辱宣武相公貽詩今用奉酬　前人

解散辭冊禁揚旌去赤墀自驚非素望何力及清時又據三公席多慙四老祠峴山風已遠棠樹事難追江漢饒春色荆蠻足夏思唯憐吐鳳句相示鑿龍期

奉酬致仕楊祭酒見寄　前人

初還相印罷戎旃獲守皇居在紫煙妄比鄭侯功蔑爾每

懷疏傳思悠然應將半俸霑閭里料入中條訪洞天十載別離那可道倍令驚喜見來篇

奉和裴相公假山十一韻已具一百六十一尼山作題門　韓愈

奉和庫部盧四兄曹長元日朝迴　前人

天仗霄嚴樹羽旄春雲送日曉雞號金罏香動螭頭暗玉珮聲來雉尾高戎服上趨承北極儒冠列侍映東曹太平時節身難遇郎署何須歎二毛

和高平朱參軍思歸作　前人

髯參軍髯參軍身為北州吏心寄東山雲坐見萋萋芳草綠遙思往日清一作晴江曲刺船頻向剡中迴棒被曾過越人宿花裏鶯啼白日高春樓把酒送車螯狂歌好愛陶彭

澤佳句唯稱謝法曹平生樂事多如此忍為浮名隔千里一鴈南飛斷客心思歸何待秋風起

答友人相贈　孟郊

白日照清水淺深無隱姿君子業高文懷抱多正思砥行碧山石結交青松枝碧山無轉易青松無集作難傾移落落出俗韻琅琅大雅詞自非隨氏掌明月安能持十載集作千里不可到一發集作返無近期如何非意中良覯忽在茲道話集作語必疎索集作淡儒風易凌遲願從正直集作聖貞節勿謂霜雪集作霰欺

奉和淮南李相公早秋即事寄成都武相公　劉禹錫

八柱共承天東西別隱然遠夷爭慕化真相故臨邊並進夔龍位仍齊龜鶴年相公詩有齊年並進之句同心舟已濟造膝璧常聯對嶺專征寄遙持造物權斗牛添氣色井絡靜氛煙獻可通三略分共出萬錢漢南趨節制淮北賜山川王帳觀渝舞虹旌獵楚田步嫌雙綬重夢入九城偏秋興離情動詩從樂府傳聆音還竊抃不覺撫公絃

奉和吏部尚書太常李卿二相公策免後即事述懷贈答十韻　前人

文雅關西族衣冠趙北都有聲真漢相無類勝隋珠當軸龍為友臨池鳳不孤九天開内殿百辟看晨趨誠滿澄款器成功別大罏餘芳在公論積慶是神扶步武離台席徊

翔集帝梧銓材秉泰鏡典樂去齊竽瀟灑風塵外逢迎詩
酒徒唯應待華皓更食萬錢廚

酬淮南廖參謀秋夕見過之作（公昔爲揚州從事參謀從釋子反初）　前人

揚州從事夜相尋無限新詩月下唫初服已經玄髮長高
情猶向碧雲深語餘時舉一杯酒坐久方聞數處砧不逐
繁華訪閑散知君擺落俗人心

尉遲郎中見示自南遷牽復却至洛城東舊居之
作因以和之　前人

曾遭飛語十年謫新受恩光萬里還朝服不妨遊洛浦郊
園依舊看嵩山竹含天籟清商樂水遶庭莎碧玉環留作

功成退身地如今只是暫時閒（集作闕）

和蘇十郎謝病閑居時嚴常侍蕭給事同過訪歎
初有二毛之作　前人

清羸隱几望雲空左掖鴛鸞到室中一卷素書消永日數
莖斑鬢對秋風菱花照後容雖改蓍草占來夢已通莫怪
人人驚早白緣君合是黑頭翁

朗州竇員外見示與澧州元郎中郡齋贈答長句
二篇因而繼和

鴛鷺差池出建章綵旗朱戶鬱相望新恩共理犬牙地昨
日同含雞舌香白芷江邊分驛路山桃溪外接甘棠應憐
一罷金閨籍枉渚逢春十度傷

遙和白賓客分司初到洛中戲呈馮尹　前人

西辭望苑去東占洛陽才度嶺無愁（集作思歸）看山不懊來
冥鴻何所慕遼鶴乍飛迴洗竹通新徑攜琴上舊臺塵埃
長者轍風月故人盃聞道龍門峻還因上客開

杏園花下贈夢得　白居易

和白樂天杏園花　劉禹錫

同前（以上三篇並見三百二十一卷）　元稹

及第後答潼關主人　呂溫

本欲雲雨化却隨波浪翻一霑太常第十過潼關門志力
且虛棄功名誰復論主人故相問慙笑不能言

吐蕃列館利周十一郎中楊七錄事望白山作

前人

純精結奇狀皎皎天一涯玉嶂擁清氣蓮峯開白花半巖
晦雲雪高頂澄煙霞朝昏（集作暮）對賓館隱映如仙家夙聞
蘊孤尚欲窮限幽遐暫因行役暇偶得志所嘉明時無外
戶勝境即中華況今舅甥國誰道隔流沙

酬白太傅　元稹

太空秋色涼獨鳥下微陽三徑池塘靜六街車馬忙漸能
高酒戶始是入詩狂官冷且無事追陪慎莫忘

酬竇校書二十韻（次用本韻）　前人

鷗鷺元相得杯觴每共傳芳遊春爛熳晴望月團圓調笑
風流劇論文屬對全詠（集作賞）花珠並綴看雪璧常連竹寺

荒唯好松栽小吏憐潛投盂公轄往乞莫愁錢塵土拋書
卷搶籌弄酒權令誇齊箭到力闘抹弓弦但喜深（集作添）罇
滿誰憂乏桂燃漸輕身外役渾證飲中禪及我辭雲陛逢
君仕圃田音徽千里斷魂夢兩情偏足聽猿啼雨深藏馬
腹鞭官醪半清濁夷餜雜腥羶顧影無依倚甘心守靜專
那知暮江上俱會落英前欸曲生平在悲涼歲序遷鶴方
同北渚鴻又過南天麗句慚盧擲沉機懶強牽粗酬珍重
意工拙定相懸

和令狐相公（集作尚書）平泉東（一作西）莊近蜀李僕射因寄十韻　張籍（以下七篇並見集本）

平地有清泉伊南古寺邊漲池閑繞屋流墅（集作出野）遍澆田

舊隱離多日新鄰得幾年探幽皆一絕選勝又雙全門靜
山光別園深竹影連斜分採藥徑直過釣魚船鶴大還（集作遠）
應相識煙霞亦競鮮（集作雲霞頻覺鮮）追尋應不遠吟賞（集作賞愛）定
難偏此處堪長往遊人早共傳各當恩寄重歸臥恐無緣

酬李僕射春日見示（集作晚春見寄）　前人

戟户洞初晨鶯聲雨後頻盧庭清氣在衆藥濕光新魚動
芳池面苔侵老竹身教鋪嘗酒處自問探花人獨此長多
病閑居（集作幽居）欲過春今朝聽高韻忽覺離埃塵

和裴僕射寄韓侍郎（四字集作移官言志）　前人

久在（集作身在）勤勞地常思放曠時功高（集作成）歸聖主位重委
群司看疊堊邊石行閑（集作嶮）巇裊詩蒼生正瞻仰（集作望）難

與故山期

酬白舍人早春曲江見招　前人

曲江冰欲盡風物已（集作日已）恬和柳色看猶淺泉聲覺漸多
紫蒲生濕岸青鴨弄（集作戲）新波仙掖高情客相招共一過

酬韓庶子　前人

西街幽僻處正與懶相宜尋寺獨行遠借書常送遲家貧
無異（集作易）事身病足（集作是）閑時寂寞誰相問秪應君獨（集作自）
知

答白杭州郡樓登望畫圖見寄　前人

畫得江城登望處寄來今日到長安乍驚物象（集作色）從詩
出更想工人下手難將展書堂偏覺好每來朝士（集作客）盡

求看見君向此閑吟意肯恨（一作限）當初（一作特）作外官

酬王秘書閑居見寄（集作酬秘書王丞見寄）　前人

相看頭白來城闕卻憶漳溪舊往還今體詩中長（集作偏）出
格常朝（集作參）官裏每同班街西借宅多臨水馬上逢人亦
說山書閣客（集作芸閣水）曹雖最冷與君長喜得身閑

奉和汴州令狐相公二十二韻（同用淹字）　白居易

客有東征者夷門一落帆二年方得到五日未爲淹（相府領鎮
開年居易方到階奉遊宴凡經五日）在浚旌重葺遊梁館更添心因好善樂
貌爲禮賢謙俗阜知敦勸民安見察廉仁風扇（平聲）道路陰
雨膏（去聲）閭閻文律操將柄兵機釣得鈐碧幢油業業（集作葉葉）
紅旆火襜襜景象春加麗威容曉助嚴檜森赤豹尾纛吒

黑龍髯門靜塵初斂城昏日半銜選幽開後院占勝坐前簷平展絲頭毯高褰錦額簾雷槌（音鶻）拓枝鼓雪擺胡騰衫髮滑歌釵墜粧光舞汗霑迴燈花簇簇過酒玉纖纖饌盛盤心嫵醅濃盞底粘陸珍熊掌爛海味蟹螯鹹福履千夫祝儀形四座（集作海）瞻羊公長在峴傳說莫歸巖（蓋祝者之詞意也）眷愛人人遍風情事事兼猶嫌客不醉同賦夜厭厭

答常八　前人

麗句勞相贈佳音悵（集作斯恨）有違早知留酒待悔不趁花歸春盡綠醅老雨多紅萼稀今朝如一醉猶得及芳菲

醉中戲酬鄭使君時使君先歸留妓樂重飲

客座移紅毯酡顏照綠盃雙娥留且住五馬任先迴醉耳

歌催醒愁眉笑引開平生少年興臨老暫重來

分司初到洛中偶題六韻兼戲河南（二字集作呈馮尹）

前人

相府念多病春宮容不才官御隨（集作依）口得俸料（集作祿）逐身來白首園林在紅塵車馬迴招呼新客侶掃掠舊池臺小舫宜攜樂新河荷蓋盃不知金谷主早晚賀筵開

立春日酬錢員外曲江同行見贈　前人

下直遇春日垂鞭出禁闈兩人攜手語十里看山歸柳色早紅淺水紋新綠微風光向晚好車馬近南稀機盡笑相顧不驚鷗鷺飛

答夢得秋庭獨坐見贈　前人

林梢隱映夕陽殘庭際蕭疏夜氣寒霜草欲枯蟲思急風枝未定鳥棲難容衰見鏡同惆悵身健逢盃且喜歡應是天教相暖熱一時垂老與閑官

酬夢得秋夕不寐見寄四韻（次用本韻）　前人

碧簟絳紗帳夜涼風景清病聞和藥氣渴聽碾茶聲露竹偷燈影煙松護月明何言千里隔秋思一時生

和鄭方及第後秋歸洛下閑居同高侍郎下隔年及第　前人

勤苦成名後優游得意間玉憐同匠琢桂恨隔年攀山靜豹難隱谷幽鶯暫還微吟詩引步淺酌酒開顏門迥暮臨水窻深秋對山雲衢日相待莫悟許身閑

酬夢得以予五月長齋延僧徒絕賓友見戲十韻

前人

賓客懶逢迎翛然池館清簷閑空燕語林靜未蟬鳴葷血初（集作還）休食盃觴亦罷傾三春多放逸五月暫脩行香印朝煙細紗燈夕焰明交遊諸長老師事古先生（二乾古禪先生也）後心彌寂齋來體更輕不唯忘肉味兼擬滅風情蒙以聲聞待難將戲論爭虛空若有佛靈運恐先成

宣武令狐相公以詩寄贈傳播吳中聊奉短章用申酬謝　前人

新詩傳詠忽紛紛楚老吳娃耳徧聞盡解呼為好才子不知官是（一作在）大（集作上）將軍詞人命薄多無位戰將功高少

有文謝朓篇章韓信鉞一生雙得不如君

奉和晉公侍中蒙除留守行及洛師感悅發中裴然成詠之作　前人

鸞鳳翔翔在寥廓貂蟬瀟灑出塵埃致成堯舜昇平代牧得夔龍強健身拋擲功名還史冊分張歡樂與交親商山老皓雖休去終是留侯門下人

和楊郎中賀楊僕射致仕後楊侍郎門生合宴席上作　前人

業重關西繼大名恩深闕下遂高情祥鱣降伴趨庭鯉賀燕飛和出谷鶯范蠡舟一作船中無子弟疏家席上欠門生可憐玉樹連桃李從古無如此會榮

和談校書秋夜感懷呈朝中親友　前人

遥夜凉風楚客悲清砧繁漏月高時秋霜似鬢年空長春草如袍位尚卑詞賦擅名來已久煙霄得路去何遲漢庭卿相皆知己不薦楊雄欲薦誰

歲暮枉衢州張使君書并詩因以長句報之

兩州彼此意何如官職蹉跎歲欲除浮石潭邊停集作呈非五馬望濤樓上得雙魚萬言舊手才難敵五字新題一作成非思有餘貧薄詩家無好物反投桃李報瓊琚張曾應萬言登科

見殷堯藩侍御憶江南詩三十首詩中多叙蘇杭勝事予嘗典二郡因繼和之　前人

江南名郡數蘇杭題寫一作寫在殷家三十章君是旅人猶苦

憶我爲刺史更難忘境牽吟詠真詩國興入笙歌好醉鄉爲念舊遊終一去扁舟直擬到滄浪

奉和相公座主西庭秋日即事　姚合

西亭秋望好寧復要一作寧要更亞簾夫子墻還峻鄭侯宅過讌微風紅葉下新雨緑苔黏窻外松初長欄中藥復添集作旋添海圖裝玉軸書目記牙籤竹色晴連地山光遠入簷酒醲盃稍重詩冷語多尖蜀和才雖淺題高免客嫌

和田太僕一作和太僕田鄉酧殷侍御見贈　前人

往還知分熟酬贈思同新嗜飲殷偏逸閑吟鄉亦貧古苔寒更翠脩竹靜無鄰促席燈浮酒聽鴻霜滿身淺才唯是我高論更何人携手宜相訪窮居集作行少路塵

酧李廓精舍南臺望月見寄　前人

看月雲集作空門裏詩家景有餘露寒僧帽出林靜鳥巢虚集作疏遠色當秋半清光勝夜初獨無臺上思寂寞守吾廬

奉酧太僕田卿書齋即事見寄　前人

幽齋琴思靜晚下紫宸朝舊隱同溪遠周行隔品遥深槐蟬唧唧微雨竹集作疏竹雨蕭蕭不是相公懶煩君舉酒瓢

奉和前司封蘇郎中喜嚴常侍蕭給事見訪驚斑鬢之什　前人

遶鬢滄浪有幾莖珥貂相問夕郎驚秖應爲酒微微變不是因年漸漸生東觀書成躔良史中臺官罷揖高名即提彩筆裁天詔誰得吟詩自在行

酬禮部李員外見寄　前人

本來山郡是閑居豈向郎官更有書溪石誰思王匠愛煙
鴻頗與弋人疏自米江上眠方穩舊在城中病悉除唯見
君詩難便捨寒宵吟到曉更初

酧盧侍御見寄（集作酬盧汀諫議）　前人

粟如流水帛如山衣食還君（集作夜念倉邊）語笑間篇什縱橫文
案少親賓（集作朋）撩亂吏人閑盃觴引滿從衣濕墻壁𢎙書
（集作書多）任手頑遥賀來年三月盡（集作二三月）緑衣先輩過春闈

答韓湘　前人

疏散無世用爲文乏天格把筆日不休忽忽有所得所得
良自慰不求他人識子獨訪我來致詩過相飾君子無浮

言此詩應亦直但慮憂我深鑒亦隨之惑子在名場中屢
戰還屢北我無數子明端坐空歎息昨聞過春闈名繫吏
部籍三十登高科前途浩難測詩人多峭冷如水在胷臆
豈隨尋常人（一作常人單）五藏爲酒食朝來作酧章危坐吟到
夕難爲問其辭益媿滿紙黒

酬厲玄　賈島

我來從北鄙子省陟西陵白髮初相識秋山擬共登鄰居
帝城雨會宿御溝氷未報君（集作見）貽作耿然中夜興

酬鄠縣李少府見寄　前人

稍憐公事退復遇夕陽時北朔霜凝竹南山水入籬吟懷
滄海侶空問白雲師恨不相從去心惟野鶴知

酬姚校書　前人

因貧行遠道得見舊交遊美酒一（集作易）傾盡好詩難卒酧
公堂朝共到私第夜相留不覺入關晚別來林木秋

酬胡遇　前人

麗句傳人口科名立可圖移居見山遠買樹帶巢烏遊遠
風濤急吟情（集作清）雪月孤却思初識面仍未有多鬚

酬張籍王建　前人

疏林荒宅古坡前久住還因太守憐漸老更思深處隱多
閑數得上方眠鼠拋貧屋收田日鴈度寒江擬（一作撒）雪天
身事龍鍾應是分水曹芸閣枉來篇

酧姚合　前人

黍穗豆苗侵古道晴原午後早秋時故人相憶曾來說楊
柳無風蟬滿枝

酬姚員外見過林下　釋無可

掃苔迎五馬蔬藥過中鍾鶴共林僧見雲隨野客逢入樓
山隔水滴旆露垂松日暮題詩去空知雅調濃

酬厲侍御秋中思歸樹石所居見寄　前人

三峯居接近數里躡雲行深去通仙境思歸厭宦名月從
高掌出泉向亂松鳴坐石眠霞侶秋來短褐成

奉和段著作山居呈同志三首次本韻　前人

香花懷道侶巾舄立雙童解印鴛鴻內抽毫水石中發溫
行燒地衣赤動霞風又似朝天去諸僧不可同

二

官廨中秘府疎放野麋齊偃仰青霄近登臨白日低折腰

窺乳竇定足涉水溪染翰揮嵐翠僧名幾處題

三

甃妝册陛跡獨往亂山居入雪知人遠眠雲覺俗虛足垂

巖頂石纓濯洞中渠只是僧酬答新歸絶壑書

奉和裴舍人春日杜城書事　前人

早晚廨綸綍觀農下杜西草新池似鏡麥𪞉土如泥鵁鶄

依川息華騮向野嘶春來詩更苦松韻亦含棲

晚秋酬姚侍御見寄

新命起高眠江湖思浩然木衰猶有菊鷰去即無蟬分祭

千官內孤懷遠岳邊蕭條人外寺睽阻後經年

文苑英華卷第二百四十五

文苑英華卷第二百四十六　詩九十六

酬和七

春日酬常先輩雨後見寄　劉得仁

風散五更雨鳥啼三月春軒窻透初日硯席斷纖塵箇箇峰頭出家家樹色新憐君高且靜有句寄閑人

夏日通濟里居酬諸輩見訪（二字集作寄訪之什）　前人

君子遠相尋聯鑣到弊林有詩難疾和無酒可徐（一作賖）斟門列（集作對）晴峰色堂開古木陰何因駐清聽唯恐日西沉

通濟里居酬盧肇見尋不遇　前人

衡門掩綠苔樹下絶塵埃偶赴高僧約旋知長者來雲山堪眺望車馬必徘徊問以何爲待（集作何以爲相得）慙無酒一盃

酬朱慶餘（已見二百三十一卷）　周賀

稱觴慙座客懷刺即門人素尚寧知貴清談不厭貧野梅江上晚堤楙雨中春未報淮南詔何勞問白蘋

和段少常柯古　溫庭筠（見集本）

和友人題壁　前人

冲尚猶來出範圍肯將經濟（一作世）作風徽三台位缺嚴陵卧百戰功高范蠡歸剩欲一名添（集作自欲一鳴驚）鶴寢不應孤憤學牛衣西州未有看碁暇澗户何因（集作由）得掩扉

酬鄭模（一作樸）司直見寄　張祐（見集本）

故人滄海曲聊復話平生喜是狂奴態羞爲老婢聲官途終日薄身事（一作計）長年輕猶賴書千卷長隨一棹行

奉和門下相公送西川相公兼領相印出鎮全蜀詩十八韻　杜牧

盛業冠伊唐台階翊戴光無私天雨露有截舜衣裳蜀輟新銜鏡池留舊鳳凰同心真石友寫恨蔑（一作夢）河梁虎騎摇風旆貂冠韻水蒼彤弓隨武庫金印逐文房棧壓嘉陵咽峰橫劒閣長前驅二星去開險五丁忙迴首崢嶸盡連天草樹芳丹心懸魏闕往事愴甘棠治化輕諸葛威聲懾夜郎君平教說卦大子召升堂塞接西川（一作山）雪橋維萬里檣奪霞江錦爛撲地酒爐香忝逐三千客曾依數仞牆滯頑堪白首（集作屋）攀附亦周行肉管伶倫曲簫韶清廟章唱高知寡和小子斐然狂

奉和僕射相公聖德和平致兹休運歲終功就合詠盛明謹呈三相公（已見一百六十一卷）　前人

酬張祐處士見寄　前人

七子論詩誰似公曹劉須在指揮中薦衡昔日知文舉乞火何人作蒯通北極樓臺長挂夢西江波浪遠吞空可憐故國三千里虛唱歌詞滿六宮

酬杜甫補闕初春雨中泛舟次橫江喜裴郎中相迎見寄　許渾

江館維舟爲庾公暖波微漾（集作渌）雨濛濛紅橋（集作墻）迤邐春巖下朱旆聯翩曉樹中柳滴圓紋生細浪梅含香艷吐輕風郢歌莫問青山吏魚在深池鳥在籠

和常秀才寄簡歸州鄭使君借猿　前人

謝守攜猿東路長裹藤穿竹似瀟湘碧山初暝嘯秋月紅樹生寒啼曉霜陌上楚人皆駐馬里中巴客半歸鄉心知欲借南遊侶未到三聲恐斷腸

奉酬郭二十三（六字集作酬少府）先輩奉使延勞（集作延勞）見寄兼呈長官之什（四字集作裴明府）　前人

載書攜酒（集作榼）別池籠十幅輕帆處處通謝朓宅深（集作荒）山翠裏王敦城古月明中江村夜漲浮天水澤國秋生動地風飽食鱸魚歸榜棹（集作榜歸揖）待君琴酒醉陶公

酬秘書王丞見寄　雍陶

朝下有閑思南溝邊水行因來見寥落轉自歎平生白首

丈夫氣赤心知巳情留詩本相慰却憶苦吟聲

奉和僕射相公送東川李支使歸使府夏侯相公　薛逢

两地交通布政和上台深喜使星過歡留白日千鍾酒調入青雲一曲歌寒柳翠添微雨重臘梅香綻細枝多平津萬一言甲散莫忘高松寄女蘿

席上酧東川嚴中丞敘舊見贈　前人

昔記披雲日今逾二十年聲名俱是夢恩舊半歸泉朱紱慙衰齒紅粧慘別筵離歌正淒切休更促危絃

酧别令狐八補闕　李商隱（見集本）

惜别夏仍半廻途秋巳期那脩直諫草更賦贈行詩錦段知無報青萍肯見疑人（一作吾）生有通塞公等繫安危警露鶴辭侶吸風蟬抱枝彈冠如不問又到掃門時

和令狐八綯戲題（集作和友人戲贈）二首　前人

東望華樓事（集作花樓會）不同西來雙燕信休通仙人掌冷三霄露玉女窻虛午（集作五）夜風翠袖自隨廻雪駐（集作轉）獨房尋類外庭空慇懃莫使清香透牢合金魚鏁桂叢

二

迢遰清（一作春）門有幾關柳稍樓閣見南山明珠可貫須爲珮白壁堪裁且作環子夜休歌團扇掩新正未破剪刀閑猨啼鶴望（集作怨）終年事未抵爐香（集作熏爐）一夕間

奉和祕監從翁夏日陝州河亭晚望　姚鵠（見集本）

洪河何處望一境在孤煙極野如藍日長波似鏡年捲簾花影裏倚檻鶴巢邊霞焰侵旌旆灘聲雜管絃鍾徵來疊岫帆遠落遥天過客多相指應疑會水仙

和陝州叅軍李遹微首夏書懷呈同寮張裳段群二先輩　前人（見集本）

公門何事更相牽邵伯憂賢任養閑蒲院落花從覆地半簷初日未開關尋仙鄭谷煙霞遠避暑何亭樹石間獨爲高懷誰繼和掾曹同處桂同攀

和工部楊尚書重送約句　前人

桂枝攀得獻庭闈何似空懷楚客（集作搞）歸控翮（集作好控）扶搖早廻首人人思看大鵬飛

和李中丞醉中期王徵君月夜同遊滻水舊居　項斯

醉後情俱遠難忘素滻間照花深處月當户舊時山事想同清話歡期一破顔風流還愛竹此夜尚思閑

酬從叔聽夜泉見寄　前人

夢罷更開户寒泉聲隔雲共誰尋最遠獨自坐偏聞巖際和風滴溪中泛月分豈知當此夜流念到江濆

陪崔璞侍御和崔琠春日有懷　趙嘏

詩家本多感況值廣陵春暖駐含窻日香餘醉袖塵浮名皆有分一笑最關身自此容依託清才两故人

和令狐補闕春日獨游西街　前人

左掖初辭近侍班馬嘶尋得過街閑映鞭枊色微遮水隨一作迎步花枝欲礙山暖泛鳥聲來席上醉從詩句落人間此時失意哀吟客更覺風流不可攀

廣陵答崔琛　前人

棹倚隨家舊院墻枊金梅雪撲簷香朱樓映日重重晚碧水含光灔灔長八斗已聞傳姓字一枝何足計行藏聲名官職應前定且把旌麾一作紅旌入醉鄉

答友人　前人

詩家才子酒家仙遊宦曾依積水邊窻戶動搖三島樹琴樽安穩五湖船羅浮道士分瓊液錦席佳人艷楚蓮今日相逢朗吟罷蒲城砧杵一燈前

答光州王使君　馬戴

信來淮上郡楚岫一作紵入秦雲自顧爲儒者何由答使君駿風蟬乍失阻雨鴈頻聞欲識平生分他時別紀勳

酬太原從事楊郎中見寄集作贈別　前人

君將集作若枉海月珮贈之光我行見知言不淺懷報意非輕又照臨岐思中年未達情河梁人送別秋漢鴈相鳴衰枊搖邊吹寒雲月古城西遊還獻賦應許託平生

酬李景章先輩　前人

平生詩句忝多同不得陪君奉至公金鏑自宜先中鵠鉛刀甘且學雕蟲鶯啼細枊臨關路鷰接飛花遶漢宮九陌芳菲人競賞此時心在別離中

和兵部李崇侍郎勾延茶席　李洞

落葉濺唫身會碁雲雪一作外人海枯搜不盡天在下長新月上分題徧鍾殘布子勻忘機二高客絕意任陶鈞

郊居答客　薛能

傍舍蟲聲蒲殘秋宿雨村遠勞之子騎先顧野人門敗藥盤空蔓彫蕤露暗根相攜語未盡川月照黃昏

酬泗州常中丞塤上日寄贈兼次本韻　前人

魯儒相悟欲成空學盡文章不見功官自掖垣飄海上鎮從隋岸入山中嘗遭火燄瞿曇宅爭得天如老氏弓何意杜陵懷寶客也隨迷路出關東

和范祕書宿省中作　喻坦之

清省宜寒夜仙才稱獨吟鍾來宮轉漏月過閣移陰鶴避燈前靜芸高幄外深想知因此興暫動憶山心

和苑一作范鄭先輩話襄陽遊　李頻

聽說揚帆曲初從峴首還高吟入白浪逢坐出青山古木猿啼爽空汀鶴立閑秋來南去夢幾夜過商關

酬姚覃　前人

不見又相招何曾許寂寥醉眠春草長閑坐夜燈銷泱望思山切身歸轉海遙年年送別處楊枊少長條

九衢春日酬范祕書　前人

九衢行一匝不敢入他門累日非無事通宵得盡言命嗟清世蹇春覺閏冬溫又覆吟佳句何酬國士恩

黔中酬同院常判官　前人

平生同所爲相識偶然遲各著青袍後無歸白社期江流來絶域府地管諸夷聖代都無事從公但賦詩

長安僻居酬人　前人

豈得有詩名徒爲老帝京關中秋氣早雨後夜涼生滄海身終泛青門路已行吟君一句意又見故人情

答韓中丞容不飲酒　前人

老大成名仍足病強聽絲竹亦無歡高情太守容閑坐借與青山盡日看

江南道中酬茅山廣文南陽博士三首　皮日休

寒嵐依約認華陽遥想高人卧草堂半日始齋青餵飯移

時空印白檀香鶴雛入夜歸雲屋乳管逢春落石牀誰道夫君無伴侶不離窗下見羲皇（以下六篇並見松陵集）

二

住在華陽第八天望君惟欲結良緣堂扃洞裏千秋鴈（集作鷰）廚蓋巖根數井（一作斗）泉壇上古松疑度世觀中幽鳥恐成仙不知何事迎新歲烏衲裘中一覺眠

三

五色香煙惹內文（許遠遊燒香煙五色）石飴初熟酒微（集作初）醺將開册竈那妨（集作防）鶴欲筭棊圖却望雲海氣半生當洞見棊氷初坼隔山聞如何世外無交者（許遠遊與王羲之父子爲世外之交）一卧金壇秪有君

依韻和三首（集作奉和次韻）　陸龜蒙

一片輕帆佩（集作背）夕陽望三峰拜七真堂天寒夜漱雲牙淨雪壞（集作壊）晴梳石髮香自拂煙霞安筆格獨開封檢試砂牀莫言洞府能招隱會輾飆輪見玉皇

二

壺中行坐可攜天何况林間息萬緣組綬任垂三品石珮環從落四公泉册臺已運陰陽氣（集作火）碧簡須調（集作雕）次第仙（廣陽集作文王季循在陽中）想得雷平春色動玉（集作五）芝煙草（集作甲）又芊眠

三

良常應不動移文金醴從酸亦自醺（蓬萊公洛廣休以金醴四升待主簿主簿恨其味酸也）桂父舊歌飛絳雪桐孫遺韻倚玄雲春臨柳谷鶯先覺曙醮靈蕪（集作蕪香）鶴共聞珍重雙雙玉條脫盡憑三島寄羊君

酬王駕校書山居忽聞結綬見寄之什　鄭谷

直應歸諫署方肯別山村勤苦常同業孤單共感恩醉披仙鶴氅吟扣野僧門夢見君高趣天涼自灌園

次韻和禮部盧郎中極江上秋夕寓懷　前人

望郎到處覺風生蜀郡留連亞相情亂後江山悲庾信夜來煙月屬袁宏夢歸蘭省寒星動吟向莎州宿鷺（集作鳥）驚未脫白衣頭半白叨陪屬和倍爲榮

寄前（集作前寄）左省張起居一百言尋蒙唱酬見譽過

實却用舊韻重答　前人

臧瘦經多難憂傷集晚年吟高風過樹坐夕夜凉天旅退慙隨衆狐飛怯向前釣朋蓑叟在藥術衲僧傳鬢秃趨榮路腸焦鄙盜泉品徒誠有隔酬唱意何堅寒地殊知感秋燈最不眠從來丼默爾自此倍怡然蘭爲官湏握蒲因學更編豫愁捿落後子美笑無氈杜工部贈鄭廣文詩云科名四十年坐客寒無氈

酧高崇節　羅隱

舊遊雖一夢別緒忽千般敗草湯陵晚衰槐楚寺寒數奇常自愧時薄欲何干猶賴君相勉慇懃貢禹冠

廣陵秋日酬進士臧濆見寄　前人

驛西斜日蒲䆫前獨凭秋䆫集作欄思湫綿集作然數尺斷蓬

慙故國一輪清鏡泣流年已知世事真徒爾縱有心期亦偶然集作焉空媿苟家好兄弟鴈來魚去是因緣

秋日汴州集作河客舍有酬二字集作酬友人　前人

梁宋追遊早歲同偶然爲集作遠別事皆空年如流水催何急道似危途動即窮醉舞且欣連夜月往喚還聚一集作上樓風煩君更枉騷人句白鳳靈蛇蒲篋集作袖中

縣齋秋晚酬友人朱瓚見寄　前人見集本

中秋節後捧瓊瑰坐讀行吟數月來只歎雕龍方擅價不知頳鯉竟空廻千枝白露陶潛栁百尺黄金郭隗臺惆悵報君無玉案水天東望一徘徊

酬丘光庭　前人

正月十一日書札五月十六日到來栁吟秦望咫尺地鯉魚何處閑徘徊故人情意未疎索次第序述眉眼開上言二年隔煙水下有數幅真瓊瑰行吟坐讀口不倦漾泉激射琅玕摧壁池蘭蕙日已老村酒蘸甲時幾盃鶴齡鴻筭一作浙不復見雨後蓑笠空莓苔自從黄寇擾中土人心波蕩猶未廻道般合眼拜九列張濬棹舌升三台朝廷濟濟白撲序寧將對靣容姦回禍生有基妖有漸羣華西幸蒙塵埃三川梗塞兩河闗大明宫殿生蒿萊懦夫早歲不量力策蹇仰北高崔嵬千門萬户甯鏁寄良匠不肯雕散材君今得意尚如此况我麋鹿悠悠哉榮衰貴賤日所覩莫嫌頭白黄金臺

文苑英華卷第二百四十六

文苑英華卷第二百四十七　詩九十七

寄贈一

贈張纘　梁簡文帝

儀表咸推挹墻仞難窺踐既富垂帷學復折波濤辯綺思睃霞飛清文煥飈轉朱旗赫容與雕棨紛曄煜波搖白鱧舟風動蒼鳫（類聚作鷹）舳九疑勢參差江天相蔽虧三春澧浦葉九月洞庭枝洞庭枝梟娜澧浦葉參差芬芳與榣落俱應相別離

貽袁常侍　江淹

昔我別楚水秋月麗秋天今君客吳坂春日媚春泉幽冀生碧草沅湘含翠烟鑠鑠霞上景憎憎雲外山淡江竟何望（一作亭）留滯空採蓮

贈沈左衛　范雲

伊昔霑嘉惠出入承明宮遊息萬年下經過九龍中越鳥惛北樹胡馬畏南風願言反（類聚作友）漁蓧（他苗切，蓧也）津梁肯見通

贈周散騎興嗣三首　吳均

子雲好飲酒家在成都縣製賦已百篇彈琴復千轉敬通不富豪相如本貧賤共作失職人包山一相見

二

孺子賤而貧且非席上珍唯安萊蕪甑蒸慕林宗巾百年逢繾綣千里遇慇懃願持江南蕙以贈生芻人

三

吾賢當路者聲名振華夏朱輪玳瑁牛紫鞚連錢馬朝花舞風去夜月窺窻下想君貴易朋居然應見捨（集本有此長韻一首）

（與前詩間有同處今全錄于此孺子貧而賤且非席上珍唯安萊蕪甑蒸慕林宗巾百年逢繾綣千里遇慇懃願持江南蕙以贈生芻人思君欲何言中心亂如霧決下非一端愁來誰有數子為馮敬通不成汲長孺千里無關梁安得王喬舄與君初相知不言異一宿意欲褰衣裳陰雲亂人目之子伏高卧伊尋空杼軸無由度淇水見此濟濟竹可然異公子終自不敢言青松蔽南隴白雲生北園沉憂無人語默念空憑軒安得空持刻以報相知恩）

贈任黃門二首

相如體英彥左右生容𤾩已紆漢帝組復解梁王衣經過雲母扇出入千門扉連洲茂杜若（類聚作芳杜）長山鬱翠微欲言終未敢默然獨依依

二

紛吾少馳騁自來之乏（疑作乏）名德白玉鏤衢轂黃金馬腦勒

射鵰靈丘下驅馬（一作虜）鴈門北慇懃盡日華留連窮景黒歲暮竟無成憂來坐默默

贈王桂陽　前人

松生數寸時遂爲草所没未見籠雲心誰知負霜骨弱幹可摧殘纖莖易凌忽何當數千尺爲君覆明月

遥贈周丞　前人

巨石亂天涯雜樹鬱參差伯魯留蜀郡長房還葛陂練練波中月亭亭雲上枝高岑蔽人者無處得相知

贈柳秘書　前人

蘼蕪與丹桂奇心復奇骨已蔽蒼龍門又影鳳凰闕紫雲依夜來清風扶晩發鴛鴦若上天寄聲謝明月

文苑英華　二百四十七卷　三　詩

贈柳貞陽　前人

王孫清且貴築室（疑）芙蓉池羅生君子樹雜種女貞枝南窻帖雲母北户映琉璃銜書轆轤鳳坐水玉盤璃朝衣茱萸錦夜覆葡萄卮聮翩驂赤兔窈窕駕青驪龍泉甚鳴利如何獨不知

贈朱從事　前人

我行欲何之千里尋膠漆長葭歷渚生蝀蒲緣岸出裊裊能隨風離離堪度日客思已飄蕩相思復非一未得幸慇懃先作數行泣

日夕望江贈魚司馬　何遜

湓城帶湓水湓水縈如帶日夕望高樓（一作城）耿耿青雲外城中多宴賞絲竹常繁會（疑）聲已流悅絃聲復淒切歌黛慘如愁舞腰疑欲絶仲秋黄（疑）葉下長風正騷屑早鴈出雲歸故鷰辭檐别晝悲在異鄉夜夢還洛汭洛汭何悠悠起望登西樓的的帆向浦團團日隱洲誰能一羽化輕舉逐飛浮

贈顧倉曹　王僧孺

雒陽十二門樓闕似西崑睃睃罘罳下相望隔晝垣晝垣何阿閣棲鳳復棲鴛（一作阿閣棲鳳鴛）五曹均趨奏六尚等便煩朝爐何馥馥夜錦有餘温日中驅上駟驤首遍京宛晨趨魏公子夕宿韓王孫宿昔今何在平生棄不論譬如卷葹草心謝葉空存誰傷（類聚作復）三承聽獨念九飛寃

文苑英華　二百四十七卷　四　詩

贈吴均三首　柳惲（見藝文類聚）

寒雲晦滄洲奔潮溢南浦相思白露亭永望秋風渚心知别路長不謂若燕楚關候日遼絶如何（一作何因）附行旅願作野飛鳥飄然自輕舉

二

遠遊濟伊洛秣馬度清漳邯鄲饒美女艷色含春芳鼓瑟未成曲踏屣（類聚作跕屣）復翱翔我本遊客子情愛在淮陽新知誰不樂念舊苦人腸

三

夕宿飛狐（疑作孤）關晨登磧礫坂□爲戎馬倦思逐征旗遠邊城秋霰來寒鄉春風晩始信□雪輕漸覺寒雲卷徭役

命所當念予加飡飯

贈王僧辯　朱超

故人惣連率方舟下漢池王節交横映金鐃前後吹聚圖匡漢業傾産救韓危昔時明月夜蔭羽切高枝冲天勢已遠控地力先疲各言獻捷後幾處泣生離

歸沐呈任中丞昉（時爲著作郎）　劉孝綽

步出金華省還望承明廬壯哉宛洛地佳麗實皇居虹蜺拖飛閣蘭芷覆清渠圓淵倒荷芰方鏡寫簪裾白雲夏峰盡青槐秋葉踈自我從人爵蟾兔屢盈虛殺青徒已汗司舉未云書文昌愧通籍臨卭幸第如夫君多敬愛蟠木濫吹嘘時時釋簿領騶駕入吾廬自唑誠嘯硤無以儷璠璵

但願長閑暇酌醴薦焚（類聚作焚枯魚）

古意送沈宏（已見二百五卷）　前人

江津寄劉之遴　前人

與子如黄鵠將别先徘徊經過一柱觀出入三休臺（集作靈臺）共擒雲氣藻同舉霞文盃流人每曉逝（集作遊）禁門恒曉開欲寄一言别高駕何由來

以詩代書别後寄贈　陸倕

余本水鄉士閉門江海隅時逢世道泰蹇足步高衢名成官雖立效功日漸踈（一作劾微功日踈）入仕乘肥馬出守擁高車關門遊昔吏遷亭有故書江泒資賢牧宗英出建旟不勞王布皷無頼露田車弼政非責實求名已課虛長卿病猶在脩齡疾未袪詎知亭長肉寧挂府丞魚不能未能止内訟慙諸已僶俛從王事纜舟出淮涘朋故遠追尋暄宿清江陰明旦一分手飜飛各異林歸舟隨岸曲猶聞歌棹音行者日迢遠誰見别離心夕次列洲岸明登慈姥岑水流多廻復余歸良未尋江關寒事早夜露傷秋草心縷姑蘇臺目送邯鄲道葭蒼日蒼蒼親知慎早凉劉兄消渴病休攝戒無良般弟癲眩疾行止避風霜劉侯有餘冷宜餌陵虀方伏子多風咳門冬幸易將率更愛雅體體弱思自強吏曹勉王潤諷議勗金相比部多暇日奚用肆龍章建德何爲者無隋（疑）無人鄉記室朋從暇露蝎附行商議曹坐朝罷尺板嗣微（疑）芳雙棲成獨宿俱飛忽異翔眷言思覲

友沉思結中腸追惟疇昔時朝府多歡暇薄暮塵埃静飛蓋遥相迓李郭或同舟潘夏時方駕娛談終美景數文求清夜促膝豈異人戚戚皆朋婭今日一乖離灌然心事差山川望猶近便似隔天涯王躬子加護昭質余未虧八行思息勉一禮望來儀

贈吳筠　蕭子雲

欲知健少年本年最輕黠緑沉弓項縱紫艾刀横捘誰持命要寵寄知敵可殺有功終不言明君自應察

還東田宅贈朋離　朱异

應生背芒説石子河阿（一作陽）文雖有遨遊羨終非沮溺群日余今卜築兼以隔囂紛池入東陂水窻引北巖雲槿離

(疑作雜)集田鷺茅簷帶野氛原隰何邐迤山澤共氛氲蒼蒼松樹合耿耿樵路分朝興候崖曉暮坐極林曛憑高眺虹蜺臨下瞰耕耘豈直娛衰暮坐極林曛憑(此句與上同疑有誤)懷勞猶未弭獨有望夫君

贈陰涼洲　荀濟

副尉西域返伏波南海還坎壈多難構欝快少騰遷孰云功未立寧是契不全直爲逢迎寡良由聽受偏若人本高絕芬馥蘭荃驅車趨折坂匡坐酌貪泉洗憤(一作潰)豈虛唱席皮良信欻群醉嫉孤醒衆嗤恐獨妍龍旗翻委欝鵠軸更廻邅鵾勢終橫海鵬力會冲天昔余遇知己一面深千祀紆人重結襪辱德逾過市詩酒悅風雲琴歌賞桃李

淹留漢水曲契闊渝川涘結綬唯貢公推名實鮑子徙然懷伏劍終無報國士高懷不可忘劍意何能已已作金蘭契何言雲兩別咄嗟改容鬢俄頃彌年歲海曲窮地表江源瀨天際雲泥已殊路暄涼詎同節柳絮亟如絲梅花屢成雪月落桂陰遠風起萱條結鶴舞想低昂鵾絃夢清切聞君戍靈關瓜時猶未還數氿明月沼頻遊尚(一作當)日灣金碧應髣髴輪鏡幾登攀復承西歸後將兵出湖口經過道路長往來日月久玉體何容歌金槳故應有陽臺可譏私章華堪置酒既彈趙人瑟復擊秦人缶缶瑟多奇調秦趙饒姝妙得意在雙眸傾城猶一笑伯喈恩實早十柱夭終火歿等戚姬傷存同魏車照右子篤久要宿昔盛賓僚

依依集鱗羽眷眷共枝條一朝限岐路萬里異波潮容儀雖渺渺夢想尚昭昭新人不相識故人詎相憶杳杳間山川迢迢阻意(疑作音)息各附青雲遠詎假排虛力風月接歡宴酒醴承顏色安知暮儕者潺潺涕沾軾僕本不平人悲愁百亦頻年來空自老歲去不知春未能全體命於中欲問津五噫如適越十上似遊秦肌膚積雲露齒力倦風塵鳥衰日日故白髮朝朝新人生感意氣相知無富貴懷趙寶燕頗思燕唯樂毅傳選咆咻士廣慕嫖姚尉映月比刀環瞻星看劍氣郢路一超遠長揪幾歔欷渤澥水尚寬崦嵫日猶未夬夫志四海兒女多辭費待余濟濁河從君宿清渭

贈司寇淮南公　庾信

危邦久亂德天策始乘機九河聞誓衆千里見連旂虎亡垂棘返齊平寶鼎歸久弊風塵俗殊勞關塞衣絆驥還千里垂鵬更九飛猶憐馬齒進應念節旄稀廻軒入故里園柳始依依舊竹侵行(一作何)徑新桐益幾圍寒谷梨應重秋林栗更肥美酒還參聖雕文本入微促歌迎趙瑟遊絃召楚妃小人司刺舉明鼓賞濫推南部治都尉軍謀假建威擁絳節交戟映彤闈遂令忘楚操何但食周薇三十六水變四十九條非冊竈風煙歇年齡蒲柳衰同僚敢不盡曠日懼難追

貽孔中丞奐　江惣

我行五嶺表辭鄉(初學記作卿)二十年聞鶯欲動詠披霧即依然疇昔同寮寀亟(初學記作今)隨年代改借問藏書處唯君故人在故人名宦高霜簡肅權豪誰知懷九歎徒然泣二毛步出東郊望心游江海上寓物便今古何爲不惆悵初晴原野開宿雨潤條枚叢花曜後發一鳥霧中來淹留蘭蕙苑吟嘯芳菲晚忘懷靜躁間自覺風塵遠白社聊可依青山午採薇鍾茅乃得性語默豈同歸　鍾芧(集作鍾芋)

遇長安使寄裴尚書　前人

傳聞合浦葉遠向洛陽飛北風尚嘶馬南冠獨不歸去人目徒送離琴手自揮征蓬失處所春草屢芳菲太息關山

月風塵客子衣　去人(集作去雲)

贈賀左丞蕭舍人　前人

輶軒通八表旌節驚三秦聽歌循敏對繼好佇行人賀生思沉鬱蕭弟學紛綸共有筆端譽皆爲席上珎離群徒悄悄征旅日駪駪黃河分太史一曲悲千里海內平生親中朝流寓士痛哉憫棨祚於焉三十杞鍾儀縶不歸戚憲悲何已隴頭心斷絕爾爲黍生死廻首望長安猶如蜀道難函關分地軸華嶽接天壇行擅方境逝去棹艤江干蘆花霜外白楓葉水前冊翔鷗方怯(一作怯下)凍落鴈不勝彈輝輝戚王道時務嬰疲老九流倦耳目千(一作十)年變懷抱何以孰岐路淒然綴辭藻江南有桂枝塞北無萱草斗酒未爲別毎堂深自保　境逝(集作近)　落鴈(集作洛鴈)　千年變(集作千變年)

文苑英華卷第二百四十七　終

文苑英華卷第二百四十八　詩九十八

寄贈二

盧思道二首　楊素十七首
王胄二首　虞世基一首
陳子良一首　孫萬壽一首
陳政一首　王績二首
郭元振一首　蘇味道二首

贈劉儀同西聘　盧思道

關中昔柔遠賓越盡招携豈若馳天一作天王使玉節撫遺黎五詞擬作祠臨渭北雙嶺帶崤西故關看金馬餘壇聽寶雞垂絲被柳陌落錦覆桃蹊分袂俄易悵離思實一作忽難齎

極野雲峯合遥嶂日輪低塵暗前旌沒風長後騎嘶灞陵行可望函谷乆無泥湏君勞旋罷春草共萋萋

贈李若　前人

初發清漳浦春草正萋萋今留素滻曲夏木已成蹊塵起星橋外日落寶壇西庭空野煙合巢深夕羽迷短歌雖製素長吟當執珪寄語當窻婦非關惜馬蹄

贈薛播州十四首　楊素

在昔天地閉品物屬屯蒙和平替王道哀怨結人風麟傷世已季龍戰道將窮亂海飛群水一作亂流飛海若貫日引長虹干戈異華命揖讓非至公

二

兩河定寶鼎八水域神州函關絕無路京洛化爲丘漳滏連爾沼涇渭余别流生郊滿戎馬涉路起風牛班荆疑莫遇贈縞竟無由

三

玉帛連珠聚千載濁河清金亡潛虎質鬭盡自蛙聲聖期俟旦暮天禄啓炎精霧生三日重星飛五老輕禋宗荅上帝改物創群生

四

道昏雖已朗政故猶未新刳舟泛水濟一作水際淇結網大川濵出遊迎釣叟入夢訪幽人栝林雖各樹開榮豈異春相逢一時泰共幸百年身

五

有帛貢丘園生芻自幽谷塵芳金馬路瀾清鳳池澳零露既垂光清風復流穆傾蓋如舊知彈冠豈新沐利心金各斷芬言蘭共馥

六

自余歷端揆緝熙忝時彥及爾陪帷幄出納先天聽高調發清音縟藻流餘絢或如彼金玉歲暮無凋變余松待爾心爾筠留我箭

七

荏苒積歲時契闊同遊處閶闔既趨朝承明還宴語上林陪羽獵甘泉待清暑迎風含暑氣飛雨凄寒序相顧惜光

陰留情共延佇

八

滔滔彼江漢實爲南國紀作牧求明德君人應斯美高卧未褰帷飛聲已千里遥望白雲天日暮秋風起峴山君儻遊淚落應無已

九

漢陰政已成嶺表人猶蠹借寇比方新還珠惣如故楚人結去思越俗歌來暮陽烏尚歸飛別鶴還迴顧君見南枝巢應思北風路

十

北風吹故林秋聲不可聽鴈飛窮海寒鶴唳霜皐淨含毫

心未傳聞音路猶夐唯有孤城月徘徊獨臨映弔影余自憐安知我疲病

十一

養病願歸閑居榮在知足棲遲茂陵下優游滄海曲古人情可見今人（一作我）遵路（一作故）躅荒居接野窮心物俱非俗桂樹方叢生山幽竟何欲

十二

所欲棲一枝禀分豐（晨）諸已園樹避鳴蟬山梁遇時雉野陰冒叢灌幽氣含蘭芷悲哉暮秋別（一作晨霞既悲哉）春（一作暮）草復萋矣鳴琴乆不聞羈鶴聽空流水

十三

秋水魚遊日春樹鳥鳴時濠梁莫共往幽谷有相思千里悲無駕一見杳難期山河散瓊蘂庭樹下丹滋物華不相待遲暮有餘悲

十四

銜悲向南浦寒色黯沉沉風起洞庭險煙生雲夢深獨飛時慕侶寡和乍孤音木落悲時暮時暮感離心離心多苦調詎假雍門琴

贈薛内史　前人

耿耿不能寐京洛乆離群横琴還獨坐停盃遂待君待君春草歇獨坐秋風發朝朝唯落花夜夜空明月明月徒流光落花空自芳別離望南浦相思在漢陽漢陽隔隴岑南

浦達桂林山川雖未遠無由得寄音

山齋獨坐贈薛内史二首　前人

居山四望阻風雲竟朝夕深溪横古樹空巖卧幽石日出遠（一作孤）岫明鳥散空林寂蘭庭動幽氣竹室生虛白落花入戶飛細草當階積桂酒徒盈罇故人不在席薄暮山之幽臨風望羽客

二

巖壑清瀲景景清巖壑深白雲飛暮色綠水激清音澗戶散餘彩山窻凝宿陰花草共榮映樹石相陵臨獨坐對陳榻無客有鳴琴寂寂幽山裏誰知無悶心

爲寒林婦贈夫歸　王胄

月淨閨偏冷更深夜轉長霜紈猶掩扇霧縠未飄香解帶
愁連理引被媿鴛鴦誰能未相識還爲守空牀
言反江陽寓目灞涘贈易州陸司馬　前人
遊人賣藥罷徐步反江干行吟(一作凝眸)灞陵岸廻首望長安
晨華照城闕參差復鬱盤千門含日麗萬雉映霞冊雲開
承露掌吹動相風竿遊童輕薄少鮮服鵕鸃冠花開傅粉
晏塵起副車韓屢投雙飛劍曾操兩色丸桂玉要遊女彈
珠落矯翰信美非吾樂何事久盤桓欲勒(一作動)南征(一作登)
詠還謡北上難眷言思故友德(疑)遠路漫漫燕匿望楚服
天際與雲端棹發吳濤上荆歌易水寒十年阻風月萬里
別金蘭心期竟何許懷抱日摧殘容華冉冉謝衣帶朝朝

寬盛寵寧延壽劉琨自少歡宿昔均取捨同波豈異瀾贈
言不盡意擲筆起長嘆

秋日贈王中舍　盧世基

秦闕望吳苑渭涘去江濆天漢星躔絶山川地角分百年
變朝市千里異風雲雙鴛難可贈別鶴不相聞忽值從遊
士玳簪光素襪歡言悅鄭郊雪泣悲燕市契闊論談笑慇
懃訪生死思君在一方無由同四美尺素乃云披投瓊慰
九離雲開縟錦散霞照緑楊(一作緹)披相思歎河廣相望阻
天垂贈言芳杜若握手(一作以)代萱枝伊昔風期早金蘭信
爲寶去來金馬門留連鬬鷄道鷲嶺訪三禪商山追四皓
勝地俱遊息披文遁論討虛薄忝官聯喬木遂同遷濯纓
升傅望闊(一作飛)步入崇賢高軒照流水長劍聳秋蓮南風
忽不競東海遂成田喧喧俠斜路隱隱平陵樹鳳闕愛(疑)
西臨星橋耿南注五方多異俗四海皆行路士衡嗟苦辛
德璉傷流寓華洛重行行寓目盡傷情太行臨北絳函谷
拒西京雀書圖久滅龍文冑遂輕凌雲餘構盡濛汜曲池
傾(一作平)徘徊殊未極惆悵空雲纓伊川忽會面留連展言
宴東西一背飛翻然成異縣哀哉人道促痛矣嗟埋玉徐
生顧影琴裴子飄風燭摧(疑作催)茲激水意頓此浮雲足棄
置忽(疑作勿)重陳難終唯此曲漢陽趙元淑(後漢趙一字元叔漢陽人今作淑恐非)
薛縣雍門周清文寧解鬢姒曲反增愁翳翳神逾伏
懍懍歲方遒雙崤飛暗雨八水凍寒流蘭枯芳草歇槐古

憶前秋江干不可望徒此歎離憂

讃德上越國公楊素　陳子良

君侯稱上宰命世挺才英本超騏驥足復蘊風雲情擴藻
摛錦綺育德潤璉瑚已踵四知舉非無三傑名濟世同舟
檝匡政本阿衡雍容入青瑣肅穆侍丹楹桂宮擅鳴珮槐
路獨飛纓高門羅虎戟綺閣麗彫甍金罇酌湛湛歌扇掩
盈盈匈奴軼燕薊烽火照幽并天子命薄伐受脤事專征
七德播雄畧十萬騁行兵鴈行蔽虜甸魚貫出長城交河
方飲馬瀚海盛揚旌按劍倚天外象犀耀日精(彎)弧穿伏
石揮戈斬大鯨皷鼙朝作氣刁斗夜使鳴六郡多壯士三
邊豈足平嶺雲朝合陣山月夜臨營胡塵暗馬色芳樹動

笳聲關雲未盡散塞霧常自生川長蔓草綠峰迥雜花明
小人愧王氏雕文慙馬卿濫此叨書記何以謝過榮高山
徒仰止終是恨才輕

遠戍江南寄京邑親友　孫萬壽

賈誼長沙國屈原（隋書本傳作平）湘水濱江（一作東）南瘴癘地從來
多逐臣粤余非巧宦少小（一作少衆）拙謀身欲飛無假翼思鳴
不值晨誰言（隋書作如何）載筆士翻作負戈人飄颻如木偶棄
置同芻狗失路乃西浮非狂亦東走晚歲出函關方春度
京口石城臨虎據天津望牛斗牛斗盛妖氛梟獍已成群
郗超初入幕王粲始從軍裹糧楚山際被甲吳江濆吳江
亦浩蕩楚山何糾紛驚波上濺日喬木下臨雲繫越恒資

辯喻蜀檄飛文魯連唯救患唐彬不競勤（晉書唐彬知孫皓將至遜辭以示不競今隋書作吾彥不爭勳按吾彥乃降將本傳無不爭功事未詳）羇遊歲月久歸思常
搔首非關不樹萱豈爲無杯酒數載辭鄉縣三秋別親友
壯志後風雲衰鬢先蒲柳心緒亂如絲空懷疇昔時昔時
遊帝里弱歲逢知己旅食南館中飛蓋西園裏河間本好
書東平唯愛士英辯接天人歡娛承帝子（隋書作清言洞名理）鳳池
時寓直麟閣嘗遊止勝地盛賓僚麗景相攜招舟泛昆明
水騎指渭津橋祓除臨灞岸供帳出東郊宜城醖始熟陽
翟曲新調遶樹烏啼夜雊麥雉飛朝細塵梁下落長袖掌
中嬌咎連三雅至（隋書作懽娛三樂至）懷抱百憂銷夢想獨非（隋書作猶）
如昨尋思久寂寥一朝牽世網萬里逐波潮迴輪常自轉

懸旅不堪搔山川想（隋書作登高視）襟帶鄉關白雲外迴首望孤
城愁人益不平華亭宵鶴唳函（隋書作幽）谷早鸎鳴斷絕心難
續惝怳魂屢驚群紀通家契（隋書作好）鄒魯故鄉情儻（隋書作若）值
南飛鴈時希（隋書作能）訪死生

贈竇蔡二記室入蜀　陳政

崑山積良寶大廈構衆材馬卿委官去鄒子背淮來風流
信多美朝夕豫平臺逸翮獨不群清才復遒上六輔昔雄
名二江今振響（漢書嚮響通用）英華雖外發磨琢終內朗四海奮
羽儀清風久播馳沉鬱材難厠青山翻易阻迴首望煙霞
誰知慕儔侶飄然不繫舟爲情自可求若奉西園夜浩想
北園愁無因逐萍藻從爾泛清流

贈梁公　王績

我欲圖世樂斯樂難可常位大招讒嫌祿極生禍殃聖莫
若周公忠豈踰霍光成王已興誚宣帝如負芒（一作恒如芒）范
蠡何智哉單舟戒輕裝疎廣豈不懷策杖還故鄉朱門雖
足悅赤族亦可傷履霜成堅冰知足勝不祥我今窮家子
自言此見長功成皆能退自古（集作在昔）誰滅亡

薛記室收過莊見尋率題古意以贈　前人

伊昔逢（集作遭）喪亂歷數適（集作鬪）當餘豺狼塞衢路桑梓成
丘墟吾（集作余）及爾皆亡東西各異居爾爲背風鳥（集背作培）我
爲涸轍魚逮承雲雷後欣逢天地初東川（集作州）聊下釣南
畝試揮鋤資稅幸不及伏臘常有儲散誕時須酒蕭條懶

向書朽木不可雕短翮將焉攄故人有深契過我蓬蒿廬
曳裾(集作履)出門迎握手登前除相看非舊顏(一作顏忽若非)對接
(集作忽若)形骸疎追道(集作悼)宿昔事切切心相於憶我少年時
携手遊東渠梅李夾兩岸花枝何扶疎同志亦不多西莊
有姚徐嘗愛陶淵明酌醴焚枯魚嘗學公孫弘策杖牧群
豬追念甫如昨奄忽成空虛人生詎能幾歲歲(集作蹇迫)常不
舒賴有北山僧教我以真如使我視聽遺自覺塵累祛何
事須筌蹄今已得兔魚舊遊儻多暇同此釋紛拏

寄劉校書　郭元振

俗吏三年何足論每將榮辱在朝昏才微易向風塵老身
賤難酬知己恩御苑殘鶯啼落日黃山(黃山功名也一作荒非)細雨

濕歸軒迴望漢家丞相府昨來誰得掃重門

贈封御史入臺　蘇味道

故事推三獨茲辰對兩闈夕鵶共鳴舞屈草接芳菲盛府
題青桑殊章動綉衣風連臺閣起霜就簡書飛凜凜當朝
色行行滿路威唯當擊隼去復覩落鴻(集作路鴻)歸

在廣州聞崔馬二御史並拜臺郎　前人

振鷺齊飛日遷鶯遠(集作達)聽聞明光共待漏清覽各披雲
喜得廊廟舉嗟為臺閣分故林懷柏悅新握(集作幄)阻蘭薰
冠去神羊影車連瑞雉群遠從南斗外遙仰列星文

文苑英華卷第一百四十八

文苑英華卷第二百四十九　詩九十九

寄贈三

盧照鄰六首　駱賓王三首
杜淹一首　陳子昂五首
喬知之一首　李嶠三首
李乂二首　崔湜一首
杜審言三首　宋之問一首
李適一首　徐彥伯二首

贈益府羣官　盧照鄰

一鳥自北燕飛來向西蜀單棲劒門上獨舞岷山足昂藏
多古貌哀怨有新曲羣鳳從之遊問之何所欲答言寒鄉

子飄飄萬餘里不息惡木枝不飲盜泉水常思稻粱遇願
棲梧桐樹智者不我邀愚夫余不顧所以成獨坐耿耿歲
云暮日夕苦風霜思歸赴洛陽羽翮毛衣短關山道路長
明月留客思白雲迷故鄉誰能借風便一舉凌蒼蒼

山行寄劉李二參軍　前人

萬里煙塵客三春桃李時事去紛無限愁來不自持狂歌
欲道(一作歎)鳳失路反占龜草礙人行緩花繁鳥度遲彼美
參卿事留連求友詩安知倦遊子兩鬢漸如絲

贈益府裴錄事　前人

忽忽歲云暮相望限風煙長歌欲對酒危坐遂停絃停絃
變霜露對酒懷朋故朝看桂蟾晚夜聞鴻鴈度鴻度何時

還桂晚不同攀浮雲映丹壑明月蒲青山青山雲路深丹
壑月華臨耿耿離憂積空令星鬢一作鬓侵

首春貽京邑文士　前人

寂寂罷將迎門無車馬聲橫琴答山水披卷閱公卿忽聞
歲云晏倚杖出簷楹寒辭楊柳陌春滿一作別鳳凰城梅花
扶院吐蘭葉逕皆生覽鏡改容色藏書留姓名時來不假
問生死任交情

于時春也慨然有江湖之思寄贈柳九隴　前人

提琴一萬里負書三十年晨攀偃蹇樹暮宿清泠泉翔禽
鳴我側旅獸過我前無人且無事獨酌還獨眠遥聞彭澤
宰高弄武城絃形骸寄文墨意氣託神仙我有壺中要題

爲物外篇將以貽好道道遠莫致旃相思勞日夜相望阻
風煙坐惜春華晚徒令客思懸水去東南地氣凝西北天
關山悲蜀道花鳥憶秦川天子何時問公卿本亦憐自哀
還自樂歸藪復歸田海屋銀爲柱雲車電作鞭儻遇鸞將
鶴誰論貂與蟬萊洲頻度淺桃實幾成圓寄言飛鳧舄歲
晏同聯翩

至望喜矚目言懷貽劒外知己　前人

聖圖夷九折神化掩三分緘愁赴蜀道題拙奉虞薰隱轔
度深谷遥裔上高雲碧流遞縈疑作縈注青山互糾紛澗松
咽風緒巖花濯露文思北常依馭圖南每喪羣無由召宣
室何以答吾君

在江南贈宋五之問　駱賓王

并絡雙源濬潯陽集作陽侯九派長輪波集作淪波通地穴委輸下
歸塘別島籠朝蜃連洲擁夕陽集作漲蘊珠澄集作成積潤讓
璧動浮光浮光凝析木一作折木積潤疎圓沚王輪涵地開釰
閣一作匝連星起風煙標迥秀英靈信多美懷德踐遺芳端
操慙謀已謀已繆觀光牽跡強棲遑揆拙迷三省勞生暗
集作昧兩忘彈隨一作冠空被笑獻楚自多傷一朝殊語默千
里異一作易集作暴炎涼炎涼幾遷貿水一作川陸疲臻湊積水架
吳濤連山橫地岫風月雖殊昔星河猶是舊姑蘇望南浦
邯鄲通北走北走平生親南浦別離津瀟湘一超忽洞庭
多苦辛秋江無綠芷寒汀有白蘋采采集作之將何遺故人

漳水濱漳濱已遼遠江潭未旋返爲聽短歌行當憶集作想
長洲苑露金薰菊岸風飆搖蘭坂蟬鳴稻葉秋鴈起蘆花
晚秋天集作晚秋雲日明亭皋風露清獨負平生氣重集作空牽
搖落情占星非聚德夢月詎懸名寂寥傷楚奏悽斷泣秦
聲秦聲懷舊里楚奏悲無已郢路少知音叢臺富奇士溫
輝凌愛日壯氣驚寒水一顧重風雲三冬足文史文史盛
紛綸京洛多風塵猶輕一作由來五車富未重一囊貧李仙非
集作悲易託蘇鬼曲集作尚難因不惜勞歌盡誰爲聽陽春

在軍中贈先還知己　前人

蓬轉俱行役瓜時獨未還魂迷金闕路望斷玉門關獻凱
多慙霍論封幾謝班風塵催白首歲月損紅顏落鴈低秋

寒驚危起暝濤胡霜如劍鍔漢月似刀鐶別有（集作後）邊亭
樹相思餞度攀

早秋出塞寄東臺詳正學士

促駕踰三水長驅望五原天階（集作衢）分斗極地理接樓煩
漢月明關隴戎（集作胡）雲聚塞垣山川殊物候風壤異涼暄
（集作溫）戍古秋塵合沙寒宿霧繁昔余迷學步投跡忝詞源
蘭渚浮延閣蓬山款禁園彯纓陪綅冕載筆偶璵璠汲冢
寧詳蠹秦牢詎辯冤一朝從匪（集作篚）服千里騖輕軒鄉夢
隨魂斷邊聲入聽喧南圖終鎩（集作鍛）翮北上遽摧轅弔影
慙連茹浮生倦觸藩數奇何以託桃李自無言

寄贈齊公　杜淹

冠蓋遊梁日詩書同志年佩蘭長坂上攀桂小山前結交
淡若水履道直如弦此觀終未極於茲獨播遷頳衣登蜀
道白首別秦川決隨湍水逝心逐曉旌懸去去逾千里悠
悠隔九天郊野間長薄城闕隱凝煙關門共月對山路與
雲連此時寸心裏難用尺書傳

入東陽峽與李明府船前後不相及　陳子昂

東巖初解纜南浦遂離群出沒同洲島棲泊異汀濆風湮
猶可望歌笑浩難聞路轉青山合峯迴白日曛奔濤上漫
漫積浪（集作水）下沄沄倏忽猶疑及差池復兩分離離開（集作
間）遠樹藹藹沒遙氛地入巴陵道星連牛斗文孤狖啼寒
月哀鴻叫斷雲仙舟不可見搖（集作遙）思坐氛氳

贈嚴倉曹乞推命錄　前人

少學縱橫術遊楚復遊燕棲遑長委命富貴未知天聞道
沉冥客青囊有秘編（集作篇）九宮探萬象三算極重玄願奉
唐生訣將知躍馬年非同墨翟問空滯殺（集作至）龍川

度峽口山贈喬補闕知之王二無競　前人

峽口大漢南橫絕界中國叢石相（集作何）紛糾赤山復翕赩
遠望多衆容逼之無異色摧（集作崔）萃乍孤斷逶迤屢回直
信關胡馬衝亦距漢邊塞豈依（集作伊）山河險將順休明德
物壯誠有衰勢高（集作雄）良易極邐迤忽而盡泱漭平不息
之子黃金軀如何北（集作此）荒域雲臺盛多士待君丹墀側

贈趙貞固二首　前人

回中烽火入塞上追兵起此時邊朔寒登隴思君子東顧
望漢京南山雲霧裏

二

赤螭媚其彩（集作形）婉孌蒼梧泉昔者琅琊子躬耕亦愷（集作
慨）然美人豈遐曠之子乃前賢良辰在何許白日屢頹遷
道心固微密神用無留連舒可彌宇宙攬之不盈拳蓬茅
（集作蒿）乂無沒金石徒精堅良寶委短褐閑琴獨嬋娟

擬古贈陳子昂　喬知之

惸惸孤形影悄悄獨遊心以此從王事常與子同衾別離
三河間征戰二庭深（一作延陰）胡天夜雨露胡鴈晨南翔節物
感離別（一作居）同衾違（一作還）故鄉南歸日將遠北方尚蓬飄

孟秋七月時相送出外郊海風吹凉木邊聲暗(一作響)梢梢
勤役千萬里將臨五十年心事爲誰道抽琴歌坐筵一彈
再三歎賓御涕潺湲送君竟此曲從茲長絶絃
此詩二百六卷重出今已削去注異同爲一作

扈從還洛呈侍從群官　李嶠

四海帝王家兩都周漢室觀風昔來幸御氣今旋蹕雷奮
發六合開天行萬乘出玄冥奉時駕白矩黍戎律後隊咽
節聲前驅嚴罕畢輝光射東井禁令横西秩帳殿别陽秋
旌門臨甲乙將交洛城雨稍遠長安日切鞏雲外來咸秦
霧中失孟冬霜霰下是日農功畢天道向歸餘皇情美陰
隲行在名岳禮逝問高年疾祝烏既開羅調人更張瑟登

源(疑)采謳頌俯谷求才術邑罕懸磬貧山無挂瓢逸歆思
浹寰宇展義該文質德澤盛軒遊哀矜深禹恤中歌地廬
駭獻壽衢樽溢瑞色抱氤氳寒光變蕭颼宗枝旦奭輔侍
從王劉疋並緝皎龍書同眷鳳凰筆陶甄荷吹萬里歸(一作須歸又作發歸)歎明一歡與道路長顧隨談笑容叨應廊廟選謬
忝夔龍弼喜構大廈成慙非隆棟吉

晚景悵然簡二三子　前人

楚客秋悲動梁臺夕望餘梧桐稍下葉山桂欲開花氣引
迎風露光收向晚霞長歌白水曲空對緑池華

田假限疾不獲還莊載想田園兼思親友贈杜幽素

遊宦勞牽網風塵乂化衣迹馳東苑路望阻北巖扉及此
乘休告聊將御遁肥十旬俄委疹(一作疾)三逕且殊歸茂陵
宵難即(一作卬)靈臺暫可依疲痾旅城寺延想屬郊畿夕夢
園林是晨瞻邑里非緑疇良已織清濠曠不追野花何處
落山月幾秋暉彼美符商致(一作政)優遊絶漢機高情物累
遣逸氣煙霞飛樂道方無悶懷賢獨有違樽盧舊園酒琴
靜故人嶶夏沼蓮初發秋田麥稍稀何當携手去歲暮(一作日暮)採芳菲
此詩三百十七卷重出今已削去注異同爲一作

寄胡皓時在南中　李乂(見集本)

倦役苦流滯風波限泝洄江流通地骨山道繞天台有鳥
圖南去無人自北來閑門滄海曲雲霧待君開

招諭有懷贈同行人　前人

遠遊冒艱阻深入勞存諭春去辭國門秋還在(一作往)邊戍
軒車行未返節序催難駐陌上悲轉蓬園中想芳樹蜀山
自紛糾岷水恒奔注臨泛多苦懷登攀寡歡趣求夕飛涇
雨祟朝蒸毒霧不求緩嶺桃寧羨卬鄉蒟白浪行欲靜驂
馬何常驅(唐韻匯遇切刻集者未知此音或改爲駐而不知前已押催難駐誤矣)頩接軺旆
塵聯翩東北騖

襄陽早秋寄岑侍郎　崔湜

江城秋氣早旭旦坐南闈落葉驚衰鬢清霜換旅衣時來
矜早達事往覺前非體道徒推理防身終昧微故人金華
省肅穆秉天機誰念江漢廣蹉跎心事違

贈蘇味道　杜審言

北地寒應苦南庭戍未歸邊聲亂羌笛朔氣卷戎衣雨雪闇山暗風霜草木稀胡兵戰欲盡漢卒尚重圍雲靜妖星落秋深塞馬肥據鞍雄劍動插筆羽書飛輿駕還京邑朋遊蒲帝畿方期來（集作來）獻凱歌舞共春輝

贈崔融　前人

十年俱薄宦萬里各他方雲天斷書札風土異炎涼太息幽蘭紫勞歌奇樹黃日疑懷叔度夜似憶真長北使從江左東歸在洛陽相逢慰疇昔相對敘存亡草深窮巷敗（集作戢）竹盡故園荒雅（集作稚）節君彌固衰顏余自傷人事盈虛改交遊寵辱妨雀羅爭去翟鶴氅競尋王思極歡娛至明

情詎可忘連騎追佳賞城中及路傍琴樽行宴席巖沼卧詞場三川宿雨霽四月晚花芳復此開懸榻寧唯入後堂興酣雒雒舞言洽鳳凰翔高選俄遷職嚴程已餙裝撫躬銜道義攜手戀輝光王振先推美金銘舊所防勿嗟離別易行役共跱康

贈蘇綰書記　前人（見集本）

知君書記本翩翩為許從戎赴朔邊紅粉樓中應計日燕支山下莫經年

入崖口五渡寄李適　宋之問

抱琴聞（一作登集作經）絕壑枕木泝清川路奇（一作極）意調盡勢廻趣轉綿人遠草木秀山深雲景鮮余負海岳情自惜微尚年（一作然）彌曠十餘載今來宛仍全未窺仙源極獨進野人船時攀乳竇懸屢薄天窻眠夜絃響松月朝檝弄苔淵（一作泉）固冥物（一作因冥象）外理永謝區中緣碧潭可遺老丹砂堪學仙莫使馳光暮空令歸鶴憐（一作皆文粹及集本）

答宋十一崖口五渡見贈　李適

聞君訪遠山躋險造幽絕耿然青雲境觀奇彌年月登嶺亦泝溪孤舟事沿越嶂傳彩翠崖磴互欹缺石林上攢聚（一作叢）金澗下明滅捫壁窺丹井梯苔瞰乳穴忽枉巖中贈對玩未嘗輟慇懃獨往事委曲練（一作鍊）藥說迨（一作邀）予名山期從爾泛海澨歲晏秉宿心斯言非徒設（一作皆文粹）

和李適答宋之問　徐彥伯

聞有獨往客拂衣捐世心結欣薄枉渚撰念縈舊林經亘去崖合冥綿歸壑深琪樹環碧彩金潭生翠陰洄沿弄沙榜詭及眺明岑夕聞桂裹猨嘵玩松上禽雜珮蘊孤袖瓊敷綴雙襟（文粹作衿）我懷滄洲想懿爾白雲吟秉願理方協存期迹易尋茲言庶不負為報巖中琴

贈劉舍人古意　前人

女牀聞（初學記作闕）靈鳥文章世所稀巢君碧梧樹舞君青瑣闈或言鳳池樂撫翼更西飛鳳池環禁林仙閣靄沉沉璇題激流日珠網綿清陰郁穆帝言重熒煌台座深風張冊光翩月弄紫庭音衆彩結不散孤英跂莫尋浩歌向蘭渚婉孌故傳心

文苑英華卷第二百四十九

文苑英華卷第二百五十　詩一百

寄贈四

贈崔公　張說

我聞西漢日四老南山幽長歌紫芝秀高卧白雲浮朝市（集作野）光塵絕榛蕪年貌秋一朝驅駟馬連袂入龍樓昔遁高皇去今從太子遊行藏唯聖節禍福在人謀卒能匡惠帝豈不賴留侯事隨年代遠名與圖籍留平生欽厚德慷慨景前修蚌蛤想（集作同非）陰兎蛟龍望斗牛無嗟異飛伏同氣幸相求

岳州贈廣平公宋大夫　前人

亞相本時英歸來復國楨（疑）朝推長孺直野慕隱之清傳節迴（集作遝）閶闔皇華（集作思）入漢京寧思江上老歲晏蹇無成

南中贈高六戩　前人

北極辭明代南溟宅放臣册誠由義盡白髮帶愁新烏墮炎州氣花飛洛水春平生歌舞席誰憶不歸人

閑園即事寄(集作贈)韋侍御　蘇頲

結廬東城下直望終南山青靄遠相接白雲來復還拂筵紅蘚上開幔綠條間物應春偏好情忘趣轉閑憲臣饒美政(集作度)聯事惜徂顏有酒空盈酌高車不可攀

贈彭州權別駕　前人

雙流脉脉錦城開追賤年年往復迴秪道謌謠迎半刺徒聞禮數揖中台黃鸝急囀春風盡斑馬長嘶落景催莫愴分飛岐路別還當奏最掖垣來

當塗界寄裴宣州　張九齡

故人宣城守亦作(集作在)江南何如偏分虎竹相與間山川韋綬胡爲者形骸非自然含情津渡闊待(集作倚)望眼空悄(集作延)遠近聞佳政平生仰大賢推心徒有屬會面良無緣日久(集作夕)遵前渚江村投暮煙念行秪意默懷遠豈言宣委曲風波事難爲尺素傳

贈澧陽韋明府　前人

君有百鍊刃堪斷七重犀誰開太阿匣特割武城雞竟與尚書佩還應天子提何時遇操柄(集作宰)當使玉如泥

敬酬當塗界留贈之作　裴耀卿(附見張九齡集)

茂先寔王佐仲舉信時英氣觀衡天發人將下榻迎珪符肅有命江國遠徂征九派期方越千鈞或所(集作可)輕高帆出風迴孤嶼入雲平遄邁嗟予役離憂空自情餞簪陪早歲接壤厠專城曠別心彌軫宏規義轉傾徒然限饑渴仍况(集作况乃)諷瑤瓊

秋夜望月憶韓席等諸侍郎因以投贈　李林甫

秋天碧雲夜明月懸東方皓皓庭際色稍稍林下光桂花澄遠近璧影散池塘鴻鴈飛難度關山曲易長揆予秉孤直虛薄忝文昌握鏡慙先照持衡媿後行多才衆君子載筆久詞場作賦推潘岳題詩許謝康常時陪宴語今夕恨相望頓欲接高論清晨朝建章

古意贈孫翌　徐仁友

南望緱氏山(一作嶺)山居共澗陰東西十數里緬邈方寸心雲日落廣庭(一作廈)鶯花坐(一作對)孤琴琴中多苦調悽切誰復尋

贈唐祖二子　王翰

鴻飛遵枉渚鹿鳴思故群物情尚勞愛况乃予別君別時花始發別後蘭再薰瑤觴滋白露寶瑟凝涼氛徘徊北林月悵望南山雲雲月眇千里音徽不可聞

途次維揚望京口寄白下諸公　蔣渙

北望情何限南行路轉深晚帆低荻葉寒日下楓林雲白蘭陵渚煙青建業岑江天秋向盡無處不傷心

贈司勳蕭郎中　張子容

作相開黃閣爲郎奏赤墀君臣道合體父子貴同時國以推賢答家無内舉疑鳳池真水鏡蘭省得華滋未覩風流日先聞所賦詩江山清謝朓花木媚丘遲吏部來何暮王言念在茲冊青無不可霖雨亦相期昔我投荒處孤煙望島夷群鷗終日狎落葉數年悲漁父留歌詠江妃入興詞今將獻知己相感勿吾欺

永嘉即事寄贛縣袁少府瓘　前人

山繞樓臺出溪通里閈斜曾爲謝客郡多有逐臣家海氣朝成雨江天晚作霞題書報賈誼此濕似長沙

樂城歲日贈孟浩然　前人

土地窮甌越風光肇建寅挿桃銷瘴癘移竹近堦墀半是

吳風俗仍爲楚歲時更逢習鑿齒言在漢川湄

苑舍人能書楚字兼達楚音曲盡其妙戲贈　王維

名儒待詔滿公車才子爲郎典石渠蓮華法藏心懸悟貝葉經文手自書楚(集作梵非)詞共許勝楊馬楚字何人辯魯魚故舊相望在三事願君莫厭承明廬

獻始興公時拜右拾遺　前人

寧棲野樹林寧飲澗中(集作水)流不用坐粱肉崎嶇見王侯鄙哉匹夫節布褐將白頭任智誠則短守仁固其優側聞大君子安問黨與讎所不賣公器動爲蒼生謀賤子跪自陳可爲帳下不感激有公議曲私非所求

贈裴迪　前人

風景日夕佳與君賦新詩澹然望遠空如意方支頤春風動百草蘭蕙生我籬曖曖閨日暖(集作日暖閨)田家來致詞欣欣春還皐淡淡水生陂桃李雖未開荑英(集作萼)滿芳枝請君理還策敢告將農時

入山寄城中故人(一作終山別業)　前人

中歲頗好道晚家南山陲興來每獨往勝事空自知行到水窮處坐看雲起時偶然值林叟談笑無還期

此詩三百十八卷重出今已削去注異同爲一作贈

崔録事　前人

解印歸田里賢哉此丈夫少年曾任俠晚節更爲儒道跡

(集作世)東山下因家滄海隅已聞能狎鳥余欲共乘桴

贈成文學　前人

賣劍千金裝登君白玉堂身爲平原客家有邯鄲倡使氣公卿坐論交(集作心)遊俠場中年不得意(集作志)謝病客游梁

酌酒與裴迪　前人

酌酒與君君自寬人情翻覆似波瀾白首相知猶按劍朱門先達笑彈冠草色全輕(集作經)細雨濕花枝欲動春風寒世事浮雲何足問不如高臥且加飡

田家贈丁寓(集作下寓田家有贈)　前人

君心尚棲隱久欲傍歸路在朝每爲言解印果成趣晨雞鳴隣里群動從所務農夫行餉田閨妾起縫素開軒御衣

服散帙理章句時吟招隱詩或製閑居賦新晴望郊郭日映桑榆暮陰集作陰盡小苑城微明渭川樹揆予宅閭井幽賞何由屢道在終不忘跡異難相遇此時惜別離再來芳菲度

望洞庭湖上張丞相集作岳陽樓三百十二卷重出今已削去　孟浩然

八月湖水平涵虛混太清氣蒸雲夢澤波動岳陽城欲濟無舟楫端居恥聖明坐觀集作憐垂釣叟集作者徒集作空有羡魚情

書懷貽京邑同好　前人

惟先自鄒魯家世重儒風詩禮襲遺訓趨庭霑末躬晝夜常自強詞翰頗亦工一作攻三十既成立吁嗟命不通慈親

向羸老喜懼在深衷甘脆朝不足簞瓢夕屢空執鞭慕夫子捧檄懷毛公感激遂彈冠安能守固窮當途訴知已按剌匪求蒙泰楚邈離異飜飛何日同

答秦中苦雨思歸贈袁中丞賀侍御　前人

為學三十載閉門江漢陰明敭逢集作明賢遺聖代羇旅屬秋霖匪集作豈直昏墊苦亦為權勢沉二毛催白髮百鎰罄黃金淚憶峴山墜集作墮愁懷襄水深謝公積憤懣莊舄空謠吟躍馬非吾事狎鷗真我心寄言當路者去矣此山岑

與崔二十一遊鏡湖寄包賀二子　前人

試覽鏡湖物中流見集作到底清不知蓴鱸集作鱸魚味但見集作識鷗鳥情帆得樵風送春逢穀雨晴將探夏禹穴稍背越

王城府集作守掾有包子文章推賀生滄浪醉後集作從唱因子集作此寄同聲

贈蕭少府　前人

上德流如水安仁道若山聞君秉高節而集作為得奉清顏鴻漸昇台羽一作冑牛刀列下班處腴能不潤居劇體常閑去詐集作許人無諂除邪吏息姦欲知清與潔明月在澄灣

九日龍沙作寄劉大　前人

龍沙豫章北九日挂帆過風俗因時見湖山發興多客中誰送酒棹裏自成歌竟日乘流去滔滔任夕波

寄正字　前人

正字芸香閣經過宛如昨幽人竹素園文選張景陽雜詩遊思竹素園歸

臥寂無喧高鳥能擇木羝羊屢集作漫觸藩物情今已見從自集作從此欲無言

秋登萬集作蘭山寄張五　前人

北集作此山白雲裏隱者自怡悅相望始集作試登高心隨雁飛滅集作心飛逐鳥滅愁因薄暮起興是清秋集作境發時見村人歸村集作歸村人沙平集作行渡頭歇天邊樹若薺江畔舟集作洲如月何當載酒來共醉重陽節

古樂府飛龍曲留上陳左相即陳希烈兼李右相　高適

德以精靈降時膺夢寐求蒼生謝安石天子富人侯樽俎資高論巖廊挹大猷卿才得世業相府盛嘉謀集作相門連戶牖族嗣弓裘豁達雲開景集作霽清明月映秋能為吉甫用集作頌更

忝（集作善用）子房籌广脩（集作階砌）思攀陂門欄尚阻脩高山不易
仰大匠本難投迹向（集作輿）松喬合心緣啓沃留公才山吏
部書癖杜荆州幸沐千年聖何辭一尉休折腰知寵辱迴
首見沉浮天地莊生馬江湖范蠡舟逍遥堪自樂浩蕩信
無憂去矣從黄綬歸歟任白頭風塵與霄漢瞻望日悠悠

奉贈（集作留上）李右相林甫　前人

風俗登淳古君臣挹大庭深沉謀九德密勿契千齡獨立
調元氣淸心豁窅冥本枝連帝系長策冠生靈傅說明殷
道蕭何律漢刑鈞衡持國柄柱石惣朝經隱軫江山藻氣
氳鼎鼐銘興中皆絜白（集作白雪）身外盡丹青江海呼窮鳥詩
書問聚螢吹嘘成羽翼提握動芳馨倚伏悲還笑升沉醉
復醒恩榮初就列含育忝宵形有竊丘山惠無時枕席寧
壯心瞻落景生事感流萍莫以才難用終期善易聽未爲
門下客徒謝少微星

贈杜拾遺　前人（附見杜甫集）

傳道招提客詩書自討論佛香時入院僧飯屢過門聽法
還應說（集作難）尋經剩欲翻草玄今已畢此後更何言

東平留贈狄司馬　前人

古人無宿諾兹道未（集作以）爲難萬里赴知己一言誠可歎
馬蹄經月窟劍術指樓蘭地出北庭盡城臨西海寒森然
瞻武庫剛若弄儒翰入幕綰銀綬乘軺兼鐵冠練兵日精
銳殺敵無遺殘獻捷見天子論功俘可汗激昂丹墀下顧
盻青雲端誰謂縱横策翻爲權勢干將軍既坎壈使者亦
辛酸耿介挹三事羈離從一官知君不得意他日會鵬摶

寄孟五少府　前人

秋氣落窮巷離憂兼暮蟬後時已如此高興亦徒然知君
念淹泊憶我屢周旋征路見來鴈歸人悲遠天平生各千
里（集作感千里）相望在貞堅

贈張員外　盧象（見集本）

公家世業昌才子冠裴王出自平津邸還爲吏部郎神仙
餘氣色列宿動暉光夜直南宫靜朝趨北禁長時人窺水
鏡明主賜衣裳翰苑飛鸚鵡天池待鳳凰承欣疇日顧未
記後時傷去去圖南遠微才幸不忘

贈程校書　前人（見集本）

客自岐陽來吐音若鳴鳳孤飛果不偶獨立誰見用忽從
被褐中召入承明宫聖人借顏色言事無不通懇懃拯黎
庶感激論諸公時相猜賈誼圖書歸馬融顧余久寂寞一
歲麒麟閣且共歌太平勿嗟名宦薄

贈王威古　崔顥

三十羽林將出身常事邊春風吹淺草獵騎何翩翩插羽
兩相顧鳴弓新（或作親）上弦射麋入深谷飲馬投荒泉馬上
共傾酒野中聊割鮮相看未及飲雜虜寇幽燕烽火去不
息（一作不息夜）胡山（或作塵）高際天長驅救東北轉（或作屢）戰解城
全（一作戰解城亦全）報國行赴難古來皆共言（一作然）

此詩三百四十卷重出今已削去注異同爲一作

贈苗發員外二首　祖詠

朱戶敞高扉青槐礙落暉八龍乘慶重三虎地（集作遁）朝歸坐竹人聲絶横琴鳥語稀花慙潘岳貌年稱老萊衣葉暗朱櫻熟絲長粉蝶飛應憐魯儒賤空與故山違

二

宿雨朝來歇空山天氣清盤雲雙鶴下隔水一蟬鳴古道黄花落平蕪赤燒生茂陵雖有病猶得伴君行

蘭峰題贈張中丞九臯　前人（見集本）

君王既巡狩輦道入秦京遠樹低槍壘孤山出幔城寒暕清禁漏夜警羽林兵誰念迷方客常懷魏闕情

贈朱中書　丁先芝

十年種田濵五湖十年遭澇盡爲蕪頻年井稅常不足今年緡錢誰爲輸東鄰轉穀五之利西鄰販繒日已貴而我守道不遷業誰能肯敢效此事紫微侍郎白虎殿出入通籍廻天眷晨趨綵筆柏梁篇晝出雕盤太官膳會應憐爾居素約可即長年守貧賤

戲贈姚侍御　前人

繁霜曉幕鳴栢烏侍子獸炭燃金爐重門啓鎖紫髯胡新被驄馬隴西駒頭戴獬豸急晨趨明光殿前見天子今日應彈佞倖夫

贈張鏡微　蔡希寂

大河東北望桃林雜樹冥冥結翠陰不知君作神仙尉特訝行來雲霧深

文苑英華卷第二百五十終

文苑英華卷第二百五十一　詩一百一

寄贈五

杜甫十三首　李白十八首

投贈韋左相（時兼兵部尚書故云聽履上星辰）　杜甫

鳳歷軒轅紀龍飛四十春八荒開壽域一氣轉洪鈞霖雨思賢佐丹青憶舊（集作老）臣（公之先人遺風餘烈至今稱之）應圖求駿馬驚世（集作代）得騏驎沙汰江湖（集作河）濁調和鼎鼐新韋賢初相漢范叔已歸秦盛業今如此傳經固絕倫豫章深出地滄海闊無津北斗司喉舌東方領搢紳持衡留藻鑑聽履上星辰獨步才超古餘波德照鄰聰明過管輅尺牘倒陳遵豈是池中物由來席上珍廟堂知至理風俗盡還淳才傑俱登用愚蒙但隱淪長卿多病久子夏索居頻廻首驅流俗生涯似衆人巫咸不可問鄒魯莫容身感激時將晚蒼茫興有神爲君（集作公）歌此曲涕淚在衣巾

贈韋左丞丈（濟）　前人

左轄頻虛位今年得舊儒相門韋氏任（集作在）經術漢官（集作臣）須時議歸前列天倫恨莫俱鴒原荒宿草鳳沼接亨衢有客雖安命衰容豈壯夫家人憂几杖甲子混泥塗不謂矜餘力還來謁大巫歲寒仍顧遇日暮且踟躕老驥思千里寒（集作飢）鷹待一呼君能微感激亦足慰榛蕪（一作析骨劬區區）

奉贈嚴八閣老　前人

扈從（集作扈聖又作今日）登黃閣（集作閤）明公獨妙年蛟龍得雲雨鵰鶚在秋天客禮容疎放官曹許（集作可）接聯新詩句句好應任老夫傳

路逢襄陽楊少府入京戲題四韻附呈楊四員外綰

甫赴華州日許員外爲求茯苓　前人

寄語楊員外山寒少茯苓歸來稍暄暖當爲斸青冥飜動龍蛇（集作神仙）窟封題鳥獸形兼將老藤杖扶汝（一作爾）醉初醒

寄高三十五詹事　前人

安穩高詹事兵戈久索居時來如（一作知）官達歲晚莫情疎天上多鴻鴈河（集作池）中足鯉魚相看過半月（集作百）不寄一行書

寄李十二白（會稽賀知章一見白號爲天上謫仙人也）　前人

昔年有狂客號爾謫仙人筆落閙（集作驚）風雨詩成泣鬼神聲名從此大汨沒一朝伸文彩承殊渥流傳必絕倫龍舟移棹晚獸錦奪袍新白日來深殿青雲滿後塵乞歸優詔許遇我夙（集作宿）心親未負幽棲志兼全寵辱身戲（集作劇）談憐野逸嗜酒見天真醉舞梁園夜行歌泗水春才高心不展道屈善無鄰處士禰衡俊諸生原憲貧稻粱求未足薏苡謗何頻五嶺炎蒸地三危放逐臣幾年遭鵩鳥獨泣（一作立）向麒麟蘇武先還漢黃公豈事秦楚筵辭醴日梁獄上書辰已用當時法誰將此義陳老吟秋月下病起暮江濱莫怪恩波隔乘槎與問津

贈比部蕭郎中十兄（甫從姑子）　前人

有美生人傑由來積德門漢朝丞相系梁日帝王孫蘊藉爲郎久魁梧秉哲尊詞華傾後輩風雅藹孤騫宅相榮姻戚兒童惠討論見知真自幼謀拙愧諸昆漂蕩雲天闊沉埋日月奔致君時已晚懷古意空存中散山陽鍛愚公野客（集作公谷）村寧紆長者轍歸老任乾坤

同元使君春陵行（并序）

覽道州元使君結春陵行兼賊退後示官吏作二首志之曰當天子分憂之地效漢官良吏之目今盜賊未息知民

疾苦得結輩十數公落落然參錯天下為邦伯萬姓吐氣天下少（一作小）安可待已（一作矣）不意復見比興體制微婉頓挫之詞感而有詩增諸卷軸簡知我者不必寄元

遭亂鬢盡白轉衰病相縈（一作嬰）沉緜（集作綿）盜賊際狼狽江漢行歎時藥力薄為客羸瘵成吾人詩家秀博采世上名繫繫元道州前聖畏後生觀乎舂陵作歘見俊哲情復見（集作覽）賦退篇結也實國楨賈誼昔流慟匡衡常引經道州哀（一作憂）黎庶詞氣浩縱橫兩章對秋月（一作流水）一字偕華星致君唐虞際淳朴憶大庭何時降璽書用汝（集作爾）為丹青獄訟永衰息豈唯偃甲兵悽惻念誅求薄斂近休明乃知正人意不苟飛長纓涼飈振南岳之子寵若驚色阻金印大興含滄浪清我多長卿病日夕思朝廷肺枯渴太甚漂泊公孫城呼兒具紙筆隱几臨軒楹作詩呻吟內墨澹字欹傾感彼危苦詞庶幾知者聽　永泰息（永川本作久）

寄薛三丈郎中據　前人

人生無賢愚飄飄（集作飄颻）若埃塵自非得神仙誰免危其身與子俱白頭沒沒（集作役役）常苦辛雖為尚書郎不及村野人憶昔村野人其樂難具陳藹藹桑麻交公侯為等倫天未厭戎馬我輩本常貧子尚客荊州我亦滯江濱峽中一臥病瘧癘經冬春春復加肺氣（一作復加肺氣疾）此疾（集作病）蓋有因早歲與蘇鄭痛飲情相親二公化為土嗜酒不失真余今委脩短豈得恨命迍聞子心甚壯所過信席珍上馬不用扶忽（集作每）扶必怒嗔賦詩賓客間揮灑動八垠乃知蓋代手才力老益神青草洞庭湖東浮滄海濆君山可避暑況足采白蘋子豈無扁舟往復江漢津我未下瞿唐空念禹功勤聽說松門峽吐藥攬衣巾高秋却束帶鼓枻（集作栧）視

清旻鳳池日澄碧濟濟多士新余病不能起健者勿逡巡上有明哲君下有行化臣

贈虞十五司馬　前人

遠師虞祕監今喜識玄孫形象丹青逼家聲器宇存淒涼憐筆勢浩蕩問詞源爽氣金天豁清談玉露繁佇鳴南岳鳳欲化北溟鯤文（集作交）態知浮俗儒流不異門過逢聯客位日夜倒芳鐏沙岸風吹葉雲江月上軒百年嗟已半四座敢辭喧書籍終相與青山隔故園

戲簡鄭廣文　前人

廣文到官舍置馬堂階下醉即（集作則）騎馬歸頗遭官長罵才名四十年坐客寒無氈近（集作賴）有蘇司業時時與酒錢

奉贈李八丈判官（曛）　前人

我丈時英特宗枝神堯後珊瑚市則無騄驥人得有早年見標格秀氣衝（一作遒）星斗事業富清機官曹貞獨守頃來樹佳政皆已傳眾口艱難體貴安冗長吾敢取區區猶歷試炯炯更持久討論實解頤操割紛應手篋書積諷諫宮闕限（一作浪）奔走入幕未展材秉鈞孰為偶所親問淹薄（集作泊）泛愛惜衰朽垂白慕（集作亂）南翁委身希北叟真成窮轍鮒或似喪家狗秋枯洞庭石風颯長沙柳高興激荊衡知音為迴首

毒熱寄簡崔評事十六弟　前人

大火（一作暑）運金氣荊揚不知秋林下有塌翼水中無行舟千室但掃地閉關人事休老夫轉不樂旅次兼百憂蝮蛇暮偃蹇空牀難暗投炎宵惡明燭況乃憶（集作懷）舊丘開襟仰內弟執熱露白頭束帶負芒刺接居成阻脩何當清霜飛會子臨江樓載聞大易義諷興詩家流蘊藉異時輩檢

身非久（集作苟）求皇皇使臣體信是德業優楚材擇杞梓大宛（集作漢苑）歸驊騮短章達我心理待識者籌

贈張相鎬二首（時逃難病在宿松山作）　李白

神器難竊弄天狼窺紫宸六龍遷白日四海暗紅（集作胡）塵昊穹降元宰君子方經綸澹然養浩氣欻起持天鈞秀骨象山岳英謀合鬼神佐漢解鴻門興唐思退身擁旄秉金鉞伐鼓乘朱輪虎將如雷霆物惣戎向東巡諸侯拜馬首猛士騎鯨鱗澤被魚鳥悦令行草木春逢聖（集作聖智）不失時建功及良辰醜虜安足紀可貽幗與巾倒瀉溟海珠盡爲入幕珍馮異獻赤伏鄧生欻來臻至（集作麼）同昆陽舉再覩漢儀新昔爲管將鮑中奔吳隔秦一生欲報主百代期榮親其事竟不就哀哉難重陳卧病古松滋蒼山空四鄰風雲激壯志枯槁驚常倫聞君自天來目張氣益振亞夫得劇孟七（集作敵）國空無人捫虱對桓公願得論悲辛大塊方噫氣何辭鼓青蘋斯言儻不合歸老漢江濱

二

家本隴西人代（集作先）爲漢邊將功略天地中（集作功略蓋天塊）名飛青雲上若戰竟不侯當年頗惆悵世傳崆峒勇氣激金風壯英烈遺厥孫百代神猶王十五觀奇書作賦陵相如龍顏惠殊寵麟閣憑天居晚途未云已蹭蹬遭讒毀想像晉末時崩騰胡塵起衣冠陷鋒鏑戎虜盈朝市石勒窺神州劉聰劫天子撫劍夜吟嘯雄心日千里誓欲斬鯨鯢澄清洛陽水三台（集作六合）灑霖雨六合（集作萬物）無凋枯我揮一盃水自笑何區區因人恥成事貴欲決良圖滅虜不言功飄然陟蓬壺唯有安期舄留之滄海隅

江夏使君叔席上贈吏部（二字集作史郎中）　前人

鳳凰丹禁裏銜出紫泥書昔放三湘去今還萬死餘仙郎久爲別客舍問何如涸轍思流水浮雲失舊居多慚華省貴不以逐臣疎復如竹林下而陪芳宴初希君生羽翼一化北溟魚

贈郭將軍　前人

將軍豪蕩有英威昔（集作入）掌銀臺護紫微平明拂劍朝天去薄暮垂鞭醉酒歸愛子臨風吹玉笛美人嬌月舞羅衣今日相逢俱失路何年灞上弄春輝

寄（集作贈）崔侍御三首　前人

宛溪霜夜聽猿愁去國長爲不繫舟獨憐一鴈飛南海却羨雙溪解北流高人屢解陳蕃榻過客難登謝脁舟此處別離同落葉朝朝分散敬亭秋

二

長劍一盃酒男兒方寸心洛陽因劇孟託宿話胷襟但仰山岳秀不知江海深長安復携手再顧重千金君乃輶軒佐余叨翰墨林高風摧秀木驚彈落虚禽不取迴舟興而來命駕尋扶摇應借便桃李願成陰笑吐張儀舌愁爲莊舄吟誰憐明月夜腸斷聽秋砧

三

黄河三尺鯉本住（集作在）孟津居點額不成龍歸來伴凡魚故人東海客一見借吹噓風濤儻相見（集作問）更欲凌崑墟何當赤車使再往召相如

贈韋侍御黄裳二首　前人

太華生長松亭亭凌霜雪天與百尺高豈爲微飈折桃李賣艷路人行且迷春光拂（集作掃）地盡碧蘂（集作葉）成黄泥願君學長松慎勿作桃李受屈不改心然後知君子

見君乘驄馬知上太行（集作山）道此地果摧輪全身以爲寶
我如豐年玉棄置秋田草但昂冰壺心無爲歎衰老

安陸白兆山桃花巖寄劉侍御綰　前人

雲卧三十年好閑復愛仙蓬壺雖冥絶鸞鶴心悠然歸來
桃花巖得憩雲窗眠對嶺人共語飲潭猿相連時昇翠微
上邈若羅浮巔兩岑抱東壑一嶂横西天樹雜日易隱崖
傾月難圓芳草换野色飛蘿揺春煙入遠構石室選幽開
山田獨此林下意杳無區中緣永辭霜臺客千載方來旋

贈潘侍御論錢少陽　前人

繡衣柱史何昂藏鐵冠白筆横秋霜三軍論事多引納堦
前虎士羅干將雖無二十五老者且有一翁錢少陽眉如
松雪齊四皓調笑可以安儲皇君能禮此最下士九州拭
目瞻清光

贈常侍御　前人

安石在東山無心濟天下一起振横流功成復蕭灑大賢
有舒卷季葉輕風雅匡復屬何人君爲知音者傳聞武安
將氣振長平瓦燕趙期洗清周秦保宗社登朝若有言爲
訪南遷賈

江行寄崔員外宗之　前人

飄飄（集作飄颻）江風起蕭颯海樹秋登艫美清夜挂席移輕舟
月隨碧山轉水合青天流杳如星河上但覺雲林幽歸路
方浩渺（集作浩浩）徂川去悠悠徒悲蕙草歇復聽菱歌愁岸曲
迷後浦沙明瞰前洲懷君未（集作不）可見望遠增離憂

贈王漢陽　前人

天落白玉棺王喬辭葉縣一去未千年漢陽復相見猶乘
飛鳧舄尚識仙人面鬢髮何青青童顔皎如練吾曾弄海
水清淺嗟三變果愜麻姑言時光速流電與君數盃酒可
以窮歡宴白雲歸去來何事坐交戰

贈崔郎中宗之　前人

胡鴈拂海翼翱翔鳴素秋驚雲辭沙朔飄薄（集作飄颻，又作瀟灑）迷
河洲有如飛蓬人去逐萬里遊登高望浮雲髣髴如舊丘
日從海傍没水向天邊流長嘯依（集作倚）孤劍目極心悠悠
歳晏歸去來富貴安所求仲尼七十説歴聘莫見收魯連
逃千金珪組豈可酬時歳（集作誰）苟不會草木爲我儔希君
同攜手長往南山幽

贈崔諮議　前人

騄驥本天馬素非伏櫪駒長嘶起涼（集作趣清，又作向清）風倏忽凌
九區何言西北至却走東南隅世道有翻覆前程難預圖
望君垂（集作希君一）翦拂猶可騁中衢

贈歴陽褚司馬　前人

北堂千萬壽侍奉有光輝先敎（集作同）雅子舞更著老萊衣
因爲小兒啼醉倒月下歸人間無此樂此樂世中稀

江上寄巴東故人　前人

漢水波浪遠巫山雲雨飛東風吹客夢西落此中時覺後
思白帝佳人與我違瞿唐饒賈客音信莫令稀

文苑英華卷第二百五十一

登仕郎胡柯　鄉貢進士彭叔夏　校正

文苑英華卷第二百五十二　詩一百二

寄贈六

王昌齡三首　沈千運一首
楊浚一首　楊重玄一首
王季友二首　薛業一首
殷寅一首　楊諫一首
孫叔向一首　張偁一首
陶翰四首　劉長卿十九首
李頎五首

爲張僨贈閻使臣　王昌齡

哀哀獻玉人楚國同悲辛泣（一作淚）盡繼以血何由辨其眞
賴承琢磨惠復使光輝新猶畏讒口疾棄之如埃塵

次汝中寄河南陳贊府　前人

汝山方聯延伊水纔明滅遥見入楚雲又此空館月紛然
馳夢想不謂遠離別京邑多歡娛衡湘暫沿越明湖春草
遍秋桂白花發豈惟長思君日夕在魏闕

贈史昭　前人

東林月來（一作未）昇廓落星與漢是夕鴻始來齋中起長歎
懷哉望南浦眇默夜將半但有秋聲孤愁使心神亂（一作但有秋水聲孤愁使心亂）
握中何爲贈瑤草已衰散海鱗未化時各在天一岸

贈史修文　沈千運

故人阻千里會面非前期握手於此地當懽反作悲念離
怨猶作倏已二十春疇昔皆少壯別來鬢如絲不道舊姓
名相見知是誰曩遊盡騫翥與君仍布衣豈曰無其材命
理應有時前路漸欲少不覺生涕洟

贈李郎中　楊浚

仙郎早朝退直省卧南軒院竹自成賞階庭寂不喧焚香
閑後閤起草閑前門禮樂風流美光華星位尊榮薰朱紱
貴交乃布衣存是日登龍客無志君子恩

正朝上左丞相張燕公　楊重玄

歲去愁終在春還命不來長吁問丞相東閤幾時開

代賀若令譽贈沈千運　王季友

相逢問姓名亦存別時無子今有孫山上雙峯長不改百
年（一作家）唯有三家村村南東西車馬道一宿通舟水浩浩
澗中磊磊十里石河上淤泥種桑麥平坂古塚皆我親滿
田（一作主）戶人是舊客舉聲酸鼻問同年十人六七歸下（一作黃）
泉分手如何更此地迴頭不語（一作下去）淚潸然

此詩三百四十卷重出今已削去注異同爲一作

贈山兄韋祕書　前人

出山祕芸署山水已再春食我山中藥不憶山中人山中
誰寄余白髮日見親雀鼠晝夜無知我廚廩貧有情盡捐
棄土石爲同身依舍北松下（一作依舍北松）不厭吾南隣夫子
質千尋天澤枝葉新今也不材壽非智免斧斤

洪州客舍寄柳博士芳　薛業

去年鶯巢主人屋今年花發路傍枝年年爲客不到舍舊
國存亡那得知胡塵一起天下亂何處春風無別離

銓試後徵山別業寄源侍御　殷寅

別業在徵山登高望畿甸嚴冬天地肅城闕如何見藹藹
王侯門華軒（一作軒車）日遊衍幸逢休明代山簡尚交戰投策
去園林率名皆拜選聖君性則哲濟濟多英彥裴楷能精
（一作清）通山濤急推薦讓才甘自屏薄伎忝餘眷雖承國士
恩尚乏中人援疇昔相知者今茲秉天憲朱紱何赫赫繡

衣復惹舊

贈知已　楊諫

江南折芳草江北贈佳期江闊水復急過江常苦遲蘋白蘭葉青恐度先春時美人碧雲外寧見長相思

將赴東都上李相國　孫叔向

四海兵初偃平津閤正開誰知大鑪火還有不燃灰

辭房相公　張傭

秋風颯颯雨霏霏愁殺棲遑一布衣辭君且作隨陽鴈海內無家何處歸

贈房侍御 時在新安　陶翰

志士故不羈與道常周旋進則天下仰已之能晏然褐衣東府召執簡南臺先雄義每將闕立犯顏豈圖全諷居東南遠逸意吟芳荃適會寥廓趣清波更黃緣扁舟入五湖發繫洞庭前浩蕩臨海曲超遙濟江篇徵奇忽忘返遇興將彌年乃悟范生智集作志足明漁父賢郡臨新安渚佳賞此城邊集作在城偏 集作佳賞日夕對層岫雲霞映晴川閑居變秋色偃卧含貞堅倚伏聊自集作自相化行藏亦推遷君其倦羽翮歲晏欲集作亦沖天

晚出伊闕示河南裴丞　前人

退無宴息資進無當代策冉冉時歲暮坐為周南客前登闕塞門永眺伊城陌長川黯已空千里寒氣白家本渭水西異日同集作何所適秉志師禽回微言祖莊易一辭林壑間共繫風塵役才明忽先進天邑多紛劇豈念嘉遁時依依偶沮溺

贈鄭員外　前人

驄馬拂繡裳按兵遼水陽西分鴈門騎北逐樓煩王闕道五軍集相邀百戰場風沙暗天起虜陣森已行儒服揖諸將雄謀吞大荒金門未見謁朱紱生輝光數載侍御史稍遷尚書郎人生志氣立所貴功業昌何以守章句終年事著集作鉛黃同時獻賦客尚在東陵旁

望太華贈盧司倉　前人

作吏至西華乃觀三峯壯削成元氣中傑出天河上如有飛動色不知青冥狀巨靈安在哉厥跡猶可望方此歎行旅未由飾仙裝唐韻側亮切行裝也或改作伏陋矣惹朧記星壇明滅數雲嶂良友垂真契宿心所微尚敢投歸山吟霞經一相訪

獻寧淮軍節度使相公一作淮西將李中丞 集作獻南平王　劉長卿

建牙吹角戟門集作不開喧三十登壇衆所尊家散萬金酬士死身留集作持一劒答君恩漁陽老將多迴席魯國諸生半在門白馬翩翩春草細邵陵西去獵平原

以下十九首並見集本

觀校獵上淮西相公　前人

龍驤校獵邵陵東野火初燒楚澤空師事黃公千戰集作載後身騎白馬萬人中笳隨曉集作晚吹經集作迎邊草箭入青集作沒寒雲落塞鴻三十擁旌誰不羨周郎少小有集作立奇功

漢陽獻李相公　前人

退身高卧楚城幽獨掩閑集作寒門漢水頭春草雨中行逕沒暮山江上捲簾愁幾人猶憶孫弘閤百口同乘范蠡舟早晚却還集作歸丞相印十年空被白雲留

落第贈楊侍御兼拜員外仍充安大夫判官赴范陽　前人

職副旌旄重才兼識量通使車遙肅物邊策遠和戎擲地金聲著從軍寶劒雄官成稽古道集作力名達濟時功肅穆烏臺上雍容粉署中含香初待漏持簡舊生風黜吏偏驚

隼貪夫輒避驄且知榮已隔誰謂道仍同念舊追連茹謀
生任轉蓬泣憐三獻玉瘡懼再傷弓戀土函關外瞻塵（集作雲）
灞水東他時一書札猶冀問途窮

奉寄婺州李使君舍人　前人

建隼罷鳴珂初傳來暮歌漁樵識太古草樹得陽和東道
諸生從南依遠客過天清婺女出土厚絳人多永日空相
望流年復幾何崖開當夕照葉去逐寒波眼闇經難受身
閑劒懶磨似鵩占賈誼上馬試廉頗窮分安藜藿衰容稱
薜蘿只應隨越鳥南翥託高柯

自夏口至鸚鵡洲夕望岳陽寄源中丞　前人

汀洲無浪復無烟楚客相思益（集作亦）渺然漢口夕陽斜度
鳥洞庭秋水遠連天孤城背嶺寒吹角獨戍臨江夜泊船
賈誼上書憂漢室長沙還謫（集作謫去）古今憐

寄李侍御　前人

舊國人未歸芳（集作滄）洲草還碧年年湖上春悵望江南客
驄馬西入關白雲獨何適相思煙水外惟有心不隔

對酒寄嚴維　前人

陋巷喜（集作嘉）陽和衰顔對酒歌懶從華髮亂閑任白雲多
郡簡容垂釣家貧學弄梭門前七里瀨（集作灘）早晚子陵過

至饒州尋陶十七不在寄贈　前人

謫官投東道逢君已北轅孤蓬向何處五柳不開門去國
空迴首懷賢欲訴冤梅枝橫（集作看）嶺嶠竹路過湘源月下
高秋鴈天南獨夜猿離心與流水萬里共朝昏

赴南巴書情寄故人　前人

南過三湘去巴人此路偏謫居秋瘴裏歸處夕陽邊直道
天何在愁容鏡亦憐裁書欲誰訴無淚可潸然

月下呈章秀才　前人

自古悲搖落誰人忝此何夜蛬偏傍枕寒鳥數移柯向老
三年謫無愁（集作秋）百口多貧家唯好月空愧子猷過

奉簡　前人

朱放自杭州與故相里使君立碑迴因以

片石羊公後悽涼江水濱好辭千古事墮淚萬家人鵬集
占書久鸞迴刻篆新不堪相顧恨文字日生塵

贈西隣盧少府　前人

籬落能相近漁樵偶復同苔封三逕絕溪向數家通犬吠
寒煙裏鴉飛（集作鳴一作聲）夕照中儻因籃轝出（集作時因杖藜次）相訪
竹林東

自江西歸至舊任官舍贈袁贊府時經
劉展平後　前人

却見同官喜復悲此生何幸有歸期空庭客至逢搖落舊
邑人蹤經亂離湘路來過迴鴈處江城卧聽擣衣時南方
風土勞君問賈誼長沙豈不知

聞虞沔州有替將歸上都登漢東城寄贈　前人

淮南搖落客心悲涢水悠悠怨別離早鴈初辭舊關塞秋
風先入古城池腰章建隼皇恩賜露冕臨人白髮垂惆悵
恨（集作夫）君先我去漢陽耆老憶旌麾（集作旗）

吳中聞潼關失利（集作守）因奉寄淮南蕭
判官　前人

早（集作一）鴈飛吳天羇人傷暮律松江風嫋嫋波上片帆疾
木落姑蘇臺霜收洞庭橘蕭條長洲外唯見寒山出胡馬
嘶秦雲漢兵亂相失關中因竊據天下共憂慄南楚有瓊
枝相思怨瑤瑟一身寄滄洲萬里看白日赴敵甘負戈論

兵勇投筆臨風但攘臂擇木將委質不爾(集作如)歸剡山雲門飯松栗

京口懷洛陽舊居兼寄(一作簡)廣陵一三(集作二三)知己　前人

川闊悲無梁鶬然滄波夕天涯一飛鳥日暮南徐客氣混京口雲潮吞海門石孤帆候風進夜色帶江白一水阻佳期相望空脉脉那堪歲芳盡更使春夢積故國胡塵飛故山(集作異鄉)楚雲隔佳人想何在庭草爲誰碧惆悵空往復(集作傷情)滄浪有遺跡嚴陵七里灘攜手同所適

贈別于羣投筆赴安西　前人

風流一才子經史仍滿腹心鏡萬像生(集作象全)文鋒衆人服頃遊靈臺下頻棄荊山玉蹭蹬空數年徘徊冀微祿未來投筆硯長揖辭親族且欲從(集作圖)變通安能守拘束本持鄉曲譽肯料泥塗辱誰謂命迍邅還令身(集作計)飜覆西戎今未弭(一作殄)胡騎屯山谷坐恃龍豹韜全輕蜂蠆毒拂衣從此去擁傳一何速元帥許提攜他人佇瞻矚出門寡儔侶矧乃無僮僕黠虜時相逢黃沙暮愁宿蕭條遠迴首萬里如在目漢境天西窮胡山海邊綠想聞羌笛處淚盡關山曲地闊鳥飛遲風寒馬毛縮邊愁殊浩蕩離思空斷續塞上歸限賒(集作塞下恨歸賒)樽前別期促知君志不小一舉凌鴻鵠且願樂從軍功名在殊俗

江中晚釣寄荊南一二相識　前人

隨楚(集作楚郢或作楚國)微雨收荊門看在目漾舟水雲裏日暮春江(集作江山)綠霽華淨洲渚夜色連杉竹(集作暝色連松竹)月出波上時人歸渡頭宿一身已無累萬事更何欲漁父自夤緣白鷗不羈束既憐滄浪水復愛滄浪曲垂釣看世人那知此生足

寄司勳盧員外　李頎

流澌臘月下河陽草色新年發建章秦地立春傳太史漢宮題柱憶仙郎歸鴻欲度千門雪侍女新添五夜香早晚薦雄文似者故人今已賦長楊

東郊寄萬楚　前人

濩落久無用隨身甘采薇仍聞薄宦者還事田家衣潁水日夜流故人相見稀春山不可望黃鳥東南飛濯足豈長往一樽聊可持了然潭上月適我心中機在昔同門友如今出處非優遊白虎殿偃息青瑣闈且有薦君表當看攜手歸寄書不代面蘭茝空芳菲

望鳴皋山白雲寄洛陽盧主簿　前人

飲馬伊水中白雲鳴皋上氛氳盡山頂行子時一望照日龍虎姿攢空冰雪狀嶔崟殊未已參差忽相向皎皎橫綠林霏霏澹青嶂遠映村更失孤高鶴來傍勝氣欣有逢仙遊且難訪故人吏京劇每事多閑放室盡峨嵋峯心搖洞庭浪惜哉清興裏不見予所尚

寄萬齊融　前人

名高不擇仕委世隨虛舟小邑常歎屈故鄉行可遊青牛半村戶香稻盈田疇爲政日清靜何人同海鷗搖巾北林夕把印東山秋對酒池雲(一作風)滿向家湖水流岸陰止鳴鵠山色映潛虯靡靡俗中理蕭蕭川上幽昔年至東(一作吳)郡常憶臥江樓我有一書札因之芳杜洲

贈蘇明府　前人

蘇君年幾許狀貌如玉童采藥傍梁宋共言隨日翁常辭小縣宰一往東山東不復有家室悠悠人世中子孫皆老死相識悲轉蓬鬢白還更黑身輕行若風汎然無所繫心

與孤雲同出入唯一枝(一作枝)安然知始終願聞素女事去采三花叢誘我爲弟子逍遥當葛洪

文苑英華卷第二百五十二

登仕郎胡　柯　鄉貢進士彭　叔夏　校正

文苑英華卷第二百五十三　詩一百三

寄贈七

劉昚虚三首　張光朝一首
丘爲一首　張謂四首
岑參五首　包佶四首
包何一首　李嘉祐六首
錢起七首　賈至四首
張繼二首　皇甫曾三首
郎士元四首　皇甫冉二首

寄閻防(防時在終南山豐德寺讀書)　劉昚虚

青冥南山口(文粹作青暝南山色)君與緇錫鄰深路入古寺亂花隨暮春紛紛對寂寞往往落衣巾松色空照水經聲時有人晚心復南望山遠情獨親應以修往業亦唯立此身深林度空夜煙月資清真莫欲(文粹作歎)文明日彌年從隱淪

暮秋揚子江寄孟浩然　前人

木葉紛紛下東日凝煙霜山林相曉暮天海深清蒼(一作滄)暝色況復久秋聲亦何長孤舟兼微月獨夜仍越鄉寒笛對京口故人在襄陽詠思勞今夕江漢遥相望

寄江滔求孟六遺文　前人

南望襄陽路思君情轉親偏知漢水廣應與孟家隣在日貪爲善昨來聞更貧相如有遺草一爲問家人

荻塘西莊贈房元垂　張光朝

門在荻塘西塘高何聯聯往春分地利遠近無閑田水國信汙下霖靈即成川苗稼盡湮没茲鄉獨豐年家肥侍親懿人樂思管絃日晏始能起盥漱看厨煙醞酒寒正熟養魚長食鮮黄昏鐘未鳴偃息早已眠何意久城市寂寥丘

中緣俛仰在顔色區區人事間憶昔炎漢時乃知綺季賢靜默不能仕養老終南山

湖中寄王侍御　丘爲

日日湖水上好登湖上樓終年不向郭過午始梳頭嘗亦自（一作愛）盃酒得無相獻酬小僮能鱠鯉少妾事蓮舟每有南海（一作浦）信仍期後月遊方春轉搖蕩孤嶼每淹留驄馬真傲吏翛然無所求晨趨玉階下心許滄江流少別如昨日何言經數秋應知方外事獨往非悠悠

寄李侍御　張謂

柱下聞周史書中慰越吟近看三歲字遙見百年心價以吹噓長恩從顧眄深不栽桃李樹何日得成陰

寄崔澧州　前人

共襆臺郎被俱褰郡守帷罰金殊往日鳴玉幸同時五馬來何晚雙魚贈已遲江頭望鄉月無夜不相思

贈喬林（此詩見三百四十卷）　前人（文粹作劉眘虛）

杜侍御送貢物戲贈　前人

銅柱朱崖道路難伏波橫海舊登壇越人自貢珊瑚樹漢使何勞獬豸冠疲馬山中愁日晚孤舟江上畏春寒由來此貨稱難得多恐君王不忍看

寄左省杜拾遺甫　岑參（附見杜集）

聯步趨丹陛分曹限紫微曉隨天仗入夕（集作暮）惹御香歸白髮悲花落青雲羨鳥飛聖朝無闕事自覺諫書稀

高宮（集作冠）谷口贈（集作招）鄭鄠　前人

谷口來相訪空齋不見君澗花燃暮雨潭樹暖春雲門遝稀人跡簷峯下鹿羣衣裳與枕席山靄綠氛氳

江夜宿龍吼灘臨眺思峨嵋隱者兼寄幕中諸公　前人

官舍臨江口灘聲已慣聞水煙晴吐月山火夜燒雲且欲尋方士無心戀使君思鄉那可住況復久離羣

客舍悲秋雨懷兩省舊遊呈幕中諸公　前人

三度爲郎便白頭一從出守五經秋莫言聖主長不用其那蒼生應未休人間歲月如流水客舍秋風今又起不知心事向誰論江上蟬聲空滿耳

西蜀旅舍春歎寄朝中故人呈狄評事　前人

春與人相乘柳青頭轉白平生未得意攬鏡私自惜四海猶未安一身無所適自從兵戈動遂覺天地窄功業悲後時光陰難（疑作歎）虛擲却爲文章累幸有開濟策何負當途人無心矜窘阨迴瞻後來者皆欲相轔轢起草思南宮奇言憶西掖時危任舒卷身退知損益窮巷草轉深閑門日將夕橋西暮雨黑籬外春江碧昨者始識君相看俱是客聲華同道術世業通往昔早須歸天階不得安孔席吾先稅歸鞅舊國如咫尺

對酒贈故人　包佶（見集本）

扶起離披菊霜輕喜重開醉中驚老去笑裏覺愁來月送人無盡風吹浪不迴感時將有寄詩思澁難裁

近獲風痹（集作痺）之疾題寄所懷　前人

病夫將已矣無可答君恩衾枕同羇客圖書委外孫久來從吏道常欲奉空門疾走機先息歊行力漸煩無醫能却老有變是遊魂鳥宿還依伴蓬飄莫問根宿形齊指馬觀境制心猿唯借南榮地清晨暫負暄

發襄陽後却寄公安人　前人

揮涕（集作淚）送迴人將書報所親晚年多疾病中路有風塵

王粲頻徵楚君思許入秦還同星火去馬上別江春

同李吏部伏日口號呈元庚子路中丞　前人

火炎逢六月金伏過三庚幾度衣裳汗（辭詠作澣）誰家枕簟清頒冰無下位裁扇有高名吏部還開甕勤勤二客情（辭詠作御）

寄楊侍御　包何

一官何幸得同時十載無媒獨見遺今日不論腰下組請君看取鬢邊絲

贈王八衢州（集無州字）　李嘉祐

丹地偏相逐清江若有期腰金才子貴剖竹老人遲桂檝閑迎客茶甌對說詩渚田分邑里山樹掛罘罳心靜無華鬢人和似古時別君遠山去幽獨更應悲

晚發咸陽寄同院遺補　前人（以下六篇並見集本）

征戰初休草又衰咸陽晚眺淚堪垂去路全無千里客秋田不見五陵兒秦家故事隨流水漢代高墳對石碑迴首青山獨不語羨君談笑萬年枝

暮春宜陽郡齋愁坐忽聞柱劉七侍御新詩因以酬贈（集作答）　前人

子規夜夜啼櫧葉遠道春來（一作逢春）半是愁芳草伴人還易老落花隨水亦東流山臨睥睨恒多雨地接瀟湘畏及秋唯羨君爲周柱史手持黃紙到滄洲

晚發江寧道中呈嚴維　前人

惆悵垂（集作選）江路蕭條落日過蟬鳴獨樹急鴉向古城多轉曲隨青嶂因高見白波潘生秋逕草嚴子意如何

仲夏江陰官舍寄裴長官（集作明府）　前人

萬室邊江次孤城對海安朝霞晴作雨濕氣夜（集作晚）生寒苔色侵衣桁潮痕上井欄題詩寄（集作招）茂宰思爾欲辭官

贈衛南長官赴任　前人

吏曹難茂宰主意念疲人更事文犀節還過白馬津雲間辭北闕樹裏出西秦爲報陶明府裁書莫厭頻

闕下贈閻舍人　錢起

二月黃鷺（集作鶴）飛上林春城紫禁晚陰陰（集作陌曉沉沉）長樂鍾聲花外盡龍池柳色雨中深陽和不散窮途恨霄漢常（集作長）懸捧日心獻賦十年猶未遇羞將白髮對華簪

晚秋寄王中丞袁員外（集作秋夜寄袁中丞王員外）　前人（以下七篇並見集本）

一夕盈千念方知別者勞衰榮難會面魂夢暫（集作想）同袍片月臨城早晴河渡鴈高應憐蔣生逕秋露滿蓬蒿

獻歲初歸舊居酬皇甫侍郎見寄　前人

欲知愚谷好久別與春還鷺暖初歸樹雲晴却戀山石田耕種少野客性情閑求仲應難見殘陽且掩關

秋夜寄張韋二主簿　前人

涼夜寒簾好輕雲過月初碧空河漢（集作江色）淺紅葉落（集作露）聲虛道阻（集作隔）天難問機忘世久（集作易）踈不知雙翠鳳棲棘復何如

寄郢州郎使君士元　前人

龍節知無事江城不掩扉詩傳過客遠書到故人稀坐嘯看潮起行風（集作春）送鴈歸望舒三五夜思盡謝玄暉

東皋早春寄元校書　前人

祿微賴學稼歲起歸衡茅窮途戀明主耕桑近郊迹（集作跡）夜來霽山雪陽氣動林梢萌蕙暖初吐春鳩鳴欲（集作始）巢

雜言山中寄時校書　前人

蓬萊頻（集作時）入夢知子與（集作憶）貧交蓬萊紫氣（一作之子）溫如玉唯予知爾陽春曲別來幾日芳蓀

緑百花蒲眼（集作酒）不見君青山一望心（集作腸）斷續

自蜀奉冊命往朔方途中呈韋左相文部房尚書門下崔侍郎　賈至

胡羯亂中夏鑾輿忽南巡衣冠陷冦戎狼狽隨風塵蕭公秉大節臨難不顧身激昂白刃前濺血下沾巾尚書抱忠義歷險披荊榛扈從出劍門登翼岷江濱時望挹侍郎公才標搢紳亭亭崑山玉皎皎無緇磷顧惟乏經濟扞牧陪從臣永願雪會稽仗劍清咸秦太皇時內禪神器付嗣君新命集舊邦至德被遠人捧冊自南服奉詔趨北軍覲謁心載馳違離難重陳策馬出蜀山畏途上緣雲飲啄叢箐間棲息虎（一作餓）豹羣崎嶇凌危棧惴慄驚心神峭壁上嶔岑大江下沄沄皇風扇八極異類懷深仁元兇誘勳（一作黠）虜肘腋生妖氛明主信英武威聲赫殊鄰誓師自朔方旗幟何繽紛鐵騎照白日旌頭拂秋旻將來（一作侯）盪滄溟寧止蹴崑崙古來有迍難否泰長相因夏康纘禹績（一作少康纘夏服）代祖復漢勳于役各勤王驅馳拱紫宸豈唯太公望往昔逢周文誰謂三傑才功業獨殊倫感此慰行邁無為歌苦辛

巴陵早春寄荊州崔司馬吏部閻功曹舍人　前人

謫居瀟湘渚再見洞庭秋極目連江漢西南浸斗牛滔滔盪雲夢澹澹搖巴丘曠如臨渤澥窅疑造瀛洲君山麗中波蒼翠長後浮帝子去永久楚詞尚悲愁我同長沙行時事加百憂登高望舊國胡馬滿東周宛葉遍蓬蒿樊鄧無良疇獨攀青楓樹淚洒滄江流故人西掖寮同扈岐陽蒐差池盡三黜蹭蹬各南州相去雖地近不得從之遊耿耿雲陽臺迢迢王粲樓跂予暮霞裏誰謂無輕舟

閑居秋懷寄陽翟陸贊府封丘高少府　前人

今日霖雨霽颯然高館涼秋風吹二毛烈士加慨慷憶昔皇運初衆賢值龍驤解巾佐幕府脫劍昇明堂郁郁被慶雲昭昭翼太陽鯨魚縱大壑鸑鷟鳴高岡信矣草創時太階速賢良一言頓遭逢片善蒙恩光我生屬盛明感激竊自彊崎嶇郡邑權連騫翰墨場大朝富英髦多士如珪璋盛才溢下位蹇步徒猖狂閑門對羣書机案在我旁枕席想遠遊聊欲浮滄浪八月白露降玄蟬號枯桑艤舟臨清川迢遞愁（一作海）思長我有同懷才（一作友）各在天一方離披不相見浩蕩隔兩鄉平生霞外期宿昔共行藏豈無蓬萊樹歲晏空蒼蒼

巴陵寄李二戶部張十四禮部　前人

江南芳草初冪冪愁殺江南獨愁客秦中楊柳也應春轉憶秦中相憶人萬里鶯花不相見登高一望淚霑巾

會稽秋晚奉呈于太守　張繼

寂寂訟庭幽森森戟戶秋山光隱危堞湖色上高樓禹穴探書罷天台作賦遊雲浮將越客歲晚共淹留

陸沉詩上禮部楊侍郎　前人

調與時人背心將靜者論終年在（一作帝）城東不識五侯門

奉寄中書王舍人　皇甫曾

腰金載筆謁承明至道安禪得此生西掖幾年綸綍貴東山遙夜辟蘿情風傳漏刻星河曙月上梧桐雨露清聖主好文誰為薦閑門空賦子虛成

寄劉員外　前人

南憶新安郡千山帶夕陽斷猿知夜久秋草助江長鬢髮應成素青松獨見蒼愛才稱漢主題柱待回鄉（一作田郎）

寄張衆甫　前人

悲風還舊浦雲嶺隔東田伏臘同雞黍柴門閉雪天孤村
明夜火稚子候歸船靜者心將憶離心畏度年

寄鄭員外　郎士元

暮蟬不可聽落葉詎堪聞自是悲秋客那能岐(一作此)路分
荒城背流水遠鴈入寒雲陶令東籬菊餘芳可贈君

寄李紓(一作送張肖史)　前人

雨餘深巷靜獨酌送殘春車馬雖嫌僻鶯花不厭貧(集作弃)
蟲絲粘户網鼠跡印牀塵聞道山陰會(集作借問山陽會)如今有
幾人

此詩二百七十二卷重出今已刪去注異同為一作

贈萬生下第還吳　前人

直道多不偶美才應息機霸陵春欲暮雲海獨言歸為客
成白首入門嗟布衣羞羨若可憶暫是出掩柴扉

寄李袁州桑落酒兼六言贈人　前人

色比瓊漿猶嫩香同甘露仍春十千提攜一斗遠寄瀟湘
故人

使至壽州淮路寄劉判官　皇甫冉

榛草荒涼村落空驅馳卒歲亦何功蒹葭曙色蒼蒼遠蟋
蟀秋聲處處同鄉路遥知淮浦外故人多在楚雲東日夕
煙波那可道壽陽西去水無窮

寄(集作贈)韋司直　前人(百家詩選作郎士元)

聞君感歎二毛初舊友相依萬里餘烽戍有時驚暫定甲
兵無處可安居客來吳地星霜久家在平陵音信疎昨夜
春風還入户登山臨水復(集作意)何如

文苑英華卷第二百五十三

登仕郎胡柯　鄉貢進士彭叢　校正

文苑英華卷第二百五十四　詩一百四

寄贈八

韓翃十首　顧況六首
耿緯六首　司空曙十首
章八元二首　王建十五首

寄武陵李少府　韓翃

小縣春生日(一作山口)公孫吏隱時楚歌催晚醉蠻語入新詩
桂水遥相憶花源暗有期郢門千里外莫惟尺書遲

以下十首並見集本

贈張建　前人

結客平陵下當年倚俠遊傳看轆轤劒醉脫鷫鸘裘翠羽
雙鬟妾珠簾百尺樓春風坐相待曉(集作晚)日莫淹留

寄上田僕射　前人

家封薛縣異諸田報主榮親道兩全僕射臨戎謝安石大
夫持憲杜延年金裝畫出羅千騎玉校晨飡直萬錢應念
一身留闕下閶門遥寄魯西偏

寄令狐尚書　前人

立身榮貴復何如龍節紅旗從板輿妙略多推霍驃騎能
文獨見沈尚書臨風高會千門(一作人)帳映水連營百乘車
他日感恩慙未報舉家猶似涸池魚

贈鄭員外(鄭時在熊尚書幕府)　前人

風流不減杜陵時五十為郎未是遲孺子亦知名下士樂
人爭唱卷中詩身齊吏部還多醉心顧尚書自有期要路
眼青(集作看)知已在不應窮巷久低眉

寄劉太真　前人

長安道上落花朝美爾當年賞事饒下筋已憐鵝炙美開

籠不乘鴨媒嬌春衣晚入青楊巷細馬初過皂莢橋相訪
不辭千里遠西風好借木蘭橈

梁城贈一二同幕　前人

五營河畔列旌旗吹角鳴鼙日暮時曾是信陵門下客兩
迴相弔不勝悲

贈張千牛　前人

蓬萊闕下是君（集作事天）家上路新迴白鼻騧急管晝催平樂
酒春衣夜宿杜陵花

雜言贈哥舒僕射　前人

萬里長城家一生唯報國腰垂紫文綬（集作綫）手控黃金勒
高視黑稍翁遥吞白騎賊先麾牙門將轉鬭黃河北帳下
親兵皆少年錦衣承日繡行纏轆轤寶劍初出鞘宛轉角
弓爭上絃步乂抽箭大如笛前把兩矛後雙戟左盤右射
紅塵中鶻入鵶羣有何敵殺將破軍白日餘迴船舞旆北
風初郡公楯鼻好磨墨走馬爲君飛羽書

贈別太常李博士兼寄兩省舊遊　前人

兩年戴武弁趨侍明光殿一朝轡惠文客車信陵君簡異
當朝執香非寓直薰差肩何記室推手李將軍玉鐙初迴
酸棗館金鈿正舞石榴裙忽驚萬事隨流水不見雙旌逐
塞雲感舊撫心多戚戚與君相遇頭初白暫夸五首軍中
詩還憶萬年枝下客昨日留歡今送歸空披秋水映斜暉
閑吟佳句對孤鶴惆悵寒霜葉落稀（一作惆悵寒天霜葉落）

從江西至彭蠡入浙西淮南界道中寄齊
相公　顧況

大賢舊丞相作鎮江山（一作上）雄自鎮江山（一作上）來何人得
如公勵士待徐孺仙人期葛洪一身控上游八郡趨下風
比屋除畏溺林塘曳煙虹生人罷虔劉井稅均且（一作以）
充大府肅無事歡然（一作言）接悲翁心清百丈泉目送孤飛
鴻數年鄱陽掾抱責栖微躬首陽及汨羅無乃褊（一作偏）其
衷楊朱并阮籍未免哀途窮四賢雖得仁此怨何怱怱老
氏齊寵辱於陵一窮通本師留度門平等冤親同能依二
諦法了達三輪空真境靡方所出離內外中無邊盡未來
定惠雙修功蹇步慙寸進飾裝隨轉蓬朝從楚水陰夕宿
吳洲東吳洲復白雲楚水飄丹楓晚霞燒迴潮千里光曈
曨莫開海上影挂吐淮南叢何當翼明庭草木生春（一作昭）融

寄上兵部韓侍郎奉呈李户部盧刑部杜
三侍郎　前人

道路五千里門闌三十年當時携手人今日無半全詠題
官舍內賦韻（一作贈）僧房前公登略彴橋況榜龍（集作艫）舺船
遠寺吐朱閣春潮浮綠煙鶗鴂翔鄧林沙鴇飛吳田諸子紛
出祖中宵久留連坐客三千（國）人皆稱主人賢國士分如此
家臣亦依然身在（一作從）薜蘿中頭刺文案邊故吏已重疊
門生從聯翩得罪爲何名無階問皇天出門多岐路命駕
無由緣伏承諸侍郎顧念一（一作顧念一作猶）迍邅聖代逢三宥營
魂空九遷

謝王郎中見贈琴鶴　前人

此琴等焦尾此鶴方胎生赴節何徘徊理感物自幷獨立
江海上（集作日）一彈天地清朱絃動瑤華白羽飄玉京因想
羨門輩眇然四體輕子喬翔鄧林王母遊層城忽如（集作然）
啓靈署鸞鳳相和鳴何由玉女牀（集作女牀山）去食琅玕英

貽朱放　前人

野客歸時無四隣黔婁別久案常貧漁樵舊路不堪入（一作由往）

何處空山猶有人

望初月簡于吏部　前人

沈寥中秋夜坐見如鈎月始從西南外又欲西南没全移河上影暫透林間鈌縱待三五時終爲千里别

上湖至破山贈文周蕭元植　前人見集本

一别二十年依依過故轍湖上非往態夢想頻虛結二子伴我行我行感徂節後人應不識前事寒泉咽一别二十年人堪幾迴别

春日書情寄元校書伯和相國元子　耿湋

數歲平津邸諸生門出時羇孤力行早蹕賤託身遲芳草看無厭青山到未期貧居悲老大春日向茅茨衛玠瓊瑤色玄成鼎鼐資友朋漢相府兄弟謝家詩律合聲雖應勞歌調自悲流年不可駐惆悵鏡中絲

贈苗員外　前人

爲郎日賦詩小謝少年時業繼儒門後心多道者期晚迴長樂殿新出夜明祠行樂西園暮春風動柳絲

贈嚴維　野客集作野寺閑門集作雲門　前人

許詢清論重寂寞住山陰野客接荒寺閑門當古林海田秋熟早湖水夜漁深世上窮通理誰能奈此心

寄錢起　前人

草長花落樹羸病彊尋春無復少年意空餘華髮新青原高見水白社静逢人寄謝南宫客軒車不見親

上裴行軍中丞　此詩又見第二百卷已詳注其下　前人

胡塵已滅天山外閑閤陰陰日復曛櫪上華騮嘶皷角門前老將識風雲旌旗四面高秋見絲竹千家静夜聞莫道古來多計策功成唯有一作是李將軍

許州書情寄韓張二舍人　前人

謫宦軍城老更悲近來頻夜夢丹墀作燃作滅中心火唯鑷唯多兩鬢絲繞履緑苔聞鴈處滿庭黄葉閉門時故人高步天一作雲衢上肯念前程杳未期

贈庾侍御　司空曙

年少身無累相逢憶此時雪過雲寺宿酒向竹園期白髮今催老清琴但起悲唯應逐宗炳内學願爲師

秋思呈尹植裴沉鄭錮　前人　以下十篇並見集本

静與懶相偶年將衰共催前途歡未集往事恨空來晝景委紅葉月華消緑苔沉思竟何有坐結玉琴哀

獨遊寄衛長林　前人

草緑春陽動遲遲澤畔遊戀花同野蝶愛水劇江鷗身外唯須醉人間盡集作半是愁那知鳴玉者不羨集作不作賣瓜侯

贈李端　前人

共憶南浮日登高望若何楚田湖草遠江寺海檣多載酒尋山宿思人帶雪過東西幾迴别此會各蹉跎

謝李端集作酬李校書端見贈已見二百四十三卷　前人

長安曉望寄程補闕　前人

迢遞山河擁帝京參差宫殿接雲平風吹曉漏經長樂柳帶晴煙出禁城天净笙歌臨路奏集作發日高車馬隔塵行獨有淺才甘未達多慙名在魯諸生

早夏寄元校書　前人

獨遊野景集作野境自芬菲送芳菲高竹林居接翠微緑岸草深蟲入遍青蔥花盡蝶來稀珠荷薦果香寒簟玉柄摇風滿夏衣蓬蓽永無車馬到更當齋夜憶玄暉

發渝州却寄韋判官　前人

紅燭津亭夜見君(一作紅燭輝高夜送君)繁絃急管兩紛紛平明分(或作勢)手空江轉唯有猿聲嘯(一作滿)水雲

此詩二百九十二卷重出今已削去注異同爲一作

江園書事寄盧綸　前人

種柳江南邊閉門三四年豔花那勝竹九鳥不如蟬嗜酒漸嬴(集作因羸)瀉讀書多欲眠平生故交在白首遠相憐

閑居寄苗發　前人

漸向浮生老前期竟若何獨身居處靜永夜坐時多厭逐青林客休吟白雪歌支公有遺寺重與謝(集作歎)安過

寄都官劉員外　章八元

舊宅平津邸槐陰接漢宮鳴騶馳道上寒日直廬中白雪歌偏麗青雲官早通悠然一縫掖千里快(一作限)清風

歸桐廬舊居寄嚴長史　前人

昨辭夫子棹歸舟家在桐廬憶舊丘三月暖時花競發兩溪分處水爭(一作東)流近聞江左(一作老)傳鄉語遥見家山減旅愁或在醉中愁雪夜懷賢應向剡川遊

初到昭應呈同僚　王建

白髮初爲吏有慙年少郎自知身上拙不稱世間強(集作忙)秋雨懸牆綠暮山宮樹黃同官若容許長借老僧房

以下十五篇並見集本

上武元衡相公　前人

旌旗坐鎮蜀江紅(集作雄)帝命重開舊閤崇褒貶唐書天曆上捧持堯日慶雲中孤情迴出鸞凰遠健思潛搜海岳空長得蕭何爲國相自西流水盡朝宗

上張弘靖相公　前人

傳封三世盡河東家占中條第一峯早(集作旱)歲天教作霖雨明時帝用補山龍草開舊路沙痕在日照新池鳳跡重畢散自知霄漢隔若爲門下賜從容

上李吉甫相公　前人

聖朝齊賀說逢殷霄漢無雲日月真金鼎調和天膳美瑶池沐浴賜衣新兩河開地山川正四海休兵造化仁曾向山東爲散吏當今竇憲是賢臣

寄上韓愈侍郎　前人

重登太學領儒流學浪詞鋒壓九州不以雄名殊(集作疏)野賤唯將直氣折王侯詠傷松桂青山瘦取盡珠璣碧海愁序述異篇經總核(集作別)鞭驅險句物先投碑文合遣貞魂謝史筆應令諂骨羞清俸探將還酒債黃金旋得起書樓客(集作參)來擬設官人禮朝退多逢月下(集作閣)遊見向雲泉求住處若無知薦一生休

贈王內侍樞密　前人

三(一作先)朝行坐鎮相隨今上春宮見長(集作小)時脫下御衣先得(集作偏賜)著進來龍馬每教騎長承密旨歸家少獨奏邊情(集作機)出殿遲不爲(集作自是)姓同偏(集作親)向說九重爭遣外人知

上裴舍人度　前人

小松窗對鳳池開履跡衣重(集作香)逼上台天意皆從彩毫出宸心盡向紫煙來非時玉案呈宣旨每日金階賜對(集作謝賜)迴仙侶何因記名姓縣丞頭白走塵埃

上杜元穎學士　前人

學士金鑾殿後居天中行坐侍龍輿承恩不許離床謝密詔長教侍案書馬上喚遊紅觜鴨船頭看釣赤鱗魚閑曹

散吏無相識猶記荆州拜謁初

贈盧汀諫議　前人

青娥不得在床前空室焚香獨自眠功證詩篇離景象藥（一作樂）成官位屬神仙閑過寺觀長衝夜立送封章直上天近見蘭臺諸吏說御詩（一作題）新集未教傳

贈華州鄭大夫　前人

此官出入鳳池頭通化門前第一州少華山雲當驛起小敷溪水入城流空閑地内人初滿詞訟牌前草漸稠報狀拆開知足兩赦書宣過喜無因自來不說雙旌貴恐替長教百姓愁公退晚涼無一事步行携客上南樓

賀楊巨源博士拜虞部員外郎　前人

合歸蘭署已多時上得金梯即未遲兩省郎官開道路九州山澤屬曹司諸生拜别收書卷舊客看來讀制詞殘着幾丸仙（一作丹）藥在分張還遣病夫知

贈郭將軍　前人

承恩新拜上將軍當直巡更近五雲天下表章經院過宫中語笑隔墻聞密封計策非時奏别賜衣裳到㚅薰向晚臨階看號簿眼前風景任支分

上胡証將軍　前人

書生難得是金吾近日登科記總無半夜進儺當玉殿未明排仗到銅壺朱牌上面（集作面上）分官契黄紙頭邊押敕符恐要蕃中新道路指揮重畫五城圖

贈賈島　前人

盡日吟詩坐忍飢萬人中覓似君稀門當古巷風偏入驢放秋原夜不歸迎暖併收新落葉欲寒重着舊生衣曲江北岸時時到爲（一作尤）愛鸕鷀兩翼（一作水囊）飛

從軍後寄山中友人　前人

愛仙無藥住溪貧脫却山衣事漢臣夜半聽鷄梳白髮天明走馬入紅塵村童近去嫌腥食野鶴高飛避俗人勞動先生遠相示别來弓箭不離身

文苑英華卷第二百五十四

登仕郎胡　柯　鄉貢進士彭　叔夏　校正

文苑英華卷第二百五十五　詩一百五

寄贈九

李端五首　武元衡五首
馬異一首　韋應物六首
盧綸十一首　嚴維六首
戴叔倫十二首　秦系四首
孟雲卿一首

冬夜寄韓弇　李端（見集本）

獨坐知霜下開門見木衰壯應隨日去老豈與人期廢井蟲鳴早陰堦菊（一作草）發遲興來空憶戴不似剡谿時

曉遊東田寄司空曙　前人

暮來思遠客獨立在東田片雨無妨景殘虹不映天別愁逢夏果歸興入秋蟬莫作隳官意陶公未必賢

早春雪夜寄盧綸兼呈祕書元丞　前人

閒君隨謝脁春夜宿山前（集作前川）看竹雲垂嶺（一作地）尋僧月滿田（一作雪滿船）熊寒方入樹魚樂稍離船（一作泉）獨夜（一作猶是）羇愁客誰（集作唯）知惜暮（一作故）年

一作皆百家詩選

贈山陽（三字詩選作過）谷口元贊善所居　前人

入谷逢（詩選作訪）來秋泉已難涉林間人獨坐月下山相接重露濕蒼苔明燈照黃葉故交一不見素髮何稠疊

贈司空曙　前人

漢主金門正召才馬卿多病自遲迴舊山暫別老將至芳草欲闌歸去來雲在高天風會起年如流水日相（一作長）催知君素有栖禪意應是（一作歲晏）蓬門遲爾開

寄上中書李相公　武元衡

昏旦倦興寢端憂坐向微廉頗不覺老蘧瑗始知非授鉞虛三顧持衡曠萬機曾（一作會）應舟檝便煙雨（一作水）五湖歸

途次近蜀驛蒙恩賜寶刀及飛龍廐馬使還因寄李鄭二中書　前人

草草事行役遲遲入（詩選作出）故關碧幢遙隱（詩選作隔）霧紅旆漸依山感激勲（集作酬）恩淚風霜去國顏捧刀金錫（詩選作賜）字歸馬玉連環威鳳翔雙闕征夫護百蠻（詩選作龍鳳辭三署干戈護八蠻）應憐宣室召溫樹不同攀

此詩二百九十七卷重出今已削去

晨興贈友寄呈竇使君　前人

江陵歲方晏晨起眄庭柯白露傷紅葉清風斷綠蘿徇時真氣索念遠幽懷多宿昔東山意縱橫南浦波有美嬋娟子百慮攢雙蛾綫情鬱不舒幽竹自騈羅爲子（集作子）歌寒苦旨酒朱（集作酒未）有顏酡兩鬢倏去變（一作妍鬢倏然變）功名將柰何

夏日陪朝（一作諸）寮同遊昊天觀因覽舊題詩寄呈楊華州中丞　前人

三伏草木變九城車馬煩碧霄迴騎吹丹洞入桃源臺殿雲浮棟綏纓鶴在軒莫將真破妄聊用靜持喧石甃古苔冷冰筠涼簟翻黃公壚下數旌旆國東門

旬假西（集作南）亭寄呈熊郎中副使　前人

旬休屏戎事涼雨北窻眠一夜江城夢萬里繞山川草木散幽氣池塘鳴早蟬妍芳落春後旅思生秋前紅槿繁庭艷綠蒲繁渚烟行歌獨酌謠坐發朱絲絃杲玉不可扣華觴徒湛然聞君東林臥郡閣曠周旋酬對龍象侶灌注清泠泉如何無礙智猶（集作獨）苦病纏牽

暮春酒中贈李干秀才　馬異

歡喜見交親生開一甕春不須愁犯卯且乞醉過申折草爲籌箸鋪花作錦茵嬌鶯解言語留客也殷勤

寄洪州幕府盧二十二侍御（自南昌令拜頃同官洛陽）　韋應物

忽報南昌令乘驄入郡城同時趨府客此日望塵迎文苑臺中妙冰壺幕下清洛陽相去遠猶使故林榮（以下六首並見集本）

示全真元常（元常趙氏生）　前人

余解郡符去爾爲外事牽寧知風雪夜復此對床眠始話南池飲更詠西樓篇無將一會易歲月坐推遷

簡盧陟　前人

可憐白雪曲未遇知音人栖遑（集作恓惶）戎旅下蹉跎淮海濱澗樹含朝雨山鳥哢餘春我有一瓢酒可以慰風塵

寄暢當（聞以子弟被召從軍）　前人

寇盜（集作賊）起東山英俊方未閑聞君新應募籍籍動京闕出身文翰場高步不可攀青袍未及解白羽插腰間昔爲瓊樹枝今有風霜顏秋郊細柳道走馬一夕（一作日）還丈夫當爲國破敵如摧山何必事州府坐使鬢毛斑

秋夜寄丘二十二員外　前人

懷君屬秋夜散步詠涼天山空松子落幽人應未眠

寄楊協律　前人

吏散門閣掩鳥鳴山郡中遠念長江別俯覺座隅空舟泊南池雨簟卷北樓風併罷芳樽宴爲懽昨時同

夜中得循州趙司馬侍郎書因寄迴使　盧綸

瘴海寄雙魚中宵達我居兩行燈下淚一紙嶺南書地說炎蒸極人稱老病餘殷勤報賈傅莫共酒杯疏

郊居對雨寄趙涓給事包佶郎中　前人

暑雨青山裏隨風到野居亂漚浮曲砌懸溜響（集作滴）前除塵鏡愁多掩蓬頭懶更梳夜窗凄枕席陰壁潤圖書蕭颯移新竹龍鍾拾野蔬石泉空自咽藥圃不堪鋤濁水淙深轍荒蘭擁敗渠繁枝留宿鳥碎浪隱遊（集作行）魚桑履時登望荷衣自卷舒應憐在泥滓無路託高車

春日山中寄李舍人　前人

延步愛清晨空山日照春蠶房寧有主石室自無鄰泉急魚依藻花繁鳥近人誰憐失途侶唯與老相親

客舍苦雨即事寄錢起郎士元二員外　前人

積雨暮凄凄羈人狀鳥栖響空宮樹接霞水野雲低穴蟻多隨草巢蜂半墜泥遶池墻蘚合擁溜瓦松齊舊浦（集作圃）平如海新溝曲似溪壞欄留眾蝶欹棟上（集作止）群雞莠盛終無實槎枯遂（集作返）有荑綠萍藏廢（集作淺）井黃葉隱危堤閭里觀將絕朝昏望亦迷不知霄漢侶何路可相攜（一作事攀躋）

寄贈庫部王郎中（時充新羅使）　前人

諤諤漢名臣從天令若春科（一作敘）辭皆詔旨稱使即星辰草木承風偃雲雷施澤均威懲治粟尉恩洽讓田人泉貨方將散京坻自此陳五營俱益竈千里不停輪未遠金門籍旋清玉塞塵碩儒推慶重良友頌功頻鶴髮逢新鏡龍門躍舊鱗荷君偏有問深感浩難申

秋夜寄馮著作　前人

河漢淨無雲鴻聲此夜聞素心雖比石蒼鬢欲如君露槿月中落風螢池上分何言十載友同跡不同群

早春歸盩厔舊宇（集作居）却寄耿拾遺緯李校書端　前人

野日初晴麥隴分竹園村巷鹿成群百家廢井生春（集作新）草一樹繁花傍（集作對）古墳引水忽驚冰滿澗向田空見石

和雲可憐芳歲青山下唯有松枝寄輿君（集作好寄君）

雪謗後書事上皇甫大夫　前人

盛德總群英高標仰國楨獨安巡狩日曾掩趙張名業就難辭寵朝迴更授兵曉川分牧馬夜雪覆連營長策威殊重嘉謀翊聖明畫圖規陣勢夢筆紀山行綬拂池中影珂搖竹外聲賜歡銜妓樂陪醉閤公卿却憶經前事翻疑得此生分深存殁感恩在子孫榮覽鏡愁將老撫心喜復驚豈言沉族重但覺殺身輕有淚沾墳典無家集弟兄東西遭世難流浪識交情閱古宗文舉推才慕正平應憐守貧賤又欲事躬耕

寄司空曙　前人

壯志隨年盡謀身覺（集作竟又作獨）未安風塵交契闊（集作結絶）老大別離難臘近晴多晚春遲夜却寒誰堪（一作憐）少兄弟三十復（集作又）無官（一作五十未爲官）

此詩二百八十七卷重出今已削去注異同爲一作

洛陽早春憶吉中孚校書司空曙主簿因寄清江上人　前人

佐迴逢高駐馬頻雪晴閑看洛陽春鶯聲報遠同芳信柳色邀歡似故人酒貌昔將花共艶鬢毛今與草爭新年來百事皆無緒唯與湯師話（集作結）淨因

聞長安故人喪逝遷謫因增歎寄上河中鄭倉曹暢參軍昆季　前人

鬢似衰蓬心似灰驚悲相集老相催故友九泉留語別逐臣千里寄書來塵容帶病何堪問淚眼逢秋不喜開幸接野居宜縱（一作屣）步冀君清論一申哀（一作清夜一聲哀）

書情獻劉相公　嚴維

年來白髮欲星星悮却生涯似（一作是）一經魏闕望中何日見商歌奏罷復誰聽孤根獨棄慙山木弱植無成狀水萍今日更須詢哲匠不應休去老巖扃

贈送朱放　前人

昔年居漢水日醉習家池道勝跡常在名高身不知（一作欲）久依天目住新自始寧移生事曾無長唯將白接䍦

剡中贈張卿侍御（何卿集作河卿　下樂集作樂下　溪間集作澗）　前人

辟彊年正少公子貴初還早列何卿位新參柱史班千夫馳驛道駟馬入家山深巷烏衣盛高門晝戟閑逶迤天下樂照耀剡溪間自賤遊章句空爲衰草顏

贈萬經（少長干少集作小）　前人

萬公長慢世昨日（一作夜）又隨忝官縱酒真彭澤論詩得建安家山伯禹穴別墅少長干輙有時人至窻前白眼看

書情上李蘇州大夫　前人

東土苗人尚有殘皇皇亞相出朝端手持國憲群僚畏口喻天慈百姓安禮數自憐今日絶風流空記往年歡誤着青袍將十載忍令漁浦却垂竿

餘姚祗役奉簡鮑參軍　前人

童年獻賦在皇州方寸思量君與侯萬事無成新白首兩春虛擲對滄流歌詩盛賦文星動簫管新亭晦日遊知巳欲依何水部鄉人立整（一作今正）賤東丘

郊園即事寄蕭侍郎（集作呈蕭常州復）　戴叔倫

衰鬢辭餘秩秋風入故園結茅成暖室汲井及（集作脩井汲）清源鄰里桑麻接兒童笑語喧終朝非役役（集作貴無役）聊寄遠（集作聊向達）人言

李大夫見贈因之有呈　前人

何言訪衰疾旌旆重淹留謝禮誠難答裁詩豈易酬江清寒照動山迴野雲秋一醉龍沙上終歡勝舊遊

漸至（集作次）涪州先寄王員外使君縱　前人

文教通（集作留）夷俗均輸問火田江分巴字水樹入夜郎煙毒瘴含秋氣（集作景）陰崖蔽（集作閉）曙天路難空計日身老不由年將命寧知（集作辭）遠歸心詎可傳星郎復何意（集作事）出守五溪邊

長安早春贈萬評事　前人

春風歸（集作過）戚里曉日上花枝清管新鶯（集作聲）發重門細柳垂經過千騎客調笑五陵兒何事靈臺客（集作宿）狂歌自獨（一作不知）

暮春沐髮晦日書懷寄韋功曹渢李録事從訓王少府純　前人

朝沐敞南闈（集作扉）盤跚待日晞持（集作揚）梳髮更落覽鏡意多違吾友見嘗少春風去不歸登臨至一醉（集作登高取一醉）猶可及芳菲

新秋夜寄江右友人　前人

遥夜獨不寐寂寥蓬户中河明五陵上月滿九門東舊知（一作萬里）親友散故園江海空懷歸正南望此夕起秋風

贈韋評事儹　前人

與道共浮沉人間歲月深是非園吏夢憂喜塞翁心細草（集作竹）誰開徑芳條自結陰由來居物外無事可抽簪

早春書情寄河南崔少府（此詩見二百五十六卷）　前人

早發陝州途中贈嚴祕書（此詩見二百五十六卷）　前人

潭州使院書情寄江夏賀蘭副端　前人

雲雨一蕭散悠悠關塞（一作復）河俱從泛舟役近隔洞庭波春水去不盡秋風今又過無因得相見却恨寄書多

贈司空拾遺　前人

侍臣何事辭雲陛江上彈冠見雪花望闕未承丹鳳詔開門空對楚人家陳琳草奏才還在王粲登樓興不賒高館更容塵外客仍令歸去待瓊華

喜嚴侍御蜀還贈嚴祕書（此詩見二百五十六卷）　前人

上薛僕射（固讓辟命）　秦系

由來那敢議輕肥散髮行歌自採薇逋客未能忘野興辟書今遣脱荷衣家中四婦空相笑池上群鷗盡欲飛更乞大賢容小隱益看愚谷有光輝

山中贈張評事時授右衛佐　前人

終年常避喧自注五千言流水閑過院春風與閉門山容邀上客桂實落華軒何事教予起微言不足論

山中寄錢起員外兼苗員外發　前人

空山歲計是胡麻窮海無梁泛一槎稚子唯能覓梨栗逸妻相共老煙霞兒吟麗句驚巢鶴閑樹（疑作斲）春風看落花借問省中何水部今人幾箇屬詩家

鮑員外見尋因書情呈贈（曾與系同縣揚）　前人

少小爲儒不自彊如今羞懶見侯王覽鏡自知身漸老買山將作計偏長荒涼鳥獸同三逕撩亂琴書共一床猶有郎官來問疾時人莫道我佯狂

途中寄友人　孟雲卿

昔時聞遠路謂是等閑行及到求人地始知爲客情事將公道背塵逐馬蹄生儻使長如此便堪休去程

文苑英華卷第二百五十五

登仕郎胡柯　鄉貢進士彭叔夏　校正

文苑英華卷第二百五十六　　詩一百六

寄贈十

崔峒十首　　奚賈一首
沈如筠一首　　張南史五首
權德輿六首　　劉方平三首
于良史三首　　戎昱六首
于鵠五首　　梁鍾一首
朱長文一首　　李季蘭二首
釋清江五首

楊州選蒙相公賞判雪後呈上　　崔峒

自得山公許休耕海上田漸看長史傳欲弄釣魚船窮巷殷憂日蕪城雨雪天此時瞻相府心事比旌懸

初拜命酬丘丹見贈 已見二百四十四卷　前人

寄上禮部李侍郎　　前人

吳楚相逢處江湖共泛時任風舟去遠待月酒行遲白髮常同數青雲本要期貴來君卻少秋至老[redacted]悲玉佩明朝盛蒼苔陋巷滋追尋恨無路唯有夢相思

客舍書情寄趙中丞　　前人

東楚復西秦浮雲類此身關山勞策蹇僮僕慣投人孤客來千里全家託四鄰生涯難自料中夜問情親

客舍有懷因呈諸在事　　前人

讀書常苦節待詔豈辭貧暮雪猶驅馬晡飡又寄人愁來占吉夢老去惜良辰延首平津閣家山日已春

書懷寄楊郭李王判官　　前人

慣作雲林客因成懶慢人吏欺從政緩 一作拙 妻笑理家貧李郭應時望王楊入幕頻從容丞相閣知憶故園春

書情寄上蘇州韋使君兼呈吳縣李明府　　前人

數年湖上謝浮名竹杖紗巾遂性情雲外有時逢寺宿日西無事傍江行陶潛縣裏看花發庾亮樓中對月明誰念獻書來萬里君王深在九重城

贈同官李明府　　前人

訟堂寂寂對煙霞五柳門前聚曉鴉流水聲中視公事寒山影裏見人家觀風競美新為政計日還知舊 又玄集作應更 觸邪可惜陶潛無限酒 又玄集限酒作限興 不逢籬菊正開花

贈竇十九 時公車待詔長安　前人

靈臺暮宿意多違木落花開羨客歸江海幾時傳錦字風塵不覺化緇衣山陽會裏同人少灞曲農時故老稀幸得漢皇容直諫憐君未遇覺人非

處州見鄭表新詩因以寄贈　　前人

梅花嶺裏見新詩感激情深過楚詞平子四愁今莫比休文八詠自同時萍鄉露冕真堪惜鳳沼鳴珂已許遲才子風流定難見湖南春草但相思

嚴陵灘下寄常建　　奚賈

日入溪水靜偶真此亦難乃知滄洲人成道因釣竿漾楫坐微月振衣生早寒紛吾誠獨往自速躭考槃已息漢陰誚且同濠上觀曠然心無涯空闊容膝安

寄張衛古　　沈如筠

寂歷遠山意微暝半空碧綠蘿無冬春綵煙竟朝夕張子海內奇久為巖中客聖君當夢想安得老松石

寄中書李舍人　　張南史

昨夜淒斷處對月與臨風鶴病三江上蘭衰百草中題詩隨謝客飲酒寄黃翁早歲心相待還因貴賤同

早春書事奉寄中書舍人李　前人

儒服山東士衡門洛下居風塵遊上路簡冊委空廬我馬生郊日賢人避地初窮身初浩蕩投跡豈躊躇翠羽憐窮鳥瓊枝顧散樗還令親道術倒欲混樵漁弊緼袍多補飛蓬鬢少梳誦詩陪賈誼酌醞伴應璩鶴髎兵家備鳧茨儉歲儲泊舟依野水開逕接園蔬暫閱新山澤長懷故里閭思賢乘朗月覽古到荒墟在竹慙充箭爲蘭幸免鋤那堪聞相府更遣詣公車蹇足終難進嚬眉竟未舒事從因疾止生寄負恩餘不見神仙久無由鄙恡祛帝庭張禮樂天閣繡簪裾日色浮青瑣香煙近玉除神清王子敬氣逐馬相如銅漏聞常靜金門步轉徐唯看五字表不記八行書宿昔投知己周旋謝起予秖應高位隔詎是故情踈爲報周多士須憐楚子虛一身從弃置四節苦居諸柳發三條陌花飛六輔渠靈盤侵沆瀣龍首映儲胥北海樽留客西江水救魚長安同日遠不敢詠歸歟

宣城雪後還望郡中寄孟侍御　前人

臘後年華變關西驛騎遙塞鴻連暮雪江柳動寒條山水還鄣郡圖書入漢朝高樓非別處故吏百憂銷

春山道中寄孟侍御　前人

春來遊子傍歸路時有白雲遮獨行水流亂赴石潭響花開不知山樹名誰家魚網求鮮食幾處人煙事火耕昨日已嘗村酒熟一盃思與孟嘉傾

江北春望贈皇甫補闕　前人

閑園柳綠井桃紅野逕荒墟左右通清迴獨連江水北芳菲更似洛城東看時雨歇人歸岫每覺潮來樹起風聞道金門堪濟世何須身與海鷗同

璩授京兆府參軍戲書以示兼呈獨孤郎　權德輿

見爾府中趨初官足慰吾老牛還舐犢凡鳥亦將雛喜至翻成感癡來或欲殊因慙玉潤客應笑此非夫

國子柳博士兼領太常博士輒申賀贈　前人

博士本秦官求才帖職難臨風曲臺淨對月璧池寒講學分陰重齋祠曉漏殘朝衣辨色處雙綬更宜看

戶部王曹長楊考功崔刑部二院長並同鍾陵使府之舊因以寄贈又陪郎署喜甚常寮因書所懷且敘前好（集作所知）　前人

忽驚西江侶共作南宮郎宿昔芝蘭室今茲鴛鷺行子猷美風味左戶推公器含毫白雪飛出匣青萍利子雲常（集作嘗[illegible]）燕居作賦似相如閑成考課奏別貢院能（集作賢良）書子王諒貞實持刑慎丹筆秋天鴻鵠姿晚歲松筠質伊予誠薄才何幸復趨陪偶來塵右掖空此憶中臺時節東流駛悲歡追往事待月登庾樓排雲上蕭寺盍簪蓮府讌落帽龍沙醉極浦送風帆靈山眺烟翠解頤通善謔喻指窮精義搦管或飛章分曹時按吏雨散與蓬飄秦吳兩寂寞方期全擁腫豈望躡扶搖夜直分三署晨趨共九霄外庭時接武廣陌更連鑣北極星辰拱南薰氣序調欣隨眾君子並立聖明朝

晚渡揚子江却寄江南親故　前人

反照滿寒流輕舟任搖漾支頤見千里烟景非一狀遠岫有無中片帆風水上天清去鳥滅浦迴寒沙漲樹晚疊秋嵐江空翻宿浪胷中千萬慮對此一清曠迴首碧雲深佳人不可望

祗命赴京途次淮口因書所懷却寄使府

羣公　　前人

弱植素寡偶趨時非所任感恩再登龍求友皆斷金彪炳覩奇彩凄鏘聞雅音適欣佳期接遽歎離思侵靡靡遵遠道忡忡勞寸心難成獨酌謠空奏伐木吟沉寥清冬時蕭索白晝陰交懽諒如昨滯念紛在今因風試矯翼倦飛會歸林向晚淸淮駛迴首楚雲深

早發杭州泛富春江寄陸三十六(集作一)公祐(集作佐)　　前人

候曉起徒馭春江多好風白波連靑雲蕩漾晨光中四望浩無際沉憂將此同未離奔走途但恐成悲翁俯見觸餌鱗仰目凌霄鴻纓塵日已厚心累何時空區區此人世所向皆樊籠唯應杯中物醒醉爲窮通故人亥圃姿瓊樹紛靑葱終當此山北(集作去)共結蘭桂叢

寄隴右嚴判官　　劉方平

副相西征重蒼生屬[redacted]辰還同周薄伐不取漢和親虜陣摧枯易王師決勝頻高旗臨皷角太白靜風塵赤狄爭歸化青羌已請臣遥傳閫外美盛選幕中賓玉劒光初發冰壺色自真忠貞期報主章服豈榮身邊草含風綠征鴻過月新胡笳長出塞隴水半歸秦絶漠多來往連年猒苦辛路經西漢雪家擲後園春誰念煙雲裏深居汝頴濵一叢黄菊地九日白衣人松葉踈開嶺桃花密映津縑書若有寄爲訪許由鄰

寄嚴八判官　　前人

洛陽新月動秋砧瀚海沙場天半陰出塞能全仲叔策安親更切老萊心漢家宮裏風雲晚羌笛聲中雨雪深懷袖未傳三歲字相思空作隴頭吟

秋夜寄皇甫冉鄭豐　　前人

洛陽淸夜白雲歸城裏長河別(一作列)宿稀秋後見飛千里鴈月中鳴擣萬家衣長憐西雍靑門道久別東吴黄鵠磯借問客書何所寄用心不啻兩鄉違

閑居寄薛華　　于良史

隱机讀黄卷閑居耳目淸僻居人事少多病道心生雨洗山木濕鴉鳴池館晴晚來因廢卷行藥至西城

冬日野望寄李贊府　　前人

地儉(地儉又玄集作地險)朝陽滿天邊宿霧收風兼殘雪起河帶斷冰流北闕馳心極南圖尚旅遊登臨思不已何處得銷愁

宿藍田山口奉寄沈員外　　前人

山暝飛羣鳥川長泛四隣煙歸河畔草月照渡頭人朋友懷東道鄉關戀北辰去留無所適歧路獨迷津

贈宜陽張使君　　戎昱

暫作宜陽客深知太守賢政移千里俗人戴兩重天舊邦多新室閒坡盡闢田儻令黄霸在今日恥同年

再赴桂州先寄(二字集作上)李大夫　　前人

玷玉甘長弃朱門喜再遊過因讒後重恩合死前酬養驥須憐瘦栽松莫猒秋今朝兩行淚一半血和流

上桂州李大夫　　前人

今日辭門館情將衆別殊感深飜有淚仁過曲憐愚曉鏡傷秋鬢晴寒切病軀煙波萬里闊宇宙一身孤倚馬才寧有登龍意豈無唯於方寸内暗貯報恩珠

桂州西山登高上陸大夫　　前人

登高上山上高處更堪愁野菊他鄉酒蘆花滿眼秋風煙連楚郡兄弟愛荆州早晚朝天去親隨定遠侯

上湖南崔中丞　前人

山上青松陌上塵雲泥豈合得相親舉世盡嫌良馬瘦唯君不厭類詩作不棄臥龍貧千金未必能移性一諾從來擬殺身莫道書生無感激寸心還是報恩人

贈岑郎中　前人

童年未解讀書時誦得郎中數首詩四海煙塵猶隔闊十年魂夢每相思雖欣披霧逢迎疾已恨趨風拜識遲天下無人鑒詩句不尋詩伯更尋誰

贈李太守　于鵠

幾年為郡守家似布衣貧沽酒迎幽客無金與近臣擣茶書院靜講易藥堂春歸闕功成後隨車有野人

山中寄襄陽樊司空集作僕射　前人

却憶東溪日同年並學集作事儒僧房閑共宿酒肆醉相扶天畔雙旌貴山中病客孤無媒還有計春谷種桑榆

寄中山韋証　前人

懶成身似病因醉卧多時送客出溪少讀書終卷遲幽窓聞墜葉集作露晴集作秋景見遊絲早晚來收藥門前有紫芝

途中寄楊陟集作涉　前人

蕭蕭蘆荻晚一作華一逕入荒陂日色雲收一作輕處蛙聲雨歇時前村見來久羸馬自行遲聞作王門客應寒白接䍠

此詩二百十八卷重出今已削去注異同為一作

醉後寄山中友人　前人

昨日山家春酒濃野人相勸久從容獨憶卸冠眠細草不知誰送出深松都忘醉後逢廉度不省歸時見魯恭知已尚嫌身酩酊路人應恐笑龍鍾

贈李中華　梁鍠

莫向嵩山去神仙多誤人不如朝魏闕天子重賢臣

春眺揚州西上岡寄徐員外　朱長文

蕪城西眺極滄流漠漠春煙間樹樓瓜步早潮吞建業蒜山晴雪照揚州隋家故事不能問鶴在仙池期我遊

寄韓校書十七兄　李季蘭

無事烏程縣蹉跎歲月餘不知芸閣吏寂寞竟何如遠水浮仙棹寒星伴使車因過大雷岸莫忘八行書

得閻伯鈞書　前人

情來對鏡懶梳頭暮雨蕭蕭庭樹秋莫怪闌干垂玉筯只緣惆悵對銀鈎

喜嚴侍御蜀還贈嚴秘書　釋清江

往年分首一作手出咸秦木落花開秋又春江客不曾知蜀路旅魂何處訪情人當時望月思文友今日迎驄見近臣多羨二龍同漢代繡衣芸閣共榮親

此詩二百五十五卷重出用字多誤無可取今已削去

月夜有懷王端公兼簡朱孫二判官　前人

月照疎林驚鵲飛羇人此夜共無依青門旅寓身空老白首頭陁力漸微屢向曲池陪逸少幾迴戎幕接玄暉四科弟子稱文學五馬諸侯是繡衣江鴈往來曾不定野雲搖曳本無機脩行未盡身將盡欲向東山掩舊扉

早發陝州途中贈嚴秘書　前人

此身雖不繫憂道亦勞生萬里江湖夢千山雨雪行人家依舊壘關路閉層城未盡一作減交河虜猶屯細柳兵一作營艱難嗟遠客一作道棲託賴深情貧病一作苦吾將一作何有精脩許一作謂少卿

早春書情寄河南崔少府　前人

日日東風至陽和似不均病身(一作安)空益老愁(一作衰)鬢(一作貴)不
知春宇宙成遺物光陰促幻身客遊傷末路心事向行(一作何)
人道薄猶懷土(一作王)時難欲耿貧微才如可寄赤縣有鄉親

右二詩二百五十五卷重出並已刪去注異同爲一作

登樓望月寄鳳翔李少尹　前人

陌上涼風槐葉凋夕陽清露濕寒條登樓望月楚山上月
到樓南山獨遥心送秦人超鳳闕目隨陽鴈極煙霄軒車
不重無名客此地誰能訪寂寥

文苑英華卷第二百五十六

登仕郎胡柯　鄉貢進士彭叔夏　校正

文苑英華卷第二百五十七　詩一百七

寄贈十一

釋清江一首　釋靈一二首
釋護國一首　釋法照一首
釋皎然十三首　楊巨源八首
楊衡三首　歐陽詹五首
韓愈九首　元稹三首

贈淮西賈兵馬使　釋清江

破虜功成百戰場天書新拜漢中郎映門旌旆春風起對
客絃歌白日長堦下關雞花乍發營南試馬柳初黃由來
吳楚多同調感激逢君共異鄉

江行寄舍人(又玄集作寄張舍人)　釋靈一　此詩重見二百卷中但姓名及四字不同

客程終日風塵苦蓬轉還家未有期林色曉分殘雪後角
聲寒奏落帆時月高星使東[illegible]看遠雲破霜鴻欲度遲流蕩
此心難共說千峯澄霽隔瓊枝

山中寄王員外　釋護國

爲問幽蘭桂空山復君何芬芳終有分採折更誰過望在
軒墀近恩霑雨露多移居儻得地長願接瓊柯

寄錢郎中　釋法照

閉門深樹裏閑足鳥來過五馬不復貴一僧誰奈何藥苗
家自有香飯乞時多寄語嬋娟客將心向薜蘿

奉賀顏使君真卿二十八郎隔絕自河北遠歸　釋皎然

相(一作自)失值氛煙纔應掌上年久離驚貌長多難喜身全
此信尚書重加感太守憐滿庭看玉樹更有一枝連

春日杼山寄贈李員外縱　前人

南山唯與北山鄰一閉禪門老此身(集作古寺逢拳似我身)黃鶴有心多不住白雲何事獨相親閑持竹錫時(集作深)看水懶繫麻衣出見人無限幽芳徒欲寄(集作欲報幽蘭聊贈遠)郎官那許(集作賞)石門春

贈李中丞洪　前人

深沉閫外格(一作權)弈世當榮寄地裂大將軍家傳介珪瑞至今漳河俗猶受仁人賜公初鎮惟荊決勝無精兵重圍逼大敵六月守孤城政用仁恕立恩猶(疑作由)賞罰明遂令麾下士感德不顧生于時聞王師諸將兵頹潰天子狩南漢塵煙蒲函谷純臣獨耿介下士多返覆明公仗忠節一言感萬夫物性如蒺藜化作春蘭數見讒金被爍終期玉有瑜移官萬里道君子情何如

儕昔避事心乃是方袍客頓了空心旨仍高致君策安知七十年一朝值宗伯言如及清風醒然開我懷宴息與遊遨不將衣褐乘海底取明月衝波不可度上有巨蟒吞下多(一作有)毒龍護一與吾師言乃於中心悟咄哉冥冥子胡爲塵自汙

採實心竹杖寄贈李萼侍御　前人

竹杖裁碧鮮步林賞高直實心去內矯全節無外飾行藥聊自扶持危資爾力初生在榛莽孤秀豈封殖千雪不死枝贈君期君識

秋宵書事寄吳馮處士　前人

真(集作禪)性在方丈寂寥(集作寡寥)無四鄰秋天月色正清夜道心真大夢觀前事浮名悞(集作悟)此身不知庭樹意榮落感何人

贈和評事判官　前人

廷評年少法家流心似澄江月正秋學究天人知遠識權分鹽鐵許良籌春風憶酒烏家近好月論禪謝寺幽清白此來誰見賞憐君獨有富人侯

貽李湯　前人

茅氏常論七真記壺公好(一作愛)說三山事寧知梅福在人間獨爲蒼生作仙吏日服丹砂骨自清膚如冰雪心更明山中玉笥是仙藥袖裏素書題養生願隨黃鶴一輕舉仰望青霄獨延佇平生好駿君已知何必山陰訪王許

贈韓武康　前人

山僧雖不飲沽酒引陶潛此興少(一作無)人別多爲俗士嫌

戲呈吳馮　前人

世人不知心是道只言道在他方妙還如瞽老望長安長安在西向東笑

贈韋卓陸羽　前人

只將陶與謝終日可忘情不欲多相識逢人懶道名

聽寒更寄朱兵曹巨川　前人

欹枕聽寒更寒更發還住一夜萬千聲幾聲到君處

疾愈寄人　前人

哀樂暗成疾臥中芳月移西山有清士孤嘯不可追擣藥曙林靜汲泉陰澗遲微蹤與麋鹿遠謝求羊(一作舊交知)

對陸迅飲天目山茶因寄元居士晟　前人

喜見幽人會初開野客茶日成東井葉露採北山芽文火香偏勝寒泉味轉嘉投鐺湧作沫着椀聚生花稍與禪經近聊將睡網賒知君在天目此意日無涯

上劉侍中　楊巨源

命代生申甫承家翊禹湯廟謨膺閫氣師律動清霜鍾鼎
勳庸大山河(一作河山)誠誓長英姿凌虎視逸步壓龍驤道協
陶鈞力恩迴日月光一言弘社稷九命備珪璋政洽軍逾
肅仁敷物已康朱門重棨戟丹詔半縑緗位揔雲(一作興)龍
野師臨涿鹿鄉射鵰天更碧吹角塞仍黃深入平夷落橫
行闢漢疆功垂貞石遠名映色絲香斷(一作度)磧瞻貔武臨
池識鳳皇舞胥凝綺榭歌響拂彫梁杯淨傳鸚(一作鵡)裘鮮照
鷫鸘吟詩白羽扇校獵綠沉槍風景佳人地煙沙壯士場
幕中邀謝鑒(一作監)麾下得周郎珠影含空徹瓊枝映座芳
王渾知武子陳寔獎元方富貴春無限歡娛夜未央管絃
隨玉帳樽俎奉金章俗理寧因勸邊城詎假防軍容雄朔
漠公望冠巖廊分野隣孤島京坻溢萬箱曙華(分)碣石秋
色入漁陽城遠迷玄兔川明辨白狼忠賢多感激今古共
蒼茫堤擁紅蕖艷橋分翠柳行軒車紛自至亭館鬱相當
珍簟迴煩暑曾軒引早涼聽琴知思靜說劒覺神揚佳景
燕臺上清輝鄭驛傍鼓鼙(或作鍾)喧北里珪玉映東牀敢銜
由之瑟甘循賜也牆官微思假路戰勝忝外堂欲奮三年
翼頻迴一夕腸消憂期酒聖乘興任詩狂海內栽(一作分)桃
李天涯荷(一作蔭)稻粱昇沉門下意(一作客)誰道在蒼蒼

一作皆百家詩選

贈史開封　前人

天低荒草誓師壇鄧艾心知戰地寬鼓角迴臨霜野曙旌
旗高對雪峯寒五營向水紅塵起一劒當風白日看曾從
伏波征絕域磧西蕃部怯金鞍

贈侯侍御　前人

步逸辭羣迹機真結遠心(一作機忘結道心)彰詩揚大雅映古酌
高音逃禍栖蝸舍因醒解豸簪紫蘭秋露濕黃鶴晚(一作曉)
天陰舊業餘荒草寒山出遠林月明多宿寺世亂重悲琴
霄漢時應在詩書道未沉坐期閶闔霽雲暖一開襟(時朱泚阻兵)

懷德抒情寄上信州座主　前人

五馬江天郡諸生淚共垂讌餘明主德恩在侍臣知悵望
緘雙鯉龍鍾假一枝玉峯遥寄夢雲海暗傷離幢蓋全家
去琴書首路隨滄州值康樂明月向元規鵷鳳終凌漢蛟
龍會出池蕙香因掃發松色肯寒移舉世瞻風藻當朝揖
羽儀加飡門下意溪水綠逶迤

春晚東歸留贈李功曹　前人

芳田岐路斜脈脈昔年華雲露青絲騎香含翠幰車歌聲
仍隔水醉色本侵花唯有懷鄉客東飛羨曙鵶

奉寄通州元九侍御　前人

大明宮殿欝蒼蒼紫禁龍鍾直署香九陌華軒爭道路一
枝寒玉任煙霜須聽瑞雪傳心語莫(一作却)被啼猿續淚行
共說聖朝容直氣期君新歲奉恩光

贈渾鉅中允　前人

公子髫年四海聞城南侍獵雪雰雰馬盤曠野弦開月鴈
落寒原箭在雲曾向天西穿虜陣慣遊花下領儒羣一枝
瓊蕚朝光好綵服飄飄從冠軍

贈從弟茂卿(時欲北遊)　前人

吾從(一作家)驥足楊茂卿性靈且奇才甚清海內方微風雅
道鄴中更有文章盟扣寂由來在淵思搜奇本自通禪智
王維證時符水月杜甫狂颷遺天地流水東西岐路分幽州
迢遰舊來聞若爲向北驅疲馬山似寒空塞似雲

南海苦雨寄贈王四侍御(已見一百五十四卷)　楊衡

寄贈田倉曹灣　前人

芳蘭媚庭除灼灼紅英舒身爲陋巷客門有絳轎車朝覽夷吾傳暮習潁陽書昕雲高羽翼待價蘊璠璵纓弁雖云阻音塵豈復踈若因風雨晦應念寂寥居

秋夜閑居即事寄廬山鄭員外蜀郡符亟士　前人

憂思繁未整良晨會無由引領遲佳音星紀屢以周蓬闈絶華耀況乃亟窮愁墜葉寒擁砌燈火（一作光）夜悠悠閑琴弄清絃窺月俯澄流冉冉鴻雁度蕭蕭帷箔秋悵懷石門詠緬慕（或作戀）碧雞遊髣髴蒙顏色崇蘭隱芳洲

詠德上太原李尚書　歐陽詹

那以公方郭細侯并州非復舊并州九重帝宅司丹地十萬兵樞擁碧油鏘玉半爲趨閤吏腰金皆是走庭流王褒見（一作頌）德空知頌（一作歲）身在三千最上頭

以下五篇並見集本

太原旅懷呈薛十八侍御齊十二奉禮　前人

前來稱英雋有食主人魚後來曰賢才又受主人車伊予亦投刺恩煦胡凋踈既覩主人面復見（集作獻）主人書餬口百家周賃廡三月餘眼見寒序臻坐送秋光除西日惄饑腸北風疾（集作集）絺裾外堂有知音此意當何如

李評事公進示文集因贈之　前人

風雅不墜地五言始君先希微嘉會章杳冥河梁篇理蔓語無枝言一意則千往來更後人澆蕩醨前源傾筐實不收棟宇（集作撲撤）華爭繁大教護微旨哲人生令孫高飈激頽波坐使横流驫昔日越重阻側聆滄海傳遠茲覩清揚幸覩青琅編泠泠中山醇片片崑丘璠一盃有餘味再覽增光鮮對寶人（集作豈）皆鑒握槃筆良自妍吾其告先師六義今還全

徐十八晦落第　前人

嘉穀不夏熟大器當晚成徐生異凢鳥安得非時鳴汲汲有所（集作攸）爲驅驅無本情懿哉蒼梧鳳終見排雲征

春日途中寄故園所親　前人

客路度年華故園云未（集作未云）返悠悠去源水日日只有遠始歎秋葉零又看春草晚寄書南飛鴻相憶劇鄉縣（集本作中可疑）

上襄陽相公（集作酬中留別襄州李相公見二百八十八卷）　韓愈

奉使鎮州次承天行營上（上字一作奉酬）裴司空相公　前人

竄逐三年海上歸逢公復此着征衣旋吟佳句還鞭馬恨不身先去鳥飛

次石頭驛寄江西王十中丞閣老　前人

憑高迴馬（一作試回）首一望豫章城人由戀德泣馬亦別群鳴寒日夕始照江風遠漸平默然都不語應識此時情

自袁州除官還京行次安陸先寄隨州周循員外　前人

行行指漢東暫喜笑言同雨雪離江上蒹葭出夢中面猶含瘴色眼已見華風歲暮難相値酣歌未可終

雨中寄張博士籍侯主簿喜（已見一百五十四卷）　前人

奉使常山次太原呈副使吳郎中　前人

朗朗聞街鼓晨起似朝時翻翻走驛馬春盡是歸期地失嘉禾處風存蟋蟀辭暮齒良多感無事涕垂頤

將（集作入）至韶州先寄張端公（集作使君）借圖經　前人

曲江山水聞來久恐不知名訪倍難願借圖經將入界每逢佳處便開看

長安交遊者贈孟郊　前人

長安交遊者貧富各有徒親朋相遇時亦各有以娛陋室
有文史高門有笙竽何能辨榮悴且欲分賢愚

贈崔立之　前人

昔者十日雨子桑苦寒饑(集作子桑寒且飢)哀歌坐空屋(集作房)不
怨但自悲其友名子輿忽然憂且思褰裳觸泥水裹飯往
食之入門相對語天命良不疑好事漆園吏書之存雄詞
千年事已遠二子情可推我讀此篇日正當寒(集作雨)雪時
吾身固已困吾友復何為薄粥不足裹深泥諒難馳曾無
子輿事空賦子桑詩

見人詠韓舍人新律詩因有戲贈　元稹

喜聞韓古調兼愛近詩篇玉磬聲聲徹金鈴箇箇圓高蹤明
月下細膩早春前花態繁於綺閨情軟似綿輕新便妓唱
凝妙入僧禪欲得人人伏能教面面全延清(集作之)苦拘檢
摩詰好因緣七字排居敬千詞敵樂天(侍御八兄能為七言絕句贊善白君好作百韻律詩)殷勤閑太祝(張君)好去老通川(自謂)莫漫裁章句須
饒紫禁仙

越中寄白樂天(集作以州宅誇於樂天)　前人

州城迴繞拂雲堆鏡水稽山滿眼來四面常時對屏障一
家終日在樓臺星河似向簷前落鼓角驚從地底迴我是
玉皇香案吏降(集作謫)居猶得住蓬萊

重誇州宅旦暮景色兼酬前篇末句　前人

仙都難畫亦難書暫合登臨不合居繞郭煙嵐新雨後滿
山樓閣上燈初人聲曉動千門闢湖色宵涵萬象虛為問
西州羅刹石(樂天答微之詩題云落句有西州羅刹之謔)風波(集作濤頭)衝突近何如

文苑英華卷第二百五十七　登仕郎胡柯　鄉貢進士彭叔夏校正

文苑英華卷第二百五十八　詩一百八

寄贈十二

劉禹錫十七首　白居易二十三首

殷堯藩一首

分司東都蒙襄陽李司徒相公書問因以
奉寄　劉禹錫

早忝金馬客暮(集作晚)為商洛翁知名四海內多病一生中
舉世往還盡何人心事同幾時登峴首恃舊揖三公

以下十七篇並見集本

元和癸巳歲仲秋詔發江陵偏師問罪蠻徼
後命宣慰釋兵歸降凱旋之辰率爾成詠寄
荊南嚴司空　前人

蠻水阻朝宗兵符下渚宮前籌得上策無戰已成功漢使
星飛入夷心草偃同歡謠闒竹授拜舞擲桑弓就日知兵
釋投人念鳥窮網羅三面解章奏九門通弁服聯操袂彫
題盡鞠躬降幡秋練白驛騎晝塵紅火號休傳警機橋罷
且空登山不見虜振旆自生風江遠煙波靜軍迴氣色雄
佇看聞喜後金石賜元戎

贈澧州高大夫司馬霞寓　前人

前年牧(集作收)錦城馬踏血泥行千里追戎首三軍許勇名
殘兵疑鶴唳空壘辨烏聲一誤雲中級南遊湘水清

請告東歸發灞橋却寄諸僚友　前人

征徒出灞涘迴首傷如何故人雲水(集作雨)散滿目山川多
行車無停軌流景同迅波前歡漸成昔感歎益勞歌

思歸寄山中友人　前人

蕭條對秋色相憶在雲泉木落病身起潮平歸思懸涼鍾

山頂寺暝火渡頭船此地非吾土閑留又一年

途次華州陪錢大夫登城北樓春望因覩李崔令狐三相國唱和之什翰林舊侶繼踵華城山水清高鸞鳳翔集皆忝夙眷遂題是詩　前人

城樓四望出風塵見盡關西渭北春百二山河歸(集作雄)上國一雙旌旆委名臣壁中今日題詩處(一作句)天上同時草詔人莫怪老郎呈濫吹宦途離別舊情親

蘇州白舍人寄新詩有歎早白無兒之句因以贈之　前人

莫嗟華髮與無兒却是人間久遠期雪裏高山頭白早海中仙果子生遲于公必有高門慶謝守何煩曉鏡悲幸免如新分非淺祝君長詠夢熊(一作羆)詩(高山本高于門使之高二義殊古之詩流曉此)

河南王少尹宅讌張常侍白舍人兼呈盧李二副使(時曉[illegible]至濩作此詩已見二百十六卷)蒲地(濩院)　前人

覽董評事思歸之什因以詩贈　前人

幾年油幕佐征東却泛滄浪狎釣童欹枕醉眠成戲蝶抱琴閑望送歸鴻文儒自襲膠西相倚伏能齊塞上翁更說扁舟動鄉思青菰已熟柰秋風

早春對雪寄澧州元郎中　前人

新賜魚書墨未乾賢人暫屈遠人安朝驅旌旆行時令夜見星辰憶舊官梅蘂覆階鈴閣煖雪峯當户戟枝寒寧知楚客思公子北望長吟澧有蘭

蒙恩轉儀曹郎依前充集賢學士舉韓湖州自代因寄七言　前人

翔鸞闕下謝恩初通籍由來在石渠暫入南宮判祥瑞還歸内殿閲圖書故人猶在三江外同病凡經二紀餘今日薦君嗟久滯不唯文體似相如

竇朗州見示與澧州元郎中早秋贈答命同作　前人

隣境諸侯同舍郎芷江蘭浦恨無梁秋風門外旌旗動曉露庭中橘柚香玉簟微涼宜白晝金笳入暮應清商騷人昨夜聞鶗鴂不歎流年惜衆芳

贈致仕滕庶子先輩(時及第人中最老)　前人

朝服歸來晝錦榮登科記上更無兄壽觴每使(一作許)曾孫獻勝境長攜衆妓行矍鑠據鞍能騁健殷勤把酒尚多情凌寒却向山陰去衣繡郎君雪裏迎(時令子爲御史主務在越中)

美温尚書鎮定興元以詩寄賀　前人

旌旗入境犬無聲戮盡鯨鯢漢水清從此世人開耳目始知名將出書生

寄陝州姚中丞　前人

八月天地肅二陵風雨收旌旗闕下來雲日關東秋禹跡想前事漢臺餘故丘徘徊襟帶地左右帝王州留滯悲昔老恩光榮徹侯相思望棠樹一寄商聲謳

爲郎分司寄上都同舍　前人

籍通金馬門身在銅駞陌省闥晝無塵宮樹遠疑碧荒堦蘚淺深(集作荒街淺深轍)古渡潺湲石唯有嵩丘雲堪誇早朝客

裴祭酒尚書見示春歸城南青松塢別墅寄王左丞高侍郎之什命同作　前人

早宦閲人事晚懷生道機時從學省出獨望郊園歸野彴渡春水山花映巖扉石頭解金章林下步綠薇青松鬱成塢修竹盈尺圍吟風起天籟蔽日無炎威危逕盤羊腸連甍聳翬飛幽谷響樵斧澄江(集作江潭)環釣磯因高見帝城冠

蓋揚光輝白雲難持寄清韻投所希二公如長離比翼翔太微含情謝林壑酬唱迸（一作酬贈騈）珠璣顧予文郎潛愁寂對芳菲一聞丘中趣再撫黃（一作再聽撫）金徽

寄獻北都留守裴令公　白居易

天上中台正人間一品高（中書令上應中台司徒官一品）休明值堯舜勳業過蕭曹始擅文三捷（進士及第博學制策連登三科）終兼武六韜動人名赫赫憂國意忉忉伐（集作遼）蔡擒封豕（吳元濟）平齊斬巨鼇（李師道也）兩河收土宇四海定波濤寵重移宮籥（自東都留守授北京留守）恩新換閫旄保釐東宅靜（周公召公東治洛宅）守護北門牢晉國封疆闊并州士馬豪胡兵驚赤幟邊鴈避烏號令下流如水仁沾澤似膏路喧歌五袴軍醉感單醪將校森貔武賓僚儼隽髦客無煩夜柝吏不犯秋毫神在臺駘助魂亡獫狁逃德星銷彗孛霖雨滅腥臊烽戍高臨代關河遠控洮汾雲時（集作晴）漠漠朔吹冷颼颼豹尾交牙戟虬鬚捧佩刀通天白犀帶照地紫麒麟袍羌管吹楊柳燕姬酌蒲萄（蒲萄酒出太原）銀含鑿落線（集作盞）金屑琵琶槽遥想從軍樂應忘報國勞紫微留北闕（中書令即紫微令也）綠野寄東皐（綠野堂在東都午橋莊也）忽憶前時會多慙下客叨清宵陪讌話美景從遊遨花月還同賞琴詩雅自操朱絃拂宮徵洪筆振風騷近竹開方丈依林架桔槔春池八九曲畫舫兩三艘徑滑苔粘屐潭深水没篙綠絲縈岸柳紅粉映樓桃（皆午橋莊中景物之佳者）爲穆先陳醴（騶居）（每十齋日在會常蒙以三勒湯代酒）招劉共藉糟（劉夢得也）舞環金翡翠歌頸玉蠐螬盛德終難退明時豈易遭（曹）公雖慕張范（張良范蠡）帝未捨伊皐眷戀心方結踟躕首已搔鸞凰上寥廓燕雀住蓬蒿欲獻文狂簡徒煩思鬱陶可憐四百字輕重抵鴻毛

以下二十三篇並見集本

錢侍郎使君以題廬山草堂詩見示以戲之（集作）見寄因酬之　前人

此篇三百十四卷重出今已削去

殷勤江郡守悵望掖垣郎慚見新瓊什思歸舊草堂事隨心未得名與道相妨若不休官去人間到老忙

贈江州李十使君員外　前人

我本江湖上悠悠任運身朝隨採樵（集作賣藥）客暮伴打（集作釣）魚人跡爲燒丹隱家緣嗜酒貧經過剡溪雪尋覔武陵春豈有疎狂性堪爲侍從臣仰頭驚鳳闕下口觸龍鱗劒佩辭天上風波向海濱非賢虛偶聖無屈可（集作敢）求伸昔去曾同日今來即後塵（元和末余與李員外同日黜官今又相次出爲刺史）中年俱白髮（集作鬚）左官各朱輪長短才雖異榮枯事略均殷勤李員外不合不相親

初到郡齋寄錢湖州李蘇州聊取二郡一哂故有落句之戲　前人

俱來滄海郡半作白頭翁謾道風煙接何曾笑語同吏稀秋税畢客散晚亭空霽後當樓月潮來滿座風雲溪殊冷僻茂苑太繁雄唯有（集作此）錢塘郡閑忙恰得中

初冬早起寄夢得　前人

起戴烏紗帽行披白布裘爐溫先暖酒手冷未梳頭早景烟霜白初寒鳥雀愁詩成遣誰和還是寄蘇州

春盡日天津橋醉吟偶呈李尹侍郎　前人

宿雨洗天津無泥未有塵初晴迎早夏落照送殘春興發詩隨口狂來酒寄身水邊行嵬峩橋上立逡巡疎傳心情老吳公政化新三川徒有主風景屬閑人

洛下閑居寄山南令狐相公　前人

巳收身向園林下猶寄名於禄仕間不鍛嵇康彌懶靜無

金踈傳更貧閑支分門内餘生計謝絶朝中舊往還唯是相君未忘得時思漢水夢巴山

元微之新除浙東觀察喜得相(一作抗)隣　前人

稽山鏡水歡遊地犀帶(一作角)金章榮貴身官職比君雖校小封疆與我且爲鄰郡樓對望(集作訖)千山(集作峯)月江界平分兩岸春杭越風光詩酒主相看更合與何人

花前有感兼呈崔相公劉郎中　前人

落花如雪鬢如霜醉拾(集作把)花看益自傷少日爲文(集作名)多檢束長年無興可顛狂四時輪轉春常少百刻支分夜苦長何事共同(集作同生)壬子歲老於崔相及劉郎(余與崔劉同年獨早衰白)

侍中晉公欲到東洛先蒙書問期宿龍門思往感今輒獻長句　前人

昔蒙興化池頭送(大和三年春居易授賓客分司東京時蒙侍中於興化里池上宴送)今許龍門潭上期聚散但慙長見念榮枯安敢道相思功成名遂來雖久雲卧山遊去未遲聞説風情筋力在只如初破蔡州時

寄荆(集作荆山)南淮南二相公　前人

故交海内只三人兩(集作二)座巖廊一卧雲老愛詩書應是我(集作還似)榮兼將相不如君百年膠漆初心在萬里煙霄中路分阿閣鸞凰(一作阿鸞綵鳳)野田鶴誰(集作何)人信道舊同羣

縣西郊秋寄贈馬造(集作達)　前人

紫閣峯西清渭東野煙深處夕陽中風荷落(一作老)葉蕭條綠水蓼閙(集作殘)花寂寞紅我厭官遊君失意可憐秋思兩心同

見于給事暇日上直寄南省諸郎官詩因以

戲贈(此詩已見一百九十一卷)

夜宿江浦聞元九(集作八)改官因寄此什　前人

君遊丹陛已三遷我泛滄浪欲二年劒佩曉趨雙鳳闕煙波夜宿一漁船交親盡在青雲上鄉國遥抛白日邊若報生涯應笑殺結茅栽芋種畬田

江樓晚眺景物鮮奇吟翫成篇寄水部張籍員外　前人

澹煙踈雨間斜陽江色鮮明海氣涼蜃散雲收破樓閣虹殘水照斷橋梁風翻白浪花千片鴈破(集作點)晴天字一行好着丹青圖畫(集作寫)取題詩寄與水曹郎

立秋夕涼風忽至炎暑稍消即事詠懷寄汴州節度使李二十尚書　前人

嫋嫋簷樹動好風西南來紅釭霏微滅碧幌飄颻開披襟有餘涼拂簟無纖埃但喜煩暑退不惜光陰催河秋稍清淺月午方徘徊或行或坐卧體適心悠哉美人在浚都旌旗繞樓臺雖非滄溟阻難見如蓬萊蟬迎節又換鴈送書未迴君位日寵重我年日摧頹無因風月下一與共持盃(集作一舉平生盃)

同夢得暮春寄賀東西川二楊尚書　前人

龍節對持真可愛鴈行相接更堪誇兩川風景同三月千里江山屬一家魯衛定知聯氣色潘楊亦覺有光華(予與二公皆忝姻戚)應憐洛下分司伴冷宴閑遊老看花

寄贈元九　前人

自我從宦遊七年在長安所得唯元九(集作君)乃知定交難豈無山上苗徑寸無歲寒豈無要津水咫尺有波瀾之子異於是久要(集作題)誓不諼無波古井水有節秋竹竿

一爲同心友三及芳歲闌花下鞍馬遊雪中盃酒歡銜門
相逢迎不具帶與冠春風日高睡秋月夜深看不爲同登
第（集作科）不爲同署官所合在方寸心中（集作源）無異端

贈吳丹　前人

巧者力苦（集作若）勞智者心苦愁（集作若憂）愛君無巧智終歲閑
悠悠甞登御史府亦佐東諸侯手操糾謬簡心運決勝籌昔
途似風水君心如虛舟汎然而不有進退得自由今來脫豸
冠時往侍龍樓官曹稱心靜居處隨跡幽冬負南榮日支
體甚溫柔夏卧北窻風枕席如涼秋南山入舍下酒甕在
床頭人間有閑地何必隱林丘顧我愚且昧勞生殊未休
一入君（集作金）門直星霜三四周主恩信難報近地徒久留
終當乞閑官退與夫子遊

潯陽歲晚寄元八郎中庾三十三員外　前人

閱水年將暮燒金道未成丹砂不肯死白髮事須生病肺
慙盃滿衰顏忌鏡明春深舊鄉夢歲晚故交情一別浮雲
散雙瞻列宿榮螭頭皆下立龍尾道前行封事頻聞奏除
書數見名虛懷事僚友平步取公卿漏盡雞人報朝迴女
使（集作幼女）迎可憐白司馬老大在湓城

醉贈劉二十八使君　前人

爲我引盃添酒飲與君把筯擊盤歌詩稱國手徒爲爾命
壓人頭不奈何舉眼風光常寂寞滿朝官職獨蹉跎亦知
合被才名折二十三年折太多

初到忠州贈李大夫　前人

好在天涯李使君江頭相見日黃昏吏人生梗都如鹿市
井疎蕪只抵村一隻蘭舟當驛步百層石磴上州門更無
平地堪行處虛受朱輪五馬恩

歎春風兼贈李二十侍郎　前人

樹根雪盡催花發池畔（集作岸）冰消放草生唯有鬚霜依舊
白春風於我獨無情

寄嶺南張明府　殷堯藩

春草正萋萋知君過惡溪鷓將吉日語猿共猓然啼別路
龜先斷還家夢幾迷定尋雷令劍應識越王笄樹色多於
北潮聲少向西椰花好爲酒誰伴醉如泥

文苑英華卷第二百五十八

登仕郎胡　柯　鄉貢進士彭　叔夏　校正

文苑英華卷第二百五十九　詩一百九

寄贈十三

孟郊九首　張籍十二首

李廓一首　章孝標六首

賈島二十三首

擢第後東歸書懷獻坐主呂侍郎　孟郊

昔歲辭親淚今爲戀恩泣去住情難並別離景易戢夭矯大空鱗曾爲小泉蟄幽意獨沉時震雷忽相及神行既不宰直制(集作致)非所執至運本遺功輕生各(一作若)自立大君思此化良佐自然集寶鏡無私光時文有新習慈親誠(集作誠)志就賤子歸情急擢第謝靈臺牽衣出皇邑行襟海日曙逸抱江風入蕭葭綠波浪芙蓉紅岸濕雲寺勢動搖山鍾韻噓吸舊遊期再踐懸水得重挹松蘿雖可居青紫終嘗拾

以下九篇並見集本

贈裴樞端公　前人

君子量不極胷呑百川流嫉邪霜意(集作氣)直問客(集作俗)春辭柔日戶晝輝靜月杯宵景幽詠驚芙蓉發嘯激風飇秋鸞步獨無侶鶴音清(集作仍)寡儔幸霑分寸顧散此千萬憂

古意贈梁補闕　前人

曲木忌日影讒人畏賢明自來(集作然)照燭間不受邪佞輕不有百煉火孰知寸金情(集作精)銅鉛正同鑄願分麤與精(集作全鉛正銅鑑願分精與麤以避精字)

贈章仇兵馬使(集作大隱詠章仇將軍良弃功守貧)　前人

歆君滄(集作江)海心誰能辨淺深揖君高山岳(集作山岳德)誰能齊嶔岑東海精爲月西岳氣凝金進則萬景晝退則羣物陰吾(集作我)欲薦此言天門峻沉沉風飇亦感激爲我颸颸吟

上河陽李大夫　前人

上將秉神略至兵無血(集作猛)威三軍當嚴冬一撫勝重衣寒(集作霜)劍奪衆星夜星失長輝蒼鷹獨立時惡鳥不敢飛武牢鎖天關河橋紐地機大君(集作軍)奚以安守此稱者稀貧士少顏色貴門多輕肥試登山岳高始(文粹作方)見草木微山岳恩既廣草木心皆(一作亦)歸

奉贈蘇州韋使君　前人

謝客吟一聲霜落羣聽清文含元氣柔鼓動萬物輕嘉木依性植曲枝亦不生塵埃徐庾詞金玉曹劉名章句作雅正江山益鮮明蘋萍一浪草菰蒲片池榮曾終(集作是)康樂詠如今攀(集作搴)其英顧惟菲薄質亦願將此行(集作并)

大隱詠崔從事郎以正隱官(集作以直隱職)　前人

古人留清風千載遙贈君破松見貞心裂竹見直紋(集作看直文)殘月色不改高賢德常新家懷詩書富宅抱草木貧安排一泉深(集作安得一歸泉)未化千尺鱗含意永不語釣璜幽水濱

題陸鴻漸上饒新開山舍　前人

驚彼武陵狀移歸此巖邊開亭擬貯雲鑿石先得泉嘯竹索(集作引)清吹吟花討(集作成)新篇乃知高潔情擺落區中緣

贈韓愈　前人

何以定交契贈君高山石何以寶貞資(集作保貞堅文粹作保貞姸又作寶貞賢)贈君青松色貧交過此外無可相彩飾更有石(君首集作關)鼠詩吟之堪淚滴(集作空滴淚)其(集作碩)鼠既穿墉又齧機上絲穿墉有闕土齧機無餘絲(集作齧絲無餘衣蓋連押兩絲字)朝吟枯桑柘暮泣空杼機豈是無巧妙絲斷將何施衆人尚肥華志士多饑羸願君保此節天意當察微

登城寄王秘書建　張籍

聞君住鶴嶺西望白（集作月）依依遠客偏相憶登城獨不歸
十年爲道侶幾處共柴扉今日煙霞外人間得見稀

以下十二篇並見集本

寄昭應王中丞　前人

借得街西宅開門御（集作渭）水頭長貧唯要健漸老不禁愁
獨凭藤書案空懸竹酒甕春風石甕寺會擬待（集作作意共）君遊

贈姚合少府　前人

病來辭赤縣案上有丹經爲客燒茶竈教兒掃竹庭（集作亭）
詩成添舊卷酒盡卧空瓶闕下今遺逸誰占（集作瞻）隱士（一作者）星

舟行寄李湖州　前人

客行（集作愁）無次第川路動（集作重）辛勤瀼寄舟行泝（集作漾寄行舟滋一作萍寄移舟遊）
灣多㶚轉頻（集作轉㶚頻）薄遊空感惠客（集作失）計自憐貧賴誦（一作有）
汀洲句（一作閑）時時慰遠人

此詩二百九十三卷重出今已削去注異同爲一作

書懷寄王祕書　前人

白髮如今欲滿頭從來（一作前）百計（集作事）盡應休唯（集作祇）於
觸事（集作目）須防病不擬將心更養愁下藥遠求新熟酒看
山多上最高樓賴君同在京華內（集作城住）每到花時免獨遊

贈王祕書　前人

不曾浪出謁公侯唯向花間水畔遊每酌新泉看藥竈多
收古器在書樓有官只作山人老平地能開洞穴幽自顧
閑思無別事（集作自領閑司了無事）得來君處喜相留

寄白二十二舍人　前人

早知內詔過先輩蹭蹬江南百事疏湓浦城中爲上佐爐
峯寺後着幽居偏依仙法多求藥長共僧遊不讀書三省
此來名望重肯容君意（集作去）樂樵漁

寄蘇州白二十二使君　前人

三朝出入紫微臣頭白金章未在身登第早年同座主題
書今日是（集作異）州人閶門柳色煙中遠茂苑鶯聲雨後新
此處吟詩向山寺知君望斷（集作志却）曲江春

寄元員外　前人

外郎直罷無餘事歸洒書堂對藥爐門巷不教當鬧市（集作要鬧）
詩篇轉覺足功夫月明臺上惟僧到夜靜坊中有酒沽朝
省入頻閑日少可能同作舊遊無

贈趙將軍　前人

當年膽略已縱橫每見妖星氣不（集作未）平身貴早登龍尾
道功高自破鹿頭城尋常得對論邊事委曲承恩掌內兵
會取安西將報國淩煙閣上早（集作大）書名

贈賈島　前人

籬落荒涼僮僕飢樂遊原上住多時蹇驢放飽騎將去（集作出）
秋卷裝成寄與誰拄杖傍田尋野菜封書乞米趁朝炊姓
名未上登科記身屈唯應內史知

贈商州王使君　前人

銜命南來會郡堂却思朝裏接班行才雄猶是山城守道
薄初爲水部郎選勝相留開客館尋幽更引到僧房明朝
從此辭君去獨出商關路漸長

上令狐舍人　李廓

名引（集作利）生愁地貧居歲（集作逐）月移買書添架上斷酒逐
（集作過）花時宿客嫌吟苦乖童恨睡遲近來唯儉靜將此答
深知

思越州山水寄朱慶餘　章孝標

窻戶潮頭雪雲霞鏡裏天島桐秋送雨江艇暮搖煙藕折

蓮牙脆茶挑茗蘚鮮還將歐冶劒更淬若耶泉

蜀中上王尚書　前人

梓桐花暮碧雲浮天許文星寄上頭武略詔環輝（一作錦環劒）相府詩情錦浪浴山州丁香風裏飛牋草邛竹煙中動酒鈎自古高名閑不得肯容王粲賦登樓

贈劉侍郎子弟三人一時及第　前人

文動星辰衣綵霞閑誰兄弟是劉家鴈行雲接參差翼庭樹風開次第花天假聲名喧日月國憑騷雅變浮華曾看晉漢儒家（一作流）傳龍虎雖多不足誇

題東林寺寄江州李員外　前人

山勢稜層入杳冥寺形高下遶山形象牙牀坐蓮花佛瑪瑙函盛貝葉經日映砌陰移寶閣風吹天樂動金鈴門前更有清江水便是潯陽太守廳

錢塘贈武侍御翊黃　前人

曾將心劒作戈矛一戰名場造化愁花錦文章開四面天人科第上（集作占）三頭鴛鴻侍侶飛清（集作中）禁山水緣（集作延）情住外州時伴庾公看海月好詩吟斷望潮樓

贈陸邕浙西進詩除官　前人

帝城雲物得陽春水國煙花失主人昨日天風吹樂府六宫絃管一時新

再投李益常侍　賈島

何勵初投刺當時赴尹京淹留花木變然諾肺腸傾避暑蟬移樹登高鴈過城人家嵩岳色公府洛河聲聯句逢秋盡嘗茶見月生新衣裁白紵思從曲江行

以下二十二 [illegible]

寄錢庶子　前人

曲江春水滿北岸枕（集作掩）柴關紙有僧鄰舍全無物映山樹陰終日掃詩債（集作藥債）隔年還猶記聽琴夜寒燈竹屋間

宿姚合宅寄張司業　前人

閑宵因集會柱史話先生身愛無一事心期往四明松枝影搖動石磬響寒清誰伴南齋宿月高霜滿城

黃子陂上韓吏部　前人

石樓云一別二十二三春相逐外堂者幾爲埋骨人滲流開染（集作度）瘴病起賀還秦曾是今（集作令）勤道非唯鄮在屯踈衣蕉縷細爽味茗芽新鍾絕滴殘雨螢多無近鄰溪潭承到數位秩見辭頻若箇山招隱機忘任此身

喜姚郎中自杭州迴　前人

路多楓樹林累日泊清陰來去泛流水翛然適此心一披江上作三起月中吟東省期司諫雲門悔不尋

贈李金州　前人

綿里祠前後山程蹤白雲沂流隨大旆登岸見全軍曉角吹人夢秋風卷鴈羣霧開方露日漢水底沙分

寄宋州田中丞　前人

古郡近南徐關河萬里餘相思深夜雨（集作後）未答去年（集作秋）書自別知音少難忘識面初舊山期已久門掩數畦蔬

寄劉侍御　前人

衣多苔蘚痕猶擬更趨村（集作門）自夏雖無病經秋不過原積泉留代鴈疊岫（集作嶠）隔巴猿琴月西齋集如今豈復言

秋暮寄友人　前人

寥落關河暮霜風樹葉低遠天垂地外寒日下山西有志煙霞切無家歲月迷清宵話白閣已負數年棲

寄胡遇　前人

一自殘春別經炎復到涼螢從枯樹出蛩入破堦藏落葉

書勝紙閑砧坐當床東門因送客相訪也何妨

寄武功姚主簿　前人

居枕江沱北情懸渭曲西數宵曾夢見幾度得書批驛路穿荒坂公田帶淤泥靜碁功奧妙閑作韻清淒鋤草留叢藥尋山上栢(集作石)梯客迴河水漲風起夕陽低空地苔連井孤村火隔溪卷簾黄葉落鏁印子規啼隴色澄秋月邊聲入戰鼙會須過縣去況是屢招攜

重與彭兵曹　前人

故人在城裏休寄海邊書漸去老不遠別來情豈踈硯冰催臘日山雀到貧居羨有平戎計官家(集作蒙)別勑書(一作官名)(勑盡除前巳押書字)

寄賀蘭朋吉　前人

往往東林下花香似火焚故園從小別夜枓(集作雨)近秋聞野菜連寒水枯株簇古墳泛舟同遠客尋寺入幽雲斜日扉多掩荒田徑細分相思蟬幾處偶坐蝶成羣會宿曾論道登高省議文苦吟遥可想邊葉向紛紛

上邠寧邢司徒　前人

箭頭破帖全(集作渾)無敵杖底敲毬遠有聲馬走千蹄朝萬乘地分三郡擁雙旌春風欲盡山花發曉角初吹客夢驚不是邢公來鎮此長安西北未能行

勵州李使君改任遂州因寄贈　前人

庭樹幾株陰入户主人何在客聞蟬鑰開原上高樓鎖瓶汲池東古井泉因趁(集作趁靜)野禽曾後到休吟鄰叟始安眠仙都弱(集作山)水誰能憶西去風濤書滿船

投龐少尹　前人

閑户息機播白首中庭一樹有清陰年年不改風塵趣日轉多泉石心病起望山臺上立覺來聽雨燭前吟龐公相識元和歲眷分依依能至今

賀龐少尹除太常少卿　前人

太白山前終日見十旬假滿擬秋尋中峯絶頂非無路北闕除書又入林朝謁此時閑野屐宿齋何處正鳴砧省中石磴陪隨步唯賞烟霞不厭深

贈翰林學士　前人

清重可過知内制從前禮絶外庭人看花在處多隨駕召宴無時不覲(集作及)身馬自賜來騎覺穩詩緣見徹語長(集作當)新應憐獨向名場苦曾十餘年浪度(集作過)春

寄韓潮州　前人

此身(集作心)曾與木蘭舟直到天南潮水頭隔嶺篇章來華岳出關書信過瀧流峯懸驛路殘雲斷海浸城根老樹秋一夕瘴煙風卷盡月明初上浪西樓

黎陽寄姚合　前人

魏都城裏遊從熟才子齋中止泊多去日緑楊垂紫陌歸時白草映(集作夾)黄河新詩不覺千迴詠古鏡還曾一(集作曾經幾)番磨惆悵心思滑臺北滿盃濃酒與愁和

三月晦日贈劉評事(已見一百五十七卷)　前人

戲贈友人　前人

一日不作詩心源如廢井筆硯為轆轤吟詠作縻綆朝來重汲引依舊得清冷書贈同懷人詞中多苦辛

寄遠　前人

別腸多鬱紆豈能肥肌膚始知相結客不及相結踈踈別恨應少密離恨難袪門前南流水中有北飛魚魚飛向北海可以寄遠書不惜寄遠書故人今在無況此數尺身阻

彼萬里途自非日月光難以知子軀

文苑英華卷第二百五十九

登仕郎胡柯　鄉貢進士彭叔夏　校正

文苑英華卷第二百六十　詩一百十

寄贈十四

姚合十三首　于武陵四首
朱慶餘八首　厲玄一首
釋無可七首　劉得仁十九首

贈太祝張籍　姚合

絕妙(集作妙絕)江南曲淒涼懸女詩古風無手敵新語是人知飛動終由格工夫過却奇儒書參雜(集作添集)卷樂府換歌詞李白應先拜(集作許)劉楨必有(集作自)疑貧須君子救病合國家醫野老(集作客)開山借鄰僧與米炊甘窮(集作貧)辭聘幣依選授(集作受)官資多見愁連曉(集作晚)稀聞債盡時聖朝文墨(集作物)盛太祝獨低眉

以下十三篇並見集本惟寄李使君一篇集無

贈王建司馬　前人

久向空門隱交親亦不知文高輕古語(集作意)官冷似前資老學(集作覺)僧齋徒貧還藥價(集作酒債)遲仙方小字寫行坐把相隨

寄李頻　前人

性跡常似病(集作閑門常不出)閑院(集作惟覺)長庭莎朋友來看少詩書卧讀多命隨才苦(集作共)薄愁與酒(集作醉)相和珍重君名字新登甲乙科

寄王度　前人

顦悴王居士顛狂不稱時天公與貧病時輩便(集作復)輕欺茅屋隨時貸(集作年借)盤飡逐日移(集作炊)棄嫌官似夢敬(集作珍)重酒如師無竹栽蘆看思山疊石爲靜窗邀客睡(集作留客話)古寺覓僧碁瘦馬寒來死羸童餓得癡唯尋阮籍傳(集作唯應尋阮籍)心事遠相知

寄賈島　前人

漫向城中住兒童不識錢甕頭寒絶酒竈額曉（集作冷）無煙
狂發吟如哭愁來坐似禪新詩有幾首旋被衆人傳

寄李群玉　前人

九衢名與利無計攖關人道遠輕欺世才高貴重身石脂
稀勝乳玉粉細於塵骨換肌膚臟心虛（集作靈）氣色真嵩山
高到日洛水暖如春居住應安穩黄金幾竈新

書懷寄友人（六韻）　前人

精心奉北宗微宦在南宫舉世勞爲適閑門事不窮年來
復幾日蟬去又鳴鴻衰疾誰人問閑情與酒通四鄰寒稍
静九陌夜方空知老何山是愚歸幽（集作愚）谷中

寄裴使君（集作喜覽裴中丞詩卷）　前人

新詩盈道路清韻似敲金調格江山峻功夫日月深蜀牋
方入寫越客始銷吟後輩難知處朝朝枉用心

寄絳州李使君　前人

獨施清静化千里管横汾黎庶應深感朝廷亦細聞心期
在黄老家事是功勳物外須仙侣人間要使君花多匀地
洛（園）山近滿廳雲戎客無因去西看白日曛

寄陸渾縣尉李景先　前人

微俸應（集作還）同請唯君獨自閑地偏無驛路藥賤管仙山
月色生松裹泉聲在石間吟詩復飲酒何事更相關

奉寄（集作和）東都留守令狐相公　前人

除書（集作官）東守洛陽宫恩比藩方任更雄拜表出時傳七
刻排班衙日有三公旌旗嚴重臨關外侍府（集作庭宇）清深接
禁中三十六峯詩酒思朝朝閑望與誰同

寄東都分司白賓客　前人

闕下高眠過十旬南宫印綬乞離身詩中得意應千首海
内嫌官只一人賓客分司真是隱山泉遶宅豈辭貧竹齋
晚起多無事唯到龍門寺裹頻

寄狄拾遺（文粹作耿）時魏州從事　前人

少在兵馬間長還繫戎職雞飛不得遠豈要生羽翼三年
城中遊與君最相識應知我衷腸不苟念衣食主人樹勳
名欲滅天下賊愚雖乏智謀願陳一夫力人生須氣徤飢
凍縛不得睡當一席寬覺乃千里窄古人不懼死所懼死
無益至交不可合一合難離折君當相勸勉苦語毒胷臆
百年心知閒誰恨（集作限）河南北

贈賣松人　于武陵

入市雖求利憐君意獨貞欲將寒澗樹賣與翠樓人瘦葉
幾經雪淡花應少春長安重桃李徒染六街塵

友人南遊不迴因而有寄　前人

相思春樹緑千里亦依依鄠杜月頻滿瀟湘人不歸桂花
風半落煙草蝶雙飛一别無消息水南車迹稀

早春日山居寄城郭知己　前人

陽和潛發蕩寒陰便使川源景象深入户風泉聲瀝瀝當
軒雲岫自沉沉殘雲帶雨輕飄雪嫩柳含煙小綻金雖有
眼前詩酒興遨遊爭得稱閑心

寄友人　前人

長安清渭東遊子迹重重皆是紅塵路難尋君馬蹤昔時
輕一别漸老貴相逢應戀嵩陽住嵩陽有古松

孔尚書致仕（因而有寄贈）　朱慶餘

高人心易足三表乞身閑與世長（集作因）踈索唯僧得往還
直聲留闕下生計在林間時復逢晴（集作清）景乘車看遠山

上汴州（集作淮南）令狐相公　前人

罷相恩猶在那容處靜司政嚴初領節名重更因詩公事巡營後戎裝拜敕時恭聞長與善應念出（集作合在）身遲

贈（集作題寄）王祕書　前人

唯求賣（集作買）藥價此外更無機扶病看紅（江）葉辭官着白衣斷籬通野徑高樹蔭隣扉時復留僧宿餘（集作遊）人見亦稀

上江州李員外　前人

起家聲望重自古更誰過得在朝廷少還因諫諍多經年愁瘴癘幾處想（一作遇）恩波入境無餘事唯聞父老歌

賀張水部員外拜命　前人

省中官最美無似水曹郎前代佳名遜當時重姓張白鬚吟麗句紅葉吐朝陽徒有歸山意君恩未可忘

發沂州寄田少君　前人

識君心未半意欲往經秋見酒聯詩句逢花駐馬頭別來唯獨宿夢裏尚同遊所在求飡過無因解得愁

上張水部　前人

出入門闌久兒童亦有情不忘將姓字長說向公卿每許連牀坐時容並馬行恩深轉無語懷抱自分明

贈江夏盧使君　前人

詩人中最屈無與使君儔白髮雖求退明時合見收登山猶自健縱酒可多愁好是能騎馬相逢見鄂州

寄婺州温郎中（時刺睦州）　厲玄

積雪没蘭溪隣州望不迷波中分鴈宿樹杪接猿啼婺女家空在星郎手未攜故山新寺額掩泣荷重題（中丞捨宅爲寺郎中爲題寺額故有此句）

贈王將軍　釋無可

勳高絶少年分衛玉階前雄勇明王重温恭執友賢功書唐史闕（集作闕）名到虜庭偏劒彩浮龍影衣香襲御煙捜書秋霽閣走馬夕陽田急兎投深草嗔鷹下半天野人盈邸第朝客醉盤筵位在（集作立）將軍列官隨憲府遷刻心思報國吁氣欲開邊選帥如公議須知少比肩

寄羽林盧大夫　將軍（集作梵香）耀金（集作黃金）里追（集作馬隨）　前人

將軍直禁闈（一作闈）繡服耀金羈羽衛九天靜英豪四塞知望雲回朔鴈隔水射宮麋（一作聽水入宮池）舊國無歸思秋堂夢戰時門風荀氏敵劒藝霍家推計日旌旗下蕭蕭萬里追

書事寄萬年厲員外　前人

帝城皆劇縣令尹美居東遂拜趙張下暫離星象中擁歸從北闕送上動南宮舉起盆中日驅行草上風不驚盧犬（集作聞盧鵲）吠漸見夏臺空紫禁黃山遠滄溟素滻通封疆親日月邑里出王公遂盜千門啓興祥五稼豐胥徒迎曉集賦稅共秋終條教關天道歌謠入聖聰土膏寒麥覆人海晝塵蒙廨宇松連翠朝街火散紅文場新桂茂粉署舊蘭崇留客揮盈爵抽毫詠早鴻（公與諸文士賦早鴻詩也）前騶潘岳貴故里邵平窮勸隱蓮峯久期耕樹谷同（秦嶠同歸華山樹谷）梟飛將去業劒氣尚埋酆（一作豐）何必華陰土方垂拂拭功

寄姚諫議　寂寞（集作籍籍）　前人

鳴鞭靜路塵寂寞諫垣臣函疏封還（集作辭專）密爐香立獨親篋多臨水作窻宿卧雲人危坐開寒紙燈前起草頻

大理正任二十所和江淹擬古三十章寄示　前人

不嗇迴青眼應疑似碧雲古風真往哲雅道濫朝聞活獄感豪右銷時賴典墳如何經濟意未克致吾君

寄殿院薛侍御　前人

名高意轉(集作本)閑墻仍日(集作浮俗白)難攀佐蜀連鑣出朝天
獬豸還迴翔歷清院彈奏迴離班僧到休揮翰閑軒復解
顏(集作休幹通玄旨留僧畫掩關)

秋中聞馬戴遊華山因寄　前人

三峯待秋上鳥外掛衣巾獨見無窮境應非暫往(集作住)身
水寒仙掌露雲住(集作林靜)華陽人欲問壇邊月尋思缺復新

上翰林丁學士　劉得仁

今代如堯代御(一作崇)賢察衆情久聆推行實然後佐聰明
官自文華重恩因顧問生詞人求作稱天子許和羹御柳
凋霜晚宮泉滴月清直廬寒漏近秋燭白麻成玉殿移(集作多)
時對金輿(集作階)數侍行賜衣香未散借馬色難名時輩何
偏羨儒流此最榮終當聞燮理寰海求昇平

登第山中舒懷寄上丁學士　前人

五字投精鑒慙非大雅詞本求閑賜覽豈料便蒙知幽拙
欣殊幸提携更不疑弱苗須兩長懶翼在風吹礪鏃端楊
葉光門待桂枝計聞塵裏譽因和禁中詩(學士有禁中詩早春曾命和)

上姚諫議　前人

高文與盛德皆謂古無倫聖代生才子明庭有諫臣巳贍
龍袞近漸向鳳池新却憶波濤郡來時島嶼春名因詩句
大家似布衣貧曾暗投新軸頻聞奬滯身照吟清夕月送
藥紫霞人終計依門館何疑不化鱗

陳情上李景讓大夫　前人

一被浮名誤旋遭白髮侵裴徊戀明主夢寐在秋岑遇物
唯多感居常只是吟待時鈐定口經事壓低心辛苦文場
久因緣戚里深(親弟大中元年尚主)老迷新道路窮(一作貧)賣舊園林
晴賞行聞水宵棊坐見參龜留閑去問僧約偶來尋壁書
潛憑鵲娛情願有琴此生如遂意誓死報知音上德憐孤
直唯公拔陸沉丘山恩忽被螻蟻力難任作鑒明同日聽
言重若金從兹更無報(一作恨)翹足俟爲霖

上丁學士　前人

何處訪岐路青山但憶歸風塵數年限(集作恨)門館一生依
外族帝王是中朝故(一作親)舊稀斵令浮議者不許九霄飛

贈雍陶博士　前人

腹是群書笥官爲六義師情高少塵事朝下足閑時有句
同人伏無私曹子知漢庭公議在正與觸邪宜

和鄭先輩謝秩閑居寓書所懷　前人

西風日夜吹萬木共離披近甸新晴後高人得意時聱閑
心亦泰論道面難欺把筆還詩債將琴當酒資藍衫懸竹
析烏帽掛松枝名占文章重官歸諫憲遲生涯貧帝里公
議到台司室冷沾苔蘚門清絕路岐莫言憐白屋即賀立
丹墀豈慮塵埃久雲霄故有期

夏日感懷寄所知　前人

了了見岐路欲行難負心趁時不圓轉自古易湮沉日正
林方合蜩鳴夏巳深中郎(一作蔡邕)今遠在誰識爨桐(集作中)音

病中晨起即事寄場中往還　前人

昨日離塵裏今朝懶巳成豈能爲久隱更欲泥浮名虛牖
晨光白幽園曉氣清戴沙尋水去披霧入林行疊葉孤禽
在初陽半樹明桑麻新雨潤蘆荻古波聲易向田家熟元
於世路生病多三徑塞吟苦四隣驚

陳情上知巳　前人

性與才俱拙名場迹甚微久居顔益厚獨立事多非刻骨
搜新句無人憫白衣明時自堪戀不是不知(集作志)機

秋夜寄友人　前人

永夜無他慮長吟畢二更暗燈搖壁影灤雨滴堦聲道進愁還淺年加睡自輕如何得深術相與捨浮名（集作業）

寄春坊顧校書　前人

寧因不得志寂寞本相宜瞑目冥心坐花開葉合（集作花落）時數畦蔬甲出半夢鳥聲移只恐龍樓曉（集作更）歸山又更（一作見）違

寄雍陶先輩　前人

久別青雲士幽人分固然愁心不易去蹇步卒難前盡落經霜葉頻陰欲雪天歸山自有限豈待白頭年

寄友人　前人

所思同海岱所夢亦煙波默坐看山久閑行值寺過獨吟黃葉亂相去碧峯多幸（一作我）有歸心在君心竟若何

對月寄雍陶　前人

圓明寒魄上天地一光中臨水通宵坐知君此興同華凝衣有露靜極樹無風若向湘江見湘江見底空

喜顧非熊上第（其年內索文章）　前人

愚為童稚時已解愛君詩怡得高科晚須逢聖主知花前灑有淚驥上却無絲從此東西（集作歸）去休為墜葉期

寄謝觀　前人

十五年餘苦今朝始遇君無慙於白日不枉別孤雲得失天難問稱揚鬼亦聞此恩銷鏤骨吟坐葉紛紛

贈敬晊助教二首　前人

到來常聽說清虛手把玄元七字書仙籍不知名姓有道情唯見往來踈已能絕粒無飢色早晚休官買隱居便欲去隨為弟子片雲孤鶴肯相於

二

街西靜觀求居處不到權門到寺頻禁掖人知連狀薦國庠官滿一家貧清儀都道（一作猶是）蓬瀛客直氣堪為諫諍臣自顧無成年漸長報恩唯願殺微身

文苑英華卷第二百六十

登仕郎胡　柯　鄉貢進士彭　叔夏　挍正

文苑英華卷第二百六十一　詩一百十一

寄贈十五

周賀二十一首　温庭筠二十四首
杜牧十八首　許渾十八首
曹汾一首

寄寧海李明府　周賀

山縣風光異(一作美)公門石水清一官居外府幾載別(一作日到)
東京故疾梅天發新詩雪夜成家貧希(一作思)減選時静憶
歸耕抱疾窮(一作把蹤尋)書義澄心得獄情夢靈邀客(一作部)解
劒(一作鏡)古棟人(一作覓僧)呈守月通(一作閑)宵坐尋花迴路(一作傍徑)
行從來知愛道何慮白髭生

投江州張郎中　前人

要地無(集作多)閑日仍容(集作容仍)冒謁頻借(集作買)山年淡閏寢
郡月踰旬驛徑曾衝雪公泉省滌塵隨行溪路細接話草
堂新減藥痊餘(一作全除)癖飛書問苦(集作苦問)貧噪蟬離宿(集作抛壞)
殼吟客寄秋身錬句盈箱篋懸圖視蜀閩静居(集作使君)匡阜
近終作社中人

出關寄賈島(一作送客)　前人

舊鄉無子孫誰共老青門迢遞早秋路別離深夜村伊流
偕遠客岳響答啼(集作清)徠去後期招隱何當復此言

此詩二百七十九卷重出今已削去

贈胡僧　前人

瘦形無血色草履着行穿閑話似持呪不眠同坐禪背經
來漢地祖膊過冬天情性人難會遊方應信緣

贈然上人　前人

竹逕瓶水新深稱北窓人講罷見黄葉詩成尋舊隣錫陰
迷(集作連)坐石池影露齋身苦作南行(集作遊)約勞生始問津

春日山居寄友人　前人

春居無俗喧時立澗門前路遠少來客山深多過徠帶(集作倚)
巖松色老臨木杏花繁除憶文留役(集作外)何人更可言

贈朱慶餘校書　前人

風泉晝(一作夜)結氷寒夢(一作入)徹西陵越信楚城得遠懷中
夜興樹停沙島鶴茶會石橋僧寺閣連官舍行吟過(一作到)
幾層

贈緱氏(集作山)李明府　前人

貴邑清風滿帷(集作誰)通上宰心杉松出郭部(集作杉檉出外部)雨
雹下嵩陰度鴈方當壘來僧始到岑西池月色迥(集作孤月色)
會接一宵吟

寄杭州姚合郎中　前人

轉海移(集作轉刺來)山郡連年別省曹分題得客(集作惠)少着價
買書高蓽(集作晚)郲蟬和角寒城燭照濤鄱陽(集作溪)卧疾久
(集作者)未暇(集作不及)從乘艘

寄朱餘慶(已見二百三十一卷)　前人

贈李主簿　前人

稅時兼主印每日得閑稀對客放科吏為官亦典衣案遲
吟坐待宅近步行歸見說論詩道應愁斷是非

贈厲玄侍御　前人

山松徑與瀑泉通巾舄行吟想越中塞鴈去經華頂末鄉
僧來自海濤東關分河漢秋鍾絕露滴彌猴夜嶽空抱疾
因尋周柱史杜陵寒葉落無窮

贈姚合郎中　前人

望重來為守土臣清高還似武公貧道從會解惟求靜詩
造玄微不趁新玉帛定知難撓思雲泉終是得閑身兩銜
向後無餘事門館多逢請益人

晚秋江館書事寄姚郎中　前人

病寄西州居帶城倚門孤柳一蟬鳴澄江月上見魚擲荒
逕葉乾聞犬行越島夜無侵閣色寺鍾寒有隔源聲故園
賣卜休歸去湖水秋來空自平

上陝府姚中丞　前人

此心長愛狎禽魚仍候登封獨著書領郡只嫌生藥少在
官長恨與山疎成家盡是經綸後得句應多諫諍餘見說
養真求退靜溪南泉石許同居

贈道人　前人

布褐高眠石竇春迸泉多濺黑紗巾搔頭說易當朝秀落
手圍棊對俗人自算天年窮甲子誰同雨夜守庚申擬當
太華何時去他日相尋乞藥銀

守韓司兵　前人

多病十年無舊識滄洲戰後始逢君已知罷秩辭瀧水相
勸移家近嶽雲泗上旅郵侵疊浪雪中歸路踏荒墳若為
此別終期老書札何曾寄北軍

夏日寺居寄楊侍御　前人

雨過北（一作碧）林空晚景院閑人去掩斜陽十年多苦（一作病）
度寒（一作落）葉萬里亂愁生夜牀終歎及耕牛性拙多（一作夕）
慙他（一作多）事與身忙還（一作遲）知謝客名先重肯為詩篇問（一作接）
楚狂

寄金陵僧　前人

水石致身閑自得平雲竹閣少炎蒸齋牀幾減供禽食禪

徑寒通照像燈覓句當秋山落葉臨書近臘硯生水行登
揔到諸餘寺坐聽蟬聲滿耳頻

寄長孫中丞　前人

潯陽却到是何日此地今無舊使君長憶窮冬宿廬嶽瀑
泉氷折共僧聞

寄潘緒　前人

楊柳垂絲與地連歸來一醉向溪邊相逢頭白莫惆悵世
上無人長少年

寄山中人　温庭筠

月中一雙鶴石上千尺松素琴入爽籟山酒和春容幽瀑
有時斷片雲無所從何事蘇門生攜手東南峯

旅泊新津欲寄一二知己　前人

維舟息行役，霄景近江村。併起別離恨，思聞歌吹喧。高林月初上，遠水霧猶昏。王粲平生感，登臨幾斷䰟。

初秋寄友人　前人

閑夢正悠悠，凉風生竹樓。夜琴知欲雨，曉簟覺新秋。獨鳥楚山遠，一蟬關樹愁。憑將離別恨，江水問同（一作東）遊。

贈僧雲棲　前人

麈尾與筇杖，幾年離石壇。梵餘林雪厚，碁罷岳鍾殘。開卷喜先悟，漱瓶知早寒。衡陽寺前鴈，今日到長安。

雪夜與友生同宿曉寄近鄰（已見一百五十四卷）

鄠郊外墅寄所知　前人

持頋望平綠，萬景集所思。南塘過新雨，百草生容姿。幽鳥不相識，美人何可期。徒然委搖蕩，惆悵春風時。

贈盧郎中　前人

白首方辭滿，荆扉對渚田。雪中無陋巷，醉後似當年。一笈負山藥，兩瓶攜澗泉。夜來風浪起，何處任漁船。

贈盧長史　前人

移病欲成隱，扁舟歸舊居。地深心事少，官散故交踈。道直更無侶，家貧惟有書。東門煙水夢，非獨為鱸魚。

寄渚宮遺民弘里生　前人

柳弱湖堤曲，籬踈水巷深。酒闌初促席，歌罷欲分襟。波月欺華燭，江雲潤故琴。鏡閑花共葉，牀冷簟連心。荷疊平橋暗，萍稀敗舫沉。城頭五更鼓，窓外萬家砧。異縣雨投浪，當年鳥共林。八行香未滅，千里嘆難尋。未肯峨良顧，空期嗣好音。他時詠懷作，猶得並南金。

春日將欲東歸寄新及第苗紳先輩（一作下第寄司馬扎）　前人

幾年辛苦與君同，得喪悲歡盡是空。猶喜故人先折桂，自憐羈客尚飄蓬。三春月照千山路（集作道），十日花開一夜風。知有杏園無路入（一作計），馬前惆悵滿枝紅。

贈李將軍　前人

誰言荀（一集作家荀）羨愛功勳，年少登壇衆所聞。曾以能書稱內史，又因明易號將軍。金溝故事春長在，玉軸遺圖火（集作文）華

半焚。不學龍驤畫山色（集作水），醉鄉無迹似閑雲。

寄盧生　前人

遺業荒凉近故都，門前堤路枕平湖。綠楊陰裏千家月，紅藕香中萬點珠。此地別來雙鬢改，幾時歸去片帆孤。他年猶擬金貂換，寄與黃公舊酒壚。

贈袁司録（即丞相淮陽公之猶子與庭筠有舊也）　前人

一朝辭滿有心期，花發楊園雪覆（一作壓）枝。劉尹故人諳往事，謝郎諸弟得新知。金釵醉就胡姬畫，玉管閑留洛客吹。記得襄陽耆舊語，不堪風景峴山碑。

寄清凉寺僧（已見二百三十三卷）

贈蜀將（蠻入成都頻著勳勞　見三百卷邊將門）

春暮宴罷寄宋壽先輩　前人

斜掩朱門花外鍾曉鶯時節好相逢窻間桃蘂(集作蕋)宿粧在雨後牡丹春睡濃蘇小風姿迷下蔡馬卿才調似臨卭誰憐芳草連(集作生)三徑參佐橋西陸士龍

寄岳州李外郎遠(一作貽)

含嚬不語坐搘頤天近樓高宋玉悲湖上殘碁人散後岳陽微雨鳥來遲早梅猶得回歌扇春水還應理釣絲獨(一作唯)有袁安(一作宏)正憔悴一罇惆悵落花時

投(集作上)翰林蕭舍人

人間鴛鷺杳難從猶恨(集作獨恨)金扉直(集作九)重萬象曉(集作晚)歸仁壽鏡百花春滿(集作隔)景陽鍾紫微芒動詞初出紅

臘香殘詔未封每過朱門愛庭樹一枝何日許從容

秋日旅舍寄義山李侍御

一水悠悠隔渭城渭城風物近柴荆寒蛩乍響催機杼旅鴈初來憶弟兄自爲林泉牽曉夢不關砧杵報秋聲子虛何處堪消渴試向文園問長卿

却歸(集作徑)商山寄借同行友人　前人

曾讀逍遙第一篇爾來何事(集作無處)不恬然便同南郭能忘象兼笑東林學坐禪人事轉新花爛熳驛(集作客)程依舊水潺湲若教猶作當時意應有垂絲在鬢邊

遊南塘寄王知白　前人

白鳥梳翎立岸莎藻花菱刺泛微波煙光似帶侵垂柳露

點如珠落點荷楚水晚凉催客早杜陵秋思傍蟬多劉公不信歸心切聽取江樓一曲歌

晚坐寄友人　前人

九枝燈在瑣窻空希逸無聊恨不同曉夢未離金夾膝早寒先到石屏風遺簪可惜三秋白蠟燭猶殘一寸紅應卷鰕鬚看浩齒鏡中惆悵見梧桐

西江寄友人(集作貽釣叟)騫生　前人

碧天(集作晴江)如鏡月如鈎泛灧蒼茫迷客愁夜淚潛生竹枝曲春灘遥聽(集作上)木蘭舟事隨雲去身難到夢逐煙銷水自流昨日歡娛竟何事(集作在)一枝梅謝楚江頭

寄河南杜少府(集作尹)　前人

十歲(集作載)歸來鬢未彫玳簪珠履見常僚豈關名利分榮路自有才華作慶霄鳥影不飛(集作參差)經上苑騎聲相續過中橋夕陽亭下(集作畔)山如畫應念田歌正寂寥

許七侍御棄官東歸瀟灑江南頗聞自適高秋企望題詩寄贈十韻　杜牧

天子繡衣吏東吳美退居有園同庾信避事學相如蘭畹晴香嫩筠溪翠影踈江上九秋後風月六朝餘錦肆開詩軸青囊結道書霜巖紅薜荔露沼白芙蕖睡雨高梧密棋燈小閣虛凍醪元亮秫寒鱠季鷹魚塵意迷今古雲情識卷舒他年雪中棹陽羨訪吾廬(於義興縣近有水榭)

除官行至昭應聞友人出官因寄　前人

賤子行集作來千里明公去一麾不能揮集作休涕淚豈獨感
恩知草木窮秋集作秋風後山川落照時如何望故國驅馬却
遲遲

江上雨寄崔碣已見一百五十三卷　前人

贈張祜　前人

詩韻一逢君平生稱所聞粉毫惟畫月瓊尺只裁雲黥陣
人人懾秋霜集作星歷歷分數篇留別我羞殺李將軍

寄張祜已見三百十三卷　前人

寄李起居四韻　前人

楚女梅簪白雪姿前溪碧水凍一作水醪時雲壘心亞知難
捧鳳管簧寒百受吹南國斂眸能聆聽侍臣香袖愛僛垂

自憐窮律窮途客正劫孤燈一局碁

李給事　前人

一章緘拜皁囊封集作中懍懍集作懍懍朝廷有古風元禮去歸
緱氏學李膺退罷歸緱氏教授生徒給事論鄭注告滿歸潁陽也江充來見大臺空鄭注對於浴堂中紛紛白晝驚千古鐵鎖朱殷幾一空曲突徙薪人
不會海邊今作釣魚翁

李膺事載後漢本傳今杜集誤作緱氏

寄宣州鄭諫議　前人

大夫官重鎮江東瀟灑名儒振古風文石階集作陛前辭聖
主碧雲天外作冥鴻五言寧謝顏光祿百歲須齊衛武公
冊拜宜爲集作同丈人行過庭交分有無同

豫章中丞業深韜畧志在功名再拜集作奉長句兼
有諮勸　前人

檣似鄧林江泊天越香巴錦萬千千勝王閣上柘枝皷徐
孺亭前鐵軸船八郡元侯非不貴萬人師長豈無權要君
一作知嚴重踈歡樂猶有河湟可下鞭一作時收河湟

初春雨中舟次和州裴使君見迎李趙秀才同來
因書四韻兼寄許渾　前人

芳草渡頭微雨時萬株楊柳拂波垂蒲根水煖鴈初浴梅
徑香寒蜂一作蝶未知詞客倚風吟暗澹使君廻馬濕旌旗
江南仲蔚多情調悵望春陰幾首詩

途中寄友人　前人

道傍高木盡依依落葉驚風處處飛未到鄉關聞早鴈獨
於客路受寒衣煙霞舊想長相阻書劍投人久不歸何日
一名隨事了與君同採碧溪薇

贈李處士長句四韻　前人

玉函怪牒鎖靈篆紫洞香風吹碧桃老翁四百爪牙利擲
史萬里精神高靄靄祥雲隨步武纍纍秋塚嘆蓬蒿三山
朝去應非久姹女當窗織羽袍

贈李秀才是上公孫子　前人

骨清年少眼如冰鳳羽參差五色層天上麒麟時一下人
間不獨有徐陵

寄楊州韓綽判官　前人

青山隱隱水遙遙秋盡江南岸草（集作草木）凋二十四橋明月夜美玉（集作人）何處坐（集作教）吹簫

冬至日寄小姪阿宜　前人

小姪名阿宜未得三尺長頭圓筋骨緊兩臉明且光去年學官人竹馬遶四廊指揮羣兒輩意氣何堅剛今年始讀書下口三五行隨兄旦夕去斂手整衣裳去歲冬至日拜我立我傍祝爾願爾貴仍且壽命長今年我江外今日生一陽憶爾不可見祝爾傾一觴陽德比君子初生甚微茫排陰出九地萬物隨開張一似小兒學日就復月將勤勤不自已二十能文章仕宦至公相致君作堯湯我家公相家劒珮常丁當舊第開朱門長安城中央第中無一物萬

卷書滿堂家集二百編（一作三百篇）上下馳皇王多是撫州寫今來五紀強尚可與爾讀助爾為賢良經書刮根本史書閱興亡高摘屈宋艷濃薰班馬香李杜泛浩浩韓柳摩蒼蒼近者四君子與古爭強梁願爾一祝後讀書日日忙一日讀十紙一月讀一箱朝廷用文治大開官職場願爾出門去取官如驅羊吾兄苦好古學問不可量晝居府中治夜歸書滿牀後貴有金玉必不為爾藏崔昭生崔芸李兼生窟即惟錢一百屋破散何披猖今雖未即死餓凍幾欲僵參軍與縣尉塵土驚劻勷一語不中治笞箠身滿瘡官罷得絲髮好買百樹桑稅錢未踰足得米不敢嘗願爾聞我語歡喜入心腸大明帝宮闕杜曲我池塘我若自潦倒

看汝爭翱翔總語諸小道此詩不可忘

赴京初入汴口曉景即事先寄兵部李郎中　前人

清淮控隋漕北走長安道檣形櫛櫛斜浪態迤迤（徙何夕）好初旭紅可染明河淡如掃澤闊鳥來遲村饑人語早露蔓蟲絲多風蒲燕鶵老秋思高蕭蕭客愁長裊裊因懷京洛間宦遊何戚草什伍持津梁須滂爭追討翦便詎可尋幾祕安能考小人乏馨香上下將何（一作祠）禱唯有君子心顯豁知幽抱

題安州浮雲寺樓寄湖州張郎中（已見三百十三卷）　前人

贈宣州元處士（已見三百三十一卷）　前人

寄題南山（集作商洛）王隱居　許渾

近逢商洛客知爾住南塘草閣平春水柴門掩夕陽隨蜂收野蜜尋麝採生香更憶前年醉松花滿石床

留贈偃師主人

孤城漏未殘徒侶拂征鞍洛北去愁遠淮南歸夢闌曉燈回壁暗晴雪卷簾寒強（集作更）盡主人酒出門行路難

贈梁將軍　前人

曾經黑山虜一劒出重圍年長窮書意時清隱戰機（集作釣磯）高僧（集作齋）雲外住瘦馬月中歸唯說鄉心苦春風鴈北飛

贈柳璟陶馮二校書　前人

霄漢兩飛鳴喧喧滿(集作動)禁城桂堂同日盛芸閣隔年榮
香掩蕙蘭氣韻高鸞鶴聲應憐茂陵客未有子虛名

寄友人(集作寄袁校書) 前人

新歲(集作貧居)樂游北江海思迢迢雪夜書千卷花時酒一瓢
獨吟(集作愁)秦樹老孤夢楚山遥有路應相念風塵滿黑貂

將歸茅山燕寄李叢時兩河用兵(集作聞兩河用兵因貽友人) 前人

故人日已遠身事與誰論氣直(集作悱惻)難趨世心孤易感恩
晨歌(集作秋悲)憐宋玉夜舞笑劉琨從此歸山去無因更出門(集作徒有千時策青山高掩門)

長與里夏日寄南陵避暑 前人

侯家大道傍蟬噪樹蒼蒼開鎖洞門遠下簾高館凉欄圍
紅藥盛架引綠蘿長永日一歌枕故山雲水鄉

舟行早發廬陵郡郭寄滕郎中 前人

楚客亭橈太守西(集作知)露凝丹葉自愁(集作秋)悲蟹螯只恐
相如渴鱸鱠應防曼倩饑風卷曙雲飄角遠雨昏寒浪掛
帆遲離心可羡高齋夢(集作夕)巫峽花深醉玉巵

京口閑居寄兩都親友(集作京洛友人) 前人

吳門煙月昔同遊梧葉蘆花並客舟聚散有期雲北去浮
沉無計水東流一樽酒盡青山暮千里帆(集作書)回碧樹秋
何處相思不相見鳳城宮闕楚江頭(集作樓)

郊園秋日寄洛中友人(一作親友) 前人

楚水西來天際流感時相(一作傷)別思悠悠一樽酒盡青山
暮千里(一作萬)書(一作春)回碧樹秋日落遠波驚(一作低)宿鴈風
吹輕浪起眠鷗嵩陽親友誰相念(一作相問)(一作如)潘岳閑居欲白
頭

此詩第二聯與前篇同未喻

獻鄜坊丘常侍 前人

詔選將軍護北戎身騎白馬臂彤弓柳營遠識金貂貴榆
塞遥知玉帳雄秋檻鼓聲驚朔雪曉階旗影起邊風蓬萊
每望平安火應奏班超定遠功

寄當塗李遠 前人

賦擬相如詩似陶雲陽煙月又同袍車前驥病駑駘逸架

上鷹閑鳥雀高舊日樂貧能飲水他時隨俗願餔糟不須
倚向青山住詠雪題詩用意勞

寄殷堯藩 前人

十年聞君(集作名)翰墨林爲從知己信浮沉(集作沉沉)青山有雪
諳松性碧落無雲稱鶴心帶月獨歸蕭寺遠翫花頻醉庾
樓深尋思(集作思君)一見如瓊樹空把新詩盡日吟

移攝太平寄前李明府 前人

病移嚴邑稱閑身(集作何)幾處風光貫酒頻溪柳遠門彭澤
令野花連洞武陵人嬌歌自駐壺中日(集作景)艷舞長留海
上春早晚高臺更同醉綠蘿如帳草如茵

春日思舊遊寄南徐從事劉三復 前人

風熢曲江花半開忽思京口共銜盃湘潭雲盡暮山出巴蜀雪消春水來懷王尚悲迷楚塞捧金猶羨樂燕臺薊門高處極歸思隴鴈比飛雙鸞廻

贈河東虞押衙

吳門風水各（集作洛）萍流月滿花開懶獨游萬里山川分曉夢四鄰歌管送春愁昔年顧我長青眼今日逢君已（集作盡）白頭莫向樽前更惆悵古來投筆盡（集作摠）封侯

移攝太守（集作陵陽春日）寄汝洛舊遊　前人

百年身世（集作似）學飄蓬澤國移家疊嶂中萬頃碧波魚戀釣九重青漢鶴愁籠西池水冷春巖雪南陌花香晚（集作曉）樹風縱有芳樽何處（集作心）不醉故人今（集作多）在洛城東

寄友人（集作寄宋汝都）　前人

朱檻煙窗（集作霜）夜坐勞美人南國舊同袍山長水遠無消息瑤瑟一彈秋月高

望九華寄衡陽杜員外　曹汾

載月早辭三秀館進明初識九華峯差差玉劍寒鋩利裊裊青蓮翠葉重奇狀却疑人畫出嵐光如爲客添濃行春若到五溪上此處褰帷正面逢

諸本兩卷皆作二百六十一其篇數雖合總目而詩多重復或全異者如周賀十二首重者三溫庭筠十五首重者五杜牧九首皆不同許渾十四首前卷闕其九後卷增其二所贈者許集又無之而總目却有曹汾一首疑是汾詩今一合爲一卷去其重複注異同爲一作

文苑英華卷第二百六十一

文苑英華卷第二百六十二　詩一百十五

寄贈十六

張祜七首　李洞九首
方干二十三首　李白一首
李群玉六首　陳陶十一首

寄朗州徐員外　張祜

江嶺昔飄蓬人間值俊雄闗西今孔子城北舊徐公清夜游何處良辰此不同傷心幾年事一半在湖中

贈薛昇臣侍御　前人

一命前途遠雙曹小邑閑夜潮人帶（集作到）郭春霧鳥啼山淺瀨横沙堰高巖峻石班不堪曾倚棹猶復夢升攀

寄盧載

故人盧氏子數載曠佳期少見雙魚信多聞八米詩侏儒他甚飽款段爾應羸勿謂令劉二相逢不熟槌

寄靈澈上人（此詩已見二百二十三卷）　前人

投常州從兄中丞　前人

扁舟何所往言入善人邦舊愛鵬摶海今聞虎渡江土因爲政樂儒爲說詩降素履氷容静新詞王韻縱金魚聊觧帶畫鷁稍移棹邀妓思（集作促坐邀）逃席留賓命倒釭吏材誰是伍經術世無雙廣厦當宏構洪鍾併待撞成龍須讓邴展驥莫先龐應念宗中末秋螢照一窓

贈淮南將　前人

年少好風情垂鞭𨈬睚行帶金御子小褁錦麒麟𢃲𢷏匠裝銀鐙堆錢買鈿箏李陵雖効死時論亦輕生

寄獻蕭相公　前人

東去江干（集作山）是勝遊昇湖興（集作相）望不堪愁謝安近日違朝旨傅説當時允帝求暫向聊城飛一箭長爲滄海繫扁舟分明此事無人見白首相看未肯休

贈麗錬師　李洞

家住涪江漢語嬌一聲歌戛玉樓簫睡融春日柔金縷粧發秋霞戰翠翹兩臉酒醺紅杏妬半胷酥嫩白雲饒若能攜手隨仙令皎皎銀河渡鵲橋

述懷二十韻獻覃（疑）相公　前人

帝夢求良弼生身屬聖明青雲縣器業白日貫忠貞（一作精）鸑鷟隨春動忻忻共物榮静宜浮競息坐覺好風生萬國聞應躍千門望盡傾瑞含楊柳色氣變管絃聲百辟尋知度三階正有程魯儒規蘊藉周誥美和平碧水遺幽抱朱絲寄遠情風流秦印綬儀表漢公卿忠讜期登用回邪自震驚雲開長劍倚路絶一峯横九野方無事滄溟本不争國將身共計心與衆爲城早晚中條下紅塵一顧清南潭容伴鶴西笑忽遷鶯折樹恩難報懷仁命甚輕二年循困辱百口望經營未在英僎選空勞短羽征知音初（疑作相析）國從此免長鳴

感知上刑部鄭侍郎　前人

寄掩白雲司蜀都高卧時隣僧點寒燭宿鳥動秋池帝誦
嘉蓮表人吟寶劍詩石渠流月斷畫角截江吹開出黃金
勅前飛白鷺鷥公心外國說重望兩朝持淨鮮斜圭影孤
總響錫枝興幽松雪見心苦硯氷知緣夫蟲聲切過門馬
足遲漏殘終卷讀日下大名垂平磧容鵬上仙山許狖窺
數聯金口出死免愧立爲

感恩書事上鳳翔舉義司徒相公　前人

積雪峯西遇獎稱半家寒骨起溝塍鎮時賢相回人鏡報
德慈親點佛燈受鉞已聞諸國靜坐籌重見大河澄功居
第一圖煙閣依舊終南滿杜陵

上司空員外　前人

禪心高靜似疎慵閑客經過不厭重藤杖幾携童積雪玉
鞭曾把數高峯夜眠古卷（疑作巷）當城月秋直清曹入省鐘
禹鑿故鄉歸未得河聲聒老兩三松

春日寄書事一二知已

滑馬地西一帶泉開門物景似林川朱衣掩竹人歸縣白
首遺泥鶴上天索米夜燒風折竹無車春養雪藏鞭縉紳
處士知章句忍使孤窓枕淚眠

廢寺閑居寄懷一二罷省歸郎　前人

貧居廢廟冷吟煙無力爭飛類病蟬愧省老郎蒙王棄月
波（一作）孤客望誰憐稅房兼得調猿石買地仍分浴鶴泉
處世堪驚又甚愧一陂山色不言錢

贈昭應沈少

行宮接縣判雲泉袍色雖青骨且仙鄠杜憶過梨栗寺灞
湘曾棹雪霜天華山僧別留茶鼎渭水人來鎖釣船東送
西迎終幾考新詩覓得兩三聯

贈高僕射自安西赴闕（一作贈功臣）　前人

征蠻破虜漢功臣提（一作攜）劍歸來萬里身閑倚凌煙金柱
看形容惆悵（一作消瘦）老於真

將謁商州李（集作呂）郎中道出楚州獻常（集作章）中丞　方干

江流盤復直浮棹出家林商洛路猶遠山陽春已深青雲
應可望白髮未相侵才小知難薦終勞許郭心

贈江南僧

忘機室亦空禪與沃州同唯有半庭竹能生竟日風思山
海月上出定印香終繼後傳衣者還須立雪中

贈葉尊師（此詩已見二百二十九卷）　前人

寄于少監　前人

脩持精（一作清）苦振家聲衆鳥那知一鶚情躡履三千皆後
學摶風九萬即前程名將日月同時朽身是山河應世（一作
數）生從此雲泥更懸濶演公（集作漁翁）不合見公卿

寄李頻　前人

衆木又搖落望君還不還軒車在何處雨雪滿前山思苦
文星動鄉遥釣渚閑明年見名姓唯我獨何顏

寄普州賈司倉島

亂山重復疊何處訪先生豈料多才者空垂不第（集作世）名
閑曹猶得醉薄俸亦勝耕莫問吟詩石年年芳草平

中路寄喻鳧先輩

求名如未遂白首亦難歸送我罇中（集作前）酒典君身上衣
寒蕪隨楚盡落葉渡淮稀莫笑（集作嘆）干時晚前心豈便飛

暮冬書懷呈友人

空爲梁甫吟誰竟是知音風雪生寒夜鄉園來（疑）舊心滄
江孤棹過白閣一鍾深君子久忘我此懷甘自沉

東溪別業寄吉州段郎中（此詩已見三百十八卷）　前人

獻王大夫

都緣聲價振皇州高卧中條不自由早赴急徵來鳳闕常
陪内宴醉龍樓鏘金五字能援筆釣玉三年信直鈎必恐
借留應不得（集作終不遂）越人相顧已生（集作先）愁

上（集作贈）處州段郎中

幸見仙才領郡初郡城孤峭似仙居林（集作松）蘿色裏登臺
閣瀑布聲中閲簿書德重自將天子合情高元與世人踈
寒潭是處深（集作清）連底賓席何心望食魚

茅山贈高（集作洪）拾遺

聖代諫臣停諫舌求還（集作歸）故里傲雲霞溪頭講樹遺（一作
纜）漁艇篋裏朝衣盡（集作輸）酒家但愛身閑辭禄俸那嫌歲
計在桑麻我來幸與諸生異問答時容近絳紗

上越州楊嚴中丞

連枝棣萼世無雙未秉鴻鈞擁大邦折桂早聞推獨步分
憂暫輟過重江晴尋鳳沼雲中樹思遶稽山枕上窗試把
十年辛苦志問津求拜碧油幢

獻王大夫　前人

高情不與俗人知耻學諸生取桂枝荀宋五言行世早巢
由三詔出溪遲（大夫佳句云珠箔卷繁星金樽瀉月明行於世）操心已在精微域
落筆皆成典誥詞一鶚難成燕雀伍非熊本是帝王師賢
臣雖藴經邦術明主終無諫獵時莫道百僚憂禮絶燕聞
七郡怕天移直緣材力頭頭贍專被文星步步隨不信重
言通造化湏史便可變榮衰

謝王大夫奏表　前人

非唯言下變榮衰大海可傾山可移如剖夜光歸暗室似
驅春氣入寒枝死灰到底翻騰焰朽骨隨頭却長肥便殺
微躬復何益生成恩重報無期

處州獻盧員外　前人

纔下軺車即歲豊方知盛德與天通清聲漸出寰瀛外喜
氣全歸教化中落地遺金終日在經年滯獄當時空直緣
後學無功業不慮文翁不至公

贈李郢端公　前人

非惟孤峭與飛動（集作世絶）吟處斯湏能變通物外搜羅添（一作
歸）大雅毫端剪削有餘功山川正氣侵靈府雪月清輝引

思風別得人間上昇術丹霄路在五言中

贈趙常六韻 集作贈趙崇侍御　前人

貴達合逢明聖日風流又及少年時才因出衆人皆嫉勢欲摩霄自不知迢遞 集作正直 早年間苦節從容此日見清規却教鸚鵡呼桃葉便遣嬋娟唱竹枝閑話篇章倚燭久醉迷歌舞出花遲雲鴻別有回翔便應笑啁噍 一作啾 燕雀卑

山中言事八韻寄李支使　前人

豈知經史深相悞兩鬢垂絲百事休受業幾多爲弟子成名一半作公侯前時射鵠徒拋箭此日求魚未上鉤竹裏斷雲來枕上巖邊片月在牀頭過庭急雨和花落遶舍澄泉帶葉流緬想遠書聆鵲喜窺尋嘉果覺猿偷舊詩改處

空留韻新醖嘗來不滿籌阮瑀如能問寒餧風光當日入滄洲

山中言事寄贈蘇判官　前人

寸心似火頻求薦兩鬢如霜始息機隔岸鷄鳴春耨去鄰家犬吠夜漁歸倚松長嘯成疎拙拂石歌眠絶是非孰爨縱曾炊橡實紉針爭解補荷衣常憑早月來張燭亦假清風爲掩扉多是 集作謝 元瑜憐野賤時迴車馬發光輝

寄台州孫從事百篇登第初授華亭尉　前人

聖代科名酬志業山川秀色助神機梅真入仕提雄筆阮瑀從軍着綵衣晝寢不知山雪積春遊應趂 集作趁 夜潮歸相思莫訝音書絶鳥去猶須累日飛

贈孫百篇　前人

御題百首思縱橫半日工夫舉世名羽翼便從吟處出珠璣續向筆端生莫嫌黄綬官資少必料青雲道路平才子風流復年少無愁高卧不公卿

贈會稽張少府　前人

高節何曾似任官藥苗香潔備常餐一分酒户添應 集作猶 得五字詩名隱即難笑我無媒成 集作生 鶴髮如君有夢 一作意 憶漁竿明年莫遣 集作便 還家去鏡裏雲山且共看

代佳人寄翁參樞先輩　李白

等閑經夏復經寒夢裏驚嗟豈暫安南國風光當世少西陵江浪過江難周旋小字挑燈讀重疊遥山隔霧看直是

爲君飡不得書來莫說更加飡

此詩總目及李集皆不載惟英華諸本有之

長沙春望寄涔陽故人　李群玉

清明前 集作別 後雨晴時極浦空顒一望眉湖畔春山煙黯黯雲中遠樹墨 集作黑 離離依微水戍聞疎鼓掩映河橋 集作沙林 見酒旗風煖草長愁似醉行吟無處寄相思

望月寄人 集作懷友　前人

浮雲卷盡月朣朧直出滄溟上碧空盈手氷 集作水 光寒不濕流天素彩 集作影 靜無風酒花蕩漾金罇裏棹影飄飖玉浪中川路正長難可越美人千里思何窮

辱綿州于中丞書信　前人

一緘垂露到雲林中有孫陽念驥心萬木自凋山不動百
川空（集作皆）旱水（集作海）長深風標想見瑶臺鶴詩韻如聞淥
水琴他日縱陪池上酌已應難到暝依吟（渴疾漸加酒户日減）

寄長沙許侍御　前人

二（集作三）年文會許追隨和遍南朝雜體詩未以絲毫還郭
璞乞留殘錦與丘遲竹齋琴酒歡成夢水寺煙霞相（集作賞）
對誰今日秋風湍相浦只令（集作應）搔首詠瓊枝

寄張祜（祜亦未面頗寄聲相聞）　前人

越水吳山任興行五湖雲月挂高情不遊都邑稱平子只
向江東作步兵昔歲芳聲到童稚老年佳句遍公卿如君
氣力波瀾地留取陰何沈范名

寄友人

野水青山雪後時獨行村路更相思無因一句溪橋醉處
處寒梅映酒旗

寄兵部任畹郎中　陳陶

常思劍浦越清塵荳蔻花紅十二春崑玉已成廊廟器澗
松猶是薜蘿身雖同橘柚依南土終媿魁罡近北辰好向
昌時薦遺逸莫教千古吊靈均

贈江南從事張侍郎（疑作御）　前人

平南門館鳳凰毛二十華軒立最高幾處談天致雲雨早
時文海得鯨鰲烟聯紫府蕭憁貴職稱青錢繡服豪江徼
無虞才不展可（疑）杯終日詠離騷

贈溫州韓使君　前人

康樂風流五百年永嘉鈴閣又登賢嚴城皷動魚驚海華
屋樽開月下天内史筆鋒光案牘隱陵詩句滿山川今來
誰似韓家貴越絶麾幢鴈影連

閑居寄太學盧瓌博士　前人

無路青冥奪錦袍耻隨黃雀住蓬蒿碧雲夢後山風起珠
樹詩成海月高久滯鬥書求羽翼未忘龍闕致波濤閑來
長得留侯癖羅列鑪梨校六韜

贈漳州張怡使君　前人

舊德徐方天下聞當年熊軾繼清芬井田興政光巒竹符
節深恩隔瘴雲已見嘉祥生北户嘗嫌夷貊蠹南薰幾時

徵拜征西越學着縵胡從使君

贈容南常中丞

普寧都護軍威重九驛梯航壓要津十二銅魚尊畫戟三
千犀甲擁朱輪風雲已静西山寇閭井全移上國春不獨
來蘇發歌詠天涯半是泣珠人

投贈福建路羅中丞　前人

越艷新謡不厭聽樓船高卧静南溟未聞建水窺龍劍應
喜家山接女星三捷楷模光典策一生封爵笑丹青皇恩
幾日西歸去玉樹扶疎正滿庭

贈江南李偕副使　前人

世禄三朝歷鳳池桂陵公子漢庭知雷封始賀棠溪劍花

府尋邀玉樹枝幾日坐談誅叛逆列城歸羨見歌詩從軍
莫厭千場醉即是金鑾寵命時

賀客府常中丞天府賢兄新除黔南經畧　前人

蓬瀛簪笏舊聯行紫極差池降寵章列國山河分鴈字一
門金玉盡龍驤耿家符節朝中羨袁氏芝蘭閫外香烽戍
悠悠限巴越佇聽歌詠兩甘棠

祝疑贈江西周大夫　前人

否極生大賢九元降靈氣獨立正始風蔚然中興瑞淵淪
照三古磊落涵涇渭真貌月懸秋雄詞雷出地具瞻先皇
寵欲踐東華貴咫尺時不來千秋冎湖涘因分三輔職進
領南平位報政黃霸懸觀兵呂蒙醉歲星臨斗牛水國嘉

祥至不獨蒼生蘇仍蕪六騶喜恭聞廟堂畧欲斷匈奴臂
剗釋自裒裏平戎在連帥時康簪笏冗世梗忠良議丘壑
非無人松香有私志三朝倚天劍十萬浮雲騎可使河曲
清群集作郡公信兒戲滄濱用謙德百谷走童稚禦衆付深
人參籌須儒器他年蓬華賤願附鴛鸞翅

旅次銅山途中先寄温州韓使君　前人

亂山滄海曲中有橫陽道束馬過銅梁茗華坐堪老鳩鳴
高崖裂熊鬭深樹倒絕壑無坤維重林失蒼昊躋攀寡儔
侶扶接念輿早俛仰慄嶔空無因掇靈草捬疑作梯窮閒戍
鼓魂續賴丘禱敞豁天地歸縈紆村落好悠悠思蔣徑擾
擾愧商皓馳想求嘉侯應傷此懷抱

文苑英華卷第二百六十二

文苑英華卷第二百六十三　詩一百十三

寄贈十七

李商隱二首　薛逢三首

姚鵠十四首　項斯三首

趙嘏二十八首　馬戴十一首

及第東歸次灞上却寄同年　李商隱

芳桂當年各一枝行期未分壓春期江魚朔鴈長相憶秦樹嵩雲自不知不苑經過勞想像東門追（集作送）餞又差池灞陵柳色無離恨莫枉長條贈所思

飲席代官妓贈兩從事　前人

新人橋上着春衫舊主江邊側帽簷願得化爲紅綬帶許

教雙鳳一時銜

伏聞令公疾愈對見延英因有賀詩遠封投獻　薛逢

吉語云云海外傳令公疾愈起朝天皇風再扇寰區内人鏡重開日月邊光啓四門通壽域深疏萬頃溉情田陪臣自訝迷津久願識方舟濟巨川

題劍門先寄上西蜀司徒杜　前人

峭壁横空限一隅劃開元氣建洪樞梯航百貨通邦計鍵閉諸蠻屏帝都西蹙犬戎威北狄南吞荆郢制東吳千年管鑰誰鎔範只自先天造化爐

北亭醉後叙舊贈東川陳書記　前人

二十年前事盡空半隨波勢半隨風諫身喜斷韓鷄尾辱命羞携楚鶴籠符竹謬分錦水外妻孥猶隔散關東臨岐莫怪朱絃絶曾是君家入爨桐

塞外寄張侍御　姚鵠

千里入黄雲羈愁日日新蹤鍾關路曉遠雨寒山春南眺有歸鴈北來無故人却思陪宴處廻望與天隣

寄贈許璋（集作瑞）少府　前人

君說君高道何人更得如公庭唯樹石生計是琴書詩句峭無敵文才清有餘不知尺水内争滯北溟魚

寄雍陶先輩　前人

知音杳何處書札寄無由獨宿月中寺相思天半（集作畔）樓

露凝衰草白螢度遠煙秋悵望難歸枕吟勞生夜愁

寄友人　前人

西風又開菊久客意如何舊國天涯遠清砧月夜多明時難際會急景易蹉跎抱玉終須獻誰言念薛蘿

書情獻知己　前人

日日恨何窮巴雲舊隱（集作望）空一爲棲寓客三見北歸鴻有道期攀桂無門息轉蓬賃居將罄比乞食與僧同花月登臨處江山悵望中衆皆輕病驥誰肯救焦桐坐惜春還至愁吟夜每終谷寒思變律葉晚怯回風謁蔡慙王粲憐衡異孔融深恩如尚在何處問窮通

感懷陳情　前人

恩重空感激何門誓殺身謬曾分玉石竟自困風塵陰谷非因煖幽叢豈望春升沉在言下應念異他人

旱魚詞上苗相公　前人

似龍鱗已足唯是欠登門日裏腮猶濕泥中目未昏乞鋤防蟻穴望水瀉金盆他日能爲雨公田報此恩

將歸蜀留獻恩地僕射二首　前人

自持衡鏡採幽沉此事嘗聞曠古今危葉只將（集作應）終委地焦桐誰料却爲琴蒿萊（集作蓬）詎報生成德犬馬空懷感戀心明日還家盈眼血定應回首即沾襟

二

江上長思狎釣翁此心難與昨心同自承丘獄新恩重已

分煙霞舊隱空龍變偶因資巨浪鵬飛誰肯借高風應憐（集作求數潛悵）死節無門効氷炭潛憐逐轉蓬

襄州獻尚書　前人

立事成功盡遠圖一方獨與萬方殊藩臣昔競師兵略相國今多揖廟謨禮樂政行凋敝俗歌謠聲徹帝王都即隨鳳詔歸何處秖是操持造化爐

隨州獻李侍御二首

彩筆曾專造化權道尊飜向宦途閑端居有地惟栽藥靜坐無時不憶山德望舊懸霄漢外政聲新溢路岐間衆知聖主搜賢相朝夕欲徵黄霸還

二

冊刖未甘何處說但垂雙淚出咸秦風塵匹馬來千里蓬梗全家望一身舊隱每懷空竟夕愁眉不展幾經春今朝儻降非常顧倒屣寧惟有古人

虢州獻楊侍御二首　前人

蓋世英華更有誰賦成傳寫徧坤維名科累中求賢日苦節高標守郡時樓上叫雲秋鼓角林間宿鶴夜旌旗徵歸詔下應非久德望人情在鳳池

二

碧山曾共惜分陰暗學相如賦上林到此敢踰千里恨歸家且遂十年心疎愚只却膺門嶮淺薄爭窺孔室深一顧儻憐持苦節更令何處問升沉

贈金州姚合郎中　項斯

爲郎名更重領郡是蹉跎官筆題詩盡衙庭看鶴多城池連竹塹籬落帶椒坡未學旌旛閑遊觸處過

寄江南親故　前人

古巷槐花合愁多晝掩扉猶存過江馬強拂看花衣送客身先醉尋僧晚未歸龍鍾易惆悵莫遣寄書稀

獻令狐相公時相公郊壇行事迴　前人

鶚在卿雲氷在壺代天才業本訏謨榮同伊陟傳朱戶秀比王商入畫圖昨夜星辰回劒履前年風月滿江湖不知機務時多暇還許詩家屬和無

贈越客　趙嘏

故國波濤隔，明時心久留獻書雙闕晩看月五陵秋南棹何當返長江憶共遊定知釣魚伴相望在汀洲

贈李祕書　前人

東帶臨（一作隨）風氣調新孔門才業獨誰倫杉松韻冷（一作靜）雪溪暗鸞鶴勢高天路春羨玉韞來休問價芳枝攀去正無塵莫將芸閣經科第須作人間（一作詞場）第一人

寄歸　前人

三年踏盡化衣塵只在（又玄集作見）長安不見春馬過雪街天未曙鄉迷關路淚空頻桃花塢接啼猿樹野竹庭通畫鷁津早晩相酬身事了水邊歸去一閑人（一作雲樹）

廻於道中寄舒州李珏相公　前人

都無鄙吝隔塵埃昨日丘門避席來靜語乍臨清廟瑟披風如在九霄臺幾煩命妓浮溪棹再（一作每）許論詩注酒杯從此微誠知感戀七真臺上（集作壇畔）望三台

舒州獻李相公　前人

野人留得五湖船丞相興歌郡國年醉筆倚風飄澗雪靜襟披月坐樓天鶴歸華表山河在氣返青雲雨露全聞說萬方思舊德一時傾望重陶甄

獻淮南李相公　前人

傳巖高靜見台星廟略當時討不庭萬里有雲歸碧落百川無浪到滄溟軍中老將傳兵術江上諸侯受政經聞道國人思再入鎔金新鑄鶴儀形

成名年獻座主僕射兼呈同年　前人

拂煙披月羽毛新千里初辭九陌塵曾失玄珠求罔象不將雙耳負伶倫賈嵩詞賦相如手楊秉歌篇李白身除却今年仙侶外堂堂又見兩三春

歲暮江軒寄盧端公

積水生高浪長風自北時萬艘俱擁棹上客獨吟詩路以重湖阻心將小謝期渚雲愁正斷江鴈重驚悲笑憶遊星子歌尋罷貴池夢來孤島在醉醒百憂隨戍廻煙生晩江寒鳥過遲問山樵者對經雨釣船移敢嘆今留滯猶勝曩別離醉從陶令得善必大人知道蹇才何取恩深劍不疑此身同岸柳只待變寒枝

杼懷上歙州盧中丞宣州杜侍御　前人

東來珠履與旌旗前者登朝亦一時竹馬迎呼逢稚子栢臺長告見男兒花飄舞袖樓相倚角送歸軒客盡隨獨有賤夫懷感激十年兩地負恩知

山陽幕中丞罷郡因獻　前人

笙歌只是舊笙歌腸斷風流奈別何照物二年春色在感恩千室淚痕多盡將魂夢隨西去猶望旌旗暫一過今日罇前無限思萬重雲月隔煙波

山陽即席獻裴中丞　前人

早年天上見清塵今日樓中醉一春暫肯剖符臨水石幾曾焚筆動星辰瑤臺雪映迢迢鶴蓬島波橫浩浩津好是

仙家羽衣使欲教垂涕問何人

西峯即事獻沈大夫　前人

松竹閑遊道路身衣襟落盡往來塵山連謝宅餘霞在水映一作應琴鷄一作奚溪舊浪春拂楊從容今有地酬恩寂寞久無人安知不及屠沽者曾對青萍淚滿巾

杜陵貽杜牧侍御　前人

紫陌塵多不可尋南溪酒熟一披襟山高晝枕石床隱泉落夜窻煙樹深白首尋人嗟問計青雲無路覓知音唯君懷抱安如水他日門墻許醉吟

下第後上李中丞　前人

落第逢人慟哭初平生志業欲何如鬢毛洒盡一枝桂淚血滴來千里書谷外風高摧羽翮江邊春在憶樵漁唯應感激知恩地不待功成死有餘

淛東贈李副使員外　前人

妙盡戎機佐上台少年清苦自霜臺馬嘶深竹閑宜貴花拂朱衣美稱才早入半緣分務重晚吟多是看山迴名高漸少縱飛伴幾度煙霄獨去來

寄淮南幕中劉員外　前人

郎官何遜最風流愛月憐山不下樓三佐戎旃裨朱紱一辭閩省見清秋桂生巖石本瀟洒鶴到煙空更自由休向西齋久閑卧滿朝傾蓋是依劉

宛陵寓居上沈大夫二首　前人

滿耳謌謠滿眼山宛陵城郭翠微間人情已覺春長在溪戶仍將水共閑曉色入樓紅藹藹夜深尋砌碧潺潺幽雲高鳥俱無事晚畔西峰醉客還

二

溪樹參差緑可攀謝家雲水滿東山能忘天上他年貴來結林中一日閑醉叩玉盤歌褭褭愛鳴幽澗鳥關關就籌不盡須歸去路在春風縹緲間

淮信賀滕邁台州　前人

凋瘵民思太古風上賢綏緝副宸衷舟移清鏡禹祠北路轉翠屏天姥東旌旆影前横竹馬詠歌聲裏樂樵童遥知到郡滄波晏三島離離一望中

獻秘書元少監前篇作三像酬元秘監見二百三十八卷　前人

薛廷範從事自宣城至因贈　前人

少年從事霍嫖姚來自楓林度柳橋金管別筵樓灼灼玉溪回首馬蕭蕭清風氣調真君輩知已風流滿聖朝獨有故人愁欲死晚簷疎雨動空瓢

寄潯陽趙校書　前人

簾下秋江夜影空倚樓人在月明中不將行止問朝列唯脫衣裳與釣翁幾處別巢悲去燕十年回首送歸鴻那應更結廬山杜見說心閑勝遠公

贈李從貫　前人

白馬嘶風何處還鞭稍拂地看南山珠簾捲盡不回首春

色欲闌休閑關花外鳥歸殘雨暮竹邊人語夕陽閑知君舊隱嵩雲下嚴桂從今幾更攀

下第寄宣城幕中諸公　前人

一醉曾將萬事齊暫陪歡去便如泥黃花李白墓前草碧浪桓彝宅後溪九月霜中隨計吏十年江上灌春畦莫言春盡不惆悵自有閑眠到日西

贈陳正字　前人

曾儒今日意何如名挂春官選籍初野艇幾曾尋水去故山從此與雲疎吟憐受露花陰足行覺嘶風馬力餘聞說晚心心更靜竹間依舊卧看書

洞庭寄所思　前人

目斷蘭臺空望歸錦衾香冷夢來稀書中自報刀頭約天上三看破鏡飛孤浪謾疑紅臉笑輕雲忽似舞羅衣遥知不語坐相憶寂寞洞房寒燭微

代人贈杜牧侍御宣州會中　前人

郎作東臺御史時妾長西望斂雙眉一從詔下人皆羨豈料恩衰不自知高闕如天縈曉夢華筵似水隔秋期坐來情態猶無限更向樓前舞柘枝

寄遠

禁鍾聲盡見棲禽關塞迢迢故國心無限春秋莫相問落花流水洞房深

冬日寄河中楊少尹　馬戴

洪河岸木衰城下渡凌澌年長從公懶天寒入府遲家山登幾徧衛關赴何時懷古心誰識應多謁舜祠

到山寄部姚員外　前人

朝與城闕別暮同麋鹿歸鳥鳴松觀靜人過石橋稀木葉擁山翠泉聲入澗扉敢招仙署客暫此拂朝衣

寄金州姚使君員外　前人

老懷清淨化乞去守洵陽廢井人應滿空林虎自藏迸泉疎石竇誤殘雨發椒香山缺通巴峽江流帶楚檣憂農生野思禱廟結雲裝覆局松移影聽琴月墮光鳥鳴開郡印僧去置禪床罷貢金休鑿凌寒筍更長退公披鶴氅高步隔鵷行相見朱門內麾幢拂曙霜

夕發邠州寄舒從事　前人

半酣走馬別別後鎖邊城日落月未上鳥栖人獨行方馳故國戀復愴長年情入夜不能息何當開此生

贈比客　前人

君生遊俠地感激氣何高飲盡玉壺酒贈留金錯刀鴈闕飛霰雪鯨海落雲濤決去如征鳥離心空自勞

長安寓居寄賈島　前人

歲暮見華髮平生志半空孤雲不我棄歸隱與誰同枉羨紫宸竭一作謁妨栽丹桂叢何如隨野鹿栖止在林中

贈別江客　前人

湘中有岑穴君坐桂帆過露細蒹葭廣潮迴島嶼多汀州

廻夕照楓葉隨寒波應便同漁(疑作隱)生涯許釣歌

贈楊之梁先輩　前人

平生閑放久野鹿許爲群居止隣西嶽軒窓度白雲齋心飯松子話道接茅君漢主方清淨休書諫獵文

贈鄠縣尉李先輩二首　前人

同人家鄠杜相見罷官時野坐苔生石荒居菊入籬聽蟬臨水久送鶴背山遲未擬還城闕溪僧別有期

二

休官不到闕求靜匪營他種藥唯愁晚看雲肯厭多渚邊逢鷺下林表伴僧過閑檢仙方試松花酒自和

贈祠部令狐郎中　前人

官初執憲稱推才省轉爲郎雅望推待制松陰移玉殿分霄露氣靜天臺篝碁默向孤雲坐隨鶴閑窮片水廻忽憶十年相識日小儒新自海邊來

文苑英華卷第二百六十三

文苑英華卷第二百六十四　詩一百十四

寄贈十八

贈禪師(已見二百二十四卷)　薛能

寄李頻　前人

長安千萬蹊迷者自多迷性直(集作直性)身難達良時日易低

環簷消舊雪晴氣滿春泥那得君同去遙峯苦愛齊

贈苗端公二首　前人

繁總近何如君才必有餘身歡步兵酒吏寫魯連書坐默聞華吹庭班見雪初沉碑若果去一爲訪鄰居

二

至老不相疎斯言不是虛兩心宜一體同舍又鄰居曉角秋砧外清雲白月初從軍何有用未造魯連書

麟東寓居寄蒲中友人　前人

蕭條秋兩地獨院且同羣一夜驚爲客多年不見君邊心生落日鄉思羡歸雲更在相思處子規燈下聞

寄河南鄭侍郎　前人

三峽與三壕門闌去夢勞細氷和洛水初雪洒嵩高大雅何由接日疑微榮已逃寒窓不可寐風地葉搔搔

獻僕射相公　前人

清如氷玉重如山百辟巖趨禮絕攀強虜外聞須一作應破膽平人長說一作見盡開顔朝廷有道青春好門館無私白日閑致卻垂衣更何事幾多詩句定一作合詠關關一作皆百家詩選

蒙恩除侍御史行次華州寄蔣相　前人

林下天書起遁逃不堪移疾入塵勞黃河近岸陰風急仙掌臨關旭日高行野衆喧聞鴈發宿亭孤寂有狼嗥荀家位極兼禪理應笑埋輪著所操

寄唐州楊郎中　前人

關雎憔悴一儒生忽把魚鬚事聖明貧得俸錢還乍喜曉登朝序却無榮前年坐蜀同樽俎此日邊淮獨旆旌班列道孤君不見曲江春煖共僧行

塞上蒙汝州任中丞寄書　前人

三省推賢兩掖才關東深許稍遲迴舟浮汝水通淮去雨出嵩峰到郡來投札轉京憂不遠枉緘經虜喜初開西樓一望知無極更與何人把酒盃

長安投邢員外　李頻

所學近彫蟲知難望至公徒隨衆人後擬老一生中閒歲家書到經營世業空心懸滄海闊夢去白雲通玉漏聲連北銀河氣極東關門迢遞月禁苑沉寥鴻地廣身難蹋時平道獨窮蕭條苔長雨浙瀝葉從風久怯千朝客長愁別釣翁拜投何忽敢言獎爲曾蒙舉善如無替垂恩本有終

秋日江上思歸山中友人　前人

霜天搖落日莫使逐飄蓬蕭條對秋色相憶在雲泉木落病身起潮平歸思懸涼鐘山頂寺暝色渡頭船此地非吾土淹留又一年

贈喻坦之　前人

從容心自別飲水勝銜杯共在山中長相隨關下來脩身空有道取事疑作士各無媒不信清平日終遺草野才

富春贈孫路　前人

天柱與天目曾把疑絕頂旁青雲求祿晚白日坐家長井

氣通潮信窓風引海涼平生詩稱在老達亦何妨

江上居寄山中客　前人

山後與山前相思隔叫猨殘雲收樹末返照落江源苦雨秋濤漲狂風猛火翻朝來賣藥客遇我達君言

下第後屏居書懷寄張侍御　前人

刖足豈一生良工隔千里故山彭澤上歸夢向汾水低催神氣盡僮僕心亦恥未達誰不知達者多忘此行年忽已壯去老年更幾功名如不彰身歿豈爲鬼終看芳草歇郎歎涼風起驄馬未來朝嘶聲尚在耳

寄遠　前人

槐欲成陰分袂時君期十日復金扉槐今落葉已將盡君

向遠鄉猶未歸化石早(魚)冐聞節婦沉湘何必獨靈妃須知
此意同生死不學他人空寄衣

琪樹下因吟六韻呈先達者　劉駕

舉世愛嘉樹此樹何人識青(疑)秋遠山意偶向亭際得奇
柯交若鬭世業(二字疑)客如纖塵中尚青葱更想塵外色所
宜巢三鳥影入瑤池碧移根豈無時一問紫烟客

長安抒懷寄知己　前人

岐路不在地馬蹄徒苦辛上國聞姓名不如山中人火宅
滿六街此身入誰門愁心日散亂又似空中塵白露下長
安百蟲鳴草根況當秋賦日却憶歸山村靜女頭欲白良
媒況我鄰無令苦長嘆長嘆銷人魂

宏詞下第感恩獻兵部侍郎　皮日休

分明仙籍列清虛自是還丹九轉疎畫虎已成翻類狗登
龍纔變即為魚空慙季布千金諾但負劉弘一紙書猶有
報恩方寸在不知通塞竟何如

夏日獨處寄魯望　前人

幽慵不覺耗年光犀柄金徽亂一床野客共為賒酒計家
人同作借書忙園蔬預遣分僧料廩粟先教算學糧無限
高情好風月不妨猶得事吾(松陵集作吳)王

吳中書事寄漢南裴尚書　前人

萬家無事鎖蘭橈鄉味腥多厭紫蠹(江文通云石劫也)水似棊文
交度郭柳如行陣(松陵集作障)儼遮橋青梅蒂重初迎雨白鳥

羣高欲避潮唯望舊知憐此景(松陵集作意)得為傖鬼也逍遙

贈遠　陸龜蒙

茱萸匣中鏡欲照心還懶本是細腰人別來羅帶緩從君
出門後不奏雲和管妾思冷如簧時時望君煖心期夢中
見路永魂夢短怨生泣西風秋牕月華滿

寄淮南寳(一作鄭)書記　前人

記室千年翰墨孤唯君才力(一作學)似應徐五丁驅得神功
盡二酉搜來秘檢疎煬帝帆檣留澤國淮王牋奏入班書
清詞醉草無人見但釣寒江半尺魚(一作鱸)

晚起即事因成回文五十六言寄皮日休先輩　前人

平波送(一作落)月吟閑境(一作影)暗幌浮烟思起人清露曉垂
花謝半遠風微動蕙抽新城荒上處樵童小石蘚分來宿
鷺馴晴寺野尋同去好古碑苔字細書勻

寄吳子華　前人

一夜秋聲入井桐數枝微葉怕西風霏霏晚砌烟葉(疑)上
漸漸疎簾雨欲通君整輪蹄名未了我依雲鶴病相攻到
頭江畔從漁事織作中流萬尺蒹

旅次滑臺投獻陸侍御　許棠

已是愁來日堪驚却背秦天遠三楚樹路遠兩阿人旅夢
難歸隱吟魂不在身霜臺歆□次賴許信來頻

寄趙能卿　前人

我命同君命君詩似我詩俱無中道訃各失半生期素業滄江遠青晧白髮垂蹉跎一如此何處卜棲遲

隴州旅舍書事寄李中丞　前人

三伏客吟過長安未擬還蛩驚秋不動燕别思仍閑亂葉隨寒雨孤蟬起暮關經時高枕外來往旆旌間

寄黔南李校書　前人

從戎巫峽外吟興更應多郡響蠻江漲山昏蜀雨過公筵饒越客俗土尚巴歌中夜懷吴夢知驚灎澦波

寄盩屋薛能少府　前人

滿縣唯雲水何曾似近畿曉庭禽集慣寒曙吏衙稀水色封深澗樵聲在翠微時聞迎隱者依舊着山衣

寄睦州侯郎中　前人

下國多高趣終年半是吟潮濤通越分部伍雜閩音曉郭雲藏市春山鳥讓林東浮雖未遂日日至中心

住京寄同志　聶夷先

在京如在道日日先（集作夜先）雞起不離十二街日行一百里役役大塊上周朝復秦市貴賤與賢愚古今同一軌白兔落天西赤鴉飛海底一日復一日日日無終始自嫌性如石不達榮辱理試問九十翁吾今尚如此

贈農　前人

勸爾勤耕田盈爾倉中粟勸爾無伐桑減爾身上服清霜一委地萬草色不緑狂風一飄林萬葉不着木青春如不耕何以自拘束

客有進歎後時者作詩勉之　前人

後達多晚榮速得多疾傾君看構大廈何曾一日成在暖須在桑在飽須在耕君子貴弘道道弘無不亨太陽垂好光毛髮悉見形我亦二十年直似戴盆行荊山產美玉石石皆堅貞未必盡有玉玉且間石生精衛一微物猶恐塡海平

長安贈王注　司空圖

正下搜賢詔多君獨避名客來當意愜花發遇歌成樂地留高趣權門讓後生東方御閑駟園外好同行

贈（疑）步寄李員外　前人

危橋轉溪路經雨石叢荒幽瀑下仙果孤巢懸夕陽病辭青瑣秘心在紫芝房更喜諧招隱詩家有望郎

寄鄭仁規　前人

清才鄭小戎標的貴遊中萬里雲無侶三山鶴不籠香和丹地煖晚着綵衣風榮路期經濟唯應在至公

寄考功王員外　前人

喜聞三字耗閑客是陪遊白鳥閒疎索青山日滯留琴如高韻稱詩愧逸才酬更勉匡君志論思在獻謀

巴賓旅寓寄朝中從叔　鄭谷

驚秋思浩然信美向巴天暠倚臨江樹初聞落日蟬衰榮悲往事漂泊念多年未便甘休去吾宗盡見憐

以下二十六篇並見集本八

寄題方干處士　前人

山雪照湖水漾舟湖畔歸松篁調遠籟臺榭發清輝野岫分開徑漁家並掩扉暮年詩力在新句更幽微

寄獻湖州從叔員外　前人

顧渚山邊郡溪將罨畫通遠看城郭裏（一作外又作處）全在水雲中西閣歸何晚東吳興未窮茶香紫筍露洲迥白蘋風歌緩眉低翠杯明蠟剪紅政成尋往事輟棹問漁翁

寄膳部李郎中（昌符）　前人

鄠郊陪野步早歲偶因詩自後吟新句長愁減舊知靜燈微落燼寒硯旋生澌夜夜冥搜苦那能鬢不衰

寄贈孫路處士　前人

平生詩譽更誰過歸老東吳命若何知己彫零垂白髮故園寥落近滄波酒醒蘚砌花陰轉病起漁舟鷺迹多深入富春人不見閑門空掩半庭莎

贈日東鑒禪師（已見二百二十四卷）　前人

寄前水部賈員外　前人

謝病別文昌仙舟向越鄉貴為金馬客雅稱水曹郎白鷺同孤潔清波共渺茫相如辭賦外騷雅趣何長

贈文士王雄　前人

知己竟（集作更）何人夫君尚苦辛圖書長在手文學老於身公道天難廢貞姿玉任貞小齋松菊靜願卜子為鄰

寄南浦謫官　前人

多才翻得罪天末抱窮憂白首為遷客青山遶萬州醉歌梅障曉歌厭竹枝秋望闕懷鄉淚荆江水共流

寄同年禮部趙郎中　前人

仙步徐徐整羽衣小儀澄淡轉中儀樺飄紅燼趨朝路蘭縱清香宿省時彩筆烟霞供不足綸（一作粉）闈鸞鳳訝來遲自憐孤宦誰相念祝禱空吟（一作憑）一首詩

寄贈楊夔處士（已見二百三十一卷）　前人

寄碁客　前人

松窗楸局穩相顧思皆凝幾局賭山果一先饒海僧覆圖聞夜雨下子對秋燈何日無羈束期君向杜陵

寄察院李御史　前人

古柏間松篁清陰在印牀宿郊虔點饌秋寺靜監香參集行多揖（一作攝）風儀見即莊竹聞橫臂去帷集諫書囊

贈富平李華（集作宰）　前人

夫君清且貧琴鶴最相親簡肅諸曹事安閑一境人陵山雲裏拜渠路雨中巡易得連宵醉千缸石凍春

偶懷寄臺院孫端公　前人

才拙道仍孤無何捨釣徒班雖超玉笋香不近金爐雨露瞻雙闕烟波隔五湖唯君應見念曾共伏（一作仗）青蒲

丞相孟夏禮（集作祗）薦南郊紀獻十韻　前人

節應清和後郊宮事潔羞至誠聞上帝明德祀圜丘雅用

陶匏器馨非黍稷，流謳陽陳盛禮匡國稱(集作檮)鴻休。漸曉蘭凝露，微凉麥弄秋。壽山橫紫閣，瑞靄抱皇州。外肅通班序，中懷納誓憂(集作中嚴納慶憂)。升(集作奏)歌三酒備，表敬百神柔。池碧將還鳳，原清冊問牛。萬方瞻輔翊，共賀贊王猷。

李夷遇侍御久滯水鄉因抒寄懷　前人

替豸年何久，懸帆興甚長。江流愛吳越，詩格愈齊梁。竹寺清陰(集作吟)遠，蘭舟曉(集作晚)泊香。高閑徒自任，華省待爲郎。

寄贈藍田韋少府先輩　前人

王畿第一縣，縣尉是詞人。館殿非初意，圖書是舊貧。破水泉寶響，賽雪廟松春。自此升通籍，清華日逼(集作近)身。

聞所知遊樊州有寄　前人

誰無泉石趣，朝下少同過。貪勝覺程近，愛閑經宿多。片沙留白鳥，高水引青蘿。醉把漁竿去，殷勤藉岸莎。

久不得張喬消息有寄　前人

天末去程孤，沿淮復向吳。亂離何處甚，安穩到家無。樹盡雲垂野，檣稀月滿湖。傷心遶村路，應少舊耕夫。

九日偶懷寄左省張起居　前人

令節爭歡我獨閑，荒臺盡日向晴山。渾無酒泛金英菊，漫道官趨玉笋斑。深愧青莎迎野步，不堪紅葉照衰顏。羨君官重多吟興，醉帶天坡(集作朱坡)落照還。

獻制誥楊舍人　前人

爲郡東吳只飲冰，瑣闈須降詔(一作鳳)書徵。隨行已有朱衣吏，伴直多招紫閣僧。窗下調琴鳴遠水，簾前睡鶴背秋燈。蓽坡竹塢情無限，閑話(一作語)毗陵問杜陵。

獻大京兆薛常侍　前人

恥將官職(一作業)競前途，自愛篇章古不如。一炷香新開道院，數坊人靜(一作聚)避朝車。縱遊藉草花垂酒，閑臥臨窗燕拂書。唯有明公賞新句，秋風不敢憶鱸魚。

爲戶部李郎中與令季端公寓止渠州洴江寺偶作寄獻　前人

退居瀟洒寄禪關，高挂朝簪淨室間。孤島暫(集作離)留雙鶴歇，五雲爭放一龍閑。輕舟共泛花邊水，野屐同登竹外山。

仙署金閨匭位久，夜清應夢近天顏。

賀新除左省韋拾遺　前人

初昇諫署是真仙，浪透桃花十五年。垂白郎官居坐末，着緋人吏立堦前。百僚班定趨丹陛，兩腋風清上碧天。從此追飛何處去，金鑾殿與玉堂連。

寄職方李員外　前人

曾袖篇章謁長卿，今來隨(集作附)鳳事何榮。星臨南省陪仙步，春滿東朝接珮聲(員外攝儲官谷 黍稷攀接集作附)。談笑不拘先後禮，歲寒仍與(集作契)子孫情。龍墀仗下天街暖，共看圭峯並馬行。

寄顧雲　杜荀鶴

省得前年別蘋洲旅舘中亂離身不定彼此信難通侯國兵雖歛吾鄉業已空秋來憶君夢夜夜逐征鴻

下第後寄池州鄭員外　前人

省得^集作^出蓬蒿修謁初蒙知曾不見生踈侯門數處將書薦帝里經年借宅居未必有詩堪諷誦只憐無援過吹噓^集作^而如今足得成持取莫使江湖却釣魚

贈漣水崔少府　前人

庭戶蕭條燕雀喧日高窓下枕書眠只聞留客教沽酒未省逢人說料錢洞口禮星披鶴氅溪頭吟月上漁船九華山叟心相許不討官資^集作^平贈一篇

贈李鐔^鐔自維陽避亂東入中山^　前人

君行君文天合知見君於此我傷^集作^興悲秪殘三口兵戈後絶到孤村雨雪時着臥衣裳難辨洗旋求粱食莫供炊地爐不煖柴枝濕猶把䝉求授小兒

贈僧^已見二百二十四卷^　前人

宿欒城却寄長山張書記　前人

一更更盡到三更吟破離心句不成數樹秋風滿庭月憶君時復下堦行

寄處士方干　周朴

桐廬江水閑終日對柴關因想別離處不知多少山釣舟春岸泊庭樹晚鷺還莫便求栖隱桂枝堪恨顔

寄塞北張符　前人

隴樹塞風吹遼城角幾枝霜凝無暫歇君貌莫應衰萬里平沙際一行邊鴈移那堪朔烟起家信正相離

次梧州却寄永州使君　前人

隨風^一作^雲身不定今夜在蒼梧客淚有時有猿聲無處無潮添瘴海闊烟拂太山孤却憶零陵住吟詩半玉壺

贈念經僧　前人

菴前古折碑夜靜念經時月皎海霞散露濃山草垂鬼聞抛故塚禽聽離寒枝想得天花墜馨香拂白眉

春日遊北園寄韓侍郎　前人

灼灼春園晚色分露珠千點暎寒雲多情舞蝶穿花去解語流鶯隔水聞冷酒盃中宜泛灩暖風林下自氛氳仙桃

不肯全開折應借餘芳待使君

贈太偽和尚　前人

太偽清復深萬像影沉沉有客衣多毳空門偈勝金王侯皆作禮陸子只來吟我問師心處師言無處心

秋夜不寐寄崔温進士　前人

愁多難得寐展轉讀書床不是旅人病豈知秋夜長歸鄉憑遠夢無夢更思鄉枕上移窓月分明是淚光

春中途中寄南巴崔使君　前人

旅人遊汲汲春氣又融融農事蛙聲裏歸程草色中獨慙出穀雨未變暖天風子玉和予去應憐恨不窮

喜賀拔先輩衡陽徐一正字　前人

黃紙晴空墜一緘聖朝恩澤洗冤讒李膺門客爲閑客梅
福官銜改舊銜名自石渠書典籍香從芸閣着衣衫褱中
不用憂天旱霖雨看看屬傅巖

客州賃居寄蕭郎中　前人

松店茅軒向水開東頭舍賃一徘徊窓吟苦爲秋江靜枕
夢驚因曉角催鄰舍見愁賒酒與主人知去索錢來眼看
白筆爲霖雨肯使紅鱗便曬腮

贈李裕先輩　前人

曉擎弓箭入初場一發曾穿百步楊仙籍舊題前進士聖
朝新奏校書郎馬疑金馬門前馬香認芸香閣上香閑伴
李膺紅燭下慢吟絲竹淺飛觴

文苑英華卷第二百六十四

文苑英華卷第二百六十五　詩一百十五

寄贈十九

晚春江晴寄友人　韓琮

晚日低霞綺晴山遠畫眉春青（絕句詩選作青青）河畔草不是望
鄉時

秋晚信州推院親友或責無書即事寄答　前人

官信安仁拙書非叔夜慵謬馳驄馬傳難附鯉魚封萬里
勞何補千年運忝逢不量橫草力虛慕入雲蹤潔水空澄
鑑持鉛亦礪鋒月寒深夜桂霜凜近秋松憲摘無逃魏寃
申得奧馮問貍將挾虎織蠆敢虞蜂商吹移砧調春華改
鏡容歸期方畹積愁思暮山重仙鼠猶驚燕荒鷄欲變蛩
唯應碧湘浦雲落又芙蓉

聞友人入越幕因寄之　羅鄴

稽領春生酒凍銷煙鬟倩袖恃嬌嬈峰邊聚雪晴香老波

上長虹晚影搖正哭阮途歸未得更聞江筆赴嘉招人間
榮悴真堪恨坐想征軒鬢未凋

途中寄友人　前人

秋庭悵望別君初折柳分襟十載餘相見或因中夜夢寄
來多是隔年書携樽座外花空老垂釣江頭柳漸踈裁得
詩憑千里鴈吟來寧不憶吾廬

赴職單于留獻所知　前人

職忝翩翩逐建牙笈隨征騎入胡沙定將千里書憑鴈應
看三春雪似花年長有心終報國時清到處便營家逢秋
不擬同張翰爲憶鱸魚却嘆嗟

下第書懷寄友人　前人

清世誰能辨陸沉相逢休作憶山吟若教仙桂在平地更
有何人肯苦心去國漢妃還似玉亡家石氏豈無金且安
懷抱休惆悵琴瑟調高樽酒深

及第後贈試官　高極

公子求賢未識真欲將毛遂比常倫當時不及三千客今
日如何十九人

陳情謹獻中丞　喻坦之

孤拙竟何營徒希折桂名始終誰肯薦得失自難明貢乏
雄文獻歸無瘠土耕滄江長發夢紫陌久懸行意縱求知
切才唯懼鑒精五言非琢玉十載看遷鶯進取心牛鈍傷
嗟骨每驚塵襟痕積淚客鬢白新莖顧聍身慚教吹噓羽

覺生依門情轉切荷德力湏傾獎善猶憐貢垂恩必不輕
從茲便提挈雲路自生榮

寄華陰姚少府　前人

泰華當公署爲官興可知硯和青靄凍簾對白雲垂峻掌
光浮日危蓮影入池料於三考內應惜德音移

晚泊富春寄友人　前人

江鍾寒夕徹江鳥望巢飛木落山城出潮生海棹歸獨吟
霜島月誰寄雪天衣此別三十里關西信更稀

劉補闕自九華山拜官因以寄獻　張喬

冥鴻夕不群徵拜動天文地主迎過郡山僧送出雲登車
殘月在宿館亂離分若更思林下還湏共致君

寄南中友人　前人

相憂如相見相思去後頻舊時行處斷華髮別來新浪動
三湘月煙藏五嶺春又無歸北客書札寄何人

寄績溪陳明府　前人

古邑猿聲裏空城只半存岸移無舊路沙漲別成村皷角
喧京口山江盡汝濆六朝興廢地行子一銷魂

寄處士梁燭　前人

賢哉君子風誦與古人同採藥楚雲裏移家湘水東星霜
秋野闊雨雹夜山空早晚相招隱深耕老此中

贈進士顧雲　前人

潮檻煙波別釣津西京同似荻洲貧不知守道歸何日相

對無言盡幾春晴景遠山花外暮疑雲邊疑高蓋水邊蘋
與君愁寂無消處賒酒清門送楚人

城南寓居寄知己　　前人

花木閑門苔蘚生瀍川特去得吟情病來久絶洞庭信年
長却思廬岳耕落日獨歸林下宿暮雲多遶水邊行干時
退出長如此頻愧相憂道姓名

贈友人　　前人

自說安貧歸未能行邊門掩小池氷典琴賒酒吟過寺送
客思鄉上灞陵待月夜留煙島客憶雲閑話翠微僧幾時
獻了相如賦共向嵩山採茯苓

二

九霄無詔下何事觸青塵宅帶松蘿僻田惟稼鳥親吟看
仙掌月期有洞庭人莫問煙霞句懸知見岳神

秋日旅懷寄右省鄭拾遺　　王貞白

永夕愁不寐草虫喧客庭半窻分曉月當枕落殘星鬢髮
遊梁白家山近越青知音在諫省苦調有誰聽

贈劉疑評事　　前人

棘寺官初罷梁園静掩扉春深潁子巷花映老萊衣談史
曾無滯攻書已造微即膺新寵命稱慶向庭闈

寄鄭縣李侍郎　　黄滔

古縣新煙火東西入客詩静如長暇日貧更似閑時僧借
松蘿住人將雨雪期三年一官罷岳石看成碑

贈李補闕　　前人

曾吏蜀琴旁陶然舉一觴夕陽明島嶼秋水淺池塘世亂
憐官替家貧值歲荒前峯亦曾宿知有辟寒方

寄敷水盧校書　　前人

諫省垂清論仙曹豈久臨雖專良史業未畏直臣心路入
丹霄近家藏華嶽深還如韓吏部誰不望知音

贈明州霍員外　　前人

惠化如施雨隣州亦可依正衙無吏近高會覺人稀海日
旗邊出沙禽角外歸四明多隱客閑約到巖扉

寄獻梓桐山侯侍郎　　前人

漢宮行廟略簪笏落人間直道三湘水高情四皓山賜衣

僧脫去表奏主批還地得松蘿塢泉通雨雪灣東門添故
事南省缺新班時有新命不赴片石秋從露幽窻夜不關夢餘蟾
隱映吟次鳥綿蠻可惜相如作當時事悉閑

寄刑部盧員外　　前人

誰識在官意開門樹色間尋幽頻宿寺乞假擬遊山半白
侵吟鬢微紅見藥顏不知今夜月幾客得同閑

貝曹郎中　　張蠙

所作高前古封章自曲臺細看明主意終用出人才省印
尋僧鎖書樓領鶴開南山有舊友時向白雲來

亂中寄友人　　前人

別來難覓信何處避艱危鬢黑無多日塵清是幾時人情

將厭武王澤即與詩若便傢深隱還應聖主知

寄友人　前人

戀道欲何如東西遠索居長疑即見面翻致久無書甸麥深藏雉淮苔淺露魚相思不我會明月屢盈虛

贈別山友　前人

從容無限意不獨爲離群年長驚黃葉時清見白雲舊山迴馬見寒瀑別家聞相與存吾道窮通各自分

別後寄友生詩選作人　前人詩選作崔曾

上馬如飛鳥飄然隔去塵共看今夜月獨作異鄉人就養江田熟移居井賦新襄陽曾卜隱應與孟家隣

途次續溪先寄陳明府　前人

入境風煙好憂人不易傳新居多是客舊隱半成仙山斷雲衝騎溪長柳拂船何當許過縣聞有篋中篇

寄當陽袁皓明府　楊夔

高人爲縣在南京竹遶琴堂水遶城地古既資攜酒興務閑偏長看山情松軒待月僧同坐藥圃尋花鶴伴行百里甚堪留惠愛莫教空說魯恭名

投宣武鄭尚書二十韻　羅隱

漢代簪纓盛梁園雉堞雄物情須重德時論在明公族大逾開魏神高本降嵩世家唯蹇諤官業即清通翰苑論思外綸闈嘯傲中健毫驚綵鳳高步出宜鴻履歷雖吾道行藏必聖聰絳霄無繫滯浙水忽西東庾監高樓月袁郎滿扇風四年將故事兩地有全功去去才須展行行道益隆避權辭憲署伏節出南宮鷹影相承接龍圖共始終自然須作礪不必恨臨戎幕下蓮花盛竿頭彈佩紅騎兒逢郢役戰疑士得文翁人地應無比簞瓢奈屢空因思一枝桂已作斷根蓬往事應歸捷勞歌且責躬殷勤信陵館今日自途窮

投浙東王大夫二十韻　前人

越嶺千峯秀淮流一派長暫憑開物手來展濟時方舊跡蘭亭在高風桂樹香地清無等級天闊任徊翔塵尾譚何勝螭頭筆更狂直曾批鳳詔高已冠鵷行嘯傲辭民部雍容出帝鄉趙堯推印綬勾踐與封疆水占仙人吹城留御

史牀嘉兵鄒潤甫百姓賀知章席煖飛鸚鵡塵輕駐驌驦夜歌珠斷續晴舞雪悠揚化向棠陰布春隨棣萼芳盛名韜不得雄畧晦彌彰自愧三冬學未窺數仞墻感深唯刻骨時去欲沾裳相望魚燒尾咨嗟鼠齧腸可能因蹇拙便合老滄浪題柱心猶壯移山志未忘深慙百般病今日問醫王

投寄常左一作古丞　前人

赤璧徵文聘中臺拜郄詵班資參令僕曹署轄星辰幞被從誰起持綱自此新舉明朝典數封納詔書頻禁樹曾樆藻臺鳥舊避塵便應訓倚注何處活窮鱗

寄易定公乘億侍郎侍郎有明皇再見阿蠻舞及龍池柳賦時稱冠絕也

前人

謝舞仍宮榔高寄世少雙侍中坐不到園令死須降班秩
通烏府尊壘近（集作奉）碧幢昭王有餘烈試為禱迷邦

寄侯傅王　前人

規諫揚雄賦遷迴賈誼官乂貧還往少孤立轉遷難清鏡
流年急高懷旅舍寒侏儒亦何有飽食向長安

寄大理寺徐郎中　前人

佐棘竟誰同因思諮聖中事雖亡（集作志）顯報理合有陰功
官緒詵枝老生涯（集作幽塵）范甑空幾時潘好禮重與話清風（諮聖中徐有功為大理少卿執法平恕塵城主簿潘好禮著論以美之也）

寄蘇拾遺（拾遺許公之後今猶居開元中舊第）言切（京本作言巧）　前人

早歲長揚賦當年諫獵書格高時輩伏言切宦情踈慷慨
傳丹桂覲難保舊居退朝應課草能忘（集作望）馬相如

寄剡縣王簿　前人

金庭養真地珠篆勾稽官境勝堪長往時危喜暫安洞連
滄海闊山擁赤城寒他日拋塵土因君擬煉丹

感德叙懷寄上羅鄴王三首（集作秋日有酬）　前人

盛（集作舊）業傳家有寶（集作佩）刀兒（集作近）聞餘力更揮毫腰間
印佩黃金重（集作綬黃樞貴）卷裏詩裁（集作文章）白雪高宴罷嘉賓吟
鳳藻獵迴（集作歸）諸將問龍韜分茅列土（集作登壇甲子）纔三十猶
擬回頭賭錦袍

二（集作寄酬鄴王羅令公）

營室東迴蔭赤（集作斤）丘少年承襲擁清油坐調金鼎尊明
主橫把琱戈傲列侯書札二王爭巧拙篇章七子謝（集作避）
風流西園舊跡今應在衰老無因奉勝遊

三

脉散源分歷幾朝縱然官宦只賓（集作甲）僚正憂汞泒論滄
海忽見高枝拂絳霄百（集作十）萬貔貅趨玉帳三千賓客冠
（集作彌）金貂良時難得吾宗少應念衰門（京本作寒門）久（集作更）寂
寥

淮南（集作廣陵）李僕射借示近詩因有投獻　前人

朝論國計暮論兵餘力猶隨鳳藻生語繼盤盂拋俗格氣
通（集作無）河岳帶商聲閑尋綺思千花麗靜想高吟六藝（集作

義）清文柄已持堯典在更堪回首向（集作問）緣情

寄京闕陸郎中昆仲　前人

栢臺蘭署四周旋賓榻何妨鴈影連纔見玳簪歌細柳便
知油幕勝紅蓮家從入洛聲名大跡為依劉事分偏爭柰
亂離人漸少麥成（集作城）新賦許誰傳

贈湖州（集作霅州）裴郎中　前人

貴提金印出咸秦瀟洒江城兩度春一泒水清疑見膽數
重山翠欲留人望崇早合歸黃閣詩好何妨戀白蘋自是
受恩心未足却垂雙翅羨吳鉤

寄前宣州竇常侍　前人

往年西謁謝玄暉樽酒留歡醉始歸曲檻柳濃（一作垂）鶯未

老小園花煖(集作嫩)蝶礿飛噴香瑞獸金三尺舞雪佳人玉一園今日亂離尋不得滿襟風雨釣漁磯

寄徐濟　前人

往年疎懶共江湖月滿花香記得無霜厭楚蓮秋後折雨催蠻酒夜深沽紅塵偶別(一作到)迷前事丹桂相輕愧後圖(集作從)出得函關抽得手從來不及阮元瑜

贈宣武盧從事　前人

前年帝里望(集作從)行塵記得仙家第四人泉煖舊諳龍偃息露寒初見鶴精神歌聽(集作聲)上楊梁園晚夢遶殘鍾氾水春知有篋中編集(集作十)在只應從此是經綸

贈蒼溪王明府有文在手曰長生　王轂

文苑英華　二百六十五卷　十

執手長生在人皆號地仙水雲真遂性龜鶴足(一作定)齊年但以酒養氣何言命在天況無婚嫁累應拍尚平肩

贈南陵李主簿　曹松

外邑官同隱寧勞短使趨看雲情自足愛酒逸應無篳席遺棋子衣裳惹印朱仍聞陂水近亦擬棹菰蒲

山中寒夜呈進士許棠

山中(集作寒)草堂煖寂夜有良朋讀易明(集作分)高燭煎茶取折(集作折)冰庭垂河半角窓露月微稜俱入論心地爭無俗者憎

書懷寄友人　沈顏

江湖勞遍尋秪自長愁襟到處慵開口何人可話心登樓得句遠望月村情深却憶山齋後猿聲相伴吟

春早寄華下同人　裴說

正是花時節思君寢復興市沽終不醉春夢亦無憑岳面懸青雨河心走濁冰東門一條路離恨鎮相仍

贈衡山令　前人

君吟十二載(集作三十載)辛苦必能官造化猶難隱生靈豈易謾猿跳高岳靜魚擺大江寬與我為同道相留夜話閑

南中縣令　前人

寂寥雖下邑良宰有清威苦節長如病為官豈肯肥山多村地狹水淺客舟稀上國搜賢急陶公早晚歸

寄曹松　前人

文苑英華　二百六十五卷　十一

莫見苦吟遲吟遲鬢亦絲鬢班猶可染詩病却難醫山暝雲橫處星稠月側時冥搜不可得一句至公知

贈賓貢　前人

惟君懷至業萬里信悠悠路向東溟出枝來北闕求家無一夜夢帆掛隔年秋鬢髮爭禁得孤舟往復愁

秋霽夜吟寄友人　唐彥謙

槐柳瀟疎溽暑收商金頻伏火西流塵衣歲晚緣身賤雨簟更深滿背秋前事悲涼何足道遠書慵懶未能脩唯思待月高梧下更就東林訪惠休

賀李昌時禁苑新命　前人

玉簡金文直上清禁垣丹地閉嚴扃黃扉議政參元化紫

殿稱觴拂壽星萬户千門迷步武非煙非霧隔儀形塵中
舊侶無音信知道遼東鶴姓丁

又寄　前人

振鷺翔鸞集禁闈玉堂珠樹瑩風儀不知親到靈和殿張
緒何如柳一枝

上巳日寄韓八　已見一百五十七卷　前人

寄蔣二十四　前人

鳥轉蜂飛日漸長旅人情味悔思量禪門淡泊無心地世
事生疎欲面墻二月雲煙迷柳色九衢風土帶花香大知
高士禁愁寂試倚闌干莫斷腸

寄懷　前人

有客傷春復怨離夕陽亭畔草青時淚從紅蠟無由制腸
比朱絃恐更危梅向好風唯是笑柳因微雨不勝垂雙溪
未去餞歸夢夜夜孤眠枕獨欹

赴舉寄別所知　李山甫

腰劍囊書出户遲壯心吾命兩相疑麻衣盡舉一雙手桂
樹只生三十枝黄祖不憐鸚鵡客志公偏賞麒麟兒叔牙
知我應相痛回首天涯寄所思

文苑英華卷第二百六十五

文苑英華卷第二百六十六　詩一百六十

送行一

梁簡文帝四首　沈約一首
吳均十首　何遜一首
朱超二首　王僧儒一首
庾肩吾一首　范雲二首
徐陵三首　陰鏗二首
王褒三首　庾信三首
陳後主一首　江總三首
孔德紹二首　釋智才一首
鄭公超一首　曾範一首

劉夢子一首　尹式二首
陳子良一首　崔信明一首
王胄一首　李百藥一首
王勃五首　楊炯七首

餞別　梁簡文帝

行樂此南皮讌餞臨華池䈥解篁開節花暗鳥迷枝窓陰
隨影度水色帶風移徙命銜盃酒終成憫別離

送別　前人

行行異沂海依依別路岐木苔隨纜聚岸柳拂舟垂石菌
生懸葉江槎卧枝燭盡悲當(一作宵)去酒滿惜將(一作睽)離

傷離新體　前人

傷離復傷離別後情鬱紆悽悽隱去棹慣慣愴還途還途
類作戚戚意不申轉顧獨霑巾前驅經御宿後騎歷河滑胡香
糞還憶清笳送後塵落日斜飛蓋餘暉承畫輪柳影長橫
路槐枝深隱人桂宮夕掩銅龍扉甲館宵塞雲母幃朧朧
月色上的的夜螢飛草香襲餘袂露濕霑人衣帶堞凌城
雲亂聚排枝度葉鳥爭歸盆類聚作益中浮蟻不能酌琴間玉
徽調別鶴別鶴千里別離聲絃調軫急心自驚試起登南
樓還向華池遊前時蓀生今欲合近日栽荷尚不抽猶是
銜杯共賞處今茲對此獨生愁樓高望曖曖山川自分態
偃師雖北連轘轅已南背遠聽寂無聞遙瞻目有礙含毫
意不迷長歎情無賴

餞臨海太守劉孝儀蜀郡太守劉孝勝　前人

碣石臨東海峩眉距西候兩杜昔來河二龍今出守方夜
無犬驚何昔神牛鬪涼風繞輕幕麥雨交新霤念此一銜
觴懷離在惟舊

送別友人　沈約

君東我亦西啣悲涕如霰浮雲一南北何由展言宴方作
異鄉人贈子同心扇遙裔發海鴻連翩出簷燕春秋更去
來參差不相見

別范安成　前人

平生少年日分手易前期及爾同衰暮非復別離時勿言
一樽酒明日難共持夢中不識路何以慰相思

別謝文學　前人

漢池水如帶巫山雲似蓋一望沮漳水寧思江海會以我
徑寸心從君千里外

同柳吳興烏臺集送柳舍人　吳均

河陽一悵望南浦送將歸雲山離掩曖花霧共依霏集作霏依
流連反舌哢下上集作上下陽禽飛桂舟無掩枻玉軫有離徽
願君嗣蘭杜時拂集作拭東皐薇

同柳吳興河山湖州山名集送劉餘杭　前人

王孫重離別置酒峯之巘逶迤川上草參差澗裏薇輕雲
紉一作劍遠集作晚岫細雨沐山衣簷端水禽息窓上野螢飛
君隨綠波遠我逐清風歸

送柳吳興竹亭集　前人

平原不可望波瀾千里直夕魚汀下戲暮羽集作雨簷中息
白雲時去來青峯後負側躑躅牛羊下晻昧崦嵫色王孫
猶未歸且聽西光匿

酬別江主簿屯騎　前人

有客告將離贈言重蘭蕙泛舟當泛濟結交當結桂濟水
有清源桂樹多芳根毛公與朱亥俱在信陵門趙瑟鳳凰
柱吳醥金罍樽我有北山志留連爲報恩夫君皆逸翮摶
景復凌騫白雲間海樹秋日暗平原寒虫鳴趯趯落葉飛
翻翻何用贈分首自有北堂萱

贈王桂陽別三首　前人

昔聞楊伯起拖玉振清風高華積海外名實蒲山東自有吾都相非無四世公臨窓鶩白日倚匣曳輕虹願持鵷鶵羽歲暮依梧桐

二

客子慘無歡送別江之千白雲方渺渺（一作眇眇）黃鳥尚關關紛紛巫山石合沓洞庭瀾行依侵曉露征船夜泊湍（一作征帆犯夜湍）無因停合浦見此玄（一作去）珠還

三

樹響峽山來溪（類聚作後）聲繞岫急旅帆風飄揚行巾露霑濕深浪闇蒹葭濃雲没城邑不見別離人獨有相思泣

贈鮑春陵別　前人

落葉思紛紛蟬聲猶可聞水中千丈月山上萬里雲海鴻來往（疑）去林花合復分所愛別離意白露下霑裙

別王謙　前人

嚴光不逐（類聚作逐）世流轉任飛蓬欲還天台嶺不狎井泉宮離歌玉絃絶別酒金卮空儻遺故人念僕在東山東

酬別　前人

故人杯酒別天清明月亮露下寒草（一作葭）中風起秋江上衣染潺湲泣棹氾參差浪七首直千金七寶雕華裝（側亮切已注在前類聚疑平聲改作妝）生離何用表賴此持相餉

與胡興安夜別　何遜（見類聚）

居人行轉軾客子暫維舟念此一筵笑分為兩地愁露濕寒塘草月映清淮流方抱新離恨獨守故園秋

別劉孝先　朱超

瘦痾積未瘳伏枕捲長愁復念夜分手江上值徂秋陰凝變遠色落葉泛寒流繁霜積曉纜輕水繞夜舟曳裙出兎苑引領望龍樓勿念荊臺側無為戚情遊（一作情成）

道別席中兵　前人

數年共棲（一作遊）息一日（一作且）各聯翩勿言（或作論）行近遠終是隔山川長波漫不極高岫鬱相連急風亂還鳥輕寒靜暮蟬扁舟已入浪孤帆漸逼天停車對空渚悵（一作長）望轉依然

送殷何兩記室　王僧孺（見類聚）

掩袖出南浦驅車送上征飄飄曉雲駛滾滾旦潮平不肖餘何惜無貲爾勿輕儻有還書便一言訪死生

新林（集作亭）送劉之遴

斾（初學記作車）轉黃山路舟纜（類聚作纜）白馬津送輪時合幰分驂各背塵常山喜臨岱（初學記作代）隴頭悲望秦欲持漢中策還以寄（一作贈）征人

送沈記室夜別　范雲

桂水澄夜氣桂山清曉雲秋風兩鄉怨秋月千里分寒芝寧共採霜菼行獨聞擷蘿勿（類聚作忽）遺我折桂方思君

別詩　前人

孤煙起新豐候鴈出雲中草低金城霧木下玉門風別君

河初蒲思君月屢空折桂衡山北摘蘭湘水東蘭摘心焉
寄桂折意誰通

別毛尚書（一作末嘉）　徐陵

顧子厲風規（一作顧子勵清規）歸來振羽儀嗟余今老病此別畏（一作恐）長離白馬君來哭黃泉我詎知徒勞脫寶劍空掛隴頭枝（一作皆藝文）

秋日別庾正員　前人

征途愁轉旆連騎慘停鑣朔氣陵踈木江風送上潮青雀離帆遠朱鳶別路遥唯有當秋月夜夜上河橋

新亭送別　前人

風吹臨伊水特駕出河梁野燎（一作老）村田黑江秋岸荻黃

隔磯（一作城）聞上鼓回舟（一作洲）隱去檣神襟愛遠別流涕極清漳

江津送劉光禄不及　陰鏗

依然臨送渚長望倚河津鼓聲隨聽絕帆勢與雲隣泊處空餘鳥離亭已散人林寒正下葉釣（類聚作鈞）晚欲收綸如何相背遠江漢與城闉

廣陵岸送遠使（見二百九十六卷）　前人

送別裴儀同　王褒

河橋望行旅長亭送故人沙飛似軍幕蓬卷若車輪邊衣苦霜雪愁貌損風塵行路皆兄弟千里念相親

別陸子雲（類聚作才子）　前人

解纜出南浦征棹且凌晨還看分守處唯餘送別人中流搖蓋影邊江落騎塵平湖開曙日細柳發新春滄波不可望行雲聊共因

別王都官　前人

連翩慣流客（類聚作落）悽愴惜離羣東西御溝水南北會稽雲河橋兩堤絕橫歧數路分山川遥不見懷袖遠相聞

別周尚書弘正　庾信

重別周尚書　前人

陽關萬里道不見一人歸唯有河邊鴈秋來南向飛

別張洗馬樞　前人

別席慘無言離悲兩相顧君登蘇武橋我見楊朱路關山

負雪行河水乘氷渡顧子着朱鳶知餘在玄兎

幸玄武湖餞吳興太守任惠　陳後主

寒雲輕重色秋水去來波待我戎衣定然送大風歌

贈別洗馬袁郎　江總

賈誼登朝日終軍對奏年校文升廣內撫劍入崇賢奇才與殊艷（集作殊逸）將別愛留聯（集作更留聯一作愛攀聯）驅車命饒（一作纔）管拱坐面林泉池寒稍下鴈木落久無蟬霧侵山扉（一作上）月霜開石路煙高談無以（一作興）慰遲爾報華篇

此詩三百四十卷重出今已削去注異同爲一作

別袁昌州　前人

河梁望隴頭分手路悠悠徂年驚若電別日欲成秋黃鵠

飛飛遠青山去去愁不言雲雨散更似東西流

別南海賓化侯　前人

石關通越井蒲澗邇靈洲此地何遼敻羣英逐遠遊高才袁彥伯令譽許文休遊焉值君子復此映芳猷嶠函多險踐星躔壯環周分岐泣世道念別傷邊秋斷山時結霧平海若無流驚鶩一羣起哀猿數處愁是日送歸客爲情自可求終謝能鳴鴈還同不繫舟其如江海泣惆悵徒離憂

英華及類聚節文八句今以集本添入全篇

送蔡君郄入蜀二首　孔德紹

金陵已去國銅梁忽背飛失路還相送他鄉何日歸

二

靈關九折險蜀道二星遙乘槎若有便希泛廣陵潮

送別　釋智才

鏡中辭舊識灞岸別新知年來未應老祇爲數經離

送庾羽騎抱　鄭公超

舊宅青山遠歸路白雲深遲暮難爲別搖落更傷心空城落日影迥地浮雲陰送君自有淚不假聽猿吟

送別　魯範

去留雖有異失路與君同如何搖心草還送斷根蓬

送別秦王學士江益　劉夢予

百年風月意一旦死生分客心還送客悲我復悲君

送留熙公別　尹式

太行君失路扶搖我退飛無復紅顏在空持一作將白首歸色移三代服塵化兩京衣道窮方識一作體命事去乃知非西候追孫楚南津送陸機雲薄鱗逾細山高翠轉微氣隨流水咽咲逐斷絃揮但令寸心密隨意尺書稀

別宋常侍　前人

遊入疑作人杜陵北送客漢川東無論去與住俱一作悲是一飄蓬秋鬢含霜白衰顏倚酒紅別有相思處啼鳥雜夜風

送別　陳子良

落葉聚還散征禽去不歸以我窮途泣占疑作沾君出塞衣

送金敬陵入蜀　崔信明

金門去蜀道玉壘望長安豈言千里足一作遠方尋九折難

西上君飛蓋東歸我挂冠猿聲山疑作險砯斷月影落江寒從今與君別花月幾新殘

別周記室　王胄

五里徘徊鶴三聲斷絕猿何言俱失路相對泣離樽別意悽無已當歌寂不喧貧交欲有贈掩涕竟無言

送別　李伯藥

眷言一杯酒悽愴起離憂夜花飄露氣暗水急還流鴈行遙上月虫聲迥應秋明月河梁上誰與論仙舟

送臨盧盧主簿　王勃

窮途非所恨虛室自相依城闕居年滿琴樽俗事稀開襟方未已分袂忽多違東巖富松竹歲暮幸同歸

餞韋兵曹
征驂臨野吹別袂慘江垂川霽浮煙歛山明落照移鷹風
猶晚葉蟬露泫秋枝亭皐分遠望延想間雲涯

白下驛餞唐少府　前人
下驛窮交日昌亭旅食年相知何用早懷抱即依然浦樓
低晚照鄉路隔風煙去去如何道長安在日邊

送杜少府之任蜀州集作川　前人
城闕輔三秦集作俯西風煙望五津與君離別意同集作俱是宦
遊人海內存知已天涯若比鄰無爲在歧路兒女共霑巾

羈遊餞別　前人
客心懸隴路遊子惓江干槿濃朝集作晨豐砌靜篠密夜窓寒

琴聲銷別恨風景駐離歡寧覺山川遠悠悠旅思難

送梓州周司功　楊炯
御溝一相送征馬屢盤桓言笑方無日離憂獨未寬舉杯
聊勸酒破涕暫爲歡別後風清夜思君蜀路難

送李庶子致仕還洛
此地傾集作石城日由來供帳華庭逢李廣騎門接邵平瓜
原野炎氣匝關河遊望賒白雲斷巖岫綠草覆江沙詔賜
扶陽宅人榮御史車霸池一相送流涕向煙霞

送臨津房少府　前人
歧路三秋別江津萬里長煙霞駐征蓋絃奏促飛觴階樹
含斜日池風泛早涼贈言未終集作終未竟流涕忽霑裳

送豐城王少府
愁結亂如麻長天照落霞離亭隱喬樹滄水浸平沙左尉
才何屈東關望漸賒行看轉牛斗持此報張華

送劉校書從軍　前人
天將下三營星門召五集作啓戎坐謀資廟畧飛檄佇文雄
赤土流星劍烏號明月弓秋陰生蜀道殺氣繞湟中風雨
何年別琴樽此日同離亭不可望溝水自西東

送鄭州周司功　前人
漢國臨清渭京城枕濁河居人下珠淚集作泣賓御促驪歌
望極關山遠秋深煙霧多唯餘三五夕明月暫經過

夜送集作餞趙縱
趙氏連城璧由來天下傳送君還舊府明月滿集作照秦川

文苑英華卷第二百六十六

文苑英華卷第二百六十七　詩一百十七

送行二

盧照鄰六首　駱賓王七首
陳子昂七首　李嶠七首
同餞唐洲南使君赴任九首
同餞許洲宋司馬赴任七首
宋之問十一首　張說十首

送鄭司倉入蜀

離人丹水北遊客錦城東客恨良無已離憂自不窮隴雪
朝結陣江月夜臨空關塞疲征馬霜氛落早鴻潘年三十
外蜀道五千中送君秋水曲酌酒對秋風

送梓州高參軍還京

京落風塵遠褒斜煙霧深北遊君似智南飛我異禽別路
琴聲斷秋山猿鳥吟一乖青岩酌空佇白雲心

還京贈別（此詩二百八十六卷重出今已削去）　前人

風月清江夜山水白雲朝萬里同為客三秋契不凋戲鳧
分斷岸歸騎別高標一去仙（集作遷）橋道還望錦城遙

送幽州陳參軍赴任寄呈鄉曲故（集作父）老

薊北三千里關西二十年馮唐猶在漢樂毅不歸燕人同
黃鶴遠鄉共白雲連郭隗池臺處昭王樽酒前故人當已
老舊壑幾成田紅顏如昨日衰鬢似秋天西蜀橋應毀東
周石尚全灞池水猶綠榆關月早圓塞雲初上雁庭樹欲

銷蟬送君之舊國揮涕獨潸然

大劍送別劉右史　前人

金碧禺山遠關梁蜀道難相逢屬晚歲相送動征鞍地險
綿川咽雲凝劍閣寒儻遇中孝所為道憶長安

綿州官地餞別（同賦灣字）　前人

輶軒遵上國仙氣下靈（一作雲）關樽酒妨（集作方）無地聯綣喜
暫攀離言欲贈策高辯正連環野徑遊（集作浮）雲斷荒池春
草班殘花落古樹度鳥入澄灣欲叙他鄉別幽谷有綿蠻

秋日別侯西　駱賓王

我留安豹隱君去學鵬摶岐路分襟易風雲促膝難夕漲
流波急秋山落日寒唯有思歸引悽斷為君彈（以下七篇集見集本）

送吳七遊蜀

日觀分齊壤星橋接（集作抵）蜀門桃花嘶別路竹葉瀉離樽
夏老（集作盡）蘭猶茂秋深（集作新）柳尚繁霧銷山望迥風高野
聽喧勞歌徒欲奏贈別竟無言惟有當秋月空照野人園

秋日餞（集作送）尹太之（集作赴）京　前人

桂甑余隱舜負鼎爾干湯竹葉離樽滿桃花別路長低河
耿秋色落月抱寒光素書如可嗣幽谷佇賓行

餞鄭安陽入蜀　前人

彭門（集作山）折坂外井絡少城隈地是三巴俗人非萬（集作百）
里才畏（集作長）途君悵望岐（集作別）路我徘徊心事（集作賞）風煙
隔容華歲月催遙遙分鳳野去去轉龍媒遺錦非前邑鳴

琴即舊臺劍門千仞起石路五丁開海客乘槎渡仙童馭
竹廻魂將離鶴遠思逐斷猿哀唯有雙鳧舃飛去復飛來

送劉少府遊越州

一丘余枕石三月爾懷鉛離亭分鶴蓋別岸指龍川背夏
蟬聲斷來寒鴈影連如何溝水上悽斷聽離絃

送郭少府

開筵枕集作坑德水輟棹艤仙舟貝闕桃花浪龍門竹箭流
當歌悽別曲對酒泣離憂還望青山外空見白雲浮

送費玄之集作云還蜀

星樓望蜀道月峽指吳門萬行流別淚九折切驚魂雪影
含花落雲陰帶葉昏還愁集作當三徑晚獨對一清樽

送東萊王學士無競　陳子昂

寶劍千金買平生未許人懷君萬里別持贈結交親孤松
宜晚歲衆木愛芳春已矣將何適無令白首集作髮新

以下六篇竝見集本

送魏兵曹使巂州得登字見三百九十六卷　前人

送客　前人

故人洞庭去楊柳春風生相送河洲晚蒼茫別思盈白蘋
已堪把綠芷復含榮江南多桂樹歸客贈生平

送殷大入蜀

禹集作蜀山金碧路集作地此地饒英靈送君一為別悽斷故
鄉情夏集作片雲生極浦斜日隱離亭坐看征騎役唯見遠
山青

送梁李二明府　前人

負書猶在漢懷策未聞秦復此窮秋日芳樽別故人黃金
裝屢盡白首契逾新空羨雙鳧舃俱飛向玉輪

送別陶七同用風字　前人

黃鶴煙雲一作霞去清江琴酒同離帆方楚越溝水復西東
芙蓉生夏浦楊柳送春風明日集作月相思處應對菊花叢

送別崔著作東征　前人

金天方肅殺白露始專征王師非樂戰之子慎佳兵殺集作
海氣侵南郡邊風掃北平莫買集作賣龍寒劍集作盧龍塞歸邀麟
閣名

送光祿劉主簿之洛　李嶠

函谷雙崤右伊川二陝東仙舟宥將隔芳斝暫云同朋席
餘歡盡文房舊侶空他鄉千里月岐路九秋風背櫪嘶班
馬分洲叫斷鴻別後青山外相望白雲中

送駱奉禮從軍　前人

玉塞邊烽舉金壇廟略申羽書資銳筆戎幕引英賓劍動
三軍氣衣飄萬里塵琴樽留別賞風景惜離晨笛梅含晚
吹營柳帶餘春希君勒石反歌舞入城闉

餞駱四二首　前人

平生何以樂斗酒夜相逢曲中驚別緒醉裏失愁容星月
懸秋漢風霜入曙鍾明日臨溝水青山幾萬重

二

甲第驅車入良宵秉燭遊人爲（集作追）竹林會酒獻菊花秋霜吹飄無已星河漫不流重嗟歡賞地翻召別離憂

送李安邑

落日荒郊外風景正悽悽離人席上起征馬路傍嘶別酒傾壺贈行書掩淚啼殷勤御溝水從此各東西

又送別

岐路方爲客芳樽暫解顔人隨轉蓬去春伴落梅還白雲渡汾水黃河遶晉關離心不可問宿昔鬢成班

餞唐州高使君赴任　岑義

蒼茫南塞地明媚上春時目極傷千里懷君不自持征車

別岐路斜日下崦嵫一歎軺軒阻悠悠即所思

同前　崔湜

芳春桃李時京東（集作鄉）物華好爲岳豈不貴所悲涉遠道遠道不可思宿昔夢見之贈君雙佩刀日夕有（集作無）親期

同前　盧藏用

餞酒臨豐樹褰帷出魯陽蕙蘭春已晚桐栢路猶長祖逖

同前　張說

方城鎮安人外氏鄉從來二千石天子命惟良常時好閑晏（集作燭）朋友（集作儔）少相過及爾宣風去方差離別（集作別）多淮流春婉娩汝海路蹉跎百年（集作歲）屢分散歡言復幾何

同前　徐彥伯

香蕚媚紅滋垂條縈綠絲情人拂瑤袂共惜此芳時驌驦已躑躅鳥隼方萎蕤踐予望太守流潤及京師

同前

末日奏文時東風搖蕩夕浩然思樂事那復念（一作復贈）征客淮水常流清（一作清流）楚山雲水白（一作暮雲白）勿言行路遠所貴專城伯

同前

淮源水之清可以濯我（一作君）纓彼美稱才傑親人佇政聲歲寒疇曩意春暖（一作晚）別離情終難（疑作歎）臨岐遠行看擁傳棨

同前

桐栢膺新命芝蘭惜舊遊鳴皋夜鶴在遷木早鶯求傳擁淮源路樽空灞水流落花紛送遠春色別離憂

同前　馬懷素

外牧資賢守斯人奉命（一作帝）俞淮南膺建隼渭北軫（疑）分符坐歎煙波隔行嗟物候殊何年昇美課廻看此城隅

餞許州宋司馬赴任　李適

昔吾遊箕山揭來涉潁水復有許由廟迢迢白雲裏聞君佐繁昌臨風悵懷此儻到平輿泉寄謝千將里

同前

展驥旌時傑談難美代賢暫留仙掖務追送近郊遊地慘

金商節人康壁假田從來昆友事咸以佩刀傳

同前

國爲休徵選輿因仲舉題山川襄野隔朋酒灞亭睽零雨
征車警秋風別驥嘶離歌一曲罷愁向勿悽悽

同前　馬懷素

潁水開郡邑角宿躔分野非君仲舉材誰是題輿者憫憫
琴上鶴蕭蕭路傍馬嚴程若可留別袂希再把

同前　徐堅

舊許星車轉神京祖帳開斷煙傷別望寒雨送離杯辭燕
依空遠賓鴻入聽哀分襟與秋氣日夕共悲哉

同前

令弟與名兄高才振兩京別序聞鴻雁離章動鶺鴒遠朋
馳翰墨勝地寫丹青風月相思夜勞望潁川星

同前

潁郡水東流荀陳兄弟遊偏傷兹日遠獨向聚星州河潤
在明德人康非外求當聞力爲政遥慰我心愁

宋公宅送甯諫議　前人

宋公爰創宅庾氏更誅茅聞出人三秀平臨楚四郊漢臣
來絳節荆牧動金鐃樽溢宜城酒笙裁曲沃匏露荷秋變
節風柳夕鳴梢一散陽臺雨方隨越鳥巢

送趙司馬赴蜀州　前人

餞子西南望煙綿劒道微橋寒金雁竝（集作落）林曙碧雞飛
識拜輿方遠仙城履會歸定知和氏璧遥掩玉輪輝

送武進鄭明府　前人

絃歌試宰日城闕賞心違北謝蒼龍去南隨黄鵠飛夏雲
海中出吳山江上微皆謡豈云遠從此慶緇衣

送合宫蘇明府

鉉府誕英規公才天下知謂乘羔雁族繼入鳳凰池赤縣
求人隱青門起路岐翟廻車少別凫化舄遥馳神哭周南
境重歌豫北（集作渭豫）垂贊哉荀奉倩職袞佇來儀

送宋呂蕭贊府

柳變曲江頭送君函谷遊弄琴寛別意酌醴（集作酒）醉春愁
戀本亦河極贈言微所求莫令金谷水不入故園流

送李奉（集作制）符　前人

行李戀庭闈乘軺振綵衣南登指吳服北走出秦畿去國
夏雲斷還鄉秋雁飛旋聞郡計入更有使臣歸

送朔方何侍御　前人

聞道雲中使乘驄往復還河兵守陽月（集作日）塞虜失陰山
拜職常隨驃銘功不讓班旋聞受降日歌舞入蕭關

送楊六望赴金水　前人

借問梁山道嶺岑幾萬里遥州刀作字（一作路）絶壁劍爲峰
惜別路窮此留歡意不從憂來生白髮時晚愛青松勿以
西南遠夷歌寝盛容台階有高位寧復久臨卭

送杜審言　前人

臥病人事絕聞（絕句詩選作蹔）君萬里行（一作君行萬里程）河橋不相送江樹遠含情別路追孫楚維舟弔屈平可惜龍泉劍流落在豐城

餞胡州薛司馬　前人

別駕促嚴程離筵多故情交深季作友義重伯為兄鎮靜移吳俗風流在漢京會看（一作逢）陳仲舉從此拜公卿

送趙六貞固　前人

目斷南渚雲心醉東郊柳怨別此何時青芳來已久與君共時物盡此盈樽酒始願今不從春風戀携手

岳州宴別潭州王熊　張說

縉雲連省閣湋水透（集作還）西東然諾心猶在容華歲不同

孤城臨（一作連）楚塞遠樹入秦宮誰念三千里江潭一老翁

南中送蔣五岑向青州　前人

老親依北海賤子棄南荒有淚皆成血無聲不斷腸此中逢故友彼地送（一作逐）還鄉願為江楓（集作楓林）葉隨君度洛陽

此詩二百八十六卷重出今已削去

幽州別徐（集作陰）長河行先　前人

惠愛交千里（集作惠好交情重）辛勤世事多荊南久為別薊北遠來過寄目雲中鳥留歡酒上歌影移聲復間遲暮兩如何

送蘇合宮五官頻　前人

都邑群方首商身（集作泉）萬俗訛變風須愷悌成化佇絃歌疇昔珪璋友雍容文雅多振纓遊省闥鋪王宰京河別曲鸞初下行軒雅尚過百壺非餞意流詠在人和

送趙一尚書彥昭北伐　前人

虜地河冰合邊城備此時兵連紫關路將舉白雲司提劍榮中賞銜盃（集作杯）感出師日華鮮（集作光）組練風色焰（一作艷）旌旗投筆樽前起橫戈馬上辭梅花吹白（集作別）引楊柳賦歸詩

送王光庭　前人

同居洛陽陌經日懶相求及爾江湖去言別悵悠悠楚雲眇羈翼海月倦行舟愛而不可見徒嗟芳歲流

岳州別姚司馬紹之制許歸侍　前人

和玉悲無已長沙宦不成天從扇枕願人遂倚門情方外

懷司馬江東憶步兵向君棲泊處空嶺夜猿驚

洛橋北亭餞諸刺史　前人

離亭拂御清別（集作岸）曲舞船樓詔餞朝廷牧符分海縣憂股肱還入郡父母更臨州扇逐仁風轉車隨靈（集作霽）雨流恩光水上溢榮色柳間浮預待群芳最三公不遠求

送崔二長史日知赴潞州　前人

東山憐（集作懷）臥理南省悵悲翁共見前途促何知後會同莫輕一筵（集作楚宴又作壺）酒明日半成空況爾新離（集作離庭）闕思歸迷夢中

送李侍郎迥秀薛長史季昶同賦水字

漢郡接胡廷幽并對峯壘旌旃（集作旌旗）按部曲文武惟卿士

薛公善籌畫李相威邊鄙中眞分兩河長城各萬里籍馬
黃花塞蒐兵白狼水勝敵在安人爲君汗青史

此詩卷末之問送杜審言詩共四韻而洪邁絕句詩
選及別本只收前兩韻書此以示後

文苑英華卷第二百六十七

文苑英華卷第二百六十八　詩一百十八

送行二

餞洛州陸長史再守汾州　蘇頲

河尹政成基(疑作朞)爲汾昔所推不禁三入地還美再臨時
擁傳雲初合聞鶯日正遲道傍多出餞別有吏人思

餞荆州崔司馬　前人

茂社雕龍昔香名展驥初水連南海漲星拱北辰居稍發
仙人履將題別駕輿明年徵拜入判玉不藏諸

餞趙尚書攝御史大夫赴朔方軍　前人

勁虜欲南飛(集作窺)揚兵護朔垂趙堯寧易印鄧禹即分麾
野餞廻三傑軍謀用六奇雲邊愁(集作看)出塞日下愴臨岐
拔劍行人舞揮戈戰馬馳明年麟閣上充國拜(集作畫)於斯

送吏部李侍郎東歸(得歸字)

陌上有光輝披雲向洛畿賞來榮扈從別至惜分飛泉溜
含風急山烟帶日微茂曹今去矣人物喜東歸

送光祿姚卿還都

漢室有英台荀家寵俊才九卿朝已入三子暮同來不授

綸爲草還司馬用梅兩京王者宅駟馬日應回

春晚送瑕丘田少府還任因寄洛中鏡上人

聞道還沂上因聲寄洛賓別時花欲盡歸處酒應春聚散
同行客悲歡屬故人少年歸（集作追）樂地遥贈一霑巾

餞澤州盧使君赴任　前人

聞道降綸書爲邦建綵旟政凴循吏性才以貴卿除詞賦
良無敵聲華藹有餘榮承四嶽後清絶上天初關路通秦
壁城池繞晉墟撰期行子赴分曲（集作典）列侯居別望喧追
餞離言繁慘舒平蕪寒蚤（古勇切）亂（集作思）喬木夜蟬疎寥沉
秋先起推移月向諸舊交何以贈客至待烹魚

景龍觀送裴士曹　前人

昔日嘗聞公相第（一作主宅）今時變作列仙家池傍坐客穿叢
篠樹下遊人掃落花雲雨長疑向函谷山泉直似到流沙
君還洛邑分明記此處同來閱歲華

餞郢州李使君　前人

楚有章華臺遥遥雲夢澤復聞擁符傳及是收（集作辭）圖籍
佳政在黎人能聲寄侯伯離懷朔風起試望秋陰積半路
哀巳寒羣山藹將夕傷懷（集作心）聊把袂悵望（集作怊悵）麒（其）麟客

東湖臨泛餞楊（集作王）司馬　張九齡

南土秋雖半東湖草未黄聊乘風日好來泛芰荷香蘭棹
無勞速菱歌不厭長忽懷京洛去難與共清光（以下六篇並見集本）

送楊府李功曹　前人

平生屬良友結綬望光輝何知人事拙連（集作相）與宦情非
別鳥（集作路）穿林盡征帆際海歸居然已多意況復兩鄉違

送宛句趙少府子卿　前人

解巿行作吏樽酒謝離居脩竹含清景華池瀁碧虚地將
幽興愜情（集作人）與舊遊疎林下紛相送多逢長者車

送韋城李（一作蕭）少府

送客南昌尉離亭西候春野花看欲盡林鳥聽猶新別酒
青門路歸軒白馬津相知無遠近萬里尚爲隣

通化門外送別

屢別華容改長愁意緒微義將恩（集作私）愛隔情與故人歸
薄宦無時賞勞生有事機離魂今夕夢先繞舊林飛

送別鄉人南還　前人

橘柚南中煖桑榆北地陰何言榮落異因見別離心吾亦
江鄉子思歸夢寐深聞君去水宿結思渺雲林牽綴從浮
車遲廻謝所欽東南行舫遠秋浦念徭吟

廣陵送別宋員外佐越鄭舍人還京　韋述

朱紱臨秦望皇華赴洛橋文章南渡越書奏北歸朝樹入
江雲盡城銜海月遥秋風將客思川上晚蕭蕭

送李著作倅杭州　張謂

輟史空三署題輿濫一方祖筵開霽景征陌值韶光水陸
風煙隔秦吳道路長佇聞敷雅政邦國詠惟康

送孫舍人歸相州　梁陟

盛才傾世重清論滿朝歸作隼他年計（一作累）爲鴛此日飛
比肩移（一作趨）日近抗首出郊畿爲報清漳水分明照錦衣

送孟八歸襄陽　張子容（附見孟浩然集）

東越相逢地西亭送別津風潮（集作清）看解纜雲雨見（集作海去）
愁人鄉在桃林岸江（集作山）連楓樹春長（集作因）懷故園意歸
與孟家鄰

送蘇倩遊天台　前人

靈異尋滄海笙歌訪翠微江（一作水）鷗迎近（一作共）狎雲鶴待
將飛琪樹攀（一作嘗）仙果瓊樓試羽衣遙知神女問獨怪阮
郎歸

送越州裴參軍充使入京　孫逖

日落川徑寒離心苦未安客愁西向盡鄉夢北歸難霜果
林中變秋花水上殘明朝渡江後雲物向（一作爲）南看

以下八篇並見集本

送楊法曹按括州

東海天台山南方縉雲驛（一作國）溪澄（集作澄清）問人隱巖險煩
登陟潭壑隨星使軒車繞春色儻尋琪樹人爲報長相憶

送周判官往台州　前人

吾宗長作賦登陸訪天台星使行看入雲仙意轉催飲水
攀璀璨驅傳歷莓苔日暮東郊別真情去不迴

送魏騎曹充宇文侍御判官分按山南

雲陽南臺路光華驛騎巡勸農開夢土恤隱惠荊人樓迴

吟黃鶴江長望白蘋觀風布明詔更是漢南春

送蘇郎中綰出佐荊州　前人

神仙久畱滯清切佇飛翻忽佐南方牧何時西掖垣高車
自蘭省便道出荊門不見河梁別空銷郢路魂

冬末送魏起居赴京　前人

大名將起魏良使更逢遷驛騎朝丹闕關亭望紫烟西京
春色近東宮物華偏早赴王正月揮毫記首年

送李補闕攝御史充河西節度判官　前人

昔日叨補衮邊地亦埋輪官序慙先達才名畏後人西戎
雖獻款上策恥和親早赴軍戎（集作前軍）幕長清外域塵

送趙評事攝御史監軍嶺南　前人

議獄持邦典臨戎假憲威風從閶闔去雪入洞庭飛堇竹
迎金鼓樓船引繡衣明年降（集作拜）真月南斗使星歸

送梓州李使君　王維

萬壑樹參天鄉音聽（集作山響）杜鵑山中一半雨樹杪百重泉
漢女輸橦布巴人訟芋田文翁翻教授不敢倚先賢

送李太守赴上洛　前人

商山包楚鄧積翠藹沉沉驛路飛泉灑關門落照深野花
開古戍行客響空林板屋春多雨山城晝欲陰丹泉通虢
略白羽抵荊岑若見西山爽應知黃綺心

送友南歸　前人

萬里春應盡三江鴈欲飛（集作鄖）連天漢水廣孤客郢城歸

鄖國稻苗秀楚人菰菜(一作葉)肥懸知倚門望遥識老萊衣

送孟六歸襄陽(一作送孟浩然)　前人(附見孟浩然集)

杜門不欲(集作後)出久與世情疎以此爲長策勸君歸舊廬醉歌田舍酒笑讀古人書好是一生事無勞獻子虛

送平澹然判官　前人

不識陽關路新從定遠侯黄雲斷春色畫角起邊愁瀚海經年到交河出塞流須令外國使知(一作只)飲月支頭

送孫秀才　前人

帝城春日(集作風)好況復建平家玉枕雙紋簟金盤五色瓜山中沽魯酒松下飲胡酥莫怨田家苦歸期遠復賒

送丘爲往唐州　前人

宛洛有風塵君行多苦辛四愁連漢水百口寄隨人槐色陰清晝楊花惹暮春朝端肯相送天子繡衣臣

送孫二　前人

郊郭(集作外)誰將(集作相)送夫君道術親書生鄒魯客才子洛陽人祖席衣寒草行車薄(集作起)暮塵山川向(集作何)寂寞長望淚霑巾

送丘爲落第歸江東

憐君不得意況復柳條春爲客黄金盡還家白髮新五湖三畝地(集作宅)萬里一行(集作歸)人知爾不能薦羞看(集作爲)獻納臣

送嚴秀才還蜀　前人

寧親眞(集作爲)令子似舅即賢甥別路經花縣還鄉入錦城山臨清塞斷江向白雲平獻賦何時至明君憶長卿

送宇文三赴河西充行馬軍司馬　前人

横笛(集作吹)雜繁笳邊風卷塞沙還聞田司馬更逐李輕車蒲壘成秦地莎居(集作丘)屬漢家當令犬戎國朝聘學昆邪

送秘書晁監歸(集作還)日本國　前人

積水不可極安知滄海東九州何處遠萬里若乘空向國惟看日歸帆但信風鰲身映天黑魚(作鼇)眼射波紅鄉樹扶桑外主人孤島中別離方異域音信若爲通

淇上送趙仙丹(集作送祖)濟州　前人

相逢方一笑相送還成泣祖帳已傷離荒城復秋入天寒

遠山淨日暮長河急解纜(集作君)已遥望望君空(集作猶)佇立

送別綦毋潛落第　前人

聖代無隱者英靈盡來歸遂令東山客不得顧采薇既至君門遠孰云吾道非江淮渡寒食京洛(文粹作兆)縫春衣置酒臨長道(文粹作長亭送)同心與我違行當浮桂棹未幾拂荆扉遠樹帶行客孤城(文粹作村)當落暉吾謀適不用勿謂(集作爲)知音稀

送綦毋潛　前人

端笏明光殿(集作宮)歷稔朝雲陛詔看延閣書高議平津邸適意輕微禄遇人(集作靈心)削煩禮盛得江佐風彌工建安體高張多絶絃截河有清濟嚴冬凌羣木伊洛方清泚渭水

水下流潼關雪中開（集作啓）荷篠幾時還塵纓待君洗

送綦毋校（集作秘）書棄官還江東　前人

明時久不達棄置與君同天命無怨色人生有素風念君拂衣去四海將安窮秋天萬里静日暮九江空清夜何悠悠扣舷明月中和光魚鳥際澹爾蒹葭叢無容客昭世衰賢曰（集作白）如蓬顔踈暗人事僻陋遠天聰微物縱可採其誰爲至公余亦從此去歸耕爲老農

送從叔（集作弟蕃）遊淮南（座上成）　前人

讀書復騎射帶劒遊淮陰淮陰少年輩千里遠相尋高義難爲隱明時寧陸沉島夷九州外泉館三山深席帆聊問罪卉服盡成擒歸來見天子拜爵賜黃金忽思鱸魚鱠復

有滄江心（集作州）天寒蕭葭渚日落雲夢林江城下楓葉淮上聞秋砧送歸青門外車馬去駸駸惆悵新豐樹空餘天際禽

送權三（集作二）　前人

高人不可有清論復何深一見如舊識一言知道心明時當薄宦解薜去中林芳草空隱處白雲餘故岑韓侯久携手河嶽共幽尋悵別千餘里臨堂鳴素琴

送魏郡李太守赴任　前人

與君伯兄（集作氏）別又欲與君離君行無幾日當復隔山坡蒼茫秦川盡日落桃林塞獨樹臨關門黃河何天外前經洛陽陌宛落故人稀故人盡離別淇上轉驂騑企予悲送

遠惆悵睢陽路古木官津平秋城鄴都（集作宮）故想君行懸白其從出如雲遥思魏公子復憶李將軍

峴山亭送朱大（集作峴山送張公非）遊巴東　孟浩然

峴山南郭外送別每登臨沙岸江村近松門山寺深一言余有贈三峽爾將尋祖席宜城酒征途雲夢林蹉跎遊子意眷戀故人心去矣勿淹滯巴江（集作東）猿夜吟

送韓使君除洪州都督　前人

述德撫荊衡分符襲寵榮往來看擁傳前後賴專城勿翦棠猶在澄波水更清重推江漢理旋改豫章行召父多遺愛羊公有令名衣冠列祖道耆舊擁前程（一作旌）峴首晨風送江陵夜火迎無才慙孺子千里愧同聲

同盧明府餞張郎中除義王府司馬海園作

上國山河裂（集作星河裂）賢王邸第開故人分職去潘令寵行來冠蓋趨梁苑江湘（集作山）失楚材預愁軒騎動賓客散池臺

送王昌齡之嶺南　前人

洞庭去遠近楓葉早驚秋峴首羊公愛長沙賈誼愁土風（集作毛）無縞紵鄉味有查頭已抱沉痾疾更貽魑魅憂數年同筆硯兹夕間衾裯意氣今何在相思望斗牛

送盧少府使入京　前人

楚關望秦國相去千餘里州縣勤王事山河轉使車祖筵江上列離恨別前書顧及芳年賞嬌鶯二月初

送張子容進士赴舉　前人

夕曛山照滅送客出柴門惆悵野中別殷勤醉後言茂林予偃息喬木爾飛翻無使谷風誚須令友道存

送莫氏外生兼諸昆季從韓司馬入西軍

念汝（集作爾）習詩禮未嘗違戶庭嚴君先早路（集作平生早偏露又作嚴君偏早世）萬里更飄零坐棄三冬業（集作牲養）行觀八陣形飾裝辭故里謀策赴邊庭壯志吞鴻鵠遙心伴鶺鴒所從文且（集作與）武無（集作不）戰自應寧

送王七尉松滋得陽臺云字　前人

君不見巫山神女作行雲虹蜺（集作霏虹）杳翠曉氛氳嬋娟遊（集作流）入襄（集作楚）王夢覺後（集作倏忽）還隨零雨分空中曉（集作飛）

去復飛來朝朝暮暮下陽臺愁君此處（集作去）爲仙尉便逐行雲去不迴

洛下送溪三還揚州　前人

水閣無邊際舟行興便（集作共使）風羨君從此去朝夕見鄉中余亦離家久南歸恨不同音書若有問江上會相逢

送辛大不及　前人

送君不相見日暮獨愁余（楚詞曰眇眇兮愁予余予唐韻並有上聲或改作緒同並非）江上空徘徊天邊迷處所郡邑經樊鄧山河入嵩汝蒲輪去漸遙石徑徒延佇

送謝録事之越　前人

清旦江天迥涼風西北吹白雲向吳會征帆亦相隨相到耶溪日應探禹穴奇仙書儻先（一作相）示余在此山陲

送杜十四　前人

荆吳相接水連（絶句詩選作爲）鄉君去春江（一作江村）正淼茫日暮征帆泊何處天涯一望斷人腸

文苑英華卷第二百六十八

文苑英華卷第二百六十九　詩一百十九

送行四

杜甫十三首　李白二十一首
劉希夷三首　盧象二首
祖詠一首　綦毋潛六首
常建四首

奉送郭中丞兼太僕卿充隴右節度使（三十韻）　杜甫

詔發山西將秋屯隴右兵淒凉餘部曲燀赫舊家聲鵰鶚
乘時去驊騮顧主鳴艱難須上策容易即前程斜日當軒
蓋高風卷旆旌松悲天水冷沙亂雪山清和虜猶懷惠防

邊詎敢驚古來於異域鎮靜示專征燕薊奔封豕周秦觸
駭鯨中原何慘（陸機功臣贊作慘）黷餘孽尚縱橫箭入昭陽殿笳
吟細柳營內人紅袖泣王子白衣行宸極妖星動園陵殺
氣平空餘金碗出無復繐帷輕毀廟天飛雨焚宮火徹明
罘罳朝共落楡桷夜同傾三月師逾整群胡勢（一作兇）就烹
瘡痍（一作恭承）親接戰勇決（一作餘勇）冠垂成妙譽期元宰殊恩且
列卿幾時迴節鉞戮力掃欃槍圭竇三千士雲梯七十城
恥非齊說客甘（一作秖）似魯諸生通籍微班忝周行獨坐榮
隨肩趨漏刻短髮寄簪纓徑欲依劉表還疑厭禰衡漸衰
那此別忍淚獨含情廢邑狐狸語空村虎豹爭人頻墜塗
炭公豈忘精誠元帥調新律前軍壓舊京安邊仍扈從莫
作（一作無使）後功名

送陵州路使君赴任　前人

王室比多難高官皆武臣幽燕通使者岳牧用詞人國待
賢良急君當拔擢新佩刀成氣像行蓋出風塵戰伐乾坤
破瘡痍府庫貧衆寮宜潔白萬役但（一作盡）平均霄漢瞻佳
士泥塗任此身秋天正搖落迴首大江濱

送梓州李使君赴任（集作之任）　前人

籍甚黃丞相能名自潁川近看除刺史還喜得吾賢五馬
何時到雙魚會早傳老思筇竹杖冬要錦衾眠不作臨岐
恨唯聽舉最先火雲揮汗日山驛醒心泉遇害陳公殞于
今蜀道憐君行射洪縣爲我一潸然

鄭城西原送李判官兄武判官弟赴成都　前人

憑高送所親久坐惜芳辰遠水非無浪他山自有春野花
隨處發官柳著行新天際傷愁別離筵何太頻

從江送衛十八倉曹還京因寄岑中允參范郎中季明

遲日深江水輕舟送別筵帝鄉愁緒外春色淚痕邊見酒
須（一作相）應憶將詩莫浪傳若逢岑與范爲報各衰年

泛江送客　前人

二月頻送客東津江欲平烟花山際重舟楫浪前輕淚逐
勸盃落（一作士）愁連吹笛生離筵不隔日那得易爲情

送路六侍御入朝　前人

童稚親情四十年中間消息兩茫然更爲後會知何地忽漫相逢是別筵不分桃花紅勝錦生憎柳絮白於綿劔南春色還無賴觸忤愁人到酒邊

送李校（集作松）書赴杜相公幕　前人

青簾白舫益州來巫峽秋濤天地迴石出倒聽楓葉下櫓搖背指菊花開貪趨相府今晨發恐失佳期後命催南極一星朝北斗五雲多處是三台

送翰林張司馬南海勒碑相國製文　前人

冠冕通南極文章落上台詔從三殿去碑到百蠻開野館濃花發春帆細雨來不知滄海使（集作上）天遣幾時回

送衛二十四司直充嶺南掌選崔郎中判官兼寄

韋韶州　前人

選曹分五嶺使者歷三湘才美膺推薦君行佐紀綱佳聲期共遠雅節在週防明白山濤鑒嫌疑陸賈裝故人海外少春日嶺南長憑報韶州牧新詩作寄將

夏日楊長寧（一作官）宅送崔侍御常正字入京

醉酒楊雄宅升堂子賤吟不堪垂老鬢還對欲分襟天地西江遠星辰北斗深烏臺俯麟閣長夏白頭吟

送孔巢父遊江東兼呈李白　前人

巢父抽頭不肯住東將入海隨煙霧詩卷長留天地間釣竿欲拂珊瑚樹深山大澤龍蛇遠春寒野陰風景暮蓬萊織女回雲車指點虛無是征路自是君身有仙谷世人那

得知其故惜君只欲苦死留富貴何如草頭露蔡侯靜者意有餘清夜置酒臨前除罷琴惆悵月照席幾歲寄我空中書南尋禹穴見李白（一作若逢李白騎鯨魚）道甫問信今如何

送高司直尋封（一作赴）閬州　前人

丹雀銜書來暮棲何鄉樹驊騮事天下辛苦在道路司直非冗官荒山甚無趣借問泛舟人胡爲入雲霧與子姻婭間既親亦有故萬里長江邊邂逅一相遇長卿消渴再公幹沉綿屢清談慰老夫開卷得佳句時見文章士欣然淡清素伏枕聞別離疇能忍漂寓良會苦短促溪行水奔注熊羆咆空林遊子慎馳騖西謁巴中侯艱險如跬步主人不世才先帝常特顧拔爲天軍佐崇大王法度淮海生清

風南翁尚思慕公宮造廣廈木石乃無數初聞伐松柏猶臥天一柱我瘦（一作病）書不成成字讀亦誤爲我問故人勞心練征戍

送客歸吳　李白

江村秋雨歇酒盡一帆飛路歷波濤去家唯坐臥歸島花開灼灼汀柳細依依別後無餘事還應掃釣磯

送友生遊峽中　前人（集無）

風靜楊柳垂看花又別離幾年同在此今日各驅馳峽裏聞猿叫山頭見月時殷勤一盃酒珍重歲寒姿

送袁明府任長江　前人

別離楊柳青樽酒表丹誠古道攜琴去深山見峽迎暖風

花繞樹秋雨草沿城自此長江内無因夜犬驚

杭州送裴大擇時赴廬州長史　前人

西江天柱遠東越海門深去割辭親戀行憂報國心好風吹落日流水引長吟五月披裘者應知不取金

送史司馬崔相公幕　前人

峥嵘丞相府清切鳳凰池羨爾瑶臺鶴高棲瓊樹枝歸飛晴日好吟弄恵風吹正有乗軒樂衲當學舞時珍禽在羅網微命苦猶縻顧托周周羽相銜漢水湄

送張舍人之江東　前人

張翰江東去正値秋風時天清一鴈遠海闊孤帆遲白日行欲暮滄海（集作波）杳難期吳洲如見月千里幸相思

送紀秀才遊越　前人

海水不蒲眼觀濤難稱心即知蓬萊石却是巨鼇簪送爾遊華頂令餘發舄吟僊人居射的道士住山陰禹穴尋溪入雲門隔嶺深緑蘿秋月夜相憶在鳴琴

送趙雲卿　前人

白玉一盃酒緑楊三月時春風餘幾日兩鬢各成絲秉燭唯須飲投竿也未遲如逢渭川獵猶可帝王師

送友人尋越中山水　前人

聞道稽山去偏宜謝客才千巖泉灑落萬壑樹縈廻東海横秦望西陵繞越臺湖清雙鏡曉濤白雪山來八月枚乗筆三吳張翰盃此中多逸興早晩向天台

送侯十一

朱亥已擊晋侯嬴尚隱身時無魏公子豈貴抱關人余亦不火食遊梁同在陳空餘湛廬劔贈爾託交親

送梁四歸陳平　前人

玉壺挈美酒送别强爲歡大火南星月長郊北路難殷王期負斯汶水豈（集作起）垂竿莫學東山卧參差老謝安

金陵送張十一再遊東吳　前人

張翰黄花句風流五百年誰人今繼作夫子世稱賢再動遊吳棹還浮入海船春光白門柳霞色赤城天去國難爲别思歸各未旋空餘賈生淚相顧共悽然

送楊少府赴選　前人

大國置衡鏡準平天地心郡賢無邪人即鑒窮清深吾君詠南風衮冕彈鳴琴時太多羙士京國會纓簪山苗落澗底幽松出高岑夫子有盛才主司得球琳流水非鄭曲前行（一作前後）遇知音衣工剪綺繡一悮傷千金何惜刀尺餘不裁寒衣衾我非彈冠者感别但開襟空谷無白駒賢人豈悲（一作獨）吟大道安棄物時來或招尋爾見山吏部當應無陸沉

送程劉二侍御兼獨孤判官赴安西幕府　前人

安西幕府多才雄喧喧唯道三數公繡衣貂裘明積雪飛書走檄如飄風朝辭明主出紫宫銀鞍送别金城空天外飛霜下葱海火旗雲馬生光彩胡塞塵清計日歸漢家草

綠逕相待

送儲邕之武昌

黃鶴西樓月長江萬里情春風三十度空憶武昌城送爾難爲別銜盃惜未傾湖連張樂地山逐泛舟行諾謂楚人重詩傳謝朓清滄浪吾有曲寄入棹歌聲

金鄉送韋八之西京　前人

客自長安來還歸長安去狂風吹我心西挂咸陽樹此情不可道此別何時遇望望不見君連山起煙霧

送裴十八圖南歸嵩山二首　前人

何處可爲別長安青綺門胡姬招素手延客醉金樽臨當上馬時我獨與君言風吹芳蘭折日沒鳥雀喧舉手指飛

鴻此心清（集作難）具論同歸無早晚潁水有清源

二

思君潁水綠忽復歸嵩岑歸時莫洗耳爲我洗其心洗心得眞情洗耳徒賣名（集作買）謝公終一起相與濟蒼生

送張秀才謁高中丞（并序）　前人

余時繫尋陽獄中正讀留侯傳秀才張孟熊蘊滅胡之策將之廣陵謁高中丞余嘉（一作希）子房之風感激於斯人因作是詩以送之

秦帝淪玉鏡留侯降氛氳感激黃石老經過滄海君壯士揮金槌報讐六合聞智勇冠終古蕭陳難與群兩龍爭鬭時天地動風雲酒酣舞長劍倉卒解漢紛宇宙初倒懸鴻溝勢將分英謀信奇絕夫子揚清芬胡月入紫微三光亂天文高公鎮淮海談笑廓妖氛採爾幕中畫（集作所振雄畧期）戡難光殊勳我無燕霜感玉石俱燒焚但酒一行淚臨岐竟何云

同王昌齡送族弟襄歸桂陽　前人

秦地見碧草楚謠對清樽把酒爾何思鷓鴣啼南園予欲（一作亦）羅浮隱猶懷明主恩躊躇紫宮戀孤（一作辜）負滄洲言終然無心雲海上同飛翻相期乃不淺幽桂有芳根（一作雜芬）蓀

送賀賓客歸越　前人

鏡湖流水漾清（一作春）波狂客歸舟逸興多山陰道士如相

見應寫黃庭換（一作取）白鵝

送友人之新豐　劉希夷

日暮秋風起關山斷別情淚隨黃葉下愁向綠樽生野路歸驂轉河州宿鳥驚賓遊寬旅宴王事促嚴程

餞李秀才赴舉　前人

鴻鵠振羽翮翻飛入帝鄉朝鳴集銀樹暝宿下金塘日月天門近風煙夜路長自憐窮浦鴈歲歲不隨陽

洛中晴月別殷四入關　前人

清洛浮橋南渡頭天明（集作晶）萬里林葉秋（集作洲散）（集作華）晴看石瀨光無數曉入圓潭漫（集作漫）不流微雲一點曙煙起南陌憧憧遍行子欲將此意與君論復道秦關向千里

送綦毋潛　盧象

夫君不得意本自滄海集作江來高足未云騁虛舟後空迴淮海楓葉落灞岸桃花開去家㸑爲閑一作出巡暫爲間浮沉安繫哉如何天覆物還遣世遺才欲隱秦將漢當關王與裴離筵對寒食別雨乘春雷會有徵書到荷衣且慢裁

送祖詠　前人

田家宜伏臘歲晏子言歸石路雪初下荒村一作山鷄共飛東原同一作多煙火北澗隱寒輝蕭酌野人酒倦聞隣女機胡爲因樵採幾日披集作辭朝衣

送劉高郵税使入都　祖詠

常聞積歸思昨日後一作又兼秋鄉路京華遠王程江水流

吳歌喧兩岸楚客醉孤舟漸覺潮初上悽然多暮愁

送崔員外黔中監選　綦毋潛

持衡出帝畿星指夜郎飛神女雲迎馬荆門雨濕衣聽猿收淚罷繫鴈待書稀蠻貊雖殊俗知君肝膽微

送章彝下第　前人

長安渭集作灞橋路行客別時心獻賦溫泉畢無媒衛闕深黃鸎啼就馬白日暗歸林三十名未立君還惜寸陰

送賀恒明州兼寄溫張二司户　前人

越客新安別秦人舊國情舟乘晚風便月帶上潮平花路西施石雲峯勾踐城明州報兩椽相憶二毛生

送宋秀才　前人

冠古稱榮盛當時數戟門舊交丞相子繼世五候孫長劒倚天外短書盈萬言秋風一送別江上黯銷魂

送平判官入秦　前人

謫遠自安命三年已忘歸同心願執手驛騎到門扉云是帝鄉去軍書謁紫微曾爲金馬客何日淚霑衣

送儲十二還莊城　前人

西板河繚繞青林門子家天寒噪野雀日晚度城鴉寂歷道傍樹曈曨原上霞茲情不可說長恨隱淪賒

送樊十少府　常建

微風吹霜氣寒影流前除落日未能別蕭蕭林下虛愁煙閑千里仙尉其何如因送別鶴㗁贈之雙鯉魚鯉魚在金

盤別鶴哀有餘心事則如此請君開素書

送陸權　前人

聖代耳疑秀才陸生何考槃南山高松樹不合空摧殘九月湖上別北風秋雨寒慇懃嘆孤鳳早食金琅玕

送李十一尉臨溪　前人

泠泠花下琴君唱渡江一作頭吟天際一帆影預懸離別心以言神仙尉因致瑤華音迴軫撫商調越溪澄碧林

送宇文六　前人

花映隨楊水徹一作漢水清曉一作微風林裏一花輕即今江北還如此愁殺江南離別情

文苑英華卷第二百六十九

文苑英華卷第二百七十

詩一百二十

送行五

高適十一首　王昌齡八首

陶翰一首　劉眘虛二首

劉長卿二十首　朱頎七首

送柴司户充劉卿判官之嶺外　高適

嶺外資雄鎮朝端寵節旄月卿臨幕府星使出詞曹海對羊城闊山連象郡高風霜驅瘴癘忠信涉波濤别恨隨流水交情脱寶刀有才無不適行矣莫徒勞

送馮判官　前人

碣石遼西地漁陽薊北天關山惟一道雨雪盡三邊才子

方爲客將軍正愛(集作滑)賢遥知幕府下書記日翩翩

送張少府　前人

歸客留不住朝雲縱復横馬頭向春草斗柄臨高城嗟我久離别羡君看弟兄歸心更難道回首益(集作一)傷情

淇上送韋司倉往滑臺　前人

飲酒莫辭醉醉多適不愁孰知非遠别終念對新(集作窮)秋滑臺門外見淇水眼前流君去應回首風波滿渡頭

東平别前衛縣李寀少府　前人

黄鳥翩翩楊柳垂春風送客使人悲怨别自驚千里外論交却憶十年時雲門汶水孤帆遠路遶梁山疋馬馳此地從來可乘興留君不住亦悽其

送别　前人

昨夜離心正鬱陶三更白露西風高螢飛木落何淅瀝此時夢見(集作忽覩)西歸客曙鍾寥亮三四聲東隣嘶馬使人驚攬衣出户一相送惟見歸雲縱復横

送别王徹　前人

歸客自南楚悵然思北臨(一作林)蕭條秋風暮迴首江淮深晋君終日歡(集作愁晋作歎)連或爲良甫吟時輩想鵬舉他人嗟陸沉載酒登平臺贈君千里心浮雲暗長路落日有歸禽離别未足悲辛勤當自任吾知十年後季子多黄金

送蕭十八與房侍御廻還　前人

常苦(一作悲)古人遠今見斯人古澹泊遺聲華周旋必鄒魯

故交在梁宋遊方出庭户匹馬鳴朔風一身濟河滸辛勤採蘭詠款曲翰林主歲月催别離庭闈遠風土寥寥寒燈静莽莽夕雲苦明發不在茲青天眇難覩

餞宋八充彭中丞判官之嶺南　前人

覩君濟時略使我氣填膺長策竟不用高才徒見稱一朝知己達累日詔書徵羽翮忽然動(集作逝)風飈誰敢陵舉鞭投嶺嶠屈指冒炎蒸北鴈送馳驛南人思飲冰彼邦本倔强習俗多驕矜翠羽千平法黄金繞直繩若將除害馬慎勿信蒼蠅魑魅寧無患忠貞適有憑猿啼山不斷鳶跕路難登海岸出交趾江城連始興繡衣當節制幕府盛威稜勿憚九疑險須令百越澄立談多感激行李即嚴凝離别胡

為者雲霄遲爾昇

贈別常參軍　前人

三十解(詩選作辭)書劍西遊長安城舉頭望君門屈指取公卿國風沖融邁三五朝廷懽樂彌寰宇白璧皆言賜近臣布衣不得(集敢作干)明主歸來洛陽無負郭東過梁宋非吾土兔苑為農歲不登鴈池垂釣心常苦世人向我同衆人惟君於我情(集作最)相親且喜百年有交態未曾(集作當)一日辭家貧彈琴擊筑白日晚縱酒高歌楊柳春歡娛未盡分散去使我惆悵驚心神終當不作兒女悲(詩選作別)臨岐涕淚(詩選作泗)霑衣巾

宋中贈別周梁李三子　前人

曾是不得意適來兼別離何如一樽酒翻作蒲堂悲周子負高價梁生多逸詞周旋梁宋間感激建安時白雲(集作雪)正如此青天(一作雲)無自疑李侯懷清英髣髴乃天資方寸且無間衣冠當在斯俱為千里遊忽(集作勿)念兩鄉辭且見壯心在莫嗟携手期涼風吹白原落日照西波露下草初白天長雲屢滋我心不可問(集作得)君去(集作兮)定何之京洛多知己誰能憶左思

別劉諝　王昌齡

天地寒更雨蒼茫楚城陰一罇廣陵酒十載衡陽心倚伏不可料悲歡豈易尋相逢成遠別後會何如今身在江海

上雲連京國深行當務功業策馬何駸駸

送任五之桂林　前人

楚客醉孤舟越水將引棹山為兩鄉別月帶千里貌羈譴同嬋綸僻幽闉虎豹桂林寒色在苦節知所效

送李濯遊江東　前人

清洛日夜漲微風引孤舟離傷便千里遠夢生江樓楚國橙橘暗吳門煙雨愁東南具古今歸望山雲秋

送魏二　前人

醉別江樓橘柚香江風引雨入舟(一作舡)涼憶君遥在湘江上(一作山月)愁送(一作聽)青猿夢裏長　一作皆絕句詩選

送高三之桂林　前人

留君夜飲對瀟湘從此孤舟客夢長嶺上梅花侵雪暗歸時還拂桂花(一作枝)香

送韋十四兵曹　前人

縣職如長纓終日檢我身平明趨郡府不得展故人故人念江湖富貴如埃塵跡在戎府掾心遊天台春獨立浦邊鶴白雲長相親南風忽至吳分散還入秦夜寒天光白海淨(詩選作靜)月色真對坐論歲暮絃悲豈(詩選作歌起)無因平生驅馳分非謂杯酒仁出處兩不合忠直何由申看君泛舟去且欲歌垂綸

送喬林　前人

草綠小平津花開一水濱今君不得意孰負帝鄉春口不

言金帛心常任屈伸阮君唯（一作絶）飲酒陶令肯羞貧陽羨風流地滄江避世人菱歌五湖遠桂樹八公隣青鳥迎孤棹白雲隨一身潮從秣陵上月映石頭新未可逃名利應須在縉紳汀洲芳杜色勸爾蹔垂綸

送歐陽會稽之任兼呈陳處士　前人

懷祿貴心賞東流山水長官移會稽郡地邇上虞鄉綬帶屏紛雜漁舟臨訟堂逶迤迴溪趣（一作曲）猿嘯飛鳥行萬室霽朝雨千峰迎夕陽輝輝遠洲映曖曖澄湖（一作江）光髮白有高士青春騎（疑）上皇應須枉車歇（疑）爲我訪荷裳

送朱大出關　陶翰

楚客西上書十年不得意平生相知者晚節心各異長揖五侯門拂衣謝中貴丈夫多離別各有四方事拔劒因高歌蕭蕭北風至故人有斗酒是夜共君醉努力長（一作強）加飡當年莫相棄

送韓平兼寄郭微　劉眘虛

上客夜相過小童能沽酒即爲臨水處正值歸鴈後前路望鄉關近家見門柳春時未曾暮風景自應有余憶東周人經年別未久殷勤爲傳語日夕念攜手燕問前寄書中間復達否

海上送薛文學　前人

日處歸且遠送君東悠悠滄溟千萬里日夜一帆舟曠望絶國所微茫天際愁有時近仙境不定若夢遊或見青山石孤舟百處秋前心方杳耿此路獨夷猶離別惜吾道波澤敬皇休春浮溪花遠思逐海水流日暮驪歌後永懷空滄洲

送徐大夫赴廣州　劉元卿

上將壇場拜南荒（集作方）羽檄招遠人來百越元老事三朝霧繞龍川暗山連象郡（集作嶺）遥路分江淼淼軍發馬蕭蕭塞（集作晝）角知秋氣樓船逐暮潮當令輸貢職（集作賦）不使外夷驕

送齊郎中典括州　前人

星象移何處旌旄獨向東勸耕滄海畔聽訟白雲中樹影（集作色）雙溪合猿聲萬嶺同石門空康樂在（集作任）幾里枉帆通

送李中丞之襄州　前人

流落征南將曾驅十萬師罷歸無舊業老去戀明時獨立三朝識輕生一劒知茫茫江漢上日暮欲（集作復）何之

送李秘郄赴南中（此公舉家先流竄嶺外兄弟數人俱沒南中）　前人

郄到番禺日應傷昔所依炎州百口住故國幾人歸路識梅花在家看棣萼稀獨逢迴鴈去（一作衡陽）猶作舊行飛

送營田判官鄭侍御赴上都

上國三千里西遊（集作還）及歲芳故山經亂在春日送歸長曉奏趨雙闕秋成報萬箱幸論開濟力已實海陵倉

送嚴侍御充東畿觀察判官　前人

洛陽爭戰後君去問凋殘雲日臨南至風霜向北寒故國
經亂失古道(集作木)近鄉看誰訪江城客年年守一官
送蔡侍御赴上都　前人
遲遲立駟馬乆客戀瀟湘明日誰同路新年獨到鄉(到集作別)
孤煙向驛遠積雪去關長秦地看春色南枝不可忘
送梁侍御赴永州　前人
瀟滁江雨暗客散短(集作野)亭空憂國天涯去思鄉歲暮同
到時猿未斷回處水應窮莫望零陵路千峰萬木中
送鄭說(集鄭晚之)歙州謁薛能郎中(集作侍郎)　前人
漂泊來千里謳謠滿百城漢家尊太守魯國重諸生俗變
人難理江流(集作傳)水至清船經危石住(一作往)路入亂山行

老得滄洲趣春傷白首情嘗聞馬南郡門下有康成
送裴使君赴荊南充行軍司馬　前人
盛府南門寄前程積水中月明臨下口山晚望巴東故節
辭江郡寒笳發渚宮漢川風景好遙羨繼(集作遂)羊公
送鄭十二(一作山人)還廬山(已見二百三十一卷)　前人
送行軍張司馬罷使適越　前人
時危身赴敵事往任浮沉末路三江去當時百戰心春風
吳苑綠古木刻山深千里滄波上孤舟不可尋
送馬秀才移家京洛赴舉　前人
自從爲楚客不復掃荊扉劍共丹城在書隨白髮歸舊遊
經亂盡後進識君稀空把相如賦何人薦禮闈

送荀八過山陰訪舊(集作舊任)兼寄剡中諸官
訪舊山陰縣扁舟到海涯故林嗟滿歲春草憶佳期晚景
千峰亂晴江一鳥遲桂香留客處楓暗泊舟時舊石曹娥
篆空山禹帝(集作夏禹)祠剡溪多隱吏君爲道長思
送耿拾遺歸上都　前人
若爲天畔獨歸秦對水看山欲暮春窮海別離無限路隔
河征陣獨歸人長安萬里傳雙淚建德千峯寄一身想到
郵亭愁駐馬不堪西望見風塵
送嚴員外(集作吳中贈列嚴士元)　前人
春風倚棹闔閭城殊國雲陰暗(或作水閣天寒陰)復晴細雨濕衣
看(一作人)不見閑花落地聽無聲日斜江上孤帆影草綠湖(或作江)

南萬里情君去(一作東道)若逢相識問青袍今已悮儒生
此詩二百八十七卷重出今已削去注異同爲一作
送柳使君赴袁州
宜陽出守新恩至京口因家始願違五柳閉門高士去三
苗按節遠人歸月明江路聞猿斷花暗山城見吏稀惟有
郡(一作舊)齋窗裏岫朝朝空對謝玄暉
送陸澧倉曹西上(集作下)　前人
長安此去欲何依先達誰當薦陸機日下鳳翔雙闕迥雪
中人過三陵稀舟從故里難移棹家在寒塘獨掩扉臨水
自傷居洛(集作流洛)乆贈君空有淚霑巾
送皇甫曾赴上都　前人

帝鄉何處是岐路空垂泣楚客（集作思）愁暮多川長帶潮急
潮歸人不歸獨向廻塘立

送人歸沔南　朱頎

梅花今正發失路復何如舊國雲（一作霞）山在新年風景餘
春晚漢陽夢日寄武陵書可惜明時老臨川莫羨魚

送劉主簿歸金壇　前人

與子十年舊其如離別何宦遊憐故國歸夢是滄波京口
青山遠金陵芳草多雲帆曉容裔江口晝淸河縣郭舟人
飲津亭漁者歌茅山有仙洞羨爾再經過

送顧朝陽還　前人

寂寞俱不偶裏糧空入秦官途已可識歸卧包山春舊風

指飛鳥滄波愁旅人開樽洛水上怨別柳花新

送竇叅軍　前人

城南送歸客舉酒對林巒喧鳥迎春囀風（一作春）衣度雨寒
桃花開翠幕柳色傍金鞍公子何時至無令芳草闌

送魏萬之京　前人

朝聞遊子唱離歌昨夜微霜初渡河鴻鴈不堪愁裏聽雲
山況是客中過關城樹色催寒近御苑砧聲向晚多莫見
長安行樂地空令歲月易蹉跎

贈別穆元令　前人

二職九載蒲藏名三十年丹墀策頻獻白首官不遷明主
槖徵士吏曹何忽賢空懷濟世業獨棹滄海船舉酒洛門
外送春滄（一作送君春）海邊彼鄉有令弟小邑試烹鮮轉浦雲
鬘媚渋江花鳥連綠芳暗楚水白鳥飛吳煙贈竹亦奚貴
亂流期早旋金閨會通籍生事豈（一作亦）徒然

送張譚入蜀　前人

出門便爲客惆然悲徒御四海惟一身茫茫欲何去經山
復歷水百恨將千慮劍閣送（一作空）梁州是君斷腸處客心
落口感君深夢裏莫（一作孤雲傷客心落日感君深）江畔蒹葭渚天邊
橘柚林蜀江流不測蜀路險難尋木有相思號猿多愁苦
吟（一作音）莫向禺山隱禺山地非近故鄉可歸來眼見芳菲
盡

文苑英華卷第二百七十終

文苑英華卷第二百七十一　詩一百二十一

送行六

送薛據之宋州　崔曙

無媒嗟失路有道亦乘流客處不堪別異鄉應共愁我生早孤賤淪落居北州風土至今憶山河皆昔遊一從文章事兩京春復秋君去問相識幾人成白頭

送金文學還日東　沈頌

君家東海東君去因秋風漫漫指鄉路悠悠如夢中煙霧積孤島波濤連大空冒險當不懼皇恩措爾躬

送人還吳　前人

人心不忘鄉矧余客已久送君江南去秋醉洛陽酒贈言幽徑蘭別恩河堤柳征帆暮風急望望空延首

送楊諫議赴河西節度判官兼呈韓王兩侍郎　熊曜

賢哉征西將幕府多俊人籌議秉刀尺話言在經綸先鞭羨之子走馬辭咸秦庭論許名實數公當即真行行弄文翰婉婉光使臣今者所從誰不聞歌苦辛黃雲蕭關道白日驚沙塵虜騎有時儆漢兵行復一作仍夜巡王師已無戰傳檄奉良臣

送閻校書之越　丘爲

南入剡中路草雲應轉微湖邊好花照山口細泉飛此地饒古跡世人多忘歸經年松雪在永日世情稀芸閣應相望芳時不可違

送裴侍御還上都　張謂

楚地勞行役秦城罷鼓鼙舟移洞庭岸路出武陵溪江月隨人影山花逐馬蹄離魂將別夢先爾到關西

餞田尚書兗州　前人

忠義三朝喜威名四海聞更秉歸路詔猶憶破胡勳別路逢霜雨行營對雪雲明朝郭門外長揖大將軍

送韋侍御赴上都

天朝辟書下風憲取才難更謁麒麟殿重簪獬豸冠月明湘水夜霜重桂林寒別後頭堪白時時鏡裏看

送杜侍御赴上都

避馬臺中貴登車嶺外遙還因貢賦禮來謁大明朝地入商山路鄉連洛水橋承恩返南越鐏酒重相邀

道林寺送莫侍御

何處堪留客香林隔翠微薜蘿通驛騎松竹挂朝衣霜引臺烏集風驚塔鴈飛飲茶勝飲酒聊以送君歸

別睢陽故人　前人

少小客遊梁依然似故鄉城池經戰陣人物恨存亡夏雨桑條綠秋風麥穗黃有書無寄處相送一霑裳

送黃甫齡宰交河　前人

將軍帳下來從容小邑彈琴不易逢擭上胡笳傳別怨罇中臘酒爲誰濃行人醉出雙門道少婦愁看七里烽今日相如輕武騎多應朝暮客臨卬

別韋郎中　前人

星軺計日赴岷峨雲樹連天阻笑歌南入洞庭隨鴈去西過巫峽聽猿多崢嶸洲上飛黃葉灔澦堆邊起白波不醉郢中桑落酒教人無柰別離何

奉送李太保兼御史大夫充渭北節度使（即太尉光弼之弟）　岑參

詔出未央宮登壇近總戎上公周太保副相漢司空弓抱（一作挽）關西月旗翻渭北風弟兄皆許國天地荷成功

以下十篇並見集本

趙少尹南亭送鄭侍御歸東臺　前人

江（集作紅）亭酒甕香白面繡衣郎砌冷蟲喧座簾疎雨到床鍾催離興急絃逐（詩選作幾）醉歌長關樹應先落隨君滿路（集作鬢）霜

送崔員外入奏因訪故園　前人

欲謁明光殿應趨建禮門仙郎去得意亞相正承恩竹裏巴山道花間漢水源憑將兩行淚爲訪邵平園

送韋侍御先歸京　前人

聞欲朝龍闕應須拂豸冠風霜隨馬去炎暑爲君寒客淚題書落鄉愁對酒寬先憑報親友後月到長安

送裴侍御趂歲赴京　前人

羨他驄馬郎元日謁明光立處聞天語朝回惹御香臺寒栢樹綠江暖柳條黃惜別津亭暮揮戈憶魯陽

送陽子　前人

斗酒渭城邊壚頭耐醉眠梨花千樹雪柳葉（一作楊）萬條煙

惜別添壺醒臨岐贈馬鞭看君潁上去新月到家圓

送鄭少府赴滏陽　前人

子真河朔尉邑里帶清漳春草迎袍色晴光拂綬香青山入官舍黃鳥出宮墻若到銅臺上應憐魏寢荒

送王大昌齡赴江寧　前人

對酒寂不語悵然愁（一作悲）送君明時未得用白首徒工（集作攻）文澤國從一官滄波幾千里羣公滿天闕獨去過淮水舊家富春渚常憶卧江樓自聞君欲行頻夢南徐州窮巷獨閉門寒燈靜深屋北風吹微雪抱被肯同宿君行到京口正是桃花時舟中饒孤興湖上多新詩潛虬且深蟠黃鶴舉未曉惜君青雲器努力加飡飯

送楊瑗（集作張子）尉南海　前人

不擇南州尉高堂有老親縣樓重蜃氣邑里雜鮫人海暗三山雨江明五嶺春此方多寶玉慎莫厭清貧

送楊録事充潼關判官（得江字）　前人

夫子方寸裏秋天（集作秋清）澄霽江關西望第一郡內政無雙狹室下珠箔連宵傾玉缸平明猶（一作使乎仍）未醉斜日（一作月）隱高窻（集作書）

送李司直使吳　張仲甫

使臣（閶氣集作君）方攤傳王事遠辭家震澤逢殘雨新豐過（閶氣集作遇）落花水萍千葉散風柳萬條斜何處有離恨春江無限沙（有離恨又玄集作看離恨）

送馬向入蜀　徐嶷

遊子出咸京巴山萬里程白雲連鳥道青壁遞猿聲雨雪經泥坂煙花望錦城工文人共許應紀蜀中行

送大理正攝御史判涼州別駕　范咸

天子念西（一作邊）疆資君去不遑垂銀棘庭印持斧栢臺綱雪下天山白泉枯塞草黃佇聞河隴外還繼海沂康

送韋侍御奉使江嶺諸道催青苗錢　包何

遠近從王事南行處處經手持霜簡白心在夏苗青迴鴈書應報愁猿客屢聽因君使絕域萬物盡來庭

送李侍君赴泉州　前人

傍海皆荒服分符重漢臣雲山百越路市井十洲人執玉來朝遠還珠入貢頻連年不見雪到處即行春

送王文宰江陰　前人

郡北乘流去花間竟日行海魚朝滿市江鳥夜喧城止酒非關病援琴不在聲應緣五斗米數日滯淵明

送王諫議充東都晉守判官　李嘉祐

時稱謝康樂別事漢平津衰柳寒關道高車左掖臣背河看北鴈到洛問東人憶昔遊金谷相看華髮新

以下二十篇並見集本

送王牧往吉州謁王使君叔　前人

細草綠汀洲王孫耐薄遊年華初冠帶文體舊弓裘野渡花爭發春塘水亂流使君憐小阮應念倚門愁

送韋司直西行（見二百二十八卷）　前人

送韋（集作袁）員外宣慰勸農却赴洪州使院（見二百九十七卷）　前人

送張勸（集作觀）歸袁州　前人

羨爾湘東去煙花尚可親綠芳深映馬遠岫遞迎人饑鴥啼初日殘鶯惜暮春逢憐謝典客（一作客興）佳句又應新

送王正字山寺讀書　前人

欲究先儒教還過支遁居山階閒聽法竹逕獨看書向日荷新捲迎秋柳半疎風流有佳句又（集作不）似帶煙鋤

送房明府罷長寧令湖州客舍　前人

君爲萬里宰恩及五湖人未滿先求退歸閑不厭貧遠峯

晴更近殘柳雨還新要自趨丹陛明年幾樹親

送嚴二擢第東歸　前人

聽官就賓薦時輩詎爭先盛業推儒行高科獨少年迎秋見衰葉餘照逐鳴蟬舊里三峯下開門古縣（一作道）前

送冷朝陽及第東歸江寧　前人

高第由佳句諸生似者稀長安帶酒別建業候潮歸稚子歡迎棹隣人爲掃扉含情過舊浦鷗鳥亦依依

晚春送吉校書歸楚州（曾爲道士）　前人

詩人饒楚思淮上及春歸舊浦菱花發（集作待）閑門柳絮飛高名鄉曲重少事道流稀定向漁家醉殘陽卧釣磯

送李中丞楊判官　前人

射策名先著論兵氣自雄能全季布諾不道魯連功流水蒹葭外諸山睥睨中別君秋日晚廻首夕陽空

送嚴維歸越州　前人

艱難只用武歸向淛江（集作河）東松雪千山暮林泉一水通鄉心緣綠草野思看青楓春好（集作日）偏相憶裁書寄剡中

送韋邑少府入鍾山（見二百七十一卷）　前人

司勳王郎中宅送韋九郎中往濠州　前人

憐爾因同舍看書似外家出關逢落葉傍水見寒花送遠添愁思將衰戀（集作念）歲華清淮倍相憶廻日莫令賒

送王端赴朝　前人

君承明主意日日上丹墀東閣論兵後南宮草奏期人稀傍河處槐暗入關時獨遣吳州客平陵結夢思

送杜侍御還廣陵　前人

慙君從弱歲（一作冠）顧我比諸昆同事元戎久俱承國士恩隨鷺過淮水看柳向轅門草色金陵岸思心那可論

送上官侍御赴黔中　前人

莫向黔中路令人到欲迷水聲巫峽裏山色夜郎西樹隔朝雲合猿窺曉（集作日月）啼南方饒翠羽知爾飲清溪

潤州楊別駕宅送蔣侍御收兵歸揚州　前人

沴氣清金虎兵威壯鐵冠揚旌川邑瞑（一作暗）吹角水風寒人對輜軿醉花看（集作醉看）睥睨殘羨歸丞相府（集作閣一作問）空望舊門闌

此詩二百三十五卷重出今已削去詳注在前

送元侍御還荊南幕府　前人

迢遞荊州路山多水又分霜林澹寒日胡鴈蔽南飛八座由持節三湘亦置軍自當行直指應不爲功勳

送宋（集作朱）中舍遊江東　前人

孤城郭外送王孫越水吳洲共爾論野寺山邊斜有逕漁家行裏半開門青楓獨映搖前浦白鷺閑飛過遠村若到西陵征戰處不看秋草自傷（一作銷）魂

送司空十四北遊宋州　張南

九拒危城下蕭條送爾歸寒風吹畫角暮雪犯征衣道理猶成間親朋重與違白雲愁欲斷看入大梁飛

送朱大遊塞　前人
歲暮一爲別江湖聊自寬且無人事處誰爲客行難郢曲憐公子吳州憶伯鸞蒼蒼遠山際松柏獨宜寒
送鄭録事赴太原　前人
歎息不相見紅顔今白頭重爲西候別方起北風愁六月胡天冷雙城汾水流盧諶即故吏還復向并州
送余贊善使還赴薛尚書幕　前人
音書不可論河塞雪紛紛鴈足期蘇武狐裘見薛君城池逼紫陌鞍馬入黄雲遠棹(一作憶)漳渠水平流幾處分
送李侍御入茅山採藥　前人
苦縣家風在茅山道録傳聊聽驄馬使却就紫陽仙江梅

生岐路雲霞入洞天莫令千歲鶴飛到草堂前
送王相公赴(集作歸)范陽　錢起
翊聖銜恩重頻年按節行安危皆報國文武不緣名受脤仍調鼎爲霖更洗兵幕開丞相閣旗總貳師營料敵知無戰安邊自有征代雲横馬首燕鴈拂笳聲出鎮關河静歸看日月明欲知瞻戀(集作望)切遲暮一書生
以下七篇並見集本
送劉相公江淮(集作東萬)催轉運事(此詩檀場)　前人
國用資戎事臣劳爲主憂將徵任土貢更發濟川舟擁傳星還去過池鳳不留唯高飲氷節稍淺別家愁落葉籬邊兩孤山海上秋遥知謝公興微月在江樓

送郎使君(集作補闕)東歸　前人
無事共千世多時廢隱淪相看戀簪組不覺老風塵勸酒憐今別傷心陪去春徒言對萱草何處慰離人
送弾琴李長史赴洪州　前人
携(集作抱)琴爲傲吏孤棹復南行幾渡秋江水皆添白雪聲佳期來客夢幽興緩王程佐牧無勞問心和政自平
送沈少府還江寧　前人
遠官碧雲外此行皆興牽湖山入閶井鷗鳥傍神仙斜日背鄉樹春潮迎客船江樓新興(一作詠)發應與政聲傳
送楊著作往(集作歸)東海　前人
楊柳出關色東君千里期酒酣暫輕別路遠始相思欲識

離心盡斜陽(一作光)到海時
送張管記從軍　前人
邊事多勞役儒衣逐鼓鼙日寒關樹外峯盡塞雲西河廣蓬難渡天遥鴈漸低班超封定遠之子去思齊
送嚴士良侍奉詹事南遊　前人
疏傳獨知止曾參善愛親江山侍行邁長幼出囂(一作風)塵握手想千古此心能幾人風光滿長路草色傍征輪日夕望荆楚鷺鳴芳杜春汀煙日(集作漁烟月)下淺花島(集作與)水中新點翰時(集作逢)相憶含情寄(集作白)白蘋
送王員外赴長沙　賈至
携手登臨處巴陵天一隅春生雲夢澤水溢洞庭湖共歎

虞翻社同悲阮藉途長沙舊卑濕今古不應殊

以下六篇並見集本

送夏侯參軍赴廣州　前人

聞道衡陽外由來鴈不飛送君從此去書信定應稀雲海南溟遠烟波北渚微勉哉孫楚吏綵服正光輝

長沙別李六侍御　前人

月明湘水白霜落洞庭乾放逐長沙外相逢路正難雲歸帝鄉遠鴈報朔方寒此別迎襟淚攤門不假彈

送陸協律端州　前人

越井人難去湘川水北流江邊數盃酒海外一孤舟嶺嶠同遷客京華即舊遊春心將別恨萬里共悠悠

送李侍御　前人

我年四十餘已歎前路短羈離洞庭上安得不引滿李侯忘情者與我同疎懶孤帆泣瀟湘望遠心欲斷

送耿副使歸長沙　前人

畫舸欲南歸江亭且留宴日暮湖上雲蕭蕭若流霰昨夜相知者明發不可見惆悵西北風高帆爲誰扇

送薛補闕入朝　鮑防

平原門下十餘人獨受恩多未殺身每歎陸家兄弟少更憐楊氏子孫貧柴門豈斷施行馬魯酒那堪醉近臣賴有軍中（一作將軍）遺令在猶將談笑靜風塵

文苑英華卷第二百七十一

文苑英華卷第二百七十二　詩一百二十二

送行七

皇甫曾四首　張繼五首

韓翃十五首　郎士元十七首

皇甫冉十三首　韋應物八首

送杜中丞還京　皇甫曾

罷戰迴龍節朝天見鳳池寒生五湖道春及萬年枝召化多遺愛胡清已畏知懷恩偏（間氣集作多）感別墮淚向旌麾

以下四篇並見集本

送李中丞歸本道　前人

上將宜分閫（一作還專席）雙旌復去秦關河三晉路賓從五原人碣石山通海濾池（集作滹沲）雪慶春（二句一作孤戍雲連海沙洲雪慶春）酬恩看玉劒何處有煙塵

此詩二百九十七卷重出今已削去注異同爲一作

送元侍御充使湖南　前人

雲夢南行盡三湘萬里流山川重分首徒御亦悲秋白簡勞王事清傜助客愁離羣復多病歲晚憶滄洲

送韓司直　前人

游吳還適越來往任風波復送王孫去其如芳草何岸明殘雪在潮滿夕陽多季子留遺廟停舟試一過

送鄭判官往陳留　張繼

齊宋傷心地（一作分巡地）頻年此用兵女停襄邑杼農廢汶陽

耕國使一作使者秉軺去諸侯一作藩擁節迎深仁荷一作佐或作賴君
子薄賦恤黎甿火燎原猶熱波一作風搖海未平應將否泰
理一問魯諸生　一作皆中興間氣集

送竇十九判官使江南　前人

遊官淹星紀裁詩鍊土風今看乘傳去那與問津同南郡
迎一作過徐子臨川謁謝公思歸一惆悵千越古亭中

江上送客遊廬山　前人

楚客自相送霑裳春水邊晚來風信好併發上江船花映
新林岸雲開瀑布泉悵心應在此佳句向誰傳

奉送王相公赴幽州　前人一作韓翃

黃閣開幃幄丹墀拜一作傳晃旆位高湯左相權總漢諸侯

不改周南化仍分趙北憂雙旌過易水千騎入幽州塞草
連天暮邊風動地愁無因隨一作陪遠道結束佩吳鉤
一作皆中興間氣集

送張中丞歸使幕　前人

獨受主人歸當朝似者稀玉壺分御酒金殿賜春衣拂席
流鶯醉鳴鞭駿馬肥蒲臺簪白筆捧手戀清輝

送李侍御赴徐州行營　韓翃

少年兼柱史東至舊徐州遠屬平津閣前驅傳望侯向營
淮月滿吹角楚天秋客夢依依處雲山對白樓

送崔過歸淄青幕府　前人

平陵車馬客海上見旌旗舊驛千山下殘花一路時春衣
過水冷暮雨出關遲莫道青州客迢迢在夢思

送監軍李判官　前人

上客佩吳集作雙鉤東城喜再遊舊從張博望新事鄭長秋
蹋水過集作廻金勒邊一作看風試錦裘知君不久住漢將掃
旄頭

送元詵還江東一作送太常元傳士歸潤州　前人

過一作渡江秋色在詩興與歸心客路隨一作緣楓岸家人掃
橘林潮聲當晝起山翠近南深集作沉幾日華陽洞寒花引
獨一作獨自尋　一作皆中興間氣集

送贊府郭歸淮南　前人

駿馬淮南客歸時引望新江聲六合暮楚色萬家春白紵

歌西曲黃苞寄北人不知心賞後早晚見行塵

送孫秀才歸江東　前人

過淮芳草歇千里又東歸野水吳山出家林越鳥飛荷香
隨去棹梅雨點行衣無數滄江客如君達者稀

送故人歸魯　故人舍又玄集作居人愴是　前人

魯作多歸興故人舍別情雨餘衫袖冷風急馬蹄輕秋草
靈光殿寒雲曲阜城知君拜親後少婦下機迎
此詩二百八十四卷重出今已削去

送李中丞赴商州　前人

五馬渭橋東連嘶背曉風當年紫髯將他日黑頭公不異
金吾罷兼齊玉將雄開營春雪下吹曲暮山空香靄松陰

裏寒依黛色中郡齋多賞事好與故人同

送管城李少府　前人

懷祿兼就養更憐趨府心晴山東里近春水北門深新綬映芳草舊家看遠林還乘鄭小駟蹀躞縣城陰

送客還江東

還家不落春風後數日應沾越人酒池畔花深鬪鴨欄橋邊雨洗藏鴉柳遥憐內舍着新衣復喜隣家醉落暉把手閑歌香橘下空山一望鷓鴣飛

送冷朝陽還上元　前人

青絲纤(音昨索也)引木蘭船名遂身歸拜慶年落日澄江烏榜外秋風踈柳白門前橋通小市家林近山帶平湖野寺連

別後依依寒夢裏共君携手在東田

送高別駕歸汴州　前人

信陵門下識君偏駿馬輕裘正少年春雨送歸千里外東風留醉百花前身隨玉帳心應愜官佐銅符勢又全乂客未知何計是參差去借汶陽田

送王光輔歸青州兼寄朱侍御　前人

幾通(集作回又作封)奏事建章宮聖主偏知漢將功身着賜衣趨闕下口銜天詔出關東蟬聲驛路秋山裏草色河橋落照中遠憶故人滄海別當年好耀五花驄

送康洗馬歸滑州　前人

腰佩雕弓漢射聲東歸銜命見雙旌青絲玉勒康侯馬孟

(集作白)水金堤滑伯城臈雪夜看宜縱飲寒蕪晝獵不妨行懷君又隔千山外別後春風百草生

送客之江寧(見三百四十一卷)　前人

送裴補闕入河南(集作東)幕　郎士元

皎然青瑣客何事動行軒苦節酬知己清吟去掖垣秋成臨海樹寒月(一作日)上營門鄒魯詩書地應無鼙鼓喧

送彭偃房由赴朝因寄錢大郎中李十七舍人　前人

衰病已經年西峯望楚天風光欺鬢髮秋色換山川寂寞浮雲外支離漢水邊平生故人遠君去話潸然

送奚賈歸吳　前人

東南富春渚曾是謝公遊今日奚生去新安江正秋(集作問氣流)水容清過客霜(集作楓)葉淨行舟想對蘭(集作想青)亭下聞猿應自愁

送長沙韋明府之任　前人

秋入長沙縣蕭條旅宦心烟波連桂水官舍映楓林雲日楚天(集作山)暮沙汀白露深遥知訟庭(集作堂)裏佳政在鳴琴

送洪州李別駕之官　前人

南去秋江遠孤舟興自多能將流水引更入洞庭波夏口帆初上潯陽鴈正過知音在霄漢佐郡豈蹉跎

送孫顧　前人

悠然富春客憶與暮潮歸擢第人多羨如君獨步稀亂流

江渡淺，遠色海山微。若訪新安路，嚴陵有釣磯。

送張南史（已見二百五十三卷）　前人

未習風波事，初爲東越遊。露霑湖草曉，月照海山秋。梅市門何處，蘭亭水尚流。西陵待潮信，落日滿孤舟。

送李遂之越　前人

送鄭正則徐州行營　前人

從軍非隴頭，帥在古徐州。氣勁三河卒，功全萬户侯。元戎閫外略，才子幄中籌。莫聽關山曲，還生塞上

送韋湛判官　前人（見集選）

高閣晴江上，重陽古戍閑。聊因送歸客，更此望鄉關。惜別心能醉，經秋鬢自班。臨流興不盡，惆悵水雲間。

送錢拾遺歸兼寄劉校書　前人

墟落歲陰暮，桑榆烟景昏。蟬聲靜空館，雨色隔秋原。歸客不可望，悠然林外村（一作藍上）。終當報芸閣，携手醉柴門。

送郴縣裴明府之任兼充宣慰　前人

白蘋楚水三湘遠，芳草春城二月初。連鴈北飛看欲盡，孤舟南去意何如。渡江野老思求瘼，候館郴人憶下車。別後天涯何所寄，故交唯有袖中書。

送李敖湖南書記　前人

憐君才與阮家同，掌記能資亞相雄。入楚豈忘看淚竹，泊舟應自愛江楓。誠知客夢烟波裏，肯厭猿鳴夜雨中。莫信衡湘書不到，年年秋鴈過巴東。

送麴司直

曙色滄滄兼曙雲，朔風煙鴈不堪聞。貧交此別無他贈，唯有青山遠送君。

送別

穆陵關上秋雲起，安陸城邊遠行子。薄暮寒蟬三兩聲，迴頭故鄉千萬里。

送陸員外赴漳州

含香臺上栢（集作客），剖竹海邊州。驛使（集作楚驛）多歸信，閩溪足亂流。今朝求嘉路，重見謝公遊。

關羽祠送高員外還荊南（集作州）　前人

將軍稟天資，義勇貫（一作冠）今昔。走馬百戰場，一劒萬人敵。

誰爲感恩義（集作者），竟作（集作足）思歸客。流落荊巫（一作巫峽）間，徘徊故鄉隔。離筵對祠宇，灑酒暮天碧。去去勿復言，銜悲向陳（集作塵）跡。

送王相公之（集作赴）幽州　皇甫冉

自昔蕭曹任，難兼衛霍功。勤勞無遠近，旌節屢西東。不選三河卒，還令萬里通。鴈行緣古塞，馬鬣起長風（集作御閑分善馬，武庫出彤弓）。遮虜關山靜，防秋鼓角雄。徒思一攀送，羸老（集作病）華門中。

獨孤中丞宅筵陪餞韋使君赴昇州　前人

中司龍節貴，上客虎符新。地控吳襟帶，才光（間氣集作高）漢縉紳。泛舟應度臘，入境便行春。何處歌來暮，長江建業人。

送李録事（一作裴員外）赴饒州　前人

北人南去雪紛紛鴈叫河洲不可聞積水長天隨遠客孤舟（一作荒林又作荒城）極浦足寒雲山從建業千峯遠（一作起）江到潯陽九派分借問督郵纔弱冠府中年少不如君

送裴員外赴江南（一作西）

分務江南遠留歡幕下榮楓林縈（問氣集作遶集本作緑）楚塞水驛到湓城岸草知春晚沙禽好夜驚風帆幾日到（問氣集作度作泊）處處暮潮平

送元晟還於潛山所居（已見二百七十一卷）　前人

送竇十九赴京

氷結楊柳津從吴去入秦徒云還上國誰爲作中人驛樹

同霜霰漁舟伴苦辛相如求一謁詞賦遠隨身

宿嚴維宅送包七　前人

江湖同避地分手自依依盡室今爲客經秋空念歸歲儲無別墅寒服羡鄰機草色村橋晚蟬聲江樹稀夜凉宜共醉時難惜相違何事隨陽侶汀洲忽背飛

歸陽羡兼送劉八長卿　前人

湖上孤帆別江南謫宦歸前程愁更遠臨水淚霑衣雲夢春山遍瀟湘過客稀武陵招我隱歲晚向柴扉

送韋判官赴閩中　前人

孤棹閩中客雙旌海上軍路人從北少嶺水向南分野鶴驚（一作陽）秋別林猿忌夜聞漢家崇亞相知汝遠邀勳

送權驊

淮海風濤起江關憂思長同悲鵲遶樹猶作鴈隨陽山曉雲和雪汀寒月照霜由來濯纓處漁父愛滄浪

送顧中史（中字詩選作長）往新安　前人

由來山水客復道向新安半是乘潮便全非行路難晨裝（一作秋）林月在夜飲渚沙寒（詩選作野飲浦沙寒）嚴子千年後誰人釣舊灘

送王司直　前人

西塞雲山遠東風道路長人心勝潮水相送過潯陽

送錢塘路少府赴制舉　前人

公車待詔詣（一作赴）長安客裏新正阻舊歡遲日未能銷野

雪晴花偏自犯江寒東溟道路通秦塞北闕威儀覩漢官時許郄詵能對策恩榮請向一枝看（一作看詩選）

送崔叔清遊越　韋應物

忘玆適越意愛我郡齋幽野情豈好謁詩興一（集作遠）相留楚水帶寒樹閶門望去舟方伯憐文士無爲成滯遊

送崔肅懿　前人

秋風（集作氣）入疎戶離人起晨朝山郡多風雨西樓更蕭條嗟予淮海老送子關河遥同來不同去沉憂能復銷

重送丘二十二還臨平山居　前人

歲中欣（集作始）再覲方來又解携纔留野艇語已憶故山棲幽澗人夜汲深林鳥長啼還持郡齋酒慰子霜露淒

送豆盧策秀才　前人

歲交氷未泮地甲海氣昏子有京師遊始發吳閶門新黃含遠林微綠生陳根詩人感時節行道當憂煩古來濩落者俱不事田園文如金石韻豈乏知音言方辭郡齋楊爲酌離亭樽無爲倦羈旅一去高飛翻

送雷監赴闕庭　前人

才大無不備出入爲時須雄藩旌理行祕府擢文儒詔書忽已至焉得久踟躕方舟赴朝謁觀者盈路衢廣筵列衆賓送爵無停迂攀餞誠愴恨賀榮且歡娛長陪柏梁宴日向丹墀趨時方重文職蹉跎獨海隅

送李侍御益赴幽州幕　前人

二十揮篇翰三十窮典墳辟書五府至名爲四海聞始從車騎幕今赴嫖姚軍契闊晩相遇卒蹙（集作歲）虜離羣悠悠行子遠眇眇川途分登高望燕代日夕生夏雲司徒擁精甲誓將除國氛儒生幸持斧可以佐功勳無言羽書急坐闕相思文

餞雍聿之潞州謁李中丞　前人

鬱鬱兩相遇出門草青青酒酣拔劍舞慷慨送子（一作君）行驅馬涉大河日暮懷洛京前登大行路志士亦未平薄遊五府都高步振英聲主人才且賢重士百金輕絲竹促飛觴夜晏達晨星娛樂易淹暮諒在執高情

送丘員外丹還山

長樓白雲表暫訪高齋宿還辭郡邑喧歸泛松江淥結茅（一作臨）隱蒼嶺伐薪響深谷同是山中人不知往來躅靈芝非庭草遼鶴委池鶩終當著里門一表高陽族

文苑英華卷第二百七十二

文苑英華卷第二百七十三

送行八

嚴維五首　盧綸二十三首
戴叔倫十三首　張萬頃一首
魏兼恕一首　周瑀一首
權德輿十一首　戎昱五首

送薛尚書入朝　嚴維

單情不敢論拜首(一作手)立轅門列郡諸侯長登朝八座尊凝笳臨水發行旆向風翻幾許遺黎泣同懷父母恩

送李秘書往儋州　前人

魑魅曾為伍蓬萊近拜郎臣心瞻北闕家事在南荒沙草

山城小毛洲海驛長玄成知必大寧是泛滄浪

送人入金華　前人

明月雙溪水清(一作春)風八詠樓昔(詩選作少)年為客處今日送君遊

送崔峒使往睦州寄薛司户　前人

如今相府用(一作重)英髦獨往南州肯告勞水木近開漁浦出雪雲杪卷定山高木奴花發(一作映)桐廬縣青雀舟隨白鷺濤使者應須訪廉吏府中惟有范功曹

送房元直赴北京　前人

猶道樓蘭十萬師書生疋馬去何之臨岐未斷還家目望月空吟出塞詩常欲激昂論上策不應憔悴老明時遙知

到日逢寒食彩筆長裾會晉祠

送鮑中丞赴太原　盧綸

分路引鳴騶喧喧似隴頭暫移西掖望全解北門憂專幕臨都護親(一作分)曹制督郵積冰營不下盛雪獵方休白草連胡帳黃雲擁戍樓今朝送旌旆一減魯儒羞

送夔州班使君　前人

曉日照樓船三軍拜峽前白雲隨浪散青壁與城連萬嶺岷峨雪千家橘柚川還如赴河內天子許經年

送信州姚使君　前人

朱幡徐轉擁群官猿鳥無聲郡守寬楚國上腴收賦重漢家良牧得人難銅鉛滿穴山能富鴻鴈連群地亦寒幾日

政聲開(集作闕)外户九江行旅得相歡

送郎士元使君赴郢州　前人

賜衣兼授節行日郢中聞花發登山廟天晴(集作清)閱水軍漁商三楚接郡邑九江分高興應難遂元戎有大勳

送陝府王法司　前人

東門雪復(一作覆)塵出送陝城人粉郭朝喧市朱橋夜掩津上寮應重學小吏已甘貧謝朓曾為掾希君一比隣

送萬巨(六詰)　前人

把酒留君聽琴難堪歲暮離心霜葉無風自落秋雲不雨空陰人愁荒(集作村)落路遠(集作細)馬法寒溪水深望斷(集作盡)青山獨立更知何處相尋

送李校書赴京州幕　前人

泥坂望青城浮雲與棧平字形知國號眉勢識山名編簡

慶封國戈鋋雪照營男兒須聘用莫信筆堪耕

送王録事赴任蘇州

古堤迎拜路萬室一帆前潮作澆田雨雲成煮海煙吏閑

惟重法俗泰不憂邊西掖今宵詠還應寄阿連

送菊潭王明府　前人

組綬掩衰顏輝光里閈（集作第）間晩凉（一作凉宵）經灞水清晝入

商山行境逢花發彈琴見鶴還惟應理農後鄉老賀君閑

送宛丘任少府　前人

帶綬別鄉親東爲千里人俗訛唯競祭地古不留春野戍

雲藏火軍城樹擁塵少年何所重才子又清貧

送顔推官遊銀夏謁韓大夫

叢盃叫寒笛滿眼（一作銀灣）塞山青才子鐏前畫將軍石上銘

獵聲雲外響戰血雨中腥苦樂從來事因君一涕零

送朝邑縣張少府（少府善琴）　前人

千室暮山西浮煙與樹齊剖辭花落紙擁吏雪成泥野火

蘆千頃河田水萬畦不知琴月夜誰得聽烏啼

送宋校書赴宣州幕　前人

南想宣城郡江清野戍閑艨艟高映浦睥睨曲隨山名寄

圖書內威生將吏間行春板橋幕應伴庾公還

送元昱尉義興　前人

欲成雲海別一夜夢天涯白浪緣江雨青山繞縣花風標

當劇部冠帶稱儒家去矣謝親愛知余髪已華

送永陽崔明府　前人（見集本）

鶴唳蒹葭曉（一作岸）中流見楚城浪清風乍息山白月猶明

廢路開荒木歸人種古營縣聞正訛俗郵曼最知名

送李端　路出（又玄集作路人）相問（又玄集作相見）　前人

故關衰草遍離別自（一作正）堪悲路出寒雲外人歸暮雪時

少孤爲客早多難識君遲掩泣空相問風塵何所（一作處）期

送寧國夏侯丞　前人

楚國青蕪上秋雲似白波五湖長路少九派斷山多謝守

通詩宴陶公許醉過憮然餞離阻年鬢兩蹉跎

送袁脩　前人

諫獵名空久多因病與貧買書行幾市帶雪別何人客路

山連水軍州日映塵淒凉一分手懼怕老相親

送何召下第後歸蜀　前人

褒斜行客過棧道響危空路濕雲初上山暄日正中水程

通海貨地利雜吳風一別金門遠何人復薦雄

送崔琦赴宣州幕　前人

五馬臨流待幕賓羨君談笑出風塵身閑就養寧辭遠世

難移家莫厭貧天際曉山三峽路津頭臘市九江人何處

遙知最惆悵滿湖青草雁聲春

送楊皞東歸　前人

登樓掩泣話歸期，楚樹荆雲發遠思。日裏揚帆聞戍鼓，舟中酹酒見山祠。西江風浪何時盡，北客音書欲寄誰。若訖湓城曾司馬，知君望國有新詩。

送史兵曹判官赴樓煩　前人

渥洼龍種散雲時，千里繁華作合離。中有重臣承霈澤，外無輕虜犯旌旗。山川自與郊坰合，帳幕時因水草移。敢謝親賢得瓊王，仲宣能賦亦能詩。

送吉中孚校書歸楚州舊山（中孚自仙官入仕）　前人

青袍芸閣郎，談笑揖侯王。舊籙藏雲穴，新詩滿帝鄉。名高閑不得，到處人争識。誰知氷雪顔，已雜風塵色。此去復如何，東皐岐路多。藉茅臨紫陌，回首憶（一作望）滄波。年來倦蕭

索，但說淮南樂。並檝湖上遊，連檣月中泊。沿流入閶門，千燈夜市喧。喜逢憐舍伴，遥語問鄉園。下淮風自急，樹杪分郊邑。送客隨岸行，離人出帆立。漁村遶水田，澹浦隔晴烟。欲就林中醉，先期石上眠。林昏天未曙，但向雲邊去。暗入無路山，心知有花處。登高日轉明，下望見春城。洞裏草空長，塚邊人自耕。寥寥行異境，過盡千峯影。雲色凝古壇，泉聲落寒井。仙成不可期，多別自堪悲。爲問桃源客，何人見亂時。

京口送皇甫司馬副端曾舒州辭滿歸去東都　戴叔倫

潮水忽復過，雲帆儼欲（詩選作皆）飛。故園雙闕下，左宦十年歸。晚景照華髮，涼風吹繡（詩選作別）衣。淹留更一醉，老去莫相違。

送李審之桂州謁中丞叔　前人

知音不可遇，才過向天涯。遠水下山急，孤舟上路賒。亂雲收暮雨，雜樹落疎（集作秋）花。到日應文會，風流勝阮家。

送王翁信及第後歸江東舊隱　前人（又見方干集）

南行無俗侶，秋鴈與寒（集作閑）雲。野趣自多（本集作心自，方干集作自心）愜，名香日摠聞（本集作名香人共聞，方干集作鄉名人共聞）。吳山中路斷，浙水半江分。此地登臨慣，含情一送君。

送李明府之任　前人

身爲百里長，家寵五諸侯。含笑聽猿狖，摇鞭望斗牛。梅花堪比雪，芳草不知秋。別後南風起，相思夢嶺頭。

送郭大祝中孚歸江東　前人

鄉人去欲盡，北鴈又南飛。京洛風塵久，江湖（集作淮）音信稀。舊山知獨往，一醉莫相違。未得辭羈旅，無勞問是非。

送車參軍江陵（一作送常參軍）　前人（一作釋清江）

槐花落盡柳陰清，蕭索凉天楚客情。海上舊山無的信，東門（一作汴東）歸路不堪行。身隨幻境勞（一作無）多事，跡學禪心厭有名。公子道存知不棄，欲依劉表住南荆。

清明日送友（集作鄧芮還鄉）　前人

鍾鼓喧離日（集作室），車徒促夜裝。曉厨新變（集作出）火，輕柳暗翻（集作飛）霜。傳（方干集作轉）鏡看華髮，持（方干集作傳）盃話故鄉。每嫌兒女淚，今日自沾裳。

送謝夷甫宰餘姚縣　前人

君去方爲宰干（一作兵）戈尚未銷邑中殘老少亂後少官僚廨宇經兵（一作兵）火公田没海潮到時應（一作因）變俗新政（一作譽）滿餘姚

送柳道時余北還　前人

征役各異路（詩選作行役各遠路）烟波同旅愁輕橈上桂水大艑下楊州何處成後會今朝分舊遊離心比楊柳蕭颯不勝秋

送萬户曹之任楊州便歸舊隱　前人

擬歸雲壑去聊寄宦名中俸祿資生事文章實（集作詩篇記）國風聽潮回（集作翻）楚浪看月照隋宮儻有登樓望（集作夜）還應伴庾公

送李長史縱之任常州

不與名利隔且爲江漢遊吳山本佳麗謝客舊淹留狹道（集作路）通陵口貧家住蔣州思歸復怨別寥落詎關秋

南賓送蔡侍御遊蜀　前人

巴江秋欲盡遠別更凄然月照高唐（一作堂）峽人隨賈客船積雲藏（集作橫）嶮路流水促（集作送）行年不料相逢日空悲鐏酒前

送崔拾遺峒江淮（集作東）訪圖書　前人

九門思（集作九重辭）諫議萬里採風謠關外逢秋月天涯過晚潮鴈來（集作飛）雲杳杳木落浦蕭蕭空怨他鄉別迴舟暮寂寥

送裴少府　張萬頃

夕膳望東周晨裝不少留酒中同樂事關外起離憂座濕秦山雨庭寒渭水秋何當鷹隼擊來拂故林遊

送張兵曹赴營由　魏兼恕

河曲今無戰王師每務農選才當重委足食乃深功草色孤城外雲陰絕漢中（疑作漠）蕭關休（一作雖）數別歸望在乘驄

送潘三入京

故人嗟此別相送出烟坰柳色分官路荷香入水亭離歌未盡曲酌酒共忘形把手河橋上孤山日暮青

送裴秀才貢（一作赴）舉

儒衣風貌清去抵漢公卿賓貢年猶少篇章藝已成臨流

惜暮景話別憶鄉情離酌不辭醉西江春草生

送謝孝廉移家越州

家承晉大傅身慕魯諸生又見一帆去共愁千里程沙平煙（集作古）樹迥潮滿曉江晴從此幽深去無妨隱姓名

送郭秀才貢舉

西笑意如何方（集作知）隨貢士（集作舉）科吟詩向月露驅馬出煙蘿晚色寒（集作平）蕪遠秋聲候鴈多自憐歸未得相送一勞歌

送張周二秀才謁宣州薛侍郎　前人

儒衣兩少年春棹穀溪船湖月供詩興烟嵐費酒錢上帆投極浦敧枕傲晴天不用愁羈旅宣城大守賢

送李城門罷官歸嵩陽(城門院在遺補院東)　前人

與君相識處吏隱在牆東啓閉千門靜逢迎兩掖通罷官多暇日肄業有儒風歸去塵寰外春山蘭桂叢

送上虞丞

越部(集作郡)佳山水清江接上虞計程帆一葉試吏佐雙鳧雲壑歸窺(集作窺)仙籍風謡驗地圖因尋黄絹字為我弔曹盱

送孔江州　前人

九派潯陽郡分明似畫圖秋光連瀑布晴翠辨香爐才子厭蘭省邦君榮竹符江城多暇日能寄八行無

送商州杜中丞赴任　前人

安康地里接商於帝命專城揔賦輿夕拜忽辭青瑣闥晨

裝獨捧紫泥書深山古驛分騶騎芳草閒雲逐隼旟綺皓清風千古在因君一為謝嚴居

送常行軍員外赴河陽　前人

五年武弁侍明光輟佐中權拜外郎記事還同楚倚相傳經遠自漢扶陽離堂處處羅簪組東望河橋壯鼙鼓三城曉角啓轅門一縣繁花照蓮府上略儒風並者稀翻翻(集作翩翩)騶騎有光輝只今有職多虛位應待他時扶節歸

送崔諭德致仕東歸　前人

天子坐法宫詔書下江東懿此嘉遯士蒲車起丘中褐衣入承明朴略多古風直道侍太子昌言沃宸聰嚴居四十年心與鷗鳥同一朝受恩澤自說如池龍乞骸歸故土累

疏明深衷大君不奪志命錫忽以崇旭旦出東國(集作門)輕裝君秋蓬家依白雲嶠手植冊桂叢竹齋引寒泉霞月相玲瓏曠然觧赤紱(集作綬)去逐冥冥鴻

送信安劉少府(自常州參軍選授)　前人

相看一離念盡此杯中醁夷代輕遠遊上才隨薄祿參卿滯孫楚隱市同梅福吏散時泛絃賓來閑覆局襟情無俗慮談笑成逸躅此路灘聲急羡君多水宿

送新州鄭使君　戎昱

誰人不譴謫君去獨堪傷長子家無弟慈親老在堂驚魂隨驛吏冒暑向炎方未到猿啼處參差已斷腸

送嚴十五之長安　前人

送客身為客思家愴到家暫收雙眼淚遥想五陵花路遠征車迥山迴劍閣斜長安君到日春色未應賒

送張秀才之長沙　戎昱

君向長沙去長沙僕舊諳雖云桂嶺北終是洞庭南山靄生朝雨江烟作夕嵐松醪能醉客慎勿滯湘潭

成都送嚴十五之江東　前人

江東萬里外别後幾悽悽峽路花應發津亭柳正齊酒傾遲日暮川闊遠天低心繫征帆上隨君到剡溪

送李參軍　前人

好住好住王司户珍重珍重李參軍一東一西如别鶴一南一北似浮雲月照疎林千片影風吹寒水萬里紋别易

會難今古事非是余今獨與君

文苑英華卷第二百七十三

文苑英華卷第二百七十四

送行九

崔峒十七首　吉萬一首
朱灣一首　朱放二首
苗發一首　于良史二首
林翊一首　劉復一首
陳存一首　鄭嚴一首
徐嶷一首　于鵠三首
李遂一首　李涉一首
李季蘭一首　釋清江一首
釋靈一五首　釋法震五首

釋皎然十五首

秋晚送丹徒許明府赴上國因寄江南故人　崔峒

秋暮之彭澤蘺花遠近逢君書前日至別後此時重寒夜江邊月晴天海上峯還知南地客招引住新豐

送薛仲方歸楊州　前人

佳句應無敵貞心不有猜一作暫回慙為丈人行怯見後生才泛舸貪斜月浮橈值早梅綠楊新過雨芳草待君來

送常員外還京

十年離亂後此去若為情春晚香山綠人稀灊一作穎水清野陂看獨樹關路逐殘鶯前殿朝明主應憐白髮生

潤州送友人　前人

見君還此地灑淚向江邊國士勞相問家書無處傳荒城胡(一作闕)馬跡塞木戍人煙一路堪愁思孤舟何渺然

送張芬東歸　前人

喧喧五衢上鞍馬自驅馳落日臨阡陌貧交欲別離早知時事異豈與世人隨握手將何贈君心我獨知

送蘇遊上饒　前人

愛爾無羈束雲山恣意過一身隨遠岫孤棹任輕波世事關情少漁家寄宿多蘆花泊船處江月奈人何

送陸明甫之盱眙　前人

陶令之官去窮愁慘別魂白煙橫海戍紅葉下淮村潛浪挫山郭平蕪到縣門政成堪吏隱免就府公恩

江南廻逢趙曜因送任十一交城主簿　前人

江上長相憶因高北望看不知攜老幼何處渡艱難屈指同人盡傷心故里殘遥憐驅疋馬白首到微官

送薛良史往越州謁從叔　前人

辭家年(一作日)已久與子分(一作仍)偏深易得想思(一作思鄉)淚難為欲別心孤雲隨浦口幾日到山陰遥想蘭亭下清風滿竹林(一作皆中興間氣集)

送丘二十二之(一作歸)蘇州　前人

積水與寒煙嘉禾路幾千孤猿啼海島群雁起湖田曾寄(一作見)長沙什常(一作筆)聞大雅篇却將封事去知爾愛(一作意)閑眠(一作皆中興間氣集)

贈元秘書　前人

舊書稍稍出風塵孤客逢秋感此身秦地謬為門下客淮陰徒笑市中人也聞阮籍尋常醉見說陳平不久貧幸有故人茅屋在更將閑事問情親

送常八少府判官歸東京　前人

玄成世業紫真官文似相如貌勝潘鴻雁南飛人獨去雲山一別歲將闌清淮水急桑林晚古驛霜多柿葉寒瓊樹相思何日見銀鈎數字莫為難

送馮八將軍奏事畢歸滑臺幕府　前人

王門別後到滄州帝里相逢俱白頭自歎馬卿常帶疾還嗟李廣不封侯棠梨宮裏瞻龍衮細柳營中着虎裘想到滑臺桑葉落黃河東注杏園秋

送王侍御佐婺州(一作盖少府新除江南尉問風俗)　前人(一作郎士元)

不須惆悵(一作聞君作尉)向江潭吳越風煙到自諳客路尋常經竹逕(一作竹影，一作隨)人家大抵傍山嵐緣溪花木偏宜遠避地衣冠盡在(一作向)南唯有夜猿啼海樹思鄉北固(一作國)意難堪(一作皆詩選)

越中送王使君赴江華　前人

皁蓋春風自越溪獨尋芳草桂楊西遠水浮雲隨馬去空山翳篠向雲低遥知異政荊門北舊許新詩康樂齊萬里相思在何處九疑殘雪白猿啼

送皇甫冉往白田　前人

江邊盡日雉鳴飛君向白田何日歸楚地蒹葭連海迥隋朝楊柳映堤稀津樓故市無行客山館空庭閉落暉試問疲人與征戰使君雙淚定沾衣

送賀蘭廣赴選　前人

而今用武爾攻文流輩干時獨臥雲白髮青袍趨會府定應衡鏡却慙君

送阮芳謁李觀察求任（此君曾浪跡長安以詩讓之）　吉萬

往日長安路歡遊不惜年爲貪廬女曲用盡阮郎錢身老方投刺途窮始着鞭猶聞有知已此去不徒然

送李司直歸浙東幕兼寄鮑行（集作參）軍持節大夫

初拜東平郡王

翩翩書記早行間二十年來頭見君今日相逢悲白髮同時幾許在青雲人從北固山邊（集作前）去水到西陵（集作路）渡口分會（集作曾）作王門曳裾客爲余前謝鮑參軍

送魏校書　朱放

長恨江南足別離幾迴相送復相隨楊（一作柳）花撩亂撲流水愁殺人行知不知

送温台　前人

耿耿天涯君去時浮雲流水自相隨人生一世長如客何必今朝是別離

送司空曙之蘇州　苗發

盤門吳舊地蟬盡早秋時歸國人皆久移家君獨遲廣陵經水宿建業有傳期若到西霞寺應看江摠碑

送孫諭德罷官（一作任）往黔州（孫公先牧此州因寄家在彼）　前人

中歲分符典石城兩朝趨陛謁承明闕下昨陳歸老疏天南今切去鄉情親知握手三回別几杖扶身萬里行伯道暮年無嗣子欲將家事托門生

田家秋日送友　于良史

蒼茫日初宴遥野雲初收殘雨北山裏夕陽東渡頭子（一作藤）依漁濂（里黍含鑒二切大水中絶小水出也）合水入田家流何意君迷駕山林應有秋

江上送友人　前人

看爾動行棹未收離別筵千帆忽見及亂却故人船紛泊鴈群起逶迤沙溆連長亭十里外應是少人煙

送安養闍主簿還竹（一作故）林　林翃

分手怨河梁南征歷漢陽江山追宋玉雲雨夢荊王醉裏宜城近歌中郢路長更尋栖枳處猶是念仇香

送王倫　劉復

春江日未曛楚客酣送君翩翩孤黃（一作鳥）鶴萬里滄洲雲四方各有志豈得常顧群山連巴湘遠水巴（一作與）荆吳分清光日脩阻尺素安可論相思寄夢寐瑶草空氤氳

送劉秀才南歸

爲別楊柳垂此別千萬里古路入南山春風生灞水停車

落日在罷酒離人起蓬户寄龍沙送歸情詎已

送帝員外赴朔方　鄭嚴

白露邊秋早皇華戎事催已推仙省妙更是幕中才出餞傾朝列深功佇帝臺坐聞長策利終見勒銘廻

送李補闕歸朝　徐嶷

駟馬歸咸秦雙鳧出海門還從清切禁再沐聖明恩禮樂中朝貴文章大雅存江湖多放逸獻替欲誰論

送帝判官歸蘇州（集作門）　于鵠

桑乾歸路遠聞說亦愁人有雪常經夏無花空到春下營雲外火收（一作數）馬月中塵白首從戎客青袍（集作衫）未離身

送唐大夫讓節度使歸山　前人

年老成功乞罷兵玉階匍匐進旌（集作雙）旌朱門鴛瓦爲仙觀白領狐裘出帝城侍女休梳宮樣髻蕃童新改道家名到時浸髮春泉裏猶夢江樓蕭管聲

別太守　前人

花裏南樓春夜寒還如王屋上天壇山中不道無明月誰肯（集作共）相從到曉看

送友人入蜀　李遠

蜀客本多愁君今是勝游碧藏雲外樹紅露（詩選作壓）驛邊樓杜魄呼名叫巴江學字流不知煙雨夜何處夢刀州

送魏簡能東遊　李涉

獻賦論兵命未通却乘羸馬去（一作出）關東灞陵原上重回首十載長安是（一作似）夢中

送韓葵之江西　李季蘭

相看指楊柳別恨轉依依萬里西江水孤舟何處歸湓城潮不到夏口信應稀唯有漁陽鴈年年來去飛

送帝參軍（已見二百七十三卷）　釋清江

送別　釋靈一

憑高莫送遠看欲斷歸心別恨啼猿苦相思流水深翠雲南澗影丹桂晚山陰若未來雙鵠遼成何更尋

送殷判官歸上都　前人

漾舟雲路客未過夕陽時向背堪遺恨逢迎宿未期水容愁暮急花影動春遲別後王孫草青青入夢思

送王穎悟佐歸州（集作歸佐縣）　前人

客意天南與巴蘭不堪言別向山官夢挂玉珮隨旌（一作旄）節心到金華憶杏壇荒郊極望歸雲盡瘦馬空嘶落日殘想得故山青靄裏泉聲入夜獨潺潺

送陳元初卜居麻源　前人

欲向麻源隱能尋謝客蹤空山幾十里幽谷第三重函宇寧須葺荷衣不待縫因君見往事爲我謝喬松

送朱放　前人

苦見人間世思歸洞裏天縱令山鳥語不廢野人眠

送常大夫赴朔方　釋法震

關山今不掩軍候鳥先知大漢嫖姚入烏孫部曲隨高旌

天外駐寒角月中吹歸到長安第花應再潵枝

送褚先生海上尋鍊師　前人

潮落風吹定天吳避客舟近承三殿旨欲向五湖遊不厭烏皮几新縫鶴氅裘明珠漂斷岸陰火映中流華蓋芝童引神册桂女收縣居知縹緲固爲識浮丘

送人遊越

不須行借問爲爾話閩中海島春冬雨江帆來去風道由玄度宅身寄朗陵公縱别何傷遠如今關塞通

送韓侍御自使幕廵海北　前人

微雨過山夜洗兵繡衣遥拂海風清幕中運策心猶苦馬上吟詩卷已成離亭不惜花源醉古道猶看蔓草生因說

元戎能破敵高歌一曲隴關情

丹陽浦送客之海　前人

不到終南向幾秋移居更欲近滄洲風吹雨色連村暗潮擁菱花出岸浮漠漠望中春自艷寥寥泊處夜堪愁如君豈得空高枕只益天書遣遠求

奉送陸中丞長源詔徵入朝　釋皎然

詔下鄭侯幕徵賢寵大一作上勳才當持漢典道可致堯君藩牧今榮餞詩流此盛文水從吳渚别樹向楚門分宿寺期嘉月看山識故雲歸心復一作欲何托惆悵在江濆

奉送李中丞道昌入朝　前人

文憲中司盛恩榮外鎮崇諸侯皆取則八使獨推功詔喜

新啣鳳車看舊餙熊去思今武子餘歎昔文翁清白一作在如江水仁流是國風先徵二千石掃第望司空

同盧使君幼平郊外送閻侍御歸臺　前人

留餞飛旌駐離亭草色間栢臺今上客竹使舊朝班日落東西水天寒遠近山古江分楚望殘柳入隋關戀闕心常積廻軒日不閑芳辰倚門道猶得及春還

同顔使君真卿峴山送李法曹陽冰西上獻書時有詔徵赴京　前人

漢日中郎妙周王太史才雲書捧日去鶴版下天來草見吳宮發花思御苑開羊公昔一作借風景欲别幾遲廻

送劉法司之越州　前人

蕭蕭鳴夜角驅馬背城濠雨後寒流急秋来朔吹高三山期望海八月欲觀濤幾日西陵路應逢謝法曹

送裴邕之上京

辭山偶世清挾策忽西行帆過隋江疾衣粘楚雪輕尚文須獻賦重道莫論兵東觀今多士應高白馬生

送沈秀才之閩中　前人

越客不成歌春風起緑波嶺重寒不到海近瘴偏多野戍桄榔發人家翡翠過翻疑此中好君問定如何

早春送閻主簿遊越兼謁元中丞　前人

輕舸趣不已東風吹緑蘋欲看梅市雪知賞柳家春别意傾吳醥一作醑芳聲動越人山陰三月會内史得嘉賓

送李秀才赴婺州　前人

山開江色上孤賞去應遲淥水延吳榜秋風入楚柯（一作詞）猨清獨宿處木落遠行時見說東陽守登樓爲爾期

送嚴明府入關謁黎京兆　前人

春日異秋風何爲慾別同潮迴芳渚浸花落晝山空旅候聞嘶馬殘陽望斷鴻應思京內史相見直城中

送陸判官歸杭州

芳草潛州路乘軺憶再旋餘花故林下殘月舊池邊峯色雲端寺潮聲海上天明朝富春渚應見謝公船

同顏使君清明日遊因送蕭主簿　前人

誰知賞佳節別意忽相和暮色汀洲遍春情楊柳多高情

戀旌旆極浦宿風多惆悵支山月今宵又（一作不）再過（一作離謌）

送李季良北歸　前人

風吹殘柳絲（一作綠）孤客欲歸時掩抑楚絃絕離披湘葉衰前軍猶轉戰故國杳難期北望應門雪空吟平子詩

峴山送裴秀山赴舉　前人

漢家招秀士峴上送君行萬里見秋色兩河傷遠（一作州）情（一作）王師出西鎬虜寇避（集作寰）東平天府登名後迴看楚水清

送獨孤使君赴岳州　前人

海上仙山屬使君石橋琪樹此來聞他時畫出白團扇乞取天台一片雲

文苑英華卷第二百七十四

文苑英華卷第二百七十五　詩一百二十五

送行十

顧況五首　耿緯十一首

司空曙十八首　冷朝陽一首

李益三首　李端十七首

暢當一首　王建八首

楊凝六首

白蘋州送客　顧況

莫信梅花發由來漫報春不才充野客扶病送朝臣闕下摐清珮洲邊採白蘋臨流不痛飲鷗鳥也欺人

送甯秀才赴舉　前人

鄱陽中酒地楚老獨醒年芳桂君應折沉灰我不燃洛橋浮逆水關樹接非（集作飛）煙唯有殘生夢猶能到日邊

送使君　前人

天中洛陽道海上使君歸拂霧趨金殿焚香入瑣闈山亭傾別酒野服間朝衣他日思朱鷺知從小苑飛

送大理張卿　前人

春色依依傷解携月卿今夜泊隋堤白沙洲上江籬長綠樹村邊謝豹啼遷客此（集作本）來無倚仗故人相去隔雲泥越禽唯有南枝分目送孤鴻飛向西

送李侍郎從宣城取洞庭路往吳興　前人

世間唯有情難說今夜應無不醉人若向洞庭山下過暗

知澆瀝聖姑神

奉送蔣尚書兼御史大夫東都留守　耿湋

副相威名重春卿禮樂崇賜珪仍拜下分命遂居東高旆翻秋日清鐃引細風蟬稀金谷樹草徧德陽宮教用儒門儉兵依武庫雄誰云千載後周召獨爲公

送王秘書歸江東　前人

廻首望知音逶迤桑柘林人歸海郡遠路入雨天深萬木經秋葉孤舟向暮心唯餘江畔草應見白頭吟

送郭秀才赴舉　前人

鄉賦鹿鳴篇君爲貢士先新經夢筆夜纔比棄繻年海雨沾隋柳江潮赴楚船相看南去鴈（一作岸去）離恨倍潸然

送姚校書因歸河中　前人

十年相見少一宿又還鄉去住人惆悵東西路渺茫古陂無茂草高樹有殘陽委棄收餘稻凋疎採後桑月輪生舜廟河水入關牆明過閶闔里光輝芸閣香

送胡校書秩滿歸河中　前人

古樹汾陽（集作陰）道悠悠東去長位卑仍解印身去（集作老又）得還鄉河水平秋岸關門向夕陽音書須數寄莫學晉稽康

送王閏　前人

相送臨漢水愴然望故關江蕪連夢澤楚雪入商山語我他年舊看君此日還因將自悲淚一灑別離間

渭上送李藏器移家東都　前人

求名須有援學道又無緣故國三千里新春五十年移家還作客避地莫知賢東洛今何處風流去渺然（又見二百十八卷）

送郭正字歸郢上　前人

濟江篇已上書府俸循貧積雪商山道全家楚塞人大堤逢落日廣漢望通津却到漁潭上鷩鷗那肯親

送蜀客還　前人

萬峯深積翠路向此中難欲暮多羇思因高莫遠看卓家人寂寞楊子業荒殘唯見岷江水悠悠帶月寒

送海州盧録事　前人

之官逢計吏風土問如何海口潮陽近青州春氣多郊原鵬影到樓閣蜃雲和損益關從事期聽勞者歌

送友人遊江南　前人（見詩選）

遠別悠悠白髮新江潭何處是通津潮聲偏懼初來客海味惟甘久住人漠漠煙光前浦晚青青草色故原（一作定山）春汀洲更有南廻鴈亂起聯翩北向秦

送夔州班使君　司空曙

魚國（一作蜀國蠶叢魚鳧皆蜀事又有魚復地屬益州故兩存之）巴庸落麾幢漢守過曉檣爭市隘夜鼓祭神多雲白當山雨風清滿峽波夷陵舊人吏猶誦兩岐歌

送郎士元使君赴郢州　前人

使君持節去雲水滿前程楚寺多連竹江橋（集作檣）遠映城登樓向月望賽廟旁山行若動思鄉詠應貽謝步（集作外）兵

賊平後送人北歸　前人

世亂同南去時清獨北還他鄉生白髮舊國見青山曉月過殘壘繁星宿故關寒禽與衰草處處伴愁顏

送人遊嶺南　前人

萬里南遊客交州見柳條逢迎人易合時日酒能銷浪曉浮青雀風溫解黑貂囊金如未足莫恨故鄉遙

送曹桐椅　前人

青春三十餘衆藝盡無如中散詩傳畫一作話將軍扇賣書楚田晴下鴈江日暖游集作多魚惆悵空相送歡遊自此踈

送盧諶集作諶　前人

羈貧不易去此日始集作已西東旅舍秋林葉集作夜行人塞草風酒醒餘恨在野餞暫遊同莫使獮生刺空留懷袖中

送史澤之長沙　前人

謝眺懷西府單車觸火雲野蕉集作樵依戍客廟竹映湘君夢渚巴山斷長沙楚路分一杯從別後風月不相聞

送龎判官赴黔中　前人

天遠風雲異西南見一方亂山來蜀道諸水出辰陽堆案青油暮看碁畫角長論集作論文誰可製記室有何郎

送夏侯審赴寧國　前人

青旂連白浪曉日渡南津山疊陵陽地舟多集作移建業人煙霞高占寺楓竹暗停神如接玄暉集江丞獨見親

送菊潭王明府　前人

業成洙泗客皓髮著儒衣一與遊人別仍聞帶印歸林多宛地古雲盡漢山稀莫愛尋陽隱嫌官計亦非

送永陽崔明府　前人

古國群舒地前當桐柏關煙綿江上雨稠疊楚南山泝館行帆息楓洲舟一作候吏還乘藍若有暇精舍在林間

送高勝重謁曹王　前人

江水詩選作上青楓岸陰陰萬里春朝辭郢城酒暮見洞庭人興比乘舟訪恩懷倒屣親想君登舊榭重喜掃芳塵

送樂平苗明府　前人

天際山多處東安邑更深綠田通竹里白浪隔楓林詩有江僧和門唯越客尋應將放魚化一境表吾心

送史申之峽州　前人

峽口巴江水無風浪亦翻蒹葭新有鴈雲雨不離猿江客思鄉遠愁人賴酒昏檀郎好聯句莫滯謝家門

送王使君赴太原拜節度副使　前人

新從劉太尉結束向并州絡腦青絲騎盤囊錦帶鉤出關逢將校下嶺擁干集作戈矛雪閑黃雲冷山傳畫角秋斂鋒將破虜函道罷登樓豈作書生老當封萬户侯

送盧徹之太原謁馬尚書　前人

榆落鵰飛關塞秋黃雲畫角見并州翩翩羽騎雙旌後上客親集作新隨郭細侯

送鄭錫曙曾事此君季父　前人

漢陽雲樹情無極蜀國風煙思不堪莫恠别君偏有淚十年曾事晉征南

送鄭佶歸洛陽　前人

蒼蒼楚色水雲間一醉春風送爾還何處緗心最堪羨汝南初見洛陽山

送唐六赴舉　冷朝陽

秋色生邊思送君西入關草衰空大野葉落露青山故國煙霞外新安道路間碧霄知己遇一作在香桂月中攀

送同落第者東歸　李益

東門有行客落日滿前山聖代誰知者滄洲今獨還片雲歸海暮流水背城閑子亦依嵩潁一作嶺松花深閉關

送柳判官赴振武　前人

邊庭漢儀重旌甲事雲中虜地山川壯單于鼓角雄關寒塞榆落月白胡天風君逐嫖姚將麒麟有戰功

送客還幽州見二百九十九卷　前人

送耿拾遺使江南括圖書　李端

驅傳草連天京風滿樹蟬將過夫子宅亦問孝廉船漢史收三篋周書採百篇别來將有淚不是怨流年

送古之奇之涇西集作赴安西幕　前人

疇昔十年兄相逢五校迎今宵舉盃酒隴月見軍城候火經陰絶邊人接曉行殷勤送書記強虜幾年集作平

送客往集作赴湘江　前人

識君年已老孤棹向瀟湘素髮臨高境清晨入遠鄉三山分夏口五兩映涔陽更逐巴東集作江客南行淚幾行

送友人遊蜀　前人

嘉陵天氣好百里見雙流帆影緣巴寺鍾聲出漢州緑原春草晚青木暮猿愁正集作本是風流地遊人易白頭

送從舅成都丞廣南歸蜀　前人詩選作盧綸

巴字天邊水秦人去是歸棧長山雨響溪亂火田稀俗富行應樂官雄祿豈微魏舒終有淚還濕寗家衣

送友人遊江東　前人

江上花開盡南行見杪集作少春鳥聲愁集作悲古木雲影入通津返景斜連草廻潮暗動蘋謝公今在郡應喜得詩人

送張少府赴夏縣　前人

雖為州縣職還欲抱琴過樹古聞風早山枯見雪多雞聲連絳市馬色傍黄河大守新臨郡還逢五袴歌

送袁稠遊淮南　前人

江淮衰草徧十里見長亭客去逢搖落鴻飛向集作入杳冥空城寒雨細深院曉燈青欲去行人起徘徊恨酒醒

送何兆下第還蜀　前人

重河集作江不可涉孤客莫晨裝古集作高木菘城小殘霞集作星棧道長裏猿楓子落過一作送雨荔枝香勸爾成都住文翁有學堂一作舊房

送張芬歸江東寄柳中庸　前人

久是天涯客偏傷木落時如何故國見更欲異鄉期鳥暮
東西急陂一作波寒上下遲空將滿眼淚千里怨相思

送樂平苗明府　前人

本自求彭澤誰云道里賒山從古壁斷江向弋陽斜暮色
隨楓樹陰雲暗集作落荻花諸侯舊調鼎應重宰臣家

送衞雄下第歸同州　前人

不才先下第詞客却空還邊地行人少平蕪盡日閑一蟬
波裏樹衆火隴頭關羨得居茅屋書窻見晚山集作一蟬波樹裏衆火隴雲間羨汝歸茅屋書窻見遠山

送雍丘任少府　前人

褭車餞才子路走許東偏遠水同春色繁花勝雪天鳥行

侵楚色集作邑樹影向殷田莫學生鄉思梅真正少年

送義興元少府

逢君惠連第初命便光輝已得群公祖徵集作然妨太傅譏
路長人返顧草盡燕迴飛本是江南客還同衣錦歸

送新城戴叔倫明府　前人

遥想隋堤路春天楚國情白雲當海斷青草隔淮生鴈起
斜還直潮迴遠更平萊蕪不可到一醉送君行

送成都常丞還蜀　前人

蜀門雲樹合高棧有猿愁驅傳加新命之官向舊遊晨裝
逢酒雨夜夢見刀州遠别長相憶當年莫滯畱

送夏侯審遊蜀　前人

西望煙綿樹愁君上蜀時同林息商客隔棧見罛師石滑
羊腸險山空杜宇悲琴心正幽怨莫奏鳳凰詩

奉送杜中丞赴洪州　暢當

詔出鳳凰宮新恩連帥雄江湖經戰陣草木待仁風豪右
貪一作弱頑威愛紓繁德簡通多慚君子顧攀餞路塵中

送嚴大夫赴桂州　王建

嶺頭分界候一半屬湘潭水驛門旗出山巒洞主參辟邪
犀角重解酒荔枝甘莫歎京華遠安南更有南

送李集作吳郎中赴忠州　前人

西臺復南省清白上天知家每因貧集作窮散官多為直移
逢裴集作撥撒過驛近買藥出城遲朝達留詩集作憑人别親情伴

酒悲故園愁去後白髮想迴時何處忠州界山頭立集作卓
望旗

送李評事使蜀　前人

勸酒不依巡明朝萬里人轉江雲棧細近驛板橋新石冷
啼猿一作猿啼影松昏戲鹿一作鹿戲塵少年為客好况是益州春

送鄭權尚書南海　前人

七郡雙旌貴人皆不憶迴戍頭龍腦鋪關口象牙堆敕設
熏鑪出蠻辭咒節開市喧山賊破金賊海船來白氎家家
織紅蕉處處栽已將身報國莫起望鄉臺

送唐大夫罷節歸山

年少平戎老學仙表求骸骨乞生全不堪腰下懸金印已

何雲西寄王田旄節抱歸官路上公卿送到國門前人間鷄犬同時去遥聽仙謌(集作笙歌)隔水煙

送魏州李相公　前人

百代公勳一日成三年五度換雙旌閑來不對人論戰難處長先自請行旗下可聞誅敗將陣頭多是用降兵當朝面受新恩去算料妖星未敢生

送史將軍安西迎舊使靈櫬　前人

漢家都護邊頭殁舊將麻衣萬里迎陰地背行山下火風天錯到磧西城單于送葬還垂淚部曲招魂亦道名却入杜陵秋巷裏路人來去讀銘旌

送司空神童　前人

杏花壇上受書時不廢中庭趁蝶飛暗寫兩經收部帙初年七歲著衫衣秋堂白髮先生別古巷青襟舊伴歸獨向鳳城持薦表萬人叢裏有光輝

送別　楊凝

樽酒郵亭暮雲帆驛使歸野鴻寒不起川雨凍難飛吳會家移遍轘轅夢去稀姓楊皆足淚非是強沾衣

送客東歸　前人

君向古營州春風戰地愁草青蒙別路柳亞拂孤樓人意傷難醉鶯啼咽不流芳菲只合樂離思返如秋

送客歸湖南　前人

湖南樹葉盡了了見潭州雨散今為別雲飛何處遊情來翻似醉淚迸不成流那向蕭條路緣湘黃竹愁

送客往鄜州　前人

新參將署事西(一作營)平錦帶騂弓結束輕曉上關城吟夜角暗驅羌馬發支兵回中地遠風常急鄜畔年多草自生近喜扶陽係戎相從來衛霍笑長纓

送友人歸淮南　前人

畫舸照河堤暄風草色齊竹疑絲直網蝶去鷰遺泥郡向高齋近人從別路迷非關御溝上今日各東西

送客往夏州　前人

憐君此去過居延古塞黃雲共渺然沙闊獨尋邊馬跡路迷遥指戍人煙夜投孤店愁吟笛朝望行塵喜控弦聞有

故人今從騎何須著論更言錢

文苑英華卷第二百七十五

文苑英華卷第二百七十六　詩二百二十六

送行十一

武元衡十一首　姚係三首
馬異一首　楊巨源五首
楊衡九首　陳羽八首
歐陽詹二首　韓愈十一首
孟郊十首　呂温四首

送李侍郎（集作郎中）裴起居　元衡

沱江水緑波喧鳥去喬柯南浦别離處東風蘭杜多長亭春婉娩層漢路蹉跎會有歸朝日班超柰老何

送常侍御司議赴東都　前人

洛京千里近離緒亦紛紛文憲芙蓉沼元方羔鴈群河關連翠樹嵩山接柰雲獨有秋風引（集作思）睽携不可聞

送太常十二兄罷冊南詔却赴上都

鄉路自玆始征軒行復留張騫隨漢節王濬守刀州澤國煙花度銅梁霧雨愁别離無可柰萬恨錦江流

送徐員外使還上都　前人

九折朱輪動三巴白露生蕙蘭秋意晚關塞别魂驚寶瑟連宵怨金罍盡醉傾旄頭星未落分手轆轤鳴

送李正字歸蜀　前人

已獻甘泉賦仍登片玉科漢官新組綬蜀國舊煙蘿斂壁秋雲斷巴江夜月多無窮别離思遥寄竹枝歌

送吳侍御司馬赴台州　前人

盧耽佐郡遥川陸共（集作背）迢迢風景輕吳會文章變越謡煙林繁橘柚雲海浩波潮余有靈山夢前君到石橋

送常（集作幸）秀才赴滑州謁太夫舅

陌頭車馬去翩翩白面懐書美少年東武楊公姻婭（集作好）重西州謝傳舅甥賢長亭叶月新秋鴈官渡含風古樹蟬知己滿朝留不住貴臣河上擁旌旃

送張六諫議歸朝　前人

詔書前日下丹霄頭戴儒冠脱早貂笛怨柳營花（集作烟）漠漠雲愁江館雨蕭蕭鶯鴻得路争先翥松桂凌寒識（集作獨）後凋歸去朝端如有問玉門關外老班超

同幕中諸公餞送李侍御歸臺　前人

昔年專席奉清朝今日持書即舊僚珠履會中簫莞思白雲歸處帝鄉遥巴江暮雨連三峽斂壁危梁上九霄歳月不堪相送盡頹顔更爲（集作被）别離凋

送崔判官還（集作使）太原　前人

勞君車馬此逡巡我與劉君本世親兩地山河分節制十年京兆共風塵笙歌幾處胡天月羅綺長留蜀國春報主自應（集作由來）須盡敵相期（集作煙塵）萬里寶刀新

送唐次　前人

都門去馬嘶灞水春流淺青槐驛路直（集作長）白日離亭晚望望煙景微草色行人遠

送陸渾趙主簿宗儒赴任　姚係

山中渺然意此意乃平生長日望鳴騶遥對洛陽城故人吏爲隱懷此爲蓬瀛夕氣渭嵒巖上晨流瀉岸明存亡區中事影響羽人情溪寂值猿下雲歸聞鶴聲及兹春始暮花蔦正相縈會有携手日悠然去無程

送周愿判官歸嶺南

早蟬望秋鳴夜琴怨離聲耿然多異感值予江山行由來重義人感激事縱横徃復念遐阻淹留慕平生晨奔九衢棧暮始萬里程山驛風月樹海門煙霧城昜緒泉源近拾翠沙溆明蘭蕙一爲贈貧交空復情

楊叅軍庄送宇文邈　前人

秋雲冐原隰野鳥滿林聲愛此田舍事稽君車馬程離堂慘不喧脉脉復盈盈蘭葉一經露香消爲贈輕燈光耿方寂蟲思隱逾清相望忽無際如含江海情

送皇甫湜赴舉　馬異（見文粹）

馬蹄聲特特去入天子國借問去是誰秀才皇甫湜含吐一腹文八音兼五色主文有崔李郁郁爲朝德青銅鏡必明朱絲繩必直稱意太平年願子長相憶

清明日後土祠送田徹（文粹詠作徹）　楊巨源

清明千萬家處處是年華榆柳芳辰火梧桐今日花祭（文粹詠作登）祠結雲綺遊陌擁香車惆悵田郎去原廻煙樹斜

送杜郎中使君赴虔州　前人

迢遞南康路清輝得使君虎符秋領俗鵷署早辭群地遠仍連戍城嚴本帶軍傍江低檻月當嶺滿牕雲境勝閶闔間天清水陸分和詩將惠政頌述九衢聞

重送胡大夫赴振武　前人

何年擢桂儒生業今日分茅聖主恩旌旆仍將過鄉路軒車争看出都門人間文武能雙捷天下安危待一論布惠宣威大夫事不妨詩思許琴樽

送陳判官罷舉赴　前人

練思多時氷雪清拂衣無語别書生莫將甲乙爲前累不廢煙霄是此行定愛紅雲燃楚色應看白雨打江聲心期王帳親台位魏勃因君說姓名

送李虞仲秀才歸東都因寄元李二友

高翼閑未倦孤雲曠無期晴霞海西畔秋草燕南時鄴中多上才耿耿冊胥姿顧我於逆旅與君發光儀同將儒者方獲忝携（疑作儁）人知幽蘭與芳佩寒玉鏘羙詞舊友在伊洛鳴蟬思山陂到來弄春風夢盡雙瓊枝素業且無負青冥殊未遲南橋天氣好脉脉一相思

廣州石門寺重送李尚赴朝時兼宗正卿　楊衡

象闕趨雲陛龍宫憩石門清鐃猶啓路黄髪重攀轅藻變朝天服珠懷委地言那令蓬蓽客兹席未離樽

送孔周南之海謁王尚書

泛棹若流萍桂寒山更清望雲生碧落看日下滄溟潮盡

收珠毋沙閑拾翠翎自趨龍戟下弄爲誦芳馨

冬夜舉公房送崔秀才歸南陽　前人

聞君動征棹犯夜故來尋強置一樽酒重歎百年心燈白霜氣冷室虛松韻深南陽三顧地幸偶價千金

送陳房謁撫州周使君　前人

匡山一畝宮尚有桂蘭叢鑿壁年雖異穿楊志幸同貌羸緣塞苦道蹇爲囊空去謁臨川守因憐鶴在籠

江陵送客歸河北　前人

遠客歸故里臨路結裴徊山長水復闊無因重此來聊將歌一曲送子手中榼

送鄭丞之羅浮中習業　前人

百年泛飄忽萬事繫衰榮高鴻脫矰繳逹士去簪纓始從天日疑遊復作羅浮行雲卧石林客月窺花洞明全形在氣和習默憑境清夙秘絳囊訣屢投金簡名鍾鼓促離觴煙霞隨去程何當真府內重得款平生

送王秀才往安南　前人

君爲蹈海客客路誰諳悉鯨度乍疑山鷄鳴先見日所嗟迴棹晚倍結離情容無貪合浦珠念守江陵橘

送公孫器自桂林歸蜀　前人

桂林淺復碧瀉溪半露石將乘觸物舟暫駐飛空錫蜀香異青眼逢戶高朱戟風度杳難尋雲飄詎留跡舊戶閑花草馴鴿傍簷隟揮手共忘懷日墮千山夕

秋夜桂州宴送鄭十九侍御　前人

秋至觸物愁況當離別筵短歌銷夜燭繁緒遍高絃桂水舟始泛蘭堂榻詎懸一柸勺一作勿離阻三歲奉周旋鵶噪更漏颯露濡風景鮮斯須不共此且爲更留連

送戴端公赴容州　陳羽

分命諸侯重葳蕤繡服香八蠻治險阻千騎踏繁霜山斷旌旗出天清劍珮光還將小戴禮遠出化南方

送殷華之洪州

離堂悲楚調君奏豫章行愁處雪花白夢中江水清扣船歌月色避浪宿猿聲還作經年別相思湖草生

西蜀送許中庸歸秦赴舉　前人

春色華陽國秦人此別離驛樓橫水影鄉落入花枝日暖鶯飛好山晴馬去遲劍門當石隘棧閣入雲危獨鶴心千里貧交酒一卮桂條攀偃蹇蘭葉藉參差旅夢驚蝴蝶殘芳怨子規碧霄今夜月惆悵上峨嵋

送友及第歸江東　前人

五陵春色泛花枝心醉花前遠別離落羽詩選作第趾爲關右客成名空羨里中兒都門雨歇愁分處上店燈殘夢到時家住洞庭多釣伴因來相賀話相思

梓州與温商夜別　前人

鳳凰城裏花時別玄武江邊月下逢客舍莫辭先買酒相門曾忝共登龍迎風騷屑千家竹隔水悠揚五夜鍾明日

又行西蜀路不堪天際遠山重

送友人遊嵩山　前人

嵩山歸路繞天壇雪影松聲滿谷寒君見九龍潭上月莫辭清夜訪袁安

伏翼洞送夏方慶　前人

洞裏春晴花正開看花出洞幾時迴殷勤好去武陵客莫引世人相逐來

送德輿歸穿石洞山居　前人

烏巾年少歸何處一片緋霞仙洞中惆悵別時花似雪行人不肯醉春風

送潭府州陸戶曹之任曹自處州淘倉受（集作司倉處州）

徐

歐陽詹

三語又爲掾大家聞屈聲多年名下人四姓江南英衡嶽半天秀湘潭無底清何言驅車遠（集作遠車）去有棠莊情

福建送鄭楚材赴京時監察劉公亮有感激鄭意　前人

美人河嶽靈家本滎陽（集作水）潰門承若蘭族身蘊如瓊文早折青桂枝俯窺鴻鵠群邇來冊霄姿遠逐蒼梧雲有伊光鑒人惜茲瑶蕙醉前激昂四座同氣氳海郡梅靈晴山郵炎景曛廻翔羅南遊鳴唳期西聞秦塞鸞鳳征越江雲雨分從茲一別離佇致如堯君

送鄭尚書赴南海　韓愈

番禺軍府盛欲說暫停盃蓋海旗幢出連天觀閣開衙時龍戶集上日馬人來風靜鶢鶋去官廉蚌蛤迴貨通師子國樂奏越王臺事事皆殊異無嫌屈大才

送李尚書赴襄陽（得長字）　前人

帝憂南國切改命付忠良壞畫星搖動旗分獸簸揚五營兵轉肅千里地還方控帶荊門遠飄浮漢水長賜書寬屬郡戰馬隔鄰疆縱獵雷霆迅觀棊玉石忙風流峴首客花艷大堤倡富貴由身致誰教不自強

杏園送張徹侍郎　前人

東風花樹下送爾出京城久抱傷春意新添惜別情歸來身已病相見眼還明更遣將詩酒誰家逐後生

送桂州嚴大夫

蒼蒼森八桂茲樹在湘南江作青羅帶山如碧玉簪戶多翰翠羽家自種黃柑遠勝登仙去飛鸞不假驂（一作暇叅）

送李員外院長分司東郡　前人

去年秋露下羇旅逐東征今歲春光動驅馳別上京飲中相顧色送後獨歸情兩地無千里因風數寄聲

送李六協律歸荊南　前人

早日羇遊所春風送客歸柳花還漠漠江鷺正飛飛歌舞知誰在賓寮逐使非宋亭池水綠莫忘蹋芳菲

送侯喜

已作龍鍾後時者懶於街裏蹋塵埃如今便別官長去直

到新年衙日來

送李翱

廣州萬里塗山重江逶迤行行何時到誰能定歸期揖我
出門去顏色異恒時雖云有追送足跡絶自玆人生一世
間不自張與施譬如浮江水縱横豈自知寧懷別時苦勿
作別後思

送石洪處士赴河陽幕　前人

長把種樹書人云避世士忽騎將軍馬自號報恩子風雲
入壯懷泉石別幽耳鉅鹿師欲老常山險猶恃豈惟彼相
憂固是吾徒耻去去事方急酒行可以起

送李礎判官歸湖南　前人

長沙入楚深洞庭值秋晚人隨鴻鴈少江共蒹葭遠歷歷
余所經悠悠子當返孤游懷耿介旅宿夢婉娩風土稍殊
音魚鰕日異飯親交俱在此誰與同息偃

送諸葛覺往隨州讀書　前人

鄴候家多書插架三萬軸一一懸牙籤新若手未觸為人
強記覽過眼不再讀偉哉群聖文磊落載其腹行年五十餘
（集作餘五十）出守數已六京邑有舊廬不容久食宿臺閣多官
員無地寄一足我雖官在朝氣勢日局縮屢為丞相言雖
懇不見録送行過淮（集作滙）水東望不轉目今子從之遊學
問得所欲入海觀龍魚矯翮逐黃鵠勉為新詩章月寄三
四幅

送殷秀才南遊　孟郊

詩句蒲離袂酒花醺別顏水程千里外岸泊幾宵間風葉
亂辭木雪猿清叫山南中高（集作多）古事詠遍始應還

張徐州席送岑秀才　前人

振振芳（集作芝）蘭步升自君子堂冷冷楓（集作松）桂吟生自楚
客腸迷（集作彝）鳥無定棲驚蓬在他鄉去玆門館閑即彼道
路長雨餘山川净麥熟草木凉楚淚滴章句荊塵蒲（集作京塵）
染衣裳贈君無餘地久要不可忘

送崔寅亮下第　前人

天地唯一氣用之自偏頗憂心（集作人）成苦吟達士為高歌
君子識不淺枝蔓幽更多歲晏期攀折時歸且婆娑素貌

（集作質貌）如削王清詞若傾河潛虬（集作虬龍）未化時魚鱉同一
波去矣當自適故山饒薜蘿

送韓愈從軍　前人

志士感恩起變衣非變性親賓改舊觀僮僕生新敬坐作
群書吟行為孤劍詠始知出處心不失平生正淒淒天地
秋凛凛軍馬令驛塵時一飛物色極四靜（文粹作净）王師既不
戰廟畫在（文粹作廟略盡）無競王粲有所依元瑜初應命一章諭
檄明百萬心氣定今朝旗（集作旌）鼓前笑別丈夫盛

贈崔純亮別　前人

食薺腸亦苦強歌聲無歡出門即有礙誰謂天地寬有礙
非遐方長安大道旁小人智慮險平地生太行鏡破不改

光蘭死不改香始知君子交（集作心）文之（集作交久）道益彰君心
與我懷離別俱迴遑譬如浸蘖泉流苦日已長恐泣目易
衰恐悲形自（文粹作易）傷項籍豈非（集作非不）壯賈生豈非（集作非不）良
當其失意時㴍泗各潸（集作沾）裳古人勸加飡此飡難自強
一飲（集作一飯）九祝噎一嗟十斷腸況是兒女冤（集作怨下同）冤氣
淩彼蒼彼蒼若有知白日下清霜今朝始驚呼碧落空蒞
蒞

送任齊二秀才自洞庭遊宣城　前人

洞庭非人境道路行虛空二客月中下一（集作片）帆天外風
魚龍波五色金碧樹千叢閃怪如可懼至誠無不通扣奇
驚浩淼採異動窮崇物表積高韻人間訪仙公宣城文雅

地謝守聲問融謚王易為力辨珉誰不同從茲阮籍淚且
免泣途窮

山中送從叔簡　前人

莫以手中瓊言邀世上名莫以山中迹久向人間行松柏
有霜操風泉無俗聲應憐枯朽質驚此別離情

送從弟郢東歸　前人

爾去東南夜我無西北夢誰言貧別易貧別愁更重曉色
奪明月征人逐群動秋風楚濤高旅榜將誰共

大梁送柳淳入關　前人

青山轉為塵白日無閑人自古推高車爭利西入秦王門
與侯門待富不待貧唯賫（集作空攜）一束書獨去將誰親

送柳淳　前人

青山臨黃河下有長安道歲歲（集作世上）名利人相逢不知老

送范司空赴朔方　呂溫

築壇登上將膝席委前籌虜滅南侵趾（集作跡）朝分北顧憂
抗旌迴廣漠撫劍動旄頭日（集作坐）見黃雲暮行看白草秋
山橫舊秦塞河遶古靈州戍（集作善）守如無事唯應獵騎遊

送段秀才歸澧州　前人

湘南孤白芷幽託在清潯豈有馨香發空勞知處深推賢
路已隔賑乏力弗任暫我一言方負君千里心寸義薄聯
組片誠敵兼金惟期踐冰雪無使弱思侵

衡州送李兵曹赴湘東　前人

慷慨視別劍淒清泛離琴前程楚塞斷此別（集作恨）洞庭深
文字已久（集作久已）廢循良非所任期君碧雲上千里一揚音

道州送戴簡處士賀州謁侍郎

羸馬孤童鳥道微三千客散獨南歸山公念舊偏知我今
日因君泪滿衣

文苑英華卷第二百七十六

文苑英華卷第二百七十七　　詩一百二十七

送行十二

劉禹錫二十七首　張籍二十五首

元稹四首

送令狐相公自僕射出鎮南陽梁　劉禹錫

夏木正陰成戎裝出帝京沾襟辭闕淚廻首別鄉情雲樹褒中路風煙漢上城前旌轉谷去後騎踏橋聲乆領鵷行重無嫌虎節（集作綬）輕終常持一筆再入福蒼生（以下二十七篇並見集本）

奉送裴司徒令公自東都留守再命太原（本封晉國公兩任相去十六年）　前人

星使出關東兵符賜上公山河歸舊國管籥換離宮行色

旌旗動軍聲鼓角雄愛棠餘故吏騎竹見新童漢疊三秋靜胡沙萬里空其如天下望旦夕詠清風

早秋送臺院楊侍御歸朝　前人

仙署棣華春當時已絶倫今朝冊闕下更入白雲人重振高陽族分居要路津一門科第足五府辟書頻鷙鳥得秋氣法星懸火旻聖朝寰海靜所至不埋輪

送陸侍御歸淮南使府五韻（用年字）　前人

江左重詩篇陸生名乆傳鳳城來已熟羊酪不嫌羶歸路芙蓉府離堂瑇瑁筵泰山呈臘雪隋栁布新年曾忝揚州薦因君達短牋（時叚丞相鎮楊嘗辱表薦）

送太常蕭博士棄官歸養赴東都（時元兄罷相爲少師仲兄爲郎

首並分司洛邑）　前人

兄弟盡鴛鸞歸心切問安貪榮五綵服遂掛兩梁冠侍膳曾調鼎循陔更握蘭從今別君後長向德星看

奉送家兄歸王屋山隱居（據道書王屋山一名洛陽山）　前人

陽落天壇上依稀似玉京夜分先見日月靜忽（集作靜遠）聞笙雲路將鷄犬冊臺有姓名古來成道者兄弟亦同行

送趙中丞自司直郎轉官叅山南令狐僕射幕府（趙氏兄弟皆僕射門客）　前人

緑樹蒲褒斜西南蜀路賒驛門經赤縣（集作臨白草）道路（集作縣道）過黃花相府開油幕門生逐絳紗行看布政後還從入京華

送河南皇甫少尹赴絳州　前人

祖帳臨周道前旌指晉城午橋群吏散亥字老人迎詩酒每同樂別離方見情從茲洛陽社吟詠欠書生

送王師魯協律赴湖南使幕（即赤穆公之孫）　前人

翩翩馬上郎驅傳渡三湘橘樹沙洲暗松膠酒肆香素風傳竹帛高價騁琳琅楚水多蘭若何人事搴芳

送浙江李相公重赴舊鎮加旌節　前人

江北萬人看玉節江南千騎引金鐃鳳從池上遊滄海鶴到遼東識舊巢城下清波含百谷牕中遠岫列三茅碧鷄白馬徊翔乆却擁（集作憶）朱方（集作憧）是樂郊

奉送浙江李僕射赴鎮　前人

建節東行是舊遊歡聲喜氣滿吳州郡人重得黃丞相童子爭迎郭細侯詔下初辭温室樹夢中先到景陽樓自憐不識平津閣遥望旌旗汝水頭

送李尚書鎮滑州 自浙西觀察使拜兵部侍郎月余有此拜也 前人

南徐報政入文昌東郡須才別建章視草名高同蜀客擁旄年少勝荀郎黃河一曲東城下緹綺千重照路傍自古相門還出相如今人望在巖廊

送渾大夫赴豐州 自大鴻臚拜家集作家丞舊熟 前人

鳳銜新詔降恩華又見旌旗出漢集作渾家故吏來辭辛屬國精兵願逐李輕車氊裘君長迎風帽錦領酋豪踏雪衙其奈明年好春日無人喚看牡丹花

送戶部李侍郎自河南尹再除本官歸闕 前人

昔年內史振雄詞今日東都結去思宮女猶傳洞簫賦國人先詠袞衣詩華星却復文昌位別鶴重歸太乙池想到金門待稱籍一時驚喜見鳳儀

送河南尹馮學士赴任 前人

可憐玉馬風流地暫輟金貂侍從才閣上掩書劉向去門前脩刺孔融來崤陵路靜寒無雨洛下集作水橋長晝起雷却集作共羨府中棠棣好先於城外百花開 時公伯仲四人並以顯官居洛士宗羨之

送李庚先輩赴選 前人

一家何啻十朱輪諸父雙飛秉大鈞曾脫素衣參幕客却爲精舍讀書人離筵落水侵杯色征路函關向晚塵今日山公舊賓主知君不負帝城春

送李二十九兄員外赴邠寧使幕 前人

家襲常平身業文素風清白至今貧南宮通籍新郎吏西候從戎舊主人城外草黃秋有雪峰頭煙靜虜無塵鼎門爲別霜天晚剩把離觴三五巡

送唐舍人出鎮閩川 集作中 前人

暫辭鵷鷺出蓬瀛忽擁貔貅鎮粵城閩嶺夏雲迎皂蓋建溪秋樹映紅旌山川遠地由來好富貴當年別有情了却人間婚嫁事復歸朝右作公卿

送王司馬之陝州 自太常丞授工爲詩 前人

暫綴清齋出太常空携詩卷赴甘棠府公既有朝中畫集作舊司馬應容醉集作酒後狂按牘來時惟署事風煙入興便成章兩京大道多遊客每遇詞人戰一場

洛中送楊處厚入關便遊蜀 前人

洛陽秋日正凄凄君去西秦便向西舊學三冬今轉富曾傷六翮養初齊王城曉入窺丹鳳蜀路晴來見碧雞早識卧龍應有分不妨從此躡川梯

送周使君罷渝州歸郢州別墅 前人

君思郢上吟歸去故自渝南擲郡章野戍岸邊留畫舸綠蘿陰下有山莊池荷雨後衣香老集作起庭草春深綬帶長只恐鳴騶催上道不容待得晚菘嘗

送蘄州李郎中赴任　前人

楚關蘄水路非賒東望雲山日夕佳薤葉照人呈夏簟松花蒲椀試新茶樓中飲興（集作酒非）因明月江上詩情爲晚霞北地交親長引領早將玄鬢到京華

洛中逢韓中丞之吳興　前人

今朝無意訴離杯何况清弦急管催本欲醉中輕遠別不知翻引酒悲來

送張興（集作輿下同）赴舉興即同年之子（有序不録）　前人

爾生始懸弧我作座上賓引箸舉湯餅祝辭天麒麟今成一丈夫坎坷愁風塵長裾來謁我自號盧山人道舊與撫孤悄然傷我神依依見眉睫嘿嘿含悲辛永懷同年友追

想出谷晨三十二君子齊飛凌烟旻曲江一會時後會已凋淪况今三十載閱世難重陳盛時一已過來者日日新不如揺落樹重有明年春火後見琮璜霜餘識松筠肅機乃獨秀武抱亦絶倫爾今持我詩西見一重臣成賢必念舊保節在安貧清時爲丞郎氣力侔陶鈞乞取斗升水因之雲漢津

送常道冲秀才赴制舉　前人

驚禽一辭巢棲息無少安秋翁一離手流塵蔽霜紈故侶不可追凉風日已寒遠逢杜陵士別盡平生歡逐客無印綬楚江多芷蘭因君時暇遊長鋏不復彈閱書南軒霽絙瑟清夜闌萬境身外寂一盃腹中寛伊昔玄宗朝冬鄉冠

鴛鸞肅穆升内殿從容頂高（集作領儒）冠游夏無措詞陽秋埀不刊至今群玉府學者空縱觀世人希德門揭若攀峰巒之子尚（集作向）明訓鏘如振琅玕一旦西上書班裳拂行（集作征）鞍荆臺宿暮雨漢水浮春瀾君門起天中多士如星攢煙霞覆雙闕抃舞羅千官清漏滴銅壺仙厨下雕盤熒煌仰金牓錯落飛濡翰古來長策人所嘆遭時難一鳴從此始相望青雲端

送湘陽熊判官孺登府罷歸鍾陵因寄呈江西裴中丞二十三兄　前人

射策志未就從事府云除簪留馬卿賦袖有劉弘書忽見夏木深悵然憶吾廬復持州民刺歸謁專城居君家誠易

知勝絶傾里閭人言北郭生門有卿相輿鍾陵靄千里帶郭西江水朱檻照河宫旗亭緑雲裏前年初欽守慎簡由宸衷臨軒弄郡章得人方付此是時左馮翊天下第一理貴臣持牙璋優詔發青紙迎風奸（集作行）吏免先令疲人喜何武効腐儒陳蕃禮高士昔昇君子堂腰下綬猶黄（中丞時爲萬年尉）汾陰有寶氣赤華多奇鈺束簡下曲臺佩鞬來歷陽綺筵陪一笑蘭室（集作蘭堂襲芳香）襲餘芳風水忽異勢江湖遂相忘因君忽（集作儻）借問爲話老滄浪

送華陰張茗赴邑府使幕（張即燕公之孫頃坐事除名）　前人

昔忝南宫郎往來東觀頻嘗披燕文傳聳若窺三辰翊聖崇國本保贒正朝倫高視緬今古清風夐無隣蘭綺照通

衢一家十朱輪鄭國嗣侯絕蔦鄉貴業貧夫子成(集作大承)名少年振芳塵青袍仙掌下矯首陵煙旻公治本非罪潘郎一爲民風霜苦提落堅白無緇磷一旦逢良時天光燭幽淪重爲長裾客佐彼觀風臣分野窮禹畫人烟過虞巡不言此行遠所樂相知新雨起巫山陽鳥鳴湘水濱離筵出蒼莽別曲多怨辛今朝一杯酒明日千里人從此孤舟去悠悠天海春

送鄭尚書出鎮南海　張籍

遠鎮承新命王程不假催班行爭路送恩賜一(集作併)時來牙旆從城展兵符到府開蠻聲(集作流)喧夜市海色潤朝(集作南)臺殘角天邊月寒關嶺上梅共知公望重多是隔年迴

送嚴大夫之桂州　前人

旌旆過湘潭幽奇得遍探莎城百越北行路九疑南有地多生桂無時不養蠶聽歌疑似(集作難辨)曲風俗自相諳

送蠻客

借問炎州客天南幾日行江連惡谿路山遶夜郎城柳葉瘴雲濕桂林蠻鳥驚(集作桂叢蠻鳥聲)知君却迴日記得梅花名

送遠人(集作蜀北旅思)　前人

日日望鄉國空歌白紵詞常(集作長)因送人處憶得別家時失意還獨語多愁自不(集作愁自)知客亭門外柳折盡向南枝

送遠客

南原相送處秋草水邊生同作一(集作儂)鄉客今知(集作如今)分路行因誰寄迴(集作歸)信漸遠向(集作問)前程明日重陽節無人上古城

送海南客歸舊島　前人

海上歸(集作去)應遠蠻家雲島孤竹船來桂浦山地(集作市)賣魚鬚入國自獻錦(集作寶)逢人多贈珠却迴(集作歸)春洞口斬象祭天吳

送人往濟南　前人

黃綬在腰下知君非旅行將書報舊里留褐與諸生贈別盡沽酒惜歡多出城春風濟水上候吏聽車聲

送越客　前人

見說孤帆去東南到會稽春雲剡溪口殘月鏡湖西水鶴

沙邊宿(集作立)山鼯竹裏啼謝家曾住處烟洞入應迷

送韓(集作常)評事歸華陰　前人

蓮花峰下住(集作三峯西面住)出見世人希白髮(集作老大)誰相識青山(集作恓惶)又獨歸拂牕秋菌落開篋蠹蛾飛若訪雲中伴還應着褐衣

送南客　前人

行路雨脩脩青山盡海頭天涯人去遠嶺北水迴(集作南)流夜市連銅柱巢居屬象州來時舊相識誰向日邊(集作南)遊

送朱慶餘及第歸越　前人

東南歸路遠幾日到鄉中有寺山皆遍無家水不通湖聲蓮葉雨野色(集作氣)稻花風州縣知名久爭邀與客同

送從第戴玄之蘇州　前人

楊柳閶門外（集作路）悠悠水岸斜乘船（集作舟）向山寺着屐（集作履）到人（集作漁）家夜月紅枏樹秋風白藕花江天詩境（集作景）好廻日莫令賒

送友人歸山　前人

出山成白首重去結茅廬移石脩廢井掃龕盛舊書開田留杏樹分洞與僧居長在幽峰裏樵人見亦踈（集作初）

送李評事遊越　前人

未習風塵事初爲吳越遊露沾湖草晩（集作濕）日照海山秋梅市門何在蘭亭水尚流西陵待潮處知汝不勝愁

送李騎曹靈川歸覲　前人

翩翩出上京幾日到邊城漸覺風沙處還將弓箭行席箕侵路暗野馬見人驚軍府知歸慶應教數騎迎

送裴相公赴鎭太原　前人

盛德推名遠近知功高先乞守藩維銜恩乍（集作暫）遣分龍節署勑還同在鳳池天子親臨樓上送朝官齊出道傍（集作邊）辭明年塞北諸藩守（集作落）應起生祠請立碑

送李司空赴鎭襄陽　前人

中外兼權社稷臣千官齊出拜行塵再調公鼎勛庸盛三受兵符寵命新商路雪開旌旆遠（集作展）楚堤梅發驛亭春襄陽風景由來好重與江山作主人

送南海鄭尚書　前人

聖朝選將持符節內制宣時百辟聽海北蠻夷來蹈舞嶺南封館送圖經白鵬飛遶迎官舫紅槿開當宴客亭此處莫言多瘴癘天邊看取老人星

送侯判官赴廣州從事（集作軍）　前人

年少才多求自展將身萬里赴軍門辟書遠至（集作到）開呈客公服新成着謝恩驛舫過江分白候戍樓（集作亭）當嶺見紅旛海花蠻草連冬有行處無家不蒲園

送楊少尹赴蒲（集作蒲）城　前人

官爲本府當身榮因得還鄉任野情自廢田園今作主每逢耆老不呼名舊遊寺裏僧應識新別橋邊樹亦（集作已）成公事多閑詩更好將誰相送（集作逐）上山行

送枝江劉明府　前人

老着青衫爲楚宰平生志業有誰知家僮從去愁行遠縣吏迎來怪到遲定訪玉泉幽院宿應過碧澗早茶時向南漸漸雲山好一路遥聞唱竹枝

送浙東（集作西）周阮範判官　前人

由來身（集作自）是烟霞客早已聞名詩酒間天闕因將賀表至江城應（集作家鄉新）着賜衣還常吟卷裏新（集作相）酬句自話湖中（集作邊）舊住山吳越主人皆（集作遍）愛重多應不肯放君閑

送友人盧處士遊吳越　前人

羨君東去見殘梅唯有王孫獨未回吳苑夕陽明古堞越

宮春草上高臺波生遠（一作野）水鴈初下風蒲驛樓潮欲來
試問（一作逐）漁舟看雪浪幾多江燕荇花開

送蜀客　前人

蜀客南行過碧溪木綿花發錦江西山橋日落人來（集作晚行）
人少時見猩猩上樹（一作樹上）啼

送入蜀客

行盡青山見益州錦城樓下二江流杜家曾向此中住為
到浣花溪上（集作水）頭

送東川馬逢侍御使廻十韻　元稹

風水荊門闊文章蜀地豪眼青賓禮重眉白衆情高思湧
曾吞筆投虛慣用刀詞鋒倚天劒學海駕雲濤南郡傳紗

帳東方讓錦袍旋吟新樂府便續古離騷雪岸猶封草春
江欲蒲槽餞筵君置醴隨俗我餔糟莫歎巴三峽休驚鬢
二毛流年等閑過人世各勞勞

送崔侍御之嶺南二十韻　前人

漢法戎施幕秦官郡置監蕭何歸舊印（自江陵曹拜）鮑叔授新
銜幣聘雖盈篋泥章未破緘蛛懸絲繚繞鵲報語詁諵再
礪神羊角重開憲簡函（崔君前任已為御史）肇纓驄赳赳綾珮綉絲
絲（音衫）逸翮憐鴻翥離心覺刃劖聯遊虧片玉洞照失明鑒
進想車登嶺那無淚滿衫茅蒸連蟒氣衣漬度梅黴象鬭
緣溪竹猿啼帶雨杉颶風狂浩浩韶石峻巉巉宿浦宜深
泊祈瀧在至誠瘴江期（集作秉）早渡毒草莫親芟試蠱看銀

里排腥貴食鹹菌須蠱已嚢果重烏先鵲水瑩慷貪水霜
清頭痛巖珠幾當盡擲薏苡詎能讒荊俗期王粲吾生問
季咸遠書多不達勤為枉攕攕

送王協律遊杭越十韻　前人

去去莫悽悽餘杭接會稽松門天竹寺花洞若耶溪浣渚
逢新艷蘭亭識舊題山經秦帝望壘辨越王棲（一作堤）江樹
春當早城頭月易低鏡呈（作澄）湖面出（集作滯）雲疊海潮齊章
甫官人戴尊絲姹女提長竿（集作干）迎客鬧小市隔烟迷紙
亂紅藍壓甌凝碧玉泥荊南無底物來日為儂攜

送王十一南行　前人

夏水漾天末晚暘依岸村風調烏尾勁眷戀餘芳鱒解袂

方瞬息征帆已翩翻江豚涌高浪楓樹搖去鷁遠戍宗侶
泊暮烟洲渚昏離心詎幾許驟若移寒溫此別信非久胡
為坐憂煩我留石難轉君泛雲無根萬里湖南月三聲山
上猿從茲耿幽夢夜夜湘與沅

文苑英華卷第二百七十七

文苑英華卷第二百七十八　詩一百二十八

送行十三

洛下送牛相公出鎮淮南　白居易

北闕至東京風光十六程坐移丞相閣春入廣陵城紅旆擁雙節白鬢無一莖萬人開路看百吏立班迎閫外君彌重樽前我亦榮何須身自得將相是門生

送武士曹歸蜀士曹即武中丞兄　前人

花落鳥嚶嚶南歸稱野情月宜秦嶺過（集作宿）春好蜀川（集作江）行江（集作鄉）路通雲棧郊扉近錦城烏臺陟岡老人（集作送）羨別時榮

江西（集作西河）雨夜送客　前人

雲黑雨翛翛江昏水暗流有風催解纜無月伴登樓酒罷無多興帆開不少留唯看一點火遥認是行舟

送客人上峽赴東川辟命　前人

見說瞿唐峽斜橫（集作銜）灔澦根難於尋鳥道險過上龍門羊角風頭急桃花水色渾山廻若鼇轉舟入似鯨吞岸合愁天斷波跳恐地翻憐君經此去為感主人恩

送令狐相公赴太原　前人

六纛雙旌萬鐵衣并汾舊路滿光輝青衫書記何年去紅旆將軍昨日歸詩作馬蹄隨筆走獵酣鷹翅伴觥飛北都莫作多時計再為蒼生入紫薇

送令狐尚書赴東都留守　前人

翠華黃屋未東巡碧落青雲付大臣地稱高情多水竹山宜閑望少風塵龍門即擬為遊客金谷先憑作主人歌酒家家花處處莫空管領上陽春

送徐州高僕射赴鎮　前人

伏（集作大）紅旆引碧油（集作幢）旌新拜將軍指點行戰將易求何足貴書生難得始堪榮離筵歌舞花叢散候騎刀鎗雪隊迎應笑蹉跎白頭尹風塵唯管洛陽城

送蘄春李十九使君赴郡　前人

可憐官職好文詞五十專城未是遲曉日鏡前無白髮春風門外有紅旗郡中何處堪攜酒席上誰人解和詩唯共交親開口笑知君不及洛陽時

送河南尹馮學士赴任　前人

石渠金谷中間路軒騎翩翩十日程清洛飲冰添苦節碧嵩看雪助高情謾誇河北操旄鉞莫羨江南擁旆旌（時新除二鎮節度）何似府寮京令外別教三十六峯迎

送唐州崔使君侍親赴任　前人

連持使節歷專城獨賀崔侯最慶榮烏府一拋霜簡去朱

輪四從板輿行（郎中從殿中連典四郡皆侍親赴任）發特正許沙鷗送到日
方乘（集作兼）竹馬迎唯處郡齋賓友少一（集作數）盃春酒共誰
傾
送陝州王司馬赴任　前人
陝州司馬去何如養病（集作靜）資貧兩有餘公事閑忙同少
尹俸錢多少散尚書只携美酒爲行伴獨（集作唯）作新詩趁
下車自得（集作有）鐵牛無詠者料君投刃必應虛
送客　前人
病上藍輿相送來衰容秋思兩悠哉涼風嫋嫋吹槐子却
請行人勸一杯
送客遊吳　殷堯藩
吳國水中央波濤白渺茫衣逢梅雨漬船入稻花香海戍
通鹽竈山村帶蜜房欲知蘇小小君試到錢塘
送別賈島　姚合
懶作歸鄉客（集作住山人）官家自賃身書多筆（集作簽）漸重卧少
枕長新野客狂無過詩仙瘦始真秋風千里去誰與我相
親
送任畹及第歸蜀　前人
子規啼欲死君聽因無愁闕下聲名出鄉中意氣游東川
橫斂閣南斗近刀州神聖題橋（集作前）字千人看不休
送饒州張使君　前人
鄱陽勝事聞難比千里連連是稻畦山寺去時通水路郡

圖開處是詩題化行應免農人困庭靜惟多野鶴栖飲罷
春朋門外別蕭條驛路夕陽低
送徐員外赴河中從事
赤府從軍美儒衣結束輕涼颸下山寺曉浪滿關城閑坐
生（集作饒詩）詩景高眠散酒醒（集作長道情）將軍呈（集作不）戰術計日
立功名
送巢縣裴明府　前人
見說爲官處煙霞思不窮夜猿啼戶外瀑水落厨中名藥
人難識仙山路盡（集作易）通還施清（集作廳遶）淨化誰復與君
同
送王澹　前人
常看（集作省）爲官處門前數樹松尋山屐費齒書石筆無鋒
菓熟猿偷亂花繁鳥語重今來爲客去借（集作惜）取最高峯
送王（集作盧）秘書遊魏川（集作州）　前人
太行山下路荊棘昨來平一自開元後至今通（集作今逢）客行
地形吞北虜人事接東京掃灑塵埃（集作氣埃）靜遊從氣味生
鄭門春不艷淇水暖還清看野風情遠緣花酒病成官閑
身自在詩逸語縱橫車馬迴應晚煙光滿去程
送陳彤之（集作倜）赴江寧從事　前人
荊州勝事衆家（集作皆）聞幕下今朝又得君才子何須守（集作
籍）科第男兒終久要功勳江村竹樹多於草山路塵埃半
是雲新什定知饒景思不應一向賦從軍

送源中丞使新羅

赤墀賜對使殊方官重霜臺紫綬光玉節在船清海怯金函開詔撫(集作拜)夷王雲晴漸覺山川異風便寧知道路長誰得似君將雨露海東萬里灑扶桑

送張宗原

東門送客道春色如死灰一客失意行十客顏色廻(文粹作低)住者既無家去者又非歸窮愁一成疾百藥不可治予賢我且愚命分不合齊誰開蹇躓門日日同遊栖予行何所切(集作之)所切食與衣誰能買仁義令子無寒飢野田不生草四向生路岐士人甚商賈終日須東西鴻鴈春北去秋風復南飛勉君向前路無失相見期

送任畹評事赴沂海　前人

擲筆不作尉戎衣從嫖姚嚴冬入都門僕馬氣益豪沂州右鎮雄士勇旌旗高洛東無憂虞半夜開虎牢丈夫貴功勛不貴爵祿饒仰眠作書生衣食何由銷任生非常才臨事膽不攝必當展長晝逆波斬鯨鼇九陌塵土黑話別立遠郊孟堅勒燕然豈獨在漢朝

送李餘及第歸蜀　前人

蜀山高峩峩蜀客無平才日飲錦江水文章盈其懷十年作貢賓九年多邅迴春來登高科升天得梯階手持冬集書還家獻庭闈人生此為榮得如君者稀李白蜀道難羞為無成歸子今稱意行所歷安覺危與子乆相從今朝忽

乖離風飄海中船會合難自期長安米價高伊我常渴饑臨岐歌送子無聲但陳詞義交外不親利交内相違勉子慎其道急若食與衣苦褻(疑作熱)道路亦(疑作赤)行人念前馳一杯不可輕遠別方自茲

送饒州張蒙使君赴任　李孝標

饒陽因富得州名不獨農桑別有營日暖持(集作提)筐依茗樹天陰把火入銀坑江寒魚動槍旗影山晚(集作曉)雲和鼓角聲太守能詩兼愛靜西樓見月幾篇成

送人(集作客)南遊　施肩吾

見說南行(集作遊)偏不易中途莫忘寄書頻淩空瘴氣空飛鳥解語山魈惱病人闘縣綠娥能引客泉州烏藥好(集作可)防身異花奇竹分明看待汝歸來畫取真

送人至嶺南　袁不約

度嶺春風暖花多不識名瘴煙迷月色巴路傍溪聲畏藥將銀試防蛟避水行知君憐酒興莫殺醉猩猩

送盧州賈使君拜命　劉商

考績朝稱貴時清武用文二天移外府三命佐元勳佩玉兼高位摐金閱上軍威容冠是鐵圖畫閣名芸人詠甘棠茂童謠竹馬群懸旌風肅肅卧轍淚紛紛特達恩難報昇沉路易分侯嬴不得從心逐信陵君

送林袞侍御東陽秩滿赴上都　前人

幾年烏府内何處逐息歸關吏迷驄馬銅鍾累繡衣野人

山草緑客路椰花飛況復長安遠音書從此稀
送楊閑侍御拜命赴上都　前人
賀客移星使絲綸出紫薇手中霜作簡身上綉爲衣驄馬
朝天疾臺烏向日飛親逢皆避路不是送人稀
送李元規昆季赴舉
見誦甘泉賦心期折桂歸鳳雛皆五色鴻漸又雙飛別思
看衰柳秋風動客衣明朝問禮處蹔覺鴈行稀
送人之江東　前人
含香仍佩玉宜入鏡中行晝室隨乘興扁舟不計程渡江
霖雨霽對月夜潮生莫慮當炎暑稽山水木清
滑州送人先歸　前人

河水氷消鴈北飛寒衣未足又春衣自憐漂蕩經年客送
別千廻獨未歸
送壁州劉使君　朱慶餘
王府登朝後巴香典郡新江分入峽路山見採鞭人舊業
孤城夢生祠幾處身知君素清儉料得却來貧
送盛蹟軍　前人
莫辭東路遠此別豈閑行職處中軍要官兼上佐榮野亭
嵐色暗秋水藕花明拜省期將近孤舟促去程
送常校書赴靈州幕　前人
共知行處樂猶惜此時分職已爲書記官曾校典墳寒城
初落葉高樹晩集作遠生雲邊事何須問深謀秪在君

送崔秀才遊江陵
樽前荆楚客雲外思榮廻秦野春已盡商山花正開鷗鷺
帆乍起江見雨初來自有歸期在蟬聲處處催
送淮陰丁明府　前人
之官未入境已有愛民心遣吏廻中路停船集作車對遠林
鳥聲淮浪靜雨色集作氣稻苗深暇日公門掩惟應伴客吟
送常縣校書赴浙東幕　前人
丞相辟書新秋闈獨去人官離芸閣早名占甲科頻水驛
迎船火山城候吏塵湖邊寄家去到日倍榮親
送饒州張使君　前人
白頭爲郡清秋別山水南行豈覺賖楚老已集作只應思入

境吳門從此去移家舘依高嶺分樟葉路出重江見蒿花
務退惟當吟味苦留心曾不在天集作生涯
送郡州林使君　前人
軒車此去也逢時地屬湘南傾入詩一月計程那是遠中
年出守未爲遲水邊花氣薰章服嶺上嵐光濕畫旗想得
化行風土變州人應爲立生祠
送劉思復南河從軍　前人
七千里別寧無恨且貴從軍樂事多不駐節旄先候發偶
逢山寺亦難過蠻人猶放畬田火海獸群遊落日波遠作
受恩身不易莫拋書劒近笙歌
送浙東周廵集作判官　前人

久聞從事滄江外誰謂無官已白頭來備戎裝嘶數騎去持冊詔入孤舟蟬鳴驛樹（集作遠驛）殘陽遠（集作樹）鷺起潮田夕（集作片）雨秋到日重陪丞相宴鏡湖新月在城樓

送殷侍御赴同州　賈島

馮翊滿西郡沙岡擁地形中條全離岳清渭半和涇夜久眠明月秋新（集作深）至洞庭由來交臂者（集作辟士）事事（集作別）偃林扃

送皇甫侍御　前人

曉鍾催早朝獨自赴嘉招舟泊襄江闊田收楚澤遥鴈驚起衰草猿渴下寒條來使黔南日時應問寂寥

送陳判官赴天德　前人

將軍邀入幕束帶便離家身煖蕉衣窄天寒磧日斜火燒岡斷草風捲雪飜沙絲竹豐州有春來秪欠花

送唐環歸敷水莊　前人

毛女峰當户日高頭未梳地侵山影掃葉帶露痕書松遥僧尋藥沙泉鶴見魚一川人境別（集作風景好）恨不有吾廬

送裴校書

拜官從祕省署職在藩維多故長疏索高秋遠別離天寒泗上醉夜静岳陽碁使府臨南海帆飛到不遲

送杜秀才東遊　前人

東遊誰見待盡室寄長安別夜葉頻落登途（集作去程）山已寒大河風色渡曠野燒烟殘匣有青銅鏡時將照鬢看

送人南歸　前人

分手向天涯迢迢泛海波雖然南地遠見說北人多山暖花常發秋深鴈不過炎方饒勝事此去莫蹉跎

送人南遊　前人

此別天涯遠孤舟泛海中夜行常認火帆去每因風蠻國人多富炎方語不同鴈飛難度嶺書信若爲通

送鄭明甫遊靈武　前人

會宰西畿縣三年馬不肥債多憑劍與官滿載書歸邊雪藏行逕林風透卧衣靈州聽曉角客舘未開扉

送朱可久歸越中　前人

石頭城下泊北固暝鍾初汀鷺潮衝起船窓月過虚吳山

侵越衆隋柳入塘疎日欲躬調膳辟來何府書

送崔定　前人

未知遊子意何不避炎蒸幾日到漢水新蟬鳴杜陵秋江待得月夜話（集作語）恨無僧巴峽吟過否連天十二層

送姚杭州

白雲峰下城日夕白雲生人釣魚江老（集作人老江波釣）田侵海樹耕吳山鍾入越蓮葉吹擡旌詩異石門思濤來閣上（集作向越）迎

送黄和新歸安南　前人

池亭沉飲徧非獨曲江花地遠路穿海春歸冬到家火山難下雪瘴土不生茶知決秋（集作務）來計相逢期尚賒

送田卓入華山　前人

幽深足暮蟬驚覺石床眠瀑布五千仞草堂瀑布邊欇松涓滴露嶽月沉寥天鶴過君須看上頭應有仙

送人適越　前人

高城滿夕陽何事欲沾裳遷客蓬蒿暮遊人道路長晴湖勝鏡碧寒柳似金黃若有相思夢殷勤載八行

送饒州張使君　前人

終南雲雨連城闕去路西江白浪頭滁上郡齋離昨日鄱陽農事勸今秋道心生向前朝寺文思來因靜夜樓借問泊帆干謁者誰人曾聽峽猿愁

送陝府王建司馬　前人

司馬雖然聽曉鍾尚猶高枕恣疎慵請詩僧過三門水賣藥人歸五老峰移舫綠萍深處息登樓涼夜此時逢杜陵惆悵臨相餞未寢月前多屐（集作展）蹤

送羅少府歸牛渚

作尉長安三月罷（集作三月）忽思牛渚夢天台楚山遠色獨歸去灞水空流相送迴霜覆鶴身松子落月分螢影石房開白雲多處應頻到寒澗泠泠濺（集作激）古苔

送沈秀才下第東歸　前人

曲言惡者誰悅耳如彈絲直言好者誰刺耳如長錐沈生才俊秀心腸無邪欺君子忌苟合擇交如求師毀出嫉夫口騰入禮部闈下第子不恥遺才人恥之東歸家堂遠棹轡時參差浙雲近吳見汴柳接楚垂明年春光別迴首不復疑

送周判官元範赴越　前人

原下相逢便別離蟬鳴關路使回時過淮漸有懸帆興到越應將墜葉期城上秋山生菊早驛西寒渡落潮遲已曾幾遍隨旌旆去謁荒郊（集作涼）大禹祠

送陳商　前人

古道長荊棘新岐路交橫君於荒榛中尋得古轍行足踏聖人路貌端禪士形我曾接夜話似聽講一經聯翩曾數舉昨登高第名釜底絕烟火曉行皇帝京上客遠府遊主人須月明青雲別青山何日復同升

送張校書季霞　前人

從京去容州馬在船上多容州幾千里直傍青天涯掌記試校書未稱高詞華義枉不可屈出家如入家城市七月初熱與夏未差餞若到野地秋凉滿山波南境異北候風起無塵沙泰吟宿楚澤海酒落桂花暫醉即還醒彼土生桂茶

送汲鵬　前人

淮南卧理後復逢君姓汲文采非尋常志願期卓立深江東泛舟夕陽眺原隰夏夜言詩會往往追不及

送集文上人遊方　前人

來從道路井去求溪邊會分首芳草時遠意青天外此遊

詰幾嶽嵩華衡恒泰

文苑英華卷第二百七十八

文苑英華卷第二百七十九　詩一百二十九

送行十四

厲玄二首　劉三復一首

釋無可十七首　劉得仁十五首

于武陵二首　周賀十三首

温庭筠十二首　紀唐夫一首

李群玉二首　張祜九首

陳陶四首

送顧非熊及第歸茅山　厲玄

故山登第去不似舊歸難帆卷江初夜梅生洞少寒採薇留客飲折竹掃仙壇名在議曹籍何人肯掛冠

送黄驊明府岳州湘陰赴任　前人

恩霈讙雪幾人同歸宰湘陰六月中商嶺馬嘶殘暑雨席帆高掛早秋風貢名頻向書闈失飛檄曾傳朔漠空西省尚嗟君宦遠水雞啼處莫聽鴻

同前　劉三復

擬占名場第一科龍門十上困風波三年護塞從戎遠萬里投荒失意多花縣到時銅墨貴葉舟行處水雲和遥知布惠蘇民後應向祠堂弔汨羅

送姚中丞赴陝州　釋無可

三陝周分地恩除左掖臣門闌開幕重搶甲下天新夾道行霜騎迎風滿草人河流銀漢水城賽鐵牛神意氣思高

謝依遠許上陳何妨向紅旆自與白雲親

送李使君赴瓊州兼五州招討使　前人

分竹雄兼使南方到海行臨門雙旆引隔嶺五冊迎徠鶴同枝宿蘭蕉夾道生雲垂前騎失山豁去帆輕雨露蒸秋岸潮濤震夜城政閑開逈閣歌枕島風清

送呂郎中赴海州　前人

出守滄州去西風送旆旌路遥經(集作過)幾郡地盡到孤城拜廟千山綠登(集作開)樓遍海晴何人共東望月向積濤生

夏日送田中丞赴蔡州　前人

出守海南城應多戀闕情地遂人久望風起旆初行楚廟繁蟬斷淮田細雨生賞心知有處蔣宅古津平

送薛重中丞充大原副使　前人

中書華省外(集作出華省)副相晉陽行書答偏州啓籌參上將營路沙塞馬細收(集作吹)雨曉笳清正報胡塵滅桃花汾水生

送靈武李侍御　前人

靈州天一涯幕客似還家地得江南壤程分磧裏沙鹽調上味貢(集作禁盞調上味)麥穗(集作貢)結秋花前席因籌畫清吟塞日斜

冬夜姚侍御宅送李廓少府　前人

王事圭峰下將還禁漏餘偶歡新歲近惜別後期踈雪罷見來吏川昏聊整車偶吟多暇日應寄栢臺書

送喻鳧及第歸陽羨　前人

姓字載科名無過子最榮宗中初及第江上覲難兄月向波濤沒茶連洞壑生石橋高思在且為看東坑

送人罷舉東遊　前人

東堂今已負復此遠行難兼雨風聲過連天草色乾鴻嘶荒壘閉兵燒川廣寒若向龍門宿懸知拭淚看

送姚明府赴招義縣　前人

濠梁古縣城結束赴王程道路携家去波濤隔月行車臨芳草下吏踏落花迎暮郭山逕在春洲鳥不驚風煙撫國遠桑柘楚田平何似書能化長淮澈海清

送阮江宋明府即開府景之孫　前人

初開從事日郢渚動芳菲一遂鈞衡薦今為長史歸人臨沅水望鳫映楚山飛唯有傳聲政家風重發輝

送宜春裴明府是將軍旻之孫　前人

垂白方為縣從(集作從)知大父雄山春南去棹楚夜北飛鴻疊嶂和雲滅孤城與嶺通誰知持惠化一境動清風

送李少府之臨邛

邛南方作尉調補一何卑發論唯公幹承家乃帝枝山長風裊棧江蔭石和淵舊井王孫宅過尋獨有期

送王(集作姚)明府之任安福

落絮滿衣裳携琴問水鄉掛帆南入楚到縣半浮湘吏散翠禽下庭閑班竹長人安知遠泛沙上蕙蘭芳

夏日送崔秀才

南方山水地念子爲貧遊縱是逢佳境那能緩旅愁夕陽行遠道煩暑在孤舟莫向巴江過猿聲疊淚流

送杜司馬再遊蜀中　前人

爲客應非願愁〓欲別時還遊蜀國去不惜杜陵期劍水啼猿在關林轉棧遲日光低峽口雨勢出峨眉川迥遲（集作山迥逢）殘角山（雲集作）開識遠夷勿令雙鬢髮併向錦城衰

送薛秀才遊河中兼投任郎中留後　前人

詩古賦縱橫令人畏後生駕言遊禹跡知已在蒲城月（集作日）射雲烟散風吹草木榮孤吟臨寇境莫欲請長纓

送鄂州崔大夫赴鎮　前人

廉問帝難人朝廷輟重臣入山初有雪登路正無塵去國鳴騶緩經雲住旆頻千峰與萬木親聽雨情新

送錢給事赴虢州　前人

帝心憂號俗暫輟掖（集作諫）垣臣疲瘵初承制鄉閭似得春化成應有瑞位重轉聞貧用作鹽梅日爭迴卧轍人

送雍陶侍御赴兖州裴尚書命　前人

綸閣知孤直翻論北巷賢且縻蓮府（集作幕）裏會致玉墀前洙泗秋徵動龜蒙月正圓元戎軍務息清句待君聯

送姚合郎中任杭州　前人

水陸中分程看花一月行會稽山隔浪天竺樹連城候吏齋魚印迎船載旆旌渡江春始半嶼嶼草初生

送新羅人歸本國

鷄林隔巨浸一往一年行日近國先曙風吹海不平眼穿鄉井樹頭白渺瀰程到彼星霜換（集作變）唐家語却生

送靈武朱書記　前人

靈師與誰善得君賓幕中從容應盡禮贊畫致元（集作殊）功連虜雲長慘繞秋樹半空相如偏自慨掌記後乘驄

早春送湘潭李少府之任　前人

柳新春水消春岸草離離祖席酒忽盡（集作席酒愁言盡）行人淚自垂業文傳不久（集作朽）作尉豈多時公退琴堂上風吹（集作來）班竹枝

送越客歸

霜薄東南地江楓落未齊衆山秋楚上孤棹宿吳西渚客留僧語檻猿失子啼到家多即是荷盡若耶溪

送河池李明府之任　前人

河池安所理種柳與彈琴自合清時化仍資白首吟程餘行片月公退入遥林想得除民瘼長施父母心

送車濤（集作儔）罷舉歸山　前人

朝是暮還非人情冷暖移浮生只如此強進欲何爲要路知無援深山必遇師憐君明厥（集作此）理休去不遲疑

送蔡京侍御赴大梁幕（集作辟）　前人

同城各多故會面亦稀疎及道須相別臨岐恨有餘梁園飛楚鳥汴水走淮魚衆說裁軍檄陳琳遠不如

送王書記歸邠州

陳琳輕一別上馬意超然來日行煩暑歸時早聽蟬陰雲驛城郭細雨柰山川從事公劉地元戎舊禮賢

送謝觀之劍南從事　前人

迢遞從知己他人敢更言離京雖未臘到府已應暄飛急奔行鴈啼酸憶子後江山無限思君擬共誰論

送周鍼往江夏　前人

東西南北郡自說遍曾遊人世終多故（集作欲）皇都不少留郢城帆過夜漢水月（集作漢月水）方秋此謁親知去（集作後）聞猿空有（集作豈解）愁

送顧非熊作尉盱眙　前人

一名蕪一尉未足是君伸歷數爲詩者多來作諫臣路斷平楚鳥草帶古淮薪天下雖云大同人有幾人

送客東歸　前人

一聽遊子歌秋計覺蹉跎四海少平路百川無定波共驚年已暮俱向客中多又駕征輪去東歸將若何

送鄭縣董明府之任　前人

南北行已久憐君知苦辛萬家同草木三載返陽春東道聽遊子夷門歌主人空持語相送應怪不沾巾

送唐紹歸建業　周賀

南朝秋色滿君去思如何帝業空城在民田壞塚多月圓臺獨上栗綻寺頻過籬下西江闊相思見白波

送客（見二百六十一卷）

送陸判官防秋　前人

疋馬無窮地三年逐大軍等程淮色（一作滙色）遠起帳夕陽曛瀑水行時漱邊笳語次聞要傳詩（一作書）禮去應到磧西（一作東）雲

送從兄南遊　前人

山水疊層層吾兄涉復（集作又）登掛帆春背鴈尋磬夜逢僧雪溜懸衡岳（集作嶽色）江雲蓋秣陵評文來（集作求）不妄此說是中興

長安送鄉人　前人

上國多離別年年渭水濱空將未歸意說向行人雨度

池塘草山連井邑春臨岐惜分手日暮一沾巾

送楊嶽歸巴陵　前人

何處得鄉信告行當雨天人離京口日潮入（集作送）岳陽船孤鳥背林（一作秋）色遠帆開浦煙悲君唯此別不肯話迴年

送張消（疑）之陸州　前人

遥憶新安舊扁舟往復還淺深看水石來往逐雲山到縣餘花在過門五柳閑東征隨子去俱隱薜蘿間

送省已上人歸太原　前人

惜別聽邊漏窓燈落盡重寒僧回絕塞夕雪下窮冬出馬聞殘角休兵見壞鋒何年更來此老却倚堦松

送朱慶餘

野客行無定全家在浦東寄眠僧閣靜贈别槖金空舊里
千山隔歸舟百計同藥資如有分相約老吳中

送友人

弾琴多去情浮檝皆潮行人望豐墻宿蟲依蠹木鳴檣烟
連浦色蘆雨入船聲如疾登雲路憑君寄此生

送石協律歸吳　前人

僧窗夢後憶歸耕水涉應多半月程幕府罷來無藥價沙
中戴去有山情夜隨靜渚離蛩語早過寒潮背井行已讓
辭書稱抱疾滄洲便許白髭生

送韓評事　前人

門枕平（集作重）湖秋景好水雲松色遠相依罷官餘俸租田

種送客廻船載石歸離岸遊魚逢浪退望巢寒鳥逆風飛
嵩陽舊業（集作隱）多時别閑月行吟入翠微

送郭秀才歸金陵　前人

夏後客堂黃葉多又懷家國起悲歌酒前欲别語難盡雲
際相思心若何鳥下獨山秋寺磬人隨大舸晚江波南除
舊業幾時到門掩殘陽積翠蘿

送人遊淮海　温庭筠

背檣燈色暗宿客夢初成半夜竹窗雨滿池荷葉聲簟凉
秋閣思木落故山情明發又愁起桂花溪水清

送渤海王子歸本國　前人

疆理雖重海車書本一家盛勳歸舊國佳句在中華定界

分秋漲開帆到曙霞九門風月好回首是天涯

送人東遊　前人

荒戍落黃葉浩然離故關高風漢陽渡初日郢門山江上
幾人在天涯孤棹還何當重相見樽酒慰離顏

送洛南尉之官（集作李主簿）　前人

想君秦塞外因見遠（集作應見楚）山清槲葉曉迷路枳花春滿
庭祿優仍侍膳官散得專經余亦還愚谷歸心在翠屏

送北陽袁明府　前人

楚鄉千里路君去及良晨葦浦迎船火茶山候吏塵桑濃
蠶卧晚麥秀雉聲春莫作東籬興青雲有故人

送李生歸舊居

一從征戰後故社幾人歸薄宦離山久高談與世稀夕陽
當板檻春日入柴扉莫却嚴灘意西溪有釣磯

送淮陰縣令　前人

隋堤楊柳烟孤棹正悠然蕭寺通淮戍蕪城枕楚田魚鹽
橋上市燈火雨中船故老青葭岸先知宓子賢

早春滻水送友人　前人

青門烟野外渡滻送行人鴨卧溪沙暖鳩鳴社樹春殘波
青有石幽草綠無塵楊柳東風裏相看淚滿巾

送襄州李中丞赴從事　前人

漢庭文彩有相如天子通宵愛子虛把釣看棊高興盡焚
香起草宦情疎楚山重疊當歸路溪月分明到直廬江雨

蕭蕭帆一片此行誰道為鱸魚

送崔判官集作郎中赴幕　前人

一別黔南集作巫似斷弦故交東去更潸然集作悽然心遊目斷
集作送三千里雨散雲飛二十年發跡豈勞天上桂屬詞還
得幕中蓮相思莫集作休道長安遠江月隨人處處圓

西江上送漁父　前人

却逐嚴光向若耶釣綸菱棹寄年華三秋梅雨愁楓葉一
夜蓬舟宿葦花不見水雲應有夢偶隨烟鳥便成家白蘋
風起樓船暮江燕雙雙正兩斜

送李憶東歸六言　前人

黃山遠隔秦樹紫禁斜通渭城別路青青柳弱前溪漠漠

苔生和風澹蕩歸客落日殷勤早鶯灞上金樽未飲讌歌
已有餘聲

送溫庭筠尉方城　紀唐夫

何事明時泣玉頻長安不見杏園春鳳凰詔下雖沾命鸚
鵡才高却累身但飲綠醽消積恨莫辭黃綬拂行塵方城
若比長沙遠猶有千山與萬津

送陶少府赴選　李群玉

陶公官與本蕭疎長傍青山碧水居久向三茅窮藝術仍
傳五柳舊琴書跡同飛鳥棲高樹心似閑雲在太虛自是
葛洪求藥價不關梅福戀簪裾

送于少監自廣州還紫邏　前人

嗚皐山水似麻源謝監東還憶舊集作故園海嶠烟霞輸集作
經迤邐洛川花木待廻軒宦情薄去詩千首世事閑來酒
一樽明日途中見顏范始應通籍入金門

送王昌涉侍御　張佑

十里指東平軍前首出征諸侯青服舊御史紫衣榮入陣
梟心死分集作衛圍虎力生畫時安楚塞刻集作尅日下齊城
號令朝移幕偷蹤夜斫營雲梯曾險上地道慣深行舉旆
招降將投戈趂敗兵自慙居虜者當此立功名

送劉崇德尉睦州建德縣　前人

一命前途遠雙曹公邑閑夜潮人到郭春霧鳥啼山淺瀨
橫沙堰高嵓峻石斑不堪曾倚棹猶復夢昇攀

送蘇紹之歸嶺南　前人

孤舟越客吟萬里曠離襟集作衿夜月江流闊春風嶺路深
珠繁楊氏果翠耀孔家禽無復天南夢相思空樹林

送常正字集作貫赴制科　前人

可愛漢文年鴻恩蕩海壖木雞方備德金馬正求賢大戰
希遊刃長途在着鞭佇聞晁董策偏集作便向使中傳

送楊秀才遊蜀　前人

鄂渚逢遊客瞿唐上去船峽深明月夜江净集作靜碧雲天
舊俗巴歈舞離情集作新聲蜀國絃不堪揮慘恨一涕自潸然

送沈下賢謫尉南康　前人

秋風江上草先是客心催萬里故人去一行新鴈來山高

雲緒斷浦迴月波頹莫帷南康遠相思不可裁

送徐彥夫南遷　前人

萬里客南遷孤城漲海邊瘴雲秋不斷陰火夜長然月上行虛市風廻望舶船知君還自潔更爲酌貪泉

送常整尉長沙　前人

遠遠長沙去憐君利一官風帆彭蠡疾雲水洞庭寬木客提蔬束江烏接飯丸莫言卑濕地未必乏新歡

送李長史歸涪州　前人

涪江江上客歲晚却還鄉暮過高唐雨秋經巫峽霜急灘船失次疊嶂樹無行好爲題新什知君思不常

南海送常七使君赴象州任　陳陶

一鶚蒂公子新恩領郡符島夷通荔浦龍節過蒼梧地理金城近天涯玉樹孤聖朝朱紱貴從此展雄圖

送沈次魯南遊　前人

高臺贈君別滿握軒轅風落日一揮手金鵝雲雨空鼇洲石梁外劍浦羅浮東茲興不可接翛翛煙際鴻

送江西周尚書赴滑臺　前人

楚謡襦袴整三千喉舌新恩下九天天角雄都分節鉞蛟龍舊國罷樓船崑河已在兵鈐內棠樹空留鶴嶺前多病無因酬一顧鄗陵千騎去翩翩

閬中送任畹端公還京　前人

燕臺上下一作榻玉爲人月桂曾輸次第春幾日酬恩座炎瘴九秋高駕拂星辰漢庭鳳進鵷行喜隋國珠還水府貧多少嘉謀奏風俗斗牛孤劍在平津

文苑英華卷第二百七十九

文苑英華卷第二百八十　詩一百八十

送行十五

方干二十一首　李洞十一首

杜牧七首　許渾二十八首

雍陶四首

送姚合員外赴金州　方干

受詔從華省開旗發帝州野烟新驛曙殘照古山秋樹勢連巴没江聲入楚流唯應化行後吟句上閑樓

以下二十一篇並見集本

送江陰霍明府之任　前人

遥遥去舸新浸郭幕兼頻樹列巢灘鶴鄉多釣浦人虹分

陽羨雨浪隔廣陵春知竟三年袂琴書外是貧

送人之日本　前人

蒼茫大荒外風教即難知連夜揚帆去經年到岸遲波濤吞（集作合）左界星斗正東夷（集作定東維）或有歸風便當爲相見期

別喻晃先輩　前人

知心似古人歲久分彌親離別波濤闊留連槐柳新武陵閑（集作墓陵寒）貫酒漁浦夜垂綸若（集作自）此星居後音書豈厭頻

送相里燭　前人

相逢未作期此逆欲（集作相送定）何之不得長年少那堪遠別

離泛湖乘月早踐雪過山遲未望多時立翻如在夢思

送從兄常部　前人

道路本無限更（集作又）應何處逢流年莫虛擲華髮不相容野渡波搖月寒（集作空）城雨翳鍾此心隨去馬迢遞過千峯

送許渾（集作温）

壯歲分彌切髩年心正（集作即）同當聞千里去難遣一樽空翳燭蒹葭雨吹帆橘柚風明年見親族冬（集作盡）集在懷中

寄朱特　前人

昏車誤相遠談笑亦何因路入瀟湘樹書隨巴蜀人歛衣寒犯雪傾篋病看春莫貴（集作負）髩年去（集作志）清朝有獻臣

送趙明府還北　前人

故林終不在劍鶴在扁舟盡室無餘俸還家得白頭鍾催吳岫晚月照渭河流冒是棲安邑恩期異日酬

送鄭端公　前人

聖主佇知宣室事豈容才子滯長沙隋珠此去方酬德趙璧前時惧指瑕驄馬將離江浦月繡衣却照錦林（集作禁中）花應憐寂寞滄洲客霄壤（集作煙漢）塵泥相去賒

送睦州侯郎中赴闕　前人

昔者政聲聞國外今留儒術化江東青雲舊路歸仙掖白雪新詞入聖聰絃管未知銀燭曉旌旗已待錦帆風郡人誰（集作難）識酬恩德徧在三年禮遇中

送永嘉王明府之任二首　前人

定擬孜孜化海邉須判素髮侮流年波濤不應二（集作雙）溪水分野長如二月天浮客若容開荻地釣翁應免稅笞田前贒未必全堪學莫讀當時歸去篇

二

雖展縣圖如到縣王程猶入縉雲東山間閣道盤花（集作巖）底海界孤村（集作峯）在浪中禮法未聞離漢制土宜多說似吳風字人若用非常術唯要旬時便立功

送婺州許録事　前人

之官便是還鄉路白日堂堂着錦衣八詠遺風資逸興二溪寒色助清威曙星没盡提綱去瞑角吹殘鎖印歸笑我中年更愚癖醉醒多在釣魚磯

送錢特卿赴職天台　前人

路入仙溪氣象清垂鞭樹石歴中行霧昏不見西陵岸風急先聞瀑布聲山下縣寮張樂送海邉津吏棹舟迎詩家弟子無多少唯只於余別有情

送杭州李員外　前人

政成何必（集作用）满三年上界群仙待謫仙便赴新恩歸紫禁還從舊路上青天笙歌愁（集作怨）咽當離席更漏丁東在畫船正殿（集作必恐）駐班留立位前程一步（集作前咫尺）是爐烟

送孫百篇遊天台　前人

東南去路落斜行入樹穿村見赤城遠近常聞（集作時）皆藥氣高低無處不泉聲映巖月（集作日）向牀頭没濕燭雲從柱底生更有仙花與靈草（集作鳥）恐君多半不（集作未）知名

送人宰永泰　前人

北人雖泛南流水稱意南行莫恨賒道路先經毛竹嶺風烟已（集作漸）近刺桐花舟停漁浦猶爲客縣入樵溪似到家下馬政聲（集作成）王事少應容閑吏日高衙

送晉陵王少府赴選（集作舉）　前人

相看不忍盡離觴五兩牽風速去檣遠驛新砧應弄月初程殘角未吹霜越山直下分吳苑淮水横流入楚鄉珎重郄家好兄弟明年禄位在何方

送李（集作陳）秀才將遊霅上便議北歸　前人

婆娑戀酒山花盡繚繞還家水路通轉檝擬投（集作從）青草

岸吹帆猶是白蘋風淮邉欲暝軍聲急洛下先寒苑樹空詩句因余更孤峭書題不合忘江東

送吳彥融赴舉　前人

用心精至自無疑千萬人中似爾（集作汝）稀上國繞將五字去全家便望（集作待）一枝歸西陵柳路揺鞭盡北固潮程挂席飛想見明年牓前事當時分散着來衣

送曹郎中兼官南歸（集作南中用軍）　李洞

桂水清和天南歸似謫仙繫條輕象笏買布接蠻舡海氣蒸鼙軟江風擘（疑作劈）箭偏罷郎吟亂里帝遠豈知賢

龍州送鄭郎中兼寄昌明鄭侍御　前人

待車登沓嶂經亂集鴞原省壤蘭飄葉臺空柏有根縣清

江入峽樓靜雪連村莫隱匡山杜機雲受晉恩

送盧郎中赴金州　前人

雲明漆嶺高刺郡輟仙曹危棧窺猿頂公庭掃鶴毛出軍明壁鏬話道白眉毫遠集歌謡客舟前泊幾艘

冬日送涼州刺史　前人

寵餞西門外雙旌出漢陵未辭金殿日已夢雪山燈地遠終峯盡天寒朔氣凝新年行已到舊典聽難勝吏掃盤鵰影人遮散馬乗移軍駝馱角下塞掾河氷徼近崑崙猷吟招磧石僧重輸右藏實方見左車能兵聚邊風急城寛夜月澄連營烟火嶺望詔幾廻登

送知己赴任華州　前人

東門罷相郡北拜重京華落月開宵印初燈見早麻雞身紅旆拂仙掌白雲遮塞色侵三縣河聲聒兩衙松根醒客酒蓮蘂隱僧家一道帆飛直中筵嶽影斜書銘尋雪石澄兕露金沙鎖合眠關吏盃空咏廟鵶分臺話嵩洛賽雨拜烟霞樹谷期招隱吟詩煮柘茶

送東宮賈正字遊蜀　前人

南朝駅晉史蜀地職巴樓長棧懷宮舘踈峯露劍州半空飛雪化一道白雲流若次江邊邑宗詩爲遍搜

送知己赴濮州　前人

中路行僧謁郵亭話海濤劒搖林杭落旗閃岳禽高苔長空州獄花開夢省曹濮陽流政化一半布（一作有）風騷

送人遊天台　前人

行李一條藤雲邊曉扣氷冊經如不謬白髮若爲能淺井山（集作仙）人鏡明珠海客燈乃知真隱者笑就漢庭徵

送福州從事　前人

嶺前齊鳥飛雨過荔枝肥南斗看應近北人來甚稀湖浮廉使宴珠照島僧歸幕下聞還拜何官着茜衣

龍州送友人赴舉　前人

獻策赴招攜行宮積翠迷（集作西）挐囊秋卷重轉棧晚峯齊踏月候朝見拂雲看省題飛鳴肯廻顧獨鶴困江泥

送友罷舉赴邊職

出剡篇章入雒文無人細讀嘆俱焚莫辭秉笏隨紅旆便好携家住白雲過水象浮蠻境見隔江猿叫漢州聞高談闊畧陳從事盟誓邊庭壯我軍

送容州唐中丞赴鎮　杜牧

交趾同星座龍泉佩斗文燒香翠羽帳看舞鬱金裙鵜首衝龍浪犀渠拂嶺雲莫教銅住北長（集作空）說馬將軍

池州春日送前進士蒯希逸　前人

芳草復芳草斷腸還斷腸自然堪下淚何必更殘陽楚岸千萬里燕鴻三兩行有家歸未得况舉别君觴

送劉秀才歸江陵　前人

綵服鮮華覲渚宮鱸魚新熟别江東劉郎浦夜侵船月宋玉亭春滿（集作弄）袖風落落精神將有立飄飄才思杳無窮

誰人世上爲金口借取明時一薦雄

送國碁王逢　前人

王子紋揪一路饒最宜簷雨竹蕭蕭羸形暗去春泉長猛勢橫來野火燒守道還如周柱史鏖兵不羨霍嫖姚浮生（集作一得年）七十更萬日與爾期於局上銷

宣州送裴坦判官往舒州時牧欲赴官歸京

日暖泥融雪半銷人行芳草馬聲驕九華山路雲遮岫（集作寺）青（集作清）弋江村柳拂橋君意如鴻高的的我心懸旆正搖搖同來不得同歸去故國逢春一寂寥

送李群玉赴舉　前人

故人別來面如雪一榻拂雲秋影中玉白化紅三百首五

陵誰唱與春風

送人（又云寫言）　前人

鴛鴦繡被（集作帳裏）暖芙蓉遥想關山萬里重（集作低泣關山幾萬里）明鏡半邊釵一股人（集作此）生何處不相逢

送客江行　許渾

蕭蕭蘆荻花郢客獨辭家遠棹依山響危檣轉浦斜水寒澄淺石潮落漲虛沙莫與征徒望鄉園去漸賒

送前緱氏常明府南遊　前人

酒闌橫劍歌日暮望關河道直去官早家貧爲客多山昏函谷雨木落洞庭波莫盡遠遊興故園荒薜蘿

送客歸荊（集作湘）楚

莫言一樽酒（集作無辭一盃酒）平昔（集作昔日）與君深秋色換歸鬢曙光生別心桂花山廟冷楓樹水亭（集作樓）陰此路千餘里應勞楚客吟

送客歸南（集作蘭）溪　前人

花下送君處（集作歸路）路長應過秋暮隨江鳥宿寒共嶺猿愁衆水喧巖（集作岩）瀨群峯抱戍（集作沈）樓因君幾南望曾向此中遊

笄山津送客歸峽中　前人

津停多別離楊柳半無枝住接猿啼處行逢鴈過時江帆望風急（集作江風颿舡急）山月下樓遲此夕歸城郭不眠人詎知（集作還就西齋宿烟波勞夢思）

宋李公自淮楚之南昌（集作送前南陸李少府）　前人

高人亦未閑來往楚雲間劍在心應壯書窮鬢已斑落帆秋水寺驅馬夕陽山明日南昌尉空齋又掩關

送客（集作懷江南同志）　前人

南國去（集作別）經年雲暗波接天蒲深鸂鶒戲花暖鷓鴣眠竹暗湘妃廟楓陰楚客舡唯應洞庭月萬里共嬋（集作娟）娟

送從兄別駕歸蜀州（并序）　前人

從兄彥昭與桂陽令常伯達貞元年中俱爲千牛伯達官至王府長史長慶中非罪受譴前年會赦復故秩詔未及而已身歿從兄自蜀而南發旅櫬歸塟塋上既而西還因成十韻贈別

聞與湘南令童年侍玉墀家留秦塞曲官謫瘴溪湄道直
姦臣屛寃深聖主知逝川東去疾霈澤北來遲青漢龍髯
去蒼山馬鬣移風棲聞笛處日慘罷琴時客路黃公廟鄉
關白帝祠巳稱鸚鵡賦寧誦鵩鴞詩遠道書難達長亭酒
重莫（集作）持當憑蜀江水萬里寄相思

送從兄歸隱藍溪　前人

名高猶素衣（一作氣高聲不達）窮巷掩荆扉漸老故人少久貧豪
客稀塞雲横劍望山月抱琴歸幾日藍溪醉藤花拂釣磯
（一作莫遣藍溪路青苔滿釣磯）

送人歸吳興　前人

綠水棹雲月洞庭歸路長春橋懸酒幔夜柵集茶檣巖影

（集作葉）沉溪暖蘋花遠郭香應逢柳太守爲說過瀟湘

送友人罷舉歸東海　前人

滄海天塹外何島是新羅舶主辭番遠碁僧入漢多海風
吹白鷁沙日曬紅螺此去知投筆須求利劍磨

送鄭秀才東歸憑達家書　前人

欲寄家書客未過閑門心遠洞庭波四隣花落清（集作兩霰花落）
夜風急一逕蒿荒秋（集作草荒春）雨多愁泛楚江吟浩渺憶歸
吳岫夢嵯峨貧居不問應知處溪上閑舡繫綠蘿

送盧先輩自衡嶽歸（集作赴）復州嘉禮　前人

名振金閨步玉京暫留滄海見高情衆花盛（集作盡）處松千
尺群鳥喧時鶴一聲朱閣簟涼初（集作蹤）雨過碧溪舡動早

潮生離心不異西江水直送歸（集作征）帆萬里行

送前東陽于明府由鄂渚歸故林　前人

結束征車換黑貂灞西風雨正蕭蕭茂陵久病書千卷彭
澤先（集作初）歸酒一瓢帆帶（集作背）夕陽湓水闊棹經秋月（集作
滄海）艇山遥殷勤爲謝南溪侶（集作客）白首螢窗未見招

送陸拾遺東歸　前人

獨振儒風遇盛時紫泥初降世人知封章報主非無意書
劍還家自有期秋寺卧雲移棹晚暮江乘月落帆遲東歸
自是緣清興莫比南山詠紫芝

送友人浙西任宰（集作送上元王明府赴任）　前人

莫言名重懶驅雞六代江山碧海西日照蒹葭明楚塞烟

分楊柳暗（集作見）隋堤荒城樹繞（集作暗）沉書浦舊宅村（集作荒）
連巷畫溪官滿定應（集作知）歸未得九重霄漢有丹梯

呈王總下第歸丹陽　前人

秦橋（一作樓）西望楚天涯（集作江清）繫馬春風酒一巵汴水月明
東下疾練塘花發北來（一作歸）遲青山虚戀（集作定）沒安貧計白
髮（集作黃葉）應催獻賦時（一作期）爲寄家書報消息（集作憑寄家書爲回報）
舊鄉（集作君）還有故人知

南樓送餞李明府歸姑蘇（集作將歸姑蘇南樓餞送李明府）　前人

無處登樓不繫情一憑（集作凭）春酒醉高城漸移羅綺見山
色纔駐笙弦聞水聲花落西亭添別夢柳陰南浦促歸程
前期迢遞今宵短更倚朱欄待月明

送薛洪南遊訪山習業　前人

姑蘇城外月初凋同上江樓更寂寥繞壁舊書塵漠漠隔窓寒竹雨蕭蕭憐君別路隨秋鴈盡我離觴任晚潮從此草玄應有處白雲青草一相招

送客自兩河歸江南（集作西河送客歸江南）　前人

兩河庾（集作西河陳）事已堪傷南客秋歸路更長臺畔右（集作偃）松悲魏帝苑邊脩竹弔梁王山行露變茱萸色水宿風披（集作摧）菡萏香避羨落帆逢舊友綠娥青鬢醉橫堂（集作塘）

送鄭秀才叔姪會送楊秀才昆仲東歸　前人

書劍功遲白髮新異鄉仍送故鄉人阮公留我（集作客）竹林晚（集作曉）田氏到家荊樹春雪盡塞鴻南翥少風來胡馬北

嘶頻洞庭烟月如絲老誰是長楊諫獵人（兩人字疑有悞）

送杜秀才歸桂林（集作往桂州）

桂州南去與誰同處處山連水自通兩岸曉霞（集作晚烟）千里草半帆斜日一江風瘴雨欲來楓樹黑火雲初起荔枝紅愁君路遠銷年月莫滯三湘五嶺中

送嶺南盧判官罷職歸華陰山居　前人

曾事劉琨鴈塞空十年書劍似（一作任）飄蓬東堂舊屈（一作有）移山志南國新留煮海功還掛一帆青草上更開三徑碧蓮中關西親友如相問已許滄浪伴釣翁

送武處士歸章洪山居

形影無群消息沉釜聞（集作門）三繫（疑）血沾襟皇綱一日開

宄氣青史千年重壯心却望烏臺春樹老獨歸蝸舍暮雲深他時縱有徵書去雪滿空（集作重）山不可尋

吳門送振武李從事　前人

晚促離筵醉玉缸伊川一曲淚雙雙欲移刀筆從新幕更宿烟霞別舊窓胡馬近秋侵紫塞吳帆乘月下清江嫖姚若許傳書檄坐築三城看受降

送人之任邛州　前人

綠鬢監州那府歸還家樂事我先知群童竹馬交迎日二老蘭觴初見時黃卷新書芸委積青山舊路菊離披亭衢自有橫飛勢便到西垣視訓辭

與韓鄭二秀才同舟東下洛中親朋（集作友）送至景

雲寺　前人

三十六峯同（集作横）一川綠坡無路草芊芊牛羊晚食鋪平地鵰鶚晴飛磨遠天洛客盡回臨水寺楚人皆逐下江舡東西未有相逢日更蒞（集作把）繁花共醉眠

凌獻臺送帛秀才　前人

雲起高臺日未沉數村殘照半巖蘿（一作陰）野蠶成繭桑柘盡山（集作溪）鳥引雛蒲稗深帆勢依依投極浦鍾聲杳杳隔前林故山迢遞故人去一夜月明千里心

送徐使君赴岳州　雍陶

湫湫楚江上風旗摇去舟馬歸雲夢晚猿叫洞庭秋別思滿南渡鄉心生北樓巴陵山水郡應（集作偏）稱謝公遊

送裴璋還蜀因亦懷歸　前人

客在劍門外新年音信稀自為千里别已送幾人歸陌上月杪(集作日)落馬前花正飛離言殊未盡春雨滿(集作濕)行衣

送前鄠縣李少府　前人

近出圭峯下還期又不賒身閑多宿寺官滿未移家罷釣臨秋水開樽對月華(集作向晚花)自當蓬臺(集作閣)選豈得卧(集作)戀烟霞

送宜春裴明府之任　前人

南行春已滿路半水茫然楚望花當渡湘陰月(集作橘)滿川山横湖色上帆出鳥行前此任無辭遠親人貴用還

文苑英華卷第二百八十終

文苑英華卷第二百八十一　詩一百三十二

送行十六

喻鳧六首　李商隱一首
薛逢七首　姚鵠四首
項斯四首　趙嘏十四首
馬戴六首　顧非熊六首
薛能九首

送武瑴之邠寧　喻鳧

戍路少人蹤邊烟濘復濃詩宗寫别恨酒不止離容鷺拂沙河栁鵰高石窟鍾悠哉一遐(集作睽)阻山疊虜雲重

以下六篇並見集本

送賈島往金州謁姚員外　前人

山光與水色獨往此中深溪瀝椒花氣巖盤漆葉陰瀟湘終共去巫峽羨先尋幾夕江樓月玄暉伴静吟

送友人罷舉歸蜀　前人

憔悴滿衣塵風光豈屬身賣琴紅粟貴看鏡白髭新棧畔誰高步巴邊自問津悽然(集作恓恓)莫滴血杜宇正哀春

送衛尉之延陵　前人

草木正花時交親觸雨辭一官之任遠盡室出城遲乳滴茅君洞鵶鳴(集作啼)季子祠想知佐理暇日有詠懷詩

送越州高録事　前人

官曹權紀綱行李半舟航浦溆潮來廣川源鳥去長筍成

稽嶺岸蓮發鏡湖香澤國還之任鱸魚浪得嘗

送潘咸　前人

時時齋破囊訪我息閑坊煮雪問茶味當風看鴈行心齊山鹿逸句敵柳花狂堅苦今如此前程豈渺茫

別薛巖賓　李商隱

曙奕行將拂晨清坐欲凌別離真不那風物正相仍漫水清集作任誰照衰花淺自矜還將兩袖淚同向一窓燈桂樹乖真隱芸香是小懲清規無以況且用玉壺冰

送西川梁常侍之新築龍山城并錫賚兩州刺史及部落酋長等　薛逢

聖主憂夷貊屯師剪東欽浪吉一名東欽皇家恩眷祐星使忽登臨用命期開國遠天必纍礎化須均草樹恩不間飛沉東馬凌蒼壁捫蘿上碧岑瘴川風自熱劒閣氣長陰迅瀨從天急喬松入地深仰觀唯一逕俯瞰即千尋水作新城帶山爲故壘襟東開洞若聽南闢納蠻心渥澤濡三部謂三王部落衣冠化雨林帶文雕白玉符理篆黄金鳥道經印㸑星纒過觜參迴軒如一作知屠獎休作苦辛吟

送西川杜司空赴鎮　前人

黑眉玄髮尚依然紫綬金章五十年三入鳳池操國柄八分龍節付兵權東周城闕中天外西蜀樓臺落日邊莫遣洪鑪曠真宰九流人物待陶甄

送司徒相公赴闕　前人

承相銜恩赴闕時錦城寒菊始離披龍媒舊識朝天路雞樹長虛入夢枝十載殿庭違步武兩來庸蜀撫疲羸莫愁中土無人識自有明明聖主知

送封尚書節制興元　前人

大封茅土鎮褒中醉出都門殺氣雄陌上晚花迎虎節馬前新月學彎弓珂臨響澗聲先合旆到春山色更紅欲識真心報天子滿旗全是發生風

送靈州田尚書　前人

陰風獵獵滿旗竿白草颼颼劒氣攢九姓羌渾隨漢節六州蕃落從戎鞍霜中入塞琱弓硬月下翻營玉帳寒今日路傍誰不指穰苴門户慣登壇

座中走筆送前蕭使君　前人

笙歌慘慘咽離筵槐柳陰陰五月天未學蘇秦榮佩印却思平子賦歸田芙蓉欲綻溪邊臉楊柳初迷渡口烟自笑無成今老大送君隨淚郭門前

重送徐州李從事商隱　前人

曉乘征騎帶犀渠醉別都門慘袂初蓮府望高秦御史柳營官重漢尚書斬蛇澤畔人烟曉戲馬臺前樹影踈尺組掛身何用說古来名利盡丘墟

送人歸吴　姚鵠

東吴與上國萬里路迢迢集作偶爲別晨昏久全輕水陸遥湘陰島上寺楚色月中潮到此一長歎集作望知君積恨銷

以下四篇並見集本

送石貫（集作貫）歸湖州　前人

同志幸同年高堂君獨還齊榮恩不報共隱事應閑訪寺臨湖岸（上集作開）樓見海山洛中推二陸莫久戀鄉關

送劉耕歸舒州　前人

四座莫紛紛須史岐路分自從同得意誰不惜離群舊國連青海歸程在白雲棄繻當日路應競看終軍

送黃頗歸袁州　前人

莫倦連朝在醉鄉孔門多戀惜分行文章聲價從來重霄漢途程此去長何處聽猿臨萬壑幾宵因月滯三湘鑪峯君上應相憶不得同過惠遠房

送殷中丞遊邊　項斯

話別無長夜停燈聞曙鴉已行難避雪何處合逢花隴寺門多閑着樓酒不賒還須問邊將誰擬靜塵沙

送顧逢尉永康　前人

作尉猶年少無辭去路賒漁舟縣前泊山吏日高衙夏景臨溪寺秋聲織紵家行程須過越應醉鏡（一作滿非）湖花

送歐陽袞歸閩　前人

秦城幾年住猶著故鄉衣失意時曾識成名後獨歸海秋蠻樹黑嶺夜瘴禽飛爲學心難滿知君更掩扉

送苗七求職　前人

相逢不得三廻笑風送離情入剪刀客路最能銷日月夢魂空自怕波濤獨眠秋寺琴聲急遠拜城隍劒氣高去去緣多山與海鶴身寧不爲飛勞

送令狐郎中赴郢州　趙嘏

佐幕才多始拜侯一門清貴動神州霜蹄曉駐（集作晚駐）秦雲斷野旆晴翻郢樹秋幾處塵生隨候騎半江帆盡見分流大馮罷相吟詩地莫惜頻登白雪樓

送張文新除溫州　前人

東晉江山稱永嘉莫辭紅旆向天涯凝絃夜醉松亭月歇馬曉尋溪寺花地與剡川分水石境將蓬島共烟霞却愁明詔徵非晚不得秋來見海槎（集作來秋見海槎）共烟霞（共集作接）

送滕邁郎中赴睦州　前人

郡齊秋盡一江橫頻命郎官地更清星月去隨新詔動旌旗迷映故山明詩尋片石依依晚帆掛孤雲杳杳輕想到釣臺逢竹馬只應歌詠伴猿聲

送蕭俛相公歸山　前人

眼前軒冕是鴻毛天上人情護自勞脫却朝衣便東去青雲不及白雲高

送王龜拾遺謝官後歸滻水山居　前人

水邊殘雪照亭臺臺上風襟向雪開還似當時姓丁鶴羽毛成後一歸來

送剡客　前人

两重江外片帆斜数里林塘遶一家門掩右軍餘水石路

橫諸謝舊烟霞扁舟幾處逢溪雪長笛何人怨一作恩一作栁花
若到一作到日天台洞陽觀葛洪丹井在雲涯集作丹竈在雲涯

送盧緘歸揚州集作盧緘　前人

曾向雷塘寄掩扉荀家燈火有餘輝關河日暮望空極楊
栁渡頭人獨歸隋苑荒臺風裛裛灞陵殘雨夢依依今年
春色還相誤爲我江邊謝釣磯　獨歸集作未歸

李先輩擢第東歸有贈送　前人

金榜前頭無是非平人分得一枝歸正憐日煖雲飄路何
處宴廻風滿衣門掩長淮心更遠渡連芳草馬如飛茂陵
自笑猶多病空有書齋在翠微

送李裴評事集本無李字　前人

塞垣從事識兵機只擬平戎不擬歸入夜笳聲含白髮報
秋榆葉落征衣城臨戰壘黃雲晚馬渡寒沙夕照微此別
不應書斷絕滿天霜雪有鴻飛　白髮集作素髮　城臨集作城連
此別集作別後

送同年鄭祥先輩歸漢南時恩門相公鎮山南　前人

年來驚喜兩心知高處同攀次第枝人倚繡屏閑賞夜馬
嘶花徑醉歸時聲名本自文章得藩閫曾勞筆硯隨家去
恩門四千里只應從此夢旌旗　藩閫集作藩涸

送沈單作尉江都　前人

煬帝都城春水邊笙歌夜上木蘭船三千宮女自塗地十
萬人家如洞天焰焰花枝官舍路花重重花影寺牆連少年
作尉須矜慎莫向樓前墜馬鞭

送李蘊赴鄭州因獻盧郎中又玄集作中丞　前人

僕射陂西想到時滿川晴色見旌旗馬融閑卧笛聲遠王
粲醉吟樓影移幾日賦詩秋水寺經年草詔白雲司唯君
此去人多羨却是恩深自不知　到時集作別時　草詔集作起草

送韓絳歸淮南寄韓綽先輩　前人

島上花枝繫釣船隋家宮畔水連天江帆自落鳥飛外月
觀靜依春色邊門巷草生車徹在朝廷恩及鴈行聯相逢
且問昭州事曾鼓莊盆對逝川　且問昭州事集作莫問揚州事

送薛耽先輩歸謁漢南　前人

雲繞千峯驛路長謝家聯句待檀郎手持碧落新攀桂月

在東軒舊選牀幾日旌幢延駿馬到時冰玉動華堂孔門
多少風流處不遣顏回識醉鄉

送田使君出蔡州　馬戴

主意思政理牧人官不輕樹多淮右地山遠汝南城望稼
殷田隔登樓楚月生懸知蔣亭下渚鶴伴閑行

送呂郎中牧東海郡　前人

假道經淮泗檣烏逐隼旟蕪城沙菼接波島石林疎海鶴
公庭下夷人遠岸居山鄉足遺老佇聽薦賢書

送人遊蜀　前人

別離楊栁陌迢遞蜀門行君聽清猿後應多白髮生虹蜺
侵棧道雨雪雜江聲過盡愁人處烟雲是錦城

送狄參軍赴杭州　前人

新官非次受聖主寵前勳怒闕雪發車晚風濤挂席開海門山疊翠湖岸郡藏雲執簡從公後翱參豈勝君

送從弟（叔一作）赴南幕　前人

洞庭秋色起哀狖更難聞身住海邊郡帆懸天際雲炎州羅翠鳥瘴嶺控蠻軍消息來非易堪悲此路分

雪中送青州薛評事　前人

臘景不可犯從戎難自由憐君急王事走馬赴邊州獄雪明日觀海雲胃營丘懸無斗酒瀉敢望御重裘

送杭州姚員外　顧非熊

浙江江上郡楊柳到時春塹起背城鴈帆分向海人嶠雲

侵寺吐汀月隔樓新靜裡更何事還應詠白蘋

送朴處士歸新羅　前人

少年離本國今去已成翁客夢孤舟裡鄉山積水東鼇沉崩巨岸龍鬪出遥空學得中華語將歸誰與同

送馬戴入華山　前人

古木亂重重何人識去蹤斜陽收萬壑圓月上三峰雲裏泉縈石牕間鳥下松唯應採藥客時向此相逢

送喻凫春歸江南　前人

去年登第客今日早春歸鷃影離秦馬蓮香入楚衣里閭爭慶賀親戚盡光輝唯我門前渚苔應滿釣磯

送友人及第歸蘇州　前人

見君先得意希我命還通不道才堪並多緣寒共同鶴鳴荒苑內魚躍夜潮中若問家山路叨連震澤東

送皇甫司録赴黔南幕　前人

黔南從事客祿利先來饒官受外臺屈家移一舸遥夜猿聲不斷寒木葉微凋遠別因多感新郎倍寂寥

送浙東（集作西非）王大夫　薛能

天爵擅忠貞皇恩復寵榮遠源過晉史甲族本縑笙亞相蕪尤美周行歷盡清制除天近曉衙謝草初生賔客招閑地戎裝擁上京九街（集作衢）鳴王勒一宅照紅旌細雨當離席遥花顯去程佩刀畿甸色歌吹館橋聲騶褭從秦賜艅艎到汴迎步沙逢霽月宿岸致嚴更渤澥流東鄙天台壓

屬城衆談稱重鎮公意念疲甿井邑曾多難瘡痍此未平察應均賦斂逃必復桑耕隼重棑蕪帥羆雄設有兵越毫隨厚俸剡唾得尤名（近相傳以持熱紙名唾以二南之作非經則顯故時氣疑時刺）夜蠟（集作獵）州中宴春風部外行香奩裔鳳詔朱篆動（一作進）龍坑報後功何患投虛論素精微還眞指掌感激自關（集作開）情舊業懷昏作微班預旦評空餘騷雅事千古傲劉楨（以下九篇並見集本）

送李般遊京西　前人

立馬送君地黯然愁到身萬途皆有匠六義獨無人莫惟敢言（集作言如）此已能甘世貧時來貴亦在事是掩何因投刺皆羇旅遊邊更苦辛岐山終蜀境涇水復蠻塵理没須

強炎蒸（集作涼）醉莫頻俗徒欺合得吾道死終新展分先難許論詩求共親歸京稍作意充斥犯西隣

長安送友人之黔（疑作南湖）　前人

衡嶽循六過君家獨幾千心從賤遊話分向禁城偏陸路終何處三湘在素船琴書去迢遞星路照潺湲臺鏡簪秋晚盤蔬飯雨天同文到鄉盡殊國共行連後會應多日歸程自一年貧交永無忘孤進合相憐

送胡澳下第歸蒲津　前人

無媒甘下（集作不）飛君子尚麻衣歲月榮終在家園近且歸山光臨舜廟河氣隔王畿甚積湯原思青青宿麥肥（湯原故地）

送馬戴書記之太原　前人

一曲大河聲全家幾日行從容長約夜差互忽離城鎮北湖沙淺途中霍嶽橫相於莫已泛詩句負雄名

送進士許棠下第東歸　前人

長安那不住西笑又東行苦似貧無計因何事有成雲峰天外出江色草中明詎忝相知分吾言世甚輕

送劉駕歸京　前人

相逢聽一吟惟我不降心在世憂何事前生得至音蒲多南去遠汾盡北遊深爲宿關亭日蒼蒼曉欲臨

送李濱出塞（見二百九十九卷）　前人

送李涪巡官歸永樂舊居　前人

羨君歸（集作處）去五峯前往往星河實見仙麥壠夏枯成壓地棗枝秋赤近高天山泉飲櫝流多變村酒經蠹味可憐曾託道門終却住步虛聲裏寄閑眠

文苑英華卷第二百八十一

文苑英華卷第二百八十二　詩一百三十二

送行十七

劉駕三首　李頻十三首
章碣一首　皮日休二首
許棠七首　聶夷中一首
鄭谷十三首　楊夔三首
杜荀鶴三首　周繇六首
喻坦之四首　黄滔四首

送友人登第歸東　劉駕

同家楚天涯相識秦雲西古來懸弧義豈顧子與妻携手
踐名場正遇公道開君昇我雖黜感恩同所懷有馬不復

羸有奴不復飢灞岸槐花落却是出關時青門一瓢空分
手去遲遲期君轍未平我事終東歸

送李殷遊京西　前人

十年夢相識一覩俄見别征駕在我傍草草意難説若居
洞庭日詩句滿魏闕如何萬里來青桂看人折行裝不及
備西去偶成決一作缺孟夏出都門紅塵客衣熱荒城見羊
馬野館具薇蕨邉塞漸無虞依宿常待月西園置酒地日
夕簪裾列壯志安可留樽前槐花發

送人登第東歸　前人

學古既到古又求鑒者難見詩未識君疑生建安前海畔
豈無家終難成故山得失雖由命世途多險艱我皇追古
風文柄付大賢此時如爲君采在甲科間晚達多早貴舉
世咸爲然一夕頽却少雖病心且安所居似清明冷竈起
新烟高情懶行樂花盛僕馬前歸程不淹留指期到田園
香醪四鄰熟霜橘千株繁肯憶長安夜論詩風雪寒

送許侍御歸潤州　李頻

家山近石頭遂意在東浮祖席離烏府歸帆轉蜃樓陰霞
出海散落日向潮流别有爲霖日孤雲未自由

送人歸滄洲　前人

風色又西轉坐爲千里分高帆背楚落寒日逆潮曛斷燒
緣喬木盤鵰隱片雲鄉園有戰地歸去始休軍

送人南歸　前人

行行野雪薄寒氣日通春故園入芳草滄江終白身遊歸
花落滿睡起烏啼新不得無來札空令借問人

送人遊浙西　前人

楚天雪開後草色與君看積水浮春氣深山滯夜寒毗陵
孤月出建業一鍾殘爲把鄉書去因收别淚難

送人往太原　前人

并州非故國所去又何思獫狁方爲寇嫖姚正用師戍煙
來有號邉雪下無時更想經綸上應逢禁火期

送人歸新定　前人

歸心常共知歸路不相隨彼此無依倚東西又别離山花
含雨亞江樹逆一作送潮欹莫戀漁樵興人生各有期

送孫明秀才往潘州訪詩選作謁甯卿　前人
北鳥飛不到北人誰詩選作今去遊天涯浮瘴水嶺外問潘州
草木春冬茂猿猱日夜愁定知遷客淚唯詩選作只敢對君流

送人往太原　前人
離亭聊把酒此路徹邊頭草白鴈初下時清人去遊汾河
流晉地塞雪滿并州別後相思夜遥看北斗愁
初下集作來盡　遥看集作空有

送人遊淮南詩選作之楊州　前人
一別長安後辰征更信鷄河聲入峽急地勢出關低綠樹
叢垓下青蕪潤楚西路長知不惡隨處得詩選作好詩題

送九江狄明府　前人
宇人脩祖德清白定聞傳匹馬離秦去孤帆入楚懸關中
寒食雨湖上暑衣天四考兼重攝相和疑作知住幾年

送人赴湖南　前人
關門鳥道中飛轉疑作傳復乘驄暮雪離秦甸春雲入楚宮
平蕪天共濶積水地多空使府懸帆待能銷幾日風

送友人東歸　前人
白社思歸處青門見去人鄉連茂苑樹路入廣陵塵海日
潮浮曉湖山雪帶春猶期來帝里未得是閑身

漢上送人西歸　前人
此日看行意令人動遠心野銜天去盡山夾漢來深疊浪
翻殘雪高帆引片陰唯應留別句畢我白頭吟

送甯岫郎中典泗州　章碣
玉皇恩詔別星班去壓徐方分野間有鳥盡巢垂汴柳無
樓不對隔淮山旌旗漸向行時擁案牘應從到日閑想憶
朝天獨吟坐旋飛新作過秦關

送令狐補闕歸朝　皮日休
文如日月氣如虹舉國重生正始風且願仲山居左掖只
憂徐邈入南宮朝衣正在天香裏諫草應焚禁漏中為說
明年今日事晉廷新拜黑頭公

送從弟皮崇歸復州　前人
羨爾優游正少年竟陵風烟集作月似吳天車螯近岸無勞詩選作妨
取舴艋隨風不費牽處處路旁千頃稻家家門外一

渠蓮殷勤莫笑襄陽住為愛南溪縮項鯿

送裴拾遺赴鐵令　許棠
受謫因廷諫茲一作東行不出關直廬辭王陛上馬向仙山
地古桑麻廣城偏僕御閑縣齋高枕臥應夢犯天顏

送王侍御越城令　前人
戴豸忽驅鷄東南上句溪路過金谷盡帆轉石城西水樹
連天暗山禽遶縣啼江人諳舊化那復俟招攜

送李頻之南陵主簿　前人
赴縣是還鄉途程豈覺長聽鶯離灞岸盪槳入陵陽野蕨
生公署閑雲拂印牀晴天調蓎外垂釣有池塘

李員外和楊州留後　前人

帝命分留後東南向楚天幾程迴送騎中路上迎船治列開山鑄民分酌海煎青雲名素重此去豈經年

送龍州樊使君　前人

曾見邛人説龍州地未深碧溪飛白鳥紅斾映青林土產唯宜藥王租只貢金政成閑宴日誰伴使君吟

送從弟歸泉州　前人

問省歸南服懸帆任北風何山猶見雪半路已無鴻瘴雜春雲重星垂海夜空往來如不住亦是一年中

送前汝州李侍御罷宣城　前人

吟詩早得名戴豸又加榮下國閑歸去他人少此情雲移寒嶠出燒夾夜江明重引池塘思還登謝朓城

送友人歸江南　聶夷中

皇州五更鼓月落西南維此時有行客別我孤舟歸上國身無主下第誠可悲

送徐渙端公南歸　鄭谷

青衿離白社朱綬始言歸此去多應羨初心盡不違江帆和日落越鳥近鄉飛一路春風裡楊花雪滿衣

送祠部曹郎中鄴出守洋州　前人

爲儒欣出守上路亦戎裝舊制詩多諷分憂俗必康開懷江稻熟寄信露橙香郡閣青吟夜寒星識望郎

送水部張郎中彥回之宰洛陽　前人

何遜蘭休握陶潛柳正垂官清真塞詔事簡好吟詩春漏懷丹闕涼船泛碧伊巳虛西閣位朝夕鳳書追

送吏部曹郎中鄴免官南歸　前人

高名向已求古韻古無儔風月拋蘭省江山向桂（一作州後）賢人知止足中歲便歸休雲鶴深相侍公卿不易留滿朝張祖席半路上仙舟篋重藏吳畫茶新換越甌郡迎紅燭宴寺宿翠風流觸目成幽興全家是勝遊蓬聲漁叟雨葦色鷺鷥秋久別郊園改將歸里巷修桑麻勝祿食節序免鄉愁陽朔花迎棹崇賢葉滿溝（郎中崇賢里有幽居）席春歡促膝簷日暖扶（集作挽搲）頭道暢應爲蝶（集作虎）時來必問牛終須康庶品未爽激寒流議在歸群望情難戀自由小生誠淺拙早歲便依投夏課每垂奬雪天常見憂遠招陪宿直首薦向公侯攀送偏揮灑龍鍾志未酬

送進士盧棨東歸　前人

灞岸草萋萋離觴我獨攜流年俱老大失意又東西曉楚山雲滿春吳水樹低到家梅雨歇猶有子規啼

送人之九江謁郡侯苗員外　前人

澤國尋知巴南浮不偶遊湓城分楚塞廬嶽對江州曉飯（一作飲）臨孤嶼春帆入亂流雙旌相望處月白庾公樓

送進士許彬　前人

泗上未休兵壺關事可驚流年催我老遠道念君行殘雪臨晴水寒梅發故城何當食新稻歲稔又時平

送太學顏時明經及第東歸　前人

平楚干戈後田園失耦耕艱難登第一喪（一作離）亂省諸兄
樹沒春江漲人繁野渡晴閑來思學舘猶夢雪窓明

送京兆翁先輩歸閩中　前人

觧印東歸去人情此際多名高五七字道勝兩重科宿舘
明寒燭吟船兀夜波家山春更好越鳥在庭柯

送沈（集作田）光　前人

九陌低迷誰問我五湖流浪可悲君著書笑破蘇司業賦
詠思齊鄭廣文理棹好携三百首阻風須飲幾千分耒陽
江口春山綠慟哭應尋杜甫墳

送進士喬屽赴舉　前人

丹霞照上三清路瑞錦裁成五色毫波浪不能隨（集作傾）世

態鸞凰應得入吾曹秋山晚水吟情遠雪竹風松醉格高
預想明年騰躍處龍津春碧浸仙桃

送進士吳延保及第後南遊　前人

得意却思尋舊跡新銜未得上蘭臺吟看秋草出關去逢
見故人隨計來勝地昔年詩枚在清歌幾處郡筵開江湖
易見滄留與莫待春風吹（集作綻）瘦梅

淮上與友人别　前人

楊子江頭楊柳春梅花愁殺渡江人數聲風笛離亭晚君
向瀟湘我向秦

送張相公出征　楊夔

得意在當年登壇秉國權漢推周勃重晉讓趙宣賢儒德
尼丘降兵鈴太白傳援毫飛鳳藻發匣吼龍泉歷火金難
耗凌霜桂益堅從來稱王粲此更讓朱妍鸑鷟孫門下貔
貅擁帳前去知清朔漠行不費陶甄獻畫符中旨推誠契
上玄顧將班固筆書頌勒燕然

送杜郎中入茶山脩貢　前人

一道澄瀾徹底清仙郎輕棹出重城採蘋雖得當時稱述
職那同此日榮斂戟步經（一作提）高障里綺羅光動百花明
謝公携妓東山去何似乘春奉詔行

送鄭谷　前人

春江瀲瀲清且急春雨濛濛密復疎一曲狂歌兩行淚送
君兼寄故鄉書

送賓貢登第後歸海東　杜荀鶴

歸捷中華第登船鬢未絲直應天上桂别有海東枝國界
波窮處鄉心日出時西風送君去莫慮到家遲（以下三篇並見集本）

送人南遊　前人

凡遊南國者未有不蹉跎到海路雖盡（集作難盡）掛帆人更多
潮沙分象跡花洞響蟲歌縱有投文處於君能幾何

亂後送友人（集作送人過亂）歸湘中　前人

家枕三湘岸門前即釣磯漁竿壯歲别鶴髮亂時歸岳嶁
無猨叫江春有鷺飛平生書劒在莫便學忘機

送江州薛尚書（一作郎中）　周繇

匡廬千萬峯影匝郡城中忽佩虎符去遥疑鳥道通烟霞

時滿郭波浪暮連空樹翳樓臺月帆飛鼓角風郡齋多岳
客鄉戶半漁翁王事行春外題詩寄遠公

送邊上從事　前人

戎裝佩鏌鋣走馬逐輕車衰草城邊路殘陽壠上笳黃河
穿漢界青塚出湖沙提筆男兒事功名立可誇

送洛陽崔員外　前人

塞詔除嵩洛觀圖見廢興城遷周古鼎地列漢諸陵日送
歸朝客時招住嶽僧郡齋臺閣滿公退即吟登

送人尉黔中　前人

盤山行幾驛水路復通巴峽漲三川雪園開四季花公庭
飛白鳥官俸請丹砂知尉黔中後高吟採物華

送楊瑑校書歸廣南　前人

天南行李半波濤灘樹枝枝拂戲猱衫着藍從遠嶠乍
辭雲署泊輕艘山村象踏桄榔葉海外人收翡翠毛名宦
兩成歸舊隱徧尋親友與何饒

送宇文虞　前人

此別欲何往未言歸故林行車新歲近落日亂山深野店
寒無客風巢動有禽潛知經目事大半是愁吟

送友人遊東川　喻坦之

食盡須分散將行幾願留春教三月閏人擬半年遊風俗
同吳地山川擁梓州思君登棧道猿嘯始應愁

送友人南中訪舊知　前人

春盡大方遊思君使白頭地蒸川有毒天暖樹無秋水接
三巴險猿分五嶺愁爲緣知己分南國必淹留

大梁送友人東遊　前人

自古東西路舟車此地分墓河一作聲梁苑夜草色楚田曛
鴈已多南去蟬猶在此聞聖朝無諫獵何計謁明君

此詩二百九十五卷重出今已削去註異同爲一作

送友人遊蜀　前人

爲儒早得名爲客不憂程春盡離丹闕花繁到錦城雪消
巴水漲日上劍關明預想迴來樹秋蟬已數聲

送陳明府歸衡　黃滔

雛鶴兼雛留一作下單車出郴烟三年兩殊考一日數離筵

久別潮波綠相思嶽月昏翠蘿曾隱處定恐却求仙

送翁拾遺　前人

還家俄赴闕別思肯淒淒山坐軺車看詩將諫筆題天開
中國大地設四維低拜舞吾君後青雲更有梯

遊邊送友人　前人

虜酒不能濃縱傾愁亦重關河初落日霜雪下窮冬野燒
枯蓬旋沙風匹馬衝薊門雖漢土遊子莫從容

送友人遊邊　前人

銜盃國門外分手見殘陽何日還南越今朝往北荒沙城
經雨壞虜騎入秋狂新詠關山月歸吟鬢白霜

文苑英華卷第二百八十二

文苑英華卷第二百八十三　詩一百三十三

送行十八

張喬十七首　王貞白三首

張蠙十首　王轂一首

盧延讓一首　曹松六首

羅隱十八首　裴說五首

唐彥謙一首

送鄭侍御赴汴州辟命　張喬

官從諫署清暫去佐戎旌朝客多相送吟僧欲伴行河冰天際白嶽雪眼前明即見東風起梁園聽早鶯

送南陵尉李頻　前人

重作東南尉生涯尚似僧客程淮館月鄉思海船燈曉霧看春轂晴天見郎陵不應三考足先授詔書徵

送鄭谷先輩赴汝州辟　前人

看花興未休已散曲江遊載筆離秦甸從軍過洛州嵩雲將雨出汝水背城流應念依門客蒿萊滿目（一作徑）秋

送沈先輩尉昭應　前人

餘才不廢詩佐邑喜閑司冉陛終須去青山未可期蒹㵎溫谷晚雲出古宮遲若草東封疏君王到有時

送友人遊湖南　前人

所投非舊知亦似有前期向路長江上楊帆細雨時春生南嶽早日轉大荒遲盡採瀟湘句重來會近期

送前輩讀三傳任長城尉　前人

登科精嘗史作尉及良時高論窮諸國長才倂幾司地傾流水疾山疊過雲遲暇日琴書伴何人對手棋

送友人遊蜀　前人

天下徠多處西南是蜀關馬登青壁瘦人度翠微閑帶雨逢殘火因江見斷山行歌風月好莫老錦城間

江上送友人南遊　前人

何處積鄉愁天涯聚亂流岸長群岫晚湖闊片帆秋買酒過漁舍分燈與釣舟瀟湘見來鴈應念獨邊遊

送友人歸江南　前人

辛勤同失意迢遞獨還家落日江邊笛殘春島上花親安

誠可喜道在亦何嗟誰伴高吟處晴天望九華

送進士許棠　前人（見百家詩選）

離鄉積歲年歸路遠依然夜火山頭市春江樹杪船干戈愁鬢改瘴癘喜家全何處營茅舍潮濤浸薄田

送麗百篇之任青陽縣尉　前人

都堂公試日詞翰獨超群品秩台庭興篇章聖旨聞鄉連三楚縣樹對九華雲多少青門客臨岐共羨君

送碁待詔朴求歸新羅　前人

海東無敵手歸去道應孤闕下傳新勢船中覆舊圖窮荒迴日月積水載寰區故國多年別桑田復在無

送友人遊蜀　前人

劒閣緣空去西過第一作西南過　幾州丹霄行客語明月杜鵑
愁露帶山花落雲隨野水流相如曾醉地莫戀少年遊

送友人北遊　前人

東歸未遂心北去幾沉吟把酒思鄉遠投文入塞深晉山
攀白道汾水截青林想見連天雪安知一作長安是積霖

送友人及第歸江南　前人

豈易及歸榮辛勤致此名登車思往事迴首勉諸生路遠
山光曙帆通海氣清秋期却閑坐林下聽江聲

送海東朴充　前人

天涯離二紀闕下歷三朝漲海雖然闊歸帆不覺遥驚波
特失侶舉火夜相招來往尋遺事秦皇有斷橋

送友人歸宣州　前人

失計復離愁君歸我舊遊亂花藏道發春水遶鄉流瞑火
叢橋市晴山疊郡樓無爲謝公戀吟過晚蟬秋

送友人南歸　王貞白

南國菖蒲老知君憶釣船離京近殘暑歸路有新蟬峴首
白雲起洞庭秋月懸君教吟與足西笑是何年

送馬明府歸山　前人

辭秩入匡廬重脩靖節居免遭黑綬束不與白雲疎送吏
各獻酒群兒自擔書到時看瀑布爲我謝清虛

送韓從事歸本道　前人

獻捷靈州倅歸時寵拜新論邊多稱旨許國誓亡身馬渴

黃河凍鴈回青塚春到蕃唯足戰應不肯和親

送友人赴涇州幕一作送李中丞再赴慶州　張蠙見百家詩選

杏園沉飲散榮別就嘉招日月相期盡山河獨去遥府樓
明蜀雪關磧轉胡鵰縱有烟塵動應隨上策銷

送成州牧　前人

清時爲塞郡自古有儒流素望知難惬新恩且用酬大牙
連蜀國兵額貫秦州秖作三年別誰能聽邑留

送董卿赴台州　前人

九陌除書出尋僧問海城家從中路挈吏隔數州迎夜蚌
侵燈影春禽雜櫓聲開圖見異跡思上石橋行

送徐州薛尚書　前人

上將出儒中論詩擬立功州從禹後別軍自漢來雄遠驛
銷寒日嚴城肅暮空龍顏有遺廟猶得奠萁風

送薛郎中赴江州　前人

幾州聞出刺遥羨有江民正面傳天旨懸心禱岳神尺書
先假路紅旆旋燒塵郡顯山川別衙開將吏新散招僧坐
暑閑載客行春聽事碁忘着探題酒亂巡好編高隱傳多
貌上昇真近日吾清近求人在此人

送縉雲尉　前人

釋褐從仙尉之官興若何去程唯水石公署在雲蘿野阪
樓中逈晴峰案上多三年罷趨府應更戰高科

送友人歸武陵　前人

聞近桃源住無村不是花戍旗招海客廟鼓集江鴉別島
垂橙實閑田長荻花遊春未得意看即是離家

和友人送趙能卿東歸　前人

一第特難得歸期日已過相看玄鬢少共憶白雲多楚澗
天垂草吳宮月上波無人不有遇之子獨狂歌

送友人歸南中　前人

有家誰不別經亂獨難尋遠路波濤惡窮荒雨霧深曉鷲
山象出窗觸海鼇沈為問南遷客何人在瘴林

送友人及第歸　前人

家林滄海東未曉日先紅作貢諸蕃別登科幾國同遠聲
魚呷浪層氣蜃迎風鄉俗稀攀桂爭來問月宮

送友人歸閩　王轂

東南歸思切把酒且留連再會知何處相看共黯然猿啼
梨嶺路月白建溪船莫戀家鄉住酬身在少年

送友人赴闕　盧延讓

正當天下待雍熙丹詔徵來早為遲倚馬才高猶愛藝閒
牛心在肯容私吏開黃閣排班處民擁青門看入時却笑
郡人留不得感恩唯擬立生祠

九江送方干歸鏡湖　曹松

一橋懸五兩此日動歸風客路拋湓口家林入鏡中譚餘
雲出嶠詠苦月歆空更若遊支島何人夜坐同

送尨協律京西從事　前人

辟書來幾日遂意就嘉招猶向風沙淺非於甸服遙時平
無探騎秋靜見盤鵰若遣關中使煩君問寂寥

都門送進士張喬東歸　前人

舊客東歸遠長安詩少朋去愁分磧鴈行計遂鄉僧華嶽
無時雪伊河漫處氷知辭國門路片席認巴陵

秋日送方干遊上元　前人

天高淮泗白料子趨脩程汲水疑山動楊帆覺岸行雲離
京口樹鴈入石頭城後夜分遙念（一作處）諸峯月霧（詩選作露）
生

送陳樵校書歸泉州　前人

巨塔列名題詩心亦罕齊除官京下闕乞假海門西別席

僥殘漏歸程避戰鼙關遙秦鴈斷家近瘴雲低候馬春風
館迎船曉月溪帝京須早入莫被刺桐迷

送進士喻坦之遊太原　前人

北鄙征難盡詩愁滿去程廢巢侵曉色孤（詩選作荒）塚入鋤聲
逗野河流濁離雲磧月明并州戍壘暮（詩選作戍壘地）角動引風
生

送李右丞分司東城　羅隱

分曹得洛川讜議更昭然左省曾批勅中臺肯畏（集作避）權
所悲時漸薄共賀道尤全賣與清平代相兼直幾錢

送汝州李中丞十二韻　前人

群盜方為梗分符奏未寧黃巾攻郡邑白挺掠生靈塵土

周畿暗瘡痍汝水腥一剋雖剪滅數縣尚凋零理必咨寬猛謀須籍典刑與能纔物論慎選忽天庭官品尊臺秩山河擁福星虎知應去境牛在肯全形舊政窮人瘼新銜庀武經關防秋草白城壁晚峯青破膽期來後迷魂想待醒魯山行縣後聊爲奠惟馨

送沈光侍御赴職閩中　前人

未至應居右全家出帝鄉禮優逢苑雪官重帶臺霜夜浦吳潮乳春灘建水狂延平有風雨從此是騰驤

送內使周大夫自杭州朝貢　前人

八都上將近平戎便附輶軒奏聖聰三按（集作變又作接）駕前朝覲禮一函江表戰征功雲歸（集作閶）閬苑何時見水到（集作底）

瑤池觸處通知有殿庭餘力在莫辭消息寄西風

淮南送節度盧端公將命之汴州端公常爲汴州相公從事　前人

吹臺高倚圃田東此去輶車事分同珠履舊參蕭相國綠衣今佐晉司空辭離淮甸寒星下吟指梁園密雪中到彼的知宣室語幾時徵拜黑頭公

送盧端公歸臺盧校書之夏縣　前人

綿綿堤草拂征輪龍虎俱辭楚水濱只見勝之爲御史不知梅福是仙人地推入米源流盛才笑三張事業貧一種西歸一般達栢臺霜冷夏城春

送朗州張員外　前人

聖朝綸閣最延才須牧生民始入來鳳藻已期他日用隼旟應是隔年回旗飄峴首嵐光重酒奠湘江杜魄哀腸斷秦原二三月好花全爲使君開

重送朗州張員外　前人

朱輪此去正春風且駐青驄（集作門）聽斷蓬一榻早年容孺子雙旌今日別文翁誠知與（集作沒）善心長在爭奈干時跡轉窮酬德酬恩兩無路設勞惆悵鳳城東

淮南送李司空朝覲　前人

聖君宵旰望時雍丹詔西來雨露濃楚客歌狂（集作宣父道高）休歎鳳武侯才大本猶（集作吟）龍九州似鼎終須負萬物爲銅只待鎔臘後春前更何事便看經度奏東封

淮南送工部盧員外赴闕　前人

始從矛角曳長裾又吐雞香奏王除隋邸舊僚推謝掾漢庭高議得相如貴分赤筆升蘭署榮著緋衣從板輿遥想到時秋欲盡禁城涼冷露槐疏

淮南送司勳李郎中赴闕　前人

中朝品秩重文章雙筆依前賜望郎五夜星辰歸帝座半年樽俎奉梁王南都水燹遣分影北極天寒雁着行不必戀恩多感激過淮應合見徵黃

送陸郎中赴闕　前人

幕下留連兩月強爐邊侍史舊焚香不關雨露偏垂意自是鴛鸞合着行三署履聲通建禮九霄星彩應明光少瑜

鏤管丘遲錦從此西垣使鳳凰

早春送太梁盧從事（集作送張坤歸大梁）　前人

蕭蕭羸馬立（集作正）塵埃又送輶軒向吹臺別酒莫辭今夜酌（集作醉）故人知是幾時迴泉經華嶽猶應凍花到梁園始合開若見（集作爲謝）東門抱關者（集作吏）爲言（集作不堪）惆悵滿離杯

此詩又見二百三十一卷

送進士臧濆下第後歸池州　前人

賦成無處換黃金却向東遊（集作春風）動越吟天子愛才雖側席諸生多病又霑襟柳攀灞岸狂遮袂水憶池陽綠滿心珍重綵衣歸正好莫將閑事繫升沉

途中送人東遊有寄　前人

離騷莫惜鬢逡巡君向池陽我入秦歲月易拋非曩日酒盃難得是同人路經隋苑橋燈夜江轉臺城岸草春此處故交誰見問爲言霜鬢壓風塵

送宿松傅少府　前人

江籬漠漠樹重重東過青淮到宿松縣好也知臨皖水官閑應得看灊峯春生綠草（集作野）吳歌怨雪霽平郊楚酒濃留取餘盃待張翰明年歸棹一從容

送沈光及第後東歸覲赴嘉禮　前人

青青月桂觸人香白紵衫輕稱沈郎好繼馬卿歸故里況聞山簡在襄陽杯傾別岸終（集作應）須醉草（集作花）傍征車漸欲芳擬把金錢（集贈）助嘉禮不堪栖屑困名場

送友人歸夷門　前人

三年流落大梁城每送君歸即有情別路算來成底事舊游言着似前生苑荒懶認詞人會門在空憐烈士名至竟男兒分應足（集作定）不須惆悵谷中鶯

送人宰邑　裴說

官小任還重命官難偶然皇恩輕一邑赤子病三年瘦馬稀飡粟羸童不識錢如君清苦節到處有人傳

春暖送人下第　前人

相送短亭前知君愚復賢事多憑夜夢老爲待明年春樹添山脊晴雲學曉烟雄文有公道此別莫潸然

湖外送何崇入閣　前人

因詩相識久忽此告臨途便是有船發也須容市沽精吟五箇字穩泛兩重湖長短逢公道清名振帝都

送進士蘇瞻亂後出家　前人

因亂事空王孤心亦不傷梵僧爲骨肉柏寺作家鄉眼閉千行淚頭梳一把霜詩書不得力誰與問蒼蒼

秋日送河北從事　前人

北風沙漠地吾子遠從軍官路雖非遠詩名要且聞蟬悲欲落日鵰下擬陰雲此去難相戀前山掺袂分

送樊瑄司業歸朝　唐彥謙

近者蘇司業文雄道最光夫君居太學妙譽繼中行汲郡陵枌發汾陰篋久亡寂寥方倚席容易忽升堂去日應懸

楊來時定裂裳愜心頻拾芥應手屢穿楊辨給如無敵飛
騰固自強論心期舌在問事畏頭長駟馬終題柱諸生悉
面牆唱歌譏𧙓雅賣餅訴公羊（三國志注嚴幹善春秋公羊鍾繇好左氏爲公羊爲賣餅家）未見泥函谷俄驚火建章烟塵昏象魏行在隔巴梁
紅粟塡郿塢青袍過壽陽剪茅行殿濕伐栢舊陵香黌室
青衿盡榮門火旆揚雲飛同去國星散各殊方賤子悲窮
轍當年亦擅場蘗辛尋幼婦醴酒憶先王聖域探姬孔皇
風樂禹湯畏誅輕李喜言命小臧倉折樹休盤槊沉鈎且
釣璜鴻都問詞客他日莫相忘

文苑英華卷第二百八十三

文苑英華卷第二百八十四　詩一百三十四

送行十九

送人省覲七十六首

送賈起居奉使入洛取圖書因便拜覲　蘇頲

舊國才因地當朝使命官遺文徵缺簡還思採芳蘭傳發
關門候觴稱邑里歡早侍京副入旋佇落書刊

送常侍舒公歸覲（有序不錄）　前人

朝聞講藝餘晨省拜恩初訓胄尊庠序榮親耀里閭朱册
華轂送班白綺筵舒江上春流蒲還應薦躍魚

重送舒公

散騎金貂服彩衣桃花水上逐春歸懸知邑里遥相待事

主榮親代所稀

送崔三往密州覲省　王維

南陌去悠悠東郊不少留同懷扇枕戀獨解（集作念）倚門愁
路遶天山雪家臨海樹秋魯連功未報且莫蹈滄洲

送友人南歸（已見二百八十八卷）　前人

送李給事歸徐州覲省　遜狄

列位登青瑣還鄉服綵衣共嚴晨省日更是晝遊歸春水
經梁宋晴山入海沂莫愁東路遠四牡正騑騑

送許八拾遺歸江寧覲省　杜甫

詔許辭中禁慈顏（一作家榮）赴北堂聖朝新孝理祖席倍恩（一作輝）
光内（一作贍）帛擎偏重宮衣着更香淮陰清夜驛京口渡

江帆春隔雞人晝秋期燕子涼賜書誇父老壽酒樂城隍(一作竹影遡庭曙山添扇枕涼十年過父老幾日賽城隍)看畫曾饑渴追蹤恨(一作限)淼茫虎頭金粟影神妙獨難忘(甫昔時嘗客遊此樂於許生處乞瓦棺寺維摩圖樣志諸篇末)

送韓十四江東覲省　前人

兵(一作干)戈不見老萊衣嘆息人間萬事非我已無家尋弟妹君今何處訪庭闈黃牛峽靜灘聲轉(一作急)白馬江寒樹影稀此別須當各努力故鄉尤恐未同歸

送王孝廉覲省　李白

彭蠡將天合姑蘇在日邊寧親候海色欲動孝廉船窈窕晴江轉參差遠岫連相思無晝夜東泣佀長川

送鄭務拜伯父　綦毋潛

名公作逐臣驅馬拂行塵舊國問肋子勞歌向郢人一川花送客二月柳宜春奉料竹林興寬懷此別晨

送集賢學士伊闕史少府敕放歸江東覲省　陶翰(見集)

墨客鍾張侶材高吳越珍千門來謁帝駟馬去榮親吏邑治清洛鄉山指白蘋歸期應不遠當及未央春

送張七判官還京覲省　劉長卿

春蘭方可採此去葉初齊函谷鶯聲裏秦山馬首西庭闈新柘署門館舊桃蹊春日(集作色)長安道相隨入禁閨

以下三篇並見集本

送張栩扶侍之睦州(此公舊宰建德)　前人

遙憶新安舊扁舟復却還淺深看水石來往逐雲山入縣餘花在過門故柳閑東征隨子去儕隱薜蘿間

客舍贈別韋九建赴任河南韋十七造任鄭縣就便覲省　前人

與子頗疇昔常時仰英髦弟兄盡公器詩賦凌風騷頃者遊上國獨能光選曹秀名冠二陸精鑒逢山濤且赴倚門望莫辭趨府勞桃花照綵服草色連青袍征馬臨素滻離人傾濁醪華山微雨霽祠上殘雲高而我倦棲屑別君良鬱陶春風亦未已旅思空滔滔拙分甘棄置窮居長蓬蒿人生未鯤化物意如鴻毛迢遞兩鄉別慇懃一寶刀清琴

有古調更向何人操

送楊千牛趁歲赴汝南郡覲省便成婚　岑參

問吉轉征鞍安人道姓潘歸期明主賜別酒故人歡珠箔障鑪煖狐裘耐臘寒汝南遙倚望早去及春盤

以下四篇並見集本

送張郎中赴隴右覲省卿公(時張卿公亦充節度留後)　前人

中郎鳳一毛世上獨賢豪弱冠已銀印出身唯寶刀還家卿月迥度隴將星高幕下多相識邊書醉懶操

送張直公歸南鄭拜省　前人

夫子思何速世人皆歎奇萬言不加點七步猶(一作獨)嫌遲對酒落日後還家飛絮(一作雪)時北堂應多望(一作久待)鄉夢促

征期

送陶銑棄舉荆南覲省　前人

明時不愛璧浪跡東南遊何必世人識知君輕五侯採蘭度漢水問絹過荆州異國有歸興去鄉無客愁天寒楚塞雨月淨襄陽秋坐見吾道遠令人看白頭

送杜士瞻楚州覲省　李嘉佑見集

風流與才思俱似晉時人淮月歸心促江花入興新雲深滄海暮柳暗白田春共道官猶小憐君孝養親

送邊補闕東歸覲省　錢起

東去有餘意集作景風生賜錦衣集作春風生賜衣鳳凰銜詔下才子採蘭歸斗酒百花裏人情集作情人一笑稀別離須計日想望集作相望在彤闈

以下三篇並見集本

送虞說擢第南歸覲省　前人

南風起別袂心到衡湘間客路楚天遠集作歸客楚山遠孤舟雲水閑愛君採蘭處花鳥連家山得意且寧省人生難此還

送外甥懷素歸覲　前人

釋子吾家寶神清惠有餘能翻梵王字妙盡伯英書遠鶴無前侶孤雲寄太虛狂來輕世界醉裏得真如飛錫離江集作鄉久寧親喜一作是臘初故池殘雪滿一作在寒柳霽烟踈壽酒還嘗藥晨飡不薦魚遥知禪誦外健筆趁閑居

此詩二百十九卷重出今已削去注與同爲一作

送友人歸覲省已見二百七十二卷　韓翃

送李萬饒覲省　皇甫冉

前程歡拜慶異縣惜招携荀氏風流遠胡家清白齊川迴一作過吳岫失塞闊楚雲低舉目觀魚鳥驚心怯鼓鼙人稀漁浦外灘淺定山西無限青青草王孫去不迷

送彭開府往雲中覲使君　盧綸

一門三代貴非是主恩偏破虜山銘在承家劍藝全奪旗貂帳側射虎雪林前鴈塞逢兄弟雲州發管絃東河光帶日枯草靜無烟儒者曾親武因貽上將篇

送衛司法河中覲省即故吏部王延昌外甥　前人

出身因強學不以外家榮年少無遺事官閑有政聲曉山臨野渡落日照軍營共賞高堂下連行弟與兄

送尹樞令狐楚及第後歸覲　前人

佳人比香草君子即芳蘭寶器金罍重清音玉佩寒貢文齊受寵獻禮兩承歡鞍馬并汾地爭迎陸與潘

送太常李主簿歸覲　前人

粲粲美仍都清閑一貴儒定交分玉劍發詠寫冰壺風景隨台佐河山入障圖上堂多慶樂肯念谷中愚

送渾鍊歸覲却赴闕庭　前人

雲幕擁簪裾台庭餞伯魚綵衣人競看銀詔帝親書知子當元老爲臣淺二疎執珪期已迫捧膳步寧徐而我愚誠者夫君起病諸探題多最勝饌玉每分餘榮比成功後恩同造化初甑塵方欲合籠翮忽將舒揄笑餞難比楊花雪

不如明朝古隄路心斷玉人車

送內弟常仁宗歸信州覲省　前人

常羞外族弟兄稀轉覺心孤是送歸醉掩壺觴人有淚愁穿魂夢（一作夢驚波淚）月無輝烹魚綠岸烟浮草摘橘青溪露濕衣聞說江樓長卷幔幾回風起望胡威

送李尚書郎君昆季侍從歸覲滑州　前人

鳳雛聯翼美王孫綵服戎裝擬塞垣金門對筵調野膳玉鞭齊騎引行軒冰河一曲旌旗滿墨詔千封雨露繁更說務農將罷戰敢持歌訟慶晨昏

送廣陵王主簿自蜀歸絳州寧覲　戴叔倫

將歸汾水上遠自錦城來已泛西江盡仍隨北鴈迴暮雲征馬速曉月故關開漸向庭闈近留君更一杯

送穆侍御歸覲東都　權德輿

知君儒服貴綵綉兩相輝婉婉成名後翩翩擁傳歸江深烟嶼沒山暗雨雲飛共待酬恩罷相將去息機

以下三篇並見集本

送盧評事婺州覲省　前人

知向東陽去晨裝見綵衣客愁青眼別家喜玉人歸漠漠水烟晚蕭蕭楓葉飛雙溪泊船處候吏拜胡威

送崔端公郎君入京覲省　前人

已見風姿美仍聞藝業勤清秋上國路白皙少年人帶月輕帆疾迎霜綵服新過庭若有問一爲說漳濱

送王端公之太原歸覲相公　戎昱

柱史今何適西行詠陟岡也知人惜別終羨鴈成行春雨桃花靜離樽竹葉香到時丞相閣應喜棣華芳

送陸秀才歸覲省　前人

武陵何處在南指楚雲陰花蕚連芳近桃源去路深啼鶯徒寂寂征馬已駸駸隄上千年柳條條掛我心

送路少府貢使兼覲侍御兄　釋皎然

國賦推能吏今朝發貢湖佇瞻雙闕鳳思見柏臺烏樹向秦關遠江分楚驛孤榮君有兄弟相繼騁長途

送顏處士還長沙覲省　前人

西候風信起三湘孤客心天寒漢水廣鄉遠楚雲深服彩將侍膳擷芳思滿襟歸人志難阻別恨獨何人

送鄭孝廉淮西覲省　前人

離袂翠葉滿晨羞欲早行春風生楚樹晚角發隋城山露（一作野露）濕衣彩江鴻增客情征徒不用戒坐月白波清

送淳于秀才蘭陵覲省　前人

歡言欲忘別風信忽相驚柳浦歸人思蘭陵春草生擷芳心未及視枕戀常盈此去非長路還如千里情

冬日送顏延之明府撫州覲省　前人

臨川千里別惆悵上津橋日暮人歸盡山空雪未銷郡雲心渺渺楚水路遙遙林下方歡會山中獨寂寥天寒驚斷鴈江信望回潮歲晚流芳歇思君在紫霄

送鄂州張別駕歸襄陽覲省　司空曙

蒼烟峴峰一作亭路臘日漢江春帶雪半山寺行沙隔水人王祥因就宦萊子不遺親正恨殊鄉別千條楚柳新

送魏季羔遊長沙覲兄　前人

蘆荻湘江水蕭蕭萬里秋鶴高看逈野蟬遠入中流訪友多成滯携家不厭遊惠連仍有作知得從兄酬

送友人擢第歸覲　李端

登龍兼折桂歸去當高居舊楚楓猶在前隋柳已疎月中逢海客浪裏得鄉書見說江淹住知君不厭魚

送魏廣下第歸揚州寧親　前人

遊宦今空返浮淮一鴈秋白雲陰澤國青草遶揚州調膳過花下張筵列水頭昆山仍有玉歲晏莫淹留

春日送沈贊府歸溧陽覲叔父　楊巨源

溧陽阮咸宅九派竹林前花嶼高如浪雲峯遠似天江聲在南巷海氣入東田才子今朝去風濤思渺然

送高士安下第歸岷南寧覲　歐陽詹

偕隱有賢親岷南四十春棲雲自匪石觀國暫同塵就養思兒戲延年愛鳥伸還看謝時去華集作有類集作又作顥陽人

送國子令狐博士赴興元覲省　劉禹錫

相門才子高陽族學省清資五品官諫院過時榮棣萼謝庭歸去踏芝蘭山中花帶烟嵐晚棧底江含雪水寒伯虎仲集作到家人盡賀柳營蓮府遞相歡

聞韓賓擢第歸覲以詩美之兼賀韓十五曹長時韓牧永州　前人

零陵香草滿郊坰冊六鷁飛入翠屏孝若歸來呈畫讚孟陽別後有山銘蘭陵舊地花纔結桂樹新枝色尚清為報儒林丈人道如今縱放鬢星星

送秀才鄭君歸寧　張籍

桂檝綵為衣行當令節歸夕集作夜潮迷浦盡遠集作畫雨見人稀野芰到時熟江鷗泊處飛離琴一奏罷山水靄餘輝

送李琮歸靈州覲省　姚合

餞席離人起貪程醉不眠風沙移道路僕馬識山川塞樹花開小關城下雪偏胡塵今已盡應便促朝天

送李餘及第歸蜀　賈島

知音伸久屈覲省去光輝津濟逢清夜途程盡翠微雲當綿竹疊鳥離錦江飛肯寄書來否原居出甚稀

以下四篇竝見集本

送常瓊校書　前人

賓佐兼歸覲此行江漢心別離從闕下道路向山陰孤嶼消寒沫空城滴夜霖若耶溪畔寺秋色共誰尋

送董正字常州覲省　前人

相逐一行鴻何時出磧中江流翻白浪木葉落青楓輕檝浮吳國繁霜下楚空春來歡侍阻正字來東宮

送雍陶及第歸成都寧覲　前人

不唯詩著籍兼又賦知名議論於題稱春秋對問精半應
陰騭與全頼有司平歸去峰（一作巖）巒泉別來松桂生漲江
流水品（一作品）當道白雲坑勿以攻文捷（一作健）而將學劍輕
裂（一作製）衣新濯錦開醞舊燒罌同日升高士誰同膝下榮

送董正字武歸覲毗陵　釋無可

暫辭讎校去未發見新鴻路入江波上人歸楚邑東山遥
晴出樹野極暮連空何以念兄弟應思潔膳同

送威衛李騎曹之靈武寧省　前人

一歲一歸寧涼天數騎行河來當塞曲山遠與沙平縱獵
旗風卷聽笳帳月生新鴻引寒色回日滿京城

送邵錫及第歸湖州　前人

春關烏罷啼歸慶浙烟西郡守招（集作邀）延重鄉人慕（集作仰）
蒸齊橘青逃（集作陶）暑寺茶長隔湖溪乘暇知高眺微應辨
會稽

送蔡京東歸迎侍　劉得仁

高堂唯兩別此別有成歸薄俸迎親遠雄文解易稀鄆郊
秋木見魯寺夜鍾微近臘西來日多逢霰雪飛

送高湘及第後東歸覲叔　前人

此去幾般榮登科鬥足名無慚入南巷高價聳東京憁塞
（一作對）嵩山碧庭來洛水聲門前桃李樹一逕已成陰

送友人下第歸覲　前人

君此卜行日高堂應憂歸莫將和氏淚滴著老萊衣岳雨
運河細田禽出麥飛到家調膳後吟苦落蟾暉

送友人下第歸揚州覲省　前人

新柳間花垂東西京路岐園林知自到寢食計相思雨斷
淮山出帆揚楚樹移晨昏心已（一作始）泰蟬發是回時

送張景宜下第歸揚州覲省　朱慶餘

歸省值花時行吟落第詩私情憐道在公論覺才遺春雨
連淮暗官船過馬遲離心可惆悵爲有入城期

送唐侍御福建覲兄　李群玉

桂枝攀盡賈賢才霄漢春風棣蕚開世事綸言傳大筆官
分鴻序猷霜臺閩山翠卉迎飛旆越水清紋散落梅到日
池塘春草緑謝公應夢阿連來

送盧弘本浙東歸覲　張祜

東望故山高秋歸値小舠懷中陸績橘江上伍員濤好去
寧雞口加飡及蟹螯知君思無限（集作倦）爲我讀（集作續）離騷

送段覺之西川過婚禮後歸覲　許渾

詞賦名高日（集作身）不閑綵衣成（集作知）錦渡函關鏡中月吟
胡威去劍外花飛衛玠還秋浪遠侵黃鶴嶺暮溪（集作雲）遥
斷碧雞山時人若問（集作此行人問）西遊客心在重霄鬢欲班

送友人下第歸寧　喻鳧

紫閣雪未盡杏園花亦寒灞西辭舊友楚外憶新安細雨
猿啼狖微陽鷺起灘旋應赴秋貢詎得久承歡

送李潛歸錦州覲省　姚鵠

朱樓對翠微紅旆出重扉此地千人望寥天一鶴歸雪封
山崦白鳥拂棧梁飛誰比趨庭戀驪珠耀綵衣

送友人鄭州歸覲　　趙嘏

爲有趨庭戀應忘道路賖風消滎澤凍雨静圃田沙古陌
人來遠遥天鴈勢斜園林新到日春酒酌梨花

送權先輩歸覲信安　　前人

衣綵獨歸去一枝閑更香馬嘶芳草渡門掩百花塘野色
亭臺晚灘聲枕簟凉小齋松島上重拂讀書牀

洛中逢盧郢石歸覲　　前人

不堪俱失意相送出東周縁切倚門戀倍添爲客愁春山
和雪静寒水帶氷流别後期君處靈原紫閣秋

送陳嘏登第作尉歸覲　　前人

千峰歸去舊林塘溪縣門前即故鄉曾把桂誇春里巷重
憐身稱錦衣裳洲迷翠羽雲遮檻露濕紅蕉月滿廊就養
舉朝人共羡清資讓却校書郎

送裴延瀚下第歸覲滁州　　前人

失意何曾恨觧携問安歸去秣陵西郡斜楊柳春風岸山
映樓臺明月溪江上詩書懸素業日邊門戶倚州梯一枝
攀折回頭是莫向清秋惜馬蹄

送春坊董正字浙石歸覲　　馬戴

去覲省一作毗陵日秋殘建業中菼垂石城古山闊海門空
濯水寒檣遠一作流帆波浩月同何當復讐校春集少陽宫

送邵公石先輩歸連州覲省　　曹松

及第兼歸覲宜忘涉驛勞青雲具慶少白日一飛高轉楚
聞啼狖臨湘見疊濤連陽沉飲徧何地在旌旄

文苑英華卷第二百八十四

文苑英華卷第二百八十五　詩一百三十五

送行二十　歌附

賦物送人四十一首　詩十五首

賦得鴈送别周員外戍嶺表　王冑

旅鴈别衡陽天寒關路長行斷由驚箭羣𣂺為犯霜（一作雁）羅繳無人憫能鳴返自傷何如似泊泊（初學記作汎汎）剛羽戲方塘

此詩三百二十八卷重出今已削去

别故人賦得凌雲獨鶴　王𦙍

單𣂺凌碧霧風颷入青雲九皐空顧侶千里會離群望海飛恒急摩天影詎分欲知凄斷意琴裏自當聞

送王贊府兼選賦得鶴　駱賓王

振衣遊紫府飛蓋背青田虛心恒警露孤影尚凌烟離歌悽妙曲别操（集作引）繞繁絃在陰如可和清響會聞天

送郭（集作鄭）少府入遼共賦俠客遠從戎　前人

邊烽警榆塞俠客度桑乾柳葉開銀鏑桃花耀（集作照）玉鞍漏月臨弓影連星入劍端莫學燕丹客空歌易水寒

送劉散員同賦陳思王詩得好鳥鳴高枝　劉斌

春林已自好時鳥復和鳴枝交難奮翼谷靜易流聲間關纔得性𩟔繳還相驚安知背飛遠拂霧獨晨征

得山樹鬱蒼蒼　許敬宗

喬木託危岫積翠遶連岡葉疎猶漏影花少未流芳風來聞肅肅霧罷見蒼蒼此中餞行邁不異上河梁

得明月照高樓　楊濬

高樓一何綺素月復流明重軒望不極餘輝攬詎盈鏡華當牖照鉤影隔簾生逆愁異樽酒對此難為情

得遊人久不歸　劉孝孫

鄉關渺天末引領悵懷歸羈旅久淫滯物色屢芳菲稍覺出意盡行看蓬鬢衰如何千里外佇立露霑衣

得春鶯送友人　賀朝清

翅掩飛鶯舞啼惱婕妤悲料取金閨意因君問所思流鶯

拂繡羽二月上林期待雪銷金禁銜花向玉墀

餞濟陰梁明府各探一物得荷葉　張九齡

荷葉生幽渚芳華信在茲朝朝空此地采采欲因誰但恐星霜改還將蒲稗衰懷君美人别聊取（集作以）贈心期

送姚評事入蜀各賦一物得卜肆　前人

蜀嚴化已久滇明空所思嘗聞賣卜處猶憶下簾時驅傳應經此懷賢儻問之歸來說往事歷歷偶心期

竇校書見餞得雲中辨江樹　前人

江水連天色無（集作天）涯淨野氛微明岸傍樹凌亂渚前雲舉棹形徐（集作隨）轉登艫意漸分渺茫從此去空復惜離群

題瓜洲新河餞族叔舍人賁　李白

齊公鑿新河萬古流不絕豐功利生人天地同朽滅兩橋對雙閣芳樹有行列愛此如甘棠誰云敢攀折吳關倚北

固天險自茲設海水落斗門潮平見沙汭我行送季父弭棹徒流悅楊花滿江來疑是隴上雪惜此林下興愴為山陽別瞻望清露塵歸來空寂蔑

賦得秤送孟儒卿　包何

願以金鍾秤因君贈別離鈎懸新月吐衡舉衆星隨掌握須平執錙銖必盡知由來投分審莫放弄權移

送客賦得油席帽　錢起

薄質勲加首愁陰幸庇身卷舒無定日行止必依人已沐脂膏惠寧辭雨露頻雖同客衣色不染洛陽塵

賦得彭祖樓送楊宗德歸徐州幕　盧綸

四戶八牕明玲瓏逼上清外欄黃鵠下中柱紫芝生每帶

雲霞色時聞簫管聲望君兼有月幢盖儼層城

贈送張成季往江上賦得垂楊　前人

垂楊眞可憐地勝覺春偏一穗雨聲裏千條池色前露繁花皪皪日麗影團團若到隋堤望應逢花滿船

送韋判官得雨中山　前人

前峯後嶺碧濛濛草擁驚泉樹帶風人語馬嘶聽不得更堪長路在雲中

顏侍御廳叢篁詠送薛存誠　前人

王幹百餘莖生君此堂側拂簷寒雨響擁砌深溪色何事鳳凰雛茲焉理歸翼

賦得長洲苑送李惠　郎士元

草深那可訪地久阻相傳散漫三秋雨踈蕪萬里烟都迷採蘭處強記館娃年客有遊吳者臨風思渺然

題竹扇贈別　皇甫冉

湘竹殊堪製齊紈且未工幸親芳袖日猶帶舊林風掩笑歌筵裏傳書卧閤中竟將為別贈寧與合歡同

春鳥詞送元秀才入京　顧況

春來繡羽齊暮向竹林栖禁苑銜花出河橋隔樹啼尋聲知去遠顧影念飛低別有無巢鷰猶窺幕上泥

柳楊送客　李益

青楓江畔白蘋洲楚客傷離不待秋君見隋朝更何事柳楊南渡水悠悠

別鶴詞送令孤校書之桂府　楊巨源

海鶴一為別高程方窅然影搖江漢路思結瀟湘天皎然仰白日眞姿栖紫烟含情九霄際顧侶五雲前遐心屬清都淒響激朱弦超遥閒風雨迢遞各山川東南信多水會合當有年雌（一作雄）飛嗅寘寘此意何由傳

賦得夜雨滴空堦送魏秀才　楊衡

委簷方滴滴露紅復栖綠醉聽乍朦朧愁聞多斷續始兼泉（一作松）響細稍雜更聲促百慮自縈心况有人如玉

送陳饇賦得白鳥翔翠微　朱灣

不知鷗與鶴天畔弄晴暉背日分明見臨川相映微浄中雲一點迴處雪孤飛正好高枝立翩翩何所歸

聽江笛送陸侍郎　韋應物
遠以(集作聽)江上笛臨觴一送君還愁獨宿夜更向郡齋聞
送李竟之宣州謁袁中丞賦得渡江　張衆甫
古渡大江濱西南距要津自當舟檝路應濟往來人翻浪
驚飛鳥回風起綠鱗(一作蘋)君看波上客歲晚獨垂綸
賦得月下聞蛩送別　劉商
物候改秋節炎涼此夕分暗蟲聲遍草明月夜無雲清迥
簷外見淒其籬下聞感時兼惜別羈思自紛紛
秋砧送邑大夫　竇叔向
斷續長門夜清冷逆旅秋征夫應待信寒女不勝愁帶月
飛城上因風散陌頭離居偏入聽況復送歸舟

吳興送梁補闕歸朝賦得荻花　朱長文
柳家汀州孟冬月雲寒水清荻花發一枝持贈朝天人應
比蓬萊殿前雪
賦得巴峽啼猿送客　釋皎然
萬里巴江夜三聲月(一作出)峽深何年有此路幾客共霑襟
斷壁(一作臂)分連(一作重)影流泉入苦吟淒淒別離處(一作後)(一作)聞
此更傷心　一作皆高僧詩
賦得石梁泉送崔逵　前人
架石通霞壁懸流散碧沙天晴虹影度風細練文斜攀陟
幽期阻沿洄客意賒河梁非此路別恨亦無涯
賦得夜雨滴空階送陸羽歸龍山　前人
閑階夜雨滴偏入別情中斷續清猿應淋漓候館空氣令
煩慮散時與早秋同歸客龍山道東來雜好風
賦得謝墅送王長史　前人
世業州西墅移家長我身蕭疎遺樹老寂寞廢田春車巷
傷前轍籬藩憶舊憐何堪再過此更送北歸人
賦得竹如意送詳法師赴講　前人
縹竹湘南美吾師尚致形仍留負霜節不變在林青每入
楊枝手因譚貝葉經誰期沃州講持此別東亭
賦得顏氏古今事得晉仙傳送顏逸(梁相東王國常侍顏協者晉仙傳五篇)　前人
曾看顏氏傳多記晉時仙却憶桐君老俱還桂父年青春

留鬢髮白日向雲烟遠別賣遺簡囊中有幾篇
妙善寺達公院賦得夜磬送呂評事　前人
一磬寒山至凝心轉清越細和虛籟盡疎繞懸泉發在夜
吟更長停空韻難絕幽僧悟深定歸客忘遠別寂歷無性
中真聲何起滅
奉同顏真卿送李侍御蕚賦得荻塘路　前人
落日車遙遙客心在歸路細草暗迴塘春泉縈古渡遺蹤
歎蕪沒遠道悲去住寂寞荻花空行人別無數
賦得古原草送別　白居易
離離原上草一歲一枯榮野火燒不盡春風吹又生遠芳
侵古道晴翠接荒城又送王孫去萋萋滿別情

賦得望遠山送客歸　釋無可

遶山寒雨過正向暮天橫隱隱凌雲出蒼蒼共（集作與）水平何時（集作年）疑厚地幾處向孤城歸客秋風裏回看傷別情

送祝八之江東賦得浣沙石　李白

西施越溪女明艷光雲海未入吳王宮殿時浣沙古石今猶在桃李新開映故（集作古）查菖蒲猶短未（集作出）平沙昔時紅粉照流水今日新苔復落花君去西秦適東越碧山清江幾超忽若到天涯思故人浣沙石上窺明月

赤壁歌送別　前人

二龍爭戰決雌雄赤壁樓船掃地空烈火張天照雲海周瑜於此破曹公君去滄江弄波（集作澄）碧鯨鯢唐突留餘跡

一一書來報故人我欲因之壯心魄

賦得白鷗歌送李伯康歸使　盧綸

積水深沉（句）白鷗飛翻（句）倒影光素（句）于潭之間（句）銜魚落（句）亂驚鳴（句）爭撲蓮（句）蕖葉（一作華）傾爾不見（句）波中鴨鴟閑無營（句）何必汲汲勞其生柳花冥濛大堤口悠揚相和乍無有輕隨去浪杳不分細舞春風一何有（上句已似押有字）君換得白鷴時獨凭闌干雪滿池今日還同看鷗鳥如何羽翮復參差復參差海潮瀾漫何由期

陳翃郎中北亭送劉侍御賦得帶氷氷流歌　前人

谿中鳥鳴春景旦一派寒冰忽開散璧方鏡圓流不斷白雲鱗鱗滿河漢豐處淺旋處深撇捩寒魚上復沉群鷺鼓舞揚清音主人有客簪白筆玉壺貯此光如一持此贈君君飲之聖君識君冰玉姿

洛陽行送洛陽韋七明府（一有贊字）　顧況

始上龍門望洛川洛陽桃李艷陽天最好當年二三月上陽宮樹千花發疏家父子錯掛冠梁鴻夫妻虛適越

黃鶴樓歌送獨孤助　前人

故人西去黃鶴樓西江之水上天流黃鶴杳杳江悠悠黃鶴徘徊故人離別堂酒盡清絲絕綠嶼沒餘烟白沙連曉月

廬山瀑布歌送李頎　前人

飄白霓挂丹梯應從織女機邊落不遺潯陽潮向西火雷劈山珠噴日五老峯前九江溢九江悠悠萬古情古人行盡今人行老人也欲上山去上箇深山無姓名

賦得秋河曙耿耿送郭秀才應舉（雜言）　歐陽詹

月沒天欲明秋河尚凝白皚皚積光素耿耿橫虛碧南斗接北辰連合（集作空）濛鴻（一作鴻濛）洞浮高天湯湯（集作蕩蕩）漫漫皆晶然實類平蕪流大川星為潭底珠雲是波中烟雞唱漏盡東方作曲渚（集作空曲）蒼蒼曉霜落鴈叫疑從清淺驚鳧聲似在沿洄泊并州細侯直下孫才應秋賦懷金門念排雲漢將飛翻仰之踴躍當華軒夜來陪餞歐陽子偶坐通宵見深旨心知慷慨日（集作目）照然（集作回）前程志在青雲裏

錫杖歌送楚上人歸佛川　權德輿

上人遠自西天至頭陁行遍南朝寺口翻貝葉古字經手持金策聲泠泠護法護身惟振錫石瀨雲溪深寂寂乍來松逕風更寒遥映霜天月成魄後夜空山禪誦時寥寥挂在枯樹枝眞法常傳心不住東西南北隨緣路佛川此去何時迴應眞莫便遊天台

桃花石枕歌送安吉康丞　釋皎然

君吏桃州尚寄跡桃州採得桃花石爛疑朝日照已舒含似春風吹未折珪璋特達世所珍吾知此物亦其倫應羨花開不凋悴應喜玉片無緇磷立性堅剛平若砥君子偏將交道比何人亦秉堅剛姿吾見君心得如此君心所好

我獨知別多見少長相思從今（來一作）賞玩安左右萬里提携君莫辭

春夜賦得漉水囊歌送鄭明府　前人

吳縑楚練何白皙居士持來遺禪客禪客能裁漉水囊不用良工秉刀尺先師遺我戒無鈌（疑）一慮一翻心敢賒夕望東風思漱盥朦朧斜月懸燈紗徙倚花前漏初斷白猿争嘯驚禪伴玉瓶徐瀉尚涓涓濺着蓮衣水珠滴因識仁人為官情還如漉水愛蒼生聊歌一曲與君別莫忘寒泉見底清

賦得隨陽鴈歌送兄南遊　劉商

塞鴻聲聲飛不住終日南征向何處大漠窮陰多沍寒分飛不得長懷安春去秋來年歲疾湖南薊北關山難塞飛萬里胡天雪夜度千門漢家月去住應多兩地情東西動作經年別南州風土復何如春鴈歸時早寄書

賦得射雉歌送楊協律表弟赴婚期　前人

昔日才高容貌古相敬如賓不相覿手奉蘋蘩喜盛門心知禮義感君恩三星照戶春空盡一樹桃花竟不言結束車輿強遊往和風霽日東皐上鸞鳳參差陌上行麥苗縈隴雉初鳴修容盡飾將何益極慮呈材欲導情六藝從師得機要百發穿揚含絶妙白羽風馳碎錦毛青娥怨處嫣然笑揚生詞賦比潘郎不似前賢貌不揚聽調琴弄能和室更觧彎弧足自防秋深為爾持圓扇莫忘魯連飛一箭

泛舒城南溪賦得沙鶴歌奉餞張侍御赴河南元博士赴楊州拜覲僕射　前人

終日閤閤逐群鷄喜逢野鶴臨清溪綠苔春水水中影夜月平沙沙上栖驚謂汀洲白蘋發又疑曲渚前年雪紫頂昂藏肯狎人一聲嘹唳（喨一作）冲天闕素質翩翩帶落暉湖南渭陽相背飛東西分散別離促宇宙蒼茫相見稀皇華地仙如鶴馭乘駕飄飄留不住延望乘虛入紫霞陌頭回首空烟樹會使摶風羽翮輕九霄雲路隨先鳴

姑蘇懷古送秀才下第歸江南　前人

姑蘇臺枕吳江水層級鱗差向天倚秋高露白萬林空低望吳田三百里當時雄盛如何比千仞無根立平地臺前

夾月吹玉鸞臺上迎凉撼金翠銀河倒瀉君王醉灧酒峨冠眄西子宮娃酣態舞娉婷香飈四颭青珠墜伍員結舌長嘘嚱忠諫無因到君耳城烏啼盡海霞銷深掩金屏日高睡王道潜隳伍員死可歎斗間瞻王氣會稽勾踐擁長矛萬馬鳴蹄掃空壘瓦解冰銷真可恥凝艷妖芳安足恃可憐荒堞晚冥濛麋鹿呦呦達遺址君懷逸氣還東吳吟狂日日遊姑蘇興來下筆到奇景瑶盤迸灑蛟人珠大鵬矯翼翻雲衢嵩峯霽後凌天孤海潮秋打羅剎石月魄夜當彭蠡湖有時凝思家虛無霓幢髣髴遊仙都琳瑯暗戛王華殿天香静裊金芙蕖君聲日下聞疑來久清聽何人敢敵手我逃名迹遁西林不得灞陵傾別酒莫便五湖為

隱淪年年三十昇仙人

文苑英華卷第二百八十五

文苑英華卷第二百八十六　詩一百三十六

留別一

梁元帝二首　何遜一首
任昉一首　吳均五首
劉顯一首　劉孝綽一首
宗史一首　庾抱一首
賀力牧一首　孫萬壽一首
孔紹安一首　王勃三首
盧照鄰四首　駱賓王三首
褚亮一首　崔融一首
陳子昂六首　宋之問四首

崔湜一首　張說四首
蘇頲一首　王維二首
孟浩然五首　杜甫三首
李白三首　祖詠二首
常建一首

別荊州吏目二首　梁元帝

寄言謝綵黜無乃氣干雲安知灞陵下復有李將軍

二

莫言江漢遠炯霞隔數千何必黄丞相重應臨潁川

從鎮江州與游故別　何遜

歷稔共追隨（一作數聚遊）一旦辭群匹復如東流水未有西歸日

夜雨滴空堦天曉(類聚作曉燈)暗離室相悲各罷酒何時更促膝

別　任昉

離燭有窮輝別念無終緒岐言未及申離白(一作)已先舉攬景銜巫(一作苻蕪)阿臨風長秋渚浮雲難嗣音徘徊悵誰與儻有關外驛聊訪狎鷗嶼(一作鷺)(一作皆藝文類聚)

贈別新林　吳均

僕本幽并兒抱劍事邊陲風亂青絲絡霧染黃金羈天子既無賞公卿竟不知去去歸去來還傾鸚鵡杯氣爲故交絕心爲新知開但令寸心是何須銅雀臺

發湘洲贈親故別三首　前人

相送出江潯淚下霑衣襟何用叙離別臨岐贈好音敬通才如此君山學復深明哲遂無賞文華空見沉古來非一日無事更勞心

二

雲生曨靄靄花落夜霏霏問余何意別吞言倦遊歸徒勞易水布空負洛陽衣懷金無人別抱玉遂成非安得久留滯商山餓白薇

三

君留朱門裏我至廣江濆城高望猶見風多聽不聞流蘋方繞繞落葉向紛紛無由得共賞山川間白雲

壽陽還與親故別　前人

故人來送別悵酒臨行阡露繁秋色慢氣慘蟪聲煎鴈渡章華國葉辭洞庭天復有何淚中腸皆漣漣但願千丈松結景雲之峰山高日華早枝多風彩(疑)重我還愛芳杜君住揖驪龍

發新林浦贈同省　劉顒(見類聚)

回首望歸塗山川邈離異落日懸秋浦歸鳥飛相次感物傷我情惆悵懷親懿

發建興渚示劉陸二黃門　劉孝綽(見類聚)

扁舟去平樂還顧極川梁猶聞橐下吹尚識杏間堂洛橋分曲渚宮寺隱回塘客行裁跬步即事已多傷況復千餘里悲心未遽央

別　宗史

別酒正參差乖情將陸離悵焉臨桂苑憫然瞻華池輕雲流忠彩時雨亂清漪耿耿(類聚作耿耿)追蘭徑悠悠結芳枝眷言終可托心寄方在斯

別蔡參軍　庾抱

人世多飄忽溝水易西東今日歡娛盡何年風月同悲生萬里外恨起一杯中性靈如未失南北有征鴻

亂後別蘇州人　賀力牧

徘徊聯閶闔悵望極姑蘇慨矣嗟荒運悲哉惜霸圖子常終覆郢宰嚭遂亡吳石隕星方暗山焦川自枯周室摧棫樸漢社落枌榆宮毀無巢燕城空餘樂烏茲邦號端委多

士自相趨照廡同燕石光車等魏珠言離已惆悵念別更
迦𨁝若訪任公子求余東海隅

贈別　孫萬壽

昔我遊雲閣及爾謬同官高步參師友長裾接綺紈索居
方十載相思勞萬端不言今夕遇得盡故人歡酒隨彭澤
至瑟即武城弹高齋屏餘熱珍簟宿輕寒華落霜威重萸
疎月色殘將歸動離恨彌傷行路難

別徐永元秀　孔紹安

金湯既失險玉石乃同焚墜葉還相覆落羽更為群豈謂
三秋節重陽千里分遠離絃易轉幽咽水難聞欲識相思
處山川間白雲

秋日奉別王長史公　王勃

別路千萬里深恩重百年空悲西候月更動北梁（集作北京）篇
野色籠寒霧山光斂暮烟終知難再奉懷德自潸然

別薛升華　前人

明月沉珠浦秋風濯錦川樓臺（集作闌山）臨絶岸洲渚亘長天
旅泊（集作飄泊）成千里棲遑共百年窮途唯有淚還望獨潸然

秋日別薛升華　前人

送送多窮路遑遑獨問津悲涼千里道悽斷百年身心事
同漂泊生涯共苦辛無論去與住俱是夢中人

西使兼孟學士南遊　盧照鄰

地道巴陵北天山弱水東相看萬餘里共以（倚）一征鴻零

兩悲王粲清鐏別孔融徘徊閑夜鶴悵望待秋鴻骨肉胡
秦外風塵關塞中唯餘劒（集作鋒）在耿耿氣成虹

還赴蜀中貽示京邑遊好　前人

蘋宿花初滿章臺柳向飛如何正此日還望（集作喜）昔多違
悵別風期阻將乖雲會稀斂衽辭丹闕懸旌陟翠微野禽
喧戍鼓春草變征衣回顧長安道關山起夕霏

晚渡渭橋寄示京邑遊好　前人

我行背城闕驅馬獨悠悠寥落百年事徘徊萬里憂途遥
日向夕時晚鬢將秋滔滔俯東逝耿耿泣西浮長虹掩釣
浦落鴈下星洲草變黃山曲花飛清渭流逆（集作逆）水驚愁
鷺騰沙起狎鷗一赴清泥道空思玄灞遊

從蜀還京贈別（已見二百六十七卷）　前人

秋日別侯四得弹字　駱賓王

我留安豹隱君去學鵬摶岐路分襟易帆潮（集作風霜）促膝難
夕漲流波急秋山落日寒唯有思鄉（集作歸）引悽斷為君彈

西行別東臺詳正學士　前人

意氣坐相親關河別故人客似秦川上歌疑易水濱塞荒
行辯玉臺遠尚名輪溲井懷邃將尋源重漢臣上苑梅花
早御清楊柳新柢應持此曲別作邊城春

別李嶠得勝字　前人

芳樽徒自滿別恨轉難勝客似遊江岸人疑上灞陵寒更
承夜永涼景向秋澄離心何以贈自有玉壺冰

悅別樂記室產　　　　駱賓王
窮途屬歲晚臨水忽分悲抱影同爲客傷情去此時霧色
侵虚牖霜氛冷薄帷舉袂慘將別停杯悵不怡風嚴征鴈
遠雪暗去蓬遲他鄉有岐路遊子欲何之

留別杜審言并呈洛中舊遊　　崔融
斑鬢今爲別紅顏集作壓昨共遊年年春不待處處酒相晋
駐馬西橋上回車南陌頭故人從此隔風月坐悠悠

落第西還別魏四懍　　陳子昂
轉蓬方不定落羽自驚弦山水一爲別歡娛復幾年離亭
暗風雨征路入雲烟還因北山逕歸守東陂田

以下六篇並見集本

落第西還別劉祭酒高明府　　前人
別館分周國歸驂入漢京地連函谷塞川接廣陵集作城陽城
望迥樓臺出途遥烟霧生莫言長落羽貧賤一交情

春夜別交人二首　　前人
銀燭吐青烟金樽對綺筵離堂思琴瑟別路遶山川明月
隱高樹長河沒曉天悠悠洛陽道此會在何年

二
紫塞白雲斷青春明月初對此芳罇夜離憂悵有餘清冷
花露滿滴瀝簷宇虚懷君欲何贈願上大臣書

送州南江別鄉里集作曲故人　　前人
楚江復爲客征棹方悠悠故人憫追送置酒此南州平生

亦何恨夙昔在林丘遠此鄉山別長謠去國愁

別李參軍崇嗣　　前人
四十九變化一十三死生翕忽玄黄裏驅馳風雨情是非
紛妄作寵辱坐相驚至公集作人獨幽覽窈窕隨昏明咫尺
山河道軒牕日月庭別離焉足問悲樂固能并我輩何爲
爾棲遑循未平金臺可攀陟寶盖絶將迎户牖觀天地階
基上杳冥自超三界樂安知萬里征中國要荒内人寰宇
宙榮放望如朝夕寧嗟蜀道行

留別之望舍弟　　宋之問
同氣有三人分飛在此晨西馳巴嶺徼東去汶陽濱強飲
離前酒終傷別後神雛集作雛憐散花蕚獨赴日南春

漢江宴別　　前人
漢廣不分天舟移杳若仙秋虹映晚日江鶴弄晴烟積水
浮冠盖遥風逐管絃嬉遊不可極留恨此山川積水集作積氣

端州別袁侍郎　　前人
合浦途未極端溪行暫臨淚來空泣臉愁至不知心客醉
山月靜猿啼江樹深明朝共分手之子愛千金

渡吳江別王長史　　前人
倚棹望茲川銷魂獨黯然鄉連江北樹雲斷日南天鉤別集作劍別
龍初沒書成鴈不傳離舟意無限催渡復催年

贈蘇少府赴任江南余時還京　　崔湜
丈夫不歎別達上自安卑攬泣固無趣銜杯空爾爲流雲

春窈窕去水蓂遠迤行舟忽東泛歸騎亦西馳秦地多芳草江潭有桂枝誰言阻遐闊所貴在相知

南中別王陵成崇　張說

握手與君別岐路贈一言曹鄉禮公子楚媼餽王孫倏爾生六翮翻飛夾九閽常懷客鳥意會答主人恩

以下五篇並見集本

石門別楊六欽望　前人

燕人同竄越萬里自相哀影響無期會江山此地來暮年傷泛梗累日慰寒灰潮水東南落浮雲西北廻俱看石門遠倚棹兩悠（集作悲）哉

端州別高六戩　前人

異壤同羇竄途中喜共過愁來時舉酒勞罷或長歌南海風潮壯西江瘴癘多於焉復分手此別傷如何

南中別蔣五向青州（已見二百六十七卷）　前人

南中別陳七李十　前人

二年共遊處一旦各西東請君聊駐馬看我轉征蓬晝鵠愁南海離駒思北風何時似春鴈雙入上林中

陳倉別隴州司戶李維深　蘇頲

京國自攜手同途欣解顏情言正的的春物宛遲遲忽背雕戈星（巔）旋瞻獲寶祠蜀城余出守吳岳爾歸思歡愜更傷此春殷殊念茲揚麾北林徑跋石南澗湄中作帶觴餞回添道路悲數花臨磴日百草覆田時有美同人意無爲

行子辭高歌扳袂起吾是答恩私

留別溫古上人兄并示舍弟縉　王維

解薜登天朝去時（集作師）偶將（集作時）昔豈唯山中人兼負松上月宿昔同遊止致身雲霞末開軒臨潁陽臥視飛鳥沒好依盤石飯屢對瀑泉歇（一作渴）理齊仰小隱道勝寧外物舍弟官崇高宗兄此削髮荊扉但灑掃乘閑當過拂（集作歇）

留別丘為　前人

歸鞍白雲外繚繞出前山今日又明日自知心不閑親勞簪組送欲趁鶯花還一步一回首遲遲向近關

將適天台留別臨安李主簿　孟浩然

枳棘君尚棲匏瓜吾豈繫誰念離亭下（集作當夏）淡（一作飄）泊指

炎裔江海非惰遊田園失歸計空山既早發漁浦亦宵濟泛泛隨波瀾行行任艫枻故林日已遠群木坐成翳羽人在丹丘吾亦從此逝

東京留別諸公　前人

吾道昧所適驅車還向東主人開舊館留客醉新豐樹繞溫泉綠塵遮曉日紅拂衣從此去高步躡華嵩

留別王侍御　前人

寂寂竟何待朝朝空自歸欲尋芳草去惜與故人違當路誰相假知音世所稀祇應守索寞還掩故園扉

遊江西留別富陽裴劉二少府　前人

西上遊江西臨流恨解攜千山疊成障萬水瀉爲溪石淺

流離沂滕長險易躋誰憐問津客歲晏此中迷

適越留別譙縣張主簿申屠少府　前人

朝乘汴河流夕次譙縣界幸因（集作值）西風吹得與故人會君學梅福隱予隨（集作從）伯鸞邁別後能相思浮雲去（集作在）吳會

暮秋將歸秦留別湖南幕府親友　杜甫

水闊蒼梧晚（集作野）天高白帝秋途窮那免哭身老不禁愁大府才能會諸公德業優北歸衝雨雪（集作誰）憫弊貂裘

留別嚴賈二閣老兩院遺補諸公　前人

田園須暫往戎馬惜離群去遠留詩別愁多任酒醺一秋常苦雨今日始無雲山路晴吹笛（集作角）那堪處處聞

別董頲　前人

窮冬急風水逆浪開帆難士子甘旨闕不知道里寒有求彼樂土南適小長安到我舟楫去覺君衣裳單素聞趙公節撫盡賓主歡已結門廬望無令霜雪殘老夫纜亦解脫粟朝未飡飄蕩甲兵際幾時懷抱寬漢陽頗寧靜峴首試考槃當念著白帽采薇青雲端

夜別張五　李白

吾多張公子別酌酣高堂聽歌舞銀燭把酒輕羅霜橫笛弄秋水（集作月）琵琶彈陌桑龍泉解錦帶爲爾傾千觴

江夏別宋之悌　前人

楚水清若空遥將碧海通人分千里外興在一杯中谷鳥吟晴日江猿嘯晚風平生不下淚於此泣無窮

出金門後書懷留別翰林諸公　前人

好古笑流俗素聞賢達風方希佐明主長揖辭成功白日在青天回光照微躬恭承鳳凰詔歘起雲蘿中清切紫霄迥優游丹禁通君王賜顏色聲價凌烟虹乘輿擁翠蓋扈從京城東寶馬麗絶景錦衣入新豐倚巖望松雪對酒鳴絲桐因學揚子雲獻賦甘泉宮天書美片善清芬播無窮歸來入咸陽談笑皆王公一朝去金馬飄落成飛蓬賓從日踈散玉罇亦已空才力猶可倚不慚世上雄閑作東武吟曲盡情未終書此謝知己滄浪（集作波）尋釣翁

留別裴聰盧象　祖詠

朝來已握手宿別更傷心灞水行人渡商山驛路深故情君且足謫宦我難任直道皆如此誰能淚滿襟

歸汝墳山莊留別盧象

淹留歲將晏久廢南山期舊業不見棄還山從此辭遥林入南澗刈楚向東菑對酒雞黍熟閉門風雪時非君一延首誰慰遥相思

潭州留別　常建

賢達不相識偶然交已深宿帆謁郡佐悵別依禪林湘水流入海楚雲千里心望君杉松夜山月清猿吟

文苑英華卷第二百八十六

文苑英華卷第二百八十七　詩一百三十七

晉别二

崔國輔一首　王昌齡七首
高適二首　劉長卿十三首
李頎一首　包何一首
李嘉祐二首　錢起二首
郎三元三首　皇甫冉一首
顧況二首　耿緯三首
李端一首　盧綸三首
嚴維一首　戴叔倫七首
權德輿二首　朱放二首

劉復一首　陳存一首
鮑溶一首

清水西别李參　崔國輔

人録尚書事家臨御路傍鑿池通渭水避暑借明光淑媛妻封邑軒車子拜郎寵榮因掖裏勢極必相亡

晉别武陵袁丞　王昌齡

皇恩暫遷謫待罪逢知己從此武陵谿（集作谿去）泝舟二十里桃花遺古岸金澗流春水誰識馬將軍忠貞抱生死

晉别岑參兄弟　前人

江城建業樓山盡滄海頭副職守兹縣東南棹孤舟長安故人宅秣馬經前秋便以風雪暮還爲縱飲畱貂蟬七葉貴鴻鵠萬里遊何必念鍾鼎所在亰（一作亭）肥牛爲君㗛一曲且莫彈箜篌徒見枯者艷誰言直如鈎岑家雙瓊樹騰光難爲儔誰言青門悲俯期吳山幽日西石門嶠月吐金陵洲追隨探（一作採）靈恠豈不驕王侯

東京府縣諸公與綦毋潛李頎相送至白馬寺　前人

勒（集作鞍）馬上東門徘徊入孤舟賢豪相追送即棹千里流赤（集作遠）岸落日在空波微烟收官（集作宦）薄亡機括醉來即淹畱月明見古寺林外登高樓南風開長廊夏夜如凉秋江水照吳縣西歸夢中遊

晉别伊闕張少府郭大都尉　前人

傜客就一醉主人空金罍江湖青山底欲去仍徘徊郭侯未相識策馬伊川來把手相勸勉不應老塵埃孟陽蓬山舊仙館畱清才日晚歡取别風長雲遂開幸隨板輿遠負譴何憂哉唯有忠信者音書報雲雷

岳陽别李十七越賓　前人

相逢楚水寒舟在洞庭驛具陳江波事不異淪棄跡杉上秋雨聲悲切蒹葭夕弾琴收餘響來送千里客平明孤帆心歲晚濟代策時在身未充瀟湘不盈盡（疑）湖小洲渚聡澹淡烟景碧魚鱉自有性龜龍無能易讒黜同所安風土任所適閉門觀元化携手遺損益

山中别龐十　前人

幽娟松篠徑月出寒蟬鳴散髮盱其下誰知孤隱情吟時白（集作碧）雲合酌罷（集作釣豪）玄潭淸夔樹方杳鸞鳳兮保其眞

纓氏尉沈興宗置酒南溪留贈　前人

林色與溪古深篁引幽翠山樽在漁舟棹月淸已醉始窮淸源口壑絶人境異春泉滴空崖萌草坼陰地久之風榛寂（集作疑）遠聞樵聲至海鴈時獨飛永然滄洲意古時靑冥客滅跡淪一尉吾子躊躇心豈其紛埃事緱岑信所尅濟北余乃遂齊物可任今息肩理循未卷舒形性表脱略賢哲議仲月期角巾飯僧嵩陽寺

留別鄭三韋九兼洛下諸公　高適

憶昨相逢論久要顧公哂我輕高調羇旅須同白社遊詩

書已得（詩選作此作）靑雲料蹇步蹉跎竟不成年過四十尚躬耕長歌達士（集作者）杯中物大（詩選作冷）笑前人身後名幸逢明盛多招隱高山大澤徵求盡此時也（集作苟）得辭漁樵靑袍裹身荷聖朝犂牛（詩選作牛犂）釣竿不復見縣人邑吏來相邀遠路鳴蟬秋興發華堂美酒離憂銷不知何日更攜手應念茲辰去去遙（詩選作去折腰　集作尚折腰）

平臺夜遇李景參有別（已見二百十八卷）　前人

赴新安別梁侍御　劉長卿

新安君莫問此路水雲深江海無行迹孤舟何處尋靑山空向淚白日豈知心縱有餘生在終傷老疾侵

案覆後赴睦州贈苗侍御　前人

地遠心難達天高謗易成羊腸留覆轍虎口脱餘生直氏偷金枉于家決獄明一言知已重片義殺身輕日下人誰憶天涯客獨行年光銷蹇步秋氣入衰情建德知何在長江問去程孤舟百口淚萬里一猿聲落日看鄉路空山向郡城豈令冤氣積千古在長平

赴宣州使院夜宴寂上人房留辭前蘇州韋使君　前人

白雲乖始願滄海有微波戀舊常趨府臨危欲負戈春歸花殿暗寒傍竹房多可耐幾心息其如羽檄何

湖南使還留辭辛大夫

王師勞近甸兵食仰諸侯天子無南顧元勳在上游大才

生間氣盛業拯横流風景隨搖筆山川入運籌羽觴交餞席旄節對歸舟鸎識春深恨猿知日去愁別離花寂寂南北水悠悠唯有家將國終身共所憂

江州留別薛六柳八二員外　前人

江海逢君少東南別處長獨行風嫋嫋相去水茫茫白首辭同舍靑山背故鄉離心與潮信每日到潯陽

曲阿對月別岑况徐説　前人

金陵已蕪沒函谷復烟塵猶見南朝月還隨上國人白雲心自遠滄海意相親何事須成別汀洲欲暮春

長沙桓王墓下別李紓張南史　前人

長沙千載後春草獨萋萋流水朝空（集作將）暮行人東復西

碑苔幾字滅山木萬株齊未有年芳在(集作佇立萬今古)相看惜解携

此詩三百六卷重出今已削去

雨中過員稷巴陵山居贈別　前人

憐君洞庭上白髮向人垂積雨悲幽獨長江對別離牛羊歸故道猿鳥聚寒枝明發逢相望雲山不可知

別陳畱諸公　前人

戀此東道主能令西上遲徘徊暮郊別惆悵秋風時上國邈千里夷門難再期行人望落日歸馬嘶空陂不愧寶刀贈唯懷變樹枝音塵儻未接夢寐徒相思

畱別嚴士元(見二百七十卷)　前人

赴南邑(集作中)畱題別褚七少府湖上亭(見三百十五卷)　前人

潁川畱別司倉李萬　前人

故人早負干將器誰言未展平生意想君疇昔高步時豈肯(集作肯)料如今折腰事且知投刃皆若虛日揮案牘常有餘槐暗公門還小吏荷香陂水膾鱸魚客裏相逢款話(一作語)深如何岐路剩沾襟白雲西上催歸念潁水東流是別心落日征驂隨去塵含情揮手背城闉已恨良時空此別不堪秋草傷(集作更)愁人

昔昔鹽　薛道衡

垂柳覆金堤蘼蕪葉復(一作正)齊水溢芙蓉沼花飛桃李蹊採桑秦氏女織錦竇家妻關山別宕子風月守空閨恒斂千金笑長垂雙(一作白)玉筯盤龍隨鏡隱彩(一作犀)鳳逐幃(一作雲)低飛(一作鷩)魂同夜(一作野)鵲倦寢憶晨雞暗牖懸蛛網空梁落燕泥前年過代北今歲往遼西一去無消息(一作還意)那能惜馬蹄

右此篇文苑英華題作劉長卿別宕子怨長卿集初無此篇而郭茂倩樂府及洪邁容齋續筆並以爲薛道衡昔昔鹽按通鑑隋煬帝誅道衡曰更能作空梁落燕泥否英華殆因韋縠編唐才調集作劉長卿詩而誤也其間八字異同已注一作邁又云玄怪録載籧篨三娘工唱阿鵲鹽又有突厥鹽黄帝鹽白鴿鹽

神雀鹽疎勒鹽滿座鹽歸國鹽唐詩媚賴吳娘唱是鹽鹽更奏新聲刮骨鹽然則歌詩謂之鹽者如行吟曲引之類今南嶽朝獻神樂曲有皇帝鹽而俗傳以爲皇帝炎長沙志從而書之蓋不可考也然邁既謂才調集有趙嘏廣道衡燕泥一詩不應以趙爲劉長卿云愚意此詩但當以綱目爲證則其爲薛道衡之作無疑矣

畱別王盧二拾遺　李頎

此別不可道此心當報誰春風灞水上飲馬桃花時誤作好文士只令遊宦遲畱書下期(疑)客我故有山期

婺州畱別御使君　包何

西掖馳名久東陽出守時江山婺女分風月隱侯詩別恨
雙溪急畱歡五馬遲迴舟映沙嶼未遠剩相思

常州韋郎中泚舟見餞　李嘉祐

主人憑軾貴送客泚舟稀逼岸隨芳草回撓背落暉映花
雙節駐臨水伯勞飛醉與羣公狎春塘露晃歸

畱別毗陵諸公　前人

文作涔（一作岑）陽令卅年忽再還淒涼辭國澤離亂到鄉山
北固潮聲滿南徐草色閑知心從此別相憶鬢毛班

晚歸藍田酬中書常舍人贈別　錢起

卑栖却得性每與白雲歸徇祿仍懷橘看山免采薇暮禽
先去馬新月待開扉霄漢時回首知音青瑣闈

鑾駕避狄歲寄別韓雲卿　前人

白髮壯心死愁看國步移關河慘無色親愛忽驚離影絶
龍分劒聲哀鳥戀枝茫茫海雲外相憶不相知

畱別鄭礒　郎士元

暮蟬不可聽落葉豈堪聞是日悲秋客那能此路分荒城
背流水遠鴈入寒雲陶令東籬菊餘花可贈君

別房士清　前人

世路還相見偏堪淚滿衣那能郢門別獨向鄴城歸平楚
看蓬轉連山望鳥飛蒼蒼歲陰暮況復惜馳暉

咸陽西樓別竇審　前人

西樓迥起寒原上霽日遙分萬井閒小苑城隅連渭水離
宮曙色近京關亭臯寂寞傷孤客雲霽蕭條滿衆山時命
如今猶未偶辭君擬欲拂衣還

潤州南郭畱別　皇甫冉

縈回楓葉岸畱滯木蘭橈吳岫新經雨江天正落潮故人
勞見愛行子自無聊君（疑作若）問前程事孤雲入剡遙

贈別崔十三長官　顧況

真玉燒不熱寶劒拗不折欲別崔俠心崔俠心如鐵復如
金剛鏁無有功不徹仍於直道中行事不詆訐崔俠兩兄
弟垂範繼芳烈相識三十年致書字不滅我來宣城郡飲
水仰清潔藹藹北阜松峩峩南山雪顧生歸山去知作幾
年別

別江南　前人

江城吹曉角愁殺遠行人漢將猶防虜吳官欲向秦布帆
輕白浪錦帶入紅塵將底求名宦平生但任真

贈別安邑韓少府　耿湋

子真能未往（集作自往）江海意何如門掩疎塵吏心閑說道（集作閱道）
書故城（集作古城）寒欲雪遠客暮無車杳杳思前路誰堪千
里餘

別觧明府　前人

閑人州縣厭賤士友朋譏朔雪逢初下秦關獨暮霏（集作暮歸）
寒蕪上原淺殘燒過風微一路何相慰唯君能致歸（集作政稀）

邢州畱別　前人

終歲山川路生涯竟幾何艱難為客慣貧賤受恩多暮角
飄長韻寒流起細波懸愁茂陵宅春色又相過

歸山與酒徒別　李端

野客本無意此來非有求煩君微藥送未遜(集作未免)憶山愁
紅燭侵明月青俄促白頭童心久已盡豈為豔歌愁

春日書情贈別司空曙(已見二十五卷)　盧綸

落第後歸山下舊居留別劉起居昆季　前人

寂寞過朝昏沉憂豈易論有時空卜命無事可酬恩寄食
依隣里成家望子孫風塵知世路衰賤到君門醉裏因多
感愁中欲強言花林逢廢井戰地識荒園悵別臨清野悲
春上古原鳥歸山外樹人過水邊村潘岳方稱老嵇康太

厭喧誰堪將落羽回首仰飛翮

將赴京留別令公　前人

沙鶴驚野雨初收(集作驚鳴野雨收)大河雲(集作風)物颯然秋力微
恩重詎難報不是行人不解愁

留別鄒紹劉長卿　嚴維

中年從一尉自歎此身非道在(集作薄)甘微祿時難恥息機
長趨本郡府晝掩故山扉待得(集作見)干戈畢何妨更採薇

留別道州李使君圻　戴叔倫

瀧路下丹徼鄣童揮晝橈山回千騎隱雲(詩選作雪)斷兩鄉遙
漁滬擁寒溜畲田落遠燒維舟更相憶惆悵坐空(詩選作通)宵

將遊東都留別包諫議　前人

衰容慙墨綬素舸逐秋風雲雨恩難報江湖意已終縣當
仙洞口路出故園東莊有新離恨長留夢寐中

灞岸別友　前人

車馬去遲遲離言未盡時看花一醉別會面幾年期樵路
商山館漁洲楚帝祠南登回首處猶得望京師

江南別(一作汝南逢)董校書(已見二百十八卷)　前人

臨川從事還別崔法曹　前人

謬官辭獲免濫獄會平反遠與故人別龍中望所言除天
寒不雨古木夜多猿老病比歸去餘年學灌園

海上別薛舟　前人

行旅悲摇落風波厭別離客程秋草遠心事故人知暮鳥

飛江岸征徒起路岐自應無定所還似欲相隨

婺州路別錄事　前人

府中相見少江上獨行遲會日起離恨新年別舊客春雲
猶伴雪寒渚未通潮回首羣山暝思君轉寂寥

酬別蔡十二見贈　權德輿

伊人茂天爵恬澹卧郊園傲世方隱几說經久顓門浩歌
曳柴車詎羨丹轂尊嚴霜被鶉衣不知衹白溫游心羲文
際愛我相討論黃河忽朝宗傳騎令載奔崢嶸歲陰晚愀
愴離念繁別館絲桐清寒郊烟雨昏中飲見逸氣縱談窮
化元佇看分車起聖代待乞言

餘干贈別張二十二侍御　前人

蕪城陌上春風別干越亭邊歲暮逢驅車又愴南北路返
照寒江千萬峰

毗陵留別　朱放

別離非一處此處最傷情白髮將春草相隨日日生

別李季蘭　前人

古岸新花開一枝岸傍花下有分離莫將羅袖拂花落便
是行人腸斷時

出三城留別幕中三判官　劉復

鄉禽記高柯倦客念主人恩義有所加四海同一身况皆
噴代姿翰音及良辰陳規佐武略高枕據要津嘗疑作常願
投素誠今果得所申金壘列四座廣廈無炎氛留連徂暑

中觀望歷數旬河山隊以固士卒勇且仁飾裝告來歸祖
遙越城闉愧無清玉案緘佩永不泯

楚州贈別周愿侍御　陳存

漂泊楚水來捨舟坐高館途窮在中路孤征慕前伴風雨
一留宿關山去欲懶淮南木葉飛夜聞廣陵散

留別杜員外式方　鮑溶

東風吹旅懷鄉憂無夜無慙嘆集作見君子堂貧思上歸途
海岳汎念深涓塵復何須婆娑不材木砥曲無弦琢惻惻
奉離罇承歡獨向隅時當鳳來日孰用雞鳴夫回首九仙
門皇家在玉壺慙非海人別淚下不成珠

文苑英華卷第二百八十七

文苑英華卷第二百八十八　詩一百三十八

留別三

釋靈一三首　釋護國一首
釋法震一首　釋皎然一首
楊衡三首　歐陽詹二首
韓愈二首　孟郊四首
張籍四首　白居易三首
姚合一首　于武陵一首
盧肇一首　賈島六首
朱慶餘一首　釋無可一首
周賀二首　温庭筠三首

許渾四首　項斯一首
顧非熊一首　馬戴八首
趙嘏五首　喻坦之一首
陳陶四首　鄭谷四首
杜荀鶴四首　張喬一首
張蠙二首　羅隱二首

留別忠州故人　釋靈一

一身無定處萬里獨銷魂芳草迷歸路春流滴淚痕幾時
休旅食何夜宿江村欲識相思苦空山啼暮猿

贈別皇甫曾　前人

幽人從遠岳過客愛春山高駕能相送孤遊且未還紫苔

封井石綠竹㭊柴關若到雲峯外齊心去住間

歸岑山留別　前人

禪客無心憶薜蘿自然行徑向山多知君欲問人間事始與浮雲共一過

別盛安　釋護國

情人取次幾淹留別後南州與北州月色爲憐今夜客砧聲却似去年秋欲除豺虎論三界莫對雲山詠四愁親故相逢且借問古來無種是王侯

別盧使君歸故栅村　釋法震

歸風白馬引嘶聲落日猶堪楚塞情塞口竹緣空戍沒潮頭沙擁慢岡成松田且欲親耕種郡守何偏問姓名來道宿程投故栅依依漁父解相迎

別山并序　釋皎然

時因主人寄風溪蘭若與道士石脇風相鄰禪僧仙師時得道會至秋中值外緣有請別山懷舊遂有是詩

山翁亦好禪借我風溪樹採藥多秋蓬汲泉有春渡幽僧時相遇仙子或與晤自許戰勝心彌高獨遊步如何區中事奪我林棲趣辭山下復上戀石行仍顧宿昔情或乖庶幾跡無誤松聲莫相誚此心冥去住

桂州與陳羽念別　楊衡

慘慼損志抱因君時解顏重歎今夕念復在幾夕間碧桂水連海蒼梧雲滿山茫茫從此去何路入秦關

夷陵郡內叙別　前人

禮娶嗣明德同牢夙所欽况蒙生死契豈顧蓬蒿心雋幣任野薄恩愛緣義深同聲若鼓瑟合韻似鳴琴將從客未立就贅意難任皎月託言誓滄波信浮沉荆臺理表撒巫渚凝宵襟憫憫百慮起囬囬萬恨深候更促徒侶先曉徹夜禽燈彩凝寒風蟬思噪客林留念同心帶贈遠芙蓉簪撫懷極投淚感物重黃金分鸞豈遐阻別劒念相尋儻甘蓬戶賤顏俟故山岑

將之荆州南與張伯剛馬惣鍾陵夜別

荆臺別路長客緒分離狀莫訴杯來促更籌屢已倡燭花侵霧暗瑟調含風亮詎念曉帆開默聊參差浪

蜀中將歸留辭韓相公　歐陽詹

寧體則雲構方前恒玉食貧居豈及此要自懷歸憶在夢關山遠如流歲華逼明晨首鄉路迢遞孤飛翼

江夏留別華二（集作別辛三十特自襄陽同舟而下予歸關華集作辛從此赴舉）　前人

瀰棹已傷別不堪離緒催十年一心人千里同舟來鄉路我（集作予）尚遥客遊（集作程）君未回將何慰兩端未免（集作臨互銳）岐杯

醉中留別襄州李相公　韓愈

濁水汙泥清路塵還曾同制掌絲綸眼穿長訝雙魚斷耳熱何辭數爵頻銀燭未銷窗送曙金釵半醉（一作墜）座添春

知公不久歸釣軸應許閑官寄病身
此詩二百五十七卷重出今已削去註異同爲一作
韶州留別張使君　前人
來往再逢梅柳新別離一醉綺羅春久欽江總文才妙自嘆虞翻骨相屯鳴笛急吹催落日清歌緩送感人行已知奏課當徵拜那復淹留詠白蘋
汴州留別韓愈　孟郊
不飲濁水瀾空滯此汴河坐見繞岸水盡爲還海波四時不在家弊服斷線多遠客獨顯頹春英各婆娑荒陂集作汴水饒曲流野桑無直柯但爲君子心歎息將匪他
下第東歸留別長安知己　前人

共照日月影獨爲愁思人豈知鶗鴂鳴瑶草不得春一片兩片雲千里萬里身雲歸嵩之陽身寄江之濆棄置復何道楚情吟白蘋
長安留別李觀韓愈因獻張徐州　前人
富別愁在顏貧別病銷骨懶磨舊銅鏡畏見新白髮古樹春無花子規啼有血離絃不堪聽一聽三四裂集作四五絶世途非一險俗慮有文粹作各千結有客步大方驅車獨迷悵故人韓與李逸翰雙皎潔哀我摧折歸贈詞縱橫設徐方國東樞元戎天下傑禰生投刺游王粲吟詩謁高情無遺照朗抱開曉月有上不埋冤有讐皆爲雪願爲直草木永向君地列願爲古琴瑟永向君聽發欲識丈夫心曾將寶集作劍說
怨別　前人
一別一回老志士髮白早在富易爲容居貧難自好沉憂損性靈服藥亦枯槁秋風客集作遊子衣落日行遠道問君去何之賤身寧集作難自保
襄州集作國別友　張籍
曉集作晚色荒城下相看秋草時獨遊無定計不欲道歸集作來期別處去家遠愁來集作中驅馬遲歸人渡烟水葉落集作遠映野棠枝
春日留別　前人
遊人欲別離醉復看花枝看却春又晚莫輕年少時臨行

記分處回首是相思各向天涯去重來未有可一作期
留別江陵王少府　前人
迢迢山上路病客獨行遲況此分襟日一作手處當君失意時寒林路遠驛晚燒過荒陂別後空回首相逢未有期
蘇州江岸留別樂天　前人
銀泥裙映錦障泥畫舸停橈馬簇蹄清管曲終鸚鵡語紅旆影動薄寒嘶漸消酒色朱顏淺欲語離情翠黛低莫忘使君吟詠處汝墳湖北武丘西
郢州別王七使君　白居易
昔時詩狂客今爲酒病夫強吟翻悵望縱醉不歡娛鬢髮三分白交親一半無郢城君莫歎猶較近京都

別常勦　前人
百年愁裏過萬感醉中來惆悵城西別愁眉兩不開

留別微之　前人
干時久與本心違悟道深知前事非猶厭勞形辭郡印那能趁伴著朝衣五千言裏教知足三百篇中勸式微少室雲邊伊水畔比君較老合先歸

別友人　姚合
病僮將瘦馬難算往來程野寺僧相送河橋酒滯行足愁無道性久客會人情何計羇集作窮貧盡同居不出城

夜與故人別　于武陵
白日去難駐故人非舊容今宵一別後何處更相逢過楚

水千里到秦山萬集作幾重話一作語來天末一作又曉月落潚城鍾

別宜春赴舉　盧肇
秋天草木正蕭疎西望秦關別舊居楚上芳罇今日酒簷中黃卷古人書辭鄉且伴集作離山且作銜蘆鴈入海終爲戴角魚長短九霄飛直上不教毛羽落空虛

留別徐明府　賈島
抱琴非本意生事偶相縈口尚衣安節身無子賤名地寒春雪盛山淺夕風輕百戰餘荒野千夫漸耨耕一杯宜獨夜孤客戀交情明日疲驂去蕭條過古城

二月晦留別鄠中友人　前人
立馬柳花裏別君當酒酣春風漸向北雪鴈不飛南明曉日初一今年月已三鞭羸去暮色遠岳起烟嵐

却赴南巴留別蘇臺知己　前人
人集作又過梅嶺上歲歲北風寒集作枝落落日孤舟去青山萬里看猿聲湘水靜草色洞庭寬已料生涯事集作唯只應持集作把釣竿

劉長卿曾貶南巴尉此詩已載本集今英華誤作賈島詩

下第別人　前人
下第鬢毛蒼徘徊戀帝鄉鶯聲寒食後人醉曲江傍淚落故山遠病來春草長知音豈易別孤棹復三湘

留別光州王使君　前人
杜陵千里外期任末秋歸既見林花落須防木葉飛楚從何地盡淮隔數峯微回首餘霞失斜暘照客衣

欲遊嵩岳留別李少尹　前人
孤策遲回洛水湄孤禽嘹喨集作唳幸人知嵩岳望中常待我河梁欲上未題詩新秋愛月愁多雨古觀尋集作逢仙看盡棋微聆此來將敢問鳳凰何日定歸期

將之京別李侍御　朱慶餘
心疑作此地偶相見語多爲別難詩成公府晚路入翠微寒逢石自應坐有花誰共看惟當隨去鴈雪盡到長安

金州別姚合　釋無可

日日西臺上春流到夏殘言之離別易勉以道途難山出一千里溪江(一作行)三百灘松間樓裏月秋入五陵看

辭杭州姚郎中　周賀

波濤千里隔抱疾亦難相(集作尋)會宿逢高士燒山值積霖聚桑山店迥孤火海雲船(集作深)尚有重來約知無省閣心

京口別崔固　前人

積雨晴時近西風葉滿泉相逢嵩岳客共聽楚城蟬宿館横秋島歸帆漲遠田別君還寂寞不似剡中年

江上別友人　温庭筠

秋色滿葭菼離人西復東幾年方暫見一笑又難同地勢蕭陵歇江聲禹廟空如何暮灘上千里逐離鴻

與友人別　前人

半醉別都門含悽上古原晚風楊葉社寒食杏花村薄暮牽離緒傷春憶晤言年芳本無限何况有蘭孫

曉別　前人

翠羽花冠碧樹溪未明先上短墻啼窓前謝女青娥斂門外蕭郎白馬嘶殘曙微星當戶沒澹烟斜月照樓低上陽宮裏鐘聲動不語堤邊過柳溪

留別常處士(十一見二百三卷)　許渾

下第別友人楊至之　前人

花落水潺潺十年離故舊(集作山)夜愁添白髮春淚感朱顔孤劍北遊塞遠書東出關逢君話心曲一醉灞陵間

留別裴(集作劉)秀才　前人

三獻無功玉有瑕更攜書劍客天涯孤帆夜別瀟湘雨廣陌春期鄠杜花燈照水螢千點滅棹驚灘鴈一行斜關河迢遞秋風急望見鄉山不到家

瓜州留別李詡　前人

泣玉三年一見君白衣顦顇更離群柳(集作楊)堤惜別春潮落花榭留歡夜漏分孤館宿時風帶雨遠帆歸處水連雲悲歌曲盡休重奏心遶關河不忍聞

省中留別　項斯

省中重拜別兼領寄人書已念此程(詩選作行)遠不憂相問疎禁(詩選作子)城西並宅御水北同渠要取春前到乘閑候起居

舒州酬別上卿　顧非熊

故交他郡見下馬失愁容執手向殘日分襟在晚鍾鄉心隨晥水客路過廬峯衆惜君材器何爲滯所從

下第別令狐員外　馬戴

論文期雨夜飲酒及芳晨坐歎百花發潛驚霜鬢新舊交多得路別業遠仍貧便欲辭知己歸耕海上春

將別寄友人　前人

帝鄉歸未得辛苦事羈遊別館一罇酒客程千里秋霜風紅葉寺夜雨白蘋洲長恐此時淚不禁和恨流

留別定襄郡盧軍事　前人

行行與君別路在鴈門西秋色見邊草軍聲戍鼓攀銜杯

擊實劍躍馬上荒堤歸去咸陽里平生心不迷

江行留別 見二百九十四卷　前人

攄情留別榦州從事　前人

淺學常自鄙謬承賢達知才希漢主召玉任楚人疑年長愁漂泊恩深惜別離秋光獨鳥逝瞑色一蟬悲鶴髮生何速龍門上沓遲彫虫羞朗鑒干祿貴明時故國誠難返青雲致未期空將感激淚一自灑臨岐

下第別友人　前人

金門君待問石室我思歸聖主尊黃屋何人薦白衣年來御溝柳贈別雨霏霏

下第別鄠夫　前人

窮途別故人京洛泣風塵在世即應老他鄉又欲春平生空志學晚歲拙謀身靜話歸林計唯將滄海親

酬田卿送西遊　前人

華堂開翠簟惜別玉壺深客去當煩暑蟬鳴復此心廢城喬木在古道濁河侵莫慮西遊遠西關絕隴陰

旅館聞鴈別友人　趙嘏

路遶秋塘首獨搔背群燕鴈正呼號故關何處重相失碧落有雲終自高旅宿去緘他日恨單飛誰見此生勞行衣濕盡千山雪腸斷金籠好羽毛 誰見集作誰訝

別麻氏　前人

曉哭呱呱 集作鳴鳴 動四鄰於君我作負心人出門便涉東西路 集作便作東西水 回首初驚枕席塵滿眼淚珠和語咽舊窗風月更誰親分離 集作傷離 况值花時節從此東風不似春

代人贈別　前人

月自斜窗夢自驚衷腸中有萬愁生清猿處處三聲盡碧落悠悠一水橫平子定情詞麗絕詩人匪石誓分明會須携手乘鸞去蕭史樓臺在玉京

留別　前人

水邊秋草暮萋萋欲駐殘陽去馬蹄曾是管絃同醉伴一聲歌斷各東西

寒食新豐別友人　前人

一百五日家未歸新豐雞犬獨依依滿樓春色傍人醉半

夜雨聲前計非繚繞清溪含綠晚荒涼樹石向川微東風吹淚對花落憔悴故交相見稀

留別友人書齋　喻坦之

相見不相戀一留日已西軒涼庭木大巷僻鳥巢低背俗修琴譜思家話藥畦卜鄰期太華同上上方梯

湓城贈別　陳陶

楚岸青楓樹長隨送遠心九江春水闊三峽暮雲深氣調桓伊笛才華蔡琰琴迢迢嫁湘漢誰不重黃金

將歸鍾陵留贈南海李尚書　前人

楚國有田舍炎州長夢歸懷恩似秋燕屢遶玉堂飛越酒豈不甘海魚寧無肥山裘醉歌舞事與初心違嘩嘩文昌

公英靈世間稀仁江浩無際龍蛋皆歸依賤子感一言草
茅發光輝從來鷄鳧質得假鳳凰威常欲討玄珠青雲報
巍巍龍門竟多故雙淚別裨旂

贈別　　前人

海國一尺綺氷壺萬縷絲以君西攀桂贈此金蓮枝高鳥
思茂林窮魚樂湾池平生握中寳無使歲寒移

贈別離　　前人

碧玉飛天星墜地玉劍分風交合水楊柳聽歌莫向隅鷄
鳴一石留髡醉（一作歸）蹄輪送客溝水東月娥揮手嵫峯
巔天列嶂儼相待風官掃道迎遊龍天姥剪霞鋪曉空渫
渫大帝開明宮文鯨掉尾四海通分明瀑布收靈桐山妖

水魅騎旋風猷蓼鼇魂萬斖中借君朗鑒入崆峒靈光草
照閑花紅

別同志　　鄭谷

所立共寒苦平生同與遊相看臨遠水獨自上孤舟天濟
滄浪晩風悲蘭杜秋前程吟此景爲子上高樓

贈別　　前人

南遊曾共遊相別倍相留行色回燈曉離聲滿笛秋穩眠
彭蠡浪好醉岳陽樓明日逢佳景爲君成白頭

別修覺寺無本上人　　前人

松上江雲石上苔自嫌歸去夕陽催山門握手無他語秖
約今冬看雪來

宗人作尉唐昌官曙有幽勝而又博學精富得以言
談將欲他之留書屋壁　　前人

公堂瀟洒有林泉秖隔苔墻是渚田宗黨相親離亂世春
秋閑論戰爭年遠江鷺鷥來池口絕頂歸雲過竹邊風雨
夜長同一宿舊游多共憶樊川

雪中別詩友　　杜荀鶴

酒寒無小户請滿酌行杯君待雪銷去自然春到來出城
人跡少向暮鳥聲哀未遇應關命侯門處處開

別從叔　　前人

立馬不忍上醉醒天氣寒都緣在門久（集作易）直自（集作似）別
家難世路旣如此客心須自寬歸期亦羇束（集作江村亦饑歎）爭

交向（集作陷）長安

辭座主侍郎　　前人

一飯尚感懷況攀高桂枝此恩無處報故國遠歸時只恐
兵戈隔再趨門館遲茅堂拜親後特地淚雙垂

辭鄭員外入關赴舉　　前人

男兒三十尚蹉跎未敘青雲一桂科在客易爲銷歲月到
家難住似經過帆飛楚國風濤濶馬度藍關雨雪多長把
行藏信天道不知天道意如何

江南別友人　　張喬

勞生故白頭白頭未應休闕下難孤立天涯尚旅遊聽猿
吟島寺待月上江樓醉別醒惆悵雲帆滿亂流

邊遊別友人　　張蠙

欲別不止淚當杯難強歌家貧隨日長身病涉寒多雨雪迷燕路田園隔楚波良時未自致歸去欲如何

將之京師留別親友　　前人

違命何勞問西遊且自期至公如有日知我豈無時野迥蟬相答堤長柳對垂酬歌一舉袂明發不堪思

商於驛與于韞王話別　　羅隱

多病仍疎拙唯君與我同帝鄉年共老江徼業俱空燕冷辭華屋空一作蛩涼恨曉叢白雲高幾許全屬採芝翁

羅隱集中別有一篇其題目同而詩異今並載于此

南朝徐庾流洛下憶同遊酒採閑坊菊山登遠寺樓

相思勞寄夢偶別已經秋還被青青桂催君不自由

奉使宛陵別二三從事

梁王雪裏有深知偶別家鄉隔路岐官品共傳勝曩日酒杯爭肯認當時豫章地暖矜千尺越嶠天寒愧一枝還有釣魚簑笠在不堪風雨失歸期

文苑英華卷第二百八十八

文苑英華卷第二百八十九　　詩一百三十九

行邁一

梁元帝三首　　江洪一首

吳均二首　　劉孝儀一首

劉孝威一首　　王僧孺一首

朱超一首　　陰鏗三首

庾信一首　　顏之推一首

王褒一首　　江總一首

孔德昭一首　　孫萬壽四首

陳子良二首　　李百藥一首

王勃七首　　楊炯二首

盧照隣四首　　駱賓王十二首

席豫二首　　陳子昂二首

沈佺期七首

早發龍巢　　梁元帝

征人喜放溜曉發晨陽隈初言前浦合定覺近洲開不疑行舫動唯看遠樹來還瞻起漲岸稍穩𣏌雲臺

自江州還入石頭　　同前

鼓枻浮大川延睇望雉城觀雉城何鬱鬱杳與雲霄半前望青一作脊龍門斜騨白鶴舘槐垂御溝道柳綴金堤岸迅鳥一作馬晨風趨輕輿流水散高唱一作歌梁塵下湘瑟翔禽亂一作絃瑟荊琴亂我思江海遊曾與朝市玩忽寄靈臺宿空軫及

闕嘆仲子入南楚伯鸞出東漢何能栖樹枝取斃王孫彈
一作皆藝文類聚

赴荆州泊三江口　同前

涉江望行旅金鉦間緑遊水際含天色虹光入浪浮栁條
恒掃岸花氣盡薰舟叢林多故社單戍有危樓疊鼓隨朱
鷺長簫應紫騮蓮舟夾鶴鷁畫舸覆緹油榜歌殊未息於
此泛安流

江行　江洪

日没風光静遠山清(類聚作深)無雲潮落晚洲出浪罷沙成文
挾琴上高岸望月彈明君去家未千里斷絶頓離群

江上酬鮑畿　吴均

振棹出江渭依依望九疑欲謁蒼梧帝過問沅湘姬折荷
縫作蓋落羽紡成絲吾行别有意不爲君道之

初至壽春作　前人

桓譚不賞(集作買)交焉子任紆直浮蕩逐波彩飄揚恣風力
比州少知舊南陽寡相識中駕每傾輸當騫復(集作輟)摧翼
望美無津梁私自憐何極

帆度吉陽州　劉孝儀

揚帆乘浪華參鼓要(類聚作噪鼓搊)風力近樹儵而遐還山俄巳
逼欲比擎龍掣將類陽鳥翼客行悲道遠唯須前路極

同前　劉孝威

江風臨晚急鉦鼓候晨催辛息傍人唱聊望高帆開聯村
倏忽盡循汀俄頃回疑是傍洲退似覺前山來將與圖南
競誰云勞泝洄

至牛渚憶魏少英　王僧孺

楓林暖似晝沙岸净(一作靜)如掃空籠望懸石回斜見飛鳥(一作危島)
緑草間遊蜂青葭集輕鳰(布老切鳰性不止樹)徘徊洞初月侵
淫潰(一作漬)春潦非顧歲物華(一作華)徒用風光好
一作皆藝文類聚

夜泊巴陵　朱超

月夜三江静雲霧四邊收淤泥不通挽寒浦劣容舟(類聚作迴)
風折長草輕氷斷細流古村空列樹荒戍久無樓

和傅郎歲暮還湘州　陰鏗

蒼茫歲欲晚愁(一作辛)苦客方行大江静猶浪扁舟獨且征
棠枯絳葉落(一作盡)蘆凍白花輕戍人寒不望沙禽回(一作迴)
未驚湘波若空(一作各深)淺輕棹(一作空艕)念歸情
一作皆藝文類聚

晚泊五洲　前人

客行逢日暮結纜晚洲中戍樓因磧險村路入江窮水隨
雲度黑山帶日歸紅遥然一柸觀欲輕千里風

渡青草湖(已見一百六十三卷)　前人

同州還　庾信

赤岸遶新村青城臨綺門范雎新入相穰侯始出蕃上林
催猟騎河橋争渡喧寓雉飛横閣藏烏入斷原將軍高宴

晚來過青竹園

從周入齊夜渡砥柱　顔之推

俠客重艱辛夜出小平津馬色迷關吏雞鳴起戍人露鮮
華劒彩月照寶刀新問我將何去北海就孫賓

渡北河已見一百六十三卷　王褒

并州羊腸坂　江總

三春別帝鄉五月渡羊腸本畏車輪折翻嗟馬骨傷驚風
起朔鴈落照盡胡桑關山定何許徒御慘悲涼

夜宿荒村　孔德紹

綿綿夕漏深客恨轉傷心無絃無人聽對酒時獨斟故鄉
萬里絕窮愁百慮侵秋草思邊馬遶枝驚夜禽風度谷餘

響月斜山半陰勞歌欲敘意終是白頭吟

行經舊國　孫萬壽

蕭條金闕遠悵望羇心愁舊邸成三徑故國餘一丘庭引
田家客池泛野人舟日斜山氣冷風近樹聲秋弱年陪宴
喜方茲幾獻酬修竹慙詞賦叢桂且淹留自忝無員職空
貽不調羞武騎非其好還思江漢遊

早發揚州還望鄉邑　前人

鄉關不再見悵望窮此晨山煙蔽鍾阜水霧隱江津洲渚
斂寒色杜宇變芳春無復歸飛羽空悲沙塞塵

東都在路率爾成詠　前人

學宦兩無成歸心自不平故鄉尚千里秋山猿夜鳴人愁
慘雲色客意愧風聲羈恨雖多約俱是一傷情

和張丞奉詔於江都望京口　前人

回首觀濤處極望滄海湄流波去無恨喬木不勝悲蓬萊
雖已變池塘尚所思歸飛路窮此悵望情難持吾生乃民
季嘻日佐藩維尚想西園夕猶懷北固時城邑繞辨處風
烟忽所之岐子未能已顧嘆空遲遲

入蜀秋夜宿江渚　陳子良

我行逢日暮彌棹獨維舟水霧一邊起林風兩岸秋山陰
黑斷磧月影素寒流故鄉萬里外何以慰羇愁

於塞北春日思歸　前人

我家吳會青山遠他鄉關塞白雲深爲許羈愁長下淚那

堪春色更傷心驚鳥屢飛恒失侶落花一去不歸林如何
此日嗟遲暮悲來還作白頭吟

晚渡江津　李百藥

寂寂江山晚蒼蒼原野暮秋氣懷易悲長波淼難泝索索
風葉下離離早鴻度丘壑列夕陰葭菼凝寒露日落亭皐
遠獨此懷歸暮疑

散關晨度　王勃

關山凌旦開石路無塵埃白馬高談去青牛真氣來重門
臨巨壑連棟接崇隈即今揚策度非是棄繻回

邕楊早發　前人

飭裝侵曉月奔策候殘星危閣尋丹嶂回梁屬翠屏雲間

迷樹影霧裏失峯形復此凉飈（集作商飈）至空山飛夜螢

焦岸早行和陸四　前人

侵星違旅館承月戒征儔複嶂迷晴色虛巖辨岸流猿吟
山瀨曉螢散野風秋故人渺何際鄉關雲霧浮

麻平晚行　前人

百年懷土望千里倦遊情高低尋戍道遠近聽猿聲（集作泉聲）
磵葉纔分色山花不辨名羈心何處盡風急暮猿清

深渡（夜宿主人依山帶江）　前人

津塗臨巨壑村宇架危岑堰絕灘聲隱峯交樹影深江童
暮理楫山女夜調砧此時故鄉遠寧知遊子心

長柳　前人

晨征犯烟磴夕息在雲間晚風清近壑新月照澄灣郊童
樵唱返津叟約歌還客行無舊識（集作興晤）賴此釋愁顏

泥溪　前人

瀰棹凌奔壑低鞭躡峻岐江濤出岸險峯磴入雲危溜急
船文亂巖斜騎影移水烟籠翠渚山照落丹崖風生蘋浦
葉露泣（集作泫）竹潭枝泛水雖云美勞歌誰復知

早行　楊炯

敝朝東方徹闌干北斗斜地氣俄成霧天雲漸作霞河流
繞辨馬巖路不容車阡陌經三歲閭閻對五家露文沾細
草風影轉高花日月從來惜關山猶自賒

途中　前人

悠悠辭鼎邑去去指金墉途路盈千里山川亘百重風行
常有隊雲出本多峯鬱鬱園中柳亭亭山上松客心殊未
樂鄉淚獨無從

早度分水嶺　盧照鄰

千（集作丁）年遊蜀道萬里（集作班鬢）向長安徙費周王粟空彈漢
吏冠馬蹄穿欲盡貂裘故轉寒層冰橫（集作墻）九折積石凌
七盤重溪旣下漱峻峯亦上干隴頭聞戍鼓嶺（集作云）外咽
飛湍瑟瑟松風急蒼蒼山月團傳語後來者斯路誠獨難

入秦川界　前人

隴坂長無極蒼山望不窮石徑縈疑斷回流映似空花開
綠野霧鶯轉紫巖風春芳勿遽盡留賞故人同

至陳倉曉晴望京邑　前人

拂曙驅飛傳初晴帶曉凉霧斂長安樹雲歸仙帝鄉澗流
漂素沫巖景藹朱光今朝好風色延睇極天莊

晚渡浮淹敬贈魏大　前人

津谷朝行遠冰川夕望曛霞明深淺浪風捲去來雲澄波
泛月影激浪聚沙文誰忍仙舟上攜手獨思君

春日離長安客中言懷　駱賓王

年華開早律霽色蕩芳晨城郭千門曉山河四望春御溝
通太液戚里對平津寶瑟調中婦金罍引上賓劇談推曼
倩驚坐揖陳遵意氣一言合風期萬里親自惟安直道守
拙忘因人談器先彫木圖榮異後薪欹歐悲路鳧鵰鶚切

波神玄草終疲漢鳥來幾滯秦生涯無歲月岐路有風塵還嗟太行道處處白頭新

曉度天山有懷京邑　前人

忽上天山望依然想物華雲疑天苑葉雪似御溝花行嘆征蓬遠坐憐衣帶賒交河浮絶塞弱水浸流沙旅思徒漂梗歸期未及瓜寧知心斷絶夜夜泣鳴笳

晚泊河曲　前人

三秋倦行役千里泛歸潮通波竹箭水輕舸木蘭橈金堤連遠岸貝闕影浮橋水淨千年近星飛五老遥鼉花開宿浪浮葉下涼飇浦荷疎晚的津篠漬寒條悵惶勞梗泛悽斷倦蓬飄仙槎不可託河上獨長謡

晚渡黃河　前人

千里尋歸路一葦亂平源通波連馬頰迸水急龍門照日榮光淨驚風瑞浪翻棹唱依聞（集作臨風）斷樵歌（集作謳）入聽喧岸回秋霞落潭深夕霧繁誰堪逝川上日暮不歸魂

晚泊江鎮　前人

四運移陰律三翼泛陽侯荷香銷晚夏菊氣入新秋夜烏喧粉堞宿鴈下蘆洲海霧籠邊徼江颸送戍樓轉蓬驚別渚徙橘愴離憂魂飛灞陵岸淚盡洞庭流振影希鴻陸逃名謝蟻丘還嗟帝鄉遠空望白雲浮

早發諸暨　前人

征夫懷遠路夙駕上危巒薄烟橫絶壑（集作巘）輕凍澁回湍野霧連空暗山風入曙寒帝城臨灞涘禹穴枕江干橘性行應化蓬心去不安獨掩窮途泣長歌行路難

至分水戍　前人

行役忽離憂復此愴分流濺石回湍咽縈叢曲澗幽陰崖常結晦宿莽競含秋況乃霜晨早寒風入戍樓

夕次（集作晚泊）蒲類　前人

二庭歸望斷萬里客心愁山路猶南屬河源自北流晚風連朔氣新月照邊秋竈火通軍壁烽烟上戍樓龍庭但苦戰燕頷會封侯莫作蘭山下空令漢國羞

早發淮口望盱眙　前人

養蒙分四瀆習坎奠三荆徙帝留餘地封王表舊城岸昏

涵蜃氣潮滿應鷄聲洲迥連沙淨川虛積溜明一朝從捧檄千里倦懸旌背流桐柏遠逗浦木蘭輕小山迷隱路大塊切勞生唯有貞心在獨映寒潭清

渡瓜步江　前人

捧檄辭幽逕鳴橈下遺洲（集作鳴榔下貴洲）驚濤疑躍馬積氣似連牛月迴寒（集作黄）沙靜風急夜江秋不學浮雲影他鄉客（集作空）滯留

途中有懷　前人

眷然懷楚奏悵矣背秦關涸鱗驚照轍墜羽怯虛彎素服三川化烏裘十上還莫言無皓齒時俗薄朱顏

望鄉夕泛　前人

歸霰（集作到）剩不安促榜把風瀾落宿含樓近浮月帶風寒
喜逐行前至憂從望裏寬今夜南枝鵲應無遶樹難

江行紀事二首　席豫

飄颻任舟檝回合傍江津後浦情猶在前山賞更新樹深
烟漠漠灘淺石磷磷川路難行遠淹留惜此辰

二

江帆春風勢山樓曙月輝猿攀紫巖飲鳥拂清潭飛古樹
崩沙岸新苔覆石磯津途賞無限征客暫忘歸

西還至散關答喬補闕（集作知之）　陳子昂

葳蕤蒼梧鳳嘹唳白露蟬羽翰本非匹結交何獨全昔君
事胡馬余得奉戎旃攜手同沙塞關河緬幽燕芳歲幾陽

止白日屢徂遷功業雲臺薄平生玉佩捐歎此南歸日猶
聞北戎邊代水不可涉巴江亦潺湲攬衣度函谷銜涕望
秦川蜀門自茲始雲山方浩然

宿空舲峽青樹村浦　前人

的的明月水啾啾寒夜猿客愁（集作思）浩方亂洲浦寂無喧
憶作十金子寧知九逝魂虛聞事朱闕結綬鶩華軒委別
高堂夢（集作愛）窺覦明主恩今成轉蓬去嘆息復何言

度安海入龍編　沈佺期

我來交趾郡南與貫胸連四氣分寒少三光置日偏尉佗
曾馭國翁仲久遊泉邑屋遺甿在魚鹽舊產全（集作傳）越人
遥捧翟漢將下看鳶北斗崇山掛南風漲海牽別離頻破
月容鬢驟催年昆弟推由命妻孥割付緣夢來魂尚擾愁
委疾（集作痾）空經虛道崩城淚明心不應天

十四時常從巫峽過他日偶然有思　前人

小度巫山峽荊南春欲分使君灘上草神女館（集作廟）前雲
樹悉江中見猿多天外聞別來如夢裏一想一氛氳

夜宿七盤嶺　前人

獨遊千里外高臥七盤西山月臨窗近河天入戶低芳春
平仲緑（集作綠）清夜子規啼浮客空留聽褒城聞曙雞

初達驩州　前人

自昔聞銅柱行來尚一年不知林邑地猶隔道明天雨露
何特及京華若箇邊思君無限慮堪作日南泉

自樂昌流至（集作自昌樂泝流至）白石嶺下行入郴州　前人

茲山界夷夏天險（集作際）橫寥廓太史漏登探文命限開鑿
北流自南瀉群峯回衆壑馳波如電騰激石似雷落崖留
盤古樹澗蓄神農藥乳竇何淋漓苔（集作莓）鮮更綠錯娟娟
潭裏虹渺渺灘邊鶴歲杪應流火天高雲物（集作物）薄金風
吹綠梢玉露洗紅籜泝舟始興廨登踐桂陽郭匍匐緣修
坂穿隆曳長絓（音索）作礙林徒（集作徂）往來遇堰每前却救艱
不遑食飯畢昏無託（集作救艱不遑飯畢昏無暇泊）濯谿寧足懼磴道誰
云惡我行湍險多（集作山水闊）山水（集作湍險）皆不若安能獨見聞
書此貽京洛

從崇山向越常 并序　前人

按九真圖崇山越常四十里杉谷起古崇山行谿從道明國來於崇山二十五里合水欹鉄膝竹明昧有三十峯夾水直上千餘仞諸仙窟宅在焉

朝發崇山下暮坐越常陰西從杉谷度北上竹溪深竹溪道明水杉谷古崇岑差池疑集作將不合繚繞復相尋桂葉藏金螾藤花閉石林天窓虛的的雲竇下沉沉造化功偏厚真仙迹每集作累臨豈徒探怪異聊欲緩歸心

遥同杜員外審言過嶺　前人

天長地濶嶺頭分去國離家見白雲洛浦肝腸無用說崇山瘴癘不堪聞南浮漲海鳶集作人何處北望衡陽鴈幾群兩地春集作風光萬餘里何時重謁

聖明君

文苑英華卷第二百八十九

文苑英華卷第二百九十　詩一百四十

行邁二

還京陝西十里作　薛稷

驅車越陝郊北顧臨大河隔河望鄉邑秋風水增波西登咸陽途日暮憂思多傳巖既紆鬱首山亦嵯峨操築無昔老採薇有遺歌客遊節回換人生能幾何

次蘇州　李乂

洛渚問吳潮吳門想洛橋夕煙楊柳岸春水木蘭橈城邑南樓近星辰北斗遥無因生羽翼輕舉託還飇

景雲二年唐書作景龍三年余自門下平章事削階授江州員外司馬尋拜襄州刺史春日赴襄陽途中言志　崔湜

余本燕趙人秉心愚且直群籍備所見孤貞每自飭徇祿期代耕受任亦量力幸逢休明時朝野兩薦推一朝趨金門十載奉瑤墀入掌還固筆出參枚馬詞吏部既三踐中書亦五朞進無負鼎說退慚補袞詩常恐嬰悔吝不得少酬私嗷嗷路傍子訥疑謗紛無已上動明主疑下貽大臣

趾毫髮顧無累氷壺貌疑自持天道何期平幽冤終見明
始佐廬陵疑郡尋牧襄陽城彤幨荷新寵朱轂蒙舊榮力
薄慙任重恩深知命輕餙徒留前路行子悲且慕猶聞長
樂鍾尚辨青門樹慈親不忍訣昆弟黙相顧去去勿重陳
川長日云暮

至桃林塞作　前人

去國未千里離家已再旬丹心恒戀闕白首更辭親懷璧
常貽訓捐金詎得隣抱寃非忤物罹謗豈尤人不濫辭終
辨無瑕理竟申歘還中省舊符與外臺新塞上同遷客江
潭異逐臣淚垂非屬峴腸斷固由秦歲月行適盡山川難
重陳始知亭伯去還是拙謀身

襄陽作　前人

廟堂初辭印郡邸忽腰章按節巡河右鳴騶入漢陽城臨
南峴出樹繞北津長好學風猶扇誇才俗未忘江山距七
澤煙雨接三湘蛟浦荷菱淨魚舟橘柚香醉中求習氏夢
裏憶襄王宅壞仍思鳳碑存更憶羊下車慙政美閒閣幸
時康多謝征南術于今尚不忘

襄城即事　前人

子年懷魏闕元凱滯襄城冠蓋仍爲里池臺尚識名山光
晴後緑江色晩來晴借問東流水何時到玉京

旅寓安南　杜審言

交趾殊風候寒遲暖復催仲冬山菓熟正月野花開積雨

生昏霧輕霜下震雷故鄉餘萬里客思倍從來

度石門山　前人

石門千仞斷迸水落遥空道束懸巖半橋欹絶澗中仰攀
人屢息直下騎緣通泥擁奔蛇徑雲霾伏獸叢星纒牛斗
北地脉象牙東開塞隨行變高深觸望同江聲連驟雨日
氣抱殘虹未改朱明律先含白露風堅貞所不憚險澁諒
難窮有異登臨賞徒爲造化功

巖半集作岸半　所不憚集作所深

經行嵐州　前人

北地春光晩邊城風氣寒往來花不發新舊雪仍殘水作
琴中聽山疑畫裏看自驚牽遠役艱險促征鞍

發湘江　前人

他日林亭非舊遊今春花鳥作邊愁自憐京國人南竄不
似湘江水北流

黄梅臨江驛見二百九十卷　宋之問

蚤發大庾嶺　前人

晨躋大庾險驛鞍馳復息霧露晝未開浩途不可測嶙起
華夷界信爲造化力歇鞍問徒旅鄉關在西北出門怨別
家登嶺恨辭國自惟昜忠孝斯罪懵所得皇明頗照洗廷
議日紛惑兄弟遠淪居妻子成異域羽翮傷已毀童幼憐
未識踟蹰戀北顧亭午晞霽色春暖陰梅花瘴回陽鳥翼
含沙緑澗聚吻草依林似適蠻悲疾首懷輦淚霑臆感謝

鴛鴦朝勤脩䳘魅職生還儻非遠誓擬酬恩德

自洪府舟行直書其事　前人

仲春辭國門畏塗橫萬里越淮乘楚嶂造江泛吳汜嚴程無休隙日夜涉風水昔聞垂堂言將誡千金子問余何奇剩還竄極炎鄙揆己道德餘幼聞虛白旨貴身賤外物抗跡遠塵軌朝遊伊水湄夕卧箕山趾妙年拙自晦皎潔弄文史謬辱紫泥書揮翰青雲裏事往每增傷寵來常誓止銘骨懷林丘逆鱗讓金紫安位釁潛構退耕禍猶起棲巖實吾策觸藩誠內耻濟濟同時人台庭鳴紛復思以卑自衛兀坐去沉滓迨茲理已極竊位申知己群議負宿心獲戾光華始黃金忽銷鑠素業悉淪毀浩歎誣平生何獨戀

枌梓浦樹浮鬱鬱臯庭覆靡靡百越去魂斷九疑望心死未盡匡阜遊遠欣羅浮美周旋本師訓佩服無心理異國多靈仙幽探忘年祀弊廬嵩山下空谷茂蘭芷悠悠南濵遠採撥長已矣

自湘源至潭州衡山縣　前人

浮湘沿迅湍逗浦疑遠盼漸見江勢闊行嗟水流慢赤岸雜雲霞綠竹緣溪澗向背群山轉應接良景晏沓嶂連夜猿平沙覆陽鴈紛吾望闕客歸橈速已慣中道方泝洄遲念自茲撰賴忻衡陽美持以蠲憂患

蚤發韶州　前人

炎徼行應盡回瞻鄉路遥珠崖天外郡銅柱海南標日夜晴明少冬春霧雨饒身經火山熱顔入瘴江銷觸影含沙怒逢人毒草㨿露濃肴蒸濕風颸颶集作覺船飄直禦魑將魅寧論鴟與鴞虞翻思報國許靖願歸朝綠樹秦京道青雲洛水橋故園常在目魂去不須招

發藤州　前人

朝夕苦遄征孤魂長自驚泛舟依島泊投館聽猿鳴石髮緣溪蔓林衣拂地輕雲峰刻不似苔壁畫難成露裛千花氣泉和萬籟聲攀幽紅處歇躋險綠中行戀結芝蘭砌悲纏松柏塋丹心江北死白髮嶺南生魑魅天邊國窮愁海外情勞歌意無限今日為誰明

發端州初入西江　前人

問我將何去清晨泝越溪翠微懸宿雨丹壑飲晴霓樹影稍雲密藤輪覆水低潮回出浦駛洲轉望鄉迷人意長懷北車行日向西破顔看鵲喜拭淚聽猿啼骨肉初分愛親朋忽解携路遥魂欲斷身辱理能齊疇日三山意于茲萬緒睽金陵有仙館即事尋丹梯

初宿淮口　前人

孤舟汴河水去國情無已晚泊投楚鄉明月青淮裏汴河東瀉路窮茲洛陽西顧日增悲夜聞楚歌思欲斷集作欲絕況值集作況復淮南木落時

晚泊湘江　前人

五嶺棲遑客三湘顦顇顔況復秋雨霽表裏見衡山路逐

江南轉心依鴈北還唯餘望鄉淚更染竹成班

江南 集作鷓南

度大庾嶺　前人

度嶺方辭國停軺一望家魂隨南翥鳥淚盡北枝花山雨初含霽江雲欲變霞但令歸有日不敢恨長沙

過蠻洞　前人

越嶺千重合蠻溪十里斜竹迷樵子徑萍匝釣人家林暗交楓葉園香覆橘花誰憐在荒外孤賞足雲霞

下桂江縣黎壁　前人

放溜覯前溆連山紛上干江回雲壁轉天少霧峰攢吼沫跳急浪合流環峻灘欹離出漩劃繞緣避渦盤舟子怯桂水最云斯路難吾死抱忠信吟嘯自閑安且別已千載夜愁勞萬端企予見外月委曲破林蠻潭曠竹煙盡洲香橘露團豈傲夙所好對之與俱歡思君罷琴酌泣此夜漫漫

始安秋日　前人

桂林風景異秋似洛陽春晚霽江天好分明愁殺人卷雲山䚡䚡碎石水磷磷世業事黃老妙年孤隱淪歸歟卧滄海何物貴吾身

經梧州　前人

南國無霜霰連年見物華青林換暗葉紅蘂續開花春去聞山鳥秋來見海槎流芳雖可悅會自泣長沙

蚤發始興江口至靈長村　前人

候曉踰閩嶂乘春望越臺宿雲鵬際落殘月蚌中開薜荔摇青氣桄榔翳碧苔桂香多露裛石響細泉回抱葉玄猿嘯啣花翡翠來南中雖可悅北思日悠哉鬢髮俄成素丹心已作灰何當首歸路行剪故園萊

下桂江龍目灘二首　前人

停午出灘險輕舟容曳前峯攢入雲樹崖噴落江泉巨石潛山怪深篁隱洞仙鳥遊溪寂寂猿嘯嶺娟娟揮扶日凡幾我行途已千瞋投蒼梧郡愁枕白雲眠

二

傳聞峽山好旭日棹前沂雨色摇丹嶂泉聲聒翠微兩巖天作帶萬壑樹披衣秋橘迎霜序春藤礙日輝翳潭花似

織緣嶺竹成圍寂歷還沙浦葱籠轉石圻露餘江未熱風落瘴初晞猿飲排虛上禽驚略水飛榜童夷唱合樵女越吟歸良候斯爲美邊愁自有遠誰憐望鄉國流涕失芳菲

入瀧洲江　前人

孤舟泛盈盈江流日縱橫夜雜蛟螭寢晨披瘴癘行潭蒸水沫起山熱火雲生猿躩時能嘯鳶飛莫敢鳴海窮南徼盡鄉遠北魂驚泣向文身國悲看鑿齒氓地偏多育蠱風惡好相鯨余本巖栖客悠哉慕玉京厚恩常願答薄宦不祈成違隱乖求志披荒爲近名鏡愁玄髮改心負紫芝榮運啓中興立時逢外域清秖應保忠信延促付神明

望鄉絕句 前篇題作漢江　見二百六十二卷　前人

蜀道後期　張說

客心爭日月來往預期程秋風不相待先至洛陽城

以下九篇並見集本

喜度嶺　前人

東漢興唐曆南河復禹謀寧知瘴癘地生入帝皇州雷雨蘇蟲蟄春陽放覺鳩洄汾炎海畔登降閩山陬嶺路分中夏川源得上流見花便獨笑看草即忘憂自始居重譯天星已再周鄉關絕歸望親戚不相求棄杖枯還植窮鱗涸更浮道消黃鶴去運啓白駒留江妾晨炊黍津童夜櫂舟盛明良可遇莫後洛城遊

至尉氏　前人

夕次阮公臺嘯歌臨爽塏高名安足賴故物今皆改吾兄昔茲邑遺愛稱良宰桑中雉未飛屋上烏猶在塗逢舊甿吏城有同寮寀望塵遠見迎拂館來欣待茲惠留千室友于存四海始知魯衞間優劣想懸倍

過蜀道山　前人

我行春三月山中百花開披林入峭蒨攀磴陟崔嵬白雲半峯起清江出峽來誰知高深意緬邈心悠哉

再使蜀道　前人

眇眇葭萌道蒼蒼褒斜谷煙壑爭晦深雲山共重復古來風塵子同眩望鄉目芸閣有儒生軺車倦馳逐青春客岷嶺白露搖江服歲月鎮羈孤山川俄反覆魚遊戀深水鳥遊戀喬木如何別親愛坐去文章國蟋蟀鳴戶庭蟏蛸網琴筑

下江南夔州　前人

天明江霧歇洲浦棹歌來淥水逶迤去青山相向開城臨蜀帝祀雲接楚王臺舊知巫山上遊子共徘徊

深渡驛見二百九十七卷　前人

襄陽路逢寒食　前人

去年寒食洞庭波今年寒食襄陽路不辭著處尋山水秖畏還家落春暮

巡邊在河北作　前人

去年六月西河西今年六月北河北沙場磧路何爲爾重

義輕生知許國人生在世能幾時壯年征戰髮如絲會待安邊報明主作頌封山也未遲

興州山行　蘇頲

危途曉未分驅馬傍江濆滴滴泣花露微微出岫雲松梢半吐月蘿翳漸移曛憂客腸應斷吟猿更使聞

曉發興州入陳平路　前人

旌節指巴岷年年行且巡暮來青嶂宿朝去綠江春魚貫溪緣馬猿奔樹息人邑祠猶是漢溪道即名陳舊史饒遷謫恒情厭苦辛寧知報恩者天子一忠臣

行且巡行集作按

曉發方騫驛　前人

傳置遠山蹊龍鍾蹴澗泥片陰長作雨微照已生霓鬢髮愁氣換心情險路迷方知向蜀老偏識子規啼

經三泉路作　前人

三月松花作春行日漸賒竹鄣山鳥路藤蔓野人家透石飛梁下尋雲絶磴斜此中誰與樂揮涕語年華

曉濟膠川南入密界　前人

飲馬膠川上傍膠南趣密林遥烏飛蓮雲去晴山出落暉隱桑柘秋原被花實條然遊子寒風露將蕭瑟

夜發三泉即事　前人

暗發三泉山窮秋聽驟脊比林夜鳴雨南望曉成雪秖詠比風凉詎知南土熱沙溪忽沸渭石道乍明滅宛若銀磧

横復如瑶臺結指程則所懸遇㞢不遑歇重纊濡莫解懸旌凍猶揭下奔泥棧楷上觀雲梯設摶頰羸馬頓回眸惴人眹憧憧往復還心注恩眛切冊冊年將病力困衰怠竭天彭信方隅地勢誠斗絶忝曳尚書履叨兼使臣節京坻有歲饒亭障無邊虞歸奏冊墀左騫能俟來哲

度塗山　冦泚

小年弄文墨不識戎旅難一朝事鞞鼓策馬度塗山塗山横地軸萬里留荒服悠悠征旆遠䮾騑一何速流月揮金戈驚風折寒木行聞漢飛將還向皐蘭宿

晩度伊水　常述

悠悠涉伊水伊水清見石是時春向深兩岸草如積迢遰望洲嶼逶迤亘津陌新樹落疎紅遥原上新碧廻瞻洛陽遠遞有長江隔煙霧猶辨家風塵已為客登陟詩選作涉多異趣往來見行役雲起蚕已昏鳥飛日將夕光陰逝不借超然慕疇昔遠遊亦何為歸來存竹帛

文苑英華卷第二百九十

文苑英華卷第二百九十一　詩一百四十一

行邁三

張九齡十一首　張子容二首
王維四首　孫逖六首
賀知章一首　孟浩然十一首
杜甫十首　李白五首
張軫一首　蔡希寂一首
綦毋潛一首

初發道中寄還（集作遠）　張九齡（以下十一首並見集本）

日夜鄉山遠秋風復此時舊閭胡馬思今聽楚猿悲念別朝昏苦懷歸歲月遲壯圖空不息常恐鬢如絲

自豫章南還江上作　前人

歸去江南水磷磷見底清轉逢空闊處聊洗滯留情浦樹遥如待沙鷗近若迎津途別有趣況乃濯吾纓

自始興谿夜上赴嶺　前人

常蓄名山意兹爲世網牽征途屢及此初服已非然日落青巖際谿行緑篠邊去舟乘月後歸鳥息人前數曲迷幽嶂連圻觸暗泉深林風緒結遥夜客情懸非梗胡爲泛無膏亦自煎不知于役者相樂在何年

初入湘中有喜　前人

湘中作（以上二詩並見一百六十二卷）　前人

浮沉（前篇作浮波　集作浮沒）

自湘水南行　前人

落日催行舫逶遲（集作迤）洲渚間誰云有物役乘此更休閒暝色生前浦清暉發近山中流澹容與唯愛鳥飛還

耒陽谿夜行　前人

乘夕棹歸舟緣源路轉幽月明看嶺樹風靜聽溪流嵐氣船間入霜華衣上浮猿聲雖此夜不是別家愁

自彭蠡湖初入江　前人

江岫殊空闊雲煙處處浮上來羣噪鳥中去獨行舟牢落誰相顧逶迤日自愁更將心問影于役復何求

初發曲江谿中　前人

谿流清且深松石復陰臨正爾可嘉處胡爲無賞心我猶不忍別物亦有緣侵自匪嘗行邁誰能知此音

西江（一作河）夜行　前人

遥夜人何在澄潭月裏行悠悠天宇曠切切故鄉情外物寂無擾中流澹自清念歸春服（集作林葉）換愁坐露華生獨有汀洲鶴宵分乍一鳴

南陽道中作　前人

登郢屬歲陰及宛懵所適復聞東漢主遺此南都迹佳氣藹厥初霸圖紛在昔兹邦稱貴近與世嘗薰赫遭遇感風雲變衰空草澤不識鄧公樹猶傳陰后石驅馬歷閭閈榛翳阡陌事去物無象感來心不懌懷古對窮秋興言傷遠客眇默遵岐路辛勤弊行役雲鴈號相呼林麕走自索顧憶徇書劒未嘗安枕席豈暇墨突黔空持遼豕白迷復期非遠歸歟賞農隙

自樂城赴永嘉枉路泛白湖寄松陽李少府　張子容

西行礙淺石北轉入溪橋樹色煙輕重湖光風動摇百花亂飛雪萬嶺疊青霄猿挂臨潭篠鷗迎出浦橈誰應賞心客兹路不言遥

泛永嘉江日暮迴舟　前人

無雲天欲暮輕鷁大江清歸路煙中遠迴舟月上行傍潭
窺竹暗出嶼見沙明更值微風起乘流絲管聲

早入滎陽界　王維

泛舟入滎澤茲邑乃雄藩河曲閭閻隘川中煙火繁因人
見風俗入境聞方言秋野田疇盛朝光市井喧漁商波上
客雞犬岸傍村前路白雲外孤帆安可論

宿鄭州　前人　以下四篇並見集本

朝與周人辭暮投鄭人宿他鄉絕儔侶孤客親僮僕宛洛
望不見秋霖晦平陸田父草際歸村童雨中牧主人東皐
上時稼遶茆屋蟲鳴（集作思）機杼休（集作悲）雀喧禾黍熟明當
渡京水昨夜（集作晚）猶金谷此去欲何之（集作言）窮邊徇（集作食）
微祿

自大散巳往深林密竹磴道盤曲四五十里至
黃牛嶺見黃花川　前人

危逕幾萬轉數里將三休迴環見徒侶隱映隔林丘颯颯
松上雨潺潺石中流靜言深林（集作溪）裏長嘯高山頭望見
南山陽白日（集作露）靄悠悠青皐麗已淨綠樹鬱如浮曾是
厭蒙密曠然消人憂

曉行巴峽　前人

際曉投巴峽餘春憶帝京晴江一女浣朝日衆雞鳴水國
舟中市山橋樹杪行登高萬井出眺迴二流明人作殊方
語鶯為舊國聲賴多（集作諸）山水趣稍解別離情

淮陰夜宿二首　孫逖

水國南無畔扁舟北未期鄉情淮上失歸夢郢中疑木落
知寒近山長見日遲客行心緒亂不及洛陽時

二

永夕臥煙塘蕭條天一方秋風淮木落寒夜楚歌長宿莽
非中土鱸魚豈我鄉孤舟行已倦南越尚茫茫

下京口埭夜行　前人

孤帆度綠氛寒浦落紅曛江樹朝來出吳歌夜漸聞南溟
接潮水北斗近鄉雲行役從茲去歸情入鴈羣

山行遇雨　前人

驟雨晝氛氳空天望不分暗山唯覺電窮海但生雲涉澗
猜行潦緣崖畏宿氛夜來江月霽棹唱此中聞

夜到潤州　前人

夜入丹陽郡天高氣象秋海隅雲漢轉江畔火星流城郭（一作府）
傳金柝閭閻閉綠洲客行凡幾夜新月再如鉤

夜宿浙江　前人

扁舟夜入江潭泊露白風秋氣蕭索富春渚上潮未還天
姥岑邊月初落煙水茫茫多苦心更聞江上越人吟洛陽
城闕何時見西北浮雲朝暝深

曉發　賀知章

江皐聞曙鍾輕枻理還舼海潮夜約約川霧晨溶溶如見
沙上鳥猶霾雲外峯故鄉眇無際明發懷朋從

夜渡湘江　孟浩然

客行（集作舟）貪利涉夜（集作闇）裏渡湘川露氣聞香（集作芳）杜歌
聲識暗（集作采）蓮榜人投岸火漁子宿潭煙行旅遙（集作時）相
問涔（集作潯）陽何處邊

以下十一篇並見集本

泝江至武昌城　前人

家本江湖上歲時歸思催客心徒欲速世路共（集作苦）遭迴
殘凍因風解新正度臘開行看武昌柳髣髴映樓（集作陽）臺

旅行欲泊宣州界（集作夜泊宣城界）　前人

西塞沿江島南陵問驛樓湖平津渡闊風止客帆収去去懷前浦茫茫泛夕流石逢羅刹礙山泊敬亭幽火熾梅根冶煙迷楊葉洲離家復水宿相伴賴江（集作沙）鷗

行至漢川作（集作出竹山望漢川東） 前人

異縣非吾土連山盡綠篁平田出郭少盤壠（集作坂）入雲長萬壑歸于漢千峯劃彼蒼猿聲亂楚峽人語帶巴鄉石上攢椒樹藤間養（集作綴）蜜房雪餘春未暖嵐解晝初陽征馬疲登頓歸帆愛渺茫坐欣沿溜下信宿見浮（集作維）桑

自洛之越 前人

遑遑三十載書劒兩無成山水尋吳越風塵猒洛京扁舟泛湖海長揖謝公卿且樂盃中酒（集作物）誰論世上名

晚泊潯陽望廬山 前人

掛帆（一音作去聲集作席恐不知側音耳）幾千里名山都未逢泊舟潯陽郭始見香爐峯嘗讀遠公傳永懷塵外蹤東林精舍在（集作近）日暮空（集作但）聞鐘

歸至郢中 前人

遠遊經海嶠返棹歷山河（集作歸山阿）日夕見喬木鄉園成（集作關在）伐柯愁隨江路盡喜入郢門多左右看桑土（集作上）依然即匪他

早發漁浦潭 前人

晨旭光蒼茫（集作東旭早光芒）渚禽似（集作已）驚聒卧聞漁浦口橈聲暗相撥日出氣象分始知江路闊美人常晏然（集作起）照影弄流沫飲水畏驚猿祭魚常（集作時）見獺舟行自無悶況值晴景豁

建德江宿 前人

移舟泊幽（集作煙）渚日暮客愁新野曠天低樹江清月近人

問舟子 前人

向夕問舟子前程復（集作無）幾多灣頭正好泊淮裏足風波

濟江問舟人 前人

潮落江平未有風扁舟共濟與君同時時引領望天末何處青山是越中

遠遊 杜甫

江闊浮高棟雲長出斷山塵沙連越巂風雨暗荆蠻鴈矯銜蘆内猿啼失木間弊裘蘇季子歷國未知還[illegible]

晚行口號 前人

三川不可望（集作到）歸路晚山稠落鴈浮寒水飢烏集戍樓市朝今日異喪亂幾時休遠愧梁江揔還家尚黑頭

早發射洪縣南途中江上作 前人

將老憂貧窶筋力豈能及征途復侵星得使諸病入鄙人寡道氣在困無獨立俶裝逐徒侶達曙陵險澁寒日出霧遲清江轉山急僕夫行不進駑馬若維縶汀洲稍踈散風景開快（一作愜）悒空慰所尚懷終非曩遊集衰顔偶一破勝事難屢挹茫然阮籍途更灑楊朱泣

發同谷縣（乾元二年自隴右赴劒南） 前人

賢有不黔突聖有不暖席況我飢愚人（一作夫）焉得（集作能）尚安宅始來茲山中休駕喜地僻奈何迫物累一歲四行役忡忡去絶境杳杳更遠適停驂龍潭雲迴首白崖石臨岐别數子握手淚再滴交情無舊深窮老多慘慽平生懶拙意偶值棲遁跡去住與願違仰慙林間翮

早行 前人

歌哭俱在曉行邁有期程孤舟似昨日聞見同一聲飛鳥散（集作鱗）求食潛魚亦（一作何）獨驚前王作網罟設法害生成碧

藻非不暮（集作茂）高帆終日征干戈未（集作異）揖讓崩迫開其情

次晚洲　前人

參錯雲石稠坡陁風濤壯晚洲適知名秀色固異狀棹經垂猿把身在度鳥上攏浪散帙妨危沙折花當罇離蹔愉悦羸老返惆悵中原未解兵吾得終踈放

過津口　前人

南岳自茲近湘流東逝深和風引桂檝春日漲雲岑迴首過津口而多楓樹林白魚困密網黄鳥喧佳音物微限通塞惻隱仁者心甃餘不盡酒膝有無聲琴聖賢兩寂寞眇眇獨開襟

早發　前人

有求常百慮斯文亦吾病以茲朋故多窮老驅馳併早行篙師怠掛席風不正昔人戒垂堂今則奚奔命濤翻黒蛟躍日出黄霧映煩促瘴豈侵頹倚睡還醒僕夫問盥櫛暮顔靦青鏡隨意簪葛巾仰慙林花盛側聞夜來寇幸喜囊中淨艱危作遠客干請傷直性薇蕨餓首陽粟馬資歷聘賤子欲適從疑悞此二柄

次空靈岸　前人

沄沄逆素浪落落展清眺幸有舟檝遲得盡所歷妙空靈霞石峻楓栝隱奔峭青春猶有（一作無）私白日亦偏照可使營吾居（一作屋）終焉託長嘯毒瘴未足憂兵戈滿邊徼嚮者留遺恨耻爲達人誚回帆覬賞延佳處領其要

宿花石戍　前人

午辭空靈（一作虛）岑夕得花石戍岸踈開闢水（一作山）木雜今古樹地蒸南風盛春熱西日暮四序本平分氣候何迴互茫茫天造間理亂豈恒數繫舟盤藤輪杖策古樵路罷人不在村野園泉自注柴扉雖蕪没農器尚牢固山東殘逆氣吳楚守王度誰能扣君門下令減征賦

夜宿（集作泊）牛渚　李白

牛渚西江夜青天無片雲登舟望秋月空憶謝將軍余亦能高詠斯人不可聞明朝挂帆席楓葉落紛紛

宿白鷺洲寄楊江寧　前人

朝別朱雀門暮栖白鷺洲波光摇海月星影入城樓望美金陵宰如思瓊樹憂徒令魂作夢翻覺夜成秋緑水解人意爲余西北流因聲玉琴裏蕩漾寄君愁

金陵阻風雪書懷寄楊江寧（一作新林浦阻風寄友人）　前人

潮水定可信天風難與期清晨西北轉薄暮東南吹以此難挂席迴沿頗淹遲使索金陵書又叨賢宰知絃歌止過客惠化聞京師海月破圜景菰蔣生涤池昨日（一作見）北湖花初開未滿枝今看（集作朝）白門柳夾道垂青絲歲物忽如此我來復幾時紛紛江上雪草草客中悲明發板橋浦空吟謝朓詩

流夜郎半道承恩放還兼欣剋復之美書懷示息秀才　前人

黄口爲人羅白龍乃魚服得罪豈怨天以愚陷網目鯨鯢未翦滅豺狼（一作虎）屢翻覆悲作（一作化）楚地囚何由秦庭哭遭逢二明主前後兩遷逐去國愁夜郎投身竄荒谷半道雪屯蒙曠如鳥出籠遥欣剋復美光武安可同天子巡劒閣儲皇守扶風揚袂正北辰開襟攬羣雄胡兵出月窟雷破關之東左掃因右拂旋收洛陽宮迴輿入咸京席卷六合通叱咤開帝業手成天地功大駕還長安兩日忽再中一朝讓寶位劒璽傳無窮媿無秋毫力誰念矍爍翁弋者何所

慕高飛仰冥鴻棄劒學丹砂臨鏡雙玉童寄言息夫子歲
晚陟方蓬

客中作　　前人

蘭陵美酒鬱金香玉盌盛來琥珀光但使主人能醉客不
知何處是他鄉

舟行早發　　張軫

夜帆時未發同侶暗相催山曉月初下江鳴潮欲來稍分
揚子岸不辨越王臺自客水鄉裏舟行知幾迴

陝中作　　蔡希寂

西別秦關近東行陝服長川源餘讓畔歌吹憶遺棠河水
流城下山雲起路傍更憐栖泊處池館繞林篁

早發上東門　　綦毋潛

十五能行西入秦三十無家作路人時命不將明主合素
衣空染洛陽塵

文苑英華卷第二百九十一

登仕郎胡　柯　鄉貢進士彭　叔夏　挍正

早發射洪縣　復侵星 復川本作乃　道氣 川本作道義
發同谷縣　白崖石 川本作白虎石
早發　掛席 一作席掛
宿花石戍　天造間 川本作天地間

文苑英華卷第二百九十二　　詩一百四十二

行邁四

舟行入剡　　崔顥

鳴棹下東陽迴舟入剡鄉青山行不盡綠水去何長地氣
秋仍濕江風晚漸涼山梅猶作雨溪橘未知霜謝客文逾
盛林公未可忘多慚越中好流恨閱時芳

晚入汴河　　前人

昨晚行南楚今朝北泝河客愁能幾日鄉路漸無多晴景
搖津樹春風起棹歌長淮亦已盡寧復畏潮波

發錦沙村　　前人

北上途未半南行歲已闌孤舟下建德江水入新安海近
山常雨溪深地早寒行行泊不可須及子陵灘

行經華陰　　前人

岧嶤太華俯咸京天外三峯削不成武帝祠前雲欲散仙
人掌上雨初晴河山北枕秦關險驛樹西連漢畤平借問

路傍名利客無如此處學長生

泊揚子岸（前篇作津）　祖詠（已見一百六十四卷）

鄉從此去遥（前篇作鄉山此地遥）林藏（前篇作林殘）今日（前篇作今正）氣近（前篇作夜昨）

江南旅情　歸客（集作歸路）　前人

楚山不可極歸客但蕭條海色晴看雨江聲夜聽潮劍流南斗近書寄北風遥爲報空潭橘無媒贈洛橋

過鄭曲　前人

路向滎川谷（一作夕）晴來望盡通細煙生水上圓月在舟中岸勢迷行客秋聲亂草蟲旅懷勞自慰析析有涼風

次圃田居（集作店）　前人

前路入鄭郊向經百餘里馬煩時欲歇客程去未已落日桑柘陰遥村煙火起西歸不遑宿中夜渡京水

行次田家澳梁作　儲光羲

田家俯長道邀我避炎氛當暑日方晝高天無片雲桑間禾黍氣柳下牛羊羣野雀栖空屋晨風不復聞前登澳梁坂極望温原曛（集作泉分）遊旅方三舍西山猶未分（集作曛）

夜到洛口入黄河　前人

河洲多青草朝暮增（一作滋）客愁客愁惜朝暮枉渚暫（一作斬）停舟中宵大川靜解纜逐歸流浦溆既清曠沿洄非阻脩登艫望落月擊汰悲新秋倘遇乘槎客永言星漢游

晚次荆（一作京）江　宋昱

孤舟大江水水涉無昏曙雨暗迷津時雲生望鄉處漁翁閑自樂樵客紛多慮秋色湖上山歸心日邊樹徒稱竹箭美未得楓林趣向夕垂鈎還吾從落潮去

泊舟盱眙　常建

泊舟淮水次霜降夕流清夜久潮侵岸天寒月近城平沙依鴈宿候館聽雞鳴鄉國雲霄外誰堪羇旅情

九江口作　王昌齡

漭漭江勢闊雨開潯陽秋驛門是高岸望盡黄蘆洲水與五溪合心期萬里遊明時無弃才謫去隨孤舟鷙鳥立寒木丈夫佩吴鈎何當報君恩却繫風霜頭

客廣陵　前人

樓頭廣陵近九月在南徐秋色明海縣寒煙生里閭夜帆歸楚客昨日渡江書爲問易名叟垂綸不見魚

山行入涇州　前人

倦此山路長停驂問賔御坰林徃或回（集作林巒信迴或）白日落何處從倚望長風滔滔引歸慮微雨隨雲收濛濛傍山去西臨有邊邑北走盡亭戍涇水横白煙州城隱寒樹所嗟異風俗已自少（集作省）情趣豈伊戀懷土（集作懷土多）解物且

欣遇（集作觸日忻所遇）

宿灞上寄侍御璵弟　前人

獨飲灞上亭寒山青門外長雲驟落日桑棗寂已晦古人驅馳者宿此凡幾代佐邑由東南豈不知進退吾宗秉全璞楚得璆琳最茅山就一徵栢署起三載道契非物理神交無留礙知我滄溟心脱略腐儒輩孟冬鑾輿出湯谷羣臣會半夜馳道喧五侯擁軒蓋是時燕齊客獻術蓬瀛内甚悦我皇心得與王母對賤臣欲干謁稽首期殞碎吾（作誓）弟感我情問易窮否泰良馬足尚踠寶刀光未淬昨聞羽書飛兵氣連朔塞諸將多失律廟堂始追悔安能召書生願得論要害戎夷非草木侵逐使狼狽雖有屠城功亦有降虜背兵糧如山積恩澤如雨霈羸卒不可輿隤地無足愛若用匹夫策坐令重圍潰不費黄金資寧求白璧賚明

主憂既遠邊事亦可大荷寵務推誠離言深慷慨霜搖直指草燭引明光珮公論日夕阻朝廷蹉跎會孤城海門月萬里流光帶不應百丈松空老鍾山靄

大梁途中作　前人

怏怏步長道客行眇無端郊原欲下雪天地稜稜寒當時每酣醉不覺行路難今日無酒錢棲遑（一作悽惶）向誰嘆

途中作　前人

遊人愁歲晏早起遵王畿墜葉吹未曉疎林月微微驚禽棲不定寒獸相因依歎此霜露下復聞鴻鴈飛渺然江南意惜與中路違羇旅悲壯髮別離念征衣永圖豈勞止明節期所歸寧厭楚山曲無人長掩扉

早過臨淮　陶翰

夜得三渚風晨過臨淮島潮中海氣白城上楚雲早鱗鱗

漁浦帆漭漭蘆洲草川路日浩蕩惄然心如擣但言任倚伏何暇念枯槁范子名屢移蘧公志恒保古人去已久此理誰足道

途中口號　郭向

抱玉三朝楚懷書十上秦年年洛陽陌花鳥弄歸人

泊震澤口　薛據

日落草木陰舟徒泊江汜蒼茫萬象開合沓聞風水洄洄值漁翁窮艨逢樵子雲開天宇靜月明照萬里早鴈湖上飛晨鍾海邊起獨坐嗟遠遊登岸望長洲寥落星欲盡曈曨氣漸收行藏空自秉智識仍未周伍胥既伏劍范蠡亦乘流歌竟鼓檝去三江多客愁

魯郡途中遇徐十八録事（時此公學王書嗟別）　高適

誰爲嵩潁客遂經鄒魯鄉前臨少昊墟始覺東蒙長獨行豈吾心懷古激中腸聖人久已矣游夏遥相望徘徊野澤間左右多悲傷日出見闕里川平知汶陽弱冠負高節十年思自強終然不得意去去任行藏

（高適此詩已見本集及百家詩選中今英華誤作王昌齡詩）

自淇涉黄河五首　前人

朝從北岸來泊船河南潯試共野人言深覺農夫苦去秋雖薄熟今夏猶未雨耕耘自劬（集作日勤）勞租税兼鳥鹵園蔬空寥落（詩選作空）產業不足數尚有獻芹心無因見明主（以下五首並見集本）

二

茲川方悠悠（集作趙）雲沙無前後古塔（集作堰）對河壖長林出淇口獨行非吾意東向（集作南）日已久憂來誰得知且酌樽中酒

三

皤皤河濱叟相遇似有耻輟榜聊問之答言盡終始一生

雖貧賤九十年未死且喜對兒孫彌慙遠城市結廬黄河曲垂鈎長河裏溟漫望雲沙蕭條聽風水所思強飯食永願在鄉里萬事吾不知其心只如此

四

孟夏桑葉肥濃濃（集作穠陰）夾長津蠶農有時節田野無閑人臨水狎漁商（集作樵）望山懷隱淪誰能去京洛憔悴對風塵

五

南登滑臺上却望河淇間竹樹夾流水孤村（集作城）對遠山念茲川路闊羨爾沙鷗閑遥憶（集作長想）別離處獨（集作猶）無音信還

餘干旅舍　劉長卿

搖落暮天迥青楓霜葉稀孤城向水閉獨鳥背人飛渡口月初上鄰家漁未歸鄉心正欲絶何處擣寒衣（以下七首並見集本）

安州道中經滻水有懷　前人

征途逢滻水忽似到秦川借問朝天處猶看落日邊映沙晴漾漾出磵夜濺濺欲寄西歸恨微波不可傳

松江獨宿　前人

洞庭初下葉南客不勝愁明月天涯夜青山江上秋一官成白首萬里寄滄洲久被浮名繫能無愧海鷗

却歸睦州至七里灘下作　前人

南歸猶謫宦獨上子陵灘江樹臨洲晚砂禽對水寒山開斜照在石淺亂流難惆悵梅花發年年此地看

北歸入至德州界偶逢洛陽隣家李光宰　前人

生涯心事已蹉跎舊路依然此重過近北始知黃葉落向南空見白雲多炎洲日日人將老寒渚年年水自波華鬢相逢俱若是故園秋草復如何

温湯客舍　前人

冬狩温泉歲欲闌宮城佳氣晚宜看湯熏仗裏千旗暖雪照山邊萬井寒君門獻賦誰相達客舍無錢輙自安且喜禮闈（集作闈）秦鏡在還（集作盡）將妍醜赴春官

入桂渚次砂牛穴　前人

扁舟傍歸路日暮瀟湘深湘水清見底楚雲濃無心片帆遵（集作落）桂渚獨夜依楓林楓林月出猿聲苦桂魄（集作渚）天寒桂花吐此中無處不堪愁江客相看淚如雨

途中曉發　崔曙

曉霽長風裏勞歌起遠期雲深（一作輕）歸海疾月滿下山遲旅望因高盡鄉心遇物悲故林遥不見況在落花時

早發交崖山還太室　前人

東林氣微白寒鳥高高翔吾亦別（一作自）茲去北（一作此）山歸草堂仲冬正三五日月遥相望蕭蕭過潁上朧朧辨少陽春冰生積雪野火出枯桑獨往路難盡窮陰人易傷傷此無衣客如何度雪霜（一作蒙雨霜）

早發西山　沈頌

遊子空有懷貰心杳無路前程數千里乘夜連輕馭繚繞松條中蒼茫猶未曙遥聞孤村犬暗指人家去疲馬懷澗泉征衣犯霜露喧呼溪鳥驚沙上或騫翥娟娟東岑月照曜獨歸慮

衛中作　前人

衛風愉艶宜春色淇水清泠增暮愁縱使榴花能一醉終須萱草暫忘憂

辰陽即事　張謂

青楓落葉正堪悲黃菊殘花欲待誰水近偏逢寒氣早山深常見日光遲愁中卜命看周易病裏招魂讀楚詞自恨不如湘浦鴈春來即是北歸時

邵陵作　前人

嘗聞虞帝苦憂人秖爲蒼生不爲身已道一朝辭北極何須五月更南巡昔時文武皆銷鑠今日精靈長寂寞斑竹年來笋自生白蘋春盡花空落遥望零陵見舊丘蒼梧雲起至今愁唯餘帝子千行淚添作瀟湘萬里秋

奉和杜相公初發城行　岑參

按節辭黃閣登壇戀赤墀銜恩思報主授律遠行師野鵲迎金印郊雲拂畫旗叨陪幕中客敢和出車詩

發臨洮赴北庭留別（見二百九十九卷）　前人

晚發五渡　前人

客猒巴南地鄉憐劒北天江村片雨外野寺夕陽邊芋葉

藏山逕蘆花間渚田舟行未可住乘月且須牽

巴南舟中夜事（一作市）　前人

渡口欲黃昏歸人爭渡喧近鍾清野寺遠火點江村見鴈思鄉信聞猿積淚痕孤舟萬里夜秋月不堪論

楚夕旅泊古興　前人

獨鶴唳江月孤帆凌楚雲秋風冷蕭索蘆荻夜紛紛忽見湘川老欲訪雲中君騏驎息悲鳴愁見豺虎羣

赴犍爲經龍閣道　前人

側逕轉（一作摶）月壁危梁透滄波汗流出鳥道膽碎窺龍窩驟雨暗溪谷歸雲網松蘿屢聞羌兒笛厭聽巴童歌江路險復永夢魂愁更多聖主幸典郡不敢嫌岷峨

早上五盤嶺　前人

平旦驅駟馬曠然出五盤江迴兩崖鬭日隱羣峯攢蒼翠烟景曙森沉雲樹寒松疎露孤驛花密藏迴灘棧道溪雨滑畬田巖草乾此行爲知巳不覺蜀道難

奉和相公發益昌　前人

相國臨戎發帝京擁旄持節遠橫行朝登劒閣雲隨馬夜（一作晚）渡巴江雨洗兵山花萬朶垂征蓋川柳千條拂去旌暫到蜀城應計日須知明主待持衡

自常州還江陰道中作　李嘉祐

處處空籬落江村不忍看無人花色慘多雨鳥聲寒黃霸初臨郡陶潛未去（集作罷）官乘春務征伐誰肯問凋殘（以下四篇並見集本）

南浦渡口　前人

寂寞橫塘路新篁覆水低東風潮信滿時雨稻秔齊寡婦供租稅漁人逐鼓鼙慙無卓魯術解印謝黔黎

至七里灘作　前人

還客投千越臨江淚滿衣獨隨流水遠轉覺故人稀萬木迎秋序千峯駐晚暉行舟猶未巳惆悵暮潮歸

早秋京口旅泊章侍御寄書相問因以贈之時七夕　前人

移家避寇逐行舟厭見南徐江水流吳地征傜非舊日秣陵凋弊不宜秋千家閉戶無砧杵七夕何人望斗牛秖有同時驄馬客偏題尺牘問窮愁

春江晚行　錢起

斜日片帆陰春風孤客心山來指樵火岸去惜花林海氣蒸雲黑潮聲隔水（集作雨）深鄉愁不可道（集作過）草色晚鶯吟

晚至華陰　皇甫曾

臘盡促歸心行人及華陰雲霞仙掌出松柏古祠深野渡冰生岸川寒燒隔林温泉程（一作看）漸近宫樹晚沉沉

曉次淮陽　張繼

微涼風葉下楚俗轉清閑候館臨秋水郊扉掩暮山月明潮漸滿（一作近）露濕鴈初還浮客了無定萍流淮海間

初出徽安門　前人

洛陽天子縣金谷石家鄉草色侵官道花枝出苑牆書成休逐客賦罷遂爲郎貧賤非吾事西遊當自強

楓橋夜泊　前人

月落烏啼霜滿天江村漁父（詩選作江楓漁火）對愁眠姑蘇城外寒山寺半夜（詩選作夜半）鍾聲到客船

閶門即事　前人

耕夫召募逐樓船春草青青萬頃田試上吳門窺郡郭清明幾處有新煙

歷陽苦（一作夜）雨　顧況

襄（集作襄）城秋雨晦楚客不歸心亥市風煙接隋宮草路深
離憂翻獨笑用事感浮陰夜夜空堦響唯餘蚯蚓（集作蜻蛚）吟

下武昌江行（下沐陽集作望涔陽）　司空曙

悠悠向楚鄉樊口下涔陽雲隱洲渚暗沙高蘆荻黃漁人
共留滯水鳥自喧翔懷土年空盡春風又淼茫

望商山路　前人

南見青山道依然去國時已甘長避地誰料有還期雨露
殘陽薄人愁獨望遲空殘華鬢在前事不堪思

發渝州却寄韋判官（見二百五十四卷）　前人

文苑英華卷第二百九十二

登仕郎胡柯　鄉貢進士彭叔夏　校正

文苑英華卷第二百九十三　詩一百四十三

行邁五

盧綸五首　戴叔倫六首
嚴維一首　孟雲卿一首
權德輿三首　朱放一首
賈稜一首　衛葉一首
余延壽一首　竇叔向一首
閻丘曉一首　柳中庸二首
胡皓一首　劉復二首
釋清江一首　釋靈一一首
李益一首　李端二首
章八元一首　歐陽詹四首
韓愈四首　劉禹錫四首
李宣遠一首　孟郊四首
呂溫二首　張籍四首
白居易六首

江行次武昌縣　盧綸

家寄五湖間扁舟往復還年年生白髮處處上青山去國
空知遠安身竟不閑更悲江畔柳長是北人攀

夜泊金陵　前人

圓月出高城蒼蒼照水營江中正吹笛樓上又無更洛下
仍傳箭關西欲進兵誰知五湖外將吏更爭名（集作諸將但爭名）

泊揚子江岸（已見一百六十四卷）　前人

山映（前篇作山影）鏡催（前篇作鏡悲）沙草（前篇作芳草）

晚次鄂州（至德中作）　前人（見詩選）

雲開遠見漢陽城猶是孤帆一日程估客晝眠知浪靜舟

人夜語覺潮生三湘愁鬢逢秋色萬里歸心對月明舊業已隨征戰盡更堪江上鼓鼙聲

至德中途中即事寄李僩　前人見百家詩選

亂離無處不傷情況復看碑對古城路遶寒山人獨去月臨秋浦鴈空驚顏衰重喜歸鄉國身賤多慙問姓名今日主人還共醉應憐世故一儒生

過郴州　戴叔倫

地盡江南戍山分桂北林火雲三月合石路九疑深暗谷隨風過危橋共鳥尋羇魂愁似詩選作已愁絕不復待猿吟

經巴東嶺　前人

巴山不可上徒馭亦徘徊舊棧欹難度朝雲濕未開瀑泉飛雪雨驚獸起風雷此去無亭候征人幾日迴

過申州　前人

萬人曾戰死幾處見林兵井邑初安堵兒童未長成涼風吹古木野火入殘營牢落千餘里山空水復清

次下牢韻　前人

獨立荒亭上蕭蕭對晚風天高吳塞闊日落楚山空猿叫三聲斷江流一水通前程千萬里一夕宿巴東

夜發烏詩選作袁江作　前人

半夜迴舟入楚鄉月明山色詩選作水共蒼蒼孤猿更發詩選作叫秋風裏不是愁人也詩選作亦斷腸

宿灌陽灘　前人

十月江邊蘆葉飛灌陽灘冷上舟遲今朝未遇高風便還與沙鷗宿水湄

自雲陽歸晚泊陸澧宅　嚴維

天陰行易晚前路故人居孤棹所思久冒寒相見初開燈

忘夜永清漏任更疎明發還須去離家幾歲除

汴河阻風已見一百五十六卷　孟雲卿

新安江路　權德輿

深潭與淺灘萬轉出新安人遠禽魚靜山深水木寒嘯起青蘋末吟矚白雲端即事遂幽賞何必挂儒冠以下[illegible]

月夜江行　前人

扣船文粹作舷不能得集作寐浩露清衣襟彌傷孤舟夜遠結萬里心幽興惜瑤草素懷寄鳴琴三奏月初上寂寥文粹作寞寒江深

奉使宜春夜渡新淦江陸路至黃檗館路上遇風雨作　前人

草草理夜裝涉江又登陸望路殊未窮指期今已促傳呼戒徒馭振轡轉林麓陰雲擁巖端霢霂集作霑灑雨當山腹震雷

如在耳飛電來照目獸跡不敢窺馬蹄唯務速虔心若齋禱濡體如沐浴萬竅相怒號百泉暗奔瀑危梁慮足跌峻坂憂車覆問我何以然前日受微祿轉知人代事纓組乃徽束向若家居時安枕春夢熟遵途稍已近候吏來相續曉霽心始安林端見初旭

亂後經淮陰岸　朱放

荒村古岸誰家在野水溪雲處處愁唯有河邊衰柳樹蟬聲相送到揚州

旅泊江津言懷　賈琮

征途幾迢遞客子倦西東乘流如泛梗逐吹似驚蓬飄飄萬里外辛苦百年中異縣心期阻他鄉風月同雲歸全嶺暗日落半江紅自然堪迸淚非是泣途窮

晚投南村　衛葉

客行逢日暮原野散秋暉南陌人初斷西林鳥盡歸暗蓬
沙上轉寒葉月中飛村路無多在聲聲近擣衣

南州行　余延壽

摇艇至南國國門連大江中洲兩邊岸數步一垂楊金釧
越溪女羅衣胡粉香織縑春卷縵採蔽暝提筐弄琴嬌垂
幌迎人笑下堂河頭浣衣處無數紫鴛鴦

過擔石湖　竇叔向

曉發漁門戍晴看擔石湖日衛高浪出天入四空無尺寸
分洲島纖毫指舳艫渺然從此去誰念客帆孤

夜渡淮　閻丘曉

舟人自相報落日下芳潭夜火連河市春風滿客帆水窮
滄海畔路盡小山南且喜鄉園近言榮意未甘

揚子途中　柳中庸

楚塞望蒼然寒林古戍邊秋風人渡水落日鴈飛天

江行　前人

繁陰乍隱洲落葉初飛浦瀟湘（集作蕭蕭）楚客帆暮入秋江雨

出峽　胡皓

巴東三峽盡曠望九江開楚塞雲中出荊門水上來魚龍
潛嘯雨鳧鴈動成雷南國秋風晚客思幾悠哉

出東城　劉復

步步東城門獨行已徬徨伊洛泛清流密林含朝陽芳景
雖可矚懷憂在中腸人生幾何時苒苒隨流光願得心所親
樽酒座高堂一爲浮沉隔會合殊未央雙戲水中鳧和鳴
自翱翔我無此羽翼安可以比方

經楚城　前人

日没路且長遊子欲涕零荒城無人路秋草飛寒螢東南
古丘墟莽蒼馳郊坰黄雲晦斷岸枯井臨崩亭昔人竟何
之窮泉獨冥冥蒼苔没碑板朽骨無精靈俛仰寄世間忽
如流波萍金石非汝壽浮生等臊腥不如學神仙服食（一作藥）
求丹經

夕次襄邑　釋清江（見高僧詩）

何處成吾道經年遠路中客心猶向北河水自歸東古戍
鳴寒角疎林振夕風輕舟唯載（一作雖有）月那與故人同

自青山詣於潛道中作呈元八居士（已見二百三十卷）　釋靈一

早發破訥砂（見二百九十九卷）　李益

晚次巴陵（招水集作灘水　山神集作江神　風來集作波迴）　李端

雪後柳條新巴陵城下人莫魚招水客載酒奠山神雲去
低斑竹風來動白蘋不堪逢楚老日暮正江春

晚（疑作曉）發瓜洲（無船集作無篷　南岸集作高岸）　前人

曉發悲行客停橈獨未前寒江半有月野戍漸無船棹唱
離南岸鴻嘶發遠田誰知避徒御對酒一潸然

新安江行（後篇作亭）　章八元（見中興間氣集）

江源南去永野飯暫維梢古戍懸魚網空林露鳥巢雪晴
山脊見沙淺浪痕交自笑無媒者逢人作解嘲

此詩三百十五卷重出今已削去

益昌行（并序）　歐陽詹

貞元中天子以工部郎中興元少尹吴興陸（集作沈）公長源
牧利州其爲政五年予旅遊由于利覩人安俗阜欽所以
美作詩一章利故益昌郡也目之曰益昌行

驅馬至益昌倍驚風俗和耕夫隴上謡負者途中歌處處
川復原重重山與河人煙遍餘田時稼無閑坡問業一何
脩太守德化加問身一何安太守恩懷多賢哉我太守在

古無以過愛人甚愛身（集作子）治郡如治家（集作理邦如理家）雲雷既奮騰草木遂萌芽乃知良二千足得（集作德足）爲國華今時當故（集作固）精求漢帝非徒嗟四氣有青春衆植佇揚葩期當作説霖天下同霶霈

以下三篇並見集本

自懷州却赴洛途中作　前人

惆悵策瘦馬孤蓬被風吹昨東今又（集作與）西冉冉長路歧歲晚樹無葉夜寒霜滿枝旅（集作依）人恒苦辛冥寞天何知

晨裝行　前人

村店月西出（集作入）山枝鶻鵃聲求（集作求）燈徹夜席束囊事晨征寂寂人尚眠悠悠天未明豈無偃息心所務前有程

新都行　前人

縹緲空中絲蒙籠道傍樹纚茲葉間吹惹彼花上露悠揚絲意去蒨蒻花枝住何計脱纏綿天長春日暮

晚泊江口　韓愈

郡城朝解纜江岸暮依村二女竹上淚孤臣水底魂雙雙歸鷙鷺一一叫羣猿迴首那能語空看别袖繙

以下四篇並見集本

次弄（集作巫）冠峽（一作同冠峽）　前人

今日是何朝天晴物色饒落英千尺墮遊絲百丈飄泄乳交巖脉懸流揭浪標無心思嶺北猿鳥莫相撩

同李二十八夜次襄城　前人

周楚仍連接川原乍屈盤雲垂天不暖塵漲雪猶乾印綬歸台室旌旗别將壇欲知迎候盛騎火萬星攢

次硤石　前人

數日方離雪今朝又出山試憑高處望隱約見潼關

晚泊牛渚　劉禹錫

蘆葦晚風起秋江鱗甲生殘霞忽改色遠鴈有餘聲戍鼓音響絶漁家燈火明無人能詠史獨自月中行

以下二篇並見集本

途中早發　前人

中庭望啓明促促事晨征寒樹鳥初動霜橋人未行水流白烟起日上綵霞生隱士應高枕無人問姓名

初至長安時自外郡再授郎官　前人

左遷凡二紀重見帝城春老大歸朝客平安出嶺人每行經舊處却想似前身不改南山色其餘事事新

秋江早發　前人

輕陰迎曉日霞霽秋江明草樹含遠思襟懷有餘清凝睇萬象起朗吟孤憤平渚鴻未矯翼而我已遐征因思市朝人方聽晨鷄鳴昏昬戀衾枕安見元氣英納爽耳目變翫奇筋骨輕滄洲有奇趣浩蕩吾將行

并州路作　李宣遠

秋日并州道黄榆落故關孤城吹角罷數騎射鵰還帳幕遥臨水牛羊自傍山行人正垂淚烽火起雲間

遠遊　孟郊

慈烏不遠飛孝子念先歸而我獨何事四時心有違江海戀空積波濤信來稀長爲路傍客（集作食）着盡家中衣别劍不割物離人難作威遠行少僮僕驅使無是非爲長（集作性）玩好盡積愁心緒微始知時節駛夏（集作愛）日非長暉

以下四篇並見集本

夢澤中行　前人

楚山爭蔽虧日無全輝楚路多（集作饒）迴惑旅人有迷歸騏驥思北首鷓鴣願南飛我懷京洛遊未厭風塵衣

渭上思歸　前人

獨訪千里信迴臨千里河家在吴楚鄉淚寄東南波

過分水東嶺　前人

山壯馬力短馬（集作路）行石齒中十步九舉轡迴環失西東溪水變爲雨綠（集作懸）崖陰濛濛客衣飄飄秋葛花零落風白日捨我没征途忽然窮

道州途中即事　呂溫

零桂佳山水營陽舊自同經途看不暇遇境説難窮疊障青時合澄湘漫處空舟移明鏡裏路入畫屏中巖壑千家接松蘿一逕通漁燈（集作煙）生縹緲犬吠隔蔥蘢戲鳥留餘翠幽花怯晚紅光飜沙瀨日香散橘園風信美非吾土分憂屬賤躬守愚資地僻郵隱望年豐且保心能靜那求政必工課終如免戾歸養洛城東

經河源軍漢村作　前人

行行忽到舊河源城外千家作漢村樵採未侵征虜墓耕耘猶就破羌屯金湯天險長全設伏臘華風亦暗存暫駐單車空下淚有心無力復無（集作何）言

江行夜投漁家（前篇作宿漁家已見二百十七卷）　張籍

路遠（前篇作路暗）

薊北春思（集作懷）　前人

渺渺水雲外望來鄉（集作別來音）信稀因逢過江使却寄在家衣問路更愁遠送人空説歸今朝薊城北又見塞鴻飛

舟行重寄李湖州（已見二百五十九卷）　前人

宿江店　前人

野店臨寒（集作西）浦門前有橘花停燈待賈客賣酒與漁家夜靜江水白路迴山月斜閑尋泊（集作泊船）處潮落見平沙

夜入瞿塘峽　白居易

瞿塘天下險夜上信難哉岸似雙屏合天如疋練開逆風驚浪起拔忩暗船來欲識愁多少高於灩澦堆（以下六篇並見集中）

途中感秋　前人

節物行搖落年顔坐變衰樹初黃葉日人欲白頭時鄉國程程遠親朋處處辭唯殘病與老一步不相離

途中作　前人

早起上肩舁一盃平旦醉晚憩下肩舁一覺殘春睡身不經營物心不思量事但恐綺與紈只如吾氣味

臼口阻風十日　前人

洪濤波（集作白）浪塞江津處處邅迴事事迍世上方爲失途客江頭又作阻風人魚鰕遇雨腥盈鼻蚊蚋和煙癢滿身老大光陰能幾日等閑臼口坐經旬

九江北岸遇風雨（已見一百六十二卷）　前人

初出藍田路　前人

停驂問前路路指（集作在）秋雲裏蒼蒼縣南山（集作道）險（集作去）途從此始絶頂忽盤上衆山皆下視下視千萬峯峯頭如浪起朝經韓公坂夕次藍橋水潯陽近（集作僅）四千始行七十里人煩馬蹄跙勞苦又（集作已）如此

文苑英華卷第二百九十三

登仕郎胡柯　鄉貢進士彭叔夏　校正

文苑英華卷第二百九十四　詩一百四十四

行邁六

過鍾陵（余長慶三年除江西觀察使奉詔不之任）　李紳

龍沙江尾抱鍾陵水郭津橋晚景澄江對楚山千里月郭
連漁浦萬家燈省抛雙旆辭榮寵遽落丹霄起愛憎惆悵
舊遊同草露却思恩顧一沾膺

初出泗口入淮　前人

東風五日雪初晴泗口冰開好濯纓野老擁途知意重病
夫抛郡喜身輕人心莫厭如弦直淮水長憐似鏡清迴首
夕嵐山翠遠楚郊煙樹隱蕪（一作憶曾）城

客行　姚合

客行無定處多在路岐間馬是賒來貴僮緣借得頑詩書
愁觸雨店舍喜逢山舊業嵩山下三年不得還

離家　袁不約

步步遠晨昏悽心出里（集作獨出）門見烏唯有淚看（集作問）鴈更
傷魂宿酒寧辭（集作添愁）醉迴書諱苦言野人應怪笑不解愛
田（集作樊丘）園

嶺南路　朱慶餘

越嶺向南風景異人人傳說到京城經冬來往不踏雪盡
在刺桐花上行

南遊　于武陵

窮秋幾日雨處處生蒼苔舊國寄書後涼天逢鴈來露繁
山草濕洲暖水花開去盡同行客一帆猶未迴

南遊有感　前人

杜陵無厚業不得駐車輪重到曾遊處多非舊主人東風
千里樹西日一洲蘋又渡湘江水湘江水復春

西歸　前人

不繫與舟閑悠悠吳楚間羞將新白髮却到舊青山一葉
忽離樹幾人同入關長安有家住秋至又西還

早春山行　前人

江草暖初緑鴈行皆北飛異鄉那久客野鳥尚思歸十載
過如夢素心應已違行行家漸遠更苦得書稀

客中　前人

楚人歌竹枝遊子淚沾衣異國久爲客寒宵頻夢歸一封
書未返千樹葉皆飛南過洞庭水更應消息稀

夜泊湘江　前人

北風吹楚樹此地獨先秋何事屈原恨不隨湘水流涼天
生半月竟夕伴孤舟一作南行客無成空白頭

旅遊　賈島

此心非一事書札若爲傳舊國別多日故人無少年空巢

霜葉落蹤牖水螢穿留得林僧宿中宵坐默然（以下四篇並見集本）

早行　前人

早起赴前程鄰雞尚未鳴主人燈下別羸馬月中行踏石新霜滑穿林宿鳥驚遠山鍾動後曙色漸分明

巴興作　前人

三年未省聞鴻叫臘月何曾見草枯寒暑氣均思白社星辰位正憶皇都蘇卿持節終還漢葛相行師自渡瀘鄉味朔山林果別北歸期挂海帆孤

上谷旅遊（集作夜）　前人

世難那堪恨旅遊龍鍾更是對窮秋故園千里數行淚隣杵一聲終夜愁月到寒窻空皓晶風飜落葉更颼飀此心不向常人說倚識平津萬户侯

行漢水晚次神灘阻風　釋無可

驚風山半（集作半山）起舟子忽停橈岸荻吹先亂灘波落更跳聽松今欲暮過島或明朝若盡平生趣東浮看石橋

早行　劉得仁

萬類半已動此心寧自安月沉平野盡星隱曙空殘馬度橫流廣人行甚霧寒還思猶夢者不信早行難

商山早行　温庭筠

晨起動征鐸客行悲故鄉雞聲茅店月人跡板橋霜槲葉落山路枳花明驛牆因思杜陵夢鳧鴈滿迴塘（以下四篇並見集本）

利州南渡　前人

澹然空水帶斜暉曲島蒼茫接翠微波上馬嘶看棹去柳邊人歇待船歸數叢沙草群鷗散萬頃江田一鷺飛誰解乘舟尋范蠡五湖煙水獨忘機

經（集作過）五丈原　前人

鐵馬雲鵰共（集作雖久）絶塵柳陰高壓漢宮（集作營）春天清殺氣屯關右夜半妖星照渭濱下國卧龍空寤主中原得（集作逐）鹿不由人象床錦（集作寶）帳無言語從此譙周是老（集作舊）臣

過分水嶺　前人

溪水無情似有情入山三日得同行嶺頭便是分流處惜別潺湲一夜聲

旅次錢塘　方干

此地似鄉國堪爲終日（集作朝夕）吟雲藏吴相廟樹引越山禽潮去（集作落）海人散鍾遲秋寺深我來無舊識誰見寂寥心

金州客舍　前人

卷箔雲（集作犁）峯暮蕭條未掩關江流嶓冢雨帆（集作路）入漢陰（集作家）山落葉欹眠後孤砧倚望間此情偏耐醉難遣酒罍閑

東陽道中作　前人

百花香氣傍行人花底垂鞭日易曛野火不知寒食節穿林轉壑自燒雲

蜀中　前人

遊子去遊多不歸春風酒味勝餘時閑來即伴巴兒醉荳蔻花邊唱竹枝

河陽道中　李洞

衝風仍躡凍提轡手頻呵得事應須早愁人不在多雪田平入塞烟郭曲隨河飜憶江濤裏船中睡蓋蓑

蕃寇侵逼南陽道中　前人

雲陽三萬騎南赴疾飛鷹過磧星低鴈孤城月伴僧敲關通漢節傾府守河冰無處論邊事歸溪夜結罾

途中作　杜牧

綠樹南陽道千峯勢遠隨碧溪風慢(集作澹)態芳樹雨餘姿野渡雲初暖征人袖半垂殘花不一醉行樂是何時

泊秦淮　前人　以下六篇並見集本

煙籠寒水月籠沙夜泊秦淮寄(集作近)酒家商女不知亡國恨隔江猶唱後庭花

秋浦途中　前人

蕭蕭山路窮秋雨淅淅溪風一岸蒲爲問寒沙新到鴈來時還下杜陵無

汴河阻凍絕句　前人

千里長河初凍時玉珂瑤珮響參差浮生一(集作憐)似冰底水日夜東流自(集作人)不知

春盡途中　前人

田園不事來遊宦故國誰教爾別離獨倚關亭還把酒一年春盡送春時

自宣城赴官上京　前人

瀟灑江湖十過秋酒盃無日不封侯(集作遲留)謝公城畔溪驚夢蘇小門前柳拂頭千里雲山何處好幾人襟韻一生休塵冠挂却知閑事終把蹉跎訪舊遊

南遊泊松江渡　許渾

漠漠故宮地月涼風露幽雞鳴荒戍曉鴈過古城秋楊柳北歸路蒹葭南渡舟去鄉今已遠更上望京樓　以下六篇並見集本

洛陽道中　前人

洛陽多舊跡一日幾堪愁風起林花晚月明陵樹秋興亡不可問自古水東流

晚泊七里灘　前人

天晚日沉沉歸船(集作舟)繫柳陰江村平見寺山郭遠聞砧樹密猿聲響波澄鴈影深榮名(集作華)暫時事誰識子陵心

晚(集作曉)發鄭江渡寄韓許(集作崔韓)二先輩　前人

南北信多歧生涯半別離地窮山盡處江泛月(集作水)寒時霧晚(集作露曉)蒹葭重霜晴橘柚垂無勞促迴棹千里有歸(集作心)期

曉發天井關寄李師晦　前人

山在水滔滔流年欲二毛湘潭歸夢遠燕趙客程勞露曉紅蘭重雲晴碧樹高逢秋正多感萬里別同袍

早發洛中次甘水　前人

帶月飯行侶西遊關塞長晨雞鳴遠戍宿鴈起寒塘雪(集作雲)卷四山雪霜(集作風)凝千樹霜停驂一迴首隱隱見嵩陽

蜀路倦行因有所感　雍陶

亂峯碎石金牛路過客應騎鐵馬行白日欲斜催後乘青雲何處問前程飛蠅一一皆先去度鳥雙雙亦遠鳴蹇步不唯傷旅思此中兼見宦途情

到蜀後記途中經歷　前人

劒峯重疊雪雲漫憶昨來時處處難大散嶺頭春足雨褒斜谷裏夏猶寒蜀門去國三千里巴路登山八十盤自到成都燒酒熟不思身更入長安

昭州　李商隱

桂水春猶早昭州日正西虎當官渡(集作路)鬬猿上驛樓啼繩爛金砂井松乾乳洞梯鄉音呼(集作吁)可駭仍有酒(集作醉)如泥

商於　前人

商於朝雨霽歸路有秋光背塢猿收果投巖麝退香建瓴

真得勢橫戟豈能當割地張儀詐謀身綺季長清渠州外
月黄葉廟前霜今日看雲意依依入帝鄉

東還　前人

自有仙才自不知十年長夢採華芝秋風動地黄雲暮歸
去嵩陽尋舊師

薛逢

曉發　姚鵠

旅行宜早發況復是南歸月影緣山盡鐘聲隔水微殘星
螢共失落葉鳥和飛去去渡南曉村中人出稀

曉發昭應　項斯

行人見雪愁初作帝京遊店開偏早鄉寬去未收燭殘
催卷席手冷怕梳頭是物寒無色湯泉秖自流

經無錫縣醉後吟　趙嘏

客過無名姓扁舟繫柳陰窮秋南國淚殘日故鄉心京洛
衣塵在江湖酒病深何須覓陶令乘醉自橫琴

東歸道中二首　前人

平生事行役今日始知非歲月老將至江湖春未歸傳家
有天爵圭組用儒衣何必勞知已無名亦息機

二

未明喚僮僕江上憶殘春風雨落花夜山川驅馬人星星
一鏡髮草草百年身此日念前事滄洲情更親

旅次商山　前人

役役依山水何曾似問津斷崖如避馬芳樹欲留人日夕
猿鳥伴古今京洛塵一枝甘已失辜負故園春(集作惆悵故園春)

發剡中(武德中置嵊州)　前人

正懷何謝俯長流更覽餘封識嵊州樹色老依官舍晚溪
聲涼傍客衣秋南巖氣爽橫郭郭天姥雲晴拂寺樓日暮
不堪還上馬蓼花風起路悠悠

江行(絶句詩選作西江)晚泊　前人

茫茫霜靄失西東柳浦桑村處處同戍鼓一聲帆影盡水
禽飛起夕陽中

度商山(晚靜集作淨)　前人

和如春晚靜如秋五月商山是勝遊當晝火雲生不得一
溪分作萬重流

夕發邠寧寄舒從事　半酣走白馬(又玄集作飲馬酣走馬別)　馬戴

半酣走白馬別後鎖邊城日落月未上鳥棲人獨行方馳

故國戀復愴長年情入夜不能息何當閑此生

夜下(前篇作入)湘中(見一百六十四卷)　前人

入夜別(前篇作人夜到)鳴棹下(前篇作孤棹入)嘶鴻(前篇作鳴鴻)行值(前篇作行抵)

客行　前人

路歧長不盡客恨杳難通蘆葉曉(一作晚)汀雨柳花南浦風
亂鐘鳴鳥(一作嘶馬)急殘日半帆(江)紅卻羨漁樵侶閑歌谿谷中

旅次夏州　前人

嘶鴻發相續行次夏王臺鎖郡雲陰暮鳴笳燒色來霜繁
邊上宿鬢改磧中迴悵望湖沙曉驚蓬朔吹催

夕次淮口　前人

天涯孤光盡木末群鳥還夜久遊子息月明歧路閑風生
淮水上帆落楚雲間此意竟誰見行行悲故關(又玄集作非故關)

早登故山作　前人

雲門夾硝石石路蔭長松谷響猿相應山深水復重飡霞人不見採藥客猶逢獨宿靈潭側時聞岳頂鐘

江行　前人

吳楚半秋色渡江逢葦花雲侵帆影盡（一作落）風逼鴈（一作鳥）行斜赤燒開峰翠（一作反照開嵐翠）寒潮蕩（一作漾）浦沙余將何往海（一作自將何所往）孤嶠擬（一作海嶠欲）營家

此詩二百八十八卷重出今已削去注異同爲一作

早發故園　前人

論別在中夜登車離故鄉曙鐘寒出岳殘月迴凝霜風絛條多折涉雲氣盡黃行逢海西鴈零落不成行

經杭州　顧非熊

郡郭遶江濆人家近白雲晚濤臨檻看夜艣隔城聞浦轉山初盡虹斜雨未（一作半）分有誰知我意心緒逐鷗羣

秋日陝州道中作　前人

孤客秋風裏驅車出陝西關河午時路村落一聲雞樹勢標秦遠天形到岳低誰知我名姓來往自淒淒

經河中　前人

一望蒲城路關河氣象雄樓臺山色裏楊柳水聲中思起懷吳客行斜向磧鴻我來尋古跡唯見舜祠（一作遺）風

分水嶺望寶（集作靈）峯作　薛能

勞（集作千）尋萬仞峯靈寶號何從盛立同吾道貪程阻聖蹤嶺奇應有藥壁峭盡無松那得休於市（集作是）蹉跎亦卧龍

以下五篇並見集本

初發嘉州寓題　前人

勞我是犍爲南征又北移唯聞杜鵑夜不見海棠時在閣曾無負含靈合見（集作有）知州人若愛樹莫損邵南詩

彭門道中作　前人

嗚嗚吹角二師營日落身閑笑傲行盡覺文章尊萬事却嫌官職剩雙旌終休未擬降低屈遇便還須致太平頻向水樓誰會我泗濱浮磬好同聲

將赴鎮過太康縣有作　前人

纔入東郊便太康自聽何暮豈龔黃晴村透日桑榆影晚露濕秋禾黍香十萬旌旗移巨鎮二三輗軏負孤莊時人欲識征東將看取攙槍落大荒

褒斜道中作　前人

十驛褒斜到處慵眼前常似接靈蹤江遥放（詩選作旋）入傍來水山豁猶藏向後峯鳥徑惡時應立虎畬田閑日自燒松行吟却誚公車使（詩選作役）夜發星馳半不逢

雲安　李群玉

灘惡黃牛吼城孤白帝秋水寒巴字急歌迴竹枝愁樹暗荆王館雲昏蜀客舟瑤姬不可見行雨在高丘

旅次石頭岸　張祜

行行石頭岸身事兩相違舊國日邊遠故人江上稀水聲寒不盡山色暮相依惆悵未成語數行鵶又飛

以下三篇並見集本

江上旅泊（集作江南作）　前人

楚塞南行久秦城北望遥少年花已過衰病柳先彫客淚收迴日鄉心寄落潮殷勤問春鴈何處是煙霄

將之衡陽道中作　前人

萬里南方去扁舟泛自（一作自恥）身長年無愛物深話少情人醉卧襟長散閑書字不真衡陽路猶遠獨與鴈爲賓

文苑英華卷第二百九十四　登仕郎胡柯　鄉貢進士彭叔夏　校正

文苑英華卷第二百九十五　詩一百四十五

行邁七

早行　劉駕

馬上續殘夢馬嘶時復驚心孤多所虞僮僕近我行棲禽未分散落月照古城莫羨閑居者溪邊人已行

出門　前人

出門羨他人奔走如得途黙思他人意與我或不殊以茲聊自安黙黙行九衢生計逐羸馬每出似移居有從我鄉來但得隣里書田園幾換主夢歸猶荷鋤進猶希萬一退復何所如況今關公道安得不躊躇

初離黔中泊江上　李頻

去去把青桂平生心不違更蒙蓮府辟兼脫布衣歸碧岫明殘雪清波漾落暉無窮鷗鳥興日起棹前飛

八月峽石口一作作　前人

萬里西南水秋來滿峽流亂山無陸路行客在孤舟洶洶灘聲惡冥冥樹色秋兔爲三不弔終白一生頭

黔中罷職泛江東　前人

黔中初罷職薄俸亦無殘舉目鄉關遠攜家旅食難野梅將雪競江月與沙寒兩鬢愁應白何勞把鏡看

早行　劉滄

旅途乘早起一作景策馬獨悽悽殘影郡樓月一聲關樹雞聽鍾煙柳外問渡水雲西當自勉行役終朝一作躡功業齊

秋月旅途即事　前人

驅羸多自感煙草遠郊平鄉路幾時盡旅人終日行渡邊寒水驛山下夕陽城蕭索更何有秋風向鑷生

大梁道別見二百八十二卷　喻坦之

發浙江　前人

島嶼徧含煙煙中濟大川山城猶轉漏沙浦已搖船海曙霞浮日江遙水合天此時空闊思讎想涉窮邊

晚泊盱眙　前人

廣葦夾深流蕭蕭到海秋宿船横月浦驚鳥遶霜洲雲濕淮南樹笳清泗上樓徒懸向國思羇跡尚東遊

東春一作歸江南　前人

歸日值江春看花過楚津草晴蟲網徧沙曉浪痕新蓮葉初浮水鷗鷀已狎人漁心慙未遂空厭路歧塵

早發始興　陳陶

雲裹山已曙舟中火初爇緑浦待行橈玄猿催落月沿流信多美況復秋風發掛席借前期晨雞莫嘲哳

清源途中旅思　前人

古木閩州道驅羸落照間投村礙野水問店隔荒山身事幾時了蓬飄何日閑看花滯南國鄉月十彎環

濟浙江見二百六十二卷　前人

番禺道中作　前人

博羅程遠近海塞愁先入瘴雨出虹蝀蠻江度山急常聞
島夷俗犀象滿城邑鴈至草猶春潮迴檣半濕丹丘鳳凰
隱水廟蛟龍集何處樹能言幾鄉珠是泣千年趙佗國霸
氣委原隰邂解笑終軍長纓禍先及

鍾陵道中作　前人

原隰詩人蕙草黄塞鴻消息怨流芳秋山落照見麋鹿南
國異花開雪霜煙火近通槃瓠俗水雲深入武夷鄉曾逢
齧鋏話東海長憶蕭家青玉床

旅泊塗（疑）江　前人

煙雨南江一葉微松潭漁父夜相依斷沙鴈起金精出孤
嶺猿愁木客歸楚國柑橙勞夢想丹陵霞鶴間音徽無因
得似滄溟叟始憶離巢巳倦飛

上建溪　前人

崆峒一派瀉蒼煙長揖丹丘逐水仙雲樹杳冥通上界峯
巒迴合下閩川侵星愁過蛟龍國採碧時逢婺女船巳判
猿催鬢先白幾重灘瀨在秋天

冬暮旅泊廬陵　前人

螺亭倚棹哭飄蓬白浪欺船自向東楚國蕙蘭增悵望番
禺笙籬旋虛空江城雪落千家夢汀渚冰生一夕風雞畫
侯鯖任羇東不勞龜瓦問蒙（疑）遁

寧州道中　楊夔

城枕蕭關路胡兵日夕臨唯憑一炬火以慰萬人心春老
霜猶重沙寒草不深如何驅疋馬向此獨閑吟

早發洛中　許棠

昨夜别清洛不知過石橋雲增中岳大樹隱上陽遥塹黑
初沉月河鳴欲認潮孤村人尚夢無處暫停鑣

客行　前人

日日唯草草此生誰我同故園寬夢外長恨别離中人事
萍隨水年光鳥過空欲吟先落淚多是怨途窮

雕陰道中　前人

五月綏州北途程少鬱蒸馬依䪥草聚人抱濁河澄（邊人多以甕澄水）
彊固長城壘寃深太子陵往來經此地悲苦有誰能

過湍浦谷　前人

西去窮湖處巖崖境不常石形相對聳天勢一條長棧底
鳴流水林端斂夕陽雖隨兵馬至未免畏豺狼

春日烏延道中　前人

窮邊厄未窮復此逐歸鴻去路多相似行人半不同山川
藏北狄草木背東風虛負男兒志無因立戰功

江行二首　司空圖

地闊分吴塞楓高映楚天迴塘春盡雨方響夜深船行紀
添新夢羇愁甚往年何時京洛路馬上見人煙

二

初程風信好迴望失津樓日帶潮聲晚烟含楚色秋戍旗
當遠客島樹轉驚鷗此去非名利孤帆任白頭

淅上二首　前人

華下支離巳隔河又來此地避干戈山田漸廣猿時到村
舍新添鷰亦多丹桂石楠宜並長秦雲楚雨暗相和兒童
栗（闕）熟迷歸路歸得仍隨牧豎歌

二

西北鄉關近帝京煙塵一片正傷情愁看地色連空色靜
聽歌聲似哭聲紅蓼遠村人不在青山遶檻路難平從他
煙棹更南去休向津頭問去程

潼關道中　鄭谷

白道曉霜迷離燈照馬嘶秋風蒲關樹殘月隔河雞來往
非無倦窮通豈易齊何年歸故社破雨剪春畦（以下六篇並見集本）

江行　前人

漂泊病難任逢人淚滿襟關東多事日天末未歸心夜雨
荆江闊（集作漲）春雲郢樹深殷勤聽漁唱漸漸入吳音

舟行　前人

九派迢迢九月殘舟人相語且相寬村逢好處嫌風便酒
到醒來覺夜寒蓼水白波喧夏口柿園紅葉憶長安季鷹
可是思鱸鱠引退自知時所難（集作知時自古難）

遊蜀　前人

所向明知是暗投兩行清淚語前流雲橫新塞（一作寨）遮秦
甸花落空山入閬州不分黃鸝驚曉夢唯應（集作悲）杜宇信（集作起）
春愁梅青麥綠無歸處可得漂漂愛浪遊

倦客　前人

十年五年岐路中千里萬里西復東疋馬愁衝晚（集作曉）村
雪孤舟悶阻春江風達士由來知道在昔賢何必哭途窮
閑烹蘆筍炊菰米會向漁鄉作醉翁

下峽　前人

憶子啼猿遶樹哀雨隨孤棹過陽臺波頭未白人頭白瞥
見春風灔澦堆

商山道中　崔塗

一日又將暮一年看即殘病知新事少老別故人（一作交）難
山盡路猶險雨餘春却寒那堪更迴首烽火是長安

夕次維揚道中　前人

秋風吹故城城下獨吟行高樹鳥已息古原人尚耕流年
川暗度往事月空明不復嘆岐路馬前塵夜生

巴山道中除夜書懷　前人

迢遞三巴路羈危萬里身亂山殘雪夜孤燭異鄉春漸與
骨肉遠轉於僮僕親那堪正漂泊明日歲華新

途中懷感　前人

久客厭岐路出門吟且悲平生未到處落日獨行時芳草
長不綠故人無重期那堪更南度鄉國已天涯

商山道中　張喬

春去計秋期長安在夢思多逢山好處少值客行時雲起
爭峯勢花交隱澗枝停驂一惆悵應秖嶺猿知

荆楚道中　前人

前程曾未到岐路擬何爲返照行人急荒郊去鳥遲春宵
多旅夢閭夏遠相期處處牽愁緒無窮是柳絲

江行　前人

江風木落天行子感流年萬里波連蜀三更雨到船夢殘
燈影外愁積葦蒹邊不是貪名利家無負郭田

吳江旅次　前人

行人愁落日去鳥倦遙林曠野鳴流水空山響暮砧旅徒
歸計晚鄉樹別年深寂寞逢村酒漁家一醉吟

東歸有感　前人

東風搖衆木即又見花期紫陌頻來日滄江獨去時郡因
兵役苦家爲海鱗移未老多如此那堪鬢不衰

宿昭應　前人

夜憶開元事淒涼里巷間薄煙通魏闕明月照驪山半壁
空宮閉連天白道閑清晨更迴首猶向霸陵還

巴南旅泊　羅鄴

巴山慘別魂巴水徹荆門此地若重到居人誰復存落帆紅葉渡駐馬白雲村却羨南飛鴈年年到故園

東歸　前人

日日惟憂行役遲東歸可是有家歸都緣桂玉無門住不筭山川去路非秦樹夢愁黃鳥囀吳江鈎重（一作憶）錦鱗肥桃夭杏豔清明近惆悵當時意兩違

早發　前人

一點殘燈魯酒醒已携孤劒事離情（集作程）愁看飛雪聞雞後獨向長空背鴈行白草近關微有路濁河連底凍無聲此中來往本迢遞況是驅羸客塞城

行次　前人

終日長程復短程一山行盡一山青路傍君子莫相笑天上由來有客星

秋江（集作夜）晚泊　杜荀鶴

一望一蒼然蕭騷起暮天遠山橫落日歸鳥度平川家是去年別月當今夜（集作夕）圓漁翁似相伴徹曉葦藂邊

秋日旅中（集作卧病）　前人

浮宦（集作世）浮名能幾何致身流落向天涯少年心壯輕爲客一日病來思在家經雨凍蟬隨葉墮過湖秋鴈趂雲（一作風）斜前程雖有投人處爭奈鄉關日漸賒（集作山頭老猿啼古木渡頭新鴈下平沙不堪吟罷西風起黃葉滿庭寒日斜）

早發　前人

東窻未明塵夢蘇呼僮結束登征途落葉鋪霜馬蹄滑寒猿哭月人心孤時送（集作逆）帽簷風刮項旋呵鞭手凍粘鬚青雲快活一未見爭得安閑釣五湖

舟行即事　前人（見本集）

年少髭鬚雪欲侵別家三日幾般心朝隨賈客憂風色夜逐漁翁宿葦林秋水鷺飛紅蓼晚暮山猿叫白雲深重陽酒熟茱萸紫却向江頭倚棹吟

春日行次錢塘却寄台州姚中丞　前人

豈謂無心求上第難安帝里爲家貧江南江北閑爲客潮去潮來老却人兩岸雨收鶯語柳一樓風滿角吹春花前不獨垂鄉淚曾作（集作是）朱門寄食身

曉泊漢陽渡　王貞白

落月臨古渡武昌城未開殘燈明市井曉色辨樓臺雲自蒼梧去水從嶓冢來芳洲號鸚鵡用記禰生才

隨計　前人

徒步隨計吏辛勤鬢易凋歸期無定日鄉思羨迴潮冒雨投前驛侵星過斷橋何堪穆陵路霜葉更蕭蕭

南遊　曹松

直道南箕下方諳（一作諸）漲海頭君恩過銅柱戎節限交州犀占花陰卧波銜瘴色流遠夷君（一作非）不樂自是北人愁

荆南道中作　前人

十月荒郊雪氣催依稀愁色認陽臺遊秦分繫三條燭出楚心殊一寸灰高柳莫遮寒月落空桑不放夜風迴如何住在猿聲裏却被蟬吟引下來

嶺南道中　前人

百花成實未成歸未必歸心與志違但有壺觴資逸詠盡交風景入清機半川陰霧藏高木一道晴蜺雜落暉遊子馬前芳草合鷓鴣啼歇又南飛

春日自吳門之陽羨道中書事　前人

勝異恣遊應未遍路歧猶去幾時還浪花湖闊虹蜺斷柳

綫村深鳥雀閑千室綺羅浮盡㰚兩州絲竹會茶山眼前便是神仙事何必須言洞府間

將入關行次湘陰　前人

背顧秦城在何處圖書作伴過湘東神鵶亂噪黄陵近簇鴈斜沈夢澤空打槳天連晴水白燒田雲隔夜山紅也知漸老巖棲穩爭柰文闈有至公

南康道中　羅隱

弱冠負文翰此中聽鹿鳴使君延上榻時輩仰前程丹桂竟多故白雲空有情唯餘路旁淚沾灑向塵纓

西上（集作所思）　前人

西上青雲未有期東浮滄海一（集作去）何遲酒闌夢覺不稱意花落月明空所思長恐老（集作病）侵多病（集作事）日可堪忙過少年時鬭雞走狗五陵道惆悵輸他輕薄兒

以下六篇並見集本

過廢江寧縣（王昌齡曾尉此縣）　前人

縣前水色細鱗鱗一為夫君弔水濱謾把文章矜後代可知榮貴是他人鶯偷舊韻還成曲草賴餘吟盡解春我亦有心無處說等閑停棹似迷津

東歸途中作　前人

松橘蒼黄覆釣磯早年生計近年違老知風月終堪恨貧覺家山不易歸别岸客帆和鴈落晚程霜葉向人飛買臣嚴助精靈在應笑無成一布衣

金陵夜泊　前人

冷煙輕澹傍衰叢此夕秦淮駐斷蓬棲鴈遠驚沽酒火亂鵶高避落帆風地銷王氣波聲急山帶秋陰樹影空六代精靈人不見思量應在月明中

東歸　前人

仙桂高高似有神貂裘弊盡取無因只（集作唯）將白髮期公道不覺丹枝屬别人雙闕往來慙請（集作聘）謁五湖歸後耻交親盈盤紫蟹千卮酒添得臨岐淚滿巾

早行（集作早發）　前人

北去南來無定居此生生計竟何如酷憐一覺平明睡長被鄰雞（集作雞聲）惡破除

過洞庭湖　裴説

浪高風力大挂席亦言遲及到堪憂處爭如未濟時魚龍深莫測雷雨動須疑此際將情（集作情將）賴（集作無賴）何門寄所思

旅行聞寇　前人

動步憂多事將行問四鄰深山不畏虎當路却防人豪富田園廢疲羸屋舍新自慙為旅客無計避煙塵

旅中作　前人

妄動遠拋山其如（集作其如甘心）餒與寒投人言去易開口説貧難澤國雲千片湘江竹一竿明時未忍别猶待計窮看

旅次衡陽　前人

欲往幾經年今來意豁然江風長借客岳雨不因天戲鷺飛輕雪驚鴻叫亂絃晚秋紅藕裏十宿寄漁船

文苑英華卷第二百九十五

登仕郎胡柯　鄉貢進士彭賢　校正

旅行聞寇　動步（集作于步）豪富田園廢疲羸屋舍新自慙為旅客無計避煙塵（集作無策助明代何門鎖此身空慙雨行淚灑洒向紅塵）

文苑英華卷第二百九十六　詩一百四十六

行邁八

奉使五十首

奉使廬陵　吳均（見藝文類聚）

悵然不自怡端憂坐漠漠風急鷹毛斷冰堅馬蹄落客子飢寒多江上衣裳薄何當報恩罷驅車還北郭

奉使北徐州叅丞御　庾肩吾

炎農稱卷領唐勛載允恭猶將表世盛尚且號民（集作人）從未如今聖主比德邁前蹤格天垂禮樂寰海置提封枌榆諒昔社朱方有舊墉故鄉深帝念巡狩（集作撫）及時雍禁園周百里離宮即九重浮橋還寫渭抗殿本疏龍過沛追鄉飲歸宛盛禮容千金登禹膳萬壽獻堯鍾依然對白水眷言懷赤松迴天隨輦道駐日逐戈鋒路遠大風積山長佳氣濃年光正婉娩春樹轉丰茸竹葉含初籜（集作箏）萁枝發早節瑞木翻無鳥祥花更少蜂咸英起雲鳳率舞間笙鏞海鷗時出没（集作泛濫）江鱓乍喻喁雲邊開翠樹霧裏識峣峯小人濫趨走虛薄愧無庸皇恩不可報河清徒易逢

被使出關　何胥

出關登隴坂迴首望秦川絳水通西晉機橋指北燕奔流下激石古木上叅天鷩啼落春後鴈度在秋前生平屢此别腸斷自催年

公館讌酬南使徐陵　裴讓之

嵩山表京邑鍾嶺對江津方域殊風壤分野各星辰出境君圖事尋盟我恤隣有才稱竹箭無用忝絲綸列樂歌鍾響張旃玉帛陳皇華榮受命垂（類聚作延）譽本無因韓宣將聘楚申胥欲去秦方當飲河朔翻屬卧漳濱禮酒盈三獻賔筵盛八珍歲稔鳴銅爵兵戢坐金人雲來朝起蓋日落晚推輪異國猶兄弟相知無舊新

奉使至鄴館（類聚作鄴館公宴）　裴訥之

晉楚敦盟好僑札同心賞禮成罇俎陳樂和金石響朝雲駕馬進曉日乘龍上雙闕表皇居三臺映仙掌當階篁篠密約岸荷蕖長東帶盡忻娛誰言鷩歸兩

將命至鄴　周庾信

大國修聘禮親隣自此敦張旃事原隰賔序（類聚作負扆）報成言西過犯風露北指度轘轅交歡值公子展覿遇王孫何以譽嘉樹徒欣賦采蘩四牢盈折俎三獻盡（類聚作滿）罍罇人臣無境外何日（類聚作由）欣此言風俗既殊阻山河不復論無因旅南館空欲祭西門眷然惟此別風（類聚作夙）期幸共存

對宴齊使　前人

歸軒下賔館送蓋出河堤酒正離杯促歌工別曲悽林寒木皮厚沙迴鴈飛低故人儻相訪知余已執珪

將命至鄴酬祖正員　前人

我皇臨九有聲教洎無隄興文盛禮樂偃武息氓黎承乏驅騏驥（類聚作馬詩我馬維騏）旌（類聚作旆）旗事琬珪古碑文字盡荒城年代迷被隴文瓜熟交膝香穗低投瓊實有慰報李更無蹊

廣陵岸送北（一作逢）使　陰鏗

行人引去節送客艤歸艫即是觀濤處仍為郊贈衢貴（類聚作漢又作汀）洲浪已息邗江路不紆亭嘶背櫪馬檣轉向風烏海上春雲雜天際晚帆孤離舟對零雨別渚望飛鳬定知能下淚非但一楊朱

此詩二百六十六卷重出今已削去

贈北使　潘微

業定三邊靜時和四海夥行人仍禮籍使者接輶軒賓榮君卑客閑踞我司存既美齊嬰學欣逢鄭產言琴酒時歡會篇章極討論迴旌逗隴去返軸指河源寒榆行隱路津柳梢垂門日沈山氣合潮落水花翻離情欲寄鳥別淚下因猿所可緘懷袖方以代蘭萱

贈司馬幼之南聘　盧思道

故交忽千里輶車蒞遠盟幽人重離別握手送行征晚霞浮極浦落景照長亭拂霧揚龍節乘風遡鳥旌楚山百重映吳江萬仞清夏雲樓閣起秋濤帷蓋生陸侯持寶劔終子繫長纓前脩爾類聚作亦何遠君其勗令名

接北使　虞世基初學記作虞茂

會玉二崤至瑞節三秦歸林蟬疎欲盡江鴈斷還飛墻垣崇客館旌蓋入王畿先敢論類聚作共此封植方欣薦初學記作當篤類聚作欣篤紵衣

奉使益州至長安發鍾陽驛　盧照隣

躋一作蹤險方未夷乘春聊騁望落花赴丹谷奔流下青嶂葳蕤離樹淡滉瀁春江漲平川看釣侶狹徑聞樵唱魚戲綠苔前鶯歌白雲上耳目多異賞風煙有奇狀峻阻將長城高標吞巨舫聯翩事羈靮辛苦勞疲恙夕濟幾潺湲晨登每惆悵誰念復芻狗山河獨偏喪

遠使海曲春夜多懷　駱賓王

長嘯三春晚端居百慮盈未安胡蝶夢遽切魯禽情別島連寰海離魂斷戍城流星疑伴使低月似依營懷祿寧期達牽時匪徇名艱虞行已遠眛時集作迹自相驚

送魏兵曹使巂州得登字　陳子昂

陽山淫霧雨之子慎攀登羌笮多珍寶人言有愛憎思一作欲

酬明主惠當盡使臣能勿以王陽嘆一作道邛道一作迢遰畏岑曾

此詩已見二百六十七卷重出今已削去注異同爲一作

奉使築朔方六州城率爾而作　李嶠

奉詔受邊服總徒築朔方驅彼犬羊族正此戎夏疆子來多悅豫王事寧怠遑三旬無愆期百雉鬱相望雄視沙漠垂有截■海陽二廷已頓覊五嶺盡來王驅車登崇墉顧眄凌大荒千里何蕭條草木自悲涼憑軾訊古今慨焉感興亡漢障緣河遠秦城入海長顧無廟堂策貽此中夏殃遁隱前業衰運開今化昌制爲百王式舉合千載防馬牛被路隅鋒鏑銷戰場豈不懷殆勞所圖在永康王車何爲者稱代陳頌章

和李大夫嗣真奉使存撫河東　杜審言

六位乾坤動三微曆數遷謳歌稱火德圖讖在金天子月開階統房星受命年禎符龍馬出寶籙鳳凰傳地即交風雨都仍卜澗瀍明堂惟御極清廟乃尊先不宰神功運無爲大象懸八荒平物土四海接人煙巳屬群生泰猶言至道偏璽書傍問俗旌節近推賢秩比司空位官臨御史負雄詞執刀筆直諫罷樓船國有大臣器朝加小會筵將行備禮樂送別仰神仙城闕周京轉關河陝服連稍觀汾水曲俄指絳臺前姑射聊長望平陽遂宛然舜耕餘草木禹鑿舊山川昔出諸侯爭無何霸業全中軍歸戰敵外府絕兵權隱隱帝鄉遠瞻瞻肅命虔西河偃風俗東壁挂星躔井邑枌榆社陵園松柏田榮光朝掩代佳氣晚侵燕雨霈鴻私滌風行睿旨宣惸嫠訪疾苦屠釣採貞堅人樂逢刑措時康洽賞延賜踰秦氏級恩倍漢家錢擁傳咸翹首稱觴競比肩拜迎彌道路舞詠溢郊鄽殺氣西衝白窮陰北

暝玄飛霜遥度海殘月迥臨邊緬邈朝廷問周流朔塞旋
興來探馬策俊發把（集作抱）龍泉學惣八千卷文傾三百篇
澄清得使者作頌有人焉夫以宗班閣而云勝託揖偉材
何磊落陋質幾翩翾江海寧爲謬巴歈轉自牽一聞歌聖
道助曲荷陶甄　歸戢敵（集作歸掃）

送高郎中北使　前人（見集本）

北狄願和親東京發使臣馬銜邊地雪衣染異方塵歲月
催行旅恩榮變苦辛歌鍾期重錫拜手落花春

送梁卿王郎中使東蕃弔册　崔湜

梁侯上卿秀王子中臺傑贈册綏九夷旌旃下雙闕西堂
禮樂送南陌軒車别征路入海雲行舟泝江月兹邦久欽
化歷載歸朝謁皇心諒所嘉寄爾宣風烈

送姚侍御出使江東　宋之問

帝憂河朔郡南發海陵倉坐歎青春别逶迤碧水長欲冰
朝受命衣錦晝還鄉爲問東山桂無人何自芳

奉使嵩山途經緱嶺　前人（見初學記）

侵星發洛城城中歌吹聲畢景至緱嶺嶺上烟霞生草樹
饒野意山川多古情大隱德所薄歸來可退耕

送郭大夫元振再使吐蕃　張說

犬戎廢東獻漢使馳西極長冊問酋渠猜攜（集作阻）自夷殛
容鬢徂邊歲旌裘弊（集作敝）海色五年一見家妻子不相識
武庫兵猶動金方事未息遠圖俟才智苦節輸筋力脫刀
贈分手書帶加餐食知君萬里侯立功在異域　以下四首見集本

送鄭大夫惟忠從公主入蕃（還字韻）　前人

鳳吹遥將斷龍旗送欲還傾都邀節度（集作使）酌酒緩離顏
春磧沙連海秋城月對關和戎應賞魏定遠莫辭班

南中送北使二首　前人

傳聞合浦葉曾向洛陽飛何日南風至還隨北使歸紅顏
度嶺歇白首對秋衰高關何由見層臺（集作臺）不可違誰憐
炎海曲淚盡血霑衣

二

待罪居重譯窮愁度雨（集作暮雨）秋山臨鬼門路城遶瘴江流
人事今如此生涯日（集作自）可求逢君入鄉縣傳我念京周
别恨經（集作歸）途遠離言暮景遒夷歌翻下淚蘆酒未消愁
聞有胡兵急深懷漢國羞和親先是詐款塞果爲讎釋繫
應分爵蠲徒幾復侯廉頗誠未老孫叔且無謀若道馮唐
事皇恩尚可收

奉使自藍田玉山南行　張九齡

征驂入雲壑始憶步金門通籍微軀幸歸途明主恩匪唯
徇行役兼得慰晨昏是節暑云熾紛吾心所尊海縣且悠
緬山郵日駿奔徒知惡囂事未暇息陰論嶢武經陳迹衡
湘指故園水聞南澗險烟望北林繁遠路（集作霽）千巖合幽
聲百籟喧陰泉夏猶凍陽景晝方曛懿此高深景（集作極）徒
然（集作今）夢想存盛明期有報長往復奚言　以下七篇並見集本

使還湘水上　前人

歸舟宛何處正值楚江平夕逗烟村宿朝緣浦樹行于役
已彌歲言旋今愜情鄉郊尚千里流目夏雲生

使還都湘東作　前人

蒼鸕昨歸候陽鳥今去時感物遽如此勞生安可思養真
無上格圖進豈前期甘節往來苦壯容離别衰盛明非不
遇弱操自云私孤檝清川渚征衣寒露滋風朝津樹落月
夕嶺猿悲牽役而無悔坐愁秪自貽當須報恩已終爾謝

塵緇

送使廣州　前人

家在湘源住君今海嶠行經過正中道相送倍爲情心逐書郵去形隨世網嬰因聲謝遠別緣義不緣名

巡按自灕水南行　前人

理棹雖云遠飲冰寧有惜況乃佳山川怡然傲潭石奇峯岌前轉茂樹隈中積猿鳥聲自呼風泉氣相激目因詭容逆心與清暉滌紛吾謬執簡行郡將移檄即事聊獨歡素懷豈兼適悠悠詠靡盬庶以窮日夕

使至廣州　前人

昔年嘗不調茲地亦邅迴本爲雙鳧入何知駟馬來人非漢使橐郡是越王臺去去雖殊事山川長在哉

詶趙二侍御使西軍贈兩省舊寮之作　前人

石室先鳴者金門待制同操刀嘗願割持斧竟稱雄應敵兵初起緣邊虜欲空使車經隴月征旆繞河風忽枉兼金訊非徒秣馬功氣陵(集作清)蒲海曲(集作內)聲滿栢臺中顧已塵華省欣君震遠戎明時獨匪報嘗欲退微躬

使至塞上　王維

銜命辭天闕單車欲問邊(集作單車欲問邊屬國過居延)征蓬出漢塞歸鴈入胡天大漠孤煙直長河落日圓蕭關逢候騎(集作吏)都護在燕然

休假還舊業便使　前人

謝病始告歸依依入桑梓家人皆佇立相候衡門裏時輩今(集作皆)長年成人舊童子上堂嘉慶畢顧與姻親齒論舊忽(一作或)餘悲自(集作目)存且相喜田園轉蕪沒但有寒泉水衰柳日蕭條秋光清邑里入門乍如客歸(集作休)騎非便止中飲顧王程離憂從此始

送靳十五侍御使蜀　孫逖

天使出霸臺行人擇吏才傳車春色送離興夕陽催驛遠巴江轉閣迎劍道開西南一何幸前後二龍來

和左司張員外自洛使入京中路先赴長安逢立春日贈韋侍御等(一作及)諸公二首　前人

拜郎登省闥奉使馳車乘遥瞻使者星便是郎官應臺妙時相許皇華德彌稱二陝聽風謠三秦望形勝此中聯友盍是日多詩興寒盡歲陰催春歸物華證

二

忽覩雲間數鴈迴更逢山上一花開河邊淑氣迎芳草林下輕風待落梅秋憲府中高唱入春卿署裏和歌(雜詠作詩)來共言東閣招賢地自有西征作賦才

贈獻納使起居田舍人　杜甫

獻納司存雨露邊地分清切任才賢舍人退食收封事宮女開函近御筵曉漏追趨青瑣闥晴窻點檢白雲篇揚雄更有河東賦唯待吹噓送上天

使過彈箏峽　儲光羲

鳥雀知天雨羣飛息復(集作復羣)鳴原田無遺粟日暮滿空城達士憂世務鄙夫念王程晨過彈箏峽馬足凌兢行雙壁隱靈曜莫能知晦明皚皚堅冰色漫漫陰雲平始信古人言苦節不可貞

送友人使夷陵　崔翹

猿鳴三峽裏行客舊霑裳復道從此(一作茲)去思君不暫忘開襟春葉短分手夏條長獨有幽庭桂年年空自芳

奉使巡檢兩京路種果樹事畢入秦因

詠歌　鄭審

聖德周天壤韶華滿帝畿九重承渙汗千里樹芳菲陝塞餘陰薄關河舊色微發生和氣動封植衆心歸春露條應弱秋霜果定肥影移行子蓋香撲使臣衣入逕迷馳道分行接禁闈何當扈仙蹕攀折奉恩輝

銜命使本國　胡衡

銜命將辭國非才忝侍臣天中戀明主海外憶慈親伏奏違金闕騑驂去玉津蓬萊鄉路遠若木故園鄰西望懷恩日東歸感義辰平生一寶劒留贈結交人

送金鄉歸新羅　陶翰

奉義朝中國殊恩及遠臣鄉心遥渡海客路再經春落日誰（集作雖）同望孤舟獨可親拂波銜木鳥偶宿泣珠人禮樂夷風變衣冠漢制新青雲已干呂知汝重來賓

和中丞出使恩命過終南別業　劉長卿

不過林園久多因寵遇偏故山長寂寂春草過年年花待朝衣問雲迎驛騎連松蘿深舊閣樵牧散閑田拜闕貪摇珮看琴懶更（集作着）弦君恩催早入已夢傳巖邊

送裴四判官赴河西軍試　前人

吏道豈易愜如君誰與儔逢時將騁驥臨事無全牛鮑叔幸相知田蘇頗同遊英姿挺孤秀清論含風（集作九）流出塞佐（集作復）持簡辭家擁鳴騶憲臺貴公舉幕府資良籌武士佇明試皇華難久留陽關望天盡洮水令人愁萬里看一鳥曠然煙霞收晚花對古戍春雪寒邊州道路雖暫隔音塵仍（集作那）可求他時相望處明月西南樓

奉使新安自桐廬縣嚴陵釣臺宿七里灘下寄使院諸公　前人

悠然釣臺下懷古時一望江水自潺湲何（一作行）人獨惆悵新安從茲（一作此）始桂檝方蕩漾迴轉百里間（一作里閭閻）青山千萬狀連崖去不斷對嶺遥相向夾岸黛色秋沉沉綠波上夕陽留古木水鳥拂寒浪月下扣舷聲煙中採菱唱猶憐負羈束未暇依清曠牽役徒自勞近名非所尚何人（集作時）故山裏却醉松花釀迴首唯白雲孤舟復誰訪

賈侍御自會稽使迴篇什盈卷兼蒙見寄一首與余有挂冠之期因書數事率成十韻　前人（一作陳子旦）

江上逢星使南來自會稽驚年一葉落按俗五花嘶上國悲蕪梗中原動鼓鼙報恩有（一作看）鐵劒銜命出金閨風物催歸緒雲峯發詠題天長百越外潮上小江西鳥道通閩嶺山光落剡溪暮帆千里思秋夜一猿啼栢署榮新寵桃源憶故蹊若爲能去此行復草萋萋

送盧舉使河源　張謂（見絶句詩選）

故人行役向邊州匹馬今朝不少留長路關山何日盡滿堂絲竹爲君愁

武城（一作威）春寒（一作暮）聞宇文判官西使還已到晉昌　岑參

片雨過城頭黄鸝上戍樓塞花飄客淚邊柳送（集作挂）鄉愁白髮悲明鏡青春換弊裘君從萬里使聞已到瓜州

送日本國聘賀使晁巨卿東歸　包佶

上才生下國東海是西隣九譯蕃君使千年聖主臣野情偏得禮木性本含仁錦帆乘風轉金裝照地新孤城開蜃閣曉日上車輪早議來朝歲塗山玉帛均

文苑英華卷第二百九十六

登仕郎胡柯　鄉貢進士彭叔夏　校正

文苑英華卷第二百九十七　詩一百四十七

行邁九

奉使四十五首　館驛十九首

送袁貟外宣慰勸農便畢集作赴洪州使院　李嘉祐
聖主臨前殿殷憂遣使臣氣迎天詔喜恩發土膏春草色
催歸棹鸎啼爲送人龍沙多道里流水自相親

此詩二百七十一卷重出前已削去

送崔夷甫貟外和蕃　前人
君過湟中去尋源未是賒經春逢白草盡日渡黃沙雙節
行爲伴孤烽到似家和戎非用武不學李輕車

送陸珽侍御使新羅　錢起見集本
衣冠周柱史才學我鄉人受命辭雲陛傾城送使臣去程
滄海月歸思上林春始覺儒風遠殊方禮樂新

重送陸侍御使日本集作新羅　前人
萬里三韓國行人滿目愁辭天使星遠臨水澗霜秋雲帆
去聲集作幌迎仙島虹旌過蜃樓定知懷魏闕迴首海西頭

送友人使河源　賈至
送君魯郊外下車上高丘蕭條千里暮日落黃雲秋舉酒
有遺恨論邊無遠謀河源望不見旌旆去悠悠

送作使已見二百七十二卷　皇甫曾

送楊中丞和蕃　郎士元
錦車登隴日邊草正萋萋舊好尋君長新愁聽鼓鼙河源
飛鳥外雪嶺大荒西漢壘今猶在遥知路不迷

送從兄使新羅　顧況
六氣銅渾轉三光玉律調河宮清奉賫海嶽晏來朝地絶
提封入天平賜一作錫貢饒揚威輕破虜柔服恥征遼曙色
黃金闕寒聲白鷺潮樓船非習戰驄馬是嘉招帝女飛
銜石鮫人賣淚綃管寧雖不偶徐市儻相邀獨島緣空
翠孤霞上泬寥蟾蜍同漢月螮蝀異秦橋水豹橫吹浪花
鷹迴拂霄晨裝凌莽渺夜泊記招摇幾路通貟嶠何山是
沃焦颶風晴汩泊一作起陰火暝潛燒鬢髮成新髻人參長
舊苗扶桑銜日近析木帶津遥夢向愁中積魂當別處銷
臨川思結網見彈欲求鴞共散羲和曆誰差甲子朝滄波
伏忠信譯語辯謳謠疊鼓鯨鱗隱陰帆鷁首飄南溟垂大
翼西海飲文鰩文選吳都賦注文鰩常行西海而遊東海指景尋靈草排雲聽
洞簫封侯萬里外未肯後班超

奉和裴將軍使河北宣慰因訪張氏昆季舊居
兼寄趙卿侍郎時趙卿拜陵未迴　盧綸
飛軒不住輪感激漢儒臣氣儷千夫勇恩傳萬里春古原
收野燎寒笛響空隣書此達良友杜陵風雨頻

送耿拾遺括圖書使往江湘　前人
傳令收遺籍諸儒喜餞君孔家唯有地禹穴但生雲編簡
還知續蟲魚亦自分如逢北山隱一爲抒移文

逢南中使因寄嶺外故人　前人
見說南來處蒼梧接桂林過秋天更暖邊海日長陰巴路
緣雲出蠻鄉入洞深信迴人自說夢到月應沉碧水通春
色青山寄遠心炎方難久客爲爾一霑襟

巡諸州漸次空靈戍　戴叔倫
寒盡鴻先去江迴客未歸早知名是幻不敢繡爲衣霧積
川源暗山多郡縣稀明朝下湘岸更逐鷓鴣飛集作迴遶春迴

送日本使還　徐凝
絶國將無外扶桑更有東來朝逢聖日歸去及秋風夜泛

潮迴際晨征莽蒼中鯨波騰水府蜃氣狀仙宮天眷何期
遠王文父已同相望杳不見離恨托飛鴻

送工部張曹長大夫奉使西蕃　權德輿

殊隣覆露同奉使小司空西候車徒出南臺節印雄弔祠
將渥命導譯暢皇風故地山河在新恩玉帛通塞雲凝廢
壘關月照驚蓬青史書歸日翻輕五利功

以下四篇並見集本

送人使之江陵 得賞字　前人

嘉招不辭遠捧檄利攸往行役念前程讌游睽舊賞征軺
星乍動江信潮應上煙水飛一帆霜風搖五兩紛紛別袂
舉切切離鴻響後會杳何時悠然勞夢想

送韋中丞奉使新羅 得往字　前人

淳化洽聲明殊方均惠養計書重譯至錫命雙旌往星辭
北極遠水泛東溟廣斗柄辨宵程天琛宜畫賞孤光洲島
迴淨綠煙霞敞展禮盛賓徒交歡覲君長經途勞視聽愴
別縈夢想延頸旬歲期新恩在歸鞅

送張閣老中丞持節冊弔迴鶻　前人

旌旆翩翩擁漢官君行常得遠人歡分職南臺知禮重輟
書東觀見才難金章玉節鳴驄遠白草黃雲出塞寒欲散
別愁唯有醉暫煩賓從駐征鞍

春日酬祭嶽瀆使大理盧卿自會稽迴經年將
赴朝寄故林十二韻　釋皎然

望祀崇周典皇華出漢庭紫泥頒會計玄酒薦芳馨聖慮
祈多祐齋心合至靈占祥形史祝一作竹　筮日數堯蓂禮秩
新加命朝章舊理刑敷誠依北闕遺愛在西亭五袴歌仍
詠三碑石重銘躊躇問存沒委曲向郊坰茗水曾同泛機疑作檣
山昔共經清風門客仰佳頌國人聽奉使朝行月飛

文夜動星征途回四牡遙戀故林青

陪顏使君餞宣諭蕭常侍　前人

江淮凋瘵後遠使發天都昏墊宸心及哀矜詔命敷恤民
驅急傳訪舊枉飛艫外鎮藩條最中朝顧問殊文皆正風
俗名共溢寰區已事方懷闕歸期早戒途繁笳咽水閣高
蓋擁雲衢暮色生千嶂秋聲入五湖離歌猶宛轉歸馭已
踟躕今夕庾公意西樓月亦孤

白蘋洲送洛陽李丞使還　前人

蘋洲北望楚山重千里迴軺止一封臨水情來還共載看
花醉去更相從羅官風渚何時別寄隱雲陽幾處逢後會
那應似疇昔年年覺老雪山容

送遼陽使還軍　李益 見集本

征人欲旦一作且歇行北上遼陽城二月戎馬息悠悠邊草生
青山出塞斷代地入雲平昔者匈奴戰多聞殺漢兵平生
報國憤一作意日一作月夜角弓鳴勉君萬里去勿使虜塵驚

送歸中丞使新羅冊立弔祭　前人

東望扶桑日何年是到時片帆通雨露積水隔華夷浩渺
風來遠虛明鳥去遲長波靜雲月孤島宿旌旗別葉傳秋
意迴潮動客思滄溟無舊路何處問前期

同前　吉中孚

官稱漢獨坐身是魯諸生絕域通王制窮天向水程島中
分萬像日處轉雙旌氣積魚龍窟濤翻水浪聲路長經歲
去海盡向山行復道殊方禮人瞻漢使榮

同前　耿湋

遠國通王化儒林得使臣立君成集作六軍錄典冊行弔集作孤卓集作萬里孫棹八面奉絲綸雲水
連孤棹恩私在一身悠悠龍節去渺渺蜃樓新望裏山仍

暮液中歲又春昏明看日脚靈槎問舟人城邑分華夏衣
裳擬搢紳他時禮命畢歸路不迷津

奉送崔侍御和蕃　前人

萬里華戎隔風沙道路秋新恩明主啓舊好使臣脩旌節
隨邊草關山見戍樓俗殊人左衽地遠水西流日暮冰先
合春深雪未休無論善長對悽望自封侯

途次近蜀驛蒙恩賜寳刀及飛龍馬使還日寄
中書二相公（見二百五十五卷）　武元衡

送殷員外使北蕃　楊巨源

貳軒將雨露萬里入煙沙和氣生中國薫風屬外家塞蘆
隨鴈影關柳拂駝花努力黄雲北仙曹有雉車

送許侍御充雲南哀冊使判官　前人

萬里永昌城威儀奉聖明冰心瘴江冷霜憲漏天晴荒外
開亭候雲南降旆旌他時功自許絶域展哀榮

冬晚送友人使西蕃　陳羽

驛使向天西巡羌復入氐玉關晴有雪沙磧雨無泥落淚
軍中笛驚眠塞上雞逢春鄉思苦萬里草萋萋

送工部張侍郎入蕃弔祭（時兼御史）　劉禹錫

月窟賓諸夏雲官向（集作降）九天飾終隣好重錫命禮容全
水咽猶登隴沙鳴稍極邊路因乘駬近志爲飲冰堅氊帳
差池見鳥旗摇曳前歸來賜金石榮耀自編年

送兵（集作工）部蕭郎中刑部李郎中以本官兼中丞
分命充京西京北覆糧使　前人

霜簡映金章相輝同舍郎天威巡虎落星使出鴛行樽俎
成全策京坻閲見糧歸來虜塵滅畫地奏明光

送源中丞充新羅冊立使（侍中之孫）　前人

相門才子稱華簪持節東行奉（集作捧）德音身帶霜威辭
鳳闕口傳天語到鷄林煙開鼇背千尋碧日浴鯨波萬頃
金想見扶桑受恩後一時西拜盡傾心

送邊使　張籍

揚旌（一作旗旌）過隴頭隴水向西流塞路見（集作依）山遠戍城逢
雨（集作道路）秋寒沙陰漫漫疲（一作瘦）馬去（集作步）悠悠爲問征西將誰
封定遠侯

送邊使詩合在此卷安西將詩合在三百卷元本誤
併爲一今既正之又詳注三百卷中

送新羅使　前人

萬里爲朝使離家已經（集作今幾）年應知舊行路却上遠歸船
夜泊避蛟窟朝炊取（集作求）島泉悠悠到鄉國還望海西天

送金少卿副使歸新羅　前人

雲島茫茫天畔微向東萬里一帆飛久爲侍子承恩重今
佐使臣銜命歸過海便應將國信到家（一作鄉）猶自着朝衣
從前此去人無數光彩如君定是稀

送于中丞使迴紇冊立　賈島

君立天驕發使車冊文字字着金書漸過青塚鄉山盡欲
達皇情譯語初調角寒城邊色動下霜秋磧鴈行疎旌旗
來往幾多日應向途中見歲除

送田中丞使西戎（同用旗字）　釋無可

朝元下赤墀玉節使西夷關隴風（集作烽）迴首河湟雪灑旗
磧砂行幾月戎帳到何時應盡平生志高全大國儀

送于中丞入蕃　朱慶餘

上馬生邊思戎裝別衆僚雙旌銜命重空磧去程遥迴出
沙中樹孤飛雪外鵰蕃庭過冊禮幾日却歸朝

送陳侍御入蕃　前人

遠使隨雙節新官屬外臺戎裝非好武書記本多才歸帳依泉宿迎人帶雪來心知玉關道稀見一花開

送冊東夷王使　馬戴

越海傳金冊華夷禮命行片帆秋色動萬里信潮生日映孤舟出沙連絕島明翳空翻大鳥飛雪灑（一作噴）長鯨舊驛迴應改遐荒夢易驚何當理風檝天外問來程

送和北虜使　前人

路始陰山北迢迢雨雪天長城人過少砂磧馬難前日入流沙際陰生瀚海邊刀鐶向月動旌纛冒霜懸逐獸孤圍合交兵一箭傳穹廬移斥候（一作冒頓）烽（一作帳）火絕祁連漢將行持節胡兒坐控弦明妃的迴面南送使臣旋

送金夷魚（一作吳）奉使歸本國　張喬

渡海登仙籍還家備漢儀孤舟無岸泊萬里有星隨積水浮魂夢流年半別離東風未迴日音信杳難期

送入蕃使　周繇

獵獵旗旛過大荒敕書猶帶御煙（一作爐）香滹沱河凍軍迴探邏逤城孤鴈着行遠寨風（一作燒）狂移帳幕平沙日晚卧牛羊早終冊禮朝天闕莫遣虬鬚染塞霜

送王中丞使日東　曹松

辭天理玉簪撥日使雞林獨有中華戀方同積浪深張帆度鯨口銜命見臣心渥澤遐宣後歸期抵萬金

奉使岐下聞唐弘夫行軍爲賊所擒傷而有作　唐彥謙

報國捐軀實壯夫楚囚垂欲復神都雲臺畫像皆何者青史書名或不孤散卒半隨表校尉寡妻休問辟司徒聞君敗績無歸計氣激星辰坐向隅

館驛

聘齊秋晚館中丞酒　庾信

欣茲河朔飲對此洛陽才殘秋欲屏扇餘菊尚浮杯漳流鳴二水日色下三臺無因侍清夜同此月徘徊

入彭城館　前人

襄君前建國項氏昔稜威鴻飛傷楚戰雞鳴悲漢圍年代殊氓俗風雲更盛衰水流浮磬動山喧雙翟飛夏餘花欲盡秋近鷰將稀槐庭垂綠穗蓮浦落紅衣徒知日去暮不見舞雩歸

宿驤（一作襄集）河驛浦　陳子昂

沿流辭北渚結纜宿南洲合岸昏初夕迴塘暗不流行聞塞鴻斷坐聽峽猿愁沙浦明如月汀葭晦若秋未及能鳴鴈徒思海上鷗天河殊未曉滄海（一作江）信悠悠

早發苦竹館　李嶠

合沓巖嶂深朦朧煙霧曉荒阡下樵客野猨驚山鳥開門聽（一作齊）潺湲入徑尋窈窕栖鼯抱寒木流螢飛暗篠早霞稍霏霏殘月猶皎皎行看遠星稀漸覺遊氛少我行撫軺傳兼得傍林沼貪翫水石奇不知川路渺徒憐野心曠詎惻浮年小方解寵辱情永託累塵表

貶降至汝州廣城驛　鄭愔

近郊憑汝海遐望（一作眼）指江干尚憶趨朝貴方知失路難曙宮平樂遠秋澤廣城寒岸葦新花白山梨晚葉丹鄉關千里暮歲序四時闌函塞雲間白（一作別）旋門霧裏看夙年追騄驥暮節仰鵷鸞疲駕勞垂耳騫騰（一作飛）遽矯翰將調梅鉉實不正李園冠荊玉終無玷隨珠忽已彈曉裝違洛

夕夢在長安北臨昜傷阮西征未學潘傾車無共轍同派
有殊瀾去懷知已何由報一飡

初到黃梅臨江驛途中集作愁中　宋之問

馬上逢寒食途中屬暮春可憐江浦望不見洛橋人北極
懷明主南溟作逐臣故鄉一作園腸斷處日夜柳條新

此詩二百九十卷重出前已削去注異同爲一作

登大庾嶺北驛北迴集作此迴　前人

陽月南飛鴈傳聞至北迴我行殊未已何日復歸來江靜
潮初落林昏瘴不開明朝望鄉處應見嶺頭梅

題端州驛寄杜審言王二無競　前人

逐臣北地承嚴譴謂到南中每相見不覺南中歧路多千
里萬里分鄉縣雲隨一作攜雨散各翻飛海闊江長音信稀
處處山川同瘴癘自憐能得幾人歸

盧巴驛聞張御史張判官欲到不得待留
贈之　張說

旅竄南方遠傳聞北使來舊庭知玉樹同浦識珠胎白髮
因愁改丹誠偶集作託夢迴皇恩若可再集作再造爲憶不然灰

以下十一篇並見集本

深渡驛　前人

旅泊集作宿青山夜荒庭白露秋洞房懸月影高枕聽江流
猿響寒巖樹螢飛古驛樓他鄉對搖落併覺起離憂

此詩二百九十卷重出前已削去

還至端州驛前與高六別處　前人

舊館分江口淒然望落暉相逢傳旅食臨別換征衣昔記
山川是今傷人代非往來皆此路生死不同歸

候使登石頭驛樓作　張九齡

山檻憑南望川途眇北流遠林天翠合前浦日華浮萬井
緑津渚千艘咽渡頭漁商多未事耕稼少良疇自守陳蕃
榻嘗登王粲樓徒然騁目處豈是獲心遊向跡雖愚谷求
名亦盜丘息陰芳木所空復起集作越鄉憂

文杏館　王維

文杏裁爲梁香茅結爲宇不知棟裏雲去作人間雨

永嘉上浦館逢張客卿　孟浩然

逆旅相逢處江村日暮時衆山遙對酒孤嶼共題詩廨院
隣蛟室人煙接島夷鄉關萬餘里失路一相悲

奉濟驛重送嚴公　杜甫

遠送從此別青山空復情幾時盃重把昨夜月同行列郡
謳歌一作歌謳惜三朝出入榮江村獨歸處寂寞養殘生

山館　前人

南國晝多霧北風天正寒路危行木杪身遠宿雲端山鬼
吹燈滅厨人語夜闌雞鳴問前館世亂敢求安

通泉驛南去通泉縣十五里山水作　前人

溪行衣自濕亭午氣始散冬溫蚊蚋在人遠鳧鴨亂登頓
生曾陰欹傾出高岸驛樓衰柳側縣郭輕煙畔一川何綺
麗盡目窮壯觀山色遠寂寞江光夕滋漫傷一作知時愧孔
父去國同王粲我生苦飄零所歷有嗟嘆

答裴侍御先行至石頭驛以書見招期月滿泛
洞庭　李白

君至石頭驛寄書黃鶴樓開緘識遠意速此南行舟風水
無定準湍波成滯留憶昨新月生西簷若瓊鈎今來何所
似破鏡懸清秋恨不三五明平湖泛澄流此歡竟莫遂狂
殺王子猷巴陵定近遠持贈解人憂

題宛溪館　前人

吾憐宛溪好百丈集作尺照山集作心明何謝新安水千尋見底清白沙留月色綠竹助秋聲却笑嚴湍上于今獨擅名

文苑英華卷第二百九十七

登仕郎胡　柯　鄉貢進士彭　叔夏　校正

文苑英華卷第二百九十八　詩一百四十八

行邁十館驛附

館驛八十首

經望湖驛　韋鎰

大漠無屯雲孤烽出亂柳前驅白登道顧失飛狐口遥憶代王城俯臨恒山後纍纍多古墓寂寞為墟久豈不固金湯終聞擊銅斗交歡初仗信接宴𥠖貽咎埋寶賊夫人磨笄傷彼婦功成行且薄義立名不朽莫慎纖微端其何社稷守身殘國遂亡此立[illegible]人君醜

竹里館　盧象

江南冰不閉山澤氣潛通臘月聞山鳥寒崖見蟄熊柳林青半合荻筍亂無叢最迴首金陵岸依依向北風

剡溪館聞笛　丁仙芝

夜久聞羌笛寥寂一作寥虛客堂山空響不散溪靜曲宜長草木生邊氣城池逗夕涼虛然異風出髣髴宿平陽

題豫章館　崔國輔

楊柳映春江江南轉佳麗吴門綠波裏越國青山際遊宦常往來津亭暫臨憩驛前蒼石沒浦外湖沙細向晚宴一作晏且平孤舟同一作問然逝雲留西北客氣歇東南帝獨有萋萋心誰知怨芳歲

閑齋卧疾行藥至山館稍次湖亭　常建

旬時結陰霖簾外初白日齋沐清病容心魂畏虛室閑梅照前戶明鏡悲舊質同袍四五人何不來問疾行藥至石壁東風變萌芽主人山門綠小隱湖中花時物堪獨往春帆宜別家辭君為滄海爛漫從天涯

晚行次苦竹館却憶干越舊遊　劉長卿

疋馬風塵色千峯旦暮時遥看落日盡獨向遠山遲故驛
花臨道荒村竹映籬誰憐却迴首步步戀南枝以下六首已見集本

移使鄂州次峴陽館懷舊居　前人

多慚恩未報敢問路何長萬里通秋鴈千峯共夕陽舊遊
成遠道此去更違集作迷鄉草露空山裏朝朝滿客裳

使還至集作自萋波集作陂驛渡瀟水作　前人

清川已再涉疲馬共西還何事行人倦終年流水閑孤煙
出廣澤一鳥響空山愁入雲峯裏蒼蒼閉古關

登松江驛樓北望故園　前人

淚盡江樓北望歸田園已陷百重圍平蕪萬里何人去落
日千山空鳥飛孤舟漾漾寒潮小極浦蒼蒼遠樹微白鷗
漁父徒相待未掃欃槍懶息機

北歸次秋浦界清溪館　前人

萬嶺集作里猿啼斷孤村客暫依鴈過彭蠡暮人向宛陵稀
舊路青山在餘生白首歸漸知行近北不見鷓鴣飛

岳陽館中望洞庭湖　前人

萬古巴丘戍平湖此集作壯望長閤人何淼淼愁暮更蒼蒼
疊浪浮元氣中流沒太陽孤舟有集作向歸客早晚達瀟湘

登金陵臨江驛樓　張謂

古戍依重險高樓見五梁山根盤驛道河水浸城墻庭樹
巢鸚鵡園花隱麝香忽然江浦上憶作捕魚郎

登楚州城望驛路十餘里山村竹林相次交映　李嘉祐

十里山村道千峯櫟樹林霜濃竹枝亞歲晚荻花深草市
多樵客漁家足水禽幽居雖可羨無那子牟心

自蘇臺至望亭驛人家盡空春物增思悵然有
作因寄從弟紓　前人又見百家詩選

南浦菰蒲覆白蘋東吳黎庶逐黃巾野棠自發空臨水江
鷰初歸不見人遠岫集作樹依依如送客平田渺渺獨傷春
誰集作那堪迴首長洲苑烽火連年集作年報虜塵

宋州東登望題武陵驛　前人

梁宋人稀鳥自啼登艫一望倍含悽白骨半隨河水去黃
雲猶傍郡城低平陂戰地花空落舊苑春田草未齊明主
頻移虎符守幾時行縣向黔黎

題前溪館　前人

兩年謫宦在江西舉目雲山要自迷今日始知風土異潯
陽南去鷓鴣啼

宿洞口驛集作館　錢起

野竹通溪冷泉聲入戶鳴往來人不到寒草上階生

石城館酬王將軍　郎士元

誰能繡衣客肯駐木蘭舟連鴈沙邊至孤城江上秋歸帆
背南浦楚塞入西樓何處看離思滄波日夜流

發鍾山館　耿湋

疋馬宜春路蕭條背館心澗花寒夕雨潭水黑朝林野市
魚鹽隘江村竹葦深子規何處發青樹滿高岑

雲陽館與韓申卿宿別　司空曙

故人江海別幾度隔山川乍見翻如夢悲歡一作相悲各問年
孤燈寒照雨濕竹暗浮烟更有明朝恨離盃惜共傳

題江陵臨沙驛樓　前人

江天清更愁風柳入江樓鴈惜楚山晚蟬知秦樹秋淒涼
多獨醉零落半同遊豈復平生意蒼然蘭杜洲

自平陽館赴郡　暢當

晨興平陽館見月況江水溶溶山霧披肅肅沙鷺起奉恩

謬符竹伏軾省頑鄙何得施教化愧迎小郡吏寥落火耕
俗征途青冥裹德綏乃吾民不德將鹿矣擒姧非性能多
愍會衰齒恭承共理詔恒懼墜諸地

宿荆溪館呈丘義興　嚴維

失路荆溪上依仁忽瞑投長橋今夜月陽羡古時州野燒
明山郭寒更出縣樓先生能館我何事五湖遊

襄武館遊眺　韋應物（見集本）

州民知禮讓訟簡得遨遊高亭憑古地山川當暮秋是時
秔稻熟西望盡田（一作平）疇仰恩慚政拙念勞喜歲收淡泊
風景晏繚繞雲樹幽節往情惻惻天高思悠悠嘉賓幸雲
集芳罇始淹留還希習池賞聊以駐鳴騶

自蒲塘驛迴駕經歷山水　前人

館宿風雨滯始晴行蓋轉潯陽山水多草木俱紛衍崎嶇
緣碧澗蒼翠踐苔蘚高樹夾澄流（一作濺）崩石擁陰巘野杏
依寒拆餘雲冒嵐淺性愜形豈勞境殊路遺緬憶昔終南
下佳遊亦屢展時禽下流暮紛思何由遣

除夜宿石橋驛（已見一百五十八卷）　戴叔倫

彭婆館逢韋判官使還　前人

受辭分路遠會府見君稀雨雪經年去軒車此日歸蕪春
愁見（一作更）別久客願相依寂寞伊川上楊花空自飛

寓居武丁館　陳存

暑雨颸已過涼颸觸幽襟寓（一作虛）館無喧塵綠槐多晝陰
俯視古苔積仰聆早蟬吟放卷一長想閉門千里心

清溪館作　談戭

指途清溪裏左右惟深林雲蔽望鄉處雨愁為客心遇人
多物役聽鳥時幽音何必滄浪水庶茲浣塵襟

宿北樂館　陳閏

欲眠不眠夜深淺越鳥一聲空山遠庭木蕭蕭落葉時溪
聲雨聲聽不辨溪流潺潺雨習習燈影山光滿窗入棟裏
不知渾是雲曉來但覺衣裳濕

喜皇甫大夫同宿大梁驛　釋清江

江頭旌旆去花外卷簾空夜色臨城月春聲渡水風也知
行李別暫喜話言同若問廬山事終身愧遠公

酬姚補闕南仲雲溪館中戲題隨書見寄

寺溪臨使府風景借仁祠補衮周官貴能名漢主思卧雲
知獨處望月憶同時忽枉緘中贈瓊瑤滿手持

宿新安江深渡館寄鄭州王使君　朱長文

霜飛十月中搖落眾山空孤館閉寒水大江生夜風賦詩
情有意沈約在關東

題嘉陵驛　武元衡

悠悠風旆繞山川山驛空濛雨似烟路半嘉陵頭已白蜀
門西更上（集作上更）青天

病中赴袁州次香館　楊衡

病輿憩上館繚繞向山隅荒葛蔓敧壁幽禽啄朽株力微
怯升降意欲結踟躕誰能挹香水一為濯煩紆

小江驛送陸侍御歸湖上山　陳羽

鶴唳天邊秋水空荻花蘆葉起西風今夜渡江何處宿會
稽山在月明中

秋日送客至潛水驛　劉禹錫

候吏立沙際田家連竹溪神祠社日皷茅屋午時雞雀噪
晚禾地蝶飛秋草畦驛樓宮樹（集作榭）近疲馬再三嘶

元和甲午歲詔書盡徵江湘逐客余自武陵祇

召赴京宿於都亭有懷續來諸君子　前人

雲雨江湖(集作湘)起臥龍武陵樵客躡仙蹤十年楚水楓林下今夜初聞長樂鍾

三鄉驛樓伏覩玄宗望女几山詩小臣斐然

有感　前人

開元天子萬事足唯惜當時光景促三鄉陌上望仙山歸作霓裳羽衣曲僊心從此在瑤池三清八景相追隨天上忽乘白雲去世間空有秋風辭

宿江館(集作臨江驛)　張籍

楚驛南渡口夜深來客稀月明見潮上江靜覺鷗飛旅宿今已遠此行猶未歸離家久無信又聽擣寒衣

題褒城驛　元稹(見集本)

嚴秦修此驛兼漲驛前池已種萬竿竹又栽(一作裁)千樹梨四年三月半新筍晚花(一作牡丹)時悵望(一作因向)東川去等閑題作詩(一作偶然題此詩)

望亭驛酬別周判官　白居易

何事出長洲連宵飲不休醒應難作別歡漸少於愁燈火穿村市笙歌上驛樓何言五十里已不屬蘇州

早發楚城驛　前人

過雨塵埃滅緣江道逕平月乘殘夜出人趁早涼行寂歷閑吟動冥濛暗思生荷塘翻露氣稻隴瀉泉聲宿犬聞鈴起棲禽見火驚朧朧煙樹色十里始天明

宿揚州水館　李紳

舟依淺浦(一作岸)參差合橋映晴虹上下連輕檝過時搖水月遠燈繁處隔秋煙却思海嶠還悽歎近涉江濤更凜然閒凭欄竿指星漢尚疑軒蓋在樓船

宿孤館　賈島

落日投村戍愁生為客途春山晴(集作寒)後綠江月夜深(集作來)孤橘樹千株在漁家一半無自知風水淨舟繫岸邊蘆

泥陽館　前人(見集本)

客愁何併起暮送故人迴廢館秋螢出空城寒雨來夕陰飄白露樹影掃青苔獨坐離容慘孤燈照不開

題青雲館(一有襄陽路三字)　杜牧

虬蟠千仞劇羊腸天府由來百二強四皓有芝輕漢祖張儀無地與懷王雲連帳影蘿陰合(一作近)枕繞泉聲客夢涼深處會容高尚者水苗三頃百株桑

以下四首並見集本

冬日五湖(集作浪)館水亭懷別　前人

蘆荻花多觸處飛遊登(集作獨凭)虛檻雨微微寒林葉落鳥巢出古渡風(集作)高漁艇稀雲抱四山終日在草荒三徑幾時歸江城向晚西流急(集作東風急)無限鄉心(集作一半鄉愁)聞擣衣

商山富春(集作水)驛(驛本名與陽諱同姓名因此改爲富水驛)　前人

益戇猶來未覺賢終須南去弔湘川當時物議朱雲小後代聲華白日懸邪佞每思當面唾清貧長欠一盃錢驛名不合輕移改留警朝天者惕然

和野人殷潛之(一作夫)題籌筆驛　前人

三吳裂婺女九錫獄國孤兒霸主業未半本朝心是誰求安宮受詔籌筆驛沈思畫地乾坤在濡毫勝負知艱難同草創得失計毫釐寂默經千慮分明混一期川流縈智思山聳助扶持慷慨臣時略從容問罪師褒中秋鼓角渭曲晚旌旗仗義懸無敵鳴攻故(集作因)有詞若非天奪去豈復虜(集作慮)能支子夜星纔落鴻毛鼎便(一作漸)移鄴亭世自換白日事長垂何處躬耕者猶題殄瘁詩

宿黃花館　楊發

孤館蕭條槐葉稀暮蟬聲隔水聲微年年爲客路無盡日日送人身未歸何處離鴻迷浦月誰家愁婦擣霜衣夜深不卧簾猶捲數點殘螢入戶飛

行次潼關驛逢魏扶東歸（已見二百十八卷）　許渾

宿望亭驛館（集作卻寄蘇州同遊二同志）　前人

候館人稀夜更長姑蘇臺遠樹蒼蒼江湖潮落高樓迥河漢秋歸廣簟涼月轉碧梧移鵲影露低紅草（集作葉）濕螢光西園詩思應無限（集作詩侶應多思）莫醉笙歌掩畫堂

秋晚題雲陽驛西亭蓮池　前人（見集中）

心憶蓮池秉燭遊葉殘花敗尚維舟煙開翠扇清風晚水泛紅衣白露秋神女暫來雲易散仙娥初去月難留空懷遠道無時贈醉倚西欄盡日愁

題白馬驛　薛逢

晚麥芒乾風似秋旅人方作蜀門遊家山漸隔梁川遠客路長依漢水流滿壁存亡俱是夢百年榮辱盡堪愁胸中憤氣文難遣強指豐碑哭武侯

題籌筆驛　前人

天地三分魏蜀吳武侯倔起贊訏謨身依豪傑傾心術目對雲山演陣圖赤伏運衰功莫就皇綱力振命先徂出師表上留遺懇猶自千年激壯夫

過馬嵬驛　溫庭筠

穆滿曾爲物外遊六龍經此暫淹留返魂無驗青烟滅埋血空成（集作生）碧草愁香輦乍（集作卻）歸長樂殿曉鐘還下景陽樓甘泉不得（集作復）重相見誰道文成是故侯

題望苑驛（東有馬嵬驛西有相思樹）　前人

弱柳千條杏一枝半含春雨半垂絲景陽寒井人難到（一作見）長樂晨鐘曉（集作鳥）自知花影幾年（集作至今）通博望樹名何世（集作從此）號相思至今（集作分明）十二樓前月不向西陵照戚（集作姬）

此詩第三百二十七卷英華[illegible]作題端正樹詩[illegible]注

題松江驛　方干

便向中流出太陽兼疑大岸逼浮桑門前（一作樹一作閘）白道通丹闕浪裏青山占幾鄉帆勢落斜依浦溆鐘聲斷續在滄茫古今悉不知天意偏把雲霞媚一方

平望驛　張祜

一派吳興水西來此驛分路遙經幾日身去是孤雲雨氣朝忙蟻雷聲夜聚蚊何堪秋草色到處重離群

洞庭南館　前人

一逕逗霜林朱欄繞碧岑地盤雲夢角山鎮洞庭心樹白看煙起沙紅見日沉還因此悲屈惆悵又行吟

濠州水館　前人

高閣去煩燠客心遂安舒清流中浴鳥白石下游魚秋樹色凋翠夜橋聲裊虛南軒更何待坐見玉蟾蜍

題弋陽館　前人

一葉飄然下弋陽殘霞昏日樹蒼蒼葛溪（弋陽別名）謾淬干將劍卻是猿聲斷客腸

泊鳧磯江館晴來（集作來來）湖平（集作湖平）　趙嘏

風雪晴來歲欲除孤舟晚下意何如月當軒色湖平後鴈斷雲聲夜起初（集作起初夜）傍曉管絃何處靜犯寒（集作迎寒）楊柳遶津踈（集作津亭踈）三間茅屋東溪上歸去生涯竹與書

發青山館風高（集作端風）須去（集作前去）　前人

鳧鷖聲暖野塘春鞍馬風高驛路塵一宿青山又須去古

來難得是閑人

仙娥驛　前人

谿上郵亭氣早秋樹邊溪色遶床流行人亦羨郵亭吏生向此中今白頭

題嘉秦驛　薛能（見百家詩選）

盡室可招魂蠻餘出蜀門雹涼隨雨氣江熱傍山根蠹月繅絲路農時碌碡村千將磨欲盡無位可酬恩

題嘉陵江驛　前人

江濤千疊閣千層銜尾相隨盡室登稠樹蔽山聞杜宇午煙曛日食嘉陵頻題石上程多破暫歇泉邊起不能如此幸非名利切益州來日合攜僧

下第後夷門乘舟至永城驛題　前人

秋賦春還計盡違自知身是拙求知惟恩廣海無休日（一作秦）忽喜孤舟似去時連夜一程蕪汴宋夾堤千柳雜唐隋從來此恨皆前達敢負吾君作楚詞

潮河館（集作暮春山行田家歇馬）　李郢

雨濕菰蒲斜日明茅廚煮繭棹車聲青蛇上竹一種色黃蝶（集作蝴蝶）隔溪無限情何處樵漁將遠餉故園田土憶春耕千峯萬瀨（集作霤霤）水濺濺羸馬此中愁獨行

興州江館　鄭谷

向蜀還秦計未成寒蛩一夜遶床鳴愁眠不穩孤燈盡坐聽嘉陵江水聲

宿山驛　張蠙

驛在千峯裏寒宵獨此身古墳時見火荒壁悄無鄰月白翻驚鳥雲閑欲就人秪應明日鬢更與老相親

經荒驛　前人

古驛成幽境雲蘿隔四鄰夜燈移宿鳥秋雨禁行人廢巷荆叢合荒庭虎跡新昔年經此地終日是紅塵

春日過壽安山館　羅鄴

舊國多將泉石親西遊愛此拂行塵簾開山色離亭午步入香松別島春誰肯暫安耕釣地祖逢謾嘆路岐身歸期不及桃花水江上何人鱠雪鱗

宿彭蠡館　羅隱

孤館少行旅解鞍增別愁遠山矜薄暮高柳怯清秋病裏見時態醉中思舊遊所懷今已矣何必恨東流（以下六詩[illegible]本）

宿荆州江陵館　前人

西遊象闕愧知音東下荆溪稱越吟風動芰荷香四散月高（集作明）樓閣影相侵閑歌別枕千般夢醉送征帆萬里心薜荔衣裳木蘭檝異時煙雨好追尋

籌筆驛　前人

拋擲南陽為主憂北征東討盡良籌時來天地雖（集作皆）同力運去英雄不自由千里山河輕孺子兩朝冠劍恨譙周唯餘巖下多情水猶解年年傍驛流

蓮塘驛　前人

蓮塘館東初日明蓮塘館西行人行隔林啼鳥似相應當路好花疑有情一夢不須追往事數盃猶可慰勞生莫言來去只如此君看鬢邊霜幾莖

商於驛樓東望有感　前人

山川去接漢江東曾伴隨侯醉此中歌繞夜梁珠宛轉舞嬌春席雪朦朧棠遺善政陰猶在薤送哀聲事已空惆悵知音難得見（集作竟難得）兩行清淚白楊風

秋日泊平望驛寄太常裴郎中　前人

蘋洲重到杳難期西倚鄞亭憶往時北海罇中長（集作常）有酒東陽樓上獨（集作豈）無詩地清早（集作每）負生靈望宮重方外禮樂司聞說江南舊歌曲至今猶自唱吳姬

文苑英華卷第二百九十八

登仕郎胡　柯　鄉貢進士彭　叔夏　挍正

發鍾山館　朝林（集作朝霖）　雲陽館與韓中卿宿別　濕竹（集作深竹）

文苑英華卷第二百九十九　詩一百四十九

軍旅一

講閱三首　征伐十九首

邊塞五十四首

講閱

從齊武帝琅琊城講武應詔　沈約

九功播桃墠七德陳舞懸展事昌國圖息兵由重戰皇情咨閟典出車追辰選飾徒映寒隰翻綏臨廣甸颯沓佩吳戈參差腰夏箭風旆舒復卷雲霞清似轉（一作雲霞清以轉）輕舞信徘徊前歌且遲衍秋原嘶代馬朱光浮楚練虹墜寫飛文巖阿藻餘絢發震岳靈從揚旌水華變憑高訓武則中天起遐眷鳳蓋掩洪河珠旗掃（集作拂）長汧方侍翠華舉遠適瑤池宴

從駕觀講武　庾信

校戰出長楊兵欄入鬭場置陣橫雲起開營鴈翼張門嫌磁石礙馬畏鐵菱傷龍淵出牛斗繁弱駭天狼落星奔驥騄浮雲上驌驦急風吹戰鼓高塵擁具裝駭猿時落木驚鴈屢斷行樹寒條更直山枯菊轉芳豹略推全勝龍圖（一作韜）揖所長小臣欣寓目還知奉會昌

奉和杜員外扈從教閱　李嶠

杪冬嚴殺氣窮紀送頹光薄狩三農隙大閱五戎場萊田初起燒蘭野正開防夾岸紅旗轉分朋獸䍐張燕弧帶曉月吳劍動秋霜原啓前禽路山縈後騎行雲區墜日羽星苑斃天狼禮振軍容肅威宣武節揚神心體殺祝靈兆叶姬祥幸陪仙駕末欣采翰林芳

征伐

從北征　　祖孝徵 見類聚

翠旗臨塞道靈鼓出桑乾祁山斂雰霧瀚海息波瀾戍亭秋雨急關門朔氣寒方系單于頸歌舞入長安

同前　　裴讓之

沙漠胡塵起關山烽燧驚皇威奮武略上將總神兵商 類聚作高 臺朔風駛絕野寒雲生匈奴定遠近壯士欲橫行

南征　　蘇子卿

一朝遊桂水萬里別長安故鄉夢中近邊愁酒上寬劍鋒但須利戎衣不畏單南中地氣 氣一作多 暖少婦莫 類聚作早 愁寒

從駕送軍　　沈炯 見類聚

惟堯稱乃武軒后號神兵弔民資智勇治亂屬師貞我君膺寶業歷駕視前英蒲海方無浪夷山有未平星光下結旆劒氣上舒精雲開萬嶺徹日麗百川明撫鼓山靈應詔蹕水祇驚

奉報趙王出師在道賜詩　　庾信

上將出東平先定下江兵擊弧伏石動振鼓沸沙鳴橫海將軍號長風駿馬名雨歇殘虹斷雲偏一鴈征暗嵒朝石濕空山夜火明低橋澗底渡狹路花中行錦車同建節魚軒異伯榮軍中女子氣塞外夫人城小人乘觀義歧路阻逢迎幾月芝田熟何年金竈成哀笳關塞曲嘶馬別離聲王子身爲寶深思不倚衡

和趙王送從軍　　前人

樓船聊習戰白羽試撝軍山城對却月岸陣底平雲赤蛇懸弩影流星抱劍文胡笳遥警夜塞馬暗嘶羣客行明月峽猿聲不可聞

軍師凱旋自邕州順流舟中　　李嶠

鳴鞞入嶂口汎舸歷川湄尚想江陵陣猶疑下瀨師岸迴帆影疾風逆鼓聲遲萍葉沾蘭槳林花拂桂旗弓鳴蒼隼落劍動白猿悲芳樹吟羌管幽篁入楚詞 一作祠 全軍多勝策無戰在明時寄謝山東妙長纓徒自欺

平胡二章 并序　　唐玄宗

戎羯不庭竊我荒服命偏師之俘翦彼應期而成殄一麾克定告捷相仍爰命是詩以言其志 集作爰作是詩聊以言志

雜虜忽猖狂無何敢亂常羽書朝繼入烽火夜相望將出凶門勇兵因死地強蒙輪皆突騎按劍盡鷹揚鼓角雄山野龍蛇入戰場流膏潤沙漠濺血染鋒鋩霧廓清玄塞雲開靜朔方武功今已立文德愧前王

二

邊服胡塵起長安漢將飛龍蛇開陣法貔武振軍威詐虜脫塗地征夫血染衣今朝書奏入明日凱歌歸

奉和御製二首　　裴漼

玄漠聖恩通由來書軌同忽聞窺月滿相聚寇雲中廟略占黃氣神兵出絳宮將軍行逐虜使者亦和戎一舉殲輜滅再麾沙朔空直將威禁暴非用武爲雄飲至明軍禮疇勳錫武功干戈還載戢文德在唐風

二

殊類驕無長王師示有征中軍纔授律妖寇已亡精斬虜還遮塞綏降更築城從來攻必克天策振奇兵

同前　　韓休

南牧正紛紛長河起塞氛王兵御選士金鉞拜將軍叢鼓遥邊吹連旌暗朔雲祅星乘夜落吉氣入朝分始見幽烽警俄看烈火焚功成奏愷樂戰罷策歸勳盛德陳清廟神

謨屬大君叨榮逢偃伯率舞詠時文

夏日都門送司馬員外逸客孫員外佺北征　沈佺期

二庭追虜騎六月動周師廟略天人授軍麾相國持復言衛二妙才令重當時晝省連征稾横門共别詞雲迎出塞馬風卷渡河旗計日方夷寇旋聞杕杜詩

同前（時相王為元帥魏大夫元忠為副）　李乂

日逐滋南寇天威撫北垂析珪行杖節持印且分麾羽檄雙鳧去兵車駟馬馳虎旗懸氣色龍劍抱雄雌候月期戡剪經時念别離坐聞闗隴外無復引弓兒

送兵還作（集作中作）薊　高適

築馬自沙海上（集作長）驅登塞垣邊城高（集作何）蕭條白日黄雲昏一到征戰處每愁胡虜翻豈無安邊書諸將已承恩惆悵孫吳事歸來獨閉門

從軍北征　李益

天山雪後海風寒横笛偏吹行路難磧裏征人三十萬一時回向月中（一作明）看

聽曉角　前人

繁霜一夜落平蕪吹角當城片月孤無數塞鴻飛不度秋風卷入小單于

平戎（時諫官論北虜未遇天德軍師請修城備胡之際）　趙嘏

邊聲一夜殷秋鼙牙帳連烽擁萬蹄武帝未能忘塞北仲舒纔足使膠西冰横曉渡胡兵合雪滿窮沙漢騎迷自古平戎有良策將軍不用倚雲梯

降虜　前人

廣武溪頭降虜稀一聲寒角怨金微河湟不在春風地歌舞空裁雪夜衣鐵馬半嘶邊草去狼煙高映塞鴻飛楊雄尚白相如吃今日何人從獵歸

邊塞

於北平作　唐太宗

翠野駐戎軒盧龍轉征旆遥山麗如綺長流縈似帶海氣百重樓巖松千丈蓋兹焉可遊賞何必襄城外

和邊城秋氣早　李義甫

金微凝素節玉律應清葭邊馬秋聲急征鴻曉陣斜關樹凋涼葉寒草落寒花霧暗長川景雲昏大漠沙溪深路難越川平望超忽極望斷烟飄遥落驚蓬没霜結龍城吹水照龜林月日色夏猶冷霜華春未歇春作高紫宸分明映玄闕

薊北春望　崔液

迴首覽燕趙春生兩河間曠然餘萬里際海不見山雨歇青林潤煙空緑野閑問鄉無處所目送白雲闗

邊愁　崔湜

九月蓬根斷三邊草葉腓風塵馬變色霜雪劍生衣客思愁陰晚邊書驛騎歸殷勤鳳樓上還袂及春暉

早春邊城懷歸　前人

大漢（漢疑作漠）羽書飛長城未解圍山川凌玉障旌節下金微路向南庭遠書因北鴈稀鄉關摇别思風雪故戎衣歲盡仍為客春還尚未歸明年征騎返歌舞及芳菲

塞外三首　鄭愔

塞外蕭條望征人此路賒邊聲亂朔馬秋引動胡笳遥障侵歸日長城帶晚霞斷蓬飛古戍連鴈聚寒沙海暗雲無葉山春雪作花丈夫期報主萬里獨歸家

二

荒壘三秋夕窮郊萬里平海陰凝獨樹日氣下連營戍笳
霜疑重邊裘夜更輕將軍猶轉戰都尉不成名折柳悲春
曲吹笳斷夜聲明年塞（一作漢）使返須築受降城

三

陽鳥南飛夜陰山北地寒漢家征戍客年歲在樓蘭玉關
朔風起金河秋月團邊聲入鼓吹霜氣下旌竿海外歸書
斷天涯旅鬢殘子卿猶奉使常向節旄看

邊秋薄暮　蘇頲

海外秋鷹擊霜前旅鴈歸邊風思鞞鼓落日慘旌麾浦暗
漁舟入川長獵騎稀客悲逢薄暮況乃事戎機

送張判官赴河西　王維

單車曾出塞報國敢邀勳見逐張征虜今思霍冠軍沙平
連白雪蓬卷入黃雲慷慨倚長劍高歌一送君

送元二使安西　前人

渭城朝雨裛輕塵客舍青青柳色新（集作春）勸君更盡一盃
酒西出陽關無故人

送劉司直赴安西　前人

絶域陽關道胡沙與塞塵三春時有鴈萬里少行人首蓿
隨天馬蒲萄逐漢臣當令外國懼不敢覓和親

遼西作　崔顥

燕郊芳歲晚殘雪凍邊城四月青草合遼陽春水生胡人
正牧馬漢將日徵兵露重寶刀濕沙虛金鼓鳴寒衣着已
盡春服與誰（文粹作誰與）成寄語洛陽使爲傳邊塞情

發臨洮赴北庭留別　岑參

聞說輪臺路年（集作連）年見雪飛春風曾（集作長）不到漢使亦來（一作應）
稀白草通蹤勒青山過武威勤王不敢道遠思（一作私向）夢中歸

此詩二百九十二卷重出前已刪去注異同爲一作

磧西（集作石）頭送李判官入京　前人

一身從遠使萬里向安西漢月垂鄉淚胡沙損馬蹄尋河
愁地盡過磧覺天低送子軍中飲家書醉裏題

度磧　前人

黃沙磧裏客行迷四望雲天直下低爲言地盡天還盡行
到安西更向西

營州　高適

營州少年滿（集作厭）原野狐（集作皮）裘蒙茸獵城下虜酒千杯不
醉人胡兒十歲能騎馬

涼州　王之渙

一片孤城萬仞山黃沙直上白雲間羌笛何須怨楊柳春
光不度玉門關

邊頭作　李端

邠郊泉脈動落日上城樓羊馬水草足羌胡帳幕稠射鵰
過海岸傳箭度邊州何事歸朝將今年又拜侯

過五原至飲馬泉（集作鹽州胡兒飲馬泉）　李益

綠楊着水宛（集作草）如煙舊是胡兒飲馬泉幾處吹笳明月夜
何時倚劍白雲天從來凍合關山路今日分流漢使前莫
遣行人照容鬢恐驚憔悴入新年

塞北行次度破訥沙　前人

眼見風來砂旋移經年不省草生時莫言（集作無論）塞北無春
到（集作至）縱有春來何處知

上黃堆峯（集作烽堆）　前人

心期紫閣山中月身過黃堆峯（集作烽堆）上雲年鬢已從書劍

老戎衣更逐霍將軍

送客還幽州　前人

惆悵秦城送獨歸薊門雲樹遠依依秋來莫射南來鴈從遣乘春集作風更北飛

此詩二百七十五卷重出前已削去

早發破訥沙　前人

破訥沙頭鴈正飛鸊鵜泉上戰初歸平明日出東南地滿磧寒光生鐵衣

此詩二百九十三卷重出前已削去

宿金河戍　張震

朝發鐵麟驛夕宿金河戍奔波急王程一日千里路但見容鬢改不知歲華暮悠悠沙漠行王事彌多故

邊詞　張敬忠

五原春色舊來遲二月垂楊未挂絲即今河畔冰開日正是長安花落時

邊行書事又玄集作塞上行　李昌符

朔野煙塵起天軍又舉戈陰風向磧急殺氣入秋多又玄集作蒼蒼盧關北孤城帳幕多客軍甘入陣老將望迴戈樹盡禽棲草冰堅路在河汾陽無繼者集作尋下世離集作亂羌虜肯先和

近無西耗　李敬方

遠戍兵壓境遷客淚橫襟烽候驚春塞縲囚困越吟自憐牛馬走未識犬羊心一月無消息西居日又沉

送張司直往單于到平沙到又玄集作有　于鵠

若過并州北誰人不憶家塞堡一作深無去伴路盡到平沙磧冷唯逢鴈天春不見花莫隨邊將意垂老事輕車

邊思　楊衡

蘇武節毛盡李陵音信稀梅當隴上發人向隴頭歸

思遊邊友人　賈島

凝愁對孤燭昨日飲離杯葉下故人去天中新鴈來連沙秋草薄帶雪暮山開苑北紅塵道何時見遠回

送友人遊塞　前人

飄蓬多塞下君見益潸然迥磧沙銜日長河水接天夜泉行客火曉戍向京煙少結相思恨佳期芳草前

塞上行作　劉得仁

鄉井久離別窮邊觸目愁主人居外地塞雪下中秋鴈舉之衡翅河停入虜流將軍心莫苦向此取封侯

發臨洮望蕭關　李昌符

漸覺風沙暗蕭關欲到時兒童能探火婦女解縫旗川絕銜魚鷺林多帶箭麋暫來戎馬地不敢苦吟詩

送友人出塞　姚鵠

帝城春色著寒梅去恨離懷醉不開作一作相別欲將何計免此行應又隔年迴入河殘日鵰西盡卷雪驚蓬馬上來有思莫忘清塞學衆傳君有佐王才

邊遊　項斯

古鎮門前候長安路在東天晴槐葉霧日暮葦花風塞館皆無篋儒裝亦有弓防秋故鄉卒曾喜語音同

邊城寫眺　馬戴

聊凭危堞望暗起異鄉情塞迥關防絕山昏霧露生河灘胡鴈下戎壘漢聲一作散驚獨對殘秋色狂歌淚滿纓

逢友人邊遊迴　薛能一作馬戴

遊子新從絕塞迴自言曾上李陵臺罇前語盡北風起秋色蕭條胡鴈來

送李溟出塞　前人

邊城官尚(集作自)惡況乃是羇遊別路應相(一作多)憶離亭更少
留黃沙人外闊飛雪馬前稠甚險穹廬宿無爲過代州

此詩一百八十一卷重出前已有六注異同爲一作

送友人出塞　前人

榆關早不可何況出榆關春草臨岐斷邊樓帶日閑人歸
穹帳外鳥發磨旌間此地秋堪(集作堪愁)想霜前作意還

回中作　溫庭筠

蒼莽雲空遠色愁鳴鳴戍角上高樓吳姬怨思吹雙管燕
客悲歌動(集作別)五侯千里關山邊草暮一星烽火朔雲秋
夜來霜重西風起隴水無聲凍(一作臺)不流

送人往塞北　李頻

上馬出雲中長川逆北風日西身獨去山轉路無窮樹隔
高關斷沙連大漠空君看河外將早晚合平戎

代北言懷　翁坦之

困馬榆關北那堪落景催路行沙不絕風與雪兼來草得
春猶白鴻侵夏始迴行人莫遠入戍角有餘哀

書邊事二首　張喬

調角斷清秋征人倚戍樓春風對青塚白日落梁州大漢
無兵阻窮邊有客遊蕃情如此水長願向春流

二

萬里沙西寇巳平犬羊群外築空城分營夜火燒雲遠教
獵秋鵰掠草輕秦將力隨胡馬竭蕃河流入漢家清羌戎
不識干戈老須賀明時聖主明

送人遊邊　鄭谷

春亦怯邊遊此行風正秋別離逢雨夜道路向雲州磧樹
藏城遠沙河漾日流將軍方破虜莫惜獻良籌

京(一作涼)西即事　韓琮

秋草河蘭起陣雲涼州唯向管絃聞豺狼毳幕三千帳貔
虎金郊十萬軍候騎北來驚有說戍樓西望悔為文昭陽
亦待平安火誰握旌旗不建勳

邊思　周朴

年高來遠戍白首罷平戎夜色薊門火秋聲邊塞風磧浮
悲老馬月滿引新弓百戰山陰去唯添上將雄

邊庭送別　張蠙

一生雖達理遠別亦相悲白髮無修處青松有老時暮煙
傳戍起寒日隔沙垂若是長安去何難定後期

登單于臺　前人

邊兵春盡迴獨上單于臺白日地中出黃河天外來沙翻
痕似浪風急響疑雷欲向陰關度陰關曉不開

過蕭關(一作[illegible])　前人

出得蕭關北儒衣不稱身隴狐來試客沙鶻下欺人曉戍
殘烽火晴原起獵塵邊戎莫相忌非是霍家親

薊北書事　前人

度磧如經海茫然但見空戍樓承落日沙塞礙驚蓬暑過
燕僧出時平虜客通逢人皆上將誰有定邊功

朔方書事　前人

秋盡角聲苦逢人唯荷戈城池向隴小歧路出關多鴈遠
行垂地烽高影入河仍聞黑山寇又犯漢家和

邊夜　羅隱

光景漂如水生涯轉似萍鴈門窮朔路牛斗故鄉星刀盡
人(一作書)(一作羈愁)誰切歌終淚自零夜闌迴首算何處不長亭

文苑英華卷第二百九十九　登仕郎胡柯　鄉貢進士彭叔夏校正

軍旅二

邊將六十四首

邊城將四首　吳均

塞外何紛紛胡騎欲成羣爾時始應募來投霍將軍刀含四尺影劍抱七星文袖間血灑地車中旌拂雲輕軀如未殯終當厚報君

以下四篇並見藝文類聚

二

僕本邊城將馳射靈關下箭銜鴈門石氣振武安瓦勳輕賞廢丘名高拜橫野留書應鑿楹傳功須勒社徒傾七尺命酬恩終自寡

三

聞君報一飡遠送出平野玉標丹霞劍金絡黯光馬高旗入漢飛長轂歷地寫晴星海中出朧月山頭下歲晏坐論功自有思（恩一作）臣者

四

臨淄重蹋鞠曲城好擊刺不要身後名專騁眼前智君看班定遠立功不負義掣拽二丈旗躑躅雙凫騎但問相知否死生無險易

送魏大從軍　陳子昂

匈奴猶未滅魏絳復從戎悵別三河道言追六郡雄鴈山橫代北狐塞接雲中勿使燕然上獨有漢臣功

安輯嶺表事平罷歸　李嶠

雲端想京縣帝鄉如何見天涯望越臺海路幾悠哉六月飛鵬去三年瑞雉來境遙銅柱出山險石門開自我違瀍洛瞻途屢揮霍朝朝寒露多夜夜征衣薄白簡承朝憲朱方撫夷落既弘天覆廣且諭皇恩博皇恩溢外區憬俗詠來蘇聲朔臣天子壇場拜老夫絳宮韜將略黃石寢兵符返旆收龍虎空營集鳥烏日落澄氣靄高視衿帶東甌抗千越南斗臨吳會春色遠邊陲飛花出荒外卉服紛如積長川思遊客風生丹桂晚雲起蒼梧夕去軸轢清江歸軒趨紫陌衣裳會百蠻賝賮委重關不學金刀使空持寶劍還

送趙頤貞郎中試（集作赴）安西副大都護　張說

絕鎮功難立懸軍命匪輕復承遷相後彌重任賢情將起神仙地才稱禮樂英長心堪繫虜短語足論兵日授休門法星教置陣名龍泉恩已著（集作署）鷰頷相終成月窟窮天遠河源入塞清老夫操別翰承旨頌營平

同餞陽將軍兼源州都督御史中丞　蘇頲

右地接龍沙中朝任虎牙然明方改俗去病不為家將禮登壇盛軍容出塞華朔風搖漢鼓邊月思胡笳旗合無邀正（一作整）冠危有觸邪當看勞旋日及此御溝花

送趙都護赴安西　張九齡

將相有更踐簡心良獨難遠圖常畫地超拜乃登壇戎即昆山序車同渤海單義無中國費情必遠人安他日文兼武而君（集作今）粟且寬自然來月窟何用刺樓蘭南去三冬曉（集作晚）西馳萬里寒封侯自有處征馬去嘽嘽

送趙都督赴代州得青字　王維

天官動將星漢地（集作沚）柳條青萬里鳴刀斗三軍出井陘忘身辭鳳闕報國取龍庭豈學書生輩窗中老一經

贈裴旻將軍　前人（見集本）

腰間寶劍七星文臂上琱弓百戰勲見說雲中擒黠虜始

知天上有將軍

送趙都護赴安西　孫逖

外域分都護中臺命職方欲傳清廟略爲取劇曹郎已佩登壇印猶懷伏奏香一作章百壺開祖餞駟牡結戎裝青海連西覆黃河帶北涼關山瞻漢月戈劒宿胡霜體國才先著論兵策復長果持文武術還繼晉一作杜當陽

送軍中[redacted]　賀知章

常經絕脉塞復見斷腸流送子成今別令人起昔愁隴雲晴半雨邊草夏先秋萬里長城寄無貽漢國憂

投贈哥舒開府翰二十韻　杜甫

今代麒麟閣何人第一功君王自神武駕馭必英雄開府當朝傑論兵邁古風先鋒百勝在略地兩隅空青海傳飛集作[illegible]箭天山早挂弓廉頗仍走敵魏絳已和戎每惜河湟棄新兼節制通知謀垂睿想出入冠諸公日月低秦樹乾坤遶漢宮胡人愁逐北宛馬又從東受命邊沙遠歸來御席同軒墀曾寵鶴畋獵舊非熊茅土加名數山河誓始終爲策行遺戰伐契合動昭融勳業青冥上交親氣槩中未爲珠履客已是白頭翁壯節初題柱生涯獨轉蓬幾年春草歇今日暮途窮軍事留孫楚行間識呂蒙防身一一作腰間有長劒聊集作將欲倚崆峒百勝在勝川本注作戰知謀川本作知謀已是川本作已見

送羽林陶將軍　李白

將軍出使擁樓船江上旌旗拂紫煙萬里橫戈探虎穴三杯拔劒舞龍泉莫道詞人無膽氣臨行將贈繞朝鞭

餞王將軍赴雲中　孟匡明

貳師憑廟略分閫佐元戎勢亞彤弓寵時推金印雄關山横代北旌節壯河東日轉前茅影春生細柳風飲冰君一作傳命速揮涕餞一作別筵空佇聽陰山靜誰爭萬里功

送李大都護　常建

單于數不戰都護事邊深君執幕中祕能爲高士心海頭近初月磧裏多愁陰西望郭猶子將分淚蒲襟

送單于裴都護赴西河　崔顥

征馬出翩翩秋城月正圓單于莫近塞都護欲臨邊漢驛通煙火胡沙乏井泉功成須獻捷未必去經年

贈梁州張都督　前人

聞君爲漢將虜騎不南侵出塞清沙漠還家拜羽林風霜臣節苦歲月主恩深爲語西河使知余報國心

古遊俠呈軍中諸將帶兩綬帶文主集作雙鞬　前人見文粹

少年負膽氣好勇復知機仗劒出門去孤城逢合圍殺人遼水去一作上走馬漁陽歸錯落金鎖甲蒙茸貂鼠衣還家且行獵弓矢速如飛地迥鷹犬疾草深狐兔肥腰間帶兩綬一作鞬轉眄生光輝顧謂今日戰何如隨建威

此詩三百三十三卷重出今已削去注異同爲一作

贈輕車　前人

悠悠遠行歸春日涉長道幽冀桑始青洛陽蠶欲老憶昨戎馬地別時心草草烽火從北來邊城閉常早平生少相遇未得展懷抱今日杯酒間見君交情好

送南特進歸行營　劉長卿

聞道軍書至揚鞭不問家虜雲連白草漢月到黃沙汗馬河源飲燒羌隴坻遮翩翩新結束去逐李輕車

代邊將有懷　前人

少年辭魏闕白首向沙場瘦馬戀秋草征人思故鄉暮笳吹塞月曉甲帶胡霜自到雲中郡于今百戰強

送人赴安西　岑參

上馬帶吴鈎翩翩度隴頭小來思報國不是愛封侯萬里鄉爲夢三邊月作愁早須清黠虜無事莫經秋

贈劉將軍　韓翃

明光細甲照錏鍜昨日承恩拜虎牙膽大欲欺姜伯約功多不讓李輕車青巾校尉遥相許黒矟將軍莫大誇關下來時親伏奏胡塵未盡不爲家

送李將軍赴定州　烽戍（又玄集作烽火）　郎士元

雙旌漢飛將萬里受横戈春色臨關盡黄雲出塞多鼓鼙悲絶漠烽戍隔長河莫斷陰山路天驕已請和

代員將軍罷戰後歸里贈朔北故人　盧綸

結髮事疆場全生俱到鄉連營防鐵嶺同日破漁陽牧馬胡天晚移軍磧路長枕戈眠古戍吹角立繁霜歸老勳仍在酬恩虜未忘獨行邊邑里多病對農桑雄劍依塵席陰符寄藥囊空餘麾下將猶逐羽林郎

贈史開府　戴叔倫

南天胡馬獨悲嘶白首相逢話鼓鼙野戰頻年沙朔外旌竿高與雪峯齊扁舟遠泛輕全楚落日愁看舊紫泥早晚瑶階歸伏奏獨（一作猶）能畫地取關西

贈淮西賈兵馬使（見二百五十七卷）　前人（前篇作釋清江）

春光（前篇作春風）半拆（前篇作發）楚蜀（前篇作吴楚）

晚秋贈張折衝（此公事制舉）　薛業

都尉今無事時清但閉關夜霜戎馬瘦秋草射堂閑位以穿楊得名因折桂還馮唐真不遇歎息鬢毛斑

贈老將　權德輿

白草黄雲塞上秋曾隨驃騎出并州轆轤劒折虬鬚白轉戰功多獨不侯

奉使朔方贈郭都護　李華

絶塞臨光禄孤營佐貳師鐵衣山月冷金鼓朔風悲都護徼兵日將軍破虜時揚鞭玉關道回首望旌旗

河源破賊後贈袁將軍　釋法震

白羽三千駐蕭蕭萬里行出關深漢壘帶月破蕃營蔓草河源色悲笳碎葉聲欲朝王母殿前路駐高旌

贈張開府　耿湋

寥落軍城暮重城反照間鼓鼙經雨暗士馬過秋閑慣守臨邊郡曾營近磧山誰去張校尉萬里鑿空還

代宋州將淮上乞師　郡歸（集作達鄉）家出（集作家在）　前人

脣齒幸相依危亡故郡歸身經百戰後家出數重圍上將堅深壘殘兵鬬落暉常聞鐵劒利早晚借餘威

上將軍行　前人

蕭關掃定犬戎羣閑閣層城白日曛櫪上驊騮嘶鼓角門前老將識風雲旌旗四面寒山映簫管千家静夜聞更想他時看竹帛功成不獨霍將軍

此篇二百五十四卷重出題作上裴行軍中丞詞頗不同全載于此

贈隣家老將　楊巨源

白首羽林郎丁年戍朔方陰天瞻磧落秋日渡遼陽大漠寒山黒孤城夜月黄十年依蔣食萬里帶金瘡拂雪陳師祭衝風立教場箭飛瓊羽合旗動火雲張虎翼分營勢魚鱗擁陣行誓心清塞色鬬血雜沙光戰地晴輝薄軍門曉氣長冠深爭暗襲關迥勒春防身賤竟何訴天高徒自傷功成封寵將力盡到貧鄉雀老方悲海鷹衰却念霜

空餘孤劒在，開匣一霑裳。

征人　楊衡

西風屢鳴鴈，東郊未昇日。繁煙冪冪昏，暗騎蕭蕭出。望雲愁玉塞，眠月想蕙質。借問露霑衣，何如香滿室。

漁陽將　張籍

塞深沙草白，都護領燕兵。放火燒奚帳，分旗築漢城。下營看嶺勢，尋雪覺人行。更向桑乾北，擒生問磧名。

安西將　前人

萬里海西路，茫茫邊草秋。計程沙塞口，望伴驛峯樓。雪暗非時宿，沙深獨去愁。塞鄉人易老，莫住近蕃州。

據張籍集安西將送邊使各是一詩，今英華送邊使詩已入二百九十七卷，而此安西將一篇却誤以送邊使詩充之，今用集本釐正。

征西將　前人

黃沙北風起，夜半又離（集作翻）營。戰馬雪中立，探人冰上行。深山旗未展，陰磧鼓無聲。幾道征西將，同收碎葉城。

送防秋將　前人

白首征西將，猶能射戟支。元戎選部曲，軍吏換旌旗。逐虜招降遠，開邊舊壘移。重收隴外地，應似漢家時。

劒氣詞三首　姚合

聖朝能用將，破敵速如神。掉劒龍纏臂，開旗火滿身。積屍川有岸，流血野無塵。今日當場舞，須（集作還）知是戰人。

二

夜渡黃河水，將軍險用師。雪聲（集作光）偏着甲，風力不禁旗。陣變龍蛇活，軍雄鼓角知。今朝意氣（集作重起）舞，記得戰酣時。

三

破虜行千里，三軍氣益（集作意氣）麤。展旗遮日黑，驅馬踏河枯。鄰境求兵略，皇恩索陣圖。元和太平樂，自古恐應無。

送振武將軍　李廓

葉葉歸邊騎，風頭萬里乾。金裝腰帶重，錦縫耳衣寒。蘆酒燒蓬煖，霜鴻撚箭看。黃河古城道，秋雨白漫漫。

老將　賈島

膽壯亂鬚白，金瘡蠹百骸。旌旗猶入夢，歌舞不開懷。燕雀來鷹架，塵埃滿箭靫。自誇勳業重，開府是官階。

贈王將軍　前人

宿衛爐煙近，除書墨未乾。馬曾金鏃中，身有寶刀瘢。父子同時捷，君王畫陣看。何當爲外帥，白日出長安。

贈金河戍客　雍陶

慣獵金河路，曾逢雪不迷。射鵰青塚北，走馬黑山西。戍遠旌幡少，年深（一作沙平）帳幕低。酬恩須盡敵，休說夢中閨。

罷還邊將　前人

白鬚虜將話邊事，自失公權怨語多。漢主豈勞思牧趙，王猶是（一作自）用廉頗。新鷹飽肉唯閑獵，舊劒生衣懶更磨。百戰無功身老去，羨他年少渡黃河。

贈邊將　姚鵠

三邊昔（一作近）日往來通，盡是將軍鎮撫功。兵統萬人爲上將，威加千里（一作偏）西戎。清笳遶塞吹寒月，紅斾當山肅曉風。却恨北荒霑雨露，無因掃盡虜庭空。

邊將　馬戴

玉榼酒頻傾，論功笑李陵。紅韁跑駿馬，金鏃掣秋鷹。塞迥連天雪，河深徹底冰。誰言提一劒，勤苦事中興。

送武陵王將軍　前人

河外今無事將軍有戰名艱難長劒閼功業少年成曉仗親雲陛寒宵突禁營朱旗身外色玉漏耳邊聲開閤談賓至調弓過鴈驚爲儒多不達見學請長纓

贈蜀將蠻人成都頗著功勞　　温庭筠

十年分散劒關秋萬事皆隨（一作從）錦水流志（一作心）氣已曾明漢節功名猶尚帶（一作自帶）吳鈎鵰邊認箭寒雲重馬上聽笳塞草愁今日逢君倍惆悵灌嬰韓信盡封侯

此詩二百六十一卷重出前已削去注異同爲一作

傷邊將　　前人

昔年戎虜犯榆關一敗龍城疋馬還侯印不聞封李廣別人丘壠似天山

送魏尚書赴鎮州行營　　張祜

河塞日駸駸恩酬報盡深伍負忠是節陸績孝爲心坐激書生憤行歌壯士吟慙非燕地客不得受黃金

贈邊將　　張喬

將軍誇膽氣功在殺人多對酒擎鍾飲臨風拔劒歌翻師平碎葉略地取交河應笑孔門客年年羨四科

河湟舊卒　　前人

少年隨將討河湟頭白時清返故鄉十萬漢兵零落盡獨吹邊曲向殘陽

宴邊將　　前人

一曲梁州令不清邊風蕭颯動江城坐中有老沙場客橫笛休吹塞上聲

邊將二首　　張蠙

歷戰燕然北功高劒有威聞名外國懼輕命故人稀角怨星芒動塵愁日色微從爲漢都護未得脫征衣

二

按劒立城樓西看極海頭承家爲上將開地得邊州磧迥兵難伏天寒馬易收胡風一度獵吹裂錦貂裘

邊將　　羅鄴

上馬乘秋欲建勲飛狐夜鬬出師頻若無紫塞煙塵事誰識青樓歌舞人戰骨沙中金鏃在賀莚花畔玉蟾新由來邊卒皆如此只是君門合殺身

平陵老將　　韋莊

白羽金僕姑腰懸雙轆轤前年葱嶺北獨戰雲中胡疋馬塞垣老一身如鳥孤歸來辭第宅却占平陵居

贈邊將　　前人

昔因征遠向金微馬出榆關一鳥飛萬里只携孤劒去十年空逐塞鴻歸手招都護新降虜身着文皇舊賜衣只待煙塵報天子壯心無事別無機

文苑英華卷第三百

登仕郎胡柯　鄉貢進士彭叔夏　校正

文苑英華卷第三百一　詩一百五十一

悲悼一 附僧

追述三十七首

沈約十首　陳子昂七首

張說五首　杜甫八首

高適四首　僧靈一三首

悼亡 見三百二卷　沈約

懷舊九首　前人

傷王融

元長秉奇調弱冠慕前蹤眷言懷祖武一簣望成峰途艱行易跌命舛志難逢折風落迅羽流恨蒲青松

傷謝朓

吏部信才傑文風振奇響調與金石諧思逐風雲上豈言凌霜質忽隨人事往尺璧爾何冤一日 類聚作旦 同丘壤

傷庾杲之

右率馥時譽秀出冠朋僚聳茲千仞氣振此百尋條蘊藉合文雅散朗溢風飈楸檟今已合容範尚昭昭

傷王諶

長史體閑任坦蕩無外求持身非詭遇應物有虛舟心從朋好盡形爲歡宴留歡宴未終畢零落委山丘

傷虞炎

東南既擅美洛陽復稱才攜手同歡宴比跡共遊 類聚作追 陪事隨短秀落言歸長夜臺

傷李珪之

少府懷貞節志軀欣 類聚作濟 所奉吏道勤不息繁文長自擁既闕優孟歌身沒誰爲寵

傷常景猷

常叟識前載傳物備戎華稅驂止營校淪跡委泥沙始知庸德局方悟大音賒

傷劉渢

處和無近累天然有勝質蕭索負高情耿介懷秋實義貴良爲重蘭摧非所恤一罷平生言寧知攜手日

傷胡諧之

豫州懷風範綽然標雅度處約志不渝接廣情無忤頡頏事刀筆紛綸遞朱素美志同山河浮年迫朝露

薊丘覽古贈盧居士藏用七首 并序　陳子昂

丁酉歲吾北征出自薊門歷觀燕之舊都其城池霸業迹已蕪昧矣乃慨然仰歎憶昔樂生鄒子群賢之遊盛矣因登薊丘 集作懷 作七詩以志之寄終南盧居士亦有軒轅之遺跡也

軒轅臺

北登薊丘望求古軒轅臺應龍已不見牧馬空 集作生 黃埃尚想廣成子遺跡白雲隈

燕王

南登碣石舘遥望黄金臺丘陵盡喬木昭王安在哉霸圖
悵已矣驅馬復歸來
樂生
王濤已淪昧戰國競貪兵樂生何感激仗義下齊城雄圖
竟中夭遺歎寄阿衡
燕太子
秦王日無道太子怨亦深一聞田光義匕首贈千金其事
雖不立千載爲傷心
田光先生
自古皆有死徇義良獨稀奈何燕冊（集作太）子尚使田公（集作光）
疑伏劍誠已矣感我涕霑衣

鄒衍
大運淪三代天人罕有窺鄒生何遼（集作寥）鄙謾說九瀛垂
興亡已千載今也則無推
郭隗
逢時獨爲貴歷代非無才隗君亦何幸遂起黄金臺
五君詠（逵志羡類刺義感異哀事頗氏之心也擬焉）　張說
齊公魏元忠
齊公生人表廻天聞鶴唳清論早揣摩玄心晚超詣入相
廊廟静出軍沙漠霽見深吕禄憂舉後陳平計丼心除君
惡足以報先帝　以下五篇並見集本
許公蘇瓌

許公信國禎克羨具瞻情百事貧朝問三章廣世程處高
心不有臨節自爲名朱户傳新戟青松拱舊塋凄凉丞相
府餘慶在玄成
趙公李嶠
李公實神敏才華乃天授睦親何用心處貴不忘舊故事
遵臺閣新詩冠宇宙在人忠所奉惡我誠將宥南浦去無（集作
莫）歸嗟嗟蔑孫秀
代公郭元振
代公舉鵬翼懸飛摩海霧志康天地屯適與雲雷遇興喪
一言決安危萬心注大勳書王府舛命淪江路勢傾北夏
門哀靡東平樹

耿公趙彦昭
耿公山岳靈才傑心亦妙鶯鳥峻標立哀王扣清調叶贊
休明啓思華日月照何意瑶臺雪風吹落江徼湘流下潯
陽灑淚一投弔
八哀詩（並序）　杜甫
傷時盜賊未息興起王公李公嘆舊懷賢終於張相國八
公前後存没遂不詮次焉
贈司空王公（思禮）
司空出東夷童稚刷勁翮追隨燕薊兒頴鋭（一作脱）物不隔
服事哥舒翰意無流沙磧未甚拔行間犬戎大充斥短小
精悍姿屹然强寇敵貫穿百萬衆出入由咫尺馬鞍懸將

首甲外控鳴鏑洗劍清海水刻銘天山石九曲非外蕃其王轉深壁飛免不近駕鷙鳥資遠擊晚學（集作曉達）兵家流飽聞春秋癖胷襟日沉靜肅肅自有適潼關初潰散萬乘循辟易偏裨無所施元帥見手格太子入朔方至尊待牙益胡馬纏伊洛中原氣甚逆肅宗登寶位塞望勢敦迫公時徒步至請罪將厚責際會清河公（房太尉）間道傳至冊天王拜跪畢讜議果氷釋翠華巻飛雪（一作飛雪中）熊虎亘阡陌屯兵鳳凰山帳殿涇渭闢金城賊咽喉詔鎮雄所撦禁暴靜（一作清）無雙爽氣春淅瀝巷有從公歌野多青青麥及夫哭廟後復領太原役恐懼禄位高悵望王土窄不得見清時嗚呼就窀穸永繫五湖舟悲甚田横客千秋汾晉間事與雲水白昔觀文苑傳豈述蕭頗跡（集作蘭續）嗟嗟鄧大夫士卒終倒戟

故司徒李公光弼

司徒天寶末北收晉陽甲胡騎攻吾城愁寂意不愜人安若泰山薊北斷右脅朔方氣乃蘇黎首見帝業二宮泣西郊九廟起頹壓未散河陽卒思明僞臣妾復自碣石來火焚乾坤獵高視笑禄山公又獻大捷（集作大獻捷）異王冊崇勳小敵信所怯擁兵鎮河汴千里初妥帖青蠅紛營營風雨秋一葉内省未入朝死淚終映睫大屋去高棟長城掃遺堞平生白羽扇零落蛟龍匣雅望與英姿惻愴槐里接三軍晦光彩烈士痛稠疊直筆在史臣將來洗箱篋吾思哭孤冢南紀阻歸檝扶顛永蕭條未濟失利涉疲薾竟何人灑淚（集作涕）巴東峽

贈左僕射鄭國公嚴公武

鄭公瑚璉器華嶽金天晶昔在童子日已聞老成名嶷若（集作然）大賢後復見秀骨清開口取將相小心事友生閲書百氏（集作紙）盡落筆四座驚歷職匪父任嫉邪常力爭漢儀尚整肅胡騎忽縱横飛傳自河隴逢人問公卿不知萬乘（集作乘輿）出雪涕風悲鳴受詞劍閣道謁帝蕭關城寂寞雲臺伏飄颻沙塞旌江山少使者笳鼓凝皇情壯士血相視忠臣氣不平密論貞觀體揮發岐陽征感激動四極聯翩收二京西郊牛酒至九廟（集作原廟）冊青明匡汲俄寵辱衛霍竟

哀榮四登會府地三掌華陽兵京兆空柳色尚書無覆聲群烏自朝夕白馬休横行諸葛蜀人愛文翁儒化成公來雪山重公去雪山輕記室得何遜韜鈐延子荆四郊失壁壘虛館開逢迎堂上指圖畫軍中吹玉笙豈無成都酒憂國祗細傾時觀錦水釣問俗終相并意待犬戎滅人藏紅粟盈以茲報主願庶獲（集作或）稗世程爛爛一心在沈沈二豎嬰顛回竟短折賈誼徒忠貞飛旐出江漢孤舟轉荆衡虛無馬融笛悵望龍驤塋空餘老賓客身上愧簪纓

贈太子太師汝陽郡王璡

汝陽讓帝子眉宇真天人虬鬚似太宗色映塞外（一作寒夜）春往者開元中主恩視遇頻出入獨非時禮異見群臣愛其

謹絜極倍此骨肉親從容聽朝後或在風雪晨思欲(集作忽思)格猛獸苑囿騰清塵羽旗動若一萬馬肅駪駪詔王來射鴈拜命已挺身箭出(集作發)飛鞚内上又(一作入)廻翠麟翻然紫塞翮下拂明月輪胡人雖獲多天笑不爲新王每中一物手自與金銀袖中諫獵書扣馬久上陳竟無銜橜虞聖慈(一作聰)矧多仁官免供給費水有在藻鱗匪惟帝老大皆是王忠勤晚年務置醴門引申白賓道大容無能永懐侍芳茵好學尚貞烈義形必沾巾揮翰綺繡揚篇什若有神川廣不可泝墓久狐兎鄰宛彼漢中郡(王第漢中郡王瑀)文雅見天倫何以開我悲泛舟俱遠津温温昔風味少壯已書紳舊遊易磨滅衰謝多(一作增)酸辛

贈秘書監江夏李公(邕)

長嘯宇宙間高才日淪替古人不可見前輩復誰繼憶昔李公存詞林有根柢聲華當健筆洒落富清製風流散金石追琢山嶽鋭情窮造化理學貫天人際于謁走其門碑版照四裔各蒲深望還森然起凡例蕭蕭白楊路洞徹寶珠惠龍宮塔廟湧浩刼浮雲衛宗儒俎豆事故吏去思計聘睞已皆虛跋跡曾不泥向來映當時豈獨勸後世豐屋珊瑚鉤麒麟織成罽紫騮隨劒几義取無虛歲分宅脫驂間感激懐未濟衆歸賙給美擺落多藏穢獨步四十年風聽九皐唳嗚呼江夏姿竟掩宣尼袂往者武后朝引用多寵嬖否臧太常議面折二張勢衰俗凜生風排盪秋旻霽

忠貞負冤(集作寃)恨宮闕深旒綴放逐早聯翩低垂困炎厲日斜鵩鳥入魂斷蒼梧帝榮(集作策)枯走不暇星駕無安稅幾分漢庭竹夙擁文侯篲終悲洛陽獄事近小臣斃禍階初負謗易力何深嚌伊昔臨淄亭酒酣託末契重叙東都別朝陰改軒砌論文到崔蘇指盡流水逝近伏盈川雄(楊公)未甘特進麗(李公嶠)是非張相公(張公說)相扼一危脆爭名古豈然關鍵欻不閉例及吾家詩曠懐埽氛翳慷慨嗣真作(和李大夫)咨嗟玉山桂鍾律儼高懸鯤鯨噴迢遞坡陁青州血蕪没汶陽瘞哀贈竟(集作晩)蕭條恩波延揭厲子孫在(集作存)如綫舊客舟凝滯君臣尚論兵將帥接燕薊朗詠六公篇(公有張相等五王洎狄相六公詩)憂來豁蒙蔽關鍵(集作揵廣運遍用)

故秘書少監武功蘇公(源明)

武功少也孤徒步客徐兖讀書東嶽中十載考墳典時下萊蕪郭忍飢浮雲巘負米晚爲身每食臉必泫夜字照爇薪垢衣生(一作帶)碧蘚庶以勤苦志報兹劬勞顧學蔚醇儒姿文包舊史善灑落辭幽人歸來潜京輦射君東堂策宗匠集精選制題墨(集作可題)未乾休聲(集作乙科)已大聞文章日自負掾吏亦累踐晨趨閶闔内足踏夙昔跡一麾出守還黄屋朔風卷不暇陪八駿虜庭悲所遺平生蒲鐏酒斷此朋知展憂憤病二秋有恨石可轉肅宗復社稷得無逆順辨范曄(宋書范曄坐謀反誅將死顧念其兒英華作范雲恐非)顧其兒李斯憶黄犬秘書茂松色(集作意)再扈(集作載從)祠壇墠前後百卷文枕藉皆禁

彌篆刻（集作制作）楊雄流滇漲木末淺青熒芙蓉劍犀兕豈獨
剸灰爲後輩藝于實若懷緬煌煌齋房芝事絕（集作終）萬手
搴垂之俟來者正始貞（集作徵）勸勉不要懸黃金胡爲投乳
贄結交三十年（集作載）吾與誰遊衍滎陽復冥漠罪䂂已橫
罥（鄭詩在後）嗚呼子逝日始泰即終蹇長安米萬錢凋喪盡餘
喘戰伐何當解歸帆阻清沔尚纏漳水疾末負蒿里餞

故著作郎貶台州司户滎陽鄭公虔

鶺鴒至魯門不識鍾鼓響孔翠望赤霄愁思雕籠養滎陽
冠衆儒早聞名公賞地崇士大夫况乃氣精（集作清）爽（往者公初在疾蘇許公遜位尊望重素未相識早愛才名躬自哀問後結忘年之契遠近慕之）天然生知姿學
立遊夏上神農或闕漏黃石媿師長藥纂西極名兵流指

諸掌（公所著薈叢等諸書之外有選胡本草七卷）貫穿無遺恨薈蕞何技癢圭
臬星經奥蟲篆冊青廣子雲窺未遍方朔諧太枉神翰顧
不一體變鍾兼兩文傳天下口大字猶在牓昔獻書畫圖
新詩亦俱往滄州動玉陛（集作階）宮（集作寡）鶴設一響三絕自
御題四方尤所仰嗜酒益踈放彈琴視天壤形骸實土木
親近唯几杖未曾記（一作寄）官曹突（集作陶）兀倚書幌晩就芸
香閣胡塵昏坱莽反覆歸聖朝點染無滌盪老蒙台州掾
遐泛（集作泛泛）浙江槳覆穿四明雪飢拾楢溪橡空聞紫芝歌
不見杏壇丈天長眺東南秋色餘魍魎別離慘至今班白
徒懐晨春深泰山秀葉墜青渭朗劇談王侯門野稅林下
鞅操紙終夕酣時物集遐想詞場竟踈濶平昔濫吹獎百

年見存没牢落吾安放蕭條阮咸在出處同世網他日訪
江樓含悽述飄蕩（著作與今秘書監鄭君審篇翰齊價謫居江陵故有阮咸江樓之句）

故右僕射相國曲江張公（九齡）

相國生南紀金璞無留礦仙鶴下人間獨立霜毛整矯然
江海（一作漢）思復與雲路永寂寞想土堦未遑（集作齊）等箕潁
上君白玉堂倚君金華省碣石歲崢嶸天地日蛙黽退食
吟大庭何心記榛梗骨驚畏曩哲鬒變負人境雖蒙換蟬
冠右地恧多幸敢忘二疏歸痛迫蘇耽井金紫（集作紫綬）映暮
年荊州謝所領庾公興不淺黃霸鎮每靜賓客引調同諷
詠在務屏詩罷地有餘篇終語清省一陽發陰管淑氣含
公鼎乃知君子心用才文章境散帙起翠螭倚薄巫廬並

綺麗玄暉擁牋誄任昉騁自成一家則未闕隻字警千秋
滄海南名繫朱鳥影歸與（集作老）守故林戀闕常（集作悄）延頸
波濤良史筆蕪絕大庾嶺向時禮數隔製（集作制）作難上請
再續徐孺碑猶思理煙艇

三君詠（並序）　高適（見文粹）

開元中適遊於魏郡郡北有故太師魏公舊館里中有故
尚書郭公遺業邑外有故太守狄公生祠焉覩物增懷遂
爲三君詠

魏鄭公（徵）

鄭公經綸日隋氏風塵昏濟代取高位逢時敢直言道光
先帝業義激舊君恩寂寞臥龍處英靈千載魂

郭代公元振

代公寔英邁津涯浩難識擁兵抗矯徵仗節歸有德縱横負才智顧眄安社稷流落勿重陳懷哉爲悽惻

狄梁公仁傑

梁公乃貞固勲烈垂竹帛昌言太后朝潛運儲君文粹作皇策待賢開相府共理登方伯至今青霄文粹作雲人猶是門下客

安公　　僧靈一

彌天稱聖哲象法初繫頼弘道識行藏匡時知進退秦王輕輿舉習生重酬對學文古篆中義顯新經内法服應華夏金言流海岱四方浮雲間更陪龍華會

林公

文公信高逸久向山林住時將孫許遊豈以形骸遇幸辭天子詔復覽名臣跡西晉尚虛無南朝久淪惧因談老莊意乃盡逍遥趣誰謂竹林賢風流相比附

遠公

遠公逢道安一朝棄儒服眞機久消歇世教空拘束誓入羅浮中遂棲廬山曲禪經初纂定佛語新明目鉢帽紀疑朝宗簪裾翻拜伏東林多隱士爲我辭榮禄

文苑英華卷第三百一

文苑英華卷第三百二　　詩一百五十二

悲悼二

哭人三十八首

沈約一首　陶弘景一首

何胥二首　庾信二首

薛德音一首　張正見一首

陰鏗一首　江總二首

劉斌一首　孔紹安一首

褚亮二首　王勃一首

盧照隣三首　駱賓王一首

沈佺期一首　崔融一首

鄭愔一首　杜審言一首

趙彥昭一首　李乂一首

喬知之一首　宋之問二首

蘇頲二首　張九齡一首

王維六首

悼亡　　沈約

去秋三五月今秋還照梁一作房今春蘭蕙草春來或作明春復吐芳悲哉人道異一謝永銷亡簾屏既毀撤一作屏筵空有設帷席更施張遊塵掩虛座孤帳覆空牀萬事無不盡徒令存者傷

此詩三百一卷重出今已削去注異同爲一作

和約法師臨友人　陶弘景

我有數行淚不落十餘年今日爲君盡併灑秋風前

傷章公大將軍　何胥

日萬横行罷三千白日新短簫應出塞長笛又驚隣槐庭慘芳樹舞閣思陽春所悲金谷妓坐望玉關人

哭陳昭　前人

思人適舊館寂寞非一原無復酣歌樂空餘燕雀喧落暉隱窮巷秋風生故園撫孤空對此零淚欲奚言

傷王司徒褒　庾信

昔聞王子晉輕舉逐神仙謂言君積善還得嗣前賢四海皆流寓非爲獨播遷豈意中台裂君當風燭前王君鍾呂族江東三百年寶刀仍世載琱戈本舊傳緑綟紆槐綬黄金侍鍮蟬地建忠臣國家開孝子泉自能枯木潤足得流水圓蒼　承祖武諸侯無間然青衿已對日童子即論天潁陰珠玉麗河陽脂粉妍名高六國共價重十城連辯足觀秋水文堪題鄴年切說文日走頻也馬鞭迴鸞抱書別字鶴沈琴絃擁旄栽甸服垂帷非被邊靜亭空擊馬閑烽直起煙不發披書按無妨坐釣舡茂陵忽移病淮陽實未痊侍醫逾默默神氣遂綿綿永別張平子長埋王仲宣栢谷移松樹陽陵買暮田陜路秋風起寒堂已颴馬々一陽一捏落山火即時燃昔爲人所羨今爲人所憐世途ロ莪或且人情玄又玄故人傷此別留恨滿秦川定若於此宀之全德以斯全唯

有山陽笛悽餘思舊篇

和王少保遥傷周處士　前人

寘漠爾遊岱悽京余向秦雖言異生死同是不歸人昔余仕冠蓋值子避風塵望氣求真隱伺關待逸民忽聞泉石友芝桂不防身悵然張仲蔚悲哉鄭子真三山猶有鶴五柳更應春遂令從渭水投釣往江濵

悼亡　薛德音

鳳樓簫曲斷桂帳瑟絃空畫梁纔照日銀燭已隨風苔生履跡處花没鏡塵中唯餘長簟月永夜何朦朧

傷蕭侍讀　張正見

懷經侍北海蘊義盛西河高峰落廻照逝水役驚波梆下悲風急山陽秋氣多宿草摧書帶寒松脆女蘿無復華陰市空餘蒿里歌

和悼亡樊晉陽傷妾類聚陽作陵　陰鏗

畫梁朝日盡芳樹晚花辭忽以千金笑長作九泉悲鏡前塵劇粉機上網多絲户餘雙入燕牀有一空帷名香不可得詎見反魂特

在陳旦解醒共哭顧舍人　江總見類聚

獨酌一罇酒高詠七哀詩何言蒿里別非復竹林期階荒鄭公草户閒董生帷人隨暮槿落客共晚鶯悲年鬢兩如此傷心詎幾時

和張記室源傷往集作傷佳人　前人

少（類聚作小）婦當壚夜夫婿凱師（集作歸）年正歌千里曲翻入九
重泉機中未斷素琴上本晋絃空帳臨窓掩孤燈向壁燃
還悲寒壟曙（集作樹）松短未生煙

和許給事傷牛尚書弘　劉斌（見初學記）

名臣不世出百工之所求况乃非常器遭逢興運秋符彩
昭千里銓衡綜九流經綸資博物樽俎寄皇猷部漫傾復
理典禮紊還脩雖貞棟梁任無好藝文遊佇聞和鼎實行
當奉介丘高衢飛税駕閱水遽遷舟傳呼更何日曳履聞
無由歸魂藐修路征棹檥邦溝林薄長風慘江上寒雲愁
夜臺終不曙遺芳徒自晋

傷顧學士　孔紹安

迢遞雙崤道超忽三川湄此中俱失路思君不可思遊人
行變橋遊者遽焚芝憶昔江湖上同詠子衿詩何言陵谷
徙翻驚隣笛悲陳根非席卉繐帳具書帷與善成空說殲
良信在兹今日嚴夫子哀命不哀時

傷始平李少府正己　褚亮

勞息本相循悲歡理自均誰能免玄夜惜爾正青春邁德
惟家寶生才諒國珍高文綴翡翠茂學掩麒麟述作紛無
已言談妙入神斷腸雖累月分手未盈旬輔嗣俄長往顏
生即短辰聲華満昭代形影委窮塵禪草迴中使生芻引
弔賓同遊秘府日方駕直城闉並拜黄圖右分曹清渭濱
風期稽呂好存没范張親歷座懷王述遺篇慟景純精靈

與豪翰千祀壽何人

在隴頭哭潘學士　前人

隴底嗟長别流襟一慟君何言幽咽所忽作死生分轉蓬
飛不息悲松斷更聞誰能駐征馬回首望孤墳

傷裴録事喪子　王勃

蘭堦霜候早松露夕臺深魄散珠胎没芳銷玉樹沉露文
晞宿草煙照慘平林焚芝（集作芝焚）空歎息流恨滿籯金

哭金部韋郎中　盧照鄰

金曹初受拜玉地始含香翻同五日尹遽見（集作是）一星亡
賀客猶扶路哀人遂上堂歌筵長寂寂哭位日蒼蒼歲時
賓徑斷朝暮雀羅張書晋魏主閣魂掩漢家林徒令永平

地千載罷撞郎　以下三篇並見集本

哭明堂裴主簿　前人

締歡三十載通家數百年潘揚稱代穆秦晋忝姻連風雲
洛陽道花月茂陵田相悲復相樂交騎共交筵始謂調金
鼎如何掩玉泉黄公酒壚處青眼竹林前故琴無復雪新
樹但生煙遽痛蘭襟斷徒令寶劍懸客散同秋葉人亡似
夜川送君一長慟松臺路幾千

同崔録事哭鄭員外　前人

文學秋天遠郎官星位尊伊人表時彦飛譽滿司存楚席
光文雅瑾山（謂瑾山玉彩）侍討論兩朝詞陵漢閣龜辨草周園巴
蜡東岳駕將逝北溟鯤如何萬化盡空歎九飛魂白馬西

京驛青松北海門夜臺無曉(集作晚)箭朝奠有虛樽一代儒風沒千年隴霧昏梁山送(集作未)八子湘水吊王孫僕本多悲淚沾裳不待後聞君絕絃曲(天作石)恨更無言

傷祝阿王明府　駱賓王

洛川貞氣上重泉惠政融(今作字)章光後烈繼武嗣前雄與善良難驗生涯忽易窮翔鳧(入)猶化履馴雉尚馴童錢滿荒堦綠塵生(集作浮)虛帳紅夏餘蔣宿草秋近未驚蓬煙晦泉門閉(集作夕)日盡(集作遠)夜臺空誰堪孤隴外獨聽白楊風

哭蘇眉州崔司業二公(并序)　沈佺期

侍郎裴公(集作同時郎裴懷古者)作牧潭府神龍三(集作二)年秋八月雲卿(集作佺期)承恩北歸路接寒溫(集作途中觀止)問訪(集作)及親故適

(集作遷)知眉州蘇使君味道國子崔司業融(集作有融旋間三字)相次而逝蘇往任鳳閣侍郎雲卿(集作佺期)忝通事舍人崔重為鳳閣舍人雲卿遷給事中(集作佺期又遷給事)並承(集作銜)疇昔之眷俱荷提獎之恩前年負譴南荒(集作流)二公先移官守迨此凶問情復(集作理)何堪所恨(集作嘆)遷寓有期(集作此四字)行邁在遠哀不展舊禮不申卑流慟斯文冀通幽路

漁汗天中發伶傳海外旋長沙過太守問舊幾人全國寶亡雙傑天才喪兩賢大名齊弱歲高德並中年風鑑王夷甫文章謝惠連(集作禮樂羊叔子文章王仲宣)相看尚玄鬢(集作髮)相次入黃泉流放蠻陬濶鄉關地里偏親朋雲霧擁生死歲時傳崔昔揮宸翰蘇嘗濟巨川絳衣陪下列黃閣謬差肩及此俱冥昧云誰叙播遷隼旟(集作與)懷故(集作舊)轍鱣館想虛筵家愛方休杵皇慈更撤懸銘旌西蜀路騎吹北邙田隴樹應秋矣江帆固(集作故)杳然罷琴明月夜留劍白雲天淚泗湘潭水悽(集作悽)京衡嶠烟古來脩短分神理竟難詮

哭蔣詹氏事儼　崔融(見集本)

江上有長離從容盛羽儀一鳴百獸舞一舉群鳥隨應我聖明代巢君阿閣垂鉤陳侍帷扆環衛奉旌麾雅量滄海納宏才廊廟施養親光孝道事主竭忠規貞節既已固殊榮良不訾朝遊雲漢省夕宴芙蓉池沒黜言當直陳平智本奇功成喜身退時往惜年馳鎮國山基毀中天柱石移將軍空有頌刺史獨留碑燕謁藏書壁荒京懸劍枝昔余

參下位數載忝牽羈置榻恩逾重迎門禮自卑竹林常接輿忝穀每逢吹逸翰金相發清談玉柄揮不輕文舉少深歎子雲疲遺愛猶如在殘編尚可窺即今流水曲何處俗人知

哭郎著作　鄭愔

詩禮康成學文章賈誼才已年人得夢庚日鳥為災書草藏天閣琴聲入夜臺荒階羅駿蘚虛座網浮埃白馬賓徒散青烏隴隧開空憐門下客懷舊幾遲迴

悼亡(集作代張侍御傷美人)　杜審言

二八泉扉掩帷屏寵愛空淚痕銷夜燭秋思(集作思緒)亂春風巧笑人疑在新粧曲未終尚憐脂粉氣留(集作猶)著舞衣中

哭僕射鄂公楊再思　　趙彥昭

兩掖光天秩三朝聿帝熙何言集大鳥忽此喪元龜坐歎公槐落行聞宰樹萎驂舟今已去寧有濟川時

同前　　李乂

端揆疑邦績台階闡國猷方崇大廈棟忽逝巨川舟白日銘安在清風頌獨留死生恩命畢零落掩山丘

哭故人　　喬知之

生死久離居凄凉歷舊廬歎茲三徑斷不践十年餘古木巢禽合荒庭愛客疎匣留弹罷劒牀積讀殘書玉沒終無像蘭言強問虛平山不得意泉路復何如

傷王七秘書監寄呈楊州陸長史通簡府寮以廣

好事集作廣陵好事　　宋之問

王氏貴先宗衡門棲道風得心傳集作傳心晤有物乗化遊無窮學奥九流異機玄三語同書乃墨塲絶文稱詞伯雄白屋藩䰟主蒼生望謝公一祗賢良召遂謁承明宮補袞望奚塞尊儒位未克罷官七門東歸老一丘中嘗忝長者轍徵言私未通我行會稽郡路出廣陵東物在人已矣都疑淮海空

使至嵩山尋杜四不遇慨然復傷田洗馬韓觀主因以題壁贈杜侯　　前人

洛橋瞻太室期子在雲烟歸來不見面孤賞弄寒泉與君淵松石干茲二十年田公謝昭世韓子秘幽埏憶昔同携手山棲接二賢笙歌入玄地詩酒坐寥天舊友悉零落罷琴私自憐逝者非藥誤飡霞意可全為余理還策相與事靈仙

蜀城哭台州樂安俞少府　　蘇頲

遠遊躋劍閣長想屬天台萬里隔三載此邦余重來音容曠不覩夢寐殊悠哉邊郡饒籍籍晚庭正回回喜傳上都封因促傍吏開何悟海鹽客已而梁木摧變衣寢門外揮涕少城隈却計分明得猶持委曲猜師儒悉訓奬仲季時童孩服義陳書儀邀歡泛酒杯暫令風雨散仍迫歲時廻其道惟正直其人信美偲白頭還作尉黄綬固非才可歎懸蛇疾先貽問鵩災故鄉閑窮壤宿草生寒荄零落九原

去嗟此四序催曩期冬之贈橘今哭夏成梅執禮誰為賵居常不徇財比登埋垠坂東望姑蘇臺天路本懸絶江波空泝洄念孤心易斷追往恨難裁不遂鄉將伯孰云陳與雷衰殘集作吾衰亦如此夫子復何哀

夜聞故梓州韋使君明當引紼感而成章　　前人

惻矣南鄰問宜然東岱幽里閭寧相杵朝歎忽遷舟君惟伯仲吾人復款遊對連時亦早交喜歲纔周序發扶陽贈交因司寇酬詎期危露盡相續逝川流卧疾無三弔居閑有百憂振風吟鼓夕明月照帷秋蘚駮題詩館楊疎奏賦樓共將歌哭嘆轉為弟兄留恩物存如夢觀生去若浮余悲忘情者雪涕報林丘

和姚令公哭李尚書乂　張九齡

貴賤雖殊等平生竊下風雲泥勢乃已絶山海納還通忽歎
登龍者翻將吊鶴同琴詩猶可託劒履獨成空疇昔嘗論
禮集作體興言毋匪躬人思崔琰議朝憶祭遵公作善神何
酷依仁命不融天文虛北斗人事罷南宫上宰既傷舊下
流彌感衷無因報國士徒欲問玄穹

哭殷遥二首　王維

人生能幾何華竟歸無形念君等爲死萬事傷人情慈母
未及葬一女纔十齡訣别集作泱漭寒郊外蕭條聞哭聲浮雲
爲蒼莽飛鳥不能鳴行人何寂寞白日一作日色自凄清憶昔
君在時問我學無生勸君若不早令君無所成故人各有

贈又不及生平負爾非一途慟哭返柴荆

二

送君返葬石樓山松栢蒼蒼賓馭還埋骨白雲長已矣空
餘流水向人間

哭孟浩然　前人

故人不可見漢水日東流借問襄陽老江山空蔡州

哭褚司馬　前人

妄識皆心累浮生定死媒誰言老龍吉未免伯牛災故有
求仙藥仍餘遁俗杯山川秋樹苦窗户夜泉哀尚憶青騾
去寧知白馬來漢臣修史記莫蔽褚生才

過沈居哭沈居士　前人

楊朱來此哭桑扈返於真獨自成千古依然舊四鄰閑簷
喧鳥雀故榻滿埃塵曙月孤鶯轉空山五栁春野花愁對
客泉水咽迎人善卷明時隱黔婁在日貧逝川嗟爾命丘
井歎吾身前後徒言隔相悲詎幾晨

哭祖陸自虛時年十八　前人

否極嘗聞泰嗟君獨不然憫凶纔稚齒羸疾至中年餘力
文章秀生知禮樂全翰留天帳覽辭入帝宫傳國訝將軍
少人知賈誼賢公卿盡虛左朋識共推先不恨依窮轍終
期濟巨川才雄望高鴈壽促背貂蟬福善聞前録殲良昧
上玄何辜鐵鸞翮底事碎一作失龍泉鵬起長沙賦麟終曲
阜編城中君道廣海内我情偏乍失疑猶在沈思悟絶緣

生前不忍别死後向誰宣爲此情難盡彌令意更纏本家
清渭曲歸葬舊塋邊永去長安道徒開京兆阡旌車出郊
甸鄉國隱雲天定作無期别寧同舊日旋候門家屬苦行
路國人憐送客哀終一作難進征途哭復前贈言爲挽曲奠
席是離筵念昔同攜手風期不暫捐南山俱隱逸東洛類
神仙未審音容閟那堪生死遷花時金谷飲月夜竹林眠
滿地傳都賦傾朝看藥缸群公一作英咸屬目微物敢齊肩
謬合同人旨而將玉樹連不期先桂劒長恐後施鞭爲善
吾無矣知音子絶焉琴聲縱不没終亦斷悲絃

文苑英華卷第三百二

文苑英華卷第三百三　　詩一百五十三

悲悼三

哭人六十一首

哭李常侍嶧　杜甫

一代風流盡修文地下深斯人不重見将老失知音短日行梅嶺寒山落桂林長安若箇畔猶想映貂金

哭嚴僕射歸櫬　前人

素幔隨流水歸舟返故京老親知夙昔部曲異平生風送蛟龍雨天長驃騎營一哀三峽暮遺後見君情

哭李尚書芝芳　前人

漳濱與蒿里逝水竟同年欲把晋徐劔猶迴憶戴船相知成白首此別間黃泉風雨嗟何及江湖涕泫然修文思管輅奉使失張騫史閣行人在詩家秀句傳客亭鞍馬絶旅櫬網蟲懸復魄昭丘遠歸魂素滻偏樵蘇封壟地喉舌罷朝天秋色凋春草王孫若箇邊

奉漢中王手札報韋侍御蕭尊師亡　前人

秋日蕭韋逝淮王報峽中小（集作少）年疑柱史多術恠仙公不但時人惜秖應吾道窮一哀侵疾病相識自兒童處處隣家笛飄飄客子蓬强吟懐舊賦已作白頭翁

塞外哭友人　沈宇

菊黃蘆白鴈初飛羌笛胡笳淚滿衣送君腸斷秋江外一去東流何日歸

弔王將軍墓　常建

嫖姚北伐時深入幾（文粹作强）千里戰餘落日黃軍敗鼓聲死常言（文粹作門）漢飛將可奪單于壘今與山鬼隣殘兵哭遼水

哭單父梁洽少府　高適

開篋淚沾臆見君前日書夜臺今（集作空）寂寞猶是子雲居疇昔探靈（集作貪雲）奇登臨賦山水同舟南（集作浦下）楚夜望月西江裏契濶多離別（集作當別離）綢繆到生死九原即何處萬事

皆如昨晋山徒嵯峨斯人已冥寞常時祿且少(集作薄)歿後家復貧妻子在遠道弟兄無一人十上多苦辛(詩選作心)一官恒自哂青雲將可致白日忽先盡推獨(詩選作有)身後名空流(集作晋)無遠近

哭裴少府　前人

世上誰不死嗟君非生慮扶(一作無)病適到官田園在何處公才羣吏感塟事他人助余亦未識君　悲哭君去

哭李(集作陳)歙州　劉長卿

千秋萬古塟平原素業清風及子孫旅櫬歸程傷道路舉家行哭向田園空山寂寂開新塚喬木蒼蒼掩舊門儒行公才竟何處(集作在)獨憐棠樹一株存

雙峯下哭故人李宥　前人

憐君孤塚寄雙峯埋骨窮泉復幾重白露空沾九原草青山猶閉數株松圖書經亂知何在妻子移家失所從惆悵東皋却歸去人生無處更相逢

哭張員外繼(公及夫人相次歿於洪州)　前人

慟哭鍾陵下東流與別離二星來不返雙劒沒相隨獨繼先賢傳誰刋有道碑故園荒峴曲旅櫬寄天涯白簡曾連拜滄州每(集作豈)共思無存憐齒稚歎逝顧身衰泉壤成終古雲山若在時秋風鄰笛發寒日寢門悲世難愁歸路家貧緩塟期舊賓傷未散夕臨咽恒遲自此辭張邵何由見戴逵獨聞山吏部流涕訪孤兒

哭魏兼遂(公及孀妻幼子與家童數人相次逝沒葬丹陽)　前人

古今俱此(集作有此)去修短竟誰分鐏酒空如在絃琴豈重聞一門同逝水萬事共浮雲舊館何人宅空山遠客墳艱危貧且病少小秀而文獨行依窮巷全身出亂軍歲時常寂寞烟月自氛氳隴樹隨人古山門對日曛汎舟悲向子畱劒贈徐君來去雲陽路傷心江水濆

傷歙州陳二使君　李嘉祐

憐君辭病臥滄州一旦云亡萬事休慈母斷腸妻獨泣寒雲慘色水空流江村故老長懷惠山路孤猿亦共愁寂寞荒墳近漁浦野松孤月(集作煙朝暮)即千秋

傷陸處士　皇甫曾

從此無期見柴門對雪開二毛逢世難萬恨掩泉臺返照空堂夕孤城弔客迴漢家偏訪道猶畏鶴書來

同兵部李紓侍郎刑部包佶侍郎哭皇甫侍御曾　盧綸

攀龍與泣麟哀樂不同塵九陌霄漢侶一燈冥寞人舟沉驚海闊蘭折怨霜頻已矣復何見故山應更春

悲故交　韋應物

白璧衆求瑕素絲易成汙萬里顛沛還高堂已長暮積憤方盈抱纏哀忽踰度念子從此終黃泉竟誰訴一爲時所(集作事)感豈獨平生故唯見荒丘原野草塗朝露

傷大理謝少卿　顧況

舊館絶逢迎新詩何處呈空留封禪草已作岱宗行柳蠹
風吹析(集作折)階崩雪遶平無因重來此剩哭兩三聲

哭從兄萇　前人

洞庭違鄂渚嫋嫋秋風時何人不客遊獨與帝子期黃鵠
鍛飛翅青雲歎沉姿身終一騎曹高蓋者爲誰從駕至梁
漢金根復京師皇恩溢九垠不記屠沽兒立身有高節滿
卷多好詩赫赫承明庭羣公默無詞草木正搖落哭兄鄠
水湄共居雲陽里轗軻多別離人生倏忽間旅櫬飄若遺
稚子新學拜枯楊生一枝人生倏忽間精爽無不知舊國
數千里家人由未知人生倏忽間安用才士爲

傷子　前人

老夫哭(集作喪)愛子日暮千行血聲逐斷猿悲路隨飛鳥滅
老夫已七十不作多時別

悼稚　前人

稚子比來騎竹馬猶疑只在屋東西莫言道者無悲事曾
聽巴猿向月啼

哭張融　耿緯

早歲能文客中年與世違有道(類詩作有家)孀婦少無子弔人
稀繐帳塵空積(集作空階)銘旌雨不飛依然舊鄉路寂寞幾回
歸

哭麴象(此篇三百五首重出今已削去)　前人(一作司空曙)

憶昨秋風起君曾歎逐臣何言芳草日自作九泉人

傷苗員外呈張參軍(苗公即參軍舅氏)　司空曙

思君寧家宅久接竹林期嘗值偷琴處親聞比玉時高人
不易合弱冠早相追(集作相知)思藝(集作試藝)臨諸友能文即我師
陵寒松未老先暮槿何衰季子生前別羊曇醉後悲壽堂
乖一慟奠席阻長辭因歷殊方淚遙成墓下詩

哭王注　前人

已歎漳濱卧何言駐隙難興才傷促短諸友哭門闌古道
松聲暮荒阡草色寒延陵今葬子空使魯人觀

惜春傷同幕故孟郎中杜侍御兼呈去年看花友(一作故人)　李益

畏老身今老逢春解惜春今年看花伴已少去年人

哭劉四尚書　權德輿

士友惜賢人天朝喪守臣才華推獨步聲氣幸相親理析
環中妙儒爲席上珍笑言成月旦風韻揖天眞冊地膺推
擇青油寄撫循豈言朝相位翻是卧漳濱命賜龍泉重追
榮客印陳撤絃驚物故花具見家貧牢落風悲笛汍瀾涕
泣巾共嗟蒿里月非復柳營春黃絹碑文在青松隧路新
音容無處所歸作北邙塵

張工部發引日屬傷足卧疾不遂執紼　前人

子春傷足日况有寢門哀元伯歸全去無由白馬來笳簫
里巷咽龜筮墓田開片石潺湲淚含悽(集作悲)叙史才

哭張十八校書(數日前寄書未及還答忽承凶訃)　前人

芸閣爲郎一命初桐州寄傚十年餘魂隨遊水歸何處名在新詩衆不如蹉跎江浦生華髮牢落寒原會素車更憶八行前日到含悽爲報秣陵書

哭王都護　于鵠

老将明王識臨終拜上公告哀鄉路遠助戰戍城空素幔朱門裏銘旌秋巷中史官如不濫獨傳說英雄

悼孤子　前人

年長始一男心亦頗自娛生來歲未周奄然却歸無裸送不以衣瘞埋於中衢乳母抱出門所生亦隨呼嬰孩無哭儀禮經不可踰親戚相問時抑悲空歎吁襁褓在舊牀每見立踟躕静思益傷惜畏老爲獨夫

哭李遲　前人

驅馬街中哭送君靈車碾雪隔城門唯有山僧與樵客共舁孤櫬入幽墳

哭長孫侍御　杜誦

道爲詩書重名因賦頌雄禮闈曾擢桂憲府舊集作屢或作近乗驄流水生涯盡浮雲世事空唯餘舊臺一作臺上柏蕭瑟九原中

此詩見中興間氣集亦云杜誦作今載杜甫集可疑

聞陳高侍御卒貶所　李敬方

西京高院長直氣似吾徒走馬論邊備飛聲感廟謨官移未察身没事多符寂寞他年後名編野史無

傷李端　衛象

才子浮生促泉臺此路賒官卑楊執戟年少賈長沙人去門栖鳥災成酒誤蛇唯餘封禪草留在茂陵家

聞顔尚書陷賊中　戎昱

傳道征南殁那堪故吏聞能持蘇武節不授馬超勳國破無人信天秋有鴈羣同榮不同辱今日負将軍

哭韓淮端公兼上崔中丞　劉商

堅貞與和璧利用歸干将金玉徒自寶高賢無比方挺生巖松姿孤直陵雪霜亭亭結清陰不競桃李芳讀書哂霸業翊贊思皇王千載有疑議一言能否臧儒風久淪弊顔閔壽不長邦國豈殄瘁斯人今又亡别離長春草存没隔楚鄉聞問尚書慟淚凝向日黄奄忽薤路晞杳冥泉夜長賢愚自修短天色空蒼蒼銘旌歛歸魂荆棘生路傍門柳日蕭索繐帷掩空堂燈孤晦處明高節殁後彰芳蘭已灰燼幙府留餘香常愛獨坐尊繡衣如鴈行至今虛佐位言發淚沾裳

同諸子哭張元昜　前人

盛德高名揔是空神明福善大朦朧遊魂永永無歸日流水年年自向東素帷旅櫬緣關遠舟旐燈　客舍中伯道共悲無後嗣孀妻老母斷根蓬

哭魏尚書　釋靈一

晝戟重門楚水陰天涯欲哭共傷心南荆雙履痕猶在北

斗孤魂望巳深蓮花幕下悲風起細柳營邊曉月臨前路茫茫向誰問感恩空有淚沾襟

傷蔡處士　釋護國

篋中遺草是琅玕對此空令灑淚看三徑尚餘行跡在數螢猶是映書殘晨光不借泉門曉暝色唯添壠樹寒欲問皇天天更遠有才無命說應難

五言哭吳縣房聳明府　釋皎然

仁人邁厚德可謂名實全撫迹若踈曠會心極精研履危節詎屈（廣德初江南寇盜充斥賊遍召宰長城縣屢至害身竟不就）著論識不偏（公著道性論一篇）一恨以榮級淺嘉猷未及宣伊人期遠大志業難比肩昭世既合并吾君藉陶甄奈何明明理與善徒空銓徵教

或稽聖窮源及問天一官自吳邑六翮委江壖始是牽絲日翻成撤瑟年金膏果不就（房公昔日就沈道士學長生之術盡以佛理難之）王佩長此捐倚伏信冥昧夭壽驚後先安知忘情子愛網素巳褰爲有深仁感遂令真性遷心悲空林下淚灑秋景前夫子寡兄弟無孫傷藐然傾雲爲慘結弔鶴共聯翩割念歸命駕訣詞向空筵樹桃陰始合愛客位常懸悅若遠行時杲望歸朝旋悟茲歡宴隔哀彼歲月延書帶變芳草履痕移綠錢冥期儻可逢生盡會無緣（王坦之初與沙門竺法師甚厚每共論幽明報應便要先死者當報其事後經年師忽來云貧道巳死罪福皆不虛唯當勤修道德升濟神明耳）幸願示因業　代居運專（沈約死後冥中見千因師云急爲我造經拔我苦難）相思轉寂寞獨往西林泉欲見故人心時開所贈篇素高陶靖節今重

楚先賢芳躅將遺愛可爲終古傳

聞李虔州亡　釋靈澈

時時聞說故人死日日自悲垂老身白髮不生應不得青山長在屬何人

弔孟東野二首　王建

吟損（一作哭盡）秋天月不明蘭無香氣鶴無聲自從東野先生死側近雲山得散行

二

老松臨死不生枝東野先生早哭兒但是洛陽城裏客家傳一本長殤詩

哭李象　楊衡

白雞黃犬不將去寂寞空餘葬時路草死花開年復年後人知是何人墓憶君思君獨不眠夜寒月照青楓樹

哭楊兵曹凝陸歙州參　韓愈

人皆（集作生）期七十纔半豈蹉跎數（集作併）出知巳淚自然白髮多晨輿爲誰慟還坐久滂沱論文與晤語（集作新墳與宿草）巳矣兩（集作後一作可）如何

哭王僕射相公（播時鎮鹽鐵暴薨）　劉禹錫

于侯一日病滕公千載歸門庭颯巳變風物慘無輝群吏謁新府舊賓霑素衣歌堂忽暮哭鴛雀盡驚飛

許給事見示哭工部劉尚書詩因命同作　前人

漢室賢王後（從叔望在河間）孔門高第人濟時成國器樂道任天

真特達圭無玷堅貞竹有筠物戎寬得衆市義貴能貧護塞無南牧馳心拱北辰乞身來闕下賜告卧漳濱榮躍初題劒清瀛已拖紳宫星徒列位隙日不廻輪昔自追飛侶今爲侍從臣素絃哀已絶青簡歎猶新未遂揮金樂空悲撤瑟晨淒凉竹林下無復見清塵

傷獨孤舍人 并引　前人

貞元中余以御史監祠事河南獨孤生始仕爲奉禮郎有事宗廟郊疇必與之俱繇是甚熟及余謫武陵九年間獨孤生仕至中書舍人視草禁中上方許以宰相元和十年春余祗召抵京師次都亭日舍人以疾不起余聞因作傷詞以爲弔

昔別公年少今悲喪國華遠來同社鷰不見早梅花

逢傷段右丞 江湖舊遊 南宫交代　前人

江梅多豪氣朝廷有直聲何言馬蹄下一旦是佳城

哭龐京兆 少年有俊氣嘗擢制科之首　前人

俊骨英才氣褭然策名飛步冠羣賢逢時已自致高位得病 集作疾 還因倚少年天上別歸京兆府人間空歎茂陵阡今朝繐帳哭君處前日見鋪歌舞筵

哭呂衡州時余方謫居　前人

一夜霜風凋玉芝蒼生絶望士林悲空懷濟世安人略不見男婚女嫁時遺草一函歸太史旅墳三尺近要離朔方徙歲行當滿欲爲君刊第二碑

傷循州渾尚書　前人

貴人淪落路人哀碧水連天冊旐廻遙想長安此時節朱門深巷百花開

重至衡陽傷柳儀曹 并序　前人

元和乙未歲與故人柳子厚臨湘水爲別柳浮舟適柳州余登陸赴連州後五年余從故道出桂嶺至前別處而君殁於南中因賦詩以投弔

憶昨與故人湘江岸頭別我馬映林嘶君帆轉山滅馬嘶循故道帆滅如流電千里江蘺春故人今不見

謫居悼往　前人

悒悒何悒悒長沙地卑濕樓上見春多花前恨風急後愁

腸斷叫鶴病翹趾立牛衣獨自眠誰哀仲卿泣

逢傷丘中丞 并引　前人

河南丘絳有詞藻與余同升進士科從事鄜下不幸遇害故爲傷詞

鄜下殺才子蒼茫冤氣凝枯楊映漳水野火上西陵馬鬣今無所龍門昔共登何人爲弔客唯是有青蠅

哭李觀　孟郊

志士不得老多爲直氣傷阮公終日哭壽命固難長顔子旣殂謝孔門無輝光文星落奇曜寶劒摧修鋩常作金應石忽爲宫 集作參 別商爲爾弔琴瑟斷絃難再張偏轂不可轉 一作推 隻翼不可翔清塵無吹噓委地難飛揚此義古所

重此風今已（一作則）亡自聞喪元賓一日八九狂沉痛此丈夫嗚呼彼穹蒼我有出俗韻勞君疾惡腸知音既已矣微言（集作善）誰能彰旅葬無高墳栽松不成（一作依）行哀歌動寒日贈淚沾晨霜（一作衣裳）神理本窅窅（集作冥冥）今來更茫茫何以蕩悲懷萬事付一觴

哭盧貞國　前人

一別難與期存亡易寒燠下馬入君門聲悲不成哭自能富才藝當冀深榮祿皇天負我賢遺恨至蒲目平生嗟無子家事親相囑

哭秘書包太監　前人

哲人卧病日戕子泣玉年常恐寶鏡破明月難再圓文字

未改素聲容忽歸玄始知知音稀千載一絶絃舊館有遺琴清風那再傳

哭李舟員外并寄杜中丞　前人

生死方知交態存忍將齚齰報幽魂十年同在平原客更遺何人哭寢門

悼吳興楊衡評事　前人

君生（集作在）雲水清君去雲水渾空有（集作令）骨肉親（集作情）哭得日月（集作白日）昏大夜不復曉古松長閉門琴絃綠水絶詩句青山存昔為芳春顏今為芳春根獨問冥寞（一作冥冥）理先儒未嘗（一作曾）言

李少府廳弔李元賓遺字（元賓題少府廳云宿從叔宅有感有其義而無其辭）　前人

零落四五（集作三四）字忽然（集作成）千萬年那知真寂客（集作那知冥冥客）不有補遺（集作亡）篇斜月吐（集作弔）空壁旅人難獨眠一生能幾時萬（集作百）慮來相煎戚戚故交淚幽幽長夜泉已矣難重言一言一潸然

悼幼子　前人

一閉黃蒿門不聞白日事生氣散成風枯形化為地負我十年恩欠爾千行淚灑之北原上豈（集作不）待秋風至

文苑英華卷第三百三

文苑英華卷第三百四　詩一百五十四

悲悼四

哭人六十二首

哭元九少尹　張籍

平生志業獨相知早結雲山老去期初作學官常對宿晚登朝列暫同時閑來各數經過地醉後齊吟倡和詩今日春風花滿宅一作院入門行哭見靈帷

哭胡十八　前人

早得聲名年尚少尋思常集作志氣出風塵文場繼續成三代家世族集作輝華在一身幼子見存生集作繞滿月選書知寫未成人送君帳下衣裳白數尺墳頭栢樹新

哭丘長史　前人

曾作先皇殿上臣丹砂久服別一作一不成真常騎馬在斷空櫪自作書留別故人詩句徧傳天下口朝衣長送地中身最悲昨日同遊處看却春東一作風樹樹新春一作

没蕃故人　前人

前年戍月支城下上集作没全師蕃漢斷消息死生長别離無人收廢帳歸馬識殘旗欲祭疑君在天涯哭此時

哭孟寂　前人

曲江院裏題名處十九人中最少年今日春光君不見杏花零落寺門前

傷呂衡州二首　元稹

望有經綸釣叟收宰相刀鵬心駕風遠雲貌接天高國待球琳器家藏虎豹韜盡將千載寶埋入五原蒿

二　前人

鵰鶚生難敵沉檀死更香兒童喧巷市羸老哭碑堂鷹起沙汀暗雲連海氣黄祝融峯上月幾照北人喪

哭女樊四十韻虢州長史時作　前人

逝者何由見中人未達情馬無生角望猿有斷腸鳴去伴投遐徼來隨夢險程四年巴養育萬里硤迴縈病是他鄉染寛應遠處驚山魈邪去集不作[illegible]逼沙虱毒潛嬰毋幼看寧辨余慵療不精欲尋方次第俄值疾充盈燈火徒相守香花秪浪縈蓮初開月梵葬巳落朝榮魄散雲將盡形全玉

尚真空垂兩行血深送二一枝瓊秘祝休巫覡安眠放肆令
舊衣和篋施殘藥滿甌傾乳媼閑於社醫僧婗似醒憫渠
深覺脊集作膂一作脊訝佛力難爭騎竹癡猶子牽車少外甥等
長集作閑迷過影遊戲謂啼聲汗集作流紙傷餘畫扶牀念試
行獨留呵面鏡誰弄倚墻箏憶昨工言語憐初妙長成擦
風柘鷃舌凌霜縟蘭英翠鳳輿貞女紅渠捧化生祇憂嫵
五濁終恐向三清宿惡諸葷味懸知衆物名生而不食薰血虎豹犲狼等皮毛畫惡斥之巴南所無之物及此而默識其名者數輩環從枯樹得經認寶函盛
慍怒偏憎數分張雅愛平最憐一作矜貪栗妹頻救懶書兄
爲占嬌饒分良多眷戀誠別恒回面泣歸定出門迎鮮帷
還家晚長將遠信呈說人偷罪過要我抱從橫騰踏游江

舫攀緣看樂棚和蠻歌字拗學妓舞腰輕迢遞離荒服提集作持
携到近京未容誇伎倆惟恨枉聰明往事心千緒新
絲鬢百莖暗窗風報曉秋幌雨聞更敗槿蕭疎籬襄陽敗
壞城此中臨老淚仍自哭孩嬰

哭崔常侍晦叔　白居易

頑賤一拳石精珍百鍊金名價既相遠交分何其深中誠
一以合外物不能侵逶迤二十年與世同浮沉晚有退寒
約白首歸雲林垂老忽相失悲哉口語心春日嵩高陽秋
夜清洛陰丘園共誰卜山水共誰尋風月共誰賞詩篇共
誰吟花開共誰看酒熟共誰斟惠死莊杜口鍾歿師廢琴
道理使之然從古非獨今吾道自此孤我情安可任惟將
病眼淚一灑秋風衿

哭皇甫七郎中湜　前人

志業過玄晏詞華似禰衡多才非福祿薄命是聰明不得
人間壽還留身後名涉江文一首便可敵公卿

寄劉蘇州　前人

去年八月哭微之今年八月哭敦詩可堪老淚交流日多
是秋風搖落時泣罷幾回深自念情來一倍苦相思同年
同病同心事除却蘇州更有一作是誰

哭劉尚書夢得二首　前人

四海齊名白與劉百年交分兩綢繆同貧同病退閑日一
死一生臨老頭杯酒英雄君與操曹公曰天下英雄惟君與操耳文章微

婉我知丘仲尼云后世知丘者春秋又云春秋之旨微而婉也賢豪雖殁精靈在應
共微之地下遊

二

今日哭君吾道孤寢門淚滿白髭鬚不知箭折弓何用兼
恐唇亡齒亦枯窅窅窮泉埋寶玉駸駸落景挂桑榆夜臺
暮齒期非遠但問前頭相見無

哭崔兒　前人

掌珠一顆兒三歲鬢雪千莖父六旬豈料汝先爲異物常
憂集作早知吾不見成人悲腸自斷非因劍啼眼加昏不是塵
懷抱又空天默默依前重作鄧攸身

微之敦詩晦叔相次[illegible]長一作逝巋然自傷因成二絕

一

倖失鴛鴦侶空留麋鹿身只應嵩洛下長作獨遊人

二

長夜君先去殘年我幾何秋風蒲衫淚泉下故人多

哭從伯祭酒

剖符馮翊次以疾拜司成義重踈皆友仁深怨不生昔居南北省長詬水雲情吟諷資高興絲綸發重名經秋漳浦卧一旦逝川聲自古誰廻得重泉獨往程明靈辭魏闕冬日冷秦宮孝子號天護銘旌引柩行門闌容足跡章句許才清劣薄無因報恩知豈謂輕捫膺詞莫吐奠酒淚先傾從此堦前石何人肯念貞（愚魯獻孤石蒙賞孤峭）

哭孟郊　賈島

身死聲名在多應萬古傳寡妻無子息破宅帶林泉塚近登山道詩隨過海船故人相弔後斜日下寒天（一作天邊）

哭胡遇　前人

夭壽知齊理何曾免嘆嗟祭回收朔雪弔罷折寒花野水秋吟斷空山暮影斜弟兄相識遍那（集作猶）得到（集作見）君家

哭張籍　前人

精靈歸恍惚石磬韻曾聞即日是前古誰人耕此墳舊遊孤棹遠故域九江分本欲蓬瀛去飡芝御白雲

弔孟協律　前人

才行古人齊生前品位低葬時貧賣馬遠日哭惟妻孤塚比邙外空齋中岳西集詩應萬首物象徧曾題

哭孟東野　前人

蘭無香氣鶴無聲哭盡秋天月不明自從東野先生死側近雲山得散行（第三百卷三載王建弔東野二詩今此篇乃云島作前卷已詳註今併存之）

哭盧仝　前人

賢人無官死不親者亦悲空令古鬼哭更得新鄰比平生四十年惟著白布衣天子未辟召地府誰來追長安有交友託孤遽棄移塚側誌石短文字行參差無錢買松栽自生蒿草枝在日贈我文淚流把讀時從茲加敬重深藏恐失遺

弔從兄島　釋無可（見集本）

盡日數沉淪孤高碣石人詩名從盖代謫官竟終身蜀集重編否巴儀薄葬新青門臨舊巷欲見永無因

哭張籍司業（後篇作哭陳陶）

先生抱衰疾不起茂陵間夕臨諸孤少荒居弔客還遺文禪東岳留語葬鄉山多雨銘旌故殘燈素帳閑樂章誰與集壠樹即堪攀神理今難問予將叫帝關

此詩三百五卷重出今已削去

哭李員外（集作哭池州李使君）　杜牧

縉雲新命詔（一作書）初（一作行）纔（一作改）是孤寃受氣（一作壽氣）成黃壤不知新雨露粉書空（一作唯）換舊銘旌巨卿哭處雲空（一作寃慟）斷阿鶩歸來月正明多少四年遺愛事鄉閭生子李爲名

聞慶州趙縱使君祭酒與党項戰中箭而死輒書

哀句　前人

將軍獨秉鐵驄馬，榆溪戰中金僕姑。死綏却是古來有，驕將自驚今日無。青史文章爭點筆，朱門歌舞笑捐軀。誰知我亦輕生者，不得君王丈二殳。

哭韓綽　前人

平生送葬上都門，紼翣交橫逐去魂。歸來冷笑悲身事，喚婦呼兒索酒盆。

重到襄陽哭亡友章（集作常）壽朋（一作重宿襄州哭常楚老拾遺）

故人墳樹五（集作立）秋風，伯道無兒跡更空。重到笙歌分散地，隔江吹曲（集作笛）月明中。

哭李給事中敏　前人

陽陵郭門外，坡陀五丈墳。九泉如結友，茲地好埋君。（朱雲葬陽陵郭外）

李甘詩　前人

太和八九年，訓注極虓虎。潛身九地底，轉上青天去。四海鏡清澄，千官雲片縷。公私各閑暇，追遊日相伍。豈知禍亂根，枝葉潛滋茂。九年夏四月，天誡若言語。烈風駕地震，疾（集作濘）雷驅猛雨。夜於正衙階（集作殿），拔去千年樹。吾君不省覺，二兇日威武。檄持北斗柄，開閉天關路。森森門庭士，縮縮循牆鼠。平生負名節，一旦如奴虜。指名爲鉤黨（集作黨錮）狀，跡難告訴。喜無李杜誅，敢憚兇鉗苦。當時仲秋（集作秋夜）月，日直日庚午。喧喧皆傳言，明晨相登注。予時與和鼎，官班各持斧。和鼎顧予言（集作云），我死知（集作有）處所。當庭裂詔書，退立須鼎俎。君門曉日開，赭案橫霞布。儼雅千官容，勃鬱吾纍怒。適屬命鄜將（舊傳除鄜坊節度），昨之傳者誤。明日詔書下，謫斥南方去。夜登青泥坂，墜車傷左股。病妻尚在牀，稚子初離乳。幽蘭思楚澤，恨水啼湘渚。怳怳三閭魂，悠悠一千古。其冬二兇敗，渙汗開湯罟。賢者須喪亡，讒人尚堆貯。子於後四年，諫官事明主。常欲雪幽冤，於時一裨補。拜章豈艱難，膽薄多憂阻。如何干斗氣，竟作炎荒土。題此涕滋筆，以代投湘賦。

哭費拾遺徵君　姚合

服儒遵佛（集作師道）旨，櫔食卧中林。誰識先生事，無身是本心。空山流水遠，故國白雲深。日夕誰來哭，唯應猿鳥吟。

哭汴州（一作夷門）陸大夫　張祜

利劍（一作刃）太堅操，何妨拔一毛。冤深陸機霧，憤積五員（一作胥）濤。直道非無驗（一作險），明時不錄勞。誰當青史上，卒爲顯詞褒。

哭京兆龐尹

楊子津頭昔共迷，一爲京兆隔雲泥。故人昨日同時弔，舊馬今朝別處嘶。向壁愁眉無復畫，扶牀稚齒已能啼。也知世路名堪貴，誰信莊周物調齊。

哭胡遇　朱慶餘

尋僧昨日尚相隨忽見緋幡意可知題處舊詩休更讀置
來新馬憶曾騎不應隨分空營奠終擬求人與立碑每作
宣陽里中過遙聞臨哭淚先垂　置來(集作買來)每作(集作每尚)

哭翰林丁侍郎　劉得仁

相知出肺腑(一作深過等)非舊亦非親每見鴛鸞侶多揚鄙拙
身即期匡聖主豈料哭賢人應是隨先帝依前作近臣平
生任公直愛弟尚風塵宅閉青松古(集作密)墳臨赤水新官
清仍齒壯兒小復家貧惆悵天難問空流淚滿巾

哭鮑溶有感　前人

寥落故人宅今來身已亡古苔淺墨沼深竹舊書堂秋色
池臺(一作館)靜雨聲雲水涼無因展交道日暮割心腸

傷馮秀才　許渾

旅葬不可問茫茫西隴頭水雲青草濕山月白楊愁琴信
有時罷劍傷無處留淮南舊烟(集作今夜)月孤棹又(集作更)逢秋

哭虞將軍(一作傷河東虞押衙)　前人

自昔(集作白首一作十載)從軍未有名近將孤劍到江城巴童戍乆
能番語胡馬調多鮮漢行對雪夜窮黃石畧望雲秋計(集作
秋笄一作朝笄)黑山程可憐(一作誰知)身死家猶遠汴水東流無哭聲

傷楊攀處士　前人

先生憂道不憂(集作樂清)貧白髮終為不仕身稽阮沒來無酒
客應劉亡後少詩人山前月照荒(集作孤)墳曉溪上花開舊
宅春昨夜回舟更惆悵至今鍾磬滿南鄰

重傷楊攀處士二首(攀字緑雲集作自號緑雲翁)　前人

緑雲多學術黃髮竟無成酒縱山中性詩流(集作留)海上名
讀書新樹老垂釣舊磯平今日悲前事西風聞哭聲

二

從官任直道幾處脫長裾歿後兒猶小葬來人漸疏新隣
(集作隣翁)占池館長史(集作門吏)覓圖書身賤難相報平生恨有餘
(集作無後前秋事西齋賦子虛)

傷李秀才　前人

曾醉笙歌日正遲醉中相送易前期菊花滿地人亡後菰
葉連天客(集作鴈)過時琴倚舊窗塵漠漠劍埋(集作橫)新塚草
離離河陽(集作橋)酒熟平生事更向東流奠一卮

哭饒州吳諫議史君　雍陶

忽聞身謝滿朝驚俄感鄱陽罷市情遺愛永存今似古高
名不朽死如生神仙難見青騾事諫議空留白馬名門館
曾為恩愛客幾迴垂淚過宣平(舊宅在宣平里)

哭盧處士(見三百五卷)　溫庭筠

和友人悼亡(一作哀歌姬)　前人

玉貌潘郎淚滿衣畫羅輕鬢兩霏微紅蘭委露愁難盡白
馬朝天望不歸寶鏡塵昏鸞影在細箏絃斷鴈行稀春來
多少傷心事(集作春風幾許傷情事)碧草侵階粉蝶飛

傷溫德彝　前人

昔年戎虜犯榆關一破(集作敗)龍城疋馬還侯印不聞封李

廣別（集作他）人丘隴似天山

哭王大夫　方干

俗人皆嫉謝臨川果中常情　爲政舊規方利國降
生真性已歸天峴亭惋咽知無極渭曲馨香莫計年從此
心喪應畢世忍看墳草讀殘篇

哭秘書姚監　前人

寒空此夜落文星星落文存（集作留）萬古名入室幾人成弟
子爲儒是處哭先生家無諫草逢明代國有遺篇續正聲
臨曉向（集作曉向平）原陳薤禮悲風吹雨濕銘旌

哭喻鳧　前人

日夜役神多損壽先生下世未中年撰碑縱託登龍伴營

奠應支賣鶴錢孤壠陰風吹細草空窗濕氣漬殘篇人間
別更無冤事此事（集作到此）誰能與問天

弔侯圭常侍　李洞

我重君能賦君褒我觧詩三堂一拜遇四海兩心知影挂
僧挑燭名傳鶴拂碑涪江弔孤塚片月落峨嵋

弔膳曹從叔郎中　前人

華省支殘俸寒蔬辦祭稀安墳對白閣買石折朱衣蜀客
彈琴哭江鷗入宅飛帆吹佳句遠不獨偏王畿

哭南流人　項斯

遥見南來使江頭哭問君臨終時有雪亂葬處無雲官庫
空收劍山僧共起墳知名人尚少誰爲録遺文

哭京兆龐尹　馬戴

神州喪賢尹父老泣（集作哭）關中未盡群生願纔留及物功
清光沉皎月素業振遺風履跡蒼苔掩珂聲紫陌空從來
受知者會葬漢陵東

哭劉駕博士　聶夷中（見集本）

出門四顧望此日何徘徊終南舊山色夫子安在哉君詩
如門戶夕閉晝還開君名如四時春盡夏復來原野多丘
陵纍纍如高臺君墳雖數尺誰與夫子偕

傷盧獻秀才　皮日休

從征新價欲陵空一首堪欺左太冲只爲白衣聲過重且
非青漢路難通貴侯待篤過門下詞客偷名入卷中手弄

桂枝嬌不折直教身歿負春風

哭進士李洞二首　鄭谷

所惜絶吟聲不悲君不榮李端終薄宦賈島有（集作得）高名
旅葬新墳少遺孤遠俗輕猶疑隨計晚昨夜草蟲鳴

二

自聞東蜀病唯我獨（集作最）關情若近長江死想君勝在生
（先生酷愛賈浪仙詩在長江東蜀嶺一作境內浪仙家在此處）瘴蒸刑旐濕燈隔素帷清
塚擱僧栽後新蟬一兩聲

哭建州李員外頻　前人

今終歸故里末歲道如初舊友誰爲誌清風豈易書兩墳
生野蕨鄉奠釣江魚獨夜吟還泣前年伴直廬

弔禮部常員外序　前人

臈雪初晴共舉盃便期携手上春臺高情惟怕酒不滿長慟可悲花正開曉莫鶯啼殘漏在風幃燕覓舊巢來杜陵荒草年年綠醉魄吟魂無復回

弔水部賈員外嵩　前人

八韻與五字俱為時所先幽魂應自慰李白墓相連

哭王贊府　陳陶

白水流今古青山送死生驅馳三楚掾倏忽一空名金玉埋皐壤芝蘭哭弟兄龍頭孤後進鵬翅失前程愁變風雲色悲連鼓角聲落星辭聖代寒夢閉隹城伊昔來江邑從容副國英德踰棲棘美公亞飲氷清大厦亡孤直群儒憶

老成白駒悲里巷梁木慟簪纓隴遂添新草珠還滿舊瀛蒼蒼難可問原上晚烟橫

文苑英華卷第三百四

文苑英華卷第三百五

悲悼五

哭人

哭僧道

沈佺期一首　劉長卿一首
劉禹錫一首
哭妓
楊炯一首　宋之問四首
張祜一首　溫庭筠一首
皇甫冉一首　李群玉一首
常建五首
送葬
張正見一首　庾信一首
王褒二首　唐太宗一首
顧況一首　劉長卿一首

皇甫冉一首　權德輿一首
陳羽一首　唐彥謙一首
羅隱一首
哭人
哭李商隱二首　崔珏
成紀星郎字義山適歸高壤又玄集作黃壤抱長歎詞林枝葉三
春盡學海波瀾一夜乾風雨已吹燈燭滅姓名長在齒牙
寒只應物外攀琪樹便著蜺裳上絳壇又玄集作蜺衣上玉壇
二
虛負凌雲萬丈才一生襟抱未曾開鳥啼花落人何在竹
死桐枯鳳不來良馬足因無主跪舊交心為絕絃哀九泉
莫嘆三光隔又送文星入夜臺
哭陳陶三百四卷重出題作哭張籍司業　張喬
弔前水部賈員外　前人
龍中江海會日夕有歸心魏闕長謠久吳山獨往深別時
群木落終夜亂猿吟李白墳前路溪僧送入林
哭建州李員外　張蠙
詩名不易出名出又何為捷到重科早官終一郡卑素風
無後裔遺迹集作遺愛有生祠自罷羊公市溪猿哭舊時
弔孟浩然　前人
每年疑樵家說孤墳亦夜吟若重生此世應更苦前心名
與襄陽遠詩同漢水深親栽鹿門樹猶蓋石牀陰

弔建州李員外　曹松
銘旌歸故里猿鳥亦悽然已葬桐江月空迴建水船客傳
為郡日僧說讀書年恐有吟魂在深山古木邊
弔李翰林　前人
李白雖然成異物逸名猶與萬方傳昔朝曾侍玄宗側大
夜應歸賀監邊山木易高迷故壠國風長在見遺篇投金
渚畔春楊柳自此何人繫酒舡
哭陳庚　周朴
繫馬向山立一杯聊奠君野煙孤客路寒草故人墳琴韻
歸流水詩情寄白雲日斜休哭後一作歇松韻一作吹不堪聞
哭李端　前人

三年剪拂感知音哭向青山永夜心竹在曉煙孤鳳去劍
荒秋水一龍沉新墳日落松聲小舊宅春殘草色深不及
此時親執紼石門遥想淚沾襟

哭方干　杜荀鶴

何言寸祿不沾身身歿詩名萬古存況有數篇關教化得
無餘慶及兒孫漁樵共壘墳三尺猿鶴同棲月一村天下
未寧吾道喪更誰將酒酹孤魂

哭劉得仁　前人

賈島還如此生前不見春豈能詩苦者便是命羈人家事
因吟失（一作盡）時情礙國親多應銜骨恨千古不爲塵

經謝公青山弔李翰林　前人

何爲先生死先生道日新青山明月夜千古一詩人天地
空銷骨聲名不傍身誰移耒陽塚來此作吟鄰

哭陳陶　前人

耒陽山下傷工部采石江邊弔翰林兩地孤墳各三尺却
成開解哭君心

哭張博士太常　羅隱

前輩倏云歿媿君曾北方格卑雖不稱言重亦難忘諫草
猶青瑣悲風已白楊只應移理窟泉下對真長

哭僧道

和旻上人傷杲禪師　楊炯

淨業初中日浮生大小年無人本無我非後亦非前簫鼓
旁喧地龍蛇直映天法門摧棟宇覺海破舟舡書鎮秦王
餉經文宋國傳聲華周百億風烈破三千蕪沒青園寺荒
凉紫陌田德音殊未遠拱木已生煙

悼正弘禪師（集作過景空寺故融公蘭若）　孟浩然

池上青蓮宇林間白馬泉故人成異物過懸獨潸然既禮
新松塔還瞻舊石筵平生竹如意猶挂草堂前

傷峴山雲表觀主　前人

少小（一作子）學書劍秦吳多歲年歸來一登眺陵谷尚依然
豈意餐霞客溘隨朝露先因之問閭里把臂幾人全（一作憐）

哭覺上人（時辭剡中）　釋皎然

憶君南適越不作買山期昨得耶溪信翻爲逝水悲神交

如可見生盡杳難思白日林下空懷步影時

哭靈一上人　嚴維

一公何不住空有遠公名共説岑山路今時不可行舊房
松更老新塔草初生經論傳緇侶文章遍墨卿禪林枝幹
折法宇棟梁傾誰復脩僧史應知傳已成

齊一和尚影堂　劉長卿

一公住世忘世紛暫來復去誰能分身寄虛名如過客心
將生滅是浮雲蕭散（集作浮雲）浮雲往不還悽（集作淒）涼遺教沒
仍存舊地愁看雙樹在空堂只見一燈懸一燈長照橫河
沙雙樹猶落諸天花天花寂寂香深殿苔蘚蒼蒼閉（一作閑）
深院昔余精念訪禪扉常接微言清（集作親）道機今來寂寞

無所得惟共門人淚濕衣

題靈祐和尚故居院　前人

歎逝翻悲有此身禪房寂寞見流塵六時行遶空(集作容)秋草幾日浮生哭故人風竹自吟還入磬雨花隨淚共沾巾殘經窗下依然在憶得山陰問許詢

哭護國上人　張謂

昔喜三身淨今悲萬劫長不應歸北斗多是向西方舍利衆生得袈裟弟子將鼠行殘藥檢蟲網舊繩牀別起千花塔空留一草堂支公何處在神理竟茫茫

空寂(集作少林)寺哭玄(集作暉)上人　錢起

悽然雙樹下垂淚遠公房燈續生前火爐添沒後香陰階

明片雪塞竹響空廊寂滅應爲樂塵心徒自傷

璿公房懷舊　耿緯

遠公傳教畢身沒向他方弔客來何見門人閉影堂紗燈臨古砌塵机在空牀寂寞疎鐘後秋天有夕陽

哭麴上人(前篇題作哭麴象見三百三卷)　司空曙

哭陵霄山光上人　于鵠

身沒碧峯裏門人改葬期買山尋主遠疊塔化人遲鬼火穿空院秋螢入素帷黄昏溪路上聞哭竺乾師

過堅上人影堂逢司空曙　李端

我與雷居士平生事約公無人知是舊共到影堂中

僧如展及常載同遊碧澗寺各賦詩余落句云他生莫忘靈山座滿壁人名後會稀展共吟他生之句因話釋氏緣會所以莫不悽然乂之不十日而展公長逝驚悼反覆則他生豈有兆耶其間展公仍賦黄字五十韻飛札相示余方屬和未畢自此不復撰成徒以四韻爲識　元稹

重吟前日他生句豈料踰旬便隔生會擬一來身塔下無因共繞寺廊行紫毫飛札看猶濕黄字新詩和未成縱使得如羊叔子不聞兼記舊交情

哭栢巖禪師　賈島

苔覆石牀新師曾占幾春寫流行道影焚却坐禪身塔院關松路雪(集作經)房鎖隙塵自嫌雙淚下不是解空人

題山中故靜禪師　劉得仁

寂滅身何在門人隔此生影懸塵已厚塔種栢初成溪院秋先雪山堂古有精當時挂錫劍樹老數枝傾

弔草堂禪師

杖屨疑師在房關四壁蛩貯瓶經臘水響塔隔山鍾(集作生鍾)乳鴿沿苔井(集作撫客收林果)齋猿散雪峯如何不見性徧遍寺前松(集作星下哭雙松)

哭栖白　李洞

聞說孤窓卧化時白茲蘿雨滴空池吟詩堂裏時開影禮佛燈前夜照碑駕雪已成金殿夢看濤終負石樓期逢山對月還惆悵爭得無言字祖師

題經山大覺禪師影堂　張祜

超然彼岸人一逕謝微塵見想應非想（集作見相即非相）觀身豈
是身空門性未滅舊里化猶新漫指堂中影誰言影似真

經曠禪師故（一作舊）院　方干

谷鳥散啼如有恨庭花含笑似無情更名換面（集作變貌難）無
休息去去來來第幾生

題永忻寺影堂　項斯

不遇僧寺日無錢入影堂故來空禮拜臨去重添香僧得
名難（一作雖）近燈傳火巳長發心依止後借住有隣房

哭閑霄上人　周賀

林逕西風急松枝講鈔餘凍髭亡夜剃遺偈病時書地燥

焚身後堂空著影初弔來頻落淚曾憶到吾廬

重遊東（集作圭）峰宗密禪師精廬（前篇作哭盧處士）　温庭筠

百尺青崖三尺墳微（一作玄）言巳絕杳難聞戴顒今日稱居
士支遁他年識領軍暫對山松如結社偶因（一作同）麋鹿自
成群故山弟子空回首葱嶺還（集作唯）應見彩雲

此詩三百四卷重出今巳刪去注異同爲一作

弔造微上人　張喬

至人隨化往磨滅自堪傷白塔收真骨青山閉影堂鐘殘
含細韻印滅有餘香松上齋烏在遲遲立夕陽

友人寄道上人逝却酬（道宗又玄集作道明）　李遠

蕭寺曾過最上房碧梧濃葉覆西廊遊人縹緲紅衣亂坐
客從容白日長別後旋成莊舄夢書來忽報惠休亡他時
若肯相隨去只是含酸對影堂

西廊（又玄集作西廂）　莊舄（又玄集作莊叟）

哭寶月三藏大禪師　陳陶

五峯習聖罷乾竺化身歸帝子傳真印門人哭寶衣一囊
窮海没三藏故園稀無復天花落悲風滿鐵圍

哭夙默上人　裴説

淒涼繐幕下香吐一燈分鬭老輸寒檜留閑與白雲挈盂
曾幾度傳衲不教焚泣罷重回首暮山鍾半聞

哭道士劉無得　沈佺期

聞有玄都客成仙不易祈蓬萊向清淺桃杏欲芳菲緇地
黃泉下昇天白日飛少微星夜落高掌露朝晞吐甲龍應
出銜符鳥自飛國人思負局天子惜披衣花月晋册洞琴
笙閟羣微嗟來子桑扈爾獨返於幾

抄秋洞庭中懷亡道士謝太虛　劉長卿

漂泊日復日洞庭今更秋清（集作青）楓亦何意此夜催人愁
惆悵客月中徘徊江上樓心如楚天遠目送滄波（集作浪）流
謝客久巳没微言無夙求空餘白雲在容與隨孤舟千里
杳難望一身常獨遊故園復何許江海徒（集作此）淹留

傷桃源薛尊師（一作道士）　劉禹錫

壇邊松在鶴巢空白鹿閑來（集作行）舊徑中手植紅桃千樹

發蒲山無主任春風

哭妓

和崔司功傷姬人　楊炯

昔時南浦別鶴怨寶琴絃今日東方至鸞消珠鏡前氷流銜砌咽月影向窻懸粧匣棲餘粉薰爐滅舊煙晚庭摧玉樹寒帳委金蓮佳人不再得白日幾千年

傷曹娘四首　宋之問

可憐寂寞去何之獨立丰茸無見期君看水上芙蓉色恰似生前歌舞時

二

前溪妙舞今應盡子夜新歌遂不傳無復綺羅嬌白日直將珠玉閉黃泉

三

鳳飛樓妓（一作伎）絕鸞死鏡臺空獨憐脂粉氣猶著舞衣中

四

昔日河陽縣氛氳香氣多曹娘嬌態盡春樹不堪過

感王將軍柘枝妓沒　張祜

寂寞春風舊柘枝美人休舞曲停吹（集作舞人休唱曲休）鴛鴦鈿帶拋何處孔雀羅衫付阿誰畫鼓不聞招節拍錦靴虛（集作空）想挫腰支今來座上翻如醉（集作偏惆悵）曾見梨園（集作堂前）教徹時

和王秀才傷歌妓（集作姬）　溫庭筠

月缺花殘莫愴然花須終發月終圓更能何事消芳念亦有濃華委逝川一曲豔歌留宛（集作婉）轉九原春草葬（集作妬）嬋娟王孫莫學多情客自古多情損少年

此詩三百十三卷重出前已削去

奉同李蘇州傷美人　皇甫冉

玉珮石榴裙當年嫁使君專房獨見寵傾國衆皆聞歌舞長無對幽明忽此分陽臺千萬里何處作行雲

和吳中丞悼笙妓　李群玉

麗質仙姿煙逐風鳳凰聲斷吹樓（集作臺）空多情草色怨還綠無主杏花春自紅墮珥尚存芳樹下餘香漸滅玉堂中唯應去抱雲和管從此長歸阿母（集作姚）宮

悼亡姬五首　韋莊

鳳去鸞歸不可尋十洲仙路彩雲深若無少女花應老爲有姮娥月易沉竹葉豈能消積恨丁香空解結同心湘江水闊蒼梧遠何處相思弄舜琴

獨吟　前人

默默無言惻惻悲閑吟獨傍菊花籬只今已作經年別此後知爲幾歲期開篋每尋遺念物倚樓空綴悼亡詩夜來孤枕空腸斷窻月斜輝夢覺時

悔恨　前人

六七年來春又秋也同歡笑也同愁纔聞及第心先喜試說求婚淚便流幾爲妬來頻斂黛每思閑事不梳頭如今

悔恨將何益腸斷千休與萬休

虛（一作靈）席　前人

一閉香閨後羅衣盡施僧鼠偷筵上果蛾撲帳前燈土蝕釵無鳳塵生鏡少菱有時還影響花葉曳香繪

舊居　前人

芳草又芳草故人楊子家青雲容易散白日等閑斜皓質畱殘雪香魂逐斷霞不知何處笛一夜吁梅花

送葬

和楊侯送袁金紫葬　張正見

玄泉開隧道白日照佳城一朝嗟此路千載幾傷情秋氣悲松色淒風咽晚聲歸雲回谷散（初學記作向谷晚）還擲背山輕

唯當三五夜壟月暫時明

送靈法師葬　庾信

龍泉今日掩石洞即時封玉匣摧談柄懸河落辯鋒香爐猶是柘塵尾更成松郭門未十里山迴已數重尚聞香閣梵猶聽竹林鍾送客風塵擁寒郊霜露濃性靈如不滅神理定何從

送觀寧侯葬　王褒

蒙羽高峻極淮泗導清源邢茅廣列地跗蕚盛開蕃紛綸形騰彩從容瓔玉溫衝飈　栢榦烈火壯曾崑疇昔同羇旅辛苦涉涼暄觀風方聽樂垂涕遽傷魂造舟虛客禮高閈掩賓垣桂樹思公子芳草惜王孫今辰向郊郭猶似背

轜輴冊旐書空位素帳設虛樽楚琴由用操絕韓書舊說存西靡傷新樹東陵惜故園自憐悲谷影猶愴王關門餘輝盡天末夕霧擁山根平原看獨樹亭阜（類聚作皋亭）望別村寂寞還蓋靖荒茫歸路昏挽鐸已流歇歌童行自喧䁖言千載後誰將遊九原

送劉中書葬　前人

昔別傷南浦今悲去北邙書生空託夢久客每思鄉寒近邊雲黑塵昏野日黃陵谷俄遷變松栢易荒涼題名無復迹何處驗龜長

望送魏徵葬　唐太宗（見初學記）

閶闔總金鞍上林移玉輦野郊愴新別河橋非舊餞慘日

映峯沉愁雲隨蓋轉哀笳時斷續悲旌乍舒卷望望情何極浪浪淚空泫無復昔時人芳春共誰遣

送挪宜城葬　顧況

鳴笳已逐春風咽匹馬猶依舊路嘶遙望挪家門外樹恐聞黃鳥向人啼

送開府姪隨故李使君旅櫬却赴上都　劉長卿

征西諸將莫如君報德誰能不顧勳身逐塞鴻來萬里手披江草訪孤墳擒生絕漠臨（集作經）胡雪懷舊長沙哭楚雲歸去蕭條灞陵上幾人看葬李將軍

送魏六侍御葬　皇甫冉

哭葬寒郊外行將何所從盛曹徒列栢新墓已栽松海月

同千古江雲復幾重舊書曾諫獵遺草議登封疇昔輕三事常期老一峯門臨商嶺道窓引洛城鍾應積泉中恨無因世上逢招尋偏見厚疎慢亦相容張范唯通夢求羊求仲求羊二人也永絕蹤誰知長卿疾歌賦不還卭

觀葬者　權德輿

塗芻隨晝哭數里至松門貴盡人間禮寧知逝者魂笳簫出廣集作古陌煙雨閉寒原萬古皆如此傷心反不言

觀朱舍人歸葬呉中　陳羽

翩翩絳旐寒流上行引東歸萬里魂幾幾州人臨水哭共看遺草有王言

咸通中始聞褚河南歸葬陽翟是歲上平徐方大

肆慶賞又詔八品錫其裔孫追叙風槩因成二十韻　唐彦謙

冊府藏餘烈皇綱正本朝不聽還笏諫幾覆綴旒祧咫尺言終直愴惶道已消淚疑心傳位日揮涕授遺朝飛燕潛來趙黃龍豈見譙既迷秦帝鹿難問賈生鵩穆卜緘縢祕金根轍跡遥北軍那奪印東海漫難橋繼織黃門訟箠黃白骨銷炎方無信息丹旐竟淪漂邂逅江魚食淒凉楚客招文忠徒謚議子卯但蕭韶未見公侯後尋傷嗣續凋流年隨水逝高誼薄層霄柱石林公遠縑緗故國饒奇蹤天驥活遺軸錦鸞翹近者淮夷孰前年作馬調始聞移北葬兼議廕山苗聖澤覃將溥真魂喜定飄異時窮巷客懷古

設成謡

淮口軍葬　羅隱

一陣孤軍不復迴更無分別只荒堆莫言賦分須如此曾作文皇赤子來

文苑英華卷第三百五

文苑英華卷第三百六

悲悼六　　詩一百五十六

墳墓五十五首

經孫氏陵　　何遜見類聚

在昔炎靈厭神器若無依逐兎爭先捷擠鹿競因機呼吸開霸道叱吒掩江畿豹變分奇畧虎視肅戎威長蛇衂巴漢奔馬絶淮淝交戟無内衛重門豈外扉成功終已棄凶德愎而遺水龍忽東驚青盖乃西歸碣來易末久年代曖微微苔石疑文字荆墳失是非山鶯空曙響壠月自秋輝銀海終無浪金鳬不飛闃闃今如此望望沾人衣

悲行路孤墳　　前人

行路一孤墳路成墳已毀空疑年歲積不知陵谷徙幾經秋葉飛初學記作黄驟見春流瀰金蚕不可織玉樹何曾莊陌上驅馳人笑歌自侈靡今日非明日可憐詎憐此

遊朝山悲古塜　　虞騫見初學記

長林帶朝夕孤嶺枕江村疎松含白水寒篠藹平原荒墳敗陳葉低壠變年根西光長槚落促爾膝前樽

經陳思王墓　　庾肩吾

公子獨憂生丘壠擅餘名樵採枯樹盡犂田荒隧平寧追晏平樂詎想謁承明且余來錫命兼言事結成飄颻河朔遠颱颱一作颸風郊鳴鴈與雲俱陣沙將蓬共驚枯葉落古故一作杜寒鴉歸一作思孤城隴水哀葭曲漁陽慘鼓聲離家未遠客安得不傷情

行經古墓　　陰鏗見初學記

偃松將古墓年代理當深表柱應堪燭碑書欲有金廻墳由路毀荒隧受田侵霏霏野露合昏昏隴日沉懸劍今何在風楊空自吟

遇徐君墓　　周無名法師

延陵上國返枉道訪徐公死生命忽異懽娛意不同始徃邙山北聊踐平陵東徒解千金劍終恨九泉空日盡荒郊外煙生松柏中何言愁寂寞日暮白楊風

聘齊經孟嘗君墓　　陳昭

薛城觀舊跡征馬屢徘徊盛德今何在唯餘長夜臺蒼茫

空隴墓顛頓古松栽悲隨白楊起淚想雍門來泉戸無關吏鷄鳴誰爲開

春夕經行留侯墓　　盧思道

少小期黄石晚年遊赤松應成羽人去何忽掩高封疎蕪枕絶野邐迤帶斜峯墳荒隨草没碑碎石苔濃徂秦懷猛氣師漢挺柔容盛烈芳千祀深泉閉九重夂風吟宰樹遲光落下春見淮南子遂令懷古客揮淚獨無蹤

過張平子墓　　駱賓王

西鄂該通理南陽擅德音玉巵浮藻麗銅渾積思深忽懷今日昔非復昔時今日落集作性豐碑暗風來古木吟唯歎窮泉下終鬱羨魚心

卭山　沈佺期

北卭山上列墳塋萬古千秋對洛城城中日夕歌鍾起山下唯聞松柏聲

比干墓　徐彦伯

大位天下寶維賢國之鎮殷道微而在受辛纂頽亂山鳴鬼文哭地裂川亦震嫖黷皆佞諛虔劉盡英雋孤卿帝叔父特進貞而順王牀逾皜絜銅柱方鼓焮奉國歷三朝觀竅明一瞬季代倡狂主蓄怒提白刃之子彌忠讜憤然更勇進撫膺逝殞越知死故不悋巳矣竟剖心哲婦亦同殉驪龍暴雙骨太岳摧孤刃周發次商郊寃骸悲莫殣劍鋒殲遺孽報復一何迅駐罕歌淑靈命徒封族覿自爾衘幽酷于嗟流景駿丘墳被宿莽壇所緣飛燐貞觀戒卜征維皇念忠信荒墳護草木刻桷吹煨爐代遠思更崇身頹名益振帝詞書藥后國饌羅芳醑偉哉列士圖奇英千古徇

題東山子李適碑陰（并序）　前人

噫譆李公生自號東山子死葬東山豈其讖哉神交者歌薤露以送子歸東山焉人三章章八句合一十五章鐫于碑陰云（序云人三章合十五章則當有五人姓名今止存徐詩又止二章）

朧障紫紫氣（一作氛）金光赩氤氳美人含遥靄桃李芳（一作方）有薫圖高黄鶴羽實奪驪龍群忽驚薤上露曲掩（一作壹）東山雲回也實夭折賈生亦脆促今復哀若人危光迅風燭瞎基淪清鏡窮塵掩結綠何以贈下泉生芻唯一束

過懷王墓　張説

喔咿（集作伊憂）不可信以是（集作似此）敗懷王客死嶢關路返葬岐江陽啼猿（一作狖）抱山月饑狖獵野霜一聞懷沙事千載盡悲凉

和黄門盧監望秦始皇陵　張九齡

秦帝始求仙驪山何遽卜中年既無効茲地所宜復徒役如雷奔恠亦雲蓄黔首無寄命赭衣相馳逐人怨神亦怒身死宗遂覆土崩失天下龍鬬入函谷國爲項籍屠君同華元戮始掘既由楚終焚乃因牧上宰議（一作義）楊賢忠阿感桓速一聞過秦論載懷空杼軸

郢城西北邊有大古塚數十觀其封域多是楚時

諸王而年代久遠不復可識唯直西有樊妃塚因後人爲植松柏故行路盡知之　前人

蘋藻生南澗蕙蘭秀中林嘉名有所在芳氣無幽深楚子初逞志樊妃嘗獻箴能令更擇士非直罷從禽舊國皆湮滅先王亦莫尋唯傳賢媛隴猶結後人心牢落山川意蕭條松柏陰䟦牂（集作破牆）苻直上荒徑或斜侵惠問終不絶風流獨至今千春思窆兆黃鳥復哀音

過始皇墓（時年二十集作十五）　王維

古墓成蒼嶺幽宮象紫臺星辰七曜隔河漢九泉開有海入寧渡無春鴈不迴更聞松韻切疑是大夫哀

行次昭陵十二韻　杜甫

舊俗疲庸主群雄問獨夫讖歸龍鳳質威定虎狼都天屬尊堯典神功協禹謨風雲隨逸(集作絕)足日月繼高衢文物多師古朝廷半老儒直詞寧戮辱賢路不崎嶇往者災猶降蒼生喘未蘇指麾安率土盪滌撫洪鑪壯士悲陵邑幽人拜鼎湖王衣晨自舉石(集作鉄)馬汗(集作常)當驅松栢瞻虛(集作靈)殿塵沙暗(集作立暝)指途寂寞開國日流恨滿山隅

適思　顏胄

芳歲不我與颯然涼風生繁華掃地歇蟋蟀充堂鳴感物增憂思奮衣出遊行行值古墓林白骨下縱橫田豎鞭髑髏村童掃(一作捶)精靈精靈無奈何像設安所榮(一作營)石人徒瞋目表柱燒無聲試讀碑上文乃是昔時英位極君詔

葬勳高盈忠貞寵終禁樵採立嗣脩墳塋運否前政缺群盜多蛟虵即此丘壟壞纖心爲霑纓當其崇樹日豈意侵辱併冥寞生變故淒涼結幽明悲端豈自我外物紛相縈所適非所見前登江上城倚樓臨綠(一作浸)水一望辭傷情

王龍驤　賈彥璋

昔擅登壇寵爰光典午朝刀懸臨益夢龍啓渡江謠茂績當年舉英魂此地銷唯餘孤壟上日夕起松飈

昭君墓　常建

漢宮豈不死異域傷獨沒萬里馱黃金蛾眉爲枯骨迴軍夜出塞立馬皆不發共恨丹青人墳上哭明月

長沙桓王墓下別李紓張南史(已見二百八十七卷)　劉長卿

經漂母墓　前人(見集本)

昔賢懷一飯茲事已千秋古墓樵人識前朝楚水流渚蘋行客薦山木杜鵑愁春草茫茫綠王孫舊此遊

驪姬墓下作(夷吾重耳墓隔河相去十三里)　岑參

驪姬北原上閉骨已千秋澮水日東注惡名終不流獻公恣耽惑視子如仇讐此事成蔓草我來逢古丘蛾眉山月苦蟬鬢野雲愁欲弔二公子橫汾無輕舟

虹縣嚴孝子墓　劉灣

堂孝敎因心(一作不及)天然得(一作因天心)所資禮聞三年喪爾(一作汝)獨終身期下由骨肉思上報母父慈禮聞哭有卒爾(一作汝)獨哀無時前有松栢林荊蓁(一作棘)結朦朧墓門白日閑(一作閉)泣血黃泉中草服被枯骨垢容戴飛蓬舉聲哭蒼天萬木皆悲風

一作皆中興間氣集

經徐侍郎墓作　顧況

不知山吏部墓作后橋東宅兆鄉關異平生翰墨空夜泉無曉日枯樹足悲風更想幽冥事唯應有夢同

路傍墓　耿湋

后馬雙雙當古樹不知何代公侯墓墓前菲菲春草深唯有行人看碑路

菲菲(集作靡靡)

周平西墓　權德輿

英威今寂寞陳跡對崇丘壯志清風在荒墳白日愁窮泉

那復曉喬木不知秋歲歲寒塘側無人水自流

蘇小小墓　前人

萬古荒墳在悠然我獨尋寂寥紅粉盡冥漠(集作寞)黃泉深蔓草映寒水空郊暖夕陰風流有佳句吟眺一傷心

宮人斜絕句　前人

一路斜分古驛前陰風切切晦秋煙鉛華新舊共冥寞日暮愁鴟(一作鵐)飛野田

去歲自刑部侍郎貶潮州刺史乘驛之官其後家亦譴逐小女道死瘞之層峯驛之山下今過其墓留題驛梁　韓愈

數條藤束木皮棺草殯荒山白骨寒驚恐入心身已病扶

舁沿路衆知難繞墳不暇號三匝設祭惟聞飯一盤致汝無辜由我罪百年慚痛淚闌干

弔友人李元賓墓　孟郊

曉上荒京原吊彼寂寥(集作冥寞)寃眼咽此時淚耳悽在日言冥冥(集作寂寂)千萬年墳鑠古(集作孤)松根

題梁宣皇帝陵二首　呂溫

即饑終自剪覆國豈爲樵假號孤城裏何如在甬東

二

杞夏功何薄尊周義不成悽涼庾信賦千載共傷情

真娘墓(其墓前乃虎丘寺也)　白居易

真娘墓虎丘道不識真娘鏡中面唯見真娘墓頭草霜摧桃李風折蓮真娘死時猶少年脂膚荑手不牢固世間尤物難留連難留連易銷歇塞北花江南雪

過京索先生墳　賈島

京索先生三尺墳秋風漠漠吐寒雲從來有恨君多哭今日何人更哭君

經李白翰林墓　許渾

氣逸何人識才高舉世疑禰生狂善賦陶令醉能詩碧水鱸魚興(集作然)青山鵩鳥悲不堪遺(集作至)令(孤)塚在荊棘楚江湄

經李白墓　項斯

夜即歸未老醉死此江邊葬闕官家禮詩殘樂府篇遊寃

應到蜀小碣豈旌賢身沒猶何罪遺墳野火燃

過北海墓二十韻　温庭筠

撫事如神遇臨風獨涕零墓平春草綠碑折古苔青珪玉埋英氣山河孕炳靈發言驚辨囿揮翰動文星蘊策期干世持權欲反經激揚思壯氣(集作志)流落歎頹齡惡木人皆息貪泉我獨醒輪轅無匠石刀几有庖丁碌碌迷藏器規規守絜瓶憤容陵昺鑊公議動朝廷故國將辭寵危邦竟緩刑上卿廉(集作鈍工磨)白璧几石礪青萍揭月昭東夏摶風滯北溟後塵遵軌轍前席詠儀刑木秀當憂悴絃傷不底寧矜誇遭尺鷃光彩困飛螢草羽留談柄清風襲德馨鸞凰嬰雪刃狼虎犯雲屏蕙蘭荒遺址榛蕪蔽舊坰羨君雖

不祿猶得到明庭（集作輟臻遠沂水何事戀明庭）

過陳琳墓　前人

曾於青史見遺文今日飄蓬過此（集作古）墳詞客有靈應識我霸才無主（集作此始）亦憐君石麟埋沒藏春草銅雀荒凉對暮雲莫怪臨風倍惆悵欲將弓劍學從軍

過蔡中郎墓　前人

古墳零落野花春聞說中郎有後身今日愛才非昔日莫拋心力作詞人

始皇陵下作　曹鄴（見詩選）

千金買魚燈泉下照狐兔行人上陵過却弔扶蘇墓纍纍壙中物多於養生具若使山可移應將秦國去舜歿雖在

前今猶未封樹

過比干墓　聶夷中

殷辛帝天下厭為天下尊乾綱既一斷賢愚無二門佞是福身本忠作喪己源餓虎不食子人無骨肉恩日影不入地下埋冤死魂腐骨（集作肉）不為土應作石木根余來過此

真娘墓（在虎丘西寺內）　張祜

鄉下馬弔此墳靜念君臣間有道誰敢論（一作有誰敢抗論）佛地葬羅衣孤魂此是歸舞為蝴蝶夢歌謝伯勞飛翠髮朝雲斷（集作在）青娥夜月微傷心一花落無復戀春暉

題蘇小小墓　前人

漠漠窮塵地蕭蕭古樹林臉濃花自發眉恨柳長深夜月

人何待春風鳥為吟不知誰共穴徒願結同心

長江縣經賈島墓　鄭谷

水繞荒墳縣路斜耕人訝我久咨嗟重來兼恐無尋處日落風吹皷子花

經徐稚墓　陳陶

郟鄏妖興炎漢衰先生南國卧明夷鳳凰屢降玄鍾禮瓊后終藏烈火詩禁掖衣冠加宋鵲湖山耕釣沒堯時（一作師）千年壟樹何人哭寂寞蒼苔內史碑

宮人斜　陸龜蒙

草樹愁煙似不春曉鶯哀怨問行人須知一種埋香骨猶勝昭君作虜塵

燕昭王墓　羅隱

戰國蒼茫難重尋此中蹤跡想知音強停別騎山花曉欲弔遺魂野草深浮世近來輕駿骨高臺何處有黃金思量郭隗平生事不殉昭王是真心

經耒陽杜工部墓　羅隱

紫菊馨香覆楚醪奠君江畔雨蕭騷旅魂自是才相累閑骨何妨塚更高騄驥喪來輕蹇蹶芝蘭衰後遠（集作長）蓬蒿屈原宋玉憐居處幾駕青螭緩鬱陶

蘇小小墓　前人

魂兮檇李城猶未有人耕好月當年事殘花觸處情向誰曾鑑冶隨分得聲名應侍吳王宴蘭橈暗送迎

始皇陵　前人

花堆無草樹無枝嬾向行人語(集作問)昔時六國英雄漫多事到頭徐福是男兒

王濬墓　前人

男兒未必盡英雄但到時來即命(集作命即)通若使吳都猶旺氣將軍何處立殊功

孟浩然墓　前人

數步荒榛接舊蹊寒郊(集作江)漠漠雨凄凄(集作草萋萋)鹿門黃土無多少恰到書生塚便低

古塚　曹松

代遠已難問纍纍次古城民田侵不盡客路踏還平作穴

虵分蟄依岡鹿遶行唯應風雨夜鬼火出林明

長陵　唐彥謙

長陵高闕此安劉附葬纍纍盡列侯豈上舊居無故里沛中原廟對荒丘耳聞英主提三尺眼見愚民盜一抔千載腐儒騎瘦馬渭濱斜日重廻頭　渭濱(又玄集作渭城)

文苑英華卷第三百六

文苑英華卷第三百七　詩一百五十七

悲悼七

第宅五十九首

入元襄王第　蕭子範

伏軾窺東苑收淚上(類聚作下)玉橋昔時方轂處於今共寂寥夾(一作竹)池猶褭褭仙樹(類聚作樹)尚迢迢一同西靡栢徒思芳樹蕭　以下六篇並見藝文類聚

和蕭子範入元襄王第　王筠

昔入睢陽苑連步披風雲今遊故臺處四望聞無聞皓壁留餘篆蕙圃有遺芬行人皆隕涕何獨孟嘗君

行經范僕射舊宅　何遜

旅葵應蔓井荒藤已上扉寂寞空郊暮無復車馬歸潄灂故池水落荏落日暉聞寂今如此行路(類聚作客)盡沾衣

過康王第宅　舊色(初學記作舊邑)　劉孝威(初學記作義)

入梁逢故苑渡薜見餘宮尚識招賢閣猶懷愛士風靈光一超遠行館復朦朧洞門餘舊色甘棠留昔叢送禽悲不去過客慕難窮池竹徒如在林堂暖已空遠樓隔樹出廻澗隱崖通芳流小山桂塵起大王風(疊押風字)具物咸如此是地感余衷空想靈(一作陵)前劍徒悲壠上桐(一作童)

奉和東宮經過故妃舊殿　江總

故殿看看冷空階步步悲猶憶窺窗處還如解珮時苔生無意早(類聚作有言)鶯入到宮遲苦令歸就月照見不須疑

南還（一作行）尋草市宅　前人

紅顏辭鞏洛白首入轘轅乘春行（一作還）故里徐步採芳蓀徑毀悲求仲（三輔決錄蔣詡舍中竹下開三徑惟羊仲求仲與之遊）林殘憶巨源見桐猶識井看柳尚知門花落空難遍鶯啼靜易喧無人訪語默何處敘寒温百年共（一作獨）如此傷心誰（一作豈）復論（一作藝文類聚）

過故宅　元行恭

頹城百戰後荒宅四隣通將軍樹已折步兵途轉窮吹臺有山鳥歌庭聒夜（一作野）蟲草深斜逕滅水盡曲池空蒲中送（一作林中蒲）明月是處來春風唯餘一故（一作廢）井尚夾兩株桐（一作皆初學記）

冬日過友（集作故）人任處士書齋（見三百十七卷）　駱賓王

過史正議宅　宋之問

舊交此零落雪泣訪遺塵劍杭傳好事池臺傷故人國香蘭已歇里樹橘猶新不見吳中隱空餘江海濱

過庾信宅　張說（集本見）

蘭城追宋玉舊宅偶詞人筆涌江山氣文驕雲雨神包胥非救楚隨會返留秦獨有東陽守來嗟古樹春

陳拾遺故宅　杜甫

拾遺昔日（集作平昔）居大屋尚脩椽悠揚荒山日摧宰（集作慘澹）故國煙位下曷足傷所貴者聖賢有才繼騷雅哲匠不比肩公生楊馬後名與日月懸同遊英俊人多秉輔佐權彥昭超玉價（中宗時趙彥昭因權幸得相）郭振起通泉到今素壁滑灑翰銀鈎連盛事會一時此堂豈千年終古立忠義感遇有遺篇

過故斛斯校書莊（沒後方受一官公名融）　前人

此老已云沒隣人嗟亦休竟無宣室召徒有茂陵求妻子寄他食林園非昔遊堂空繐帷在淅淅野風秋

謝公宅　李白

青山日將暝寂寞謝公宅竹裏無人聲池中有虛白（集作月）荒庭衰草遍廢井蒼苔積惟有清風閑時時起泉石

長沙過賈誼宅　劉長卿

三年謫宦此棲遲萬古唯留楚國悲秋草獨（集作漸）尋人去後寒林空見日斜時漢文有道恩猶薄湘水無情弔豈知寂寞江上正搖落（集作寂寞江山搖落處）憐君何事到天涯

過裴舍人故居　前人

慘慘寒天獨閉（集作掩）稿紛紛黃葉落空庭孤墳何處倚山木百口無家汎（集作學）水萍籬花猶及重陽發隣笛那堪落日聽書幌無人長不卷秋來芳草自爲螢

客自江南話過亡友朱司議故宅　包佶

交臂多相共風流憶此人海翻移里巷書蠹積埃塵奉佛棲禪久辭官上疏頻故來分半宅唯是舊交親

題清源寺王右丞宅陳（集作塵）跡　耿緯

儒墨兼宗道雲泉舊結廬孟城今寂寞輞水自紆餘內學銷多累西園（集作林）易故居深房春竹老細雨夜鐘疎塵跡

流金地遺文在石渠不知登座客誰得蔡邕書

過湖上觀王右丞遺文　司空曙

舊日相知盡深居獨一身閉門空（集作惟）有雪看竹永無人每許前山隱曾憐陋巷貧題詩今尚在暫爲拂留（集作流）塵

襄陽過孟浩然舊居　陳羽

襄陽城郭春風起漢水東流去不還孟子死來江樹老煙霞猶在鹿門山

從事淮南府過亡友楊校書舊廳感念惜（集作愀）然因書十韻　權德輿

故人隨化往倏忽今六霜及我就拘限清風留此堂松竹愈映欝（集作蔚）芝蘭自銷亡絕絃罷流水聞笛同山陽頎如

氷玉姿粲若鸞鳳章欲翥摧勁翮先秋落貞芳正平賦鸚鵡文考頌靈光二子古不弔夫君今何傷黃壚既杳杳玄化亦茫茫豈必限（集作恨）宿草含淚洒衣裳

尋李逸人舊居　于鵠

舊隱松林下衝泉入兩崖琴書隨子弟鷄犬在鄰家茅屋長黃菌槿籬生白花幽墳無處訪恐是入煙霞

愴故人舊居　釋護國

惆悵至日暮寒鴉青樹林破階苔色厚殘壁雨痕深命與時不遇福爲禍所侵空餘竹徑在今（一作令）我嘆人吟

秋日題陳宗儒園亭悽然感舊　楊巨源

曾隨何水部待月東亭宿今日重凭欄清風空在竹前山依舊碧閑草經秋綠時物方宛然蛛絲一何速

經趙處士居　楊衡

雲居避世客髮白習儒經有地水空綠無人山自青廢梁悲逝水卧木思荒庭向夕霏煙斂徒看處士星

余夙慕陶公淵明爲人往歲渭上閑居常效陶體詩十六首今遊廬山經柴桑過栗里思其人訪其宅不能默默又題此詩　白居易

垢塵不汚玉靈龜（集作鳳）不啄羶嗚呼陶靖節生彼晉宋間心實有所守口終不能言永惟孤竹子披衣首陽山夷齊各一身窮餓未能（集作爲）難先生有五男與之同饑寒腸中食不充身上衣不完連徵竟不起斯可謂真賢我生君之

後相去五百年每讀五柳傳目想心拳拳昔常詠遺風著爲十六篇今來訪故宅森（集作森）若君在前不慕樽有酒不慕琴無絃慕君遺名（集作榮）利老死在丘（集作在此）園柴桑古村落栗里舊山川不見籬下菊但餘墟中煙子孫雖無聞族氏猶未遷每逢姓陶人使我心悽然

同諸客題于家公主舊宅　前人

平陽舊宅少人遊應是遊人到即愁布（一作春）穀鳥啼桃李院絡絲蟲怨鳳凰樓臺傾滑石猶殘砌簾動真珠不滿鈎聞道至今蕭史在鬢鬚（一作髯）雪白向韶（集作明）州

過孟浩然舊居　朱慶餘

命合終山水才非不稱時塚邊空有樹身後更（一作獨）無兒

散盡詩篇本長存道德碑平生誰見重應只是王維

廢宅　　前人

古巷棘門誰舊宅早曾聞說屬官家更無新燕來巢屋唯有閑人去看花荒廐欲摧塵滿櫪小池初涸草侵沙榮華事歇多如此立馬踟躕對日斜

過侯王故第　　于武陵

過此一酸辛行人淚有痕獨殘新碧樹猶擁舊朱門歌歇雲應(詩選作初)散簷空燕尚存不知彈鋏客何處感深(詩選作新)恩

過魏文貞公宅　　杜牧

蟪蛄寧與雪霜欺賢士難教俗士知可憐貞觀太平後天且不留封德彝

經(集作題)倪處士舊居　　許渾

儒翁九十餘舊向此村(集作山)居生寄一壺酒死留千卷書欄摧新竹少池淺故蓮疎但有小孫(集作子)在帶經還荷鋤

經故李拾遺郊(集作給事舊)居　　前人

歸作儒翁出致君北(集作故)山誰復有移(一作遺)文漢庭使氣摧張禹讒國懷憂逆范雲楓葉暗時迷舊宅芽花落處認荒墳朱絲(一作弦)一奏沉湘曲(集作終)風起寒波(一作陂)日欲曛

遊朱陂故大保杜公池亭　　前人

杜陵池榭倚城東孤島廻汀路不窮高岫乍疑三峽近遠波初似五湖通楸梧葉暗瀟瀟雨菱荇花香淡淡風還有昔時(集作年)巢燕在飛來飛去畫堂空(集作中)

題江令公舊宅　　前人

身沒南朝宅已荒邑人猶賞舊風光芹根生葉石池淺桐樹落花春井香帶暖山蜂巢畫閣欲陰溪燕集書堂閑愁此地更南望潮滿臺城春草長

過湖州李郎中舊宅(集作傷湖州李郎中)　　前人

政成身沒共興衰鄉路兵戈旅櫬廻城上暮雲凝鼓角海邊春草閉池臺經年未葬佳人散昨日因齋故吏來南北相逢皆掩淚(集作欲過洞庭還倚杵)白蘋洲上一(集作暖百)花開

經杜甫舊宅　　殷陶

浣花溪裏花多處爲憶先生在蜀時萬古只應留舊宅千金無復換新詩沙棚(一作崩)水檻鷗飛盡樹壓村橋馬過遲

山月不知人事變夜來江上與誰期

過伊僕射舊宅　　李商隱

朱邸方酣力戰功華筵俄歎逝波窮廻廊簷斷燕飛出小閣塵凝人語空幽砌(集作淚)欲乾殘菊露餘香猶入敗荷風何能更涉龍江去獨立寒沙(集作流)弔楚宮

鴻臚寺有開元中錫宴堂樓臺池沼雅爲勝絶荒凉遺址僅有存者偶成四十韻　　温庭筠

明皇昔御極神聖垂耿光沉機發雷電逸躅陵堯湯西覃積石山北至窮髮鄉四凶有獬豸一臂無螳螂嬋娟得神豔郁烈聞國香紫絲鳴羯鼓玉管吹霓裳禄山未封侯林甫才爲郎昭融廓日月妥帖安紀綱群生到壽域百辟趨

明堂四海正夷宴一塵不飛楊天子自猶豫侍臣宜樂康軋然閶闔開赤日生扶桑玉砌露盤紆金臺漏丁當鏘珮相擊觸左右隨淒鏘玄珠十二旒紅粉三千行盼盼生羽翼吒（一作咄）嗟迴雪霜神霞陵雲閣春水驪山陽盤鬬九子粽甈擎五雲漿雙瓔京兆慱七皷邯鄲倡毰毸碧鷄鬬龍葱翠雉塲仗官繡蔽膝寶馬金鏤鍚椒塗鬧鸚䳇柘彈驚鴛鴦倚歎華國臣鬢髮俱蒼蒼鍚宴得幽致車從真熇煌畫鷁照魚鼈鳴騶亂鶩鶴颭灧蕩碧波炫煌迷横曠縈盈舞迴雪宛轉歌遶梁藍帶畫銀絡寶梳金鈿筐沈真類漢相醉倒疑楚狂一旦紫微東胡星森耀芒憑陵逐鯨鯢唐突驅犬羊縱火三月赤戰塵千里黄骰函與府寺從此俱

荒涼茲地乃蔓草故墓摧壞墻枯池接斷岸唧唧啼寒螿敗荷塲作泥死竹森如槍遊人問老吏相對聊感傷豈不見麋鹿然後堪迴腸幸今遇太平令節稱羽觴誰知曲江塲歲歲棲鸞凰

經故秘書崔監揚州南塘舊居　前人

昔年曾識謝宣城（集作范安成）松竹風姿鶴性情唯向舊山晋月色偶逢秋澗似琴聲（集作西掖曙河横浦響此山秋月照江聲）乗舟兖吏經興縣爲酒求官得歩兵王柄寂寥譚客散却尋池閣淚縱横（集作千頃水流通故墅至今留得謝公名）

過賀監舊宅（集作秘書省賀監知章草題詩筆力遒健風尚高遠拂塵尋玩因有此作）　前人

越溪漁客賀知章任達憐才愛酒狂鸂鶒蒂花隨釣艇蛤蜊菰葉夢横塘幾年凉月拘華省一宿秋風憶故鄉榮路脱身終自得福庭回首莫相忘出群（集作龍）鸞鶴辭（集作歸）遼海落筆龍蛇滿壞墻李白死來無醉客可憐神彩弔殘陽

宿杜城亡友李羽處士故墅（一作里）　前人

榔不成絲草帶煙海槎東去鶴歸天愁腸斷處風（集作春）何限病眼開時月正圓花若有情還悵望水因無事莫潺湲終知此恨難消遣（集作消難盡）辜負南華第二篇

經陸補闕故人（集作過姚監故居）　方干

不敢要君徵亦起致君全得似唐虞讜言昨歎離天聽新塚今聞入縣圖琴鎖壞窻風自觸鶴歸喬木日（集作月）難呼

學詩弟子何人在檢點猶逢諫草無

經郭汾陽宅　趙嘏

門前不改舊山河破虜曾輕馬伏波今日獨經歌舞地古槐踈影夕陽多

重經巴丘追感開成初陪故員外從翁詩酒遊泛作　李群玉

昔年高棲李膺歡日泛仙舟醉碧瀾詩句亂隨青草發酒腸俱逐洞庭寛浮生聚散雲相似往事微茫夢一般今日片帆城下過（集作去）秋風回首淚闌干

經故宅有感　周繇

身没南荒雨露賒朱門空鎖舊繁華池塘鑿就方通水桃

杏栽成未見花異代圖書藏幾篋傾城羅綺散誰家昔年埏埴生靈地今日生人爲嘆嗟

襄州漢陽王故宅　皮日休

碑字依稀廟已荒猶聞耆舊憶賢王園林一半爲他主山水虛言是故鄉戟户野蒿生翠尾舞樓栖鴿汙雕梁柱天功業緣何事不得終身似霍光

陳光華故居　前人

杉桂交陰一里餘逢人渾似洞天居千株橘樹唯沽酒十頃蓮塘不買魚藜杖閑來侵徑竹角巾端坐滿樓書襄陽無限煙霞地難覓幽奇似此殊

過陶潛故宅　崔塗

陶令昔居此弄琴遺世榮（詩選作情）田園三畝綠軒冕一銖輕衰柳自無主白雲猶可耕不隨陵谷變應祇（詩選作有）是高名

經廢宅　杜荀鶴

人生當貴盛脩德可延之不慮有今日爭教無破時蘚斑題字壁花發帶巢枝何況高（集作嵩）原上荒墳與折碑

經宣城元員外山居　張喬

無人襲仙隱石室閉空山避燒猿猶到隨雲鶴不還澗荒巖影在橋斷樹陰閑但有黃河賦長留在世間

經九華山費徵君故居（故一作山）　前人

草堂蕪沒後來往問樵翁斷石荒林外孤墳晚照中數溪分大野九子立寒空煙壁曾行處青雲路不通

經隱巖懷舊遊　前人

夜久村落靜徘徊楊柳津青山猶有路明月已無人夢寐空前事星霜倦此身常期結茅處來往躡遺塵

費徵君舊居　張蠙

浮世拋身外棲蹤入九華遺篇補樂府舊籍隸仙家池靜龜昇樹庭荒鶴隱花古來天子命還少到煙霞

傷俠（一作侠）第　羅鄴

世間榮辱半相和昨日權門今雀羅萬古明君方納諫九江遷客更應多碧池草熟人偷釣畫戟春閑鷺亂過幾許樂僮無主後不離鄰巷教笙歌

傷平泉莊　前人

生前幾到此池臺尋數根荒去不回若遣春風解人意此枝盡合向南開

河中經故翰林張舍人所居　羅隱

行塵不是昔時塵謾向朱門憶侍臣一榻已無開眼處九泉應有愛才人文餘吐鳳當（集作他）年詔樹想棲鸞舊日春從此深恩更（集作恩深轉）難報夕陽衰草獨（集作淚）沾巾

瓊華觀經故友所居　前人

槐花漠漠向人黃此地追遊跡已荒清論不知蒙（集作莊）叟達死交空歎趙岐亡（集作忙）病來未忍言閑事老去唯應（集作知）覔醉鄉日暮街東策羸馬一聲橫笛似山陽

清溪江令公宅　前人

鸞牋象管夜深時曾賦陳宮第一詩譏罷風流人不見廢
來蹤跡草應知（集作何宜）鶯憐勝事啼空谷（集作巷）蝶戀餘香舞
好枝還有往年金甃井牧童樵叟等閑窺

岐王宅　唐彥謙

朱邸平臺隔禁闈貴遊陳跡尚依稀雲低雍畤祈年去雨
細長楊從獵歸申白賓朋傳道義應劉文彩寄音徽承平
舊物唯君名（一作盡）猶寫雕鞍伴六飛

文苑英華卷第三百七

文苑英華卷第三百八　詩一百五十八

悲悼八

懷古四十八首

郢城懷古　李百藥

客心悲暮序登墉瞰平陸林澤宵芊眠山川欝重複霸功
（文粹作王君）資設險名都距江澳方城次北門溟海窮南服長
策挫吳豕雄圖競周鹿萬乘重沮漳九鼎輕伊穀大蒐雲
夢掩壯觀章華築人世更盛衰吉凶良倚伏遽見隣交斷
仍覩贊臣逐南風忽不競西師日侵蹙運圮屬驅除時屯
恣敲朴莫救夷陵火無復秦庭哭鄢郢遂丘墟風塵俄慘
黷狐兔竟（文粹作時）遊踐霜露日沾沐釣渚曲（文粹作故）池平神臺

層宇覆陣雲埋夏首窮陰慘荒谷悵矣舟壑遷悲哉年代
倏雖異三春望終傷千里目

金陵懷古　唐堯臣

晉末英雄起神器淪荒服胡月蝕中原白日昇暘谷金陵
實形勝關山固重複巨壑隍北壖長江塹西隩鑿山擬嵩
華穿地象伊穀草昧席羅圖華路戴黃屋一時因地險五
世享天祿禮樂何煌煌文章紛郁郁多士春林秀作頌清
風穆出入三百年朝事幾翻覆攙搶如雲勃鯨鯢旋自曝
俄聞金鼎移驟覩靈龜卜吁嗟王氣盡坐悲天運倏天道
何茫茫善淫乃相復行路偏（疑）衣牛逐（疑）亡大梁族日隱
汀州上登艫艤川陸月廻吳山樹風聞楚江鵠因依蘭蕙

𧰼採櫝不盈掬

峴山懷古　陳子昂

秣馬臨荒甸，登高覽舊都。猶悲墮淚碣，尚想卧龍圖。城邑遥分楚，山川半入吴。丘陵徒自出，賢聖幾凋枯。野樹蒼烟斷，津樓晚氣孤。誰知萬里客，懷古正踟躕。

白帝城懷古　前人

日落滄江晚，停橈問土風。城臨巴子國，臺没漢王宫。荒服仍周甸，深山尚禹功。巖懸青壁斷，地險碧流通。古樹生雲際，孤帆出霧中。川途去無限，客思坐何窮。

洛川懷古　劉希夷

萋萋春草緑，悲歌牧征馬。行見白頭翁，坐泣青竹下。感歎前問之，贈余辛苦詞。歲月移今古，山河更盛衰。晉家都洛濵，朝廷多近臣。詞賦歸潘岳，繁華稱季倫。紫一作澤春草一作梓菲，河陽亂花飛。緑珠不可奪，白首同所歸。高樓倏冥滅，茂林久摧折。昔時歌舞臺，今成狐兎穴。人事互消亡，世路多悲傷。北邙是吾宅，東岳爲我鄉。君看北邙道，髑髏縈蔓草。碑塋或半存，荊棘歛幽魂。揮涕棄之去，不忍聞此言。

巫山懷古　前人

巫山幽陰地，神女艷陽年。襄王伺容色，落日望悠然。歸來高堂夜，金釭焰青烟。頽想卧瑶席，夢魂何翩翩。搖落殊未已，榮華倏徂遷。愁思瀟湘浦，悲凉雲夢田。猿啼秋風夜，鴈飛明月天。巴歌不可聽，聽此益潺湲。

蜀城懷古　前人

蜀土饒水竹，吴天積風霜。窮覽通表裏，氣色何蒼蒼。舊國有年代，青樓思豔粧。古人無歲月，白骨冥丘荒。寂歷彈琴地，幽流讀書堂。玄龜埋卜室，彩鳳葳詞場。陣圖一一在，栢樹雙雙行。鬼神清漢廟，鳥雀參秦倉。歎世已多感，懷心益自傷一作歎逝日已多，感懷心自傷。賴蒙靈丘境，時當一作鈞明月光。

商洛山行懷古　張九齡

園綺值秦末，嘉遁此山阿。陳迹向千古，荒途始一過。碩人久淪謝，喬木自森羅。故事昔嘗覽，遺風今豈訛。泌泉空活活，樵叟獨皤皤。是處清輝滿，從中幽興多。常懷赤松意，復憶紫芝歌。避世辭軒冕，逢時解薜蘿。盛明今在運，吾道竟如何。

廣武懷古　楊浚

河水城下流，登城望彌極。海雲飛不斷，岸草緑相接。龍門無舊埸，武牢有遺堞。扼喉兵易守，捫指計何捷。天奪項氏謀，卒成漢家業。鄉山遥可見，西顧淚盈睫。

秋登河陽城懷古　朱延

客遊倦旅思，懸駕陟崇墉。元凱標奇跡，安仁擅美蹤。遠近濁河流，出没青山峰。佇想空不極，懷古悵無從。

瞿唐懷古　杜甫

西南萬壑注，勍敵兩崖開。地與山根裂，江從月窟來。削成

當白帝空曲隱陽臺疏鑿功雖美陶鈞力大哉

登廣武楚漢古城（集作登廣武古戰場懷古）　李白

秦鹿奔野草逐之若飛蓬項王氣蓋世紫電明雙瞳呼吸
八千人橫行起江東赤精斬白蛇叱咤入關中兩龍不並
躍五緯與天同楚滅無英圖漢興有成功按劍清八極歸
酣歌大風伊昔臨廣武連兵決雌雄分我一杯羹太皇乃
爾（集作汝）翁戰爭有古跡壁壘頹層穹猛虎吟洞壑飢鷹獵
（集作鳴）秋空翔雲列曉陣殺氣赫長虹撥亂屬豪聖俗儒安
可通沉湎呼豎子狂言非至公撫掌黃河曲嗤嗤阮嗣宗

月夜金陵懷古　前人

蒼蒼金陵月空懸帝王州天文列宿在霸業大江流綠水

絕馳道青松摧古丘臺傾鳷鵲觀宮沒鳳凰樓別殿悲清
暑芳園罷樂遊一聞歌玉樹蕭颯（集作瑟）後庭秋（一作千古不勝悲）

秋夜獨坐懷古　前人

少（集作小）隱慕安石遠遊學子平天書訪江海雲卧豈（一作起）
咸京入侍瑶池宴出陪玉輦行誇胡新賦作諫獵短書成
但奉紫霄顧非邀青史名莊周空說劍墨翟耻論兵拙薄
遂疎絕歸閑偶事耕顧無蒼生望空愛紫芝榮寂（集作寥）落
暝霞色微茫舊壑情秋山綠蘿月今夕為誰明
此詩集以懷故山為題語亦相應今英華作懷古故
入此門恐誤

登敬亭山南望懷古贈竇主簿　前人

敬亭一廻首目盡天南端仙者五六人多（集作常）聞此遊盤
溪深（集作流）琴高水石聳麻姑壇白龍降陵陽黃鶴呼子安
羽化騎日月雲行翼鴟（集作鸑）鸞下視宇宙間四溟空（集作皆）
波瀾決絕目下事從之復何難百年（集作歲）落半途前期浩
漫漫強食不成味清晨起長歎願隨子明去煉火燒金丹

鄴中（間氣集作城）懷古　孟雲卿

朝（間氣集作欲）發淇水南將尋北燕路魏家舊城闕寂寞無人
住伊昔天地閉曹瞞（一作公）獨守（一作中）擁群臣將北面白日
忽西暮三臺竟寂寞（一作寥）萬代良難固（一作萬事雖長固）雄豪（一作
圖）安在哉衰草沾霜露崔嵬長河北尚應想劉墓古樹藏
垂龍（一作龍蛇）荒茅伏秋兔永懷故池館數子連章句逸興驅

山河稚辭變雲霧我行覩遺跡精爽如可（一作相）遇斗酒將
酹君悲風白楊樹　一作皆文粹

出蕭關懷古　陶翰

驅馬擊長劍行旅至蕭邊悠然五原上永眺關河前北虜
三十萬此中常控弦秦城亘宇宙漢帝理戎旃刀斗鳴不
息羽書日夜傳五軍計莫就三策議空全大漠橫萬里蕭
條絕人烟孤山當瀚海白日照祁連愴矣苦寒奏懷哉式
微篇更悲秦城月夜夜出胡天

南楚懷古　劉長卿

南國久蕪漫我來（一作生）空鬱陶君看章華宮處處生黃蒿
但見陵與谷豈知賢與豪精魂託古木寶玉捐江皋倚棹

下晴景廻舟隨晚濤碧雲幕寥落湖上秋（集作青）天高往事
那堪問此心徒自勞獨餘湘水上千載聞離騷

春草宮懷古　前人

君王不可見芳草舊宮春猶帶羅裙色青青向楚人

金陵懷古　司空曙

輦路江楓盡（詩選作暗）宮潮野草春傷心庾開府老作北朝臣

湘中懷古　戴叔倫

昔人從逝水有客弔秋風何意千年隔論心一日同楚亭
方作亂漢律正酹功倏忽桑田變讖言亦已空

京口懷古　前人

大江橫萬里古渡渺千秋浩浩波聲險蒼蒼天色愁三方

歸漢鼎一水限吳州霸國今何在清泉長自流

湘州懷古　釋清江

瀟湘連汨羅復對九疑河浪勢屆原塚竹聲漁父歌地荒
征騎少天暖浴禽多脉脉東流去古今同奈何

薊城懷古　李端

風吹城上樹草沒城邊路城上明月時精靈夜來去

金陵懷古　劉禹錫

潮蒲臺城渚日斜征虜亭芳洲新草綠幕府舊烟青興廢
山人事山川空地形後庭花一曲幽怨不堪聽

西塞山懷古　前人

西晉樓船下益州金陵王氣漠（一作黯）然收千尋鐵鎖沉江
底一片降幡出石頭人世幾回傷往事（一作荒苑至今生茂草）山形（一作古城）依舊枕寒流今逢四海爲家日故壘蕭蕭蘆荻秋（一作而今四海歸皇化兩岸蕭蕭蘆荻秋）　一作皆唐宋類詩

荊門道懷古　前人

南國山川舊帝畿宋臺梁館尚依稀馬嘶古樹行人歇麥
秀空城野雉飛風吹華落塡宮井火入荒墳化寶衣徒使
詞臣庾開府咸陽終日苦思歸

西江懷古　杜牧

上吞巴漢控瀟湘怒似連山靜鏡光魏帝縫囊眞戲劇符
堅投箠更荒唐千秋釣艇（集作舸）歌明月萬里沙鷗弄夕陽
范蠡清塵何寂寞好風唯屬往來商

汴口（集作河）懷古　前人

錦纜龍舟隋煬帝平臺複道漢梁王遊人還（集作閑）起前朝
念折柳孤吟斷殺腸

姑蘇懷古　許渾

宮館餘基輟棹過黍苗無限獨悲歌荒臺麋鹿爭新草空
苑鳧鷗占淺沙江上（集作吳岫）雨來虛檻冷海邊風起（集作楚江風急）
遠帆多可憐國破忠臣死日月東流生白波

金陵懷古　于濆

館娃宮畔顧國變生嬌妬勾踐膽未嘗夫差心已誤吳亡
井已矣越勝今何處當時二國君一種邊江墓

金谷懷古　前人

黃金嬌石崇與晉爭國力更欲住人間一日買不得行爲
忠信什身是文章宅四者俱不聞空傳墮樓（一作墜樓）客

楚江懷古三首　蒼葭（又玄集作蒼山）　馬戴

露氣寒光集微陽下楚丘猿啼洞庭樹人在木蘭舟廣澤
生明月蒼葭夾亂流雲中君不降竟夕自悲秋

二

驚鳥去無際寒蛩鳴我傍蘆洲生早霧蘭溼下微霜列宿
分窮野空流注大荒看山候明月聊自整雲裳

三

野風吹蕙帶驟雨滴蘭橈屈宋魂冥寞江山思寂寥陰霓
侵晚（一作夕）景海樹入迴潮欲折寒芳薦明神詎可招

釣臺懷古　劉駕

澄流可濯纓嚴子但垂綸孤坐九層石遠笑清渭濱潛龍
飛上天四海豈無雲清氣不零雨安使澆（詩選作洗）埃塵我來
吟高風髣髴見斯人江月尚皎皎江石亦磷磷如何臺下
路明日又迷津

建鄴懷古　楊乘

故城故壘蒲江濆盡是干戈舊苦辛君見卽須知帝里（一作力）
生來便作太平人

秣陵懷古　李群玉

野花黃葉舊吳宮六代豪花（一作華）燭散風龍虎勢衰佳氣
歇鳳凰名在故臺空市朝遷變秋蕪綠墳壠高低落照紅

霸業鼎圖人去盡獨來惆悵水雲中

汴河懷古二首　皮日休

萬艘龍舸綠絲間載到揚州盡不還應是天教開汴水一
千餘里地無山

二

盡道隋亡爲此河至今千里賴通波若無水殿龍舟事共
禹論功不較多

金陵懷古　崔塗

葦聲蕭颯水天秋吟對金陵古渡頭千載是非輪蝶夢一
蹲風雨屬漁舟若無仙分應須老幸有青山卽合休何必
登臨更惆悵比來人世只如浮

青山（集作山歸）比來人世（集作本來身世）

南海石門戍懷古　陳陶

漢家征百越落（疑）地喪貔貅大野朱旗沒長江赤血流鬼
神尋覆族宮廟變荒丘唯有朝臺月千年照戍樓

塗山懷古　前人

落拓書劍晚清秋鷹正籠塗山間來上敬愛如登龍覽古
覺神王翛然天地空東南更何有一醉先生風惟昔放勳
世陰晦微（一作亂）成洪皇圖化爲鱉天道漂無蹤帝乃命舟
檝撥芳儒素中高陳九州力百道驅歸東舊物復光明洪
爐拜延鍇經門不私子足知示（一作天下公亮曰疑）那並生
唐虞禪華蟲慈山朝萬國一賦寰海同十載有虞寓秋毫

皆帝功垂衣不嬌德子桀如何韓握髮聞禮賢葺茆見卑
宫卮夫色難事神聖安能一作龍 恭道隱三千年遺芳播笙
鏞當時執圭處佳氣仍童童海嶼儼清廟天人盛衹供玄
恩及花木册識名崆峒異代草澤臣何由樹勲庸尭階未
曾識誰信平生忠恨不當際會預爲執鞭僮勞歌下山去
懐德心無窮

春日秦國懐古　周朴

荒郊一望欲消魂涇水縈紆傍遠村牛馬放多春草盡原
田耕破古碑存雲和積雪蒼山晚烟伴殘陽緑樹昏數里
黄沙行客路一作路客不堪回首思秦原

望中懐古　前人

齊心樓上望浮雲萬古千秋空姓名棄水東銷天際去姬
風一變世間平高蹤盡共天一作烟霞在大道長將白日明
一作日月從此安然寰海内後來無復謾相傾

謝公亭懐古　張喬

謝家烟徑長苺一作苔苔半落虚欄一作欄竹上開流水不將
山色去閑雲時帶角聲來六朝舊跡遺詩在三楚空江有
鴈廻達理始應惆悵盡因僧清話憶天台

咸陽懐古　常莊

城邊人倚夕陽樓城上雲凝萬古愁山色不知秦苑廢水
聲空伴漢宮流李斯不向倉中死徐福應無物外遊莫怪
楚吟偏斷骨野烟蹤跡似東周

金陵懐古　王貞白

恃險不種德興亡歎數窮石城幾換主天塹謾連空御路
壘民塚臺基聚牧童折碑猶有字多記晉英雄

文苑英華卷第三百八

文苑英華卷第三百九　　詩一百五十九

悲悼九

遺跡四十八首

登石頭城　　何遜

開域乃形勝地險嗟非一馬嶺逐縈（一作紆）迴犬牙傍陰（一作險）崒百雉極襟帶億庾兼量出（擬作入押出字）至理無窮形爲善竟何恤眺聽窮耳目遠近備幽悉擾擾見行人輝輝視落日連檣入回浦飛幰交長術天暮遠山青潮去遙沙出薄宦惡師表屬辭慚愈疾頹乘鮫鯨車還隱朦朧室

望郢州城　　沈炯

覊兮何處返非死復非仙坐柯如昨日石合未淹年歷陽頓成浦東海果爲田空憶扶風詠惟（類聚作誰）見峴山傳世變才良改時移民物遷悲哉孫驃騎悠悠哭彼天

遊梁城　　盧思道

楊鑣歷汴浦迴邑（一作郭）入梁墟漢藩文雅地清塵暖有餘賓遊多任俠臺苑盛簪裾歎息徐公劍悲涼鄒子書亭皐落照盡原野沍寒初鳥散（一作息）空城夕烟銷古樹疎東越嚴子陵西蜀馬相如脩名竊所慕長謡獨課虛

過故鄴　　段君彥

玉馬芝蘭北金鳳鼓山東舊國千門廢荒壘四郊通深潭直有菊涸井半生桐粉落粧樓毀塵飛歌殿空雖臨玄武觀不識紫微宮年代俄成昔唯餘風月同

遊隋故都　　陸敬

洛城聊顧步長想遂留連水闕宮初毀風變鼎將遷皐陶德不見（一作建）汾隅似忽焉宗祊曠無象聲朔緬誰傳粉榆何冷落禾黍鬱阡綿悲歌盡商頌太息閔周篇來蘇佇聖德濡足乃承（一作乘）乾正始淳風被人勞用息肩舞象人思澤偃伯武功宣則百昌厥後於萬永斯年茲辰素商節灰管變星纏平原悴秋草喬木歛寒烟翻黃墜疎葉凝翠積高天參差海曲鴈寂寞柳門蟬興悼今如此悲愁復在旃徬徨不忍去杖策屢迴遭

和周記室遊舊京　　孫萬壽

大夫愍周廟王子泣殷墟自然心斷絕何關係慘舒余本

漳濵士舊國亦淪胥紫陌風塵起青槐冠蓋疎臺留子建賦宮薄仲將書譙周自題柱商容詎表閭聞君懷古曲同病亦漣如

夕次舊吳　　駱賓王

維舟背楚服振策下吳畿盛德弘三讓雄圖抗九圍黃池通霸迹（集作業）赤壁長（一作暢）戎威文物俄遷謝英靈有盛衰行歎鴟夷沒遽惜湛盧非地古烟塵暗年深館宇稀山川四望是人事一朝非懸劍空留信亡珠尚識機陣風遙可託闗月湫（一作啾）難依西北雲逾滯東南氣轉微徒思悵佰隱（集作徙懷）多謝買臣歸唯有荒臺露薄暮濕征衣

北使長城　　王無競

秦世築長城長城無極已暴兵四十萬興工九千里死人如亂麻白骨相撐委彈斃未云悟窮毒豈知止胡塵未北滅楚兵遽一作遂東起六國遂一作復囂囂兩龍鬬鬐鬐卯金竟握讖反璧俄淪圯仁義寖邦國徂暴行終始一旦咸陽宮翻爲漢帝一作朝市

過漢故城　吳少微

大漢昔未定强秦猶擅場中原逐鹿罷高祖鬱龍驤經始謀帝坐茲焉壯未央規模窮棟宇表裏浚城隍群后崇長樂中朝增建章鈎陳被蘭錡樂府奏芝房翡翠明珠帳鴛鴦白玉堂清晨寶鼎食閑夜鬱金香天馬來東道佳人傾北方何其赫隆盛自謂寶靈長歷數有時盡哀平嗟不昌

冰堅成巨猾火德遂頹綱奧位匪虛校貪天竟速亡寃神吁社稷豺虎鬬巖廊金狄移灞岸銅盤向洛陽君王無處所年代幾荒涼宮闕誰家域蓁蕪罥我裳井田唯有草海水變成桑在昔高門內于今岐路傍餘基不可識古墓列成行狐兔驚魍魎鴟鴞嘯徧狂空城寒日晚平野暮雲黃烈烈樊一作焚青棘蕭蕭吹白楊千秋并萬歲一作萬歲後空使詠歌傷

經江寧覽舊跡至玄武湖　張九齡

南國更數世北湖方十洲天清華林苑日晏景陽樓幕一作果下廻仙騎津傍駐綵斿鳧鷖喧鳳管荷芰鬬一作檣龍舟七子陪詩賦千人和棹謳應言在鎬樂不讓橫汾秋風俗因紓慢江山成易由騶王信不武孫叔是無謀佳氣日將歇覇功誰與脩桑田東海變麋鹿姑蘇遊否運爭三國康時劣九州山雖幕府在舘豈豫章留冰淀一作淚還相閱姜歌亦故遒雄圖不足問難想事風流

巫山之陽香溪之陰明妃神女舊跡存焉　蔣冽

神女歸巫峽明妃入漢宮擣衣餘石在薦枕舊臺空行雨有時度溪流何日窮至今詞賦裏悽愴寫遺風

經埋輪地

漢朝張御史晉國綠珠樓時代邈已遠共謝洛城秋洛城大道邊此地尚依然下馬獨太息擾擾城市喧詩人嘆綠珠詩滿金谷園千載埋輪地無人與一言正直死猶忌况

乃未死前汨羅有翻浪恐是嬿屈原我聞太古水上與天漢連如何一落地又作九曲泉萬古惟高步可以旌我賢

五言登越州城　孫逖

越嶂繞層城登臨萬象清封圻滄海合廛閈鑑一作碧湖明曉日漁商滿芳春棹唱行山風搖美箭田雨潤香秔代閱英靈盡人閑吏隱并贈言王逸少已見曲池平

雜言丹陽行　前人

丹陽古郡洞庭陰落日扁舟此路尋傳是東南舊都處金陵中斷碧江深在昔風塵起京都亂如燬雙闕戎虜閒千門戰場底傳聞一馬化爲龍南渡衣冠亦願從石頭橫帝里京口拒戎鋒青楓林下廻天蹕杜若洲前轉國容都門

不見河陽樹輦道唯聞建鄴鍾中原悠悠幾千里欲掃欃槍未云已英雄傾奪何紛然一盛一衰如逝川可憐宮觀（一作館）重江裏金鏡相傳三百年自從龍見聖人出六合車書混爲一昔年王氣今何在併向長安就堯日荊榛草木開荒阡共道繁華不復全赤縣餘存（一作唯餘）江樹月黃圖半入海人烟暮來山水登臨遍覽古愁今淚如霰唯有空城多白雲春風淡蕩無人見

金陵　李白

六代興亡國三盃爲汝（一作爾）歌苑芳秦地少山似洛陽多古殿吳花草深宮晉綺羅併隨人事滅東逝與（集作只）滄波

秋夜板橋浦泛月獨酌懷謝朓　前人

天上何所有迢迢白玉繩斜低建章闕耿耿對金陵漢水舊如練霜江夜清澄長川瀉落月洲渚曉寒凝獨酌板橋浦古人誰可徵玄暉難再得洒淚（一作酒）氣塡膺

望鸚鵡州悲禰衡　前人

魏帝營八極蟻觀一禰衡黃祖斗筲人殺之受惡名吳江賦鸚鵡（一作鸚鵡賦）落筆超群英鏘鏘振金玉句句欲飛鳴鷙鶚啄孤鳳千春傷我情五岳起方寸隱然詎可平才高竟何施寧不（集作寡識）冒天刑至今芳洲上蘭蕙不忍生

經下邳圯橋懷子房　前人

子房未虎嘯破產不爲家滄海得壯士椎秦博浪沙報韓雖不成天地皆振動潛匿遊下邳豈曰非智勇我來圯橋上懷古欽英風惟見碧水流（集作流水）曾無黃石公歎息此人去蕭條徐泗空

越中覽古　前人

越王勾踐破吳歸義士還家盡錦衣宮女如花滿春殿至今惟有鷓鴣飛

故絳行　杜顔

君不見銅鞮觀數里城池已蕪漫君不見虎祁（文粹作祁虒）非宮幾重臺榭亦微濛介馬兵車全盛時歌童舞女妖豔姿一代繁華皆共絕九原惟望冢纍纍

題沈黎城　權徹

蘇子卧北海馬翁渡南州迹悔事乃立功達名遂休夜聞

羽書至召募北邊州鐵騎耀楚甲玉匣橫吳鈎雪厚群山凍蓬飛荒塞秋久戍曷辭苦數戰期封侯不學竪儒輩一經垂白頭

漂母岸　崔國輔

泗水入淮處南邊古岸存秦時有漂母於此饋王孫王孫初未遇寄食亦何論後爲楚王來黃金答母恩事蹟遺在此徒傷千載魂寒洲漲未鮮荒壟草空繁是（一作徒）望淮陰口蒼蒼雲樹昏幾年崩處色每月落潮痕古地多堙圮時哉不敢言其夕淚沾裳遂宿蘆洲村

南浦望漢宮　司空曙

荒原空有漢宮名衰草茫茫雉堞平連鴈下時秋水在行

人過盡暮烟生西陵歌唱何年絶南陌登臨此日情故事悠悠不可問寒禽野水自縱橫

過馬嵬三首　李益

路至墻垣問樵者顧予曰(集作云)是太真宫血染馬蹄盡朱閣影當天際插青空(集作太真血染馬蹄盡朱閣影當天際空)丹壑不聞歌笑(一作吹)夜玉階惟有薜蘿風世人莫重霓裳曲曾致干戈是此中

二

金甲雲(集作鍛)旗盡已回蒼茫羅袖隔紅埃濃香猶自隨鑾輅恨魄無因離馬嵬南内真人悲帳殿東溟方士問蓬萊惟留坡畔彎環月時送殘蟬(集作娥)入帝(集作夜)臺

三

漢將如雲不直言寇來翻罪綺羅恩託君莫(集作不)洗蓮花血留寄千年妾淚痕

夜步吹古城　楊衡

茫茫死復生惟有古時城夜半無鳥雀花枝當月明

長城　鮑溶

蒙恬(集作公)屬生人北築秦氏冤禍興蕭墻内萬里防禍源(集作根)城成六國亡宫觀豈(文粹作闕落集作闕幾)千年生人半爲土何用空中原柰何家天下骨肉尚無恩(文粹作柰何天下人骨肉尚酬恩)投沙擁海水安得久不翻乘高憐人神(文粹作寃)寒日易黄昏白(文粹作枯)骨貫折矢(一作鐵)砂中如有言萬歲(一作世)驪山下(文粹作萬古驪山墓)徒悲(文粹作誰知)野火燔

雲夢故城秋望　戎昱

故國惟(一作遺)墟在登臨想舊遊一朝人事變千載水空流夢渚鷗飛晚荆門樹色秋片雲凝不散遥掛望鄉愁

鄴中行　郭良驥

年去年來秋更春魏家園廟已成塵只今惟有西陵在無復當時歌舞人

登司馬錯故城(秦昭王命錯征五溪蠻城在武陵沅江南)　劉禹錫

將軍𡧑(集作將)秦師西南奠遐服故壘清江上蒼烟昧(集作晦)喬木登臨值蕭辰周覽壯前躅塹平陳葉滿墉高秋蔓綠廢井抽寒菜毁臺生穭谷耕人得古器宿雨多遺鏃楚塞

鬱重疊疊溪紛詰曲留此數仞基幾人傷送(集作日遠)目

過故洛城　白居易

故城門前春日斜故城門裏無人家市朝欲認不知處漠漠野田飛草花

過洛陽城　武陵

古來利與名俱在洛陽城九陌皷初起萬車輪已行周秦時幾變伊洛水猶清二月中橋路鳥啼春草生

故洛陽城有感　杜牧

一片宫墻當道危行人爲爾(集作汝)去遲遲筆圭苑裏秋風起(一作後)平樂館前斜日時錮黨豈能留漢鼎清談空解(集作識)笑胡兒千燒萬戰坤靈死慘慘終年鳥雀悲

登故洛陽城　許渾

禾黍離離半野蒿昔人城此豈知勞水聲東去市朝變山勢北來宮殿高鴉噪暮雲歸古堞鴈迷寒雨下空壕可憐緱嶺登仙子猶自吹笙醉碧桃

過新豐　溫庭筠

一劒乘時帝業成沛公鄉里到咸京寰區已作皇居貴風日猶含白社清泗水舊亭秋草變千門遺瓦古苔生至今留得離家恨雞犬相聞落照明

馬嵬二首　李商隱

海外徒聞更九州鄒衍云九州外復有九州他生未決集作卜此生休空聞虎旅鳴宵柝無復雞人報曉籌此日六軍同駐馬當時

七夕笑牽牛如何四紀爲天子不及盧家有莫愁

二

冀馬燕犀動地來自埋紅粉自成灰君王若道堪集作能傾國玉輦何因過馬嵬

南陽　皮日休

昆陽王氣已蕭疎依舊山河捧帝居廢路塌平殘瓦礫破墳耕出爛圖書綠莎蒲縣年荒後白鳥盈溪雨霽初二百年來霸王業可知今日是丘墟

早發鄴北經古城　聶夷中

微月東南明雙牛耕古城但耕古城地不知古城名當昔置此城豈料今日一作人耕蔓草已離披孤兔何縱橫秋雲零落散秋風集作風雨蕭蕭生對古良可嘆念今轉傷情古人已冥冥今人又營營不知馬蹄下誰家舊臺亭

經故洛城　王貞白

下世何乆遠由來仰聖明山河徒自壯周召不長生幾主任姦諂諸侯各戰爭但餘崩壘在今古共傷情

金陵　前人

六代江山在繁華古帝都亂來城不守戰後地多蕪寒日隨潮落歸帆與鳥孤興亡多少事回首一長吁

長城　羅鄴

當時無德御乾坤廣築徒勞萬古存讒役生民防極塞不知血刃起中原珠璣旋見陪陵寢社稷何曾保子孫降虜

至今猶此說冤聲夜夜哭城根

經洛陽有感　前人

一片危墻勢恐人墻邊日月走蹄輪築時驅盡千夫力崩處空遺數里塵長嘆往來經此地每嗟興廢欲沾巾那堪又向空城過錦雉驚飛麥隴春

臺城　羅隱

晚雲陰映下空城六代纍纍夕照明玉井已乾龍不起金甌雖破虎曾爭亦知霸世才難得却是蒙塵事最平深谷作陵山作海茂弘流涕莫傷情涕一作輩

同前　前人

潮平遠岸草浸沙東晉衰來最可嗟庾舅已能窺帝里集作

臺王郎還是御人家。山寒花樹啼風雨，泉煖枯骸動齒牙。欲起九泉看一遍，秦淮聲急日西斜。

江南　前人

玉樹歌聲澤國春，累累輜重憶亡陳。垂衣端拱渾閑事，忍把江山乞與人。

江北　前人

廢宮荒苑莫閑愁，成敗終須要徹頭。一種風流一種死，朝歌爭得似楊州。

新豐　唐彥謙

沛中歌舞百餘人，帝業功成里巷新。半夜素靈先哭楚，一星遺火下燒秦。貔貅掃盡無三戶，雞犬歸來識四鄰。惆悵故園前事遠，曉風長路起埃塵。

文苑英華卷第三百九

文苑英華卷第三百十　詩一百六十

悲悼十

挽歌八十六首

彭城王挽歌　盧思道

旭旦禁門開，隱隱靈輿發。繞肴鳳樓迴，稍視龍山沒。猶陳五營騎，尚聚三河卒。容衛儼來歸，空山照秋月。（以下三篇並見初學記）

樂平長公主挽歌　前人

妝臺（一作樓）對馳道，吹臺臨景舍。風入上春朝，月滿涼秋夜。未言歌笑畢，已覺生榮謝。何時洛水濱，芝田解龍駕。

樂大夫挽歌二首　駱賓王

蒿里誰家地，松門何代丘。百年三萬日，一別幾千秋。及照寒無影，窮泉凍不流。居然同物化，何處欲藏舟。（以下四首並見集本）

二

一旦先朝菌，千秋掩夜臺。青烏新兆去，白馬故人來。草露當春泣，松風向夕哀。寧知荒壠外，淚（集作弔）鶴自徘徊。

丹陽刺史挽詞二首　前人

百齡嗟倏忽，一旦向（集作附）山阿。丹桂消亡盡，青松哀思多。薰風應聽曲，薤露反成歌。自有藏舟處，誰憐隙駟過。

二

惻愴恒山羽，留連棣萼篇。佳城非舊日，京兆即新阡（集作仟）。城郭三千歲，丘陵幾萬年。惟餘松柏壠，朝夕起寒烟。

故北平公主挽歌　上官儀

木落園池（集作林）曠庭空風露寒北里清音絶南陔芳草殘
遠氣猶生（初學記作標）飄浮雲尚爲冠寂寞琴臺晚秋陰入井
幹

上高密長公主挽歌　前人

湖渚覇靈跡娥臺靜瑞音鳳逐清簫遠鸞隨幽鏡沉霜處
華英落風前銀燭侵寂寞平陽宅月冷洞房深

永泰公主挽歌二首　吴兢

穠華從婦道釐降適諸侯河漢天孫合瀟湘帝子遊關雎
方作訓鳴鳳自相求可嘆凌波迹東川遂不流

二

舜華徂北渚宸思結南陽鑿綏哀榮備遊軒寵悼彰三川

謀遠日八水宅連岡無復秦樓上吹簫下鳳凰

戶部尚書崔公挽詞　崔融

八座圖書委三台章奏盈舉盃常有勸曳履忽無聲市若
荆州罷池如薛縣平空餘南斗劍天子署高名

常長史挽歌　前人

日落桑榆下寒生松栢中冥冥多苦霧切切有悲風京兆
新阡潤扶陽甲第空郭門從此送荆棘漸朦朧

馬武騎挽歌二首　李嶠

五日皆休沐三泉獨不歸池臺金闕是鐏酒𤨏筵非巷靜
遊禽入門閑過客稀惟餘昔年鳳尚遶故樓飛

二

昔下天津館嘗過帝子家夜傾金屋酒（一作盃）春舞玉臺花
試馬依紅埒吹簫弄紫霞誰言東郭路翻作北門車

武三思挽歌　前人

玉匣金爲縷銀鉤石作銘短歌傷薤曲長暮泣松扃事往
昏朝霧人亡折夜星忠賢良可惜圖畫入丹青

天官崔侍郎夫人盧氏挽歌　前人

寵服當年盛芳蕙此地窮劍飛龍匣在人去鵲巢空簟愴
孤生竹琴哀半死桐惟當青史上千載仰嬪風

梁宣王挽詞三首　宋之問

貴藩尧母族外戚漢家親業重興王際功高復辟辰愛君
惟報國樂善不防身今日衣冠送空傷置醴人

二

金精何日閑玉匣此時開東望連吾子南瞻近帝臺地形
龜食報墳土燕銜來可嘆虞歌夕紛紛騎吹迴

三

像設千名在平生萬事違綵游翻寶（一作葆）吹圭婁奠靈衣
壠日寒無影交（一作郊）雲凍不飛君王留此地駟馬欲何歸

魯忠王挽詞二首　前人

同盟會五月歸葬出三條日慘咸陽樹天寒渭水橋稍看
朱鷺轉尚識紫騮驕寂寞泉臺恨從茲罷玉簫

二

邦家錫寵光存沒貴忠良遂裂山河地追尊父子王人悲

槐里月馬踏槿原霜別向天京兆悠悠此路長

三

樹羽迎朝日撞鍾望早霞故人悲宿草中使慘晨笳氣有
衝天劍星無犯斗槎惟餘孔公宅長接魯王家

范陽王挽詞二首　前人

賢相稱邦傑清流舉代推公才掩諸夏文體變當時賓弔
翻成鶴人亡惜喻龜洛陽今紙貴猶爲太冲詞

二

贈袞徽章洽求書秘草成客隨朝露盡人逐夜舟驚高里
衣冠送松門印綬迎誰知楊伯起今日重哀榮

故趙王屬贈黄門侍郎上官公挽詞二首

常門旌舊德班氏業前書謫去因丞相歸來爲婕妤周原
烏相塚越嶺鴈隨車冥漠辭昭代空憐賦子虚

二

緑車隨帝子青瑣翊宸機昔枉朝歌騎今虚夕拜闈柳河
悽挽曲薤露濕靈衣一暦（一作昔）窮泉壤（一作閉）雙鸞遂不飛

同前　李乂

暮歸泉壤幽（一作隅）朝發城池戀漢疇結愁陰秦川（一作陵）下
悲霰騣駿百駟馳惘惘群龍餞石馬徒自施玉人終不見

故西臺侍郎上官公挽歌　前人

寓内文儒重朝端禮命優立言多啓沃論道盛謀猷顧日
琴安在銜星劒不留徒懷東武讌更掩北原丘

高安公主挽歌二首　前人

湯沐三千賦樓臺十二重銀罏稱貴子（一作幸）玉輦盛過逢
嬪則留中饋娥輝沒下舂平陽百歲後歌舞爲誰容

二

賓衛儼相依横門啓曙扉（一作暉）靈陰蟾兎缺仙影鳳凰飛
一水秋難渡三泉夜不歸况臨青女節瑤草更前衰

淮陽公主挽歌　前人

王顔生漢渚湯沐榮天女金縷化邛塵哀榮感路人鳳凰
曾作伴螻蟻忽爲親疇日成蹊處穠華不復春

天官崔侍郎夫人盧氏挽歌　沈佺期

偕老言何謬香魂事果違潘魚從此隔陳鳳宛然飛埋鏡

泉中暗藏燈地下微猶憑少君術髣髴覩容輝

章懷太子靖妃挽詞　前人

彤史佳聲載青宮懿範留形將鸞鏡隱魂伴鳳笙遊送馬
嘶殘日新塋落晚秋不知蒿里曙空見隴雲愁

秦州薛都督挽詞　前人

十里絳山幽千年汾水流碑傳門客建劒是故人留隴樹
烟含夕山門月對秋古來鍾鼎盛共盡一蒿丘

崔尚書挽歌　張説

相宅隆坤寶承家占海封庭中男執鴈門外女乘龍鳴玉
遊三省攢金侍九重一朝賓客散留劒在青松（以下四篇並見集本）

右丞相蘇公挽詞　前人

玉宰丹青化春卿禮樂才緇衣傳舊職華袞贈新哀路泣
群官送山斷駟馬迴佳城無白日賓閣有青苔

崔司業挽詞　前人

像設存華館威儀下墓田鳳池傷舊草麟史泣遺篇帷蓋
墟烟沒干旌隴日懸古來埋玉樹流恨盡（集作蕭）山川

李工部挽詞　前人

宅兆西陵上平生雅志從城臨丹闕近山望白雲重會葬
知元伯看碑識蔡邕無由接神理揮涕向青松

贈司徒豆盧府君挽詞　蘇頲

寵贈追胡廣親臨比賀循幾聞投誄客多會服緦人草閉
墳將古松陰（一作深）地不春二陵猶可望存沒有忠臣

故右散騎常侍侍讀舒國公褚公挽歌

陽翟疏豐構臨平演慶源學筵尊授几儒服寵乘軒審論
留中密開陳與上言徂輝一不惜空有賜東園

故高安大長公主挽詞　前人

彫（一作彤）管承師訓青圭備禮容孟孫家代寵元女國朝封
柔軌題貞順閑規賦肅雝知落照盡霜吹入悲松

故徐州刺史贈吏部侍郎蘇公挽詞　張九齡

嵩玄方繼相荀爽復齊名在貴無天爵能賢出世卿學聞
金馬縱（集作詔）神見玉人情藏壑今如此爲山遂不成

故滎陽郡君蘇氏挽詞二首　前人

門緒公侯列嬪風詩禮行松蘿方有寄桃李忽無成匆去
雙龍別鶴哀九鳳鳴何言嶧山樹還似半生心

二

永嘆芳魂斷行看草露滋二宗榮盛日千古別離時竟罷
生香（集作匂）贈空留畫扇悲客車候曉發何歲是歸期

眉州康司馬挽歌　前人

家授專門學人稱入室賢劉楨徒有氣管輅獨無年謫去
長沙國魂歸京兆阡終（集作繼）來匣中鏡埋沒罷衡天

故太常卿贈禮部尚書李公及夫人挽歌二首　蔣溪

白簡常持憲黃圖復尹京能標百郡則威肅一朝清典秩
崇三禮臨戎振五兵更聞傳世業才子有高名

二

封樹遵同穴生平此共歸鏡埋鸞已去泉掩鳳何飛薤挽
疑笳曲松風思翟衣易名將寵贈泉路滿光輝

故太子太師徐公挽歌四首　王維

功德冠群英彌綸有大名軒皇用風后傳說是星精就第
優遺老來朝詔不名（疊押名字）留侯常（集作嘗）辟穀何苦不長生

以下五篇並見集本

二

謀猷爲國相翊贊奉宸（集作衆）輿履劔升前殿貂蟬託後車

三

齊侯疏土宇漢室賴圖書僻處留田宅仍饒十畝（集作頃）餘

舊里趨庭日新年置酒辰閑□詩鸞渚客獻賦鳳樓人北首辭明主東堂哭大臣猶思御□朱輅不惜汙車茵

四

久踐中台座終登上將壇誰將斷車騎空憶盛衣冠風日咸陽慘笳簫渭水寒尤人當使闕應罷太師官

故西河杜太守挽詞　前人

天上去西征雲中護北平生擒白馬將連破黑鵰城忽見芻靈善徒聞竹使榮空留左氏傳誰繼卜商名

吏部達奚侍郎夫人寇氏挽詞二首　前人

束帶將朝日鳴環映牖辰能令諫王主相助識賢人遺桂空留壁迴文日覆塵金蠶將畫柳何處更知春

二

女史悲彤管夫人罷錦軒卜營瞻二室行哭度千門愁日光能淡寒川浪自翻一朝成萬古松柏暗平原

故右丞相贈太師燕文貞公挽詞二首　孫逖

海內文章伯朝端禮樂英一言興寶運三入濟蒼生命與才相偶年將位不并台星忽已折流慟軫皇情

二

甲第三長戟高門四列侯已成冠蓋里更有鳳凰樓人世方爲樂生涯遽若休空爲（一作餘）學綸地傳慶與千秋

故陳州刺史贈兵部尚書甞公挽歌　前人

奕葉金章貴連枝鼎位尊台庭爲鳳穴相府是鴒原世閥空悲命泉幽不返魂惟餘漢臣史經術貴當門

故程將軍妻南陽郡夫人樊氏挽歌　前人

德配程休甫名高魯季妻寵縈蒼玉佩宴蔓鬱金堂白日期偕老幽泉忽悼亡國風猶在詠江漢近南陽

故女道士婉儀太原郭氏挽歌二首　劉長卿

作範宮闈睦歸真藝業（集作道藝）超馭風仙路遠背日（集作月）帝居（集作宮）遙鸞殿空留處霓裳已罷朝淮王哀不盡松柏但蕭蕭

以下十篇並見集本

二

宮禁恩（集作思）長隔神仙道已分人間驚早露天上失朝雲逝水年無限佳城日易曛蕭聲浮薤曲哀斷不堪聞

玉清公主挽詞　張謂

學鳳年猶少乘龍日尚賒初封千戶邑忽駕五雲車地接金人岸山藏玉女家秋風何太早吹落禁園花

故僕射裴公挽歌三首　岑參

盛德資邦傑嘉謀作世程門瞻駟馬貴時仰八裴（晉人八裴一作龍）榮罷市秦人送還鄉絳老迎莫埋丞相印留着付玄成

二

二府（一作五府）瞻高位三台喪大賢禮容還故絳增寵贈冠（集作過）新田氣歇汾陽冢魂飛京兆天（一作阡）先時劒已沒壟樹久蒼然

三

富貴徒言久，鄉閭沒後歸。錦衣都未着，丹旐忽先飛。哀挽辭秦塞，悲笳出帝畿。遲知九原上，漸遠弔人稀。

故國相公挽歌二首　李嘉祐

文若爲全德，留侯是重名。論功長不宰，因病得無生。大夢依禪定，高墳仰化成。自應憐寂滅，人世但傷情。

二

共美持衡日，皆言折檻時。蜀臣（集作侯）供廟畧，漢主缺（一作）。台司車馬行仍止，笳簫咽又悲。今年杜陵栢（集作陌），殄瘁泣遲遲（集作百花遲）。

故吏部常郎中贈給事中挽歌　前人

神理今何在，斯人竟若斯。顏淵徒有德，伯道且無兒。白髮今悲老，青雲數有奇。誰言夕郎拜，翻向夜臺悲。

故相國苗公挽歌　錢起

灞陵誰寵葬，漢主念蕭何。盛業留青史，浮雲逐逝波。龍雲仍作雨，薤露已成歌。愴悽平津閣，秋風弔客過。

鄭公合祔挽歌　顏況

草露前朝事，荆茅聖主封。空傳餘竹帛，永絕舊歌鍾。清鏡無雙影，窮泉有幾重。笳簫最悲處，風入九松原。

相國晉公挽歌二首　前人

王節朝天罷，洪爐造化新。中和方作聖，太素忽收神。盛德横千古，高標出四隣。欲知言不盡，處處有遺塵。

二

凝笳催曉奠，丹旐向青山。夕照新塋近，秋風故吏還。本期光漢代，從此掃胡關。今日天難問，浮雲滿世間。

晉公魏國夫人柳氏挽歌　前人

魚軒海上遥，鸞影月中銷。雙劔來時合，孤桐去日凋。夕陽迷隴隧，秋風咽笳簫。晝翣無留影，銘旌已度橋。

義川公主挽詞　前人

弄玉吹簫後，湘陵鼓瑟時。月邊丹桂落，風底白楊悲。雜珮分泉户，餘香出繐帷。夜臺飛鏡匣，偏共掩蛾眉。

張丞相挽歌　李端

素旆低寒水，清笳出曉風。鳥來傷賈傅，馬立禍滕公。松栢青山上，城池白日中。一朝今古隔，唯有月明同。

西河郡太原守張夫人挽歌　李峰（一作岑）

鵲印慶仍傳，魚軒寵莫先。從夫元凱貴，訓子孟軻賢。龍是雙歸日，鸞非獨舞年。哀榮今共盡，悽愴杜陵田。

故太尉兼中書令贈太師西平郡王挽歌　權德輿

翊戴推元老，謀猷合大君。河山封故地，金石表新墳。劔履歸長夜，笳簫咽暮雲。還經誓師處，薤露不堪聞。

以下十一篇並見集本

故司徒兼侍郎贈大傅北斗郡王挽詞　前人

授律勳庸盛，居中鼎鼐和。佐時調四氣，盡（集作宣）力靜三河。忽訪天京兆，空傳漢伏波。今朝麟閣上，偏軫聖情多。

贈梁國惠康公主挽歌　前人

外館嬪儀貴，中參寢渥深。初笄横白玉，盛服纓集作鏤黄金。鳳度簫聲遠，河低婺彩沉。夜臺留册謚，悽愴有集作即徽音。

贈魏國憲穆公主挽詞　前人

漢制榮儀集作申服，周詩羡肅雍。禮尊同聖主，恩賜大明封。外館留圖史，陰臺集作堂閟德容。睿慈歌薤露，千古仰芳蹤。

湖南觀察史故相國袁公挽歌二首　前人

五驅龍虎節，一入鳳凰池。令尹自無喜，羊公人不疑。天歸京兆日，葉下洞庭時。湘水秋風至，淒凉吹素旗。

二

丹旐發江皐，人悲鴈亦號。湘南罷亥市，漢上改詞曹。表墓

雙碑立，尊名一字褒。常聞平楚獄，爲報里門高。

恭王故太妃挽歌二首　元稹

燕姞貽天夢，梁王盡孝思。雖從魏詔葬，得用漢官儀。集作蕭曙月殘光斂，寒簫度曲遲。平生奉恩地，哀挽欲何之。

二

文衛羅新廣，仙娥掩瞑山。雪雲埋隴合，簫鼓望城還。寒樹風難靜，霜郊夜更寒。哀榮深孝嗣，儀表在河間。

元相公挽歌三首　白居易

銘旌官重威儀盛，騎吹聲繁鹵薄長。後魏帝孫唐宰相，六年七月葬咸陽。

二

墓門已閉笳簫遠，惟有夫人哭未集作不休。蒼蒼露草咸陽壟，此是千秋第一秋。

三

送葬萬人皆慘澹，反虞駟馬亦悲鳴。琴書劒珮誰收拾，三歲遺孤新學行。

文苑英華卷之第三百十

文苑英華卷第三百十一　詩一百六十一

居處一

上陽宮二首　九成宮二首

華清宮十一首　宮十七首

苑三首　殿六首

樓十首

上陽宮

上陽宮　王建

上陽花木不曾秋洛水穿宮處處流畫閣紅樓宮女笑玉蕭金管路人愁幔城入澗橙花發玉輦登山桂葉稠曾讀列仙王母傳九天未勝此中遊

同前　羅鄴

春半上陽花滿樓太平天子昔巡遊千門雖列嵩山在一笑還隨洛水流深鎖笙歌巢燕聽遥瞻金碧路人愁翠華却返昇仙去長使宮娥望不休

九成宮

夏晚九成宮呈同寮

碣館分襄野平臺架射峯英藩信煒曄勝地本從容林引梧庭鳳泉歸竹沼龍小軒恒昔處長坂屬相從野席蘭琴奏山臺桂酒濃一枰移晝景六著盡宵（疑作畫宵）鍾枚藻清詞律鄒譚睢辨鋒結歡良有裕聯宋愧無蕉甫甍悅丘中賞還希物外蹤風煙遠近至一魚鳥去來逢月澗橫千丈雲崖列

萬重樹紅山菓熟岸綠水苔濃願以西園柳長間北巖松

九成宮

沓山入百里崖斷如杵臼曾宮憑風迥岌業土囊口立神扶棟梁鑿翠開戶牖其陽產靈芝其陰宿牛斗紛披長松倒揭嶂怪石走哀猿啼一聲客淚迸林藪荒哉隋家帝製此今頹朽向使國不亡焉為巨唐有雖無新增修尚置官居守巡非遥水遠跡是雕墻後我行（集作來）屬時危仰望嗟嘆久天王守（一作狩）太白駐馬更搔首

華清宮

登秋望清宮中樹以成詠（集作因以成詠）　盧綸

可憐雲木叢蒲禁碧濛濛色潤驪泉近陰清輦路通玉壇

標八桂金井識雙桐交映凝寒露相和起夜風數枝盤石上幾葉落雲中燕拂宜秋霽蟬鳴覺晝空翠屏更隱見珠綴共玲瓏雷雨生成早樵蘇禁令雄野藤高助綠仙果迴呈紅惆悵緣垣暮茲山閑暗蛩（溫泉集作靈泉）

華清宮感舊　王建

塵到朝元天（一作火照中原邊）使急千官夜發六龍迴輦前月照羅衣（一作杉）淚宮裏（一作馬上）風吹蠟燭灰公主粧樓金鎖澁貴妃湯殿玉蓮開有時雲外聞天樂即（集作知又作應）是先皇沐浴來

華清宮三十韻　杜牧

繡嶺明珠殿層巒下緣壇仰窺雕（一作舟）檻影猶想赭袍光

昔帝登封後中原自古強一千年際會三萬里農桑几席
延堯舜軒墀立(集作接)禹湯雷霆驅號令星斗煥文章釣築
乘時用芝蘭在處芳北扉閑木索南面富循良至道思玄
圃平居厭未央鈞陳裹巖谷文陛壓青蒼歌吹千秋節樓
臺八月凉神仙高縹緲環珮碎釘鐺泉煖涵窗鏡雲嬌惹
粉囊嫩嵐滋翠葆清渭照紅粧帖泰生靈壽歡娛歲序長
月閒仙曲調霓作舞衣裳雨露偏金穴乾坤入醉鄉玩兵
師漢武迴首倒干將鯨鬣掀東海胡牙揭上陽喧呼馬嵬
血零落羽林槍傾國留無路還魂怨有香蜀峯橫慘淡秦
樹遠微茫鼎重山難轉天扶業更昌望賢餘故老花萼舊
池塘往事人誰問幽襟淚獨傷碧檐斜送日殷葉半凋霜

迸水傾瑶砌疎風罅玉房塵埃羯鼓索片段荔枝筐鳥啄
摧寒木蝸涎蠹畫梁孤煙知客恨遥起泰陵傍

同前

樓閣參差倚太陽年年花發滿山香重門閑鎖青山晚深
院垂簾白日長草色芊綿侵御路蟬聲嗚咽遶宮墻先皇
一去無回駕紅粉翠鬟空斷腸

望華清宮感事

聞說先皇看碧桃(集作醉)日華搖動(集作浮艷)鬱金袍風隨玉輦
笙歌迥雲捲珠簾劒珮高雙鳳(集作鳳駕)北歸山寂寂六龍西
去(集作龍嶺西幸)水滔滔蛾眉没後巡遊少瓦落宮墻見野蒿

華清宮二首　李商隱

華清恩幸古無倫猶恐蛾眉不勝人未免被他褒女笑只
教天子暫蒙塵

二

朝元閣轉羽衣新首按昭陽第一人當日不來高處舞可
能天下有胡塵

過華清宮二十二韻　温庭筠

憶昔開元日承平事勝遊貴妃專寵幸天子富春秋月白
霓裳殿風乾羯鼓樓鬭雞花蔽膝騎馬玉搔頭繡轂千門
妓金鞍萬户侯薄雲欺(集作軟)雀扇輕雪犯貂裘過客聞韶
濩居人識冕旒氣和春不覺煙煖霽難收澁浪和瓊甃(集作怨浪凝瑶甃)
晴陽上綵遊卷衣輕鬢懶窺鏡淡蛾羞屏掩芙蓉

帳簾搴玳瑁鈎重瞳分渭曲纖手指神州御案迷萱草天
袍妬石榴深巖藏浴鳳鮮隰媚潛虯不料邯鄲蝨俄成即
墨牛劒鋒揮太皥旗焰拂蚩尤内嬖陪行在孤臣預坐籌
瑶簪遺翡翠霜仗駐驊騮艷笑雙飛斷香魂一哭休早梅
悲蜀道高樹隔昭丘朱閣重霄近蒼崖萬古秋至今湯殿
水嗚咽(一作惆悵)縣前流

華清宮和杜舍人

五十年天子離宮仰峻(集作舊粉)墻登封時正泰御宇日何(集作
初)長上位先名實中興事憲章起(集作舉)戎輕甲冑餘地復
(集作取)河湟道帝玄元祖儒封孔子王因緣百司署叢會一
人湯渭水波摇綠秦郊(集作山)草半黃馬馴金勒細鷹健玉

鈴鎗（集作馬頭開夜照鷹眼利星芒）下箭朱弓滿鳴鞭皓腕攘眈思獲呂
望諫秖避周昌免踈貪前逐梟心不早防幾添鸚鵡歎先
（集作類）賜荔枝嘗月鎖千門靜天吹（集作高）一笛涼細音提羽
（集作翠）珮輕步宛霓裳基（集作根）潛結昇平意遽忘衣冠逃大厲
鼙鼓動魚陽外戚心殊迫中途事可量血（集作霊）埋妃子豔
（集作貌）刃斷祿兒腸近侍煙塵隔前蹤輦路荒益知迷寵佞
遺（集作唯）恨喪賢（集作忠）良北闕尊明主南宮逕上皇禁清餘
鳳吹池冷睡（集作映）龍光祝壽山猶在流年水共傷杜鵑魂
厭蜀蝴蝶夢悲莊雀卵遺雕栱蟲絲胃畫梁紫苔侵壁潤
紅樹閉門芳守吏齊鴛瓦耕民得翠璫登年昔酺樂（集作昔時歡樂）
康講武舊兵場暮草深巖翠（集作靄）幽花墜逕香不堪垂

白叟行折御溝楊

華清宮二首　前人

風樹離離月稍明九天龍氣在華清宮門晝（集作深）鎖無人
覺半夜雲中羯鼓聲

二

天闕（詩選作闕　集作闕）沉沉夜未央碧雲仙曲下霓（集作舞）裳一聲
玉笛向空盡月滿山中（集作驪山）宮漏長

贈許左丞從駕萬年宮　盧照隣

宮

聞道上之廻詔蹕下（集作從）蓬萊中樞移北斗左轄去南臺黃山
聞鳳吹清蹕侍龍媒（集作出）日朱旗卷參雲金障開朝參五城

椰夕宴栢梁杯漢時荒沉如月秦祠聽似雷寂寂芸香署離
思獨悠哉

玉華宮　杜甫

溪回松風長蒼鼠竄古瓦不知何王殿遺構絕壁下陰房
鬼火青壞道哀湍瀉萬籟真竽瑟（集作笙竽）秋光極（集作秋色正）蕭
灑美人為黃土況乃粉黛假當時侍金輿故物獨石馬憂
來籍草坐浩歌淚盈把冉冉征途間誰是長年者

南原望漢家宮

荒原空有漢宮名衰草茫茫雉堞平連鴈下時秋水在行
人過盡暮煙生西陵歌吹何年絕南陌登臨此日情故事
悠悠不可問寒禽野水自縱橫

隋宮　鮑溶

御街行客路（集作行客）行客悲春風野老幾代人種田煬帝宮
粟落池臺勢高低禾黍中

吳宮　殷堯藩

吳王愛歌舞夜夜醉嬋娟見日吹紅燭和塵掃翠鈿徒令
勾踐霸不信子胥賢莫問長洲草荒涼無限年

古行宮　章孝標

瓦煙疎冷古行宮寂寞朱門反鎖空殘粉水銀流砌下墮
環秋月落泥中翳僊舊語嬌春日花學嚴粧妬曉風天子
時清不巡幸秪應鸞（集作鑾）鳳集梧桐

溫泉宮　王建

十月一日天子來青繩御路無塵埃宮前內裏湯各別每
箇白玉芙蓉開朝元閣向山上起城繞青山龍暖水夜開
金殿看星河宮女知更明月（集作明月）裏武皇得仙王母去山
鷄晝鳴宮中樹溫泉決決出宮流宮使年年修玉樓禁兵
除（集作去）盡無射獵日西麋鹿登城頭梨園弟子偷曲譜頭
白人間教歌舞

古（集作故）行宮

寥落古行宮宮花寂寞紅白頭宮女在閑坐說玄宗

和李司勳過連昌宮　韓愈

夾道疎槐出老根高甍巨桷壓山原宮前遺老來相問今
是開元幾葉孫

陳後宮二首　李商隱

茂苑城如畫閶門瓦欲流還依水光殿更起月華樓侵夜
鸞開鏡迎冬雉獻裘從臣皆半醉天子正無愁

二

漢武鬭新苑龍舟燕幸頻渚蓮參法駕沙鳥犯勾陳壽獻
金莖露歌翻玉樹塵夜來江令醉別詔宿臨春

隋宮　前人

紫泉宮殿鎖煙霞欲取蕪城作帝家玉璽不緣歸日角錦
帆應是到天涯于今腐草無螢火終古垂楊有暮鴉地下
若逢陳後主豈宜重問後庭花

楚宮二首　前人

複壁交青鎖重簾掛紫繩如何一柱觀不礙九枝燈扇薄
常規月釵斜只鏤冰歌成猶未唱秦火入夷陵

二

湘波如淚色漻漻楚厲迷魂逐恨遙楓樹夜猿愁自斷女
蘿山鬼語相邀空歸腐敗猶難復更困腥臊豈易招但使
故鄉三戶在綵絲誰惜懼長蛟

深宮　前人

金殿銷香閉綺櫳玉壺傳點咽銅龍狂飆不惜蘿陰薄清
露偏知桂葉濃斑竹嶺邊無限淚景陽宮裏及時鐘豈知
爲雨爲雲處秖有高唐十二峯

漢宮　前人

通靈夜醮達清晨承露盤晞甲帳春王母西歸方朔（集作何耍）
去更須重見李夫人

蘭昌宮　劉駕

宮蘭非瑤草安得春常在迴首春又歸翠葉不能待悲風
生輦路山川寂已晦邊恨在行人行人無盡歲

苑

奉和立春遊苑　盧藏用

天遊仰（擬）輦駐城闉上苑遲光晚更新瑤臺半入黃山路
玉檻傍臨玄灞津梅香欲待歌前落蘭氣先過酒上春幸
預栢臺稱獻壽願陪千畝及農辰

同前　沈佺期

東郊暫轉迎春仗上苑初飛行慶盃風射蛟氷千片斷氣衝魚鑰九關開林中覓草才知荔（雜詠作纔生蕙）殿裏爭花併是梅歌吹銜恩歸路晚棲烏半下鳳城來

長洲苑（吳黃武中此地校獵）　孫逖

吳王初鼎峙羽獵騁雄才輦道閶門出軍容茂苑來山從列陣轉江自遶林回劍騎緣汀入旌門隔嶼開合離紛若電馳逐溢成雷勝地虞人守歸舟漢女陪可憐夷漫處猶在洞庭隈山靜吟猿父城空應雉媒戎行委喬木馬跡盡黃埃攬涕問遺老繁華安在哉

殿

預麟趾殿校書和劉儀同　庾信

止戈興禮樂修文盛典謨壁開金石篆河浮雲霧圖芸香上延閣碑石向鴻都誦書徵博士明經拜大夫壁地寒水落學市舊槐枯（初學記作騄韻不同）高譚鸞白馬雄辨塞飛狐月落將軍樹風驚御史烏子雲猶（初學記作方）汗簡溫舒正削蒲蓮雲雖有閣終欲想江湖

重陽殿成金石會竟上詩　張正見

周王興露寢漢后式甘泉共知崇壯麗迢遞與雲連抗殿疏龍首峻階（一作陛）激天泉東西跨函谷左右矚伊瀍百常飛觀竦三休複道懸拱（台烏）遥造日攀虬遠架煙雲棟疑飛雨風窗似望仙王女臨方鏡金鐺映彩椽梅梁橫縈藻王井倒披蓮榮光開御宿佳氣屬祈年霜鴈排空斷寒花映

日鮮負扆憑霄極台司列象驪登臺誼大夏御氣響鈞天北斗承三獻南風入五絃鸞歌鳷鵲右獸舞射熊前翔鶴仰不見（疑）驚雀徒聯翩

冬至乾陽殿受朝　隋煬帝

北陸隆（一作玄）冬盛南至晷漏長端拱朝萬國守文繼百王至德慙日用治道愧時康新邑建嵩嶽雙闕臨洛陽圭景正八表道路均四方碧空霜華淨朱庭皎（一作暖）日光纓珮既濟濟鍾鼓何鍠鍠文戟翊高殿彩旄分脩廊元首乏明哲股肱資賢（一作貴）良舟檝佇（一作行）有寄庶此王化昌

宣政殿退朝晚出左掖　杜甫

天門日射黃金牓春殿晴薰（集作曛）赤羽旗宮草霏霏（集作微微）承委珮鑪煙細細駐遊絲雲近蓬萊常五（集作好）色雪殘鳷鵲亦多時侍臣緩步歸青瑣退食從容出每遲

元日含元殿下立仗丹鳳樓門下宣赦相公稱賀（四字一作上相公）二首　楊巨源

天垂台耀掃欃槍壽獻香山（雜詠作山青）祝聖明丹鳳樓（雜詠作闕）前歌九奏金雞竿下鼓千聲衣冠南面薰風動文字東方喜氣生從此登封資廟略兩河連海一時清

二

臨軒啓扇似雲收率土朝天劇水流瑞色含春當正殿香煙捧日在高樓三朝氣蚤迎恩澤萬歲聲長繞冕旒請問漢家功第一麒麟閣上識酇侯

樓

奉和登北顧樓（見一百五十七卷）　梁簡文帝

聳登柳（類聚作聳樓排）樹出郤堞帶江清陟峯試遠望鬱鬱盡郊京萬邑王畿曠三條綺陌平亘原橫地險孤嶼派流生悠悠歸棹入渺渺去帆驚水煙扶（類聚作浮）岸起遙禽逐霧征

登玄暢樓　沈約

危峯帶北阜高頂出南岑中有陵風榭迥望川之陰崖險每增減湍平互淺深水流本三派臺高乃四臨上有離群客各有慕歸心落暉映長浦煥景燭中潯雲生嶺乍黑日下溪半陰信美非吾土何事不抽簪

登陽雲樓　劉孝綽

吾王士（一作陽臺上）非夢高唐客回首望長安千里懷三益顧惟慙入楚殊（一作降）私等申白西沮水潦收瑕（一作照）丘霜露積龍門不可見空暮陵寒栢

和晚日登樓　劉緩

所以登臺榭正重接煙霞長絲觸欄斷歸鳥避窗斜俯巢窺暝宿臨檻摘高花百雉時方晚九層光尚賒

和侯司空登樓望鄉　陰鏗

懷土臨霞觀思歸想石門瞻雲望鳥道對柳憶家園寒田淵東爭野日曉中昏信美今何益傷心自有源

秋日登廣州城南樓　江總

秋城韻晚笛危榭引淒風遠氣疑埋劒驚禽似避弓海樹一邊出山雲四面通野火初煙細新月半輪空塞外離群客顏鬢早如蓬徒懷建業水復想洛陽宮不及孤飛鴈獨在上林中

登東陽沈隱侯八詠樓　崔融

旦登西北樓樓峻石墉厚宛生長定（缺）俯壓三江口非階衡（疑）鳥銜交疏過牛斗左右會稽鎮出入具區藪越巖森其前浙江漫其後此地寔東陽由來山水鄉隱侯有遺詠落簡尚餘芳具（疑）物昔未改斯人今已亡粵余忝藩左束髮事文場悵不見夫子神期遙相望

登澤州城北樓宴　陳子昂

平生倦遊者觀化久無窮復來登此國臨望與君同坐見秦兵壘遙聞趙將雄武安君何在長平事已空且歌玄雲曲御酒舞薰風勿使青衿子嗟爾白頭翁

登薊丘樓送賈兵曹入都　前人

東山宿昔意北征非我心孤負平生願感涕下霑襟暮登薊樓上永望燕山岑遼海方漫漫胡沙飛且深蛾眉杳如夢僊子曷由尋擊劍起歎息白日忽西沉聞君洛陽使因子寄南音

文苑英華卷第三百十一

居處二

樓七十一首

登瀛洲南城樓寄遠　沈佺期

層城起麗譙憑覽出重霄茲地多形勝中天宛寂寥四榮摩鸛鶴百拱厲風飆北盡（集作際）燕王館東餘秦帝橋晴光七郡蒲春色兩河遙傲睨（集作傲倪）非吾土躊躇適遠囂離居欲有贈春草寄長謠

江樓夕望　崔湜

試陟江樓望悠悠去國情楚山霞外斷漢水月中平公子留遺邑夫人有舊城蒼蒼煙霧裏何處是咸京

江樓有懷　前人

子牟懷魏闕元凱滯襄城冠蓋仍爲（缺）池臺尚識名山光晴後綠江色晚來清爲問東流水何時到玉京

春日登樓野望　薛稷

憑軒聊一望春色幾分非野外煙初合樓前花正飛嬌鶯弄新響斜日散餘暉誰忍孤遊客言念獨依依

登城樓望西山作　張九齡

城樓枕南浦日夕顧西山宛宛鸞鶴處高高煙霧間仙井今猶在洪崖久不還金編莫（集作惟）我授羽駕亦誰攀簷際千峯遠雲中一鳥閑縱觀窮水國遊思遍人寰勿復塵埃事歸來且閉關

登荊州城樓作　前人

天宇何其曠江城坐自拘層樓百餘尺迢遞在西隅暇日時登眺荒郊臨故都纍纍見陳迹寂寂想雄圖古往山川在今來郡邑殊北疆雖入鄭東距豈防吳幾代傳荊國當時敵郊郢上流空有處中土復何虞枕席夷三峽關梁豁五湖承平無異境守隘莫論夫自罷金門籍來參竹使符端居向陵（集作林）藪微景（集作尚）在桑榆直似王陵戇非如甯武愚今茲對南浦乘鴈與雙鳧

秋晚登樓南江入始興郡路　前人

潦收沙衍出霜降天宇晶伏檻一長眺津塗多遠情思來江山外望盡煙雲生滔滔不自辨役役且何成我來颯衰

鬢孰云飄華纓櫪馬苦踡跼籠禽念遐征歲陰生（集作光）晚日久（集作夕）空屏營物生貴得性身累由近名內顧覺今是追歎何時平

登郡城南樓作　前人

閉閣幸無事登樓聊永日雲霞千里開洲渚萬形出澹澹澄江漫飛飛度鳥疾邑人半艫艦津樹多楓橘感別時已屢憑眺情非一遠懷不我同孤興與誰悉平生本單緒邂逅承優秩謬忝爲邦寄多慙理人術駑鉛雖自勉倉廩素非實陳力儻無效謝病從芝朮

登河北城樓　王維

井邑傅巖上客亭雲霧間高城眺落日極浦映蒼山岸火

孤舟宿漁家夕鳥還寂寥天地暮心與廣川閑

和使君五郎西樓望遠思歸　前人

高樓望所思極目情未畢枕上見千里窗中窺萬室悠悠長路人曖曖遠郊日惆悵極浦外迢遞孤煙出能賦屬上才思歸同下秩故鄉不可見雲水空如一

登萬歲樓　孟浩然

萬歲樓頭望故鄉獨憐鄉思更茫茫天寒鴈度堪垂淚月落烏啼欲斷腸曲引古堤臨凍浦斜分遠岸近枯楊今朝偶見同袍友却喜家書寄一行

岳陽樓（已見二百五十卷）　前人

與杭州薛司戶登樟亭樓作　前人

水樓一登眺半出青林高（一作帝）幕英寮敞芳筵下客叨山藏伯禹穴城壓伍胥濤今日觀溟漲垂綸學釣鰲

夜登孔伯昭南樓時沈太清朱昂在座　前人

誰家無風月此地有琴樽山水會稽郡詩書孔氏門再來值秋杪高閣閱無喧華燭罷燃蠟清絃方奏鵾沈生隱侯胤朱子買臣孫好我意不淺登茲共（集作同）話言

泗上馮使君南樓作　祖詠

井邑連淮泗南樓向曉過望灘沙鷺起尋岸浴童歌近海雲偏出兼秋雨更多明晨擬回棹鄉思恨風波

楊子江樓　孫逖

楊子何年邑雄雄作（缺）關江連二妃渚雲近八公山驛道

青楓外人煙綠嶼間晚來潮正滿數處落帆還

登岳陽樓望洞庭　杜甫

昔聞洞庭水今上岳陽樓吳楚東南坼乾坤日夜浮親朋無一字老病有孤舟戎馬關山北憑軒涕泗流

登兗州城樓　前人

東郡趨庭日南樓縱目初浮雲連海岱平野入青徐孤嶂秦碑在荒城魯殿餘從來多古意臨眺獨躊躇

題新津北橋樓（得郊字）　前人

極望春城上開筵近鳥巢白花簷外朶青柳檻前稍池水觀爲政廚煙覺遠庖西川供醉客（集作客眼）唯是（集作有）此江郊

與夏十二登岳陽樓　李白

樓觀岳陽近川迥洞庭開鴈別秋江去（集作鴈引愁心去）山銜好月來雲間逢下榻天上接行杯醉後涼風起吹人舞袖回

登錦城散花樓　前人

日照錦城頭朝光散花樓金窗夾繡戶珠箔懸瓊鈎飛梯綠（集作綠）雲中極目散我愁（集作憂）暮雨向三峽春江繞雙流今夜一登望如上九天遊

魯中都東樓醉後　前人

昨日東樓醉（集作城飲）還應（集作歸來）倒接䍦阿誰扶上馬不省下樓時

懷

自廣平乘醉走馬六十里至邯鄲登城樓覽古書

醉騎白花馬西走邯鄲城揚鞭動柳色寫鞚春風生入郭
登高樓山川與雲平雄都半古冢（一作深宮鬱綠草）萬事傷人情
相如障華巔猛氣折秦嬴兩虎不可鬬廉公終負荊提携
袴中兒杵臼及程嬰立孤獻（集作孰）白刃必死耀冊城平原
三千客談笑盡雄（集作豪）英毛君能頴脫二國且同盟皆爲
黃泉土使我涕縱横磊磊石子崗蕭蕭白楊聲諸賢（集作賢豪）
沒此地碑版有殘銘太古共今時由來同（集作五）衰榮傷哉
何足道感激仰屋（集作抑空）名趙倍愛長劒文儒少逢迎閑從
博徒（集作陵）遊帳飲雪中（集作朝）醒歌酣易水動詖振叢臺傾
日落把燭歸陵晨向燕京方陳五餌冊一使胡塵清

夕霽杜陵登樓寄韋繇　前人

浮霽（集作陽）減陽（集作霽）景萬物生秋容登樓送遠目伏檻觀
群峯原野曠超緬關河紛錯重清暉映水竹翠色明雲松
蹈河寄遐想還山迷舊蹤徙然迫秋（集作晚）暮末果諧心胸
採菊竟誰舉（集作桂宁立）遊蘭（集作折麻）恨莫從思君達永夜長樂
聞疎鍾

題潼關樓　崔顥

客行逢雨霽歇馬上津樓山勢雄三輔關門扼九州川從
陝路去河遶華陰流向晚登臨處風煙萬里愁

題沈侯八詠樓　前人

梁日東陽守爲樓望越中綠窗明月在青史古人空江靜
聞山紘川長數塞鴻登樓白雲晚流恨此遺風

登黃鶴樓　前人

昔人已乘白雲去茲地空遺黃鶴樓黃鶴一去不復返白
雲千載空悠悠晴川歷歷漢陽樹春草青青鸚鵡洲日暮
鄉關何處是煙波江上使人愁

萬歲樓　王昌齡

江上巍巍萬歲樓不知經歷幾千秋年年喜見山長在日
日悲看水獨流猿狖何曾離暮嶺鸕鷀空自泛寒洲誰堪
登望雲煙裏向晚茫茫發旅愁

芙蓉樓送辛漸　前人

丹陽城東秋海深丹陽城北楚雲陰高樓送客不知醉寂
寂寒江明月心

宿杜判官江樓　郎仕元

適楚豈吾願思歸秋向深故人江樓月永夜千里心落葉
覺鄉夢啼烏驚越吟寥寥更何有斷續空城砧

登無錫北樓　前人

秋興因危堞歸心過遠山風霜征雁早江海旅人還驛樹
寒仍客漁舟晚更閑仲宣何所賦祇歎在荊蠻

同溫司徒登萬歲樓　皇甫冉

高樓獨上思依依極浦遙山涵（詩選作合）翠微江客不堪頻北
望塞鴻何事獨（詩選作復）南飛維陽古渡寒煙積瓜步空洲遠
樹稀聞道王師猶轉戰誰能談笑解重圍　獨上（集作獨立）維
陽（集作聊陽）

烏程水樓留別　黃甫曾

悠然千里去惜此一罇同客散高樓上帆飛細雨中川程隨遠水楚思望清風共說前期(疑)易滄波處處通

登觀雀樓　張當

廻臨飛鳥上高謝(詩選作出)世人間天勢圖平野河流入斷山

同前　王之渙

白日依山盡黃河入(一作徹)海流欲窮千里目更上一層樓

會稽郡樓雪霽　張繼

江城昨夜雪如花郢客登樓齊望華夏禹壇前仍聚玉西施浦上更飛沙簾櫳向晚寒風度睥睨初晴落景斜數處微明銷不盡湖山清映越人家

登丹陽樓　前人

寒皋那可望旅客又初還迢遞高樓上蕭疎京野間暮晴依遠水秋興屬連山浮客時相見霜凋朱翠顏

郢城西樓吟

連山盡寒水縈廻山上戍門臨水開朱欄直下一百丈日㥄遊鱗自相向昔人愛險閉層城今人復愛閑江清沙洲楓岸無求客草綠花開山鳥鳴

馮翊西樓　前人

城上西樓倚暮天樓中歸望正悽然近郭亂山橫古渡野莊喬木帶新煙北風吹鴈聲能苦遠客辭家月再圓陶令好文常對酒相招(欽伍字)

晚登江樓有懷　李嘉祐

獨坐南樓佳興新青山綠水共為鄰爽氣遥分隔浦岫斜光偏照渡江人心閑鷗鳥時相近事簡漁竿私自親祇憶帝京不可到秋琴一弄欲沾巾

同孫構免官後登薊樓懷歸　張渭

昔在五(一作平)陵時年少心亦壯嘗矜有奇骨必是封侯相東走到榮州投身事邊將一朝去鄉國十載履亭障部曲皆武夫功成不相讓猶希虜塵動更取林胡帳去年大將軍一貟樂生誇北別傷士卒南邊死炎瘴淒落悲無成行登薊丘上長安三千里日夕西南方(疑)寒沙榆塞沒秋水灣河漲策馬從此辭雲山保閑放

奉陪渾侍中五日登白鶴樓　盧綸

高樓倚玉梯朱檻與雲齊顧盻臨霄漢譚諧息鼓鼙洪河斜更直野雨急仍低今日陪罇俎還應醉似泥(集作唯當醉作泥)

九日奉陪渾侍中宴白鶴樓(見二百五十卷)

寵盛(前篇作盛襲)

九日奉陪令公登白鶴樓詠菊　前人

瓊罇有仙菊可以獻留侯願比三花秀非同百卉秋金英分藥細玉露結房稠黃雀知恩在銜飛亦上樓

九日同司直九叔崔侍御宴(雜詠作登)寶鷄南樓

把藥(雜詠作菊)歎將老上樓悲未還短長新白髮稠疊舊青山霜氣清襟袖琴聲引醉閑竹林惟七友何幸亦登攀

九日奉陪渾侍中登白鶴樓　前人

碧霄孤鶴發清音上宰因添望闕心睥睨三層連步障茱萸一朶映華簪紅霞似綺河如帶白露團珠菊散金此日相從何所問儼然冠劍擁成林

登郡樓寄京師諸季淮南子弟　常應物

初（集作始）罷永陽守復卧潯陽樓懸檻飄岑（一作寒）雨危堞漫（集作浸）江流逮（集作及）茲聞鴈夜重憶別離秋徒有盈觴隔（集作鐏酒）百端鎮自憂（集作鎮此百端憂）

重陽登滁州城樓憶前歲九日歸灃城上赴崔都水并（集作及）諸弟子讌集悽然懷舊　前人

今日重九讌去歲在京師聊回出雀步一赴郊園期佳節

始云邁周辰已逮（集作及）茲秋山滿清景當貴（集作賞）屬乖離惆殘（集作散）民里闔推騶衆木衰樓中一長嘯惻愴起凉颸

重陽日鄂城樓送屈突司直　劉長卿

登高復送遠惆悵洞庭秋風景（集作水）同前（集作千）古雲山蒲上游蒼蒼來暮雨森森逐寒流今日關中事蕭何共爾憂

登僊仁樓訓子壻李穆　前人

臨風敞麗譙落日聽吹鐃歸路空回首新章已在腰非才受官謗無政作人謠儉歲安三户餘年寄六條春蕪生楚國古樹過隋朝賴有東牀客池塘晚寂寥

九日題蔡國公主樓　前人

主第人何在重陽客暫尋水餘龍鏡色雲罷鳳簫音暗牖

藏昏旦蒼苔換古今晴山卷幔出秋草閉門深籬菊仍新吐庭槐尚舊陰年年畫梁燕來去獨（集作豈）無心

和顏（集作樊）使君登潤州城樓　前人

山城迢遞敞高樓露冕吹鐃居上頭春草連天隨北望夕陽浮水共（集作向）東流江田漠漠全吴地野樹蒼蒼故蔣州王燦曾爲南郡客別來無處更銷憂

同裴録事樓上望　釋皎然

退食高樓上湖山向晚晴桐花落萬井月影出重城水竹凉風起簾幃暑氣清蕭蕭獨無事因見莅人情

九日陪顏使君真卿登水樓　前人

重陽荆楚尚高會此難陪偶見登龍客同遊戲馬臺風文

尚水疊雲態擁歌迴持菊煩相問捫襟愧不才

登潤州芙蓉樓　崔峒

上古人何在東流水不歸往來潮有信朝暮事成非煙樹臨沙靜雲帆入海稀郡樓多逸興良牧謝玄暉

同崔邠登鸛雀樓　李益

鸛雀樓前（集作南）百尺檣汀洲雲（集作寒）樹共茫茫漢家簫鼓空流水魏國山河滿（集作半）夕陽事去千年猶恨促（集作速）愁來一日即爲（集作知）長風塵并在思鄉望（集作風煙并是思歸望）遠目非春亦自傷

登寧州城樓　楊巨源

宋玉本悲秋今朝更上樓清涇汲城下去此意重悠悠晚菊

臨杯思寒山蒲郡愁故關非内地一為漢家臺

同薛侍御登黎陽縣樓眺黃河　前人

倚檻恣流目高城臨大川九回紆白浪一半在青天氣肅晴空外光䨥曉日邊開襟值佳景懷抱更悠然

道州城北樓觀李花作　呂溫

夜疑關山月曉似沙場雪曾使西域來幽情坐超越將念浩無際欲言亡所說豈是感懷抱人自憐孤節

道州秋夜南樓即事　前人

誰令獨坐愁昔日此南樓雲去舜祠閑月明瀟水流猿聲何處曉楓葉蒲山愁不照匣中鏡少年看白頭

登咸陽北寺樓　張籍

高秋原上寺下馬一登臨渭水西來直集作急泰山南向集作去深舊宮人不見集作住荒碣路難尋日暮涼風起蕭條多遠心

登法雄寺東樓　前人

汾河舊宇今為寺猶有當時歌舞樓四十年來車馬客古槐深巷暮蟬愁

重到江州感舊遊題郡樓十一韻　白居易

掌綸知是忝剖竹信為榮才薄官仍重恩深責尚輕昔徵從典午今出自承明鳳詔休揮翰漁歌欲濯纓還乘小艭艇却到古湓城醉客臨江待禪僧出郭迎青山滿眼在白髮半頭生又校三年老何曾一事成重過蕭寺宿再上庾樓行雲水新秋思閭閻舊日情郡民猶認得司馬詠詩聲

江樓望歸時避難越地一作在越中　前人

滿眼雲水色月明樓上人旅愁春入越鄉夢夜歸秦道路遶荒服田園隔虜塵悠悠滄海畔十載避黃巾

晚登天雲寺南樓贈常禪師已見二百二十二卷　前人

庾樓晚望　前人

獨憑朱檻立淩晨山色初明水色新竹霧曉籠銜嶺月蘋風煖送過江春子城陰處猶殘雪衙鼓聲前未有塵三百年來庾樓上曾經多少望鄉人

題岳陽樓　前人

岳陽城下水漫漫獨上危樓凭曲欄春岸綠時連夢澤夕陽集作波紅處近長安猿攀樹立啼何苦鴈點湖飛渡亦難此地唯堪畫圖障華堂張與貴人看

易州登龍興寺望郡北高峯　賈島

郡北最高峯巉巖絕雲路朝來上樓望稍覺得幽趣朦朧碧煙裏群嶺若相附何時一登陟萬物皆下顧

夏夜登南樓　前人

水岸閑一作寒非樓帶月躋夏林初見岳陽溪一點新螢報秋信不知何處是菩提

秋秋登江樓　周賀

平楚起寒色長沙猶未還世情何處澹湘水向人閑空翠隱高鳥夕陽歸遠山孤雲萬餘里惆悵洞庭間

文苑英華卷第三百十二

文苑英華卷第三百一十三　　詩一百六十二

居處三

樓三十二首　　臺三十七首

樓

江樓春望　　于武陵

樓上長江路舟車盡不閑鳥聲非故國春色是他山一望雲俊水幾重河與關愁心隨落日萬里各西還

題安州浮雲寺樓寄湖川張郎中　　杜牧

去夏疎雨餘同倚朱欄語當時樓下水今日到何處恨如春草多事與孤鴻去楚岸柳無窮（集作何）別愁紛若絮

此詩二百六十一卷重出今已削去

登池州九峯樓寄張祜　　前人

百感中（集作裹）來不自由角聲孤起夕陽樓碧山終日思無盡芳草何年恨即休睫在眼前長不見道非身外欲（集作便）何求誰人得似張公子千首詩輕萬戶侯

此詩二百六十卷重出今已削去

過勤政樓　　前人

千秋令（集作佳）節名空在承露絲囊世已無惟有此苔偏得（集作編）意年年因雨灑（集作上）金鋪

江樓夜別　　許渾

離別奈情何江樓凝艷歌蕙蘭[illegible]秋露重蘆葦夜風多深怨

寄情瑟遠愁生翠蛾酒酣相顧起明月棹寒波

登尉佗樓　前人

劉項持兵鹿未窮自乘黃屋島夷中南來作尉任囂力北向稱臣陸賈功簫鼓尚陳今世廟旌旗猶鎮昔時宮越人未必知虞舜一奏薰絃萬古風

題韶州驛樓（集作韶州韶陽樓夜讌）　前人

待月江（集作西）樓捲翠羅玉盃瑤瑟近星河簷前碧樹窮秋密窗外青山薄暮（一作霧）多鴝鵒未知狂客舞（集作醉）鷓鴣先讓美人歌使君不（集作莫）惜通宵醉（集作飲）刀筆初從馬伏波

咸陽城西（集作東）樓晚眺　前人

一上高城萬里愁蒹葭楊柳似汀洲溪雲初起日沉閣山

雨欲來風滿樓鳥下綠蕪秦苑夕蟬鳴黃葉漢宮秋行人莫問前朝（一作當時）事渭水寒聲晝夜流

和崔夫人新廣北樓登眺

北望高樓夏亦寒山重水闊接長安脩梁暗換丹楹少踈牖全開彩檻寬風卷浮雲披睥睨露凉明月墜（一作墮）闌干庾公戀闕懷鄉處目送歸帆下遠灘

北樓　李商隱

春物豈相干人生只強歡花猶曾斂夕酒竟不知寒異域東風濕中華上象寬此樓堪北望輕命俯（集作倚）危欄

夕陽樓（在滎陽蕭侍郎守滎陽日作）　前人

花明柳暗繞天愁上盡重城更上樓欲問孤鴻向何處不知身世自悠悠

酬牛秀才登樓見示　薛逢

旅館再經秋心煩懶上樓年光同過隙人事且隨流骨肉憑書問鄉關託夢遊所嗟山郡酒傾盡只添憂

嘉川驛樓晚望　姚鵠

樓壓寒江上開簾對翠微斜陽諸嶺暮古渡一僧歸窓迴雲銜起汀遙鳥背飛誰言坐多倦目極自忘歸

楚州宴花樓　趙嘏

門外煙橫載酒船謝公攜客醉華筵尋花偶坐將軍樹飲酒方重刺史天幾曲艷歌春色裏斷行高鴈暮雲邊分明聽得輿人語願及行春更一年

登安陸西樓　前人

樓上華筵日日開眼前人事秖堪哀征車自入紅塵去遠水長穿綠樹來雲暗更隨歌舞伴山川不盡別離盃無由倂寫春風恨欲下郢城重首回

鸛雀樓晴望　馬戴

堯女樓西望人懷太古時海帆通禹穴山木閉虞祠鳥道殘虹挂龍潭返照移行雲如可馭萬里赴心期

同蕭山陳明府（集作官長）縣樓登望　方干

坐看南北與西東遠近無非禮義中一縣繁花香送雨五株垂柳綠牽風晝潮背海（集作郭）喧還靜驛路穿林斷復通仲叔受恩多感戀徘徊却惜（集作怕）酒壺空

長沙陪裴大夫登北樓　李群玉

巖嶂隨高步琴罇奉勝遊金風吹綠簟湖(集作湘)水入朱樓朗抱雲開月高情鶴見秋登臨多暇日非爲賦消憂

江樓閒望懷關內親知(集作關中親故)　前人

搖落江天欲盡秋遠鴻高送一行愁音書寂絕秦雲外身世蹉跎楚水頭年貌暗隨黃葉去時情深付碧波流風淒日冷湘光(集作江湖)晚駐目寒空獨倚樓

漢陽太白樓　前人

江上晴樓雲霧間滿簾江水滿窗山青楓綠草將愁去遠入吳雲暝不還

題樟亭驛樓　喻坦之

危檻倚山城風帆檻外行日生滄海赤潮落浙江清秋晚遙峰出沙乾細草平西陵烟樹色長見伍員情

題河中鸛雀樓　張喬

高樓懷古動悲歌鸛雀今無野燕過樹隔五陵秋色早水連三晉夕陽多漁人遺火成寒燒牧笛風吹起夜波十載重來值搖落天涯歸計欲如何

江樓作　前人

憑檻見天涯非秋亦可悲晚天帆去疾春雪燕來遲山水分鄉縣干戈足別離南人廢耕織早晚罷王師

渭陽樓閒望　鄭谷

千重二華見皇州望盡凝嵐即此樓細雨不藏秦樹色夕陽空照渭河流前車寧見後車覆今日難忘昔(集作昨)日憂擾擾塵中猶(集作殊)未已可能疏傅獨能休

陪鄂州張員外宴白雪樓　許棠

高情日日閑多宴雪樓間灑檻江上雨當筵天際山帶帆分浪色駐樂話朝班豈料羇遊者樽前得解顏

雨後從陶郎中登庾樓　王貞白

島邊漁艇聚天畔鳥行分此景堪誰畫文翁請綴文

豫章江樓望西山有懷　陳陶

水護星壇列太虛烟霓十八上仙(一作真)居時人未識遼東鶴吾祖曾傳寶鼎書終日章江催白鬢何年丹竈見紅蕖桃花谷口春深淺欲訪先生赤鯉魚

鳳州北樓　羅鄴

城上層樓北望時閑雲遠水自相宜人人盡道堪圖畫枉遣山翁醉習池

慈恩寺東樓　曹松

寺樓涼出竹非與曲江賒野水流穿苑(禁)秦山疊入巴風容離衆(一作葉)岸角積虛沙此地鐘聲近令人思海涯

早登新安縣樓　羅隱

關城樹色齊往事未全迷塞路真人氣封門壯士泥草濃延蝶舞花密教鶯啼若以鳴爲德鸞凰不及雞

登夏州城樓　前人

寒聲獵獵戍旗風獨倚危樓(集作闌)悵望中萬里山河唐地

土千年寃魄晉英雄離心不忍聽邊馬往事應須問塞鴻
好脫儒冠從校尉一枝長戟六鈞弓

登兗陵條風樓寄竇常侍　前人

亂離時節懶登臨試借條風半日吟只有遠集作遠見晚山含
煖律不知高閣動歸心溪喧晚棹千聲浪雲護寒郊數丈
陰自笑疎慵似麋鹿也教臺上費黃金

臺

登琴臺

蕪階踐昔徑復想鳴琴遊音容萬春罷高名千載留弱枝
生古樹舊石染一作沒初學記作深新流由來遞相嘆逝川終不收
此詩一百七十四卷重出今已削去注異同爲一作

過建章故臺　庾肩吾

魯國觀遺殿韓城想舊臺仲宣原濕滿子建悲風來夏蓮
猶及植秋窓尚左一作不開圓雲仍溜集作洩雨書石集作畫水即
生苔及君觀類聚作數四望知余念集作詠七哀

宮殿石類聚作名登臺　祖孫登

獨有相思意聊敞鳳凰臺蓮披集作茇香稍上月明光正來
離鵠類聚作鶴將雲散飛花似雪迴遙思竹林友前窓夜夜開

相如琴臺　盧照隣

聞有雍容地千年無四鄰園院風烟古池臺松檟春雲疑
作賦客月似聽琴人寂寂啼鳥處空傷遊子神

登越王臺　宋之問

江上越王臺登高望幾回南溟天外合北戶日邊開地濕
烟常起山晴雨半來冬花掃盧橘夏果摘楊梅跡類虞翻
枉人非賈誼才歸心不可見集作可度白髮重相催

登裴秀才迪小臺　王維

端居不出戶滿目空雲山落日鳥邊下秋原人外閑遙知
遠林際不見此簷間好客多乘月應一作齊門莫上關

登九思集作里臺是楚樊姬墓　張說

楚國所以霸樊姬有力焉不懷沈尹祿誰諳集作進叔敖賢
萬化茫無在孤墳獨巋然北分陽臺陌南識郢城阡漠漠
渚宮樹蒼蒼雲夢田登高形勝出訪古今名傳自我來符
守因君樹蕙芬詩書將變俗絺纊忽彌天集作年志闌三折

後愁值二毛前佇立帝京路遙心寄此篇

登古陽雲臺　張九齡

庭樹日衰颯風霜未云已駕言遺憂思乘興求相似楚國
茲故都蘭臺有餘址傳聞襄王世仍立巫山祀方此全盛
時豈無嬋娟子色荒神女至寃蕩宮觀裏蔓草今如積朝
雲爲誰起

陪王司馬登薛公逍遙臺　前人

常聞薛公淚非直雍門琴竄逐留餘跡悲涼見此心府中
因暇豫江上幸招尋人事已成古風流獨至今閒情多感
歎清景暫登臨無復甘棠在空餘蔓草深晴光送遠目勝
氣入幽襟水去朝滄海春來換碧林賦懷湘浦弔碑想漢

川沉曾是陪遊日徒爲梁甫吟

琴臺　杜甫

茂陵多病後尚愛卓文君酒肆人間世琴臺日暮雲野花留寶靨蔓草見羅裙歸鳳求凰意寥寥不復聞

鳳凰臺（山峻人不至高頂）　前人

亭亭鳳凰臺北對西康州西北今寂寞鳳聲亦悠悠山峻路絶蹤石林氣高浮安得萬丈梯爲君君（集作上）上頭恐有無母鶵飢寒日啾（集作啁）啾我能剖心出飲啄慰孤愁心以當竹實炯然忘外求血以當醴泉豈徒比清流所重王者瑞敢辭微命休坐看綵翮舉（集作長）縱意八極周自天銜圖識（集作當圖）飛下十二樓圖以獻（集作春）至尊議以垂鴻猷再光

中興業一洗蒼生憂深衷正爲此群盜何淹留

登單父陶少府半月臺　李白

陶公有逸興不與常人俱築臺像半月迥出高城隅置酒望白雲高颷飛落梧（集作高颷起寒梧）秋山入遠海桑柘羅平蕪水色綠且清（集作明）令人思鏡湖終當過江去愛此暫踟躕

陵歊臺　前人

曠望登古臺臺高極人目疊嶂列遥（集作遠）空雜花間平陸閑雲入窓牖野翠生松竹欲覽碑上文苔侵豈堪讀

登金陵鳳凰臺　前人

鳳凰臺上鳳凰遊鳳去臺空江自流吳時（集作宮）花草埋幽逕晉代（集作國）衣冠成古丘三山半落青天外二水中分白鷺洲總爲（集作盡道）浮雲能蔽日長安不見使人愁

蘇臺覽古　前人

舊苑荒臺楊柳新採菱歌唱不勝春只今唯有西江月曾照吳王宮裏人

秋日登吳公臺上寺遠眺（寺即陳將吳明徹戰地集作場）　劉長卿

古臺搖落後秋入望鄉心野寺來人少寒峯隔水深夕陽依舊壘寒磬滿空林惆悵南（集作前）朝事長江獨至今

嚴陵釣臺送李康成赴江東使　前人

潺湲子陵瀨髣髴如在目七里人已非千年水空綠新安江上孤帆遠應逐楓林萬餘轉古臺落日自蕭條寒水無

波更清淺臺上漁竿不復持却令猿鳥向人悲灘聲山翠至今在遲爾行舟晚泊時

登戲馬臺作　儲光羲

君不見宋公杖鉞誅燕后英雄踴躍爭趨走小會衣冠呂梁壑大徵甲卒碻磝口天開神武樹元勳九日茱萸饗六軍泛泛樓船遊極浦搖搖歌吹動浮雲居人滿目市朝變霸業猶存齊楚甸泗水南流桐柏川沂山北走瑯琊縣滄海沉沉晨霧開彭城烈烈秋風來少年自言未得意日暮蕭條登古（集作此）臺

題嚴陵釣臺　張繼

舊隱人如在清風亦似秋客星沉夜壑釣石俯春流鳥向

喬枝聚魚依淺瀨遊古來芳餌下誰是不吞鈎

阮公嘯臺　包融

荒臺森荆杞蒙籠無上路傳是古人跡阮公長嘯處至今清風在時時動林樹逝者昔已遠升攀想遺趣靜然荒榛間久之若有悟靈光未歇滅千載知仰慕

仙女臺　釋皎然

寂寞舊桑田誰家女得仙應無雞犬在空有子孫傳古木花猶發荒臺月尚懸暮來雲一片（一作行雲低不散）疑是却歸年

和邢端公登臺春望句句有春字之什

春日繡衣輕春臺別有情春煙間草色春鳥隔花聲春樹

亂無次春山遙得名春風正飄蕩春斝莫須傾

嚴公釣臺　顧況

靈芝産遐方威鳳家重霄嚴生何耿潔託志肩夷巢漢后雖則貴子陵不知高糠粃當世道長揖夔龍朝掃門彼何人升降不同朝捨舟遂長往山谷多清飈

辭魏傅田尚書出境後感恩戀得因登藂臺　楊巨源

鷰書及龍鍾此事鏤心骨謝知殊浪浪（疑作恨恨）徒御方咄咄實肌膾別僕僕請行藂臺邯鄲郭臺上見新月離恨始分明（原闕二字）更超忽懷仁淚空盡感事情人發他時躧履聲曉日照丹闕

題巖光釣臺　歐陽詹

弭棹歷塵跡悄然開我情伊無昔時節豈有今時名辭貴不辭賤是心誰復行欽哉此溪曲永獨古風清（集作英風聲）

經嚴陵釣臺貽同舟者（三字集作行侶）　許渾

故人天下定歸釣獨悠悠（集作碧巖幽）舊跡隨臺古高名寄水流鳥喧群木晚蟬吟（集作急）衆山秋更待新安月憑君暫駐舟

陵敲臺　前人

宋祖高臺（集作陵敲）樂未迴三千歌舞宿層臺湘潭雲盡暮山出巴蜀雪消春水來行殿有基荒薺合寢園無主野棠開

青陵臺　李商隱

百年應（集作便）作萬年計巖上（集作畔）古碑空綠苔

青陵臺畔日光斜萬古貞魂倚暮霞莫許韓憑爲蛺蝶等閑飛上別枝花

姑蘇臺　曹鄴

吳宮酒未銷又宴姑蘇臺美人和淚去半夜閶門開相對正歌舞笑中聞鼓聲星散九重門血流十二街一去成萬古臺盡人不回時聞野田中拾得黃金釵

登盧氏臺　溫庭筠

勝地當通邑前山有故居臺高秋盡出林斷野無餘白露鳴蛩急天時（疑作晴天）度鴈疎由來放懷地非獨在吾廬

燕臺二首　聶夷中

燕臺累黃金上欲招儒雅貴待賢士來更下於隗者自然
樂毅徒趨風走天下何必馳鳳書旁求向林野

二

燕臺高百尺燕滅臺亦平一種是亡國猶得禮賢名何似
章華畔空餘禾黍生

題賈島吟詩臺　張喬

吟寬不復遊臺亦似荒丘一徑草中出長江天外流暝烟
寒鳥集殘月夜蟲愁願得生禾黍鋤平恨即休

姑蘇臺　劉駕

勾踐飲膽日吳酒香滿杯笙歌入海雲聲自姑蘇來西施
舞初罷侍兒整金釵衆女不敢妬自比泉下泥越鼓聲騰

騰吳天隔塵埃難將甬東地更學會稽棲霸跡一朝蓋草
中棠梨開

陵歊臺　羅鄴

高臺今古竟長閑因想興亡百疑慘顦四海已歸新雨露
六朝空認舊江山槎翹獨鳥汀洲畔風亞荒椿雨雪閒好
是輪蹄來往便誰人不向此躋攀

望仙臺　前人

千金壘土望三山望鶴無蹤羽衛還若說神仙求便得茂
陵何事隔人間

姑蘇臺　羅隱

讓高泰伯開基日賢見延陵復命時未會子孫因底事辭
崇臺榭爲西施

文苑英華卷第三百一十三

文苑英華卷第三百十四　詩一百六十四

居處四

閣四十首　堂二十三首

閣

登州中新閣　庾信

跨虛陵倒景連雲拒少陽璇極龍鱗上雕甍鵬翅張千尋文杏照十里木蘭香開窓對高掌平坐望河梁歌響開天樂鐘聲徹建章賦用王延壽書須韋仲將龍來隨畫壁鳳起逐吹簫石作芙蓉影池如明鏡光花梁反披葉蓮井倒垂房徒然思鷰賀無以預鵾翔

登宇文內史入重陽閣　前人

北原風雨散南宮容衛踈待詔還金馬儒林歸石渠徒懸仁壽鏡空聚茂陵書竹淚垂秋筍蓮衣落故蕖顧成始移廟陽陵正徙居舊蘭憔悴長殘花爛熳舒別有昭陽殿長悲故婕妤

登禪定寺閣　宋之問

梵宇出三天登茲望八川開襟坐霄漢揮手拍雲煙函谷青山外昆明落日邊東京楊柳陌少別已經年

使過襄陽登鳳林寺山閣　前人

香閣臨清漢丹梯隱翠微林篁天際密人世谷中遺苔石銜仙洞蓮舟泊釣磯山雲浮棟起江雨入庭飛信美隋南國嚴程限北歸幽情不可再留步惜芳菲

和崔侍御日用遊開化寺閣　呉少微

左憲多才雄故人尤鷙鶚護贈單于使休輅太原郭館次厭煩敞清懷尋寂寞西緣十里餘北上開花閣初入雲樹間冥蒙未昭廓漸出欄楯外萬里秋景焯崴晏風落山天寒水歸壑覽物頌幽果至乘動玄鑰但數利解言求用忘筌著

岳州九日宴道觀西閣　張說

摧落長年歎蹉跎遠宦心北風嘶代馬南浦宿陽禽佳此黃花酌酬餘白首吟涼雲霾楚望濛雨蔽荊岑登眺恩晴景誰將眷濁陰釣歌出江霧樵唱入山林魚以佳一作嘉名採木爲美材傚大道由中悟逍遙匪外尋參佐多君子詞

筆妙賞一作賞逵音留題一作淹留洞庭觀望古意何深一作佳歲時雜詠

登總持寺閣　張九齡

香閣起崔嵬高高沙版開攀躋千仞上紛詭萬形來草間商君陌雲重漢后臺山從幽谷斷川向斗城回林裏春容變天邊客思催登臨信爲美懷遠獨悠哉

晚憩王少府東閣　前人

披軒肆流覽雲壑見深重空水秋彌淨林烟晚更濃坐隅分洞浦簷際列群峯窈窕生幽意參差多異容還慚大隱跡空想列仙蹤賴此昇攀處蕭條得所從

宿雲門寺閣　孫逖

香閣東山下煙花象外幽懸燈千嶂夕卷幔五湖秋畫壁

飛鴻厲紛密宿斗牛更疑天路近夢與白雲遊

西閣曝背（集作月）　杜甫

凜冽倦玄冬負暄嗜飛閣羲和流德澤顓頊媿倚薄毛髮
具自私（集作和）肌膚潛沃若太陽信深仁衰氣欻有託欹傾
煩注眼容易收病腳瀏漓木稍猨（集作流離木杪）翩翻（集作僊）山巔
鶴明知苦聚散哀樂亦已胙（集作日已作）即事會賦詩人生忽
如錯（集作昨）古來遭喪亂賢聖盡蕭索胡為將暮年憂世心
力弱

飛仙閣　前人

出（集作土）門山行窄微徑緣（集作徑微上）秋毫棧雲欄干峻梯石
結構牢萬壑欹疎林積陰帶奔濤寒日外淡泊長風中怒

號欹鞍在地底始覺所歷高往來雜坐臥人馬同疲勞浮
生有分定飢飽豈可逃歎息謂妻子我亦（集作何）隨汝曹

龍門閣　前人

清江下龍門絕壁無尺土長風駕高（集作石）浪浩浩自太古
危途中縈盤（集作縈盤道）仰望垂線縷滑石欹誰鑿浮梁裊相
拄目眩隕雜花頭風吹過（集作過飛）雨百年不敢料一墜那得
取飽聞（集作知）經瞿唐足見度大庾終身歷艱險恐懼從此
數

登瓦官寺閣　李賓

晨登瓦官閣極眺金陵城鍾山對北戶淮水入南榮漫漫
雨花落嘈嘈天樂鳴兩廊振法鼓四角吹（集作吟）風箏吞出

霄漢上仰攀日月行山空霸氣滅地古寒陰生寥廓雲海
晚蒼茫宮觀平門餘閶闔宇樓識鳳凰名雷作百川（集作山）
動神扶萬拱傾靈光一向（集作何足）貴長此鎮吳京

登巴陵開元寺西閣贈衡嶽僧方外　前人

衡嶽有開士五峯秀真骨見君萬里心海水照秋月大臣
南溟去問道皆請謁酒以（集作明非）甘露言清涼潤肌髮湖海
落天鏡香閣凌銀闕登眺餐惠風新花期啓發

同皇甫再登玄閣　李嘉祐

高閣朱欄不厭遊蒹葭白水遶長洲孤雲獨鳥川光暮萬
井千山海氣秋清梵林中人轉靜夕陽城上角偏愁誰堪
遠作秦吳別離恨歸心雙淚流

題鮑行軍小閣　嚴維

宇下無留事經營意獨新文房已得地相閣是推輪席上
招賓急山陰對雪頻廬明先旦暮啓閉異冬春談笑兵家
法逢迎幕府賓還將負暄處時借在陰人

晚霽登王六東閣　前人

試上江樓望初逢山雨晴連空青嶂合向晚白雲生俊美
要殊觀蕭條見遠情情來不可極日暮水流清

登景雲寺閣　張九宗

胡馬飲河洛我家從此遷今來獨垂淚三十六峯前

晚霽登汝南六雲　賈彥璋

禪宮新雨歇香閣晚登臨邑樹晴光起川苗佳氣深水包

城下岸雲細郢中岑自數牢畢日聊開望遠心

宿香山閣　前人

暝望香山閣梯雲宿半空軒窗閉潮海枕席拂煙虹朱網防棲鴿紗燈護夕蟲一聞鷄唱曉已見日曈曈

登聖善寺閣　褚朝陽

飛閣青雲裏先秋獨早涼天花散窗近月桂拂簷香華嶽三峯小黄河一帶長空聞指歸路煙處是垂楊

和嚴長秋日登太原龍興寺閣野望　歐陽詹

百丈化城樓君登最上頭九霄回棧路八到視并州煙火遺堯廟山河啓聖猷短垣齊介嶺片白指分流清鐸中天籟哀鳴下界秋境閑知道勝心遠見名浮豈念乘肥馬方

應駕大牛自憐蓬逐吹不得與良遊

和太原鄭中丞登龍興寺閣　前人

青窗朱戶半天開極目凝神望幾迴晉國頽墉生草樹皇家瑞氣在樓臺千條水入黄河去萬點山從紫塞來獨恨侍遊違長者不知高意是誰陪

登天宮閣　白居易

午時乘輿出薄暮未能還高上煙中閣平看雪後山委形群動裏任性一生間洛下多閑客其中我最閑

題宣州開元寺水閣　杜牧

六朝文物草連空天澹雲閒今古同鳥去鳥來山色裏人歌人哭水聲中深秋簾幕千家雨落日樓臺一笛風惆悵

無因逢范蠡參差煙樹五湖東

天河閣到啼猿閣即事　顧非熊

萬壑褒中路何曾不駕虛濕雲和棧起燒柿帶餘畬疑作畬餘巖谷牽垂果湍奔棧迸魚每逢維艇處塢裏有人居

題大雲寺西閣　薛能

閣臨偏險寺當山獨坐西城笑滿顏四野有歌行路樂五營無戰射堂閑鼙和調角秋空外砧辨征衣落照間方擬殺身酬聖主敢於高處戀鄉關

題開元寺閣　前人

一閣見一郡亂流仍亂山未能終日住尤愛暫時閑唱棹吳門去啼林杜宇還高僧不可羨西景掩揖疑關

秋宿青龍禪閣　李洞

前山不可望暮色漸沉圭日轉須彌北蟾來渤澥西風林亂僧話霜枯疑欠猿啼閣外千家夢分明見裏迷

湖閣　李群玉

楚色籠秋草秋光洗洞庭夕霏生水寺初月落集作盡雲汀棹響來空闊漁歌去集作發杳冥欲浮欄下艇一到斗牛星

題宣州開元寺閣　張喬

誰家煙徑長莓苔金碧虛欄竹上開流水遠分山色斷清猿時帶角聲來六朝明月唯詩在三楚空山有鴈迴達理始應盡疑惆悵僧閑應得話天台

回鑾閣寫望　前人

古閣上空半寥寥千里心多年爲客路盡日倚欄吟徽(疑)
壓秦川重深來虜塞心(疑)回鑾今不見煙霧杳沉沉

滕王閣篤望　前人

創來人世殊幾度繞汀盧(一作蘆)疊浪有時有閑雲無日無
早涼先燕去返照後帆孤未得榮歸計菱歌蒲舊湖

登寶曆寺閣　陳陶

金碧高層世界空凭蜆長嘯八蠻風橫軒水壯蛟龍府倚
棟星開牛斗宮三楚故墟殘景北六朝荒苑斷山東不堪
懷古勞悲笑安得鵬摶顥氣中

和西江(一作江南)李助副使早登開元寺閣　前人

虛豁登寶閣三休極層構獨立天地間煙雲蒲襟袖鼇黿荒

杪落日歛野呈綺繡愁檻祝融微陰軒九江湊拂簷皇姑
含錯落白榆秀倚(掘)天竺祠蛟龍蟠古龕僚然觀六合一
指齊宇宙晝歛忽若(闕)青雲日方晝南朝空蒼莽楚澤稀
耕耨萬事溺頹波一航安可沒(疑)徒云寄麟泣六五終難
就資斧念徐生湖光隱圭竇早聞群黃鶴飄舉此江岫陵
谷空蔼然人樵巳鷁鷟燕宮豸冠客憑覽發清奏珠王難
嗣音撥轅愧孤陋

夏月題遠公北閣　羅鄴

危閣壓山岡晴空疑鳥行勝棲花界盡響益梵音長有月
堪先到無風亦自涼人煙紛緋繞諸(疑)樹共蒼蒼楊戀高
樓語毗憐盡苦香此身閑未得驅馬入殘陽

登尾宮寺閣　羅隱

下盤空跡上雲浮偶逐僧行步步愁暫憩巳知須用意漸
危爭忍不回頭煙中樹老重江晚驛外風輕四境秋懶指
臺城更東望鵲飛龍闕盡荒丘

揚州(集作廣陵)開元寺閣上作　前人

蒲檻山川漾落暉檻前前事去如飛雲中鷄犬劉安過月
裏笙歌煬帝歸江蹙海門帆散去地吞淮口樹相依紅樓
翠幕知多少長向東風有是非

滕王閣春日晚眺　曹松

陵春帝子閣偶眺日移西浪勢平花塢帆陰上柳堤疑風
藏宿翼疊鼓碎歸蹄只此長吟詠因高思不迷

題昭州山寺常寂上人水閣　前人

常寂常居常寂裏年年月月是空空堦前未放嚴根斷屋
下長教海眼通本爲入來尋佛窟不期行處踏龍宮他時
憶着堪圖畫一朵雲山二水中

堂

䟡圜堂　庾肩吾

北宮多暇豫時駕總鑾鑣路靜繁笳撤輪移羽蓋飄臨空
坐飛觀回首望浮橋風長暗鍾近地迥(初學記作遠)洛城遙跡
林不礙目(初學記作日)洄浦暫通潮徒然等賓從並作愧群僚

文翁講堂　盧照鄰

錦里淹中館岷山稷下亭空梁無燕雀古壁有丹青槐落

猶疑市苔深不辨銘良哉二千石江漢表遺靈

酬楊北部員外暮宿琴堂朝躋書閣率爾見贈之作　王維

舊簡拂塵看鳴琴侯（集作候）月彈桃源迷漢姓松樹有秦官空谷歸人少青山背日寒羨君棲隱處遥望白雲端

草堂　杜甫

昔我去草堂蠻夷塞城都今我歸草堂此（集作成）都適（一作此）無虞請陳初亂時反覆乃須臾（集作斯須）大將赴朝廷群小起異圖中宵斬白馬盟歃氣已麤西取卭南兵北斷劒閣隅布衣數十人亦擁專城居其勢不兩大始聞蕃漢殊西卒却倒戈（集作倒干戈）賊臣互相誅焉知肘腋禍自及梟鏡徒

義士猶（集作皆）痛憤紀綱亂相踰一國實三公萬人（集作民）欲爲魚唱和作威福孰肯辨無辜眼前列杻械背後吹笙竽談笑行殺戮血流（集作濺血）滿長衢到今用越地風雨聞號呼鬼（集作人）妾與鬼馬色悲充爾娛國家法令在此又足驚吁嗟賤子且奔走三年望東吳孤矢暗江海難爲遊五湖不忍竟捨此復來薙榛蕪入門四松在步屧（集作屟）萬行踈舊犬喜我歸低徊入衣裾隣舍喜我歸酤酒提葫蘆（集作攜榼壺）大官知（集作喜）我來遣騎問所須城郭知（集作喜）我來賓客隘（集作溢）村墟天下方（集作尚）未寧健兒勝腐儒飄颻（集作飄飆）風塵（集作塵埃）際何地置老夫於時是疣贅骨髓幸未枯飲啄愧殘生食薇不敢餘

終南山雙峯草堂作　岑參

歐路（集作迹）歸山田偃息（集作息心）謝時輩晝還草堂卧但以（集作與）雙峯對興來恣佳遊事愜符勝槩著書高窗下日夕見城内曩爲世人誤遂負平生愛久與林壑辭及來杉松大偶茲精廬近屢得（集作數有）名僧會有時逐樵漁（集作漁樵）盡日不冠帶崖口上新月石門破蒼靄色向群木深光摇一潭碎緬懷鄭生谷頗憶嚴子瀨勝事猶可追斯人邈千載

裴六書堂　王昌齡

閑堂閉空音（一作陰）竹林但清響窗下長嘯客區中無遺想經綸精微言兼濟當獨往

過横山顧山人草堂　劉長卿

只見山相掩誰言路尚通人來千嶂外犬吠百花中細草香帶雨垂楊閑自風却尋樵徑去惆悵緑溪東

題王十九茅屋　李嘉祐

蒲庭多種藥人里作山家終日能留客淩寒亦對花海鷗過竹嶼門柳拂江沙知爾卑棲意題詩美白華

題武陵草堂　楊浚

草堂列仙樓上在青山頂户外窺數峯階前對雙井雨來花盡濕風度松初冷畬栈行不疲入溪語彌静本能去塵服兼欲事金鼎正直心所存諂諛長自省適知幽遁趣已覺煩慮屏吏愛雲林閑吾將卧南潁

題鄭拾遺草堂　韋應物

借地建結集作茅棟横竹挂朝衣秋園雨中緑幽居塵事違
陰涼集作井夕蟲亂高林霜果稀子有白雲意構此想巖扉
湖南草堂讀書招李少府　釋皎然
削去僧中事南池便隱居爲憐松子壽還卜道家書藥院
常無客茶罇獨對余有時招送吏來飯野中蔬
過趙居士擬置草堂處所　王建
休師竹林北空可兩三間雖愛獨居好終來相伴閑猶嫌
近前樹爲妨看南山的有深耕處春初須早還
錢侍郎使君以題廬山草堂詩見示因以戲集作酬之
之見二百五十八卷
題別遺愛草堂兼呈李十使君李十亦嘗隱廬山白鹿洞

前人
曾住鑪峯下書堂對藥臺斬新蘿徑合依舊竹窗開砌水
親看决池荷手自栽五年方暫至一宿又須回縱未長歸
得猶勝不到來君家白鹿洞聞道亦生苔
冬夜宴河東李相公堂命笙歌送酒見二百十六卷　劉禹錫
後梁宣明二帝碑堂下作　前人
玉馬朝周從此辭園陵寂寞對豐碑千行宰樹荆州道暮
雨蕭蕭聞子規
尋隱者韋九山人東溪草堂　朱灣
尋集作窮得仙源訪隱淪漸來深處漸無塵初行竹裏唯通
馬直到花間始見人四面雲山誰作主數家煙火自爲隣

路傍樵客何須問朝市如今不是秦
李常侍書堂　釋無可
結構因墳籍簷前竹未生塗窗日早閲藥幌風輕息架
蛩驚客垂燈雨過城已應窮古史師律執齊名
和厲玄侍御題户部相公廬山草堂　劉得仁
白雲居創畢詔入鳳池年林長雙峯樹潭分並寺泉石溪
盤鶴外岳室閉猿前柱史題詩後松門更肅然
草堂　趙嘏
練江横在草堂前楊柳洲西載酒船兩見梨花不歸得每
逢雲鳥即依然斜陽映閣山當寺微緑含風月滿川同群
故人攀桂盡把詩吟向寂寥天

老圃堂　薛能
卲平瓜地接吾廬穀雨乾時偶自鋤昨夜春風欺不在就
牀吹落讀殘書
題友人草堂　張喬
空山卜隱初生計亦無餘三畝水邊竹一牀琴畔書深林
收晚果絶頂拾秋蔬堅話長如此何年獻子虚
王先輩草堂　陸龜蒙
松徑隈雲到靜堂杏花臨澗水流香身從亂後全家隱日
校人間一倍長金緑疑作籙漸加新品秩玉皇偏賜羽衣裳
何如聖代彈冠出方朔曾爲漢侍郎
文苑英華卷第三百十四

文苑英華卷第三百十五　詩一百六十五

居處五

亭七十三首

亂後經吳郵亭　庾肩吾

郵亭一回望風塵千里昏青袍異春草白馬即吳門獯戎鯁（類聚作鞭）伊洛雜種亂轘轅輦道同關塞王城似大原休明鬯尚重秉禮國猶存殷牖爻雖賾堯城吏轉尊泣血悲東走橫戈念北奔方憑七廟略誓雪五陵寃人事今如此天道共誰論

登百花亭懷荊楚　梁元帝

極目纔千里何由望楚津落花灑行路垂楊拂砌塵柳絮飄春雪荷珠漾水銀試酌新清酒遙勸陽臺人（以下三篇並見江州石本）

奉和登百花亭懷荊楚　朱超道

亭亭登望極春心遠近同莫恨荊臺隱雲行不礙空柳色浮新翠蘭心帶淺紅若因鵬舉便重上龍門中

追和登百花亭懷荊楚　陰鏗

江陵一柱觀尋陽千里湖風煙望似接川路恨成遙落花輕未下飛（石本作浮）絲斷亦飄藤長還依格（石本作格嶺）荷生不避橋楊臺可憶處唯有暮將朝

臨水亭　閭丘均

高館基曾山微幕生花草傍對野村樹下臨車馬道清明悟心術幽遐備瞻討回合峯隱雲聯綿渚縈島氣似滄州勝風爲青春好相及盛年時無令歎衰老

山庭夜宴　王勃

桂宇幽襟積松臺良夜永森沉野徑寒肅穆巖扉靜竹晦南河色（集作汀色）荷翻北潭影清興殊未歸林端照初景

宿晉安亭　盧照鄰

聞有絃歌地穿鑿本多奇遊人試一覽臨翫果忘疲窓橫暮捲葉簷卧古生枝舊石開紅蘚新荷覆綠池孤猨稍斷絕宿鳥復參差汎艷月華曉徘徊星鬢垂今日刪書客悽惶君詎知

同王員外雨後登開元寺南樓因訓暉上人獨坐山亭有贈　陳子昂

鍾梵經行罷香林坐入禪巖庭交雜樹石瀨寫鳴泉水月心方寂雲霞思獨玄寧知人代裏疲病苦攀緣

王屋山第之側雜構小亭暇日與群公同　李嶠

桂亭依絕巘蘭榭俯回溪綺棟魚鱗出雕甍鳳羽栖引泉聊漲沼鑿磴且通溪席上山花落簷前野樹低弋林開曙景釣渚發晴霓狎水驚梁鴈臨風聽楚雞復看題柳葉彌喜蒼桐圭

從驩州廨宅移住山中（集作間）水亭贈蘇使君　沈佺期

遇坎即乘流因到極南州（集作西南到火州）鬼門應苦夜瘴浦不

宜秋歲貸胥穿老霄（集作朔）飛鳥亓歛頭死生離骨肉榮辱間
朋遊棄置一身在平生萬事休鷹鸇遭誤逐豺武怯真投
憶昨京華子傷今邉地囚顧陪鸚鵡樂希並鷓鴣留日月
倫鄉思煙花換客愁幸逢蘇伯玉回借水亭幽山栢歌（集作張）
青蓋江樵卷綠油乘閑無火宅因放有虛（集作漁）舟適越
心當是居夷迹可求古來堯禪舜何必罪驩兜

旅宿淮陽亭口號　張九齡

日暮荒亭上悠悠旅思多故鄉臨桂水今夜眇星河暗草
霜華發空亭鴈影過興來誰與晤勞者自為歌

與王六履震廣州津亭曉望　前人

明發臨前渚寒來靜遠空水紋天上碧日氣海邊紅景物
空（集作紛）為異人情賴此同乘桴自有適非欲破長風

林亭作（集作詠）　前人

穿築非求麗幽閑欲寄情寓懷因壞石真意在蓬瀛苔益
山文古池添竹氣清從茲果蕭散無事亦無營

立秋日題安昌（雜詠作日宴）寺北山亭　孫逖

樓峴倚長霄登攀及霽朝高如石門頂勝擬赤城標天路
雲虹近人寰氣象逼山清（雜詠作圖）伯禹廟江落伍胥潮徂暑
迎秋薄涼風是日飄果林餘若李萍水覆其蕉覽古嗟夷
漫陵空愛寂（集作沉）寥更聞金剎下鍾梵晚蕭蕭

望春亭觀禊飲應制（見一百七十二卷）　王維

與盧員外象過崔處士興宗林亭　前人

綠樹垂陰蓋四隣青苔日厚自無塵科頭箕踞長林下（集作松）
白眼看他世上人（集作看君是甚人）

和宋大使北樓新亭　孟浩然

返耕意未遂日夕登城隅誰道山林近坐為符竹拘麗譙
非改作軒檻是新圖遠水自嶓冢長雲吞具區顧隨江燕
賀羞逐府寮趨欲識狂歌者（集作客）丘園一豎儒

晚春題詠（一作遠）上人南亭　前人

給園支遁隱虛寂養身和春晚群木秀關闢（一作閒）黃鳥歌
林棲居士竹池養右軍鵝炎月北窓下清風期再過

秋登張明府海亭　前人

海亭秋日望委曲見江山染翰卧題壁傾壺一破顏歌逸
彭澤令歸賞故園間余亦將琴史棲遲共取閑

梅道士水亭　前人

傲吏非凡吏名流即道流隱居不可見高論莫能酬水接
仙源近山藏鬼谷幽再來迷處所花下問漁舟

夏夕南亭懷辛夫　前人

山光忽西發（集作落）池月漸東上散髮乘夕涼開軒卧閑敞
荷風送香氣竹露滴清響欲取鳴琴彈恨無知音賞感此
懷古人（集作故人）中霄勞夢想

鄭郎中山亭　崔翹

篆筆飛章暇園亭染翰遊地奇人境別事遠俗塵牧書閣
山雲起琴㽵澗月留泉清鱗影（小）見樹密鳥聲幽杜馥重梅

雨荷香送麥秋無勞置驛騎又酒暗相求

晚至香亭　鄭德玄

長亭日已暮駐馬暫盤桓山川香不極徒侶默相看雲夕荆臺暗風秋郢路寒客心一如此誰復採芳蘭

登牛頭山亭子　杜甫

路出雙林外亭窺萬井中江城孤照日（集作春）山谷遠含風兵革身將老關河信不通猶殘數行淚忍對百花叢

暮春陪李尚書李中丞過鄭監湖亭泛舟　前人

海內文章伯湖邊意緒多玉罇移晚興桂檝帶酣歌春日繁魚鳥江天足芰荷鄭莊賓客地衰白遠來過

客亭　前人

秋窗猶曙色落木更高風（集作木落更風）日出寒山外江流宿霧中聖朝無棄物老病已成（集作衰）翁多少殘生事飄零似轉蓬

遊謝氏山亭　李白

淪老卧江海再歎天地清病寒（集作閒）久寂寞歲物徒芬榮借君西地遊聊以散我情掃雲（集作霎）松下去捫蘿道邊（集作石道）行謝公池塘上春風（集作草）颯已生花枝拂人來山鳥向我鳴田家有美酒落日與之傾醉後弄歸月遥欣稚子迎

宣城九日聞崔侍御與宇文太守遊敬亭余時登響山不同此賞醉後寄崔侍御二首　前人

九日茱萸熟插鬢傷早白登高望山海滿目悲古昔遠訪投沙人因爲逃名（集作名山）客故交竟誰在獨有崔亭伯重陽不相知載酒任所適手持一把（集作枝）菊談（集作謝）笑二千石日暮岸幘歸傳呼隘（集作溢）阡陌彤襜雙白鹿賓從何輝赫夫子在其間遂成雲霄隔良辰與美景兩地方虛擲晚從南峯歸蘿月下水壁却登郡樓望松色寒轉碧望美（集作咫尺）不可親棄我如遺舃

二

九卿天上落五馬道傍來列戟朱門曉褰帷碧嶂開登高望遠海召客來英才紫綬歡情洽黃花逸興催山從（集作依）圖上見溪即（集作向）鏡中回遥羨重陽作應過戲馬臺

題金陵王處士水亭（此亭蓋齊朝南苑又是陸機故宅）　前人

王子耽玄言賢豪多在門好鵝尋道士愛竹嘯名園樹色秀荒苑池光蕩華軒此堂見明月更憶陸平原掃拭青玉簟爲余置金罇醉後欲歸去花枝宿鳥喧何時復來此更得洗囂煩（集作并）

陪族父當塗宰遊化城寺昇公清風亭　前人

化城如（集作若）化出金榜天宫開疑是海上雲飛空結樓臺昇公湖山秀粲然有辨才濟人不利已立俗無嬿猜了見水中月青蓮出塵埃閒居清風亭右左清風來當署陰廣殿太陽爲徘徊茗酌待幽客珍盤薦彫梅飛文何灑落萬象爲之摧季父擁鳴琴德聲布雲雷雖遊道林室亦舉陶潛盃清樂動諸天長松自吟哀留歡若可盡刼石乃成灰

題韓少府水亭　祖詠

梅福幽棲處佳期不可(一作佳士)還鳥吟當户竹花遶傍池山
水氣侵堦冷藤陰覆坐閑寧知武陵趣宛在市朝間

晚泊金陵水亭　前人

江亭當廢國秋景倍蕭騷夕照明殘壘寒潮漲古濠就田
看鶴大喻水見僧高無限前朝事醒吟意覺勞

陸渾水亭(後卷作陸渾山莊即事)　前人

晝眺伊川(一作東山)曲巖開霽色明淺沙平有路流水漫無聲
浴鳥沿波聚潛鱗(一作魚)觸釣驚更尋(一作憐)春岸上(一作綠)幽
意滿山楹(一作幽興滿前楹)

此詩三百十九卷重出今已削去異同爲一作李上

侍

丹陽東去新亭記　皇甫冉

姑蘇東望海林間幾度裁書信未還常在府中持白簡豈
知天半有青山人歸極浦寒流廣鴈下平蕪秋野閑舊日
新亭更携手他鄉風景亦相關

酬(疑)忠公林亭　包融

江外有真隱寂居歲已侵結廬近向術種樹久成陰人跡
乍及户車聲遥隔林自言鮮塵事咫尺能韜沉爲道豈廛
霍會静由吾心方秋院木落仰望日蕭森持我興來趣采
菊行相尋塵念到門盡遠情對君深一談入理窟再索破
幽襟安得山中信致書移尚禽(後漢逸民傳尚長字子平與北海禽慶字子夏二人相善)

夕次華陰北亭　林崐

清晨孤亭裏極目對前岑遠與水天合長霞生夕林蒼然
平楚意杳靄半秋陰落日川上盡關城雲外深方余事巖
壑及此欲抽簪待就蓬山道還茲契宿心

同蔡孚五亭詠　徐晶

帝(疑)奏中京罷雲泉別業歸拂琴鋪野席牽柳挂朝衣翡
翠巢書幌鴛鴦立釣磯幽栖可憐處春事滿林扉

潞府客亭寄鳳童　王昌齡

蕭條郡城閉旅館空寒煙秋月對悲客山鍾搖暮天新知
偶相訪斗酒情依然一宵阻良會清風徒滿川

宴南亭　前人

寒江映村林亭上納鮮潔楚客共閑飲静坐金管闋酬竟
日入山暝來雲歸穴城樓空杳蕩猿鳴備(疑)清切物狀如
絲綸道心爲余決訪君東溪事早晚樵路濶

題裴十六少卿東亭　李嘉祐

平津舊東閣深巷見南山卷箔風煙潤遮窻竹影閑傾茶
蕪落帽戀客不開關斜照窺簾(一作簷)外川禽時往還

過裴長官新亭　錢起

茅屋多新意芳林昨試移野人知石路戲鳥認花枝慢水
縈蓬户閑雲挂竹籬到家(集作來)成一醉歸騎不能羈

題蘇公林亭　前人

平津東閣在別是竹林期萬葉秋聲裏千家落照時門隨深巷靜窗過遠鍾遲客仙苔生處依然又賦詩

春遊南亭　韋應物

川明(一作晴)氣巳變嵓寒雪(集作谷寒雪)尚擁南亭草心綠春塘泉脉動景煦聽琴響雨餘看柳重逍遥池館華益愧專城寵

和吳舍人早春歸沐西亭言志　前人

曉漏戒中禁清香肅朝衣一門雙掌誥伯仲侍言歸亭高性情曠職密交遊稀賦詩樂無事解帶偃南扉陽春美時澤旭霽望山暉幽禽響未轉東原綠猶微名雖列朝(集作仙)爵心巳遺(集作遣)塵機即事同巖隱聖渥良難違

題獨孤常州湖上林(一作新亭)　劉長卿

出樹倚朱欄吹鐃引上官老農持鍤拜特稼捲簾看水對登龍淨山當建隼寒夕陽湖草動秋色渚田寬渤海人無事荊州客獨安謝公何足比來往石門難

題干越亭(集作負遣後登干越亭作)　前人

天南愁望絕亭上柳條新落日獨歸鳥孤舟何處人生涯投嶺(集作越)徼世業陷邊塵(集作胡)江入千峯暮花連百越春(集作杳杳鍾陵暮悠悠鄱水春)秦臺憐(集作悲)白首楚水(集作澤)怨青蘋草色無(集作迷)征路鶯聲傍逐臣獨醒翻(集作空)取笑直道不容身得罪風霜苦全生天地仁青山數行淚滄海一窮鱗流落誰相識空將鷗鳥親(集作牢落機心盡誰憐鷗鳥親)

初貶南巴至鄱陽題李嘉祐江亭　前人

南出巴人徼長江萬里隨不才甘謫去流水亦何知地遠明君棄天高酷吏欺青山獨往路芳草未歸時流落還相見悲歡話所思猜讒傷薏苡愁暮向江蘺淚盡看長劍心閑寄(集作倚)釣絲水雲初起重暮鳥遠來遲稚子能吳語新文怨楚詞憐君不得意客(集作鬢)老南枝

越南中晉(集作題)褚少府湖上林亭　前人

種田東郭傍春陂萬事(一作緒)無情把釣絲綠竹放侵行逕裏(集作斷)青山常對卷簾時紛紛花發(集作落)門空閉寂寂鷺啼日更遲從此別君千萬里白雲流水憶佳期

此詩二百八十七卷重出巳削去注異同爲一作題

沈道士新亭　釋皎然

何處好攀躋新亭俯舊溪坐中千里近簷下四山低小浦依林曲回塘遶郭西桃花春滿地歸路莫相迷

冬日遥和盧使君幼平綦毋居士遊法華寺高頂同登臨湖亭　前人

仁芳標絕境廉守躡高蹤天見纔分刹風傳欲盡鐘城中歸路遠湖上碧山重水照千花界雲開七葉峯寒空艾綬蒲晴翠白綸濃逸韻知難繼佳遊恨不逢仍聞撫禪石爲我久從容

春日陪顏使君真卿皇甫曾西亭重會韻海諸生　前人

爲重南臺客朝朝會魯儒瞻風衆木變清景片雲無峯峯

飄簷下溪光照坐隅不將簪艾隔知與道情俱

夏日集裴録事北亭避暑　前人

前林夏雨歇爲我生涼風一室煩暑外衆山清景中忘歸

親野水適性許雲鴻蕭散鄴曹吏還將静者同

九日陪皇甫使君同泛江宴赤岸亭　張㽦

羇旅逢佳節追遊(雜詠作逍遙)忽見招同傾菊花酒緩棹木蘭

橈平楚堪愁思長江亦(雜詠作去)寂寥啼猨不離峽灘沸鎮如

潮舉目關山異傷心鄉國遥徒言歡蒲座誰覺客䰟銷

西亭子言懷　張謂

數般芳草在堂陰幾處閑花映竹林攀樹玄猨呼郡吏傍

溪白鳥應家禽青山看景知高下流水聞聲覺淺深官屬

不令拘禮數時時緩步一相尋

長安實明府後亭　顧况

君爲長安令我羡長安政五日一朝天南山對明鏡鳥飛

青苔院水木相輝映客至南雲鄉絲桐展歌詠吏人何蕭

蕭終歲無喧競欲識明府賢邑中多百姓

秋題劉逸人林泉(疑)　釋靈一

涼飈亂黄葉遅客橘陰清𩀱遥封行跡雲門閉野情零林

秋露響穿竹暮煙輕莫戀幽棲地懷君(疑作故作安)敗郄名

題王班水亭　釋護國

湖上見秋色曠然如爾懷豈唯歡䜩䜩兼亦外形骸待月

歸山寺彈琴坐暝齋布衣閑自貴何用謁天階

謫居漢陽白沙口阻水雨因題驛亭　鄭常

漢陽無近遠見說過汾(一作湓)城雲雨經春客江山幾日程

終隨鷗鳥去秖待海潮生前路逢漁父多愁問姓名

友人山亭　殷遥

故人從薄官往往歩清溪鑿牖對山月褰裳掃澗霓遊魚

逆水上宿鳥向風栖一見桃花發能令秦漢迷

獨孤常侍北亭　張南史

背郭敞高明憑軒見野情朝回五馬跡更勝百花名海樹

凝煙遠湖田見鶴清雲光侵素壁水影蕩閑楹俗頼褰帷

謁人歡倒屣迎始能(闕)結構獨有謝宣城

尋許山人亭子　奚賈

桃源若遠近魚子棹輕舟川路行難盡人家到漸幽山禽

拂席起溪水入庭流君是何年隱如今成白頭

秋夜同暢當宿潭山上(一作西亭)　盧綸

圓月出山頭七賢林下遊稍稍林葉墮艷艷月波流鳧鵠

共思曉菰蒲相與秋明當此中別一爲望汀洲

題苗員外竹間亭　前人

高甍絶行塵開簾似有春風傾竹上雪山對酒邊人步煖

先逢日書空遠見鄰還同内齋暇登賞及諸烟

春日灞亭同苗員外寄庾侍郎　前人

坐見春雲暮無因報所思川平人去遠日暖鴈飛遲對酒

山長在看花鬢自衰誰堪登灞岸還作異鄉悲

題河中亭見三百十六卷　薛能

撫州西亭見二百三十卷　戴叔倫

長沙一作北亭送朱副端歸京　前人

奏書歸闕下祖帳出湘東滿座他鄉別何年此會同籍芳
憐岸草閒笛怨江風且莫乘流去心期在醉中

題秦隱君麗句亭　前人

北人歸欲盡獨自住蕭山閉户不曾出詩名滿世間

題邵端公林亭　權德輿

春光何處足柱史有林塘鶯囀風初暖花開日欲長畝池
通野舊集作水掃逕閣新芳更置盈罇酒時時醉楚狂

洛陽河亭奉酬晉守群公追送　李逸

離亭餞落暉臘酒減征衣集作春歲晚煙霞重川寒雲樹微
戎裝千里至舊路十年歸還似汀洲鴈相逢又背飛

新安江亭見二百九十三卷　章八元

登峴亭呈郎中　司空曙

一身放放向荊蠻平楚茫茫失路關絕句詩選作峴山回首望秦關南向荊州幾日還今日登臨唯有淚不知風景在何山

文苑英華卷第三百十五

文苑英華卷第三百十六　詩一百六十六

居處六

亭六十九首

逍遙溪亭　王建

逍遙公在此徘徊帝改溪名起石臺車馬到春常借看子
孫因選暫歸來稀踈野竹人移折零落蕉花雨打開無主
青山何所直賣供官稅不如灰

江亭寓目　盧拱

江郭帶林巒津亭倚檻看水風蒲葉戰沙雨鷺鷥寒晚木
初凋槲秋叢欲敗蘭哀猿自相叫鄉淚好無端

題楊侍郎新亭　劉商

毗陵過柱史簡易在茅茨芳草和花種脩篁帶筍移逕幽
人未賞簷靜鷰初窺野客憐霜壁青松畫一枝

題賈巡官林亭　楊巨源

白鳥閑棲亭樹枝綠罇仍對菊花籬許詢本愛交禪侶陳
寔由來是好兒明月出雲秋館思遠泉經雨夜窻知門前
長者無虛轍一片寒光動水池

盧十五竹亭送姪偁文粹作俌歸山　楊衡

落葉寒擁壁清霜夜沾石正是憶山時復送歸山客殷勤
一樽酒曉月當牕白

步出武陵東亭臨江偶望　劉禹錫

鷹至感風候霜餘變林麓孤帆帶日來寒江轉沙曲戍遥

旗影動津晚艣聲促月上彩霞收漁歌遠相續

劉駙馬水亭避暑　前人

千竿竹翠數蓮紅水閣虛涼玉簟空琥珀盞烘疑漏酒水精簾瑩更通風賜冰滿椀沉朱實法饌盈盤覆碧籠盡日逍遥却(集作避)煩暑再三珍重主人翁

道州夏日郡內北橋新亭書懷贈何元二處士　呂溫

結構池梁上登臨日幾廻晴空交密葉陰岸積蒼苔爽氣中央滿清風四面來振衣生羽翰高枕出塵埃齊物漁何樂忘機鳥不猜閑銷炎晝靜(集作畫)選(集作靜)勝火雲開僻逹宜羇性優游賴廢材頗爲長泛梗莫作重燃灰守道窮非

過先時動是災寄言徐孺子賓榻且徘徊

和李使君三郎早秋城北亭宴崔司士因寄關中張評事(三字一作兄弟)　前人

黃花古城路上盡見青山桑柘晴川口牛羊落照間野情隨卷幔塵事隔重關道合偏重賞官微獨不閑鶴分琴久罷書到鴈應還爲謝登臨客瓊林(一作枝)寄一攀

此詩二百十五卷重出前已削去

雲溪西亭晚望　張籍

雲水碧悠悠西亭柳岸頭夕陰生速岫斜照逐廻流此地動歸思逢人方倦遊吳興耆舊盡空見白蘋州

題韋郎中新亭　前人

起得幽亭景復新碧莎地上更無塵琴書著盡猶嫌少松竹栽多不(集作亦)稱貧藥酒欲開期好客朝衣暫脫見閑身成名同日官連署此處經過有幾人

東亭閑坐　白居易

東亭盡日坐誰伴寂寥身綠樹(集作桂)爲佳客紅蕉當美人笑言雖不接情狀似相親若不(集作不作)悠悠想如何度晚春

松江亭攜樂觀魚宴宿　前人

震澤平蕪岸松(一作吳)江落葉波在官常夢想爲客始經過水面排罾網船頭簇綺羅朝盤鱠紅鯉夜燭舞青蛾鴈斷知風急湖平得(集作見)月多繁絃(集作絲)與促管不解和漁歌

題周皓(一作浩)大夫新亭　前人

東道常爲主南亭列大(集作別待)賓規摹何日創境(集作景)致一特新廣砌羅紅藥高(集作疎)窓蔭綠筠鎖開賓閣曉(集作曉)梯上妓樓春置醴寧三爵加籩過八珍茶香飄紫笋膾縷落紅鱗輝赫車輿鬧珍奇鳥獸馴獼猴棲馬看鸚鵡喚家人錦額簾高捲銀花盞謾巡勸嘗光祿酒(周簾光祿卿)許看洛川神(周有家妓數十人)歛翠凝歌黛流香動舞巾裙翻繡鸂鶒梳陷鈿麒麟笛怨音含楚箏嬌語帶秦侍兒催畫燭醉客吐文茵投轄多連曙(集作夜)鳴珂更達晨入朝紆紫綬待漏擁朱輪貴介交三事光榮照四隣甘濃將奉客穩煖不緣身十載歌鍾地三朝節鉞臣愛才心倜儻敦舊禮殷勤門以招賢盛家因好事貧始知豪傑意富貴爲交親

奉和李大夫題忘筌新亭　前人

翠巘公門對朱軒野逕連只開新户牖不改舊風煙虛室閑生白高情淡入玄酒客同坐勸詩借蜀城傳自笑滄江畔遥思絳帳前亭臺隨處（一作事）有争敢比忘筌

題嚴氏竹亭　戎昱

子陵栖遁處堪繫野人心溪水浸山影嵐煙向竹陰忘機看白日留客醉瑶琴愛此多詩興歸來步步吟

題湖亭（詩選作稼東別湖上亭）　前人

好是春風湖上亭栁條藤蔓繫離情黄鶯久住渾相識欲別頻啼三（一作四）五聲

流盃亭　李德裕

激水自山椒折波分淺瀨迴還疑古篆詰曲如縈帶寧憩羽觴遥唯貪（一作歡）親友會欲知中聖處皎月臨松蓋

早秋龍興寺江亭閑眺憶龍門山居寄崔張舊從事

江亭感秋至蘭逕悲露泫秔稻秀晚川杉松蔚（集作鬱）晴巘嗟余有林壑兹夕念繁（集作原）衍緑竹（集作篠）連嶺多青莎近溪淺淵明菊猶在仲蔚蒿莫剪喬木粲陵霄（集作苕）陰崖積幽蘚遥思伊川水北度龍門峴蒼翠雙闕間逶迤清溪（一作灘）轉故人在鄉國歲晏路悠緬惆悵此生涯無由共登踐

登江亭晚眺　賈島

浩渺浸雲根煙嵐没遠村鳥歸沙有跡帆過浪無痕望水知柔性看山欲捲魂縱情猶未已迴馬欲黄昏

宿杜司空東亭　前人

牀頭枕是溪中石井底泉通竹下池宿客未眠當半夜獨聞山雨到來時

登田中丞高亭　前人

亭高林表迥嵯峨獨坐秋宵不寐多玉（集作白）兔玉人歌裏出白雲雖白（集作似）不相遇（集作和）

寄和蔡州中丞（一作寄蔡州田郎中）題蔣亭　釋無可

遺跡仍（一作遺路推）留蔡幽人出漢（一作襆）朝門深荒徑在亭迥數峰遥岸石欹相倚（一作對）窗松偃未凋尋思方一去豈待使君招

題崔駙馬林　前人

宫花野藥半相和藤蔓參差惜不科纖草連門留徑細高樓出樹見山多洞中避暑青苔滿池上吟詩白鳥過更買太湖千片石疊成雲頂緑嵾峨

宣義亭子　劉得仁

暮色遶高亭南山出竹青夜深斜舫月風定一池星島嶼無人跡菰蒲有鶴翎此中休便可何必泛滄溟

冬日落駱家亭子　前人

亭臺臘月時松竹見貞姿林積煙藏日風吹水合池恨無人此住静有鶴相窺是景與秋景吟詩亦各宜

題何氏池亭　周賀

信是靈閑地亭高亦有苔遶池逢石坐穿竹到山廻果落纖萍散龜行細草開主人偏好事終不厭頻來

題裴（集作元）處士高亭　杜牧

水接西江（集作江西）天外聲小齋松影拂雲平何人教我吹長笛與倚秋（集作春）風弄月明

題池州貴池亭　前人

勢比陵歊宋武臺分明百里遠帆開蜀江雪浪西江起（集作蒲）強半春風（集作寒）去却來

與張處士同題（集作訪）李隱居林亭（集作不遇）　許渾

千巖萬壑獨攜琴知在陵（集作龍）陽不可尋去轍已平秋草遍（集作色變）空齋長掩暮雲深霜肥橡栗留（集作霜嚴枳橘）山鼠月冷

孤蒲散（一作泛）水禽唯有西鄰（一作林）張仲蔚坐來同惜別離心

此詩二百十七卷重出今已削去注異同爲一作

題陸侍御林亭　前人

野水通池石疊臺五營無事隱雄材松齋下馬書千卷蘭舫逢人酒一盃寒樹雪晴紅艷吐遠山雲曉翠光來定知別後無多日海栁江花次第開

同孫盧二仙侶遊樊明府林亭（集作湘南徐明府余之南陵久不還家因題林館）　前人

湘南官罷（集作滿）不歸來高閣經年掩綠苔魚溢池塘秋雨過鳥還（集作環）洲島暮潮廻（集作回）階前石穩棊中局窗外山寒（集作高）酒消杯借問先生獨何處（集作在）一（集作遂）籬疎菊又花開

秋晴獨立南亭　楊發

晝對南風獨閉關暗期幽鳥去仍還如今有待終身貴未若忘機盡日閑心似蒙莊遊物（一作象）外官懸許掾在人間開襟自向清風笑無限秋光爲解顏

宿晉昌亭聞驚禽　李商隱

羇緒鰥鰥夜景侵高窗不掩見驚禽行（集作飛）來曲渚煙方合過盡南塘樹更深胡馬嘶和榆塞笛楚猿吟雜橘村砧失群掛木知何限遠隔天涯共此心

奉和秘監從翁夏日陝州河亭晚望　姚鵠

洪河何處望一境在孤煙極野如藍日長波似鏡年卷簾花影裏倚檻鶴巢邊煆焰侵旗旆灘聲雜管絃鍾微來疊岫帆遠落遙天過客多相訪（一作指）應疑會水仙

和徐薰先輩秋日遊涇州南亭呈二三同年

多少歡情泛鷁舟桂枝同折塞同遊鼙喧海上巢松鶴影落盃中過水鷗送日暮鍾交戍嶺叫雲寒角動城樓酒酣笑話秋風裏誰道槐花更起愁

偶題林亭（集作題友人池亭）　溫庭筠

月榭風亭繞曲池粉牆（集作垣）廻互瓦參差侵簷片白搖翻影落鏡愁紅寫倒枝鸂鶒刷毛花蕩漾鷺鷥拳足雪離披山翁醉後如相憶羽扇清罇我自知

題懷貞亭舊遊（集作崔公池亭）　前人

皎鏡方（集作芳）塘菡萏秋　此來重見採蓮舟　誰能不逐（集作遂）當年樂　還恐添爲（集作成）異日愁　紅艷花（集作景）多風嫋嫋　碧空雲斷水悠悠　簷前依舊青山色　盡日無人獨上樓

陪和中節度使遊河亭　前人

倚欄愁立獨徘徊　欲賦慙非宋玉才　蒲座山光摇劍戟　遶城波色動樓臺　鳥飛天外斜陽盡　人過橋心倒影來　添得五湖多少恨　櫛花飄蕩似寒梅

題樟亭　張佑（見集本）

曉霽憑虛檻　雲山四望通　地盤江岸絶　天映海門空　樹色連秋靄　潮聲入夜風　年年此光景　催盡白頭翁

題昭應王明府溪亭　趙嘏

靖節何須彭澤逢　菊洲松島水悠溶　行人自折門前柳　高鳥不離溪畔峰　曉渭度簷帆的的　晚原含雨樹重重　軒車過盡無公事　枕上一聲長樂鐘

南亭　前人

孤亭影出亂花中　悵望無人此醉同　聽盡暮鐘猶獨坐　水邊襟袖起春風

許州德星亭　薛能

漢水南流東有堤　堤邊亭是武陵溪　槎松配石堪僧坐　藥杏含香欲鳥啼　高處月生蒼海外　遠郊山在夕陽西　頻來不是軍從事　只戴紗巾只杖藜

題河中亭子　前人

河擘雙流島在中　島中亭上正南空　蒲根舊浸臨關道　沙色遥飛傍苑風　晴見樹卑知岳大　晚聞車亂覺橋通　無窮勝事應須宿　霜白蒹葭月在東

此詩三百十五卷重出前已削去

旅次洋州寓居郝氏林亭　方干

舉目縱然非我有　思量似在故山時　鶴盤遠勢投孤嶼　蟬曳殘聲過别枝　凉月照窻（集作床）欹枕倦　澄泉遶石泛觴遲　青雲未得平行去　夢到江頭身在兹（集在江南身在鄉）

書吳道士隱林亭　前人

鮮榭沙亭蘿篠陰　依稀氣象似山林　橘枝亞樹香（集作路黄）苞

重井脉牽湖碧甃深　稚子遮門留熟客　驚蟬入葉避遊禽　四隣不見孤高事（集作處）　獨笑騰騰只醉吟

題陸州吕郎中郡内（集作中）環溪亭　前人

爲是仙才登望處　風光便是武陵春　閑花半落猶邀蝶　白鳥雙飛不避人　樹影興餘侵枕簟　荷香坐久着衣巾　暫來此地非多日　明主那容借寇恂

題越州南郭袁秀才林亭　前人

清遂林亭指畫開　幽巖别派像天台　坐牽蕉葉題詩語（一作句）　醉觸松（集作藤）花落酒盃　白鳥不歸山裏去　紅鱗多自鏡中來　終年此地爲吟伴（集作侶）　早起尋君薄暮迴

湘陰江亭寄友人　李群玉

湘岸初晴淑景遲風光正是客愁時幽花暮(集作夜)落騷人
水芳草春深帝子祠往事兩年如過夢舊遊廻首謾勞(集作)
追思煙波自此扁舟去酌酒聯文杳未期

秋宿潤州劉處士江亭　李洞

北夢風吹斷江邊處士亭吟生萬井月看盡(集作見)一天星
浪靜魚銜石(集作鎖)聰高鶴聽經東南渺(集作香)無畔世界半
滄溟

苑中題友人林亭　李頻

林邑藏巖洞幽栖趣若何春篁兼笋密夏鳥雜雛多坐有
清風起林無暑氣過亂書還就葉眞飲不聽歌片景明紅
蘚斜陰映緑蘿雄文終不惜莫便棄高科

題耿處士林亭　喻坦之

身向閑中老生涯本路然草堂山木下魚艇鳥花邊窺井
狖兼鹿啼林鳥雜蟬何時人事了依此亦高眠

題賈氏林泉　聶夷中

市朝東名利林泉繫清通豈知黃塵內廻有白雲蹤輕流
逗密篠直幹入寬空高吟五君詠疑對九華峰我知種竹
心欲翁清涼風我知決泉意將明濟物功有琴不張絃衆
星列梧桐須知淡泊聽聲在無聲中地非樵者路武陵又
何逢秪應迷所歸池上日西東

水軒　鄭谷

日日狎沙禽偷安且放吟讀書老不入愛酒病還深亂(集作
兼)後為羈(集作飢)客兵餘問故林揚花蒲床席搔首度春陰

望湖亭　前人

湘水似伊水湘人非故人登臨何所獨語風柳自搖春

七松亭　張喬

七松亭上望秦川高鳥閑雲蒲目前已比子眞耕(一作樓)谷
口豈同陶令卧江邊臨崖把卷驚廻燒掃石留僧聽遠泉
明月影中宮漏近珮聲應宿使朝天

題圭峰下長孫家林亭　韓宗

趙國林亭二百年緑苔如毯葛如煙閑期竹色搖霜看醉
惜松聲枕月眠出樹圭峰寒壓坐入籬沙瀨碧流天明知
富貴非身物莫為金章墮此仙

和容南帬中丞題瑞亭白鷺白鼠六眸龜嘉連　陳陶

伏波恩信動南夷交趾喧傳四瑞詩鷺鼠孕靈褒上德龜
連增耀荅無私廻翔雪侶窺簷處照映紅巢出水時盡寫
流傳(集作風流)在軒檻嘉祥從此百年(一作城)知

夏晚望嵩亭有懷　羅鄴

正憐雲水與心違湖上亭高對翠微盡日不妨憑檻望終
年未必有家歸青蟬漸傍幽叢噪白鳥時穿返照飛此地
又愁無計住一竿何處是因依

題蔣山　前人

西風才起一蟬鳴便背關河馬上程碧浪鷁舟從此別冊

霄鵠箭忽無成二年芳思隨雲雨幾日離歌望一作怨旆旌迴首橫塘更東望露荷煙菊倍傷情

題水簾亭　前人

亂泉飛下翠屏中名共真珠巧綴同一片長垂今與古半山遙聽雨蕭風雖無舒卷隨人意自有潺湲濟物功每向暑天來往見疑將仙子隔方櫳

偶題離亭　前人

萬般名利不關身況待山平海變塵五月波濤爭下峽蒲堂金玉為何人謾誇浮世青雲貴未盡離杯白髮新誰似雨蓬蓬底客渚花汀鳥自相親

江亭別裴饒　羅隱

行盃且待怨歌終多病憐君事事同衰鬢別來光景裏故鄉歸去亂離中乾坤墊裂三分在井邑摧殘一半空日晚長亭問西使不堪車馬上萍蓬

開亭春望　前人

關畔風雲拂馬頭馬前春事共悠悠風欺岸柳長條困露浥山花小朵愁信越功名高似衲裴王氣力大於牛未知至竟將何用渭水涇泥一作川一向流

下越亭　前人

楚水蕭蕭多病身強凭危檻過殘春高城自有陵燕谷流水那知越與秦岸下藤蘿陰作怖橋邊蛟蜃夜欺人琵琶洲遠江村潤迴首征途一作帆淚滿巾

李郎中林亭　曹松

祇向砌邊流野水樽前上下看魚兒笋蹊已長過人竹藤徑從添拂面絲若許白猿垂近户即無紅菓壓低枝大才必擬逍遥去更遣何人佐盛時

漢南郵亭　裴說

高閣水風清閑門日送迎帆張獨鳥起樂奏大魚驚驟雨拖山過微風拂面生閑吟雖得句留此謝多情

蒲津河亭　唐彥謙

宿雨清秋霽景澄廣亭高樹更晨興煙橫博望乘槎水日上文王避雨陵孤棹夷悠期獨往曲欄愁絕悔長凭思鄉懷古人傷別此際哀吟幾不勝

東亭茶宴　女郎鮑君徽

閑朝向曉出簾櫳茗宴東亭四望通遠眺城池山色裏俯聆絃管水聲中幽篁引沼新抽翠芳槿低簷欲吐紅坐久此中無限興更憐團扇起清風

文苑英華卷第三百十六

文苑英華卷第三百十七　詩一百六十七

居處七

園齋八十五首

遊後園　梁元帝

暮春多淑氣斜景落高春日照池光淺雲歸山望濃入林迷曲徑渡渚隔危峯

晚景有遊後園　同前

高軒聊騁望煥景入川梁波搖（類聚作横）山度影雨罷葉生光日移花色異風散水紋長

山齋　庾信

寂寥尋靜室蒙密就山齋滴瀝泉遶（一作澆）路穹窿石卧堦淺槎全不動盤根唯半埋殘珠墜曉菊細火落空槐直置風雲慘彌憐心事乖

同前　徐陵

桃源驚往客鶴嶠斷來賓復有風雲處蕭條無俗人寒山微有雪石路本無塵竹徑朦朧巧茅齋結構新燒香披道記懸鏡壓山神砌水何年溜簷桐幾度春雲霞一已絕寧辯漢將秦

敬酬楊僕射山齋獨坐　薛道衡

相望山河近相思朝夕勞龍門竹箭急華岳蓮花高嶽高嶂重疊鳥道風煙接遙原小樹若薺遠水舟如葉葉舟旦旦浮驚波夜夜流露寒洲渚白月冷函關秋秋夜清風發彈琴即鑑月雖非莊舄歌吟詠常思越

重酬楊僕射山齋　前人

寂寂無與晤朝端去惣戎空庭聊步月閑坐獨臨風臨風時太息步月山泉側朝朝散綵霞暮暮澄秋色秋色遍皐蘭霞綵落雲端吹旌朔氣冷照劒日光寒光寒塞草平氣冷咽笳聲將軍獻凱入藹藹風雲生

郊園即事　王勃

煙霞春旦賞松竹故年心斷山疑畫障懸溜瀉鳴琴草遍南亭合花濃北院深閑居饒酒賦隨興欲抽簪

冬日過故（一作友）人任處士書齋　駱賓王

神交尚投漆虛室罷遊蘭綱結（集作積）窓文亂苔深履跡殘雪明書帳冷水靜墨池寒獨此琴臺夜（集作上）流水爲誰彈

此詩三百七卷重出前已削去

南山家園林木交映盛夏五月幽然清涼獨坐思遠率成十韻　陳子昂

寂寥守窮巷幽獨坐（集作冊）空林竹松生虛白堦庭橫（集作懷）古今鬱蒸炎夏晚涼宇閟清陰軒窓交紫霧簾（一作簷）戶對蒼岑鳳蘊仙人籙鸞歌素女琴忘機委人代閉牖察天心蛺蝶憐紅藥蜻蜓愛碧潯坐觀萬象化方見百年侵擾擾將何息青青長苦吟願隨白雲駕龍鶴相招尋

田假限疾不獲還莊載想田園兼思親友率成短韻用寫長懷贈林（一作杜）幽素兄（見二百四十九卷）　李嶠

郡宅中齋 宋之問

郡宅枕層嶺春湖遶芳甸雲甍出萬家卧覧皆已遍漁商汗成雨聯邑明若練越俗鏡中行夏詞雲表見玆都信盤鬱英遠常棲眄王子事黄老獨樂恣遊衍謝公念蒼生同憂感推薦靈越多秀士運潤無由面神理翳青山風流蒲黄卷揆余謬成（一作疑）獎自昔從纓弁瑤水執仙羈金閨負特選晨趨博望苑夜直明光殿一朝罷臺閣萬里違鄉縣風土足慰心況悅年芳變淮廩佇玆實沂歌非所羨訟寢歸四明齡頹親九轉徵上本江海少留豈交戰唯餘後凋色竊比東南箭

同李員外春閨 崔湜

落日啼連夜孤燈坐徹明捲簾雙鷰入披幌百花驚隴水寒應晚閨中織未成管絃愁不意（一作記）粧梳懶無情去歲聞西伐今年送北征容顏離別盡流恨滿長城

崔禮部園亭得深字 張說

窕窈留清館虛徐步晚陰水連伊闕近雲（集作樹）接夏關（集作陽）深栁蔓憐垂拂藤苗愛上尋訝君軒蓋偶（一作侶）非復俗人心

小園納涼即事 蘇頲

煩暑避蒸鬱歸閑冐高明長風自遠來層閣有餘清散灑納涼氣蕭條遺世情奈何誇大隱終日繫塵纓

先是新昌小園待獻歲搴物期京兆尹一訪兼郎官數子自頃沉痾年復寒食玆願不果率然成章

獨好中林隱先期上月春閑花傍戶落喧鳥逼簷馴寂寞東陂叟傳呼北里人在山寒易調開甕酒歸醇佇望應三接彌留忽幾旬不疑丹火變空怯綠條新鬬蟻聞常日歌龍值此辰共如衆君子嘉會阻清塵

晨坐齋中偶而成詠 張九齡

寒露結秋空遥山紛在矚孤頂乍脩聳微雲復相續人玆賞地偏鳥亦愛林旭結念憑幽遠撫躬曷羈束昂（集作仰）霄謝逸幹（一作翰）臨路嗟疲足徂歲方騤騤歸心亟躑躅休閑儻有素豈負南山曲

郡內閑齋 前人

寘（集作郡）閣晝常掩庭蕪日復滋簾（集作簷）風落鳥疑窓葉掛蟲絲拙疾（集作病）官情少機（集作羈）閑秋氣悲理人無異績爲郡但經時唯有江湖意沉冥獨（集作空）在玆

郡舍南有園畦雜樹聊以永日 前人

爲郡久無補越鄉空復深苟能秉素節安用叨華簪郊步園畦裏追吾野逸心形骸拘俗吏光景賴閑林內訟誠知止外言猶匪忱成蹊謝李徑衛足感葵陰榮達豈不幸（集作倖）孤心（一作生）非所任江城何寂歷秋樹亦蕭森下有比流水上有南飛禽我願從歸翼無然空自（一作自在）沉

春園即事 王維（集本見）

宿雨乘輕屐春寒著弊袍開畦分白水間柳發紅桃草際

成恭局林端㲉桔槔還持鹿皮几日暮隱蒸簡

春中田園　前人

屋上春鳩鳴村邊杏花白持斧伐遠楊荷鋤覘泉脉歸燕識舊巢舊人看新曆臨觴忽不御惆悵思遠（集作遠行）客

題梧州陳司馬山齋　孟浩然

南國無霜霰連年對物華青林暗換葉紅蕊亦開花春去無山鳥秋來見海槎流芳雖可悅會自泣長沙

題張逸人園廬　前人

與君園廬並微尚頗亦同耕釣方自逸壺觴趣不空門無俗士駕人有尚皇風何必先賢傳唯稱龐德公

家園夜坐寄郎微　祖詠

前階微雨歇開戶散窺林月出夜方淺水涼池更深餘風生竹樹清露薄衣襟遇（一作寓）物遂遙嘆懷人滋遠心依稀成夢想影響絕徽音誰念窮居者明時嗟陸沉

巴陵劉處士東齋作　王昌齡

劉生隱岳陽心遠洞庭水偃帆入山郭一宿楚江裏竹映秋館深月寒江風起煙波桂陽接日夕數千里嫋嫋清夜猿孤舟坐如此湘中有來鴈雨雪候音旨

同姜濬題裴式微餘干東齋　劉長卿

世事終成夢生涯欲半過白雲心已矣滄海意如何藜杖全吾道榴花養太和春風騎馬醉江月釣魚歌散帙看蟲蠹開門見雀羅遠山終日在芳草傍人多吏體莊生傲方

言楚俗訛屈平君莫弔腸斷洞庭波

贈大理黃主簿湖上高齋　前人

閉門湖水畔自與白鷗親竟日窗中岫終年林下人俗輕儒服弊家厭法官貧多雨茅簷故空洲草遲春桃源君莫愛且作漢朝臣

田園觀雨兼晴後作　孟雲卿

貧賤少情欲借荒種南陂我非老農圃安得良土宜秋成不廉儉歲餘多餒饑顧視倉廩間有糧不成炊晨登南園土（疑）莫歡清蟬悲早苗既芃芃晚田尚離離五行孰堪廢萬物當及時賢哉數夫子開趣慎勿遲

題從弟制（疑）官竹齋　張謂

美爾方爲吏衡門獨晏如野猿偷紙筆山鳥污圖書竹裏藏公事花間隱使車不妨垂釣坐時膾小江魚

春題劉相公山齋（時相公初除太子賓客）　錢起

能以功成疏寵位不將心賞負雲霞林間客散孫弘閣城（一作壇）上山宜綺季家蝴蝶晴憐池岸葉黃鸝曉出柳園花（集作山蝶成羣爭遶蕙黃鸝翁子暗移花）日陪鯉也趨文苑誰道門生隔絳紗

題石（集作暮）過龜谷溫處士園林（前篇作送溫逸士見二百三十六卷）

隱几（前篇作垂白）田園（前篇作丘園）關心（前篇作禁心　集作嬰心）晒藥（前篇作暴藥）友順（前篇作楮順）

敕和元相公家園即事寄王相公　韓雄

共列中台貴能齊物外心迴車青閣晚解帶碧芳深寒水

隨畦入晴花度竹尋題詩更相應一字重千金

題張逸人園林　前人

藏頭不服見時人愛此雲山奉養眞露色點衣孤嶼月（一作晚）花枝妨帽小園春（一作時）悶携幼稚諸峯上閑濯鬚眉一水濱興罷歸來還對酌茅簷掛著紫荷巾

題裴囿新園（又玄集作裴二十一新園）　皇甫冉

東郊訪先生西郊尋舊路乆爲江南客自有雲陽樹已得閑園心不知公府步開門白日晚倚杖青山暮桑熟任霜封籬疎從水渡窮年無牽綴往事惜淪誤惟見獨（一作耦）耕人朝朝自來去

舊路（又玄集作隱路）

題李沆園林　盧綸

古巷牛羊出重門接柳陰閒看入竹路自有向山心種藥齊幽石耕田到遠林願同詞賦客得與（一作興）謝家深

題耿拾遺春中題第五四郎新脩書院　前人

得接西園會多（一作背）因野性同引藤連樹影移栢（集作移石）間花叢學就晨昏外歡生禮樂中春遊隨墨客夜宿伴潛公

春同日諸公過兵部王尚書林園　權德輿

散帙燈驚燕開簾月帶風朝朝在門下自與五侯通休沐君相近時容曳履過花間留客乆臺上見春多松色明金艾鶯聲雜玉珂更逢新酒熟相與籍莛莎

春日山齋　釋靈一

野逕東風起山扉度日開晴光折紅萼流水長青苔適客殊未去芳時已再來非關戀春草自是欲徘徊

程評事西園之作　釋法震

誰向春鶯道名園已共知簷前廻水影城上出花枝搖拂煙雲動登臨翰墨隨相招能不厭山舍爲君移

題鄭容江畔桐齋（鄭先生好琴性蓮兼寡欲）　釋皎然

客齋開別仕坐占綠江濆流水非外物閑雲長屬君浮榮未可累曠達若無羣風起高桐下清絃日日聞

和翰林吳舍人兄弟西齋　顧況

君家誠易知易知復難同新裁尺一詔早入明光宮西齋何其遠（一作高）上與星漢通求懷洞庭石春色相玲瓏又懷

巴峽泉夜落君絲桐信是怡神所迢迢筏華嵩鳥飛晴雲滅疊嶂盤虛空君家誠易知易知意難窮

安邑王校書房　耿湋

秋來池館清夜聞宮漏聲迢遞玉山廻泛灔銀河傾琴上松風至窗裏竹煙生多君不家食孰云事巖耕

題孝（一作李）廉書房　前人

商瞿長易敎一室向青山業就三編絶心通萬象閑鷺啼春水上草遍暮陽閒眞道符繻在來時棄故關

題鮮于秋林園（集作鮮于駃竹園）　司空曙

雨後園林好幽行廻（一作向）野通遠山芳草外流水落花中客醉悠悠慣鶯啼處處同夕陽（集作傷春）自一望日暮杜陵東

秋園戲題　前人

傷秋不是惜年華別憶春風碧玉家強向衰叢見芳意茱黄紅實似繁花

題崔端公園林　李端

上士愛清輝開門向翠微抱琴看鶴去枕石待雲歸野坐苔生席高眠竹掛衣舊山東望遠惆悵暮花飛

南園　韋應物

清露夏天曉荒園野氣通水禽遥泛雪池蓮拂披紅幽林詎知暑環舟似不窮頓灑塵喧意長嘯滿襟風

題沈八齋　暢當

江齋一入何亭亭因寄淪漣心杳冥綠綺琴彈白雪引烏

絲絹勤黄庭經

春日過　前人

帝里陽和日（一作早）遊人到御園暖催新景氣春認舊蘭蓀詠德先臣没成蹊大樹存見桐猶近井看柳尚依門獻地非更宅遺忠永奉恩又期攀桂後來賞百花繁

秋過龍武李將軍書齋　王建

高樹蟬聲秋巷裏朱門冷静似閑居重裝墨畫數莖竹長着香薰一架書語笑侍兒知禮數吟哦野客任狂踈就中愛讀英雄傳欲立功勲恐不如

和元員外題昇平里新齋　楊巨源

因知休沐諸幽勝遂肯高齋枕廣衢舊地已開新玉圃春山仍展綠雲圖心源邀得閑[illegible]討論肺氣宜將慢酒扶此外唯應任真宰同塵最是道門樞

題表丈二大夫書齋（作僕覽文集）　前人

盛府自蓮花蔡公是歲華蘭姿夫人圃松色大夫家素卷堆瑶席朱絃映絳紗詩題三十日首高韻照春霞

春園即事　陳羽

水隔羣物外花（一作夜）深風起頻霜中千樹橘月下五湖人聽鶴忽忘寢見山如得隣明年還到此共看洞庭春

過張老村園　于鵠

身老無脩飾頭巾用白紗開門朝掃逕輦水夜澆花樂氣聞深巷桐陰到數家不愁還酒債腰下有丹砂

南溪書院　楊發

茅屋住來久山深不置門草生垂井口花發接（一作擁）籬根入院將鶵鳥攀蘿抱子猿曾逢異人說風景似桃源

春園醉醒閑卧小齋　前人

酣醉送餘春醒來恨更頻花殘蜂蠹物葉暗鳥欺人簾閉高眠貴齋空浩氣新從今北窓蝶長是夢中身

小園秋興（一作晚）　前人

誰言帝城裏獨作野人居石磴晴看疊（一作曡）山苗晚自鋤相慙五秉粟尚癖一車書昔日楊雄宅還無卿相輿

題從叔園林　呂温

阮宅閑園暮窓中見樹陰樵歌依野草僧語過長林鳥下

花間井人彈竹裏琴自嫌身未老已有住山心

道州夏日早放苗參軍林園欲酬見贈　前人

高眠日出始開門竹逕傍通到後園陶亮橫琴空有意任棠置水竟無言松窓宿翠含風薄槿援朝花帶露繁山郡本來車馬少更容相訪莫辭喧

和李僕射西園　張籍

過午歸閑處西亭敞四簷高眠着琴枕散帙檢書簽印在休通客山晴好捲簾竹涼蠅到少藤暗蝶爭潛曉（一作晩）鵲頻驚喜踈蟬不許拈石苔生紫點欄藥吐紅尖虛坐詩情遠幽探道侶兼所營當勝地雖儉復誰嫌

松齋偶興　白居易

置心思慮外滅跡是非間約俸為生計隨官換往還耳煩聞曉皷眼醒見秋山賴此松簷下朝廻半日閑

郡中西園　前人

閑園多芳草春夏常（集作春）靡靡深樹足佳禽旦暮鳴不已院門閉松竹庭徑穿蘭芷愛彼池上橋獨來聊徙倚魚依藻長樂鷗見人驚起有時舟隨風盡日蓮照水誰知郡府內景物閑如此始悟喧靜緣何嘗繫遠邇

題崔（集作鄭）駙馬園林（集作林亭）　姚合

東閣連宅起勝事與心期幽洞自生藥新篁迸入池密林行不盡芳草坐難移石峯疑無價（集作賀）鶯歌似有詞莎臺高出樹蘚壁靜題詩我獨多來此九衢人不知

西園　許渾

西園春已（一作欲）盡芳草徑難分靜語唯幽鳥閑眠獨使君密林生雨氣古石帶苔文雖去清朝遠朝朝見白雲

山齋秋晚　前人

殘月皓煙露（一作霧）掩門深竹齋草蟲鳴曲檻山鳥下空階清鏡曉看髮素琴秋寄懷因知北窓客日與世情乖

題裴處士園林（集作題鄭處士居）　前人

柔柘蒲江村西齋接（集作對）海門浪衝高岸響潮入小池渾巖樹蔭棊局山花落酒樽相逢（集作歡更）留宿還似識王孫

同張處士題李隱居園林（見三百十六卷）　前人

荒齋　賈島

草合徑微微終南對掩扉晚涼疎雨絕初曉遠蟬（集作山）稀藥落無情地閑身着白衣朴愚由本性不是學忘機

題虢州三堂吳郎中　前人

無窮草樹昔誰栽新起臨湖白石臺半岸泥沙孤鶴立三堂風雨四門開荷翻（集作翻）圓露驚秋近柳轉斜陽過水來昨夜北樓堪朗詠虢城初鎖月徘徊

田將軍書院　前人

蒲庭花木半新栽石自平湖遠岸來筍迸鄰家還長竹地經山雨幾層苔井當深夜泉微上閣入高秋戶盡開行背曲江誰到此琴書鎖著未朝廻

齋中　前人

耽靜非僞（集作謬）爲本性實疎索齋中一就枕不覺白日落
低扉礙軒轡寡德謝接諾褻菊在墻陰秋窮未開蔓所食（集作食）
類病馬動影似移岳欲駐迫逃衰豈殊辭紲縛已見
飽時雨應豐蔬與藥

題從伯舍人道正里南園　劉德人

帝里餘新第朱門向碧岑曙堂增爽氣喬木動清陰直去
親瑤陛朝迴在竹林風流才子調好尚古人心薜荔遮窓
暗莓苔近井深禮無青草鬧（一作鬧）詩有（一作共）白衣吟軒靜
留孤鶴庭虛到遠砧掩關裁鳳詔開鏡理瓔簪種植今如
此塵埃永不侵雲奔投刺者日日待爲霖

初夏題段郎中脩竹里南園　前人

高人遊息處與此曲池連密樹纔春後深山在目前遠峯
初絕雨片石欲生煙數有僧來宿應緣靜好禪

西園　前人

夏圃秋（一作晚）涼入樹低逢幘欹水聲疑敗堰山翠濕疎籬
綠滑莎藏徑紅連（一作繁）果壓枝幽人更何事旦夕與僧期

錢塘青山題李隱居西齋　李郢

小隱西亭爲客開翠蘿深處遍青苔林間掃石安棊局巖
下分泉遞酒盃蘭葉露光秋月上蘆花風起夜潮來湖山
遶屋猶嫌淺欲棹漁舟近釣臺

園居　前人

暮雨楊雄宅秋風向秀園不關（闕）砧杵動時看桔槹疑釣下

魚初食船移鴨乍喧橘寒才弄色須帶（一作待）早霜繁

春晚東園曉思　薛逢

郭外春餘日更長東園留醉樂高張松杉露滴無情淚桃
杏風飄不語香鶯戀葉深啼綠樹燕窺巢穩坐彫梁也知
晉滯年華晚爭那罇前樂未央

宿陳生山齋（見二百十七卷）　溫庭筠

扶持山州避難冬夜二三禪侶吟茅齋　李洞

四海通禪客搜吟葉擁扃燃琵孤燭白閉目亂山青壁掛
敲冰杖爐溫注月瓶獨愁銜舊旆笏冷立殘星

花園即事呈常中丞（集作侍郎）　趙嘏

煙煖池塘柳覆臺百花園裏看花來燒衣焰席三千樹破

鼻醒愁一萬盃不肯爲歌隨拍落却因令舞帶香迴山公
仰爾延賓客好傍春風次第開延賓（集作晉賓）春風（集作春城）

南園　前人

雨過郊原綠尚微落花惆悵蒲塵衣芳罇有酒無人共日
暮看山還獨歸

郊園　鄭谷

相近復相尋山僧與水禽簑衣（集作煙簑）春釣靜雪屋夜棊深
雅道誰開口時風未醒（集作省）心恩（集作溪）光何以報祇有醉
和吟

題友人林齋　張喬

喬木帶源（疑作涼）蟬來吟暑雨天不離高枕上似宿遠山邊

簟冷窗中月茶香竹裏泉一作煙 吾廬近溪島憶别動經年

和崔監丞春遊鄭僕射東園 張嬪

春興隨花盡東園自養閑不離三畝地似入萬重山白鳥穿籬去清泉抵石還豈同秦代客無位隱商山

次韻和友人冬日書齋 前人

四季多花木窮冬亦不凋薄冰一作雲 行處斷殘火睡來消象版簽書帙蠻藤絡一作落 酒瓢公卿有知己時得一相招

南園題 羅隱

搏擊路終迷南園且灌畦敢言逃俗態自是樂幽棲葉長春松潤科圓早薤齊雨沾虚檻冷雪壓遠山低竹好還成徑桃夭亦有蹊小窗奔野馬閑甕養醯鷄水石心愈切煙

宵分已睽病憐王猛畚愚笑隗囂泥澤圃潮平岸江村柳覆堤到頭乘興是誰手好提携

文苑英華卷第三百十七

文苑英華卷第三百十八 詩一百六十八

居處八

別業五十七首 村墅十一首

别業

南溪别業 蔣冽

結宇依青嶂開軒對緑疇樹交花兩色溪合水重流竹徑風來掃蘭罇夜不收逍遥自得意鼓腹醉中遊

題袁氏别業 賀知章

主人不相識偶坐爲林泉莫謾愁沽酒囊中自有錢

酬虞部蘇員外過藍田别業不見留之作 王維

貧居依谷口喬木帶荒村石路枉迴駕山家誰候門漁舟

膠凍浦獵火燒集作大燒寒原唯有白雲外疎鍾聞夜猿

終南山别業見二百五十卷 前人

輞川别業 前人

不到東山向一年歸來纔及種春田雨中草色緑堪染水上桃花紅欲燃優婁比丘見法華經序品中 經論學傴僂丈人鄉里賢披衣倒屣且相見相歡語笑衡門前

晦日遊大理韋卿城南别業四聲依用各六韻 前人

與世澹無事自然江海人側聞塵外遊解弁集作驂 輒昵夷切 朱輪極集作平 野照喧景上天垂春雲張組竟北阜泛舟過東鄰故鄉信高會牢醴及家臣集作佳辰 幸同擊壤樂心荷堯爲君

二

郊居杜陵下末日同攜手仁(集作人)里靄川陽平原見峯首園廬鳴春鳩林薄媚新柳上卿始登席故老前為壽臨當送(集作遊)南陂約晷執盃酒歸轍繼(集作歘)微官惆悵心自咎

三

冬日餘雪在墟上春流駛風日暢懷抱山川多秀(集作奸)天氣凋胡先晨炊庖鱠亦後至高情浪海嶽浮生寄天地君子外簪纓埃塵良不啻所樂衡門中陶然忘其責

四

高館臨澄波曠然蕩心目澹淡動雲天玲瓏映墟曲鵲巢結空林雉鷚響幽谷應接無閑暇徘徊似(集作以)躑躅紆組

上春堤側弁倚喬木弦望忽已晦後期洲應綠

冬至後過吳張二子檀溪別業　孟浩然

卜築因自然檀溪不更(一作更不)穿園廬二友接水竹數家連直取南山對非關選地偏草堂時偃曝欄棹(集作枕)日周旋外事情都遣中流性所便閑垂太公釣興發子猷船予亦幽棲者經過竊慕焉梅花初(集作殘)臘月柳色半春天鳥泊隨陽鴈魚藏縮項鯿停盃問山簡可以習池邊

汝墳別業　祖詠

失路農為業移家到汝墳獨愁常廢(集作當廢)卷多病久離群鳥雀垂窗柳虹霓出澗雲山中無外事樵唱有誰(一作時)聞

蘇氏別業　前人(見又玄集)

別業居幽處到來生隱心南山當戶牖灃水在園林竹覆經冬雪庭昏未夕陰寥寥人境外閑坐聽春禽

出青門往南山下別業　薛據

舊居在南山夙駕自城闕榛莽相蔽虧去爾漸超忽散漫餘雪晴蒼茫季冬月寒風吹長林白日原上沒懷抱曠莫申相知阻胡越弱年多栖隱煉藥在嵓窟及此離垢氛興來亦因物未路期赤松斯言決不伐

尋楊陶氏別業　劉春虛

陶家集仙隱種柳長江邊朝夕潯陽縣白衣來幾年霽雲明孤嶺秋水澄寒天物象自清曠野情何綿聯蕭蕭丘中賞明宰非徒然願守黍稷稅歸耕東山田

過任(集作汪)氏別業　李白

遊山誰所(集作可)遊子明與浮丘疊嶺礙河漢連峯橫斗牛任土(集作汪生)面北阜池館涵清(集作清且)幽我來感意氣槌炰(集作炰)列珍羞掃石歸明月(集作待歸月又作待月歸)開池漲寒流酒酣益爽氣為樂不知秋

越州賊退後送朱放之山陰別業(一作送朱人歸山陰)　劉長卿

越中初罷戰江上送歸橈南渡無來客西陵自落潮空城垂細(一作故)柳舊業(一作井)廢春苗閭里稀相見(集作相逢火一作誰相問)鶯花共寂寥

此詩二百三十一卷重出前已削去注異同調歸東

川別業　李頎

寸祿可言（一作善）取託身將見遺慙無匹夫志悔與名山辭
紱冕謝知己林園多後時葛巾方濯足疏食且垂帷十室
對河岸漁樵秪在兹青郊香杜若泉石映茅茨晝景徹雲
樹夕陰澄石逵溪花獨開晚田鶴靜飛遲且復樂生事前
賢為我師清歌聊鼓檝永日望佳期

題綦毋校書別業　前人

常稱掛冠吏昨日歸滄洲行客暮帆遠主人庭樹秋豈伊
問天命但欲為山遊萬物我何有白雲空自幽蕭條江海
上日夕見丹丘生事本魚鳥賞心隨去留惜（一作昔）我曠微
月欲濟捨輕舟倏忽今（一作令）人老相思河水流

同家兄題渭南王公別業　蔡希寂

好閑知在家退跡（一作迹）何必深不出人境外蕭條江海心
軒車自來往空石對清陰川渙將釣玉鄉亭期散金素琿
射流漱翠色綿森林曾為詩書癖寧唯耕稼任吾只許徵
尚枉道勃（疑）相尋朝慶老萊服夕閑安道琴文章遥頌美
寤寐曾所欽既鬱蒼生望明時豈陸沉

淇上別業　高適

依依西山下別業桑林邊庭鴨喜多雨隣雞知暮天野人
種秋菜（集作萊）古老肴（一作開）原田且向世情遠吾今聊自然

巴南舟中陸渾別業　岑參

瀘水南（一作州）舟遠巴山北客稀嶺雲撩亂起溪鷺等閑飛
鏡裏愁衰鬢舟中換旅衣夢魂知憶處無夜不先歸

送胡象下（集作落）第歸王屋別業　前人

看君尚少年下第莫悽然可即（疑）疲獻賦山村歸種田野
花迎短褐河柳拂長鞭置酒聊相送青門一醉眠

送鄭甚歸東京汜水別業（得閑字）　前人

客舍見青（一作春）草忽聞思舊山看君灞陵去疋馬成皐還
對酒風與雪向家何復閑因悲官遊子終歲無時閑

送劉長上歸城南別業　韓翃

數刻是歸程花間落照明春衣香不散駿馬汗猶輕南渡
春流淺西風片雨晴朝還會相就飯爾五侯鯖

贈張五諲歸濠州別業　前人

常知罷官意果與世人疎復此涼風起仍聞濠上居故山
期採菊秋水憶觀魚一去蓬蒿逕羨君閑有餘

送元詵還丹陽別業　郎士元

已知成傲吏復見解朝衣應向丹陽郭秋山對掩扉草堂
連古寺江日動晴暉一別滄洲遠櫚橈幾歲歸

送王公還剡中別業　皇甫冉

不見關山去何時到剡中已聞成樹木更道長兒童籬落
雲常聚村塘水自通朝朝隱去渡非晚對清風

潘司馬別業　周瑀

門對青山近汀牽綠草長寒深抱晚橘風緊落垂楊湖畔
聞漁唱天邊數鴈行蕭然有高士清思滿書堂

秋晚山中別業　盧綸

樹老野泉清幽人好獨行去閑知路靜歸晚喜山明蘭艾通荒井牛羊出古城茂陵秋最晚誰念一書生

早春遊樊川野居　前人

白水搆通 一作遍溝 塍青山對杜陵晴明人望鶴曠野鹿隨僧古柳連巢折荒堤帶草崩陰橋全覆雪深溜半垂水鬬鼠搖松影遊龜落石層韶光偏不待衰敗巧相仍桂樹曾爭折龍門幾共登琴師阮校尉詩和柳吳興紙筆求書扇張羣看畫蠅卜隣空遂約問卦獨無徵投足經危石收村過直繩守農窮自固行藥病何能掩帙蓬蒿晚臨川景氣澄深溜 集作暴溜 過直繩 詩選作澗 颯然成一叟誰更慕騫騰

春日題杜叟山下別業　前人

百鳥群飛山半晴渚亭相接有泉聲園中曉露青苔合橋上春風綠野明雲影斷來峯影出林花落盡草花生今朝醉舞同君樂始信幽人不愛榮

春遊司直城西鸕鷀谿別業　釋清江

別墅軍城下閑誼未可齊春深花蝶夢曉隔柳煙鞞韶景浮寒水疎楊映綠堤沿洄看竹色來往聽鶯啼久慢持生術多親種藥畦家貧知素行心苦見清溪越客初投分南枝得寄棲禪機空寂寞雅趣賴招攜本寺重江外遊方二室西徘徊戀知己日夕草萋萋

題黃公陶翰別業　釋處一

聞說花園堪避秦幽尋數月不逢人煙霞洞裏無雞犬風雨林間有鬼神黃公石上三芝秀陶令門前五柳春醉臥白雲閑作夢不知何物是吾身

張舍人南溪別業　釋法震

新田遶屋半春耕藜杖閑門引客行山翠自成微雨色溪花不隱亂泉聲漁家遣到堪留興公府懸知欲厭名入夜更衣明月滿雙童喚出觧吹笙

北原別業　釋僧泚

野外車騎絕古村桑柘陰流鶯出谷靜春草閉門深學稼農爲業忘情道作心因知上皇日鑿井在雲林

冬日尋徐氏別業　釋皎然

近依城北住幽徑少人知積雪行深巷寒山遶故籬竹花春自發橙實晚仍垂還共嵩前鶴今朝下習池

送皇甫侍御曾還丹陽別業　前人

雲陽別夜憶春耕花發陵湖問去程積水悠陽何處夢亂山稠疊此時情將離有月教絃斷贈遠無蘭覺意輕朝右要君持漢典明年北野可須營

題周 一作陳 諌別業 第寺與周生所居俱臨茗水　前人

隱身若上欲何如不着青袍愛綠羅柳巷任疎容馬入水籬從破許船過昂藏獨鶴閑心遠寂歷秋花野意多若訪禪齋遥可見竹窓書幌共煙波

雨後輞川　李端

驟雨歸山盡頹陽入輞川肴虹發晚墅踏石過春泉紫蔦
藏仙井黃花出野田自知無去路廻步就人煙

送石協歸吳興別墅（一作業）　朱慶餘

識來無定居此去復何如一與耕者近日將朝客踈貧身
空藥石教子但琴書曾讀黃庭本斯言豈復虛

遊崔監丞城南別業　劉得仁

門與青山近青山復幾重雪融皇子岸春潤翠微峯地有
經冬草林無未老松竹寒溪隔寺晴日直聞鐘

夏日樊川別業即事　前人

無事稱無才柴門亦罕開脫巾吟永日着屐步荒臺風卷
微塵上霆將暴雨來終南雲漸合咫尺失崔嵬

韓評事別業　周賀

門枕平湖秋景好水煙松色遠相依罷官餘俸租田種送
客廻船載石歸離岸遊魚逢浪返望巢高鳥（一作家）逆風飛
嵩陽舊隱多時別閉目閑吟憶翠微

李侍御上虞別業　方干

蒲目高（集作亭）臺佳作繁蟬吟燕語不為喧晝潮勢急吞諸
島暑雨聲迴露半村直為援毫方掩卷常因按曲便開罇
若將明月為儔侶應把清風遺子孫鷸羽驚弓離菓上紅
鱗見餌出蒲根尋君未要先敲竹且棹漁舟入大門

初歸鏡水（集作中）別業寄上陳端公　前人

去歲離家今歲歸孤帆夢向鳥前飛必知蘆笋侵沙井兼
被藤花占石磯雲塢（一作島）採茶常失路雪龕中酒不開扉
故交若問逍遙事玄冕何曾勝薜衣

許員外新陽別業　前人

蘭沙橋島映高（一作亭）臺不是經心即手栽蒲閣白雲隨雨
去一池明（集作寒）月逐潮來小松出屋和巢長新逕通村避
笋開柳絮風前欹枕臥荷花香裏棹舟（集作釣魚）廻園中問（一作認）
葉封林草簷下攀枝落野梅莫恣高情求逸思須防急
詔用長材苦（一作若）因螢火終殘卷須把魚竿（集作便把魚歌）送幾
盃多謝郢中賢太守當（集作常）時談笑許追（集作趨）陪

東溪別業寄吉州段郎中　前人

前山含遠翠（一作晚翠）羅列在窗中盡日（一作晝夜）人不到一樽誰

與同涼階蓮葉雨暑避柳條風豈分長孤寂明時有至公

此詩二百六十二卷重出前已削去注異同為一作

題李翦處士杜城別業（見二百三十一卷）　溫庭筠

晚夏歸別業　張祐

古岸扁舟晚荒園一徑微鳥啼新菓熟花落故人稀宿潤
侵苔甃斜陽照竹扉相逢盡鄉老無復話時機

題杜侍御別業　趙嘏

紫陌塵多不可尋南溪酒熟一披襟山當晝枕石牀穩泉
落夜窗煙樹深白首逢人羞問計青雲何路覓知音惟君
懷抱閑（一作長）於水他日門牆許醉吟

題鹽鐵李尚書澧州別業　薛能

鹿原陰面淹州湄坐覺林泉逼夢思閑景院開花落後濕
香風好雨來時隣鸞麥野聞雛雉別創茅亭住老師備足
好中還有關許昌軍裏李陵詩

秋晚自洞庭湖別業寄穆秀才　皮日休

破村寥落過重陽獨自攖寧葺草房風撼紅蕉仍換葉雨
霖黃菊不成香野猿偷栗重窺戶落鴈疑人更繞塘他日
若脩耆舊傳爲予添取此書堂

題鄭侍御藍田別業　張喬

秋山清若水吟客靜於僧小徑通商嶺高窓見杜陵雲霞
朝入鏡猿鳥夜窺燈許作峯前侶終來寄上層

郊墅二首　鄭谷

韋曲樊川雨半晴竹莊花院遍題名畫成煙景垂楊色滴
破春愁壓酒聲蒲野紅塵誰得路連天紫閣獨關情渼陂
水色澄於鏡何必滄浪始濯纓

二

蓼水菊籬邊新晴有亂蟬秋光（集作先秋）終寂寞晚醉自流（集作
留）連野濕林（集作禾）中露村閑社後天題詩滿紅葉何必浣
花牋

訪姨兄王斌渭上（集作口）別墅　前人

桑柘河（集作枯桑江）上村牢（集作寥）落舊田園少小嘗來此悲涼
不可言訪隣多指冢問路半移原久歎家童散初晴野蕣
繫客帆懸極浦漁網曬危軒苦澁詩盈篋荒塘酒滿罇高
枝霜果在幽沼（集作渚）鵙鴻（集作禽）喧遠靄籠樵響微煙起燒
痕哀榮孤族分感激外兄恩三宿忘歸去圭峯恰對門

訪題表兄王藻渭上別墅（集作業）　前人

桑樹搖落渭川西蓼水瀰瀰接稻泥幽檻靜來漁唱遠暝
天寒極鴈行低濁醪最稱看山醉吟句偏宜選行題中表
人稀罹（一作離）亂後花時莫惜重相攜

春日還郊　王勃

推情兼默默（一作語）攜杖赴岩泉草綠縈新帶榆青綴古錢
魚牀侵岸水鳥路入山煙還題平子賦花樹滿春田

仲春郊外　前人

東園垂柳徑西堰落花津物色連三月風光絕（集作繞）四隣

鳥飛村覺曙魚戲水知春初晴山院裏何處染囂塵

春郊興後　前人

岑園歌獨酌春日賦閑居澤蘭侵小徑河柳覆長渠雨去
花光濕風歸葉影疎山人不惜醉唯畏綠樽虛

西郊　杜甫

時出碧雞坊西郊向草堂市橋官柳細江路野梅香傍架
齊書帙看題減（集作檢）藥囊無人覺（一作競）來往疎懶意何長

南鄰　前人

錦里先生烏角巾園收芋栗不全貧慣看賓客（集作戶門亦作朋友）兒童喜得食階除鳥雀馴秋水纔深四五尺野航恰受兩
三人白沙翠竹江村暮（集作路）相送（集作對）柴門月色新

村夜　前人

風色蕭蕭暮江頭人不行村舂雨外急鄰火夜深明胡羯何多難樵漁寄此生中原有兄弟萬里正含情

江村　前人

清江一曲抱村流長夏江村事事幽自去自來堂上燕相親相近水中鷗老妻畫紙為碁局稚子敲針作釣鉤但有故人供祿米（集作多病所須唯藥物）微軀此外更何求

荒村三首　前人

崢嶸赤雲西日脚下平地柴門鳥雀噪客子（集作歸客）千里至妻孥怪我在驚定還拭淚世亂遭漂蕩生歸（一作還）偶然遂鄰人滿牆頭感歎亦歔欷夜闌更秉燭相對如夢寐

二　前人

晚歲迫偷生還家少歡趣嬌兒不離膝畏我復却去憶昔多（集作好）追涼故繞池邊樹蕭蕭北風勁撫事煎百慮賴知黍秫（集作禾黍）收已覺糟牀注如今足斟酌且用慰遲暮

三

群雞忽（一作正）亂叫客至雞正生（一作鬬爭）驅雞上樹木始聞叩柴荊父老四五人問我久遠行手中各有攜傾盍濁復清莫（一作苦）辭酒味薄黍地無人耕兵革既未息兒即（童一作盡）東征請為父老歌艱難愧深（一作餘）情歌罷仰天歎四坐淚縱橫

文苑英華卷第三百十八

文苑英華卷第三百十九　詩一百六十九

居處九

村墅二十首　山莊二十四首

田家二十首

村墅

題王村山叟屋壁　錢起

谷口好泉石居人能陸沉牛羊上山小（集作去）煙雨（集作火）隔林（集作雲）深一逕入溪色數家連竹陰藏虹辭晚雨驚隼落殘禽（集作晉）涉趣皆傷目將歸羨在林却思黃綬事辜負紫芝心

石門暮春（集作藍田春暮）　前人

自哂鄙夫多野性（集作貧）閑居數畝半臨湍（一作村端）溪雲雜雨來茅屋山雀（集作鳥）將鶵至藥欄仙籙蒲牀閑不厭陰符在篋老羞看更憐童子宜春服花裏尋師到杏壇

秋日冬郊作　皇甫冉

閑看秋水心無事臥對寒林手自栽廬岳高僧留偈別茅山道士寄書來燕知社日辭巢去菊為重陽冒雨開淺薄將何稱獻納臨岐終日自遲回

晚到盩厔耆老家　盧綸

老翁曾舊識相引到柴門苦話別時事因尋溪上村數年何處客近日幾家存暮雨看禾黍逢人憶子孫亂藤穿井口流水到籬根惆悵不堪住空山月又昏

朱陳村　白居易

徐州古豐縣有村曰(一作名)朱陳去縣百餘里桑麻青氛氳機梭聲札札牛驢走紛紛(集作紜)女汲澗中水男採山上薪縣遠官事少山深人俗淳有財不行商有丁不入軍家家守村(集作田)業頭白不出門生爲陳村民死爲陳村塵田中老與幼相見何欣欣一村惟兩姓世世爲婚姻(其村惟朱氏陳氏二姓而已)親疏居有族少長遊有群黄鷄與白酒歡會不隔旬生者不遠別嫁娶先近鄰死者不遠葬墳墓多遶村既安生與死不苦形與神所以多壽考往往見玄孫我生禮義鄉少小孤與貧徒學辨(集作辯)是非秖自取辛勤世法貴名教士人重冠婚以此自桎梏信爲大謬(一作天僇)人十歲解讀

書十五能屬文二十舉秀才三十爲諫臣下有妻子累上有君親恩承家與事國望此不肖身憶昨旅遊初迨今十五春孤舟三適楚羸馬四經秦晝行有飢色夜寢無安魂東西不暫住來往若浮雲(一作飄作風中雲)離亂失故鄉骨肉多散分江南與江北各有平生親存者終日別逝者隔年聞朝憂卧至暮夕哭坐達(一作遲)晨悲火燒心曲愁霜侵鬢(一作鬓)根一生苦如此常羨陳村人

山村　姚合

喜得山村住閑眠夢不驚曉泉和雨落秋草上堦生因客始沽酒借書方到城新詩聊自遣豈是趁聲名

村中閑步　劉得仁

閑共野人臨野水新秋高樹掛晴暉不知塵裏無窮事白鳥雙飛入翠微

再經三叟居　周賀

停橈因舊識白髮問波濤以我往來倦知君耕稼勞渚田臨舍盡坂路出簷高更此還南去終期會爾曹

題村舍　杜牧

數樹稚桑春未劇扶牀乳(一作兒)女午啼鷄潜銷暗鑠歸何處萬戸(集作指)侯家自不知

村行　前人

春半南陽西柔桑過村塢娉娉(一作裊)垂楊風點點過塘雨蓑唱牧牛兒籬窺蒨裙女半濕解征衣主人饋鷄黍

題春日韋曲席野老村舍二首　許渾

背嶺枕南塘數家村落長鶯啼中(一作幼)婦嬾蠶出小姑忙煙草近溝濕風花臨路香自憐非楚客春望亦心傷

二

遶屋遍桑麻村南第一家林繁樹勢直溪轉水紋斜竹援晝看笋藥欄春賣花故園歸未得到此是天涯

馮叟居　劉駕

天作馮叟居山僧尚嫌僻開門因兩樹結宇倚孳壁溪南有微徑時遇採芝客往往白雲生對面千里隔機忘若童僕常與猿鳥劇驪藥上小峯庭深無日色自從忘歸鄉(一作歸鄉里)不見舊親戚纍纍子孫墓秋風吹古栢

宿江叟島居　張喬

一家煙島限（一作上）竹裏夜窗開數派分湖（一作湖）去千檣聚月來石樓雲斷續澗渚鴈徘徊了得平生志還歸築釣臺

尋陽村舍　前人

荒林寄遠居坐卧見樵漁夜火隨船遠寒更出郡疎雪迷登岳路風阻轉江書寂寞高窗下思鄉歲欲除

江村　前人

貧遊無定蹤鄉信轉難逢寒渚暮煙闊去帆歸思重湖平低戍火木落遠山鍾況是漁家宿疎籬響夜舂

書村叟壁　鄭谷

華肥朝牧牛桑緑晚鳴鳩列岫簷前見清泉石下流春蔬

和雨割壯酒向花椈引我南臨水（一作陂去）籬邊有小舟

旅寓洛南村舍　前人

村落清明近鞦韆稚女誇春陰妨柳絮月黑見梨花白鳥窺漁網青帘認酒家幽棲雖自適交友在京華

宿鳥徑夷山舍　陳陶

百里遵鳥徑逢征信邅迴暝依漁樵宿似過（一作遇）黄金臺缺鬣心未理寥寥夜猿哀山深石淋冷海近腥氣來主人意不淺屢獻流霞盃對月撫長劍愁襟紛莫開九衢平如水胡爲涉崔嵬一飯未遑飽鵬圖信悠哉山濤詎細君吾豈厭蓬萊明登又驅馬客思一徘徊

東（一作陂）帶曲野思　唐彥謙

澹霧輕陰匝四郊緑塘秋望獨顰眉野蓮隨水無人見寒鷺窺魚共影知九陌要津勞目擊五湖閑夢誘（一作有）心期孤燈夜夜愁歌枕一覺（一作覽）滄洲似昔時

山莊

和從弟祐山家二首　王褒

採藥名山頂時節無春冬散雲非一色連峀異衆峯合杳似無徑間關定有蹤山窓臨絶頂檐溜俯危松空林鳴暮雨虛谷應朝鍾仙童時可過羽客屢相逢若值韓衆藥當御長房龍

二　前人

結交非俗士山侶自招携少華隱日月太一尋虹（一作雲）霓

衆林積爲籟園林茂成椑（一作成枏）拱幽谷曙無景荒途晝欲迷滴瀝寒泉溜叫嘯秋猿啼白雲常鄉起神禽丹穴棲蕭條時通徑桃李復成蹊今身得其所群物可今齊

田（一作山）家三首　王績

阮籍生年（一作涯）嬾嵇康意氣踈相逢一飽醉獨坐數行書小池聊養鶴閑田且牧豬草生元亮逕花暗子雲居倚杖（一作林）看婦織登壠課兒鋤迴頭尋仙（一作省）代事併是一空虛

二　前人

家住箕山下門枕潁川濵不知今有漢唯言昔避秦琴伴前庭月酒勸後園春自得中林士何忝上皇人

三　前人

平生唯酒樂作性不能無朝朝訪鄉里夜夜遣人酤家貧
留客久不暇道精麁抽籐持盃炬撥簀自燃爐恒聞飲不
足何見有殘壺

和石侍郎山莊　楊炯

煙霞排俗累嵓壑只幽居水浸何曾映荒郊不復鋤影濃
山樹密香淺澤花踈闊塹防斜徑平堤夾小渠蓮房若箇
實竹節幾竿虛（一作重）蕭然隔城市酌醴焚枯魚

春晚山莊率題二首　盧照鄰

田家無四鄰獨坐一園春鶯啼非選樹魚戲不驚綸山水
彈琴盡風花酌酒貧年華已可樂高興復留人

二

顧步三春晚田園四望通遊絲橫惹樹（一作骨）戲蝶亂依藂
竹嫩偏宜水花狂不待風唯餘詩酒意當了一生中

和夏日幽莊　前人

聞有高蹤客耿介坐幽莊林壑人事少風煙鳥路長瀑水
含秋氣垂藤引夏涼苗深全覆隴荷上半侵塘釣渚青鳧
沒村田白鷺翔知君振奇藻還嗣海隅方

山莊休沐（一作和夏日山莊）　前人

蘭署乘閑日蓬扉狎遁棲龍柯疎玉井鳳葉下金堤川光
搖水箭山氣上雲梯亭幽聞淚鶴窗曉聽鳴雞玉軫臨風
奏瓊漿映月攜田家自有樂誰肯謝清溪

初至陸渾山莊　宋之問

授衣感窮節策馬陵伊闕歸齊逸人趣日覺秋琴閑寒露
衰北阜夕陽破東山浩歌步榛樾栖鳥隨我還

陸渾山莊　前人

歸來物外情負杖閱嵓耕源水看花入幽林採藥行野人
相問姓山鳥自稱名去去獨吾樂無能（一作然）愧此生

藍田山莊　前人

宦遊非吏隱心事好幽偏考室先依地爲農且用天輞川
朝伐木藍水暮澆田獨與秦山老相歡春酒前

別之望後獨宿藍田山莊　前人

鶺鴒有舊原（一作曲）調苦不成歌自嘆兄弟少常嗟別離多
爾尋北京路余卧南山阿泉晚更幽咽雲秋尚嵯峨藥欄

聽蟬噪書幌見禽過愁至願甘寢其如鄉夢何

僕自湯還都經龍門北溪莊宿張左丞崔禮部崔
光祿並枉垂光顧數公宿敦道義雅尚林壑謂急
於幽尋故此命駕遂不知別有勝賞偶然相過寒
暄未周神意已徃雲霞之致篾而不存逸響放驅
清塵徙企耿歎不已而贈是詩　韋嗣立（附見崔說集）

栖閑有愚谷好事枉朝軒樹接前驅擁嵓傳後騎喧寒籐
出野院植杖候柴門旣拂林下席仍攜池上樽深期契幽
賞實謂展歡言末眷誠未易佳遊時更敦俄看嘯儔侶各
已共飛鶱延睇盡朝日長懷通夜寬空聞岸竹動徒見浦
花繁多慙春鶯曲相求意獨存

奉酬韋祭酒自湯還都經龍門北溪莊見貽集作贈之什　張說

聞君湯井至蕭灑戲集作嬉郊林拂曙携清賞披雲覩綠岑歎然遊覽意欻曲望歸心是日期佳客同山忽異尋挑花源集作迂路轉楊柳間門深氿舟伊水漲繫馬香樹陰緐絃弄水族嬌吹狎沙禽春蒲汀色媚景斜嵐氣突蹀切簪懷仁殊未遠重德匪輕臨來藻敷幽思連詞報所欽

春日山莊　常述

枌歲開韶月田家喜載陽晚晴摇水態遲景蕩山光浦淨漁舟遠花飛樵路香自然成野趣都使俗情忘

秋雨輞川莊作　王維

積雨空林煙火遲蒸藜炊黍餉東菑漠漠水田飛白鷺陰陰夏木囀黃鸝山中習靜觀朝槿松下行清集作齋折露葵野老與人爭席罷海鷗何事集作更相疑

題李十四莊兼贈綦毋校書　孟浩然

聞君息陰地東郭柳林間左右瀍澗水門庭緱氏山抱琴來取醉垂釣坐乘閑歸客莫相待綠原集作尋源殊未還

陸渾山莊即事見三百十五卷　祖詠

題趙孟莊　楊巨源

管鮑化為塵交友存如線昇堂俱自媚得路難相見懿君敦三益頹俗期一變心同襲芝蘭氣合迴霜霰石門雲卧久王洞花尋遍王濛愛旌旗梁竦勞州縣煙鴻秋更遠天

馬寒愈徒顧事郭先生青囊書幾卷

王侍御南原莊　賈島

買得足雲地新栽藥數窠峯頭盤一逕原下注雙河春寺閑眠久晴臺獨上多南齋宿雨後一作夜仍許重來麼

過山家　張蠙

避暑得探幽忘言遂久留雲深窓失曙松合徑先秋響谷傳人語鳴泉洗客愁家山不在此至此可歸休

與元洗氏莊　唐彥謙

清淺縈紆一水間竹岡藤樹小躋攀露沾荒草行人過月上高林宿鳥還江遠武侯籌筆地雨昏張載勒名山異鄉一笑因酬醉忘却愁來鬢髮斑

田家

還田舍　周捨

漂遊久已倦歸來多暇日未鑿武陵嵒先開仲長室松篁日月長蓬麻歲時密心存野人趣貴使容吾膝况茲薄暮情高秋正蕭瑟

山林休日田家　盧照鄰

歸休乘暇日饁稼返秋場徑草疏王簟嵒枝落帝桑耕田虞訟寢鑿井漢機忘戎葵朝委露齊草一作薺棗夜含霜南澗泉動洌東籬菊正芳還思北窓下高卧偃羲皇

晚憩田家　駱賓王

轉蓬勞遠役披薜下田家山形類九折水勢急三巴懸梁

接斷岸澁路擁崩查霧嵓淪曉魄風斜漲寒汐心迹一朝舛關山萬里賒龍章徒表越閩俗本殊（一作非）華旅行勞（一作悲）泛梗離贈折（一作斷）疎麻唯有寒潭菊獨似故園花

田家作　王維

舊穀行將盡良田米可希老年方愛竹卒歲且無衣雀乳青苔井雞鳴白板扉柴車駕羸牸草屩牧豪豨舊雨紅榴折新秋綠芋肥餉田桑下憩傍舍草中歸住處名愚谷煩君（集作何煩）問是非

渭水（集作水）田家　前人

斜陽（集作光）照墟落窮巷牛羊歸野老念牧童倚杖候荊扉雉雊麥苗秀蠶眠桑葉稀田夫荷鋤至相見語依依即此

羨閑逸悵然歌（集作吟）式微

田家即事　祖詠（見集本）

舊居東皐上左右俯荒村樵路前傍嶺田家還對門歡娛始披拂愜意在郊原餘春蕩川霧新秋仍晝喧攀條憩林麓引泉開水源稼穡豈云倦桑麻今正煩方求靜者賞偶與潛夫論（集作言）雞黍何必具吾心知道尊

田家雜興四首　儲光羲

田家趨隴畝當晝掩虛關鄰里無煙火兒童共幽閑桔槔懸虛圃雞犬蒲桑間時來（集作須臾）農事隙採藥遊名山但願所採多不言路險難人生如蜉蝣一往不可攀君看西王母千歲（集作載）芙蓉顏

二　前人

梧桐陰（去聲）我門薜荔網我屋迢迢兩夫婦朝出暮還宿稼穡既自務（集作種）牛羊還自牧日旰懶耕鋤登高望川陸空山足禽獸墟落多喬木白馬誰家兒聯翩相馳逐

三　前人

平生（集作平事）養情性不復計（集作知）憂樂去家行賣畚晉滯南（山陽集作）郭秋至黍苗黃無人可刈穫稚（集作穉）子朝未飯把竿逐鳥雀忽見梁將軍乘休出郊郭意氣軼道路光輝滿墟落安知負薪者咥咥笑輕薄

四　前人

楚山有高士梁國有遺老築室既相鄰向田復同道糗糒常共飯兒孫每（集作日）更抱忘此耕耨勞愧彼風雨好蟪蛄鳴空澤鶗鴂生（集作傷）秋草日夕寒風來衣裳苦不早

田家書情（集作即事）　前人

蒲葉日已長荷（集作荇疑作杏）花日已滋老農要看此貴不違天時迎晨起飯牛雙駕耕東菑蚯蚓（集作寅）土中出田烏隨我飛群合亂啄噪嗷嗷如道饑我心多惻隱顧此兩傷悲發食飼（集作撥食與）田鳥日暮空筐歸親戚更相誚我心終不移

江上田家　包何

近海川原薄人家本自稀黍苗期臘酒霜葉是寒衣市井雖相識漁樵夜始歸不須騎馬問恐畏狎鷗飛

贈田家翁　耿緯

老人迎客處零籬集作落稻畦間蠶屋朝寒閉田家晝雨閑門閭新薙草樵採舊青山自道誰相交邀人余集作試往還

觀田家　韋應物見集本

微雨衆卉新一雷驚蟄始田家幾日閑耕種從此起丁壯俱在野場圃亦就理歸來景常晏飲犢西澗水饑劬不自苦膏澤且爲喜倉廩無宿儲徭役猶未已方慚不耕者祿食出閭里

田家即事　權德輿

閑卧藜牀對落暉翛然便集作更覺世情非漠漠桃花資旅食青青荷葉製裳儒集作衣山僧相訪期中飲飯集作漁父同遊或夜歸待學尚平婚嫁畢渚煙溪月共忘機

田家　司空曙

田家喜雨足鄰老相招携泉溢潸偃壞麥高桑柘低呼兒催放犢邀宿集作客待烹雞搔首蓬門下知將軒冕齊

田家　楊顜

小園是生事尋勝日傾壺蒔蔬利於鬻茶青摘已無四鄰依野竹日夕共樵枯田家心適時春色遍桑榆

南野逢田客　楊發

桑柘悠悠水蘸堤晚風晴景不妨犁高機猶織卧蠶子下坂未饑逢飼妻杏色滿林羊酪熟麥涼浮瓏雉媒低生時自樂死由命萬事在天管不迷

張谷田舍　鄭谷見集本

縣官清且儉深谷有人家一徑入寒竹小橋穿野花碓喧春澗滿梯倚綠桑斜自說年來稔前村酒可賒

田舍曲　王貞白

古今利名路只在儂門前至老不離家一生常晏眠牛羊晚自歸兒童戲野田豈思封侯貴唯只待豐年征賦豈辭苦但願時官賢時官苟貪濁田舍生憂煎

文苑英華卷第三百一十九

文苑英華卷第三百二十　詩一百七十

郊祀　宿齋八首　祠廟五十六首

宿齋

和劉尚書廉明堂齋宮　梁元帝

微管攝上宰詰旦乘軺軒四郎陳蒼玉六變舞雲門香浮
贊金酒煙繞鳳凰尊新花臨御街一作御苗春色起天閽河間
獻樂語斯道愧能論

扈從郊廟因呈兩省諸公　韓翃

冊墀列士主恩同厩馬翩翩出漢宮奉引乘輿金伏裹親
嘗賜食玉盤中晝趨行殿旌門北夜宿齋房刻漏東明日

駕廻承雨露齊將萬歲及春風

朔旦冬至攝職南郊因書即事　權德輿

大明南至應集作慶天正朔旦圜丘樂六成文軌盡同堯曆
象齋祠忝備漢公卿星辰列位祥光滿金石交音曉奏清
更有觀臺稱賀處黃雲捧日瑞升平

癸巳歲吉甫圜丘攝事合於中書後閣宿齋
忝竊移止於集賢院會門下相公以七言垂寄亦
有所求短章絕韻不足抒意因敘所懷奉寄相公
兼呈集賢院諸學士

淮海同三入樞衡過六年後漢年融六年任職蘭齋夢求夕書府會
群仙粉壁連霜曙水池對月圓歲時憂裹換鐘漏靜中傳
蓬鬢顏空老松心契獨全贈言因傳說埀訓在三篇

奉酬中書相公至日圓丘攝事合於中書後閣宿
齋移止於集賢院敘懷見寄之作　武元衡

郊廟祇嚴祀齋莊覲上玄別開金虎觀不離紫微天樹古
長楊接池深集作清太液運仲山方補職集作袞文舉自傷年
風澁銅壺漏香凝綺閣煙仍聞白雪唱流詠滿鵾玄

同前　裴度見集本

翼亮登三命趙公三拜中書侍郎平章事謨猷本一心致齋移祕府祇
事見沖襟皓月當延閣祥風自禁林相庭方積玉王度已
如金運偶唐虞盛情同丙魏深幽蘭與白雪何處寄庸音

同前　崔曙

典籍開書府恩榮避昴司郊丘資有事齋戒守無爲宿霧
蒙瓊樹餘香覆玉墀進經逢一夜展禮值明時勳共山河
列名同竹帛垂年年佐堯舜相與致雍熙

奉和李相公攝事南郊覽物興懷呈一二知己集作舊　韓愈

燦燦辰角曙亭亭寒露朝川原共澄映雲日還浮飄上宰
嚴祀事清途振華鑣圓丘峻且坦前對南山標村樹黃復
綠中田稼何饒顧瞻想巖谷興歎倦塵囂惟彼顛寘集作宜非
者去公豈不遼爲仁朝自治用靜兵以銷勿憚吐捉集作悅
勤可歌風雨調聖賢相遇少功德今宜昭

祠廟

和蕭東陽祀七里廟　梁簡文帝

萬里實幽宗三神亦天　排豈謂木石精斯乃山川守遠來
太白旗遥徵青烏候以兹敬弗怠方知教應留(以下十篇見藝文類聚)

漢高廟賽神　同前

玉軑朝行動閶闔(一作閶闔)豆應開白雲蒼梧上冊鳳(類聚作霞)咸
陽來日正山無影城斜漢屢迴瞻流如地脉望嶺匹天台
欲袪九秋恨聊舉十千盃

祀五相廟　梁元帝

石城寧足梢金陣詎能追楚關開六塞吳兵入九圍山水
猶縈帶城池失是非空餘壽宫在日暮舞靈衣

賽漢高廟　庾肩吾

昔作唐山曲今承紫月壇寧知臨楚岸非復望長安野曠
秋光動林高葉早殘塵飛遠騎没日從半峯寒徒然侜成
誦終用試才難

亂後經夏禹廟　前人

金簡泥初發龍門鑿始通配天不失舊爲魚微此功林堂
上假寢山殿下窮隆侵雲似天闕照水類河宫神來導赤
豹仙去擁飛鴻松龕撤暮俎棗徑落寒叢仙舟還入鏡玉
軸更乘空去國嗟行邁離居泣轉蓬月起關(類聚作吳)山北星
臨天漢東中脊獨(類聚作猶)有志荀息本懷忠待見攙槍滅歸
來松栢同

登二妃廟　吳均

朝雲亂入目帝女湘川宿折菌巫山下採荇洞庭腹故以
輕薄好千里命艫舳何事非相思江上威蕤竹

西門豹廟　庾信

君子爲利博蓬人樹德深蘋藻由斯薦樵蘇幸未侵恭聞
正臣(類聚作直)祀良識佩韋心容範雖年代徽猷若可尋菊花
隨酒馥槐影向窓臨鶴飛疑逐舞魚驚似聽琴漳流鳴磴
石銅爵影秋林

從駕祀麓山廟　楊慎

聖德孁氏暇麾旆謁山靈畫舫汎北渚文馬侍東平春浦
弋鋋照寒林鐃吹鳴依稀長安舞(類聚作驛)蕭條都尉城井泉
能共動江帆得分行窓幽細網合階淨落花明欄巢始入

燕軒樹已遷鶯非非蘭俎馥淡淡桂樽清銀塘(類聚作堂)日影
晝(類聚作盡)玉坐舞衣輕

行經季子廟　張正見

延州高讓遠傳芳世祀移地絶遺金路松悲懸劍枝野藤
侵藻井山雨濕苔碑別有觀風處樂奏無人知

遊下山楚廟　江揔

蘋藻祈明德倚棹息巖阿忽聽晨鷄(類聚作烏鳴)腊(類聚作後)非是
楚人歌閑堦蕪宿蘚古木斷懸蘿幃(一作帳)堂寂易晚抱鼓
自相和盛祀流百世英威定幾何

攝官梁小廟　前人

疇昔遊衣所今日薦櫻時憲章誠有革歲月遂難思故人

獨之予官聯更在茲虛簷靜鵓雀洞户映光緜平生復能幾語事心傷悲

和謁孔子廟　劉斌

性與雖天縱主世乃無由何言太山毁空驚逝水流及門思往烈入室想前脩寂寞荒堦暮摧殘古木秋遺風嗳（疑）如此聊以慰蒸黎（一作求）

謁漢高廟　李百藥

纂堯靈命啓葳楚閏餘終飛名膺帝籙汎（一作沉）迹韞神功瑞氣朝浮碭祥符夜告豐抑揚駕人傑叱吒掩時雄締構三靈改經綸五緯同干戈革宇内聲教盡寰中運謝年逾遠魂歸道未窮樹碑晉故邑抗殿表祠宮沐蘭祈泗上謁帝動深衷英威宿如在文物杳成空竹皮聚寒逕枌社落霜叢蕭索陰雲晚長川起大風

登葉縣故城謁諸梁廟　前人

物戀臨秋原登城望寒日煙霞共掩映林野俱蕭瑟楚塞鬱不窮吳山高漸出客行殊未已沐澡期終吉椒桂奠芳罇風雲下虛室館宇肅而靜神心康且逸伊我非真能勿驚疲朽質

過老子廟　唐玄宗

仙居懷聖德靈廟肅神心草合人蹤斷塵濃鳥跡深流沙丹竈沒關路紫煙沉獨傷千載後空餘松栢林

送特進李嶠入都祔廟　徐彥伯

特進三公下台臣百揆先孝亩開寢石祠坐卜牲筵思急青綸賜俎裝紫囊懸綱縿金鳧席宴餞玉橫川北斗分征路東山起贈篇樂池一歌綠藻梁苑籍紅筌騎轉商巖日旌搖關塞煙廟堂須鯁議錦節佇來旋

謁禹廟　宋之問

夏王乘四載茲地發金符駿命終不易報功疇敢踰先驅總章會後至伏靈誅玉帛空天下衣冠照海隅旋聞厭黃屋便道出蒼梧林表祠轉茂山阿井詎枯舟遷龍負壑田變鳥耘蕪舊物森如在天威肅未殊玄甍或承瑤席玉女待清都奕奕閨（一作閟）遂軒軒仗衛趨氣清連曙海雲白洗春湖猿嘯有時合禽言常自呼靈歆異蒸糈至樂非竽芽殿今不襲梅梁古制無運逢日崇麗業盛答昭蘇伊昔力云盡而今功尚敷揆材非美箭精享愧生芻郡職昧為理拜空寧自誣下車霰已積攝事露行濡人隱冀多祐曷唯露薄軀　章會（集作昌會）時合（集作時答）

緱山廟（見二百二十六卷）　前人

汾陰后土祠作　李適

昔予讀舊史遍觀（一作覩）漢世君武皇實稽古建茲百代勳號令垂懋典舊經備闕文南巡歷九嶷舳艫被江濆勒兵十八萬旌旗何紛紛揭來茂陵下英聲不復聞我行歲方晏極望山河分神光終冥寞鬼氣獨氛氳攬涕涉脽上登高見彼汾雄圖今安在飛飛有白雲

冬日洛城北謁玄元皇帝廟廟有吳道子畫聖圖　杜甫

配極玄都閟，憑高禁籞長。守祧嚴具禮，掌節鎮非常。碧瓦初寒外，金莖一氣傍。山河扶繡戶，日月近雕梁。仙李盤根大，猗蘭弈葉光。世家遺舊史，道德付今主。畫手看前輩，吳生遠擅場。森羅移地軸，妙絕動宮墻。五聖聯龍袞，千官列鴈行。冕旒具秀發，旌旆盡飛揚。翠柏深留景，紅梨迥得霜。風筝吹玉柱，露井動銀牀。身退早周室，經傳拱漢皇。谷神如不死，養拙更何鄉。

禹廟　前人

禹廟空山裏，秋風落日斜。荒庭垂橘柚，古屋畫龍蛇。雲氣

盧清壁，江聲走白沙。早知乘四載，疏鑿控三巴。

蜀相廟　前人

丞相祠堂何處尋，錦官城外柏森森。映堦碧草自春色，隔華黃鸝（集作鸝多）空好音。三顧頻煩天下計，兩朝開濟老臣心。出何未捷（集作戰）身先死，長使英雄淚滿襟。

謁漢世祖廟　劉希夷

春陵氣初發，漸臺首未傳。列營百萬衆，持國十八年。運開朱旗後，道合赤符先。宛城劍鳴匣，昆陽鏑應弦。儐歎血塗地，巨人聲沸天。長驅過北趙，短兵出南燕。十守迎門外，王郎死道邊。昇壇九成陌，端拱千秋田。朝廷方雀躍，劍佩幾聯翩。至德行四海，神儀翳九泉。宗子行舊邑，恭聞清廟篇。

君容穆而聖，臣像儼猶賢。攢木承危柱，蹤離挂朽椽。祠庭巢鳥啄，祭器網蟲緣。懷古江山在，惟新曆數遷。空餘今夜月，長似舊時懸。

嚴陵祠　洪子輿

漢主召子陵，歸宿洛陽殿。客星今安在，隱迹猶可見。水石空潺湲，松篁尚葱蒨。岸深翠陰合，川迴白雲遍。幽逕滋蕪沒，荒祠冪霜霰。垂釣想遺芳，掇蘋羞野薦。高風激終古，語理忘榮賤。方驗道可遵（一作尊），山林情不變。

登樂遊廟懷古　豆盧田（一作回）

緬維漢宣帝，初謂皇曾孫。雖在襁褓中，亦遭巫蠱冤。至哉丙廷尉，感激義彌敦。馳逐蓮勺道，出入諸陵門。一朝風雲

會，竟登天地尊。握符昇寶曆，負扆御華軒。赫奕文物備，葳蕤休瑞繁。卒爲中興主，垂名於後昆。雄圖奄已謝，餘址空復存。昔爲樂遊苑，今成狐兎園。朝見牧豎集，夕聞栖鳥喧。蕭條灞亭岸，寂寞杜陵原。冪歷野煙起，蒼茫嵐氣昏。二曜屢迴薄，四時更凉温。天道尚如此，人理安可論。

湘妃廟　劉長卿

荒祠古木暗，寂寂此江濆。未作湘（集作湖）南雨，知爲何處雲。苔痕斷珠履，草色帶羅裙。莫唱迎仙曲，空山不可聞。

過桃花夫人廟　前人

寂（集作宜）寞應千歲（集作載），桃花想一枝。路人看古木，江月向空祠。雲雨飛何處，山川是舊時。獨憐春草色，猶似憶佳期。

登首陽山謁伯夷廟　李頎

古人已不見喬木竟誰過寂寞首陽山白雲空復多蒼苔歸骨地皓首採薇歌畢命無怨色成仁其若何我來入遺廟時候髣淳和落日弔山鬼迴風吹女蘿石門正西豁引領望洪河千里一飛鳥孤光東逝波驅車層城路惆悵此巖阿

陪皇甫大夫謁禹廟　嚴維

竹使羞殷薦松龕拜夏祠爲魚致美後舞羽降神時伏衛瞻如在精靈信有期夕陽陪醉止塘上馬咸遲

題遊仙閣息（一作白）公廟　李嘉祐（見集本）

仙冠輕舉竟何之薜荔緣階竹映祠甲子不知風馭日朝昏惟見雨來時霓旌翠蓋終難遇流水青山空所思逐客自憐雙鬢改焚香多負白雲期

夜聞江南人家賽神因題即事　前人

南方淫祠（一作祀）古風俗楚媪解（集作媼能）唱迎神曲鎗鎗銅鼓蘆葉深寂寂瓊筵江水淥雨過風清洲渚閑椒漿醉盡神欲（集作迎神）還帝女凌空下江岸番君隔浦向堯山月隱回塘猶自舞一門依倚神之祐韓康賣（集作靈）藥不復求扁鵲傳（集作醫）方曾莫覩逐客臨江空自悲月明流水無已時聽此迎神送神曲携觴欲弔屈原祠

題尹真人廟　郎士元

窅窅雲旗去不還陰陰祠宇閉空山我來始悟丹青妙稽首如逢冰雪顏

奉陪侍中春日過武安君廟　盧綸（見集本）

長裾間（一作問）貔虎遺廟盛攀登白羽三千騎紅林一萬層元臣達幽契祝史告明徵撫坐悲今古瞻容感廢興颯風卷叢柏驟雨濕諸陵倏忽煙花霽當營看月昇

題舜廟　張灌

上都遺廟出河汾（一作濆）萬代千秋仰聖君蒲坂城邊長逝水蒼梧野外不歸魂寥寥薦設魂應在寂寂虞篇德已聞向曉風吹庭下柏猶疑琴曲倈南薰

題伍相廟　常雅

蒼蒼古廟映林巒漠漠煙霞覆石壇精魄不知何處在威風猶入浙江寒

巫山神女　劉方平

神女藏難識巫山秀莫群今宵爲大雨昨日作孤雲散漫愁巴峽徘徊戀楚君先王爲立廟春樹幾氛氳

華嶽（集作山）南廟　李益

陰山臨古道廟閉（集作廟貌閑）空山碧落日春草（集作本）中峯芳薦瑤席明靈達精意髣髴如不隔微雨（集作容風）神降時迴風（集作飄）入松柏常聞坑儒後此地曾逐（集作逐泰）秦壁自古害忠良神其輔宗社

經夫差廟　陳羽

姑蘇城畔千年木刻作夫差廟裏神冠蓋寂寥塵滿室不

知簫鼓樂何人

經伏波神祠　劉禹錫

蒙蒙篁竹下有路上壺頭漢壘麏鼯鬬蠻溪霧雨愁懷人敬遺像閱世指東流自負霸王略安知恩澤侯鄉原(集作圜)辭石柱筋力盡炎州一以功名累翻思馬少遊

陽山廟觀賽神(梁松南征至此遂為其神在朗州)　前人

漢家都尉舊征蠻血食如今配此山曲蓋幽深蒼檜下洞簫愁(一作吹)絕翠屏間荊巫脉脉傳神語野老娑娑啓醉顏日落風生廟門外幾人連蹋竹歌還

題山中古祠　張籍

春草空山暮荒林鳥雀飛記年碑石在經亂祭人稀野鼠

緣朱帳陰塵蓋(一作幞)畫衣近門(集作來)潭水黑時見宿龍歸

經貞女祠　僧無可

朝賽暮還祈開唐復歷隋精誠山雨至歲月廟松衰窺穴龍潭黑過門鳥道危不同巫峽女來至(集作往)楚王祠

聖(集作神)女廟　許渾

停車祠聖女涼葉下陰風龍氣石牀濕鳥鳴(集作聲)山廟空長眉留桂綠丹臉寄蓮(集作蘭)紅莫學陽臺畔朝雲暮雨中

聖女祠二首　李商隱

杳靄(集作藹)逢仙迹蒼忙(集作茫)滯客途何年歸碧落此路向皇都消息期青雀逢迎異紫姑腸迴楚國夢心斷漢宮巫從騎裁寒竹行車蔭白榆星娥一去後月姊更來無寡鶴(集作寡鵠)迷蒼壁羈鸞(集作鳳)怨翠梧祇應碧桃下方朔是狂夫

二　前人

松篁臺殿蕙花闈(集作香闈)龍護瑤窗鳳掩扉無質易迷三里霧不寒長著五(一作六)銖衣人間定有崔羅什天上應無劉武威寄問釵頭雙白燕每朝朱館幾時歸

題谷神廟(集作題竹谷祠)　溫庭筠

蒼蒼松色(集作竹)晚一徑入荒祠古樹風吹馬虛廊日照旗煙煤朝奠處雲雨夜歸時寂寞湘江客空看蔣帝碑

題蕭山廟　前人

故道木陰濃荒祠山影東杉松一庭雨幡蓋滿堂風客奠晚沙(集作曉莎)濕馬嘶春(集作秋)廟空夜深雷電歇龍入古潭中

蘇武廟　前人

蘇武魂銷漢使前古祠高樹兩茫然雲邊雁斷胡天月隴上羊歸塞草煙迴日樓臺非甲帳去時冠劍(一作蓋)是丁年茂陵不見封侯印空向秋波哭逝川

黃陵廟二首　李群玉

小孤(一作姑)洲北浦雲邊二女啼粧共儼然野廟向江春寂寂古碑無字草芊芊東風日暮吹香(一作芳)芷落日山深哭杜鵑猶似含顰望巡狩九疑愁黛隔湘川

二

黃陵廟前莎草春黃陵女兒蒨裙新輕舟小檝隨歌去水濶山長愁殺人

許由廟　羅隱

高桂風飄濯漢濱土階三尺愧清塵可憐比屋堪封日若到人間是衆人

韓信廟　前人

剪項求秦勢已雄布衣還是負深功儒夫女子集作寡妻稚女俱堪恨却把餘盃奠蒯通

題段太尉廟　前人

近甸豪塵日南犯反正年飄流茂陵槐零落太官椽建毒非降楚披圖異録燕堪嗟侍中血不及御衣前

湘妃廟　前人

劉表荒碑斷水濱廟前幽草閉殘春已將怨淚流斑竹又

感悲風入白蘋八族未來誰北拱四凶猶在莫南巡九峯相似堪疑處望見蒼梧不見人

竹郎廟　薛濤

竹郎廟前多古木夕陽沉沉山更緑何處江村有笛聲笛聲盡是迎郎曲

謁巫山廟　常莊

亂猿啼處訪高唐路入煙霞草木香山色未能忘宋玉水聲猶似哭襄王朝朝夜夜陽臺下爲雨爲雲楚國忙惆悵廟前多少柳春來空鬬畫眉長

文苑英華卷第三百二十終

文苑英華卷第三百二十一　詩一百七十一

花木一

牡丹二十七首　桃花十五首

杏花八首　紫薇花三首

牡丹　李益

紫蕚蔟開未到家却教遊客賞繁華始知年少求名處滿眼空中別有花

題所賃宅牡丹　王建

賃宅得花饒初開恐是妖霞集作粉光深紫膩肉色遠紅嬌且願風留着唯愁日炙燋集作詠鮹可憐零落蘂收取作香燒

賞牡丹　前人

此花名價別開艷益皇都香遍苓菱疑死紅燒躑躅枯軟光籠細脉妖色暖鮮膚蒲蘂攢黃粉含稜縷絳蘇好和薰御服堪畫入宮圖晚態愁新婦殘粧望病夫教人知箇數留客賞斯須一夜輕風起千金買亦無

戲題牡丹　韓愈

幸自同開俱隱約何須相倚鬬輕盈陵晨併作新粧面對客偏含不語情雙燕無機來拂署集作拂掠還遊蜂多思正經營長年是事皆抛盡集作棄今日欄邊暫眼明

唐郎中宅與諸公同飲酒看牡丹　劉禹錫

今日花前飲甘心醉數盃但愁花有語不爲老人開

以下三篇並見集本

渾侍中牡丹　前人

徑尺千餘朶人間有此花今朝見顔色更不向諸家

賞牡丹　前人

庭前芍藥妖無格池上芙蓉浄少情唯有牡丹真國色花開時節動京城

惜牡丹花二首　白居易

惆悵階前紅牡丹晚來唯有兩花枝（集作殘）明朝風起應吹盡夜惜衰紅把火看

二

寂寞萎紅低向雨離披破艷散隨風晴天（集作明）落地猶惆悵何况飄零泥土中

牡丹

錦帷（集作幃下同）初卷衛夫人（典畧云夫子見南子在錦帷之中）繡被猶堆越鄂君垂手亂翻雕玉珮細腰頻舞（集作招腰爭舞）鬱金裙石家蠟燭何曾剪荀令香爐可待薰我是夢中傳彩筆欲書花片（集作葉）寄朝雲

同前

絶代秪西子衆芳唯牡丹月中虛有桂天上謾誇蘭夜濯金波滿朝傾玉露殘性應輕菡萏根本是琅玕奪日霞千片陵風綺一端稍宜經（一作霽）宿雨偏覺耐春寒見説開元歲初令植御欄貴妃嬌欲比侍女妬羞看巧類鴛機織光攢射月團漸移公子第還種杏花壇豪士傾囊買貧儒假乗觀葉藏梧際鳳枝動鏡中鸞似笑賓初至如愁酒欲闌詩人忘芍藥釋子愧梅檀酷烈宜名壽姿容想姓潘素光翻鷺羽丹豔絶鷄冠燕拂驚還語蜂貪困未安儻令紅臉笑兼解翠眉攢少長呈連蕚嬌矜寄合歡息肩移九軌無脛到千官日耀香房拆風披蘂粉乾好酬青玉案稱貯碧冰盤璧要連城與珠堪十斛判更思初甲拆那得異泥蟠騷詠應遺恨農經只略刊魯般雕不得延壽筆將殫醉客同攀折佳人惜犯干始知來苑囿全勝在林巒泥澤當澆洒庭除又綽寬若將桃李並方覺効顰難

牡丹二首　温庭筠

輕陰隔翠幃宿雨泣晴暉醉後佳期在歌餘舊意非蝶繁輕粉住蜂重抱香歸莫惜薰爐夜因風到舞衣

二

水漾晴紅壓疊波曉來金粉覆庭莎裁成艶思偏應巧分得春光最數多欲綻似含雙靨笑正繁疑有一聲歌華堂客散簾垂地想凭闌干斂翠蛾

同前四首　薛能

異色禀陶甄常疑主者偏衆芳殊不類一笑獨奢妍顆折羞含嬾裛塵懸陷圓亞心堆勝被美色艷於蓮品格如寒食精光似少年種堪收子子價合易賢賢迥秀應無妬奇香稱有仙深陰宜映幕富貴助開筵蜀水爭能染巫山未可憐數難忘次第立困戀傍邊逐日愁風雨和星祝夜天

且從留盡賞離此便歸田

二乾符二年再作

萬朶照初筵狂遊憶少年曉光如曲水顏色似西川白向庚辛受朱從造化研衆開成伴侶相笑極神仙見焰寧勞火聞香不帶煙自高輕月桂非偶賤池蓮影接彫盤動藂遭惡草偏招歡憂事阻就卧覺情牽四面宜綈錦當頭稱管絃泊來鶯定憶紛擾蝶何顛蘇息承朝露滋榮仰霽天壓欄多盡好敵國貴宜然未落須迷醉因茲任病纏人誰知極物空負感麟篇

三

去年零落暮春時淚濕紅牋怨別離一作詩常恐便同一作如

巫峽散因何重有武陵期傳情每向馨香得不語還應彼此知只欲欄邊安枕席夜深閑共說相思

四

牡丹愁爲牡丹饑自惜多情欲瘦羸濃豔冷香初盡後好風乾雨正開時吟蜂遍坐無閑藥醉客曾偷有折枝京國別來誰占翫此花光景屬吾詩

同前二首　韓琮

桃時杏日不爭濃葉帳陰成始放紅曉豔遠分金掌露暮香深惹玉堂風名移蘭杜千年後貴擅笙歌百醉中如夢如仙忽零落暮霞何處綠屏空

二詠未開者

殘花何處藏盡在牡丹房嫩蘂包金粉重葩結繡囊雲凝巫山夢簾開景陽粧應恨年華促遲遲待日長

觀江南牡丹　張蠙

北地花開南地風寄根還與客心同群芳盡怯千般態幾醉能銷一番去聲紅舉世秖將華勝實真禪元喻色爲空近年明主思王道不許新栽滿六宮

僧院牡丹　陳標

琉璃地上開紅豔碧落天頭散曉霞應是向西無地種不然爭肯重蓮花

牡丹　羅鄴

落盡春紅始見雜詠作着花花時比屋事豪奢買栽池館恐無

地看到子孫能幾家門倚長衢攢繡轂雜詠作執幄籠輕日護香霞歌鐘蒲座爭觀賞肯信流年鬢有華

同前二首

似共東風別有因絳羅高捲不勝春若教解語應傾國任是無情亦動人芍藥與君爲近侍芙蓉何處避芳塵可憐韓令功成後辜負穠華過此身

二㕔白堂前相傳云白傳手植在錢塘

欲詢往事奈無言六十年來此託根香煖幾飄袁虎扇格高長對孔融樽曾憂世亂陰難合且喜春殘色尚存莫背欄干便相笑與君俱受主人恩

牡丹　裴說

數朶欲傾城集作色堪驚安同桃李榮未嘗貧處見不似地中生此物疑無價當春獨有名遊蜂與蝴蝶來往自多情

裴給事宅白牡丹　盧綸

長安豪貴惜春殘爭翫街西詩選作爭賞新開紫牡丹別有玉盤承露冷無人起就月中看

白牡丹　王貞白

穀雨洗纖素裁爲白牡丹異香開玉合輕粉泥銀盤時貯露華濕宵傾月魄寒家人淡粧罷無語倚朱欄

桃花

奉和詠龍門桃花　蕭慤

舊聞開露井今見植龍門樹少知非塞花高異小園論時

應未發故欲影歸軒抵言輕初學記作經摘罷循勝逐風飜

詠桃　唐太宗

禁苑春暉麗花溪綺樹裝綴條深淺色點露參差光向日分千笑迎風共一香如何仙嶺側獨秀隱遙芳

望人家桃花　賀知章

山源夜雨度仙家朝發東園桃李花桃花紅兮李花白照灼城隅復南陌南陌青樓十二重春風桃李誰爲容棄置千金輕不顧踟躕五馬謝相逢徒言南國容華晚遠疑嘆西家飄落遠的皪長春明光殿氛氳半入披香苑苑裏珍木元自奇黃金作葉白銀枝千年萬歲不凋落還將桃李更相宜桃李從來露井傍成蹊結影矜豔陽莫道春光不可樹會持仙實薦君王

廨中見桃花南枝已開北枝未發因寄杜副端　劉長卿

何意同根本開花每後時應緣去日遠獨自發春遲結實恩難忘去聲集作望無言恨豈知年光不可待空羡向南枝

入百丈澗見桃花晚開　前人

百丈深澗裏過時花欲妍應緣地勢下遂使春風偏

晚桃花　白居易

一樹紅桃亞拂池竹遮松蔭晚開時非因斜日無由見不是閑人豈得知寒地生材遺較易貧家養女嫁常遲春風集作深欲落誰憐惜自待郎來折一枝

大林寺桃花　前人

人間四月芳菲盡山寺桃花始盛開長恨春歸無覓處不知轉入此中來

華陽觀桃花時招李六十遺飲見二百三十七卷　前人

玄都觀栽桃十韻　章孝標

驅使鬼神功攢栽萬樹紅薰香冊鳳闕粧點紫瓊宮寶帳重遮日妖金遍累空色燃燒藥火影舞步虛風粉撲青牛過枝驚白鶴冲拜星春錦上服食晚霞中碁局陰長合簫聲秘不通艷陽迷俗客幽邃失壺公根柢終盤石桑麻自轉蓬求師飽靈藥他日訪遼東

金谷園桃李　許渾

花在舞樓空年年依舊紅淚光停曉露愁態倚春風開處
妾先死落時君亦終東流兩三集作三兩片應到一作在夜泉中

桃花　薛能

香色是天種千年豈易逢開齊全未落繁極欲相重冷濕
朝如澹晴乾晚更濃風光新社燕時節舊春鴻離落歌臨
竹亭臺盡間松亂緣堪羨蟻深入不如蜂有影宜暄照無
言自冶容洞連非俗世蹊盡接仙蹤子熟河應變根盤土
已封西王潛愛惜東朔恣偷從醉席眠英好題詩戀境慵
芳非聊一望何必是臨邛

敷水小桃盛開因題　温庭筠

敷水小橋東娟娟一作涓涓照露叢所嗟非勝地堪恨是春風

二月艷陽節一枝惆悵紅定知留不住吹落路塵中

亥生桃花發因題　前人

病眼逢春四壁空夜來山雪破東風未知王母千年熟且
共劉郎一笑同已落又開橫晚翠似無如有帶朝紅僧虔
蠟炬高三尺莫惜連宵照露叢

小桃　鄭谷

和煙和雨遮敷水映竹映村連灞橋一作陵撩弄春風奈寒
冷到頭贏得杏花嬌一作憐

桃花　羅隱

暖觸衣襟漠漠香間梅遮柳不勝芳數枝艷拂文君酒半
里紅歌宋玉墻盡日無人疑怨望有時經雨乍淒凉舊山
山下還如此迴首東風一斷腸

杏花

古苑杏花　張籍

廢苑杏花在行人愁過集作到時獨開新塹底半露舊燒枝
晚色連荒轍低陰覆折碑漾漾集作茫茫古陵路集作下春盡又
誰知

杏園花下贈劉郎中　白居易

怪君把酒偏惆悵曾是貞元花下人自別花來多少事東
風二十四迴春

酬白樂天杏花園　劉禹錫

二十餘年作逐臣歸來還見曲江春遊人莫笑白頭醉老

醉花間能一作有幾人

同前　元稹

劉郎不用悶惆悵且作花間共醉人算得貞元舊朝士幾
員同見太和春

右三篇又見第二百四十五卷前已削去而存于此

同白侍郎杏園贈劉郎中　張籍

一去瀟湘頭已集作欲白今朝始見杏園雅詠作花春從來遷客
應無數重到花前有幾人

杏花　温庭筠

紅花初綻雪花繁重疊高低滿小園正見盛時猶悵望豈
堪開處已繽翻情爲世累詩千首醉是吾鄉酒一鐏杳杳

豔歌春日午出牆何處隔朱門

同前　李商隱

上國昔相值亭亭如欲言異鄉今暫賞脉脉豈無恩援少風多力牆高月有痕爲含無限思（集作意）遂到不勝繁仙子玉京路主（集作佳）人金谷園幾時醉碧落誰伴過黃昏鏡拂鉛華膩鑪藏桂燼溫終應催竹葉先擬詠桃根莫學啼成血從教夢寄魂吳王採香逕失路入煙村

同前　鄭谷

不學梅欺（一作歌）雪輕紅照碧池小桃新謝後雙燕恰（集作却）來時香屬登龍客（集作室）煙籠宿蝶枝臨軒須貌（音邈）取風雨易離披

紫薇

郡齋有紫薇雙本自朱明接于徂暑其花芳馥數旬猶茂庭宇之內迥無其倫予嘉其美而能久因詩紀述　楊於陵

晏朝受明命繼夏走天衢逮茲三伏候息駕萬里途省躬旣踰躋結思多煩紆簿領幸無事宴休誰與娛內齋有嘉樹雙植分庭隅綠葉下成幄紫花紛若鋪摛霞晚舒艷凝露朝垂珠炎沴晝方鑠幽姿閑且都夭桃固難匹芍藥寧爲徒懿此時節久詎同光景驅陶甄試一致品彙乃散殊濯質非受彩無心那奪朱粤予負羈紲畱賞益踟躕通夕靡云倦西南山月孤

奉和侍郎二丈（四字集作抑州楊侍郎）詠郡齋紫薇花十四韻

幾年冊府上出入金華省暫別萬年枝看花桂陽嶺南方足奇樹公府成佳境綠陰交廣除明艷透蕭屏雨餘人吏散鶯語簾櫳靜懿此含晚芳翛然忘簿領紫茸垂組綬金縷攢鋒穎露溽暗傳香風輕徐就影苒弱多意思從容占時（一作光）景得地在侯家移根近仙井開罇好凝睇倚瑟仍回頸遊蜂駐綵冠舞鶴迷煙頂興生紅藥後愛與甘棠並不學夭桃姿浮勞在俄頃

臨發崇讓宅紫薇　李商隱

一樹濃姿獨看來秋庭暮雨類輕埃不先搖落應有待已欲別離休更開桃綏含情依露井柳綿相憶隔章臺天涯地角同榮謝豈要移根上苑栽

文苑英華卷第三百二十一

文苑英華卷第三百二十二　詩一百七十二

花木二

梅花

雪裏覓梅花　梁簡文帝

絶訝梅花晚爭來雪裏窺下枝低可見高處遠難知俱羞惜晚露相讓道腰羸定須還剪綵學作兩三枝以下六篇並見初學記

梅花　吳筠

梅性本輕蕩世人相陵賤故作負霜集作雪花欲使綺羅見但願深相知千摧非所戀

早梅　何遜

兔園標物序驚時最是梅御霜當路發映雪擬寒開枝横却月觀花遶凌風臺朝灑長門泣夕駐臨邛杯應知早飄落故逐上春來

和孔中丞雪裏梅花　王筠

水泉猶未動庭樹已先知翻光同雪舞落素混一作泊冰池今春競時發猶是昔年枝唯有長顰顇對鏡不能窺

同蕭左丞詠摘梅花　庾肩吾

窓梅朝始發庭雪晚初消折花牽短樹攀叢入細條垂冰溜玉手含刺罥春腰遠道終難寄馨香徒自饒

梅花　庾信

常年臘月半已覺梅花闌不信今春晚俱來雪裏看樹動懸冰落枝高出手寒早知覓不見真悔着衣单

在蜀正朝摘梅　張說見集本

蜀地寒猶煖正朝發早梅偏驚萬里客已復一年來

庭梅　張九齡

芳意何能早孤榮亦自危更憐花蒂弱不受歲寒移朔雪那相妬陰風已屬吹馨香雖尚爾飄蕩復誰知

和常州崔使君詠後庭梅二首　孫逖

聞唱梅花落江南春意深更傳千里外來入越人吟弱幹紅妝倚繁香翠羽尋庭中自公日歌舞向芳陰

二

梅院重門掩遙遙歌吹邊庭深人不見春至曲能傳花落彈碁處看來薦枕前使君停五馬行樂此中偏

官舍早梅　張謂

階下雙梅樹春來畫不成晚時花未一作易落陰處葉難生摘子防人到攀枝畏鳥驚風光先占得桃李莫相輕

早梅　戎昱

一樹寒梅白玉條迥臨村路傍溪橋不知絶句時選作應緣近水

花先發疑是經春冬一作雪未銷

和薛秀才尋梅花同飲見贈　白居易

忽驚林下發寒梅便試花前飲冷盃白馬走迎詩客去紅筵鋪待舞人來歌聲怨處微微落酒氣薰時旋旋開若到歲來集作寒無雨雪猶應醉得兩三迴

梅　杜牧見集本

輕盈照野水掩斂下瑤臺妬雪聊相比欺春不逐來偶同佳客見似爲凍醪開若在秦樓畔堪爲弄玉媒

酬崔八早梅有贈兼見示之什　李商隱

知訪寒梅過野塘久留金勒爲迴腸謝郎衣袖初翻雪荀令薰鑪更換香何處拂胷資蝶粉幾時塗額藉蜂黃維摩

一室雖多病要舞集作亦要天花作道場時余在惠祥上人講下故崔落句楚王宮地雖舍宅頗許時時聽法來

人日梅花病中作　李群玉

去年今日湘西寺獨把寒梅愁斷腸今年此日江邊宅臥見瓊枝低壓墻半落半開臨野岸團情團思醉韶光玉鱗寂寂飛斜月素艷亭亭帶雜詠作對夕陽已被兒童苦攀折更遭風雨雜詠作雪損馨香洛陽桃李漸撩亂迴首行宮春景長

江梅　鄭谷見集本

江梅且緩飛前輩有歌詞莫惜黃金縷難忘白雪枝吟看歸不得醉齅立如痴和雨和烟折含情寄所思

梅　前人

江國正寒春信穩嶺頭枝上雪飄飄何言落處堪惆悵直是開時也寂寥素艷照罇桃莫比孤香粘袖李須饒離人南去腸應斷片片隨鞭過楚橋

梅花　羅隱

吳王醉處十餘里照野集作夜拂衣今正繁經雨不隨山鳥散倚風疑共路人言愁憐粉艷飄歌席靜愛寒香撲酒罇欲寄所思無好信爲君惆悵又黃昏

人日新安道中見梅花其年以徐冠停樂　前人

長途酒醒臘天寒嫩蘂香英撲馬鞍不上壽陽公主面憐君開得却無端

芙蓉

賦得涉江採芙蓉　梁孝元帝見初學記

江風當夏清桂檝逐流縈初疑京兆劒復似漢冠名荷香風送遠蓮影向根生葉卷珠難溜花舒紅易輕日暮鳧舟滿歸來度錦城

同前　孔德紹

蓮舟泛錦磧極目眺江干沿流檝渡易逆浪取花難有霧疑川廣無風見水寬朝來採摘倦詎得久盤桓

同心芙蓉　朱超

青山麗朝景玄峯朗月類聚作夜光未及清池上紅蕖並出房日分雙蔕影風合兩花香魚驚畏蓮折龜上礙荷長雲雨流輕潤草木應嘉祥徒歌江上類聚作涉江曲誰見緝爲裳

同前

灼灼荷花瑞，亭亭出水中。一莖孤引綠，雙影共分紅。色奪歌人臉，香亂舞衣風。名蓮自可念，況復兩心同。

芙蓉　辛德源

洛神挺凝素，文君拂艶紅。麗質徒相比，鮮姿（樂府作彩）難兩同。光臨照波日，香隨出岸風。涉江良自遠，託意在無窮。

採芙蓉　唐太宗（見初學記）

結伴戲方塘，攜手上雕航。船移分細浪，風散動浮香。游鶯無定曲，驚鳧有亂行。蓮稀釧聲斷，水廣棹歌長。棲烏還密樹，泛流歸建章。

秋朝木芙蓉　李嘉祐

水面芙蓉秋已衰，繁條倒是着花時。平明露滴垂紅臉，似有朝愁（集作闇）暮落悲。

闕下芙蓉　包荷（見類詩）

一人理國致昇平，萬物呈祥助聖明。天上河從闕下過，江南花向殿前生。慶雲垂蔭開難落，湛露爲珠滿不傾。更對樂懸張簨簴，歌工欲奏採蓮聲。

重臺芙蓉　李德裕

芙蓉含露時，秀色波中溢。玉女攏（集作襲）朱裳，重重映皓質。晨霞耀丹景（雜詠作紫），片片明秋日。蘭澤多衆芳，妍姿不相匹。

蓮荷

秋池一株蓮　弘執恭

秋至皆虛落，淩波獨吐紅。託根方得所，未肯即從風。

重臺蓮　李紳

綠荷舒卷涼風曉，紅萼開縈紫的重。游女漢皐爭笑臉，二妃湘浦並愁容。自含秋露貞姿潔，不曉春妖冶態穠。終恐玉京仙子識，却持歸種碧池中。

南池嘉蓮　姚合

芙蓉池裏（一作上）葉田田，一本雙枝（集作花）照碧泉。濃麗（集作淡）共妍香各散，東西分艶葉相連。自知政術無他異，縱是禎祥亦偶然。四野人聞皆盡喜，爭來入郭看嘉蓮。

永樂殷堯藩明府縣池嘉蓮詠　雍陶

青蘋白石匝蓮塘，水裏蓮開帶瑞光。露濕紅芳雙朵重，

風搖綠帶一枝長。同心栀子徒誇艶，合穗嘉禾豈解香。不獨豐祥先有應，更宜花縣對潘郎。

荷花　李商隱

都無色可並，不奈此香何。瑤席乘涼設，金羈落曉（集作晚）過。覆（集作回）衾燈照綺，渡韈水沾羅。預想秋前（集作前秋）別，離居夢櫂歌。

和太常杜少卿東都脩竹里有嘉蓮　溫庭筠

春秋罷注直銅龍，舊宅嘉蓮照水紅。兩處龜巢清露裏，一時魚躍翠莖東。同心表瑞荀池上，半面粉粧樂鏡中。應爲臨川多麗句，故持重艶向西風。

蓮葉　鄭谷

移舟水濺差差綠倚檻風斜集作搖柄柄香多謝浣沙集作溪
人莫集作不折雨中留得蓋鴛鴦

石榴

摘安石榴枝贈劉孝威塗林安石榴也　王筠

中庭有奇樹當戶發華滋素莖表朱實綠葉廁紅蘂既標
大冲賦復見安仁詩宗生仁壽殿族代疑作茂河陽湄有美
清淮北如玉又如龜退書寫蟲篆進對多好辭我家新置
側新置側已隣居可求不難識相望阻盈盈相思滿胸臆高枝爲
君採請寄西飛翼

石榴　孔紹

可惜庭中樹移根逐漢臣只爲來時晚開花不及春

訛郡齋海榴　宋之問

澤國韶氣早開簾延霽天野禽宵未囀山蜚晝仍眠目玆
海榴發列映巖楹前熠爚御風靜葳蕤含景鮮清晨綠堪
佩亭午丹欲然昔忝金閨籍嘗見玉池邊未若宗族地更
逢榮耀全南金雖自貴貿一作質賞詎一作誰能遷撫躬萬里
絕豈染一朝妍從祿滯遐郡賞疑作常是惜流年越俗鄙章
甫捫心空自憐

同和詠樓前海石榴二首　孫逖

客自新亭郡朝來數物華傳居妓樓好初落海榴花露色
珠簾映香風粉壁遮更宜林下雨日晚逐行車

二

海上移珠木樓前詠所思遙聞下車日正在落花時舊綠
香行蓋新紅洒步綦疑作綦從來寒不易終見久逾滋

題韋潤州後亭海榴　李嘉祐見集本

江上年年小雪遲年光獨報海榴知寂寂山城風日暖謝
公含笑向南枝

韋中丞西廳海榴　皇甫冉

海流爭讓候榴花犯雪先開內史家未客朝朝鈴閣下從
公步履翫年華

題山石榴花　白居易見集本

一叢千朵壓闌干剪碎紅綃却作團風嫋舞腰香不盡露

銷殘臉淚初一作新乾薔薇帶刺攀常懶菡萏生泥翫亦難
不及此花簷戶下任人採弄盡上聲人看

海棠

左掖海棠詠　王維

開洒堦邊草輕隨箔外風黃鶯弄不足銜向集作入未央宮

海棠

海邊佳樹生奇彩知是仙山取得栽瓊蘂籍中聞閬苑紫
芝圖上見蓬萊淺深芳萼通宵換委積紅英報晚開寄語
春園百花道莫爭顏色泛金杯

海棠　薛能

酷烈復離披玄功莫我知青苔特疑長處暮柳間開時帶

醉遊人插連陰彼叟移晨前清露濕晏後惡風吹香少傳何許妍多盡半遺島蘇漣水脈庭綻粒松枝偶泛因沉硯閑飄欲亂碁遶山生玉壘和郡遍坤維負賞慚（一作歎）休欽牽吟分失飢明年應不見留此贈巴兒

題磁嶺海棠花　溫庭鈞

幽態竟誰賞歲華空與期島迴香盡處泉照艷濃時蜀彩淡搖曳吳妝低怨思王孫又誰恨惆悵下山遲

擢第後入蜀經羅村溪路見海棠盛開偶有題詠　鄭谷

上國休誇紅杏花深溪自照綠苔磯一枝低帶流鶯睡數片狂隨（集作和）舞蝶飛堪恨路長移不得可無人與畫將歸

手中已有新春桂多謝烟香更惹（集作入）衣

海棠　前人

春風用意勻顏色銷得攜觴與賦詩艷麗最宜新着雨嬌嬈全在欲開時莫愁粉（雜詠作淺）黛臨窗懶梁廣丹青點筆遲

蜀中賞海棠　前人

濃澹芳春滿蜀鄉半隨風雨斷鶯（一作人）腸浣花溪上堪惆悵子美無情爲發揚

玫瑰

奉和中書李舍人昆季詠玫瑰花寄徐郎中　盧綸

獨鶴寄烟霜雙鸞思晚芳舊陰依謝宅新艷出紅墻蝶起搖輕露鶯銜入夕陽雨朝勝濯錦風夜劇焚香斷燒千里焰孤霞一片光密來驚葉少動處覺枝長布影期高賞留春爲遠芳甞聞贈瓊玖叨和愧登堂

同前　司空曙

仙吏紫薇郎奇花共詠芳攢星排綠帶照眼發和光暗妬翻階藥遙連直署香透枝蜂遶易礙刺鳥銜妨露濕凝衣粉風吹散蘂黃蒙籠珠樹合煥爛錦屏張留客容看竹思人比愛棠如當（一作傳）採蘋詠遠思滿瀟湘

玉蘂

唐昌觀玉蘂　武元衡（見集本）

琪樹年年玉蘂新洞宮長閉彩霞春日暮落英鋪地雪獻花無復九天人

唐昌觀玉蘂花詠　楊巨源

晴空素艷照霞門香洒天風不到塵持贈昔聞將白雪蘂珠宮上玉花春（門字可疑別本作照霞新）

薔薇

劉侍中宅盤花紫薔薇　章孝標

真宰偏饒麗景家當春盤出帶根霞從開一朵朝衣色免踏塵埃看雜花

薔薇　朱慶餘

遶架（雜詠作四面）垂條密浮陰入夏清綠攢傷手刺紅墮斷腸

英粉着蜂鬚膩光凝蝶翅明雨來(雜詠作中)看亦好况復值初晴

朱秀才庭際薔薇　方干

纔難相似畫難成明媚鮮妍絶比倫露壓盤條方到地風吹艷色欲燒春斷霞轉影侵西壁濃麝分香入四鄰看取後時歸故里爛花須讓(一作庭花應謝)錦衣新

臨水薔薇　李群玉

堪愛(集作恨)復堪傷無情不久長浪摇千臉淚(集作笑)風舞一身香(集作叢芳後押香字)似濯文君錦如啼(一作庵)漢女粧所思雲雨外何處寄馨香

菊花

賦得殘菊花　唐太宗

階蘭凝曙霜岸菊照晨光露濃晞晚笑風勁搖殘香細葉雕輕翠圓花飛碎黄還持(初學記作待)今歲色復結後年芳

秋菊　駱賓王

擢秀三秋晚開芳十步中分黄俱笑日含翠共揺風碎影涵流動浮香隔岸通金翹徒可泛玉斝竟誰同

東園翫菊　白居易

少年昨已去芳歲今又闌如何寂寞意復此荒凉園園中獨立久日淡風露寒秋蔬盡蕪没好樹亦凋殘唯有數叢菊新開籬落間携觴聊自(集作就)酌為爾一留連憶我少小日易為興所牽見酒無時節未飲已欣然近從年長來漸覺取樂難常恐更衰老彊醉(集作飲)亦無歡顧謂爾菊花後時何獨鮮誠知不為我借爾暫開顔

和錢員外早冬翫禁中新菊　前人

禁署寒氣遲孟冬菊初(一作花)折新黄間繁緑爛若金照碧仙郎小隱日(集作月)心似陶彭澤秋憐潭上看日慣籬邊摘今來此地賞野意潛自適金馬門内花玉山峯下客寒芳引清句吟賞(集作翫)烟景夕賜酒色偏宜握蘭香不敵淒淒百卉死歲晚冰霜積有此花開時(集作唯有此花開)殷勤助君惜

菊　釋無可

東籬摇落後密艷被寒催夾雨驚新折經霜忽盡開野香盈客袖禁藥泛天杯不共春蘭並悠揚遠蝶來

菊　李商隱

暗暗淡淡紫融融冶冶黄陶令籬邊色羅含宅裏香幾時禁重露實是怯斜(集作殘)陽願泛金鸚鵡昇君白玉堂

野菊　前人

苦竹園南椒塢邊微香冉冉淚涓涓已悲節物同寒鴈忍委芳心與暮蟬細路獨來當此夕清罇相伴省他年紫雲(一作微)新苑移花處不取霜栽近御筵

詠夾遝菊　薛能

夾遝盡黄英不通人並行幾曾相對綻元自兩行生叢比高低等香連左右幷幷搖風勢斷中夾日華明間隔螢吟隔交横蝶亂横頻應泛桑落摘處近前楹

白菊　許棠

所尚雪霜姿非關落帽期香飄風外別影到月中疑發在林凋後繁(類詩作開)當露冷時人間稀有此自古乃無詩

十日菊　鄭谷

節去蜂愁蝶不知曉來(集作庭)還繞折花(集作殘)枝自緣今日人心別未必秋香一夜衰

白菊　張蠙

秋天木葉乾猶有白花殘舉世稀栽得豪家却畫看片苔相襯綠諸卉獨宜寒幾度攜佳客登高欲折難

菊　羅隱

籬落歲云晏(集作暮)數枝聊自芳雪裁纖蘂密金折小苞香千載白衣酒一生青女霜春叢莫輕薄彼此有行藏

蜀葵

黃蜀葵　薛能

嬌黃新嫩(類詩作蘂)欲題詩盡日含毫有所思記得玉人初病較(類詩作起)道家裝束厭禳時

黃蜀葵　崔涯

野欄秋景晚疎散兩三枝嫩蘂(類詩作碧)淺輕態幽香閒澹姿露傾金盞小風引道冠欹獨立悄無語清愁人詎(類詩作不)知

蜀葵　陳標

眼前無奈蜀葵何淺紫深紅數百窠能共牡丹爭幾許得人輕處秪緣多

蜀葵詠

綠衣去地紅倡倡薰風似舞諸女郎南滿蕩子婦無賴錦機春夜成文章

文苑英華卷第三百二十二

文苑英華卷第三百二十三　詩一百七十三

花木二

山花

山花　錢起

山花照塢復燒溪，樹樹枝枝盡可迷。野客未來枝畔立，流鶯已向樹邊啼。從容只是愁風起，眷戀常須向日西。別有妖妍勝桃李，攀來折去亦成蹊（向日類詩作到日）。

題友人山花　方干

平明方盡折（集作笑盡），爲得好風吹。不見移來日，先愁花去時。濃香薰疊葉，繁朶壓低（類聚作欹）枝。來（集作坐）看皆終夕，遊蜂似（集作自）有期。

刺桐

泉州刺桐花詠五首兼呈趙使君　陳陶

海曲春深滿郡霞，越人多種刺桐花。可憐虎竹西樓色，錦帳三千阿母家。

二

石氏金園無此艷，南都舊賦乏靈材。只因赤帝宮中樹，丹鳳新銜出世來。

三

猗猗小艷夾通衢，晴日薰風笑越姝。只是紅芳移不得，刺桐屏障滿中都。

四

不勝攀折悵年華，紅樹南看見海涯。故國春風歸去盡，何人堪寄一枝花。

五

赤帝常（詩選作嘗）聞海上遊，三千幢蓋擁炎州。今來樹似離宮色，紅翠斜敧（詩選作敧斜）十二樓。

看花

韋員外東齋看花　李端

入花凡幾步，此樹獨相留。發艷紅枝合，垂烟綠水幽。併開偏覺好，未落已看愁。一到芳菲下，空貽兩鬢秋。

夏日裴尹員外西齋看花　楊巨源

笑向東（一作南）來客，看花枉在前。始知清夏月，更勝艷陽天。露濕呈妝汗，風吹畏火燃。葱蘢和葉盛，爛熳壓枝鮮。紅彩當鈴閣，清香到玉筵。蝶栖鶯曙色，鶯語滯（一作滯）晴烟。得地殊堪賞，過時倍覺妍。芳菲遲最好，唯是謝家憐。

共友人看花　羅鄴

愁將百（一作萬）里身，來伴看花人。何事獨惆悵，故園還又春。

看花　前人

花開只恐看花遲看了愁多（詩選作如未）看時家在楚鄉身在蜀一年春色負歸期

惜花

惜花吟　鮑君徽

枝上花花下人可憐顏色俱青春昨日看花花灼灼今朝看花花欲落不如盡此花下歡莫待春風總吹却鶯歌蝶舞韶光長紅爐煮茗松花香粧成罷吟恣遊後獨把芳枝歸洞房

山中惜花　王建

忽看花漸稀罪過酒醒遲尋覓風來處驚悵夜落時遊絲纏故蘂宿葉守空枝開取當軒地年年樹底期

惜花　于鵠

夜來花落盡偏惜兩三枝早起尋稀處閑眠記落時蘂焦蜂自散蔕折蝶還稀攀看殷勤別明年更有期

荆南陪楚尚書惜落花　前人

老大看花長不足沿江尋得一枝紅黄昏人散東風起吹落誰家明月中

惜落花　白居易

夜來風雨急無復舊花林枝上三分落園中一寸深日斜啼鳥思春盡老人心莫怪添盃飲情多酒不禁

惜落花贈崔二十四　前人

漠漠紛紛不奈何狂風急雨兩相和晚來悵望君知否枝上稀疏地上多

惜花

可憐夭（集作妍）艷正當時剛被狂風一夜吹今日流鶯來舊處百般言語泥（集作啼）空枝

殘花

詠殘花　楊發

十月濃芳一歲程東風初急眼偏明低枝似泥幽人醉莫道無情似有情

殘花

已嘆良時晚仍悲別酒催暖芳隨人薄殘（集作輕）片逐風迴黛斂愁歌扇粧紅（集作殘）泣鏡臺繁陰莫矜衒終是共塵埃

雜花

夏中崔中丞宅見海紅搖落後一花獨開

何事一花殘閑庭百草闌綠滋經雨發紅艷隔林看竟日餘香在過時獨秀難共憐芳意晚秋露未須團（集作漙）

茙葵花歌　劉眘虛（附見岑參集）

昨日一花開今日一花開今日花正好昨日花已老人生不得長（集作恒）少年莫惜床頭沽酒錢有錢向酒家君不見茙葵花

雲陽寺詠石竹花　司空曙

一自幽山別相逢此寺中高低俱出（集作有）葉深淺不分叢

野蝶難爭白庭榴暗讓紅誰憐芳最久春露到秋風

同耿緯司空曙二拾遺詠韋員外東齋花樹　盧綸

綠砌紅花樹狂風獨未吹光中如有焰容處似無枝鳥動香重發人愁影屢移今朝數片落爲報員外知

花一字至七字　張南史

花花深淺芬葩凝爲雪錯爲霞鶯和蝶到苑占宮遮已迷金谷路頻駐玉人車芳草欲陵芳樹東家半落西家願得春風相伴去一攀一折向天涯

花　戴叔倫

花發炎景中芳春獨能久因風任開落向日無先後若待

秋霜來蘭蓀共何有

宮苑花集作宮怨　李益

露濕晴花春殿香月明歌吹在昭陽似將海水添宮漏共滴長門一夜長

此篇集以宮怨爲題語亦相應今英華作宮苑花入此門恐誤

與李文仲秀才同賦泛酒花詩　楊巨源

若道春無賴飛花合逐風巧知人意裏解入酒盃中香濕勝含露光搖似泛空請君迴首看一作醉眼幾片舞芳叢

題花樹　楊衡

都無看花意偶到樹邊來可憐枝上色一一爲愁開

槿

自用金錢買槿栽二年方始一花開憐紅未許家一作佳人見蝴蝶爭知早到來

同友人尋澗花　白居易

聞有澗底花買得村中酒與君來較遲已逢搖落後臨觴有遺恨悵望空溪口記取花發時期君重攜手我生日日老春色年年有且作來歲期不知身健否

東坡種花二首　前人

持錢買花樹城東坡上栽但購有花者不限桃李杏集作梅百果參雜種千枝次第開天時有早晚地方無高低紅者霞艷艷白者雪皚皚遊蜂遂不去好鳥亦棲來前有長流

水下有小平臺時拂臺上石一舉風前盃花枝蔭我頭花蘂入落集作我懷獨酌復獨詠不覺日平西巴俗不愛花竟春無人來唯此醉太守盡日不能迴

二

東坡春向暮樹木今何如漠漠花落盡翳翳葉生初集作初醑每日領僮僕荷鋤仍鑿集作決渠剗土壅其本引泉溉其枯小樹低數尺大樹長丈餘封植來幾時高下齊扶疏養樹旣如此養民亦何殊將欲茂枝葉必先救根株云何救根株勸農均賦租云何茂枝葉省事寬刑書移此爲郡政庶幾民集作氓俗蘇

山枇杷花　前人

深山老去惜年華况對東溪野枇杷火樹風來翻絳焰瓊枝日出曬紅紗迴看桃李都無色映得芙蓉不是花爭奈結根深石底無因移得到人家

贈僧院花　前人

欲悟色空爲佛事故栽芳樹在僧家細看便是華嚴偈方便風開智慧花

長安花　聶夷中

種花滿西（集作田）園花發青樓道花下一禾生去之爲惡草

晚春花　項斯（見百家詩選）

陰洞日光薄花開不及時當春無半樹經晚足空枝疎與香風會細將泉影移此中人到少開盡幾人知

苦練花　温庭筠

院裏鶯歌歇墻頭舞蝶孤天香薰羽葆宮紫暈流蘇晻曖迷青瑣氤氳向畫圖只應春惜別留與博山爐

蓼花　鄭谷

蔟蔟復悠悠年年拂漫流差池伴黄菊冷淡過清秋晚帶鳴蛩（一作蟲）急寒藏宿鷺愁故溪歸不得憑仗繫漁舟

水林檎花　前人

一露一朝新簾櫳曉景分艷和蜂蝶動香帶管絃聞笑擬春無力粧穠（集作濃）酒漸醺直疑風雨（集作起）夜飛去替行雲

槐花　前人

毿毿金蘂撲晴空舉子魔驚落照中今日老郎猶有恨昔年相虐十秋風

歎花　崔塗

遲遲傍曉陰昨夜色僭深畢竟終須落堪悲古與今明年何處見盡日此時心蜂蝶無情極殘香更不尋

贈花　李羣玉

酒爲看花醞花須趁酒紅嗔（集作莫）令芳樹晚使我綠罇空金谷園無主仙源路不通縱非乘酒興（集作露折）長短盡隨風

對花　秦韜玉

長與韶光暗有期可憐蜂蝶卽（詩選作却）先知誰家促席臨低樹何處横釵戴（詩選作帶）小枝麗日多情宜（詩選作疑）曲照和風得路合偏吹向人雖道渾無語幾勸王孫到醉時

庭花　羅隱

昨日芳艷濃開罇幾同醉今朝風雨惡惆悵人生事南威病不起西子老兼至向晚寂無人相偎墮紅淚

柳

詠雲陽樓簷柳　梁元帝

楊柳非花樹依樓自覺春枝邊通粉色隙裏映紅巾帶日交簾影因吹掃窓塵拂簷應有意偏宜桃李人

柳　吳均

細柳生堂北長風發鴈門秋霜常振葉春露詎濡根朝作離蟬宇暮成宿鳥園不爲君所愛摧折當何言

垂柳映斜溪　張正見

千仞青溪險三陽弱柳垂花柔細臨湍合根空帶石危風翻夾浦絮雨濯向流枝不分梅花落還同橫笛吹

敬和衛尉于卿柳　杜之松

漢將本屯營遼河有戍城大夫曾取姓先生曾得名高枝拂遠鴈疎影度遙星不辭攀折苦爲入管絃聲

春池柳　唐太宗（見初學記）

年柳變池臺隋堤曲直迴逐浪絲陰去迎風帶影來疎黃一鳴囀半翠幾眉開縈雪臨春岸參差間早梅

柳　許景元

春色東來渡渭橋青門垂柳百千條垂（疑作長）楊西連建章路漢家枝苑紛無數縈花始遍合歡真（宮一作）遊絲半罥相思樹春樓初日照南隅柔條垂綠掃金鋪寶釵新梳倭墮髻錦帶交垂連理襦自憐柳塞淹戍幕銀燭長啼愁夢着芳樹朝催玉管新春風夜染羅衣薄城頭楊柳已如絲今年花落去年時折芳遠寄相思曲爲惜容華難再持

題河邊枯柳　王泠然

隋家天子憶揚州厭坐深宮傍海遊穿地鑿山開御路鳴笳疊鼓泛春流流從鞏北河分口直到淮南種官柳功成力盡人族亡運謝年移樹空有當時彩女侍君王帳殿旌門對柳行青葉交垂連幔色白花飛散染衣香今日摧殘何用道數里曾無一株好驛騎江帆損更多山精野魅藏應老涼秋九月露爲霜日夜孤舟入帝鄉河畔時時聞（一作時間有）落木客中無箇不霑裳

柳絮　吉中孚妻張氏

靄靄芳春朝雪絮起青條或値花同舞不因風自飄過罇浮綠醑拂幌綴紅綃那用持愁歎春懷不自聊

庭柳　姚係

裊裊柳楊枝當軒雜珮垂交陰總共密分條各自宜因依似永久（類詩作夕）攬結更傷離愛此陽春色秋風莫遽吹

賦得灞岸柳留辭鄭員外　楊巨源

楊柳含煙灞岸春年年攀折爲行人好風儻借低枝便莫遣青絲掃路塵

楊花落　前人

北斗南迴春物老紅英落盡綠尚早韶風澹蕩無所依偏惜垂楊作春好此時可憐楊柳花縈盈艷曳滿人家人家女兒出羅幌靜掃玉庭待花落寶環纖手捧更飛翠羽輕裾承不着歷歷瑤琴舞金陳菲紅拂黛憐玉人東園桃李芳已歇獨有楊花嬌暮春

勤政樓西老柳　白居易

半朽臨風樹多情立馬人開元一株柳長慶二年春

雨中題衰柳　前人

濕屈青條折寒飄黃葉多不知秋雨意更遣欲如何

楊柳枝詞

陶令門前四五樹亞夫營裏百千條何似東都正二月黃

金枝暎洛陽橋

柳二首　李紳

千條楊(類詩作垂)柳拂金絲日暖牽風葉學眉愁見花任飛(類詩作飛狂)不定還同輕薄五陵兒

二

陶令門前罥接籬亞夫營裏拂朱旗人事推移無舊物年年春至緑垂絲

同前　杜牧

日落水流西復東春光不盡柳何窮巫娥廟裏低含雨宋玉宅(類詩作門)前斜帶風不嫌(類詩作將)榆莢共爭翠深感杏(類詩作深與桃)花相暎紅灞上漢南千萬樹幾人遊宦别離中

同前　温庭筠

楊柳千條拂面絲緑烟金德不勝移(集作吹)香隨靜婉歌塵起影伴嬌饒舞袖垂羌管一聲何處曲流鶯百囀最高枝

同前二首　李商隱

千門九陌花如雪飛過宫墻兩不(集作自)知

動春何限葉撼曉幾多枝解有相思否應無不舞時絮飛藏皓蝶帶弱露黄鸝傾國宜通體誰家(集作來)獨賞眉

以下三篇並見集本

二

爲有橋邊拂面香何曾自敢占流光後庭玉樹承恩澤不信年華有斷腸

誰柳　前人

已帶黄金縷仍飛白玉花長時須拂馬密處少藏鴉眉細從他斂腰輕莫自斜𡏖梁誰道好偏擬暎盧家

評柳　薛逢

弱植驚風急自傷暮來翻遣思悠揚曾飄綺陌隨高下敢拂朱欄競短長縈砌乍飛還乍舞撲池如雪又如霜莫令岐路頻攀折漸擬垂陰到畫堂

柳絮　薛陶

二月楊花輕復微春風飄蕩(一作搖蕩)惹人衣他家本是無情物一向南飛又北飛

新柳　薛能

輕輕須重不須輕衆木難成獨早成柔性定勝剛性立一枝還引萬枝生天鍾和氣元無力時遇風光别有情誰道少逢知己用將軍因此建雄名

詠柳花　前人

浮生失意頻起絮又飄淪發自誰家樹飛來獨院春朝容縈斷砌晴影過諸鄰亂掩空中蝶還(一作繁)衝陌上人隨波應到海霑雨或依塵會向慈恩日輕輕對此身

柳　韓琮

折柳歌中得翠條遠移金殿種青霄上陽宫女吞聲送不忿先歸學舞腰

同前　韓喜(類詩作溉)

雪入青雲類詩作雪盡青門 弄影微暖風遲日早鶯歸如憑細葉留春色須把長條繫落暉彭澤有情還鬱鬱隋堤無主自類詩作亦依依世間惹恨偏饒此可是行人折贈稀

同前　　方干

搖曳惹風吹臨堤軟勝絲態濃誰爲類詩作解識力弱自難持學舞枝翻袖呈粧葉展眉如何一攀折懷友又題詩

同前　　鄭谷

半煙半雨溪集作江橋畔暎杏暎桃山路中會得離人無限意千絲萬絮惹春風

同前二首　　顧雲

帶露含烟處處垂綻黃搖綠嫩參差長堤未見風飄絮廣

陌初憐日暎絲斜傍畫筵偷舞態低臨粧閣學愁眉離亭不放到春暮折盡拂簷千萬枝

二

閑花野草總爭新眉皺絲乾獨不勻乞取東風殘氣力莫教虛度一年春

同前　　羅隱

灞岸晴來送別頻相偎相倚不勝春自家飛絮猶無定爭把長條絆得人集作爭解垂絲絆路人

文苑英華卷第三百二十三

文苑英華卷第三百二十四　　詩一百七十四

花木四

松三十七首　　栢二首

桂六首　　檜一首

杉一首　　桐八首

槐二首

松

北郷古松樹　　隋煬帝

古松唯一樹森竦詎成林獨留塵尾影猶横偃蓋陰雲來聚雲色風度雜風音孤生小庭裏尚表歲寒心

松樹　　李德林

結根生上苑擢透邇華池歲寒無改色年長有倒枝露自金盤灑風從玉樹吹寄言謝霜雪貞心自不移

松　　李嶠

鬱鬱高巖表森森幽澗垂鶴棲君子樹風拂大夫枝百尺條陰合千年蓋影披歲寒知不及類詩作終不改勁節幸君知

四松　　杜甫

四松初移時大抵三尺彊別來忽三歲離立如人長會看根不拔莫計枝凋傷幽色幸秀發幸集作會疎柯已昂藏所插小藩籬本亦有隄防終然振撥損得愧集作恔千葉黃敢爲故林主黎庶猶未康避賊今始歸春草滿空堂覽物歎衰謝及茲慰淒凉清風爲我起灑面若微霜足爲集作足以送老

貧聊待偃蓋張我生無根帶配爾汝集作亦茫茫有情且賦
詩事跡可兩集作兩可忘勿矜千載後慘澹蟠穹蒼

蕭寺偃松　顧況

凄凄百卉病亭亭雙松迥直上古寺深橫拂秋殿冷輕響
入龜目一作息片陰棲鶴頂山中多好樹可憐無比並

觀鄰老栽松　李端

雖過老人宅不解老人心何事殘陽裏栽松欲待陰待字一作得

中書相公任兵部侍郎日後閣植四松逾數年澣
忝此官因獻拙什　鄭澣

丞相當時植幽襟對此開人知舟檝器天假棟樑材錯落
龍鱗出驪離一作縱鶴翅迴重陰羅武庫細響靜山臺得地

公堂裏移根澗水隈吳臣夢森遠泰嶽歲年催轉覺飛纓
謬何因繼組來幾尋珠履跡頗比角弓培栢悅循依杜星
高久照台後凋應共操無復問良媒

奉和　劉禹錫

右相歷中臺移松武庫栽紫茸抽組綬青實長玫瑰便有
千霄勢看成構厦材數分天柱半影逐日輪迴舊賞台階
去新知谷口來息陰常仰望翫意集作境幾徘徊翠粒晴懸
露蒼鱗雨起苔凝音助瑶琴飄蘂泛金罍月桂光搖集作花遜
燭星榆葉對開終須似雞樹榮茂近昭回

同前　唐扶

幽抱應無語貞松遂自栽寄懷丞相業因擢大夫材日射
蒼鱗動塵迎翠纂迴嫩茸含細粉初葉泛新柸偶聖爲舟
去逢時與鶴來寒聲連曉竹靜氣結陰苔赫弈鳴騶至榮
煌洞户開良辰一臨眺憇樹幾徘徊恨發風期阻詩從綺
思裁還聞舊凋契凡在一作九萬此中培

同前　姚合

四松相對植蒼翠映中臺擢幹陵空去移根斸石開陰陽
氣潛照造化手親栽日月滋佳色煙霄長異材清音勝在
澗寒影徧生苔靜遶霜露履閑看酒滿杯同榮朱户際永
日白雲隈客葉聞風度高枝見鶴來賞心難可盡麗什妙
難裁此地無因到循墻幾百回

同前

右相歷兵署四松皆手栽斸時驚鶴去移處帶雲來根倍
雙桐植花分八桂開生成造化力長作棟梁材豈羨蘭依
省循嫌栢占臺出樓終百尺入夢已三台幽韻和宫漏餘
香度酒杯拂冠枝上雪染履影中苔高位相承地新詩寡
和才何由比蘿蔓攀附在條枝

西齋小松二首　元稹

松樹短於我清風亦已多况乃枝上雪動搖微月波幽姿
得閑地詎感歲蹉跎但恐厦終構藉君當柰何

二

簇簇枝新黄纖纖攢素指柔苔漸依條短莎還半委清風
日夜高陵雲意集作竟何已千歲盤老龍修鱗自兹始

右小松詩稹集并英華皆誤作一首詳詩意并疊用
清風二字合是二首

庭松　白居易

堂下何所有十松當我階亂立無行次高下亦不齊高者
三丈長下者十尺低有如野生物不知何人栽接以青瓦
屋承之白沙臺朝昏有風月燥溫（集作燥濕）無塵泥疎韻秋瑟
瑟（集作槭槭）涼陰夏凄凄春深微雨夕滿葉珠蓑蓑（集作漼漼）歲暮
大雪天壓枝玉皚皚四時各有趣萬木非其儕去年買此
宅多爲人所哈一家三（集作二）十口移轉就松來近松（集作移來）
有何得但得煩襟開即此是益友豈必須（集作交）賢才顧我
猶俗士冠帶走塵埃未稱爲松主時時一愧懷

寄題盩厔廳前雙松（兩松自仙遊山移植縣廳）　前人

憶昨爲吏日折腰多苦辛歸家不自適無計慰心神手栽
兩樹松聊以當（平聲）嘉賓乘春日一溉生意漸欣欣清韻度
秋在綠茸隨日新始憐澗底色不憶城中春有時晝掩關
雙影對一身盡日不寂寞意中如三人忽奉宣室詔徵爲
文苑臣閑來一惆悵恰似別交情（集作交親一作情親）早知烟翠前
攀翫不逡巡悔從白雲裏移爾落囂塵

題遺愛寺前溪松　前人

偃亞長松樹侵臨小石磯静將流水對高共遠峰齊翠蓋
烟籠密花幢雪壓低與僧清影坐借鶴穩枝栖筆寫形難
似琴偷韻易迷暑天風槭槭（一作瑟瑟）晴夜露（集作靜夜雨）凄凄獨
慙依爲舍閑行遶作蹊棟梁君莫採留着伴幽棲

小松　章孝標

瓜葉鱗條龍不盤梳風幕翠一庭寒莫言只似人長短須
作浮雲向上看

僧院小松　前人

拋杉背柏冷僧龕鎖月梳風出殿簷還似天台新雨後小
峰雲外碧尖尖

賦得聽松聲　劉得人

庭際微風動高松韻自生聽時無物亂盡日覺神清強與
幽泉並翻嫌（一作疑）細雨并拂空（一作雲）增鶴唳過牖合琴聲
況復當秋暮偏宜在月明不知深澗底蕭瑟有誰驚

松　釋無可

枝怪幹鱗皴烟稍出澗新屈盤高極目蒼翠遠驚人待鶴
移陰過（一作陰移）聽風落子（一作子落）頻青青寒木外自與九霄隣

贈賣松人　于武陵

入市雖求利憐君意獨真斸將寒澗樹賣與翠樓人瘦葉
幾經雪淡花應少春長安重桃李徒染六街塵

友人亭松

俛仰不能去如逢舊友同曾因春雪散見在華山中何處
有明月訪君聽遠風相將歸未得各占石巖東

廣德官舍二松　喻鳧

楊公休簿領二木日堅牢直甚彰吾節清終庇爾曹幽陰

月裏細冷樹雪中高誰見千霄後枝飄白鶴毛

松　韓熹（類詩作澆）

倚空高檻冷無塵往事閑徵夢欲分翠色本宜霜後見寒聲偏向（類詩作許）月中聞啼猿想帶蒼山雨歸鶴遥知（類詩作應和）紫府雲莫向東園競桃李春光還是不容君

和李用夫栽小松　項斯

移來未換葉已勝在空（一作深）山静對心標直遥吟境助閑影侵殘雪際聲透小窻間即聳凌空幹脩條豈易攀

橫水館雙松　趙嘏

故園溪上雪中別野（一作幽）館枕前雲畔逢白髮漸多何自苦清陰長在好相容（一作從）迎風幾拂朝天蓋帶月猶含度

嶺鍾更憶葛洪丹井側數株臨水欲成龍

松　鄭谷

下視垂楊拂路塵雙峰石上覆苔文濃霜（一作霜濃）滿逕無紅葉晚日（一作日晚）高枝有白雲春砌花飄僧旋掃寒溪子落鶴先聞那堪寂寞悲風起千樹深藏李白墳

題淨衆寺古松　崔塗

百尺森疎倚梵臺昔人誰見此初栽故園未有偏堪戀浮世如閑即合來天㬠豈分蒼翠色歲寒應識棟梁材清陰可惜不駐得（集作可老類詩作住不得）歸去暮城空首回

唐興寺小松　杜荀鶴

雖小天然（一作生）別難將衆木同侵僧半窻月向客一（一類詩作）

（興客滿）襟風枝拂行苔鶴聲分吟砌蟲如今未堪看須是（類詩作待）雪霜中

小松　前人

自小刺頭深草裏而今漸覺出蓬蒿時人不識凌雲木直待凌雲始道高

鄭穀補闕山松　張蠙

心將積雪欺根與白雲離遠寄僧猶憶高看鶴未知影交新長葉皴匝舊生枝多小同時種深山不得移

松　許棠

何年斸到城蕭國嚮高名半寺陰常匝鄰芳景亦清伐多無巧勢風定有餘聲自得天然狀非同澗底生

興善寺古松　張喬

種種近王城前朝古寺名瘦根侵地遠香吹入雲清鶴動池臺影僧禪雨雪聲看來人旋老因此嘆浮生

移小松　前人

松子落何年纖枝長水邊斫開新𥖁雪移出遠林煙帶月棲幽鳥蕪花灌冷泉微風動清韻閑聽罷琴眠

松　陸肱

雪霜知勁質今古占（類詩作名）嘉名斷砌盤根遠疎陰偃蓋清鶴棲何代色僧老四時聲鬱鬱心彌久烟高萬井生

述松　王貞白

遠谷呈材幹何由入棟梁歲寒虛勝竹功績不如桑秋露

落松子春深（一作雪）裏嫩黃雖蒙（一作比）匠者顧樵採日難防

僧院松　曹松

此木韻彌全秋宵學瑟絃空知百餘尺未定幾多年古甲磨雲折孤根把（一作促）地堅何當施一幹作蓋道場前

栢

庭栢　魏收（見初學記）

古松圖偃蓋新栢寫鑪峰凌寒翠不奪迎暄綠更濃茹葉輕沉體咀實化衰容將使中臺麝遺山能見從

晉朝栢樹（集作法雲雙檜）　温庭筠

晉朝名輩此離群想對濃陰去住分題處尚尋王内史畫時應是顧將軍長廊夜靜聲疑雨古殿秋深影勝雲一下

南臺到人世曉泉清籟更誰（集作難）聞

桂　李嶠

未植銀宮裏寧移玉殿幽枝生無限月花滿自然秋俠客條爲馬仙人葉作舟願君期道術攀折可淹畱

詠桂二首　李白

園花笑芳年池草艷春色猶不如槿花嬋娟玉階側芳（集作苏）榮何夭促零落在瞬息豈若瓊樹枝終歲長翕赩

二

世人種桃李多在金張門攀折爭捷徑及此春風暄一朝天霜下榮耀難久存安知南山桂綠葉垂芳根青陰亦可託何惜樹君園

比聞龍門敬善寺有紅桂樹獨秀伊川嘗於江南諸山訪之莫致陳侍御知予所好因訪剡溪樵客得數株移植郊園衆芳色沮乃知敬善所有是蜀道菌草徒得嘉名因賦是詩兼贈陳侍御　李德裕（金陵作）

昔聞紅桂樹獨秀龍門側越叟移數株周人未嘗識平生愛此樹攀玩無由得君子知我心因之爲羽翼豈煩嘉客譽且就清陰息來自天姥岑長疑翠風色芳芬世所絕偃蹇枝漸直瓊葉潤不凋珠英粲如織猶疑翡翠宿想待鵷鸞（集作雛）食寧止暫淹畱終當更封殖

山中桂　于武陵

日暖上山路鳥啼知已春忽逢幽隱樹如見獨醒人石冷開常晚風多落亦頻樵夫應不識歲久伐爲新

雙桂詠　陳陶

青冥結根易傾倒沃洲山中雙樹好琉璃宮殿無斧聲石上蕭蕭伴僧老

檜

揚州法雲寺雙檜　張祐

謝家雙植本南（集作圖）榮樹老人亡地變更朱頂鶴知深蓋偃白眉僧見小枝生高臨月户（集作殿）秋雲影靜入風簷（集作廊）夜雨聲縱使（集作從此）百年爲上壽綠陰終借暫時行（集作總是借君行）

杉

郡齋移杉　韋應物

擢幹方數尺幽姿已蒼然結根西山寺來植郡齋前新含野露氣稍靜高窗眠雖爲賞心遇豈有嵒中緣

桐

同詠庭中桐　吴均

龍門有奇價自言梧桐枝垂暉實掩映細華能披離不降周王子空將歲月移(初學記作空待歲時移)嚴風忽交動遂使無人知

零落桐　虞世基

零落三秋幹摧殘百尺柯空餘半心在生意漸無多

詠桐　陸季覧

擢落依空井生死尚餘心不辭先入爨惟恨少知音

桐　李嶠

孤秀嶧陽岑亭亭出(單題詩作萋萋)衆林春花雜鳳影秋月弄珪陰忽被夜風激遂逢霜雪侵(單題詩作高映龍門迥徵依玉井深)不因將入爨誰爲作鳴琴

段宥廳孤桐　王昌齡

鳳凰所宿處月映孤桐寒槁葉零落盡空柯𢗅仍殘虚心誰能見直影非無端響發調恒苦清商勞一彈

梧桐　戴叔倫

亭亭南軒外貞幹脩且直廣葉結青陰繁花連素色天資韶雅性不愧知音識

孤桐　雍陶

疎桐餘一幹風雨日蕭條歲晩琴材老天寒桂葉凋已悲根半死復恐尾全燋幸在龍門下知音肯寂寥

蜀桐　李商隱

玉壘高梧拂玉繩上含霏霧下含氷枉教紫鳳無棲處斷作秋琴彈壞(雜録作廣)陵

槐　李嶠

暮律移寒火春宮長舊栽葉生馳道側花落鳳庭隈烈士懷忠觸鴻儒訪業來何當赤墀下疎幹擬三台

庭槐　白居易

南方饒竹樹唯有青槐稀千種七八死縱活亦支離何此郡庭下一株獨華滋濛濛碧烟葉嫋嫋黄花枝我家渭水上此樹蔭前墀忽向天涯見憶在故園時人生有情感遇物牽所思樹木猶復爾况見舊親知

文苑英華卷第三百二十四

文苑英華卷第三百二十五　詩一百七十五

花木五

竹五十二首　筍二首

竹　梁元帝

嶰谷管新抽淇園節復脩作龍還葛水爲馬向并州柯亭臨絕澗桃枝夾細流冠學芙蓉勢（類作拂）花堪威鳳游卭王若有獻張騫應拜侯

竹　劉孝先

竹生荒野外稍雲起（類集作聳）百尋無人重（類集作賞）高節徒自抱貞心耻染湘妃淚羞入上宮琴誰能制長笛當爲作（類集作土）龍吟

竹　蕭放

懷風枝轉弱防露影逾濃既來丹穴鳳還作葛陂龍

侍宴賦得夾池竹詩　陰鏗

夾池一叢竹青翠不驚寒葉醞宜城酒皮裁（類詩作治）薛縣冠湘川染別淚衡嶺拂仙壇欲見葳蕤色（類集作凌冬質）當來兎苑看

賦得山中翠竹

脩竹映巖隈（類詩作垂）乘風異夾池復澗藏高節重林隱勁枝雲生龍未止花落鳳將移莫言棲嶰谷伶倫不復吹

賦得夾池竹　賀脩

綠竹影參差嫋娜帶曲池逢秋葉不落經寒色詎移來風韻晚逕集鳳動春枝所欣高節（類聚作蹈）客來待伶倫吹

賦得臨池竹　虞世南

葱翠梢雲質垂彩映清池波泛含風影流搖防露枝龍鱗漾嶰谷鳳翅拂漣漪欲識凌冬性唯有歲寒知

竹

高幹楚江濆蕭條含翠氛（集作嬋娟含暑氣）白花搖鳳影青節動龍紋葉拂（集作掃）東南日枝梢西北雲誰知湘水上流淚獨思君

奉和徐侍郎中書叢篠　蔣渙（一作盧象）

中禁夕沉沉幽篁別作林色連鷄樹近影落鳳池深爲重凌霜節能虛爽（一作應）物新年年承雨露長對紫庭陰

此詩二百四十二卷重出今已削去注

沈十四拾遺新竹生讀經處同諸公作　王維

閒居日清靜脩竹復（集作自）檀欒嫩節留餘籜新叢出舊欄細枝風響亂疎影月光寒樂府裁龍笛漁家伐釣竿何如道門裏青翠拂山壇

慈姥竹　李白

野竹鑽（集作攢）石生含煙映江島翠色落波深虛聲帶寒早龍吟曾未聽鳳曲吹應好不學蒲柳凋貞心常自保

同郭參謀題崔令公廳前竹　劉長卿

不學媚清瀾能依上將壇蒙蘢低晃過青翠捲簾看得地移根遠經霜抱節難開花成鳳實嫩筍長魚竿肅肅軍容

靜蕭蕭郡宇寬細音和角暮踈影上門寒阮巷何人在梁
園幾樹殘空餘軒屏側歲晚伴任安

晚春歸山居題窻前竹　劉長卿

溪上殘春黄鳥稀辛夷花盡杏花飛始憐幽竹山窻下不
改清陰待我歸

寒竹　釋皎然

裊裊孤生竹獨立山中雪蒼翠搖勁風嬋娟帶寒月狂花
不相似還共凌冬發

竹　張南史

竹竹披山連谷出東南殊草木葉細枝勁霜停露宿成林
處處雲抽筍年年玉天風乍起爭韻池水相涵更綠卻尋

庾信小園中閑對數竿心自足

竹　戴叔倫

卷籜正離披新枝復蒙密翛翛月下聞裊裊林際出豈獨
對芳菲終年色如一

竹　朱放

青林（一作竹）何森然沉沉獨曙前出墻同淅瀝開戶滿嬋娟
籜卷初呈粉苔侵亂上錢踈中思水過深處若山連疊夜
常棲露（一作鷺）清朝乍有蟬砌陰迎緩策簷翠對歌眠迸筍
雙分箭繁稍一向偏月過驚散雪風動極聞泉幽谷添詩
譜高人欲製篇蕭蕭意何恨不獨佳湘川

池上竹　楊巨源

一叢嬋娟色四面清泠波氣潤晚煙重光閑秋露多翠筠
入踈櫛清影拂回塘荷歲晏琅玕實心期有鳳過

和令狐舍人酬峯上人題山欄孤竹　前人

蒲院冰姿粉籜殘一莖青翠近簾端離叢自欲親香火抱
節何妨共歲寒能讓繁聲任真籟解將孤影對芳蘭范雲
許訪西林寺枝葉須和彩鳳看

庭竹　劉禹錫

露滌鉛粉節風搖青玉枝依依似君子無地不相宜

郡齋左偏栽竹百餘竿炎凉已周青翠不改而為
墻垣所蔽有乖愛賞假（一作暇）日命去齋居之東
墻由是俯矚軒階低映帷戶日夕相對頗有翛

然之趣　令狐楚

齋居栽竹北窻邊素壁新開映（一作見）碧鮮青藹近當行樂
處綠陰深到臥帷前風驚曉葉如聞雨月過春枝似帶煙
老子憶山心暫緩退公閑坐對嬋娟

和宣武令狐相公郡齋對新竹　劉禹錫

新竹翛翛韻曉風隔窻依砌尚朦朧數間素壁初開後一
片清光入座中欹枕閑看知自適含毫朗詠與誰同此君
若欲長相見政事堂東有舊叢

和汴州令狐相公新於郡內栽竹百竿折壁開軒
旦夕對翫偶題七言五韻　白居易

梁園脩竹舊傳名園（集作父）廢年深已（集作竹）不生千畝荒凉

栽（集作尋）未得百竿青翠種新成墻開乍見重添興窻靜時
聞別有情煙葉蒙籠侵夜色風枝蕭索（集作颼）欲秋聲更登
樓望尤堪重千萬人家無一莖（汴州人家並無竹）

題盧秘書夏日新栽竹　前人

湘竹初封植盧生此考槃久持霜節苦新託露根難等度
雖當戶（集作須當砌）疎稠要滿欄買憐分薄俸栽稱作閑官葉
剪藍羅碎莖抽玉琯端幾聲清淅瀝一簇綠檀欒未夜青
嵐入先秋白露漙（集作團）拂樓（集作肩）揺翡翠熨手弄琅玕韻
遠（集作透）窻風起陰鋪砌月殘炎天聞覺冷窄地見疑寬稍
動勝揺扇枝低好挂冠碧籠煙羃羃珠灑雨珊珊曉籜晴
雲展陰牙蟄虺蟠愛從抽馬策惜未截漁竿松韻徒煩（集作頻）

頫
聽桃夭不足觀梁慙當家杏臺陋本司蘭（古詩云盧家蘭室杏爲梁）
（又秘書府即蘭臺）撐撥詩人興勾牽酒客歡靜連蘆簟滑涼拂葛
衣單豈止銷時暑應能保歲寒莫同凡草木一種夏中看

和東川李相公慈竹十二韻　元稹

慈竹不外長密比青瑤華矛攢有森束玉立無蹉跎纖粉
妍膩質細瓊交翠柯亭亭霄漢近靄靄雨露多氷碧寒夜
聳蕭韶風畫羅煙涵朧朧影月泛鱗鱗波鸞鳳一巳顧鷩
雀永不過幽姿媚庭實顥氣陵（集作爽）天涯峻節高轉露貞
筠寒更佳託身仙壇上靈物神所呵（集作何）時與天籟合（音閤）
日聞陽春歌應憐孤生者摧折成沉（集作病又作卧）疴

鄰竹　前人

庭有蕭蕭竹門有田田騎囂靜本殊途因依偶同寄亭亭
乍干雲裊裊亦垂地人無（集作有）異我心我無異人意

南庭竹　李紳

東南舊美陵霜操五月凝陰入座寒煙惹翠稍含玉露粉
開春籜聳琅玕莫令戲馬童兒見試引爲龍道士看須信
結根香實在鳳皇終擬下雲端

題鄭常侍廳前竹　賈島

綠竹臨詩酒嬋娟思不窮亂枝低積雪繁葉亞寒風蕭颯
疑泉過笙篁有逕通侵庭根出土隔壁笋成叢䟽影紗窻
外清音寶瑟中卷簾終日看欹枕幾秋同萬頃歌王子千
竿伴阮公露光憐片片雨潤愛濛濛嶰谷鑾湖北湘川瀟

水東何如軒檻側蒼翠裏長空

隣人自金仙觀移竹　李遠

新居移竹已堪看斸破莓苔得幾年圓節不教傷玉粉低
枝猶擬拂霜壇墻頭引動如烟綠枕上風來送夜寒第一
莫教漁父問且從蕭颯蒲朱欄

昊天觀新栽竹　劉得仁

清風枝葉上山鳥已栖來根別古溝岸影生秋觀苔遍思
諸草木唯此出塵埃恨爲移君晚空庭更擬栽

酬人雨後翫竹　薛濤

南天春雨時那鑒雪霜姿衆類亦云茂虛心寧自持多留
晉賢醉早伴舜妃悲歲後君能賞蒼蒼勁節奇

題諸塘館竹集作秋日白沙館對竹　許渾
蕭蕭陵雪霜濃翠異三湘疎影月移壁寒聲風滿堂卷簾
秋更早高枕夜偏長忽憶南遊溪集作路萬竿今正涼

題新竹　方干
青苔斸破植貞堅細碧竿排鬱眼鮮小鳳凰聲吹嫩葉短
蛟龍尾褭輕煙節環膩色端勻粉根拔秋光暗長鞭恠得
入門肌骨冷綴風粘月滿庭前

越州使院竹　前人
莫見陵風飄粉籜須知礙石作盤根細看節集作枝上蟬吟
處猶是笋時蟲蝕痕月送綠陰斜上砌露含凝集作寒色濕
遮門列仙終日逍遥地鳥雀潛來不敢喧

碧鮮亭春題竹　薛能
竹少竹更重碧鮮疆一作猶更名有欄常凭立無逕獨穿行
夕月陰何亂春風葉盡輕已聞圖畫客兼寫薛先生

竹逕　前人
盤逕入依依旋驚幽鳥飛尋多苔色古蹹碎籜聲微鞭節
橫妨戶枝梢一作苗動拂衣前溪聞到處應接釣魚磯

新竹　前人
梛管茹土僊麤材因向山家乞翠栽清露便從終夜滴好
風疑自一作是故園來欄邊匠去朱猶濕培後蟲浮穴暗開
他日會應威鳳至莫辭公府受塵埃

竹　鄭谷
宜煙宜雪集作雨又宜風拂水藏村復間松移得蕭騷從遠
寺洗來疎淨見前峯幽堦蘚坼春芽迸繞逕莎微夏蔭濃
無賴杏花多意緒數枝穿翠好相容

題僧院紫竹　陳陶
喜遊蛟井寺復見炎州竹杳靄萬丈間蕭風清獨速江南
正霜散吐秀弄顯項似瑞鸞堅貞如魔試金粟笋非孝子
泣文異湘靈哭金碧誰與隣蕭森自成族新聞赤帝種子
落毛人谷遠祖賜鷓鴣遺芳遍南陸對煙蘇麻醜夾澗貧
篔伏羨譽動丹青瓌姿豔秦蜀因緣鹿苑識想像虵丘斸
幾葉別黃茅何年依白足龍樹蟄一花砌瑳掃雲屋色靜
曇仙花名高給孤獨青葱太子樹灑落觀音日法雨每沾

濡玉毫時照燭離居鸞節變住冷金顏縮豈念蔦陜榮幸
無祖父一作欠辱光搖水精串影送蓮花軸江霧日相尋野
鶴時寄宿幽香入茶竈靜翠直棊局肯羨垣上蒿自多籬
下菊從來道生一兕伴龜藏六棲託詎星迴檀欒巳雲矗
霞杯傳縹葉羽管吹紫玉久絶釣竿歌聊裁竹枝曲娩生
黃金地千秋爲師綠

竹五首　前人
不厭東溪碧玉君天壇雙鳳有時聞一峯晚似朝仙處青
節森森倚絳雲

二
萬枝朝露學瀟湘杳靄孤亭白石涼誰道乖龍不行雨春

雷入地馬鞭狂

三

嘯入新篁一里行萬竿如爇一鏁龍泓驚巢翡翠無尋處閑倚雲根刻姓名

四

青嵐簾（疑）亞思吾祖綠潤偏多憶蔡邕長聽南園風雨夜恐生鱗甲盡爲龍

五

迸玉閑抽上釣磯翠笛番次脫霞衣山童泥乞青驄馬騎過青（一作春）泉裊（疑）手飛

竹　韓滉

綠色連雲萬葉開王孫（類詩作王家）不厭蒲庭裁陵霜盡節無人見終日虛心待鳳來誰許風流添興詠自憐瀟灑出塵埃朱門處處多閑地正好移陰覆（類詩作結）翠苔

竹　羅鄴

翠葉纔分細細枝清陰猶未上堦墀蕙蘭雖許相依日桃李還應笑後時抱節不爲霜霰（類詩作雪）改成林終與鳳凰期渭濱若更徵賢相好作漁竿繫釣絲

竹　崔涯

領得溪風不放迴傍窻緣砌遍庭栽須招野客爲憐住看引山禽入郭來幽院獨驚秋氣早小門深向綠陰開誰憐翠色兼寒影靜落茶甌與酒杯

新栽竹　杜荀鶴

劚破莓（集作蒼）苔地（一作色）因栽十數莖窻風從此冷詩思當時清酒入盃中影碁添局上聲不同桃與李蕭灑伴書生

新竹　張蠙

新鞭暗入庭初長兩三莖（集作一莖莖）不是他山少無如此地生垂稍叢上出柔葉籜間成何用高唐峽風枝掃月明

竹　羅隱

籬外清陰接藥欄曉風交戛碧琅玕子猷殁後知音少粉節霜筠漫歲寒

江南竹　許晝

江南蕭灑地本自與君宜固節還同我虛心欲待誰澗泉

傍借響山木共含滋粉膩蟲難篆叢疎鳥易窺盡應逢野渡中忽見村祠葉掃秋空靜根橫古壍危影迷寒靄重聲出夜風時客棹深深過人家遠遠移遊邊會結念到此數題詩莫恨成龍晚成龍會有期

竹　秦韜玉

削玉森森幽思深（一作清）阮家高興尚分明卷簾陰薄漏山色欹枕韻寒宜雨聲（類詩作宜疑）斜對酒缸偏覺好靜籠碁局最多情（類詩作多情）却驚九陌輪蹄外獨有溪煙數十莖

筍

籬筍　李頎

東園長新筍映石復穿籬迸出依青嶂攢生伴綠池寄（一作

因林向背行逐地高卑但恐春將老青青獨爾爲

筍　白居易

此州有集作乃竹鄉春筍蒲山谷山翁集作夫折盈把集作抱將
來入集作抱來早市鬻物以多爲賤雙錢易一束將歸安集作置之
炊甑中與飯同時熟班殼折集作紫籜拆故錦素肌擘新玉只
此一蔬飡集作每日遂加飡經旬集作時不思肉久爲京洛客此味
常無集作不足速集作且食勿踟躕南風吹作竹

文苑英華卷第三百二十五

文苑英華卷第三百二十六　詩一百七十六

花木六附果實

櫻桃十首　井橘十首
桃李六首　梨三首
石榴二首　棗栗二首
柰一首　梅一首
荔枝三首　雜果實五首
樹木二十一首　藤四首

櫻桃

奉答南平王康賚朱櫻　梁簡文帝

倒流映碧叢類聚作點露擎朱實花茂蝶爭飛類聚作來枝濃鳥

相失已麗金釵瓜仍美玉盤橘寧異梅似丸不羨萍如日
永植平臺垂長與雲桂密徒然奉推井終似初學記作以愧操
筆

賦得櫻桃春字韻　唐太宗

華林滿芳景洛陽徧宜初學記作偏陽春朱顏含遠日翠色影長
津喬柯囀嬌鳥低枝映美人昔作園中實今來席上珍

敕賜百官櫻桃　王維

芙蓉闕下會千官紫禁朱櫻出上蘭總是寢園春薦後非
關御苑鳥銜殘歸鞍競帶青絲籠中使頻傾赤玉盤飽食
不須憂集作愁內熱太官還有柘集作蔗漿寒

和前　崔興宗附見王維集

未央朝謁正逶迤天上櫻桃錫此時朱實初傳九華殿繁花舊雜萬年枝全勝晏子江南橘莫比潘家大谷梨聞道令人如顏色神農本草自應知

和詠廨署有櫻桃　孫逖

上林天禁裏芳樹有紅櫻江國今來見君門春意生香從花綬轉色繞珮珠明海鳥銜初實吳姬掃落英切將稀取貴羞與衆同榮爲此堪攀折芳蹊處處成

酬裴傑秀才新櫻　權德輿

新果真瓊液來應宴紫蘭圓疑竊龍頷色已奪雞冠遠火微微辨殘星隱隱看茂先知味易一作好曼倩恨偷難忍用烹驊駱從將玩玉盤流年如可駐何必九華丹

朝日敕賜百官櫻桃　張籍

仙果人間都未有見朝忽見下天門捧盤小吏初宣敕當殿群臣共拜恩日色遥分廊下坐露香纔出禁中園每年重此長偏集作先熟頒得千春奉至尊

和張員外集作水部敕賜百官櫻桃　韓愈

漢家舊種明光殿炎帝還書本草經豈似滿朝承雨露共看傳賜出青宜香隨翠籠擎初到集作重色照銀盤瀉未亭食罷自知無所報空然慚汗仰皇扃

與沈楊二舍人閣老同食敕賜櫻桃翫物感恩成十四韻　白居易

清曉趨丹禁紅櫻降紫宸驅禽養得熟和葉摘來新圓轉盤傾玉鮮明籠透銀內園題兩字西掖賜三臣熒惑晶華赤醍醐氣味真如珠未穿孔似火不燒人杏俗難爲對桃頑詎可倫肉嫌盧橘厚皮笑荔枝紋瓊液酸甜足金丸大小勻偷須防曼倩惜莫擲安仁手擘纔離核匙抄半是津甘爲舌上露暖作腹中春已懼長尸祿仍驚數食珍最慚恩未報飽餵不才身

自有扈至京師已後朱櫻之期　温庭筠

露圓霞赤數千枝銀籠誰家寄所司秦苑飛禽諳熟早杜陵遊客恨來遲空看翠幄成陰日不見紅珠滿樹時盡日徘徊濃影一作蔭下祇應重作釣魚期

甘橘

詠甘子　徐陵

朱實挺江南苞品擅珍淑上林雜嘉樹江潭間修竹萬室擬封家千株挺疑荆國綠葉萋以布素榮芬且郁得陳終宴歡良垂雲雨育

園橘　范雲

芳條結寒翠圓實變霜朱徒根楚洲上來覆廣庭隅

同前　沈約

綠葉迎露滋朱苞待霜潤但令入玉柈金衣非所悋

橘樹　李元操

嘉樹出巫陰分根徙上林白花如霰雪朱實似懸金布影臨丹地飛香度玉岑自有陵冬質能守歲寒心

橘　李嶠

萬里盤根植千株布葉繁既榮潘子賦方重陸生言玉蘤含霜動金衣逐吹翻頹辭湘水曲長茂上林園

病橘　杜甫

伊集作羣橘少生意雖多亦奚爲惜哉結實小集作少酸澁如棠梨剖之盡蠹蝕集作蟲採掇爽所宜紛然不適口豈止存其皮蕭蕭半死葉怱怱集作未忍別故枝玄冬霜雪積況乃迴風吹嘗聞蓬萊殿羅列瀟湘姿此物歲不稔玉食失光輝寇盜尚憑陵當君減膳時汝病是天意吾意罪有司憶昔南海使崩集作奔騰獻荔林百馬死山谷到今耆舊悲

揀貢橘書情　白居易

洞庭貢橘揀宜精太守勤王請自行珠顆形容隨日長瓊漿氣味得霜成登山敢惜駑駘力望闕難甲螻蟻情疎賤無由親跪獻願憑朱實表丹誠

奉和揀貢橘　周元範

離離朱實綠叢中似火燒山處處紅影下寒林沉綠水光搖高樹照晴空銀章自竭人臣力一作分王液誰知造化功看取明朝船發後餘香猶尚逐仁風

同前　張彤

陵霜遠涉太湖深雙卷朱旗望橘林樹樹籠煙疑帶火山山照日似懸金行看採掇方盈手暗覺馨香已滿襟揀選封題皆盡力無人不感近臣心

橘園　李紳

江城霧斂輕霜草園橘千株欲變金朱實摘時天路近素英飄處海雲深懼同枳棘愁遷徙每抱馨香委照臨憐爾結根宜一作能自保不隨寒暑換貞心

桃李

桃　李嶠

獨有成蹊處紅桃集作穠華發井傍含風如集作風凝山笑臉裛露似集作朝露啼粧隱士顔應改仙人路漸長還欣上林苑千歲奉君王

玄都觀桃　蔣防

舊傳天上千年熟今日人間五日香紅軟滿枝須作意莫

交方朔施偷將

麥李　沈約

青玉冠西海碧石彌外區化爲中園實其下成路衢在先良足貴因小邈難逾色潤方陵縹味奪寒水朱摘持欲以獻尚食且踟躕

答元金紫餉朱李　王筠

穠初學記作李華春發彩結實不成蹊潘生詠金谷魏后沈寒溪逢君重妖麗移翫入崇閨慙無瓊玖報徒用萃幽棲

賦得李　唐太宗

玉衡流桂圃成蹊正可尋鶯啼密葉外蝶戲脆花心麗景光朝彩輕煙散夕陰暫顧暉章側還眺靈山林

同前　李嶠

潘岳閑居暇（一作日）王戎戲陌辰蝶遊芳徑馥鶯囀（令一作㗐）枝新葉暗青房晚花明玉井春方知有靈幹持（一作持）用表真人（一作皆單題詩）

梨

應詔詠梨　沈約

大谷來既重岷山道又難摧折非所恡但令入玉盤

梨　後梁皇帝

大谷常流稱南荒本足珍緑葉已承露紫實復含津

同前　李嶠

擅美玄光側傳芳瀚海中鳳文疎象郡花影麗新豐春暮

條應紫秋來葉早紅（集作色封璭瀧紫共依大谷紅）若令逢漢主還冀識張公

石榴

石榴　梁元帝

塗林未應發春暮轉相催然燈疑夜火連珠勝早梅西域移根至南方釀酒來葉翠如新剪花紅似故裁還億何陽縣映水珊瑚開　以下五篇並見初學記

同前　魏彥深

分根金谷裏移植廣庭中新枝含淺緑晚萼散輕紅影入環堦水香隨度隙風路遠無由寄徒然（初學記作念）春閨空

棗栗

棗　梁簡文帝

浮華齊水麗垂彩鄭都奇白英紛靡靡紫實標離離風搖羊角樹日映鷄心枝鷇城踰石蜜蓬岳表仙儀已聞安邑美求茂玉門垂

詠栗雜言　陸玢

貨見珍於有漢木取貴於隆周葉肇萌於朱夏實方落於素秋委玉盤雜椒糈將象腐（初學記作席）糅珍羞

柰

柰　褚澐

成都貴素質酒泉稱白麗紅紫奪夏藻芬芳掩春蕙映日照新芳叢林抽晚蔕誰為重（初學記作種）三株終焉競八桂不

讓圜立中粲紫華庭際

梅　李嶠

大庾斂寒光南枝獨早芳雪含朝膩（集作紫花）色風引去來（集作上林單題詩作上春）香舞袖（集作妝面）迴青徑歌塵起畫梁若能遥止渴何假泛瓊漿

荔林　鄭谷

平昔誰相愛驪山遇貴妃在（集作任）教生處遠愁見摘來稀曉（集作晚）奪紅霞色晴欺瘴日威南荒何所戀為爾即忘歸

荔枝樹　前人

二京曾見畫圖中數本芳菲色不同孤棹今來巴徼外一枝煙雨思無窮夜郎城近含春瘴杜宇巢低起瞑風腸斷

揄瀘霜霰薄不教葉似灞陵紅

南海陪鄭司空遊荔園　曹松

荔枝時節出旌旗南國名園盡興遊亂結羅紋照襟袖別含瓊露爽咽喉葉中新火欺寒食樹上丹砂勝錦州他日為霖不將去也須圖畫取風流

雜果實

野園獻果呈員外　楊巨源

西園果初熟上客心逾愜凝粉乍辭枝飄紅仍帶葉幽姿寫瓊實殷彩呈粧頰持此贈佳期清芬羅袖裛

詠紅柿子　劉禹錫

曉連星影出晚帶日光懸本因遺採摘（集作掇）翻自保天年

菱　李嶠

鉅野韶光暮東平春溜通影搖江浦月香引棹歌風日色翻池上潭花發鏡中五湖多賞樂千里望難窮

瓜　前人

欲識東陵味青門五色瓜龍蹄遠珠履女臂動金花六子方呈瑞三仙實可嘉終期奉絺綌謁帝佇非賒

秋日吳中觀黃藕　趙嘏

野艇幾西東清冷映碧空寒衣來水上捧玉出泥中葉亂田田綠蓮餘片片紅激波纔入選就日已生風御絜玲瓏勝人懷援擢功梯山謾多品不與世流同

樹木

詠樹　庾信

交柯將（一作）百頃擢本或千尋楓子留為式桐孫待作琴殘核移桃種空花植棗林幽居對蒙密蹊徑轉深沉

庭前枯樹　孫萬壽

當時金谷裏昔日平陵東布葉俱承露開花共待風搖落一如此容華遂不同庭前生意盡井上蠹心空匠者無勞顧擁腫難為功

長信宮樹　喬知之

婀娜當軒樹華胥（一作葺）倚蘭殿葉映九春華香搖五明扇餘花鳥哢盡新葉蟲蠹（一作書）遍零落親（一作客）自知芬芳君不見

河邊枯樹　劉琭

奇樹臨芳渚半死若龍門疾風摧勁葉沙岸毀盤根將軍猶未坐匠石不曾論無復陵雲勢空餘激浪痕可嗟摧折盡詎得上河源

登思禪寺上方經脩行茂林　劉長卿

上方幽且暮臺殿隱朦朧（集作蒙籠）遠磬秋山裏清猿古木中衆溪連竹路諸嶺共松風儻許棲林下甘成白首翁

同李郎淨律師院梔子樹　包何

南國佳人去不迴洛陽才子更須媒綺琴白雲無情棄羅幌清風到曉開冉冉脩篁依戶牖迢迢列宿映樓臺縱令奔月成仙去且作行雲入夢來

古樹　張籍
古樹枝柯少枯來復幾春露根堪繫馬空腹定藏人蠹節
莓苔老燒痕霹靂新若當江浦上行客祭爲神

石楠樹　白居易
可憐顔色好陰凉葉剪紅牋花撲霜傘蓋低垂金翡翠薰
籠亂搭繡衣裳春芽細炷千燈焰夏蘂濃焚百和香見說
上林無此樹只教桃柳占年芳

移家別樹　戎昱
千種庭前樹人移樹不移看花愁作別不及未栽時

種樹　于鵠
一樹新栽盆四鄰野夫如到舊山春樹成多是人先老垂

白看他攀折人

漢陰亭樹　趙嘏
碧樹如煙覆晚波清秋欲盡客重過家園亦有如煙樹鴻
鴈不來風雨多

路傍樹　馬戴
古樹何人種清陰減昔時莓苔根半路風雨一作雪節偏危
蠹穴心將穴蟬催葉向衰樵童不須剪聊起邵公思

山中古木　盧綸
高林已蕭索夜雨復秋風墜葉鳴荒竹斜根擁斷集作亂蓬
半侵山色集作影裏長在水聲中此地何人到雲間去未通

石橋琪樹　蔡隱石
山上天將近人間路漸遥誰當雲裏見知欲渡仙橋

佳人故居琪樹集作桂州經佳人故居　李羣玉
種樹人何在攀枝空嘆嗟人無重見日樹有每年花舊院
雀集作蕉聲暮半庭春色集作影斜東風不知恨滿地落餘霞

重題端正樹　温庭筠
路傍佳樹碧雲愁曾侍金輿幸驛樓草木榮枯似人事緑
陰寂寞漢陵秋

按温庭筠集重題端正樹題望苑驛各是一詩今英
華題望苑驛已入二百九十八卷而此篇端正樹却
誤以望苑驛詩充之今用集本釐正

石楠樹　胡汾
本自清溪石上生移栽此處一作地稱閑情青雲事盡識珍
木白屋人多喚俗名重布緑陰滋蘚色深藏好鳥引鶵聲

余今一日千迴看每度看來眼益明

臨江樹　魚玄機
草色連荒岸煙波入遠樓葉鋪江水面花落釣人頭根老
藏龍窟枝低繫客舟蕭蕭風雨夜驚夢復添愁

焦桐樹　陳標
江上烹魚採野樵鸞枝擢折半曾燒未經良匠材雖散得
得知音尾已焦若使琢磨徽白玉便來風律軫青瑶還能
萬里傳山水三峽泉聲岂寂寥

興善寺貝多樹　張喬

還應毫末長始見拂丹霄得子從西國成陰見昔朝勢隨
雙刹直寒出四牆遥帶月啼春鳥連空噪暝蜩遠根穿古
井高頂起凉颸影動懸燈夜聲繁過雨朝静遲松桂老堅
任雪霜凋永共終南在應隨劫火燒

雙槿樹　張文姬

緑影競扶疎紅姿相照灼不覺桃李亂一作花更一作亂向春
風落

藤

詠藤　李嶠

吐葉依松磴野苗長石臺神農嘗藥罷質子寄書來色映
蒲萄架花分竹葉杯金隄不見識王潤幾重開

石上藤　岑參見集本

石上生孤藤弱蔓依石長不逢高枝引未得陵空上何處
可堪托一作堪托身爲君長萬丈

潭上紫藤　李德裕

故鄉春欲盡一歲芳難再巖樹已青葱吾廬日堪愛幽蹊
人未去芳草行應礙遥憶紫藤垂繁英照潭黛

和友人許裳題宣平里古藤　張蠙見集本

欲結千年茂生來便近松迸根通井潤交葉覆庭穠歷代
頻更主盤空漸變龍晝風圓影亂宵雨細聲重蓋密勝丹
桂層危類遠峯嫩條懸野鼠枯節叫秋蛩翠老霜難蝕皴
多蘚乍封幾家遥共翫何寺不堪容客對忘離榻僧看誤
過鐘塡因階預作終夕遶枝節

文苑英華卷第三百二十六

文苑英華卷第三百二十七　詩一百七十七

花木七（草附）

藥

採藥人布山　吳筠

我本此（一作北）山北緑澗採山麻九莖日反照三葉長生花可以蠲憂疾聊持駐景斜景斜不可駐年来果如驅安得崑崙山偃蹇樹三株三株樹始（一作荄）絳葉陵朱臺玉壺白鳳肺金鼎青龍胎韜衆及王子何代無仙才安期儻欲顧相見在蓬萊

一作皆藝文類聚

採石上菖蒲　江淹

瑶琴久蕪没金鏡廢不看不見空閨裏縱横愁思端綏步遵行波（一作汀渚）楊棧汎春瀾寶赤煙流綺木緑滔輕（一作挂涵）冊憑酒意未悦半景方自歎每爲憂見集杜若詎能寛巽採石上草得以駐衰顔赤鯉儻可乘雲霧不復還

一作皆藝文類聚

採藥　王績

野情貪藥餌郊居倦蓬蓽青龍復（集作護）道符白犬遊山迷（集作術）要鎌戊巳月（集作且）負鍤庚（集作丙）辛日時時斷障遮（集作横）徃徃孤峯出行披葛仙注坐驗農皇帙（集作坐檢神農帙）龜蛇採二苓赤白尋雙木地凍根難盡叢枯苗易失從容肉作名著預齊成質家豐松葉酒蕉（集作器）貯參花蜜且復歸去來刀圭輔（集作養）衰疾

春泉洗藥　宋之問

今日遊何處春泉洗藥歸悠然紫芝曲晝掩白雲扉魚樂偏尋藻人間（音閑）屢採薇此中無俗事身世兩相違

藥

有嘉（疑）祕神仙君臣有禮焉忻當苦口喻不晨（疑）入腸偏扁鵲功成日神農定器然（疑）冊成如可待鷄犬自聞天

茶

喜園中茶生　韋應物

潔性不可汙爲飲滌塵煩此物信靈味本自出山原聊因理郡餘率爾植荒園嘉（集作喜）隨衆草長得與幽人言

峽中嘗茶　鄭谷

簇簇新英摘露光小江園裏火前嘗吳僧謾說鵶山好蜀叟休誇鳥（集作鳥）觜香入（集作合）座半甌輕泛緑開緘數片浅含黃鹿門病客不歸去酒渴更知春味長

蘭

賦得蘭澤多芳草　梁孝元帝

春蘭本無豔春澤最葳蕤燕姬得夢罷尚書奏事歸臨池影入浪從風香拂衣當門已芬馥入室更初學記作後芳菲蘭生不擇逕十步豈難稀　以下四篇並見初學記

蘭　後梁宣帝

折莖聊可佩入室自成芳開花不競節含秀委微霜

賦新題得蘭生野逕　張正見

披襟出蘭畹命酌動幽心鋤罷還開路歌諠自動琴華燈共影落芳杜雜花深莫言閑逕裏遂不斷黃金

芳蘭　唐太宗

春暉開禁初學作紫苑淑景媚蘭場映庭含淺色凝露泫浮光日麗參差影風傳初學記作和輕重香會須君子折佩裏作芬芳

園中時蔬盡加鋤理唯秋蘭數本萎集作委而不顧彼雖一物有足悲者遂賦二章　張九齡

楊麓已成歲園葵亦向陽蘭時獨不遇集作偶露節漸無芳旨異青爲蓄甘非蔗有漿人多利一飽誰復惜馨香

二

幸得不鋤去孤苗守舊根無心羨旨蓄豈欲近名園遇賞宁充佩爲生莫礙門幽林芳意在非是爲人論

蘭和人　釋無可

蘭色結春光氛氳掩衆芳閉門階覆葉尋澤逕連香畹靜風吹亂亭秋雨引長靈均曾謇擷紉珮桂荷裳

余昔自西濱得蘭數本移蓻於庭亦既逾歲而芘然蕃殖自余遊者未始以芳草爲遇矣因悲夫物有猒常而迈不若混然者有之焉遂寄情於此　温庭筠

寓賞本殊致意幽非我情吾常疑有流疑淺外物無重輕各言藝幽深彼美香素莖豈爲賞者設自保孤根生易地無赤株麗土亦同榮賞際林壑近泛餘煙露清余懷既鬱陶爾類徒縱橫妍蚩苟不信寵辱何爲驚眞隱諒無迹激時猶簡集作疎名幽叢靄綠畹豈必懷歸耕

種蘭　陳陶

種蘭幽谷底四遠聞馨香春風長養深枝葉趨人長智水潤其根仁鋤護其芳蒿藜不生地惡鳥弓已藏椒桂夾四隅茅茨居其中一作央左鄰桃花塢右接蓮子塘一月薰手足兩月薰衣裳三月薰肌骨四月薰心腸幽人饑如何採蘭充餱糧幽人渴如何醞蘭爲酒漿地無青苗租白日如散王疑不嘗仙人藥端坐紅霞房日夕望美人佩花正煌煌美人久不來佩花徒生光劉獲及葳蕤無令見雪霜清芬信神鬼一葉豈可忘舉頭愧青天鼓腹詠時康下有賢公卿上有聖明王無階答風雨願獻蘭一筐

萱

萱草　楊休之

開跗幽澗底散彩曲堂垂優柔清露濕微穆惠風吹朝朝含麗景夜夜對花池

詠階前萱草　魏彥深

綠草正含芳靃靡映前堂帶心花欲發依籠葉已長雲度時無影風來乍有香橫得忘憂號余憂遂不忘

萱草　李嶠

屣（一作履）步尋芳草（一作日）忘憂自結叢葉舒春夏綠花吐淺深空（一作黃英開養性綠葉正依籠）色湛仙人露香傳少女風含貞（一作還依）北堂下曹植動文雄（一作皆單題詩）

衆草

除草　杜甫

草有害於人曾何生阻修其毒甚蜂蠆其多彌道周清晨步前林江色未散憂芒刺在我眼焉能待高秋霜露（集作雪）一霑衣（集作凝）蕙葉亦難留荷鋤先童稚日入仍討求轉致水中央豈無雙釣舟頑根易滋蔓敢使依舊丘自移（集作茲）藩籬曠更覺松竹幽芟夷不可闕疾惡信如讎

樹中草　李白

鳥銜野田草誤入枯桑裏客土植危根逢春猶不死草木雖有情因依尚可生如何同枝葉各自有枯榮

春草謠　顧况

春草不解行隨人上空城正月二月色綿綿千里萬里傷人情

草　張南史

草草折宜看好蒲地生催人老金殿玉砌荒城古道青青千里遙悵悵三春早每逢南北離別乍逐東西傾倒一身本是山中人聊與王孫慰懷抱

庭草　曹鄴

庭草根自淺造化無遺功低迴一寸心不敢怨春風

賦得池塘生春草　陳潤

謝公遺詠處池水夾通津古往人何在年來草自春色宜波際綠香愛雨中新今日青青意空悲行路人

曲江春草　鄭谷

花落江堤簇暖煙雨餘江（集作山）色遠相連香輪莫輾青青破留與愁人一醉眠

芳草二首　羅鄴

廢苑牆南殘雨中似袍顏色正蒙茸微香暗惹行人步遠綠纔分鬬雉蹤三楚溪頭長恨見五侯門外却難逢年年縱有春風便馬足車輪一萬重

二

芳草和煙暖更青閑門要路一時生年年點檢人間事唯有春風不世情

苔

詠青苔　沈約（見初學記）

綠階已漠漠泛水復綿綿微根如欲斷輕絲似更聯長風

隱細草深堂沒綺錢榮醻無人贈蕨薇徒可憐

同舍弟佶班韋二員外秋苔對之成詠　包何

每看苔蘚色如何簿書閒幽思纏芳樹高情寄遠山雨痕連地綠日映出林班却笑典公賦臨危滑石間

苔錢　鄭谷

春青秋紫遶池臺箇箇圓如濟世財雨後無端滿窮巷買花不得買愁來

蘆葦

友人池上詠蘆　曹松

秋聲昌種得蕭瑟在池欄葉澁栖蟬穩叢疎宿鷺難斂煙宜疑下颯吹省先寒此物生蒼島令人憶釣竿

蘆葦　王貞白

高士想江湖湖閑疑庭植蘆清風時有至綠竹興何殊嫩喜日光薄疎憂雨點麤驚蛙跳得過鬭雀裊如無未識巴籬護幾臺疑邛竹扶惹煙輕弱椰蘸水澈清蒲浣濯情偏重琴樽賞不辜穿花思釣叟吹葉少羌雛寒色暮天映秋聲遠籟俱朗吟應有趣蕭洒十餘株

叢葦　張蠙

叢類詩作藂叢寒水邊曾折掃魚船類詩作或忽與亭臺近翻嫌島嶼偏花明無月夜聲急正秋天遥憶巴陵渡殘陽一望煙

使院栽葦　薛能

戛戛復差差一叢千萬枝格如僧住處栽得吏閑時笋自

聽中出根從府外移從軍無宿例空想夜風吹

萍

賦得池萍　庾肩吾

風翻乍青紫浪起時疎密本欲歎無根還驚能有實

萍　吳均一作南齊劉繪

可憐池裏一作內萍葐蒀草盛貌一作氣氳紫復青工一作巧隨浪開合能逐水低平微根無所綴細葉詎須莖飄蕩一作泊終難測流連如有情

同前　李嶠

二月虹初見三清單題詩作春蟻正浮青蘋含吹轉紫葉帶波流屢逐明神薦恒隨旅客遊既能甜似蜜還復繞單題詩作繞楚

王舟

枸杞

楚州開元寺北院枸杞臨井繁茂可觀羣賢賦詩因以繼和　劉禹錫

僧房藥樹依寒井井有香泉樹有靈翠黛葉生籠石甃殷紅子熟照銅瓶枝繁本是仙人杖根老新成瑞犬形上品功能甘露味還知一勺可延齡

枸杞寄郭使君集作和郭使君題枸杞　白居易

山陰集作陽太守政嚴明吏靜民集作夜靜人安無犬驚不知靈藥根成狗怪得時聞吠夜聲

雜詠

烹葵　前人

昨卧不夕食今起乃朝饑貧厨何所有炊稲烹秋葵紅粒香復軟緑英滑且肥饑来止於飽飽復何所（集作飽後復何）思憶昔（集作思憶）榮遇日迨今窮退時今亦不凍餒昔亦無餘資口既不減食身又不減衣撫心私自問何者是榮衰勿學常人意其間分是非

和李君鍾鍾葛　戎昱

弱質人皆棄唯君手自栽爲含霜後竹枝惹臘前梅擬託陵雲勢須憑接引材清陰如可惜黄鳥定飛来

茅　李嶠（見單題詩）

楚甸供王日衡陽入貢年麗苞青野外鴟嘯綺楹前堯帝成茨罷殷湯叅雨旋方期大君錫不懼小巫捐

芳蓀生茅山東溪陶隱君謂之溪蓀花紫色生淺水中　李德裕

楚客重蘭蓀遺芳今未歇葉抽清淺水花照暄妍節紫艷映渠鮮輕香含露發（集作潔）離居若有贈暫與幽人折

移莎　唐彥謙

移徙杜城曲置在小齋東正是高秋裏仍兼細雨中結根方迸竹疎蔭説高桐苒苒齊芳草飄飄笑斷蓬片時留静者一夜響鳴蛩野露通宵滴溪烟盡日蒙試才卑庾薤求味笑周菘只此霜栽好他時贈伯翁

西明寺威公盆池新稲　前人

爲笑江南種稲時露蟬鳴後雨霏霏蓮盆積潤分畦小藻井垂陰擢秀稀得地又生金象界結根仍對水田衣支公尚有三吳思更使幽人憶釣磯

草木言　陳陶

何生我蒼蒼何育我黄黄草木無知識幸君同三光始自受姓名葳蕤立表（疑作衣）裳山河既分麗齊首乳青陽各有榮好醜不相防常憂刀斧刼竊慕仁壽鄉願天雨無暴顛地風無狂雨足因衰憊風多因夭傷在山不爲桂徒辱君高岡在水不爲蓮徒占君深塘勿輕培塿阜或有奇棟梁勿輕蒙朧澤或有奇馨香消毫可麄差（疑）朝菌壽爲長擁腫若無取大椿命爲傷婆娑不材生苒苒向秋荒幸遭薰風日有得皆簸揚所愧雨露恩願效幽微芳希君頻採擇勿使枯雪霜

木葉

題落葉　司空曙

霜景催危葉今朝半樹空蕭條故國異零落旅人同颯岸浮寒水依階擁夜蟲隨風偏可羨得到洛陽宮（集作城中）

衛明府寄枇杷葉以詩答　前人

傾筐呈緑葉重疊色何鮮詎是秋風裏猶如曉露前傳僑方見重消疾本應便全勝甘蕉贈空投謝氏篇

落葉　孔紹安

早秋驚葉落飄零似客心翻飛未肯下猶言惜故林

一葉落　白居易

煩暑鬱未退涼飈潛已起寒温與盛衰迭相爲表裏蕭蕭衆林下一葉忽先委勿言一葉微搖落從此始

同前　薛能

輕葉獨悠悠天高片影流隨風來此地何樹落先秋變色黄應近亂枝緑尚稠無雙浮水面孤絶落關頭乍減誠難覺將凋勢未休客心空自比誰肯問新愁

隕葉　釋無可

透巷夾溪紅蕭條逐北風別林遺宿鳥浮水載鳴蟲石小埋初盡枝長落未終　霜書麗什閑讀白雲中

題桐葉　杜牧

去年桐葉故溪上把筆偶（集作把葉因）題歸燕詩江樓今日送歸燕正是去年題葉時葉落燕歸今（集作真）可惜東流玄髮且無期笑筵歌席反惆悵朗月清風憶（集作見）別離莊叟彭殤同在夢陶潛身世兩相遺一丸五色成虛席（集作語）石爛松薪更莫疑哆（天也切）修不勞文似錦進趨何必利如錐錢神任爾知無敵酒聖於吾亦庶幾江畔秋光蟾閣鏡檻前山萃茂陵眉樽芳（集作香）輕泛數枝菊簷影斜侵半局棊休指宦道論巧拙祇將愚直禱神祇三吳烟水平生念寧向閑人道所之

和杜録事題紅葉　白居易

寒山十月旦霜葉一時新似燒非因火如花不待春連行排絳帳亂落翦紅巾鮮駐藍舁（集作與舁）看風前唯兩人

紅葉　羅隱

不奈荒城畔那堪晚照中野晴霜裹緑山冷雨摧紅游子灞陵道美人長信宮等閑俱（集作居）歳暮搖落意無窮

同前　唐彦謙

無處　高樓臨道旁素娥前夕月清女夜來霜宿雨隨時潤秋晴着物光幽懷長若此病眼更相妨蜀紙裁深色燕脂落靚粧低叢侵小閤倒影入回塘謝眺留霞綺井宇棄錦張何人休遠道是處有斜陽薜荔垂書幌梧桐墜井床晚風生旅館寒籜近僧房桂緑明淮甸楓丹照楚鄉鴈哧臨鄂杜蟬急傍瀟湘樹異桓宣武園非顧辟彊茂陵愁卧客不自保危腸

文苑英華卷第三百二十七

文苑英華卷第三百二十八　詩一百七十八

禽獸一

鳳三首　鶴二十七首
鷹五首　烏五首
鵲七首　鴈二十首
鸜十首

鳳

賦得棲梧桐威鳳　張正見（見初學記）

丹山下威鳳來集帝梧中欲舞春花落將飛秋葉空影照
龍門水聲入洞庭風別有將雛曲翻更合絲桐

鳳　李嶠（見單題詩）

有鳥居丹穴其名曰鳳凰九苞應靈瑞五色成文章屢向
秦樓側頻過洛水陽鳴岐今日（一作已）見阿閣佇來翔

同前　伊夢昌

好是山家鳳歌成非楚鷄毫光洒風雨紋綵動雲霓竹實
不得飽桐孫何足棲岐陽今好去律呂正淒淒

鶴

登板橋詠洲間獨鶴　梁簡文帝

遠霧且氛氳單飛纔可分孤鷩思（類聚作宿）嶼浦羈唳下江濆
意惑東西水心迷四面雲誰知獨辛苦江上念離群

賦得舞鶴　前人（見初學記）

來自芝田遠飛渡武溪深振迅依吳市差池逐晉琴奇聲
傳迴澗動翅拂花林欲知情外物伊洛有清潯

主人池前鶴　吳均

本自乘軒者爲君階下禽低昂（初學記作摧藏）多好貌清淚有奇
音稻梁恩（類聚作惠）既重華池遇亦深不顧恩（初學記作懷恩）未忍去非
無江海心

賦得華亭鶴　孔德紹（見初學記）

華亭失侶鶴乘軒寵遂終三山陵若霧千里激悲風心危
白露下聲斷絲絃中何言斯物變翻復似遼東

鶴　李嶠（見單題詩）

黄鶴遠聯翩從鸞下紫煙翱翔一萬里來去幾千年已憇
青田側時遊丹禁前莫言空警露猶冀一聞天

郡府中每晨輿輙見群鶴東飛至暮又行列而返
哢吭（一作咴）雲路甚和樂焉余愧獨處江城常目
送此鳥意有所羨遂賦以詩　張九齡

雲間有數鶴撫翼意無違曉日東田去煙霄北渚歸讙呼
良自適羅列好相依遠集長江靜高翔衆鳥稀豈煩仙子
馭何畏野人機却念乘軒者拘留不得飛

遇旅鶴　孫昌胤

靈鶴產絕境昂昂無與儔單飛滄溟曙一叫雲山秋野性
方自得人寰何所求時因戲祥風偶爾來中州中州帝王
宅園沼深且幽希君惠稻粱欲拜辭丹丘不然奮飛去將
適汗漫遊肯作池上鶩年年空沉浮

寄興國池鶴上劉相公　張衆甫(見類詩)

馴狎經時久襹褷短翮存不嗁淮海變空媿稻粱恩獨立
秋天靜單棲夕露繁欲飛還斂翼詎敢望乘軒

白二十(集作白二十二)侍郎有雙鶴留在洛下(集作中)予西
園多野水長松可以棲息遂以詩請之　裴度

聞君有雙鶴羇旅洛城東未放歸仙去(集作路)何如乞老翁
且將臨野水莫閉在樊籠好是長鳴處西園白露(集作松逕)中

酬裴相公乞予雙鶴　白居易

警露聲音好沖天相貌殊終宜向寥廓不稱在泥塗白首
勞為伴朱門幸見呼不知疎野性解愛鳳池無

送鶴與裴相臨別贈詩　前人

司空愛爾爾須知不信聽吟送(一作乞)鶴詩羽翮勢高寧惜
別稻粱恩重莫愁饑夜棲莫(集作少)共烏爭樹曉(一作日)浴先
饒鳳占池棲上青雲(一作其)勿迴顧的應勝有白家時

失鶴　前人

失為庭前雪飛因草(集作海)上風九霄應得侶三夜不歸籠
聲斷碧雲外影沉明月中郡齋從此後誰伴白頭翁

和裴相公寄白侍郎求雙鶴　劉禹錫

皎皎華亭鶴來隨太守船(白君罷吳郡太守攜鶴鄉來)青雲意長在(一作長在意)
滄海別經年留滯清洛苑徘徊明月天何如鳳池上
雙舞入祥煙

別鶴　張籍

雙鶴出雲溪分飛各自迷空巢在松樹(集作頂)折羽落江泥
尋水終不飲逢林亦未棲別離應易老萬里草(集作兩)萋萋

失鶴　李遠

秋風吹起(雜詠作卻)九皐禽一片閑雲萬里心碧落有情應悵
望瑤臺(詩選作青天)無路可追尋初來(一作來時)白雪翎猶短欲去
(一作去日)丹砂頂漸深華表樹頭留語後不知消(類詩作更無)息到
如今

過舊遊見雙鶴愴然有懷　前人

郎公何歲掩松楸雙鶴依然傍玉樓朱頂巑岏荒草上雪
毛零落小池頭蓬瀛路斷君何處雲水情深我尚留他日
若來華表樹更添多少令威愁

崔卿池上鶴　賈島

月中時吽葉紛紛不異洞庭霜夜聞翎羽如今從放長(一作從今如罷翦)
猶能飛起向(一作上)孤雲

憶鶴　劉得仁

自爾歸仙後經秋又過春白雲尋不得(類詩作見)紫府去無因
此地空明月何山伴羽人將期華表上重見(類詩作瞻望)令威
身

同前　前人

白絲翎羽丹砂頂曉度秋煙出翠微來向孤松枝上立見
人吟苦卻高飛

山陽盧明府以雙鶴寄遺白(一作伯)氏以詩為答因

寄和　趙嘏

緱山雙去羽翰輕應爲仙家好弟兄茆固枕前秋對舞陸雲溪上夜曾鳴紫泥封處曾回首碧落歸時莫問程自笑滄江一漁叟何由似爾到層城

失鶴二首　薛能

偶背雕籠與我違四方端佇竟忘歸誰家白日雲間見何處滄洲雨裏飛曾啄稻粱殘粒在舊翹泥潦半蹤稀憑人轉覓多相誤盡道皤然作令威

二

華表翹風未可期變丁投衛兩堪疑應緣失路防人損空有歸心最我知但見空籠拋夕月若何無樹宿荒陂不然

答賈支使寄鶴　前人

直道高空外白水青山屬朧（朧疑作）師瑞羽奇姿踉蹌形稱爲仙馭過青冥何年厚祿曾居衛幾世前身本姓丁幸有遠雲兼遠水莫臨華表望華亭勞君贈我清歌侶將去田園夜坐聽

陳州刺史寄鶴　前人

臨風高視聳奇形渡海沖天想盡經因得羽儀來合浦便無魂夢去華亭春飛見境乘桴切夜唳聞時醉枕醒南守欲知多少重撫毛千萬與丁丁

失鶴　李羣王

瑤臺烟霧外一去沒還心（集作迴心）不暗（集作清）海蓬壺遠秋風碧落深墮（集作隳）翎留片雪雅操入孤琴不（集作豈）是籠中物雲蘿更莫（集作莫更）尋

鶴　鄭谷

一自王喬放自由俗人行處懶回頭睡輕旋覺松花墮舞罷閑聽澗水流羽翼光明欺積雪風神灑落占高秋應嫌白鷺無仙骨長伴漁翁宿葦洲

病中題主人庭鶴　羅隱

逐水花亭舊所聞病中毛羽最憐君稻粱且足身兼健何必青雲與白雲

鷹

詠鷹　隋陽帝（見初學記）

遷翔欲之衡忽投尉羅裏既以鸇華絆仍持獻君子青骹固絕儔素羽誠難擬深目表茲稱澗臆斯爲美驚獸不及奔猜禽無暇起雖蒙韝上榮無復陵雲志

觀放白鷹　李白

八月邊風高胡鷹白錦毛孤飛一片雪百里見秋毫

見人臂蒼鷹　前人（一作高適）

寒冬（集作楚）十二月蒼鷹八九毛寄言燕雀莫相啅自有雲霄萬里高

同前　章孝標

星眸未放瞥秋毫頻掣金鈴試雪毛會使老拳供口腹莫辭親手啖腥臊穿雲自恠身如電殺兔誰知爪（一作吻）勝刀

可惜忍饑寒日暮向人鵮（知咸切，鳥啄食也）斷碧絲條

白鷹　鄭繇

白錦文章亂丹霄羽翮齊雲間呼暫下雪裏放還迷梁苑
驚池鶩陳倉拂野雞不知寥廓外何處是（一作別）依棲

烏

詠烏代陳師道　唐大宗

陵晨麗城去薄暮上林棲辭枝枝暫起停樹樹還低向日
終難託迎風詎肯迷只待纖纖手曲裏作宵啼

晚飛烏　虞世基

向日晚飛低飛飛未得棲只爲歸林遠恒當侵夜啼

詠巢烏應詔　楊師道

桂樹春暉滿巢烏刷羽儀朝飛麗城上夜宿碧林垂背風
藏密葉向日逐疏枝仰德還能哺依人（初學記作仁）遂可窺驚
鳴雕輦側王吉自相知

詠霜朝城上烏　王揖

霜旦早暉通城烏漸颺空聲喧高疊（疑）外曲韻楚琴中棲
寒映曉日竿迥噪朝風雖御金墉上獨（一作猶）畏虎賁弓

烏　李嶠

日路朝飛急霜臺夕影寒聯翩依日樹迢遞繞風竿白首
何年改清琴此夜彈靈臺如可託千里向長安

鵲

看柳上鵲　魏收（見初學記）

昔歲心能識登春巢自成立枯隨雨霽依枝須月明疑是
雕籠出當由抵玉驚聞關拂條軟迴復振毛輕何獨離婁
意傍人但未聽

詠鵲　蕭紀

欲避新枝滑還向故巢飛今朝數聲喜家信必應歸

鵲　李嶠

不分荊山抵甘從石印飛危巢畏風急繞樹覺星稀喜逐
行人至愁隨織女歸儻遊明鏡裏朝夕動（一作發）光輝（類詩作儻
遊明鏡裏朝夕有光儀）

山行見鵲巢　蔣冽

鵲巢性本高更在西山木朝下清泉戲夜近明月宿非直

避網羅兼能免傾覆豈復（一作憂）五陵子挾彈來相逐

夜飛鵲　前人

北林夜方久南月影頻移何啻飛三匝猶言未得枝

壬申閏秋題贈烏鵲

繞樹無依月正高鄴城新淚濺雲袍幾年始得逢秋閏兩
度填河莫告勞

鄜州進白野鵲　薛能

輕毛疊雪翅開霜紅觜能深練尾長名應玉符朝北闕色
柔金性瑞西方不憂雲路填河遠爲對天顏送喜忙從此
定知棲息處月宮瓊樹是仙鄉

鷹

詠鴈（一作賦得隴坻鴈初飛）　梁簡文帝

高翔憚闊海，下去怯虞機。霧闇早相失，沙明還共飛。隴狹朝聲亂，風急暮行稀。雖殄輪臺援，未鮮龍城圍。相思不得反，且寄別書歸。

夜聽鴈　蕭子範

天月暠夜輝，遊鴈犯霜飛。連翩辭朔氣，嘹唳獨南歸。夜長寒復靜，燈光暖（類聚作煖）欲微。悽悽不可聽，何況觸愁機。

詠鴈　王褒

伺朝聞嚮響，姤隴（類聚作壠）有春暈。豈若雲中鴈，秋時寒外歸。河長猶可涉，海闊故難飛。霜多聲轉急，風踈行屢稀。園池若可至，不復怯虞機。

失羣鴈（并序）　盧照隣

溫縣明府以鴈詩垂示，余以爲古之郎官出宰百里，今之墨綬入應千官，事止鴈行，未宜傷歎。至如羸卧空石者，乃可爲失羣慟耳。聊因伏枕多暇，以斯文應之。

三秋北地雪皚皚，萬里南翔渡海來。欲隨石鷰沉湘水，試逐銅烏繞帝臺。帝臺銀闕距金塘，中間鴛鷺已成行。先過上苑傳書信，暫下中州戲稻梁。虞人負繳來相及，齊客虛弓忽見傷。毛翎顦顇飛無力，羽翮摧頹君不識。唯有莊周鮮愛鳴，復道郊歌重奇色。惆悵驚思悲未已，徘徊自憐中（一作中岡）罔極。傳聞有鳥集朝陽，詎勝仙鳬邇帝鄉。雲間海上應鳴舞，遠得鵾弦猶獨撫。金龜全寫中牟印，玉鵠當變策

無釜，願君弄影鳳凰池，時憶籠中摧折羽。

同臨津紀明府孤鴈　前人

三秋違北鴈（一作地），萬里向南翔。河洲花稍白，關塞葉初黃。避繳風霜勁，懷書道路長。水流疑箭動，月照似弓傷。橫天無有陣，度海不成行。會刷能鳴羽，還赴上林鄉。

秋鴈　駱賓王

聯翩辭海曲，遙曳指江干。陣居金河冷，書歸玉塞寒。帶月陵空易，迷煙逗浦難。何當同顧影，刷羽泛清瀾。

同張二詠鴈　前人

唼藻滄江（一作蒼梧非）遠，銜蘆紫塞長。霧深迷曉（集作晚非）景，風急斷秋行。陣照通宵月，書封幾夜霜。無復能鳴分，空知愧稻

梁。

南中詠鴈　韋承慶

萬里人南去，三春鴈北飛。不知何歲月，得與爾（類詩作汝）同歸。

詠鴈　李嶠

春暉滿朔方，歸（單題詩作候）鴈發衡陽。望月驚弦影，排雲結陣行。往還倦南北，朝夕苦風霜。寄語能鳴侶（一作伴），相隨入帝鄉。

同綦毋學士月夜聞鴈　張九齡

棲宿豈無意，飛飛更遠尋。長塗未及伴（一作半），中夜有遺音。月思關山笛（集作路），風號流水琴。空聲兩相應，幽感一何深。避繳歸南浦，離群叫北林。聯翩俱不定，憐爾越鄉心。

歸鴈　杜甫

聞道今春鴈南歸自廣州見花辭漲海避雪到羅浮是物關兵氣何時免客愁年年霜露隔不過五湖秋

孤鴈　前人

孤鴈不飲啄飛鳴聲念群誰憐一片影相失萬重雲望盡似猶見哀多如更（一作更復）聞野鵶無意緒聲噪自（一作亦）紛紛

送征鴈　錢起

秋空萬里靜嘹唳獨（一作鴈）南征風急翻霜冷雲開見月驚寒長憐去翼影滅有餘聲帳望遥天外鄉滿愁日生

沙上鴈　耿緯

衡陽多道里弱羽復哀音還塞如何日驚弦亂此心夜陰

前侶遠秋冷後湖深獨立汀洲意唯憂霜霰侵

早鴈　杜牧

金河秋半虜弦開雲上（集作外）驚飛四散哀仙掌月明孤影過長門燈暗幾聲來雖（一作未）隨胡馬翩翩去（集作須知胡騎紛紛在）豈逐春風一一廻莫厭（一作好是）瀟湘少人處水多菰米岸莓苔

同前　顧非熊

逐暖來南國迎寒背朔雲下時波勢出起處陣形分聲急奔前侶行低續後群何人寄書札絶域可知聞

同前　鄭谷

八月悲風九月霜蓼花紅淡葦條黄石頭城下波搖影星子灣西雲間行（數鴈）散漁家吹短笛失群征戍鏁殘陽故鄉聞爾亦惆悵何况扁舟非故鄉

新鴈　杜荀鶴

莫天新鴈起汀洲紅蓼花疎（絶句詩選作開）水國秋想得故國今夜月幾人相憶在江樓

歸鴈　陸龜蒙

北走南征像我曹天涯迢遞翼應勞似悲邊雪音猶若初背岳雲行未高月島聚栖防暗繳風灘斜起避驚濤時人不問隨陽（一作楊臺非）意空拾欄邊翡翠毛

鸎

鸎　李嶠

芳樹雜花紅群鸎亂曉空聲分折楊吹（一作柳）嬌韻落梅風寫囀清絃裏遷喬暗木中友生若何（疑作可）冀幽谷響還通（集作晛晥度花紅開關亂曉空作雖幽谷日先轉上林風翔集春臺側低昂錦帳中聲詩辨搏黍此興思無窮）

同前　鄭縉

欲囀聲猶澁將飛羽未調高風不借便何處得遷喬

龜茲聞鸎　梁陟

邊樹正參差新鸎復陸離嬌非胡俗變啼是漢音移繡羽花間覆繁聲風外吹人言曾不辨鳥語却相知出谷情何寄遷喬義取斯今朝鄉陌伴幾處坐高枝

聽宮鸎

春樹遶宮墻宮鸎次第翔忽驚啼欲斷移處弄還長隱葉

棲承露桃花出未央遊人未應返為此始思鄉

春曉聞鸎　武元衡

寂寂蘭堂曉夢驚緑林斜（集作殘）月思孤鸎猶（一作獨）疑蜀魄千年恨（一作變非）化作禽寃萬囀聲

奉和武相公春曉聞鸎　許孟容

碧樹當牕啼曉鸎間關入夢聽難成千回萬囀盡愁思疑是血魂哀困聲

同前　李益

蜀道山川心易驚緑窻魂（絕句詩選作殘）夢曉聞鸎分明似寫文君恨萬恨千愁絃上聲

同前　于敖

玉繩河漢曉縱橫萬籟潛收鸎獨鳴能將百囀清心骨寧止閑牕夢不成

同前　皇甫鏞

華館沉沉曙境清伯勞初囀月微明不知台座宵吟久猶向花牕驚夢聲

黃鸎　鄭谷

春雲澹澹（集作薄薄）日輝輝宮樹煙深隔水飛應爲能歌繫仙籍麻姑乞與女真衣

文苑英華卷第三百二十八　終

文苑英華卷第三百二十九　詩一百七十九

禽獸二（附蟲）

百舌

詠百舌　劉孝綽

山人惜春暮旭旦坐花林復值懐春鳥枝間弄好音遷喬聲廻出赴谷響幽深乍聽長而短時聞絶復尋孤鳴若無對百囀似群吟昔聞屢歡昔今聽忽悲今聞聽非殊異遲暮獨傷心

聽百舌　徐悱妻劉氏

庭樹旦新晴臨鏡出雕楹風吹桃李氣過傳春鳥聲淨寫山陽笛金作洛濱笙注意欲觀（類聚作歡）聽誤令粧不成

在長安聽百舌　陳聘使韋鼎

萬里風煙異一鳥忽相驚那能對遠客還作故鄉聲

聽百舌鳥　李元操

烟銷上路靜漏盡禁門通婉轉鳥從西苑流響入南宮間關
既多緒變轉復無窮調驚時斷絶音繁有異同飲啄歸承
露飛鳴上別風未避王孫彈寧畏虎賁弓石渠皆學府麟
閣悉文雄不恡一作恠青泥印時尋白杜中

汝瀆秋事同仙州王長史翰聞百舌鳥　祖詠

秋天聞好鳥驚起出簾帷郄念殊芳月能鳴已後時遷喬
誠可早出谷此何遲顧影慚無對懷群增所思凄凉歲欲
晚蕭索燕將辭留聽未終曲彌令心獨悲高飛憑力致巧
囀任天姿返覆知而静間關斷若遺花繁上苑路霜落汝
川泪且長陵風翮乘春自有期

鸚鵡

同蔡孚起居詠鸚鵡　胡皓

鸚鵡殊姿致鸞凰得比肩常尋金殿裏每話玉墀前賈誼
才方達楊雄老未遷能言既有地何惜為聞天

詠鸚鵡　裴說

常貴西山鳥銜恩在玉堂語傳明主意衣一作趣拂美人香
緩步尋珠網高飛上畫梁長安頻道樂何日從君王

同前　李義甫

牽弋辭重海觸網去層巒戢羽雕籠際延思彩霧端慕侶
朝聲切離群夜影寒能言殊可貴相助憶長安

同前　杜甫

鸚鵡含愁思聰明憶別離翠衿渾短盡紅觜漫多知未有
開籠日空殘舊宿枝世人憐復損何用羽毛奇

初出金門尋王侍郎不遇詠壁上鸚鵡　李白

落羽辭金殿一作闕孤鳴託集作吒繡衣能言終見棄還向隴
山飛

鸚鵡　白居易

隴西鸚鵡到江東養得經年觜漸紅常恐思歸先翦翅每
因餧食暫開籠人憐巧語情雖重鳥憶高飛意不同應似
朱門歌舞妓深藏牢閉在房中

同前　吳英秀

莫把金籠閉鸚鵡箇箇聰明解人語忽然更向君前言三
十六宮愁幾許

鴛鴦

和友人鴛鴦之什三首　崔珏

翠鬣紅毛舞夕暉水禽情似此禽稀暫分烟島猶迴首只
渡寒塘亦並一作共飛映霧乍迷金殿瓦逐梭齊上一作還似竹玉
人機採蓮無限蘭橈女笑指中流羨爾歸

二

寂寂春塘烟晚時一作晚兩心如影共依依溪頭日暖眠沙
穩渡口風寒浴浪稀翡翠莫誇饒彩飾鸊鵜須羨好毛衣

三

蘭深芷密無人見相逐相呼何處歸

舞鶴翔鸞俱别離可憐生死两相隨紅絲毳落眠沙處白雪花成蹙浪時琴上只聞交頸語窓前空展共飛時如何相見長相對肯羨人間多所思

鴛鴦　羅鄴

江雲（一作紅閑）碧静靄煙開錦翅雙雙（一作輕飛）去又廻一種鳥憐（一作連）名字好秪緑人恨别離来暖依牛渚江荻媚夕宿龍池禁漏催相對若教秦女見便應携（一作同）上鳳凰臺

鸂鶒

鸂鶒　杜甫

故使籠寛織須知動損毛看雲莫悵望失水任呼號六翮曾經剪孤飛只未高且無鷹隼慮留滯莫辭勞

同前　唐彦謙

一宿南塘煙雨時好風摇動緑波微驚離曉岸銜花去暖下春汀照影飛華屋撚絃彈鼓舞綺窓含筆澹毛衣畫屏見後長廻首争得雕籠莫放歸

孔雀

西川使宅有常大尉（集作令公）時孔雀存焉暇日因與諸公同翫座中兼故府賓御（集作妓）興歎（集作嗟）者久之因賦是（集作此）詩用廣其意　武元衡

荀令昔君此故巢畱越禽動揺金翠尾飛舞玉池（一作墀又作堦）陰（一作碧梧音）上客撤瑶琴美人傷蕙心會因南國使歸放海雲深

孔雀　薛能

偶有功名正俗才靈禽何事降瑶臺天仙黼黻毛應是宮后屏幃尾忽開曾處嶂中真霧隱每過庭下似春来佳人爲我和衫拍遣作傞傞（一作婆娑）送一盃

鷺鷥

鷺鷥　張祜

深窺思不窮揭趾淺沙中一點山光净孤飛潭影空暗棲松葉露雙（一作輕）下蓼花風好是滄波侶垂絲趣亦同

同前　鄭谷

閑立春塘（一作蘇秋）煙澹澹静眠寒葦雨颼颼漁翁歸後沙汀晚（集作汀洲晚）飛下（雜詠作上）灘頭更自由

同前　裴說

秋江清淺時魚過亦頻窺却爲分明極翻成（集作令）所得遲

浴偎紅日色棲壓碧蘆枝會共鵷同侣翱翔應可期

同前　羅隱

斜陽澹澹柳陰陰風裊寒絲映水深不要（雜詠作莫謾）向人誇潔白也知長（雜詠作常）有羨魚心

鷄雉

山鷄　温庭筠

石（集作萬）甃動晴景山禽陵翠微繡翎翻草去紅觜啄花歸巢暖碧雲色影孤清鏡輝不知春樹畔何處又分飛

雉　李嶠

白雉振朝聲飛来表太平楚郊疑鳳出陳寶若雞鳴童子懷仁至中郎作賦成冀君看飲啄耿介獨含情

鷓鴣

鷓鴣啼　韋應物

可憐鷓鴣飛飛向樹南枝南枝日照暖北枝霜露滋露滋不堪栖使我夜常啼願逢雲中鶴銜我向寥廓願作城上烏一年生九雛何不舊巢住枝弱不得一作若去何意道辛苦客子常畏人

九子坂一作岐開鷓鴣　李羣王

落照蒼茫秋草明鷓鴣啼處遠人行正穿屈曲崎嶇路又聽鉤輈格磔聲曽泊桂江深岸雨亦於梅嶺阻歸程此時

為爾腸千斷定是今宵白髮生

鷓鴣　鄭谷

暖戲烟蕪錦翼齊品流應得近山雞雨昏青草湖邊過花落黃庭廟裏啼行客集作遊子乍聞征袖濕歌集作佳人纔唱翠眉低相呼相喚湘江闊集作相應湘天遠苦竹叢深春日西

同前　韋莊

南禽無侶似相依錦翅雙雙傍馬飛孤竹廟前啼暮雨汨羅祠類詩作江畔弔殘暉秦人只解歌為曲越女空能畫作衣懊惱澤家鷓鴣之音澤類詩作澤非有恨非類詩作知年年長憶鳳城歸

放鷓鴣　羅鄴

好傍青山與碧溪刺桐毛竹一作羽待雙棲花時遷客傷離

別莫向相思樹上啼

鳧

賦得沈沈水中鳧　江總

歸鳧沸卉同亂下方塘中出沒時銜藻飛鳴忽颺風浮深或不息戲廣若乘空春鶵徒有賦還笑在金籠

鳧　李嶠

颯沓睢陽涘浮遊漢渚隈錢飛出井見鶴引入琴哀李陵賦單題詩作降將貽詩罷王喬舄来何當歸太液翔集動成雷

鷗

詠白鷗　何遜

可憐雙白鷗朝共水上遊何言異栖息雌雌雄通用住雄不留

孤飛出溆浦類聚作浦溆獨宿下滄洲東西從此去影響絕無由

鵝鴨

題鵝　李商隱

眠沙卧水自成群曲岸斜集作殘陽極浦雲那得集作解將心憐孔翠集作雀羈雌長共故雄分

花鴨　杜甫

花鴨無泥滓堦前每緩行羽毛知獨立黑白太分明不覺群心妬休牽衆眼驚稻粱霑汝在作意莫先鳴

鷺

詠新鷺　梁昭明太子類聚作梁簡文帝

新禽應節歸俱向吹樓飛入簾驚釧響來窻疑(類聚作竊)舞衣

詠鷰　吳均

一鷰海上來一鷰高堂息一朝相逢遇依然舊相識問爾(類聚作余)來何遲山川幾紆直答言海路長風多(類聚作駛)飛無力

詠簷鷰　庾肩吾

雙燕集蘭閨雙飛高復低向戶疑新箔登巢識故泥依欄本相賀近幕顏同栖

和晉安王詠鷰　前人

可憐幕上鷰差池弄羽衣夜夜同巢宿朝朝相背飛銜泥瞻樂善相賀奉英徽秋蟬行寂寞戀此未辭歸

啣泥雙燕　蕭詮

啣泥金屋外表瑞玉筐中學飛疑漢妾巢幕憚吳宮爪截還循短窠成常不空(一作巢成新尚空)詎並零陵石飛舞逐春風

賦得戲燕俱宿　盧世基

大厦初構與雲齊歸燕雙入正啣泥欲繞歌梁向舞閣偶爲仙後往蘭閨千里爭飛會難並聊向吳宮比翼栖

燕　李嶠

天女伺辰至玄依澹碧空差池沐時雨頡頏舞春風相賀雕楹側雙飛翠幕中勿(作怱)(單題詩)鷰留爪去猶冀識吳宮(吳地記吳宮人剪燕爪晉之以記更來)

燕巢軍幕　宋之問

非關憐翠幕不是厭朱樓故來呈燕頷報道欲封侯

春燕　徐璧

雙燕今朝至何時發海濱窺人向簷語(一作窺簷向人語)如道故鄉春

詠燕　張九齡

海燕何微眇乘春亦蹔來豈知泥滓賤秪見玉堂開繡戶時雙入雕梁(集作華軒)日幾迴無心與物競鷹隼莫相猜

燕啣泥　馮著

雙燕碌碌飛入屋屋中老人喜燕歸徘徊繞我床頭飛去年爲爾逐黃雀雨多屋漏泥土落爾莫厭老翁茅屋低梁頭作窠梁下棲爾不見東家黃鷺鳴嘖嘖蛇盤瓦溝鼠穿壁高家大屋爾莫居驕兒少婦採爾雛井旁寫水泥自足

啣泥上屋隨爾欲

同前　韋應物

啣泥鷰聲婁婁尾涎涎秋去何所歸春還復相見豈不解決絕高飛碧雲裏何爲地上啣泥滓啣泥雖賤意有營杏梁朝日巢欲成不見百鳥畏人林野宿鸞遭羅網俎其肉未若啣泥入華屋鷰啣泥百鳥之智莫與齊

賦得早燕送別　李益

碧草漫(一作緩)如線來去(集作去來)雙飛燕長門未有春先入班姬殿梁空繞復(一作不)息簷寒窺欲遍今至隨紅藥(集作萼)昔還悲素扇一別與秋鴻差池詎相見

詠燕示劉叟(劉叟有愛予背叟逃走一作去叟甚悲念之叟少年時亦嘗如是作燕詩)

以喻之

梁上有雙燕翩翩雄與雌銜泥兩椽間一巢生四兒四兒日夜長索食聲孜孜青蟲不易捕黃口無飽期觜爪雖欲獘心力不知疲須臾十來往猶恐巢中饑辛勤三十日母瘦雛漸肥喃喃教言語一一刷毛衣一旦羽翼成引上庭樹枝舉翅不迴頭（集作顧）隨風四散飛雌雄空中鳴聲盡呼不歸却入空巢裏啁啾終夜悲燕燕爾勿悲爾當反自思思爾為雛日高飛背母時當時父母念今日爾應知

洞房燕　張祐

清曉洞房開佳人喜燕來乍疑釵上動輕似掌中迴暗語臨（集作通）牕戶深窺傍鏡臺妝成（集作新妝）正含思莫拂畫梁埃

燕　鄭谷

年去年來來去忙春寒煙暝度瀟湘低飛綠岸和梅雨散（集作亂）入紅樓揀（一作擇）杏梁閑几硯中窺水淺落花徑裏得泥香千言萬語無人會又逐流鶯過短牆

巢燕　湖汾

燕來巢我簷我屋非高大所貴兒童善保爾無殃禍莫巢孀婦家孀婦怨孤坐妒爾長雙飛打爾危巢破

雀

詠雀　沈趨

體（類詩作肌）薄少滋腴色淺非卅翠不懼越王羞寧懷秦后珥傍簷葺寒草循堦啄餘穗且欣大廈成焉須鴻鵠志

同前　李嶠

大廈初成日嘉賓集杏梁銜書表周瑞入幕應王祥暮宿空（集作江）城裏朝遊漣水傍願齊鴻鵠志希逐鳳凰翔

義雀行和朱評事　賈島

玄鳥雖椎俱春雷驚蟄餘口銜黃河泥室宜（集作空即）翔天隅一夕背（集作皆）莫歸嘵嘵遺衆雛雙雀抱仁義哺之忘勞劬（集作哺食勞劬劬）衆雛既儷飛（集作雛既邐迤飛）雲開聲相呼燕雀雖微類（集作燕雀深恩感）感媿誠（集作雀媿揚）不殊禽賢難自彰幸蒙主人書

簷雀　楊發

弱羽怯孤飛投簷幸所依銜環唯報德賀廈本知歸紅觜

體爭顧卅心自識機從來攀鳳足生死戀光輝

子規

攝山聽子規　顧況

棲霞山中子規鳥口中血出啼不了山僧夜後初入來（一作定）聞似不聞山月曉

山中聽子規　前人

幽人自愛（前篇作野人愛向）又近（前篇作兒近）窗邊（前篇作庭前）

子規

杜宇究亡積有時年年啼血動人悲若教恨魄皆能化何樹何山着子規

聞子規　杜荀鶴

楚天空闊月成輪蜀魄聲聲似告人啼得血流無用處不如緘口過殘春

子規思　陳陶

春山杜鵑來幾日夜啼南家復北家野人聽此坐惆悵恐畏踏落東園花

聞子規　羅鄴

蜀魄千年尚怨誰聲聲啼血向花枝滿山明月東風夜正是愁人不寐時

雜題

望栖烏　劉孝威

夕烏亂參差單雄雜寡雌聯翩歸葉裏出沒淥林垂争栖時易樹驚飛忽度枝雖無繫書重亦有含櫻疲以兹憔悴力重逢輕薄兒珠丸蘇合彈金繳青絲縻豈意翩翾羽遂免更羸危入懷欣得地依林竊顧知

病鴟　韓愈

屋東惡水溝有鴟墜（集作墮）鳴悲青泥掩兩翅拍拍不得離群童叫相召瓦礫争先之計校生平事殺卻理亦宜奪攘不愧恥飽滿盤天嬉晴日占光景高風送（集作恣）追隨遂（集作疑）陵鸞鳳羣肯顧鴻鵠（集作鶻鷹）卑今者運命窮遭逢巧丸兒中汝要害處汝能不得施於吾乃何有不忍乘其危救（集作丐）汝將死命浴以清水池朝飡輟魚肉暝宿防狐狸自知無以致蒙德久猶疑飽入深竹叢饑來傍（集作上）堦基諒無責報心固以聽所爲昨日有氣力飛跳弄藩籬今辰忽徑去曾不報我知僥倖非汝福天衢汝休窺京城事彈射豎子豈（集作不）易欺勿諱泥坑辱泥坑乃良規

題戴勝　賈島

星點花冠道士衣紫陽宮女化身飛能傳上界春消息若到蓬山莫放歸

啄木兒　朱餘慶

丁丁向晚急還稀啄遍（類詩作盡）庭槐未肯歸終日與（類詩作爲）君除蠹害莫嫌（集作嗔）無事不頻飛

越鳥　鄭谷

背霜南鴈不到處倚棹北人初聽時梅雨滿江春草歇一聲聲在荔枝枝

蝶

詠花蝶　温子昇

素蝶向林飛紅花逐風散花蝶俱不息紅素還相亂芬芬共襲予葳蕤徒可玩可慰行客心遽動離君（疑作居）歎

蝶　羅隱

漢王刀筆精寫爾逼天生舞巧何防急飛高所恨輕野田黄雀憲山館主人情此物那堪作莊周夢不成

同前　李商隱

飛來繡戶陰穿過畫樓深重傳秦臺粉輕塗漢殿金相兼唯柳絮所得是花心可要陵孤客邀爲子夜吟

蜂

蜂　前人

小（集作沙）苑華池爛漫通後門前檻思無窮宓妃腰細纔勝露趙后身輕欲倚風紅壁寂寥崖蜜盡碧簷（集作簾）迢遞霧巢空青陵粉蝶休離恨長定（一作是）相逢二月中

螢

詠螢　梁簡文帝

本將秋草并（一作聚）今與夕風輕騰空類星隕拂樹若花生屏疑神火照簾似夜珠明逢君拾光彩不恡此身傾

月中飛螢　紀少瑜

逮度時依幕斜來如畏窻向月光還盡臨池影更雙

詠螢　沈旋

火中變腐草明滅靡恒調雨墜弗虧光陽升反奪照泊樹類奔星集草疑餘燎望之如可灼攬之徒有耀

照帙秋螢　楊縉

秋窻餘照盡入照早螢來忽聚還同色恒然詎落灰飛影黃金散依帷縹帙開含明終不息夜月空徘徊

詠螢　于季子

卉草誠幽賤枯朽絶因依忽逢借（疑）羽翼不覺生光輝直念恩華重長嗟報効微方思助日月爲許頓曾（二字疑）飛

同前　嘉運

映水光難定凌虛體自輕夜風吹不滅秋露洗還明向燭仍藏焰投書更有情猶憐流亂影來此傍簷楹

詠秋螢　虞世南

的歷流光小飄颻弱翅輕恐畏無人識獨自暗中明

螢火　杜甫

幸因腐草出敢近太陽飛未足臨書卷時能點客衣隨風隔幔小帶雨傍林微十月清霜重飄零何處歸

螢　羅隱

空（集作秋）庭夜未央點的（集作點點）度危（集作西）墻抱影何（集作微）細乘時忽發揚不思因腐草便擬倚孤光若道通文翰（集作能通照）車公業豈長

同前　唐彥謙

日下蕪城莽蒼中濕螢撩亂起衰叢寒煙陳后長門閉夜雨隋家舊苑空星散欲陵前檻月影低如試北窻風羇人此夕方愁緒心似寒灰首似蓬

同前　周繇

熠熠與娟娟池塘竹樹邊亂飛同曳火成聚却無烟微雨灑不滅輕風吹欲燃舊曾書按上頻把作囊懸

文苑英華卷第三百二十九

文苑英華卷第三百三十　詩一百八十

蟬

詠蟬　褚雲
避雀喬（類聚作芳）枝裏飛空華殿曲天寒響屢嘶日暮聲逾速（類聚作促）繁吟如欲盡長韻還相續飲露非表清輕身易知足

後堂聽蟬　蕭子範
試逐微風遠聊隨夏葉繁輕飛避楚雀飲露入吳園流音繞叢藿餘響切高軒借問邊城客傷情寧可言

同陸廷尉驚早蟬　沈君攸
日暮野風生林蟬候節鳴望枝疑數處尋空定一聲地幽吟不斷葉動噪羣驚獨有河陽令偏嫌秋翅輕

賦得新題寒樹晚蟬疏　張正見
寒蟬噪楊柳應朔吹（類聚作朔吹徂）梧桐葉迴飛難住枝殘影共空聲疎飲露後唱絕小園（類聚作斷絃）中還因搖落處寂寞盡

秋風

賦得秋蟬喝柳應衡陽王教　前人
秋氣爽遥天園柳（集作衰）驚蟬競噪長枝裏爭飛落葉前

風高知響急樹近覺聲連長楊流喝盡詎識蔡邕絃

在獄詠蟬　駱賓王
西陸蟬聲唱南冠客思侵那堪玄鬢影來對白頭吟露重飛難進風多響易沈無人信高潔誰為表清心（集作予心）

始聞夏蟬　韋應物
徂夏暑未晏鳴蟬（集作蟬鳴）景已曛一聽知何處高樹但侵雲響悲遇衰齒節謝屬離群還憶郊園日獨向此（集作澗）中聞

新蟬　耿湋
今朝蟬忽鳴遷客若為情便覺一年謝能令萬感生微風方滿樹落日（類詩作葉）稍沈城為問同懷者淒涼聽幾聲

新蟬酬劉夢得見寄　白居易
開緘思浩然閑（集作獨）詠晚風前人貌非昨（集作前）日蟬聲似去年槐花新雨地柳影欲秋天聽罷無他計相思又一篇

聞蟬寄賈島　姚合
秋來吟更苦（集作未秋吟更苦）半煙半隨風禪客嫌心（集作心應）亂遊人願耳（集作耳願）聾雨晴高樹裏日晚古城中遠思應難盡誰當與我同

客中聞早蟬　于武陵
江頭一聲起芳歲已難留聽此高林上遥知故國秋應催風落葉似勸客回舟不是新蟬苦年年自可愁

病蟬　賈島
病蟬飛不得向我掌中行折翼猶能薄酸吟尚極清露華

凝在腹塵點誤侵睛黃雀燕鳶烏俱懷害爾情

風蟬

風蟬旦夕鳴伴葉送新聲故里客歸盡水邊身獨行躁軒高樹合驚枕暮山橫聽處無人見塵埃蒲甑生

早蟬　薛能

不見上庭樹日高聲忽吟他人豈無耳遠客自關心暫落還因雨橫飛亦向林分明去年意從此漸聞砧

聽蟬　趙嘏

噪蟬聲亂日初曛絃管樓中永不聞爭（詩選作獨）奈愁人數莖鬢（詩選作髮）故園秋隔五湖雲

蟬　雍陶

高樹蟬聲入晚雲不唯愁我亦愁君何時各得身（類詩作心）無事每到聞時似不聞

蟬　張喬

先秋蟬一悲長是客行時曾感去年者又鳴何處枝細聽殘韻在迴望舊聲遲斷續誰家樹涼風送別離

蟬　許棠

造化全微物偏宜應候鳴初離何處樹又發去年聲騷屑隨風遠悠揚類葉輕報秋涼漸至嘶夜思偏清默守疑相答微搖似欲行繁音人已厭朽殼蟻猶爭朝士嚴冠飾宮嬪逞鬢名亂依西月噪多引北歸情篠露凝潛吸蛛絲迸忽縈此時吟立久萬緒一時生

蟬（集作聽新蟬寄張晝）　方干

細聲頻斷續審聽亦難分髣髴應移處從容却不聞蘭棲朝咽露樹隱暝吟雲若（集作莫）遣鄉愁起吾懷只是（集作似）君

蟬　羅鄴

纔入新秋百感生就中蟬噪最堪驚能催時節凋雙鬢愁到（類詩作對）江山聽一聲不傍管絃拘醉態偏依楊柳撓（類詩作引）離情故園聞處猶惆悵況是經年萬里行

蟬　羅隱

天地工夫一不遺與君聲調借君緌風棲露飽今如此應忘當年滓濁時

夜蟬　唐彥謙

翠竹高梧夾後溪勁風危露雨淒淒那知北牖殘燈暗又送西樓片月低清夜更長應未已遠煙尋斷莫頻嘶羇人此夕如三歲不整寒衾待曙鷄

促織　杜甫

促織甚微細哀聲何動人草根吟不穩床下夜相親久客得無淚放（集作故）妻難及晨悲絲（集作絃）與急管感激異天真

同前　張喬

念爾無機自有情迎寒辛苦弄梭聲椒房金屋曾何織偏向貧家壁下鳴

蜘蛛　孟郊

萬類皆有性各各稟天和蠶身爲爾（集作與汝）身爾身何太訛

蠶身不爲己爾心（集作身）不爲他蠶絲爲衣裳爾絲爲網羅
濟物既無功害物日已多百蟲雖有（集作切）恨其將柰爾何

馬

西齋行馬　梁簡文帝

晨風白金絡桃花紫玉珂影斜鞭照耀塵起足蹉跎任俠稱六輔輕薄出三河風吹鳳凰袖日映織成靴遠江鱸舳火遥山煙霧多雲開瑪瑙華（類聚作葉）水凈琉璃波廣路拂青槐田塘繞碧莎不劾孫吳術寧須趙李過

繫馬　同前

青驪沉褚汗緑地懸花蹄未垂青鞘尾猶掛紫障泥蝶足鞦中擿搖頭櫪上嘶紫關如未息直去取榆溪

賦詠登山馬　阮文帝

登山馬逕小逕小馬終通汗褚疑沾動衣香不逐風何殊隴頭望遂識祁連東

後園看騎馬　同前

良馬出蘭池連翩驅桂枝鳴珂隨蹀䮫輕塵逐影移香來知驟近汗歛覺風吹遥望黄金駱懸識幽并兒

賦得馬　劉珊

獨欲臨寒竄離群思北風陳王欲觀舞御史自隨驄邊聲隕客淚果下盜桃紅恒持沛艾影解向平陵東

賦得邊馬有歸心　沈炯

窮秋邊馬肥向塞甚思歸連鑣渡蒲海束舌下金微已卻

魚麗陣將摧鶴翼圍彌憶長秋道金鞍（類聚作鞭）背落暉

登山馬　梁簡文帝

登山馬間樹玉勒黃金裝草合宜驕短影轉見鞭長何殊八公岫蹔上淮南王

詠馬　楊師道

寶馬權奇出未央彫鞍照曜紫金裝春草初生馳上苑秋風欲動戲長楊鳴珂屢度章臺側細蹀經向濯龍傍徒令漢將連年去宛城今已馘（初學記作獻）名王

病馬　杜甫

乘汝（集作爾）亦已久天寒關塞深塵中老盡力歲晚病傷心毛骨豈殊衆馴良猶至今物微意不淺感激（集作動）一沉吟

英華題杜甫病馬詩三首總目同第一篇至此自僻遠又非珠玉裝如何有奇恠每夜吐光芒虎氣必騰上龍自寧久藏風塵若未息持汝奉明王按本集乃蕃劍詩現詞意亦然其病馬只是一首當時誤編

羽林騎　韓翃

駿馬牽來御柳中鳴鞭欲過渭橋東紅蹄亂踏春殘雪花領頻嘶上花風

觀調馬　前人

鴛鴦赭白齒新齊晚日花中教碧蹄玉勒斗回初噴沫金鞭欲下不成嘶

奉和劉祭酒傷白馬（此馬勅賜寧王轉贈祭酒）嚴維

沛艾如龍馬來從上苑中棣華恩見賜伯舅禮仍崇鏡點黃金眼花開白雪騣性柔君子德足逸大王風色照鳴珂

嘷聲連噴玉雄食場恩未盡過隙命旋終練影依雲没銀
鞍向月空仍聞樂府唱　猶念代勞功

詠老馬　沈烱

昔日從戎陣流汗幾東西一日馳千里三丈拔深溪渡水
頻傷骨翻霜屢損蹄勿言年齒暮尋途尚不迷

詠飲馬　唐太宗

駿骨飲長涇奔流洒絡纓細紋連噴聚亂荇遶嗁縈水光
鞍上側馬影溜(集作流)中橫翻似天池裏騰波龍種生

詠飲馬應詔

清晨控龍馬弄影出花林蹀躞依春澗聯翩度碧潯苔流
染絲絡水絮寫雕簪一御瑤池駕詎憶長城陰

蒙裴相公(集作司空)賜馬謹以詩謝　張籍

緑耳新駒已有(集作駿得)名司空自選(集作遠自)寄書生遠(集作乍)離
華厩移蹄澁初到貧家覺眼驚每見閑人多被(集作來借)問唯
多(集作)尋古寺獨騎行思量幾夜(集作長思歲旦)沙堤上得從鳴珂
倚(集作傍)火城

酬張秘書因寄馬贈詩　裴度

滿城馳逐皆求馬古寺閑行獨與君代步本慙非逸足緑
情何幸枉高文若逢佳麗從(集作須)將換莫共駑駘角出群
飛控着鞭能顧我當時王粲亦從軍

和前　李絳

高才名價欲凌雲上駟老華遂贈君念舊露垂丞相簡感
知星動客卿文縱橫逸氣寧稱力馳騁長途定出群伏櫪
莫令空度歲黃金結束取功勲

同前(集作賀張十八秘書得裴司空馬)　韓愈

司空遠寄養初成衫(集作毛)色桃花眼鏡明落日已曾交轡
語春風還擬並鞍行長令奴僕知饑渴須着賢良待性情
旦夕公歸申(一作仲)拜謝免勞騎去(雖詠作去騎)逐雙旌

同前　張賈

閣下從容舊客卿寄來駿馬賞高情(司空詩云古寺閑行獨與君)任追
煙景騎仍醉知有文章倚便成步步自憐春日影蕭蕭猶
起朔風聲須知上宰吹噓意送入天門上路行

同前　元稹

丞相功高厭武名牽將戰馬寄儒生四蹄荀距藏雖盡六
尺鬚頭見尚驚減粟偷兒憎未飽騎驢詩客罵先行勸君
還却司空着莫遣衙參傍子城

同前　白居易

齒齊膘足毛頭膩祕閣張家(集作郎)吒撥駒洗了頜花翻假
錦走時蹄汗蹋真珠青衫乍見曾驚否紅粟難賒得飽無
丞相寄來應有意遣君騎去上雲衢

同前(集作裴相公大學士見示答張秘書謝馬詩并群公屬和因命追作)　劉禹錫

草玄門戶少塵埃丞相并州寄馬來初自塞垣啣苜蓿忽
行幽徑破莓苔尋花緩轡威遲去帶酒垂鞭躞蹀迴不與
王侯與詞客知輕富貴重　清才

駑驥吟　韓愈

駑駘誠齷齪，市者何其稠。力小若易制，價微良易酬。渴飲
一斗水，饑食一束芻。嘶鳴當大路，志氣若有餘。騏驥生絕
域，自矜無匹儔。牽驅（集作驅牽）入市門，行者不爲留。借問價幾
何，黃金比崇（集作嵩）丘。借問行幾何，咫尺視九州。饑食玉山
禾，渴飲醴泉流。問誰能爲御，曠世不可求。唯昔穆天子，乘
之極遐遊。王良執其轡，造父夾（集作挾）其輈。因言天外事，恍
惚使人愁。駑駘謂騏驥，餓死余爾羞。有能必見用，有德必
見收。孰云時與命，通塞皆自由。騏驥不敢言，徘徊但垂頭。
人皆劣騏驥，共以駑駘優。喟予獨興歎，才命不同謀。寄詩
同心子，爲我商（集作高）聲謳。

答韓十八駑驥吟　歐陽詹

故人舒其憤，昨示駑驥篇。駑以（集作取）易售陳，驥以難知言。
委曲感既深，咨嗟詞亦殷。伊情有遠瀾，余志遜其源。室在
周孔堂，道通堯舜門。調雅聲寡同，途遐勢難翻。顧茲萬恨
來，假彼二物云。賤貴而貴賤，世人良共然。巴（集作芭）蕉一葉
妖，茂葵一花妍。畢（集作異）無才實資，手植堦墀前。楩柟十圍
瑰，松柏百尺堅。罔念梁棟功，野長丘墟邊。傷哉昌黎韓，焉
得不迍邅。上帝本厚生，大君方建元。寶（一作實）將庇羣甿，庶
此規崇軒。班爾圖永安，掄擇期精專。君看廣廈中，豈有樹
庭（集作庭前）萱。

有小白馬乘馭多時奉使東行至稠桑驛溘然而
斃足可驚傷不能忘情題二十韻　白居易

能驂復能馳，翩翩白馬兒。毛寒一團雪，騣薄萬條絲。皂蓋
春行日，驪駒曉從時。雙旌前獨步，五馬內偏騎。芳草承蹄
葉，垂楊拂頂枝。跨將迎好客，惜不換妖姬。慢鞚遊蕭寺，閑
驅醉習池。睡來乘作夢，興發倚成詩。鞭爲馴難下，鞍緣穩
不離。北歸還共到，東使亦相隨。赭白何曾變，玄黃豈得知。
嘶風覺聲急，踏雲怪行遲。昨夜猶芻秣，今朝尚縶維。臥槽
應不起，顧主遂長辭。塵滅騣騣跡，霜留皎皎姿。度關形未
改，過隙影難追。念倍燕求駿，情深項別騅。銀收鉤臆帶，金
卸絡頭羈。何處埋奇骨，誰家覓弊帷。稠桑驛門外，吟罷涕
雙垂。

病馬五首　曹唐

騄駬（一作綠耳）何年到渥洼（一作到別），病來顏色半塵沙。四蹄不鑿
金（一作銀）砧裂，雙眼慵開玉筯斜。墮月兕毛乾斛觫（一作輕斛薮），
失雲龍骨瘦查牙（一作牙槎）。平原好放無人放，嘶向秋風苜蓿
花。

二

隴上沙蔥葉正齊，騰黃猶自跼羸蹄。尾蟠夜雨紅絲脆，頭
捽秋風白練低。力憊未思金絡腦，影寒空望錦障泥。階前
莫怪垂雙淚，不遇孫陽不敢嘶（又玄集作階前莫錯雙垂淚，不遇孫陽不用嘶）。

三（唐宋類詩指此篇爲曹松作）

不剪焦毛鬣半翻，何人別（一作識）是古龍孫。風吹（一作雪侵）病骨

無驕氣土蝕驄花見卧痕未噴銜（一作得噴）雲歸漢苑曾追輕（一作巳曾飛）練過吳門一朝千里心猶在爭（一作誰）肯潛忘（一作施）秣飼恩（一作皆唐宋詩類）

四

空被秋風吹病毛無因濯浪刷洪濤卧來揔怪龍蹄跙瘦盡誰驚虎口高追電有心猶疑段逢人相骨強嘶號欲待鬃鬣重裁剪乞借新成利鉸刀

五

病久無人着意看王華衫（疑作毛）色欲凋殘飲鶩白露泉花冷喫怕清風豆葉寒長檐敢辭紅錦重舊韁寧畏紫絲蟠王良若許相撲策千里追風也不難

馬　陳凝

未明龍骨駿幸得到神州自有千金價寧忘伯樂酬雖知殊款段莫敢比驊騮若遇追風便當軒一舉頭

浴馬　喻鳧

解控復收鞭長津動細漣空蹄沉綠玉闊臆浸連錢沫漩橋聲下纏盤柳影邊常聞禀龍性固與白波便

八駿圖　羅隱

穆滿當年物外程電腰風脚一何輕如今縱有驊騮在不得長鞭不肯行

猿

詠夜猿啼　蕭銓

桂月影才遍猿啼迥入風隔巖還嘯侶臨潭自響空掛藤疑取飲吟枝似避弓別有三聲淚霑裳竟不窮

放猿　許渾

殷勤解金鏁別（雜詠作昨）夜雨淒淒山淺憶巫峽水寒思建溪每尋紅樹宿深向（詩類作入）白雲啼好去長江路（詩類作好覓來時路又作好覓南歸路）煙蘿更莫（詩類作莫自雜詠作莫共）迷

巴江夜猿　馬戴

日飲巴江水還啼巴岸邊秋聲巫雨斷夜影楚雲連雪滴青楓樹山空明月天誰知泊帆者聽此不能眠

獺

有獺吟　劉禹錫

有獺得嘉魚自謂天見憐先祭不敢食搴鱗望青玄人立寒沙上心專眼悄悄（集作短看有）漁翁以為妖舉塊投其咽呼兒貫魚歸與獺同烹煎關關黃金鶚大翅搖江煙下見盈尋魚投身擘洪連攫拏隱嶙去噉雛林岳巔鴟鳥欲伺隙遙噪莫敢前長居青雲路彈射無由緣何地無江湖何水無魴鱣天意不宰割菲祭徒虔虔空餘知禮重載在淹中篇

魚

賦得魚躍水花生　張正見

漾色桃花水相望濯錦流躍浦疑珠出依池似鏡浮陵波銜落蕊觸餌避沉鉤方游蓮葉外詎（初學記作恒）入武王舟

賦得蓮下遊魚　阮卓

春色映澄陂涵詠且相隨未上龍門路聊戲芙蓉池觸浪蓮香動乘流葉影披相忘自有樂莊惠豈能知

魚

斂影侵波合珠光帶水新蓮東自可戲安用上龍津

放魚

黃金(雜録作金錢)贖得免刀痕聞道禽魚亦報(雜詠作感)恩好去長江千萬里不須辛苦上龍門

龜

詠龜

有靈堪作(初學記作記)夢無心解自謀不能著下伏強從蓮上

浮(初學記作遊)負圖非所冀支狀空見留儻蒙一曳尾當為屢回頭

文苑英華卷之第三百三十